William Wilkie Collins

Armadale

Roman

ISBN : 978-3-96787-745-8

10 9 8 7 6 5 4 3 2 1

William Wilkie Collins

Armadale

Roman

Table de Matières

À John Forster[1]

Pour la manière dont il a servi la cause de la littérature avec sa *Vie de Goldsmith*, et en souvenir affectueux d'une amitié qui est associée à l'une des périodes les plus heureuses de ma vie.

AVERTISSEMENT

Les lecteurs m'ont, par le passé, montré un accueil suffisamment chaleureux pour que je pense pouvoir m'en remettre à eux et me dispenser, j'ose le croire, de les inviter, par un plaidoyer préliminaire, à apprécier les mérites de ce récit. Ils verront, je pense, qu'il n'a pas été conçu à la légère et qu'on l'a élaboré avec soin. Ils le jugeront en conséquence, et je n'en demande pas plus.

Certains d'entre eux, comme j'ai quelque raison de le supposer, risqueront ici et là d'être troublés, voire offensés, en découvrant qu'Armadale outrepasse à plus d'un égard les limites étroites dans lesquelles ils ont été habitués à enfermer le roman contemporain. Rien ne me justifiera à leurs yeux aussi bien que le fera le temps, pour peu que mon œuvre demeure. Je ne crains pas de voir mon dessein incompris pourvu que la manière dont je l'aurai exécuté puisse lui rendre justice.

À l'aune de la morale de camelot qui caractérise notre époque, ce livre peut être jugé osé ; au regard de la morale chrétienne - éternelle celle-ci –, ce n'est qu'un livre qui ose dire la vérité.

Londres, avril 1866.

PROLOGUE

I. Les voyageurs

C'était l'ouverture de la saison de 1832 aux bains de Wildbad.

Les ombres du soir commençaient à descendre sur la tranquille petite ville allemande, et la diligence était attendue d'un moment à

1 John Forster (1812-1876), biographe et critique littéraire. C'est lui qui présenta Collins à Dickens dont il était l'ami intime et le biographe.

l'autre. Devant la porte de l'hôtel le plus important, guettant l'arrivée des premiers visiteurs de l'année, se tenaient les trois notables de Wildbad, accompagnés de leurs femmes : le maire, représentant les citoyens ; le docteur, représentant les eaux ; l'hôtelier, représentant son propre établissement. Outre cette réunion d'élite, apparaissaient, massés autour d'une jolie place ombragée en face de l'hôtel, les citadins mêlés çà et là aux paysans vêtus de leurs costumes nationaux : les hommes, en courtes jaquettes noires, en culottes collantes de même couleur, coiffés de tricornes de castor ; les femmes, avec leurs longs cheveux blonds tombant sur le dos en une natte épaisse, et les tailles de leurs jupes de laine montées modestement jusqu'à la région des omoplates. Autour de cette assemblée, couraient dans tous les sens, comme agités par un mouvement perpétuel, des détachements d'enfants grassouillets à la mine rose. Et, semblant séparés du reste des habitants par une mystérieuse frontière, les musiciens des bains, groupés dans un coin obscur, épiaient l'apparition des premiers voyageurs pour entamer la première mélodie de la saison, en forme de sérénade. Le crépuscule d'une soirée de mai éclairait encore les croupes des grandes collines boisées, veillant d'en haut, à droite et à gauche, sur la ville. La fraîche brise du soir emplissait l'air, pénétrante et parfumée de la balsamique odeur des sapins de la Forêt-Noire.

— Monsieur le maire, dit la femme de ce fonctionnaire, mettant l'accent sur la qualité de son mari, espérez-vous quelque hôte étranger pour le premier jour de la saison ?

— Madame la mairesse, répliqua le maire, rendant le compliment, j'en attends deux. Ils ont écrit, le premier par son domestique, l'autre de sa propre main, pour réserver leurs appartements ; et tous les deux sont anglais, je le pense, du moins, d'après leurs noms. Si vous me demandez de prononcer ces noms, ma langue hésitera ; si vous me demandez de les épeler, les voici, lettre par lettre, dans leur ordre, telles qu'elles viennent. En premier lieu, un étranger de haute naissance, en huit lettres – A. r. m. a. d. a. l. e – et qui nous arrive souffrant, dans sa propre voiture. En second lieu, un étranger non moins important, en quatre lettres – N. e. a. l – souffrant lui aussi, et arrivant par la diligence. L'Excellence aux huit lettres m'écrit, par son domestique, en français ; l'autre m'écrit en allemand. Leurs appartements sont prêts, je ne sais rien de plus.

— Peut-être, suggéra la femme du maire, monsieur le docteur a-t-il reçu quelque communication de l'une ou l'autre de ces personnes ?

— De l'une seulement, madame la mairesse, mais, à vrai dire, pas de la personne elle-même. J'ai pris connaissance d'un rapport médical sur la première Excellence et son cas semble mauvais. Dieu la protège !

— La diligence ! cria l'un des enfants dans la foule.

Les musiciens saisirent leurs instruments, et le silence se fit. Un tintement de grelots arrivait clair et faible de la forêt, à travers le calme du soir.

Était-ce la voiture de Mr. Armadale, ou le véhicule public qu'avait dû prendre Mr. Neal ?

— Jouez, mes amis ! cria le maire aux musiciens. Ce sont les premiers malades de la saison. Qu'ils nous trouvent joyeux !

L'orchestre attaqua un air de danse des plus vifs, et les enfants sur la petite place marquèrent joyeusement la cadence. Au même moment, leurs parents massés près de la porte de l'hôtel se reculèrent, et la première ombre sinistre passa sur cette scène riante. Une petite procession de robustes paysannes s'avançait chacune tirant après elle une chaise vide à roulettes, chacune attendant (le tricot à la main) les malades qui se rendaient par centaines alors, qui se rendent aujourd'hui par milliers, aux eaux de Wildbad, pour y chercher un soulagement à leurs maux.

Tandis que l'orchestre jouait, que les enfants dansaient, que le bourdonnement des causeries grossissait, tandis que les robustes gardes-malades prêtes à veiller sur les infirmes tricotaient sans relâche, la curiosité naturelle des femmes, quand il s'agit de personnes de leur sexe, éclatait chez l'épouse du maire. Elle tira l'hôtelière à part, et lui dit à l'oreille :

— Un mot, madame, sur les deux voyageurs. Ont-ils des dames avec eux ?

— Celui de la diligence, non, mais celui de la voiture particulière, oui. Il amène un enfant, une nourrice, et, conclut l'hôtelière, gardant l'essentiel pour la fin, il amène aussi une femme.

Madame la mairesse rayonna, la femme du docteur, qui assistait à la conférence, s'épanouit, et l'hôtelière hocha la tête d'une manière expressive. La même pensée leur était venue en même temps : « Nous verrons la mode ! »

Tout à coup, un mouvement se fit dans la foule, et un chœur de voix annonça l'arrivée imminente des voyageurs.

La voiture tant attendue venait d'apparaître. C'était la diligence qui arrivait par la longue rue menant à la place, la diligence, parée de neuf sous sa peinture d'un jaune éclatant, qui amenait les premiers visiteurs de la saison à la porte de l'hôtel. Sur les dix voyageurs sortis de l'intérieur et de la rotonde, tous de différentes parties de l'Allemagne, trois furent placés sur des chaises à roulettes pour être transportés jusqu'à leurs logements en ville. Le coupé ne contenait que deux personnes : Mr. Neal et son domestique. Un bras fut offert de chaque côté à l'étranger, qui paraissait boiteux, pour l'aider à descendre, ce qu'il fit assez facilement. Tandis qu'il s'assurait sur le pavé à l'aide de sa canne, regardant d'un air peu encourageant les musiciens qui exécutaient la valse du Freischütz, son apparence sembla tempérer l'enthousiasme du petit cercle qui s'était assemblé pour l'accueillir : c'était un grand homme maigre entre deux âges, à la mine sévère et à l'œil gris et froid. Il avait la lèvre supérieure allongée, les sourcils menaçants, et les os des pommettes saillants ; il paraissait ce qu'il était en effet, un écossais en tous points.

— Où est le propriétaire de l'hôtel ? demanda-t-il en allemand avec une grande facilité d'expression et une froideur glaciale. Amenez-moi le médecin, continua-t-il quand l'hôtelier se fut présenté, je désire le voir immédiatement.

— Je suis déjà ici, dit le docteur en se détachant du petit cercle, et mes services sont entièrement à votre disposition.

— Merci, fit Mr. Neal, regardant le praticien comme un chien que l'on a sifflé et qui est accouru. Je souhaite vous consulter demain matin à dix heures. Pour l'heure je ne vous importunerai que d'un message dont je me suis chargé. Nous avons rencontré sur la route une voiture de poste transportant un gentleman, un Anglais je crois. Il paraît sérieusement malade. Une dame qui était avec lui m'a prié de vous voir dès mon arrivée, afin de réclamer votre assistance au moment où il faudra sortir le malade de la voiture. Leur courrier s'est trouvé arrêté par un accident, et il a été laissé en chemin. Ils sont obligés de voyager très lentement. Si vous êtes ici dans une heure, vous pourrez les recevoir. Telle est la teneur du message. Qui est donc ce gentleman qui paraît désireux de me parler ? Le maire ? Si vous voulez voir mon passeport, monsieur, mon domestique vous le montrera. Non ? Vous êtes là pour me saluer et m'offrir vos services ? J'en suis infiniment flatté. Si vous avez quelque autorité pour abréger les exercices bruyants de votre orchestre, je vous serai obligé d'en faire usage. Mes nerfs sont irritables et je déteste la musique. Où est l'hôtelier ? Non. Je désire voir mon appartement. Je n'ai pas besoin de votre bras, je monterai l'escalier avec l'aide de ma canne. Monsieur le maire et monsieur le docteur, nous n'avons besoin ni les uns ni les autres de nous retenir plus longtemps. Je vous souhaite une bonne nuit.

Le maire et le docteur regardèrent l'Écossais monter en boitant l'escalier, et tous deux hochèrent la tête d'un air de désapprobation muette. Les femmes, comme toujours, allèrent plus loin et exprimèrent ouvertement leur opinion sur la conduite scandaleuse d'un homme qui avait laissé leur présence dans l'oubli. Madame la mairesse ne pouvait attribuer un tel outrage qu'à la férocité innée d'un sauvage ; la femme du docteur le jugeait plus sévèrement encore, et parlait d'abjection de pourceau.

L'heure qu'il restait à attendre pour l'arrivée de la voiture s'écoulait, la nuit tombait lentement sur les collines. L'une après l'autre les étoiles apparurent, et les premières lumières brillèrent aux vitres de l'hôtel. La nuit vint, les derniers oisifs désertèrent la promenade, le silence de la forêt descendit sur la vallée et la solitaire petite ville se tut soudain.

L'heure enfin fut là ; la silhouette du docteur resté seul sur la place qu'il arpentait anxieusement était le dernier signe de vie qui restât encore. Cinq minutes, dix minutes, vingt minutes se marquèrent encore à sa montre, avant que le premier bruit à rompre le silence nocturne l'avertît de l'approche de la voiture. Elle déboucha enfin sur la place, lentement, au pas des chevaux, et s'arrêta, tel un char funèbre, devant la porte de l'hôtel.

— Le médecin est-il là ? demanda en français une voix de femme, sortant de l'intérieur obscur de la voiture.

— Me voici, madame, dit le docteur en prenant la lumière des mains de l'hôtelier et en ouvrant la portière.

La lumière éclaira d'abord la personne qui venait de parler : une jeune femme brune, très belle, aux yeux noirs et ardents, mouillés de larmes. Puis l'on distingua la face ridée d'une vieille négresse assise dans le fond de la voiture, et enfin la figure d'un petit enfant endormi sur ses genoux. D'un geste d'impatience, la dame fit signe à la nourrice de descendre avec l'enfant :

— Je vous en prie, dit-elle à la femme de l'hôtelier, emmenez-les d'ici, qu'on les mène à leur chambre.

Une fois ses ordres exécutés, elle sortit à son tour de la voiture.

Mais, pour la première fois, la lumière éclaira le fond de la voiture, et le quatrième voyageur apparut. Il était étendu immobile sur un matelas garni d'un traversin, ses cheveux longs en désordre sous une coiffe noire, les yeux grands ouverts, roulant avec inquiétude de tous côtés, et le reste du visage aussi dépourvu d'expression que s'il eût été mort. Il était inutile de chercher ce qu'il avait pu être. À toutes les questions concernant son âge, son rang, son tempérament, sa beauté, auxquelles il eût autrefois répondu, son visage de plomb opposait désormais un impénétrable silence. Rien ne parlait plus chez cet homme à présent que la paralysie l'avait frappé de mort en pleine vie. L'œil du docteur parcourut les membres inférieurs ; la mort sembla lui dire : « Je suis ici ». L'œil du docteur remonta attentivement jusqu'aux muscles qui entouraient la bouche, et la mort répondit : « J'arrive ».

Devant une aussi terrible calamité, il n'y avait rien à dire. On ne pouvait que témoigner à la femme qui pleurait près de la voiture une sympathie silencieuse.

Tandis qu'on portait le malade à travers le hall de l'hôtel, ses yeux anxieux rencontrèrent ceux de sa femme. Ils demeurèrent fixés sur elle un moment ; et c'est alors qu'il prit la parole :

— L'enfant ? dit-il en anglais, articulant chaque syllabe avec peine.

— L'enfant est en haut, répondit-elle dans un souffle.

— Mon écritoire ?

— Dans mes bras. Voyez, je ne veux la confier à personne.

Sur cette réponse, il ferma les yeux pour la première fois et ne dit plus mot. On le monta avec sollicitude à son appartement. La jeune femme et le docteur se tenaient près de lui, ce dernier observant un silence de mauvais augure. L'hôtelier et les domestiques qui suivaient virent la porte de la chambre s'ouvrir et se fermer sur lui, entendirent la dame éclater en sanglots convulsifs aussitôt qu'elle fut seule avec le médecin et le malade, épièrent la sortie du docteur une demi-heure après, et remarquèrent une ombre de pâleur sur sa figure habituellement colorée. Ils le pressèrent inutilement de questions, et ne reçurent qu'une réponse à toutes leurs demandes : « Attendez que je l'aie vu demain matin, je ne puis rien dire ce soir ».

Tous connaissaient les manières du docteur, et n'espérèrent rien de bon de cette réponse sur laquelle il les quitta brusquement.

C'est ainsi que les deux premiers curistes anglais de l'année arrivèrent aux bains de Wildbad, lors de la saison de 1832.

II. Opiniâtreté du tempérament écossais

À dix heures, le lendemain matin, Mr. Neal, qui attendait la visite médicale fixée par lui-même pour ce moment-là, jeta un regard à sa montre et découvrit, à sa grande surprise, qu'il attendait en vain. Il était près de onze heures lorsque la porte s'ouvrit et livra passage au docteur.

— J'avais pris rendez-vous pour dix heures, dit Mr. Neal. Dans mon pays, un médecin est un homme ponctuel.

— Dans mon pays, répondit le docteur, sans mauvaise humeur, le médecin est comme les autres hommes, à la merci des accidents. Je vous prie d'accepter mes excuses, monsieur, pour avoir été si long. J'ai été retenu par un cas grave, celui de Mr. Armadale, dont vous avez rencontré hier la voiture.

Mr. Neal leva sur son interlocuteur un regard plein d'une aigre surprise. Il y avait de l'anxiété sur la figure du docteur, un embarras dans ses manières, qu'il ne s'expliquait point. Les deux hommes se regardèrent un moment en silence, deux types bien tranchés : l'Écossais long, maigre, dur et régulier ; l'Allemand corpulent, bonhomme, tout en courbes imprécises. Le premier semblait n'avoir jamais été jeune ; le second paraissait ne devoir jamais vieillir.

— Me permettrai-je de vous rappeler, fit Mr. Neal, que le cas qu'il s'agit d'examiner en ce moment est le mien, et non celui de Mr. Armadale ?

— Certainement, répondit le docteur, hésitant encore entre le malade qu'il venait de quitter et celui qu'il avait à présent devant lui. Vous paraissez souffrir d'une légère claudication ? Permettez-moi d'examiner votre pied.

La maladie de Mr. Neal, quelle que fut l'importance que lui-même y accordait, ne présentait rien d'extraordinaire d'un point de vue médical. Il avait un rhumatisme à la cheville. Les questions nécessaires furent posées, on y répondit et les bains nécessaires furent prescrits. Au bout de dix minutes, la consultation se terminait, et le patient attendait, dans un silence significatif, que le médecin prît congé.

— Je ne puis me dissimuler, dit ce dernier avec hésitation en se levant, que je vais être indiscret, aussi vous prierai-je de m'excuser, mais je suis obligé de revenir au cas de Mr. Armadale.

— Puis-je vous demander ce qui vous y force ?

— Mon devoir de chrétien envers un mourant.

Mr. Neal tressaillit ; quiconque faisait appel au sentiment religieux le touchait à son point le plus sensible.

— Vous avez droit à mon attention, fit-il gravement, mon temps est à vous.

— Je n'abuserai pas de votre bonté, reprit le docteur en se rasseyant. Je serai aussi bref que possible. La chose peut se résumer de la façon suivante : Mr. Armadale a passé la plus grande partie de sa vie dans les Indes occidentales - vie dissipée, à ce qu'il avoue lui-même. Peu après son mariage, il y a de cela trois ans, les premiers symptômes de paralysie se sont déclarés, et ses médecins lui ont ordonné de retourner en Europe. Depuis son départ des Indes, il a principalement vécu en Italie, ce qui n'a été d'aucun bénéfice pour sa santé. D'Italie, avant d'être frappé par la seconde attaque, il est passé en Suisse, et de Suisse on l'a envoyé ici. Voilà ce que m'apprend le rapport de son docteur. Pour le reste, c'est ma propre expérience qui me renseigne.

» Mr. Armadale arrive à Wildbad trop tard. C'est pour ainsi dire un homme mort. La paralysie s'étend rapidement, et la partie inférieure de l'épine dorsale est déjà touchée. Il peut encore remuer les mains, mais il lui est impossible de rien tenir avec ses doigts ; il parle encore, mais difficilement, et se réveillera peut-être muet demain. Si je lui donne une semaine à vivre, c'est bien le terme le plus long qu'il puisse atteindre à mon humble avis. Je lui ai dit, à sa prière, aussi doucement que possible, la vérité. Le résultat de ma franchise a été fâcheux : l'agitation et l'inquiétude du malade ont atteint un degré que je ne saurais vous décrire. J'ai pris alors la liberté de lui demander si ses affaires n'étaient point en ordre. En aucun cas. Son testament est à Londres, en mains sûres, et il laisse sa femme et son enfant bien pourvus. Ma seconde question fut plus opportune, formulée en ces termes : Avez-vous à prendre quelque disposition que vous ayez négligée ? Il a poussé un grand soupir de soulagement, plus éloquent ou une quelconque parole : « Oui. — Puis-je vous aider ? — Oui, j'ai quelque chose à écrire que je dois absolument écrire moi-même. Pouvez-vous m'aider à tenir une plume ? ». Autant eût valu me demander d'accomplir un miracle. Je n'ai pu que répondre non. « Si je vous dicte les mots, a-t-il continué, pourrez-vous les écrire ? — Non, ai-je de nouveau répondu, j'entends un peu l'anglais, mais ne puis ni le parler ni l'écrire ». Mr. Armadale comprend le français quand on le parle lentement, mais il ne peut s'exprimer dans cette langue, et il ignore tout à fait l'allemand. Devant cette difficulté, j'ai cru devoir dire ce que tout autre dans ma situation eût également dit : « Pourquoi me demander à moi ? Mrs. Armadale n'est-elle point dans la chambre à côté ? ». Mais, avant que j'eusse le temps de me lever pour l'aller chercher, il m'a jeté un regard d'épouvante qui m'a cloué sur place. « Votre femme est sans aucun doute la personne la plus propre à vous rendre ce service. — La dernière personne au monde ! a-t-il répondu. — Quoi, ai-je repris, vous me demandez à moi, un étranger, d'écrire sous votre dictée des choses que vous tenez secrètes à votre propre femme ! ». Imaginez ma surprise lorsqu'il m'a répondu sans aucune hésitation : « Oui ! ». Je restai abasourdi, silencieux. « Si vous ne savez pas écrire l'anglais, a-t-il ajouté, cherchez quelqu'un qui puisse le faire ». J'ai essayé de le sermonner, mais il a éclaté en cris douloureux. « Calmez-vous, ai-je repris, je trouverai quelqu'un. — Aujourd'hui ! s'est-il écrié, avant que la parole me manque comme les mains. Aujourd'hui, d'ici une heure ! ». Il a fermé les yeux et a semblé se calmer brusquement. « Pendant que je vous attendrai, a-t-il ajouté, laissez-moi voir mon petit garçon ». Il n'avait montré aucune tendresse en parlant de sa femme, mais j'ai vu les larmes monter à ses yeux lorsqu'il m'a demandé son enfant.

Ma profession, monsieur, ne m'a pas fait si dur que vous pourriez le supposer, et mon cœur de médecin était aussi ému lorsque je suis allé chercher l'enfant que si ma profession eût été autre. Vous me taxez sans doute de faiblesse ?

Les yeux du docteur interrogeaient Mr. Neal. Il eût aussi bien pu regarder un rocher de la Forêt-Noire. Mr. Neal refusait absolument de se laisser entraîner hors des régions du fait absolu.

— Continuez, se borna-t-il à répondre, car je suppose que vous ne m'avez pas encore tout dit ?

— En effet. Vous comprenez sûrement à présent mon intention en venant ici ?

— C'est assez clair. Vous venez m'inviter à me lancer les yeux fermés dans une affaire des plus suspectes. Je refuse de vous donner aucune réponse tant que je n'en saurai pas plus long sur tout ceci. Avez-vous jugé utile d'avertir la femme de cet homme de ce qui s'est passé entre vous ?

— Sans doute ! s'écria le docteur, indigné du doute que cette question semblait indiquer. Si jamais j'ai vu dans ma vie une femme aimante, attachée à son mari, affectée de son malheur, c'est bien cette malheureuse Mrs. Armadale. Aussitôt que nous avons été seuls, je me suis assis à côté d'elle, et je lui ai pris la main. Pourquoi pas ? Je ne suis qu'un vilain vieux bonhomme, et je puis bien me permettre ces familiarités…

— Excusez-moi, dit l'inflexible Écossais, de vous avertir que vous perdez le fil de votre récit.

— Rien de plus probable, répondit le docteur, avec bonne humeur. Il est dans le caractère de ma nation de perdre perpétuellement le fil, et dans celui de la vôtre de le retrouver toujours.

— Vous m'obligerez une fois pour toutes en vous en tenant strictement aux faits, reprit Mr. Neal, dont les sourcils se contractèrent. Puis-je vous demander, pour mon instruction particulière, si Mrs. Armadale vous a dit ce que son mari désire me faire écrire, et pourquoi il refuse ses services ?

— Merci de m'avoir remis sur la voie, reprit le médecin. Ce que m'a dit cette dame, je vais vous le répéter mot pour mot : « Il me refuse aujourd'hui sa confiance, pour les mêmes raisons qui lui ont toujours fait me fermer son cœur. Je suis la femme qu'il a épousée, mais non celle qu'il a aimée. Je savais en me mariant qu'un homme lui avait enlevé cette femme. J'espérais la lui faire oublier. Je le crus encore lorsque je lui donnai un fils. Ai-je besoin d'ajouter que mon espoir fut encore trompé ? Vous l'avez vu par vous-même ». Ne perdez pas patience, monsieur, je ne m'égare pas, et vous allez voir que j'avance lentement mais sûrement. « Est-ce tout ce que vous savez ? lui ai-je demandé. — C'est tout ce que je savais jusqu'à fort récemment, a-t-elle repris. Nous étions en Suisse, sa maladie continuait ses ravages, quand la nouvelle est parvenue par hasard jusqu'à ses oreilles que cette autre femme, l'ombre et le malheur de ma vie, avait, comme moi, donné un fils à son mari. Cette information on ne peut plus banale a suscité chez mon époux une crainte terrible, non pour moi, non pour lui, mais pour son enfant à lui. Le même jour, sans m'en avertir, il a fait appeler le médecin. J'ai été lâche, coupable, tout ce que vous voudrez, j'ai écouté aux portes : j'ai quelque chose à dire à mon fils quand il sera en âge de me comprendre. Vivrai-je assez pour cela ? Le docteur a refusé de se prononcer. Cette nuit-là, toujours sans m'en dire un mot, il s'est enfermé dans sa chambre. Toute femme traitée comme je l'étais eût agi comme moi, j'ai de nouveau écouté. Il parlait seul : Je ne vivrai pas assez pour le dire, il faut que je l'écrive avant de mourir. J'ai entendu sa plume grincer, grincer, grincer sur le papier, je l'ai entendu, lui, sangloter et renifler en écrivant. Alors je l'ai imploré au nom de Dieu de me laisser entrer. La cruelle plume s'est mise à grincer de plus belle ; c'est la seule réponse que j'ai reçue. J'ai attendu à la porte ; des heures se sont écoulées, j'ignore combien de temps. Tout à coup la plume s'est arrêtée ; je n'ai plus rien entendu. Doucement, je l'ai appelé par la serrure, lui disant que j'avais froid à force d'attendre, que j'étais inquiète, que je le suppliais de me laisser entrer. Le silence seul m'a répondu. De toute la force de mes misérables mains j'ai frappé à la porte. Les domestiques ont accouru et l'ont enfoncée. Il était trop tard, le mal était fait ! Il l'avait frappé devant la lettre fatale ! Devant la lettre fatale nous l'avons trouvé paralysé comme vous pouvez le voir aujourd'hui. Ces mots qu'il désire vous faire écrire sont ces mots mêmes qu'il eût écrits lui-même, si le mal l'avait épargné jusqu'au matin. Une page de sa lettre est restée blanche depuis ce jour funeste, et c'est cette page qu'il veut vous faire remplir ». Telles ont été les propres paroles de

Mrs. Armadale, et je n'ai rien de plus à vous apprendre. Dites-moi, monsieur, ai-je enfin gardé le fil ? Vous ai-je montré la nécessité qui, depuis le lit de mort de votre compatriote, m'envoie vers vous ?

— Jusqu'ici, dit Mr. Neal, vous montrez seulement que vous vous exaltez beaucoup. La chose est trop sérieuse pour être traitée ainsi. Vous me poussez dans cette affaire, j'insiste pour voir où je mets les pieds. Ne levez pas les bras, vos bras ne font pas partie de la question. Si je dois être impliqué dans l'achèvement de cette lettre mystérieuse, la plus élémentaire prudence exige que je m'informe de ce qu'elle peut contenir. Mrs. Armadale paraît vous avoir favorisé d'une infinité de détails intimes, en retour, je présume, de votre galanterie à lui prendre la main. Permettez-moi de vous demander si elle a pu vous communiquer cet écrit, ou du moins ce qu'il en existe.

— Mrs. Armadale n'a rien pu me dire de plus, répliqua le docteur avec une froideur soudaine, qui annonçait que la patience commençait à lui échapper. Avant qu'elle fût assez calme pour songer à prendre connaissance de la lettre, son mari la lui avait demandée et l'avait mise sous clef. Elle sait que, depuis, il a essayé à différentes reprises de l'achever, et que chaque fois la plume lui est tombée des mains ; elle sait que, lorsque tout espoir de guérison a abandonné Mr. Armadale, les médecins l'ont encouragé à essayer les eaux renommées de cette ville ; elle sait, pour finir, qu'il n'est plus lieu d'espérer, car elle n'ignore rien de ce que j'ai déclaré à son mari ce matin.

Le froncement de sourcils de Mr. Neal devint plus marqué. Il regarda le docteur comme si celui-ci l'avait personnellement offensé.

— Plus je pense, dit-il, au service que vous êtes chargé de me demander, moins il me plaît de le rendre. Pouvez-vous m'assurer formellement que Mr. Armadale a toute sa raison ?

— Oui, positivement.

— Sa femme approuve-t-elle la démarche que vous faites auprès de moi ?

— Elle m'envoie à vous, le seul Anglais qui soit à Wildbad, afin que vous écriviez pour un compatriote mourant ce qu'il ne peut écrire lui-même, et que personne en cette ville ne peut écrire à sa place.

Cette réponse forçait Mr. Neal dans ses derniers retranchements.

Cependant l'Écossais tenta de résister encore.

— Attendez un peu, dit-il, vous vous avancez bien hardiment. Assurons-nous d'abord que vous ne vous trompez pas ; assurons-nous qu'il n'y a personne d'autre que moi ici pour prendre cette responsabilité. Pour commencer, il y a un maire à Wildbad, un homme dont les fonctions officielles pourraient justifier l'intervention.

— L'homme de la situation, bien sûr ! À ceci près qu'il ne connaît que sa propre langue…

— Il y a une légation anglaise à Stuttgart, insista Mr. Neal.

— Et plusieurs milles de forêt entre ici et cette ville, répliqua le docteur. En envoyant immédiatement un messager, nous ne pourrions avoir personne avant demain, et il est vraisemblable, dans l'état où est cet homme, que demain il aura perdu la parole. Je ne sais si ses dernières volontés seront nuisibles ou profitables à cet enfant et aux autres, mais je sais qu'elles doivent être accomplies immédiatement ou jamais, et vous êtes le seul homme qui puisse s'y employer.

Cette déclaration mit un terme à la discussion. Mr. Neal fut placé devant l'alternative, soit de dire oui et de se rendre coupable d'imprudence, de dire non et de se rendre coupable d'inhumanité. Il y eut un silence de quelques minutes. L'Écossais réfléchissait profondément, et l'Allemand le regardait avec attention.

C'était à Mr. Neal de parler, et il s'y décida. Il se leva de sa chaise de l'air d'un homme qui se trouve offensé, sentiment qui se traduisait dans le froncement de ses sourcils et dans les coins abaissés de sa bouche.

— On me force la main, dit-il. Je n'ai pas le choix, j'accepte.

La nature impulsive du docteur se révolta de cet acquiescement dur et bref.

— Plût à Dieu, s'écria-t-il avec ferveur, que je connusse assez l'anglais pour prendre votre place au chevet de Mr. Armadale !

— À part cette invocation du Tout-Puissant, dont vous implorez le nom inutilement, je suis parfaitement d'accord avec vous. J'aimerais en effet que vous le puissiez.

Sans échanger un mot de plus, ils quittèrent la chambre, le docteur montrant le chemin.

III. Un naufrage

Le docteur se dirigea avec son compagnon vers l'appartement de Mr. Armadale et frappa à la porte, mais personne ne répondit. Ils entrèrent sans être annoncés et arrivèrent dans le salon. Il était vide.

— Il faut que je voie Mrs. Armadale, dit Mr. Neal, je refuse de prendre aucune part dans cette affaire, à moins que cette dame ne m'y autorise formellement.

— Mrs. Armadale est probablement avec son mari, répondit le docteur.

En disant ces mots, il alla vers une porte, à l'extrémité du salon, hésita, se retourna, et regarda l'Écossais d'un air inquiet :

— Je crains, monsieur, d'avoir parlé un peu durement tout à l'heure, en quittant votre chambre, dit-il ; je vous en demande sincèrement pardon. Avant que cette pauvre dame affligée vienne, voulez-vous m'excuser si je fais appel à votre courtoisie, et vous demande pour elle les plus grands égards ?

— Non, monsieur, reprit l'étranger sèchement, je ne vous excuse pas. Quelle raison vous ai-je donnée de mettre en doute ma civilité envers quiconque ?

— Je vous demande encore pardon, dit le docteur avec résignation.

Et il quitta l'irascible Écossais sans ajouter un mot.

Mr. Neal, laissé à lui-même, se dirigea vers la fenêtre et y resta, les yeux machinalement fixés sur la perspective qu'elle offrait, se préparant en pensée à l'entrevue qui l'attendait.

C'était le milieu du jour, le soleil était chaud et radieux. Toute la petite population de Wildbad semblait animée et joyeuse par cette vivifiante journée de printemps. De lourdes voitures, conduites par des charretiers aux faces noires, passaient devant la maison, chargées du précieux charbon de la forêt. Lancés sur l'impétueux courant de la rivière qui traverse la ville, attachés ensemble en d'interminables séries, de longs trains de bois, en route pour le Rhin, filaient, rapides comme des serpents, devant les maisons. Leurs conducteurs se tenaient attentifs, rame en main, aux deux extrémités. Les sommets des collines étaient couronnés de noir par les sapins, tandis que leurs versants éclataient de verdure sous le ciel brillant.

En haut, en bas, les sentiers couraient du gazon aux arbres, et des arbres au gazon ; les robes printanières des femmes et des fillettes à la recherche des fleurs sauvages passaient sur les hauteurs lointaines comme des taches lumineuses. Plus bas, sur la promenade du bord de la rivière, les baraques, ouvertes avec la saison, étalaient leurs colifichets ; leurs banderoles aux couleurs voyantes voltigeaient dans l'air embaumé. Ici, les enfants regardaient avec convoitise ; là, les paysannes, au teint brûlé par le soleil, travaillaient à leur tricot ; plus loin, des bourgeois et des baigneurs s'abordaient avec courtoisie, tandis que lentement, très lentement, dans leurs chaises à roulettes, les malades et les infirmes venaient, par cette après-midi de mai, prendre leur part au soleil béni qui brille pour tous.

L'Écossais regardait cette scène avec des yeux indifférents. L'une après l'autre, il pesait les paroles qu'il aurait à dire quand Mrs. Armadale entrerait ; l'une après l'autre, il médita les conditions qu'il devrait imposer avant de s'asseoir, plume en main, au chevet du mourant.

— Mrs. Armadale est ici, dit le docteur, dont la voix mit fin à ses réflexions.

Il se retourna aussitôt et vit, dans la pure lumière du jour tombant en plein sur elle, une métisse, chez laquelle se mêlaient le sang européen et le sang africain, donnant à son visage la délicatesse des traits du Nord et à sa carnation le riche éclat du Sud ; il vit une femme dans la fleur de sa beauté, qui marchait avec une grâce naturelle, une femme pleine d'attrait, dont les grands yeux noirs se levèrent sur lui avec gratitude, dont la petite main brune s'offrit d'elle-même comme expression muette de remerciements, avec la cordialité due à l'ami que l'on attend.

Pour la première fois de sa vie, l'Écossais fut pris par surprise. Chacun des mots protecteurs médités par lui une minute auparavant s'envola de sa mémoire. Sa triple armure de défiance habituelle, d'empire sur lui-même et de réserve, qui jusque-là ne lui avait jamais fait défaut en présence d'une femme, tomba soudain et le laissa vaincu devant elle. Il prit la main qu'elle lui tendait, avec une nuance marquée d'embarras. Elle hésita à son tour. Son intuition féminine, qui en de plus heureuses circonstances eût saisi immédiatement la raison de l'embarras de l'étranger, lui manqua en cet instant, et elle l'attribua à l'orgueil, à l'antipathie, à tout excepté à la révélation inattendue de sa beauté.

— Je ne trouve pas de mots pour vous remercier, dit-elle, essayant de gagner sa sympathie ; je ne ferais que vous affliger en vous parlant de mes préoccupations.

Ses lèvres tremblèrent, elle s'éloigna de quelques pas et détourna la tête en silence.

Le docteur, qui était resté à l'écart et les observait d'un coin du salon, s'avança avant que Mr. Neal pût intervenir et conduisit Mrs. Armadale à une chaise :

— N'ayez pas peur de lui, murmura le brave homme en lui tapotant amicalement l'épaule. Il a été aussi dur que fer entre mes mains, mais je conclus de ses regards qu'il sera aussi flexible que moi sous les vôtres. Parlez-lui comme je vous ai dit de le faire, et conduisons-le à la chambre de votre mari, avant que son humeur rétive ait repris le dessus.

Elle réunit tout son courage, et s'avança vers Mr. Neal :

— Mon ami le docteur m'a dit, monsieur, que je suis la seule cause de votre hésitation.

Elle inclina la tête et son teint splendide pâlit tandis qu'elle parlait.

— Je vous en suis très reconnaissante, mais je vous supplie de ne vous point préoccuper de moi. Les désirs de mon mari…

Sa voix s'altéra. Elle marqua un temps, vainquit son émotion, et reprit :

— Les derniers désirs de mon mari seront les miens.

Mr. Neal avait, à ce point de l'entretien, retrouvé assez de calme pour lui répondre. Il la supplia d'une voix grave de ne pas en dire davantage.

— Je craignais de manquer à la considération que je vous dois, dit-il, je souhaite maintenant nous éviter des chagrins.

Pendant qu'il parlait, quelque chose comme une rougeur colora lentement sa face jaune. Elle le regardait avec une douceur attentive, et il se rappela, en se les reprochant, les pensées qui l'occupaient avant qu'elle entrât.

Le docteur jugea le moment favorable. Il ouvrit la porte qui conduisait à la chambre de Mr. Armadale, et se tint sur le seuil, attendant en silence. Mrs. Armadale entra la première. Une minute après, la porte se refermait, et Mr. Neal se trouvait engagé, contre son gré, mais irréversiblement engagé.

La chambre était meublée dans le goût fastueux à la mode sur le continent. Le soleil l'éclairait de ses chauds rayons. Des amours et des fleurs décoraient le plafond ; des rubans de couleur vive retenaient les rideaux des fenêtres ; une pendule dorée faisait entendre son tic-tac sur le velours de la cheminée ; les miroirs scintillaient au mur, et des fleurs s'épanouissaient dans le tapis. Au milieu de ce luxe, de cet éclat et de cette lumière, reposait le paralytique. Ses yeux vivaient seuls dans sa face inerte. Sa tête était soutenue par plusieurs oreillers ; ses mains roides pendaient sur le lit comme celles d'un cadavre. À son chevet se tenait, renfrognée et silencieuse, la négresse au visage ridé et, sur la courtepointe, entre les bras perclus de son père, était assis l'enfant, vêtu d'une robe blanche et absorbé dans la contemplation d'un nouveau jouet. Quand la porte s'ouvrit, laissant passer Mrs. Armadale, l'enfant balançait son joujou, un soldat sur son cheval, d'avant en arrière, et les yeux du père suivaient chaque mouvement de son fils avec une vigilance sérieuse et continue, vigilance de bête sauvage terrible à voir.

À l'instant où Mr. Neal apparut, ces yeux inquiets s'attachèrent sur lui avec anxiété, les lèvres immobiles s'ouvrirent lentement et articulèrent avec effort la question muette qu'adressaient les regards :

— Êtes-vous la personne ?

Mr. Neal s'avança vers le lit, tandis que Mrs. Armadale se retirait avec le docteur dans le fond de la pièce. L'enfant leva la tête, sans que ses petites mains quittassent le jouet, regarda avec de grands yeux étonnés l'étranger qui s'approchait, et continua de jouer.

— J'ai appris votre triste situation, monsieur, dit Mr. Neal, et je viens vous offrir mes services que personne d'autre que moi, m'a dit votre médecin, ne peut vous rendre dans cette ville. Mon nom est Neal. Je suis écrivain du Signet[1] à Édimbourg, et je puis vous assurer que la confiance que vous me témoignerez ne pourrait être mieux placée.

1 Conseiller juridique. En Angleterre, on dirait : *solicitor*.

Les yeux de la belle jeune femme ne le troublaient plus maintenant. Il parlait doucement, oubliant sa dureté habituelle, avec une compassion grave dans la voix. La vue de ce lit de mort l'avait déterminé.

— Vous désirez que j'écrive quelque chose pour vous, reprit-il après avoir attendu une réponse qui ne vint pas.

— Oui, fit le malade, toute l'impatience que sa bouche ne pouvait exprimer brillant farouchement dans ses yeux. Mes mains m'ont abandonné, et bientôt la voix me manquera aussi. Écrivez donc.

À ce moment, Mr. Neal entendit le froissement d'une robe derrière lui, et le léger grincement de roulettes. Mrs. Armadale approchait une table du lit. S'il devait sortir ses défenses et se préserver de ce qui allait arriver, c'était maintenant ou jamais. Tournant le dos à Mrs. Armadale, il posa sa question préliminaire sans détour, aussi clairement qu'il le pouvait :

— Puis-je vous demander, monsieur, avant de prendre la plume, en quoi consiste ce que vous allez me dicter ?

Les yeux farouches du malade brillèrent d'un éclat plus violent encore. Ses lèvres s'entrouvrirent, puis se refermèrent. Il ne dit rien.

Mr. Neal essaya une nouvelle question, formulée en d'autres termes :

— Lorsque j'aurai fait ce que vous me demandez, comment disposerez-vous de cet écrit ?

Cette fois, il eut une réponse :

— Vous le scellerez en ma présence et l'enverrez à mon exé...

La voix manqua tout à coup au malade, qui regarda tristement son interlocuteur.

— Voulez-vous dire votre exécuteur testamentaire ?

— Oui.

— C'est une lettre, je suppose, que je devrai lui poster ?

Pas de réponse.

— Puis-je vous demander si cette lettre modifie votre testament ?

— Non, en aucun cas.

Mr. Neal réfléchit. Le mystère s'épaississait. La seule lueur qui put l'éclairer venait de cette lettre inachevée, dont le docteur lui avait rapporté l'histoire dans les propres termes de Mrs. Armadale.

Plus il approchait du moment d'engager sa responsabilité, plus il présageait quelque chose de sérieux. Devait-il risquer une autre question avant de se lier irrévocablement ? Tandis que ce doute traversait son esprit, il sentit la robe de soie de Mrs. Armadale qui le frôlait, du côté le plus éloigné de Mr. Armadale. Sa main délicate s'appuyait légèrement sur son bras, ses grands yeux noirs africains le regardaient avec une expression suppliante et soumise.

— Mon mari est extrêmement nerveux, murmura-t-elle, calmez-le en vous asseyant tout de suite à cette table.

C'était elle, elle qui plus que toute autre, eût été en droit d'hésiter, elle qui était exclue de la confidence, qui le priait d'intervenir ! Beaucoup, dans la situation de Mr. Neal, eussent abandonné toutes leurs réticences. L'Écossais cependant hésita encore sur un point :

— J'écrirai ce que vous voudrez, dit-il en s'adressant à Mr. Armadale. Je cachetterai l'écrit en votre présence, et je l'enverrai moi-même à votre exécuteur testamentaire. Mais, en m'engageant à faire cela, je dois vous prier de vous rappeler que j'agis dans la plus complète ignorance. Je vous demanderai donc de m'excuser si je me réserve d'agir en toute liberté, lorsque vos souhaits au sujet de l'écrit et de son envoi auront été accomplis.

— Me donnez-vous votre parole ?

— Je vous la donne aux conditions que je viens de dire.

— Prenez mon écritoire et tenez votre promesse. Mon écritoire ! ajouta-t-il en regardant sa femme pour la première fois.

Elle traversa la pièce avec empressement et alla chercher ce qui lui était demandé. En revenant, elle fit un signe à la négresse, toujours sombre et silencieuse à la même place. Obéissant à ce signe, la nourrice enleva l'enfant du lit. Dès qu'elle l'eut touché, les yeux du père, arrêtés jusqu'alors sur l'écritoire, se tournèrent vers elle avec la promptitude furtive du chat :

— Non ! fit-il.

— Non ! répéta la voix fraîche du petit garçon, toujours charmé de son jouet, et satisfait de sa position sur le lit.

La négresse quitta la chambre, et l'enfant, dans la joie du triomphe, promena son soldat sur les couvertures serrées autour de son père. Le doux visage de la mère se contracta, comme sous l'effet de la jalousie.

— Dois-je ouvrir votre écritoire ? demanda-t-elle en repoussant brusquement le jouet de son fils.

Un regard de son mari lui indiqua où la clef se trouvait cachée, sous l'oreiller. L'intérieur de la boîte laissa voir quelques feuillets de papier attachés ensemble.

— Est-ce cela ? fit-elle en les lui désignant.

— Oui. Laissez-nous, maintenant.

L'Écossais, assis devant la table, le docteur, occupé à remuer un cordial dans un coin, se regardèrent avec une émotion que ni l'un ni l'autre ne purent maîtriser. Le moment était venu.

— Vous pouvez nous laisser maintenant, répéta Mr. Armadale pour la seconde fois.

Elle regarda l'enfant établi commodément devant son père, et une pâleur mortelle s'étendit sur son visage. Elle vit la lettre fatale qui serait à jamais un secret pour elle, et un soupçon jaloux - contre cette autre femme qui avait fait le malheur de sa vie - étreignit son cœur. Après s'être éloignée de quelques pas, elle revint au chevet du lit, armée du double courage de son amour et de son désespoir ; elle pressa de ses lèvres la joue du mourant, et plaida sa cause pour la dernière fois. Ses larmes brûlantes glissèrent sur le visage de son mari, tandis qu'elle lui disait doucement :

— Oh ! Allan, souvenez-vous combien je vous ai aimé, souvenez-vous de mes efforts pour vous rendre heureux ! Songez que je vais vous perdre… Ô mon seul amour, ne me renvoyez pas ! Ne me renvoyez pas !

Le souvenir de l'amour qui lui avait été donné, et qu'il n'avait jamais rendu, toucha le cœur du malade plus que rien ne l'avait fait jusque-là. Il soupira et la regarda avec hésitation.

— Laissez-moi rester, murmura-t-elle, en appuyant sa joue contre le visage du moribond.

— Cela ne fera que vous faire souffrir, lui répondit-il dans un souffle.

— Rien ne peut m'affliger plus que d'être séparée de nous !

Elle vit qu'il réfléchissait, et attendit.

— Si je vous disais de rester un peu…

— Oui ! oui !

— Vous en iriez-vous quand je vous le dirais ?

— Je vous le promets.

— Jurez-le.

La gravité de la situation semblait lui avoir délié la langue. Il venait de parler avec une facilité perdue depuis longtemps.

— Je le jure ! répéta-t-elle.

Et, tombant à genoux au chevet du lit, elle embrassa sa main avec passion. Les deux étrangers détournèrent la tête. Il y eut un silence, que troublait seul le bruit que faisait l'enfant avec son jouet.

Le docteur fut le premier à faire un geste. Il approcha du malade et l'examina avec inquiétude. Mrs. Armadale se releva et, après avoir attendu la permission de son mari, porta les feuillets du manuscrit sur la table devant laquelle Mr. Neal était assis. Le visage plein de trouble, rendue plus belle encore par l'émotion violente qu'elle éprouvait, elle se pencha sur lui en lui remettant la lettre, et lui dit à voix basse :

— Lisez ceci depuis le commencement. Je dois et je veux l'entendre.

Ses yeux dardaient leurs flammes brûlantes sur les siens ; son haleine effleurait sa joue. Avant qu'il eût pu répondre, avant qu'il eût pu penser, elle était retournée près de son mari. Il avait suffi qu'elle parlât pour soumettre l'Écossais à ses désirs. Celui-ci fronça les sourcils devant cet aveu de sa propre faiblesse et commença à tourner ; il vit la page blanche où la plume était tombée des mains de Mr. Armadale en laissant une tache noire sur le papier, reprit la liasse de feuillets au début et dit, ne faisant que répéter en cela les mots que la femme lui avait soufflés :

— Sans doute, monsieur, souhaiterez-vous faire quelques corrections. Vous relirai-je ce que vous avez déjà écrit ?

En parlant ainsi, toute son attention paraissait concentrée sur la lettre, tandis que son tempérament acerbe semblait reprendre le dessus.

Mrs. Armadale assise à la tête du lit et le docteur de l'autre côté, les doigts posés sur le pouls du malade, attendaient, chacun avec sa propre angoisse, la réponse à la question de Mr. Neal. Les yeux de Mr. Armadale se posèrent, indécis, sur son enfant puis sur sa femme.

— Vous tenez à l'entendre ?

La respiration de Mrs. Armadale se précipita, sa main serra celle de son mari, et elle inclina la tête en silence. Lui tenait toujours ses yeux attachés sur elle. Enfin il se décida :

— Lisez, dit-il, et arrêtez quand je le vous le dirai.

Il était près d'une heure. La cloche de l'hôtel annonça le déjeuner ; un bruit de pas précipités et un bourdonnement de voix pénétrèrent gaiement dans la chambre, tandis que Mr. Neal étendait le manuscrit sur la table et en commençait la lecture :

« *J'adresse cette lettre à mon fils ; elle lui sera remise lorsqu'il sera en âge de la comprendre. Ayant perdu tout espoir de le voir grandir et devenir homme, je n'ai d'autre ressource que d'écrire ce que j'aurais voulu lui dire de vive voix.*

» *En prenant cette détermination, j'ai trois desseins : premièrement, révéler les circonstances qui entourèrent le mariage d'une dame anglaise de ma connaissance dans l'île de Madère ; deuxièmement, jeter des éclaircissements sur la mort de son mari, arrivée peu de temps après, à bord du navire français La Grâce-de-Dieu ; troisièmement, avertir mon fils d'un danger qui l'attend, danger qui naîtra de la tombe de son père, lorsque la terre se sera refermée sur lui.*

» *L'histoire de la dame anglaise commence à l'époque où j'héritai de la riche propriété d'Armadale, et lorsque je pris ce nom fatal.*

» *Je suis le seul fils survivant de feu Mathew Wrentemore, de la Barbade. Je suis né dans cette île, sur les terres de notre famille, je perdis mon père alors que je n'étais encore qu'un enfant.*

» *Ma mère avait pour moi une tendresse aveugle. Elle ne me refusait rien, et me laissait vivre comme je l'entendais. Mon enfance et ma jeunesse se passèrent dans l'oisiveté, au milieu des complaisances d'esclaves et d'inférieurs, pour lesquels mes volontés étaient des lois. Je doute qu'il y eût à l'époque, dans toute l'Angleterre, un gentleman de ma naissance aussi ignorant que je l'étais alors ; je doute qu'il y eût un jeune homme dans le monde dont les passions eussent été laissées aussi libres que les miennes le furent alors.*

» *Ma mère éprouvait une aversion romanesque pour le prénom de mon père. Je fus donc baptisé Allan, du nom d'un de nos riches cousins, feu Allan Armadale, qui possédait dans notre voisinage les terres les plus considérables et les plus fertiles de l'île, et qui consentit à être mon parrain par procuration. Mr. Armadale n'avait en effet jamais vu ses propriétés des Indes occidentales. Il vivait en Angleterre et, après m'avoir envoyé les présents d'usage, il cessa toute relation avec mes parents durant plusieurs années. Je venais d'avoir vingt et un ans quand nous entendîmes reparler de lui. À cette occasion, ma mère reçut une lettre de lui, demandant si je vivais encore, et ne m'offrant rien de moins dans ce cas que de me faire l'héritier de ses terres des Indes occidentales.*

» Cette bonne fortune ne m'échut que par la suite de la mauvaise conduite du fils de Mr. Armadale, son seul enfant. Le jeune homme s'était déshonoré au point de ne pouvoir se racheter ; il avait quitté sa maison en proscrit, renié à jamais par son père. N'ayant pas d'autre parent mâle pour lui succéder, Mr. Armadale s'était souvenu de son filleul, le fils de son cousin, et il m'offrait ses immenses propriétés des Indes, à la condition que moi et mes héritiers nous prendrions son nom. La proposition fut acceptée avec reconnaissance, et les mesures légales furent prises pour changer mon nom dans la colonie et dans la mère patrie.

» Un courrier apprit à Mr. Armadale que ses conditions étaient remplies, et le retour de la malle nous apporta des nouvelles des hommes de loi. Le testament avait été modifié en ma faveur et, dans la semaine qui suivait, la mort de mon bienfaiteur m'avait rendu le plus grand et le plus riche propriétaire de la Barbade.

» Ceci est le premier événement d'importance. Le second survint quelque six semaines plus tard.

» Il se trouvait une vacance dans le bureau du domaine, et un jeune homme de mon âge, récemment arrivé dans l'île, se présenta pour la remplir. Il s'annonça sous le nom de Fergus Ingleby. J'étais un impulsif et ne connaissais d'autres lois que celles de mes caprices ; dès l'instant où je vis l'étranger, je m'entichai de lui. Ses manières étaient celles d'un gentleman. Jamais je n'avais rencontré un homme aussi séduisant. Quand j'appris que les recommandations écrites présentées par lui étaient trouvées insuffisantes, j'intervins, et insistai pour qu'on lui donnât la place. Mes désirs étaient des ordres, et il l'obtint.

» Ma mère conçut, dès le premier jour, une grande antipathie envers Ingleby. Elle s'en méfiait. Lorsqu'elle s'aperçut que notre intimité se resserrait, lorsqu'elle le vit devenir mon confident, mon compagnon inséparable (j'avais passé toute ma vie avec des gens qui m'étaient

inférieurs socialement et je goûtais leur compagnie), elle eut à cœur de nous séparer ; en vain. Forcée dans ses dernières défenses, elle résolut de tenter la seule chance qui lui restât, me décider à faire un voyage en Angleterre.

» Avant de m'avertir de son projet, elle écrivit à un vieil ami, un ancien admirateur, sir Stephen Blanchard de Thorpe-Ambrose, dans le Norfolk, gentleman riche en terres, veuf, avec plusieurs enfants. Je devais découvrir par la suite qu'elle avait invoqué dans sa lettre leur attachement de jeunesse (lequel avait été, j'imagine, rompu par leurs familles) pour demander à Mr. Blanchard qu'il m'accueillît chez lui ; elle s'était également enquise de sa fille, laissant deviner l'espoir d'une union, au cas où nous nous plairions l'un l'autre. Il semblait que nous fussions elle et moi faits pour nous entendre à tous points de vue, et le souvenir de sa tendre affection pour le père lui faisait envisager mon mariage avec la fille de son vieil admirateur comme la perspective la plus heureuse qui fut. De tout cela je ne savais rien avant que la réponse de Mr. Blanchard arrivât à la Barbade. Alors ma mère me montra la lettre, étalant devant mes yeux la tentation qui devait m'éloigner de Fergus Ingleby.

» La lettre de Mr. Blanchard était datée de Madère, dont le climat lui avait été recommandé par les médecins pour rétablir sa santé chancelante. Sa fille était avec lui. Il entrait avec joie dans les désirs de ma mère, et m'engageait, si je devais bientôt quitter la Barbade, à passer par Madère sur ma route vers l'Angleterre et à résider quelque temps avec lui. Si c'était impossible, il m'indiquait l'époque de son retour en Angleterre, et la date à partir de laquelle je pouvais compter sur son accueil chaleureux à Thorpe-Ambrose. Il terminait en s'excusant d'une missive aussi courte, mais il avait déjà désobéi aux prescriptions du docteur en ne résistant pas au plaisir d'écrire lui-même à sa vieille amie.

» Si affectueuse que fut cette lettre, elle n'eût pas suffi à me décider. Mais il y avait plus que la lettre : une miniature de Miss Blanchard, avec ces lignes facétieuses mais pleines de tendresse, tracées par son père au dos du cadre : Je ne puis prier comme à l'ordinaire ma fille de me prêter ses yeux, sans l'instruire de vos demandes à son sujet et mettre à mal sa modestie de jeune fille. Je vous envoie donc son image (à son insu), qui répondra pour elle ; c'est le portrait fidèle d'une bonne fille. Si elle aime votre fils et s'il me plaît – ce dont je ne

doute pas –, nous vivrons, ma chère amie, pour voir nos enfants être ce que nous eussions voulu être nous-mêmes, mari et femme.

» Ma mère me confia la lettre et la miniature. Celle-ci m'avait touché, je ne saurais dire pourquoi, comme rien auparavant.

» Une intelligence plus forte que la mienne n'eût pas manqué d'attribuer cette impression extraordinaire produite sur moi par ce portrait au désordre de mon esprit, à la lassitude des plaisirs vulgaires dans lesquels je m'étais jeté depuis longtemps, aux vagues espérances qui m'habitaient et à ma quête inconsciente de nouveaux motifs de vivre, plus noble que ceux qui jusqu'alors constituaient mon horizon.

» Mais je ne tentai point alors d'analyser de la sorte ce qui se passait en moi. Je croyais au destin ; j'y crois encore. Il me fut assez de savoir – comme j'en fus immédiatement conscient – que la première aspiration vers des sentiments meilleurs avait été éveillée dans ma nature grossière par la vue de cette jeune fille, qui me regardait de son cadre comme aucune femme ne m'avait jamais regardé. Dans ces yeux tendres, dans l'espoir de faire de cette douce créature ma femme je lus ma destinée. Le portrait remis entre mes mains était le messager silencieux du bonheur qui m'attendait, envoyé pour m'avertir, pour m'encourager, me racheter avant qu'il fût trop tard. Le soir, je mis la miniature sous mon oreiller. Le matin, je la contemplai de nouveau. Ma conviction du jour précédent restait aussi forte que jamais : ma superstition (s'il vous plaît de l'appeler ainsi) me montrait irrésistiblement le chemin que je devais suivre. Un navire mettait à la voile pour l'Angleterre, à une quinzaine de là ; il devait faire escale à Madère. Je pris un billet ».

De tout ce temps, aucune interruption n'avait troublé le lecteur. Mais aux derniers mots, les accents d'une autre voix, basse et saccadée, se mêlèrent à la sienne.

— Était-elle blonde, demanda la voix, ou brune comme moi ?

Mr. Neal marqua une pause et leva les yeux. Le docteur se tenait toujours près du malade, les doigts machinalement posés sur son pouls ; l'enfant, que le sommeil commençait à gagner, jouait languissamment ; le père le regardait avec une attention ravie et continue. Mais un grand changement s'était opéré chez les auditeurs. Mrs. Armadale avait abandonné la main de son mari et détournait constamment son visage du sien. Le sang africain brûlait ses joues, lorsqu'elle répéta sa question avec insistance :

— Était-elle blonde, ou brune comme moi ?

— Blonde, répondit son mari, sans la regarder.

Ses mains jointes sur ses genoux se tordirent violemment, mais elle n'ajouta pas un mot. Les sourcils menaçants de Mr. Neal se contractèrent encore en reprenant sa lecture. Il avait sévèrement encouru son propre blâme, il s'était surpris à la plaindre tout bas.

« *J'ai dit, continuait la lettre, qu'Ingleby était mon confident intime. Je regrettais de le quitter et fus affligé de sa surprise et de sa mortification quand il apprit mon départ. Pour me justifier, je lui montrai la lettre et le portrait, et lui racontai tout. Son émotion à la vue de cette miniature fut au moins égale à la mienne. Il me questionna sur la famille de Miss Blanchard, sur sa fortune, avec l'intérêt d'un véritable ami, et il affermit encore mon estime et ma confiance en lui en m'encourageant généreusement à persister dans mes nouveaux projets. Je le quittai joyeux et plein de santé. Le lendemain, avant même de l'avoir revu, j'étais frappé d'une maladie qui menaçait ma raison et ma vie.*

» *Je n'ai point de preuves contre Ingleby. Il y avait dans l'île plus d'une femme trompée par moi, dont la vengeance pouvait m'avoir atteint. Je n'accuse personne. Je dirai seulement que je fus sauvé par la vieille négresse ma nourrice, qui avoua plus tard s'être servie d'un contrepoison qu'utilisaient les nègres pour combattre ce poison. Lorsque j'entrai en convalescence, le navire sur lequel j'avais arrêté mon passage était parti depuis bien longtemps. Quand je m'informai d'Ingleby, j'appris qu'il avait quitté l'île. J'eus de son inconduite dans la situation que je lui avais procurée des preuves si positives que ma faiblesse pour lui dut céder à l'évidence. Il avait été renvoyé de sa place dans les premiers jours de ma maladie, et on ne savait rien de plus, sinon son départ.*

» *Pendant mon calvaire, le portrait n'avait pas quitté mon oreiller. Il fut l'unique consolation de ma convalescence quand je songeais au passé, mon seul encouragement quand je pensais à l'avenir. Aucun mot ne peut dire avec quelle force ce premier rêve s'était emparé de moi. Le temps, la solitude et la maladie n'avaient fait que l'amplifier. Ma mère, malgré tout son désir de voir mon mariage s'accomplir, s'effrayait du succès de son entreprise. Elle écrivit à Mr. Blanchard pour l'informer de mon état, mais n'en reçut point de réponse. Elle m'offrit d'écrire encore si je voulais lui promettre de ne la quitter que lorsque mon rétablissement serait complet. Mon impatience ne connut plus de bornes. Un autre bateau allait partir pour Madère, je m'assurai en relisant la lettre de Mr. Blanchard que je la trouverais encore dans cette île, si je profitais de cette nouvelle occasion ; j'arrêtai mon passage, et cette fois, lorsque le navire mit à la voile, j'étais à bord.*

» Le changement me fit du bien. L'air vivifiant de la mer me rendit la santé. Après une traversée extraordinairement rapide je me trouvai au terme de mon voyage. Par une belle et tranquille soirée, que je n'oublierai jamais, j'étais seul sur le rivage, son portrait sur mon cœur, regardant les murs blancs de la maison qu'elle habitait.

» Je fis le tour de la propriété pour me calmer, puis finalement me décidai à entrer. Ayant passé le portail et une plantation d'arbrisseaux, je débouchai dans le jardin où une dame se promenait nonchalamment sur la pelouse. Elle se retourna de mon côté, et je vis l'original de mon portrait. L'accomplissement de mon rêve ! Il est inutile, pire qu'inutile de s'attarder sur cet instant ; laissez-moi vous dire seulement que toutes les promesses faites par le portrait à mon imagination étaient tenues par la jeune femme qui se tenait devant mes yeux. Qu'il me suffise de dire cela, rien de plus.

» J'étais trop violemment agité pour oser me présenter à elle. Je me retirai sans être vu et, me dirigeant vers la porte de la maison, je demandai son père. Mr. Blanchard s'était retiré dans son appartement, et ne pouvait voir personne. Prenant alors mon courage à deux mains, je demandai Miss Blanchard. Le domestique sourit : « Notre jeune lady n'est plus Miss Blanchard, dit-il. Elle est mariée ». Ces mots eussent foudroyé tout homme dans ma position ; ils me mirent le sang en feu. Je saisis le domestique à la gorge dans un accès de rage. « Vous mentez ! m'écriai-je, en parlant comme je l'eusse fait à un de mes esclaves. — C'est la vérité, dit-il, en se débattant. Son mari est en ce moment dans la maison. — Comment s'appelle-t-il, misérable ? ». Le domestique répondit en me jetant mon propre nom au visage : « Allan Armadale ».

» Vous imaginez maintenant la vérité. Fergus Ingleby était le fils proscrit dont j'avais pris le nom et l'héritage. Je lui avais pris son nom, il m'avait pris ma femme : nous étions quittes.

» Il est nécessaire que je raconte par quels moyens la trahison qui

ruinait mes espérances fut accomplie. Cela est nécessaire pour expliquer – je ne dis pas pour justifier – la part que je pris dans les événements qui suivirent mon arrivée à Madère.

» Ainsi qu'Ingleby l'avoua, il était venu à la Barbade après avoir appris la mort de son père et la manière dont j'avais hérité de ses propriétés, avec le projet arrêté de se venger de moi. Mon imprudente confidence lui fournit l'occasion rêvée qu'il cherchait. Il s'empara de la lettre que ma mère avait écrite à Mr. Blanchard au début de ma maladie, puis se fit renvoyer à dessein de l'emploi qu'il occupait, et s'embarqua pour Madère sur le navire qui eût dû m'emmener. Arrivé dans cette île, il avait attendu que le navire fût reparti, puis s'était présenté chez Mr. Blanchard, non pas sous le nom que je continuerai à lui donner, mais sous celui qui lui appartenait certainement autant qu'à moi : Allan Armadale.

» La fraude fut facile : il s'agissait de tromper un vieillard infirme qui n'avait pas vu ma mère depuis sa jeunesse, et une jeune fille ignorante et naïve, qui ne le connaissait point. Il en avait appris assez auprès de moi pour répondre aux questions qui lui furent adressées aussi facilement que j'eusse pu le faire moi-même. Son visage, ses manières, ses façons séduisantes avec les femmes, sa pénétration, son habileté firent le reste. Pendant que j'étais couché sur mon lit de souffrance, il gagnait le cœur de Miss Blanchard ; tandis que je rêvais devant le portrait, Ingleby obtenait le consentement du père à son union avec la fille, avant leur départ de l'île.

» Ainsi l'infirmité de Mr. Blanchard seconda les plans de mon homonyme. Le vieillard avait envoyé plusieurs messages à ma mère et s'était contenté des réponses qui furent régulièrement inventées en retour. Lorsque le prétendant fut accepté et le jour du mariage fixé, il jugea convenable d'écrire lui-même à sa vieille amie, pour lui demander son consentement et l'inviter à la cérémonie. Mais il ne put achever sa lettre, elle fut continuée, sous sa dictée, par Miss Blanchard. Il n'y avait pas moyen cette fois d'intercepter le courrier ; alors Ingleby, sûr du cœur de sa victime, guetta sa sortie de la chambre de son père, et lui avoua la vérité. Miss Blanchard étant mineure, la situation devenait des plus sérieuses. Si la lettre partait, il fallait ou se séparer pour toujours, ou s'enfuir dans des circonstances qui rendaient la prison inévitable, car la destination du navire qui les emmènerait serait connue avant le départ ; et le yacht, fin voilier

dans lequel Mr. Blanchard était venu à Madère, attendait. La seule solution qui restait était donc de continuer la supercherie en supprimant la lettre, et d'avouer la vérité une fois le mariage célébré. De quels artifices usa-t-il pour la persuader ? De quels arguments se servit Ingleby pour se faire aimer de cette jeune fille et l'amener à être sa complice, je ne saurais le dire, mais il y parvint ; il l'avilit au point d'obtenir son silence. La lettre n'arriva jamais à destination. Et c'est ainsi qu'avec le consentement de sa fille, le père fut trompé jusqu'au dernier moment.

» Une seule précaution leur restait à prendre : il fallait inventer la réponse de ma mère, attendue par Mr. Blanchard, la veille du jour fixé pour le mariage. Ingleby était en possession de la lettre volée à ma mère, mais il manquait de l'habileté nécessaire pour imiter son écriture. Miss Blanchard, qui avait consenti passivement à la fraude, refusa cependant de prendre une part plus active. Ingleby trouva alors l'instrument de sa tricherie en la personne d'une petite orpheline âgée de douze ans à peine, enfant à l'intelligence précoce pour laquelle Miss Blanchard s'était prise d'amitié et qu'elle avait amenée d'Angleterre comme femme de chambre. L'habileté diabolique de l'enfant assura le triomphe de la supercherie. J'ai vu l'imitation qu'elle fit de l'écriture de ma mère d'après les instructions d'Ingleby et – puisque l'infâme vérité doit être dite – avec l'accord de sa maîtresse ; je crois pouvoir dire que je m'y fusse mépris moi-même. J'ai revu cette fille plus tard, et mon sang s'est glacé dans mes veines à sa vue. Si elle vit encore, malheur à ceux qui se confieront à elle ! Une créature plus perverse, plus impitoyable n'exista jamais !

» Le faux ouvrait grand le chemin du mariage, et lorsque je me présentai, ils étaient donc (ainsi que le domestique me l'avait dit) mari et femme. Mon arrivée précipita seulement l'aveu que tous deux s'accordaient à vouloir faire à Mr. Blanchard. Ingleby fit lui-même et sans vergogne le récit de son abominable supercherie. Sa franchise ne pouvait lui nuire ; il était marié, et la fortune de sa femme n'était plus sous le contrôle du père.

» Je passe sur les événements qui suivirent mon entrevue avec la fille et celle que j'eus avec le père, pour en arriver à la conclusion. Pendant deux jours, les efforts de sa femme, conjugués à ceux du prêtre qui avait célébré le mariage, parvinrent à empêcher une rencontre entre Ingleby et moi. Le troisième jour, je m'y pris mieux, et me trouvai

face à face avec l'homme qui m'avait mortellement offensé.

» Rappelez-vous combien ma confiance avait été trompée, rappelez-vous comment la seule bonne résolution de ma vie avait été empêchée, rappelez-vous les passions violentes si fortement enracinées en moi et qui n'avaient jamais été réfrénées, et imaginez ce qui dut se passer entre nous. Plus grand et plus vigoureux que moi, il abusa de sa force avec une férocité de brute. Il me frappa.

» Réfléchissez aux injures que j'avais reçues de cet homme, et jugez de ce que je dus éprouver lorsqu'il osa me frapper au visage !

» J'allai trouver un officier anglais venu de la Barbade, sur le même navire que moi. Je lui dis la vérité, et il admit qu'un duel était inévitable. Il parla de certaines convenances et des règles en usage dans ces sortes d'affaires. Je l'arrêtai : « J'aurai un pistolet dans la main droite, dis-je, lui aussi ; je prendrai le bout d'un mouchoir dans ma gauche, il prendra l'autre bout dans la sienne, et nous tirerons au commandement ». L'officier se leva et me regarda comme si je l'avais personnellement insulté : « Vous me demandez, dit-il, de servir de témoin à un meurtre et à un suicide. Je refuse ». Il me quitta. Dès qu'il fut parti, j'écrivis ce que je venais de dire à l'officier, et envoyai la lettre à Ingleby. Je m'assis devant un miroir et regardai la joue qu'il avait frappée : « Plus d'un homme a eu du sang sur les mains et sur la conscience, pensai-je, pour moins que cela ».

» Le messager revint avec la réponse d'Ingleby. Il fixait la rencontre à trois heures le lendemain, dans un lieu écarté. J'avais arrêté ce que je ferais en cas de refus ; sa lettre me sauva de l'horreur que m'inspirait ma propre résolution. Je lui étais reconnaissant – oui, reconnaissant – de l'avoir écrite.

» Le lendemain, je fus au rendez-vous. Il ne s'y trouvait point. J'attendis deux heures, il ne vint jamais. Alors la vérité s'imposa à moi : « Celui qui a été lâche le reste toute sa vie ». Je décidai donc de me rendre chez Mr. Blanchard. En chemin, une méfiance soudaine me prit. Je changeai de route, et me dirigeai vers le port. Je ne m'étais pas trompé. C'était bien là qu'il fallait aller : un navire en partance pour Lisbonne les avait accueillis, lui et sa femme. Sa réponse à ma provocation avait servi ses projets en m'éloignant de la ville. Une fois de plus j'avais eu confiance en Fergus Ingleby, une fois de plus son intelligence rusée s'était jouée de moi.

» Je demandai si Mr. Blanchard connaissait le départ de sa fille. Il l'avait su, mais trop tard. Le navire venait de mettre à la voile. Cette fois je pris leçon de la ruse d'Ingleby : au lieu de me présenter à la maison de Mr. Blanchard, je me rendis d'abord à son yacht.

» Le bateau m'apprit ce que son maître m'eût sans doute caché. J'y trouvai les signes d'un départ improvisé. Tout l'équipage était à bord, à l'exception de quelques marins auxquels il avait été permis de descendre à terre, et qui s'étaient éloignés dans l'intérieur de l'île, on ne savait où. Lorsque je découvris que le capitaine cherchait à les remplacer, ma résolution fut prise. Je savais manœuvrer, ayant eu un yacht et l'ayant conduit moi-même. Je courus à la ville, changeai mes habits pour ceux du marin et, revenant au port, offris mes services au commandant. Je ne sais ce qu'il lut sur mon visage ; mes réponses le satisfirent, et cependant il me regardait d'un air d'hésitation. Mais il manquait de bras, le temps le pressait, et il m'accepta. Une heure après, Mr. Blanchard nous rejoignait. Il fut conduit à sa cabine, très souffrant de corps et d'esprit, et bientôt nous voguions en pleine mer par une nuit sans étoiles, une fraîche brise soufflant derrière nous.

» Comme je l'avais supposé, nous poursuivions le vaisseau qui emportait Ingleby et sa femme. C'était un navire français qui faisait le commerce de bois : son nom était La Grâce-de-Dieu. De lui on ne savait pas grand-chose, sinon qu'il faisait route vers Lisbonne et avait dû faire escale à Madère, par manque d'hommes et de vivres. Pour les vivres, il avait pu s'arranger, mais pas pour les hommes : les marins s'étaient méfiés de la solidité du navire et de l'honnêteté de l'équipage. Lorsque ces deux réserves arrivèrent à la connaissance de Mr. Blanchard, les paroles sévères adressées à son enfant dans le premier moment de la déception lui brisèrent le cœur. Il résolut aussitôt de donner asile à sa fille sur le yacht, et de la tranquilliser, en mettant son coupable de mari à l'abri de ma vengeance ; le yacht marchait beaucoup plus vite que le navire, et il ne faisait guère de doute que nous rattraperions La Grâce-de-Dieu. Notre seule crainte était de la perdre dans les ténèbres.

» Peu après notre départ, le vent tomba tout à coup ; un calme étouffant lui succéda. Lorsque nous entendîmes l'ordre d'amener les mâts de hune sur le pont, et de carguer les grandes voiles, nous sûmes tous à quoi nous devions nous attendre. Une heure plus tard, le tonnerre grondait sur nos têtes, et le yacht courait à travers l'orage déchaîné.

C'était une goélette de trois cents tonneaux, construite solidement, bois et fer, commandée par un capitaine intelligent, et elle se conduisit bravement. Au matin, le vent soufflait toujours du sud, mais sa furie s'était apaisée et la mer était moins agitée. Au point du jour, nous entendîmes faiblement, au milieu des rugissements de la tempête, la détonation d'un fusil. Les hommes anxieux rassemblés sur le pont se regardèrent entre eux et dirent : « C'est le navire ! »

» Avec le jour nous l'aperçûmes. C'était bien celui que nous poursuivions ; il oscillait en travers de la mer, dépouillé de son mât de misaine et de son grand mât, faisant eau de tous côtés, prêt à couler. Le yacht portait trois embarcations ; le capitaine, ayant reconnu les signes précurseurs d'une nouvelle tempête, ordonna qu'on en mît deux à la mer, tant que le calme le permettait. Si peu nombreux que fussent les gens du navire en péril, ils l'étaient encore trop pour qu'un seul canot suffit à les recevoir, et le danger d'en lancer deux à la fois fut jugé moindre, dans l'état critique du temps, que celui de deux voyages séparés du yacht au navire. On pouvait peut-être en risquer un, mais aucun homme, après avoir regardé le ciel, n'eût osé dire qu'il y eut assez de temps pour en effectuer un second.

» Les canots furent amarinés de volontaires, et je montai sur le second. Quand le premier arriva bord à bord du bâtiment en détresse, après des difficultés et des dangers extrêmes, tout son équipage se précipita dans la panique pour y entrer en même temps. Si le bateau ne se fût pas éloigné avant d'être surchargé, plusieurs existences eussent été compromises. Lorsque notre embarcation s'approcha à son tour, nous convînmes que quatre d'entre nous monteraient à bord, deux (dont moi-même) pour veiller à la sûreté de la fille de Mr. Blanchard et les deux autres pour repousser les gens de l'équipage qui essayeraient de passer avant elle. Les autres (le barreur et deux rameurs) resteraient dans le canot, afin de l'empêcher de se briser contre le navire. Ce que virent les autres quand ils abordèrent La Grâce-de-Dieu, je l'ignore ; ce que je vis, moi, ce fut celle que j'avais perdue, celle qui m'avait été volée, évanouie sur le tillac. Nous la transportâmes, sans connaissance, dans notre canot. Les autres gens de l'équipage, au nombre de cinq, furent maintenus par la force. Ils passèrent en ordre, l'un après l'autre, et dans le temps voulu par la prudence. Je partis le dernier. Une nouvelle oscillation du navire montra aux hommes du canot son pont désert de la poupe à la proue : leur mis-

sion était accomplie. Alors, au bruit des hurlements de plus en plus furieux de la tempête qui s'élevait autour d'eux, ils ramèrent pour leurs vies jusqu'au yacht.

» Notre capitaine, averti par une succession de bourrasques de la direction que prenait l'ouragan, en profita pour préparer le yacht à le recevoir. Avant que les derniers de nos hommes fussent remontés à bord, l'orage éclata avec fureur. Notre canot sombra, mais aucun de nous ne périt. Une fois encore, nous courûmes devant la tempête, au sud, à la merci du vent. Je me tenais sur le pont, avec le reste de l'équipage, surveillant le seul morceau de toile que nous eussions pu conserver, en attendant pour le remplacer par un autre qu'il eût été chassé des ralingues, lorsque le contremaître, s'approchant de moi, me cria à l'oreille à travers le tonnerre et l'orage : « Elle a repris connaissance dans la cabine et demande son mari. Où est-il ? ». Personne à bord ne l'avait vu. Le yacht fut fouillé de fond en comble sans succès. Ingleby n'était pas non plus parmi les hommes, que la peur avait rassemblés. On interrogea les équipages des deux canots de secours. Tout ce que les gens du premier purent dire, c'est que, s'étant éloignés en toute hâte, ils ne savaient ni ceux qu'ils laissaient derrière eux, ni ceux qu'ils emmenaient. Le second répondit qu'il avait conduit au yacht jusqu'à la dernière des créatures vivantes restées sur le tillac après le départ du premier canot. On ne pouvait donc blâmer personne, mais il était de fait certain qu'un homme manquait.

» Tout le reste du jour, l'orage se déchaînant sans interruption, nous ne pûmes songer à tenter un autre voyage au navire abandonné. Le seul espoir du yacht était de faire vent arrière. Vers le soir, la tempête, après nous avoir emportés au sud de Madère, se calma. Le vent changea, et nous permit d'arriver sur l'île. Le lendemain matin aux aurores, nous étions de retour au port. Mr. Blanchard et sa fille furent transportés à terre. Le capitaine les y accompagna, et nous avertit qu'il aurait à nous faire à tous une communication importante.

» À son retour, nous fûmes assemblés sur le pontet, harangués par lui. Il avait reçu de Mr. Blanchard l'ordre de retourner immédiatement au navire, pour y chercher l'homme qui manquait. Notre devoir était d'obéir par humanité pour lui, par compassion pour sa femme, dont les médecins déclaraient la raison en danger si l'on ne tentait quelque chose pour la calmer. Nous pouvions être presque sûrs de trouver le bâtiment encore à flot, car son chargement de bois

l'empêchait de sombrer aussi longtemps que la coque résisterait. Si l'homme avait été laissé à bord, il fallait le ramener vivant ou mort ; et si le temps se maintenait calme, il n'y avait pas de raison pour que les hommes, avec l'aide nécessaire, ne pussent également ramener le navire et gagner alors (le patron était consentant) leur part de récompense au même titre que les officiers du yacht.

» L'équipage salua ces derniers mots de trois hourras, et se mit à l'ouvrage immédiatement. Je fus le seul qui recula dans l'entreprise ; je leur dis que l'orage m'avait bouleversé, que j'étais malade et que j'avais besoin de repos. Ils me jetèrent tous de lourds regards tandis que je passais au milieu d'eux pour quitter le yacht, mais aucun ne me dit mot.

» J'attendis toute la journée dans une taverne du port, impatient d'apprendre les premières nouvelles. Elles furent apportées à la tombée de la nuit par un des hommes qui avaient contribué à sauver le navire abandonné. La Grâce-de-Dieu flottait encore lorsqu'on y était arrivé, et le corps d'Ingleby avait été trouvé à bord, noyé dans la cabine. Dès le lendemain matin, on apporta le cadavre au yacht, et il fut enterré le jour même dans le cimetière protestant ».

— Arrêtez ! fit la voix du paralytique au lecteur, qui allait commencer un nouveau paragraphe.

Un changement était survenu dans la chambre et chez l'auditoire depuis la précédente interruption de Mr. Neal. Un rayon de soleil glissait sur le lit du moribond, et l'enfant, vaincu par le sommeil, reposait paisiblement dans la lumière dorée. La contenance du père s'était visiblement altérée. Les muscles inférieurs de sa face, jusqu'alors inertes, se contractaient maintenant douloureusement. Averti de la faiblesse du malade par la sueur qui perlait sur son front, le docteur se leva pour lui faire reprendre des forces. De l'autre côté de son chevet, la chaise de sa femme était vide. Au moment où son mari avait parlé, elle s'était retirée derrière la tête du lit, hors de sa vue. S'appuyant au mur, elle restait là, cachée, les yeux rivés avec une impatience avide sur le manuscrit que Mr. Neal tenait à la main.

Une minute se passa. Mr. Armadale rompit de nouveau le silence.

— Où est-elle ? demanda-t-il en regardant avec colère la chaise vide.

Le docteur la désigna d'un signe. Elle n'avait d'autre choix que de se montrer. Elle s'avança lentement, et vint s'arrêter devant lui.

— Vous m'aviez promis de sortir quand il le faudrait, dit-il ; allez maintenant !

Mr. Neal essayait d'affermir sa main sur le manuscrit, mais elle tremblait malgré lui. Le doute, qui s'était lentement emparé de son esprit, devint une certitude en entendant ces paroles. La lettre était arrivée, de révélation en révélation, aux limites du dernier aveu. À ce moment, Mr. Armadale avait résolu d'arrêter la voix du lecteur avant qu'elle eût fait entendre à sa femme la suite du récit. Là était le secret que le fils apprendrait un jour, et qui ne devait jamais être révélé à la mère. Les plus tendres supplications de sa femme n'avaient pu ébranler sa résolution, et maintenant, devant elle, il venait de la réaffirmer.

Elle ne lui répondit point. Elle resta debout, immobile, et le regarda, lui envoyant une dernière prière, un dernier adieu, peut-être. Mais ses yeux à lui se détournèrent d'elle impitoyablement pour aller se poser sur son fils endormi. Elle s'éloigna silencieusement du lit, sans un regard à son enfant, sans un mot aux deux étrangers, qui la considéraient avec une angoisse fiévreuse. Elle tint la promesse donnée et, dans un silence de mort, quitta la chambre.

Il y avait quelque chose dans la manière dont elle était partie qui déconcerta Mr. Neal et le docteur ; quand la porte se fut refermée sur elle, ils hésitèrent instinctivement à pénétrer davantage dans le secret du mourant. La réticence du docteur fut la première à se traduire. Il essaya d'obtenir du malade la permission de se retirer avant que la lettre fût continuée. Mr. Armadale refusa.

L'Écossais prit la parole à son tour ; il alla plus loin que le docteur, se fit plus ferme :

— Le docteur est habitué par sa profession, commença-t-il, et je suis accoutumé dans la mienne à recevoir les secrets des autres. Mais il est de mon devoir, avant d'aller plus loin, de vous demander si vous comprenez réellement la position extraordinaire que nous occupons les uns à l'égard des autres. Vous venez devant nous d'exclure Mrs. Armadale de votre confiance, et vous l'offrez maintenant à deux hommes qui vous sont totalement étrangers.

— Oui, fit Mr. Armadale, et c'est précisément parce que vous m'êtes étrangers.

Ces paroles n'étaient point de nature à calmer les méfiances des deux confidents. Mr. Neal exprima ouvertement ce qu'il en pensait.

— Vous avez besoin de mon aide et de celle du docteur, reprit-il. Dois-je comprendre, si vous réclamez notre assistance jusqu'au bout, que l'impression que la fin de cette lettre pourra produire sur nous vous est indifférente ?

— Oui. Je ne me préoccupe ni de vous ni de moi, je veux seulement épargner ma femme.

— Vous me forcez, monsieur, à prendre une décision sérieuse, dit Mr. Neal. Si je dois achever cette lettre sous votre dictée, je demande qu'il me soit permis, l'ayant déjà lue tout haut en grande partie, de continuer ainsi jusqu'à la fin, en présence de ce gentleman comme témoin.

— Lisez.

Grave et soucieux, le docteur reprit sa chaise. Grave et soucieux, Mr. Neal prit le feuillet suivant et lut ce qui suit :

« *J'ai encore quelque chose à dire avant de laisser le mort en repos. J'ai raconté comment fut découvert son corps, mais je n'ai point détaillé les circonstances dans lesquelles il avait perdu la vie.*

» *On savait d'une manière certaine qu'il était sur le pont lorsque les canots s'étaient approchés du navire échoué ; mais il avait disparu soudain au milieu du désordre causé par la panique de l'équipage. À ce moment, l'eau montait jusqu'à cinq pieds dans la cabine, et s'élevait rapidement. Selon toute probabilité, il s'y était rendu de son propre gré ; l'écrin de sa femme, que l'on trouva près de lui sur le plancher, expliquait sa présence dans la cabine. Il avait vu les secours arriver, et était sans doute descendu pour essayer de sauver l'écrin. Il paraissait moins probable, bien que ce fût cependant possible, que sa mort eût été le résultat d'un accident, qui lui eût fait perdre connaissance pendant qu'il plongeait. Mais une nouvelle découverte faite par les sauveteurs du yacht frappa les hommes d'horreur ; lorsque leurs recherches les amenèrent devant la cabine, ils en trouvèrent l'écoutille et la porte fermées de l'extérieur. Avait-on enfermé Ingleby, ignorant qu'il fût là ? Étant donné la panique qui régnait à bord au moment du naufrage, il n'y avait pourtant aucune raison qu'on eût pris la peine de verrouiller la cabine avant d'abandonner le navire. Cette dernière réflexion conduisait à une autre conjecture : la main d'un assassin avait-elle à dessein emprisonné Ingleby ?*

» Oui, une main meurtrière l'avait enfermé et laissé se noyer. Cette main, c'était la mienne ».

L'Écossais bondit de sa chaise, le docteur s'écarta brutalement du chevet du malade. Tous deux regardèrent le moribond, pénétrés de la même horreur, glacés du même effroi. Il gisait là, la tête de l'enfant reposant sur sa poitrine, privé de la compassion de ses semblables, maudit par la justice de Dieu ; il gisait là, dans l'abandon de Caïn, les yeux fixés sur eux.

Au moment où les deux hommes avaient bondi sur leurs pieds, la porte menant dans l'autre pièce avait été secouée violemment de l'extérieur, et le bruit d'une chute, résonnant sinistrement à leurs oreilles, les avait réduits immédiatement au silence. Le docteur, qui se trouvait le plus près de la porte, l'ouvrit pour sortir, et la referma immédiatement derrière lui. Le bruit n'avait pas réveillé l'enfant ; il n'avait pas non plus attiré l'attention du père, emporté par ses propres mots loin de ce qui pouvait se passer autour de son lit de mort. Son corps sans vie se trouvait sur le navire en perdition, et le fantôme de sa main paralysée était en train de verrouiller la cabine.

Une sonnette retentit dans la pièce voisine, un murmure de voix se fit entendre, puis des bruits de pas précipités. Après un moment, le docteur réapparut.

— Écoutait-elle ? murmura Mr. Neal en allemand.

— Les femmes s'occupent d'elle, répondit le docteur à voix basse. Elle a tout entendu. Par le Ciel, que devons-nous faire à présent ?

Avant que le docteur eût reçu une réponse. Mr. Armadale parla. Le retour du docteur l'avait ramené à la réalité.

— Continuez, dit-il, comme si rien ne s'était passé.

— Je refuse de vous suivre plus loin dans votre monstrueux secret, répondit Mr. Neal. Vous avouez vous-même être un meurtrier. Si cette lettre doit être achevée, ne me demandez pas de vous tenir la plume.

— Vous m'avez donné votre promesse. Si vous n'écrivez pas, vous trahissez votre parole.

Ces mots avaient été prononcés avec un terrible sang-froid.

D'abord, Mr. Neal demeura silencieux. Il avait devant les yeux un homme que la mort tenait hors d'atteinte de la haine de ses congénères, un homme qui échappait à la peur des lois humaines, indifférent à tout, excepté à sa dernière résolution : finir la lettre adressée à son fils.

Mr. Neal tira le docteur à l'écart :

— Juste une question, fit-il en allemand. Maintenez-vous qu'il sera privé de l'usage de la parole avant que nous ayons pu prévenir Stuttgart ?

— Regardez ses lèvres, et jugez par vous-même.

Celles-ci en effet répondaient pour lui : on y voyait les ravages causés par la lecture de la lettre. Une contracture à la commissure, à peine perceptible quand Mr. Neal était entré dans la pièce, tordait à présent cette bouche, d'où chaque mot prononcé s'échappait avec de plus en plus de difficulté.

La situation était terrible. Après quelques instants d'hésitation. Mr. Neal fit une dernière tentative pour battre en retraite :

— À présent que vous m'avez ouvert les yeux, déclara-t-il gravement, oserez-vous encore me contraindre à tenir un engagement que j'ai pris dans la plus totale obscurité ?

— Non, répondit Mr. Armadale. Vous êtes libre de manquer à votre parole.

Le regard qui accompagnait cette réponse fut une insulte à la fierté de Mr. Neal. Quand il ouvrit de nouveau la bouche, il avait retrouvé sa place, assis devant la table.

— Personne n'a jamais dit que je m'étais parjuré, lança-t-il avec colère, et ce n'est pas vous qui commencerez. Sachez-le ! Vous m'obligez à tenir ma parole, fort bien, je vous rappelle, moi, mes conditions. Je me suis réservé ma liberté d'action, et je vous avertis que je l'emploierai, selon ma seule appréciation, aussitôt que je serai délivré de votre vue.

— Vous parlez à un mourant, ne l'oubliez pas, intercéda le docteur avec douceur.

— Reprenez votre place, monsieur, répondit Mr. Neal, désignant du doigt la chaise vide. Je vais lire ce qu'il reste à lire en votre présence. Et ce qu'il faut écrire, c'est également en votre présence que je l'écrirai. C'est vous qui m'avez conduit ici. J'ai le droit d'insister

– et par conséquent j'insiste – pour que vous soyez témoin de tout cela jusqu'à la fin.

Le docteur se le tint pour dit. Mr. Neal reprit le manuscrit, et lut jusqu'à la fin sans plus s'interrompre :

« J'ai reconnu ma culpabilité sans essayer de me justifier, sans un mot pour atténuer mon crime ; je révélerai comment il fut commis.

» Je ne pensai nullement à lui lorsque je vis sa femme insensible sur le pont du navire. J'aidai comme il était de mon devoir à la transporter sur le canot. C'est après, et seulement après, que je sentis son souvenir me traverser l'esprit. Dans la confusion qui présidait au sauvetage de l'équipage, j'eus toute latitude de chercher Ingleby sans être remarqué. Je revins sur mes pas, ignorant s'il s'était embarqué sur le premier canot ou s'il se trouvait encore à bord. Soudain je le vis qui remontait l'escalier de la cabine, les mains vides, les vêtements trempés. Ayant jeté un coup d'œil au canot sans me remarquer, il comprit qu'il avait encore du temps devant lui : « Retournons-y ! » se dit-il alors à lui-même. Et il disparut, pour tenter une nouvelle fois de retrouver l'écrin. Le diable murmura à mon oreille : « Ne tire pas sur lui comme sur un homme ; qu'il soit noyé comme un chien ! ».

» Il était dans l'eau quand je verrouillai l'écoutille, mais sa tête s'éleva à la surface avant que je pusse fermer la cabine. Je le regardai, il me regarda, et je lui fermai la porte au visage. Une minute après, je me mêlai aux hommes laissés sur le pont. Une minute encore, et il était trop tard pour se repentir. La tempête menaçait de nous engloutir, et les marins ramaient loin du vaisseau en perdition.

» Mon fils ! Je vous parle de ma tombe, et vous poursuis d'une confession que ma tendresse eût pu vous épargner. Lisez-moi jusqu'au bout, et vous saurez pourquoi.

» Je ne veux rien dire de mes souffrances. Je ne veux point demander grâce pour ma mémoire. Tandis que j'écris ces lignes, mon cœur défaillant, ma main tremblante m'avertissent de me hâter.

» Je quittai l'île sans oser revoir une dernière fois la femme qui m'avait été enlevée si lâchement, et dont j'avais brisé la vie. À mon départ, tout le poids du soupçon élevé par la mort d'Ingleby pesait sur l'équipage du navire français. On ne pouvait deviner dans quel intérêt ce meurtre avait été commis, mais on savait ces marins pour la plupart gens sans aveu et capables de tous les crimes. Ils furent

appelés devant la justice, et interrogés. Ce ne fut que bien longtemps après que j'appris par hasard que les soupçons avaient fini par s'arrêter sur moi. La veuve seule reconnut la vague description de l'homme étrange qui s'était engagé sur le yacht pour disparaître le jour suivant. La veuve seule sut, à partir de ce moment, pourquoi son mari avait été noyé, et quelle main s'était vengée.

» Lorsqu'elle fit cette découverte, le bruit de ma mort s'était répandu dans l'île. Peut-être (Ingleby seul m'ayant vu fermer la porte de la cabine) les preuves manquaient-elles pour justifier une enquête ; peut-être la veuve recula-t-elle devant les révélations qu'eût amenées une accusation publique contre moi, fondée sur de simples présomptions de sa part. Quoi qu'il en soit, le crime commis sans témoin est resté impuni jusqu'à ce jour.

» Je quittai Madère sous un déguisement et m'embarquai pour les Indes occidentales. La première nouvelle que j'appris lorsque le bateau toucha à la Barbade fut celle de la mort de ma mère. Je n'eus point le courage de revoir les lieux qui me rappelaient le passé. Je ne pouvais contempler sans terreur la perspective de vivre chez moi dans la solitude, en proie aux remords jour et nuit. Sans descendre à terre, sans me montrer à personne, j'allai aussi loin que le navire voulut m'emmener… à l'île de la Trinité.

» Là, je vis pour la première fois votre mère. Il eût été de mon devoir de lui dire la vérité – et cependant je gardai comme un traître mon secret. Il était de mon devoir de refuser qu'elle sacrifiât irrémédiablement sa liberté et son bonheur pour une existence telle que la mienne, et cependant je l'épousai. Si elle vit encore lorsque vous lirez ceci, cachez-lui la vérité. La seule réparation que je puisse lui faire, c'est de lui laisser ignorer jusqu'à la fin quel homme elle a épousé. Ayez pitié d'elle comme j'en ai eu pitié. Que cette confidence reste à jamais entre le père et le fils !

» L'époque de votre naissance fut celle où ma santé commença à s'altérer. Quelques mois plus tard, dans les premiers jours de ma convalescence, vous me fûtes apporté, et l'on me dit que vous aviez été baptisé pendant ma maladie. Votre mère avait fait comme toutes les mères aimantes : elle avait donné à son premier-né le nom de son père. Vous vous appeliez aussi Allan Armadale. Même dans ce temps-là, alors que j'ignorais ce que j'ai appris depuis, une crainte me troublait quand je vous regardais et pensais au nom fatal.

» Dès que je fus en état d'être transporté, ma présence fut réclamée dans mes terres de la Barbade. Il me vint à l'esprit – si étrange que cela puisse vous paraître – de renoncer à la condition qui nous forçait, mon fils et moi-même, à prendre le nom d'Armadale, ce qui revenait à perdre mes droits sur les biens dont j'avais hérité. Mais, à cette époque, le bruit d'une future émancipation des esclaves – émancipation dont l'heure est proche maintenant – se répandait dans la colonie. Personne ne pouvait dire dans quelle mesure la valeur des propriétés se trouverait amoindrie, si cette révolution s'opérait. Qui m'assurait, si je vous faisais reprendre mon nom de famille et vous laissais sans autre fortune que mon héritage paternel, que vous n'auriez pas un jour à regretter la riche propriété Armadale ? Je vous condamnais peut-être à la gêne, votre mère et vous. Remarquez comment la fatalité nous mène. Voyez comment votre nom de baptême et votre nom de famille vous échurent en dépit de ma volonté.

» Ma santé s'était fortifiée sur mes terres natales, mais cette amélioration dura peu. Je fis une rechute, et les médecins m'ordonnèrent de retourner en Europe. Évitant l'Angleterre (vous devinez pourquoi), je pris passage sur un navire pour la France, avec vous et votre mère. De là nous passâmes en Italie. Ce fut inutile. J'appartenais déjà à la mort, et la mort me suivait où que j'allasse. Je me résignai, car j'avais un allègement à mes souffrances. Mon souvenir vous fait peut-être horreur aujourd'hui ; en ces jours-là, vous me consoliez. La seule chaleur que je sentisse encore en mon cœur m'était apportée par vous. Mes dernières lueurs de joie en ce monde me furent données par mon fils enfant.

» Nous quittâmes l'Italie pour Lausanne, d'où je vous écris maintenant. Le courrier de ce matin m'a apporté les nouvelles les plus récentes et les plus complètes que j'aie reçues jusqu'à ce jour de la veuve de l'homme assassiné. La lettre est ouverte devant moi pendant que j'écris. Elle est d'un ami d'enfance qui a vu Mrs. Armadale et lui a parlé ; il a été le premier à l'informer que la rumeur de ma mort à Madère était fausse. Il écrit, ne comprenant rien à la violente agitation qu'elle a montrée en apprenant que je vivais encore, que j'étais marié, et que j'avais un enfant. Il me demande si je puis expliquer son trouble. Il parle d'elle en termes affectueux. Il la dépeint jeune et belle, ensevelie dans la solitude d'un village de pêcheurs de la côte du Devon ; son père est mort, sa famille, ayant désapprouvé

son mariage, s'est éloignée d'elle. Ce tableau m'eût navré si j'avais pu le contempler, mais les dernières lignes ont retenu mon attention dès que j'en ai pris connaissance. C'est ce qu'elles m'ont appris qui m'engage aujourd'hui à faire ce récit.

» Je sais maintenant ce que je n'avais jamais encore soupçonné avant que cette lettre me parvînt. Je sais que la veuve de l'homme dont le spectre frappe à ma porte a mis au monde un enfant posthume. Cet enfant est un garçon, d'un an plus âgé que le mien. Rassurée par la nouvelle de ma mort, sa mère a fait ce qu'a fait la mère de mon fils : elle a donné à l'enfant le nom du père. Ainsi vivront encore, dans une seconde génération, deux Allan Armadale. Après avoir causé de cruels malheurs aux pères, cette fatale similitude de noms renaît, pour attirer des calamités semblables sur leurs fils.

» Une conscience sans reproche ne verrait jusqu'ici qu'une série d'événements ne devant probablement avoir aucune conséquence pour l'avenir. Moi, moi qui ai à répondre du meurtre de cet homme, moi qui suis près de descendre dans la tombe avec mon crime impuni et inexpié, je vois ce que nulle conscience apaisée ne peut voir. Je vois un danger dans l'avenir, engendré du danger passé : une trahison, fruit de sa trahison à lui, et un crime en germe dans mon crime.

» La crainte qui me fait trembler jusqu'au fond de l'âme, n'est-elle qu'un fantôme né des terreurs d'un mourant ? J'ouvre le Livre que toute la chrétienté vénère, et le Livre me dit que le crime du père sera puni dans les enfants[1]*. Je regarde autour de moi, et je vois les preuves vivantes de cette terrible vérité. Je vois les vices qui ont souillé le père se transmettre à ses fils et les contaminer ; je vois la honte qui a déshonoré le nom du père retomber sur sa descendance et la flétrir. Je regarde en moi-même, et je vois mon crime mûrissant de nouveau dans des circonstances semblables à celles qui, dans le passé, ont vu éclore sa semence ; je le vois retomber, malédiction héréditaire, sur mon fils… »*

La lettre finissait là. C'était en traçant ces dernières lignes que le mal l'avait frappé et que la plume lui était tombée des mains.

Il savait l'endroit, il se rappelait les mots. Au moment où la voix du lecteur s'arrêta, il regarda le docteur avec des yeux étincelants :

— Le reste est tout écrit dans mon esprit, dit-il, articulant avec

1 Deutéronome, 5, 9.

peine. Aidez-moi à parler seulement.

Le médecin lui administra un stimulant, et fit signe à Mr. Neal d'attendre un peu. Après un court délai, le feu de l'intelligence mourante se ralluma dans ses yeux. Luttant courageusement avec la parole qui l'abandonnait, il pria l'Écossais de reprendre la plume, et acheva son récit, selon les mots que lui dictait sa mémoire :

« *Mon fils ! Méprisez, si vous le voulez, les pressentiments d'un moribond, mais je vous implore solennellement de m'accorder une dernière prière. Le seul espoir que je conserve pour vous repose sur un grand doute : sommes-nous, oui ou non, les maîtres de nos destinées ? Il se peut que le libre arbitre de l'homme puisse vaincre sa mortelle destinée, et qu'en allant, comme nous le faisons tous, inévitablement à la mort, nous demeurions libres dans ce qui précède la mort. S'il en est vraiment ainsi, respectez, quand vous ne respecteriez rien d'autre, l'avertissement que je vous donne de ma tombe. Ne laissez jamais approcher de vous aucune créature vivante, touchant directement ou indirectement au crime que votre père a commis. Fuyez la veuve de l'homme que j'ai tué, si elle vit encore. Fuyez cette femme de chambre dont la main perverse a aplani les difficultés du mariage, si elle est encore à son service ; plus que tout, évitez l'homme qui porte le même nom que nous. Quittez même votre bienfaiteur si son influence devait vous rapprocher de cet homme, abandonnez la femme qui vous aime, si cette femme est un lien entre vous et lui. Cachez-vous de lui sous un nom supposé. Mettez les montagnes et les mers entre vous ; soyez ingrat, soyez implacable, soyez tout ce qui répugnera le plus à nos meilleurs instincts, plutôt que de vivre sous le même toit et que de respirer le même air que cet homme. Ne permettez jamais que les deux Allan Armadale se rencontrent en ce monde, jamais, jamais, jamais !*

» *C'est la seule route à suivre, s'il en est une, qui puisse vous sauver. Prenez-la si vous tenez à rester sans souillure, si vous tenez à votre bonheur !*

» *J'en ai fini. Si j'avais pu recourir à un moyen moins terrible que cette confession pour vous engager à m'obéir, je vous eusse épargné l'aveu que ces pages contiennent. Vous reposez contre ma poitrine, et dormez du sommeil innocent de l'enfance, tandis que la main d'un étranger écrit ces mots à mesure qu'ils tombent de mes lèvres. Jugez quelle doit être la force de ma conviction pour que je puisse trouver le courage, à mon lit de mort, d'assombrir toute votre jeune vie à son début par l'ombre de mon crime. Méditez et profitez. Souvenez-vous et pardonnez-moi, si vous pouvez* ».

C'était tout. Telles furent les dernières paroles du père à son fils. Inexorablement fidèle au devoir imposé, Mr. Neal posa sa plume et relut à voix haute :

— Avez-vous encore quelque chose à ajouter ? demanda-t-il d'une voix sans la moindre pitié.

Il n'y avait rien de plus à écrire.

Mr. Neal roula une feuille de papier autour du manuscrit et y apposa le cachet de Mr. Armadale.

— L'adresse ? fit-il avec la même dureté.

« À Allan Armadale fils, écrivit-il sous la dictée du malade, aux soins de Godfrey Hammick. Esq., étude de Messrs. Hammick & Ridge. Lincoln's Inn Fields, Londres ».

Ayant rédigé l'adresse, il attendit et réfléchit un moment :

— Votre exécuteur testamentaire doit-il ouvrir ceci ? demanda-t-il.

— Non ! Il doit le remettre à mon fils, quand celui-ci sera en âge de comprendre ce récit.

— En ce cas, reprit Mr. Neal, procédant avec sa ponctualité et son sang-froid coutumiers, j'ajouterai une note datée à cette adresse, répétant vos dernières paroles, telles que vous venez de les dire, et expliquant dans quelles circonstances mon écriture a complété ce document.

L'Écossais écrivit le post-scriptum dans les termes les plus nets et les plus brefs, le lut tout haut, comme il avait fait des lignes précédentes, signa, mit son adresse au bas, et fit signer ensuite le docteur comme témoin de ce qui venait de se passer et comme juge de l'état de santé de Mr. Armadale. Cela fait, il prit une seconde enveloppe, y glissa la lettre, la cacheta comme l'autre, et l'adressa à Mr. Hammick, en y ajoutant le mot : « Personnelle ».

— Persistez-vous à vouloir envoyer ceci ? demanda-t-il en tendant la lettre.

— Donnez-lui le temps de réfléchir, dit le docteur. Au nom de l'enfant, laissez-lui le temps de réfléchir ! Une minute peut lui faire changer d'avis.

— Je lui en accorde cinq, répondit Mr. Neal, loyal jusqu'au bout, en plaçant sa montre sur la table.

Ils attendirent tous deux, regardant avec attention Mr. Armadale. Les signes avant-coureurs de la mort se multipliaient rapidement ; les mouvements convulsifs de la face commençaient à s'étendre aux autres parties du corps. Les mains raidies se crispaient maintenant sur les couvertures. À la vue de ces symptômes, le docteur se retourna avec un geste d'alarme, et fit signe à Mr. Neal de se rapprocher.

— Adressez-lui la question immédiatement, dit-il. Si vous tardiez de cinq minutes, il pourrait être trop tard.

Mr. Neal s'avança vers le lit. Lui aussi avait remarqué l'agitation des mains.

— Est-ce donc la fin ? demanda-t-il.

Le docteur inclina la tête gravement.

— Dépêchez-vous de lui parler, répéta-t-il.

Mr. Neal éleva la lettre devant les yeux du mourant.

— Qu'est-ce que cela ? Le savez-vous ?

— Ma lettre.

— Désirez-vous toujours que je l'envoie ?

Le moribond triompha pour la dernière fois de sa difficulté à parler, et répondit :

— Oui !

Mr. Neal se dirigea vers la porte avec la lettre dans sa main. L'Allemand le suivit, remua les lèvres pour demander un plus long délai, rencontra le regard inexorable de l'Écossais et revint sur ses pas en silence. La porte se referma et les sépara, sans qu'un mot eût été prononcé entre eux.

Le docteur retourna vers le lit, et dit bas au malade :

— Laissez-moi le rappeler, il est encore temps de l'arrêter.

Ce fut inutile. Aucune réponse ne vint. Rien n'indiqua que Mr. Armadale eût entendu ou compris. Ses yeux se détachèrent de son fils, se reportèrent à ses mains crispées et se relevèrent suppliants sur le visage ému qui se penchait vers lui. Le docteur souleva la main, attendit, suivit les regards du mourant de nouveau fixés sur son fils et, devinant leur dernier appel, posa doucement la main du père sur la tête de l'enfant. Les doigts tremblèrent violemment. Une minute après, la contraction nerveuse gagnait le bras et toute la partie supérieure du corps. La face passa du pâle au rouge, du rouge au pourpre, puis redevint pâle. Alors les mains, fatiguées, se reposèrent, et le visage prit pour toujours sa teinte livide.

La fenêtre de la pièce adjacente était ouverte. Quand le docteur, en quittant la chambre mortuaire, y entra avec l'enfant dans ses bras, il regarda dans la rue en passant et vit Mr. Neal qui revenait d'un pas lent à l'hôtel.

— Où est la lettre ? demanda-t-il.

— À la poste.

LIVRE PREMIER

I. Le mystère d'Ozias Midwinter

Par une chaude soirée de mai de l'année 1851, le révérend Decimus Brock, voyageant dans l'île de Man, se retira dans sa chambre à coucher, à Castletown, obsédé par de graves préoccupations, et n'ayant aucune idée arrêtée sur les moyens à prendre pour se décharger d'une responsabilité qui pesait sur lui.

L'ecclésiastique avait atteint cet âge où un homme sensé apprend à éviter, autant que sa nature le lui permet, toute lutte inutile avec des difficultés insurmontables. Renonçant à trouver une solution à la question qui l'agitait, Mr. Brock s'assit placidement sur le bord de son lit et se mit à envisager la situation sous un autre point de vue : la crise était-elle vraiment aussi sérieuse qu'il l'avait jugée d'abord ? Cette réflexion amena Mr. Brock à entreprendre le moins exaltant des voyages, un voyage à travers son propre passé.

L'un après l'autre, les événements survenus au cours de ces années, tous en rapport avec le même petit groupe d'individus, et se reliant tous plus ou moins aux inquiétudes qui troublaient en ce moment le repos du révérend, se mirent à défiler dans sa mémoire. Les premiers souvenirs lui firent franchir une période de quatorze années et le transportèrent à sa cure du Somerset, sur les rives du détroit de Bristol.

Mr. Brock se revit donnant audience à une étrangère, que nul dans la paroisse n'avait encore jamais vue.

Cette dame était blonde et jeune encore ; elle paraissait même plus jeune que son âge. Il y avait une ombre de mélancolie sur son visage, et de la tristesse dans les accents de sa voix. On devinait qu'elle avait dû être éprouvée par le malheur. Un bel enfant à tête blonde, âgé d'environ huit ans, l'accompagnait. Elle le présenta comme son fils et l'envoya, dès le commencement de l'entretien, jouer dans le jardin du presbytère.

Cette dame s'était fait précéder de sa carte, laquelle annonçait « Mrs. Armadale ».

Avant même qu'elle eût parlé, Mr. Brock s'était senti de l'intérêt pour elle, et l'enfant ayant été éloigné, c'est avec quelque impatience qu'il avait attendu ce que la mère avait à lui dire.

Mrs. Armadale avait commencé par lui apprendre qu'elle était veuve ; son mari avait péri peu de temps après leur union, dans un naufrage, entre Madère et Lisbonne. À la suite de ce drame, elle était rentrée en Angleterre, ramenée par son père, et avait donné le jour à un fils, enfant posthume, né dans la propriété familiale du Norfolk. La mort de son père, peu de temps après, l'avait laissée orpheline, en butte à l'indifférence de ses deux frères, ses seuls parents, qui s'étaient éloignés d'elle, pour toujours craignait-elle. Depuis quelques années, elle habitait le Devon, toute dévouée à l'éducation de son fils, dont l'âge commençait à exiger une autre direction que celle d'une mère. Outre sa répugnance à se séparer de lui, elle redoutait surtout, en l'envoyant au collège, de le mettre en contact avec des étrangers. Son plus cher désir était de l'élever chez elle, et de le préserver le plus longtemps possible des tentations et des dangers du monde.

Ayant ces projets en vue, elle ne pouvait prolonger son séjour dans le pays qu'elle habitait, le clergyman officiant dans sa paroisse n'ayant point les capacités d'un précepteur. Elle s'était renseignée et avait appris qu'il y avait dans le voisinage de la maison de Mr. Brock une maison convenable pour elle, et que Mr. Brock lui-même avait eu autrefois des élèves. Instruite de ces faits, elle s'était hasardée à lui rendre visite sans être présentée ; elle offrait de lui donner toutes les garanties désirables de moralité et demandait à quelles conditions Mr. Brock consentirait à se charger d'élever son fils.

Si Mrs. Armadale ne lui avait pas été sympathique, si Mr. Brock avait possédé une armure de protection, en la personne d'une épouse, il est probable que le voyage de la veuve eût été inutile. Mais les choses étant ce qu'elles étaient, le révérend avait examiné la proposition, et avait demandé du temps pour réfléchir. Le délai expiré, il avait fait ce que Mrs. Armadale attendait de lui, et s'était chargé de l'éducation de son fils.

Tel était le premier événement de la série. Il s'était déroulé en 1837. Les souvenirs de Mr. Brock, revenant vers le présent, s'arrêtèrent au second événement, en 1845.

Le même village de pêcheurs du Somerset en avait été le théâtre ; les protagonistes en étaient encore Mrs. Armadale et son fils.

Durant les huit années qui s'étaient écoulées, la responsabilité acceptée par le révérend lui avait paru assez légère, la conduite du jeune garçon ne donnant aucune inquiétude sérieuse. On eût sans doute pu lui reprocher de ne point aimer l'étude, mais cet éloignement tenait plutôt à une difficulté naturelle de fixer son attention qu'à un défaut d'intelligence. On ne pouvait nier qu'il fût étourdi au dernier degré : il se laissait toujours aller à son premier mouvement, et prenait toutes ses décisions avec le même entraînement irréfléchi. D'un autre côté, il fallait dire en sa faveur qu'on n'eut pu trouver garçon plus généreux, plus franc, plus affectueux, et d'un caractère plus facile et plus doux. Une certaine originalité, une nature pleine de vie le préservaient des dangers auxquels le système d'éducation de Mrs. Armadale l'eût exposé. Il avait un amour d'Anglais pour la mer et tout ce qui pouvait avoir rapport. En grandissant, ce goût ne fit que se fortifier.

Il ne quittait guère la plage et le chantier du constructeur de navires ; sa mère le surprit plus d'une fois, à son grand déplaisir, travaillant parmi les ouvriers. Il avouait que toute son ambition était de posséder son propre chantier, et que son seul désir à l'heure actuelle était d'apprendre à se construire un bateau. Dans sa grande sagesse, Mr. Brock jugeait bénéfique de laisser cette distraction à un jeune homme élevé dans une solitude absolue, privé de compagnons de son âge et de son rang. Aussi insista-t-il auprès de Mrs. Armadale pour qu'elle ne contrariât point la fantaisie de son fils.

À l'époque où nous sommes arrivés, le jeune Armadale avait assez fréquenté les chantiers pour pouvoir poser de ses mains la quille de son propre navire.

Un soir d'été, à une heure assez avancée, peu de temps après qu'Allan eut atteint sa seizième année, Mr. Brock laissa son élève occupé à son travail favori, et se rendit chez Mrs. Armadale qui l'avait convié pour la soirée. Il tenait le Times à la main.

Les années qui s'étaient écoulées depuis leur première entrevue avaient depuis longtemps régularisé l'intimité qui s'était établie entre la veuve et le révérend. L'admiration croissante de Mr. Brock pour Mrs. Armadale l'avait entraîné, au commencement de leur relation, à des aveux auxquels on avait répondu par un appel à l'indulgence et à la pitié, appel qui lui avait définitivement clos les lèvres. Elle l'avait d'emblée averti que la seule place qu'il pût jamais espérer obtenir dans son cœur était celle d'un ami. Il l'aimait assez pour accepter ce qu'elle lui offrait ; amis ils devinrent, et amis ils restèrent. Jamais la crainte jalouse de voir un autre homme réussir là où il avait échoué n'était venue troubler les placides relations du révérend avec la femme qu'il aimait. Des quelques gentlemen habitant les environs, aucun n'avait été admis dans l'intimité de Mrs. Armadale. Elle vivait résignée dans sa retraite, oubliée dans ce village, indifférente aux plaisirs qui eussent tenté toute autre femme de son âge et de sa position. Mr. Brock, avec son journal, apparaissant trois fois la semaine à sa table avec une monotone régularité, lui apprenait tout ce qu'elle se souciait de savoir du vaste monde qui s'étendait au-delà du cadre limité et sans surprise de sa vie quotidienne.

Ce soir-là, donc, Mr. Brock prit son fauteuil habituel, accepta la seule tasse de thé qu'il eût coutume de boire, et ouvrit le journal qu'il lisait régulièrement à haute voix à Mrs. Armadale, cependant qu'elle l'écoutait, invariablement étendue sur le même canapé, occupée à un ouvrage qui semblait être toujours le même.

— Miséricorde ! s'écria le révérend, dont la voix prit un diapason inaccoutumé, tandis que ses yeux se fixaient avec stupeur sur la première page du journal.

Jamais Mrs. Armadale, depuis qu'elle assistait ainsi à ses lectures, ne se souvenait d'avoir entendu un préambule semblable. Elle leva la tête, sa curiosité vivement excitée, et demanda à son ami de vouloir bien s'expliquer.

— Je puis à peine en croire mes yeux, dit Mr. Brock ; je vois ici, Mrs. Armadale, un avertissement adressé à votre fils. Et, sans plus de préliminaires, il lut ce qui suit :

ALLAN ARMADALE est averti de bien vouloir se mettre en rapport, soit personnellement soit par lettre, avec Messrs. Hammick & Ridge, Lincoln's Inn Fields, Londres, pour une affaire importante qui l'intéresse particulièrement. Ceux qui connaîtraient l'adresse de la personne ci-dessus nommée sont priés de vouloir bien en informer Messrs. H. & R. Pour éviter toute erreur, on saura que le Allan Armadale dont il est parlé est un jeune homme d'environ quinze ans, et que cet avis est inséré à la demande de ses parents et de ses amis.

— Une autre famille et d'autres amis, dit Mrs. Armadale. La personne dont le nom paraît dans ce journal n'est point mon fils.

Le ton de sa voix frappa Mr. Brock. L'altération de son visage le surprit péniblement, lorsqu'il leva les yeux sur elle. Son teint, si délicatement coloré, était devenu d'un blanc mat ; ses yeux s'étaient détournés de son interlocuteur avec un singulier mélange d'embarras et d'inquiétude ; elle semblait tout à coup vieillie de dix années.

— Ce nom est si peu commun, dit Mr. Brock, craignant de l'avoir offensée, et essayant de s'excuser ; il me semble presque impossible qu'il puisse exister deux personnes…

— Cela est pourtant, interrompit Mrs. Armadale. Allan, comme vous le savez, est âgé de seize ans. Si vous relisez l'avis du journal, vous verrez que le jeune homme que l'on cherche est plus jeune d'un an. Bien qu'il porte le même nom et le même prénom, il n'est, Dieu merci, en aucune façon, parent de mon fils. Aussi longtemps que je vivrai, mon plus cher désir et mes plus ardentes prières seront pour qu'Allan ne puisse jamais ni le voir ni même entendre parler de lui. Je vois que je vous surprends, mon bon ami ; voulez-vous me pardonner si je laisse ces étranges paroles inexpliquées ? Il y a dans ma jeunesse des douleurs dont le souvenir m'est trop cruel pour que je puisse en parler, pas même à vous. Voulez-vous m'aider à les oublier, en n'y faisant jamais allusion ? Voulez-vous m'obliger plus encore, et laisser ignorer tout cela à Allan ? Veiller à ce que ce journal ne tombe point entre ses mains.

Mr. Brock fit la promesse demandée et laissa son amie seule. Le révérend connaissait depuis trop longtemps Mrs. Armadale et lui était trop sincèrement attaché pour douter d'elle. Mais il serait difficile de nier qu'il éprouva un certain désappointement du manque de confiance qu'elle lui témoignait. En regagnant sa demeure, il ne put s'empêcher de relire plusieurs fois l'avertissement du Times.

Il était clair à présent que le motif de Mrs. Armadale pour s'enterrer dans un village avec son fils n'était pas tant la volonté de tenir celui-ci éloigné du monde que la crainte de le voir rencontrer son homonyme. Pourquoi redoutait-elle qu'ils se connussent ? Craignait-elle pour elle ou pour son enfant ? La loyale amitié de Mr. Brock repoussa aussitôt toute supposition jetant une ombre sur la conduite passée de Mrs. Armadale. Cette nuit-là, il détruisit de ses propres mains l'avis du journal ; cette nuit-là, il résolut de chasser à jamais cet incident de son esprit. Il existait quelque part dans le monde un autre Allan Armadale, un vagabond recherché par les journaux. Voilà tout ce que lui avait appris sa lecture. Pour le reste, l'amour de Mrs. Armadale lui interdisait de vouloir en apprendre plus long ; jamais il ne chercherait à savoir.

Tel était le second événement lié dans la mémoire de Mr. Brock à Mrs. Armadale et à son fils. Ses souvenirs, le rapprochant progressivement du présent, le transportèrent vers la troisième étape de son voyage à travers le temps : il s'arrêta en 1850.

Les cinq dernières années qui s'étaient écoulées avaient amené peu de changement dans le caractère d'Allan. Celui-ci n'avait fait que grandir, selon la propre expression de son tuteur.

L'adolescent, de seize ans était devenu un jeune homme de vingt et un ans ; il avait toujours la même nature franche et aimable, la même originalité et une inaltérable bonne humeur ; il apportait le même enthousiasme à toutes ses résolutions, quelles qu'en pussent être les conséquences. Son goût pour la mer n'avait fait que s'accroître avec les années. Il en était arrivé à construire, avec deux ouvriers sous ses ordres, un bateau ponté de trente-cinq tonneaux.

Mr. Brock avait essayé en vain de lui donner de plus hautes aspirations ; il l'avait emmené à Oxford pour lui faire découvrir la vie universitaire, puis à Londres, espérant donner un cours plus élevé à ses idées par le spectacle de la grande métropole.

Le voyage, la nouveauté amusèrent Allan, mais ne lui firent changer en aucune façon sa manière de voir. Il était aussi inaccessible à toute ambition mondaine que Diogène lui-même. « Vaut-il mieux, se demandait ce philosophe qui s'ignorait, trouver son bonheur soi-même, ou laisser les autres le chercher pour vous ? ». Dès lors, Mr. Brock permit au caractère de son élève de se développer librement, et Allan continua de travailler à la construction de son yacht.

Le temps, qui avait si peu modifié la nature du fils, n'avait point passé impunément sur la mère. Mrs. Armadale devint sérieusement souffrante, et son caractère s'altéra avec sa santé ; elle devint plus nerveuse, sujette à des frayeurs superstitieuses, et répugna plus que jamais à quitter la chambre. Depuis la lecture de l'avis du Times, cinq ans auparavant, il n'était rien arrivé qui eût pu la ramener aux pénibles souvenirs de sa jeunesse. Jamais un mot ayant rapport au sujet défendu n'avait été prononcé entre elle et le révérend. Allan ne soupçonnait en aucune façon l'existence d'un second Allan Armadale ; et pourtant, sans que ce redoublement d'anxiété fût justifié, Mrs. Armadale, ces dernières années, s'était en permanence montrée inquiète pour son fils, et toujours contrariée. Plus d'une fois, Mr. Brock craignit à ce sujet que la mère et le fils n'en arrivassent à se quereller gravement, mais toujours la douceur innée d'Allan, son tempérament conciliant ajouté à l'amour qu'il portait à sa mère lui permirent de surmonter ces épreuves. Jamais un mot dur ni un regard de reproche ne lui échappèrent en présence de sa mère. Sa patience et son affection ne se démentirent point.

Telle était la position de la mère, du fils et de l'ami, lorsque, de nouveau, un incident important vint troubler leur vie. Une triste après-midi de novembre, Mr. Brock fut interrompu dans la composition d'un sermon par la visite de l'aubergiste du village.

Après les excuses et les compliments préliminaires, cet homme exposa l'affaire qui l'amenait. Un jeune homme venait d'être porté à son auberge par les laboureurs du voisinage, qui l'avaient trouvé rôdant autour d'un champ. Le désordre de son esprit le leur avait d'abord fait prendre pour un fou. L'aubergiste avait reçu la pauvre créature et envoyé chercher le médecin. Après l'avoir vu, celui-ci avait déclaré le jeune homme atteint d'une fièvre cérébrale, ajoutant qu'un transport à l'hôpital de la ville voisine lui serait fatal. Ayant entendu cela et remarqué que le bagage de l'étranger consistait en un petit sac de nuit trouvé près de lui dans le champ, l'aubergiste était parti immédiatement pour consulter le révérend sur ce qu'il devait faire en cette circonstance.

Mr. Brock, tout à la fois magistrat et clergyman du district, n'hésita pas un instant sur la conduite à tenir ; il mit son chapeau et accompagna son visiteur.

À la porte de l'auberge, ils furent rejoints par Allan qui, ayant appris les nouvelles, attendait Mr. Brock pour se rendre avec lui auprès du malade. Le chirurgien arriva à ce moment, et tous les quatre entrèrent ensemble.

Ils trouvèrent le fils de l'aubergiste et le palefrenier occupés à maintenir le malheureux sur sa chaise. Bien que jeune, mince et de petite taille, celui-ci déployait assez de force pour que les deux hommes eussent de la peine à le dompter. Sa peau basanée, ses grands yeux bruns et brillants, ses moustaches et sa barbe noire laissaient penser qu'il était étranger. Ses vêtements paraissaient usés, mais son linge était propre. Ses mains brunes étaient marquées de taches livides.

Les orteils de l'un de ses pieds, dont il avait rejeté la chaussure, se crispaient, à travers le bas sur le barreau de la chaise, avec la facilité musculaire qu'on remarque seulement chez ceux qui ont l'habitude d'aller nu-pieds. Dans le délire qui le possédait, on ne put faire aucune autre observation utile. Après une consultation à voix basse avec Mr. Brock, le chirurgien surveilla lui-même l'installation du malade dans une chambre tranquille de la maison. On fit descendre ses vêtements et son sac de nuit, que l'on fouilla, en présence du magistrat, espérant y trouver quelque renseignement et pouvoir ainsi communiquer avec ses parents ou ses amis.

Le sac de nuit ne contenait rien qu'un habit de rechange et quelques livres, le théâtre de Sophocle en grec, et le Faust de Goethe, en allemand. Les deux volumes semblaient usés par la lecture, et sur la première page de chacun d'eux on lisait les initiales « O.M. »

Ce fut tout ce que le sac révéla.

Puis l'on fouilla les vêtements que l'homme portait sur lui au moment de sa découverte ; on y trouva une bourse contenant un souverain et quelques shillings, une pipe, une blague à tabac, un mouchoir et une petite coupe à boire en corne. La dernière découverte que l'on fit fut un morceau de papier chiffonné et tamponné, que l'on trouva dans le gousset de l'habit. C'était un certificat daté et signé, mais ne portant aucune adresse.

Autant qu'on en pouvait juger par ce document, c'était une triste histoire que celle de l'étranger. Il avait dû être employé quelque temps comme sous-maître dans une école, dont il avait été renvoyé dès le commencement de sa maladie, dans la crainte que la fièvre ne fût contagieuse et que la prospérité de l'établissement n'eût à en souffrir. On ne lui reprochait aucune faute dans son emploi. Au contraire, l'instituteur attestait avec un grand plaisir sa capacité et sa moralité, et exprimait le fervent espoir qu'il reviendrait à la santé, avec l'aide de la Providence, dans la maison de quelque autre personne.

Le certificat, qui jetait un éclaircissement sur le passé du malade, servit encore à expliquer les initiales tracées sur les livres, en le faisant connaître sous le nom bizarre d'Ozias Midwinter.

Mr. Brock mit de côté le document, soupçonnant que le maître d'école s'était abstenu à dessein d'y porter son adresse, dans le but de s'éviter toute responsabilité si son sous-maître venait à succomber. En tout cas, il paraissait complètement inutile, en pareille circonstance, de songer à trouver les amis du malheureux, en supposant qu'il eût des amis.

Il avait été amené à l'auberge, et l'humanité faisait un devoir de l'y laisser pour le présent. Quant aux dépenses qui en résulteraient, en mettant même les choses au pis, les charitables aumônes des voisins et une quête après le sermon y subviendraient probablement. Après avoir assuré l'aubergiste qu'il réfléchirait à cet aspect de la question et lui en ferait connaître le résultat, Mr. Brock quitta l'auberge sans remarquer qu'Allan restait derrière lui.

Son élève le rejoignit à une cinquantaine de pas de la maison. Allan s'était montré particulièrement silencieux et grave pendant la visite faite à l'auberge, mais maintenant il avait retrouvé sa belle humeur habituelle. Un étranger l'eût même accusé de manquer de sensibilité.

— C'est une étrange affaire, dit le révérend, et je ne sais vraiment pas comment agir au mieux dans l'intérêt de ce jeune homme.

— Tranquillisez-vous, monsieur, répondit le jeune Armadale de son ton dégagé, je viens à l'instant d'arranger tout cela avec l'aubergiste.

— Vous ? s'écria Mr. Brock avec le plus grand étonnement.

— J'ai donné mes instructions, poursuivit Allan ; notre ami le sous-maître ne manquera de rien, il sera traité comme un prince, et lorsque le docteur et l'aubergiste voudront de l'argent, ils viendront me trouver.

— Mon cher Allan, remontra Mr. Brock avec douceur, quand donc apprendrez-vous à penser avant d'agir ? Vous dépensez déjà plus d'argent que vous ne le pouvez à la construction de votre yacht…

— Songez donc ! Nous avons posé les premières planches du pont avant-hier, dit Allan, passant à ce nouveau sujet avec sa légèreté habituelle. Le pont est assez avancé pour que vous puissiez vous y promener, si vous ne craignez pas d'être étourdi ; je vous tiendrai l'échelle, monsieur Brock, si vous voulez venir en faire l'essai.

— Écoutez-moi, reprit le révérend avec fermeté, je ne suis pas en train de vous parler du yacht ; je n'y faisais allusion qu'à titre d'exemple.

— Magnifique exemple en effet, interrompit l'incorrigible Allan. Trouvez-moi dans toute l'Angleterre un navire de son tonnage plus leste, et je renonce dès demain à jamais en construire un autre. Mais où en étions-nous de notre conversation ? Je crois que nous nous sommes quelque peu égarés.

— Il est un de nous qui a l'habitude de perdre son chemin chaque fois qu'il ouvre la bouche, repartit Mr. Brock. Allons, allons, Allan, ceci est sérieux. Vous vous êtes engagé dans des dépenses que vous n'avez pas le moyen d'honorer. Remarquez que je suis loin de vous blâmer de votre bon sentiment pour ce pauvre être abandonné.

— Ne vous affligez pas sur lui, monsieur, il en réchappera. Il sera bien portant dans une semaine ou deux. Un bon garçon, je n'en doute pas, continua Allan, fidèle à son habitude de ne jamais désespérer de rien et de croire en tout le monde. Pourquoi ne l'inviteriez-vous pas à dîner quand il sera guéri, monsieur Brock ? Je voudrais bien lui demander (quand nous causerons tous les trois amicalement par-dessus un bon verre de vin, vous voyez) comment il porte un nom si bizarre : Ozias Midwinter ! Sur ma vie, son père lui a fait là un singulier cadeau.

— Voulez-vous répondre à une question avant que nous nous séparions ? dit le révérend arrivé devant sa porte, et désespérant de faire entendre raison à son élève. La note de cet homme pour les frais de logement et de médecin peut monter à vingt ou trente livres avant qu'il soit rétabli tout à fait. Comment la payerez-vous ?

— Que fait le chancelier de l'Échiquier quand il se trouve embarrassé dans ses comptes et ne sait point comment en sortir ? demanda Allan. Il dit toujours à son honorable ami qu'il est soucieux de se réserver…

— Une marge ? suggéra Mr. Brock.

— Tout à fait, répondit Allan. Eh bien, je suis comme le chancelier de l'Échiquier, je me laisse une marge. Le yacht (Dieu merci !) ne mange pas tout. Et puis, s'il me manque une livre ou deux, ne vous inquiétez pas, monsieur. Je ne suis pas fier, je ferai, chapeau à la main, un tour dans le village, et je rééquilibrerai la balance. Le diable emporte les livres, les shillings et les pence ! Je voudrais qu'ils pussent s'exterminer entre eux comme les frères bédouins de la comédie. Vous vous souvenez des frères bédouins, monsieur Brock ? Ali prend une torche et saute à la gorge de son frère Muli ; Muli prend une torche et saute à la gorge de son frère Nassau ; et Nassau prend une troisième torche, et le voilà qui termine la représentation en se sautant lui-même à la gorge et en laissant les spectateurs dans le noir ! C'est excellent, n'est-ce pas ? Véritablement ce que j'appelle une farce amusante, et pleine d'esprit avec cela. Attendez une minute. Où en étions-nous ? Nous revoilà perdus. Ah ! je me souviens, l'argent !

« Ce que je ne puis faire entrer dans ma cervelle épaisse, ajouta Allan sans avoir conscience qu'il était en train de prêcher le socialisme à un clergyman, est pourtant simple à résoudre. Il me semble que les gens qui ont de l'argent en trop pourraient bien en donner à ceux qui n'en ont pas. Le monde n'irait-il pas mieux pour tous de cette manière ? Vous me dites toujours d'approfondir mes idées, monsieur Brock ; en voilà une, et sur ma vie, je ne la crois pas mauvaise ».

Mr. Brock repoussa son élève du bout de sa canne avec bonne humeur :

— Retournez à votre yacht, dit-il, le peu de discernement qu'ait pu acquérir cette tête de toqué a été laissé dans votre caisse à outils.

« Personne ne saurait dire comment finira ce garçon, continua pour lui-même le révérend resté seul ; je désirerais presque ne m'être jamais chargé de lui ».

Trois semaines se passèrent avant que l'étranger au nom bizarre entrât en convalescence. Durant tout ce temps, Allan était venu fréquemment à l'auberge pour prendre de ses nouvelles, et dès que le malade put voir du monde, Allan fut le premier qui se présenta à son chevet.

Jusqu'alors, l'élève de Mr. Brock n'avait pas témoigné autre chose qu'un intérêt bien naturel à celui dont l'arrivée romanesque apportait une diversion à la monotonie de sa vie. Il n'avait commis aucune imprudence et ne s'était exposé à encourir le moindre reproche mais, les jours passant, les visites du jeune Armadale commencèrent à se prolonger considérablement ; et le chirurgien, homme sage et avisé, suggéra discrètement au révérend de surveiller son élève. Mr. Brock se le tint pour dit et découvrit qu'Allan n'en avait fait qu'à sa tête, comme à l'ordinaire. Il s'était entiché du sous-maître et l'avait invité à demeurer dans le voisinage, l'élevant de surcroît à la dignité d'ami intime.

Avant que Mr. Brock eût pu décider ce qu'il devait faire en cette circonstance, il reçut un mot de la mère d'Allan par lequel elle le priait, au nom de leur vieille amitié, de la venir voir. Il trouva Mrs. Armadale dans un état nerveux très violent, causé par une conversation qu'elle venait d'avoir avec son fils. Allan avait passé toute la matinée avec elle, ne lui parlant que de son nouvel ami. L'homme à l'horrible nom (ainsi que la pauvre femme le désignait) avait questionné Allan avec une singulière persistance sur tout ce qui le concernait lui et sa famille, sans pour autant s'expliquer sur sa propre histoire. Il avait dû, à une période de sa vie, pratiquer la navigation. Allan l'avait malheureusement découvert, et cela avait aussitôt suscité un lien entre eux. Se méfiant terriblement de l'étranger – simplement parce qu'il était étranger – d'une manière qui semblait à Mr. Brock plutôt déraisonnable, Mrs. Armadale supplia le révérend de se rendre à l'auberge sans perdre un seul moment, et de ne quitter le convalescent que lorsqu'il aurait obtenu de lui le récit de sa vie.

— Sachez tout ce qui concerne son père et sa mère, dit-elle avec une véhémence toute féminine, assurez-vous avant de le quitter que ce n'est pas un vagabond parcourant le pays sous un nom d'emprunt.

— Ma chère dame, fit observer le révérend en prenant son chapeau avec soumission, quels que soient vos soupçons, il me semble que le nom au moins de cet homme n'est pas sujet à caution. Il est si remarquablement laid qu'il ne peut qu'être son véritable nom. Aucun être de bon sens ne choisirait de s'appeler Ozias Midwinter.

— Vous pouvez être dans le vrai, et je puis avoir tort ; mais, je vous en prie, rendez-vous auprès de lui, insista Mrs. Armadale. Allez ! et ne le ménagez point, Mr. Brock. Comment savons-nous si cette maladie n'a pas été feinte pour cacher quelque projet ?

Il était inutile de raisonner avec elle. Toute la faculté de médecine eût attesté la maladie de l'étranger que, dans sa disposition d'esprit, Mrs. Armadale eût récusé le témoignage des docteurs. Mr. Brock prit le seul parti qui put le tirer de la difficulté. Il se tut, et se rendit immédiatement à l'auberge.

Ozias Midwinter, après sa fièvre cérébrale, causait une singulière impression, lorsqu'on le voyait pour la première fois. Sa tête rasée, enveloppée négligemment d'un foulard jaune, ses joues basanées et creuses, ses grands yeux bruns, ardents et hagards, sa barbe négligée, ses longs doigts nerveux, amaigris par la souffrance et ressemblant à des griffes, tout contribua à déconcerter le révérend au commencement de l'entrevue.

La première surprise passée, l'impression qui resta au révérend ne fut point favorable au jeune homme. L'opinion générale veut que l'honnête homme regarde en face son interlocuteur. Si cet homme était honnête, ses yeux, qui sans cesse se détournaient de ceux du révérend, avaient une fâcheuse propension à le nier. Peut-être cela tenait-il à l'agitation nerveuse qui semblait affecter toutes les fibres de son corps maigre et affaibli. La chair anglo-saxonne et robuste du révérend se crispait à chaque mouvement fébrile des doigts osseux de l'étranger, à chaque contraction de sa face jaune et émaciée.

« Dieu me pardonne ! pensa Mr. Brock que ses pensées ramenaient vers Allan et sa mère. Si seulement je pouvais trouver le moyen de remettre Ozias Midwinter à flot dans le monde ».

Mr. Brock poussait sa pointe doucement et se trouvait, n'importe où il frappait, poliment mais constamment repoussé. L'étranger ne se laissa pas entamer. Il commença par une assertion pour le moins impossible à croire quand on le regardait : il déclara n'être âgé que de vingt ans. Tout ce qu'il dit au sujet de l'école fut que le souvenir seul lui en était odieux.

Il n'occupait que depuis dix jours la place de sous-maître lorsque les premiers symptômes de sa maladie s'étaient déclarés et l'avaient fait renvoyer. De quelle manière était-il arrivé dans le champ où on l'avait trouvé ? Il ne pouvait l'expliquer. Il se souvenait seulement d'avoir fait un long trajet en chemin de fer, dans un but qu'il lui était maintenant impossible de se rappeler, et d'avoir erré sur un rivage, à pied, pendant tout un jour ou toute une nuit – il ne savait exactement. Son esprit, avant de sombrer, avait été obsédé par la mer. Il avait été marin. Il s'était ensuite placé chez un libraire dans une ville de province, puis il l'avait quitté, et était entré comme sous-maître dans l'école. À présent, il lui fallait trouver une autre occupation, peu lui importait laquelle, certain qu'il était d'échouer tôt ou tard dans ce qu'il entreprenait (par la faute de nul autre que lui). Il n'avait point d'amis auxquels il pût s'adresser ; quant à sa famille, il demandait qu'on l'excusât de n'en point parler : elle était morte pour lui et il était mort pour elle. Il convenait que c'était un triste aveu à faire, et qui devait donner de lui une opinion défavorable. En effet, cela disposa mal le gentleman qui l'écoutait en ce moment.

Ces réponses étranges furent données sur un ton et dans des termes aussi éloignés de l'amertume que de l'indifférence. Ozias Midwinter à vingt ans parlait de sa vie comme Ozias Midwinter en eut pu parler à soixante-dix ans, avec la résignation et la lassitude que les années apportent.

Deux circonstances plaidaient fortement contre la méfiance avec laquelle Mr. Brock, dans la plus grande confusion d'esprit, le considérait. Le sous-maître avait écrit à une banque d'épargne, dans un comté éloigné, avait reçu son argent, et payé le docteur et l'aubergiste. Un homme d'une nature vulgaire, après avoir ainsi acquitté ses dettes, ne se fût guère préoccupé de ses obligations morales. Ozias Midwinter, au contraire, parla de sa gratitude et particulièrement de sa reconnaissance pour Allan, dans des termes enthousiastes qui n'étaient pas seulement surprenants, mais douloureux à entendre. Sa surprise si sincère d'avoir été traité en véritable chrétien par de véritables chrétiens était quelque chose de terrible à imaginer. Il parla de la générosité du jeune Armadale qui s'était porté garant de toutes les dépenses concernant ses soins et son logement avec un élan de gratitude farouche qui jaillit de lui comme une lumière :

— Dieu m'entende, s'écria le réprouvé, je n'ai jamais rencontré son pareil ni entendu parler de quelqu'un qui lui fût comparable !

Une minute après, l'obscurité s'était refaite en lui. Ses yeux inquiets se détournaient de nouveau avec embarras de Mr. Brock, sa voix retrouvait sa fermeté feinte et sa tranquillité de ton :

— Je vous demande pardon, monsieur, dit-il, j'ai été habitué à être persécuté, dupé, affamé ; toute autre attitude m'est étrangère.

Cet homme fascinait en même temps qu'il effrayait Mr. Brock. En se levant pour prendre congé, il lui tendit la main avec élan, puis, saisi d'une méfiance soudaine, il la retira avec embarras.

— C'était un noble geste de votre part, monsieur, dit Ozias Midwinter, dont les mains restèrent résolument croisées derrière le dos. Mais je ne vous blâme pas d'avoir voulu vous raviser. Un homme qui n'est pas capable de mieux s'expliquer sur lui-même n'est point un homme dont un gentleman dans votre position puisse prendre la main.

Mr. Brock quitta l'auberge dans un état de grande perplexité. Avant de se rendre auprès de Mrs. Armadale, il envoya chercher Allan, dans l'espoir que l'étranger se fût départi avec lui de sa réserve. La franchise habituelle de son élève lui laissait penser qu'il ne lui cacherait rien de ce qui avait pu se passer entre eux.

Ici encore, la diplomatie de Mr. Brock échoua.

Une fois lancé sur le sujet d'Ozias Midwinter, Allan bavarda sur son nouvel ami avec son entrain ordinaire. Mais il n'avait en réalité rien d'important à dire, rien d'important ne lui ayant été révélé. Ils avaient causé, lors de leur dernier entretien, de la construction des navires, de la navigation, et Allan rapportait de cet entretien quelques bons avis. Ozias avait aidé Allan à résoudre l'intéressante et imminente question du lancement du yacht. Les fois précédentes, ils avaient abordé divers sujets dont Allan ne se souvenait point précisément en ce moment. Midwinter ne lui avait-il rien confié sur sa famille dans le cours de ces causeries amicales ? Rien sinon qu'elle s'était mal conduite envers lui (Maudits soient ses parents !). Montrait-il quelque susceptibilité au sujet de son nom ridicule ? Pas le moins du monde ; il avait pris le parti d'en rire, comme un garçon sensé qu'il était.

Mr. Brock insista. Il demanda ensuite à Allan ce que cet étranger avait de particulier pour qu'il se soit pris ainsi d'affection pour lui. Allan avait trouvé en lui ce qu'il n'avait point trouvé chez les autres. Il n'était pas comme les jeunes gens du voisinage, tous taillés sur le même patron, également robustes, musclés, bruyants et grossiers, tous ayant la même peau blanche, chacun d'eux buvant le même nombre de verres de bière, fumant les mêmes pipes courtes toute la journée, montant le meilleur cheval, chassant avec le meilleur chien et mettant la meilleure bouteille de vin sur sa table ; chacun faisant chaque matin les mêmes ablutions d'eau froide, et s'en vantant en hiver dans les mêmes termes ; chacun pensant que faire des dettes était une excellente plaisanterie et que parier aux courses constituait une des actions les plus méritoires qu'un homme pût accomplir. C'étaient sans doute d'excellents garçons à leur manière, mais ils avaient le tort grave de se ressembler tous. Rencontrer un homme comme Midwinter, qui avait le mérite de n'être point taillé sur le patron commun et dont la vie n'était point celle de tout le monde, était donc un don du Ciel.

Réservant les remontrances pour une occasion plus favorable, le révérend se rendit auprès de Mrs. Armadale. Il ne pouvait se dissimuler que la mère d'Allan était la seule personne responsable de l'inconséquence de son fils. Si le jeune homme avait un peu plus connu le monde, dans sa patrie et à l'étranger, la société d'Ozias Midwinter n'eût peut-être point été pour lui d'un aussi grand attrait.

Ayant conscience du résultat peu satisfaisant de sa visite à l'auberge, Mr. Brock se sentit assez inquiet de la réception que lui vaudrait son rapport auprès de Mrs. Armadale. Ses pressentiments se confirmèrent bientôt. Il fit tous ses efforts pour tirer le meilleur parti possible de ce qu'il venait d'apprendre, mais Mrs. Armadale prit acte du silence douteux gardé par le sous-maître sur son passé pour justifier les mesures qu'elle comptait prendre afin de le séparer de son fils. Au cas où le révérend refuserait d'intervenir, elle déclarait son intention d'écrire elle-même à Ozias Midwinter. Les représentations de Mr. Brock l'irritèrent à un tel point qu'elle revint sur le sujet dont elle s'abstenait de parler depuis cinq ans, et rappela au révérend leur conversation après la lecture de l'avis donné dans le Times. Elle déclara avec force que le vagabond Armadale du journal et le vagabond Midwinter n'étaient qu'un seul et même homme.

Comprenant que, si elle intervenait, une mésintelligence sérieuse allait surgir entre le fils et la mère, Mr. Brock promit de revoir Ozias Midwinter et de lui dire sans détour qu'il devait faire connaître son passé, ou renoncer à toute intimité avec Allan. Il obtint en retour de Mrs. Armadale qu'elle attendrait patiemment que le docteur eût jugé le malade assez bien rétabli pour pouvoir voyager et qu'elle se garderait bien, dans l'intervalle, de faire devant son fils toute allusion à cette affaire.

En une semaine, Ozias était en mesure de monter dans la voiture de l'auberge (avec Allan pour cocher) ; au bout de dix jours, le médecin le déclara apte à voyager. Vers la fin de ce dixième jour, Mr. Brock rencontra le jeune Armadale et son nouvel ami, qui se promenaient aux derniers rayons du soleil d'hiver dans une rue du village. Il attendit qu'ils se fussent séparés, et suivit le sous-maître jusqu'à l'auberge.

La résolution du révérend de parler à Midwinter avec fermeté fut sur le point de l'abandonner lorsque, en se rapprochant de cet homme repoussé de tous, il remarqua combien sa démarche était encore chancelante, comme son habit râpé flottait sur lui et comme il s'appuyait lourdement sur sa canne grossière. Répugnant par humanité à dire trop brusquement les paroles fatales, Mr. Brock débuta par quelques louanges sur le choix des lectures qu'indiquaient le volume de Sophocle et celui de Goethe trouvés dans sa valise ; puis il lui demanda s'il avait longtemps travaillé le grec et l'allemand.

L'oreille fine de Midwinter reconnut immédiatement, dans la voix de Mr. Brock, l'embarras de son interlocuteur. Il se retourna et regarda tout à coup le révérend en face avec méfiance :

— Vous me voulez quelque chose, fit-il, mais ce n'est pas ce dont vous venez de me parler.

Il fallait se décider. Après beaucoup de précautions oratoires que l'autre écouta dans un silence glacial, Mr. Brock arriva peu à peu au point important. Bien avant qu'il l'eût atteint, bien avant qu'un homme d'une susceptibilité ordinaire eût pu pressentir où il voulait en venir, Ozias Midwinter s'arrêta devant lui et lui signala qu'il n'avait pas besoin d'en dire davantage.

— Je vous comprends, monsieur, dit le sous-maître. Mr. Armadale a une position dans le monde ; Mr. Armadale n'a rien à cacher, et rien dans son passé dont il puisse être honteux. Je reconnais avec vous que je ne suis pas l'ami qu'il lui faut. La meilleure manière de lui montrer ma reconnaissance, c'est de ne pas plus longtemps abuser de sa bonté. Comptez que je quitterai le pays demain matin.

Il n'ajouta pas un mot et ne voulut pas en entendre davantage.

Avec un calme véritablement extraordinaire pour son âge et pour son tempérament, il ôta poliment son chapeau, salua et continua seul son chemin vers l'auberge.

Mr. Brock dormit mal cette nuit-là. La façon dont s'était achevée l'entrevue rendait le problème d'Ozias Midwinter encore plus difficile à résoudre.

De bonne heure, le lendemain matin, une lettre fut apportée de l'auberge au révérend, et le messager annonça que le singulier gentleman avait quitté le village. La lettre renfermait un billet non cacheté, adressé à Allan, et laissait le révérend libre (après en avoir pris connaissance) de le lui envoyer ou non. Ce billet était d'un laconisme remarquable, il ne contenait que ces quelques mots :

Ne blâmez pas Mr. Brock ; Mr. Brock a raison. Merci, et au revoir.

O.M.

Le révérend envoya la note à son destinataire légitime et écrivit quelques lignes à Mrs. Armadale pour calmer son anxiété, en lui apprenant le départ du sous-maître. Cela fait, il attendit, sans être trop tranquille, la visite de son élève, qui ne manquerait pas, supposait-il, de suivre la réception du billet. Qu'il existât ou non quelque motif grave au fond de la conduite de Midwinter, on ne pouvait nier en tout cas qu'il se fût conduit de manière à donner tort aux méfiances du révérend et à justifier la bonne opinion qu'Allan avait de lui.

La matinée s'écoula sans que le jeune Armadale parût. Après l'avoir cherché en vain sur le chantier où se construisait le yacht, Mr. Brock se rendit à la maison de Mrs. Armadale, et apprit là du domestique des nouvelles qui lui firent rebrousser chemin vers l'auberge. L'aubergiste raconta sans détour la vérité. Le jeune maître était venu, une lettre ouverte à la main, insistant pour connaître la route prise par son ami. Pour la première fois depuis qu'il le connaissait, l'aubergiste l'avait vu en colère. Comble de malchance, la fille qui faisait le service des clients avait fait une allusion stupide qui avait mis le feu aux poudres : elle avait signalé en effet que, la veille au soir, elle avait entendu Mr. Midwinter s'enfermer dans sa chambre et éclater en sanglots. Ce détail avait littéralement rendu fou Mr. Armadale ; il s'était mis à hurler et s'était répandu en imprécations, pour finalement se précipiter à l'écurie où il avait obligé le palefrenier à lui seller un cheval avant de partir ventre à terre sur la route qu'avait empruntée avant lui Ozias Midwinter.

Après avoir recommandé à l'aubergiste de tenir le départ d'Allan secret, si quelque serviteur de Mrs. Armadale venait à l'auberge dans la matinée, Mr. Brock retourna chez lui, et attendit avec anxiété ce que le jour amènerait de nouveau.

À son grand soulagement, assez tard dans l'après-midi, son élève reparut au presbytère.

Le visage et les paroles d'Allan exprimaient une sorte de détermination que son vieil ami ne lui connaissait point encore. Sans attendre les questions, il raconta l'emploi de sa matinée avec sa franchise habituelle. Il avait rejoint Midwinter sur la route et, après avoir essayé, mais vainement, de le faire revenir sur ses pas, après avoir ensuite tenté de découvrir où il se rendait, il l'avait menacé de le suivre. Finalement, il avait réussi à lui faire avouer qu'il partait tenter sa chance à Londres. Sachant ce qu'il voulait savoir, Allan avait alors demandé à son ami de lui donner son adresse. Celui-ci l'avait supplié de ne point insister. Cependant il n'avait pas suivi ce conseil, et il avait obtenu ce qu'il désirait, en faisant appel à la reconnaissance de Midwinter, procédé dont il s'était aussitôt senti honteux et dont il lui avait demandé pardon.

— J'aime le pauvre garçon et ne veux point renoncer à lui, ajouta Allan, frappant la table de ses poings fermés. Ne craignez point que je fâche ma mère, je vous laisserai lui parler, monsieur Brock, quand vous voudrez et comme il vous plaira. Seulement, il faut en finir. Me voici, avec cette adresse dans mon portefeuille et une résolution fermement arrêtée pour la première fois de ma vie. Je vous donnerai, ainsi qu'à ma mère, le temps de réfléchir là-dessus ; ce temps écoulé, si mon ami Midwinter ne vient pas à moi, j'irai à mon ami Midwinter.

On en était là. Tel était le résultat du renvoi du sous-maître réprouvé dans le monde.

Un mois se passa et amena une nouvelle année, 1851. Passant sur cette courte période, Mr. Brock s'arrêta, le cœur oppressé, sur l'événement suivant, le plus triste et le plus important selon lui : la mort de Mrs. Armadale.

Le premier symptôme du malheur qui devait les frapper avait suivi presque immédiatement le départ du sous-maître en décembre, et résultait d'une circonstance qui pesa péniblement sur l'esprit du révérend à partir de cette époque.

Trois jours seulement après le départ de Midwinter pour Londres, Mr. Brock fut accosté dans le village par une femme bien vêtue, portant une robe et un chapeau de soie noire, ainsi qu'un châle de Paisley rouge ; cette femme lui était inconnue. Elle lui demanda le chemin de la maison de Mrs. Armadale, et fit cette question sans lever le voile noir qui cachait son visage. Mr. Brock, en lui donnant les indications nécessaires, observa que sa taille et sa démarche étaient remarquablement élégantes et gracieuses, et la regarda s'éloigner en se demandant qui ce pouvait être.

Un quart d'heure plus tard, la dame, toujours voilée, rencontra de nouveau Mr. Brock près de l'auberge. Elle entra dans la maison, et s'entretint avec la femme de l'aubergiste.

Voyant quelques instants plus tard l'aubergiste courir à l'écurie, Mr. Brock lui demanda si la voyageuse partait. Oui ; elle était venue de la gare en omnibus, mais elle voulait s'en retourner plus commodément dans une voiture louée par elle.

Le révérend continua sa promenade, surpris de sa curiosité à s'occuper d'une femme inconnue. De retour chez lui, il trouva le médecin du village qui l'attendait et qui apportait un message pressant de la part de la mère d'Allan. Une heure auparavant, lui confia-t-il, il avait été appelé en grande hâte auprès de Mrs. Armadale. Il l'avait trouvée souffrant d'une attaque de nerfs très alarmante, causée, à ce que soupçonnaient les domestiques, par la visite inattendue, et probablement malencontreuse, d'une personne venue chez elle le matin. Le médecin ne craignait plus rien de dangereux maintenant mais, en revenant à elle, la malade s'était montrée très désireuse de voir Mr. Brock. Comme il jugeait important de la satisfaire, il s'était chargé avec empressement de porter à cet effet un message au presbytère.

Regardant Mrs. Armadale avec un intérêt autrement profond que celui du médecin, Mr. Brock lut sur le visage de son amie de quoi justifier des craintes sérieuses et immédiates. Mais elle ne lui laissa point le temps de la plaindre, elle n'entendit pas ses questions. Tout ce qu'elle voulait, et elle était déterminée à l'obtenir, était que lui répondît aux siennes : Mr. Brock avait-il vu la femme qui s'était présentée chez elle le matin ? Oui. Allan l'avait-il vue ? Non ; Allan s'était mis à l'ouvrage après le déjeuner, et travaillait encore à son chantier près du rivage.

Cette dernière réponse sembla provisoirement calmer Mrs. Armadale. Elle posa sa question suivante – la plus extraordinaire des trois – plus tranquillement : Le révérend pensait-il qu'Allan consentirait à laisser son bateau quelque temps pour accompagner sa mère en voyage, car elle souhaitait trouver une nouvelle résidence, dans quelque autre partie de l'Angleterre ?

Mr. Brock, au comble de l'étonnement, lui demanda quelle raison pouvait l'engager à quitter sa demeure actuelle. La réponse de Mrs. Armadale ne fit qu'ajouter à sa surprise : cette première visite de la femme pouvait être suivie d'une seconde et, plutôt que de la revoir encore, plutôt que de courir le risque d'une rencontre entre elle et Allan, Mrs. Armadale était prête à quitter l'Angleterre, si cela était nécessaire, et à finir ses jours en terre étrangère.

S'appuyant sur son expérience de magistrat, Mr. Brock demanda si la femme était venue chercher de l'argent. Oui ; quoique convenablement vêtue, elle s'était présentée comme étant « dans le besoin », avait demandé des secours et les avait obtenus ; mais il ne s'agissait point de cela ; la seule chose importante était de quitter le village avant qu'elle revînt. De plus en plus étonné, Mr. Brock risqua une autre question : Y avait-il longtemps que Mrs. Armadale et cette femme ne s'étaient rencontrées ? Oui ; c'était avant la naissance d'Allan, l'année qui avait précédé sa naissance.

À cette réponse, le révérend changea de terrain. Ce ne fut plus le magistrat mais l'ami qui parla :

— Cette personne, demanda-t-il, est-elle associée en quelque façon aux pénibles souvenirs de votre jeunesse ?

— Oui, à ceux de mon mariage, dit Mrs. Armadale. Elle a pris part, alors qu'elle n'était encore qu'une enfant, à un acte que je me rappellerai avec honte et tristesse jusqu'à la fin de mes jours.

Mr. Brock remarqua la voix altérée de son amie et la répugnance avec laquelle elle avait fait cette réponse.

— Pouvez-vous m'en dire davantage sur elle, sans vous mettre en cause ? reprit-il. Je suis sûr que je puis vous venir en aide, si vous voulez seulement vous y prêter un peu. Je vous demanderai, par exemple, son nom. Pouvez-vous me le dire ?

Mrs. Armadale secoua la tête.

— Le nom sous lequel je la connaissais ne vous apprendrait rien. Elle s'est mariée depuis lors ; elle me l'a dit elle-même.

— Vous a-t-elle dit son nom de femme mariée ?

— Elle a refusé de me le donner.

— Savez-vous quelque chose de son entourage ?

— De son entourage quand elle était enfant. Il y avait un couple qui se prétendait sa tante et son oncle ; des gens misérables qui l'abandonnèrent à l'école sur le domaine de mon père. Nous n'entendîmes jamais parler d'eux.

— Resta-t-elle sous la protection de votre père ?

— En fait, sous ma protection. C'est-à-dire qu'elle voyagea avec nous. Nous nous apprêtions à cette époque à quitter l'Angleterre pour Madère. Mon père me permit de l'emmener avec moi et de l'éduquer pour en faire une femme de chambre…

À ces mots, Mrs. Armadale s'arrêta brusquement avec embarras. Mr. Brock essaya doucement de l'engager à continuer. Ce fut inutile. Elle se leva, en proie à une violente agitation, et se mit à faire le tour de la chambre d'un pas très excité.

— Ne m'en demandez pas davantage ! s'écria-t-elle avec colère. Elle avait douze ans quand je me suis séparée d'elle. Depuis cette époque, je ne l'avais jamais revue et n'en avais plus jamais entendu parler jusqu'à aujourd'hui. Je ne sais pas comment elle m'a découverte après tant d'années. Je sais seulement qu'elle m'a retrouvée. Elle arrivera jusqu'à Allan maintenant, et dressera l'esprit de mon fils contre moi. Aidez-moi à la fuir ! Aidez-moi à emmener Allan avant qu'elle revienne !

Le révérend cessa ses questions. Il eût été cruel de la presser davantage. Le point important était de la tranquilliser en approuvant tout ce qu'elle désirait. Il fallait ensuite la convaincre de voir un autre médecin. Sur ce dernier point, Mr. Brock parvint à ses fins, sans l'inquiéter pour autant, en lui rappelant qu'elle avait besoin de forces pour voyager, et que son médecin réussirait à la rétablir plus promptement avec l'aide d'un confrère plus réputé.

Ayant ainsi eu raison de sa répugnance habituelle à voir des étrangers, le révérend alla aussitôt trouver Allan. Prenant soin de lui cacher ce que Mrs. Armadale lui avait confié dans cette entrevue, il lui apprit que sa mère était sérieusement malade. Allan ne voulut point entendre parler d'envoyer chercher le secours par un messager. Il se rendit immédiatement lui-même à la station de chemin de fer et envoya une dépêche télégraphique à Bristol pour demander le concours d'un médecin.

Le lendemain matin le médecin était là, et les craintes de Mr. Brock furent confirmées. Le médecin du village s'était malheureusement trompé sur la maladie dès le début, et il était trop tard à présent pour que l'erreur put être réparée. La secousse de la veille avait augmenté le mal. Les jours de Mrs. Armadale étaient comptés.

Le fils qui l'aimait tendrement, l'ami qui la chérissait espérèrent vainement jusqu'à la fin. Un mois après la visite du spécialiste, Allan versait les premières larmes amères de sa vie sur la tombe de sa mère.

Elle était morte plus tranquille que Mr. Brock n'eut osé l'espérer, laissant toute sa petite fortune à son fils, et le confiant solennellement aux soins de son seul ami sur terre. Le révérend l'avait suppliée de lui permettre d'écrire à ses frères et d'essayer de les réconcilier avec elle avant qu'il fût trop tard : elle répondit tristement qu'il était déjà trop tard. Une seule allusion lui échappa, dans les derniers jours de sa maladie, à ces chagrins de sa jeunesse qui avaient pesé si lourdement sur toute sa vie, et qui avaient passé à trois reprises, comme des présages de malheur, entre le révérend et elle. Même à son lit de mort, elle redouta de mettre en lumière l'histoire de son passé. Après avoir regardé Allan, agenouillé à son chevet, elle avait murmuré à Mr. Brock : « Ne laissez jamais son homonyme approcher de lui ! Ne permettez jamais que cette femme le rencontre ! ». Pas un autre mot ne tomba de ses lèvres sur son passé ou sur les malheurs qu'elle redoutait dans l'avenir. Le secret qu'elle cachait à son fils et à son ami était un secret qu'elle emporta dans la tombe.

Après lui avoir rendu les derniers devoirs, Mr. Brock jugea utile, en tant qu'exécuteur testamentaire de la défunte, d'écrire à ses frères et de les informer de sa mort. Craignant de s'adresser à des hommes qui interpréteraient probablement mal sa démarche s'il laissait la situation d'Allan inexpliquée, il prit soin de leur rappeler que leur neveu restait, bien pourvu, et que le seul but de sa lettre était de leur apprendre la mort de leur sœur.

Les deux lettres furent envoyées vers le milieu de janvier et les réponses arrivèrent par retour du courrier. La première qu'ouvrit le révérend venait du fils unique du frère aîné. Le jeune homme avait hérité, après la mort récente de son père, de ses propriétés du Norfolk. Sa lettre était franche et amicale. Il assurait Mr. Brock que, si forts qu'eussent été les griefs de son père contre Mrs. Armadale, ses sentiments hostiles ne s'étaient jamais étendus à son fils. Quant à lui, il ajoutait qu'il serait heureux de recevoir son cousin à Thorpe-Ambrose quand il lui plairait d'en prendre le chemin.

La seconde réponse était beaucoup moins agréable. Le frère cadet vivait encore, et se montrait résolu à ne jamais oublier ni pardonner. Il informait Mr. Brock que sa sœur, par son mariage et sa conduite envers leur père à cette occasion, avait rendu tout rapport d'affection et d'estime impossible entre eux, et que cela n'avait pas changé. Puisqu'il était toujours dans le même état d'esprit, il ne pouvait qu'être pénible, pour lui-même comme pour son neveu, de nouer des relations. Sans entrer dans les détails, il faisait allusion à la nature des motifs qui l'avaient éloigné de sa sœur, afin de convaincre Mr. Brock que tout rapprochement entre lui et le jeune Armadale était, par simple affaire de délicatesse, tout à fait hors de question. Cela établi, il désirait que leur correspondance en restât là.

Mr. Brock, à l'instant même, détruisit sagement la seconde lettre et, après avoir montré à Allan l'invitation de son cousin, l'engagea à se rendre à Thorpe-Ambrose aussitôt qu'il serait en état de voir du monde. Allan écouta cet avis avec patience mais refusa d'y souscrire :

— Je tendrai la main volontiers à mon cousin, si jamais je le rencontre, dit-il, mais je ne serai jamais l'hôte d'une famille qui a repoussé ma mère.

Mr. Brock lui fit un amical sermon et essaya de lui montrer les choses sous leur jour véritable. Même à ce moment, alors qu'il ignorait les événements qui se préparaient, la position isolée d'Allan dans le monde causait une sérieuse inquiétude à son vieil ami et tuteur. Le séjour à Thorpe-Ambrose qu'on lui offrait fournissait à Allan l'occasion de se faire des amis et des relations en rapport avec son âge et sa condition, ce que Mr. Brock souhaitait par-dessus tout. Mais Allan se montra intraitable, obstiné au-delà de la raison, et le révérend dut abandonner le sujet.

Les semaines s'écoulèrent l'une après l'autre dans la même monotonie ; Allan ne supportait point avec le ressort ordinaire à son âge et à son caractère l'affliction qui le rendait orphelin. Il finit son yacht et le lança à la mer, mais les ouvriers remarquèrent que son travail semblait avoir perdu tout intérêt pour lui. Il n'était point naturel à un jeune homme de vivre ainsi dans la solitude et le chagrin et, tandis que le printemps approchait, Mr. Brock, inquiet pour l'avenir si Allan n'était pas tiré de son apathie, résolut, après de grandes méditations, d'essayer un voyage à Paris, voyage qu'il prolongerait jusque dans le Midi si son compagnon semblait y prendre quelque intérêt.

La manière dont Allan accueillit cette proposition fit pardonner son refus obstiné de se lier d'amitié avec son cousin : il était tout prêt à suivre Mr. Brock n'importe où il lui plairait d'aller. Le révérend le prit au mot et, vers le milieu de mars, ces deux compagnons si singulièrement assortis partirent pour Londres, d'où ils devaient gagner Paris.

À Londres, Mr. Brock se trouva tout à coup aux prises avec une nouvelle anxiété. La question Midwinter, enterrée depuis le commencement de décembre, refit surface et s'imposa au révérend, dès le début de son voyage, d'une manière plus inquiétante que jamais.

La position de Mr. Brock lorsqu'il était intervenu dans cette affaire avait déjà été assez difficile ; or voici qu'à présent sa marge de manœuvre se trouvait encore plus réduite. Les événements avaient fait en sorte que la différence d'opinion entre Allan et sa mère sur le compte du sous-maître ne s'était trouvée pour rien dans l'agitation qui avait hâté la mort de Mrs. Armadale. La résolution d'Allan de ne dire aucune parole qui pût irriter sa mère et la répugnance de Mr. Brock à réveiller une question désagréable les avaient rendus silencieux en présence de la malade, pendant les trois jours qui s'étaient écoulés entre le départ du jeune homme et l'apparition de l'inconnue au village. Durant la période d'inquiétude et de souffrance qui avait suivi, il avait été impossible de faire aucune allusion au sous-maître. N'ayant aucun reproche à se faire sur ce point, Allan avait persisté dans son amitié. Il avait écrit à Midwinter pour l'informer de son malheur, et il se proposait maintenant (à moins que le révérend ne s'y opposât formellement) de rendre visite à son ami avant de quitter Londres pour Paris, le lendemain matin.

Que pouvait faire le révérend ? Il ne pouvait nier que la conduite de Midwinter eut plaidé en sa faveur contre la méfiance peu fondée de Mrs. Armadale. Si Mr. Brock, sans raison valable à alléguer et sans autre droit pour intervenir que celui que lui donnait la courtoisie d'Allan, refusait d'agréer la visite projetée, alors il pouvait dire adieu pour le reste du voyage à la vieille intimité qui le liait à son élève et à la confiance mutuelle qu'ils se portaient. Environné de difficultés qu'eût peut-être éludées un homme moins équitable et moins bon, Mr. Brock donna quelques mots d'avertissement et, avec plus de foi qu'il n'eût voulu se l'avouer à lui-même en la discrétion et le dévouement de Midwinter, il laissa Allan libre d'agir comme il l'entendrait.

Après une heure de promenade dans les rues pour tromper le temps en l'absence de son élève, le révérend retourna à l'hôtel et, trouvant au salon un journal disponible, il s'assit machinalement pour le parcourir. Ses yeux, qui erraient avec distraction sur la première page, se fixèrent tout à coup avec intérêt sur les premières lignes d'une colonne : le mystérieux homonyme d'Allan y figurait en lettres majuscules, cette fois-ci comme un homme mort, et associé à la promesse d'une récompense. On lisait :

PROBABLEMENT DÉCÉDÉ. – À toute personne, clerc, bedeau,

ou autre. Vingt livres de récompense à quiconque pouvant produire des preuves de la mort d'ALLAN ARMADALE, fils unique de feu Allan Armadale, de la Barbade, et né à Trinidad en 1830. Pour plus amples renseignements, s'adresser à Messrs. Hammick & Ridge, Lincoln's Inn, Londres.

À cette lecture, l'esprit pourtant si peu romanesque de Mr. Brock commença à s'égarer superstitieusement dans les ténèbres. Progressivement, un vague soupçon lui suggéra que la succession d'événements qui avaient suivi la première désignation de l'homonyme d'Allan dans le journal, six ans plus tôt, pouvaient se relier par quelque rapport mystérieux, et tendre inévitablement vers un but inconnu, incompréhensible. Sans se l'expliquer, il se sentit inquiet de l'absence d'Allan ; sans savoir pourquoi, il devint impatient d'emmener son élève loin de l'Angleterre, avant que quelque autre incident se produisît entre la nuit et le matin.

Au bout d'une autre heure, le révérend fut soulagé de sa présente inquiétude par le retour d'Allan. Le jeune homme était contrarié et désappointé. Il avait trouvé le meublé de Midwinter, mais sans le rencontrer. Tout ce que la logeuse avait pu lui dire, c'est qu'il était sorti à son heure habituelle pour aller dîner dans une taverne voisine, mais qu'il n'était pas rentré à l'heure où d'ordinaire il était de retour. Allan s'était alors rendu à la taverne et avait pu constater, après l'avoir décrit, que Midwinter y était fort bien connu. Il y prenait ses repas et restait ensuite une demi-heure à lire les journaux. Ce jour-là il avait, comme toujours, parcouru le journal et, après l'avoir rejeté subitement, était parti, personne ne savait où, dans un état de violente agitation. Ne pouvant obtenir aucune autre information, Allan était retourné au meublé et y avait laissé son adresse, priant Midwinter de lui venir dire adieu avant son départ pour Paris.

La soirée se passa et l'ami d'Allan ne parut point. Le matin vint, n'amenant rien de nouveau, et Mr. Brock et son élève quittèrent Londres. Ainsi la fortune s'était finalement déclarée en faveur du révérend. Ozias Midwinter, après avoir malencontreusement reparu à la surface, disparaissait à propos. Que pouvait-il arriver maintenant ?

Avançant toujours vers le présent, la mémoire de Mr. Brock s'arrêta à trois semaines de là, sur le 7 avril. Selon toute apparence, la chaîne mystérieuse était enfin brisée. Le nouvel événement ne semblait avoir aucun rapport (ni pour lui ni pour Allan) avec les personnes ou les circonstances du passé.

Les voyageurs n'avaient pas encore été plus loin que Paris. La gaieté d'Allan était revenue avec la distraction, et il s'était montré disposé tout le premier à jouir de sa vie nouvelle après avoir reçu une lettre de Midwinter, que Mr. Brock lui-même avait trouvée rassurante pour l'avenir. L'ancien sous-maître était absent pour affaires lorsque Allan s'était présenté chez lui. Des circonstances inattendues l'avaient mis en rapport ce jour-là avec ses parents. Il en était résulté, à sa grande surprise, qu'il se trouvait possesseur d'un petit revenu pour le reste de ses jours. Ses projets d'avenir n'étaient point encore arrêtés. Mais si Allan désirait savoir ce qu'il aurait décidé, son agent à Londres (dont il envoyait l'adresse) recevrait de ses nouvelles et ne manquerait pas de communiquer à Mr. Armadale son adresse.

Au reçu de cette lettre, Allan avait saisi la plume avec son impétuosité habituelle et avait invité avec instance Midwinter à venir les rejoindre immédiatement, Mr. Brock et lui, pour continuer leur voyage ensemble. Les derniers jours de mars arrivèrent sans que cette proposition reçût de réponse. Avril vint ; enfin, le 7 du mois, Allan trouva une lettre pour lui sur la table du petit déjeuner. Il la déchira, regarda l'adresse, et la rejeta avec impatience : l'écriture n'était point celle de Midwinter. Allan finit son déjeuner sans avoir la curiosité de lire ce que son correspondant avait à lui dire.

Le repas fini, le jeune Armadale ouvrit négligemment la lettre. Il la parcourut d'abord avec une suprême expression d'indifférence, mais il l'acheva en bondissant sur sa chaise et en poussant un cri de surprise. Étonné de cette sortie étrange, Mr. Brock prit la lettre qu'Allan lui tendait à travers la table. Avant qu'il l'eût parcourue jusqu'à la fin, ses mains retombèrent sur ses genoux, et la consternation mêlée de surprise qu'exprimait le visage de son élève se réfléchit sur le sien.

Si jamais deux hommes furent excusables de perdre leur sangfroid, ce furent Allan et le révérend. La lettre qui venait de les frapper tous les deux d'un si grand étonnement contenait une nouvelle incroyable au premier abord. Elle venait du Norfolk. En moins d'une semaine, la mort n'avait pas fauché moins de trois têtes dans la famille de Thorpe-Ambrose, et Allan Armadale se trouvait en ce moment héritier d'une propriété d'un rapport de huit mille livres par an.

Une seconde lecture permit au révérend et à son compagnon de rassembler les détails qui leur avaient échappé la première fois.

Leur correspondant était le notaire de la famille de Thorpe-Ambrose. Après avoir annoncé à Allan la mort de son cousin Arthur, âgé de vingt-cinq ans, de son oncle Henry, âgé de quarante-huit ans, et de son autre cousin John, âgé de vingt et un ans, il donnait un rapide aperçu du testament de Mr. Blanchard aîné : les droits des enfants mâles, comme c'est la coutume dans de telles affaires, devaient primer ceux de la descendance féminine. À défaut d'Arthur et de sa descendance mâle, la propriété revenait à Henry et à sa descendance mâle ; sans personne non plus de ce côté, la succession passait, aux garçons issus de la sœur d'Henry et, faute de cette postérité, au descendant mâle le plus proche. Les deux jeunes cousins, Arthur et John, étaient morts sans avoir été mariés et Henry Blanchard était mort ne laissant qu'une fille. Allan se trouvait donc le parent, désigné par le testament, et était maintenant possesseur légal des terres de Thorpe-Ambrose. Ayant donné cette nouvelle, le notaire priait Mr. Armadale de l'honorer de ses instructions, et ajoutait en conclusion qu'il se mettait à sa disposition pour lui fournir tous les détails qu'il pourrait désirer.

Il était inutile de perdre du temps à s'étonner d'un événement dont Allan et sa mère n'avaient jamais envisagé la possibilité. Le seul parti à prendre était de retourner immédiatement en Angleterre. Le jour suivant trouva les voyageurs réinstallés dans leur hôtel de Londres, et le lendemain l'affaire fut placée entre les mains des hommes de loi. Il s'ensuivit l'inévitable correspondance et les consultations ordinaires. Un à un, tous les détails importants furent révélés, jusqu'à former un tout cohérent.

L'étrange histoire des trois morts était la suivante.

À l'époque où Mr. Brock avait écrit aux parents de Mrs. Armadale pour les informer de la mort de celle-ci (c'est-à-dire vers le milieu de janvier), la famille de Thorpe-Ambrose comptait cinq personnes : Arthur Blanchard (possesseur de la propriété), habitant le manoir patrimonial avec sa mère, Henry Blanchard, l'oncle, demeurant dans le voisinage, veuf, avec deux enfants, un fils et une fille. Pour cimenter les liens de parenté, Arthur Blanchard allait épouser sa cousine. Le mariage devait se célébrer avec force réjouissances locales au cours de l'été suivant, lorsque la jeune fille aurait atteint sa vingtième année.

Le mois de février apporta certains changements dans la position de la famille. La santé de son fils John lui donnant des inquiétudes, Mr. Henry Blanchard avait quitté le Norfolk avec lui pour essayer, sur les conseils des médecins, les bienfaits du climat d'Italie. Au commencement du mois suivant, c'est-à-dire en mars, Arthur Blanchard avait également quitté Thorpe-Ambrose, mais pour quelques jours seulement, ayant été appelé à Londres pour une affaire qui réclamait sa présence. Il avait dû à cette occasion se rendre dans la City. Fatigué de l'encombrement des rues, il avait voulu, pour retourner dans le West End, prendre un des steamers de la Tamise ; c'est là qu'il rencontra la mort.

Comme le bateau s'éloignait du quai, il remarqua près de lui une femme qui avait montré une singulière hésitation à s'embarquer. Elle était proprement vêtue d'une robe de soie noire, portait un châle de Paisley rouge, et cachait son visage sous un voile noir. Arthur Blanchard, frappé par la rare grâce et l'élégance de sa silhouette, essaya avec la curiosité d'un jeune homme de voir son visage, mais elle ne leva pas son voile, et ne tourna pas la tête une seule fois du côté d'Arthur. Après avoir fait quelques pas sur le pont, elle se dirigea soudain vers la poupe du steamer. Une minute plus tard, on entendit le timonier pousser un cri d'alarme, et les machines furent arrêtées immédiatement : la femme s'était jetée par-dessus bord.

Les passagers se précipitèrent tous vers cette partie du bateau pour regarder. Arthur Blanchard, seul, sans un instant d'hésitation, sauta dans le fleuve. Il était excellent nageur et il atteignit la femme comme elle remontait à la surface, après avoir touché le fond une première fois. Le secours ne se fit point attendre, et tous les deux furent ramenés sans accident au rivage. On emporta la femme à la station de police la plus proche, où elle reprit bientôt connaissance. Son sauveur donna son nom et son adresse, comme il est d'usage en pareil cas, à l'inspecteur de garde, qui lui recommanda sagement de prendre un bain chaud et d'envoyer chercher des vêtements secs. Arthur Blanchard, qui n'avait jamais été malade de sa vie, rit de la recommandation, et s'en retourna dans un cab. Le jour suivant, il était trop souffrant pour pouvoir se rendre à l'audience du magistrat. Une quinzaine plus tard, il était mort.

La nouvelle de ce malheur atteignit Henry Blanchard et son fils à Milan ; une heure après ils étaient en route pour l'Angleterre. La neige avait couvert les Alpes plus tôt que de coutume et rendait les cols extrêmement dangereux. Le père et le fils, qui voyageaient dans leur voiture particulière, rencontrèrent dans les montagnes la malle-poste, qui rentrait après avoir fait distribuer les lettres. Le conducteur avertit en vain les deux Anglais. En d'autres circonstances, ils eussent peut-être été sensibles à ses mises en garde, mais leur impatience de se trouver chez eux, après la catastrophe qui venait de frapper la famille, ne souffrait aucun délai. L'argent prodigué aux postillons les fit céder aux désirs des voyageurs. La voiture poursuivit sa route et disparut dans le brouillard… Quand on la revit, ce fut après qu'elle eut été retirée du fond d'un précipice : hommes, chevaux et voiture avaient été enterrés sous les débris d'une avalanche.

Trois vies fauchées par la mort. Dans une claire succession d'événements, la tentative de suicide d'une femme qui avait voulu se jeter dans le fleuve ouvrait donc à Allan Armadale la succession aux propriétés de Thorpe-Ambrose.

Qui était cette femme ? L'homme qui la sauva ne le sut jamais. Le magistrat qui traita de son cas, le pasteur qui la sermonna, l'échotier qui raconta l'histoire ne le surent jamais. On apprit avec surprise que, bien que convenablement mise, elle avait déclaré être « dans le besoin ». Tout en montrant un grand repentir, elle avait persisté à donner un nom faux de toute évidence, s'en était tenue à une banale histoire, manifestement inventée de toutes pièces, et avait refusé enfin de fournir la moindre indication sur ses relations. Une dame qui dirigeait une institution charitable, intéressée par sa distinction et par sa beauté, avait offert de se charger d'elle pour l'amener à de meilleurs sentiments.

Le premier jour de l'expérience ne fut point couronné de succès ; quant au second, il y mit un terme : la pénitente avait quitté l'institution clandestinement. Malgré les efforts du pasteur qui prenait un intérêt particulier à cette affaire, toutes recherches pour la retrouver furent inutiles.

Tandis que ces investigations se poursuivaient par la volonté expresse d'Allan, les hommes de loi avaient réglé toutes les formalités préliminaires relatives à la succession. Il ne restait plus au maître de Thorpe-Ambrose qu'à aller s'établir dans les terres dont il était devenu le possesseur légal.

Laissé libre d'agir en cette affaire comme il l'entendait, Allan la résolut avec l'élan généreux qu'il apportait en toute chose. Il refusa absolument de prendre possession de Thorpe-Ambrose avant que Mrs. Blanchard et sa nièce (que l'on avait courtoisement laissées jusque-là dans leur ancienne demeure) fussent remises de la calamité qui s'était abattue sur elles, et en état de prendre une décision quant à leur vie future.

Il s'ensuivit une correspondance privée dans laquelle Allan n'avait de cesse de vouloir leur offrir tout ce qu'il avait à donner (dans une maison qu'il n'avait pas encore vue), tandis que ces dames faisaient savoir qu'elles acceptaient le délai généreusement offert par le jeune homme.

À la surprise de ses hommes de loi, Allan entra un matin dans leur cabinet, accompagné de Mr. Brock, et annonça avec le plus grand sang-froid que les dames avaient été assez bonnes pour vouloir bien accepter sa proposition ; ainsi, par égard pour elles, il ne s'établirait à Thorpe-Ambrose que dans deux mois à compter de ce jour. Les hommes de loi fixèrent des yeux étonnés sur Allan ; Allan, leur rendant leur politesse, les regarda de même.

— Pourquoi diable cet étonnement, messieurs, s'écria-t-il, avec une expression enjouée dans ses yeux bleus ; pourquoi ne donnerais-je pas ces deux mois, si cela est agréable à ces dames ? Laissons ces pauvres femmes prendre leur temps, et tout sera bien. Mes droits et ma position ? Bah ! je ne suis pas pressé d'être châtelain de la paroisse, ce n'est pas ma vocation. Ce que je ferai pendant ces deux mois ? Ce que j'aurais fait, que les dames fussent restées ou non : je naviguerai. Voilà ce que j'aime ! J'ai un yacht neuf chez moi, dans le Somerset, un yacht construit de mes mains. Et je vous propose quelque chose, messieurs, continua Allan, qui saisit le principal associé par le bras, dans le feu de ses intentions amicales : vous paraissez avoir besoin de repos et de grand air, vous viendrez avec moi, et vous assisterez aux débuts de mon bateau. Et vos associés aussi, s'ils le veulent, et le premier clerc, qui est le meilleur garçon que j'aie jamais rencontré de ma vie. La place ne manquera pas. Nous serons tous roulés ensemble sur le plancher, et nous ferons le lit de Mr. Brock sur la table de la cabine. Que Thorpe-Ambrose aille au diable ! Voulez-vous dire que si vous aviez construit (comme moi) un bateau de vos propres mains, vous consentiriez à habiter n'importe quelle propriété des trois royaumes, pendant que votre petite beauté, assise comme un canard sur l'eau, attendrait que vous vinssiez la lancer ? Vous, hommes de loi, qui êtes si forts en arguments, que pensez-vous de celui-là ? Je pense, moi, qu'il est sans réplique, et je pars demain pour le Somerset.

En disant ces mots, le nouveau possesseur de huit mille livres de rente se précipita dans le bureau du premier clerc et l'invita à faire une croisière avec lui, en lui donnant une tape sur l'épaule qui fut distinctement entendue par ses patrons dans la pièce voisine. Ceux-ci interrogèrent d'un regard surpris Mr. Brock : un client qui ne s'empressait pas de prendre place parmi la gentry était un cas rare comme il ne leur avait jamais été donné d'en voir.

— Il doit avoir été singulièrement élevé, dit un des avocats au révérend.

— Très singulièrement, répondit celui-ci.

Mr. Brock, sautant par-dessus le mois qui suivit cet événement, se trouva face au présent, c'est-à-dire dans sa chambre à coucher de Castletown. Il se voyait assis sur le bord de son lit, assailli par une inquiétude qui venait opiniâtrement se placer entre lui et le sommeil. Cette inquiétude avait déjà troublé plus d'une fois la tranquillité d'esprit du révérend. Elle s'était déclarée six mois auparavant, dans le Somerset et le poursuivait maintenant à l'île de Man, sous la forme importune et tenace d'Ozias Midwinter.

Le changement survenu dans la fortune d'Allan n'avait altéré en rien sa sympathie enthousiaste pour l'ancien sous-maître. Entre deux consultations avec les hommes de loi, il avait trouvé le moyen de lui rendre visite et, dans la voiture qui ramenait Allan et le révérend dans le Somerset, Ozias Midwinter avait finalement pris place, sur l'invitation expresse d'Allan.

Les cheveux d'Ozias avaient repoussé, et ses vêtements se ressentaient de l'amélioration de sa position pécuniaire, mais sous tous les autres rapports il n'avait guère changé. Il supporta les accès de méfiance de Mr. Brock avec une résignation muette, garda le même silence étrange sur sa famille et sa vie passée, et parla de la bonté d'Allan pour lui avec la même surprise et la même reconnaissance excessive que pendant sa convalescence.

— J'ai fait tout ce que j'ai pu, monsieur, dit-il au révérend pendant qu'Allan dormait dans un coin de la voiture. J'ai évité Mr. Armadale et je n'ai même pas répondu à sa dernière lettre. Je ne pouvais faire davantage. Je ne vous demande pas de prendre en considération mon affection pour le seul être qui ne m'ait point soupçonné ni maltraité. Je puis résister à mon cœur, mais non au jeune gentleman. Je crois que son pareil n'existe pas. Si nous devons être séparés encore, il faut que ce soit par sa volonté ou par la vôtre ; ce ne sera jamais par la mienne. Le maître a sifflé son chien, ajouta cet homme bizarre en laissant éclater la violence cachée en lui, tandis que des larmes montaient à ses yeux bruns et farouches, et il est cruel, monsieur, d'en mettre la faute sur le chien quand il obéit.

Une fois encore, l'humanité de Mr. Brock l'emporta sur sa prudence. Il résolut d'attendre et de voir ce que le temps amènerait.

Les jours passèrent, le yacht fut gréé et mis en état de tenir la mer ; une croisière sur la côte du pays de Galles fut arrangée. Midwinter restait toujours Midwinter le mystérieux.

La vie à bord d'un navire de trente-cinq tonneaux offrait peu d'attrait à un homme de l'âge de Mr. Brock, mais il s'embarqua néanmoins, plutôt que de laisser Allan seul avec son nouvel ami.

Dans cette intimité de tous les jours, Ozias se montra-t-il plus enclin à parler de lui ? Non. Il causait volontiers lorsque Allan l'y invitait, mais jamais un mot ne lui échappait sur lui-même. Mr. Brock risqua quelques questions au sujet de son récent héritage, mais il lui fut répondu comme autrefois à l'auberge du village. C'était une curieuse coïncidence, concédait Midwinter, que l'avenir de Mr. Armadale et le sien se fussent améliorés en même temps. Mais là s'arrêtait la ressemblance. Ce n'était point une grande fortune qui lui était tombée entre les mains, bien qu'elle fût suffisante pour ses besoins ; cela ne l'avait pas réconcilié avec ses parents, car l'argent ne lui avait point été donné par bonté, mais seulement parce qu'il y avait droit. Quant aux circonstances qui l'avaient amené à renouer avec sa famille, il était inutile d'en parler, puisqu'elles n'avaient amené aucun rapprochement amical. Il n'y avait eu que l'argent, et avec celui-ci une crainte qui venait l'assaillir parfois quand il se réveillait aux premières heures du matin.

À ces derniers mots, il devint tout à coup silencieux, comme si, pour une fois, sa langue prudente venait de le trahir. Mr. Brock saisit l'occasion, et lui demanda brusquement de quelle nature pouvait être cette crainte ? Était-elle liée à l'argent ? Non, mais à une lettre qu'Ozias avait attendue plusieurs années. L'avait-il reçue enfin ? Non, pas encore ; elle était sous la garde de l'un des associés de l'étude chargée de recueillir son héritage ; le notaire était absent d'Angleterre, et la lettre, enfermée dans ses papiers particuliers, ne devait être remise qu'à son retour ; on l'attendait vers la fin de ce mois de mai, et si Midwinter pouvait dire où leur voyage les conduirait à cette époque, il écrirait à l'étude pour qu'on lui fît parvenir cette lettre. Était-ce pour une raison d'ordre familial qu'il s'inquiétait à ce sujet ? Pas qu'il sut ; il était curieux seulement de savoir ce qui l'attendait depuis si longtemps. Ainsi répondait-il aux questions du révérend, les yeux tournés vers l'horizon, tenant une ligne de pêche dans ses mains distraites.

Favorisé par la brise et par le temps, le yacht avait fait merveille pour son premier voyage. Avant que le terme fixé pour la fin de croisière fût expiré, on avait poussé sur la côte galloise jusqu'à Holyhead et Allan, désireux de connaître du pays, parlait déjà de poursuivre sa course au nord, vers l'île de Man. S'étant assuré auprès de quelques vieux matelots que le temps promettait d'être favorable et qu'en cas de nécessité absolue de retour on pouvait gagner le chemin de fer par le steamer de Douglas à Liverpool, Mr. Brock consentit à ce nouveau désir.

Par le courrier du soir, il écrivit aux avoués d'Allan et à son presbytère, pour que leur courrier fut transmis à Douglas, dans l'île de Man. En sortant du bureau de poste, il rencontra Midwinter, qui venait de mettre une lettre à la boîte. Se rappelant leur conversation à bord du yacht, Mr. Brock en conclut qu'Ozias venait, comme lui, d'ordonner que l'on fît suivre sa correspondance.

Le lendemain dans la soirée, ils mettaient à la voile pour l'île de Man.

Pendant quelques heures tout alla pour le mieux, mais au coucher du soleil on observa les signes d'un changement de temps prochain. À la tombée de la nuit, le vent dégénéra en tempête et éprouva pour la première fois la solidité du yacht. Toute la nuit, après avoir vainement essayé de mettre le cap sur Holyhead, la petite embarcation tint la mer et sortit enfin victorieuse de la lutte. Le lendemain matin, l'île de Man était en vue, et le yacht se trouva bientôt à l'ancre à Castletown. Après avoir examiné au grand jour la coque de l'embarcation et son gréement, Allan constata que tout le dommage pouvait être réparé en une semaine. L'on resta donc à Castletown, Allan occupé à surveiller les réparations, Mr. Brock explorant les environs et Midwinter se rendant chaque jour à pied à Douglas pour chercher le courrier.

La première missive qui arriva était pour Allan. « Encore des tracasseries de ces hommes de loi », dit-il, après avoir lu la lettre qu'il chiffonna et qu'il mit dans sa poche. Puis ce fut le tour du révérend. Le cinquième jour, il trouva à l'hôtel une lettre du Somerset. Elle avait été apportée par Midwinter, et contenait des nouvelles qui renversaient tous les plans de voyage de Mr. Brock : le clergyman qui s'était chargé de le remplacer pendant son absence avait été soudainement rappelé chez lui et, comme on était vendredi, Mr. Brock n'avait plus qu'à partir le lendemain matin pour Liverpool et à prendre le train du samedi soir, afin d'arriver à temps pour le service du dimanche.

Mr. Brock, s'étant résigné à cette contrariété, revint à une autre question qui lui donnait sérieusement à réfléchir. Chargé d'une lourde responsabilité envers Allan, et se méfiant toujours de son nouvel ami, comment devait-il agir en cette circonstance avec ses deux compagnons de croisière ?

Il s'était déjà posé ce problème dans l'après-midi, et seul dans sa chambre, à une heure du matin, il essayait vainement de le résoudre. On était à la fin de mai et le séjour des dames à Thorpe-Ambrose (à moins qu'elles ne l'abrégeassent de leur propre volonté) ne devait expirer que vers la fin de juin. Quand bien même les réparations du yacht eussent été achevées (ce qui n'était pas le cas), il n'y avait aucun motif plausible pour ramener Allan d'urgence dans le Somerset. Mr. Brock ne pouvait donc que le laisser où il était, en d'autres termes, l'abandonner, à cette époque décisive de sa vie, à l'unique influence d'un homme qu'il ne connaissait en réalité pas du tout.

Désespérant de trouver un autre moyen pour s'éclairer dans la détermination qu'il lui fallait prendre, Mr. Brock se reporta à l'impression que Midwinter avait produite sur son esprit, durant l'intimité forcée du voyage.

Jeune comme il l'était, l'étranger avait de toute évidence beaucoup vécu. Il causait littérature en homme qui s'y entendait ; il dirigeait le gouvernail comme un marin accompli ; il faisait la cuisine, grimpait aux cordages, dressait le couvert avec une sorte de plaisir manifeste à faire montre de son adresse en toutes choses. Ces qualités et plusieurs autres, que le voyage mit en lumière, expliquèrent au révérend l'attrait qu'Allan éprouvait pour lui. Mais les observations de Mr. Brock se bornaient-elles là ? Le jeune homme n'avait-il laissé aucun jour pénétrer dans sa vie passée ? Très peu, et ce qui lui avait échappé ne le présentait point sous un jour favorable quant à la moralité. Sa vie l'avait, sans aucun doute, emmené sur des chemins suspects, et l'on voyait percer de temps à autre sa connaissance des ruses employées par les vagabonds. Plus significatif encore, il dormait de ce sommeil léger et troublé qu'ont ceux qui sont accoutumés à se méfier de leur entourage.

Tout ce que le révérend avait vu de sa conduite depuis le premier jour jusqu'à cette nuit de vendredi semblait étrange et inexplicable. Après avoir apporté la lettre de Mr. Brock à l'hôtel, Midwinter avait disparu de la maison sans laisser aucun message pour ses compagnons. À la tombée de la nuit, il était rentré furtivement et avait été arrêté sur l'escalier par Allan, qui était pressé de lui apprendre le changement survenu dans les projets du révérend. Il avait écouté la nouvelle sans faire une seule remarque, et s'était ensuite retiré le visage fermé dans sa chambre dont il avait verrouillé la porte. Qu'est-ce qui pouvait donc atténuer ces observations fâcheuses, ses yeux égarés, sa réserve obstinée avec le révérend, son silence de mauvais augure au sujet de sa famille et de ses amis ? Rien ou presque : la somme de ses mérites commençait et finissait à sa gratitude pour Allan.

Mr. Brock se leva de son siège, moucha sa chandelle et, perdu dans ses pensées, regarda vaguement au-dehors dans la nuit. Ce mouvement ne lui apporta point d'idées nouvelles. Son retour sur son passé l'avait amplement convaincu que ses inquiétudes n'étaient point le fruit de son imagination et, l'ayant amené à cette conclusion, le laissait là, devant sa fenêtre, ne voyant rien que les ténèbres profondes de son esprit, fidèlement réfléchies par celles de la nuit.

— Si j'avais un ami à consulter ! s'écria le révérend ; si je pouvais seulement trouver quelqu'un pour me conseiller dans cette misérable ville !

Au moment où ce désir lui traversait l'esprit, on y répondit soudain par un coup frappé à sa porte, et une voix dit doucement dans le couloir :

— Laissez-moi entrer.

Après avoir attendu un instant pour calmer ses nerfs, Mr. Brock ouvrit et se trouva, à une heure du matin, face à face sur le seuil de sa chambre à coucher avec Ozias Midwinter.

— Êtes-vous malade ? demanda le révérend, dès que son étonnement lui permit de parler.

— Je viens ici pour m'en assurer !

Telle fut l'étrange réponse d'Ozias. En disant ces mots, il fit quelques pas dans la chambre, le regard baissé à terre, les lèvres pâles et sa main tenant quelque chose de caché derrière son dos.

— J'ai vu de la lumière sous votre porte, continua-t-il sans lever les yeux et sans tendre la main au révérend, et je connais la préoccupation qui vous tient éveillé. Vous partez demain matin, et vous redoutez de laisser Mr. Armadale seul avec un étranger tel que moi.

Si surpris qu'il fût, Mr. Brock comprit la nécessité d'être franc avec un homme qui abordait ainsi la question.

— Vous avez deviné juste, répondit-il ; je tiens lieu de père à Allan Armadale, et je répugne naturellement à le laisser à son âge avec un homme que je ne connais point.

Ozias Midwinter avança d'un pas vers la table et ses yeux égarés s'arrêtèrent sur la bible du révérend.

— Vous avez lu ce livre tout au long de votre vie, dit-il. Vous a-t-il enseigné à pardonner à vos misérables semblables ?

Sans attendre de réponse, il regarda Mr. Brock droit dans les yeux pour la première fois et tendit lentement la main qu'il avait gardée derrière son dos jusqu'alors.

— Lisez ceci, dit-il, et, pour l'amour du Christ, plaignez-moi, quand vous saurez qui je suis.

Il posa sur la table une enveloppe volumineuse. C'était la lettre mise à la poste de Wildbad par Mr. Neal, dix-neuf ans auparavant.

II. L'homme se fait connaître

Les premiers souffles du matin entraient par la fenêtre ouverte tandis que Mr. Brock lisait les dernières lignes de la confession. Il repoussa le papier en silence sans lever les yeux. Le premier choc de la découverte passé, son esprit restait égaré. À son âge, et dans les dispositions qui étaient les siennes, il était incapable de saisir tout le sens de la révélation qu'il venait d'avoir. Tout son cœur, lorsqu'il ferma le manuscrit, était avec la mémoire de la femme qui avait été l'amie bien-aimée de ses dernières et de ses plus heureuses années ; toutes ses pensées étaient absorbées par l'horrible secret, cette trahison dont elle s'était rendue coupable envers son père.

Il fut arraché à ses tristes réflexions par une secousse imprimée à la table devant laquelle il était assis. Une main venait de s'y poser lourdement. Il vainquit sa répugnance et leva la tête. Là, en face de lui, dans le jour gris de l'aube et dans la lumière jaune que jetait la flamme de la bougie, se tenait silencieux l'héritier du fatal nom d'Armadale : Ozias Midwinter.

Mr. Brock frissonna. La peur du présent, la terreur plus noire encore de l'avenir l'envahirent à cette vue. Le jeune homme s'en aperçut et parla le premier.

— Est-ce que le crime de mon père vous regarde par mes yeux ? lui demanda-t-il. Le spectre du noyé m'a-t-il suivi dans cette chambre ?

La souffrance et l'émotion refoulées firent trembler la main qu'il appuyait sur la table. Il parlait d'une voix étranglée.

— Je n'ai d'autre désir que de vous traiter avec justice et bonté, répondit Mr. Brock. Soyez juste vous-même, et croyez que je n'aurai pas la cruauté de faire peser sur vous le crime de votre père.

Cette réponse sembla l'apaiser. Il inclina la tête en silence et reprit la lettre.

— Avez-vous tout lu ? demanda-t-il calmement.

— Depuis le commencement jusqu'à la fin sans omettre un mot.

— Me suis-je conduit loyalement avec vous jusqu'à présent ? Ozias Midwinter a-t-il… ?

— Persistez-vous donc à vous appeler ainsi, l'interrompit Mr. Brock, maintenant que votre nom véritable m'est connu ?

— Depuis que j'ai lu la confession de mon père, je n'en aime que davantage mon nom d'emprunt, si laid qu'il soit. Permettez-moi de reposer la question que je m'apprêtais à vous faire à l'instant : Ozias Midwinter n'a-t-il pas fait son possible pour éclairer Mr. Brock ?

Le révérend ne répondit pas directement.

— Peu d'hommes dans votre position, dit-il, auraient eu le courage de me montrer cette lettre.

— Méfiez-vous encore du vagabond de l'auberge, monsieur, tant que vous n'en saurez pas plus que vous n'en savez actuellement. Vous savez le secret de ma naissance, mais vous ignorez encore l'histoire de ma vie. Vous devez la connaître, et je vous la dirai avant que vous me laissiez seul avec Mr. Armadale. Voulez-vous vous reposer un peu, ou préférez-vous m'entendre maintenant ?

— Maintenant, dit Mr. Brock, comprenant moins que jamais le véritable caractère de l'homme qui se trouvait en ce moment devant lui.

Tout ce que disait Ozias Midwinter, tout ce qu'il faisait plaidait contre lui. Il avait parlé avec une indifférence sardonique, avec une insolence presque, qui eussent découragé chez quiconque le moindre élan de sympathie. Et maintenant, au lieu de rester près de la table et d'adresser son récit directement au révérend, il se retirait en silence et de manière désobligeante dans l'embrasure de la fenêtre où il s'assit, détournant son visage, tandis que ses doigts feuilletaient machinalement les pages de la lettre de son père, jusqu'à ce qu'il fut arrivé à la dernière. Les yeux fixés sur les lignes serrées du manuscrit, et avec un singulier mélange d'assurance et de tristesse, il commença :

— Ce que vous savez de moi jusqu'à présent est ce que la confession de mon père vous a appris. Il dit ici que j'étais un enfant endormi contre sa poitrine, lorsqu'il prononça ses dernières paroles, tandis que la main d'un étranger écrivait sous sa dictée, à son lit de mort. Le nom de cette personne, comme vous l'avez pu remarquer, est inscrit sur ce document : « Alexandre Neal, écrivain du Signet à Édimbourg ». Mes premiers souvenirs me montrent Alexandre Neal un fouet à la main, en train de me battre (je veux croire que je méritais la correction), en sa qualité de beau-père.

— N'avez-vous point la mémoire de votre mère à cette époque ? demanda Mr. Brock.

— Oui, je me la rappelle, me faisant habiller misérablement et achetant d'élégants costumes pour les deux enfants de son second mari. Je vois les domestiques riant de mon accoutrement et le fouet marquant encore mes épaules, parce que j'avais, dans ma colère, déchiré mes grossiers vêtements.

» Mes souvenirs me portent ensuite un an ou deux plus tard : je suis enfermé dans une chambre noire avec un morceau de pain et une cruche d'eau, me demandant pourquoi ma mère et son mari semblent haïr jusqu'à ma vue. Je n'ai résolu cette question qu'hier. La lettre de mon père m'a fait comprendre ce mystère. Ma mère savait ce qui était réellement arrivé à bord du navire marchand, mon beau-père aussi ; et tous deux prévoyaient que le honteux secret qu'ils eussent voulu tenir caché à tous me serait un jour révélé.

» Ils ne pouvaient s'y opposer. La confession était entre les mains de l'exécuteur testamentaire, et j'étais là, enfant malvenu, avec le sang noir de ma mère au visage et les passions d'un père meurtrier au cœur, héritier de leur secret malgré eux ! Je ne m'étonne plus maintenant des coups de fouet, ni des misérables vêtements, ni du pain et de l'eau dans la chambre noire : l'enfant commençait déjà à expier le crime du père ! »

Mr. Brock regarda le visage basané qui se détournait obstinément de lui.

« Est-ce la complète insensibilité d'un vagabond, se demanda-t-il, ou le désespoir dissimulé d'un malheureux ? »

— Je me rappelle ensuite l'école, continua Midwinter ; c'était une misérable institution, dans un coin perdu de l'Écosse. On me laissa là, comme un enfant mauvais qu'il fallait surveiller. Je vous passe le récit des coups de canne du maître dans la salle d'étude, des coups de pied des élèves pendant les récréations. Je ne sais si j'étais né ingrat ; quoi qu'il en soit, je m'enfuis. La première personne qui me rencontra me demanda mon nom. J'étais jeune et trop inexpérimenté pour comprendre l'importance qu'il y avait à le cacher, et je fus, bien entendu, ramené à la pension le soir même. Quelques jours plus tard, je m'enfuis pour la seconde fois. Le chien de garde avait reçu des instructions, je suppose ; il m'arrêta avant que j'eusse franchi la porte. J'ai là, sur le dos de la main, sa marque, parmi tant d'autres. Les marques faites par son maître, vous pourriez les voir sur mes épaules… Imaginez-vous une perversité comparable à la mienne ? Il y avait un diable en moi qu'aucun chien ne pouvait vaincre ; je m'évadai encore aussitôt que je pus quitter mon lit, et cette fois je réussis. À la tombée de la nuit, je me trouvai, avec un morceau de pain en poche, au milieu de la lande. Je m'étendis sur la douce et fine bruyère, à l'abri d'une roche grise. Croyez-vous que je me sentisse seul ? Non ! J'étais loin de la canne du maître, loin de mes camarades, loin de ma mère, loin de mon beau-père ; et je passai cette nuit sous la protection de mon bon ami le rocher, me trouvant le plus heureux garçon de toute l'Écosse.

En écoutant le récit de cette misérable enfance, Mr. Brock commença de trouver moins étrange, moins inexplicable le caractère de l'homme qui lui parlait.

— Je dormis profondément, continua Midwinter. À mon réveil, le lendemain matin, je vis assis à côté de moi un robuste vieillard, avec un violon et deux chiens habillés de jaquettes écarlates, qui sautaient autour de lui. L'expérience m'avait rendu trop méfiant pour dire la vérité à l'homme quand il me fit ses premières questions. Il ne les pressa point. Il me donna un bon déjeuner, qu'il tira de sa valise, et me laissa jouer avec les chiens. Je vais te dire, fit-il, quand il eut gagné ma confiance de cette manière ; il te manque trois choses, mon petit bonhomme : il te faut un autre père, une nouvelle famille et un autre nom. Je serai ton père, tu auras les chiens pour frères, et si tu me promets de ne point le compromettre, je te donnerai mon propre nom par-dessus le marché. Ozias Midwinter junior, tu as eu un bon déjeuner ; si tu veux un bon dîner, suis-moi !

» Il se leva ; les chiens trottèrent derrière lui, et je trottai derrière les chiens. Quel homme était mon nouveau père ? me demanderez-vous. Une espèce de bohémien, monsieur, un ivrogne, un bandit, un voleur, et le meilleur ami que j'aie eu ! N'est-il point votre ami, l'homme qui vous donne la nourriture, un abri et de l'éducation ? Ozias Midwinter m'apprit à danser, à faire le saut périlleux, à marcher sur des échasses et à chanter au son de son violon. Tantôt nous parcourions les foires, jouant la comédie ; tantôt nous allions dans les cabarets des grandes villes, où nous amusions les buveurs. J'étais alors un garçon de onze ans, vif, gai. Je plaisais à ces gens, aux femmes surtout. J'étais assez vagabond déjà pour aimer cette vie. Les chiens et moi nous ne nous quittions pas, mangeant, buvant et dormant ensemble. Je ne puis penser à ces miens petits frères à quatre pattes, encore maintenant, sans un serrement de cœur. Que de coups nous partageâmes tous trois ! Combien de danses difficiles nous exécutâmes de compagnie ! Que de nuits passées ensemble, mêlant nos plaintes, sur le froid versant de la colline ! Je ne cherche pas à vous apitoyer, monsieur, je vous dis seulement la vérité. Cette vie, avec tous ses rudes côtés, était une vie faite pour moi, et ce bohémien sans éducation qui me donna son nom, brute comme il l'était, je l'aimais ».

— Un homme qui vous battait ! s'écria Mr. Brock au comble de l'étonnement.

— Ne vous ai-je pas dit, monsieur, que je vivais avec les chiens ? Avez-vous jamais entendu dire qu'un chien battu par son maître l'ait moins aimé pour cela ? Des centaines et des milliers d'hommes, de femmes, d'enfants pauvres, eussent été, comme moi, attachés à cet homme, s'il leur eut donné, comme il n'y manqua jamais avec moi, à manger à leur faim. C'était presque toujours de la nourriture volée, et mon père adoptif en était généreux. Il usait rarement du bâton avec nous quand il n'avait point bu, mais cela l'amusait de nous entendre aboyer quand il était ivre. Il mourut ivre, et se livra à son amusement favori jusqu'à son dernier soupir. Un jour (j'étais depuis deux ans à son service), après nous avoir donné un bon dîner sur la lande, il s'assit le dos appuyé à une pierre et nous appela en jouant du bâton. Il fit d'abord aboyer les chiens et me siffla à mon tour. Je n'obéis pas avec empressement. Il avait bu plus que de coutume, et plus il buvait, plus il prenait plaisir à sa récréation du soir. Il était en belle humeur ce jour-là, et il me frappa si rudement que la force du coup lui fit perdre l'équilibre, son état d'ivresse le rendant d'ailleurs peu solide. Il tomba le visage dans une mare et resta là sans bouger. Les chiens et moi, nous nous tînmes à distance à le regarder ; nous pensions qu'il usait de ruse pour nous faire approcher afin de nous battre encore. Cela dura si longtemps que nous nous aventurâmes enfin près de lui. Je fus quelque temps à le soulever. Il me parut très lourd. Quand j'eus réussi à le mettre sur le dos, il était mort. Nous fîmes tout le bruit que nous pûmes ; mais les chiens étaient petits, moi aussi, et l'endroit était solitaire ; aucun secours ne vint. Je ramassai son violon et son bâton, je dis à mes deux frères : « Allons, il faut gagner notre vie nous-mêmes, à présent », et nous partîmes le cœur gros, tandis qu'il restait sur la lande. Si peu vraisemblable que cela vous paraisse, je le regrettai. Je gardai son vilain nom pendant toute ma vie errante, et j'ai encore assez du vieux levain en moi pour aimer à l'entendre. Midwinter ou Armadale, peu importe mon nom maintenant, nous causerons de cela plus tard ; vous devez connaître ce que j'ai de pire à dire sur moi.

— Pourquoi pas le meilleur ? demanda Mr. Brock avec douceur.

— Merci, monsieur, mais je suis ici pour dire la vérité. Passons, si vous le voulez bien, au second chapitre de mon histoire. Les chiens et moi, nous ne nous en tirâmes pas très bien après la mort de notre maître. Je perdis l'un de mes petits frères, le meilleur acteur des deux. Il me fut volé, et je ne le retrouvai jamais. Mon violon et mes échasses me furent pris ensuite, par un vagabond plus fort que moi. Ces malheurs nous rendirent, Tommy et moi – je vous demande pardon, monsieur, c'est le chien que j'appelais ainsi –, plus attachés l'un à l'autre que jamais. Il semblait que nous eussions tous deux le pressentiment que nos infortunes n'étaient point finies encore.

» Nous devions en effet être bientôt séparés. Nous n'étions voleurs ni l'un ni l'autre (notre maître s'étant borné à nous apprendre à danser), mais nous nous rendîmes coupables d'une intrusion sur les propriétés d'autrui. De jeunes créatures, même à moitié affamées, ne peuvent résister à courir les champs par une belle matinée. Tommy et moi, nous nous introduisîmes dans la plantation d'un gentleman. Le propriétaire veillait à son gibier, et le garde connaissait son service. J'entendis la détonation d'un fusil. Vous imaginez le reste. Dieu me préserve jamais d'une douleur pareille à celle que je ressentis quand je m'agenouillai près de Tommy, et le relevai mort et sanglant dans mes bras ! Le garde essaya de nous séparer, je le mordis comme un animal sauvage que j'étais. Il eut recours à son bâton ; il eût pu aussi bien le lever sur un arbre. Le bruit atteignit les oreilles de deux jeunes dames qui se promenaient à cheval près de là, filles du gentleman dont j'avais violé la propriété. Elles étaient trop bien élevées pour protester contre le droit sacré en vertu duquel on me maltraitait, mais elles avaient bon cœur, prirent pitié de moi et m'emmenèrent avec elles. Je me souviens des rires des gentlemen quand j'approchai des fenêtres de la maison avec mon petit chien dans les bras. Ne supposez pas que je me plaigne de leurs moqueries ; elles me rendirent service, en excitant l'indignation des jeunes dames. L'une d'elles me mena dans son jardin, et me montra une place où je pouvais enterrer mon chien sous les fleurs et être sûr qu'aucune autre main ne viendrait jamais le déranger. L'autre alla trouver son père et le persuada de m'employer dans la maison.

» Oui ! vous avez voyagé en compagnie d'un ancien valet. Je vous ai vu me regarder quand j'amusais Mr. Armadale en mettant le couvert à bord du yacht. Maintenant vous comprenez pourquoi je m'y entendais si bien. J'ai eu la bonne fortune de voir la société ; j'ai aidé à remplir son estomac et à cirer ses bottes. Mais mon séjour à l'office ne fut pas long. Avant d'avoir usé ma première livrée, il y eut un scandale dans la maison. L'éternelle histoire ; inutile de la répéter pour la millième fois : de l'argent laissé sur une table, et qu'on ne retrouva plus. Tous les domestiques avaient des antécédents auxquels ils pouvaient en appeler, excepté le valet, sur le compte duquel fut mis le vol. Je ne fus point poursuivi pour avoir pris ce que je n'avais ni touché ni vu, mais on me renvoya. Un matin je me rendis, vêtu de mes vieux habits, sur la tombe où reposait Tommy. Je baisai la terre ; je dis adieu à mon petit chien mort, et je me retrouvai encore perdu dans le monde, à l'âge de treize ans ! »

— Si seul et si jeune, demanda Mr. Brock, la pensée ne vous vintelle pas de retourner chez vos parents ?

— Je revins chez moi la nuit même, monsieur. Je dormis dans la colline. Quelle autre maison était la mienne ? Deux jours après, je repris la route de la ville où je me remis à fréquenter les cabarets. Les grands chemins me paraissaient si déserts depuis que j'avais perdu les chiens ! C'est là que deux marins me ramassèrent. J'étais un garçon agile, et j'obtins une place dans la chambre des mousses à bord d'un caboteur. Mousse, cela veut dire vivre dans la fange, manger les restes, porter l'ouvrage d'un homme sur des épaules d'enfant et sentir la corde à intervalles réguliers.

» Le navire toucha aux Hébrides. Je fus aussi ingrat que par le passé envers mes bienfaiteurs : je m'enfuis encore. Quelques femmes me trouvèrent à moitié mort de faim dans une partie sauvage de l'île de Skye. C'était près de la côte, et les pêcheurs m'employèrent. Il y avait moins de coups à recevoir avec mes nouveaux maîtres, mais les combats avec le vent et le mauvais temps, les travaux pénibles eussent tué un garçon moins aguerri que moi. J'endurai cela jusqu'au commencement de l'hiver, et alors les pêcheurs me renvoyèrent. Je ne les blâme point. Les vivres étaient rares et les bouches nombreuses. La famine menaçant la communauté, pourquoi eussent-ils gardé un enfant inconnu ?

» Seule une grande ville m'offrait quelque chance de salut pendant l'hiver. J'allai donc à Glasgow, et faillis, dès mon arrivée, me jeter dans la gueule du loup. Je me tenais près d'une charrette vide, sur Broomielaw[1] quand je reconnus la voix de mon beau-père. Il était arrêté sur la chaussée, et, à ma grande terreur, à ma grande surprise, il parlait de moi avec quelqu'un de sa connaissance. Caché derrière le cheval du chariot, j'entendis assez de leur conversation pour comprendre que j'avais failli tomber entre ses mains avant mon embarcation sur le caboteur.

» J'avais rencontré vers cette époque un autre vagabond de mon âge ; nous nous étions querellés et séparés. Le jour suivant, mon beau-père fit des recherches dans ce même district, et un problème délicat se posa à lui : lequel des deux jeunes garçons (dont personne ne pouvait fournir un signalement exact) devait-il poursuivre ?

» L'un, à ce qu'on lui apprit, était connu sous le nom de Brown, et l'autre sous celui de Midwinter. Brown était bien le nom d'emprunt qu'un garçon futé s'étant enfui de chez lui devait choisir ; Midwinter, en revanche, un nom excentrique qu'il se fut bien gardé de prendre. En conséquence, on s'attacha à Brown, et on me laissa échapper. Je vous laisse à penser si je ne tins pas plus que jamais à mon nom de bohémien. Mais je pris encore une autre détermination : je résolus de quitter le pays. Je rôdai pendant deux jours autour du port. Je découvris le navire qui mettait le premier à la voile et parvins à me cacher à son bord. La faim faillit me faire sortir de ma cachette avant le départ, mais ces tortures m'étaient

1 Rue longeant la Clyde.

connues déjà, et je restai dans mon trou. Quand j'apparus sur le pont, on était en pleine mer, et il fallait soit me garder soit me jeter par-dessus bord. Le capitaine dit (il le pensait, j'en suis sûr) qu'il eût préféré m'envoyer à l'eau, mais la loi protège parfois même le misérable. Ce fut ainsi que je me fis marin, et que j'appris à devenir assez habile (je vous ai vu le remarquer) pour être de quelque utilité à bord du yacht de Mr. Armadale. Je fis plus d'un voyage, changeai souvent de bâtiment. Je parcourus une partie du monde et me serais accoutumé à cette vie si j'avais pu plier mon caractère à l'obéissance. J'avais appris beaucoup, mais non à me vaincre, et je passai une partie de mon dernier voyage vers Bristol dans les fers. Accusé de rébellion envers un de mes officiers, je vis l'intérieur d'une prison pour la première fois de ma vie.

» Vous m'avez écouté, monsieur, avec une patience extraordinaire, et je suis content de vous dire en retour, que nous touchons à la fin de mon histoire. Vous avez trouvé quelques livres, si je me souviens bien, dans ma valise, quand on la fouilla dans le Somerset ? »

Mr. Brock répondit par l'affirmative.

— Ces livres marquent une nouvelle phase de ma vie. Mon emprisonnement fut d'assez courte durée. Ma jeunesse plaida peut-être pour moi. Peut-être aussi les magistrats prirent-ils en considération le temps que j'avais passé dans les fers à bord du vaisseau. Enfin, je venais d'atteindre dix-sept ans lorsque je me retrouvai libre.

» Je n'avais point d'amis pour me recevoir, je ne savais où aller. La vie de marin, après ce qui m'était arrivé, m'inspirait un profond dégoût. Je me mêlai à la foule sur le pont de Bristol, me demandant ce que je pourrais faire de ma liberté. Je ne sais si la prison m'avait changé ou si l'approche de l'âge adulte avait modifié mon caractère, toujours est-il que le plaisir insouciant que je prenais autrefois à ma vie errante n'avait plus le même goût. Un terrible sentiment de solitude m'accablait tandis que j'errais dans Bristol jusque tard dans la nuit, fuyant le désert des campagnes. Je regardais les lumières brillant aux fenêtres des maisons, enviant les gens heureux qui les habitaient. Un mot de conseil m'eût été bon alors. Eh bien ! il me fut donné : un policeman me dit de passer mon chemin. Il avait raison, que pouvais-je faire d'autre ? Je regardai le ciel et j'y reconnus l'amie de mes nuits de veille sur la mer, l'étoile Polaire.

Tous les points du compas me sont indifférents, pensai-je, je vous suivrai. Mais l'étoile ne voulut pas me tenir compagnie cette nuit-là. Elle se cacha derrière un nuage et me laissa seul sous la pluie et dans l'obscurité.

» Je gagnai à tâtons un hangar ; je m'endormis et rêvai du temps où je servais mon maître bohémien, où je vivais avec les chiens. Dieu ! que n'aurais-je point donné quand je m'éveillai pour sentir le petit museau froid de Tommy dans ma main ! Pourquoi m'étendre sur ces souvenirs ? Vous ne devriez pas m'encourager, monsieur, en m'écoutant si patiemment.

» Après avoir ainsi erré pendant une semaine, sans espérance, sans but devant moi, je me trouvai dans les rues de Shrewsbury, arrêté devant la devanture d'un libraire. Un vieillard vint sur le pas de la porte, embrassa la rue du regard et m'aperçut. « Voulez-vous de l'ouvrage ? me demanda-t-il, et serez-vous raisonnable pour le salaire ? ». L'espoir d'avoir quelque chose à faire et une créature humaine à qui parler me tenta, et je travaillai toute cette journée comme homme de peine dans le magasin, moyennant un shilling. Je fus encore employé dans la maison les jours suivants. Au bout d'une semaine, je montai en grade ; je balayais la boutique et la fermais. Bientôt on me confia la livraison des paquets, et je remplaçai le commis quand il quitta la place.

» Le bonheur ! me direz-vous. J'avais donc enfin trouvé un ami... J'étais en vérité tombé sur le plus intraitable avare d'Angleterre, et j'avais fait mon chemin dans le petit monde de Shrewsbury par un procédé commercial bien connu : en me vendant meilleur marché que mes concurrents. L'emploi à la boutique avait été refusé par tous les hommes inoccupés de la ville, et je l'avais pris. Le porteur en titre ne recevait jamais sa paye à la fin de la semaine, sans protester ; j'acceptai deux shillings de moins, et ne me plaignis point. Le commis, mécontent de sa nourriture et de ses gages, quitta la maison ; je reçus la moitié de son salaire, et vécus satisfait de ce qu'il avait dédaigné.

» Jamais il n'y eut deux hommes mieux assortis que le libraire et moi ! Il n'avait qu'un seul but, trouver des gens qui voulussent travailler pour lui à moitié prix. Je n'avais qu'un seul but, trouver quelqu'un qui me donnât asile. Sans avoir un seul point en commun, sans que la moindre nuance d'un sentiment, amical ou hostile, se développât entre nous, sans nous souhaiter ni le bonjour ni le bonsoir quand nous nous séparions le soir ou nous retrouvions le matin, nous vécûmes seuls dans cette maison, étrangers l'un à l'autre du premier au dernier jour, pendant deux années entières. Triste existence pour un garçon de mon âge, n'est-il pas vrai ? Mais vous êtes clergyman et érudit, et vous comprendrez sûrement ce qui me rendit cette vie supportable ».

Mr. Brock se rappela les volumes à moitié usés trouvés dans le sac du sous-maître :

— Ce sont les livres, n'est-ce pas ?

Les yeux de Midwinter s'éclairèrent d'une lumière nouvelle.

— Oui ! dit-il, les livres ! Généreux amis qui m'accueillirent sans méfiance, maîtres indulgents qui ne me maltraitèrent jamais. Les seules années de ma vie que je puisse regarder avec quelque orgueil sont celles que je passai dans cette maison. Le seul plaisir sans mélange que j'aie jamais goûté est celui que je sus trouver moi-même sur les rayons de l'avare. Matin et soir, durant les longues veillées d'hiver et les tranquilles journées d'été, je bus à la fontaine du savoir, sans me lasser jamais du breuvage.

» Il y avait peu de clients à servir, car les livres étaient pour la plupart sérieux et scientifiques. Je n'avais pas de responsabilités, puisque les comptes étaient tenus par mon maître et que seule la menue monnaie était autorisée à passer par mes mains. L'avare en sut bientôt assez sur moi pour comprendre qu'il pouvait compter sur mon honnêteté, et que ses mauvais traitements ne lasseraient pas ma patience. La seule découverte que je fis, quant à moi, sur son caractère agrandit la distance entre nous jusqu'à ses dernières limites : il était opiomane et, quoique chiche en toutes choses, il se montrait prodigue avec le laudanum. Jamais il n'avoua ce vice caché ; jamais je ne lui montrai que je l'avais découvert. Il prenait son plaisir en cachette, et je prenais le mien de mon côté. Semaine après semaine, mois après mois, nous restâmes ainsi, sans qu'un mot de sympathie s'échangeât entre nous, moi seul au comptoir avec mon livre, lui seul dans le parloir avec son registre, à peine visible à travers les vitres sales de la porte, quelquefois absorbé des heures entières par l'extase que lui procurait l'opium.

» Le temps passa sans y rien faire. Deux années s'écoulèrent au bout desquelles nous n'avions pas changé. Un matin, alors que s'ouvrait la troisième année, mon maître ne vint pas comme à l'ordinaire me porter mon déjeuner. Je montai l'escalier et le trouvai immobile dans son lit. Il refusa de me confier les clefs de l'armoire et de me laisser appeler un médecin. J'achetai un morceau de pain et retournai à mes livres, avec aussi peu de compassion pour lui, je l'avoue, qu'il en eût témoigné à mon égard dans les mêmes circonstances. Une heure ou deux heures plus tard, ma lecture fut interrompue par l'arrivée d'un de nos clients, médecin à la retraite. Il monta chez mon maître. J'étais content d'être débarrassé de lui et repris mon livre. Il redescendit et me dérangea encore : « Je n'ai pas grande sympathie pour vous, mon garçon, dit-il, mais je crois de mon devoir de vous avertir que vous aurez bientôt à chercher une autre place. Vous n'êtes pas bien vu en ville, et vous aurez peut-être quelque difficulté à en retrouver une autre. Faites-vous donner par votre maître un certificat, avant qu'il soit trop tard ». Il me parlait froidement. Je le remerciai aussi froidement, et j'obtins mon certificat le même jour. Pensez-vous que mon maître me l'accorda sans me le faire payer ? Non ! Il marchanda avec moi jusque sur son lit de mort. Il me devait un mois de mes gages, et ne voulut pas écrire une ligne pour moi tant que je ne promis pas de le tenir quitte de sa dette.

» Trois jours après il mourait, se félicitant d'avoir joué son commis. Ah ! ah ! murmura-t-il, lorsque le docteur m'appela solennellement pour prendre congé de lui. Je vous ai eu à bon marché ! Le constat était-il aussi cruel que cela pour Ozias Midwinter ? Je ne le pense pas. J'en étais là, jeté dans le monde une fois encore, mais certainement avec un meilleur avenir devant moi. J'avais appris tout seul à lire le latin, le grec et l'allemand ; j'avais mon certificat qui parlait pour moi. Mais tout fut inutile ! Le docteur avait raison, je n'étais point aimé en ville. Les gens du peuple me haïssaient pour avoir vendu mes services à l'avare à si bas prix. Quant aux bourgeois, je leur inspirais (Dieu sait à quel point !) ce que j'ai toujours inspiré à tous, à l'exception de Mr. Armadale, un sentiment immédiat de défiance. Je ne pouvais rien à cela, et c'en fut fini de moi dans les beaux quartiers. Il est probable que j'eusse mangé toutes mes maigres économies de deux années de travail sans une annonce que je vis dans un journal. On demandait un sous-maître pour une école. La modicité honteuse de la somme offerte me décida à me présenter, et j'obtins la place. Comment je réussis et ce qui m'advint, vous le savez. Le fil de mon histoire est démêlé, et ma vie est débarrassée de son mystère. Vous savez maintenant le pire me concernant ».

Un moment de silence suivit ces derniers mots. Midwinter quitta la fenêtre et s'avança vers la table avec la lettre de Wildbad dans la main.

— La confession de mon père vous a dit qui je suis, et la mienne vous a appris ce qu'a été ma vie, reprit-il, sans voir la chaise que Mr. Brock lui indiquait. J'ai promis de vous la faire connaître tout entière quand je suis entré dans cette chambre. Ai-je rempli ma promesse ?

— Il est impossible d'en douter, répliqua Mr. Brock. Vous venez de gagner le droit à ma confiance et à ma sympathie. Je serais vraiment impardonnable, sachant ce que je sais de votre enfance et de votre jeunesse, si je n'éprouvais un peu des sentiments d'Allan pour l'ami d'Allan.

— Merci, monsieur, fit Midwinter gravement et simplement.

Pour la première fois, il s'assit en face de Mr. Brock.

— Dans quelques heures vous aurez quitté cette ville. Je veux, si je le puis, que vous partiez l'esprit tranquille. Nous avons, avant de nous séparer, encore quelque chose à nous dire. Mes futures relations avec Mr. Armadale n'ont pas été réglées, et la sérieuse question soulevée par la lettre de mon père n'a point encore été discutée entre nous.

Il se tut et regarda avec une lueur d'impatience la chandelle briller dans l'aube naissante. L'effort qu'il faisait pour parler avec calme et pour cacher ses émotions lui devenait évidemment de plus en plus pénible.

— Il se peut que j'aide votre décision, dit-il, si je vous dis comment, en lisant cette lettre, puis en réfléchissant calmement à ce qu'elle impliquait, j'ai pris le parti d'agir envers Mr. Armadale au sujet de cette similitude de nom.

Il s'arrêta et jeta un second regard d'impatience sur la bougie allumée.

— Voulez-vous excuser la fantaisie d'un homme bizarre ? demanda-t-il avec un faible sourire. Je désire éteindre cette bougie. J'ai besoin de parler de ce nouveau sujet dans une nouvelle lumière.

Tout en parlant il souffla la bougie, et les premiers rayons de l'aube entrèrent dans la chambre.

— Je dois implorer encore votre patience, reprit-il, car il me faut revenir sur moi-même et sur mon passé.

» Je vous ai déjà dit que mon beau-père avait cherché à me retrouver, quelques années après ma fuite de l'école écossaise. Il ne fut poussé à cette démarche par aucune inquiétude personnelle, mais seulement en tant qu'agent des curateurs de mon père. En vertu de leur pouvoir, ils avaient vendu les propriétés de la Barbade (à l'époque de l'émancipation des esclaves et de la ruine des propriétés coloniales) pour ce qu'ils en avaient pu retirer. Ayant placé le produit de cette vente, ils avaient dû mettre de côté une somme pour mon éducation. Forcés de s'occuper de moi, ils essayèrent de me retrouver. La tentative fut inutile, vous le savez. Un peu plus tard, comme je l'ai appris depuis, une annonce (dont je n'eus jamais connaissance) fut publiée dans les journaux à mon intention. Plus tard encore, quand j'eus atteint vingt et un ans, une seconde annonce (que je lus, celle-ci) offrit une récompense à qui pourrait donner des preuves de ma mort. Si je vivais, j'avais droit à ma majorité à la moitié de l'argent provenant du domaine ; si j'étais mort, le tout devait revenir à ma mère. Je me présentai chez les hommes de loi, et j'appris d'eux ce que je viens de vous dire. Après quelques difficultés pour prouver mon identité, après une entrevue avec mon beau-père et un message de ma mère, qui eut pour résultat d'augmenter encore notre vieille inimitié, mon droit fut prouvé, et mon argent est maintenant placé en fonds publics, sous le nom qui est réellement le mien ».

Mr. Brock se rapprocha de la table ; il comprenait maintenant où le jeune homme voulait en venir.

— Deux fois par an, continua Midwinter, je dois signer pour toucher mon revenu. À tous les autres moments et dans toutes les autres circonstances, je puis cacher mon identité sous le premier nom venu. C'est sous le nom d'Ozias Midwinter que Mr. Armadale m'a connu, c'est sous le nom d'Ozias Midwinter qu'il me connaîtra jusqu'à la fin de mes jours. Quel que soit le résultat de cette entrevue – que je gagne votre confiance ou que je la perde –, soyez assuré que votre élève ne connaîtra jamais l'horrible secret que je vous ai confié. Cette résolution n'a rien d'extraordinaire, car, comme vous le savez déjà, je ne fais aucun sacrifice en conservant mon nom d'emprunt. Il n'y a rien de louable dans ma conduite, c'est celle d'un homme reconnaissant. Si l'histoire des noms est un jour racontée, elle ne peut s'arrêter au crime de mon père ; il faudra dire aussi celle du mariage de Mrs. Armadale. J'ai entendu son fils parler d'elle ; je sais combien il respecte sa mémoire. Je prends Dieu à témoin que ce n'est pas par moi qu'il apprendra jamais à la chérir moins tendrement.

Ces mots furent dits avec une simplicité qui réveilla les plus profondes sympathies du révérend. Ils le ramenèrent au lit de mort de Mrs. Armadale. Là, assis devant lui, était l'homme sur lequel elle avait appelé sa méfiance dans l'intérêt de son fils ; et cet homme, de sa propre volonté, s'imposait l'obligation de respecter son secret par amitié pour Allan ! Le souvenir de ses efforts passés pour entraver l'amitié qui inspirait un tel dévouement se dressa devant Mr. Brock comme un remords. Il tendit pour la première fois la main à Midwinter :

— En son nom, et au nom de son fils, dit-il avec chaleur, je vous remercie.

Midwinter posa sans répondre la lettre de son père ouverte devant lui.

— Je pense que je n'ai rien oublié de ce qu'il était de mon devoir de dire, dit-il enfin, avant que nous nous occupions de cette lettre. Ce qui pourrait vous sembler encore étrange dans ma conduite envers vous et Mr. Armadale s'explique maintenant de soi-même. Vous pouvez aisément imaginer la curiosité et la surprise que je dus éprouver (ignorant comme je l'étais de la vérité), quand le nom de Mr. Armadale me frappa pour la première fois comme un écho du mien. Vous comprenez sans nul doute pourquoi j'hésitai à lui dire que j'étais son homonyme : je craignais de ternir mon image dans votre esprit, si ce n'est dans le sien, en avouant que je m'étais présenté sous un nom d'emprunt. Après ce que vous venez d'apprendre de ma vie vagabonde, vous vous étonnerez peu du silence obstiné que j'ai gardé sur ce qui me concerne, dans un temps où je ne sentais pas la responsabilité de la confession de mon père peser sur moi. Nous pourrons revenir à ces explications personnelles, si vous le voulez, une autre fois. Elles ne doivent pas nous éloigner des intérêts plus graves que nous devons régler avant que vous quittiez cette ville. Il nous faut maintenant…

Sa voix trembla, et il tourna brusquement son visage du côté de la fenêtre comme pour le cacher au révérend.

— Il nous faut maintenant, répéta-t-il, tandis que la main qui tenait la lettre se mettait à trembler, en venir à l'assassinat à bord du navire marchand, et à la recommandation que mon père m'a adressée de sa tombe.

Et, craignant sans doute d'éveiller Allan, couché dans la chambre voisine, il lut les terribles mots que la plume de l'Écossais avait écrits à Wildbad au fur et à mesure qu'ils tombaient des lèvres de son père :

… Fuyez la veuve de l'homme que j'ai tué, si elle vit encore. Fuyez cette femme de chambre dont la main perverse a aplani les difficultés du mariage, si elle est encore à son service ; plus que tout, évitez l'homme qui porte le même nom que vous. Quittez même votre bienfaiteur si son influence devait vous rapprocher de cet homme, abandonnez la femme qui vous aime, si cette femme est un lien entre vous et lui. Cachez-vous de lui sous un nom supposé. Mettez les montagnes et les mers entre vous ; soyez ingrat, soyez implacable, soyez tout ce qui répugnera le plus à vos meilleurs instincts, plutôt que de vivre sous le même toit et que de respirer le même air que cet homme. Ne permettez jamais que les deux Allan Armadale se rencontrent en ce monde, jamais, jamais, jamais…

Après avoir lu ces lignes, il repoussa le manuscrit loin de lui sans lever les yeux. Sa réserve ombrageuse, sur le point de l'abandonner quelques instants auparavant, s'était de nouveau emparée de lui. Ses yeux redevinrent inquiets, le ton de sa voix changea. Un étranger qui, ayant entendu son histoire, l'eût vu en cet instant eût pensé : « Il a le regard trouble, l'air mauvais ; il est bien en tous points le fils de son père ».

— J'ai une question à vous poser, dit Mr. Brock, rompant le silence : Pourquoi venez-vous de lire ce passage de la lettre ?

— Pour me forcer à vous dire la vérité. Il faut que vous sachiez combien il y a de mon père en moi, avant de me laisser à Mr. Armadale comme ami. Lorsque j'ai reçu cette lettre hier matin, j'ai été envahi par un pressentiment qui m'a conduit vers le rivage avant de briser le cachet. Croyez-vous que les mortels puissent revenir dans le monde où ils ont vécu ? Je crois que mon père a ressuscité par cette splendide matinée, sous le rayonnement du radieux soleil et au grondement de la joyeuse mer. Il m'a regardé tandis que je lisais. Quand j'en suis arrivé aux mots que vous venez d'entendre, quand j'ai compris que ce qu'il redoutait en mourant était arrivé, j'ai senti l'effroi qui tortura ses derniers moments me pénétrer à mon tour. J'ai lutté contre moi-même comme il eût désiré que je luttasse. J'ai fait tous mes efforts pour devenir ingrat, impitoyable ; j'ai pensé sans aucune pitié « à mettre les montagnes et les mers entre moi et l'homme qui porte mon nom ». Des heures ont passé avant que je pusse prendre sur moi de revenir à l'hôtel et de courir le risque de me retrouver face à Allan Armadale. Quand je suis enfin rentré, et que je l'ai rencontré sur l'escalier, il m'a semblé que je le regardais avec les mêmes yeux que ceux avec lesquels mon père regarda le sien lorsque la porte de la cabine se referma entre eux. Tirez-en vos conclusions, monsieur. Dites, si vous le voulez, que mon père m'a laissé en héritage sa croyance superstitieuse en la destinée. Je ne discuterai point cela. Hier, cette loi superstitieuse était bien la mienne. La nuit est venue avant que j'eusse pu m'arrêter à des pensées plus calmes, plus consolantes. Enfin j'y suis parvenu. Vous pouvez constater en ma faveur que j'ai triomphé de l'influence de cette horrible lettre. Savez-vous ce qui m'y a aidé ?

— Vous vous êtes raisonné ?

— Je ne sais point raisonner ce que j'éprouve.

— Avez-vous eu recours à la prière ?

— Je n'étais point disposé à prier.

— Et cependant quelque chose vous a amené à de meilleurs sentiments, à une vue plus saine des choses ?

— En effet.

— Qu'est-ce donc alors ?

— Mon affection pour Allan Armadale.

Il hasarda un regard plein de doute, presque timide, vers Mr. Brock. Et, de nouveau, ayant fait cette réponse, il se leva brusquement et retourna dans l'embrasure de la fenêtre.

— N'ai-je pas le droit de parler de lui en ces termes ? demanda-t-il en cachant son visage au révérend. N'ai-je point été à même de l'apprécier ? Souvenez-vous comment jusqu'alors les autres hommes avaient agi avec moi. Aussi je fus tout à lui, lorsque pour la première fois je vis sa main tendue vers moi, lorsque pour la première fois j'entendis sa voix me parler dans ma maladie. D'autres mains amies m'avaient-elles été tendues depuis mon enfance ? Non ! je n'avais jamais connu que celles qui s'étaient levées pour me menacer ou me frapper. Comment avais-je entendu la voix des hommes jusqu'alors ? Comme une voix me raillant, me maudissant, s'enflant de calomnies dans mon dos. Sa voix à lui m'a dit : « Prenez courage, Midwinter ! Nous vous guérirons, vous serez assez fort dans une semaine pour venir faire un tour avec moi dans notre campagne du Somerset ». Rappelez-vous les coups de bâton du bohémien ; rappelez-vous ces monstres me regardant en riant quand je m'approchais des fenêtres, mon petit chien mort dans les bras ; pensez au maître qui me vola mes gages à sa dernière heure, et demandez à votre cœur si le misérable qu'Allan Armadale a traité en égal, en ami, en a trop dit en disant qu'il l'aimait. Je l'aime ! Je le répète malgré moi. J'aime jusqu'à la terre que foulent ses pieds ! Je donnerais ma vie, oui, la vie qui m'est précieuse maintenant, parce que sa bonté me l'a faite heureuse. Je vous répète que je donnerais ma vie…

Les paroles moururent sur ses lèvres ; ses nerfs cédèrent. Il étendit une main d'un geste suppliant vers Mr. Brock ; sa tête vint toucher le rebord de la fenêtre, et il fondit en larmes.

Même en cet instant, la dure contrainte à laquelle il avait été habitué toute sa vie le soutint contre son émotion. Il n'attendait aucune commisération, il n'espérait aucune indulgence humaine pour sa faiblesse. La nécessité cruelle de se maîtriser était présente à son esprit, tandis que les larmes coulaient sur ses joues.

— Donnez-moi une minute, dit-il faiblement. Je vais reprendre le dessus. Je ne vous gênerai plus de la sorte.

Fidèle à sa résolution, en une minute il avait repris ses esprits et reprenait d'une voix apaisée :

— Retournons, monsieur, aux pensées meilleures qui m'ont amené cette nuit dans votre chambre. Je ne puis que répéter que je ne me serais jamais soustrait à la menace de cette lettre, si je n'avais aimé Allan Armadale d'une affection fraternelle. Je me suis dit :

« Si la pensée de le quitter me brise le cœur, c'est que cette pensée est mauvaise ! ». Quelques heures se sont écoulées depuis, et je suis dans la même disposition. Je ne puis croire, je ne veux pas croire qu'une amitié qui ne s'est établie que par la bonté d'un côté et la gratitude de l'autre puisse avoir une issue fatale.

» Jugez, vous, le clergyman, entre le père mort qui a écrit ces pages et le fils qui vous parle ! À quoi suis-je appelé, maintenant que je respire le même air et que je vis sous le même toit que le fils de l'homme tué par mon père ? Perpétuerai-je le crime ou le réparerai-je en dévouant toute ma vie au fils de la victime ? De ces deux pensées, c'est la seconde que je veux faire mienne, et je m'y tiendrai quoi qu'il arrive. C'est la force de cette conviction qui m'a poussé ici, pour vous confier le secret de mon père, vous confesser ma misérable histoire. C'est la force de cette conviction qui me fait vous adresser en toute franchise la seule question qui tienne après ce que je viens de vous dire. Votre élève démarre aujourd'hui une nouvelle vie, à l'aube de laquelle il se trouve singulièrement seul ; il lui faut absolument un compagnon de son âge, sur lequel il puisse s'appuyer. Le moment est venu, monsieur, de décider si je dois être ou non ce compagnon. Après tout ce que vous venez d'entendre d'Ozias Midwinter, dites-moi sincèrement si vous voulez l'accepter pour ami d'Allan Armadale ?

Mr. Brock répondit à cette demande loyale avec une franchise sans retenue :

— Je crois en votre affection pour Allan, dit-il, et je suis persuadé que vous avez dit la vérité. Un homme qui a produit cette impression sur moi est un homme en qui je dois avoir confiance. J'ai confiance en vous.

Midwinter se leva brusquement ; son brun visage se colora d'un rouge profond, ses yeux brillèrent et s'arrêtèrent avec assurance sur le révérend :

— Une idée ! s'écria-t-il en arrachant l'un après l'autre les feuillets de la lettre au lien qui les tenait ensemble. Détruisons le dernier chaînon qui nous rattache au passé ! Que cette confession soit réduite en cendres avant que nous nous séparions !

— Attendez ! fit Mr. Brock. Avant de la brûler, nous devons la consulter une dernière fois.

Les feuillets du manuscrit tombèrent des mains de Midwinter.

Mr. Brock les ramassa et les assembla avec soin, jusqu'à ce qu'il eût trouvé la dernière page.

— Je considère les craintes de votre père comme vous le faites vous-même, dit le révérend, mais il vous donne un avertissement que vous ferez bien, dans l'intérêt d'Allan, et dans le vôtre, de ne point négliger. Le dernier chaînon du passé ne sera pas détruit quand vous aurez brûlé ces pages. Un des acteurs de cette histoire de trahison et de meurtre existe encore. Lisez.

Il tendit la page à travers la table, pointant son doigt sur l'une des phrases. Dans son agitation, Midwinter ne comprit pas ce que lui désignait le révérend et lut : Fuyez la veuve de l'homme que j'ai tué, si elle vit encore.

— Pas cela, dit le révérend, plus bas.

Midwinter lut : Fuyez cette femme de chambre dont la main perverse a aplani les difficultés du mariage, si elle est encore à son service.

— La femme de chambre et la maîtresse se sont séparées, dit Mr. Brock, au moment du mariage. La femme de chambre et la maîtresse se sont revues depuis dans le Somerset, chez Mrs. Armadale, l'année dernière. J'ai moi-même croisé cette personne dans le village, et je sais que sa visite a précipité la mort de la mère d'Allan. Attendez un peu et remettez-vous. Je vois que je vous ai surpris.

Ozias attendit ainsi qu'on le lui conseillait. Ses couleurs s'effacèrent ; il devint d'une pâleur grise, et la flamme de ses yeux bruns s'éteignit lentement. Ce que le révérend venait de dire l'avait profondément bouleversé. Il y avait, de la frayeur sur son visage, tandis qu'il restait assis, perdu dans ses pensées. La lutte de la nuit se renouvelait-elle déjà ? Sentait-il l'horreur de la superstition héréditaire l'envahir de nouveau ?

— Pouvez-vous me mettre en garde contre cette femme ? demanda-t-il après un long silence. Pouvez-vous me dire son nom ?

— Je ne puis vous apprendre que ce que Mrs. Armadale m'a dit, répondit Mr. Brock. La femme a avoué s'être mariée dans le long intervalle de temps écoulé depuis leur séparation. Mais pas un mot de plus ne lui a échappé sur sa vie passée. Elle venait demander de l'argent à Mrs. Armadale, prétendant être dans la détresse. Elle a obtenu l'argent et a quitté la maison, refusant fermement quand on le lui a demandé de donner son nom de femme mariée.

— Vous l'avez vue vous-même dans le village. À quoi ressemble-t-elle ?

— Je ne saurais le dire. Son voile était baissé.

— Vous pouvez me dire au moins ce que vous avez vu.

— Certainement. Lorsqu'elle s'est approchée de moi, j'ai pu remarquer sa démarche gracieuse. Sa silhouette m'a semblé agréable, légèrement plus grande que la moyenne. J'ai noté, lorsqu'elle m'a demandé le chemin de la maison de Mrs. Armadale, que ses manières étaient celles d'une lady, et que le ton de sa voix était remarquablement doux et séduisant. Enfin, je puis vous dire qu'elle portait un voile noir, un chapeau et une robe de soie de même couleur, et un châle de Paisley rouge. Je sens qu'il vous faudrait de plus amples détails pour pouvoir la reconnaître, malheureusement…

Il se tut. Midwinter était penché sur la table, et Mr. Brock sentit soudain sa main sur son bras.

— Serait-il possible que vous connaissiez cette femme ? demanda le révérend, surpris de son brusque changement d'attitude.

— Non.

— Qu'ai-je dit alors qui ait pu vous étonner ainsi ?

— Vous souvenez-vous de la femme qui s'est jetée dans la Tamise à bord du steamer ? de la femme qui a causé cette série de morts, et ouvert ainsi à Allan la succession de Thorpe-Ambrose ?

— Je me souviens de la description qu'en faisait le rapport de la police.

— Cette femme, continua Midwinter, avait une démarche gracieuse et une jolie silhouette ; elle portait un voile noir, et un châle de Paisley rouge.

Il se tut, lâcha le bras de Mr. Brock, et reprit son siège.

— Serait-ce la même ? murmura-t-il comme pour lui-même. Y a-t-il une fatalité qui poursuit les hommes dans le noir ? et est-elle en train de nous poursuivre en la personne de cette femme ?

Si cette conjecture était juste, cet incident, qui semblait ne se relier en rien aux faits du passé, était au contraire le seul anneau qui complétât la chaîne fatale. Le bon sens de Mr. Brock repoussa instinctivement cette conclusion. Il regarda Midwinter avec un sourire de compassion.

— Mon jeune ami, dit-il avec bonté, avez-vous écarté de votre esprit autant que vous le pensez toute idée superstitieuse ? Ce que vous venez de dire est-il digne des bonnes résolutions que vous avez prises cette nuit ?

La tête de Midwinter se pencha sur sa poitrine, la rougeur monta à ses joues, et il soupira amèrement.

— Vous commencez à douter de ma sincérité, dit-il. Je ne puis vous en blâmer.

— Je crois en votre sincérité aussi fermement que jamais, répondit Mr. Brock. Je doute seulement que vous ayez fortifié les côtés faibles de votre nature autant que vous le supposez. Vous n'êtes pas le seul qui ait été vaincu plusieurs fois avant de triompher. Je ne vous blâme point, je ne manque pas de confiance en vous. Je vous fais seulement cette remarque pour vous mettre en garde contre vous-même. Allons, allons ! Laissez le bon sens l'emporter, et vous conviendrez avec moi qu'il n'y a aucune raison de croire que la femme rencontrée dans le Somerset soit la même que celle du steamer. Un vieillard devait-il avoir besoin de rappeler à un jeune homme comme vous qu'il y a des milliers de jolies femmes en Angleterre, qui portent des robes de soie noire et des châles de Paisley rouges ?

Midwinter se rendit à ce raisonnement ; un observateur plus éclairé que Mr. Brock eût même trouvé qu'il y cédait avec trop d'empressement.

— Vous avez raison, monsieur, et j'ai tort, dit-il. Quantité de femmes pourraient répondre à cette description. J'ai perdu mon temps à m'égarer dans d'oisives divagations au lieu de m'en tenir aux faits. Si cette personne cherche jamais à approcher d'Allan, je dois être préparé à la repousser.

En parlant, il feuilletait les pages éparses sur la table ; il en prit une et l'examina attentivement :

— Voici quelque chose de positif, reprit-il ; ceci m'apprend son âge. Elle avait douze ans à l'époque du mariage de Mrs. Armadale, treize ans à la naissance d'Allan, qui en a vingt-deux ; elle a donc aujourd'hui trente-cinq ans. Ainsi, je sais son âge. Je sais encore qu'elle a des motifs pour se taire au sujet de son mariage. C'est toujours quelque chose de gagné, cela pourra nous conduire avec le temps à en apprendre davantage.

Son regard s'éclaira et s'arrêta sur Mr. Brock.

— Suis-je dans le bon chemin, maintenant, monsieur ? Ne fais-je pas de mon mieux pour profiter de l'avis que vous avez eu la bonté de me donner ?

— Vous faites la preuve de votre bon sens, répondit le révérend, l'encourageant, avec toute la promptitude d'un Anglais à nier les vertus de la plus noble des facultés humaines, à brider son imagination. Vous vous aplanissez le chemin du bonheur.

— Le croyez-vous ? fit Ozias, pensif.

Il chercha encore dans les papiers et s'arrêta sur une nouvelle page.

— Le navire ! s'écria-t-il en changeant de couleur et en redevenant nerveux.

— Quel navire ? demanda le révérend.

— Celui sur lequel le crime fut commis, répondit Midwinter, en montrant pour la première fois des signes d'impatience, le navire sur lequel la main de mon père ferma à clef la porte de la cabine.

— Et bien ? fit Mr. Brock.

Le jeune homme parut ne pas entendre la question. Ses yeux restaient fixés avec, une attention intense sur la page qu'il lisait.

— ... un navire français qui faisait le commerce de bois ; son nom était La Grâce-de-Dieu... Si la certitude de mon père avait été la bonne, si la fatalité m'avait suivi pas à pas, dans le cours de mes voyages, j'eusse rencontré ce navire.

Il leva de nouveau les yeux sur Mr. Brock :

— J'en suis convaincu maintenant, dit-il ; ces femmes sont deux personnes différentes.

Mr. Brock secoua la tête.

— Je suis content que vous en soyez arrivé à cette conclusion, fit-il ; mais j'aurais préféré que vous y soyez parvenu par une autre route.

Midwinter bondit sur ses pieds avec ferveur, saisit à deux mains les pages du manuscrit et les jeta dans le foyer vide.

— Pour l'amour de Dieu, laissez-moi la brûler ! s'écria-t-il ; aussi longtemps que cette lettre existera, je la lirai ; et tant que je la lirai, mon père l'emportera, malgré moi !

Mr. Brock montra la boîte d'allumettes. Une minute après, la confession était en flammes. Lorsque le feu eût consumé le dernier morceau de papier, Midwinter poussa un soupir de soulagement.

— Je puis dire comme Macbeth[1] : « Lui détruit, je redeviens homme ! » s'écria-t-il avec une gaieté fiévreuse. Vous paraissez fatigué, monsieur, et ce n'est pas étonnant, ajouta-t-il plus bas. Je vous ai tenu trop longtemps éveillé. Je vais vous quitter. Soyez assuré que je me souviendrai de ce que vous m'avez dit. Je vous promets de protéger Allan contre tout ennemi, homme ou femme, qui voudrait s'attaquer à lui. Merci, monsieur, un million de fois merci ! Je suis venu dans cette chambre le plus misérable des hommes, je la quitte aussi heureux que les oiseaux qui chantent dehors !

Il allait ouvrir la porte, lorsque les rayons du soleil levant glissèrent à travers la fenêtre et vinrent toucher les cendres noires amoncelées dans le foyer. La vive imagination de Midwinter s'exalta soudain à cette vue.

— Regardez, dit-il joyeusement. Les promesses de l'avenir brillent sur les cendres du passé !

Une inexplicable pitié pour cet homme, au moment de sa vie où il en avait le moins besoin, serra le cœur du révérend quand il se retrouva seul.

— Pauvre garçon ! dit-il, désagréablement surpris lui-même du mouvement de compassion qui venait de lui échapper. Pauvre garçon !

III. Jour et nuit

Les heures du matin avaient fui, l'après-midi était venue, et Mr. Brock était en route pour le Somerset.

Après avoir quitté le révérend dans le port de Douglas, les deux jeunes gens retournèrent à Castletown et se séparèrent à la porte de l'hôtel. Allan pour se rendre sur le bord de la mer et surveiller son yacht, Midwinter pour se retirer dans sa chambre et prendre le repos dont il avait besoin après une nuit d'insomnie.

1 Shakespeare, *Macbeth*, lit, 4.

Il fit l'obscurité dans sa chambre, ferma les yeux, mais le sommeil ne vint pas. Dans ces heures qui suivaient le départ du révérend, il s'exagérait, avec sa sensibilité à fleur de peau, la responsabilité qui reposait sur lui. La crainte de laisser Allan livré à lui-même ne fût-ce que quelques heures, le tint éveillé et inquiet. C'est donc sans mal et avec un profond soulagement qu'il abandonna son lit pour aller retrouver Allan sur le chantier.

Les réparations du yacht touchaient presque à leur fin. La journée était douce et souriante, la terre brillait, l'eau était bleue, les vagues se gonflaient au soleil, les hommes chantaient en travaillant. Midwinter, étant descendu dans la cabine, aperçut son ami activement occupé à la mettre en ordre. Allan, le moins soigneux des mortels, se prenait de temps à autre d'une passion immodérée pour l'ordre et, dans ces jours-là, une véritable fureur de propreté s'emparait de lui. Lorsque Midwinter entra, il était à genoux, travaillant avec une ardeur réjouissante à contempler, et déployant des efforts si maladroits qu'il était en passe de rendre au chaos la petite cabine tranquillement agencée.

— Voici un beau gâchis ! s'écria Allan, se mettant debout au milieu des objets entassés autour de lui. Savez-vous, mon cher ami, que je commence à penser que j'aurais dû laisser les choses en l'état ?

Midwinter sourit et vint au secours de son ami avec l'adresse propre aux marins.

Le premier objet qui tomba sous sa main fut la boîte à toilette d'Allan, renversée sens dessus dessous, son contenu épars sur le parquet, où gisaient également un plumeau et un balai.

En replaçant l'un après l'autre les divers objets composant la garniture du nécessaire, Midwinter trouva une miniature de forme ovale et ancienne, précieusement encadrée de petits diamants.

— Vous ne me semblez pas attacher une grande valeur à ceci, dit-il, qu'est-ce donc ?

Allan se pencha par-dessus son épaule et regarda.

— Cela appartenait à ma mère, répondit-il, et j'y tiens énormément. C'est un portrait de mon père.

Midwinter mit brusquement la miniature entre les mains d'Allan, et se retira à l'autre extrémité de la cabine.

— Vous savez mieux que moi la place des objets de votre nécessaire, dit-il en tournant le dos à Allan. Partageons-nous la besogne. Je rangerai ce côté de la cabine, vous vous occuperez de l'autre.

Et il commença à mettre en ordre les choses entassées sur la table et sur le parquet. Mais il semblait que le sort eût décidé que les objets personnels de son ami lui tomberaient entre les mains ce matin-là. L'un des premiers objets qu'il ramassa fut son pot à tabac, dont le couvercle manquant était remplacé par une lettre volumineuse bouchonnée dans l'ouverture.

— Saviez-vous que ceci était là ? dit Midwinter. Ce papier a-t-il quelque importance ?

Allan le reconnut immédiatement.

C'était la première lettre qu'il avait reçue à l'île de Man, celle à laquelle il avait si brièvement fait allusion, en la disant pleine des tracasseries de ces insupportables hommes de loi et en la jetant de côté avec son étourderie habituelle.

— Voilà ce qui arrive quand on est trop soigneux, dit Allan ; c'est un exemple de mon extrême minutie. Vous ne vous imagineriez pas que j'ai mis cette lettre là tout exprès. Chaque fois que j'ouvre le pot, vous comprenez, je vois la lettre, et chaque fois que j'aperçois la lettre, je suis sûr de me dire : « Il faut y répondre ». Il n'y a pas de quoi rire ; c'était un arrangement plein de sens, si j'avais seulement pu me rappeler où je mettais le pot. Mais si je faisais un nœud à mon mouchoir, cette fois, qu'en dites-vous ? Vous avez une mémoire étonnante, mon cher camarade ; peut-être pourriez-vous me faire souvenir du nœud, dans le cas où je l'oublierais aussi.

Midwinter vit l'occasion de remplir utilement la place de Mr. Brock.

— Voici votre écritoire, dit-il, pourquoi ne pas répondre immédiatement à cette lettre ? Si vous la remettez à une autre fois, peut-être l'oublierez-vous encore.

— Parfaitement juste, répondit Allan, mais le pire de tout cela, c'est que je ne sais que décider. J'ai besoin d'un avis ; asseyez-vous là et donnez-moi le vôtre.

Et avec son joyeux rire d'enfant, amplifié par celui de Midwinter à son tour gagné par sa gaieté contagieuse, il repoussa les objets qui encombraient le sofa et fit place à son ami à côté de lui. Ce fut dans cette heureuse disposition d'esprit qu'ils s'assirent pour cette consultation, en apparence futile, ayant pour point de départ une lettre dans un pot à tabac. Ce fut un instant mémorable pour tous deux, si légèrement qu'ils en pensassent alors. Avant qu'ils se fussent relevés, ils avaient accompli ensemble un pas irrévocable dans le sombre et tortueux chemin de leurs destinées.

Ramenée aux faits, la question sur laquelle l'ami d'Allan était appelé à donner son avis était la suivante.

Tandis que les derniers arrangements relatifs à la succession de Thorpe-Ambrose touchaient à leur terme, et pendant que le nouveau propriétaire était encore à Londres, le problème de l'entretien de la propriété surgit inévitablement. Le régisseur employé par la famille Blanchard avait écrit sans perdre de temps pour offrir de continuer ses services. Bien que ce fût un homme compétent et méritant toute confiance, il ne plut pas à l'héritier. Agissant, comme toujours, selon son premier mouvement, et résolu à garder Midwinter à Thorpe-Ambrose, Allan avait jugé que cette place de régisseur conviendrait parfaitement à son ami, pour la simple raison qu'elle l'obligerait à habiter en permanence la propriété. Il avait en conséquence écrit pour refuser la proposition de l'ancien régisseur, sans consulter Mr. Brock dont il redoutait avec raison la désapprobation, et sans prévenir Midwinter qui, selon toute probabilité, eut refusé, si on lui en avait laissé le choix, un emploi qu'il n'était nullement qualifié pour remplir.

Une plus ample correspondance avait suivi cette décision, et soulevé deux nouvelles difficultés assez embarrassantes, mais qu'Allan, assisté de ses hommes de loi, parvint à résoudre. Il s'agissait d'abord de faire examiner les livres du régisseur remercié, et un comptable fut envoyé à cet effet à Thorpe-Ambrose. Il fallait ensuite décider ce qu'il adviendrait du cottage du régisseur (selon le plan arrêté par Allan, Midwinter devait habiter sous son propre toit) ; le cottage fut donc mis en location dans une agence de la ville voisine.

Les choses en étaient là lorsque Allan avait quitté Londres. Il ne pensait plus à ces deux affaires quand une lettre des avoués lui fut envoyée à l'île de Man. Cette lettre contenait deux propositions pour la location du cottage, toutes deux reçues le même jour et demandant une prompte réponse.

Se retrouvant ainsi, après plusieurs jours d'oubli, dans la nécessité de prendre une décision, Allan soumit à son ami les deux offres transmises par ses agents et, après quelques mots d'explication à ce sujet, le pria de l'aider de ses conseils. Au lieu d'examiner les propositions, Midwinter les laissa de côté sans cérémonie, pour demander qui était le nouveau régisseur, et pour quelle raison il devait habiter dans la maison d'Allan.

— Vous saurez qui et pourquoi lorsque nous serons à Thorpe-Ambrose, lui fut-il répondu. Jusque-là, nous appellerons ce personnage Mr. X. J'entends qu'il demeure avec moi parce que, étant de nature extraordinairement méfiante, je désire le surveiller de près. Vous n'avez pas besoin de paraître surpris. Je connais l'homme parfaitement bien ; il faut beaucoup de ménagements avec lui. Si je lui offrais d'avance la place, sa modestie s'en mêlerait, et il dirait non. Si je le prends au collet sans un mot d'avertissement, s'il ne voit personne là pouvant le remplacer, s'il me sait dans l'embarras, il ne consultera plus alors que mes intérêts, et me répondra certainement oui. Mr. X est loin d'être un mauvais garçon, je vous assure. Vous le verrez quand nous serons à Thorpe-Ambrose, et je suis persuadé que vous vous entendrez très bien ensemble.

Il y avait dans l'œil d'Allan une malice et dans sa voix des sous-entendus qui eussent dû trahir son secret, mais Midwinter était aussi loin de le deviner que les charpentiers occupés sur le pont du yacht.

— N'y a-t-il point de régisseur en ce moment sur la propriété ? demanda-t-il d'un air qui laissait voir combien il était peu satisfait de la réponse d'Allan. L'affaire a-t-elle été négligée jusqu'à présent ?

— Rien de la sorte ! répondit Allan. L'affaire marche toutes voiles dehors, poussée par un bon vent. Je ne me moque pas, j'emploie seulement une métaphore. Un comptable a fourré son nez dans les livres, et un clerc tout à fait compétent se rend au bureau du domaine une fois par semaine. Cela ne ressemble pas à de la négligence, je suppose ? Mais laissons là le nouveau régisseur pour le moment, et dites-moi celui des deux locataires que vous choisiriez si vous étiez à ma place.

Midwinter ouvrit la lettre et la lut attentivement.

La première offre était du notaire de Thorpe-Ambrose, de celui qui le premier avait informé Allan de l'immense fortune dont il héritait. Ce gentleman écrivait personnellement pour dire que le cottage lui plaisait depuis longtemps, ainsi que sa situation sur les limites des terres de Thorpe-Ambrose. Il n'était point marié, aimait l'étude, et désirait vivre dans la solitude de la campagne après les heures consacrées aux affaires. Il osait assurer à Mr. Armadale qu'en l'acceptant comme locataire il pourrait compter sur un voisin sûr et discret, et que le cottage serait en des mains responsables et soigneuses.

La seconde proposition, transmise par l'agence, émanait d'une personne tout à fait étrangère. Il s'agissait d'un officier de l'armée, un certain major Milroy. Sa famille se réduisait à son épouse malade et à son unique enfant, une jeune demoiselle. Il pouvait fournir les meilleures garanties et se montrait, lui aussi, particulièrement désireux de louer le cottage, dont la situation tranquille était exactement ce qu'il fallait pour la mauvaise santé de Mrs. Milroy.

— Eh bien ! À qui donnerai-je la préférence ? demanda Allan. À l'armée ou à la loi ?

— Il me semble, répondit Midwinter, que le doute n'est point possible. Le notaire a déjà été en correspondance avec vous, et sa proposition doit nécessairement être préférée à toute autre.

— J'étais sûr que vous diriez cela. Dans les mille occasions où j'ai demandé un avis, je n'ai jamais reçu le conseil que je désirais. Exemple : cette location du cottage pour laquelle je suis d'une opinion contraire à la vôtre. C'est le major que je voudrais choisir.

— Pourquoi ?

Le jeune Armadale posa son index sur la partie de la lettre ayant rapport à la famille du major Milroy, et désigna les trois mots : une jeune demoiselle.

— Un vieux garçon studieux se promenant sur mes terres, dit Allan, manque d'intérêt, mais une jeune fille ! Je suis sûr que Miss Milroy est charmante ! Ozias Midwinter, homme sérieux par excellence, vous représentez-vous sa jolie robe de mousseline glissant à travers vos arbres, et empiétant sur vos terres ? Ses pieds adorables, trottinant dans votre jardin fruitier, et ses lèvres fraîches goûtant vos pêches mûres ? Voyez ses mains errer sur vos premières violettes, et son nez couleur de crème enterré dans vos roses rouges ! Qu'est-ce que le vieux garçon studieux pourrait m'offrir en échange ? Des guêtres, une perruque et des rhumatismes… Non, non ! la justice est bonne, mon ami, mais croyez-moi, Miss Milroy est préférable.

— Ne serez-vous jamais sérieux, Allan !

— J'essayerai, si vous le voulez. Je sais que je devrais prendre le notaire, mais est-ce ma faute si je pense toujours à cette fille du major ?

Midwinter revint résolument au côté raisonnable de la question, et s'efforça d'amener son ami à la juger sérieusement. Après l'avoir écouté jusqu'à la fin avec une patience exemplaire, Allan tira de son gousset une demi-couronne.

— Je viens d'avoir une nouvelle idée, dit-il. Laissons le hasard décider.

Cette proposition était si absurde de la part d'un propriétaire qu'elle en devint comique et que la gravité de Midwinter l'abandonna.

— Je vais lancer la pièce, continua Allan, et vous, vous crierez. Nous devons donner la préséance à l'armée, bien sûr ; disons donc face pour le major, pile pour le notaire. Un tour suffira. Attention !

Il fit rouler la demi-couronne sur la table.

— Pile ! cria Midwinter, se prêtant avec bonne humeur à ce qu'il croyait être une plaisanterie.

La pièce tomba sur la table en montrant face.

— Vraiment, tout cela n'est pas sérieux ? dit Midwinter en voyant Allan ouvrir son écritoire et plonger sa plume dans l'encre.

— Mais si ! répliqua Allan. Le hasard se déclare pour moi et pour Miss Milroy, et vous êtes vaincu. Inutile de discuter, le major a gagné, et le major aura le cottage. Je ne veux point laisser conclure l'affaire par mes agents ; ils m'accableraient encore de leurs lettres. Je vais écrire moi-même.

Il rédigea ses réponses en deux minutes. La première, destinée à l'agence, était ainsi conçue :

Cher monsieur.

J'accepte l'offre du major Milroy ; il est libre d'entrer quand il lui plaira.

Votre dévoué.

ALLAN ARMADALE.

La seconde était pour le notaire :

Cher monsieur.

Je regrette que les circonstances m'empêchent d'accepter votre proposition.

Votre dévoué, etc., etc.

— Les gens font une affaire d'écrire, remarqua Allan quand il eut fini. Il me semble pourtant que c'est assez simple.

Il mit les adresses et cacheta les lettres en sifflant gaiement. Il n'avait plus fait attention, tandis qu'il écrivait, à ce que faisait son ami. Lorsqu'il eut fini, le silence qui s'était fait soudain dans la cabine l'étonna et, levant les yeux, il vit l'attention de Midwinter étrangement concentrée sur la demi-couronne tournée du côté face. Allan, très surpris, cessa de siffler.

— Que diable avez-vous ? dit-il.

— Je me demandais quelque chose, répliqua Midwinter.

— Quoi donc ?

— Si ce qu'on appelle le hasard existe vraiment.

Une demi-heure plus tard, les deux lettres étaient à la poste, et Allan, à qui les réparations du yacht avaient jusque-là laissé peu de loisirs, proposa de tuer le temps en faisant une promenade dans Castletown. Midwinter, toujours désireux de mériter la confiance de Mr. Brock, ne vit point d'inconvénient à cette proposition, et les jeunes gens partirent ensemble pour visiter le chef-lieu de l'île de Man.

Il est douteux qu'il existe sur le globe habité une ville recommandée à l'attention des voyageurs qui offre moins d'intérêt que Castletown. On remarque d'abord un goulet étroit avec un pont-levis pour laisser passer les bateaux, puis un port extérieur terminé par un phare nain : on a ensuite la perspective d'une côte plate à droite, et d'une autre toute semblable à gauche. Dans les solitudes du centre de la ville se trouve un bâtiment gris et ramassé appelé le « château », puis un pilier commémoratif dédié au gouverneur Smelt, avec un socle sans statue, et encore une caserne abritant la demi-compagnie de soldats affectée à l'île et dont le seul représentant visible est une sentinelle à l'air désolé, se promenant devant une porte solitaire. La couleur dominante de la ville est le gris. Les rares boutiques ouvertes sont séparées par d'autres boutiques fermées et abandonnées. La flânerie ennuyée, ordinaire aux marins des ports, semble ici triplement plus ennuyeuse ; des enfants en guenilles quêtent machinalement « un penny, s'il vous plaît ! » et, avant que le passant charitable ait eu le temps de chercher dans sa poche, se sont déjà éloignés, habitués qu'ils sont à douter de la charité du prochain.

Un silence de mort plane sur cette misérable ville. Un seul édifice prospère s'élève au milieu de la désolation des rues. Fréquenté par les étudiants du Collège of King William, ce bâtiment est naturellement occupé par une pâtisserie. Ici au moins (à travers les vitres), quelque chose s'offre à la vue de l'étranger : sur de hauts tabourets les élèves du collège sont assis, les jambes pendantes, les mâchoires fonctionnant lentement, à moitié assoupis par le calme de Castletown, et se gavant de pâtisseries dans une atmosphère de calme pesant.

— Que je sois pendu si je puis regarder plus longtemps les garçons et les tartes ! dit Allan, entraînant son ami loin de la boutique. Essayons de trouver quelque autre distraction.

Le premier sujet d'amusement que la rue adjacente leur offrit fut un magasin de doreur-graveur, arrivé au dernier degré de la décadence commerciale. On apercevait sur le comptoir la tête d'un enfant paisiblement endormi. La devanture exhibait à la vue des passants trois cadres isolés, piqués par les mouches ; une petite pancarte, jaunie par le temps et couverte de poussière, annonçait que le local était à louer, et un imprimé colorié, le dernier d'une série, illustrait les ravages de l'ivrognerie, tels qu'ils sont perçus par les partisans de la tempérance. La composition représentait un immense grenier, une bouteille vide, et un homme perpendiculaire lisant la Bible à une famille horizontale sur le point d'expirer. Elle voulait susciter l'agrément du lecteur sous le titre indiscutable de « la Main de la mort ». La résolution d'Allan de s'amuser envers et contre tout dans Castletown avait persisté jusque-là : à ce stade de leurs pérégrinations, le découragement l'emporta. Il suggéra alors de tenter une excursion vers un autre endroit. Midwinter s'empressa d'acquiescer, et ils retournèrent à l'hôtel pour prendre des informations sur les environs.

Grâce à l'affabilité d'Allan et à son absence totale de méthode dans ses questions, un véritable déluge de renseignements inonda les deux étrangers, sur toute espèce de sujets à l'exception de celui qui les avait amenés à l'hôtel. Ils firent de nombreuses et intéressantes découvertes sur les lois et les institutions de l'île de Man, ainsi que sur les mœurs et coutumes de ses habitants. Allan s'amusa beaucoup d'entendre parler de l'Angleterre comme d'une île voisine bien connue, située à une certaine distance du centre de l'empire de Man. Les deux Anglais apprirent encore que cette heureuse petite nation possédait ses lois à elle, proclamées une fois l'an, par le gouverneur et les deux juges en chef, réunis sur un ancien rempart, revêtus de costumes d'apparat appropriés aux circonstances. Outre cette enviable institution, l'île avait encore l'inestimable bienfait d'un parlement local appelé House of Keys, assemblée bien supérieure au parlement de l'île voisine, en ce sens que les membres administraient avec le peuple et qu'ils se nommaient entre eux.

Ce fut à extraire ces particularités et plusieurs autres, d'individus de toutes sortes et de toutes conditions, à l'intérieur et à l'extérieur de l'hôtel, qu'Allan, toujours inconséquent, tua le temps d'une façon décousue, jusqu'à ce que, la conversation tombant d'elle-même, Midwinter (qui avait causé avec l'hôtelier) lui eût rappelé le but de leurs investigations. Les plus belles vues de l'île se trouvaient, disait-on, vers l'ouest et vers le sud, et il y avait dans ces régions une ville de pêcheurs appelée Port St. Mary, dotée d'un hôtel où les voyageurs pouvaient dormir. Si Allan persistait à ne point apprécier les charmes de Castletown et à désirer faire quelque autre excursion, il n'avait qu'un mot à dire, et une voiture serait à leur disposition pour les emmener. Allan saisit au vol la proposition et, dix minutes plus tard, Midwinter et lui étaient en route pour les déserts de l'ouest de l'île.

Ce fut ponctué par ces petits événements que s'écoula la première journée d'absence de Mr. Brock, petits événements auxquels même un esprit aussi anxieux que Midwinter n'eût rien trouvé à redire. La nuit vint à son tour, nuit que l'un des deux jeunes gens au moins devait se rappeler jusqu'à la fin de sa vie.

Avant que les voyageurs eussent fait deux milles, un accident survint. Le cheval s'abattit et le conducteur déclara l'animal sérieusement blessé. Il fallait envoyer chercher une autre voiture à Castletown ou se rendre à pied à Port St. Mary. Midwinter et Allan prirent ce dernier parti. Ils avaient fait peu de chemin lorsqu'ils furent rejoints par un gentleman dans un phaéton découvert. Il s'annonça comme un médecin habitant près de Port St. Mary, et leur offrit deux places à côté de lui. Toujours disposé à faire de nouvelles connaissances, Allan accepta d'emblée la proposition. Il n'était pas depuis plus de cinq minutes près du docteur (lequel s'appelait Hawbury) qu'ils avaient déjà lié amitié. Midwinter, assis sur le siège de derrière, restait réservé et silencieux. On se sépara tout près de Port St. Mary, devant la maison de Mr. Hawbury, Allan admirant bruyamment les fenêtres à la française du docteur, son joli jardin, sa pelouse, et lui serrant les mains en le quittant, comme s'ils s'étaient connus depuis l'enfance. Arrivés à Port St. Mary, les deux amis se trouvèrent dans un second Castletown, à plus petite échelle. La campagne environnante, agreste, ouverte, accidentée et montagneuse, méritait sa réputation. Une promenade termina la journée – la même journée sereine et oisive que depuis le lever du jour. Après avoir admiré le coucher majestueux du soleil sur les collines, les bruyères et les rochers, après avoir causé de Mr. Brock et de son voyage, ils retournèrent à l'hôtel pour commander leur souper.

La nuit et les événements qu'elle devait amener se rapprochaient donc de plus en plus, sans que rien de particulier cependant les fît présager. Le souper fut mauvais, la servante se montra absolument stupide, la vieille sonnette du salon resta entre les mains d'Allan, et entraîna dans sa chute une bergère en porcelaine peinte qui ornait la cheminée, et qui tomba brisée en morceaux. Tels étaient les seuls incidents arrivés lorsque le jour se coucha complètement et que l'on apporta les chandelles dans la pièce.

Midwinter, subissant les effets conjugués d'une nuit sans sommeil et d'une journée bien remplie, se montra peu disposé à causer, et Allan le laissa se reposer sur le sofa ; il se rendit dans la salle de l'hôtel, espérant trouver quelqu'un à qui parler. Là, nouvel événement sans importance de cette journée qui en avait déjà compté plusieurs, Allan se trouva face à Mr. Hawbury pour la seconde fois, ce qui contribua – était-ce ou non une bonne chose ? nul encore ne pouvait en juger – à renforcer les liens entre les deux hommes.

Le bar de l'hôtel était situé à l'une des extrémités du vestibule, et la femme de l'hôtelier s'y tenait, occupée à préparer un verre pour le docteur, qui venait chercher les nouvelles du jour. Allan ayant demandé la permission de se joindre en tiers à la causerie, Mr. Hawbury lui tendit civilement le verre que lui avait rempli la patronne. C'était une fine à l'eau glacée. Une expression de dégoût se peignit vivement sur le visage d'Allan, qui repoussa le verre en demandant un whisky à la place. L'œil exercé du docteur ne s'y trompa pas.

— Cas d'antipathie nerveuse, fit-il en éloignant le verre.

Allan dut confesser qu'il avait une répulsion insurmontable – il était assez imbécile pour éprouver quelque honte à l'avouer – pour le goût et l'odeur du brandy. Même s'il était mélangé à un autre liquide, il décelait immédiatement la présence de ce spiritueux, dont l'odeur seule pouvait le faire trouver mal. Ce cas individuel mit la conversation sur les aversions en général, et le docteur avoua de son côté qu'il s'intéressait tout particulièrement à ce sujet et qu'il avait accumulé une série de cas assez étranges ; si Allan n'avait rien de mieux à faire de sa soirée, il l'invitait à le rejoindre chez lui une fois qu'il aurait achevé ses visites, c'est-à-dire dans une heure environ.

Allan accepta cordialement la proposition (qui s'étendait bien entendu à Midwinter si celui-ci voulait en profiter) et retourna au salon pour voir ce que devenait son ami. Midwinter, à moitié endormi, toujours allongé sur le sofa, avait presque lâché le journal local.

— J'ai entendu votre voix dans le vestibule, dit-il en bâillant, à qui donc parliez-vous ?

— Au docteur, répondit Allan. Je dois aller fumer un cigare chez lui dans une heure. M'accompagnerez-vous ?

Midwinter répondit par un signe d'assentiment et laissa échapper un soupir. Par timidité, il était d'ordinaire déjà réticent à faire de nouvelles connaissances, mais la fatigue augmentait encore la répugnance qu'il éprouvait à se présenter chez Mr. Hawbury.

Cependant, il se croyait forcé d'y aller, car avec l'imprudence d'Allan, on ne pouvait sans inquiétude le savoir livré à lui-même, surtout s'il était dans la maison d'un étranger. Mr. Brock n'eut certainement pas laissé Allan se rendre seul chez le docteur, et Midwinter sentait qu'il remplaçait Mr. Brock.

— Qu'allons-nous faire jusqu'à ce qu'il soit temps de nous en aller ? demanda Allan en regardant autour de lui. Quelque chose là-dedans ? ajouta-t-il en ramassant le journal qu'avait laissé tomber son ami.

— J'étais trop fatigué pour regarder. Si vous trouvez quelque chose d'intéressant, lisez tout haut, répondit celui-ci, espérant que la lecture le tiendrait éveillé.

Une partie de la feuille, et non la moindre, était remplie par des extraits de livres récemment publiés à Londres. Un de ces ouvrages était justement du genre qui passionnait Allan. Il s'agissait d'un récit d'aventures dans le désert australien. Tombant justement sur un passage qui décrivait les souffrances d'une expédition égarée dans le désert et en danger de mourir de soif, Allan annonça à son ami qu'il avait découvert quelque chose qui pouvait lui donner la chair de poule, et commença consciencieusement sa lecture à haute voix.

Résolu à ne pas dormir, Midwinter suivit d'abord les progrès du récit mot à mot : les délibérations des voyageurs égarés confrontés à leur mort prochaine, leur décision d'avancer encore tant que leurs forces le leur permettraient, l'arrivée d'une puissante averse, les vains efforts pour recueillir l'eau de pluie, le soulagement provisoire qu'ils éprouvèrent à sucer leurs vêtements humides, la réapparition de leurs souffrances quelques heures plus tard, la marche nocturne des plus solides du groupe, laissant derrière eux les plus faibles, puis un envol d'oiseaux aux premières lueurs de l'aube et la découverte d'un vaste plan d'eau qui leur sauva la vie, tout cela Midwinter le suivit avec difficulté, mais le suivit. Ensuite, la voix d'Allan frappa de plus en plus faiblement ses oreilles, les mots commencèrent à perdre leur signification, et bientôt il n'entendit plus que le vague murmure de la voix. Alors la chambre sembla s'assombrir, le bruit céda la place à un délicieux silence, et Midwinter perdit le sentiment de la réalité.

La première chose dont il eut de nouveau conscience fut la sonnette de l'hôtel, que l'on agitait violemment. Il sauta sur ses pieds avec la promptitude d'un homme habitué à voir son sommeil interrompu. Au premier regard jeté autour de la pièce, il constata qu'elle était vide. Il consulta sa montre : elle marquait près de minuit. Le bruit fait par la femme de chambre, tirée de son sommeil pour aller ouvrir la porte, et des pas précipités dans le couloir lui donnèrent immédiatement le sentiment que quelque chose de fâcheux s'était produit. Comme il se précipitait pour savoir de quoi il retournait, la porte du salon s'ouvrit et il se trouva nez à nez avec le docteur.

— Je suis fâché de vous déranger, dit Mr. Hawbury ; ne soyez pas alarmé, tout va bien.

— Où est mon ami ? demanda Midwinter.

— Sur la jetée, répondit le docteur. Me trouvant jusqu'à un certain point responsable de ce qu'il est en train de faire, j'ai cru devoir vous dire que la présence d'une personne sérieuse comme vous à ses côtés lui était nécessaire.

Ces simples mots étaient suffisants pour Midwinter. Lui et le docteur se dirigèrent immédiatement vers la jetée. En chemin, Mr. Hawbury lui expliqua les circonstances qui l'avaient conduit à l'hôtel.

Allan s'était rendu chez le docteur à l'heure prévue. Il venait seul, dit-il, ayant laissé son ami fatigué profondément endormi sur le sofa ; il n'avait pas eu le courage de le réveiller. La soirée s'écoula agréablement et la conversation roula sur différents sujets, jusqu'au moment fatal où Mr. Hawbury eut la malencontreuse idée de parler de son goût pour la navigation et lâcha à ce propos qu'il possédait un petit bateau dans le port. Allan, qui se trouvait là sur son sujet favori, en fut tout excité et ne laissa guère d'autre choix à son hôte, si ce dernier ne voulait faillir à l'hospitalité, que de le conduire à la jetée et de lui montrer le bateau. La beauté de la nuit et la douceur de la brise firent le reste, en inspirant à Allan le violent désir d'une promenade en mer. Le docteur, que ses obligations professionnelles retenaient à terre et qui ne savait que faire, avait pris sur lui de venir déranger Midwinter plutôt que d'endosser la responsabilité de cette virée nocturne en solitaire (si accoutumé qu'Allan pût être à la mer).

Cette explication conduisit le docteur et Ozias sur le port. Le jeune Armadale était dans le bateau, hissant la voile et chantant à pleins poumons le Yo-heave-ho ! des marins.

— Dépêchez-vous, camarade ! cria Allan. Vous arrivez juste à temps pour un beau tour au clair de la lune.

Midwinter offrit de remettre la partie, et d'aller attendre au lit une heure plus favorable.

— Au lit ? répéta Allan sur qui l'alcool offert avec hospitalité par Mr. Hawbury n'avait certainement pas eu des effets sédatifs. Écoutez-le, docteur ! Ne dirait-on pas qu'il a quatre-vingt-dix ans ! Au lit ! marmotte que vous êtes ! Regardez cela, et osez aller vous coucher !

Il montrait la mer. La lune brillait dans un ciel sans nuage. La brise de la nuit soufflait de terre, douce et régulière : les eaux tranquilles clapotaient gaiement dans le silence et la majesté de la nuit. Midwinter se tourna vers le docteur d'un air de résignation ; il avait compris que toute remontrance serait inutile auprès du jeune Armadale.

— Comment est la marée ? demanda-t-il.

Mr. Hawbury le lui dit.

— Les rames sont-elles dans le bateau ?

— Oui.

— Je connais la mer, dit Midwinter en descendant l'escalier de la jetée ; vous pouvez vous fier à moi pour veiller sur mon ami et sur l'embarcation.

— Bonsoir, docteur ! cria Allan. Votre whisky est délicieux, votre bateau est une petite merveille, et vous êtes le meilleur compère que j'aie jamais rencontré de ma vie.

Le docteur se mit à rire et agita sa main en signe d'au revoir. Le bateau sortit du port, Midwinter au gouvernail.

La brise soufflait et les amena bientôt par le travers de l'ouest du promontoire bordant la baie de Poolvash ; ils se demandèrent alors s'ils prendraient le large ou s'ils suivraient la côte. Le plus sage parti était, au cas où le vent viendrait à leur manquer, de garder la terre. Midwinter changea la route, et ils filèrent doucement, dans la direction du sud-ouest de la côte.

Peu à peu les montagnes grandirent, et les brisants farouches et dentelés montrèrent leurs noires déchirures, béantes vers la mer. Lorsqu'ils eurent passé le promontoire appelé Spanish Head, Midwinter jeta un regard significatif à sa montre, mais Allan insista pour voir le fameux canal du Sound, dont ils se trouvaient tout près, et au sujet duquel ses ouvriers lui avaient raconté d'étonnantes histoires. Midwinter se rendit à sa requête, et changea conséquemment la route du bateau, ce qui les amena près du vent. Alors leur apparut, d'un côté, la grande vue des côtes du sud de l'île de Man, et de l'autre les noirs récifs de l'îlot, appelé Calf, séparé de la terre ferme par le sombre et dangereux passage du Sound.

Midwinter regarda de nouveau sa montre.

— Nous avons été assez loin, dit-il. Tenez la voile.

— Arrêtez ! cria Allan, de l'avant du bateau. Juste Ciel ! Regardez ! droit devant nous, un navire échoué !

Midwinter laissa un peu dériver le bateau, et regarda dans la direction que pointait son ami.

Au beau milieu des côtes rocheuses du Sound, là, sur sa tombe de brisants dont il ne se relèverait jamais, perdu et solitaire dans la nuit calme, haut et sombre, semblable à un fantôme dans la lumière blafarde de la lune, gisait le vaisseau naufragé.

— Je connais ce navire, dit Allan, très excité, j'ai entendu mes ouvriers en parler hier. Il a dérivé ici par une nuit noire comme un four. Un pauvre vieux navire marchand, à moitié délabré, Midwinter, et que les courtiers maritimes ont mené se briser là. Courons dessus, et voyons-le de près.

Midwinter hésita. Tous ses vieux réflexes de marin le poussaient à se ranger à l'avis d'Allan, mais le vent baissait, et il se méfiait des eaux tourmentées et des courants du Sound.

— C'est un vilain endroit, dit-il, pour y amener un bateau, surtout quand on ne sait comment s'y conduire.

— Balivernes ! répondit Allan. Il fait clair comme en plein jour, et nous marchons sur deux pieds d'eau seulement.

Avant que Midwinter eût pu répondre, le courant avait entraîné le bateau et le poussait droit devant à travers le détroit, vers le navire échoué.

— Baissez la voile, dit Midwinter tranquillement et armez les avirons, nous courons assez vite maintenant, que nous le voulions ou non.

Tous deux avaient l'habitude des rames, et ils parvinrent à maintenir la petite embarcation du côté le plus doux du détroit, c'est-à-dire vers l'îlot de Calf. Comme ils approchaient rapidement du vaisseau naufragé, Midwinter remit son aviron à Allan et, guettant le moment opportun, attrapa avec la gaffe les chaînes d'avant du bâtiment. Un moment après, ils étaient en sûreté, à l'abri du vent.

Midwinter monta à l'échelle du navire, la corde du bateau entre les dents et, ayant assuré l'un des bouts, jeta l'autre à Allan.

— Amarrez, dit-il, et attendez jusqu'à ce que j'aie vu s'il n'y a pas de danger à bord.

En disant ces mots, il disparut derrière le bastingage.

— Attendre ? répéta Allan, on ne peut plus étonné de l'excessive prudence de son ami. Que diable veut-il dire ? Je veux être pendu si j'attends ! Où l'un va, l'autre doit aller.

Il noua le bout de la corde au bateau, se pendit à l'échelle, et se trouva sur le pont.

— Alors, qu'avons-nous trouvé de redoutable à bord ? demanda-t-il d'un air railleur lorsqu'il retrouva son ami.

Midwinter sourit :

— Rien, répondit-il, mais je ne pouvais croire le navire complètement à nous, tant que je n'avais pas jeté un coup d'œil sur son bastingage.

Allan fit un tour sur le pont, et examina en connaisseur le navire de la poupe à la proue.

— Pas fameux ! dit-il. Les Français bâtissent ordinairement mieux leurs navires.

Midwinter traversa le pont et regarda un instant Allan en silence :

— Les Français ? répéta-t-il enfin. Ce navire est français ?

— Oui.

— Comment le savez-vous ?

— Mes ouvriers me l'ont dit. Ils connaissent toute son histoire.

Midwinter se rapprocha. Son visage basané sembla à Allan étrangement pâle.

— Vous ont-ils dit quel commerce il faisait ?

— Oui, le commerce du bois.

Lorsque Allan eut donné cette réponse, la main maigre de Midwinter s'enfonça dans son épaule ; il claquait des dents comme un homme saisi de frissons.

— Vous ont-ils appris son nom ? dit-il d'une voix étranglée.

— Je crois que oui, mais je crains de ne plus m'en souvenir. Doucement, vieux camarade, vos longues griffes serrent un peu trop mon épaule.

— S'appelait-il... ?

Il s'arrêta, ôta sa main, essuya les larges gouttes de sueur qui perlaient sur son front.

— ... S'appelait-il La Grâce-de-Dieu ?

— Comment diable l'avez-vous deviné ? La Grâce-de-Dieu ! Bien sûr, c'est son nom !

D'un bond, Midwinter sauta sur le bastingage du navire.

— Le bateau ! cria-t-il d'une voix déchirante qui retentit au loin dans le silence de la nuit et fit bondir Allan à ses côtés.

La corde, négligemment nouée, traînait sur l'eau, et loin déjà un petit objet noir flottait, laissant derrière lui un sillage lumineux. Le bateau s'en allait à la dérive.

IV. L'ombre du passé

Les deux amis, l'un ayant reculé dans l'obscurité à l'abri du bastingage, l'autre se tenant dans la clarté blafarde de la lune, se retrouvèrent face à face sur le pont du navire et se regardèrent en silence. En un instant, l'insouciance invétérée d'Allan prit le dessus, malgré l'absurdité de la situation. Il se mit à cheval sur le bastingage et partit d'un rire sonore.

— C'est ma faute, dit-il, mais il n'y a rien à faire maintenant. Nous voici pris à notre propre piège, cependant que s'en va le bateau du docteur ! Allons ! Sortez de votre obscurité, Midwinter ; je ne vous vois pas là-bas, et je voudrais savoir ce que nous allons faire !

Midwinter ne répondit point et ne bougea pas. Allan monta au trélingage des haubans de misaine, et regarda attentivement les eaux du Sound.

— Une chose est sûre, dit-il, c'est qu'avec le courant de ce côté et les écueils de celui-ci, nous ne pouvons nous en sortir en nous échappant à la nage. Voilà déjà qui est réglé. Voyons un peu maintenant à envisager l'affaire sous un autre point de vue. Allons, réveillez-vous, compagnon, dit-il gaiement en passant près de Midwinter. Venez, et cherchons ce que cette vieille carcasse peut nous montrer à l'arrière.

Et il s'éloigna nonchalamment en fredonnant le refrain d'une chanson comique.

Sa voix n'avait produit aucun effet apparent sur son ami, mais le léger attouchement de sa main sur son épaule en passant le fit tressaillir. Il sortit lentement de l'ombre.

— Venez-vous ? cria Allan, cessant de chanter un instant pour se retourner vers lui.

Midwinter le suivit, toujours silencieux. Il s'arrêta à trois reprises avant d'avoir atteint la poupe du navire. La première fois, pour ôter son chapeau et repousser ses cheveux de son front et de ses tempes, la seconde, pris d'un étourdissement subit, pour se retenir à un cordage qui se trouvait près de lui, enfin (et bien qu'Allan fût parfaitement visible à quelques mètres devant lui) une troisième fois pour regarder à la dérobée derrière lui avec l'effroi d'un homme qui se croit poursuivi dans l'obscurité.

« Pas encore, murmura-t-il en se parlant à lui-même, ses yeux scrutant le vide ; je le verrai à la poupe, avec sa main sur la serrure de la cabine ».

L'extrémité du navire était libre des débris de bois accumulés sur les autres parties. Le seul objet qui s'élevât visiblement sur la surface unie du pont était le capot qui recouvrait l'escalier de l'arrière. Les roues avaient été ôtées, l'habitacle aussi, mais l'entrée de la cabine et tout ce qui y appartenait était resté intact. L'écoutille était là, et la porte était fermée.

Allan marcha droit à la poupe et, du haut du couronnement, inspecta la mer. Rien qui ressemblât à un bateau n'était visible sur les eaux éclairées par la lune. Sachant la vue de Midwinter meilleure que la sienne, il l'appela à haute voix :

— Montez ici, et voyez s'il n'y a point quelque pêcheur, dit-il.

N'obtenant point de réponse, il regarda en arrière. Midwinter était resté près de la cabine. Il l'appela plus fort, lui faisant signe avec impatience d'arriver. Son ami l'avait entendu, car il leva la tête, mais il ne bougea pas. Il se tenait là comme si, arrivé au bout du navire, il ne pouvait aller plus loin. Allan descendit et le rejoignit. Il n'était point facile de savoir ce qu'il contemplait, car il tournait le dos à la lumière de la lune, mais il semblait que ses yeux fussent fixés avec une étrange expression d'inquiétude sur la porte de la cabine.

— Qu'y a-t-il donc là de si intéressant ? lui demanda Allan. Voyons si c'est fermé.

Comme il avançait pour ouvrir la porte, Midwinter le saisit brusquement par le collet de son habit et le força à reculer. Une seconde après sa main se détendait, sans cependant lâcher prise, et tremblait violemment comme celle d'un homme incapable de se contrôler.

— Dois-je me considérer comme prisonnier ? demanda Allan moitié riant, moitié sérieux. Me direz-vous ce que vous avez à regarder si fixement cette porte ? Entendez-vous quelque bruit suspect là-dedans ? Inutile de déranger les rats, si c'est votre intention, car nous n'avons pas amené de chiens avec nous. Des hommes ? Des survivants, c'est tout à fait impossible, car ils nous auraient entendus et seraient venus sur le pont. Des morts ? Impossible également. Aucun équipage ne pourrait se noyer dans une pièce fermée à clef à moins que le navire ne se brise littéralement sous eux, et notre navire, qui se dresse aussi droit qu'une église, parle de lui-même. Mais comme votre main tremble ! Qu'y a-t-il donc pour vous épouvanter dans cette vieille cabine pourrie ? Qu'avez-vous à frissonner ainsi ? Aurions-nous à bord quelque apparition surnaturelle ? La Providence nous en préserve ! comme disent les vieilles femmes. Verriez-vous un spectre ?

— J'en vois deux, répondit l'autre, entraîné tout à coup à parler et à agir par une folle tentation de révéler la vérité. Deux ! répéta-t-il tandis que, dans ses efforts pour prononcer ces mots, son haleine s'échappait de sa poitrine en soupirs profonds : le fantôme d'un homme comme vous, noyé dans la cabine ! et le fantôme d'un homme comme moi, fermant la porte à clef sur lui !

Une fois encore, le rire franc et joyeux du jeune Armadale retentit haut et sonore dans le calme de la nuit.

— Tournant la clef dans la serrure ? Vraiment ! dit Allan, dès que son accès de rire fut calmé. C'est une diabolique et déloyale action, maître Midwinter, de la part de votre spectre. Le moins que je puisse faire après cela, c'est de faire sortir le mien de la chambre, et de lui donner la chasse sur le navire.

Plus fort que Midwinter, d'un seul mouvement il se débarrassa de son étreinte.

— Hé ! en bas ! cria-t-il gaiement, en appuyant fortement sa main robuste sur la serrure détraquée de la porte, qu'il enfonça : Spectre d'Allan Armadale, venez sur le pont !

Et, dans sa terrible ignorance de la vérité, il passa la tête dans l'ouverture de la porte, et regarda en riant la place même où son père avait expiré.

— Pouah, fit-il en se reculant vivement avec un frisson de dégoût, l'air est déjà vicié, et la cabine est pleine d'eau.

C'était vrai. Les bas-fonds sur lesquels le navire s'était échoué avaient fait leur chemin à travers les œuvres vives à l'arrière, et l'eau s'infiltrait dans le bois fendu. Ainsi la fatale ressemblance entre le passé et le présent était complète : ce que la cabine avait été au temps des pères, elle l'était encore au temps des fils.

Allan repoussa la porte du pied, un peu surpris du silence soudain de son ami, depuis le moment où il avait mis la main sur la clef de la cabine. Lorsqu'il se tourna vers lui, la raison de ce silence lui fut révélée. Midwinter était étendu sans connaissance, sa figure blanche et immobile dans la lumière de la lune, comme celle d'un homme mort.

En une minute, Allan fut à ses côtés. Il souleva sa tête sur ses genoux, en regardant autour de lui, comme s'il espérait, contre toute probabilité, voir arriver du secours.

« Que faire ? se dit-il dans le premier moment d'alarme. Pas une goutte d'eau, que l'eau corrompue de la cabine ! »

Un souvenir lui traversa soudain l'esprit ; il retrouva son énergie et tira de sa poche un flacon recouvert d'osier.

« Dieu bénisse le docteur pour m'avoir donné ceci-avant son départ ! » s'écria-t-il avec ferveur en versant dans la bouche de Midwinter quelques gouttes du rude whisky que contenait la fiole.

Le cordial agit instantanément sur le système nerveux et impressionnable de son ami. Il soupira et rouvrit lentement les yeux.

— N'ai-je point rêvé ? demanda-t-il en regardant le jeune Armadale d'un air égaré.

Et ses yeux, montant plus haut, rencontrèrent les mâts désemparés du navire, s'élevant désolés et noirs sur le ciel de la nuit. Il frissonna à cette vue et cacha son visage dans les genoux d'Allan.

— Ce n'est pas un rêve ! murmura-t-il tristement. Hélas ! ce n'est pas un rêve !

— Vous avez été surmené toute la journée, dit Allan, et cette infernale aventure vous a bouleversé. Prenez encore un peu de whisky ; cela vous fera certainement du bien. Pourrez-vous vous tenir seul si je vous appuie contre le bordage ?

— Pourquoi seul ? Pourquoi me laissez-vous ? demanda Midwinter.

Allan montra les haubans d'artimon :

— Vous n'êtes pas assez bien pour rester là jusqu'à ce que les ouvriers viennent demain à leur ouvrage, dit-il. Il nous faut trouver le moyen de gagner le rivage dès à présent, si nous le pouvons. Je vais aller jeter un coup d'œil, du haut du mât, sur les environs, et m'assurer s'il n'y a pas une maison à portée de voix.

Tandis qu'Allan parlait, les yeux de Midwinter se posèrent de nouveau avec horreur sur la porte de la cabine maudite.

— N'en approchez pas ! murmura-t-il, n'essayez pas de l'ouvrir, pour l'amour de Dieu !

— Non, non, répondit son ami, avec une indulgence amusée. Quand je descendrai, je reviendrai ici.

Il dit ces mots d'un ton un peu embarrassé, remarquant pour la première fois sur le visage de son ami une expression de souffrance qui l'affligea et le rendit soucieux.

— Vous n'êtes pas en colère contre moi ? dit-il avec sa manière douce et simple. Tout ceci est ma faute, je le sais, et j'ai été un sot et un fou de rire de vous. J'aurais dû voir que vous étiez malade. Je suis désolé, Midwinter. Ne soyez plus fâché contre moi.

Midwinter leva lentement la tête. Ses yeux restèrent fixés pleins d'un triste et tendre intérêt sur le visage anxieux d'Allan.

— Fâché ? répéta-t-il d'une voix émue, fâché contre vous ? Ah !

mon pauvre garçon ! Faut-il vous blâmer d'avoir été bon pour moi quand j'étais malade et seul ? Et doit-on me reprocher d'avoir été reconnaissant de votre bonté ? Est-ce notre faute si nous n'avons pas douté l'un de l'autre, si nous ignorions que nous voyagions ensemble, les yeux fermés, sur la route qui devait nous conduire ici. Le temps viendra, Allan, où nous maudirons le jour où nous nous sommes rencontrés. Donnons-nous la main, frère, sur le bord du précipice, donnons-nous la main pendant que nous sommes encore amis !

Allan s'éloigna vivement, convaincu que son esprit n'était point encore bien remis.

— N'oubliez pas le whisky ! dit-il d'une voix enjouée.

Et, attrapant les cordages, il monta au mât de misaine.

Il était deux heures passées ; la lune était à son déclin, et l'obscurité commençait à se faire autour de l'épave. Derrière Allan, qui regardait au loin du haut du mât, s'étendait la mer immense et solitaire. Devant lui, des rochers, bas et noirs, semblaient aux aguets ; les eaux tourmentées du détroit se précipitaient, blanches et furieuses, dans le vaste et calme océan. À droite se dressaient fièrement les rochers ; les plaines s'enfonçaient dans l'île de Man, déroulant leurs vastes solitudes de bruyères. À gauche, on apercevait les pentes rocailleuses de l'îlot de Calf. Ici, déchirées violemment ; là, montrant des gouffres noirs et profonds. Pas un son ne s'élevait, pas une lumière ne se montrait sur les deux rives. Les lignes brunes des mâts de perroquet du navire se dessinaient vaguement. La brise de terre était tombée ; les petites vagues du rivage se soulevaient sans bruit. On n'entendait que le mélancolique murmure des eaux, qui se brisaient sur l'avant du navire. Même Allan, dans son insouciance, ressentit l'influence de ce silence solennel. Le son de sa voix le fit tressaillir, quand il héla son ami resté sur le pont :

— Je crois que je vois une maison, là-bas à droite.

Il regarda encore, pour être plus sûr, un petit carré clair avec des lignes blanches derrière, niché dans un creux de verdure sur la terre ferme.

— Cela ressemble à une habitation et à son enclos, reprit-il, je vais courir ma chance et héler de ce côté.

Il passa son bras autour d'une corde pour se soutenir, fit un porte-voix de ses mains, et les laissa tout à coup retomber sans avoir poussé un cri.

« Ce silence est effrayant, se murmura-t-il à lui-même, j'ai presque peur d'appeler ».

Il se baissa encore sur le pont :

— Je ne vous effrayerai point, j'espère, Midwinter, dit-il avec un rire forcé.

Ses yeux se reportèrent vers la faible tache blanche.

« Je ne peux pas être monté pour rien, pensa-t-il ».

Il replaça ses mains comme la première fois et se mit à crier de toute la force de ses poumons :

— Ohé, sur terre ! Ohé ! ohé !

Les derniers échos de sa voix moururent dans le silence. Rien ne lui répondit que le monotone murmure des eaux.

Allan regarda de nouveau en bas du côté de son ami, et il vit la silhouette sombre de Midwinter passer et repasser sur le pont, sans jamais s'approcher de la cabine, mais sans jamais la perdre de vue non plus.

« Il lui tarde d'être hors d'ici, pensa Allan. J'essayerai encore ».

Il se remit à crier de sa voix la plus perçante.

Cette fois, des bêlements effrayés lui répondirent et arrivèrent faibles et lugubres à travers l'air calme du matin. Allan attendit et écouta. Si le bâtiment était une ferme, le bruit des bêtes attirerait l'attention des hommes. Si c'était seulement une étable, rien de plus n'arriverait. Les plaintes des animaux effrayés recommencèrent et se turent encore ; les minutes s'écoulèrent, ce fut tout.

« Recommençons ! » se dit Allan en contemplant son ami qui ne cessait d'aller et venir au-dessous de lui.

Et pour la troisième fois il héla la terre ; pour la troisième fois il attendit et écouta.

Soudain, il entendit derrière lui, sur la rive opposée du détroit, un son faible et lointain qui semblait partir des solitudes de l'îlot de Calf. C'était un bruit ressemblant à celui d'une porte que l'on ferme avec violence. Ses yeux se tournèrent immédiatement de ce côté pour essayer de découvrir ce qui le causait. Les derniers et faibles rayons de la lune tremblaient ici et là, sur les rocs les plus élevés, mais de grandes bandes noires et compactes s'étendaient sur la terre ; dans ces ténèbres, la maison, si maison il y avait, ne se voyait pas.

— J'ai enfin éveillé quelqu'un, cria Allan d'une voix encourageante à Midwinter, qui se promenait toujours sur le pont, indifférent à tout ce qui se passait au-dessus et autour de lui. Prêtez l'oreille à la réponse.

Et Allan, le visage tourné vers l'îlot, appela au secours avec la même énergie que dans ses tentatives précédentes. Cette fois, un cri aigu et perçant imita son appel, chargé de dérision. Il fut suivi de plusieurs autres plus aigus et plus sauvages encore, s'élevant des profondeurs de l'obscurité, et mêlant d'une façon horrible le son de la voix humaine à un hurlement de bête.

Un soupçon traversa soudain l'esprit d'Allan ; il fut saisi de vertige, et la main avec laquelle il se retenait aux agrès devint glacée. Il regarda vers le côté d'où le premier cri était parti. Après un moment de silence, les cris se renouvelèrent et semblèrent se rapprocher. Tout à coup, une silhouette noire, qui paraissait être celle d'un homme, se dressa sur le faîte d'un roc, et bondit en poussant des gémissements. Les plaintes d'une femme terrifiée se mêlèrent aux hurlements de la créature qui gesticulait sur le rocher. Une lueur rouge jaillit par une fenêtre invisible. La voix rauque d'un homme en colère s'entendit au milieu de ce bruit. Une seconde ombre humaine surgit sur le rocher, lutta avec le premier homme, et disparut avec lui dans les ténèbres. Les cris devinrent de plus en plus faibles, les gémissements de la femme s'apaisèrent, la voix rauque de l'homme s'éleva encore un moment, hélant le navire échoué en mots rendus inintelligibles par la distance, mais d'un ton exprimant à n'en pas douter la fureur et la crainte. On entendit, de nouveau le bruit d'une porte, puis la lueur rouge s'éteignit, et tout l'îlot fut replongé dans l'obscurité et le silence.

Le bêlement des bestiaux sur l'autre rive retentit encore et s'arrêta. Alors, plus froid et monotone que jamais, l'incessant murmure de l'eau emplit le silence, ultime bruit audible tandis que l'étrange immobilité de la nuit retombait sur le navire, le recouvrant de sa chape de plomb.

Allan descendit de son observatoire et rejoignit son ami sur le pont.

— Il nous faut attendre que les ouvriers reviennent à leur ouvrage, dit-il en allant au-devant de Midwinter. Après ce qui vient d'arriver, je ne vous cache pas que je ne suis plus tenté de héler la terre. Songez donc ! Si par hasard il se trouvait un fou dans cette maison, et que je l'aie réveillé, ne serait-ce pas horrible ?

Midwinter regarda Allan de l'air étonné d'un homme qui entend parler de choses qu'il ignore complètement. Il paraissait n'avoir ni entendu ni vu ce qui s'était passé sur l'îlot de Calf.

— Rien n'est horrible hors de ce navire, dit-il ; mais dedans tout y est effrayant.

Et il recommença à marcher sans ajouter un mot. Allan ramassa le flacon de whisky abandonné sur le pont, et en avala quelques gorgées :

— Voilà une chose à bord dont je vous défends de médire, reprit-il, et en voici une autre, ajouta-t-il, en prenant un cigare qu'il alluma. Trois heures ! continua-t-il en regardant à sa montre, et en s'installant commodément sur le pont, le dos appuyé contre la muraille. Le jour ne tardera pas à se lever, nous aurons le chant des oiseaux pour nous réjouir avant qu'il soit longtemps. Je vois avec plaisir, Midwinter, que vous êtes tout à fait remis de votre évanouissement. Avec quel acharnement vous vous promenez ! Venez ici, et prenez un cigare. Pourquoi diable aller et venir ainsi ?

— J'attends ! dit Midwinter.

— Vous attendez ! et quoi ?

— Ce qui doit nous arriver à vous et à moi, avant de quitter le navire.

— Avec toute la soumission due à la supériorité de votre jugement, mon cher camarade, je pense, dit Allan, que ce que nous avons vu déjà est tout à fait suffisant. L'aventure de cette nuit me paraît assez originale, et je n'en désire pas d'autre.

Il eut encore recours à la bouteille de whisky et continua entre deux bouffées de cigare :

— Je ne possède point votre imagination, mon vieil ami, et j'espère que le prochain événement sera l'approche du bateau des ouvriers. Je soupçonne que ces idées noires vous sont venues tandis que vous étiez ici tout seul. Voyons ! à quoi songiez-vous pendant que, du haut de mon mât de misaine, j'effrayais les vaches ?

Midwinter s'arrêta tout à coup.

— Et si je vous le disais ? dit-il.

— En effet, et si vous me le disiez !

L'horrible tentation de révéler la vérité, excitée déjà par l'impitoyable gaieté de son ami, s'empara de Midwinter pour la seconde fois. Il s'appuya dans l'ombre contre le haut bordage du navire, et sans répondre il regarda Allan nonchalamment étendu sur le pont.

« Tire-le, lui soufflait le mauvais esprit, de cette ignorante quiétude, montre-lui la place où le crime fut commis ; fais-le-lui connaître tel que tu le sais. Parle-lui de la lettre que tu as brûlée, répète-lui les mots qu'aucun feu ne peut détruire, qui vivent dans ta mémoire. Laisse-lui voir ton esprit tel qu'il était hier, tel qu'il est aujourd'hui, après avoir rencontré ce vaisseau au début de ta vie nouvelle, au commencement de ton amitié avec le seul homme que ton père t'ait commandé d'éviter. Rappelle-toi ses paroles, à son lit de mort, et murmure-les-lui à l'oreille, afin qu'il les médite aussi : Cachez-vous de lui sous un nom supposé. Mettez les montagnes et les mers entre vous ; soyez ingrat, soyez implacable, soyez tout ce qui répugnera le plus à vos meilleurs instincts, plutôt que de vivre sous le même toit et que de respirer le même air que cet homme ». Ainsi, le tentateur dispensait ses conseils. Ainsi, comme une exhalaison malsaine sortie de la tombe du père, l'influence paternelle venait troubler l'esprit du fils.

Ce silence soudain surprit Allan. Il jeta paresseusement un regard par-dessus son épaule :

— Toujours pensif ! lança-t-il dans un bâillement.

Midwinter sortit de l'ombre et s'avança :

— Oui, dit-il, je pensais au passé et au futur.

— Le passé et le futur, répéta Allan, s'établissant commodément dans une nouvelle position. Pour ma part, je suis muet sur le passé. C'est un triste sujet pour moi. Le passé veut dire la perte du bateau du docteur. Mais parlons de l'avenir. L'avez-vous considéré d'un point de vue pratique, comme dirait le cher vieux Brock ? Avez-vous envisagé la nouvelle et sérieuse question que nous aurons à résoudre à notre retour à l'hôtel, la question du déjeuner ?

Après un moment d'hésitation, Midwinter fit quelques pas en avant :

— J'ai pensé à votre avenir et au mien, dit-il. Je songeais au temps où nos deux routes dans la vie seront deux routes différentes.

— Voici l'aube ! s'écria Allan. Regardez les mâts, ils commencent à se montrer déjà. Je vous demande pardon, que disiez-vous ?

Midwinter ne répondit point. Le combat que se livraient la vieille superstition héréditaire et son affection pour le jeune Armadale retint sur ses lèvres les paroles qui avaient été sur le point de s'en échapper. Il détourna la tête dans une souffrance muette : « Ô mon père, pensa-t-il, mieux eût valu me tuer, le jour où je reposais sur votre sein, que de m'avoir laissé vivre pour voir ceci ! »

— Eh bien, qu'en est-il de l'avenir ? Je regardais le jour poindre, et n'ai point écouté.

Midwinter surmonta son trouble et répondit :

— Vous m'avez traité avec votre bonté ordinaire en projetant de m'amener avec vous à Thorpe-Ambrose. Je crois, après réflexion, que je ferais mieux de ne point aller là où l'on ne me connaît pas, là où je ne suis point attendu.

Sa voix trembla et il se tut encore. Plus il s'en éloignait par la raison, plus le tableau de la vie heureuse qu'il repoussait lui paraissait enchanteur.

Les pensées d'Allan se reportèrent immédiatement à sa mystification dans la cabine du yacht au sujet du nouveau régisseur.

« A-t-il réfléchi à tout ceci ? M'aurait-il deviné ? se demanda-t-il. Et commence-t-il enfin à soupçonner la vérité ? Je vais m'en assurer ».

— Déraisonnez tant que vous voudrez, mon cher ami, lança-t-il, mais n'oubliez pas que vous vous êtes engagé à m'accompagner à Thorpe-Ambrose et à me donner votre opinion sur le nouveau régisseur.

Midwinter se rapprocha vivement d'Allan.

— Je ne vous parle pas de votre régisseur ou de vos affaires ! s'écria-t-il avec animation, je parle de moi, entendez-vous ? De moi. Je ne suis point un compagnon convenable pour vous. Vous ne savez pas qui je suis.

Il se retira dans l'ombre projetée par le bastingage aussi soudainement qu'il en était sorti : « Ô Dieu ! je ne puis me décider à le lui dire », murmura-t-il.

Allan parut surpris, mais cette impression s'effaça presque aussitôt.

— Je ne sais pas qui vous êtes ? reprit-il avec bonne humeur.

Il prit le flacon de whisky et le secoua d'un air significatif.

— Je me demande combien vous avez pris de la médecine du docteur pendant que j'étais sur le mât de misaine.

Le ton léger qu'il persistait à prendre porta au dernier degré l'exaspération de Midwinter. Celui-ci frappa du pied avec colère.

— Écoutez-moi ! dit-il. Vous ne savez pas la moitié des viles choses que j'ai faites dans ma vie. J'ai été homme de peine chez un boutiquier ; j'ai balayé la boutique et mis les volets, j'ai porté des paquets par les rues, et attendu l'argent de mon maître à la porte des clients.

— Je n'ai jamais rien fait de si utile, répondit Allan tranquillement. Mon cher ami, quel industrieux garçon vous faites !

— J'ai été vagabond, reprit l'autre fièrement, j'ai dansé dans les rues, j'ai été bohémien, j'ai chanté pour un penny avec des chiens sur les grandes routes. J'ai porté la livrée de valet et servi à table ! J'ai été cuisinier à bord d'un bateau et pêcheur affamé. J'ai fait tous les métiers. Qu'a un gentleman comme vous de commun avec un homme comme moi ? Pouvez-vous me mêler à votre société à Thorpe-Ambrose ? Mon nom même serait déjà un reproche. Représentez-vous les visages de vos nouveaux voisins lorsque leurs valets annonceraient à la fois Ozias Midwinter et Allan Armadale !

Il lâcha un ricanement amer et répéta encore les deux noms avec une emphase dédaigneuse et une âpreté qui les faisaient contraster impitoyablement. Quelque chose dans le son de sa voix impressionna péniblement même la nature simple d'Allan. Il se leva et parla sérieusement pour la première fois :

— Une plaisanterie est une plaisanterie, Midwinter, pourvu que vous ne la poussiez pas trop loin. Je me souviens de vous avoir entendu me dire quelque chose d'à peu près semblable lorsque je vous tenais compagnie pendant votre convalescence dans le Somerset. Vous m'avez forcé à vous demander si je méritais d'être ainsi tenu à distance par vous. Ne me forcez pas à répéter cela. Amusez-vous de moi tant qu'il vous plaira, vieux camarade, mais d'une autre manière. Celle-ci m'est pénible.

Ces mots simples, dits simplement, parurent opérer une violente révolution dans l'esprit de Midwinter. Il se dirigea, sans répondre, vers la partie la plus avancée du navire, s'assit sur quelques planches réunies entre les mâts, et pressa sa tête dans ses mains d'un air égaré. Bien que la croyance de son père en la fatalité fut redevenue la sienne maintenant, bien qu'il n'y eût plus l'ombre d'un doute dans son esprit sur le fait que la femme rencontrée par Mr. Brock dans le Somerset et celle qui avait essayé de se suicider fussent la même personne, bien que toute l'horreur qui s'était emparée de lui, quand il avait lu pour la première fois la lettre de Wildbad, l'eût saisi avec la même violence, l'appel d'Allan au passé était entré dans son cœur avec une force plus irrésistible encore que celle de sa croyance en la fatalité. La crainte de faire souffrir son ami l'emporta sur la superstition.

« Pourquoi l'affliger ? murmura-t-il, tout n'est pas fini, il y a encore la femme derrière nous, quelque part dans la nuit. Pourquoi lui résister quand le mal est fait et que la mise en garde vient trop tard ? Ce qui doit être sera. Qu'ai-je à faire avec l'avenir, et lui, qu'y peut-il faire ? »

Il retourna auprès d'Allan, s'assit près de lui, et prit sa main.

— Pardonnez-moi, fit-il doucement, c'est la dernière fois que je vous chagrine.

Il ramassa vivement le flacon de whisky, avant qu'Allan eût pu répondre quoi que ce soit.

— Venez, vous avez essayé la médecine du docteur, pourquoi ne le ferais-je pas à mon tour ?

Allan fut ravi.

« Voici un changement heureux, se dit-il. Midwinter est lui-même de nouveau ».

— Ah ! j'entends les oiseaux ! Salut, souriant matin ! souriant matin !

Il chanta ce refrain de sa voix joyeuse, en frappant amicalement sur l'épaule de Midwinter.

— Comment avez-vous fait pour vous débarrasser de vos maudites lubies ? Savez-vous que vous étiez tout à fait inquiétant, parlant de ces choses censées arriver à l'un de nous avant que nous eussions quitté ce navire.

— Absurdités ! répondit Midwinter avec dédain. Je ne pense pas que ma tête ait jamais été bien saine depuis cette fièvre. J'ai attrapé une abeille dans mon bonnet, comme ils disent dans le Nord. Parlons d'autre chose, de ces gens auxquels vous avez loué le cottage par exemple. Je me demande si l'on peut ajouter foi au rapport de l'agent de la famille Milroy. Il y a peut-être une autre dame dans la maison, outre sa femme et sa fille ?

— Oh ! oh ! cria Allan, vous commencez à penser aux nymphes errant sous les arbres et aux amourettes dans le verger, hein ? Une autre dame, dites-vous ? Supposez que le cercle de la famille du major soit réduit à ce qui nous est annoncé, il nous faudra avoir recours encore à la demi-couronne, et demander lequel de nous doit plaire à Miss Milroy.

Cette fois Midwinter parla avec autant d'insouciance qu'Allan lui-même :

— Non, non, dit-il, le propriétaire du major a le premier droit à l'attention de sa fille ; je me retirerai à l'arrière-plan, et j'attendrai l'arrivée de la prochaine dame qui viendra à Thorpe-Ambrose.

— Très bien, je ferai afficher à cet effet un avis aux femmes du Norfolk dans le parc, dit Allan. Êtes-vous fixé sur la taille, la couleur des cheveux ? Quel est votre âge favori ?

Midwinter joua avec sa superstition comme l'homme qui joue avec le fusil chargé qui doit le tuer. Il cita l'âge qu'il supposait être celui de la femme au châle de Paisley rouge.

— Trente-cinq ans, répondit-il.

À peine ces mots lui eurent-ils échappé que sa gaieté factice l'abandonna. Il quitta son siège, sourd à toutes les railleries d'Allan au sujet de sa réponse inattendue, et recommença sa promenade agitée dans un silence absolu. Une fois encore, la pensée qui l'avait hanté durant les heures de la nuit reprit possession de son esprit. Une fois encore, la conviction que quelque chose allait arriver à Allan ou à lui-même avant qu'ils eussent quitté l'épave se mit à l'obséder.

De minute en minute, la lumière croissait à l'orient, et la nudité délabrée du navire se révélait maintenant à l'œil du jour. La mer s'éveilla sous les premiers souffles de la brise, et commença à murmurer. Le bouillonnement de l'eau perdit sa note triste. Midwinter s'arrêta près de l'avant du bâtiment et rapporta ses pensées vagabondes à l'instant présent. Où qu'il posât ses yeux, l'influence joyeuse du soleil levant se faisait déjà sentir. Sous le ciel d'été miséricordieux, l'heureux matin souriait à la terre fatiguée et répandait ses splendeurs jusque sur le vaisseau naufragé. La rosée qui brillait sur les champs étincelait aussi généreusement sur les agrès délabrés que sur les feuilles vertes du rivage.

Insensiblement, en regardant autour de lui, les pensées de Midwinter se reportèrent sur son camarade. Il se dirigea vers l'endroit où il l'avait laissé et engagea la conversation. Ne recevant point de réponse, il s'approcha de la silhouette étendue et la regarda avec attention. Livré à lui-même, Allan s'était laissé vaincre par les fatigues de la nuit. Son chapeau avait roulé à ses côtés. Il était couché de toute sa longueur sur le pont, profondément endormi.

Midwinter reprit sa promenade. Son esprit errait dans le doute. Les images qui l'avaient hanté toute la nuit lui semblaient tout à coup étrangères. Combien ses pressentiments lui avaient peint de sombres couleurs le moment présent ! Ce moment redouté était venu, n'amenant, après tout, aucun mal. Le soleil montait dans les cieux ; l'heure de la délivrance s'approchait, et des deux Armadale emprisonnés sur le fatal vaisseau, l'un dormait en attendant l'instant de le quitter, l'autre suivait les progrès du jour qui se levait.

Le soleil monta plus haut, une heure s'écoula ; Midwinter, encore sous le poids de l'horreur que lui faisait éprouver ce navire, interrogea du regard les deux rivages pour y découvrir les signes du réveil des habitants. La côte était toujours déserte. Les nuages de fumée qui devaient bientôt s'élever des cheminées des cottages ne paraissaient point encore.

Après un moment de réflexion, il se dirigea de nouveau vers l'arrière du navire, pensant apercevoir peut-être un bateau de pêcheurs qu'il pût héler. Absorbé par cette nouvelle idée, il passa précipitamment auprès d'Allan, remarquant à peine que celui-ci était toujours endormi. Un pas de plus l'eût mené à l'extrémité de la poupe, lorsqu'il fut arrêté par un bruit derrière lui, une sorte de faible gémissement. Il se retourna et s'approcha du dormeur. Il s'agenouilla doucement près de lui et le regarda.

« Le mal est venu ! murmura-t-il, non pas à moi, mais à lui ».

Il était venu dans la fraîcheur radieuse du matin, il était venu dans la terreur et le mystère du rêve. Le visage si calme que Midwinter venait de contempler quelques instants auparavant était maintenant convulsionné comme celui d'un homme en proie à la souffrance. La sueur perlait à grosses gouttes sur le front d'Allan, ses yeux à demi ouverts ne montraient que le blanc de la prunelle. Ses mains étendues égratignaient le pont ; il poussait des gémissements, et laissait échapper des mots que ses grincements de dents rendaient inintelligibles. Il était là, à la fois si près de son ami et si loin par l'esprit, le soleil matinal rayonnant sur son front, dans l'agitation du rêve.

Une question, une seule vint à l'esprit de celui qui le regardait. Qu'est-ce que la fatalité, qui l'avait emprisonné sur l'épave, avait décidé qu'il devait voir ? Le traître sommeil avait-il ouvert les portes de la tombe à celui des deux Armadale auquel l'autre avait laissé ignorer la vérité ? L'assassinat du père se révélait-il en rêve au fils, là, à l'endroit même où le crime avait été commis ?

Ce fut en n'ayant plus que cette question en tête que Midwinter s'agenouilla sur le pont et regarda le fils de l'homme que son père avait tué.

La lutte entre le corps endormi et l'esprit éveillé augmentait à chaque moment. Les plaintes du dormeur s'élevèrent ; ses mains se crispèrent et battirent à vide dans l'air. Surmontant l'effroi qui l'étreignait, Midwinter appuya doucement sa main sur le front d'Allan. Si légère que fût la pression, elle agit, mystérieuse et sympathique, sur le dormeur. Les gémissements cessèrent, ses mains retombèrent lentement. Il y eut un instant de silence. Midwinter le regarda de plus près. Son haleine effleura son visage. Allan se mit soudain sur ses genoux et sauta sur ses pieds, comme si l'appel d'un clairon eût retenti à ses oreilles.

— Vous rêviez, dit Midwinter, tandis que le jeune homme le regardait d'un air égaré, dans la première confusion du réveil.

Les yeux d'Allan commencèrent à errer autour du navire, d'abord vaguement, puis avec une surprise mêlée de colère.

— Sommes-nous encore ici ? dit-il, comme Midwinter l'aidait à se relever. Quelque temps qu'il nous faille rester sur cet infernal vaisseau, ajouta-t-il après un moment, je ne veux plus m'y laisser aller au sommeil !

Son ami l'interrogea muettement du regard. Ils firent ensemble un tour sur le pont.

— Racontez-moi votre rêve, dit Midwinter d'une voix inquiète et avec une étrange brusquerie dans ses manières.

— Je ne puis vous le dire encore, répondit Allan, attendez un peu, jusqu'à ce que je sois redevenu moi-même.

Ils firent un autre tour de promenade. Midwinter s'arrêta et reprit la parole :

— Regardez-moi un moment, Allan.

Il y avait quelque chose du trouble laissé par le rêve, et aussi de la surprise sur le visage d'Allan lorsqu'il se tourna, intrigué par cette étrange requête, vers son interlocuteur, mais pas une ombre de méfiance ni de malveillance. Midwinter se détourna vivement pour cacher une expression de soulagement involontaire :

— N'ai-je pas l'air dans mon état normal ? demanda Allan en lui prenant le bras et en s'appuyant de nouveau sur lui. Ne soyez pas inquiet pour moi, en tout cas. Je suis un peu hagard, un peu étourdi, mais ce sera vite passé.

Ils marchèrent pendant quelques minutes en silence, l'un tâchant de chasser les terreurs du sommeil, l'autre s'efforçant de deviner quelles pouvaient être ces terreurs. Soulagée de la crainte qui l'avait jusqu'alors oppressée, la nature superstitieuse de Midwinter l'entraînait déjà vers de nouvelles spéculations ; et si le dormeur avait été visité par une autre révélation que celle du passé ? Si le rêve avait ouvert les pages jusqu'alors fermées du livre de l'avenir, lui montrant l'histoire de sa vie future ? L'idée qu'il en fut ainsi renforça Midwinter dans son désir de percer le mystère que le silence d'Allan gardait secret :

— Votre tête est-elle plus calme ? demanda-t-il. Pouvez-vous me dire votre rêve maintenant ?

Alors même qu'il posait cette question, l'ultime moment inoubliable de cette nuit sur le vaisseau naufragé restait à venir. Ils avaient atteint la poupe et allaient revenir encore sur leurs pas, quand Midwinter prononça ces derniers mots. Comme Allan ouvrait la bouche pour y répondre, il regarda machinalement au loin sur la mer. Au lieu de répondre, laissant là Ozias, il courut vivement vers le couronnement du navire, et agita son chapeau avec un cri de joie.

Midwinter le rejoignit, et vit une large barque à six rames engagée dans le détroit du Sound. Une personne, que tous deux pensèrent reconnaître, se leva entre les voiles de la poupe, et répondit au salut d'Allan. L'embarcation se rapprocha, le timonier les appela joyeusement, et ils reconnurent la voix du docteur.

— Dieu merci ! vous êtes sur l'eau tous les deux ! dit Mr. Hawbury lorsqu'ils se rencontrèrent sur le pont du navire marchand. De tous les vents du ciel, quel est celui qui vous a amenés ici ?

Il se tourna vers Midwinter en posant sa question, mais ce fut Allan qui lui fit l'histoire de la nuit et qui demanda au docteur comment il était venu à leur secours. Midwinter se tenait toujours silencieux, indifférent à tout ce qui se disait ou se faisait autour de lui, préoccupé seulement du rêve mystérieux de son compagnon. Il surveillait Allan, et le suivit comme un chien jusqu'au moment où il fallut descendre dans la barque. L'œil de Mr. Hawbury s'arrêta alors sur lui avec curiosité, et nota sa nervosité et l'incessante agitation de ses mains : « Pour tout l'or du monde, je ne voudrais point changer de système nerveux avec cet homme-là », pensa le docteur, prenant le gouvernail du bateau, et donnant l'ordre de s'éloigner de l'épave.

Mr. Hawbury attendit qu'on fût en route pour Port St. Mary avant de satisfaire la curiosité d'Allan. Les circonstances qui l'avaient amené au secours de ses deux hôtes étaient bien simples. Le bateau perdu avait été rencontré en mer par des pêcheurs de Port Érin, sur la côte ouest de l'île. Ils l'avaient reconnu immédiatement comme celui du docteur, et avaient envoyé un messager chez lui pour l'en prévenir, ce qui avait nécessairement alarmé Mr. Hawbury. Il avait aussitôt pris quelques hommes et dirigé le bateau vers l'endroit le plus dangereux de la côte, le seul endroit, par ce temps calme, où un accident pût être arrivé à une embarcation conduite par des gens expérimentés, le détroit du Sound.

Après avoir ainsi expliqué son heureuse apparition, le docteur insista pour que ses hôtes de la soirée voulussent bien accepter de nouveau son hospitalité. Il était trop tôt de toute façon, ajouta-t-il, pour que les gens de l'hôtel fussent réveillés, et ils trouveraient à coucher et à déjeuner dans sa maison.

À la première pause dans la conversation entre Allan et le docteur, Midwinter, qui jusqu'alors n'y avait pas pris part, prit le bras de son ami :

— Êtes-vous mieux ? lui demanda-t-il à voix basse. Serez-vous bientôt assez remis pour me dire ce que je désire savoir ?

Les sourcils d'Allan se contractèrent. Son rêve et l'insistance obstinée de Midwinter à le connaître semblaient lui être désagréables. C'est à peine s'il répondit avec sa bonne humeur habituelle :

— Je suppose que je n'aurai point de paix jusqu'à ce que je vous l'aie raconté, dit-il ; ainsi, je ferai bien de m'en débarrasser tout de suite.

— Non, répondit Midwinter en regardant le docteur et les marins. Pas ici, d'autres pourraient nous entendre ; quand nous serons seuls.

— Si vous voulez voir pour la dernière fois vos quartiers de nuit, gentlemen, les interrompit le docteur, il est temps ! La terre vous les cachera dans une minute.

Les deux Armadale regardèrent en silence le bâtiment. Ils l'avaient trouvé solitaire et perdu dans la nuit ; ils le laissaient désert et perdu dans la radieuse beauté de cette matinée d'été.

Une heure plus tard, le docteur installait ses hôtes dans leurs chambres à coucher, et les laissait se reposer jusqu'à ce que l'heure du déjeuner fut arrivée.

À peine les avait-il quittés que les portes des deux chambres s'ouvrirent doucement, et Allan et Midwinter se rencontrèrent dans le couloir :

— Pouvez-vous dormir après tout cela ? demanda Allan.

Midwinter secoua la tête.

— Vous veniez chez moi, n'est-ce pas, dit-il. Pourquoi ?

— Pour vous prier de me tenir compagnie. Et vous, pourquoi veniez-vous me trouver ?

— Pour vous demander de me dire votre rêve.

— Qu'il soit maudit ! Je voudrais pouvoir l'oublier !

— Et je veux, moi, tout savoir de lui.

Tous les deux se turent. Tous les deux se retinrent instinctivement d'en dire davantage. Pour la première fois depuis le début de leur amitié, ils étaient tout près d'être en désaccord. La bonne nature d'Allan empêcha les choses d'en venir là.

— Vous êtes le plus obstiné garçon que je connaisse, dit-il, et si vous voulez tout savoir à ce sujet, vous y parviendrez, je suppose. Venez dans ma chambre, je vous dirai tout.

V. L'ombre de l'avenir

Il passa devant et Midwinter le suivit. La porte se referma sur eux.

Lorsque Mr. Hawbury rejoignit ses hôtes dans la salle à manger, l'étrange contraste de leurs natures le frappa plus fortement que jamais. L'un, le visage heureux, assis devant la table abondamment servie, faisait honneur à chaque plat, déclarant qu'il n'avait de sa vie si bien déjeuné. L'autre, assis à l'écart devant la fenêtre, avait laissé sa tasse à moitié pleine, sans avoir touché aux mets servis sur son assiette. Le bonjour du docteur se ressentit des impressions différentes qu'ils avaient produites sur son esprit. Il frappa Allan sur l'épaule, et le salua par une plaisanterie. Il s'inclina d'un air contraint devant Midwinter et lui dit :

— Je crains que vous ne soyez pas encore remis des fatigues de la nuit.

— Ce n'est pas la nuit, docteur, qui l'a abattu, dit Allan, c'est quelque chose que je lui ai dit. Notez que ce n'est pas ma faute. Si j'avais seulement su auparavant qu'il crut aux rêves, je n'aurais pas ouvert la bouche.

— Aux rêves ? répéta le docteur, qui se méprit sur la véritable signification des paroles d'Allan et s'adressa encore à Midwinter : Avec votre tempérament, il me semble que vous devriez être habitué à rêver.

— Par ici, docteur ! s'écria Allan. Vous vous trompez de côté. C'est moi qui ai rêvé, pas lui. Ne paraissez pas si étonné, ce n'est pas dans cette maison confortable, c'était à bord de ce damné navire. Le fait est que je me suis endormi quelque temps avant que vous vinssiez nous en retirer, et je ne puis nier avoir fait là un très vilain rêve. Alors, lorsque nous sommes arrivés ici…

— Pourquoi entretenir Mr. Hawbury de choses qui ne peuvent en aucune façon l'intéresser ? demanda Midwinter, prenant la parole pour la première fois, avec une note d'impatience dans la voix.

— Je vous demande pardon, reprit le docteur assez sèchement, mais ce que j'ai entendu suffit à exciter ma curiosité.

— Voilà qui est dit, docteur, lança Allan. Soyez curieux, je vous prie. Je désire que vous m'aidiez à débarrasser sa tête des absurdités qui la remplissent en ce moment. Qu'en pensez-vous ? Il prétend que mon rêve est un avertissement d'éviter certaines personnes, et il persiste à dire que l'une de ces personnes est... lui-même ! Avez-vous jamais entendu chose pareille ? Je me suis efforcé de lui expliquer comment cela s'était passé. Je l'ai engagé à envoyer son avertissement au diable. Je lui ai dit : « Tout cela n'est autre chose que le résultat d'une indigestion, vous ne savez pas tout ce que j'ai bu et mangé à ce souper du docteur ! Moi, je le sais ». Croyez-vous qu'il m'ait écouté ? Pas le moins du monde. Essayez à votre tour. Vous êtes un homme de science, et il s'en rapportera à vous. Soyez bon garçon, docteur, et donnez-moi un certificat d'indigestion. Je vous montrerai ma langue avec plaisir.

— La vue de votre visage est tout à fait suffisante. Je certifie d'emblée que vous n'avez jamais eu d'indigestion de votre vie. Racontez-nous votre rêve, et nous verrons ce qu'on peut en faire ; si vous n'y voyez pas d'objection, bien entendu.

Allan désigna Midwinter du bout de sa fourchette :

— Demandez donc à mon ami. Il pourra vous le narrer mieux que moi-même. Croiriez-vous qu'il l'a mis par écrit pendant que je parlais ? Et il me l'a fait signer encore, comme si c'étaient « mes derniers aveux » avant la potence. Montrez-nous ça, mon vieux, je vous ai vu le mettre dans votre portefeuille, montrez-nous ça !

— Êtes-vous réellement sérieux ? demanda Midwinter, en sortant son portefeuille avec une répugnance qui, compte tenu des circonstances, était presque offensante pour le docteur qui les accueillait chez lui.

Le rouge monta aux joues de Mr. Hawbury.

— Ne le montrez point si cela vous contrarie en quoi que ce soit, dit-il avec la politesse contrainte d'un homme blessé.

— Bagatelles ! Absurdités ! cria Allan. Envoyez-moi cela !

Au lieu de se rendre à cette requête, Midwinter prit le papier et, quittant sa place, s'approcha de Mr. Hawbury.

— Je vous prie de m'excuser, dit-il, en offrant lui-même le manuscrit au docteur.

Il baissa les yeux, et son visage s'assombrit après avoir dit ces mots.

« Quel mystérieux et farouche garçon ! pensa le docteur, en le remerciant avec une politesse cérémonieuse ; son ami vaut mille fois mieux que lui ».

Midwinter retourna à la fenêtre, et s'assit de nouveau en silence, avec l'impénétrable résignation qui avait autrefois étonné Mr. Brock.

— Lisez cela, docteur, dit Allan, tandis que Mr. Hawbury ouvrait le papier. Ce n'est pas rédigé avec mon laisser-aller habituel ; mais il n'y a rien à ajouter, rien à ôter. C'est exactement ce que j'ai rêvé, et exactement ce que j'aurais écrit moi-même, si j'avais jugé la chose digne d'être mise sur le papier, et si j'avais eu assez de style et de talent pour l'écrire, talent, ajouta-t-il en remuant tranquillement son café, que je n'ai pas, excepté lorsqu'il s'agit de lettres.

Mr. Hawbury déplia le manuscrit sur la table et lut :

RÊVE D'ALLAN ARMADALE

De bonne heure, le matin du premier juin 1851, je me trouvai, par des circonstances qu'il est inutile de mentionner ici, seul avec un ami, un jeune homme de mon âge, à bord d'un navire marchand français nommé La Grâce-de-Dieu, lequel navire était échoué dans le détroit du Sound, entre l'île de Man et l'îlot de Calf. Ne m'étant point couché la nuit précédente, et vaincu par la fatigue, je tombai endormi sur le pont. J'étais en parfaite santé à ce moment, et le matin était assez avancé, car le soleil était levé. Dans ces circonstances, je passai du sommeil au rêve. Ce que je vais dire est la succession des événements tels qu'ils se présentèrent dans mon rêve, et tels que je me les rappelle après un court intervalle de quelques heures.

1) Le premier événement dont j'eus conscience fut l'apparition de mon père. Il me prit silencieusement par la main, et nous nous trouvâmes dans la cabine d'un navire.

2) L'eau montait lentement sur nous ; moi et mon père nous nous enfonçâmes ensemble sous l'eau.

3) Après un moment d'absence, j'eus le sentiment d'être laissé seul dans l'obscurité.

4) J'attendis.

5) Les ténèbres s'ouvrirent, et un large et solitaire étang, entouré de prairies, m'apparut clairement. Au-dessus, je vis le ciel pur, rougi par la lumière du soleil couchant.

6) Près du bord de l'eau, se détachait l'ombre d'une femme.

7) C'était juste une ombre. Rien ne me permettait de la reconnaître ou de la comparer à aucune créature vivante.

8) Les ténèbres se firent de nouveau, puis elles s'ouvrirent pour la deuxième fois.

9) Je me trouvai dans une chambre, devant, une haute fenêtre. Le seul objet que j'y vis ou dont je me rappelle maintenant était une petite statue placée près de moi. La statue était à ma gauche et la fenêtre à ma droite. Elle ouvrait sur une pelouse et sur un parterre ; la pluie frappait, lourdement contre les vitres.

10) Je n'étais pas seul dans la chambre : debout, en face de moi à la fenêtre, était l'ombre d'un homme.

11) Je n'en savais guère plus sur cette ombre que sur l'ombre de la femme. Mais l'ombre se mit à bouger ; elle étendit les bras vers la statue, et la statue alla se briser sur le parquet.

12) J'éprouvai une sensation confuse de colère et de chagrin en regardant les morceaux épars sur le sol. Quand je me relevai, l'ombre s'était évanouie, et je n'en vis pas davantage.

13) Les ténèbres s'ouvrirent pour la troisième fois et me montrèrent les ombres de la femme et de l'homme ensemble.

14) Il n'y avait plus rien autour de moi (ou rien du moins que je pusse voir).

15) L'ombre de l'homme était la plus proche ; l'ombre de la femme restait derrière. De l'endroit où elle était vint un bruit comme celui d'un liquide versé doucement. Je la vis toucher l'ombre de l'homme d'une main, et de l'autre lui donner un verre. Il le prit et me le présenta. Au moment où j'y portai mes lèvres, une langueur mortelle s'empara de moi de la tête aux pieds. Quand je repris mes sens, l'ombre s'était évanouie et la troisième vision avait disparu.

16) L'obscurité descendit encore sur moi, puis je sombrai de nou-

veau dans l'oubli.

17) Je n'eus conscience de rien de plus jusqu'à ce que je sentisse le soleil du matin sur mon visage ; j'entendis la voix de mon ami, m'avertissant que je sortais d'un rêve…

Après avoir lu la narration jusqu'à la dernière ligne (sous laquelle figurait la signature d'Allan) le docteur regarda Midwinter, et frappa du doigt sur le manuscrit avec un sourire railleur.

— Autant d'hommes, autant d'opinions ; je ne partage celle d'aucun de vous sur ce rêve. Votre idée, dit-il en s'adressant à Allan avec un sourire, nous l'avons déjà jugée : le souper que vous ne pourriez digérer est un souper qui reste à découvrir. Nous allons donc en venir à ma propre théorie, mais auparavant celle de votre ami réclame notre attention.

Il se tourna vers Midwinter, le visage plein d'un triomphe annoncé et montrant trop combien l'homme lui déplaisait.

— Si je comprends bien, continua-t-il, vous croyez que ce rêve est un avertissement surnaturel adressé à Mr. Armadale pour le mettre en garde contre des événements graves le menaçant. Puis-je vous demander si vous tirez cette conclusion de votre croyance aux rêves, ou si vous avez des raisons personnelles pour attacher tant d'importance à celui-ci ?

— Vous avez expliqué ma manière de voir très justement, répondit Midwinter, irrité des regards et du ton du docteur. Excusez-moi si je vous demande de vous contenter de cet aveu, et de me laisser garder mes raisons pour moi.

— C'est justement ce qu'il m'a dit, interrompit Allan. Je crois qu'il n'a aucune raison à donner.

— Doucement ! doucement ! fit Mr. Hawbury. Nous pouvons juger l'affaire sans entrer dans les secrets de personne. Permettez-moi de m'en tenir à ma propre opinion sur la manière d'appréhender les rêves. Mr. Midwinter ne sera pas surpris probablement d'apprendre que j'adopte en la matière un point de vue essentiellement pratique.

— Je ne serai pas surpris le moins du monde, rétorqua Midwinter. Un médecin, quand il a une question à résoudre, la tranche toujours avec son bistouri.

Le docteur fut un peu piqué à son tour.

— Notre pratique n'est pas aussi bornée que cela, dit-il, mais je vous accorderai volontiers qu'il est quelques articles de votre foi auxquels nous, docteurs, ne croyons point. Par exemple, nous ne pensons pas qu'un homme raisonnable soit excusable de donner une interprétation surnaturelle à un phénomène de l'ordre des sens, avant de s'être assuré d'une façon certaine si l'on ne pouvait pas lui donner une explication naturelle.

— Allons ! Bien joué ! s'écria Allan. Il vous a battu avec le « bistouri », et vous avez bien riposté avec votre « explication naturelle ». Donnez-la-nous à présent.

— La voici, répondit Mr. Hawbury : il n'y a rien d'extraordinaire dans ma théorie des rêves ; c'est celle qui est adoptée par le plus grand nombre dans ma profession. Le rêve est la reproduction d'images et d'impressions produites sur nous pendant la veille, et cette reproduction est plus ou moins imparfaite, confuse et contradictoire, selon que certaines facultés du rêveur sont plus ou moins complètement sous l'influence du sommeil. Sans entrer davantage dans cette dernière partie du sujet - partie très curieuse et très intéressante - considérons-la dans son application générale, et appliquons-la immédiatement au rêve en question.

Il prit le feuillet où était rapporté le rêve et quitta le ton doctoral auquel il s'était laissé aller insensiblement.

— Je vois déjà un événement dans ce rêve, continua-t-il, que je sais être la reproduction d'une impression produite sur Mr. Armadale en ma présence. S'il veut seulement m'aider en exerçant sa mémoire, je ne désespère pas d'expliquer ce songe par les événements déjà arrivés, et aussi par ce qu'il a dit, pensé, vu ou fait, dans les vingt-quatre heures qui ont précédé son sommeil sur le pont du navire.

— J'interrogerai ma mémoire bien volontiers, dit Allan. Par où commencerons-nous ?

— Dites-moi d'abord ce que vous avez fait hier avant notre rencontre, vous et votre ami, sur la route, répondit Mr. Hawbury. Vous allez me dire que vous vous êtes levé, et que vous avez déjeuné... Après ?

— Nous avons pris une voiture et avons accompagné de Castletown à Douglas mon vieil ami Mr. Brock, qui partait par le steamer de Liverpool. Nous sommes ensuite revenus à Castletown, et nous nous sommes séparés à la porte de l'hôtel. Midwinter est rentré, tandis que je me rendais à mon yacht, dans le port… À propos, docteur, n'oubliez pas que vous avez promis de faire un tour sur mer avec nous, avant que nous quittions l'île de Man.

— Mille remerciements, mais ne nous éloignons pas de la question, je vous prie. Qu'est-ce qui vient après ?

Allan hésita ; son esprit était à la mer.

— Qu'avez-vous fait à bord du yacht ?

— Oh, je me souviens ! J'ai mis la cabine en ordre, en ordre de fond en comble, c'est-à-dire en réalité que j'ai tout mis sens dessus dessous. C'est alors que mon ami est arrivé à bord d'un canot et qu'il m'a aidé. Parlant de cela, je ne vous ai pas encore demandé si le vôtre avait été endommagé, la nuit dernière. S'il y a quelque chose à faire, permettez-moi de le réparer.

Le docteur renonça à rien obtenir de la mémoire d'Allan.

— Nous ne pourrons jamais atteindre notre but de cette manière, dit-il. Mieux vaudrait prendre les événements du rêve dans l'ordre, et faire les questions qu'ils nous suggéreront à mesure qu'ils se présenteront. Commençons par les deux premiers. Vous avez rêvé que votre père vous apparaissait, vous vous trouviez avec lui dans la cabine d'un navire, l'eau montait, et vous vous y enfonciez tous les deux. Puis-je vous demander si vous êtes descendu dans la cabine de l'épave ?

— Cela n'eût pas été possible, répliqua Allan. La cabine était pleine d'eau. J'ai regardé dedans et j'ai refermé la porte.

— Très bien ! dit Mr. Hawbury. Voici déjà qui s'explique. Vous aviez la cabine et l'eau dans votre esprit, et le bruit de l'eau du courant (je sais cela sans avoir besoin de vous le demander) fut le dernier que vous entendîtes avant de vous endormir. L'idée de noyade ressort nécessairement de ces impressions. Y a-t-il encore autre chose à noter avant de continuer ? Oui, il reste encore une circonstance à expliquer.

— La plus importante de toutes, remarqua Midwinter, se joignant à la conversation sans bouger de sa place près de la fenêtre.

— Vous voulez parler de l'apparition du père de Mr. Armadale ? J'allais justement y arriver, répondit Mr. Hawbury. Votre père vit-il encore ? ajouta-t-il en s'adressant à Allan.

— Mon père est mort avant ma naissance.

Le docteur eut un mouvement de surprise.

— Cela se complique un peu, dit-il ; comment savez-vous donc que la figure qui vous est apparue en rêve est celle de votre père ?

Allan hésita encore. Midwinter écarta un peu sa chaise de la fenêtre et regarda le docteur attentivement pour la première fois.

— Avez-vous pensé à votre père avant de vous endormir, poursuivit Mr. Hawbury ? Aviez-vous quelque portrait de lui présent à votre esprit ?

— C'est cela ! s'écria Allan. Midwinter, vous vous rappelez la miniature que vous avez trouvée sur le plancher de la cabine quand vous l'avez mise en ordre ? Vous disiez que je ne semblais pas y tenir, et je vous ai répondu que j'y tenais au contraire, car c'était le portrait de mon père.

— Et la figure que vous avez vue en rêve ressemblait-elle à la miniature ?

— Dites-moi, docteur, cela commence à devenir intéressant.

— Que dites-vous maintenant ? demanda Mr. Hawbury en se tournant du côté de la fenêtre.

Midwinter quitta précipitamment sa chaise et se plaça devant la table avec Allan. De la même façon qu'il avait essayé de fuir ses idées superstitieuses en s'appuyant sur le bon sens de Mr. Brock, avec la même avidité, avec le même élan de sincérité, il se réfugiait à présent dans la théorie du docteur sur les rêves.

— Je dis comme mon ami, s'écria-t-il avec enthousiasme, que cela commence à devenir intéressant : continuez, je vous prie, continuez !

Le docteur le regarda avec plus d'indulgence qu'il ne l'avait encore fait :

— Vous êtes le seul mystique que j'aie rencontré, dit-il, qui soit désireux de donner libre cours à l'évidence. Je ne désespère pas de vous convertir avant la fin de notre petite enquête. Prenons les autres événements, reprit-il, après avoir parcouru un instant le manuscrit. La première perte de conscience succédant aux apparitions peut aisément s'expliquer : en termes clairs, il s'agit de la cessation momentanée de l'activité intellectuelle du cerveau, à l'instant où le sommeil devient plus profond. Pareillement, le sentiment d'être seul dans le noir qui vient ensuite indique la reprise de cette activité et annonce la vision suivante. Voyons de quoi il retourne : un étang solitaire en pleine campagne, vu au coucher du soleil et, sur le bord, l'ombre d'une femme. Très bien ! Et maintenant, à nous deux, monsieur Armadale. Comment cet étang s'est-il mis dans votre tête ? La campagne, vous l'avez traversée en venant de Castletown ici. Mais nous n'avons ni étangs ni lacs aux environs, et vous ne pouvez en avoir vu récemment nulle part, puisque vous êtes arrivé ici-après un voyage sur mer. Cela aurait-il rapport à quelque tableau, à quelque livre, à quelque conversation avec votre ami ?

Allan regarda Midwinter.

— Je ne me rappelle pas avoir parlé d'étangs ni de lacs, et vous ?

Au lieu de répondre, Midwinter s'adressa au docteur :

— Avez-vous le dernier numéro du journal local ?

Le docteur le sortit du buffet. Midwinter chercha la page contenant les extraits du voyage en Australie, qui avaient tant passionné Allan la nuit précédente et à la lecture desquels lui-même s'était endormi. Là, dans un passage décrivant les souffrances causées aux voyageurs par la soif, au moment le plus terrible du récit, se trouvait l'étang qui avait figuré dans le rêve d'Allan !

— N'éloignez pas ce journal, dit le docteur quand Midwinter lui eut montré ces explications. Nous aurons peut-être encore besoin de cet extrait. Nous avons expliqué l'étang ; il faut venir maintenant au coucher du soleil. Il n'en est question dans le journal en aucune façon. Appelez-en encore à votre mémoire, monsieur Armadale, nous désirons trouver ce coucher du soleil dans vos impressions de la journée.

Une fois encore, Allan se trouva embarrassé pour répondre, et la rapide mémoire de Midwinter vint à son secours :

— Je pense que je puis vous aider à retrouver cette impression, comme je l'ai fait pour la précédente, dit-il en s'adressant au docteur. Après être arrivés ici hier dans l'après-midi, mon ami et moi, nous avons fait une promenade dans les collines.

— C'est cela ! s'écria Allan, je m'en souviens. Le soleil se couchait lorsque nous sommes rentrés à l'hôtel pour souper, et le soleil était si splendidement rouge que nous nous sommes arrêtés pour l'admirer. Et puis, nous avons parlé de Mr. Brock, nous demandant où il pouvait en être de son voyage. Ma mémoire est peut-être lente à partir, docteur, mais une fois qu'elle est en route arrêtez-la si vous le pouvez ! Je ne suis pas encore au bout.

— Attendez une minute par égard pour la mémoire de Mr. Midwinter et pour la mienne, dit le docteur. Nous avons retrouvé dans vos impressions éveillées, la vue de la campagne, de l'étang et du coucher du soleil. Mais à quoi faut-il rattacher l'ombre de la femme ? Pouvez-vous nous aider à retrouver l'original de cette mystérieuse figure qui est apparue dans le paysage de votre rêve ?

Allan redevint perplexe, et Midwinter attendit ce qui allait arriver sans respirer et les yeux fixés sur le visage du docteur. Pour la première fois, il se fit dans la chambre un silence absolu. Mr. Hawbury interrogeait alternativement du regard Midwinter et Allan. Aucun d'eux ne lui répondit. Entre l'ombre et la réalité de l'ombre, il y avait un abîme de mystère également impénétrable pour tous trois.

— Patience, dit le docteur. Laissons là l'apparition de la femme pour le moment, nous la retrouverons plus tard. Permettez-moi de vous faire observer, monsieur Midwinter, qu'il n'est pas aisé de personnifier une ombre, mais ne désespérons pas. Cette impalpable dame du lac prendra probablement quelque consistance la prochaine fois que nous la rencontrerons.

Midwinter ne répliqua pas. À partir de ce moment, l'intérêt qu'il prenait à l'affaire commença à faiblir.

— Quelle est la scène suivante ? poursuivit Mr. Hawbury, en reprenant le manuscrit : Mr. Armadale se trouve dans une chambre. Il se tient devant une fenêtre, ouvrant sur une pelouse et sur un parterre, la pluie battant contre les vitres. La seule chose qu'il voie dans la chambre est une petite statue, et la seule compagnie qu'il ait est l'ombre d'un homme en face de lui. L'ombre étend les bras, et la statue tombe en morceaux sur le parquet. Le rêveur, dans sa colère contre cet accident (observez, messieurs, qu'ici les facultés raisonnantes s'éveillent un peu, et que le rêve passe rationnellement pour un moment de la cause à l'effet), se penche pour regarder les pièces brisées. Quand il relève les yeux, la scène s'est évanouie. C'est un flux et un reflux du sommeil. C'est le tour du flux maintenant, et le cerveau se repose un peu. Que se passe-t-il, monsieur Armadale ? Votre rétive mémoire aurait-elle repris sa course ?

— Oui, dit Allan, je pars au grand galop. Je m'explique la statue brisée. Ce n'est ni plus ni moins qu'une bergère en porcelaine de Chine que j'ai fait tomber de dessus la cheminée dans le salon de l'hôtel, lorsque j'ai tiré la sonnette pour le souper hier soir. Voilà que nous avançons ! C'est comme si l'on devinait un rébus. À votre tour, à présent, Midwinter !

— Non ! dit le docteur, ce sera à moi, s'il vous plaît. Je réclame la fenêtre, le jardin et la pelouse comme ma propriété. Vous trouverez la fenêtre, monsieur Armadale, dans la pièce voisine. Si vous vous en approchez, vous verrez qu'elle donne sur la pelouse et sur le parterre et, si vous voulez exercer votre étonnante mémoire, vous vous souviendrez que vous fûtes assez bon pour me complimenter sur mon élégante fenêtre à la française et le bon entretien du jardin, quand je vous conduisais à Port St. Mary, hier.

— Tout à fait juste, reprit Allan, mais la pluie qui battait contre les vitres, dans le rêve ? Je n'en ai pas vu tomber une goutte de toute la semaine.

Mr. Hawbury hésita ; le journal qui avait été laissé sur la table attira ses regards.

— Si nous ne trouvons rien d'autre, essayons, dit-il, de chercher l'idée de la pluie où nous avons trouvé celle de l'étang.

Et il se mit à parcourir l'extrait attentivement.

— J'ai trouvé ! s'écria-t-il. Voici la pluie dont on explique qu'elle est tombée sur ces voyageurs d'Australie avant qu'ils eussent découvert l'étang. Souvenez-vous de l'ondée, monsieur Armadale, voilà comment elle s'est emparée de votre esprit, tandis que vous faisiez lecture à votre ami. Et voyez le rêve, monsieur Midwinter, brouillant les différentes impressions réelles, comme il arrive toujours !

— Mais cette silhouette humaine à la fenêtre ? demanda Midwinter. L'expliquez-vous, ou devons-nous passer sur l'ombre de l'homme comme nous avons passé sur l'ombre de la femme ?

Il posa cette question avec une grande courtoisie, mais avec une nuance de sarcasme dans la voix, qui n'échappa point au docteur et qui réveilla sa fibre polémiste à l'instant même.

— Quand vous ramassez des coquillages, monsieur Midwinter,

vous commencez d'abord par ceux qui se trouvent le plus à votre portée, reprit le docteur. Nous ramassons des faits maintenant, et les plus aisés à recueillir sont ceux par lesquels nous commençons. Laissons l'ombre de l'homme et celle de la femme de côté pour le moment. Nous ne les perdrons point de vue, je vous le promets. Chaque chose en son temps.

Lui aussi était poli, mais avec une certaine réserve. La courte trêve des adversaires finissait déjà. Ils se tournèrent le dos. Allan, qui ne discutait jamais l'opinion de quiconque et s'en tenait aux apparences sans chercher à voir ce qu'elles cachaient, battit gaiement la caisse sur la table avec le manche de son couteau :

— Allez, docteur ! s'écria-t-il. Mon étonnante mémoire est aussi fraîche que jamais.

— Vraiment ? fit Mr. Hawbury, se reportant encore au compte rendu du rêve. Vous rappelez-vous ce qui est arrivé quand nous causions avec l'hôtesse près du comptoir, la nuit dernière ?

— Bien sûr ! Vous fûtes assez bon pour m'offrir un verre de fine à l'eau que cette femme venait de préparer, et j'ai été obligé de le refuser, parce que, je vous l'ai dit, le goût de la fine me rend malade, si mélangée qu'elle puisse être avec un autre liquide.

— C'est exactement cela ! répondit le docteur. Et voici l'incident reproduit dans le rêve. Vous voyez l'ombre de l'homme et celle de la femme ensemble, cette fois. Vous entendez le bruit d'un liquide versé (la fine de l'hôtel), le verre est présenté par l'ombre de la femme (la patronne), à l'ombre de l'homme (moi-même). L'ombre de l'homme vous l'offre (exactement comme je l'ai fait), et l'évanouissement que vous m'avez décrit suit naturellement. Je vous demande pardon d'assimiler ces mystérieuses apparitions, monsieur Midwinter, à des originaux si peu romanesques : une femme qui tient un hôtel et un simple médecin de village ; mais votre ami vous dira lui-même que la fine à l'eau a été préparée par l'hôtesse, et qu'elle ne lui a été présentée qu'après avoir passé de ses mains dans les miennes. Nous avons attrapé ces ombres exactement comme je l'avais prédit, et il ne nous reste plus à présent – ce qui tiendra en deux mots – qu'à expliquer comment elles sont apparues dans le rêve. Après avoir essayé d'introduire dans le rêve les réminiscences de l'hôtelière et du docteur, de manière séparée et dans le mauvais contexte, l'esprit fait une troisième tentative et réunit la femme et le docteur en leur attribuant la bonne séquence d'événements. Et la boucle est bouclée ! Permettez-moi de vous rendre votre manuscrit avec tous mes remerciements pour votre contribution exhaustive et efficace à la théorie rationnelle des rêves.

Disant ces mots, Mr. Hawbury remit le papier écrit à Midwinter, avec la politesse implacable d'un vainqueur.

— Extraordinaire ! Pas un point n'y manque du commencement à la fin ! Par Jupiter ! s'écria Allan, se rendant avec le respect de l'ignorant. Quelle belle chose que la science !

— Pas un point n'y manque, comme vous le dites, remarqua le docteur avec satisfaction. Et cependant, je doute que nous ayons réussi à convaincre votre ami.

— Vous ne m'avez point convaincu, dit Midwinter. Mais il ne s'ensuit pas de là que vous ayez tort.

Il parlait calmement, avec tristesse même. La terrible certitude de l'origine surnaturelle du rêve qu'il avait essayé de repousser s'était de nouveau emparée de son esprit ; mais il n'en était plus irrité, il ne cherchait plus à discuter. De la part de tout autre homme, cette concession que venait de lui faire son adversaire eût adouci Mr. Hawbury ; mais il détestait trop cordialement Midwinter pour le laisser ruminer en paix sa conviction intime.

— Admettez-vous, dit le docteur, plus agressif que jamais, que j'aie relié chaque événement du rêve à une impression réelle, ressentie auparavant par Mr. Armadale ?

— Je n'ai pas la moindre intention de le nier, dit Midwinter avec résignation.

— Ai-je ramené les ombres à des originaux vivants ?

— Vous les avez reconnues à votre satisfaction et à celle de mon ami, pas à la mienne.

— Pas à la vôtre ? Et vous, avez-vous cherché à les expliquer ?

— Non. J'attends seulement que les personnages vivants apparaissent dans l'avenir.

— C'est parler en oracle, monsieur Midwinter ! Avez-vous quelque idée à l'heure actuelle de ce que peuvent être ces personnages ?

— Oui. Je crois que les événements à venir montreront que l'ombre de la femme est une personne avec laquelle mon ami ne s'est pas encore trouvé en relation, et que l'ombre de l'homme n'est autre que moi-même.

Allan voulut parler, mais le docteur l'arrêta.

— Expliquez-vous clairement, dit-il à Midwinter. En vous mettant hors de question pour l'instant, puis-je vous demander comment une ombre, qui n'a aucune marque distinctive, peut désigner une femme vivante que votre ami ne connaît pas ?

Midwinter rougit légèrement. Il sentait de la raillerie dans la logique du docteur.

— Le paysage vu en rêve a ses marques distinctives, répliqua-t-il, et la femme vivante y apparaîtra.

— La même chose arrivera, je suppose, poursuivit le docteur, pour l'homme-ombre que vous persistez à vouloir incarner. Vous serez associé dans le futur à une statue qui se brisera en présence de votre ami, avec une large fenêtre donnant sur un jardin et avec une averse battant aux carreaux ? Est-ce là ce que vous voulez dire ?

— C'est cela.

— Et vous pensez de même, je suppose, pour la vision suivante ? Vous et la femme mystérieuse vous rencontrerez dans quelque lieu inconnu, et présenterez à Mr. Armadale quelque liquide non désigné encore, mais qui devra avoir une action malfaisante sur lui ? Croyez-vous sérieusement ces choses ?

— Je vous affirme sérieusement que j'y crois.

— Et, d'après vos idées, ces phases du rêve marquent les progrès de certains événements futurs, dans lesquels le bonheur de Mr. Armadale ou sa sûreté seront dangereusement compromis ?

— C'est ma ferme conviction.

Le docteur se leva, renonça un instant à se servir de son « bistouri théorique », puis, après avoir réfléchi un instant, se ravisa et le reprit.

— Une dernière question, dit-il : ayez-vous quelque raison à donner pour vous écarter ainsi du bon sens, quand une explication rationnelle et d'une évidence incontestable s'offre à vous ?

— Aucune raison, répliqua Midwinter, que je puisse donner à vous ou à mon ami.

Le docteur regarda à sa montre de l'air d'un homme qui se souvient tout à coup qu'il a perdu son temps.

— Nous ne nous plaçons pas sur le même terrain, dit-il, et nous pourrions discuter inutilement jusqu'au jour du Jugement dernier. Pardonnez-moi de vous quitter si brusquement. Il est plus tard que je ne pensais, et ma première tournée de malades m'attend dans la salle. J'ai convaincu votre esprit, monsieur Armadale, quoi qu'il en soit, et le temps que nous a pris cette discussion n'aura pas été complètement perdu. Restez ici à fumer, je vous prie ; je serai de nouveau à votre disposition dans moins d'une heure.

Il fit un signe de tête amical à Allan, un salut cérémonieux à Midwinter, et il quitta la chambre.

Dès que le docteur eut tourné le dos, Allan s'adressa à son ami avec cette irrésistible cordialité qui lui avait gagné la sympathie de Midwinter dès le jour de leur rencontre.

— Maintenant que le débat entre vous et le docteur est terminé, dit-il, j'ai deux mots à dire à mon tour. Voulez-vous faire, par amitié pour moi, quelque chose que vous ne feriez pas pour vous ?

Le visage de Midwinter s'éclaircit instantanément.

— Je ferai tout ce que vous me demanderez, dit-il.

— Très bien. Voulez-vous qu'il ne soit plus question de ce rêve entre nous, à partir de ce moment ?

— Oui, si vous le désirez.

— Voulez-vous faire mieux ? Voulez-vous n'y plus penser ?

— Cela sera dur, Allan, mais je m'y efforcerai.

— Voilà un vrai camarade ! Maintenant, donnez-moi ce morceau de papier, déchirons-le et tout sera fini.

Il essaya de prendre le manuscrit des mains de son ami, mais Midwinter le mit promptement hors de sa portée.

— Donnez ! donnez ! répéta Allan. J'ai résolu d'allumer mon cigare avec ce papier.

Midwinter hésita. On voyait qu'il lui était pénible de résister à Allan, mais il lui résista.

— Nous attendrons encore un peu, dit-il, avant que vous allumiez votre cigare avec.

— Combien de temps ? Jusqu'à demain ?

— Plus longtemps.

— Jusqu'à notre départ de l'île de Man ?

— Plus longtemps.

— Au diable ! Donnez une réponse franche à une question franche. Combien de temps allons-nous attendre ?

Midwinter remit le papier avec soin dans son portefeuille.

— Nous attendrons jusqu'à ce que nous soyons à Thorpe-Ambrose.

LIVRE DEUXIÈME

I. Manœuvres clandestines
I De Ozias Midwinter à Mr. Brock

Thorpe-Ambrose, le 15 juin 1851.

Cher monsieur Brock,

Nous sommes arrivés ici il y a à peine une heure, au moment où les domestiques fermaient les portes pour la nuit. Allan, fatigué de la journée, est allé se coucher, me laissant dans ce qu'on appelle la bibliothèque pour que je vous raconte l'histoire de notre voyage dans le Norfolk. Plus habitué que lui aux fatigues de toute espèce, je me sens assez éveillé pour vous écrire, bien que la pendule marque minuit, et que nous nous soyons mis en route ce matin à dix heures.

Les dernières nouvelles que vous ayez eues de nous furent celles que vous envoya Allan de l'île de Man. Si je ne me trompe pas, sa lettre vous racontait la nuit passée à bord du navire naufragé. Pardonnez-moi, cher monsieur Brock, si je ne dis rien à ce propos avant que le temps m'ait permis, avec un esprit plus serein, d'y voir plus clair. Il se livre de nouveau en moi un rude combat ; mais j'en sortirai encore victorieux, je l'espère, avec l'aide de Dieu. Je le veux, en vérité.

Il est inutile de vous fatiguer du récit de nos excursions dans les parties du nord et de l'ouest de l'île, ou des courtes croisières que nous fîmes quand le yacht fut complètement réparé. Il vaut mieux que je vous parle immédiatement de ce qui se passa hier matin, 14 juin. Nous arrivâmes par la marée de nuit dans le port de Douglas, et dès que la poste fut ouverte, Allan envoya à terre demander ses lettres. Le messager en rapporta une seule ; elle était de l'ancienne maîtresse de Thorpe-Ambrose, Mrs. Blanchard.

Je dois, ce me semble, vous informer de son contenu, car elle a sérieusement influé sur les plans d'Allan. Il n'y a rien qu'il ne perde au bout de plus ou moins de temps, vous le savez, et il a déjà égaré cette lettre. Je vous donnerai donc la substance de ce que Mrs. Blanchard lui a écrit, aussi clairement que je le pourrai.

La première page annonçait le départ des dames. Elles ont quitté Thorpe-Ambrose il y a deux jours, le 13, s'étant décidées, après maintes hésitations, à aller visiter de vieux amis établis en Italie, dans les environs de Florence. Il semble très probable que Mrs. Blanchard et sa nièce s'établiront près d'eux si elles trouvent une maison convenable et quelques terres à louer, toutes les deux aimant l'Italie et les Italiens, et rien ne les empêchant de s'arranger selon leurs goûts. La vieille dame a son douaire, et la jeune demoiselle jouit de toute la fortune de son père.

La seconde page de la lettre fut, dans l'opinion d'Allan, beaucoup moins agréable à lire. Après s'être exprimée dans les termes les plus reconnaissants sur la bonté à laquelle elles devaient d'être restées dans leur vieille demeure jusqu'à ce jour, Mrs. Blanchard ajoutait que la conduite d'Allan avait fait une si favorable impression sur les amis de la famille et les gens du domaine qu'ils désiraient lui faire une réception publique à son arrivée dans le pays. Une assemblée préliminaire, composée des fermiers et des notables des environs, s'était déjà occupée d'en régler les arrangements, et il devait s'attendre, sous très peu de jours, à recevoir une lettre du clergyman en charge de la paroisse, demandant quand il plairait à Mr. Armadale de prendre possession, personnellement et publiquement, de ses terres du Norfolk.

Vous imaginez maintenant la cause de notre départ subit de l'île de Man. La première et unique pensée de votre élève, dès qu'il eut lu ces lignes, fut de se soustraire à la cérémonie annoncée par Mrs. Blanchard, et la seule manière qu'il ait trouvée de l'éviter fut de partir immédiatement pour Thorpe-Ambrose, avant que la lettre du clergyman lui parvînt. J'essayai vainement de le faire réfléchir un peu avant d'agir si précipitamment, mais il n'en continua pas moins à préparer sa malle avec la bonne humeur imperturbable que vous lui connaissez. En dix minutes ses bagages étaient prêts, et cinq minutes plus tard il avait donné à l'équipage ses instructions pour ramener le yacht dans le Somerset. Le steamer pour Liverpool était dans le port, et je n'avais que le choix d'y monter avec lui ou de le laisser partir seul.

Je vous passe le récit du mauvais temps, de notre séjour à Liverpool, et des retards que nous éprouvâmes : vous savez que nous sommes arrivés ici sains et saufs, et c'est assez. Ce que les domestiques ont pu penser de la subite arrivée de leur maître est de peu d'importance. L'impression qu'elle produira sur le comité chargé de régler la réception, lorsque la nouvelle s'en répandra demain matin, est, je le crains, une plus sérieuse affaire.

Puisque j'ai déjà parlé des domestiques, je vais vous dire tout de suite que la dernière partie de la lettre de Mrs. Blanchard était toute remplie de détails donnés à Allan au sujet de l'organisation de la maison qu'elle quittait. Les gens sont restés dans l'espoir qu'Allan leur conserverait leurs places. Trois seulement sont partis : la femme de chambre de Mrs. Blanchard, celle de sa nièce – toutes deux ayant suivi leurs maîtresses –, et la femme de charge, qui est un cas un peu particulier : en réalité celle-ci s'est vu brusquement signifier son congé pour ce que Mrs. Blanchard qualifie assez mystérieusement de « légèreté avec un étranger ».

Je crains que vous ne vous moquiez de moi, mais je dois avouer la vérité ; je suis devenu si méfiant (depuis ce qui nous est arrivé dans l'île de Man), même sur les plus insignifiantes mésaventures qui ont un rapport quelconque avec la nouvelle vie d'Allan et son avenir, que j'ai déjà questionné l'un des domestiques sur cette affaire, en apparence si peu importante. Tout ce que j'ai pu apprendre, c'est qu'un étranger a été remarqué rôdant d'une façon suspecte autour de la propriété, que la femme de charge était d'une laideur telle que l'on pouvait présumer qu'il avait quelque autre motif en la courtisant, et qu'il n'a plus été revu dans les environs depuis qu'elle a été renvoyée. Voilà donc pour ce qui concerne cette femme. Je veux espérer qu'aucun ennui ne viendra à Allan de ce côté. Quant aux autres domestiques, Mrs. Blanchard en parle comme de gens de confiance et, selon toute probabilité, ils conserveront leurs places.

Vous ayant dit tout ce qui me paraît important dans la lettre de Mrs. Blanchard, mon devoir est à présent de vous prier, au nom d'Allan et de l'affection que vous avez pour lui, de venir ici et de rester à ses côtés dès que vous pourrez quitter le Somerset. Bien que je ne puisse espérer que mes désirs aient une influence suffisante pour vous déterminer à vous rendre à cette invitation, je dois dire cependant que j'ai mes raisons particulières pour désirer sérieusement votre arrivée. Allan m'a innocemment donné de nouvelles inquiétudes sur mes relations futures avec lui, et j'ai un pressant besoin de vos avis pour les calmer.

La difficulté qui me tracasse a trait à la question du régisseur de Thorpe-Ambrose. Jusqu'à aujourd'hui je savais seulement qu'Allan avait là-dessus des idées bien précises, lesquelles consistaient entre autres, bien curieusement, à mettre en location l'ancien cottage du régisseur pour loger son successeur dans la grande maison. Un mot dit par hasard pendant notre voyage ici a amené Allan à parler plus ouvertement qu'il ne l'avait encore fait, et j'ai appris, à mon grand étonnement, que la personne cause de tous ces changements n'était autre que moi-même !

Il est inutile de vous dire combien je fus sensible à cette nouvelle preuve de bonté d'Allan. La joie que je ressentis d'abord de le voir me donner cette preuve de confiance fut bientôt troublée. Jamais mon passé ne m'a semblé si triste à contempler qu'aujourd'hui, quand je sens combien il m'a rendu impropre à occuper cette place, que j'aurais choisie entre toutes parce qu'elle me mettait au service de mon ami. Je rassemblai mon courage pour lui dire que je ne possédais ni les connaissances ni l'expérience suffisante des affaires. Il répondit à ces objections, en me disant que je pouvais apprendre et il a promis d'envoyer chercher à Londres l'ancien régisseur pour qu'il me mit au courant.

Pensez-vous, vous aussi, que je pourrai apprendre ? Si vous le croyez, je travaillerai nuit et jour pour m'instruire. Mais si, comme je le crains, les devoirs d'un régisseur sont d'une nature trop sérieuse pour devenir promptement familiers à un homme si jeune et si inexpérimenté que moi, alors, je vous en prie, hâtez votre voyage à Thorpe-Ambrose, et employez votre influence sur Allan ; il ne faudra rien de moins pour le décider à renoncer à moi, et à chercher quelqu'un de plus capable. Je vous en prie, je vous en supplie, agissez en cette affaire comme vous le jugerez bon pour les intérêts d'Allan. Quels que soient les regrets que je pourrai en éprouver, il n'en verra rien. Croyez-moi, cher monsieur Brock, votre reconnaissant,

OZIAS MIDWINTER.

P.S. – Je rouvre ma lettre pour vous dire un mot. Si vous avez entendu parler, en quoi que ce soit, ou rencontré, depuis votre retour dans le Somerset, la femme à la robe de soie noire et au châle de Paisley rouge, j'espère que vous voudrez bien ne pas oublier, quand vous m'écrirez, de m'en informer. – O.M.

II. De Mrs. Oldershaw à Miss Gwilt

Magasin de toilettes pour dames,
Diana Street, Pimlico, mercredi.

Ma chère Lydia,

Afin de ne point manquer la poste, je vous écris après une longue journée de fatigue, de ma maison de commerce, sur le papier destiné aux affaires, ayant reçu, depuis que nous nous sommes rencontrées, des nouvelles qu'il me semble utile de vous envoyer sans délai.

Je commencerai par le commencement. Après avoir réfléchi, je suis certaine que vous ferez sagement de ne point parler au jeune Armadale de Madère et de tout ce qui y est arrivé. Votre position était, sans nul doute, des plus fortes vis-à-vis de sa mère. Vous l'avez secrètement aidée à abuser son père, vous avez été renvoyée avec ingratitude, malgré votre jeune âge, après avoir servi ses desseins, et quand vous vous êtes présentée soudain devant elle, après une séparation de plus de vingt ans, vous l'avez trouvée malade, ayant un fils déjà grand, qu'elle avait tenu dans une ignorance absolue de l'histoire de son mariage.

Avez-vous ces avantages sur le jeune gentleman qui lui a survécu ? Si ce n'est pas un idiot, il refusera de croire à des révélations entachant la mémoire de sa mère, et quand il verra que vous n'avez pas, après si longtemps, de preuves à lui donner, c'en sera fini de votre exploitation de la mine d'or Armadale. Comprenez bien ! Je ne nie pas que la lourde dette d'obligation de la vieille dame, après ce que vous fîtes pour elle à Madère, reste due encore, et que le fils ne doive l'acquitter maintenant que la mère vous a glissé entre les doigts. Seulement pressurez-le de la bonne manière, ma chère, c'est ce que je me permets de vous suggérer. Pressurez-le comme il faut.

Et quelle est la bonne manière ? Cette question m'amène à mes nouvelles.

Avez-vous repensé à votre autre projet d'essayer de mettre la main sur cet heureux gentleman par le seul moyen de votre bonne mine et de votre esprit ? Cette idée a grandi dans mon esprit si étrangement depuis votre départ que j'ai fini par envoyer un billet à mon homme d'affaires pour que le testament par lequel Mr. Allan Armadale a gagné sa fortune soit examiné par le Collège des docteurs en droit[1]*. Il en est résulté quelque chose d'infiniment plus satisfaisant et encourageant que vous et moi n'aurions jamais pu l'espérer. Après le rapport que m'a fait le juriste, il ne peut y avoir de doute sur ce que vous devez faire. En deux mots, Lydia, prenez le taureau par les cornes, et épousez-le !*

Je suis très sérieuse. Il mérite plus que vous ne pensez que vous tentiez l'aventure. Persuadez-le seulement de vous faire Mrs. Armadale, et vous pourrez défier toutes les découvertes ultérieures. Aussi longtemps qu'il vivra vous pourrez lui dicter vos conditions, et le testament vous donne, en dépit de tout ce qu'il pourrait dire ou faire, que vous ayez ou n'ayez pas d'enfants, un revenu sur ses propriétés de douze cents livres par an votre vie durant. Il n'y a point de doute là-dessus, l'avocat lui-même a examiné le testament. Bien sûr Mr. Blanchard avait mis cette clause pour son fils et la veuve de son fils, mais comme elle n'est limitée à aucun héritier nommé et n'est révoquée nulle part, elle existe aussi bien maintenant pour le jeune Armadale qu'elle eût existé en d'autres circonstances pour le fils de Mr. Blanchard. Quelle bonne chance pour vous, après tous les dangers que vous avez courus, d'être maîtresse de Thorpe-Ambrose, s'il vit, et d'avoir un revenu pour la vie, s'il meurt ! Accrochez-le, ma pauvre chère, accrochez-le à tout prix.

J'imagine que, quand vous lirez cela, vous ferez la même objection que vous me fîtes l'autre jour, lorsque nous en parlions, je veux parler de votre âge.

Maintenant, ma bonne amie, écoutez-moi. La question n'est pas de savoir si vous avez eu ou non trente-cinq ans à votre dernier anniversaire – nous admettrons la terrible vérité et dirons que vous les avez –, mais de savoir si vous paraissez ou non votre âge véritable. Mon opinion là-dessus doit être une des plus compétentes de Londres. J'ai vingt années d'expérience, et j'ai souvent remis à neuf de vieux

1 *The Collège of Doctors of Civil Law :* institution londonienne qui traitait notamment des questions relatives aux mariages et aux testaments.

visages flétris et ruinés par l'âge. Je m'y connais donc, et j'affirme que vous ne paraissez pas avoir un jour de plus que trente ans, si encore vous les paraissez. Si vous suivez mes conseils sur la manière de vous habiller et si vous employez deux ou trois de mes recettes, je vous réponds que vous perdrez au moins trois ans. Je consens à perdre tout l'argent que je vous prêterai si, lorsque je vous aurai rendu votre jeunesse grâce à ma magie, vous avez plus de vingt-sept ans, à n'importe quels yeux d'homme vivant, excepté bien entendu aux premières heures du matin, dans l'anxiété du réveil : mais alors, ma chère, vous pouvez bien être vieille et laide impunément dans votre cabinet de toilette.

Mais, me direz-vous, supposons tout cela, je suis toujours de cinq bonnes années plus âgée que lui, et voilà qui est contre moi dès le départ. En êtes-vous si sûre ? Je ne doute pas que votre expérience personnelle vous ait montré que la plus ordinaire de toutes les faiblesses chez les jeunes gens de l'âge de cet Armadale est de s'éprendre de femmes plus vieilles qu'eux. Quels sont les hommes qui savent réellement nous apprécier dans la fleur de notre jeunesse ? (Et je sais ici de quoi je parle, ayant pas plus tard qu'aujourd'hui gagné cinquante guinées pour avoir réussi à planter cette fleur de la jeunesse sur les épaules fripées d'une femme assez âgée pour être votre mère.) Quels sont ceux, dis-je, qui sont disposés à nous adorer quand nous sommes encore de simples bébés de dix-sept ans ? Les jeunes gentlemen eux aussi dans la fleur de leur jeunesse ? Non ! les vieux scélérats qui sont du mauvais côté de la quarantaine !

Et quelle est la morale de ceci, comme disent les livres de contes ? La morale, c'est qu'avec une tête comme celle que vous avez sur les épaules, toutes les chances sont en votre faveur. Si vous envisagez votre position isolée, si vous savez quelle charmante femme (aux yeux des hommes) vous pouvez être quand vous le voulez, et si votre vieille résolution est réellement revenue après ce fol accès de désespoir à bord du steamer (assez naturel cependant, je l'avoue, dans votre terrible situation), vous n'aurez pas besoin que je vous persuade davantage de tenter l'aventure. Comme les choses s'arrangent ! Si l'autre jeune benêt ne s'était pas jeté à votre secours dans le fleuve, notre second benêt n'eut jamais eu la propriété. Il semble réellement que le sort ait décidé que vous seriez Mrs. Armadale de Thorpe-Ambrose.

Et, comme dirait le poète, « qui peut maîtriser sa destinée ? »[1].

Écrivez-moi une ligne, pour dire oui ou non.

Votre affectionnée vieille amie,

MARIA OLDERSHAW.

III. De Mrs. Gwilt à Miss Oldershaw

Richmond, vendredi.

Ma vieille commère,

Je ne veux dire ni oui ni non avant d'avoir tenu une longue consultation devant mon miroir. Si vous éprouviez un intérêt réel pour quelque autre que votre satanée personne, vous comprendriez que la simple idée de me remarier (après ce que j'ai éprouvé déjà) me fait frissonner.

Mais je ne vois aucun inconvénient à ce que vous m'envoyiez quelques renseignements en attendant le résultat de mes réflexions. Vous avez encore vingt livres sterling provenant des objets que vous avez vendus pour moi Envoyez-en dix ici pour mes dépenses, par un mandat sur la poste, et employez les dix autres à prendre des informations secrètes à Thorpe-Ambrose. Je désire savoir quand les deux femmes Blanchard partent, et quand le jeune Armadale remuera les cendres éteintes dans le foyer de la famille. Êtes-vous bien sûre qu'il sera aussi facile à mener que vous le supposez ? S'il tient de son hypocrite mère, je puis vous dire ceci : Judas Iscariote est revenu au monde.

Je suis très bien dans ce logement. Il y a des fleurs dans le jardin, et je m'éveille agréablement le matin au chant des oiseaux. J'ai loué un assez bon piano. Le seul homme pour lequel j'aie un brin d'intérêt – ne vous alarmez point : il est couché dans sa tombe depuis bien des années, sous le nom de Beethoven – me tient compagnie dans mes heures solitaires. La logeuse m'honorerait aussi de sa société si je le lui permettais, mais je déteste les femmes. Le nouveau vicaire a rendu visite à l'autre locataire hier, et est passé près de moi sur la pelouse en sortant. Mes yeux n'ont encore rien perdu, à ce qu'il semble, bien que j'aie trente-cinq ans, car le pauvre homme a rougi lorsque je l'ai regardé ! De quelle sorte de couleur pensez-vous qu'il fut devenu, si

1 Shakespeare, *Othello*, V, 2.

un des petits oiseaux du jardin lui eût murmuré à l'oreille la véritable histoire de la charmante Miss Gwilt ?

Au revoir, mère Oldershaw. Je suis certaine de n'avoir aucune affection pour vous ni pour qui que ce soit ; mais il est d'usage de mentir à la fin d'une lettre, n'est-ce pas ? Et si vous êtes « mon affectionnée vieille amie » je dois naturellement être

Votre affectionnée,

LYDIA GWILT.

P.S. – Gardez vos odieuses poudres, vos peintures et vos crèmes de toilette pour les vieilles épaules de vos clientes. Si vous désirez réellement m'être utile, trouvez-moi quelque calmant pour m'empêcher de grincer des dents pendant mon sommeil. Je les casserai une de ces nuits, et alors je me demande ce que deviendra ma beauté ? – L.W.

IV. De Mrs. Oldershaw à Miss Gwilt

Magasin de toilettes pour dames,
mercredi.

Ma chère Lydia,

Il est mille fois à regretter que votre lettre n'ait pas été adressée à Mr. Armadale ; votre gracieuse audace l'eût charmé. Elle ne m'impressionne pas, j'y suis trop habituée. Pourquoi gaspiller votre esprit, mon amour, sur votre impénétrable Oldershaw ? Cela fait un peu de bruit et passe. Voulez-vous être sérieuse la prochaine fois ? J'ai pour vous des nouvelles de Thorpe-Ambrose avec lesquelles il ne faut point jouer.

Une heure après avoir reçu votre lettre, je me suis mise en quête, ne sachant point ce qui en pouvait résulter. J'ai cru plus sûr de commencer dans l'ombre au lieu d'employer les gens que j'ai à ma disposition et qui nous connaissent toutes deux. Je me suis rendue à l'agence d'investigations privées de Shadyside Place, et j'ai remis l'affaire entre les mains de l'inspecteur, sans parler de vous en aucune façon. Ce n'était pas procéder de la manière la plus économique, je l'avoue, mais c'était le moyen le plus prudent, ce qui est tout à fait essentiel.

L'inspecteur et moi nous sommes compris en dix minutes, et la personne qu'il fallait, un jeune homme de l'air le plus innocent du monde, m'a été présenté immédiatement. Une heure après, il partait pour Thorpe-Ambrose. Je suis retournée à l'agence samedi après-midi, lundi après-midi et aujourd'hui ; ce n'est qu'aujourd'hui qu'il y a eu des nouvelles : j'ai trouvé notre agent qui revenait de la campagne, et attendait pour me rendre compte de son excursion dans le Norfolk.

Avant tout, je vous tranquilliserai au sujet des deux questions que vous me faites. J'ai reçu des réponses sur l'une et sur l'autre. Les femmes Blanchard sont parties pour l'étranger depuis le treize, et le jeune Armadale est maintenant quelque part en mer, sur son yacht. On parle à Thorpe-Ambrose de lui faire une réception publique et d'assembler les grosses têtes des environs pour en régler le cérémonial.

Les discours à préparer et l'embarras fait en ces occasions prenant généralement beaucoup de temps, la réception ne sera probablement point prête avant la fin du mois.

Si notre messager s'était arrêté là, je pense qu'il eût déjà bien gagné son argent. Mais l'innocent jeune homme a pris ses informations en véritable jésuite, ayant cet avantage sur tous les prêtres papistes que j'ai rencontrés qu'il n'a pas la ruse et l'astuce écrites sur son visage. Pour obtenir ses renseignements, il s'est adressé adroitement à la femme la plus laide de la maison : « Quand elles sont jolies, dit-il, elles peuvent choisir et perdent un temps précieux à se décider pour un amoureux ; les laides, au contraire, se jettent sur celui qui se présente, comme un chien affamé sur un os ». Agissant d'après cet excellent principe, notre agent a réussi après quelques atermoiements, à entrer en contact avec la femme de charge de Thorpe-Ambrose et à capter sa confiance dès la première entrevue. Il a fait parler cette femme, et a été bientôt au courant des bavardages de l'office. La plus grande partie n'avait aucune importance, mais j'ai écouté patiemment ce qu'il m'a répété, et j'ai fait enfin une précieuse découverte. La voici :

Il paraît qu'il y a un élégant cottage sur les terres de Thorpe-Ambrose. Pour quelque raison inconnue, le jeune Armadale a décidé de le louer, et un locataire s'y est déjà établi. C'est un pauvre major à demi-solde, du nom de Milroy ; un brave homme en définitive, qui consacre ses loisirs à la mécanique et dont la vie domestique est encombrée d'une femme malade et alitée, qui n'a encore été vue par personne. Bien ! Et que résulte-t-il de ceci ? allez-vous demander avec cette impatience pétillante qui vous va si bien. Ma chère Lydia, ne pétillez pas encore. Les affaires de famille de cet homme nous intéressent plus que vous ne croyez ; car le malheur veut qu'il ait une fille !

Vous pouvez imaginer combien j'ai questionné notre agent, et combien il a fouillé sa mémoire, quand j'ai eu fait cette découverte. Si le Ciel est responsable du bavardage des femmes, le Ciel soit loué ! De Miss Blanchard à sa caméριste, de cette dernière à la femme de chambre de la tante de Miss Blanchard, de celle-ci à la vilaine femme de charge, de la vilaine femme de charge à notre innocent jeune homme, le courant des caquets a fini par arriver dans le bon réservoir, et la mère Oldershaw, fortement altérée, a tout bu.

En termes clairs, ma chère, voici où en sont les choses : la fille du major est une coquette qui vient d'avoir seize ans. Vive, rieuse et jolie (détestable petite misérable !), mal habillée (le Ciel soit loué !) et manquant de manières (le Ciel soit loué encore !). Elle a été élevée dans la maison paternelle. Sa gouvernante a quitté la maison avant l'installation de la famille dans le collage de Thorpe-Ambrose. Son éducation a grand besoin d'une dernière touche, et le major ne sait pas au juste ce qu'il doit faire. Aucun de ses amis n'a pu lui recommander une autre gouvernante, et il ne peut se décider à envoyer la jeune fille en pension. Les choses en sont là, et c'est ainsi que le major les a expliquées dans une visite que lui et sa fille ont faite aux dames de Thorpe-Ambrose.

Vous possédez maintenant les nouvelles promises, et vous aurez peu de difficultés, je pense, à reconnaître comme moi que l'affaire Armadale doit se décider immédiatement, d'une façon ou d'une autre. Si avec votre avenir désespéré, et ce que j'appellerai vos droits de famille sur ce jeune homme, vous vous décidez à y renoncer, j'aurai le plaisir de vous envoyer le solde de votre compte avec moi (vingt-sept shillings), et je serai alors libre de me livrer entièrement à mes petites affaires. Si au contraire, vous vous décidez à tenter votre chance à Thorpe-Ambrose, alors (car il n'y a pas l'ombre d'un doute que la mijaurée du major mettra son grappin sur le jeune squire), je serai contente d'apprendre comment vous pensez vous tirer de la double difficulté d'enflammer Mr. Armadale et d'éclipser Miss Milroy.

Votre affectionnée,

MARIA OLDERSHAW.

V. De Mrs. Gwilt à Miss Oldershaw. *(première réponse)*

Richmond, mercredi matin.

Madame Oldershaw,

Envoyez-moi mes vingt-sept shillings, et occupez-vous de vos affaires personnelles.

Votre L.C.

VI. De Mrs. Gwilt à Miss Oldershaw. *(seconde réponse)*

Mercredi soir.

Chère vieille amour,

Gardez les vingt-sept shillings et brûlez mon autre lettre. J'ai changé d'avis.

J'ai écrit d'abord après une horrible nuit. J'écris cette fois après avoir fait une promenade à cheval, bu un verre de bordeaux et mangé une aile de poulet. Cette explication suffit-elle ? Dites-moi oui, je vous prie, car je désire retourner à mon piano.

Non. Je ne puis encore m'y remettre. Il me faut d'abord répondre à vos questions. Mais êtes-vous réellement assez simple pour vous imaginer que je ne vois pas à travers vous et votre lettre ? Vous savez aussi bien que moi que l'embarras du major est notre chance, mais vous désirez que je prenne la responsabilité de parler la première, n'est-ce pas ? Supposez que je m'y prenne comme vous par un chemin détourné, et que je dise : « Je vous en prie, ne me demandez pas comment je me propose d'enflammer Mr. Armadale et d'éteindre Miss Milroy ; la question est trop brusque, je ne puis réellement y répondre. Demandez-moi, à la place, si j'ai la modeste ambition de devenir la gouvernante de Miss Milroy ? ». Oui, s'il vous plaît, madame Oldershaw, et si vous acceptez de m'aider en voulant bien répondre de moi.

Voilà pour vous ! Si quelque désastre sérieux arrive (ce qui est bien possible), quelle consolation ce sera de penser que c'est par ma faute !

Maintenant que j'ai fait ceci pour vous, voulez-vous faire quelque chose pour moi ? Je désire rêver à ma fantaisie pendant le peu de temps qu'il me reste probablement à passer ici. Soyez une indulgente mère Oldershaw, et épargnez-moi la fatigue de regarder les tenants et les aboutissants et d'additionner les chances du pour et du contre dans cette nouvelle aventure. Pensez pour moi, enfin, jusqu'à ce que je sois obligée de penser par moi-même.

Je ne veux pas en écrire davantage ou je finirais par dire des choses terribles qui vous déplairaient. Je suis dans une de mes humeurs noires aujourd'hui. Je voudrais avoir un mari à quereller, un enfant à battre, ou quelque chose dans ce genre. Vous êtes-vous quelquefois amusée, par les soirs d'été, à regarder les insectes se brûler à la lumière ! Je le fais souvent Bonsoir, madame Jézabel. Plus vous pourrez me laisser ici, mieux vous ferez. L'air convient à ma santé, et je suis charmante.

L.C.

VII. De Mrs. Oldershaw à Miss Gwilt

Ma chère Lydia,

Une personne de ma position pourrait se blesser du ton de votre dernière lettre. Mais je vous suis si sincèrement attachée ! Et quand j'aime une personne, il est difficile, ma chère, à cette personne de m'offenser ! Ne faites point de si longues promenades à cheval et ne buvez que la moitié d'un verre de bordeaux une autre fois. Je ne dis rien de plus.

Laisserons-nous maintenant notre partie d'escrime pour en venir à de plus sérieuses affaires ? Comme les femmes ont toujours de la peine à s'entendre, surtout quand elles trempent leur plume dans l'encre ! Mais essayons, n'est-ce pas ?

Pour commencer, j'ai compris par votre lettre que vous vous étiez sagement décidée à entreprendre l'affaire de Thorpe-Ambrose, et à prendre dès le départ une excellente position en vous introduisant dans le ménage Milroy. Si les circonstances tournent contre vous, si une autre femme obtient la place de gouvernante (j'aurai à vous dire quelque chose de plus à ce sujet tout à l'heure), vous n'aurez alors d'autre alternative que de faire la connaissance de Mr. Armadale d'une autre manière. En tout cas vous aurez besoin de moi, et par conséquent la première question à régler entre nous sera de savoir ce que je veux et peux faire pour vous aider.

Une femme, ma chère Lydia, avec votre tournure, vos manières, votre adresse et votre éducation, peut s'introduire à volonté dans la société qu'il lui plaît, à condition d'avoir de l'argent et une personne pouvant répondre d'elle à produire en cas de besoin. Commençons par l'argent. Je m'engage à le fournir à condition que vous reconnaissiez mon aide généreusement, si vous gagnez le prix Armadale. Cette promesse de vous souvenir de moi se traduira en chiffres bien lisibles sur le papier de mon notaire, afin que nous puissions régler et signer nos conventions sans délai la prochaine fois que nous nous verrons à Londres.

Et maintenant arrivons à la recommandation. Ici encore, mes services sont à votre disposition, mais à une condition. La voici : c'est que vous vous présenterez à Thorpe-Ambrose sous le nom que vous avez repris depuis cette terrible affaire de votre mariage, je veux dire votre nom de jeune fille, celui de Gwilt. Je n'ai qu'un motif en insistant là-dessus : je désire ne courir aucun risque inutile. Mon expérience comme confidente et conseil de mes clientes, en divers cas délicats et romanesques, m'a montré qu'un nom d'emprunt est, neuf fois sur dix, une inutile et dangereuse précaution. Rien ne peut vous engager à en prendre un faux que la crainte d'être découverte par le jeune Armadale, et nous sommes heureusement à l'abri de cette crainte grâce à la conduite de sa mère, qui n'a jamais parlé de ses anciennes relations avec vous, ni à son fils ni à personne.

Mon ultime souci, ma chère, concerne les chances que vous avez de vous introduire dans la maison du major Milroy comme gouvernante.

Une fois dans la place, avec vos talents de musicienne et votre connaissance des langues, si vous pouvez vaincre votre humeur, vous êtes sûre d'y rester. Ma seule crainte, dans l'état actuel des choses, est que vous ne puissiez obtenir la place. Dans l'embarras où est le major pour l'éducation de sa fille, il est probable, je pense, qu'il aura recours aux annonces afin de demander une gouvernante. Mettons qu'il passe une annonce, quelle adresse donnera-t-il pour les réponses ?

C'est là qu'est le véritable nœud de la question. S'il donne son adresse à Londres, c'en est fait de vos chances, pour cette simple raison que nous ne pourrons distinguer cette annonce de toutes celles qui demandent également, des gouvernantes pour des maisons londoniennes. Si, au contraire, notre bonheur veut qu'il envoie ses correspondants à un magasin, à une agence ou à n'importe quel endroit à Thorpe-Ambrose, nous reconnaîtrons sans difficulté son annonce. Dans ce cas, je ne doute point, avec ma recommandation, de vous voir pénétrer dans la famille Milroy. Nous avons un grand avantage sur les autres femmes qui se présenteront. Grâce à mes renseignements, je sais que le major est pauvre ; nous fixerons donc notre salaire à une somme qui le tentera certainement. Quant au style de la lettre, si vous et moi nous n'écrirons pas une demande de la plus intéressante modestie pour la place vacante, je voudrais savoir qui le pourrait faire ?

Mais tout ceci appartient encore à l'avenir. Pour le moment, mon avis est : restez où vous êtes, et rêvez à votre gré, jusqu'à ce que vous ayez de mes nouvelles. Je lis le Times régulièrement, et vous pouvez vous en rapporter à mon œil vigilant pour ne pas manquer l'annonce. Nous pouvons heureusement, laisser le major prendre son temps, sans nuire à nos intérêts ; il n'y a pas à craindre que la jeune fille vous devance. La réception, nous le savons, ne sera point prête avant la fin du mois, et nous devons compter sur la vanité du jeune Armadale pour le retenir loin de sa maison tant que les flatteurs ne seront pas assemblés pour le recevoir.

Il est drôle, n'est-ce pas, de songer combien de choses dépendent de la décision de cet officier en demi-solde ? Pour ma part, je m'éveillerai maintenant chaque matin, en me posant la même question : si l'annonce du major paraît, dans les journaux, quelle adresse donnera-t-il, Thorpe-Ambrose ou Londres ?

Toujours, chère Lydia, votre affectionnée,

MARIA OLDERSHAW.

II. Allan propriétaire

De bonne heure, le lendemain de sa première nuit à Thorpe-Ambrose, Allan se leva et examina la vue de la fenêtre de sa chambre à coucher, étonné de se trouver étranger dans sa propre maison. La chambre à coucher donnait au-dessus de la grande porte de la façade, avec son portique, sa terrasse, ses escaliers et, plus loin encore, la large courbe du parc bien boisé fermant la perspective. Le brouillard du matin estompait légèrement les arbres lointains, et les vaches paissaient familièrement près de la barrière de fer qui séparait le parc de la promenade sur le devant de la maison.

« Tout cela m'appartient, pensa Allan, ouvrant des yeux étonnés à la vue de ses possessions. Que je sois pendu si je puis me mettre cela dans la tête ! Tous cela est à moi ».

Il s'habilla, quitta sa chambre, et sortit dans le corridor conduisant à l'escalier et au salon, en ouvrant les portes devant lesquelles il passait. Les pièces, dans cette partie de la maison, étaient toutes des chambres à coucher, chacune dotée de son cabinet de toilette, claires, spacieuses, élégamment meublées, et toutes inhabitées à l'exception de celle occupée par Midwinter. Celui-ci dormait encore lorsque son ami se leva, ayant veillé tard pour écrire sa lettre à Mr. Brock.

Allan marcha jusqu'au bout du premier corridor, tourna à angle droit dans le second et gagna le palier du grand escalier. « Rien de romanesque ici », se dit-il, en regardant le magnifique tapis qui recouvrait les marches de pierre de l'escalier du hall. « Rien pour émouvoir les nerfs inquiets de Midwinter dans cette maison ». Il avait raison, et pour une fois sa façon légère d'appréhender les choses ne l'avait pas trompé. La demeure de Thorpe-Ambrose (bâtie après la démolition du vieux manoir) avait à peine cinquante ans d'âge, et elle n'offrait rien de pittoresque, rien qui fût susceptible en aucune façon d'inspirer le mystère. C'était simplement une maison de campagne tout à fait traditionnelle, un produit de l'idéal classique, judicieusement adapté aux normes du mercantilisme anglais. Vue de l'extérieur, elle présentait l'apparence d'une manufacture moderne, essayant de ressembler à un ancien temple ; vue de l'intérieur, c'était une merveille de luxe et de confort.

« Et c'est très bien, pensa Allan en descendant gaiement le riche escalier, le diable emporte le mystère et le romanesque ! Va pour la propreté et le confort, voilà ce que je dis ! »

Arrivé dans le hall, le nouveau maître de Thorpe-Ambrose hésita et regarda autour de lui, hésitant sur le côté vers où se diriger. Les quatre pièces de réception au rez-de-chaussée ouvraient sur le hall. Allan poussa par hasard la porte de droite, et se trouva dans le salon. Les premiers signes de vie apparurent là sous une forme des plus attrayantes. Une jeune fille était seule en possession de la place. Le plumeau qu'elle tenait à la main indiquait qu'elle appartenait au service de la maison : mais à ce moment, elle était occupée à contempler son visage dans la glace.

— Là, là, que je ne vous effraye pas, dit Allan en voyant la jeune fille s'éloigner précipitamment de la glace avec confusion. Je suis tout à fait de votre avis, ma chère, votre figure vaut la peine d'être regardée. Qui êtes-vous ? Oh ! la bonne ? Et quel est votre nom ? Susan, hein ? Venez ! J'aime votre nom pour commencer. Savez-vous qui je suis, Susan ? Je suis votre maître, même si cela ne se voit pas. Votre moralité, votre probité ? Ah oui ! Mrs. Blanchard m'a donné de très bons renseignements sur vous. Vous resterez ici, n'ayez pas peur. Et vous serez une bonne fille, Susan, et vous porterez de jolis bonnets et de jolis tabliers avec beaucoup de rubans, et vous serez coquette et charmante, et vous épousseterez les meubles, n'est-ce pas ?

Après cet exposé des devoirs d'une bonne, Allan retourna dans le hall. Un domestique se présenta, et salua comme il convient à un vassal en jaquette de toile devant son seigneur et maître.

— Et vous, qui pouvez-vous être ? demanda Allan. Vous n'êtes pas celui qui nous a reçus hier ? Je ne pense pas. Le second valet de chambre, hein ? Votre caractère ? Ah, oui ! je sais qu'il est bon. Vous restez ici, bien entendu. Vous pouvez me servir, n'est-ce pas ? Au diable ! je préfère mettre mes habits moi-même, les brosser quand ils sont sur moi, et si je savais seulement comment cirer mes bottes, par saint Georges, j'aimerais m'en occuper moi-même ! Quelle est cette pièce ? La salle du petit déjeuner, non ? Et voici la salle à manger, bien sûr ! Juste Ciel ! quelle table ! elle est plus longue que mon yacht. Que disais-je ? À propos, quel est votre nom ? Richard ? Bien, Richard, le bateau que je conduis est de ma propre fabrication. Que pensez-vous de cela ? Vous me semblez juste l'homme qu'il me faudrait pour économe à bord. Si vous n'êtes pas malade en mer… oh ! vous l'êtes ? Eh bien, alors, n'en parlons plus. Et quelle est cette pièce-ci ? Ah, oui ! la bibliothèque, évidemment. Elle sera plus à l'usage de Mr. Midwinter qu'au mien. Mr. Midwinter est le gentleman qui est arrivé ici hier avec moi, et rappelez-vous ceci, Richard, vous devez tous le respecter autant que moi-même. Où sommes-nous, maintenant ? Quelle est cette porte, là derrière ? La salle de billard, et le fumoir, hein ? Très joli ! Une autre porte ! d'autres escaliers ! Où cela va-t-il ? Et qui arrive maintenant ? Prenez votre temps, madame ; vous n'êtes plus aussi jeune que vous l'avez été. Prenez votre temps.

La personne objet de la sollicitude d'Allan était une vieille femme corpulente, à l'allure maternelle. Quatorze marches seulement la séparaient du maître de la maison ; elle les descendit avec quatorze haltes et quatorze soupirs. La nature, si capricieuse en toutes choses, l'est remarquablement chez les femmes. Il en est quelques-unes qui font penser tout d'abord aux amours et aux grâces ; d'autres qui suggèrent immédiatement l'idée de la broche et du pot à graisse. Celle-ci appartenait à cette dernière catégorie.

— Enchanté de vous voir si bonne mine, madame, dit Allan à la cuisinière, quand celle-ci se présenta dans la majesté de sa charge. Votre nom est Gripper, je crois ? Je vous regarde, madame Gripper, comme une des personnes les plus précieuses de la maison, pour cette raison que nul n'a un aussi bon appétit que moi. Mes instructions ? Oh, non ! je n'ai point d'instructions à donner. Je vous laisse libre. Je vous recommande seulement des soupes succulentes et des viandes cuites dans leur jus. Voilà mes principes culinaires en deux mots. Attention ! Voici encore quelqu'un. Ah, bien sûr ! le maître d'hôtel, autre précieux personnage ! Nous essayerons consciencieusement de tous les vins du cellier, monsieur le maître d'hôtel, et si je ne puis vous donner une opinion saine après cela, nous recommencerons. En parlant de vin… Oh ! voici encore d'autres gens ! Là, là, ne vous dérangez pas. J'ai eu de bons renseignements sur vous tous, et vous restez ici avec moi. Qu'est-ce que je disais tout à l'heure ? Quelque chose sur le vin ? C'est cela. Vous savez, monsieur le maître d'hôtel, que ce n'est pas tous les jours qu'un nouveau maître s'installe avec vous à Thorpe-Ambrose ; aussi je désire débuter le mieux possible. Que les domestiques aient de quoi se réjouir en bas pour célébrer mon arrivée, et qu'ils puissent boire à ma santé autant qu'ils le voudront ! C'est un pauvre cœur, Mrs. Gripper, que celui qui ne se réjouit jamais, n'est-ce pas ? Non, je ne veux pas visiter le cellier maintenant. Je veux sortir et respirer l'air frais avant le déjeuner. Où est Richard ? Ah ! ça, j'ai bien un jardin quelque part ? De quel côté est-il ? De celui-ci ? Inutile de m'accompagner. J'irai seul, Richard, et je me perdrai, si je le puis, dans ma propriété.

En disant ces mots, Allan descendit les marches du perron en sifflant gaiement. Il était entièrement satisfait de la façon dont il venait de se tirer de son premier contact avec le personnel.

« Il y a des personnes qui parlent de la difficulté de gouverner les domestiques, pensa Allan. Pourquoi donc ? Je ne vois là rien de difficile ».

Il ouvrit une porte et, suivant les indications du valet de chambre, entra dans la plantation d'arbrisseaux qui abritait les jardins de Thorpe-Ambrose.

« Voici un endroit idéalement ombragé pour fumer un cigare, se dit Allan tout en se promenant les mains dans les poches ; je voudrais pouvoir me persuader que tout cela est réellement à moi ».

La plantation d'arbrisseaux ouvrait sur un vaste parterre inondé d'un radieux soleil d'été. D'un côté, une arcade, pratiquée dans le mur, conduisait au jardin fruitier. D'un autre, une terrasse de gazon menait à un terrain plus bas, dessiné à l'italienne. En regardant les fontaines et les statues, Allan atteignit une autre plantation. Jusque-là, pas une créature humaine ne s'était montrée, mais, en s'avançant, il lui sembla entendre parler de l'autre côté du feuillage.

Il s'arrêta et écouta. Deux voix se faisaient entendre distinctement, l'une âgée et très déterminée, la seconde plus jeune, en apparence très en colère.

— C'est inutile, mademoiselle, disait la plus âgée : je ne dois ni ne veux permettre cela. Que dirait Mr. Armadale ?

— Si Mr. Armadale est le gentleman que j'imagine, vieux cerbère que vous êtes, répondit l'autre voix, il dirait : « Venez dans mon jardin, Miss Milroy, aussi souvent que vous le voudrez, et cueillez autant de bouquets qu'il vous plaira ».

Les yeux bleus d'Allan brillèrent malicieusement ; il se glissa doucement jusqu'à l'extrémité de la plantation, tourna vivement l'angle et, sautant par-dessus une barrière assez basse, il se trouva dans un joli petit enclos traversé par une allée sablée. À une faible distance, une jeune demoiselle, de dos, essayait de se faire livrer passage par un vieillard qui, le râteau à la main, se tenait obstinément devant elle et secouait la tête.

— Venez dans mon jardin, Miss Milroy, autant que vous le voudrez, et cueillez autant de bouquets qu'il vous plaira, cria Allan, répétant les paroles de la jeune fille.

Elle se retourna en poussant un cri ; sa robe de mousseline, qu'elle avait rassemblée devant elle, lui échappa des mains, et une prodigieuse moisson de fleurs se répandit sur l'allée sablée.

Avant qu'un autre mot eût été prononcé, l'inexorable vieillard s'avança et, avec un sang-froid parfait, entama la discussion à sa convenance, comme si rien n'était arrivé et comme si personne d'autre que le maître n'était présent.

— Je vous souhaite la bienvenue à Thorpe-Ambrose, monsieur, dit le doyen des jardins. Mon nom est Abraham Sage. Je suis employé dans cette propriété depuis plus de quarante ans, et j'espère que vous voudrez bien me conserver ma place.

Ainsi parla le jardinier, uniquement préoccupé de ses propres intérêts, et il parla en vain. Allan était à genoux, occupé à ramasser les fleurs éparses sur le sable, tout en examinant Miss Milroy de bas en haut.

Elle était jolie et elle ne l'était point. Elle charmait, désappointait, et finissait par charmer encore. Elle était trop petite et trop forte pour son âge. Et cependant peu d'hommes lui eussent souhaité un autre visage. Ses mains étaient si joliment dodues et potelées qu'il eut été difficile de remarquer la rougeur que leur donnait l'exubérance de la jeunesse et de la santé. Ses pieds demandaient irrésistiblement grâce pour leur chaussure usée et mal faite, et ses épaules se faisaient amplement pardonner les erreurs de la mousseline qui les recouvrait. Ses yeux gris étaient adorables de douceur, d'esprit, de gaieté et de tendresse ; ses cheveux, qu'un mauvais chapeau de jardin laissait voir, étaient d'un brun clair qui faisait ressortir la sombre beauté de ses yeux. Mais quelques imperfections déparaient cet ensemble. Son nez était trop court, sa bouche trop grande, son visage trop rond, trop coloré. La terrible justice de la photographie n'eût point eu de merci pour elle, et les sculpteurs de la Grèce classique l'eussent bannie de leur atelier. Malgré tout cela, la ceinture qui ceignait la taille de Miss Milroy n'en était pas moins la ceinture de Vénus, et la clef qu'elle portait était celle qui ouvre tous les cœurs, si jamais jeune fille fut en possession d'une telle clef. Avant d'avoir ramassé sa seconde brassée de fleurs. Allan était amoureux d'elle.

— Non ! je vous en prie, monsieur Armadale, ne continuez pas, dit-elle, recevant tout en protestant les fleurs qu'Allan faisait pleuvoir avec empressement dans les plis de sa robe. Je suis si honteuse ! Ce n'était pas pour me faire inviter, j'ai parlé sans réflexion, je vous assure. Que puis-je dire pour m'excuser ? Oh ! monsieur Armadale, qu'allez-vous penser de moi ?

Allan saisit l'occasion et lança son compliment avec la troisième poignée de fleurs.

— Je vais vous dire ce que je pense, Miss Milroy, dit-il brusquement, je pense que la plus heureuse promenade que j'aie faite de ma vie est celle de ce matin, puisqu'elle m'a conduit ici.

Il était beau et sérieux. Il ne s'adressait pas à une femme fatiguée d'admiration, mais à une jeune fille entrant dans la vie, et le titre de maître de Thorpe-Ambrose ne lui nuisait en rien. L'air contrit de Miss Milroy se dissipa bientôt. Elle baissa les yeux et regarda en souriant les fleurs dont sa robe était pleine.

— Il faut me gronder, dit-elle, je ne mérite pas de compliments, monsieur Armadale, surtout pas de vous.

— Oh, si ! je vous assure, répliqua l'impétueux Allan en se remettant vivement sur ses jambes, et d'ailleurs ce n'est pas un compliment, ce n'est que vrai. Vous êtes la plus jolie… Je vous demande pardon, Miss Milroy, mes mots ont dépassé ma pensée.

L'un des plus lourds fardeaux qui pèsent sur les épaules féminines, le plus lourd sans doute, surtout quand on n'a que seize ans, est le poids de la gravité. Miss Milroy résista d'abord, puis laissa échapper un rire contenu, résista encore pour enfin reprendre son sérieux.

Le jardinier, qui se tenait toujours là depuis le commencement de l'entretien, attendant imperturbablement l'occasion de glisser un mot, crut le moment favorable pour faire de nouveau valoir ses intérêts :

— Je vous souhaite humblement la bienvenue à Thorpe-Ambrose, monsieur, dit Abraham Sage, recommençant obstinément son petit discours d'introduction. Mon nom…

Avant qu'il eût pu en dire davantage, Miss Milroy regarda par accident la figure entêtée de l'horticulteur et perdit immédiatement sa gravité. Allan, jamais en reste lorsqu'il s'agissait de se laisser aller à la gaieté, joignit franchement ses éclats de rire à ceux de la jeune fille. Le sage homme des jardins ne montra ni surprise ni dépit. Il attendit que le silence se fît, et revint à son idée fixe dès que les jeunes gens s'arrêtèrent pour reprendre souffle :

— Je suis employé ici depuis plus de quarante ans...

— Et vous y resterez encore pendant quarante autres années, si vous voulez seulement vous taire et nous laisser tranquilles ! cria Allan, dès qu'il put parler.

— Merci bien, monsieur, dit le jardinier avec la plus grande politesse, mais ne paraissant en aucune façon prêt à se taire ou à s'éloigner.

— Eh bien ? dit Allan.

Abraham Sage toussa pour s'éclaircir la voix et changea son râteau de main. Il baissa les yeux sur ce précieux instrument avec un intérêt grave, une profonde attention. On eût dit qu'il contemplait non pas le manche de son instrument mais une large perspective au bout de laquelle se trouvait encore une préoccupation personnelle.

— Quand il vous plaira, reprit l'imperturbable individu, je désire respectueusement avoir l'honneur de vous parler au sujet de mon fils. Peut-être serez-vous mieux disposé dans le cours de la journée ? Mes humbles devoirs, monsieur, et mes meilleurs remerciements. Mon fils est un homme sobre ; il est habitué aux écuries, et appartient à l'Église d'Angleterre.

Ayant ainsi provisoirement planté sa progéniture dans l'estime de son maître, Abraham Sage chargea son outil sur son épaule, et s'éloigna en boitant.

— Si c'est là un échantillon de vieux serviteur fidèle, dit Allan, je préférerais courir la chance d'être trompé par un autre. Mais vous ne serez plus ennuyée par lui, Miss Milroy, je vous le promets. Toutes les plates-bandes du parterre sont à votre disposition, et tous les fruits du jardin fruitier sont à vous, si vous voulez bien seulement venir les manger.

— Oh ! monsieur Armadale, combien vous êtes aimable, comment puis-je vous remercier ?

Allan vit l'occasion de placer un autre compliment ; mais celui-ci dissimulait un piège.

— Vous pouvez me rendre un immense service, dit-il ; vous pouvez m'aider à me faire voir mes propriétés sous un jour des plus agréables.

— Moi ! mais comment ? demanda innocemment Miss Milroy.

Allan referma judicieusement le piège qu'il venait de tendre par ces mots :

— En voulant bien m'accompagner dans cette promenade matinale.

Il parla, sourit et offrit son bras.

Elle sentit bien la galanterie. Ayant appuyé sa main sur le bras d'Allan, elle rougit, hésita, puis le retira brusquement.

— Je pense que ce n'est pas tout à fait bien, monsieur Armadale, dit-elle en regardant avec une grande attention sa collection de fleurs. Ne devrions-nous pas avoir quelqu'un avec nous ? N'est-il pas inconvenant de prendre votre bras, vous connaissant si peu ? Je suis obligée de poser la question, mon éducation laisse tant à désirer, et je ne connais pas le monde. Un des amis de papa a dit une fois que mes manières étaient trop hardies pour mon âge ; qu'en pensez-vous ?

— Je trouve très heureux que l'ami de votre père ne soit pas ici en ce moment, répondit Allan. Je me querellerais avec lui bien certainement. Quant à ce qui est du monde, Miss Milroy, personne ne le connaît moins que moi ; mais si nous avions une gouvernante avec nous, je vous dirais que je la trouverais tout à fait déplacée. Ne voulez-vous pas ? continua-t-il d'une voix suppliante, en offrant son bras pour la seconde fois. Je vous en prie !

Miss Milroy le regarda du coin de l'œil.

— Vous êtes aussi méchant que le jardinier, monsieur Armadale.

Elle baissa encore les yeux dans un nouvel accès d'indécision.

— Je suis sûre que je ne devrais pas le faire, dit-elle.

Et elle prit son bras l'instant d'après, sans la moindre hésitation.

Ils s'avancèrent ensemble sur le gazon semé de marguerites, jeunes, gais, heureux, le doux soleil d'été brillant radieux sur leur chemin fleuri.

— Et où allons-nous maintenant demanda Allan ? Dans un autre jardin ?

Elle rit.

— Comme c'est singulier à vous, monsieur Armadale, dit-elle, de ne pas connaître ce qui vous appartient. Est-ce que réellement vous voyez ce matin Thorpe-Ambrose pour la première fois ? Cela semble étrange, incroyable ! Non, non ! ne me faites plus de compliments, vous pourriez me tourner la tête. Laissez-moi me rendre utile. Laissez-moi vous parler de votre propriété. Nous allons passer par cette petite porte qui donne sur une des promenades du parc, ensuite sur le pont rustique, et enfin nous contournerons la plantation. Et où pensez-vous que nous arriverons ? À la maison que j'habite, monsieur Armadale ? au délicieux petit cottage que vous avez loué à papa ? Oh ! si vous saviez comme nous nous sommes trouvés heureux de l'avoir !

Elle se tut, regarda son compagnon, et arrêta un autre compliment sur les lèvres de l'incorrigible Allan.

— Je quitte votre bras, dit-elle avec coquetterie, si vous recommencez. Nous avons été très heureux d'obtenir le cottage, monsieur Armadale. J'ai entendu papa dire qu'il vous était reconnaissant de le lui avoir loué ; et je dis, moi, que je vous ai eu une obligation à mon tour, pas plus tard que la semaine dernière.

— Vous, Miss Milroy ! s'écria Allan.

— Oui ! cela vous surprend peut-être ; mais si vous n'aviez pas loué le cottage à papa, je crois que l'on m'eût fait le chagrin de me mettre en pension.

Allan se rappela la demi-couronne qu'il avait fait rouler sur la table dans la cabine du yacht à Castletown.

« Si elle savait que j'ai consulté le hasard pour cela », pensa-t-il avec remords.

— Je vois que vous ne comprenez pas mon horreur pour la pension, continua Miss Milroy, interprétant dans un autre sens le silence d'Allan. Si j'y avais été dans mon enfance, à l'âge où les autres jeunes filles y vont, cela me répugnerait moins maintenant. Mais c'était l'époque de la maladie de ma mère et des malheureuses spéculations de mon père, et comme il n'avait personne que moi pour le consoler, je suis restée à la maison. Il ne faut pas rire, j'ai été de quelque utilité, je vous assure. J'ai aidé papa à supporter ses chagrins ; je m'asseyais sur ses genoux après dîner, lui demandant de me parler de tous les gens remarquables qu'il avait connus quand il fréquentait le beau monde dans notre pays ou à l'étranger. Sans moi et sans sa pendule…

— Sa pendule ? répéta Allan.

— Ah ! oui, j'aurais dû vous expliquer. Papa a un génie extraordinaire pour la mécanique. Vous le direz aussi, quand vous aurez vu sa pendule. Elle n'est pas si grande bien sûre, mais elle est tout à fait sur le modèle de celle de Strasbourg. Songez un peu ! J'avais huit ans lorsqu'il l'a commencée, et bien que j'en aie seize aujourd'hui, elle n'est pas encore finie. Quelques-uns de nos amis ont été très surpris qu'il s'occupât de pareilles choses au moment où ses embarras ont commencé. Mais il leur a très bien fermé la bouche. Il leur a dit que c'est au moment où ses ennuis commencèrent que Louis XVI se mit à s'occuper de serrurerie. Il n'y avait rien à ajouter à cela.

Elle se tut, rougit, et parut confuse.

— Oh, monsieur Armadale ! dit-elle avec un naïf embarras. Voici encore que je laisse courir ma malheureuse langue. Je vous parle comme si je vous connaissais depuis des années. C'est ce que l'ami de mon père voulait dire quand il me reprochait mes manières hardies. C'est parfaitement vrai. J'ai le défaut de devenir familière avec les gens, lorsqu'ils…

Elle s'arrêta, sur le point de dire : « Lorsqu'ils me plaisent ».

— Non, non ! je vous en prie, continuez, reprit Allan. C'est aussi mon défaut de me lier vite. Et puis, nous devons nous connaître ; nous sommes si proches voisins ! Je suis un garçon assez sauvage, et je ne sais comment vous dire cela… mais je désire que le cottage vive en parfaite entente avec la maison. Voilà ce que je veux, dit en termes impropres… mais, je vous en prie, continuez, Miss Milroy, continuez !

Elle sourit, et hésita.

— Je ne me rappelle pas exactement où j'en étais, reprit-elle. Je me souviens seulement que je désirais vous dire quelque chose. Cela vient, monsieur Armadale, de ce que j'ai accepté votre bras. Je causerais bien mieux si nous marchions séparément. Vous ne voulez pas ? Bien ! Alors, voulez-vous me trouver ce que j'avais à vous dire ? Où en étais-je, avant de parler des ennuis de papa et de sa pendule ?

— À l'école, répliqua Allan, après un prodigieux effort de mémoire.

— Pas à l'école, voulez-vous dire, l'interrompit Miss Milroy, et cela, grâce à vous. Maintenant je puis continuer, je suis très sérieuse, monsieur Armadale, quand je dis que papa m'eût envoyée en pension si vous nous aviez refusé le cottage. Voici comment les choses se sont passées : à notre arrivée ici, Mrs. Blanchard nous fit envoyer un messager pour mettre ses domestiques à notre disposition, si nous en avions besoin. Le moins que mon père et moi nous pussions faire après cela, c'était de lui rendre visite pour la remercier. Nous vîmes Mrs. Blanchard et Miss Blanchard. Madame fut charmante, et mademoiselle était adorable dans ses vêtements de deuil. Je suis sûre qu'elle vous plaît ? Elle est grande, pâle, gracieuse. N'est-ce pas le genre de beauté que vous aimez ?

— En aucune façon, commença Allan. Mon idée de beauté pour le présent…

Miss Milroy le sentit venir et retira sa main de dessous son bras.

— Je veux dire que je n'ai jamais vu ni Mrs. Blanchard ni sa nièce, ajouta Allan en se reprenant vivement.

Miss Milroy, tempérant la justice par la clémence, remit sa main sous le bras d'Allan.

— Comme il est singulier que vous ne la connaissiez pas, reprit-elle. Vous êtes donc étranger à toute chose et à tout habitant de Thorpe-Ambrose ? Je continue. Après que Miss Blanchard et moi eûmes bavardé quelque temps, j'entendis sa tante prononcer mon nom, et immédiatement je retins mon souffle. Elle demandait à papa si j'avais fini mon éducation. La préoccupation de mon père se fit jour aussitôt. Il faut vous dire que ma vieille gouvernante nous a quittés pour se marier quelque temps avant notre installation à Thorpe-Ambrose, et aucune de nos connaissances n'a pu nous en procurer une nouvelle pour un salaire convenable. « Je me suis laissé dire, madame Blanchard, par des gens qui en ont fait l'expérience, dit papa, que par les annonces on courait de grands risques. J'ai pensé alors que dans le mauvais état de santé de Mrs. Milroy, il fallait me décider à envoyer l'enfant en pension. En connaîtriez-vous une dont le prix soit accessible à une petite bourse ? ». Mrs. Blanchard hocha la tête : « Mon expérience à moi, major, dit cette excellente femme, est en faveur des annonces. La gouvernante de ma nièce nous fut procurée par ce moyen, et vous comprendrez le cas que nous faisions d'elle quand vous saurez qu'elle est restée dans notre famille pendant plus de dix années ». Je me serais volontiers mise aux genoux de Mrs. Blanchard en l'entendant parler ainsi. Ces paroles eurent une grande influence sur mon père. « Bien que je vive loin du monde depuis longtemps, ma chère, me dit-il, j'ai vu du premier coup d'œil en Mrs. Blanchard une femme d'une parfaite distinction et d'un grand jugement. Son opinion sur les annonces dans le journal me donne à penser ». Et bien qu'il ne l'ait point avoué ouvertement, je sais qu'il s'est décidé à demander une préceptrice pas plus tard qu'hier soir. Ainsi, si papa vous remercie de lui avoir loué le cottage, monsieur Armadale, je vous remercie aussi ; car, sans vous, nous n'aurions jamais connu la chère Mrs. Blanchard, et sans elle j'aurais été en pension.

Avant qu'Alan eût pu répliquer, ils tournèrent le coin de la plantation d'arbrisseaux et arrivèrent en vue du cottage. Le décrire est inutile, le monde civilisé le connaît déjà. C'est le cottage type, modèle invariable des premières leçons du maître de dessin : avec le chaume bien propre, les plantes grimpantes, les modestes persiennes, le porche rustique et la cage d'oiseaux en osier. Rien ne manquait au tableau.

— N'est-ce pas joli ? dit Miss Milroy. Entrez, je vous prie.

— Le puis-je ? dit Allan. Le major ne trouvera-t-il pas cette visite trop matinale ?

— Matinale ou non, je suis sûre que papa sera enchanté de vous voir.

Elle le précéda avec entrain dans une allée du jardin et ouvrit la porte du parloir. Allan la suivit, et aperçut dans le fond du petit salon un gentleman assis seul devant un bureau de forme ancienne, le dos tourné à son visiteur.

— Papa ! une surprise pour vous, dit Miss Milroy : Mr. Armadale est arrivé à Thorpe-Ambrose, et je l'ai amené pour vous voir.

Le major se retourna, se leva, parut très étonné, se reprit immédiatement et s'avança pour saluer son jeune propriétaire en lui tendant cordialement la main.

Un homme ayant une plus grande expérience du monde qu'Allan et un sens plus aigu de l'observation eût lu l'histoire du major sur sa physionomie. Ses chagrins avaient tracé des sillons sur son visage fatigué et creusé ses joues pâles, profondément ridées. Son attitude absente et son regard vide, tandis que sa fille lui parlait, trahissaient un esprit tout occupé d'une anxiété unique et lancinante. L'instant d'après, quand il eut salué son hôte, la révélation devint complète. Il se mit à briller dans les yeux lourds du major une réminiscence de jeunesse. Le changement qui s'opéra dans ses manières apathiques révélait, à ne s'y pas tromper, un homme formé à l'école du monde, un homme qui depuis s'était résigné, avait enfoui ses peines dans le culte de la mécanique, mais qui se réveillait par intervalles pour se montrer tel qu'il avait été autrefois. Tous les yeux observateurs eussent jugé ainsi le major Milroy, qui se tenait devant Allan au premier jour de leur rencontre, rencontre qui devait peser si lourd dans la vie de ce dernier.

— Je suis bien heureux de vous voir, monsieur Armadale, dit-il du ton tranquille propre à la plupart des hommes dont la vie est solitaire et les occupations monotones. Vous m'avez déjà fait une faveur en m'acceptant pour locataire, et vous m'en faites une autre en me rendant cette visite amicale. Si vous n'avez point déjeuné, permettez-moi de mettre toute cérémonie de côté et de vous demander de prendre place à notre petite table.

— Avec le plus grand plaisir, major, si je ne vous gêne pas, répliqua Allan, enchanté de la réception. J'ai été peiné d'apprendre de mademoiselle votre fille que Mrs. Milroy est souffrante. Peut-être mon arrivée inattendue, la vue d'une figure étrangère…

— Je comprends votre hésitation, monsieur Armadale, dit le major, mais elle est complètement inutile. La maladie de Mrs. Milroy lui interdit tout à fait de quitter la chambre. Le couvert est-il prêt, chérie ? continua-t-il en changeant si brusquement de sujet qu'un meilleur observateur qu'Allan eût soupçonné aussitôt qu'il lui était désagréable.

— Voulez-vous bien faire le thé ?

L'attention de Miss Milroy était visiblement ailleurs, car elle ne répondit point. Pendant que son père et Allan échangeaient des politesses, elle s'était occupée à mettre de l'ordre sur le bureau, et elle examinait les divers objets épars sur le pupitre avec la curiosité d'une enfant gâtée. Le major ne lui avait pas sitôt adressé la parole qu'elle découvrit un morceau de papier caché entre les feuilles du buvard ; elle le prit vivement, le parcourut et se retourna en poussant une exclamation de surprise.

— Est-ce que mes yeux me trompent, papa ? demanda-t-elle, ou étiez-vous réellement occupé à écrire l'annonce quand je suis entrée ?

— Je venais de la finir, répliqua son père. Mais, ma chère, Mr. Armadale est ici, nous attendons le déjeuner...

— Mr. Armadale est au courant ; je lui ai tout dit dans le jardin.

— Ah, oui ! dit Allan. Je vous en prie, ne me traitez pas en étranger, major ; s'il s'agit de la gouvernante, j'ai mérité, d'une manière indirecte, de m'en occuper aussi.

Le major sourit. Avant qu'il pût répondre, sa fille, occupée à lire l'annonce, l'interpella pour la seconde fois :

— Oh ! papa, dit-elle, voici qui ne me plaît pas du tout. Pourquoi mettez-vous les initiales de grand-maman à la fin ? Pourquoi ditesvous d'écrire chez elle, à Londres ?

— Ma chère, votre mère ne peut s'occuper de cette affaire, vous le savez : quant à moi (en supposant que je me rendisse à Londres), questionner de jeunes dames sur leur caractère et leurs talents est la chose du monde dont je suis le moins capable. Votre grand-mère est sur les lieux. C'est donc la personne la plus propre à recevoir les lettres et à prendre les informations nécessaires.

— Mais je désire voir ces lettres moi-même, dit l'enfant gâtée. Il y en a qui seront bien certainement amusantes...

— Je ne m'excuse pas de vous recevoir d'une manière si peu convenable, monsieur Armadale, dit le major en se tournant vers Allan d'un air jovial, car cela vous servira d'avertissement, si jamais vous vous mariez et si vous avez une fille, pour ne pas commencer, comme je l'ai fait, par lui laisser faire toutes ses volontés.

Allan rit ; Miss Milroy insista.

— En outre, continua-t-elle, je voudrais donner mon opinion sur les demandes auxquelles il faut ou ne faut pas répondre. Il me semble que j'ai voix au chapitre quand il s'agit de ma gouvernante. Pourquoi ne pas leur dire, papa, d'écrire ici, poste restante, chez le libraire, ou n'importe où vous voudrez ? Quand vous et moi nous aurons les lettres, nous enverrons celles que nous préférerons à grand-maman ; elle pourra faire toutes les questions et choisir celle qui lui conviendra, absolument comme vous l'avez déjà dit, sans que je reste pour cela dans l'ignorance, ce que je considère – n'est-ce pas, monsieur Armadale ? – comme tout à fait inhumain. Permettez-moi de changer l'adresse, papa. Oui, n'est-ce pas ? Ah ! vous êtes un chéri !

— Nous ne déjeunerons jamais, monsieur Armadale, si je ne dis pas oui, reprit le major en souriant. Faites comme vous voudrez, ma chère, ajouta-t-il en se tournant vers sa fille ; du moment que votre grand-maman est chargée de choisir, le reste est de peu d'importance.

Miss Milroy prit la plume, barra la dernière ligne de l'annonce, et écrivit l'adresse de sa propre main : « Écrire à Mr. M. Poste restante. Thorpe-Ambrose, Norfolk ».

— Là ! s'écria-t-elle en se mettant bruyamment à table, l'annonce peut aller à Londres maintenant, et si elle nous amène une gouvernante… Oh, papa ! je me demande comment elle sera. Thé ou café, monsieur Armadale ? Je suis vraiment honteuse de vous avoir fait attendre. Mais c'est un si grand soulagement, ajouta-t-elle avec un petit air de fierté, de se débarrasser de ses affaires avant le déjeuner.

Le père, la fille et leur invité s'assirent autour de la petite table, les meilleurs amis du monde.

Trois jours plus tard, l'un des petits distributeurs de Londres se débarrassait également de ses affaires avant le déjeuner. Son district incluait Diana Street à Pimlico, et le dernier des journaux du matin qu'il remit fut celui qu'il laissa à la porte de Mrs. Oldershaw.

III. Obligations mondaines

Plus d'une heure après qu'Allan eut entrepris l'exploration de ses terres, Midwinter se réveilla et put apprécier à son tour les magnificences de la propriété.

Rafraîchi par une longue nuit de sommeil, il descendit le grand escalier aussi joyeusement qu'Allan lui-même. Il visita, lui aussi, l'une après l'autre, les pièces spacieuses du rez-de-chaussée, en s'émerveillant du luxe dont il était entouré.

« La maison où j'ai été valet était bien somptueuse, pensa-t-il gaiement, mais elle n'était rien en comparaison de celle-ci. Je voudrais bien savoir si Allan est aussi étonné et aussi enchanté que moi ».

Séduit comme son ami par la beauté du soleil matinal, il sortit de la maison et descendit d'un pas léger le perron, en fredonnant un des vieux airs de son enfance vagabonde ; et les souvenirs de cette existence misérable lui revinrent à l'esprit, colorés du prisme radieux à travers lequel il les contemplait.

« J'aurais presque envie, dit-il en s'appuyant sur la barrière et en regardant le parc, d'essayer quelques-unes de mes anciennes culbutes sur ce charmant gazon ».

Il se retourna, remarqua deux domestiques qui causaient et leur demanda s'ils avaient vu le nouveau maître de la maison. Les hommes montrèrent en souriant les jardins. Mr. Armadale avait pris ce chemin, il y avait plus d'une heure, et avait rencontré, disait-on, Miss Milroy. Midwinter prit le chemin indiqué à travers la plantation ; mais, arrivé devant le parterre, il s'arrêta, réfléchit un instant, et retourna sur ses pas.

« Si Allan a rencontré la jeune lady, pensa-t-il, Allan n'a pas besoin de moi ».

Il rit de sa conclusion, et alla explorer les beautés de Thorpe-Ambrose d'un autre côté.

Après avoir descendu quelques marches et longé une avenue pavée, il se trouva dans une partie du jardin, derrière la maison, où il aperçut une rangée de petites chambres situées sur le même plan que les communs. En face de lui, à l'extrémité du petit jardin, s'élevait un mur caché par une haie de lauriers, et percé d'une porte conduisant sur la grand-route. Comprenant qu'il n'avait découvert là que le chemin emprunté par les domestiques et les fournisseurs, Midwinter revint encore sur ses pas, et regarda à travers la fenêtre de l'une des chambres basses. S'agissait-il de l'office ? Non, l'office se trouvait apparemment dans une autre partie du bâtiment. La fenêtre par laquelle il regardait était celle d'une resserre ; les deux pièces qui venaient ensuite étaient vides. La quatrième fenêtre faisait porte en même temps et était ouverte.

Attiré par un corps de bibliothèque qu'il y aperçut, Midwinter entra dans la pièce. Les livres peu nombreux ne le retinrent pas longtemps. Waverley, les contes de Miss Edgeworth et de ses imitateurs, les poèmes de Mrs. Hemans[1], voilà tout ce qui se voyait sur les rayons. Midwinter se disposait à sortir, quand un objet près de la fenêtre arrêta son attention. C'était une statuette posée sur un socle, une copie réduite de la fameuse Niobé du musée de Florence.

Ses yeux allèrent de la statuette à la fenêtre, et son cœur battit violemment. C'était une fenêtre française, et la statuette se trouvait à sa gauche. Il regarda au-dehors, et un soupçon le saisit tout à coup. La vue qui s'étendait devant lui était celle d'une pelouse et d'un jardin. Pendant un instant, son esprit tenta de repousser la conviction qui s'en était emparée, mais en vain. Ici, autour de lui et près de lui, l'arrachant sans pitié à l'heureux présent pour le reporter au misérable passé, était la pièce qu'Allan avait vue dans la seconde vision du rêve !

Il attendit et regarda. Son visage et ses manières étaient à peine changés. Il examinait tranquillement l'un après l'autre les quelques objets qui se trouvaient dans la chambre, comme si sa découverte l'avait attristé plutôt que surpris. Deux chaises en canne et une table massive composaient l'ameublement. Les murs étaient tapissés de papier, sans aucun tableau, interrompus seulement par une porte conduisant dans l'intérieur de la maison, et à un autre endroit par un petit poêle : il y avait en outre la bibliothèque que Midwinter avait d'abord remarquée. Il revint aux livres, et cette fois il en tira quelques-uns des rayons.

Le premier qu'il ouvrit portait cette inscription, d'une écriture de femme, à moitié effacée par le temps : « Jane Armadale, donné par son bien-aimé père : Thorpe-Ambrose, octobre 1828 ». Dans le second, le troisième et le quatrième livres qu'il ouvrit, il lut la même inscription. Sa connaissance des personnes et des dates l'aida à comprendre ce qu'il voyait. Ces livres devaient avoir appartenu à la mère d'Allan, et elle y avait inscrit son nom entre son retour de Madère à Thorpe-Ambrose et la naissance de son fils. Midwinter ouvrit un volume sur un autre rayon, celui qui contenait les écrits de Mrs. Hemans ; la page blanche, au commencement du livre, était couverte de l'écriture de Mrs. Armadale. C'étaient des vers in-

1 *Waverley* (1814), roman de Walter Scott ; Maria Edgeworth (1767-1849), femme de lettres anglo-irlandaise, auteur de contes moraux et pédagogiques ; Felicia Hemans (1793-1835), poétesse. Cette collection d'ouvrages représente la « bibliothèque idéale » d'une jeune fille éduquée au début du XIXe siècle.

titulés « Adieux à Thorpe-Ambrose » et datés de mars 1829, deux mois après la naissance d'Allan.

Sans avoir aucun mérite en lui-même, le seul intérêt du petit poème était dans l'histoire familiale qu'il racontait.

La chambre où se trouvait Midwinter était décrite, avec sa vue sur le jardin, la fenêtre française, la bibliothèque, la Niobé et d'autres ornements que le temps avait détruits. Ici, brouillée avec ses frères, redoutant ses amis, la veuve de l'homme assassiné disait s'être renfermée sans autre consolation que l'amour et le pardon de son père, jusqu'à la naissance de son enfant. L'indulgence de Mr. Blanchard et sa mort remplissaient plusieurs strophes, où le désespoir et le repentir de sa fille s'exprimaient heureusement en termes trop vagues pour éveiller le soupçon sur les événements arrivés à Madère. Une allusion à sa mésintelligence avec ses parents et à son départ de Thorpe-Ambrose se lisait ensuite, puis la détermination de la mère de se séparer de tout ce qui pouvait lui rappeler le passé, et de dater sa vie, à l'avenir, du jour où lui était né son fils, le seul être maintenant qui pût lui parler d'amour et d'espoir. Le poème à l'encre à demi effacée se terminait là. Ainsi, la vieille histoire de ces sentiments passionnés qui ne trouvent l'apaisement que dans les mots se retrouvait ici.

Midwinter replaça le livre dans la bibliothèque, en poussant un profond soupir : « Ainsi, dit-il, que ce soit dans cette demeure de campagne ou sur le pont de l'épave, le crime de mon père me poursuit où que j'aille ». Il s'approcha de la fenêtre, s'y arrêta et regarda dans l'intérieur de la petite pièce abandonnée : « Est-ce le hasard ? se dit-il ; l'endroit où sa mère a souffert est celui qu'il a vu en rêve, et le premier matin de notre arrivée dans cette maison me le révèle, non à lui, mais à moi. Ô Allan ! Allan ! comment cela doit-il finir ? »

Cette pensée lui traversait l'esprit, lorsqu'il entendit la voix d'Allan qui l'appelait. Il sortit précipitamment dans le jardin. Au même moment, son ami arriva en courant, et lui fit de chaudes excuses pour s'être oublié dans la compagnie de ses voisins et pour avoir négligé les devoirs de l'hospitalité et de l'amitié :

— Vous ne m'avez nullement manqué, répondit Midwinter, et je suis très heureux d'apprendre que vos nouveaux locataires vous ont produit une si agréable impression.

Il essayait, en parlant, d'entraîner Allan de l'autre côté de la maison, mais l'attention de celui-ci avait été attirée par la fenêtre ouverte et la petite pièce. Il y entra immédiatement. Midwinter l'y suivit et le regarda avec anxiété pendant qu'il en faisait le tour. Pas le plus petit souvenir du rêve ne troubla l'esprit d'Allan, et pas une allusion n'y fut faite par son ami.

— Juste la pièce que j'aurais juré devoir vous attirer ! s'écria joyeusement Allan. Petite, propre, et sans prétention. Je vous connais, maître Midwinter ! Vous vous réfugierez ici quand les familles du comté viendront nous visiter, et je pense que dans ces terribles occasions, je ne serai pas bien loin derrière vous. Qu'est-ce qu'il y a ? Vous paraissez souffrant et fatigué. Vous avez faim, n'est-ce pas ? Je crois bien ! Je suis impardonnable de vous avoir fait attendre... Cette porte doit bien mener quelque part, je suppose. Essayons ce raccourci. N'ayez crainte, je ne vous fausserai pas compagnie pour le petit déjeuner. Je n'ai pas mangé grand-chose au cottage, je me suis nourri de la vue de Miss Milroy, comme dirait le poète. Oh la chère, chère créature ! Elle vous fait tourner la tête dès que vous l'avez aperçue. Quant à son père, attendez seulement d'avoir vu son incroyable pendule. Elle est deux fois grande comme celle de Strasbourg et a le plus étonnant carillon que vous ayez jamais entendu !

Chantant ainsi les louanges de ses nouveaux amis, Allan entraîna Midwinter dans un dédale de passages en pierre qui conduisaient, comme il l'avait deviné, à un escalier débouchant sur le hall. En chemin, ils passèrent devant l'office. À la vue de la cuisinière et du feu ronflant que la porte ouverte laissait voir, l'esprit d'Allan et sa dignité s'éparpillèrent aux quatre vents du ciel comme d'habitude :

— Ah, ah, madame Gripper ! vous voilà au milieu de vos pots et de vos casseroles, devant un feu à tout rôtir ! Il faudrait être Schadrac, Meschac et le troisième larron[1] pour pouvoir le supporter. À déjeuner aussitôt que vous voudrez ! Des œufs, du saucisson, du lard, des rognons, de la marmelade, du café, et tout ce qui s'ensuit. Mon ami et moi nous appartenons aux rares élus pour lesquels c'est un véritable privilège que d'avoir à cuisiner. Nous sommes gourmets, madame Gripper, de vrais gourmets... Vous

1 Schadrac, Meschac et Abed-Nego, les trois Hébreux jetés dans la fournaise par Nabuchodonosor (Daniel, 3, 12-30).

verrez, continua Allan en se dirigeant vers l'escalier, que je rendrai jeune cette digne créature. Je vaux mille fois mieux qu'un médecin pour Mrs. Gripper. Quand elle rit, elle secoue ses côtes grasses et, en les remuant, elle exerce son système musculaire ; or quand elle exerce son système musculaire… Ah ! voici Susan ! ne vous collez pas ainsi contre la rampe, ma chère ; vous craignez de me heurter en passant, mais cela ne me sera aucunement désagréable. Elle ressemble tout à fait à une rose épanouie quand elle rit, n'est-ce pas ? Arrêtez, Susan, j'ai quelques ordres à donner. Soyez très soigneuse de la chambre de Mr. Midwinter. Retournez son lit, essuyez, époussetez, jusqu'à ce que ces beaux bras ronds soient fatigués… Erreur ! mon cher camarade, je ne suis pas trop familier avec mes gens, je leur donne seulement du cœur à l'ouvrage. Maintenant, Richard, où déjeunons-nous ? Ah ! ici. Entre nous, Midwinter, ces pièces splendides sont trop vastes pour moi. Il me semble que je ne ferai jamais connaissance avec mon nouvel intérieur. Mes goûts sont étroits et mesquins, une chaise de cuisine, vous savez, et un plafond bas. « L'homme désire peu, et désire ce peu longtemps ». Ce n'est pas exactement la citation, mais cela exprime ce que je veux dire.

— Je vous demande pardon, intervint Midwinter, mais il y a ici quelque chose qui vous attend et que vous n'avez pas encore remarqué.

En parlant, il montrait un peu impatiemment une lettre sur la table du déjeuner. Il pouvait cacher l'inquiétante découverte qu'il avait faite dans la matinée, mais il était incapable de dissimuler la méfiance que lui inspirait désormais, sa nature superstitieuse ayant repris le dessus, le premier incident venu, quand bien même celui-ci eût été de peu d'importance.

Allan parcourut la lettre des yeux et la tendit à travers la table à son ami.

— Je n'y comprends goutte, dit-il. Et vous ?

Midwinter lut la lettre lentement à voix haute :

Monsieur,

Je pense que vous excuserez la liberté que je prends de vous écrire ces quelques lignes à votre arrivée à Thorpe-Ambrose. Si des cir-

constances vous empêchaient de confier le soin de vos affaires à Mr. Darch...

Il s'arrêta brusquement à cet endroit, ayant l'air de réfléchir.

— Darch est notre ami le notaire, dit Allan, supposant que Midwinter avait oublié le nom. Vous rappelez-vous quand nous avons remis au hasard de décider pour la location du cottage ? Face le major, pile le notaire ! Celui-ci est le notaire en question.

Sans faire aucune réponse, Midwinter reprit sa lecture :

... Si des circonstances vous empêchaient de confier le soin de vos affaires à Mr. Darch, je me permets de vous dire que je serais heureux de me charger de vos intérêts. Si vous voulez bien m'honorer de votre confiance et si vous désirez des renseignements, je vous envoie l'adresse de mes agents à Londres. Je suis, en vous priant d'excuser ma proposition, votre respectueux serviteur,

A PEDGIFT SENIOR.

— Des circonstances ? répéta Midwinter en reposant la lettre ; quelles circonstances peuvent donc vous empêcher de confier vos affaires à Mr. Darch ?

— Aucune que je sache, dit Allan. Outre qu'il est l'homme de loi de la famille, Darch a été le premier à m'écrire à Paris pour me mettre au fait de ma bonne fortune ; et si j'ai des affaires à traiter, c'est bien sûr à lui que je les confierai.

Midwinter continuait de regarder avec méfiance la lettre ouverte sur la table.

— J'ai bien peur, Allan, qu'il n'y ait quelque chose de fâcheux là-dedans. Cet homme n'eût jamais risqué cette demande, s'il n'avait quelque bonne raison de croire qu'il réussirait. Si vous voulez prendre dès maintenant une bonne position, il faut envoyer quelqu'un chez Mr. Darch ce matin même, pour lui faire dire que vous êtes ici, et ne faire aucune attention pour le présent à la lettre de Mr. Pedgift.

Avant que l'un ou l'autre eût pu en dire davantage, un domestique apporta le déjeuner sur un plateau. Il était suivi du maître d'hôtel, individu au nez en bulbe chez qui tout respirait la confidentialité, de la voix modulée aux manières courtoises. Tout le monde, excepté Allan, eût lu sur son visage qu'il était entré dans la pièce avec une communication spéciale à adresser à son maître. Allan, qui ne voyait jamais plus loin que les apparences, et dont les yeux parcouraient la lettre du notaire, l'arrêta étourdiment avec cette question à brûle-pourpoint :

— Qui est Mr. Pedgift ?

Les sources du savoir local du maître d'hôtel s'ouvrirent sur-le-champ. Mr. Pedgift était le second des deux hommes de loi de la ville. Moins anciennement établi, moins riche, moins universellement considéré que Mr. Darch, il n'avait point la clientèle de la haute société, et n'était point reçu dans le monde autant que son confrère. Mais il était très bien cependant. On le reconnaissait dans tout le voisinage pour un homme très estimable et très entendu dans sa profession, en bref, presque aussi capable que Mr. Darch, et supérieur à lui d'un point de vue personnel (si l'on pouvait se servir de cette expression), en ce sens que Darch était presque toujours bourru et de mauvaise humeur, ce qui n'était pas le cas de Pedgift.

Après avoir fourni ces renseignements, le maître d'hôtel, prenant sagement avantage de sa position, glissa, sans un moment d'arrêt, de Mr. Pedgift à l'affaire qui l'avait amené dans la salle à manger. La date de l'examen saisonnier des comptes approchait, et les fermiers étaient accoutumés à ce qu'on les prévînt une semaine à l'avance du dîner des fermages. Aucun ordre n'ayant encore été donné et le régisseur n'étant point désigné, il paraissait désirable qu'une personne de confiance rappelât cette petite solennité au maître de Thorpe-Ambrose. Le maître d'hôtel était cette personne.

Allan ouvrait la bouche pour répondre, quand Midwinter lui coupa la parole.

— Attendez un peu ! dit ce dernier à son ami, en le voyant sur le point d'annoncer publiquement sa qualité de régisseur. Attendez ! dit-il d'un ton pressant, jusqu'à ce que je vous aie parlé.

L'attitude courtoise du maître d'hôtel resta la même après l'intervention de Midwinter, bien que la rougeur qui monta à son nez fleuri trahît légèrement son humiliation lorsqu'il se retira. Les deux amis risquaient fort de ne point goûter ce jour-là des meilleurs vins du cellier.

— Ceci dépasse la plaisanterie, Allan, dit Midwinter quand ils furent seuls. Il vous faut absolument quelqu'un de capable pour recevoir vos fermiers. Avec la meilleure volonté du monde, je ne puis me mettre au courant en une semaine. Je vous en prie, que votre bienveillance ne vous entraîne pas à vous mettre dans une fausse position vis-à-vis de vos fermiers. Je ne me pardonnerais jamais d'en être cause…

— Doucement ! doucement ! cria Allan, étonné du sérieux extraordinaire de son ami. Si j'écris par la poste de ce soir pour demander celui que vous allez remplacer, serez-vous satisfait ?

Midwinter secoua la tête.

— Nous avons bien peu de temps devant nous, dit-il, et il peut n'être pas libre. Pourquoi ne pas chercher d'abord dans le voisinage ? Vous alliez écrire à Mr. Darch. Faites-le tout de suite et sachez s'il ne peut venir nous aider, avant le départ du courrier.

Allan s'assit devant une petite table sur laquelle se trouvait de quoi écrire.

— Vous déjeunerez en paix, vieux fou, dit-il.

Et il se mit à écrire à Mr. Darch avec la brièveté Spartiate de son style ordinaire :

Cher Monsieur.

Je suis ici avec armes et bagages. Voulez-vous avoir la bonté d'être mon notaire ? Je vous demande ceci, parce que j'ai besoin de vous consulter aujourd'hui même. Veuillez donc venir et rester à dîner, si cela vous est possible. Votre dévoué,

ALLAN ARMADALE.

Ayant lu sa missive tout haut, avec une admiration non déguisée pour son aisance épistolaire, Allan mit l'adresse de Mr. Darch et sonna.

— Ici, Richard, prenez cela, portez-le immédiatement et attendez la réponse. Et, je vous prie, s'il y a quelques nouvelles par la ville, tâchez de les savoir, et rapportez-les-moi. Voyez comme je sais gouverner mes domestiques ! continua Allan en rejoignant son ami devant la table. Voyez comme je sais me plier à mes nouveaux devoirs ! Je ne suis pas ici depuis un jour, et je prends déjà intérêt au voisinage.

Le déjeuner fini, les deux amis sortirent et allèrent s'asseoir à l'ombre d'un arbre dans le parc. Midi vint, et Richard ne reparaissait pas. Une heure sonna, et il n'y avait encore aucun signe de réponse de la part de Mr. Darch. La patience de Midwinter commençait à se lasser. Il laissa Allan dormir sur le gazon, et alla dans la maison pour prendre des informations. Il lui fut dit que la ville était à deux milles de distance, que ce jour se trouvait être celui du marché et que Richard avait été retenu sans doute par ses nombreuses connaissances.

Une demi-heure après, le messager était de retour et se présentait devant son maître.

— Apportez-vous une réponse de Mr. Darch ? demanda Midwinter en voyant qu'Allan était trop endormi pour poser lui-même la question.

— Mr. Darch était occupé, monsieur, et il m'a fait prier de dire qu'il enverrait sa réponse.

— Avez-vous appris quelques nouvelles en ville ? demanda Allan languissamment sans ouvrir les yeux.

— Non, monsieur, rien de particulier.

Ayant observé l'homme avec attention pendant qu'il faisait cette réponse, Midwinter vit sur son visage qu'il ne disait pas la vérité. Il était visiblement embarrassé, et parut soulagé quand le silence de son maître lui permit de se retirer. Après réflexion, Midwinter le suivit et l'arrêta devant la maison.

— Richard, dit-il tranquillement, si je supposais qu'il y a des nouvelles en ville et qu'il vous est désagréable de les dire à votre maître, me tromperais-je ?

L'homme tressaillit et changea de couleur.

— Je ne sais pas comment vous avez vu cela, monsieur, dit-il, mais je ne puis nier que vous ayez deviné la vérité.

— Si vous voulez me dire ce que vous savez, je prendrai sur moi d'en faire part à Mr. Armadale.

Après un moment d'hésitation et de méfiance, Richard prit le parti de raconter ce qu'il avait entendu dire en ville.

La nouvelle de l'arrivée d'Allan s'était déjà répandue depuis plusieurs heures, et partout où était allé le domestique, il avait trouvé que son maître était le sujet des conversations. L'opinion était unanimement défavorable à Allan. Les paysans, la noblesse du voisinage et les principaux fermiers du domaine, tout le monde blâmait sa conduite. La veille seulement, le comité chargé de régler la réception du nouveau squire avait arrêté l'ordre de la cérémonie, résolu la sérieuse question des arcs de triomphe et nommé une personne compétente afin de recevoir les souscripteurs pour les drapeaux, les fleurs, le banquet, les feux de joie et la musique. Encore une semaine et l'argent eût été recueilli ; le révérend eût alors pu écrire à Mr. Armadale pour fixer la date. Et maintenant, par son arrivée subite, Allan avait repoussé avec mépris la bienvenue publique arrangée pour l'honorer ! Tout le monde disait (ce qui était malheureusement vrai) qu'il avait été informé en secret de ce qui se préparait. Chacun assurait qu'il s'était exprès glissé dans sa maison, comme un voleur, la nuit (c'étaient les expressions employées), pour échapper aux civilités de ses voisins. En un mot, l'amour-propre pointilleux de la petite ville était blessé au vif, et Allan était perdu dans l'opinion.

Midwinter regarda le porteur de mauvaises nouvelles avec un visage où se peignait la plus vive contrariété. Le premier moment de surprise passé, la position critique d'Allan le poussa à chercher un remède au mal maintenant qu'il était connu.

— Est-ce que le peu que vous avez vu de votre maître, Richard, ne vous dispose pas à l'aimer ? demanda-t-il.

Cette fois, l'homme répondit sans hésitation :

— On ne peut désirer servir plus aimable et meilleur gentleman que Mr. Armadale.

— Si vous pensez ainsi, continua Midwinter, vous me donnerez les renseignements nécessaires pour réconcilier votre maître avec ses voisins ; suivez-moi dans la maison.

Midwinter entra dans la bibliothèque et, après avoir obtenu les informations qu'il souhaitait, il dressa une liste des noms et des adresses des personnes les plus influentes de la ville et des environs. Cela terminé, il sonna le premier valet de pied, après avoir envoyé Richard avec un message aux écuries pour commander qu'on préparât une voiture.

— Quand feu Mr. Blanchard allait en visite, n'était-ce pas vous qui l'accompagniez ? demanda-t-il au valet de pied. Très bien. Soyez prêt dans une heure, s'il vous plaît, à sortir avec Mr. Armadale.

Cet ordre donné, il sortit de la maison et retourna voir Allan, sa liste à la main. Il souriait tristement en descendant l'escalier.

« Aurais-je imaginé, dit-il, que l'expérience que j'ai acquise des manières du grand monde en qualité de valet pourrait un jour être utile à Allan ! »

L'objet de la colère publique sommeillait, paisiblement étendu sur le gazon, son chapeau de jardin enfoncé sur le nez et son habit déboutonné. Midwinter le réveilla sans hésitation, et lui répéta les nouvelles apportées par son messager. Allan reçut cette confidence sans la moindre émotion.

— Oh ! qu'ils aillent au diable ! répondit-il. Prenons un autre cigare.

Midwinter le lui ôta des mains et insista pour qu'il traitât cette affaire avec moins de légèreté, en lui disant qu'il devait vivre en paix avec ses voisins, et pour cela leur faire visite et s'excuser. Allan s'assit dans l'herbe, l'air parfaitement éberlué et ouvrant de grands yeux incrédules. Était-ce sérieusement que Midwinter voulait lui faire prendre le chapeau en tuyau de poêle, l'habit bien brossé et une paire de gants frais ? Voulait-il sérieusement l'enfermer dans une voiture, avec un valet sur le marchepied et un carnet à la main, pour s'arrêter, de maison en maison, et y débiter un tas de banalités et d'explications mensongères ? Si une chose tellement absurde devait en effet se passer, ce ne serait certainement pas ce jour-là. Il avait promis à la charmante Miss Milroy de lui présenter Midwinter. Quel besoin avait-il de la bonne opinion des gens de la ville ? Il ne désirait pas d'autres amis que ceux qu'il avait déjà. Tout le village pouvait lui tourner le dos s'il le voulait. Le nouveau squire de Thorpe-Ambrose s'en souciait fort peu.

Après l'avoir laissé discourir jusqu'à ce qu'il fût à court d'objections, Midwinter essaya sagement d'user de son influence personnelle. Il prit affectueusement Allan par le bras.

— Je vais vous demander une grande faveur, lui dit-il. Si vous ne voulez pas aller voir ces gens dans votre intérêt, voulez-vous au moins y aller pour me faire plaisir ?

Allan poussa un soupir de désespoir, examina avec une surprise muette le visage anxieux de son ami et céda. Comme Midwinter l'accompagnait vers la maison, il regarda d'un air d'envie le bétail qui se reposait à l'ombre.

— Ne le répétez pas, dit-il, mais je voudrais changer de situation avec l'une de mes vaches.

Midwinter le laissa s'habiller, s'engageant à revenir quand la voiture serait prête. La toilette d'Allan ne semblait pas devoir être rapide. Il commença par lire ses cartes de visite, puis il passa dans son cabinet de toilette et voua toute la gentilhommerie du canton aux gouffres infernaux. Avant qu'il eût pu trouver une autre manière de retarder l'exécution de sa promesse, le prétexte nécessaire fut apporté par Richard, qui entra, une lettre à la main.

— De la part de Mr. Darch, dit-il.

Allan referma brusquement sa penderie, et reporta toute son attention sur la lettre de l'homme de loi :

Monsieur,

Je dois vous accuser réception de votre lettre datée de ce jour, et m'honorant de deux propositions. La première m'invite à prendre le titre de votre conseiller légal, l'autre, à vous rendre visite chez vous. Pour ce qui concerne la première proposition, je vous demanderai la permission de la décliner, en vous remerciant. Au sujet de la seconde, je vous dirai que certaines circonstances relatives à la location du cottage sont venues à ma connaissance et rendent votre invitation inacceptable. J'ai eu la preuve, monsieur, que mon offre vous est parvenue en même temps que celle du major Milroy. Vous avez donc donné la préférence à un étranger, qui s'est adressé à vous par l'intermédiaire d'une agence, sur un homme qui a fidèlement servi vos parents pendant deux générations, et qui a été le premier à vous informer de l'événement le plus important de votre vie. Après cet exemple de votre considération pour moi et de votre façon d'entendre ce qui est dû à la plus commune courtoisie et à la plus simple justice, je ne puis me flatter de posséder aucune des qualités nécessaires pour prendre place sur la liste de vos amis. Je reste, monsieur, votre obéis-

sant serviteur,

JAMES DARCH.

— Arrêtez le porteur ! cria Allan en bondissant, le visage rouge d'indignation. Donnez-moi de l'encre, une plume et du papier. Que diable ! les gens de ce pays sont bien singuliers ! On dirait qu'ils conspirent tous contre moi !

Il saisit la plume avec fureur et écrivit :

Monsieur.

Je vous méprise ainsi que votre lettre…

Ici la plume fit une tache d'encre, et l'épistolier eut un moment d'hésitation :

« Non, c'est trop fort, pensa-t-il ; je vais répondre à ce notaire dans le même style froid et mordant ».

Il recommença sur une nouvelle page :

Monsieur,

Vous me rappelez une sornette irlandaise, je veux parler de l'histoire de Joe Miller, dans laquelle Pat remarque que « la réciprocité est toute d'un côté ». Chez vous aussi la réciprocité est toute d'un côté. Vous vous octroyez le privilège de refuser d'être mon notaire, et vous vous plaignez de ce que j'ai usé de mon privilège de propriétaire…

Il s'arrêta avec satisfaction sur ces derniers mots.

« Très bien ! pensa-t-il. Un bon argument, bien frappé. Je me demande où j'ai pris cette facilité pour écrire », continua-t-il en ajoutant encore deux lignes à sa lettre :

… Quant à mon invitation, que vous me jetez à la figure, je vous informe que ma figure ne s'en porte pas plus mal ! Je suis fort aise, au contraire, de n'avoir rien à vous dire ni comme ami ni comme propriétaire.

ALLAN ARMADALE.

Il sourit avec enthousiasme à sa composition, mit l'adresse et l'envoya au messager.

« Le cuir de Darch doit être bien dur, se dit-il, s'il ne se ressent pas de ces égratignures ».

Un bruit de roues lui rappela soudain l'affaire du jour. C'était la voiture qui devait l'emmener faire ses visites. Midwinter était déjà à son poste, se promenant de long en large sur le pavé.

— Lisez cela, lui cria Allan en lui lançant la lettre par la fenêtre ; je lui ai envoyé une réponse qui vaut sa lettre.

Il se précipita vers la penderie pour y attraper son habit. Un étrange changement s'était opéré en lui. Il n'éprouvait aucune répugnance maintenant à sortir. L'excitation que lui avaient causée la lettre de Mr. Darch et sa réponse l'emplissait à présent d'une agressivité qui le rendait prêt à affronter tous les gens du voisinage.

— Quoi qu'ils puissent dire de moi, je les défie de prétendre que j'aie peur d'eux ! s'écria-t-il.

Il saisit son chapeau et ses gants et s'élança hors de la chambre, la figure animée et les yeux étincelants. Dans le corridor, il tomba sur Midwinter, la lettre de l'avocat à la main.

— Calmez-vous ! cria Allan, voyant l'inquiétude peinte sur le visage de son ami et se méprenant sur le motif qui la causait ; si nous ne pouvons compter sur Darch pour nous aider à régler la question du régisseur, nous aurons Pedgift.

— Mon cher Allan, je ne pensais pas à cela, mais à la lettre de Mr. Darch. Je ne défends pas ce bourru, mais je suis fâché d'être forcé d'avouer qu'il a quelque raison de se plaindre. Je vous en prie, ne lui donnez pas une seconde fois le droit de vous mettre dans votre tort. Où est votre réponse à cette lettre ?

— Partie ! répliqua Allan. Je frappe toujours le fer quand il est chaud ; un mot, un coup, et le coup d'abord, voilà ma manière. Ne vous inquiétez pas, mon cher ami, du jour de perception des rentes. Tenez, voilà un trousseau de clefs qu'on m'a remis hier. L'une ouvre la chambre où sont les livres de comptes du régisseur. Allez, et lisez-les jusqu'à mon retour. Je vous donne ma parole d'honneur que j'aurai tout arrangé avec Pedgift avant que vous me revoyiez.

— Un moment, fit Midwinter en arrêtant résolument son ami prêt à monter en voiture. Je ne dis rien contre l'honorabilité de Mr. Pedgift, car je ne sais rien qui puisse m'autoriser à en douter.

Mais sa manière de vous offrir ses services n'est pas convenable ; il ne dit pas dans sa lettre (ce qui est parfaitement clair pour moi) qu'il connaît les sentiments hostiles de Mr. Darch à votre égard. Attendez un peu, avant de voir cet étranger, que nous ayons pu causer là-dessus ce soir.

— Attendre ! répliqua Allan. Ne vous ai-je pas dit que je bats toujours le fer quand il est chaud ? Croyez-en mon coup d'œil pour deviner les caractères, vieux camarade ! Je verrai d'un coup d'œil ce que vaut Pedgift. Ne me retenez pas davantage, pour l'amour du Ciel. Je suis en belle humeur et veux tomber sur tous nos mécontents, et si je ne pars pas tout de suite, je crains que cela ne passe.

Ayant donné de sa hâte cette excellente raison à son ami, Allan grimpa dans la voiture, qui s'éloigna rapidement.

IV. La marche des événements

Le visage de Midwinter s'assombrit quand la voiture fut hors de vue.

« J'ai fait de mon mieux, se dit-il, et Mr. Brock lui-même, s'il était ici, n'aurait pu faire davantage ! »

Il regarda le trousseau de clefs que lui avait confié Allan et fut pris soudain du désir de parcourir les livres du domaine. Ayant demandé qu'on lui indiquât la pièce où se trouvaient provisoirement entreposés les documents laissés par le régisseur quand il avait quitté le cottage, il s'assit à un bureau pour tâcher de s'initier aux affaires de la propriété de Thorpe-Ambrose. Cela eut pour résultat de lui montrer son ignorance et son incapacité dans toute leur étendue. Les livres de comptes, les baux, les plans, et même la correspondance, tout cela était pour lui comme une langue inconnue. Il quitta la pièce et sa mémoire se reporta amèrement à ses deux années d'études solitaires chez le libraire de Shrewsbury :

« Si j'avais seulement étudié les affaires, pensa-t-il ; si j'avais compris que la société des poètes et des philosophes était trop noble pour un vagabond comme moi ! »

Il s'assit seul dans le vaste hall. Le silence qui y régnait pesait sur lui. La beauté de cette pièce l'exaspérait comme l'insulte d'un homme orgueilleux de ses richesses :

« Maudite soit cette demeure ! dit-il en saisissant son chapeau et sa canne, j'aime mieux la plus froide colline sur laquelle j'aie jamais dormi que cette maison ! »

Il descendit impatiemment les marches du perron et s'arrêta un instant, cherchant dans quelle direction il pouvait laisser le parc et trouver la campagne. S'il suivait le chemin pris par la voiture, il risquait d'importuner Allan en tombant sur lui en ville. S'il prenait par-derrière, il se connaissait assez pour savoir qu'il ne résisterait pas à l'envie de pénétrer de nouveau dans la pièce du rêve. Une seule route s'offrait encore, celle des jardins où il avait commencé à s'engager le matin. Midwinter la prit. Il n'y avait plus de risque à présent qu'il dérangeât Allan et la fille du major. Sans plus hésiter davantage, Midwinter se dirigea donc vers les jardins pour explorer la campagne environnante.

Perturbé par les événements du jour, son esprit était plein d'une colère sauvage et amère contre tout cet étalage de richesse :

« La bruyère ne coûte rien, songeait-il, en regardant avec dédain les masses de fleurs rares et superbes qui l'entouraient, et les marguerites et les boutons-d'or des champs valent les plus belles d'entre vous ! »

Il suivit ainsi les méandres ingénieux du jardin italien, parfaitement indifférent à leur symétrie et à leur dessin.

« Combien de livres avez-vous seulement coûté, lançait-il aux allées soigneusement tracées ; qu'êtes-vous donc à côté des chemins de montagne qui serpentent en liberté pour le bonheur des moutons ? »

Il entra dans la plantation d'arbrisseaux qu'Allan avait traversée avant lui, traversa le pré et le pont rustique, et atteignit le cottage du major. Il s'arrêta devant la porte du jardin pour regarder la petite habitation propre et coquette qui n'eût jamais été louée si Allan ne s'était pas malheureusement avisé de vouloir faire son régisseur de son ami.

L'après-midi d'été était chaude et calme. Toutes les fenêtres du cottage étaient ouvertes. De l'une d'elles, située à l'étage supérieur, sortait une voix de femme dure, aigre, discordante, furieuse. Elle était interrompue, de temps à autre, par la voix calme et conciliante d'un homme qui semblait prodiguer sympathie et réconfort.

Bien que la distance fût trop grande pour permettre à Midwinter de distinguer les paroles, il sentit qu'il n'avait pas à rester là et fit quelques pas pour continuer sa promenade.

Au même moment, une jeune fille (aisément reconnaissable pour Miss Milroy d'après le portrait qu'en avait fait Allan) apparut à la fenêtre de la chambre. Malgré lui, Midwinter s'arrêta pour la regarder. Ce visage, dont l'expression vive et joyeuse avait charmé Allan, était soucieux et accablé. Après avoir contemplé d'un air distrait le parc, elle retourna brusquement la tête vers l'intérieur de la pièce, son attention ayant été apparemment attirée par ce qui s'y passait.

— Oh, maman, maman ! comment pouvez-vous dire de pareilles choses ! s'écria-t-elle avec indignation.

Ces paroles, dites tout près de la fenêtre, arrivèrent jusqu'aux oreilles de Midwinter, qui s'éloigna précipitamment, craignant d'en entendre davantage. Mais les découvertes d'Ozias sur la famille Milroy ne devaient pas s'arrêter là. Au moment où il tournait le coin de la barrière du jardin, il tomba sur un jeune commis en train de remettre à la bonne, devant la porte, un paquet en lui demandant avec effronterie :

— Comment va la maîtresse ?

La femme leva la main pour lui tirer les oreilles.

— Comment va la maîtresse, hein ? répéta-t-elle en hochant la tête d'un air courroucé tandis que l'enfant s'éloignait ; s'il pouvait seulement plaire à Dieu de la prendre, la maîtresse, ce serait un bonheur pour tout le monde dans cette maison !

Pas une ombre n'avait passé sur le brillant tableau du cottage que l'enthousiasme d'Allan avait décrit à son ami. Il était évident que le secret des locataires avait été caché au propriétaire. Au bout de cinq minutes de marche Midwinter se trouva aux portes du parc.

« Suis-je donc condamné ce matin à n'entendre et à ne voir rien qui puisse me donner bon espoir en l'avenir ! pensa-t-il. Jusqu'à ces gens du cottage dont il faut que j'aie le malheur de pénétrer les chagrins ! »

Il prit le premier chemin qui s'offrait à lui. Absorbé dans ses pensées, plus d'une heure se passa sans qu'il songeât à revenir sur ses pas. Après avoir consulté sa montre, il comprit qu'il devait se hâter s'il voulait être de retour pour l'arrivée d'Allan. Au bout de deux minutes, il se trouva à un endroit où trois routes se rencontraient, mais sa préoccupation l'avait empêché de remarquer par laquelle il était venu. Il n'y avait pas de poteau indicateur ; le pays, de tous les côtés, était plat et désolé, seulement interrompu par des tranchées et des fossés. Le bétail paissait ici et là, et un moulin s'élevait au-dessus des saules qui frangeaient l'horizon. Mais on n'apercevait pas une maison, pas une créature humaine ne se montrait sur les trois routes. Midwinter se retourna alors et regarda dans la direction d'où il venait. À son grand soulagement, il aperçut la silhouette d'un homme qui s'avançait rapidement à sa rencontre, et à qui il décida de demander son chemin.

L'homme était vêtu de noir de la tête aux pieds – on eût dit une tache mouvante sur la surface blanche et brillante du chemin où resplendissait le soleil. C'était un maigre vieillard à l'aspect misérable. Il portait un pauvre vieil habit, une perruque brune qui n'avait pas prétention de simuler des cheveux naturels. Une culotte courte se collait comme un vieux serviteur dévoué autour de ses jambes rabougries, et des guêtres grossières, noires elles aussi, cachaient tout ce qu'elles pouvaient de ses pieds bossus et disgracieux. Un crêpe noir ajoutait sa petite part de misère à son vieux chapeau de feutre ; un mouchoir noir affectant la forme surannée d'un col encerclait avec roideur son cou et montait jusqu'à ses mâchoires difformes. La seule chose de couleur qu'il eût sur lui était un portefeuille d'homme d'affaires, en serge bleue, aussi plat et aussi délabré que son propriétaire : et le seul trait agréable de son visage ridé, mais soigneusement rasé, était un râtelier ; ses dents blanches (aussi honnêtes que la perruque) disaient franchement aux yeux investigateurs : « Nous passons nos nuits sur sa table, et nos jours dans sa bouche ».

Tout le peu de sang que l'homme avait dans le corps rougit faiblement ses joues émaciées lorsque Midwinter lui demanda le chemin de Thorpe-Ambrose. Ses yeux vitreux regardèrent de tous côtés avec une surprise pénible à voir. S'il avait rencontré un lion au lieu d'un homme, et si les quelques mots qui lui étaient adressés eussent été des menaces, son regard n'eut pu exprimer plus de confusion et d'alarme. Pour la première fois de sa vie Midwinter contemplait sa propre timidité et sa gaucherie devant les étrangers reproduites avec dix fois plus d'intensité chez un autre homme, et cet homme était assez vieux pour être son père.

— De quoi voulez-vous parler, monsieur ? de la ville ou de la propriété ? Je vous demande pardon, mais toutes les deux portent le même nom.

Il s'exprimait avec douceur et réserve, un sourire soumis sur les lèvres et une courtoisie anxieuse dans la voix, comme s'il était habitué à recevoir de désagréables réponses de la part de toutes les personnes auxquelles il avait l'habitude de s'adresser.

— Je ne savais pas que la maison et la ville portaient le même nom, dit Midwinter, mais c'est de la propriété que je veux parler.

Et il surmonta instinctivement sa réserve habituelle, pour répondre avec une cordialité qu'il témoignait rarement aux étrangers.

L'homme sembla reconnaissant de la politesse de son interlocuteur.

Son visage s'éclaira et, reprenant courage, il indiqua le chemin de droite.

— Par là, monsieur, répondit-il, et lorsque vous arriverez au prochain croisement, prenez à gauche. Je suis fâché que mes affaires m'obligent à suivre l'autre direction, c'est-à-dire celle qui mène à la ville. J'aurais été heureux d'aller avec vous et de vous guider. Un beau temps, monsieur, pour se promener ! Vous ne pouvez vous tromper, maintenant. Oh, ne me remerciez pas ! Je crains de vous avoir retenu trop longtemps, monsieur, je vous souhaite un agréable retour, et bonjour.

Lorsqu'il s'arrêta, après avoir fait ce long discours (croyant sans doute, en parlant beaucoup, se rendre plus poli), il parut avoir de nouveau perdu son assurance. Il s'empressa de reprendre sa route, comme si les efforts de Midwinter pour le remercier devaient entraîner une série d'épreuves trop pénibles à affronter. Deux minutes s'étaient à peine écoulées que sa silhouette émaciée s'effaçait dans le lointain.

Cet homme occupa singulièrement les pensées de Midwinter tandis qu'il s'en retournait vers la maison. Il ne pouvait s'expliquer pourquoi. Il ne lui vint pas à l'esprit que cette rencontre avait pu lui rappeler ses infortunes passées et son angoisse présente. Il se borna à éprouver du ressentiment pour l'homme qu'il venait de quitter comme il en éprouvait pour tout ce qui l'environnait en ce moment.

« Ai-je fait une autre malheureuse découverte ? se demanda-t-il avec impatience. Dois-je encore revoir cet homme ? Qui peut-il être ? »

Avant longtemps, le temps apporterait des réponses à ses deux questions.

Allan n'était point encore revenu lorsque Midwinter atteignit la maison. Rien n'était arrivé qu'un message de la part du cottage : les compliments du major ; il était fâché que la maladie de Mrs. Milroy l'empêchât de recevoir Mr. Armadale ce jour-là. Évidemment les accès de maladie (ou de colère) de cette dame troublaient sérieusement la tranquillité du ménage. Après avoir assez naturellement tiré cette conclusion de ce qu'il avait entendu lui-même quelque trois heures auparavant, Midwinter se retira dans la bibliothèque pour y attendre patiemment au milieu des livres le retour de son ami.

Il était six heures passées quand une voix cordiale bien connue se fit entendre dans le hall. Allan se précipita dans la bibliothèque. Il était très animé, et repoussa sans cérémonie Midwinter sur la chaise dont il venait de se lever, avant que celui-ci eût pu prononcer un seul mot.

— J'ai une énigme pour vous, vieux camarade ! cria Allan. Pourquoi suis-je comme le gardien des écuries d'Augias avant qu'Hercule vînt les nettoyer ? Parce que j'avais à surveiller ma place et que j'ai fait un effroyable gâchis. Pourquoi ne riez-vous pas ? Par saint Georges ! il ne comprend point la ressemblance ! Essayons encore. Pourquoi suis-je comme… ?

— Pour l'amour de Dieu, Allan, soyez sérieux un moment ! l'interrompit Midwinter. Vous savez combien je suis curieux de savoir si vous avez gagné la bonne opinion de nos voisins.

— C'est juste ce que l'énigme se proposait de vous apprendre ! reprit Allan. Mais si vous voulez tout savoir en moins de mots, mon impression personnelle est que vous auriez mieux fait de me laisser sous mon arbre dans le parc. J'ai calculé exactement que je suis tombé de trois degrés plus bas dans l'estime des habitants, depuis la dernière fois que j'ai eu le plaisir de vous voir.

— Vous voulez continuer votre plaisanterie ! dit Midwinter amèrement. Eh bien, si je ne puis rire, je puis attendre.

— Mon cher camarade, je ne plaisante pas. Je ne veux pas dire autre chose que ce que je dis. Vous allez savoir ce qui est arrivé. Je vous donnerai un compte rendu fidèle de ma première visite. Il pourra vous servir, je vous assure, d'échantillon pour toutes les autres. Rappelez-vous d'abord que j'ai eu tort avec les meilleures intentions possibles. Quand je suis parti pour mes visites, j'avoue que j'étais en colère contre cette vieille brute de notaire, et que j'avais résolu de le prendre de très haut avec tout le monde. Mais mon indignation est tombée peu à peu, et lorsque je me suis présenté dans la première famille, c'était, je le répète, avec les meilleures intentions. Oh, mon cher ! je me suis trouvé dans le même salon d'apparat flambant neuf, dans la même serre soigneusement entretenue que j'ai retrouvés encore et encore et encore dans chaque maison où je me suis rendu. J'ai vu partout sur la table du salon les mêmes livres : un volume de religion, un autre sur le duc de Wellington, un livre de chasse et un dernier enfin, magnifiquement illustré, ne traitant précisément de rien. Puis est entré papa avec ses cheveux blancs bien lissés, maman et son bonnet de dentelle, leur jeune héritier à la face rose et aux favoris couleur de paille, et Miss Joufflue en jupons bouffants. Ne croyez pas qu'il y eût de mon côté la moindre hostilité. J'ai toujours insisté pour leur serrer la main à tous. Cela les a surpris pour commencer. Lorsque ensuite j'en suis arrivé au sujet délicat, la réception publique, je vous donne ma parole d'honneur que j'ai pris les plus grandes peines pour présenter convenablement mes excuses. Elles n'ont pas produit le plus léger effet. Ils les ont laissées entrer par une oreille et sortir par l'autre. Bien des gens se seraient découragés, j'ai essayé d'une autre manière. En m'adressant au maître de maison : « Le fait est, ai-je déclaré, que je voulais échapper aux harangues et à la cérémonie. Me voyez-vous d'ici ? Je me lève et je vous dis en face que vous êtes le meilleur des hommes, et que je propose de boire à votre santé ; puis vous vous levez à votre tour, et vous me dites en face que je suis le meilleur des hommes et que vous me remerciez, et ainsi nous nous louons tous les uns après les autres en nous ennuyant mutuellement ». Je leur dis cela en riant, croyez-vous qu'ils le prennent bien ? Point du tout ! J'ai la conviction qu'ils avaient tous préparé leurs discours pour la réception avec les drapeaux et les fleurs, et qu'ils étaient furieux de ce que je leur eusse fermé la bouche juste au moment où ils allaient l'ouvrir. De toute manière, dès que nous en arrivons aux discours (que ce soient eux qui commencent à en parler ou moi), je descends d'un premier degré dans leur estime. Ne croyez point que je n'aie pas essayé de le remonter. J'ai fait des efforts désespérés. M'étant aperçu qu'ils étaient tous curieux de savoir quelle sorte de vie j'avais menée avant d'arriver à la propriété de Thorpe-Ambrose, je fais tout ce qui est en mon pouvoir pour satisfaire leur curiosité. Et qu'en résulte-t-il, pouvez-vous l'imaginer ? Que je sois pendu, si je ne les désappointe pas pour la seconde fois ! Quand ils découvrent que je n'ai été ni à Eton, ni à Marrow, ni à Oxford, ni à Cambridge, ils sont pétrifiés de stupeur. Je pense qu'ils me prennent dès lors pour une espèce de bandit. En tout cas, ils ne se dérident point, et je chute d'un degré supplémentaire. Peu importe ! Je bataille encore. Je vous avais promis de faire de mon mieux, et j'ai tenu parole. Je tente une petite causerie sur le voisinage. Les femmes ne disent rien de particulier ; les hommes, à mon grand étonnement, commencent leurs doléances. « Vous ne pourrez trouver une meute de chiens, disent-ils, à vingt milles à la ronde », et ils jugent de leur devoir de me prévenir de la façon dont la réserve de Thorpe-Ambrose a été tenue. Je les laisse parler, pour finir par leur répondre, devinez quoi : « Oh ! ne prenez pas cela à cœur, je me moque de la chasse. Quand je rencontre un oiseau dans ma promenade, pour rien au monde je ne voudrais le tuer. J'aime mieux le voir s'envoler et chanter dans les airs ». Si vous aviez vu leurs figures ! Ils me considéraient jusque-là comme un proscrit ; à présent ils me jugent fou de toute évidence. Il règne un silence de mort, dans lequel je dégringole le dernier degré. Et ainsi de maison en maison, jusqu'à la dernière.

» Je pense que le diable nous a eus. Il fallait que, d'une manière ou d'une autre, le bruit se répandît que j'ai horreur des discours, que j'ai été élevé sans éducation universitaire, et que je puis monter à cheval sans galoper après un malheureux et infect renard, ou un pauvre petit lièvre. Ces trois défauts sont manifestement tout à fait inexcusables chez un gentilhomme campagnard (surtout quand il s'est soustrait aux honneurs publics). Mais je pense, après tout, que j'ai mieux réussi auprès des femmes et des filles. Elles et moi, nous finissions toujours par nous entendre sur le sujet de Mrs. Blanchard et de sa nièce. Nous nous accordions invariablement à dire qu'elles avaient agi sagement en allant à Florence, et la seule raison que nous eussions à donner pour justifier cette opinion était qu'elles seraient distraites de leurs chagrins par la contemplation des chefs-d'œuvre de l'art italien. Chaque dame – je vous en donne ma parole – dans chaque maison où je suis allé en venait tôt ou tard à exprimer cette opinion au sujet de Mrs. Blanchard. Qu'aurions-nous fait sans cette idée magnifique, je l'ignore, car le seul moment véritablement amusant dans toutes ces visites, c'était quand nous inclinions tous la tête de concert, en disant que les chefs-d'œuvre les consoleraient. Pour le reste, voici mon avis : je ne sais comment je m'en sortirais ailleurs, mais ici, je suis indéniablement le mauvais homme au mauvais endroit. Laissez-moi vivre à l'avenir à ma guise et avec mes amis. Demandez-moi tout ce que vous voudrez au monde, tout, sauf l'ennui de faire d'autres visites à mes voisins ».

Allan finit le récit de son expédition au milieu de la gentry locale par cette prière. Pendant un moment, Midwinter resta silencieux. Il avait laissé son ami parler sans l'interrompre. Le résultat désastreux de ses visites venait joindre son impression décourageante à celle du matin, et l'idée qu'Allan se trouvât ainsi menacé d'ostracisme de la part de ses voisins, dès le début de sa carrière dans le voisinage, acheva de plonger Midwinter dans l'abattement auquel son caractère superstitieux ne le rendait que trop enclin. Il lui fallut faire un immense effort pour lever les yeux vers Allan et lui répondre :

— Ce sera comme vous voulez, dit-il doucement. Je suis fâché de ce qui est arrivé, mais je ne vous en suis pas moins obligé, Allan, d'avoir fait ce que je vous avais demandé.

Sa tête se pencha sur sa poitrine et la résignation fataliste qui l'avait déjà calmé à bord du vaisseau naufragé le reprit encore.

« Ce qui doit être sera, pensa-t-il. Qu'ai-je à faire avec l'avenir, qu'a-t-il à faire, lui ? »

— Allons, remettez-vous, reprit Allan, vos affaires au moins sont bien engagées. J'ai fait une visite agréable en ville, dont je ne vous ai pas encore parlé. J'ai vu Pedgift et le fils de Pedgift, qui est son associé. Ce sont les deux plus aimables hommes de loi que j'aie rencontrés et, de plus, ils peuvent nous procurer l'homme que vous désirez pour vous mettre au courant de vos devoirs de régisseur.

Midwinter releva la tête brusquement. Son visage exprimait déjà la méfiance que lui inspirait la nouvelle découverte d'Allan, mais il ne dit rien.

— J'ai pensé à vous, dit Allan, dès que les deux Pedgift et moi nous nous sommes assis devant une bouteille de vin pour célébrer nos nouvelles relations amicales. Le meilleur sherry que j'aie goûté de ma vie ; j'en ai commandé quelques bouteilles, mais ce n'est pas la question pour l'instant. En deux mots, j'ai dit à ces dignes gens votre embarras, et en deux secondes, le vieux Pedgift a compris la situation. « J'ai votre homme à mon étude, a-t-il dit, et avant que le jour du dîner des fermages soit arrivé, je le mettrai avec le plus grand plaisir à la disposition de votre ami ».

Il n'en fallait pas plus pour que la méfiance de Midwinter s'exprimât en mots. Il se mit à questionner Allan sans ménagement.

Il s'avéra que l'homme s'appelait Bashwood. Il était depuis quelque temps (combien ? Allan ne pouvait s'en souvenir) au service de Mr. Pedgift. Il avait été régisseur d'un gentleman (il avait oublié le nom) dans le Norfolk, dans le district ouest du comté. Il avait perdu sa place à la suite d'ennuis familiaux causés par son fils, ennuis dont Allan ne pouvait pas dire grand-chose. Pedgift répondait de lui et devait l'envoyer à Thorpe-Ambrose deux ou trois jours avant l'époque du banquet. Il n'y avait pas à s'inquiéter. Pedgift avait ri de l'idée qu'il put y avoir quelque difficulté avec les fermiers. Deux ou trois jours d'étude sur les livres du régisseur avec un homme pour aider Midwinter étaient largement suffisants.

— Avez-vous vu ce Mr. Bashwood vous-même, Allan ? demanda Midwinter, se tenant toujours obstinément sur ses gardes.

— Non, répliqua Allan. Il était sorti, sorti avec le sac, comme s'est exprimé le jeune Pedgift. Ils m'ont dit que c'était un homme âgé, à l'air respectable, un peu abattu par les chagrins, un peu nerveux et timide avec les étrangers, mais très entendu en affaires, et sur lequel on pouvait compter. Ce sont les propres paroles de Pedgift.

Midwinter réfléchit. L'homme qu'il venait d'entendre décrire et celui qu'il avait rencontré sur le chemin se ressemblaient assez. Était-ce encore un maillon à ajouter à la chaîne des événements ? Midwinter devint d'autant plus convaincu qu'il fallait redoubler de vigilance que ce doute venait de lui traverser l'esprit.

— Lorsque Mr. Bashwood viendra, dit-il, voulez-vous me le laisser voir, et me permettre de lui parler avant que rien de définitif soit arrêté ?

— Mais certainement, je vous le permets ! reprit Allan.

Il regarda sa montre.

— Je vais vous dire ce que je ferai encore pour vous, vieux camarade, ajouta-t-il. Je veux vous faire connaître la plus jolie fille du Norfolk. Nous avons juste le temps de courir au cottage avant le dîner. Venez, je vais vous présenter à Miss Milroy.

— Vous ne pouvez me présenter à elle aujourd'hui, répliqua Midwinter.

Et il fit part du message envoyé par le major dans l'après-midi.

Allan fut surpris et désappointé. Mais il ne renonça point pour cela à se mettre dans les bonnes grâces des habitants du cottage. Après avoir réfléchi, il dit gravement :

— Je témoignerai un intérêt convenable pour la guérison de Mrs. Milroy, et je lui enverrai demain une corbeille de fraises.

Il ne se produisit rien d'autre avant la fin de ce premier jour dans la nouvelle demeure.

Le lendemain, l'événement majeur fut la découverte d'une nouvelle preuve du caractère atrabilaire de Mrs. Milroy. Une demi-heure après l'envoi de la corbeille de fraises au cottage, elle fut rapportée à Allan, par la garde-malade de l'invalide, avec un message bref et sec, transmis de manière brève et sèche : « Mrs. Milroy envoie ses compliments et ses remerciements. Elle ne supporte pas les fraises ». Si cette dame avait eu l'intention de blesser Allan, elle manqua complètement son but. Au lieu d'être fâché contre la mère, il plaignit la fille : « Pauvre enfant, dit-il, combien l'existence doit être pénible avec une telle mère ! »

Il se rendit au cottage le lendemain, mais Miss Milroy n'était pas visible. Elle était occupée en haut. Le major reçut son visiteur avec son tablier de travail, plus préoccupé que jamais de son étonnante pendule, plus inaccessible à tout autre intérêt que lors de leur première entrevue. Ses manières étaient toujours aussi affables, mais pas un mot ne put lui être arraché au sujet de sa femme sinon que Mrs. Milroy n'allait pas mieux que la veille.

Les deux jours suivants se passèrent dans le calme et sans rien de nouveau. Allan persistait à se rendre au cottage, mais il ne put qu'apercevoir un instant à la fenêtre la fille du major. On n'entendit point parler de Mr. Pedgift, et la visite de Mr. Bashwood n'avait pas encore eu lieu. Midwinter refusa de s'engager davantage en rien jusqu'à ce qu'il eût reçu de Mr. Brock la réponse à la lettre qu'il lui avait écrite la nuit de l'arrivée à Thorpe-Ambrose.

Il était extraordinairement silencieux et passait presque tout son temps dans la bibliothèque, à lire. Les jours se traînaient péniblement. Les petits nobles des environs répondirent aux visites d'Allan, en laissant cérémonieusement leurs cartes chez lui. Personne ne vint plus à la maison après cela. Le temps était d'une beauté monotone. Allan commençait à être inquiet et à ressentir le contrecoup de la maladie de Mrs. Milroy. Il se prenait à regretter son yacht, quand, le 20, on eut soudain des nouvelles du monde extérieur. Un message fut apporté de la part de Mr. Pedgift, annonçant que son clerc, Mr. Bashwood, se présenterait personnellement à Thorpe-Ambrose le lendemain, et la réponse de Mr. Brock fut remise à Midwinter.

La lettre était datée du 18, et les nouvelles qu'elle contenait réjouirent non seulement Allan, mais également Midwinter. Le révérend annonçait qu'il partait pour Londres, où l'appelait une affaire concernant un parent dont il était le curateur.

L'affaire terminée, il avait bon espoir de trouver dans la capitale un ami clergyman en mesure de le remplacer dans sa cure et, dans ce cas, il serait à Thorpe-Ambrose avant une semaine. Il se réservait donc de répondre aux questions posées par Midwinter lorsqu'ils se reverraient. Mais comme le temps était compté pour la question de l'intendance de Thorpe-Ambrose, il ne voyait pas pourquoi Midwinter ne se mettrait pas dès à présent à l'apprentissage de sa future tâche, car il ne faisait aucun doute qu'elle était à sa portée et qu'il rendrait ainsi un grand service à son ami.

Allan laissa Midwinter lire et relire la lettre rassurante du docteur comme s'il voulait absolument en apprendre chaque phrase par cœur, et sortit, plus tôt qu'à l'accoutumée, pour sa visite quotidienne au cottage, en d'autres termes avec l'intention de faire une quatrième tentative pour approcher Miss Milroy. La journée avait bien commencé et devait continuer de même. Il tourna le coin de la seconde plantation d'arbrisseaux, et entra dans le petit enclos où il avait pour la première fois rencontré la fille du major. Miss Milroy elle-même s'y promenait, et selon toute apparence attendait quelqu'un.

Elle tressaillit légèrement à la vue d'Allan qui se dirigeait sans hésitation vers elle. Elle n'avait point bonne mine. Ses joues roses avaient souffert de son emprisonnement dans la maison, et une expression marquée d'embarras assombrissait sa jolie figure.

— Je ne sais comment vous l'avouer, monsieur Armadale, dit-elle avant qu'Allan eût pu prononcer un mot, mais je suis venue ici ce matin dans l'espoir de vous rencontrer. J'ai été très contrariée. Je viens seulement d'apprendre par hasard la manière dont maman a reçu le présent de fruits que vous lui avez envoyé. Soyez assez bon pour l'excuser. Elle a été si malade depuis plusieurs années qu'elle est un peu bizarre. Mais vous avez été si bon pour mon père et pour nous tous que je n'ai réellement pu m'empêcher de venir ici dans l'espoir de vous voir et de vous dire combien je regrette ce qui s'est passé. Je vous en prie, veuillez oublier cela, monsieur Armadale !

Sa voix trembla un peu en disant ces derniers mots et, dans son désir de persuader Allan, elle appuya sa main sur son bras.

Allan lui-même était légèrement troublé. La gravité de la jeune fille l'avait pris au dépourvu, et la sincérité avec laquelle elle lui parlait de la manière dont on l'avait offensé lui fit de la peine. Ne sachant que dire, il suivit son instinct et prit sa main :

— Chère Miss Milroy, si vous dites un mot de plus, vous me chagrinerez, répondit-il en lui pressant les doigts. Je n'ai pas été le moins du monde blessé ; j'ai fait la part de la maladie, je vous en donne ma parole. Blessé ! répéta-t-il en reprenant énergiquement le chemin des compliments, je voudrais avoir ma corbeille de fruits renvoyée tous les jours, si j'étais sûr de vous rencontrer chaque matin ici.

Les couleurs commencèrent à revenir aux joues de Miss Milroy.

— Oh, monsieur Armadale ! il n'y a réellement pas de bornes à votre bonté, dit-elle ; vous ne savez pas combien vous me soulagez.

Elle se tut. Sa gaieté revint avec l'heureuse promptitude propre à la jeunesse, et sa bonne humeur naturelle éclaira de nouveau son visage. Elle regarda Allan en souriant timidement, puis ajouta avec un sérieux affecté :

— Ne pensez-vous pas qu'il serait temps de rendre sa liberté à ma main ?

Leurs yeux se rencontrèrent. Au lieu d'obéir, il porta les doigts de la jeune fille à ses lèvres. Toutes les nuances du rose passèrent sur les joues de Miss Milroy. Elle retira sa main brusquement comme si Allan l'avait brûlée :

— Je suis sûre que cela est mal, monsieur Armadale.

Et elle détourna la tête en disant ces mots, car elle souriait malgré elle.

— C'était pour m'excuser de… d'avoir retenu votre main si longtemps, bégaya Allan. Une excuse n'est point une chose mauvaise, n'est-il pas vrai ?

Il est des occasions (quoique fort rares) où le tempérament féminin apprécie de pouvoir invoquer la pure raison. C'était précisément le cas pour Miss Milroy à cet instant : on lui avait offert une démonstration abstraite, et on l'avait convaincue. S'il s'agissait d'une excuse, tout était différent, se vit-elle forcée d'admettre.

— J'espère seulement, dit la jeune coquette en le regardant timidement, que vous ne me trompez point. Ce n'est pas que cela soit d'importance maintenant, ajouta-t-elle en penchant la tête d'un air sérieux, car si nous avons commis quelque imprudence, monsieur Armadale, nous n'aurons pas l'occasion d'en commettre d'autres.

— Est-ce que vous partez ? s'écria Allan très alarmé.

— Pire que cela, monsieur Armadale, ma nouvelle gouvernante arrive.

— Elle arrive ? répéta Allan. Déjà ?

— C'est tout comme, pour être plus précise. Nous avons reçu les réponses à notre annonce ce matin. Papa et moi les avons lues ensemble, il y a une heure, et tous deux nous sommes tombés d'accord sur la même lettre : moi, parce que le style m'en a plu, et papa, parce que les appointements demandés sont raisonnables. Il va renvoyer la lettre à grand-maman à Londres par la poste d'aujourd'hui, et si les renseignements sont bons, la gouvernante sera engagée. Vous ne pouvez croire combien je suis effrayée de cette idée… une gouvernante inconnue, c'est une perspective si épouvantable. Mais je me dis que c'est moins triste cependant que d'aller en pension, et j'ai bon espoir au sujet de cette dame, sa lettre était si gentille ! Comme je l'ai dit à papa, cela m'a presque réconciliée avec son vilain nom.

— Et quel est ce nom ? demanda Allan. Brown ? Crubb ? Scragg ? Quelque chose dans ce genre ?

— Taisez-vous donc ! Ce n'est rien de si horrible. Elle s'appelle Gwilt. Cela manque affreusement de poésie, n'est-ce pas ? La personne qui lui sert de référence doit être bien cependant, car elle demeure dans le même quartier que grand-maman... Arrêtez, monsieur Armadale ! nous nous trompons de chemin. Non, je ne puis regarder avec vous vos jolies fleurs ce matin, et je vous remercie, mais je ne puis accepter votre bras. Je suis déjà restée ici trop longtemps. Mon père attend son déjeuner, et il faut que je coure maintenant pour rentrer. Merci de votre indulgence envers maman. Merci encore et au revoir.

— Ne nous serrons-nous pas la main ?

Elle la lui lendit.

— Pas de nouvelles excuses, s'il vous plaît, monsieur Armadale.

Leurs yeux se rencontrèrent, et la petite main potelée fut une nouvelle fois pressée contre les lèvres d'Allan.

— Ce n'est point une excuse, cette fois-ci ! s'écria Allan précipitamment pour se défendre. C'est... c'est une marque de respect.

Elle recula de quelques pas et éclata de rire.

— Vous ne me retrouverez plus sur vos terres, monsieur Armadale, dit-elle, jusqu'à ce que j'aie Miss Gwilt pour m'accompagner.

Sur cet adieu, elle ramena ses jupes autour d'elle et se mit à courir de toutes ses forces.

Allan resta immobile à la regarder dans une extase d'admiration, jusqu'à ce qu'elle eût disparu. Cette seconde entrevue fit sur lui une impression extraordinaire. Pour la première fois depuis qu'il était devenu maître de Thorpe-Ambrose, il songeait sérieusement aux devoirs que lui imposait sa nouvelle position.

« La question est de savoir, se dit-il, si je ne ferais pas mieux de me mettre bien avec mes voisins, en devenant un homme marié ? Je vais y réfléchir aujourd'hui, et si je reste dans ces mêmes intentions, je consulterai Midwinter à ce sujet demain matin ».

Au matin, lorsque Allan descendit pour le petit déjeuner, résolu à consulter son ami sur ses obligations envers ses voisins en général et envers Miss Milroy en particulier, Midwinter n'était pas là. S'étant informé, Allan apprit qu'on l'avait vu prendre une lettre arrivée pour lui le matin, à la suite de quoi il s'était rendu immédiatement dans sa chambre. Allan y monta et frappa à la porte.

— Puis-je entrer ? demanda-t-il.

— Pas tout de suite.

— Vous avez reçu une lettre, n'est-ce pas ? Auriez-vous appris quelque mauvaise nouvelle ?

— Non. Je suis souffrant ce matin. Ne m'attendez pas pour déjeuner. Je descendrai dès que je pourrai.

Ils n'échangèrent pas un mot de plus. Allan retourna dans la salle à manger un peu désappointé. Il était impatient de consulter Midwinter.

« Quel singulier garçon, pensa-t-il. Que diable peut-il faire, enfermé tout seul ? »

Il ne faisait rien. Il était assis à la fenêtre, tenant à la main la lettre qu'il avait reçue au courrier du matin. L'écriture était celle de Mr. Brock et elle disait ceci :

Mon cher Midwinter,

Je n'ai réellement que deux minutes avant le départ du courrier pour vous dire que je viens de rencontrer dans les jardins de Kensington la femme que nous ne connaissons jusqu'à présent que comme la femme au châle de Paisley rouge. Je l'ai suivie ainsi que sa compagne – une femme d'un certain âge à l'air respectable – jusqu'à leur demeure, après leur avoir distinctement entendu prononcer le nom d'Allan. Soyez certain que je ne la perdrai point de vue jusqu'à ce que je me sois assuré qu'elle ne médite aucun méchant projet sur Thorpe-Ambrose. Attendez-vous à recevoir de mes nouvelles aussitôt que je saurai quelque chose.

Votre dévoué,

DECIMUS BROCK.

Après avoir lu cette lettre pour la seconde fois, Midwinter la plia, songeur, et la plaça dans son portefeuille à côte du papier contenant le récit du rêve d'Allan.

« Votre découverte n'en restera pas là, monsieur Brock ; faites ce que vous voulez : quand le temps sera venu, la femme sera ici », pensa-t-il.

V. Mrs. Oldershaw sur ses gardes
I. Mrs. Oldershaw (Diana Street, Pimlico) à Miss Gwilt (West Place, Old Brompton)

Magasin de toilettes pour dames,
le 20 juin, huit heures du soir.

Ma chère Lydia,

Trois heures environ se sont écoulées, autant que je puis me souvenir, depuis que je vous ai poussée sans cérémonie dans ma maison de West Place, en vous disant simplement de m'attendre jusqu'à ce que vous me revoyiez ; depuis que, fermant la porte précipitamment, je vous ai laissée seule dans le vestibule. Je connais votre nature susceptible, ma chère, et je crains qu'à l'heure qu'il est vous n'ayez conclu que jamais personne ne fut si abominablement traitée par son hôtesse.

Si j'ai tardé à vous expliquer mon étrange conduite, ce n'est point ma faute. L'une des nombreuses et délicates difficultés inhérentes à la confidentialité de ma mission est survenue (comme je l'ai découvert depuis) tandis que nous prenions l'air cette après-midi dans les jardins de Kensington.

Il ne me paraît point possible de vous rejoindre avant quelques heures, et j'ai un avis très urgent à glisser dans votre oreille ; j'ai même déjà trop tardé à vous le communiquer ; aussi vous l'envoyé-je sans délais.

Je commence par vous donner un conseil. Sous aucun prétexte, ne vous aventurez dehors ce soir, et soyez très soigneuse, tant qu'il fera jour, de ne vous montrer à aucune des fenêtres donnant sur la rue. J'ai des raisons pour craindre qu'une certaine charmante personne, demeurant avec moi en ce moment, ne soit épiée. Ne vous alarmez pas, ne vous impatientez point ; vous saurez pourquoi. Je ne puis m'expliquer qu'en revenant sur notre malheureuse rencontre dans les jardins avec ce révérend gentleman dont l'obligeance alla jusqu'à nous suivre à ma maison. Il m'est venu à l'esprit, juste au moment où nous arrivions à la porte, qu'il pouvait avoir un autre motif moins flatteur pour ses goûts et plus dangereux pour nous que celui que nous lui avions supposé d'abord. En un mot, Lydia, je me suis demandé si vous aviez rencontré un nouvel admirateur ou un autre ennemi. Je n'ai point eu le temps de vous dire cela, je n'ai eu que celui de vous mettre en sûreté dans la maison et de m'assurer du prêtre (au cas où mes soupçons fussent vrais) en réglant ma conduite sur la sienne, c'est-à-dire en le suivant à mon tour.

Je me tins d'abord à quelque distance derrière lui pour prendre le temps de réfléchir et pour m'assurer que mes soupçons étaient fondés. Nous n'avons pas de secrets l'une pour l'autre, et vous allez apprendre ce qu'étaient ces soupçons.

Je ne me suis point étonnée que vous l'eussiez reconnu ; ce vieillard n'a pas une allure commune, et vous l'avez vu deux fois dans le Somerset : d'abord le jour où vous lui aviez demandé votre route pour vous rendre chez Mrs. Armadale, ensuite à votre retour, au moment de reprendre le chemin de fer. Mais ce qui m'a surprise (considérant que vous aviez votre voile baissé en ces deux occasions, et aussi dans notre promenade aux jardins), c'est que lui vous eût reconnue. Je doute qu'il ait pu reconnaître votre silhouette en vous revoyant dans une toilette d'été, alors qu'il ne vous avait vue que dans vos vêtements d'hiver.

Nous causions, il est vrai et votre voix n'est pas le moindre de vos charmes, mais je doute aussi bien qu'il s'en soit souvenu. Cependant, il m'a semblé certain qu'il vous reconnaissait. Comment ? demanderez-vous. Ma chère, la mauvaise fortune a voulu que nous fussions en train de parler à ce moment précis du jeune Armadale. Je crois fermement que ce nom est la première chose qui l'ait frappé et, alors seulement, votre voix lui est revenue en mémoire ainsi que votre silhouette. Et alors ? direz-vous. Réfléchissez encore, Lydia, et dites-moi si le clergyman de l'endroit où habitait Mrs. Armadale ne doit pas très vraisemblablement avoir été son ami ? Et s'il était son ami, la première personne à qui elle a dû demander conseil, après la manière dont vous l'avez effrayée, après vos menaces de tout dire à son fils ? N'était-il point magistrat de l'endroit en même temps que ministre de la paroisse, comme vous l'apprit l'aubergiste ?

Vous devez maintenant comprendre pourquoi je vous ai laissée si brusquement, et je vais vous conter le reste.

J'ai suivi le vieux monsieur jusqu'à ce qu'il eût pris une rue déserte, et alors je l'ai accosté, mon respect pour l'Église gravé, je m'en flatte, sur chaque ligne de mon visage.

— Voulez-vous m'excuser, lui dis-je, d'oser vous demander, monsieur, si vous avez reconnu la dame qui se promenait avec moi dans les jardins ?

— Voulez-vous m'excuser, madame, si je me permets de vous demander pourquoi vous me faites cette question ?

Ce fut toute la réponse que j'obtins.

— Je voulais, monsieur, si mon amie n'est point absolument une étrangère pour vous, attirer votre attention sur un sujet très délicat ayant rapport à une dame morte et à son fils qui lui survit.

J'ai vu qu'il était ébranlé, mais il a été assez rusé en même temps pour retenir sa langue et attendre ce qui allait venir.

— Si j'ai tort de supposer que vous ayez reconnu mon amie, ai-je continué, je vous prie de m'excuser. Mais je ne peux croire qu'un honorable gentleman de votre état ait pu suivre une dame qui lui était absolument étrangère.

Enfin, il était attrapé. Il a rougi (imaginez cela à son âge), et a avoué la vérité pour défendre sa moralité.

— J'ai déjà rencontré cette dame une fois, et j'avoue l'avoir reconnue tout à l'heure, m'a-t-il dit. Vous m'excuserez, mais je refuse de répondre sur le fait de savoir si j'ai ou non suivi cette personne exprès. Vous désiriez savoir si votre amie ne m'est point absolument étrangère ; vous avez maintenant cette assurance. Au cas où vous auriez quelque chose de particulier à me dire, je vous laisse décider si le moment est bien choisi.

Il a paru attendre et a regardé autour de lui. J'ai attendu à mon tour en regardant autour de moi. Il a déclaré que la rue n'était point un lieu commode pour causer d'un sujet si délicat. J'ai exprimé exactement la même opinion. Il ne m'a point offert de me conduire où il demeurait ; je ne lui ai pas non plus proposé de le mener chez moi. Avez-vous déjà vu deux chats étrangers, ma chère, nez à nez sur les toits ? C'est ainsi que le prêtre et moi nous nous tenions en face l'un de l'autre.

— Eh bien, madame, a-t-il fini par dire, continuerons-nous notre conversation, en dépit des circonstances ?

— Oui, monsieur, ai-je répliqué. Nous sommes heureusement tous deux d'un âge où l'on n'a que faire de ce genre de circonstances. (J'avais remarqué que le vieux misérable regardait mes cheveux blancs et se rassurait en pensant que sa réputation ne craignait rien s'il était vu en ma compagnie).

Après avoir ainsi croisé le fer, nous en sommes venus aux faits. J'ai commencé par lui dire que son intérêt pour vous ne me semblait point inspiré par un sentiment amical. Il a admis cela, toujours, bien sûr, pour défendre sa moralité. Je lui ai répété ensuite tout ce que vous m'aviez raconté de vos démarches dans le Somerset au moment où nous nous étions aperçues qu'il nous suivait. Ne vous effrayez pas, ma chère, j'agissais d'après ce principe : si vous voulez faire goûter un plat de mensonges, mettez-y une garniture de vérités. Bien. M'étant assuré de cette manière la confiance du vieux monsieur, je lui ai déclaré que vous vous étiez amendée depuis ce jour où vous vous étiez rencontrés. Je ressuscitai, ce coquin de mort, votre mari, sans prononcer de nom, naturellement ; je l'ai établi dans les affaires au Brésil (le premier endroit, qui me soit venu à l'esprit) et j'ai inventé une lettre dans laquelle il offrait de pardonner à sa femme, si elle voulait se repentir et retourner auprès de lui. J'ai assuré notre clergyman que la noble conduite de votre mari avait touché votre nature endurcie ; et alors, pensant que j'avais produit une bonne impression, j'en suis arrivée hardiment à resserrer l'étau. Je lui ai dit :

— Au moment où vous nous avez rencontrées, ma malheureuse amie me parlait de ses remords touchant sa conduite envers feu Mrs. Armadale. Elle me confiait son désir de mériter le pardon de son fils, et c'est à sa requête (car elle ne peut se résoudre à se présenter devant vous) que j'ose vous demander si Mr. Armadale est encore dans le Somerset, et s'il voudrait consentir à recevoir, par petits acomptes, la somme d'argent que mon amie reconnaît avoir arrachée à Mrs. Armadale en profitant de ses craintes.

Telles ont été exactement mes paroles. Jamais histoire aussi claire et expliquant aussi clairement toute chose ne fut débitée. C'était à faire fondre une pierre. Mais ce clergyman du Somerset est plus dur qu'une pierre. Je rougis pour lui, ma chère, en vous assurant qu'il s'est montré assez insensible pour ne paraître croire ni à votre repentir ni à l'établissement de votre mari au Brésil ni à votre désir de rendre l'argent. C'est véritablement un malheur qu'un pareil homme appartienne à l'Église. Tant de pénétration est on ne peut plus blâmable chez un ecclésiastique.

— Est-ce que votre amie se propose de rejoindre son mari par le prochain steamer ? a été tout ce qu'il a consenti à répondre quand j'ai eu fini.

J'avoue que j'étais furieuse. Je lui ai répondu sèchement :

— Oui, c'est son intention.

— Comment pourrai-je communiquer avec elle ? a-t-il demandé.

— Par lettres à mon adresse, ai-je reparti d'un ton aussi rogue.

— Quelle est cette adresse, madame ?

Là, je l'ai encore attrapé.

— Vous avez trouvé mon adresse de vous-même, monsieur, et l'almanach de commerce vous dira mon nom, si vous désirez l'apprendre aussi par vous-même ; autrement, je vous offre ma carte.

— Mille remerciements, madame. Si votre amie désire communiquer avec Mr. Armadale, je vous offre aussi ma carte en retour.

— Merci, monsieur.

— Merci, madame.

— Bonjour, monsieur.

— Bonjour, madame.

Et là-dessus nous nous sommes séparés. Je me suis rendue à un rendez-vous à ma maison de commerce, et lui est parti avec une précipitation suspecte. Mais ce dont j'ai acquis la certitude, c'est son insensibilité. Je plains ceux qui l'appellent à leur lit de mort !

La question à se poser maintenant est celle-ci : Que ferons-nous, si nous ne trouvons pas le moyen de tenir ce vieux misérable à distance ? Il peut ruiner toutes nos espérances à Thorpe-Ambrose, juste au moment où nous croyons toucher à notre but. Attendez jusqu'à ce que je vienne à vous, l'esprit libre, j'espère, de l'autre difficulté qui m'ennuie ici. A-t-on jamais vu une aussi mauvaise chance que la nôtre ! Songez seulement à cet homme désertant son troupeau et arrivant à Londres juste au moment même où nous avons répondu à l'annonce et où nous attendons, peut-être la semaine prochaine, que l'on vienne aux renseignements. Je trouve réellement cet homme insupportable. Nous devrions faire intervenir son évêque. Votre affectionnée,

MARIA OLDERSHAW.

II. De Mrs. Gwilt à Miss Oldershaw

West Place, le 20 juin.

Ma chère pauvre vieille,

Combien vous connaissez peu ma susceptibilité, comme vous l'appelez ! Au lieu de me trouver offensée quand vous m'avez quittée, je me suis mise à votre piano, et j'ai tout oublié de vous jusqu'à l'arrivée de votre messager. Votre lettre est irrésistible. Elle m'a fait rire au point d'en perdre la respiration. De toutes les absurdes histoires que j'ai lues, celle que vous avez faite au clergyman du Somerset est la plus comique, et quant à votre conversation avec lui dans la rue, c'est un vrai péché de la garder pour nous. Le public a le droit de s'en amuser sous la forme d'une farce donnée dans l'un de nos théâtres.

Heureusement pour nous deux (pour en venir aux choses sérieuses), votre messager est une prudente personne. Il m'a fait demander s'il y avait une réponse et, malgré mon allégresse, j'ai eu assez de présence d'esprit pour répondre oui.

Je ne sais quel imbécile a dit dans un livre que j'ai lu jadis qu'une femme ne peut avoir à la fois deux idées différentes en tête. Je déclare que vous m'avez presque fait donner raison à cet homme. Quoi ! quand vous avez réussi sans être remarquée à vous rendre à vos affaires, et alors que vous croyez la maison surveillée, vous vous proposez de revenir ici ! Pourquoi ? Pour laisser le clergyman retrouver votre trace ? Quelle folie ! Restez où vous êtes, et quand vous serez sortie de vos embarras à Pimlico (sans doute une intrigue de femme – que les femmes sont donc ennuyeuses !), soyez assez bonne pour lire ce que j'ai à vous dire sur nos embarras à Brompton.

D'abord, la maison, ainsi que vous le supposez, est surveillée. Une demi-heure après que vous m'avez laissée, j'ai entendu dans la rue un bruit de voix qui m'a fait abandonner le piano pour regarder à la fenêtre. Il y avait un cab arrêté devant la maison d'en face, où on loue des meublés. Un vieillard, qui avait l'air d'un brave domestique, se disputait avec le cocher sur le prix de sa course. Un vieux monsieur est alors sorti de la maison et les a fait taire. Ce même gentleman est apparu ensuite, avec de grandes précautions, à l'une des fenêtres de la façade. Il avait eu le mauvais goût, quelques heures auparavant, de douter de la vérité de vos paroles. Ne vous inquiétez pas, il ne m'a point vue ; quand il a levé les yeux, après en avoir fini avec le cocher, j'étais cachée derrière les rideaux. J'y suis retournée deux ou trois fois depuis, et ce que j'ai vu m'a donné la conviction, que cet homme et son domestique se mettaient en observation tour à tour à la fenêtre, de manière à ne jamais perdre de vue votre maison ni la nuit ni le jour. Que le clergyman soupçonne la vérité, c'est tout à fait impossible. Mais qu'il croie fermement que je médite quelque chose contre le jeune Armadale, et que vous l'ayez tout à fait confirmé dans cette conviction, voilà qui est aussi clair que deux et deux font quatre. Et cela (comme vous me le rappelez fort à propos) au moment où le major va prendre ses renseignements !

Indubitablement, c'est une terrible situation pour deux femmes ! Mais nous avons un moyen d'en sortir, grâce, mère Oldershaw, à ce que je vous ai forcée à faire quelques heures avant notre rencontre avec le clergyman du Somerset.

Le souvenir de notre méchante petite querelle de ce matin, après que nous avons lu l'annonce du major, est-il entièrement sorti de votre tête ? Avez-vous oublié comment j'ai persisté dans mon opinion que vous étiez beaucoup trop connue à Londres pour vous présenter sous votre véritable nom comme mon répondant, ou pour recevoir dans votre maison une dame et un gentleman, venant demander des renseignements ? Ne vous rappelez-vous pas votre colère, lorsque j'ai mis fin à notre dispute en déclarant que je refusais de faire un pas de plus dans cette voie, à moins de pouvoir envoyer au major Milroy une adresse où vous soyez totalement inconnue et un nom, n'importe lequel, pourvu qu'il ne soit pas le vôtre ? Quel regard vous m'avez lancé en voyant qu'il fallait ou céder ou renoncer à toute l'affaire ! Avez-vous fulminé contre les logements de l'autre côté du parc ! Et lorsque vous êtes revenue, locataire en titre d'un meublé dans le respectable Bayswater, comme vous avez grogné de l'inutile dépense que je vous imposais !

Que pensez-vous maintenant de cet appartement meublé, vieille entêtée ? Nous voici avec l'ennemi nous menaçant à notre porte et sans espoir d'échapper, à moins que nous ne puissions disparaître dans les ténèbres. Et nous avons pour cela le logement de Bayswater, où jamais personne ne nous a suivies, tout prêt pour nous recueillir, logement où nous pouvons être à l'abri et répondre à notre aise aux enquêtes du major. Verrez-vous enfin un peu plus loin que votre pauvre vieux nez. Y a-t-il rien au monde qui puisse empêcher votre sûre disparition de Pimlico cette nuit, et votre installation dans Bayswater comme mon respectable répondant une demi-heure après ? Oh ! fi, fi, mère Oldershaw ! Tombez sur vos vieux méchants genoux, et remerciez votre étoile d'avoir eu un diable comme moi pour vous contrarier ce matin.

Mais si nous parlions un peu de la seule difficulté importante, de mon propre embarras, je veux dire ? Surveillée comme je le suis dans cette maison, comment parviendrai-je à vous rejoindre sans attirer le prêtre ou son domestique sur mes talons ?

Étant de toute façon retenue prisonnière ici, je ne vois d'autre choix pour moi que d'essayer la vieille méthode du changement d'habits. J'ai regardé votre bonne. Si ce n'est que nous avons toutes les deux le teint clair son visage et ses cheveux n'ont aucune ressemblance avec les miens. Mais nous sommes de même taille, et si elle savait seulement s'habiller, si ses pieds étaient plus petits, sa tournure serait assez élégante, plus élégante qu'on n'est en droit de l'attendre d'une personne de sa condition.

Mon projet est de lui faire revêtir ma toilette d'aujourd'hui, de l'envoyer dehors avec notre ennemi le révérend à sa poursuite et, aussitôt que la voie sera libre, de sortir moi-même pour vous rejoindre. La chose serait tout à fait impossible si l'on m'avait vue avec mon voile levé, mais c'est un des avantages de l'horrible scandale qui suivit mon mariage que je me montre rarement en public, surtout dans une ville aussi peuplée que Londres, sans porter un voile épais. Si la bonne revêt ma robe, je ne vois pas pourquoi elle ne donnerait pas le change.

La seule question est celle-ci : peut-on se fier à cette femme ? Si vous le pensez, envoyez-moi seulement une ligne pour lui commander de votre part de se mettre à ma disposition. Je ne lui dirai pas un mot sans que vous m'y ayez autorisée.

Donnez-moi cette réponse ce soir même. Tant que nous n'avons fait que parler de la place de gouvernante, j'étais assez indifférente au dénouement, mais maintenant que nous avons répondu à l'annonce du major, j'y pense sérieusement. Je veux devenir Mrs. Armadale de Thorpe-Ambrose ; et malheur à l'homme ou à la femme qui essayeraient de m'en empêcher !

À vous,

LYDIA GWILT.

P.S. – Je rouvre ma lettre pour vous dire de ne pas craindre que votre messager soit suivi à son retour à Pimlico. Il se rendra à une taverne où il est connu, renverra le cab à la porte, et sortira ensuite par une porte de derrière.

III. De Mrs. Oldershaw à Miss Gwilt

Diana Street, 10 heures.

Ma chère Lydia,

Vous m'avez écrit une lettre sans cœur. Si vous aviez été ennuyée, tourmentée comme je l'étais quand je vous ai écrit, j'eusse eu plus d'indulgence pour mon amie, en ne la trouvant pas aussi perspicace que de coutume. Mais le vice du siècle est le grand manque de respect envers les personnes âgées. Votre esprit est dans un triste état, ma chère, et vous avez besoin d'un bon exemple. Vous en aurez un : je vous pardonne.

Ayant maintenant soulagé ma conscience par l'accomplissement d'une bonne action, supposons que je vous prouve, tout en protestant contre la vulgarité de l'expression, que je peux voir un peu plus loin que mon pauvre vieux nez ?

Je répondrai d'abord à votre question au sujet de la bonne. Vous pouvez avoir toute confiance en elle. Elle a eu des malheurs et saura être discrète. Elle parait être de votre âge, bien qu'elle ait quelques années de plus que vous. Ci-joint les ordres qui la mettront à votre disposition.

Maintenant, parlons de votre projet de me rejoindre à Bayswater. Le plan n'est pas mauvais, mais il réclame une petite amélioration. Il faut tromper (et vous allez comprendre immédiatement pourquoi) le révérend plus complètement que vous ne vous proposez de le faire. Je désire qu'il voie le visage de la bonne, dans des circonstances qui puissent le persuader que c'est le vôtre. Je veux, en conséquence, qu'il la voie quitter Londres et qu'il ait l'impression qu'il a été le témoin de la première étape de votre voyage au Brésil. Il n'a pas cru à ce voyage, quand je le lui ai annoncé aujourd'hui dans la rue. Il peut y croire, si vous suivez les instructions que je vais vous donner.

C'est demain samedi. Faites sortir la bonne dans votre toilette d'aujourd'hui, comme vous vous le proposiez ; mais ne sortez pas, vous, et surtout n'approchez pas de la fenêtre. Priez la brave créature de tenir son voile baissé, de faire une promenade d'une demi-heure, et de rentrer ensuite. Dès qu'elle reviendra, envoyez-la se mettre à la fenêtre, en lui recommandant de lever son voile négligemment et de regarder dehors. Qu'elle disparaisse une minute ou deux pour reparaître encore, mais sans chapeau et sans châle ; faites-la même aller sur le balcon. Elle continuera de se montrer à la fenêtre (pas trop souvent) dans le courant de la journée. Le lendemain, puisque nous avons affaire à un prêtre, envoyez-la, à tout prix, à l'église. Si tout cela ne convainc pas notre clergyman que le visage de la bonne est le vôtre et ne le dispose point à croire à votre repentir, j'aurai vécu soixante ans, ma chère, dans cette vallée de larmes, sans profit pour mon expérience.

Venons-en à lundi. J'ai regardé les annonces des départs, et j'ai appris qu'un steamer quitte Liverpool pour le Brésil, mardi prochain. Rien ne peut être plus commode. Nous nous embarquerons pour votre voyage sous les yeux mêmes du révérend. Voici comment vous allez procéder.

À une heure, envoyez l'homme qui nettoie les couteaux et les fourchettes chercher un cab ; quand il l'aura amené à la porte, qu'il aille en chercher un autre dans lequel il attendra lui-même au coin de la place. Que la bonne (toujours dans vos vêtements) monte avec les malles nécessaires dans le premier cab ; elle le fera diriger vers le terminus du North Western[1]*. Lorsqu'elle sera partie, glissez-vous dans la seconde voiture et venez me rejoindre à Bayswater. Nos espions suivront sans doute la première, parce qu'ils l'auront vue attendre à la porte, mais la seconde leur échappera, parce qu'ils ne l'auront pas vue. Lorsque la bonne aura gagné la station, et fait de son mieux*

1 L'une des compagnies de chemin de fer (cf. également Great Western et South Eastern) qui desservaient l'Angleterre depuis Londres. Ici, le Nord-ouest et la région de Liverpool.

pour disparaître dans la foule (j'ai choisi dans ce but le train de 2 h 10), vous serez en sûreté avec moi. Et alors, qu'ils s'aperçoivent ou non que la fille n'est pas réellement partie pour Liverpool, ce sera de peu d'importance. Ils auront perdu votre trace et pourront suivre votre doublure partout dans Londres, s'ils le veulent. Elle a mes instructions ; elle devra laisser ses malles vides arriver seules jusqu'au bureau des Objets trouvés, se rendre chez ses amis de la City, et y rester jusqu'à ce que j'aie besoin d'elle. Et quel est le but de tout ceci ?

Ma chère Lydia, c'est votre sécurité (et la mienne). Nous pouvons réussir comme nous pouvons échouer à convaincre le clergyman de votre départ pour le Brésil. Si nous y parvenons, nous n'avons plus rien à craindre de sa part ; si nous échouons, il avertira le jeune Armadale de se méfier d'une femme ayant les traits de ma bonne, non les vôtres. Dans ce cas, la Miss Gwilt qu'il décrira comme ayant glissé entre ses doigts ici sera si différente de la Miss Gwilt établie à Thorpe-Ambrose que tout le monde sera convaincu qu'il y a seulement similitude de noms.

Que dites-vous à présent de l'amélioration que j'ai apportée à votre idée ? Ma cervelle est-elle aussi faible que vous le pensiez en m'écrivant ? Ne croyez pas cependant que je sois si glorieuse de mon ingéniosité. Des tours plus intelligents que celui-là sont quotidiennement joués au public par les chevaliers de l'industrie, et racontés dans les journaux. Je veux seulement vous montrer que mon aide n'est pas moins nécessaire au succès de la spéculation Armadale maintenant que lorsque je fis nos premières et importantes découvertes au moyen du jeune homme de l'agence d'investigations privées de Shadyside Place.

Je n'ai rien de plus à vous dire, que je sache, excepté que je vais partir à l'instant pour notre nouveau logement avec une caisse à mon nouveau nom. Les derniers moments de mère Oldershaw, marchande de toilettes, approchent, et la naissance de la respectable caution de Miss Gwilt, Mrs. Mandeville, aura lieu dans un cab d'ici à cinq minutes. Je crois que je suis restée jeune de cœur, car je suis tout à fait amoureuse de mon nom romanesque ; il résonne presque aussi bien que celui de Mrs. Armadale de Thorpe-Ambrose, n'est-il pas vrai ?

Bonne nuit, ma chère, je vous souhaite des rêves agréables. Si quelque accident arrivait d'ici à lundi, écrivez-moi immédiatement par la poste. Si rien de fâcheux ne survient, vous m'aurez rejointe assez tôt pour les investigations que pourra faire le major. Mes dernières recommandations sont : ne sortez pas, et ne vous risquez pas près des fenêtres donnant sur la rue.

Votre affectionnée,

M.O.

VI. Midwinter se métamorphose

Vers midi, le 21, Miss Milroy se promenait dans le jardin du cottage, dégagée de ses obligations dans la chambre de la malade par une légère amélioration de l'état de santé de sa mère. Tout à coup, son attention fut attirée par un bruit de voix dans le parc. Elle reconnut immédiatement la première pour être celle d'Allan ; l'autre lui était inconnue. Elle écarta les branches d'un arbuste, près de la palissade du jardin, et vit Allan s'approcher du cottage en compagnie d'un homme petit, brun et mince qui riait et parlait très haut avec une grande animation. Miss Milroy courut aussitôt vers la maison pour avertir son père de l'arrivée du jeune squire, ajoutant qu'il amenait un étranger très bruyant avec lui, probablement l'ami dont on leur avait parlé.

La fille du major avait-elle deviné juste ? Le compagnon gai et bavard du jeune Armadale était-il bien le timide, le morose Midwinter des anciens jours ? C'était bien lui. En présence d'Allan, ce matin même, un changement extraordinaire avait transformé l'ami d'Allan.

Lorsque Midwinter était entré dans la salle à manger, après avoir lu la lettre singulière du révérend, Allan était trop occupé pour faire attention à lui. La difficulté non encore résolue de choisir le jour du dîner des fermages venait de lui être soumise de nouveau et, sur les conseils du maître d'hôtel, il l'avait fixé au 28 du mois. C'est seulement en se tournant vers son ami, pour lui faire remarquer l'espace de temps considérable que ce nouvel arrangement leur laissait pour étudier les livres du régisseur, qu'Allan avait remarqué le changement dans la physionomie de Midwinter. Il lui en avait fait la remarque avec sa légèreté habituelle, et avait reçu en retour une réponse brusque et désobligeante. Tous les deux avaient déjeuné sans la cordialité habituelle, et le repas s'était achevé tristement, jusqu'au moment où Midwinter avait rompu le silence par un accès de gaieté, lequel avait révélé à Allan un nouveau côté du caractère de son ami.

En cela, le jeune squire se trompait encore. Ce n'était pas une nouvelle facette de la personnalité de Midwinter qui s'offrait au regard, c'était seulement un nouvel aspect de la sempiternelle lutte que le jeune homme menait avec lui-même.

Irrité d'avoir été trahi par son visage, sentant les yeux d'Allan fixés sur lui, et redoutant les questions qu'il pouvait lui poser, Midwinter avait voulu lui faire oublier à toute force l'impression que l'altération de ses traits avait produite par un de ces efforts que sa nature nerveuse et féminine lui rendait plus faciles qu'à tout autre. Convaincu qu'il était que la fatalité s'avançait vers eux depuis la découverte du révérend dans les jardins de Kensington, l'esprit manifestement plein de la conviction renaissante que la prédiction de son père mourant se réalisait à présent pour le séparer de la seule créature humaine à laquelle il était attaché, envahi par la peur de voir s'accomplir la vision du rêve d'Allan avant que ce jour où les deux Armadale se trouvaient réunis s'achevât, subissant plus fort qu'il ne l'avait jamais subi le joug de cette triple étreinte née de ses propres superstitions, il voulait, dans un effort désespéré, rivaliser devant Allan de gaieté et de bonne humeur avec Allan lui-même.

Il se mit à causer et à rire. Il présentait son assiette à tous les plats sans exception qui lui étaient offerts ; il faisait des plaisanteries stupides et racontait des histoires absurdes. Il commença par étonner Allan, il finit par l'amuser. Il encouragea ses confidences au sujet de Miss Milroy et éclata de rire quand Allan lui eut révélé ses nouvelles vues sur le mariage, au point que les domestiques durent croire que l'étrange ami de leur maître devenait fou. Il accepta avec empressement la proposition d'Allan d'être présenté à Miss Milroy afin de la juger par lui-même.

Et tous deux partirent pour le cottage, Midwinter de plus en plus bruyant, faisant montre de cet aplomb, de cette audace maladroite et déplacée dont seuls sont capables les timides.

Ils furent reçus dans le parloir par la fille du major, qui précédait son père. Allan allait lui présenter son ami selon les formes habituelles. À son grand étonnement, Midwinter lui coupa la parole et s'adressa lui-même à Miss Milroy avec un air confiant, un sourire hardi, une aisance gauche et déplaisante ; sa gaieté artificielle, fouettée depuis le matin et de plus en plus effervescente, dépassait toutes les bornes, il causait et regardait avec cette liberté exagérée qui est la conséquence inévitable des efforts faits par un homme résolu à vaincre sa timidité. Il se jeta dans des phrases et des compliments sans fin. Ses regards se portaient tour à tour de Miss Milroy à Allan, et il déclara en riant qu'il comprenait pourquoi les promenades matinales de son ami avaient toujours lieu dans la même direction. Il la questionna sur la santé de sa mère, et interrompit ses réponses par des remarques contradictoires sur le temps. Elle devait trouver la journée insupportablement chaude, il enviait sa fraîche robe de mousseline.

Le major entra.

Avant qu'il pût dire deux mots, Midwinter l'attaqua avec la même familiarité et la même débauche de paroles. Il exprima son intérêt pour la santé de Mrs. Milroy en des termes qui eussent été excessifs sur les lèvres d'un ami de la famille. Il s'embarrassa dans des excuses sans fin pour le dérangement causé au major dans ses travaux. Il cita les récits extravagants d'Allan sur la pendule et témoigna son impatience de la voir, dans des termes plus extravagants encore.

Il parla avec emphase de l'horloge de Strasbourg, dont il avait lu la description, et plaisanta sur les figures automatiques qu'elle met en mouvement, sur la procession des douze apôtres qui se promènent à midi, et sur le coq qui chante à l'apparition de saint Pierre. Et tout cela, devant un homme qui avait étudié chaque rouage de ce mécanisme et passé des années entières à essayer de l'imiter.

— J'ai appris que vous avez surpassé le nombre des apôtres et le chant du coq ! s'écria-t-il avec le ton et l'aisance d'un ami qui a le privilège de bannir toute cérémonie ; et je meurs absolument, major, du désir de voir votre étonnante pendule !

Le major Milroy était entré l'esprit préoccupé, comme de coutume, par ses travaux. Mais la familiarité inconvenante de Midwinter le rappela immédiatement à lui-même et lui rendit toutes ses ressources d'homme du monde.

— Excusez-moi de vous interrompre, dit-il à Midwinter. J'ai vu l'horloge de Strasbourg, et il me paraît tout à fait absurde, et vous me pardonnerez de m'exprimer ainsi, de comparer mes faibles essais à ce chef-d'œuvre. Il n'y a rien de pareil au monde !

Il s'arrêta pour modérer son propre enthousiasme. L'horloge de Strasbourg était, pour le major Milroy, ce que le nom de Michel-Ange était pour sir Joshua Reynolds[1].

— La bonté de Mr. Armadale l'a fait exagérer un peu, continua-t-il, sans tenir compte d'une autre tentative de Midwinter pour prendre la parole. Mais comme il se trouve un point de ressemblance entre ce merveilleux ouvrage et le mien, puisque tous les deux donnent le meilleur d'eux-mêmes à midi, et comme cette heure est sur le point de sonner, si vous désirez visiter mon atelier, monsieur Midwinter, il vaut mieux que je vous en montre le chemin le plus tôt possible.

Il ouvrit la porte et s'excusa auprès du jeune homme, avec une cérémonie affectée, de le précéder hors de la chambre.

— Que pensez-vous de mon ami ? murmura Allan à Miss Milroy, en suivant à quelques pas le major.

— Faut-il vous dire la vérité, monsieur Armadale ?

— Certes !

— Eh bien, il ne me plaît pas du tout.

— C'est le meilleur et le plus digne camarade qui soit au monde ! se récria impétueusement Allan. Il vous plaira, quand vous le connaîtrez mieux, j'en suis certain !

Miss Milroy fit une petite moue, indiquant une suprême indifférence pour Midwinter et une surprise coquette du plaidoyer d'Allan sur le mérite de son ami.

« N'a-t-il rien de plus intéressant à me dire que cela, se dit-elle, après avoir embrassé ma main deux fois hier matin ? »

Ils arrivèrent dans l'atelier avant qu'Allan pût aborder un sujet plus attrayant. Là, sur une boîte en bois grossier, laquelle renfermait évidemment le mouvement, reposait la merveilleuse pendule. Le cadran était couronné par un entablement en verre placé sur une rocaille en chêne sculpté, et sur le faîte apparaissait l'inévitable allégorie du Temps, avec son éternelle faux à la main. Sous le cadran se trouvait une petite plate-forme, à chaque extrémité de la-

1 Reynolds consacra une partie de son dernier discours à la Royal Academy à l'éloge de Michel-Ange, qu'il qualifia d'« homme véritablement divin ».

quelle s'élevait une petite guérite fermée. Voilà tout ce qu'on voyait jusqu'au moment magique où la pendule sonnait douze coups.

Il était alors midi moins trois minutes, et le major Milroy saisit l'occasion d'expliquer le spectacle qu'on attendait. Dès les premiers mots son esprit fut tout entier absorbé par ce qui faisait la seule occupation de sa vie. Il se tourna vers Midwinter, qui avait continué de bavarder, sans plus rien de la froideur caustique qu'il lui avait témoignée quelques instants auparavant. L'individu bruyant et rustre qui avait fait intrusion dans le parloir était devenu un invité de marque dans l'atelier, car là il possédait cette vertu rédemptrice d'être un novice face aux miracles de la pendule.

— Au premier coup de midi, monsieur Midwinter, dit-il, tenez vos yeux fixés sur le Temps ; il agitera sa faux et l'inclinera vers l'entablement. Vous verrez alors une petite carte imprimée qui vous donnera le quantième du mois et le jour de la semaine. Au dernier coup de midi, le Temps relèvera sa faux et le carillon se mettra en marche. Au carillon succédera un air, la marche favorite de mon vieux régiment, et alors viendra la représentation finale. Les guérites s'ouvriront en même temps. De l'une sortira une sentinelle, de l'autre un caporal et deux soldats ; ils traverseront la plate-forme pour relever la garde et disparaîtront en laissant la sentinelle à son poste. Je dois vous demander votre indulgence pour la dernière partie de l'exercice. Le mécanisme devient assez compliqué, et il y a quelques défauts ; je suis honteux de l'avouer, je n'ai pas encore réussi à les corriger comme je le désirerais. Quelquefois les figures vont de travers, quelquefois tout se passe très bien. J'espère qu'elles feront de leur mieux pour mériter votre approbation.

Au moment où le major placé près de sa pendule disait ces derniers mots, ses trois auditeurs réunis à l'autre bout de la chambre virent les deux aiguilles marquer midi. Le premier coup se fit entendre, et le Temps, exact au signal, inclina sa faux. Le quantième du mois et le jour de la semaine parurent sur la carte à travers la vitre. Midwinter applaudit si bruyamment à cette vue que ses exclamations furent interprétées par Miss Milroy comme une raillerie déplacée. Allan, voyant qu'elle paraissait offensée, s'approcha de son ami et lui donna un coup de coude. Pendant ce temps, la pendule continuait son manège. Au dernier coup de midi, le Temps releva sa faux, le carillon se fit entendre, et l'air de la marche favorite du major lui succéda ; la représentation finale de la relève de la garde s'annonça par un tremblement préliminaire dans les guérites et par la disparition subite du major derrière la pendule. Le spectacle commença par l'ouverture de la guérite de droite, aussi ponctuellement qu'on pouvait le désirer. L'autre porte fut moins obéissante ; elle resta obstinément fermée. Ignorant cet embarras dans la marche de la cérémonie, le caporal et ses deux soldats exécutèrent leur consigne avec une tenue parfaite ; ils traversèrent la plate-forme en tremblant de tous leurs membres et vinrent se heurter à la porte fermée de la seconde guérite ; ils ne produisirent pas la plus petite impression sur la sentinelle invisible qui devait être à l'intérieur. Un cliquetis intermittent indiqua que les clefs et les outils du major étaient fort occupés. Le caporal et ses deux hommes revinrent tout à coup, retraversèrent la plate-forme et s'enfermèrent avec bruit chez eux. Au même instant, l'autre porte s'ouvrit pour la première fois, et la sentinelle réfractaire apparut avec le plus grand sang-froid à son poste pour qu'on vînt la relever. Elle dut attendre. Rien n'arriva de l'autre côté, sinon un bruit à l'intérieur, comme si le caporal et ses soldats étaient impatients de sortir. Le cliquetis des outils du major se fit encore entendre. Le caporal et ses hommes, rendus soudain à la liberté, sortirent en grande hâte et retournèrent avec fureur sur la plate-forme. Si prompts qu'ils fussent cependant, l'incorrigible sentinelle de l'autre côté se montra plus vive encore. Elle disparut comme l'éclair dans sa boîte ; la porte se referma sur elle, et le caporal et ses hommes s'y cognèrent pour la seconde fois.

Le major, sortant alors de derrière la pendule, demanda candidement aux spectateurs de vouloir bien lui dire si quelque chose avait été de travers ? L'absurdité fantastique du spectacle, accrue par la gravité de l'artiste, était si irrésistiblement comique que les visiteurs éclatèrent de rire ; Miss Milroy elle-même, malgré tout le respect qu'elle avait pour son père, ne put s'empêcher de partager l'hilarité provoquée par la catastrophe des petits automates. Mais il y a des limites même au rire, et ces limites furent si outrageusement dépassées par l'un des assistants que l'effet en fut de rendre instantanément muets les deux autres. La fausse gaieté de Midwinter avait atteint le délire au moment où les exercices de la pendule touchaient à leur fin. Son rire était convulsif, inextinguible. Miss Milroy se recula effrayée, et le major se tourna vers lui avec un regard qui disait clairement : « Sortez ! »

Allan, spontanément mais avec sagesse pour une fois, saisit Midwinter par le bras et l'entraîna de force dans le jardin, et de là dans le parc.

— Bon Dieu ! qu'est-ce qui vous arrive ? s'écria-t-il en s'éloignant de quelques pas, alarmé de la figure de son ami.

Mais Midwinter se trouvait dans l'incapacité de répondre. Son hystérie avait atteint un tel paroxysme qu'il passait d'un extrême à l'autre, sanglotant à présent, appuyé contre un arbre, presque suffoqué et la main étendue vers Allan pour lui demander de lui donner le temps de se reprendre.

— Vous auriez mieux fait de m'abandonner dans ma maladie, dit-il faiblement dès qu'il put parler. Je suis fou et malheureux, mon ami, et jamais je ne guérirai. Retournez là-bas et dites-leur de me pardonner, j'ai trop honte d'y aller moi moi-même. Je ne sais comment cela est arrivé. Je ne puis qu'implorer votre pardon et le leur.

Il tourna vivement la tête de l'autre côté, pour cacher son visage.

— Ne restez pas ici, dit-il, ne me regardez pas. Cela va passer.

Allan cependant hésitait ; il le pria affectueusement de lui permettre de le reconduire à la maison. Ce fut inutile.

— Vous me brisez le cœur avec votre bonté, s'écria douloureusement Midwinter. Pour l'amour de Dieu, laissez-moi seul !

Allan retourna au cottage, et intercéda pour son ami avec une chaleur et une simplicité qui lui valurent l'estime du major mais qui furent bien loin de produire la même impression sur sa fille. Le commencement d'affection qu'elle avait déjà pour Allan, sans le savoir, la rendait jalouse de son ami.

« Est-ce absurde ! Que nous importe cet homme ? » pensa-t-elle avec dépit.

— Vous serez assez bon pour suspendre votre opinion, n'est-ce pas, major Milroy ? dit Allan de sa voix la plus amicale en prenant congé.

— Mais bien évidemment ! répondit le major qui lui serra cordialement la main.

— Et vous aussi, Miss Milroy ?

Celle-ci lui fit un salut froid et cérémonieux :

— Mon opinion, monsieur Armadale, est de peu d'importance.

Allan quitta le cottage, tristement surpris de la soudaine froideur de Miss Milroy. Sa grande idée de se concilier le voisinage en acquérant le statut sérieux d'homme marié se modifia quelque peu tandis qu'il fermait derrière lui la porte du jardin. La vertu appelée prudence et le squire de Thorpe-Ambrose firent à cette occasion, et pour la première fois, connaissance, et Allan, se précipitant la tête la première dans la voie du progrès moral, résolut en cet instant de ne rien précipiter.

Un homme qui entreprend de s'amender ne doit pas s'attendre à en tirer autre chose qu'un profit moral, car la vertu est à elle-même sa propre récompense. Et encore n'est-ce pas toujours ainsi : le chemin du progrès, en effet, aussi respectable qu'il soit, est bien mal éclairé ! Il semblait que le découragement de Midwinter eût gagné Allan. En rentrant chez lui, il commença, lui aussi, à douter, de façon différente et pour d'autres raisons, si la vie à Thorpe-Ambrose s'annonçait aussi plaisante qu'il l'avait d'abord cru.

VII. Le complot se noue

Deux messages attendaient Allan à son retour chez lui. L'un avait été laissé par Midwinter : il était sorti pour une longue promenade, et Mr. Armadale ne devait pas être inquiet s'il rentrait tard dans l'après-midi. L'autre message venait « d'une personne de l'étude de Mr. Pedgift ». Elle s'était présentée à l'heure qui lui avait été indiquée, pendant que les deux amis rendaient visite au major.

« Mr. Bashwood offrait ses respects et aurait l'honneur de revenir voir Mr. Armadale dans la soirée ».

Vers cinq heures, Midwinter rentra pâle et silencieux. Allan se hâta de l'assurer que la paix était faite au cottage ; puis, pour changer de sujet, il parla du message de Mr. Bashwood. Midwinter avait l'esprit si préoccupé ou si paresseux qu'il parut à peine se souvenir de ce nom. Allan fut obligé de lui rappeler que Bashwood était, le vieux clerc que Mr. Pedgift lui envoyait pour l'instruire de ses devoirs de régisseur. Il écouta sans faire aucune remarque et se retira dans sa chambre pour se reposer jusqu'au dîner.

Livré à lui-même, Allan se rendit dans la bibliothèque pour essayer de tuer le temps. Il ôta plusieurs volumes des rayons, en feuilleta quelques-uns et ce fut tout. Miss Milroy venait toujours se placer entre le lecteur et son livre. Le souvenir de son salut cérémonieux et de la froideur de ses dernières paroles, quelque effort qu'il fît pour le repousser, se représentait sans cesse à son esprit. Il se sentit de plus en plus anxieux de rentrer en grâce à mesure que l'heure s'écoulait.

Retourner au cottage ce jour-là et demander à la jeune demoiselle s'il avait été assez malheureux pour lui déplaire était chose impossible. Lui poser la question par écrit, avec l'élégance de style nécessaire, lui sembla, après plusieurs tentatives infructueuses, au-dessus de ses capacités littéraires. Il fit alors un tour ou deux dans la pièce, la plume dans la bouche, et se décida pour l'expédient le plus diplomatique (qui se trouvait dans ce cas être aussi le plus facile), qui consistait à écrire à Miss Milroy aussi cordialement que si rien n'était arrivé et à juger de la place qu'il occupait dans ses bonnes grâces par la réponse qu'elle lui enverrait. Une invitation quelconque, incluant son père, bien entendu, mais adressée à elle personnellement, était tout ce qu'il pouvait trouver de mieux à cet effet, car cela l'obligeait à répondre. Mais une nouvelle difficulté surgissait ici : de quelle nature devait être l'invitation ? Il ne fallait pas songer à un bal dans l'état des relations du propriétaire de Thorpe-Ambrose avec la noblesse du voisinage. Un dîner, sans dame âgée pour recevoir Miss Milroy, excepté Mrs. Gripper, qui ne pouvait lui faire les honneurs que de sa cuisine, était également hors de question. Quelle autre chose inventer, alors ? Ne craignant jamais de demander conseil quand il croyait en avoir besoin, Allan, qui se trouvait à bout de ressource, sonna et stupéfia le domestique qui répondit à son appel, en lui demandant comment les précédents habitants de Thorpe-Ambrose avaient l'habitude de se distraire, et quelles sortes d'invitations ils envoyaient d'ordinaire à leurs voisins.

— La famille faisait comme le reste de la noblesse, monsieur, dit l'homme en regardant son maître avec un ébahissement sans bornes ; elle donnait des dîners et des bals et, en été, par de beaux temps comme celui-ci, monsieur, elle organisait des parties de campagne et des pique-niques…

— C'est juste ce qu'il faut ! s'écria Allan, un pique-nique lui plaira mieux que tout. Richard, vous êtes un homme précieux, vous pouvez disposer.

Richard se retira et son maître saisit vivement la plume :

Chère Miss Milroy,

Depuis que je vous ai quittée, il m'est venu à l'esprit que nous devrions avoir un pique-nique. Un peu de changement et de distraction vous serait tout à fait nécessaire après avoir été enfermée si longtemps dans la chambre de Mrs. Milroy. Un pique-nique offre l'un et l'autre. Le major consentirait-il à ce pique-nique et voudrait-il en être ? Si vous avez dans le voisinage des amis que cela puisse amuser, invitez-les aussi, je vous prie, car je ne connais personne. Ne vous inquiétez de rien, j'accepterai tout le monde ; vous choisirez le jour et l'endroit où nous pourrons pique-niquer, ce dont je me fais une grande fête.

Croyez-moi votre dévoué,

ALLAN ARMADALE.

En lisant cette épître avant de la cacheter, Allan dut honnêtement admettre cette fois qu'elle n'était pas absolument irréprochable.

« Pique-nique revient un peu trop souvent, se dit-il. Mais qu'importe ! Si l'idée lui plaît, elle ne me querellera pas pour si peu ».

Il envoya immédiatement porter la lettre, avec stricte injonction au messager d'attendre une réponse.

Une demi-heure après, la réponse arriva sur papier glacé, sans aucune rature, toute parfumée et soigneusement écrite.

Le spectacle de la vérité nue est un de ceux devant lesquels la délicatesse innée de l'esprit féminin semble se révolter instinctivement. La charmante correspondante d'Allan venait d'accomplir un retournement de situation comme on en a rarement vu. Machiavel lui-même n'eût jamais soupçonné, à lire la lettre de Miss Milroy, combien elle s'était repentie de sa vivacité à l'égard du jeune squire dès qu'il l'avait quittée et quelle joie extravagante avait été la sienne quand son invitation lui avait été remise. Sa lettre était celle d'une jeune demoiselle exemplaire, dont toutes les émotions sont enfermées avec soin sous la clef paternelle, émotions que l'on sort selon que l'occasion l'exige. « Papa » revenait aussi fréquemment dans la réponse de Miss Milroy que « pique-nique » dans l'invitation d'Allan. « Papa » avait eu la bonté, comme Mr. Armadale, de vouloir bien lui procurer un peu de changement et de distraction, et avait consenti à rompre ses habitudes tranquilles pour se joindre au pique-nique. Avec le consentement de « papa », elle acceptait donc la proposition de Mr. Armadale et, à la suggestion de « papa », elle se permettrait d'amener deux amis à eux, récemment établis à Thorpe-Ambrose, une dame veuve et son fils. Ce dernier était dans les ordres et d'une santé délicate. Si le mardi suivant convenait à Mr. Armadale, ce jour serait aussi celui de « papa » comme étant le premier dont il pût disposer à cause de quelques réparations nécessaires à faire à sa pendule. Elle laissait le reste, par l'avis de « papa », entièrement aux soins de Mr. Armadale, et elle joignait ses compliments à ceux de « papa ». Signé ELEANOR MILROY.

Qui eût jamais pensé que l'auteur de cette lettre avait sauté de joie quand l'invitation d'Allan était arrivée ? Qui eût jamais imaginé qu'il y avait déjà une note à ce sujet dans le journal de Miss Milroy à la date de ce jour : « la plus douce, la plus aimée lettre de qui je sais ; je ne veux jamais lui faire de peine à l'avenir ». Quant à Allan, il était charmé du succès de sa manœuvre. Miss Milroy avait accepté son invitation, donc Miss Milroy n'était pas fâchée. Il eût bien voulu causer de cet échange épistolaire avec son ami, pendant le dîner, mais il y avait quelque chose dans le visage de Midwinter et dans ses manières qui l'avertit de ne pas reprendre encore le pénible sujet de leur visite au cottage. Tous deux évitèrent d'un consentement tacite tout ce qui pouvait se rapporter à Thorpe-Ambrose. Il ne fut pas même question de la visite de Mr. Bashwood, qui devait avoir lieu dans la soirée. La conversation roula tout entière sur leurs sempiternels sujets d'antan, les bateaux et la navigation. Quand le maître d'hôtel quitta son service, il avait la tête pleine de questions nautiques et ne put s'empêcher d'interroger les autres domestiques pour savoir ce qu'ils pensaient des mérites comparés du « vent debout » et du « vent arrière », d'une « goélette » et d'un « brick ».

Les deux jeunes gens étaient restés à table plus longtemps que de coutume. Lorsqu'ils allèrent au jardin fumer leurs cigares, le crépuscule de cette soirée d'été tombait gris et blafard sur les pelouses et sur les plates-bandes en fleurs, et rétrécissait autour d'eux par degrés le cercle de l'horizon, qui s'effaçait lentement. La rosée força les deux amis à se rendre sur un terrain plus sec devant la maison.

Ils s'approchaient du sentier menant dans la plantation, quand ils virent tout à coup glisser devant eux, à travers le feuillage, une forme noire, une ombre se mouvant avec lenteur dans la lumière douteuse du soir. Midwinter sursauta, et les nerfs pourtant moins délicats de son ami furent un moment ébranlés.

— Qui diable êtes-vous ? cria Allan.

L'ombre découvrit sa tête et fit un pas vers eux. Midwinter s'avança à son tour, et regarda attentivement l'inconnu : c'était l'homme aux manières timides et aux vêtements de deuil auquel il avait demandé le chemin de Thorpe-Ambrose au croisement des trois routes.

— Qui êtes-vous ? répéta Allan.

— Je vous demande humblement pardon, monsieur, murmura l'inconnu, en reculant dans la plus grande confusion ; les domestiques m'ont dit que je trouverais Mr. Armadale…

— Quoi ! Êtes-vous Mr. Bashwood ?

— Oui, s'il vous plaît, monsieur.

— Je vous demande pardon de vous avoir parlé si rudement, dit Allan, mais le fait est que vous m'avez presque effrayé. Je suis celui que vous demandez. Couvrez-vous, je vous prie ; voici mon ami, Mr. Midwinter, qui a besoin de vos conseils.

— Une présentation entre nous est presque inutile, dit Midwinter. J'ai rencontré Mr. Bashwood lors d'une promenade, il y a quelques jours, et il a été assez bon pour m'indiquer ma route.

— Remettez votre chapeau, réitéra Allan à Mr. Bashwood.

Celui-ci, toujours tête nue, s'inclinait silencieusement tour à tour devant chacun des jeunes gens.

— Mon bon monsieur, couvrez-vous donc, et laissez-moi vous montrer le chemin de la maison. Pardonnez-moi ma remarque, dit encore Allan au nouveau venu, qui dans sa confusion venait de laisser son chapeau tomber au lieu de le placer sur sa tête, mais vous me semblez un peu souffrant. Un verre de bon vin avant de travailler avec mon ami ne vous fera point de mal. À propos,

Midwinter, à quel endroit avez-vous rencontré Mr. Bashwood ?

— Je ne connais pas suffisamment les environs pour vous le dire. Il me faut vous renvoyer à Mr. Bashwood.

— Eh bien, où donc était-ce ? demanda Allan un peu abruptement pour essayer de mettre l'homme à son aise, tandis que tous trois se dirigeaient vers la maison.

La timidité congénitale de Mr. Bashwood se transforma littéralement, sous l'effet de la question d'Allan, en un flot de paroles, identique à celui sous lequel il avait noyé Midwinter le jour de leur première rencontre.

— C'était sur la route, Monsieur, commença-t-il, en s'adressant alternativement à Allan, à qui il donnait respectueusement du Monsieur tout court, et à Midwinter qu'il désignait par son patronyme. Je veux dire, s'il vous plaît, sur la route de Little Gill Beck. Un drôle de nom, monsieur Midwinter, et un singulier endroit ; je ne parle pas du village, je parle seulement des environs. Je vous demande pardon, je veux dire les Broads, au-delà encore. Peut-être aurez-vous entendu parler des Norfolk Broads, Monsieur ? Ce qu'ils appellent lacs dans les autres parties de l'Angleterre, nous appelons cela les Broads par ici. Ils sont très nombreux. Je pense qu'ils valent la peine d'être visités. Vous auriez vu le premier d'entre eux, monsieur Midwinter, si vous aviez marché quelques milles plus loin que l'endroit où je vous ai rencontré. Les Broads sont remarquablement nombreux, Monsieur, situés entre Thorpe-Ambrose et la mer ; à environ trois milles de la mer, monsieur Midwinter... à environ trois milles. Ordinairement peu profonds, Monsieur, avec des rivières courant de l'un à l'autre. Magnifiques ! solitaires !... Tout à fait un pays d'eau, monsieur Midwinter. On va souvent en excursion pour les visiter : des tours en bateau. C'est absolument comme un réseau de lacs, ou peut-être – pour être plus correct – d'étangs. La chasse y est belle par temps froid. Les oiseaux sauvages y sont très nombreux. Oui, les Broads valent la peine d'une visite, monsieur Midwinter, la prochaine fois que vous irez par là. La distance d'ici à Little Gill Beck, et de Little Gill Beck à Cirdler Broad, qui est le premier auquel vous arrivez, n'est pas ensemble de plus...

Dans son embarras pour se taire, il eut probablement continué de causer des Norfolk Broads tout le reste de la soirée, si l'un de ses auditeurs ne l'eût interrompu sans cérémonie.

— Peut-on se rendre aux Broads en voiture et être revenu dans la journée ? demanda Allan, en pensant que, dans ce cas, l'endroit du pique-nique était tout trouvé.

— Oh ! oui, Monsieur, on le peut facilement, et c'est une charmante promenade !

Ils étaient arrivés aux marches du perron. Allan passa le premier, et invita Midwinter et Mr. Bashwood à le suivre dans la bibliothèque, où il y avait une lampe allumée. Dans l'intervalle qui se passa avant que l'on apportât les digestifs, Midwinter examina cette nouvelle connaissance, que le hasard lui avait fait rencontrer sur la route, avec un singulier mélange de compassion et de méfiance ; sa compassion grandissait malgré lui, tandis que la méfiance s'affaiblissait en dépit des efforts qu'il faisait pour persister dans ce sentiment. Il regardait le misérable vieillard, perché gauchement sur le bord de sa chaise, inquiet, fébrile, serré dans ses habits noirs râpés, les yeux larmoyants, sa vieille et honnête perruque, son col de mohair, ses fausses dents incapables de tromper qui que ce fût ; le pauvre homme restait là aussi dans une attitude gênée, tantôt évitant la lumière de la lampe, tantôt sursautant au bruit de la voix sonore d'Allan. Une créature ayant les rides de soixante années sur le visage et la timidité d'un enfant en présence d'étrangers était, certes, un objet de pitié si jamais il en fut !

— Quelles que soient les choses qui vous effraient par ailleurs, monsieur Bashwood, cria Allan, en lui versant un verre de vin, n'ayez pas peur de celle-ci. Il n'y aurait pas l'ombre d'un mal de tête dans tout une barrique de ce vin-là ! Mettez-vous à votre aise ! Je vous laisse avec Mr. Midwinter pour que vous causiez ensemble de vos affaires. Tout repose entre les mains de mon ami ! Il agit pour moi et décide de toutes choses en maître.

Il dit ces mots avec un calme tout à fait inaccoutumé et, sans autre explication, se dirigea d'un trait vers la porte. Midwinter, assis tout près de là, remarqua l'expression de son visage. Si aisé qu'il fût de gagner les bonnes grâces d'Allan, Mr. Bashwood avait manifestement échoué à s'attirer sa bienveillance.

Les deux hommes si étrangement assortis restèrent donc ensemble ; tout les éloignait en apparence, et pourtant ils semblaient irrésistiblement attirés l'un vers l'autre, par ces ressemblances magnétiques de tempérament, qui sautent par-dessus toute différence d'âge ou de position et bravent les incompatibilités apparentes d'esprit, et de caractère.

Dès qu'Allan eut quitté la pièce, cette force cachée qui œuvre dans les ténèbres commença doucement à rapprocher ces deux hommes, malgré le désert social qui jusqu'à ce jour s'étendait entre eux.

Midwinter aborda le premier le sujet de l'entrevue.

— Puis-je vous demander, dit-il, si l'on vous a instruit de ma position ici, et si vous savez pourquoi j'ai besoin de votre aide ?

Mr. Bashwood, toujours hésitant et timide mais manifestement soulagé par le départ d'Allan, s'enfonça davantage sur sa chaise et s'aventura à goûter modestement au vin servi devant lui.

— Oui, monsieur, répondit-il. Mr. Pedgift m'a informé de tout, au moins - je pense que je puis parler ainsi - de toutes les circonstances. Je dois vous instruire, vous conseiller, devrais-je peut-être dire…

— Non, monsieur Bashwood. La première expression était plus juste. J'ignore tout des devoirs que je suis appelé à remplir par la bonté de Mr. Armadale. Si je comprends bien, il n'y a pas à mettre en doute votre capacité à m'instruire, puisque vous-même avez occupé une place de régisseur. Puis-je vous demander dans quelle famille ?

— Chez sir John Mellowship, monsieur, dans l'ouest du Norfolk. Peut-être désireriez-vous - je l'ai sur moi - voir mon certificat ? Sir John aurait pu agir avec plus de bonté avec moi, mais je n'ai pas à me plaindre ; c'est fini et passé maintenant !

Ses yeux larmoyants parurent encore plus humides, et le tremblement de ses mains gagna ses lèvres lorsqu'il sortit une vieille lettre jaunie de son portefeuille et la posa ouverte sur la table.

Le certificat était très bref et très froid, mais cependant suffisant. Sir John jugeait de son devoir de dire qu'il n'avait aucun reproche à faire à son régisseur ni sous le rapport de la moralité ni sous celui de la probité. Si la situation domestique de Mr. Bashwood avait été compatible avec l'accomplissement de ses devoirs sur la propriété, sir John eût été heureux de le garder. Mais les embarras résultant de l'état personnel des affaires de Mr. Bashwood avaient rendu son service auprès de sir John difficile, et pour cette raison, pour cette raison seulement, lui et Mr. Bashwood s'étaient séparés. C'était tout. Midwinter, en lisant ces dernières lignes, se souvint d'un autre certificat encore en sa possession, celui que le sous-maître malade avait emporté de l'école. Sa superstition, qui lui faisait redouter tout événement nouveau se produisant à Thorpe-Ambrose, continuait plus obstinément que jamais de le prévenir contre l'homme qu'il avait devant lui. Mais lorsqu'il voulut formuler ses doutes de vive voix, le cœur lui manqua et il rendit la lettre sans rien dire.

Ce silence soudain sembla perturber Mr. Bashwood. Il goûta encore son vin et, sans toucher à sa lettre, se répandit en un flot de paroles, comme si le silence lui pesait.

— Je suis prêt à répondre à toutes les questions, monsieur, dit-il. Mr. Pedgift m'a dit que je devais m'attendre à être interrogé, car, bien probablement, ni vous ni Mr. Armadale ne jugerez le certificat suffisant. Sir John ne dit pas - il aurait pu s'exprimer avec plus de bonté, mais je ne me plains pas - de quelle nature furent les embarras qui me firent perdre ma place. Peut-être désireriez-vous savoir...

Il s'arrêta, parut confus, regarda la lettre et se tut.

— Si mes intérêts seuls étaient en jeu dans cette affaire, reprit Midwinter, le certificat me satisferait pleinement, je vous assure. Mais pendant que j'apprendrai mes nouvelles fonctions, la personne qui m'enseigne sera de fait le véritable gérant des terres de mon ami. Je suis vraiment fâché de vous faire parler d'un sujet qui vous est peut-être pénible, et je crains de mal m'exprimer en faisant les questions qu'il est de mon devoir de vous adresser. Pour Mr. Armadale, cependant, je dois insister et savoir quelque chose de plus, que je l'apprenne de vous-même ou de Mr. Pedgift, si vous le préférez...

Lui aussi s'arrêta embarrassé, jeta un regard au certificat et se tut.

Il y eut un autre silence. La nuit était chaude, et Mr. Bashwood, parmi ses nombreuses infortunes, avait celle de transpirer des mains. Il sortit de sa poche un misérable petit mouchoir de coton, le roula en balle et les épongea doucement l'une après l'autre, de long en large, avec la régularité d'un balancier.

— Le temps de Mr. Pedgift est trop précieux, monsieur, pour qu'il le gâche avec moi, dit-il. Je vous expliquerai moi-même ce qui doit être expliqué, si vous voulez me le permettre. J'ai été malheureux avec ma famille, chose très dure à supporter, bien que cela ne semble rien à raconter. Ma femme…

Une de ses mains serra fortement son mouchoir. Il mouilla ses lèvres sèches, sembla lutter avec lui-même et reprit :

— Ma femme, monsieur, s'est mal comportée à mon endroit ; elle m'a (je dois l'avouer) fait du tort auprès de sir John. Très peu de temps après que j'eus obtenu la place de régisseur, elle contracta, elle devint, elle prit l'habitude (je ne sais vraiment comment dire cela), l'habitude… de boire. Je ne pus l'en corriger ni empêcher que cela vînt à la connaissance de sir John. Elle s'abandonna de plus en plus à ce vice, et fatigua une ou deux fois la patience de sir John qui s'était présenté à mon bureau pour les affaires. Sir John l'excusa, sans y mettre trop de bonté, mais cependant il l'excusa. Je ne me plains pas de sir John. Je… je ne me plains plus non plus de ma femme à présent…

Il désigna du doigt le pauvre morceau de crêpe attaché à son chapeau, qu'il avait déposé par terre, dans un coin.

— Je porte son deuil, dit-il d'une voix faible. Elle est morte, il y a un an, dans l'asile de ce comté.

Sa bouche se contracta convulsivement. Il prit le verre de vin près de lui et, cette fois, le vida complètement.

— Je n'ai pas l'habitude de boire, monsieur, expliqua-t-il, ayant conscience probablement de la rougeur qui envahissait son visage sous l'effet de l'alcool mais ne voulant point perdre de vue les obligations de la politesse au milieu des tristes souvenirs qu'il évoquait.

— Je vous en prie, monsieur Bashwood, ne vous fatiguez point, ne m'en dites point davantage, dit Midwinter, reculant devant des confidences qui mettaient à nu les chagrins du pauvre homme.

— Je vous suis bien obligé, monsieur, répliqua Mr. Bashwood, mais, si je ne vous retiens pas trop longtemps, veuillez vous rappeler que les instructions que m'a données Mr. Pedgift sont très explicites. J'ai parlé de ma femme simplement parce que, si elle n'avait pas commencé par importuner sir John, les choses eussent tourné différemment…

Il s'arrêta, renonça à la phrase dans laquelle il s'était engagé et en commença une autre.

— J'ai eu seulement deux enfants, monsieur, un garçon et une fille. Ma fille est morte toute petite ; mon fils a vécu, lui, et c'est lui qui m'a fait perdre ma place. J'ai tout fait pour lui. Je l'ai placé dans une agence respectable de Londres. On ne voulait pas le prendre sans caution… Je crois que c'était imprudent, mais comme je n'avais point d'amis fortunés pour me venir en aide, je fus moi-même sa caution. Mon fils a mal tourné, monsieur. Il… peut-être me comprendrez-vous si je vous dis qu'il a agi avec malhonnêteté. Ses patrons consentirent, sur mes supplications, à le laisser aller sans le poursuivre. Je dus supplier beaucoup… J'avais une grande affection pour mon fils James, je le pris chez moi et je fis tous mes efforts pour le corriger. Il ne voulut pas rester à la maison ; il retourna à Londres ; il… je vous demande pardon, monsieur, je crains de confondre, de m'écarter de mon sujet.

— Non, non, fit Midwinter avec bonté. Si vous pensez devoir me dire cette triste histoire, racontez-la à votre manière. Avez-vous revu votre fils depuis qu'il vous a quitté ?

— Non monsieur. Il est encore à Londres, c'est tout ce que je sais. La dernière fois que j'ai entendu parler de lui, il gagnait sa vie, pas très honorablement. Il était employé dans une agence d'investigations privées de Shadyside Place.

Il dit ces mots – en apparence (au point où en était le déroulement des événements) étrangers au sujet de l'entretien, et cependant les plus importants (comme le démontrerait la suite des événements) qu'il eût encore prononcés –, il dit ces mots d'un ton distrait, en regardant autour de lui, l'air égaré, pour tâcher de retrouver le fil de son récit. Midwinter en eut compassion et vint à son secours :

— Vous me disiez, reprit-il, que c'est votre fils qui vous a fait perdre votre place. Comment cela est-il arrivé ?

— De la manière suivante, monsieur, fit Mr. Bashwood, reprenant son histoire avec une précipitation nerveuse. Ses patrons consentirent à le laisser libre… mais ils vinrent trouver sa caution ; c'était moi. Je crois qu'ils n'étaient point à blâmer, car la caution devait couvrir leur perte. Mais je ne pus tout payer sur mes économies ; il me fallut emprunter… sur ma parole, monsieur, je ne pouvais faire autrement, il me fallut emprunter. Mon créancier me pressait ; cela semble cruel, mais s'il avait besoin de son argent, je suppose que ce n'était que juste. On vendit tout chez moi, les meubles et la pierre. Je crois que d'autres gentlemen eussent dit comme sir John ; je crois bien que d'autres eussent comme lui refusé de garder un régisseur poursuivi par les huissiers et dont les meubles avaient été vendus dans le pays. Voilà comment tout s'est terminé, monsieur. Je ne vous retiendrai pas plus longtemps. Je vais vous donner l'adresse de sir John, si vous la désirez.

Midwinter refusa généreusement de se voir communiquer l'adresse.

— Merci de votre bonté, monsieur, dit Mr. Bashwood en tremblant sur ses jambes. C'est tout, je crois, excepté... excepté que Mr. Pedgift vous parlera pour moi, si vous désirez vous informer de ma conduite à son service. Je suis très obligé à Mr. Pedgift ; il est un peu rude avec moi parfois, mais s'il ne m'avait pas pris dans son étude, je crois que j'aurais dû aller à l'asile après mon départ de chez sir John. J'étais si découragé... (Il ramassa son misérable chapeau). Je ne veux point abuser de votre temps davantage, monsieur, je serai heureux de revenir, si vous désirez réfléchir avant de rien décider.

— Je n'ai pas besoin de réfléchir après ce que vous m'avez dit, répliqua Midwinter avec chaleur.

Il se rappelait le temps où il avait raconté son histoire à Mr. Brock, et avait attendu un mot généreux en retour, comme en attendait un l'homme qui était devant lui en cet instant.

— Nous sommes aujourd'hui samedi. Voulez-vous me donner ma première leçon lundi matin ? Je vous demande pardon, continua-t-il, coupant court aux expressions de reconnaissance de Mr. Bashwood, et l'arrêtant au milieu de la chambre. Il y a encore une chose à régler, n'est-ce pas ? Nous n'avons point parlé... de vos émoluments dans cette affaire, acheva-t-il avec embarras.

Mr. Bashwood, qui se rapprochait de plus en plus de la porte, lui répondit avec plus d'embarras encore :

— N'importe quoi, monsieur, ce sera comme vous le jugerez convenable. Je ne veux point vous déranger plus longtemps, je laisse cela à votre appréciation et à celle de Mr. Armadale.

— Je vais aller faire chercher Mr. Armadale, si vous le désirez, dit Midwinter en le suivant dans le hall, mais je crains fort qu'il n'ait aussi peu d'expérience que moi en la matière. Peut-être, si vous n'y voyez point d'objection, ferons-nous bien de nous laisser guider par Mr. Pedgift ?

Mr. Bashwood accueillit avec empressement cette suggestion, tout en battant en retraite vers la sortie :

— Oui, monsieur, oui, oui ! Nul mieux que Mr. Pedgift... Je vous en prie, ne dérangez pas Mr. Armadale !

Ses yeux larmoyants étaient presque égarés quand il se tourna un instant vers la lumière en disant ces mots. Il n'eût pu se montrer plus anxieux et plus alarmé s'il s'était agi d'envoyer chercher, au lieu d'Allan, un féroce chien de sarde déchaîné.

— Je vous souhaite le bonsoir, monsieur, dit-il en mettant le pied sur le perron. Je vous suis très obligé ; je serai scrupuleusement ponctuel lundi matin. J'espère... je pense... je suis sûr que vous apprendrez très vite. Ce n'est pas difficile ; oh, mon Dieu, non ! pas difficile du tout. Je vous souhaite le bonsoir, monsieur. Une belle soirée. Oui, vraiment, une belle soirée pour une promenade !

Il laissa tomber ces mots l'un sur l'autre, sans remarquer, dans l'agonie où le plongeait les civilités du congé, la main que lui tendait Midwinter ; il descendit sans bruit, et se perdit bientôt dans la nuit.

Tandis que Midwinter rentrait dans la maison, la porte de la salle à manger s'ouvrit, et son ami vint au-devant de lui.

— Mr. Bashwood est-il parti ? demanda Allan.

— Il est parti, répondit Midwinter, après m'avoir raconté sa triste histoire et m'avoir laissé un peu honteux d'avoir douté de lui sans motif. J'ai fixé avec lui ma première leçon à lundi matin.

— Très bien ! fit Allan. Vous n'aurez guère à redouter que j'interrompe vos leçons. J'ai peut-être tort, mais je n'éprouve aucune sympathie pour Mr. Bashwood.

— J'ai moi-même tort sans doute, répliqua l'autre vivement, mais mon impression est toute différente.

Le dimanche matin trouva Midwinter dans le parc, guettant l'arrivée du facteur et les nouvelles qu'il espérait recevoir de Mr. Brock.

L'homme fit son apparition à l'heure accoutumée, et remit la lettre attendue entre les mains de Midwinter. Celui-ci l'ouvrit, ne craignant pas cette fois d'être observé, et lut :

Mon cher Midwinter,

Je vous écris plutôt pour calmer votre anxiété que pour vous apprendre rien de bien décisif. Dans la hâte de ma dernière lettre, je n'ai pas eu le temps de vous dire que la plus âgée des deux femmes que j'ai rencontrées dans les jardins m'a suivi, et m'a parlé dans la rue. Je crois pouvoir taxer tout ce qu'elle m'a dit (sans lui faire aucune injustice) de mensonges d'un bout à l'autre. Quoi qu'il en soit, elle m'a confirmé dans ce soupçon qu'une intrigue mystérieuse se trame en ce moment autour d'Allan et que le premier agent de la conspiration est la femme qui a aidé au mariage de sa mère et hâté sa mort.

Pénétré de cette conviction, je n'ai pas hésité à faire dans l'intérêt d'Allan ce que je n'eusse fait pour aucune autre personne. J'ai quitté mon hôtel et me suis installé avec mon vieux domestique Robert dans une maison en face de celle où demeurent les deux femmes. Nous nous mettons en observation chacun à notre tour, sans que les personnes surveillées en aient le moindre soupçon, j'en suis certain ; nous y sommes jour et nuit. Tous mes sentiments de gentleman et de clergyman se révoltent contre ce procédé, mais je n'ai pas le choix des moyens. Il me faut faire violence à mes répugnances ou laisser Allan, avec sa nature confiante et dans sa position si vulnérable, se défendre seul contre une misérable bien préparée, je le crois fermement, à prendre sans le moindre scrupule avantage de sa faiblesse et de son inexpérience. Je n'ai point oublié la prière de sa mère mourante et, Dieu me pardonne, je m'abaisse maintenant dans ma propre estime pour tenir ma promesse.

J'ai déjà été un peu récompensé de mon dévouement. Aujourd'hui, samedi, j'ai fait un grand pas : j'ai vu enfin le visage de la femme. Elle est sortie avec son voile baissé comme à son habitude, et Robert ne l'a point perdue de vue, ayant ordre, si elle retournait à la maison, de ne pas la suivre jusqu'à la porte. Elle est rentrée chez elle, et le résultat de ma précaution a été, comme je l'avais espéré, de la mettre hors de ses gardes. Elle est ensuite apparue au balcon. Si jamais le besoin se faisait sentir d'en avoir une description particulière, vous l'auriez. Pour l'heure je n'ai besoin que de vous dire qu'elle me paraît avoir les trente-cinq ans que vous lui avez supposés, et qu'elle est loin d'être aussi belle que je me l'étais figuré, je ne sais pourquoi.

C'est tout ce que je sais pour l'instant. Si quelque chose de nouveau arrivait lundi ou mardi, je n'aurais d'autre choix que d'en appeler aux hommes de loi, pour avoir leur aide, bien qu'il me répugne de voir cette dangereuse et délicate affaire en d'autres mains que les miennes. Cependant, l'affaire qui m'a appelée à Londres est trop importante pour que je la néglige plus longtemps. En tout cas, comptez sur moi pour vous informer de la marche des événements.

Votre dévoué.

DECIMUS BROCK.

Midwinter plaça cette lettre dans son portefeuille aussi soigneusement que la précédente, à côté du récit du rêve d'Allan.

« Encore combien de jours ? se demanda-t-il en rentrant dans la maison. Combien de jours ? »

Bien peu en fait. L'heure qu'il attendait n'était plus loin.

Lundi vint et amena Mr. Bashwood ponctuel à l'heure du rendez-vous. Lundi vint et trouva Allan perdu dans ses préparatifs pour le pique-nique. Il passa la journée en allées et venues, en courses au-dehors ; il eut de longues conférences avec Mrs. Gripper, avec le maître d'hôtel, avec le cocher, dans leurs trois ministères, la cuisine, la cave et l'écurie. Il se rendit à la ville pour consulter son conseiller professionnel, Mr. Pedgift, au sujet des Broads, et pour inviter les deux avoués, le père et le fils (en l'absence de toute autre personne du voisinage à qui il pût faire une telle offre) à se joindre au pique-nique. Pedgift aîné fournit tous les renseignements généraux, mais s'excusa de ne pouvoir paraître au pique-nique, à cause d'engagements professionnels ; Pedgift junior apporta les détails complémentaires et, envoyant les affaires à tous les vents, accepta l'invitation avec le plus vif empressement. En revenant de l'étude du notaire, la seconde démarche d'Allan fut de se présenter au cottage afin d'obtenir l'approbation de Miss Milroy sur le lieu choisi pour la partie champêtre. Ce but accompli, il revint chez lui. Il ne restait plus qu'une dernière difficulté : persuader Midwinter de venir lui aussi aux Broads.

La première fois qu'il aborda le sujet, Allan trouva son ami absolument résolu à rester à la maison. La réticence bien naturelle de Midwinter à se trouver en présence du major et de sa fille après ce qui s'était passé eût pu être vaincue, mais sa résolution de ne point laisser interrompre les leçons de Mr. Bashwood était, elle, inébranlable. Après avoir usé de tout son pouvoir de persuasion, Allan fut obligé de se satisfaire d'un compromis. Midwinter consentit à contrecœur à rejoindre le pique-nique dans la soirée, à un endroit donné où l'on organiserait une sorte de thé à la bohémienne, qui devait terminer les amusements de la journée. C'était tout ce qu'il consentait à faire pour essayer de se remettre en faveur auprès de la famille Milroy. Pour le reste il fut intraitable, malgré tous les efforts d'Allan.

Le jour du pique-nique arriva. La beauté du temps et la joyeuse animation des préparatifs du départ ne tentèrent point Midwinter et ne purent lui faire changer sa décision. À l'heure habituelle, il quitta la salle à manger pour se rendre dans son cabinet, où Mr. Bashwood l'attendait. Tous deux étaient tranquillement absorbés dans leurs livres, tandis que, sur le devant de la maison, on chargeait les voitures. Le jeune Pedgift, petit par la stature, élégant, par le costume, plein d'assurance dans ses manières, se présenta un peu avant l'heure du départ, pour superviser les derniers arrangements et y apporter les améliorations que sa connaissance des environs lui suggérerait. Allan et lui étaient en consultation lorsque survint le premier contretemps. On annonça au maître de maison que la bonne du cottage attendait en bas une réponse à un billet de sa jeune maîtresse.

En cette occasion, les émotions de Miss Milroy semblaient l'avoir emporté sur le sentiment des convenances. Le ton de la lettre était fiévreux, l'écriture s'égarait de haut en bas avec un déplorable mépris de tout sentiment d'horizontalité. La fille du major écrivait :

Oh, monsieur Armadale ! Quel ennui ! Qu'allons-nous faire ? Papa a reçu une lettre de grand-maman ce matin, au sujet de la gouvernante. Les renseignements sont excellents, et elle arrivera au premier moment. Grand-maman pense, comme c'est contrariant ! que le plus tôt sera le mieux, et elle dit que nous devons l'attendre – je parle de la gouvernante – aujourd'hui ou demain. Papa dit (il est si prodigieusement plein d'attentions pour tout le monde) que nous ne pouvons souffrir que Miss Gwilt arrive ici (si elle doit arriver aujourd'hui), et ne trouve personne pour la recevoir. Que faire ? J'en pleurerais de chagrin. J'ai conçu la plus mauvaise impression de Miss Gwilt, bien que grand-maman la dise charmante. Pouvez-vous nous conseiller quelque chose, cher monsieur Armadale ? Je suis sûre que papa céderait si on lui proposait un moyen. Ne tardez pas à écrire. Renvoyez-moi une réponse immédiate. J'ai mis un chapeau neuf pour le pique-nique. Quel tourment de ne pas savoir s'il faut le garder ou l'ôter !

Votre dévouée,

E.M.

— Le diable emporte Miss Gwilt ! dit Allan en se tournant vers son conseil légal avec un visage profondément consterné.

— De tout mon cœur, monsieur, je n'ai pas la moindre intention de me mêler de ce qui ne me regarde pas, fit Pedgift junior, mais puis-je vous demander ce qui arrive ?

Allan ne se fit pas prier. Le jeune Pedgift pouvait avoir ses défauts, mais il ne péchait pas par le manque d'expédients.

— Il y a une manière de contourner la difficulté, monsieur Armadale, dit-il ; si la gouvernante arrive aujourd'hui, emmenons-la avec nous.

Les yeux d'Allan s'ouvrirent tout grands de surprise.

— Peu nombreux comme nous sommes, nous n'occuperons pas tous les chevaux et toutes les voitures, reprit Mr. Pedgift jeune. Bien sûr que non ! Fort bien ! Donc, si Miss Gwilt arrive aujourd'hui, elle ne peut, selon toute probabilité, être ici-avant cinq heures. Parfait encore. Vous allez ordonner qu'une voiture découverte attende à la porte du major vers cette heure-là, monsieur Armadale, et je donnerai au cocher les directives nécessaires pour la route. Lorsque la gouvernante arrivera au cottage, qu'elle trouve un aimable petit billet d'excuses (en même temps qu'une volaille froide ou autre chose à manger) la priant de vouloir bien nous rejoindre au lieu désigné, et mettant la voiture à sa disposition. Splendide ! Il faudrait qu'elle soit un monstre de susceptibilité, monsieur, si elle se trouvait offensée après cela.

— Charmant ! s'écria Allan. On aura pour elle toutes les prévoyances possibles. Je ferai atteler le tilbury, et elle pourra le conduire elle-même, si elle veut.

Il griffonna une ligne à Miss Milroy et donna les ordres nécessaires concernant le tilbury. Dix minutes plus tard, les voitures étaient à la porte, prêtes pour le départ.

— Maintenant que nous avons pris toute cette peine pour elle, dit Allan en parlant de la gouvernante, quand ils eurent quitté la maison, je me demande, au cas où elle arriverait aujourd'hui, si elle nous rejoindra vraiment.

— Cela dépend entièrement de son âge, remarqua le jeune Pedgift, qui rendit cet arrêt avec cette heureuse confiance en lui-même qui le caractérisait : si elle est vieille, elle sera fatiguée du voyage et s'en tiendra à la volaille froide et au cottage ; si elle est jeune, ou je ne connais point les femmes ou le poney blanc nous l'amènera infailliblement.

Cela dit, ils dirigèrent la voiture vers le cottage du major.

VIII. Les Norfolk Broads

En contemplant la petite troupe réunie dans le parloir du major Milroy pour attendre l'arrivée des voitures de Thorpe-Ambrose, une personne non avertie n'eût pas soupçonné un instant qu'il s'agissait là d'une assemblée se préparant à partir en pique-nique. Tous affichaient un air si morne qu'on eût pu croire qu'il s'agissait de gens réunis pour assister à un mariage.

Miss Milroy elle-même, malgré son chapeau neuf à plumes blanches et la conscience d'être à son avantage dans sa fraîche robe de mousseline, Miss Milroy semblait soucieuse. Bien qu'Allan lui eût assuré par son billet, et dans les termes les plus explicites, qu'il avait concilié l'arrivée de sa gouvernante avec la fête du pique-nique, elle se demandait si le plan adopté - quel qu'il fût - serait approuvé par son père. Bref, elle ne se sentirait tout à fait rassurée que lorsque les voitures s'arrêteraient devant la porte et l'emmèneraient vers les réjouissances prévues.

Le major, de son côté, vêtu d'un habit bleu délaissé depuis des années, et sur lequel planait la menace d'une longue journée sans sa vieille amie et camarade la pendule, n'avait plus du tout l'air dans son élément. Quant aux amis qui avaient été invités sur la demande d'Allan – la veuve (Mrs. Pentecost) et son fils de santé délicate (le révérend Samuel Pentecost) –, on eût difficilement trouvé dans toute l'Angleterre deux êtres moins capables d'ajouter à la gaieté du jour. Un jeune homme qui joue son rôle dans la société en regardant le monde à travers une paire de lunettes vertes et en écoutant toute chose avec un sourire maladif est sans doute un prodige de l'esprit et une mine de vertu, mais ce n'est pas précisément l'individu qui convenait pour un pique-nique. Une vieille dame affligée de surdité, ayant pour intarissable sujet de conversation les nombreuses qualités de monsieur son fils, et qui, dans les occasions – fort rares, Dieu merci ! – où cet être chéri ouvre les lèvres, demande à chacun avec insistance : « Qu'a dit mon fils ? » est une personne ayant droit à la pitié pour ses infirmités, une personne dont on peut admirer le dévouement maternel, mais qu'il est à tout prix recommandé de ne pas convier à un pique-nique. Et pourtant, tels étaient le révérend Samuel Pentecost et sa respectable mère ; faute de mieux, c'étaient bien eux que l'on avait conviés à la partie de campagne de Mr. Armadale, dans les Norfolk Broads.

L'arrivée d'Allan et de son fidèle serviteur Pedgift junior sur ses talons introduisit un peu d'animation dans la petite société réunie au cottage. Le plan imaginé pour permettre à la gouvernante de rejoindre les convives, si elle arrivait ce jour-là, satisfit pleinement le major Milroy, soucieux de ne manquer à aucune des attentions convenables envers une dame qui allait faire partie de la famille. Après avoir rédigé de sa plus belle écriture un billet d'excuses et d'invitation à sa nouvelle gouvernante, Miss Milroy courut dire adieu à sa mère, revint avec un visage souriant, et décocha en passant un regard de satisfaction à son père pour lui dire que rien ne pouvait plus les retenir. La compagnie se dirigea aussitôt vers la porte du jardin, où elle rencontra la seconde difficulté de la journée : comment les six personnes allaient-elles se partager entre les deux voitures découvertes qui les attendaient ?

Ici encore, Pedgift junior fit preuve d'une précieuse faculté d'initiative. Ce jeune homme à l'esprit éminemment cultivé possédait ce talent plus ou moins propre aux jeunes gens du siècle où nous vivons : il savait parfaitement s'amuser sans oublier son intérêt. Un client comme le maître de Thorpe-Ambrose tombait rarement entre les mains de son père, et chercher à lui être agréable sans l'importuner fut tout ce qui retint l'attention du jeune Pedgift au long de cette journée, sans qu'il en oubliât pour autant un seul instant de prendre part aux amusements du pique-nique.

Il avait compris ce qui se passait entre Miss Milroy et Allan dès le premier coup d'œil. Il fit donc en sorte d'arranger au mieux les affaires de son nouveau client et, arguant de sa connaissance des environs, il offrit de monter dans la voiture de tête ; il demanda au major et au révérend s'ils lui feraient l'honneur de se joindre à lui.

— Nous allons passer devant un endroit des plus intéressants pour un militaire, monsieur, dit-il en s'adressant au major d'un air convaincu : les ruines d'un camp romain ; et mon père, monsieur, qui est un des souscripteurs, continua le jeune avoué en se tournant vers le révérend Samuel, désire connaître votre opinion sur les bâtiments de la nouvelle école de Little Gill Beck. Serez-vous assez bon pour me communiquer votre avis ?

Il ouvrit la portière et fit monter le major et le révérend sans attendre leur réponse. Cette manière d'agir eut le résultat escompté : Allan et Miss Milroy prirent place dans la seconde calèche avec la vieille dame sourde, dont la présence devait suffire à tempérer les effusions du jeune squire, sans toutefois lui défendre d'exprimer ses sentiments.

Jamais Allan n'avait encore été favorisé d'une entrevue si prolongée avec Miss Milroy. La chère vieille dame, après une anecdote ou deux sur son fils, prit le parti le plus désirable pour la facilité des deux jeunes gens : elle devint bientôt, fort à propos, aussi aveugle qu'elle était sourde ; étendue sur les coussins moelleux, et rafraîchie par une douce brise d'été, au bout d'un quart d'heure, elle dormait profondément.

Allan fit sa cour ; Miss Milroy ne s'y opposa point. Ils étaient l'un et l'autre sublimement indifférents à l'accompagnement musical que leur prodiguait le nez innocent de la mère du révérend. Les seules interruptions qu'ils eurent en fait à subir (le ronflement, quant à lui, étant chose bien plus grave et bien plus durable qu'une bluette d'amoureux, ne fut nullement interrompu) leur vinrent de la voiture qui les précédait. Pedgift junior, non content d'avoir à s'occuper du camp romain du major et de l'école du révérend, se levait de temps à autre de son siège pour appeler d'une voix de ténor l'admiration d'Allan sur les points de vue intéressants. La seule manière de s'en débarrasser était de répondre, comme Allan ne manquait jamais de le faire : « Oui, oui, superbe ! », sur quoi le jeune Pedgift se renfonçait dans les profondeurs du véhicule, pour revenir aux Romains et aux enfants un instant abandonnés.

Le paysage méritait pourtant bien plus d'attention que ne lui en accordaient Allan et ses amis.

Une heure de voiture avait amené le jeune Armadale et ses invités au-delà des limites de la promenade solitaire de Midwinter ; ils se rapprochaient maintenant de l'un des sites les plus beaux et les plus étranges, non seulement du Norfolk, mais de toute l'Angleterre. L'aspect du pays commença à changer quand on arriva près du district désolé des Broads. Les champs de blé et de navets devinrent de plus en plus rares, laissant place à d'immenses étendues d'herbe grasse. Le long de la route, on commençait à voir des amas de broussailles et d'herbe sèche rassemblées pour le couvreur et le vannier. Les vieux cottages à pignons disparurent, et des huttes aux murs de boue les remplacèrent. Parmi les vieux clochers, les moulins à vent et à eau qui jusqu'alors étaient seuls à se dresser dans le paysage, on vit briller à l'horizon, à travers des franges de saules, les voiles d'invisibles bateaux passant lentement sur des eaux également invisibles.

Toutes les particularités étranges et stupéfiantes de ce pays de labour isolé du reste de la contrée par un réseau inextricable de lacs et de ruisseaux, de ce pays dont les voies de communication et de transport étaient toutes d'eau, apparurent progressivement. On apercevait des filets de pêche suspendus aux portes des cottages et de petits bateaux plats reposant parmi les fleurs dans les jardins. Les fermiers portaient le costume hétéroclite des champs et de la mer, casquette de marin, bottes de pêcheur et blouse de laboureur.

Le labyrinthe des eaux, renfermé dans sa mystérieuse solitude, ne se dessinait pas encore aux regards. Bientôt cependant les voitures quittèrent la grande route et entrèrent dans un petit sentier marécageux. Les roues couraient sans bruit sur la terre humide et spongieuse. Un cottage solitaire, tout enveloppé d'agrès et de filets de pêche, s'élevait au bord du chemin. Quelques yards plus loin la terre ferme se terminait brusquement devant une petite crique garnie d'un quai étroit, devant lequel, à droite et à gauche, s'étendait la grande nappe d'eau unie et brillante, aussi pure dans son bleu sans tache, aussi calme dans sa limpidité que le ciel d'été qui l'éclairait : c'était le premier des Norfolk Broads.

Les voitures s'arrêtèrent, les propos d'amour se tarirent, et Mrs. Pentecost, retrouvant aussitôt l'usage de ses sens, regarda Allan d'un œil sévère :

— Je vois à votre visage, monsieur Armadale, dit-elle sèchement, que vous pensez que j'ai dormi ?

La conscience d'une faute se traduit différemment chez les deux sexes. Neuf fois sur dix, elle est moins embarrassante pour la femme que pour l'homme. Tandis qu'Allan rougissait et balbutiait, Miss Milroy embrassa la vieille dame, avec un éclat de rire innocent :

— Il est, je vous assure, tout à fait incapable, chère madame Pentecost, dit la petite hypocrite, de croire une chose aussi ridicule !

— Je désire seulement que Mr. Armadale sache bien, dit la vieille dame se méfiant encore d'Allan, qu'étant sujette à des étourdissements, je suis obligée de fermer les yeux en voiture. Fermer les yeux et dormir, monsieur Armadale, sont deux choses très différentes. Où est mon fils ?

Le révérend Samuel apparut silencieusement à la portière de la voiture et aida sa mère à descendre.

— Avez-vous fait une bonne promenade, Sammy ? demanda la vieille dame. Un paysage ravissant, mon cher, n'est-il pas ?

Le jeune Pedgift, sur lequel reposait tout le soin des arrangements de l'exploration des Broads, s'élança en avant pour donner des ordres aux bateliers.

Le major Milroy, placide et patient, s'assit à l'écart sur un pont renversé et regarda discrètement sa montre. Était-il déjà midi ? Oui, et une heure de plus. Pour la première fois et depuis bien des années, la fameuse pendule avait sonné midi dans un atelier vide. Le temps avait brandi sa faux terrible, le caporal et ses hommes avaient relevé la garde sans que l'œil du maître surveillât leurs mouvements, sans que sa main les encourageât à faire de leur mieux. Le major soupira en remettant sa montre : « Je suis trop vieux pour ces sortes de parties, se dit le bonhomme en regardant autour de lui d'un air rêveur, je n'y prends pas autant de plaisir que je l'aurais cru. Quand irons-nous nous promener sur l'eau ? Où peut donc être Neelie ? »

Neelie, c'est-à-dire Miss Milroy, était derrière l'une des voitures avec l'initiateur du pique-nique. Ils étaient plongés dans une conversation intéressante au sujet de leurs noms de baptême, et Allan était aussi près de faire une proposition de mariage qu'il est possible à un jeune étourdi de vingt-deux ans.

— Avouez-moi la vérité, dit Miss Milroy, les yeux modestement attachés à la terre ; lorsque vous avez appris mon nom pour la première fois, il ne vous a point paru joli, n'est-ce pas ?

— J'aime tout ce qui vous appartient, répondit Allan avec force. Je trouve Eleanor un nom charmant, et cependant je ne sais pourquoi, je pense que le major a eu une heureuse idée quand il l'a changé en Neelie.

— Je vais vous en expliquer la raison, monsieur Armadale, dit la fille du major avec gravité. Il existe en ce monde quelques personnes infortunées dont les noms sont, comment dirai-je ? dont les noms sont des erreurs. Le mien entre dans cette catégorie. Je ne blâme pas mes parents, car, bien sûr, il leur était impossible de savoir, quand j'étais un simple bébé, ce que je deviendrais en grandissant. Mais, telle que me voici, mon nom et moi nous ne nous convenons pas du tout. Lorsque vous entendez appeler une jeune demoiselle Eleanor, vous vous représentez immédiatement une grande, belle et intéressante créature, juste tout le contraire de ce que je suis ! Eleanor appliqué à ma personne résonne ridiculement, tandis que Neelie, comme vous l'avez vous-même remarqué, est juste le nom qu'il me fallait. Non, non, ne dites rien de plus ! Si nous devons parler de noms, il y en a un qui vaut bien plus que le mien la peine qu'on en parle.

Elle lança à son compagnon un coup d'œil qui disait assez clairement : « C'est le vôtre ! ». Allan se rapprocha d'elle et, sans la moindre nécessité, baissa la voix. Miss Milroy reprit immédiatement ses investigations sur le sol. Elle le regardait avec un intérêt si extraordinaire qu'un géologue l'eût soupçonnée de quelque romance scientifique avec la croûte superficielle du globe terrestre.

— À quel nom pensez-vous ? demanda Allan.

Miss Milroy adressa sa réponse à la terre, la laissant libre d'en faire ce qu'elle voudrait, en sa qualité de conductrice du son.

— Si j'avais été un homme, déclara-t-elle, j'eusse aimé m'appeler Allan !

Elle sentit les yeux d'Allan sur elle ; alors, tournant la tête de côté, elle parut subitement s'absorber dans la contemplation de la peinture du panneau de la voiture derrière laquelle ils se trouvaient.

— Comme c'est joli ! s'écria-t-elle. Je me demande comment on fait cela !

Les hommes insistent là où les femmes cèdent. Allan entendait maintenir la conversation sur le premier terrain. Passer d'un entretien amoureux à la fabrication des voitures était un changement peu de son goût, et Miss Milroy dut renoncer à son sujet.

— Appelez-moi par mon nom, s'il est vrai que vous l'aimez, murmura-t-il d'une voix persuasive, appelez-moi Allan. Juste une fois, pour essayer.

Elle hésita, rougit, et un charmant sourire éclaira son visage.

— Je ne puis encore, répondit-elle doucement.

— Et moi, puis-je vous appeler Neelie ? Est-ce trop tôt ?

Elle le regarda de nouveau. Son corsage parut agité d'une palpitation soudaine, et un éclair de tendresse jaillit de ses grands yeux clairs.

— Vous le savez mieux que moi, murmura-t-elle.

Allan avait sur les lèvres la réponse inévitable. Elle allait lui échapper lorsque la voix perçante de Pedgift junior appelant « monsieur Armadale ! » résonna joyeusement dans l'air tranquille. Au même moment, de l'autre côté de la voiture, les sombres lunettes du révérend Samuel se montrèrent, sournoisement inquisitrices, tandis que la voix de sa mère, qui avait promptement fait le rapprochement entre l'idée de la présence de l'eau et celle d'un mouvement soudain parmi la compagnie, demandait distraitement si personne n'était noyé. Le sentiment, s'envole et l'amour frémit devant toute démonstration bruyante.

— Le diable les emporte ! dit Allan, en allant rejoindre le jeune Pedgift.

Miss Milroy soupira et se réfugia auprès de son père.

— J'ai réussi ! monsieur Armadale, cria le jeune Pedgift, interpellant gaiement son patron. Nous pouvons tous nous embarquer ensemble dès maintenant ; je me suis procuré la plus grosse embarcation des Broads. Le petit canot, reprit-il en baissant le ton et en se dirigeant vers l'escalier du quai, outre qu'il était vacillant et peu solide, n'eût pas contenu plus de deux personnes en sus du batelier, et le major m'a dit qu'il trouvait convenable de ne pas quitter sa fille, si nous nous partagions sur différentes embarcations. J'ai pensé que cela n'était pas désirable, dit-il, en appuyant sur ce dernier mot et, de plus, si nous avions mis la vieille dame dans une chaloupe, avec son poids (deux cent vingt livres au moins), elle l'eût sans doute fait chavirer, ce qui eût occasionné des retards, et jeté ce que nous appellerions un froid dans l'atmosphère. Voici le bateau, monsieur Armadale ; qu'est-ce que vous en pensez ?

L'embarcation en question n'était pas l'élément le moins étrange de ce paysage. C'était une vieille chaloupe de sauvetage, passant ses dernières années de vieillesse sur l'eau douce, après avoir vécu les jours orageux de sa jeunesse sur l'Océan. Une petite cabine confortable avait été bâtie au milieu du pont à l'usage des chasseurs de gibier marin ; il y avait en outre un mât et une voile destinés à la navigation sur les cours d'eau.

La place était plus que suffisante pour les invités, les provisions et les trois bateliers. En guise d'approbation, Allan frappa sur l'épaule de son fidèle lieutenant. Mrs. Pentecost elle-même, quand tout le monde fut confortablement assis à bord, envisagea gaiement, la perspective du pique-nique.

— S'il arrive quelque accident, dit-elle, s'adressant à la compagnie, il y a au moins une chose rassurante pour nous tous, c'est que mon fils sait nager.

Le bateau glissa hors de la crique dans les eaux tranquilles du Broad, et le paysage se dessina dans toute sa beauté.

Au nord et à l'ouest, lorsqu'on arriva au milieu du lac, le rivage s'étendait clair et bas sous le soleil ; des rangées d'arbres nains le frangeaient par intervalles et, çà et là, dans les espaces découverts, s'élevaient des moulins à vent et des cottages aux toits de chaume. Au sud, la grande nappe d'eau se rétrécissait graduellement vers un petit groupe d'îlots nichés les uns contre les autres et qui fermaient la perspective. À l'est, une longue ligne onduleuse de roseaux suivait les méandres du lac et cachait la vue des terrains aqueux qui s'étendaient au-delà.

Un seul nuage formé par la fumée d'un steamer flottait, dans cette brise d'été si pure et si légère ; encore fuyait-il rapidement vers l'est. Lorsque les voix des passagers se taisaient, pas un son ne s'élevait de près ou de loin, si ce n'est le faible clapotement produit à l'avant de l'embarcation par les longues perches des bateliers. Le monde et ses bruits semblaient avoir été laissés pour toujours sur la terre ferme ; le silence était enchanteur et enveloppait toute chose entre la douce pureté du ciel et la tranquillité radieuse du lac.

La petite société s'était confortablement installée sur le bateau, le major et sa fille d'un côté, le vicaire et sa mère de l'autre, Allan et le jeune Pedgift au milieu. L'embarcation glissait doucement vers les îlots à l'autre extrémité du lac. Miss Milroy était ravie, Allan enthousiasmé, et le major avait presque oublié sa pendule. Chacun jouissait selon son cœur des beautés de cette scène. Mrs. Pentecost en profitait à sa manière, telle une voyante, les yeux fermés.

— Regardez derrière vous, monsieur Armadale, murmura le jeune Pedgift, je crois que notre clergyman commence à s'amuser.

Une animation inhabituelle, funeste présage de l'arrivée de la parole, était survenue dans les manières du révérend ; il balançait la tête de côté et d'autre comme un oiseau, puis il toussa pour s'éclaircir la voix, se frotta les mains, et regarda avec un doux intérêt la compagnie. À n'en pas douter, la moindre exaltation chez cette excellente personne se traduisait comme par une montée en chaire.

— Même dans cette scène de paix, dit le révérend Samuel, apportant doucement sa première contribution à la société sous la forme d'un commentaire, l'esprit chrétien est conduit, si l'on peut s'exprimer ainsi, d'un extrême à l'autre, et se rappelle forcément l'instabilité des choses terrestres. Qu'arriverait-il si ce calme cessait ? Qu'adviendrait-il si les vents s'élevaient ? si les eaux devenaient agitées ?

— Vous n'avez pas à vous inquiéter de cela, monsieur, dit Pedgift junior ; juin est la plus belle saison ici, et vous savez nager.

Mrs. Pentecost (selon toute probabilité magnétiquement émue par la parole de son fils) ouvrit brusquement les yeux et demanda avec son sérieux habituel :

— Que dit mon fils ?

Le révérend Samuel répéta son discours dans le diapason exigé par l'infirmité de sa mère. La vieille dame l'approuva hautement de la tête, et prolongea le cours des pensées de son fils par une citation.

— Ah ! soupira-t-elle avec componction. « Il commande à l'ouragan, Sammy, et Il dirige l'orage ! »[1].

— Nobles paroles ! dit le révérend Samuel, nobles et consolantes paroles.

— Je me demande, murmura Allan, s'il va longtemps continuer de cette façon.

— Je vous avais dit, papa, que c'était s'exposer beaucoup que de les avoir, ajouta Miss Milroy à voix basse.

— Ma chère, représenta le major, nous ne connaissions pas d'autres personnes dans les environs ; Mr. Armadale ayant eu la bonté de nous permettre d'amener nos amis, que pouvions-nous faire ?

— Il ne faut pas songer à les couler, remarqua le jeune Pedgift avec une gravité comique ; nous sommes malheureusement sur une chaloupe de sauvetage. Aussi, je propose de fermer la bouche du révérend, monsieur Armadale. Il est près de trois heures. Si nous sonnions la cloche du déjeuner, qu'en dites-vous ?

Jamais homme ne fut mieux l'homme de la situation que Pedgift junior lors de ce pique-nique. En dix minutes, le bateau reposait au milieu des roseaux, les paniers de Thorpe-Ambrose étaient déballés, et l'éloquence du vicaire muselée provisoirement.

Combien important dans ses résultats moraux, et conséquemment combien digne de louanges en lui-même, est l'acte de manger et de boire ! L'estomac est le centre des vertus sociales. Un homme qui n'est pas meilleur mari, meilleur père et meilleur frère après dîner est, digestivement parlant, un homme incurablement vicieux. Quelles qualités spirituelles cachées, quelles amabilités dormantes se réveillent quand notre grossière humanité se concentre tout entière sur l'accomplissement de nos fonctions gastriques ! À l'ouverture des paniers de Thorpe-Ambrose, la douce sociabilité (produit de l'heureuse union de la civilisation et de Mrs. Gripper) s'exhala parmi les convives, rassemblant dans une fusion amicale les élé-

1 Addison, *The Campaign* (1705).

ments discordants dont la compagnie s'était jusqu'alors composée.

À présent, le révérend Samuel Pentecost, dont les talents étaient restés jusqu'alors enfouis sous le boisseau, prouvait qu'il était capable de quelque chose au moins, capable d'apprécier et de déguster un bon morceau. À présent, Pedgift junior, plus brillant que jamais, mettait à jour toutes les ressources de son humeur caustique, toute l'ingénieuse fertilité de son esprit. À présent, le jeune squire et sa charmante invitée faisaient la démonstration du lien qui existe entre le Champagne qui pétille, l'amour qui s'enhardit, et des yeux dont le vocabulaire ne connaît pas le mot non. À présent, les joyeux souvenirs revenaient à la mémoire du major, et les vieilles histoires du passé retrouvaient le chemin de ses lèvres. Et, à présent, Mrs. Pentecost se montrait dans toute la force de son estimable caractère maternel : armée d'une fourchette supplémentaire, elle employait incessamment cet utile instrument à choisir des morceaux sur les plats qui couvraient la table et à remplir les quelques places laissées vacantes sur l'assiette du révérend Samuel.

« Ne riez pas de mon fils ! criait la vieille dame, remarquant la gaieté que ses procédés excitaient chez les convives, c'est ma faute, pauvre chéri, je le fais manger ! »

Et il est des hommes en ce monde qui, voyant de telles vertus se développer à table, et nulle part ailleurs, peuvent, malgré cela, envier le privilège de dîner en compagnie des plus mesquins de ces soucis quotidiens que la mode impose à l'humanité : un habit boutonné, par exemple, ou un corset rigoureusement lacé ! Ne confiez pas à de tels monstres vos tendres secrets, vos amours et vos haines, vos espérances et vos craintes. Leurs cœurs ne sont point corrigés par leurs estomacs, et les vertus sociales ne les ont point pénétrés.

Les dernières splendeurs de la journée et les premières brises d'une longue soirée d'été s'étaient rencontrées avant que les plats eussent été enlevés et les bouteilles laissées aussi vides que doivent l'être des bouteilles que l'on abandonne. Ce dernier devoir accompli, la petite société regarda Pedgift junior pour savoir ce qu'on allait faire. Cet infatigable fonctionnaire était à la hauteur de toute cette confiance. Avant que personne eut eu le temps de lui faire la question, il sortait de son chapeau un nouveau divertissement.

— Miss Milroy aime-t-elle la musique sur l'eau ? demanda-t-il avec galanterie.

Miss Milroy adorait la musique – sur l'eau, sur terre –, excepté lorsqu'elle en faisait elle-même sur son piano.

— Sortons d'abord des roseaux, dit le jeune Pedgift.

Il donna ses ordres aux bateliers, plongea vivement dans la petite cabine, et reparut avec un accordéon dans la main.

— Il est gentil, n'est-il pas vrai, Miss Milroy ? fit-il en montrant ses initiales en nacre sur l'instrument. Mon nom est Augustus, comme celui de mon père. Quelques-uns de mes amis suppriment le A, et m'appellent « Gustus junior ». Une aimable plaisanterie comme celles qui courent entre amis, n'est-ce pas monsieur Armadale ? Je chante un peu en m'accompagnant, mesdames et messieurs, et, si cela peut vous être agréable, je serai enchanté de vous montrer mes petits talents.

— Arrêtez ! cria Mrs. Pentecost ; j'ai une passion pour la musique !

Et en faisant cette formidable déclaration, la vieille dame ouvrit un prodigieux sac de cuir, dont elle ne se séparait ni jour ni nuit, et en sortit un cornet acoustique à l'ancienne mode, quelque chose tenant le milieu entre un cornet à piston et une trompe marine.

— Je n'aime pas à m'en servir ordinairement, remarqua-t-elle, parce que je crains que cela ne me rende plus sourde que je ne le suis. Mais je ne puis ni ne veux manquer la musique ; j'en raffole. Si vous voulez tenir l'autre bout, Sammy, je vais adapter celui-ci à mon oreille. Neelie, ma chère, dites-lui de commencer.

Aucune hésitation nerveuse ne vint troubler le jeune Pedgift. Il commença immédiatement, non par des airs modernes et légers comme on eût pu s'y attendre de la part d'un amateur de son âge et de son tempérament, mais par des torrents de poésie déclamatoire et patriotique, tout à fait adaptés à la musique hardie et bruyante que le peuple anglais aimait tant au commencement de ce siècle, et qui lui est encore si sympathique, « la Mort de Marmion », « la Bataille de la Baltique », « le Golfe de Gascogne », « Nelson »[1], sur les airs variés que nous a fait connaître feu John Braham. Tels furent les chants où l'accordéon gémissant et le strident timbre de ténor de Gustus junior triomphèrent ensemble.

— Dites-moi quand vous serez fatigués, mesdames et messieurs,

1 « *The Death of Marmion* » de sir Walter Scott ; « *The Battle of the Baltic* » de Thomas Campbell ; « *The Bay of Biscay* » de Andrew Cherry ; « *Nelson* » de John Braham.

dit le légiste ménestrel. Je n'y mets pas d'amour-propre. Voulez-vous un peu de sentiment, pour changer ? Vous ferai-je entendre « la Branche de gui » ou « Pauvre Mary Anne » ?

Après avoir favorisé l'assistance de ces deux touchantes mélodies, le jeune Pedgift pria respectueusement le reste de la compagnie de suivre son exemple, en se faisant fort d'improviser un accompagnement, si le chanteur voulait seulement lui indiquer le ton.

— Que l'on y aille ! cria Mrs. Pentecost avec ferveur. Je vous dis encore que j'adore la musique ! Nous n'en avons pas eu moitié assez, n'est-ce pas Sammy ?

Le révérend Samuel ne répliqua pas. Le malheureux avait des raisons particulières, pas précisément in petto mais un peu plus bas, pour garder le silence au milieu de la gaieté générale et des applaudissements. Hélas ! pauvre humanité ! L'amour maternel lui-même est sujet aux erreurs humaines. Devant déjà infiniment à son excellente mère, le révérend Samuel lui était redevable à présent d'une sérieuse indigestion.

Personne, quoi qu'il en soit, n'avait encore remarqué sur le visage du vicaire les signes de la révolution intérieure qui l'agitait. Chacun était occupé à supplier les autres de chanter. Miss Milroy en appela à l'amphitryon :

— Allons, quelque chose, monsieur Armadale : j'aimerais tant vous entendre !

— Une fois que vous aurez commencé, monsieur, dit le joyeux Pedgift, vous serez étonné de voir combien il est facile de continuer. La musique est une science qui demande à être prise à la gorge dès le départ.

— De tout mon cœur, dit Allan, avec sa bonne humeur habituelle. Je sais beaucoup d'airs, mais malheureusement les paroles m'échappent. Je me demande si je pourrais me rappeler une des mélodies de Moore ! Ma pauvre mère aimait à me les faire apprendre quand j'étais enfant.

— Les mélodies de qui ? demanda Mrs. Pentecost, celles de Moore ? Ah ! je connais Tom Moore par cœur.

— Peut-être, dans ce cas, serez-vous assez bonne, madame, pour aider ma mémoire si elle me fait défaut ? Je choisirai la mélodie la plus facile, si vous voulez le permettre. Tout le monde la connaît :

« le Boudoir d'Eveleen ».

— Je connais à peu près tous les airs d'Angleterre, d'Écosse et d'Irlande, dit Pedgift junior ; je vous accompagnerai, monsieur, avec le plus grand plaisir : c'est à peu près cela, je pense…

Il s'assit les jambes croisées sur le toit de la cabine, et se lança dans une improvisation musicale des plus extraordinaires, un mélange de fioritures et de gémissements, une gigue mâtinée de chant funèbre, et réciproquement.

— Oui, c'est à peu près cela, reprit le jeune Pedgift avec un sourire de satisfaction suprême. Feu ! partez, monsieur !

Mrs. Pentecost éleva son cornet, et Allan éleva la voix :

Oh ! pleurez sur l'heure où le seigneur de la vallée…

Il s'arrêta, l'accompagnement s'arrêta aussi, l'auditoire attendit.

— C'est une chose extraordinaire, dit Allan, je croyais avoir le vers suivant sur le bout de la langue et il m'échappe. Je vais recommencer, si vous n'y voyez pas d'inconvénient :

Oh ! pleurez sur l'heure où le seigneur de la vallée…
S'achemina vers le boudoir d'Eveleen,
Le cœur plein de faux serments,

continua Mrs. Pentecost.

— Merci, madame, dit Allan, maintenant, je pourrai continuer.

Oh ! pleurez sur l'heure où le seigneur de la vallée…
S'achemina vers le boudoir d'Eveleen,
Le cœur plein de faux serments,
La lune brillait de sa clarté…

— Non ! s'interrompit Mrs. Pentecost.

— Je vous demande pardon, réclama Allan.

La lune brillait de sa clarté...

— La lune ne faisait rien de semblable ! s'écria Mrs. Pentecost.

Pedgift junior, pressentant une dispute, continua l'accompagnement sotto voce dans l'intérêt de l'harmonie.

— Ce sont les propres paroles de Moore, madame, dit Allan, dans le livre de ma mère.

— Alors la copie de votre mère est fautive, repartit Mrs. Pentecost ; ne vous ai-je pas dit tout à l'heure que je savais Thomas Moore par cœur ?

L'accordéon pacifique de Pedgift junior continua ses fioritures et ses gémissements en mineur.

— Eh bien, que faisait donc la lune ? demanda Allan en désespoir de cause.

— Ce qu'elle devait faire, monsieur, autrement Moore ne l'eût pas écrit ainsi, reprit la vieille dame :

La lune déroba sa lumière aux cieux,

Gémissant derrière la nue sur la honte de la jeune fille !

— Je voudrais que ce jeune homme cessât de jouer, ajouta Mrs. Pentecost, tournant son irritation contre Gustus junior. J'ai assez de son instrument ; il me chatouille les oreilles.

— Très honoré, madame, dit l'imperturbable Pedgift. Toute la science de la musique est là.

— Mais, demanda placidement le major, ne vaudrait-il pas mieux que Mr. Armadale continuât son chant ?

— Oui ! continuez, monsieur Armadale, ajouta Miss Milroy. Allez, monsieur Pedgift !

— L'un ne sait pas les mots, et l'autre ignore l'accompagnement ; qu'ils aillent ainsi, s'ils peuvent ! s'écria Mrs. Pentecost.

— Je suis fâché de vous donner tort, madame, dit Pedgift junior. Je suis prêt à recommencer. Maintenant, partons, monsieur Armadale !

Allan ouvrit les lèvres pour reprendre la mélodie où il l'avait laissée. Mais avant qu'il eût prononcé une note, le révérend se leva brusquement, le visage bouleversé, la main pressée convulsivement sur son estomac.

— Qu'est-ce qu'il y a ? s'écrièrent tous à la fois les passagers.

— Je me sens très mal ! balbutia le révérend.

Le bateau fut aussitôt dans la plus grande confusion. « Le Boudoir d'Eveleen » expira sur les lèvres d'Allan ; jusqu'à l'accordéon obstiné de Pedgift qui devint silencieux. Par bonheur, le fils de Mrs. Pentecost avait une mère, et cette mère avait un sac. En un instant, la médecine occupa la place laissée vacante par la musique.

— Frottez doucement, Sammy, dit Mrs. Pentecost. Je vais sortir les bouteilles et je vous donnerai une potion. C'est son pauvre estomac, major. Tenez mon cornet, quelqu'un, et arrêtez le bateau. Vous, Neelie, ma chère, prenez cette bouteille, et vous cette autre, monsieur Armadale, et passez-les-moi à mesure que je vous les demanderai. Ah ! pauvre chéri, je sais ce qui lui arrive ! Manque de force ici, major, froid, acide et mou. Le gingembre réchauffera, le soda corrigera, le sel volatil ranimera. Là, Samuel, buvez avant que cela dépose et puis allez vous étendre, mon chéri, dans cette niche à chien qu'ils appellent une cabine. Assez de musique ! ajouta Mrs. Pentecost en agitant la main vers le propriétaire de l'accordéon, à moins que ce ne soit un cantique, auquel cas je ne m'y opposerai pas.

Personne ne paraissant disposé à entonner un cantique, l'accompli Pedgift tira de son magasin de connaissances locales une nouvelle idée, et la mit à exécution. La direction du bateau fut immédiatement changée et, au bout de quelques minutes, la compagnie se trouva dans une petite baie, ayant au centre un cottage solitaire, entourée d'une véritable forêt de roseaux qui fermaient la vue tout autour.

— Qu'en dites-vous, mesdames et messieurs, si nous mettions pied à terre pour voir comment est fait un cottage de coupeur de roseaux ? suggéra Pedgift.

— Nous disons oui, bien sûr, repartit Allan ; je pense que notre gaieté a un peu souffert de la maladie du révérend et du sac de Mrs. Pentecost, ajouta-t-il à voix basse en s'adressant à Miss Milroy : c'est juste la diversion qu'il nous fallait.

Lui et Pedgift aidèrent Miss Milroy à sortir du bateau. Le major la suivit. Mrs. Pentecost resta assise, immobile comme le sphinx égyptien, avec son sac sur ses genoux, veillant sur « Sammy » abrité dans la cabine.

— Il ne faut pas laisser s'enfuir la joie, monsieur, dit Allan en aidant le major à mettre pied à terre. Nous sommes loin encore d'en avoir fini avec les plaisirs de la journée.

Sa voix soutint si bien sa conviction que même Mrs. Pentecost l'entendit. Elle secoua la tête d'un air lugubre.

— Ah ! soupira la mère du vicaire ; si vous étiez aussi vieux que moi, jeune homme, vous ne seriez pas si sûr des plaisirs du jour qui nous reste !

Ainsi, repoussant la témérité de la jeunesse, parla l'expérience de l'âge mûr. Considérer le bonheur sous un point de vue négatif est évidemment chose prudente, et la philosophie « à la Pentecost », en conséquence, est généralement dans le vrai.

IX. Hasard ou fatalité ?

Il était près de six heures quand Allan et ses amis quittèrent le bateau ; l'influence du soir se faisait déjà sentir sur la solitude limpide des Broads.

Les rivages dans ces régions sauvages ne sont pas comme ailleurs. Ferme en apparence, la terre du jardin devant le cottage était, molle, humide, et cédait, sous la pression du pied. Les bateliers qui guidaient les visiteurs les avertirent de se maintenir dans le sentier, et leur montrèrent, à côté de crevasses et de flaques d'eau, des endroits herbeux où des étrangers eussent marché avec confiance sur une croûte de terre trop faible pour supporter le poids d'un enfant. Le cottage solitaire, bâti de planches peintes en noir, avait été bâti sur un terrain consolidé ; il était assis sur pilotis. Une petite tour en bois s'élevait à l'une des extrémités du toit et servait de poste d'observation pendant la saison de chasse. De cette élévation, les regards s'étendaient librement sur toute l'étendue des lacs. Si le coupeur de roseaux avait perdu son canot il eût été aussi complètement isolé de toute communication avec la ville ou le village que s'il eût été sur un vaisseau. Ni lui ni sa famille ne se plaignaient de leur solitude, et ils ne semblaient ni plus rustres ni plus mauvais pour cela. La femme reçut les visiteurs avec cordialité, dans une petite salle proprette, dont le plafond était supporté par des poutres et dont les fenêtres ressemblaient à celles d'une cabine de bateau. La grand-mère raconta comment les contrebandiers arrivaient autrefois la nuit, naviguant sur les rivières avec des rames garnies de linge, jusqu'à ce qu'ils eussent gagné les Broads et lancé leurs barils d'alcool à l'eau, loin du garde-côte. Les petits enfants jouèrent à cache-cache avec les visiteurs, et ceux-ci parcoururent l'intérieur du cottage, ainsi que le petit lopin de terre ferme sur lequel il s'élevait, surpris et charmés par la nouveauté de tout ce qu'ils voyaient. La seule personne qui remarqua l'approche du soir et qui songea à la fuite du temps et aux Pentecost restés dans le bateau fut le jeune Pedgift. Le sagace pilote des Broads regarda sa montre à la dérobée et saisit la première occasion pour tirer Allan à part :

— Je ne voudrais pas vous presser, monsieur Armadale, dit-il ; mais le temps passe, et il s'agit d'une dame.

— Une dame ? répéta Allan.

— Oui, monsieur, reprit le jeune Pedgift, une dame de Londres, en rapport (si vous voulez me permettre de vous en faire souvenir) avec un certain tilbury et un poney blanc.

— Juste Ciel, la gouvernante ! s'écria Allan. Nous l'avions tout à fait oubliée !

— Ne soyez pas inquiet, monsieur, nous avons encore le temps nécessaire si nous montons en bateau immédiatement. Vous vous rappelez, monsieur Armadale, que nous devons prendre le thé au prochain Broad, celui que l'on nomme Hurle Mere ?

— Certainement, dit Allan, Hurle Mere est l'endroit où mon ami Midwinter a promis de nous rejoindre.

— Hurle Mere est le rendez-vous où doit se trouver la gouvernante, monsieur, si votre cocher suit mes indications, continua Pedgift. Nous en avons à peu près pour une heure à naviguer à travers les sinuosités de ces eaux étroites (que nous appelons ici les sounds) qui nous séparent de Hurle Mere. D'après mon calcul, il nous faut être au bateau d'ici à cinq minutes, si nous voulons arriver à temps pour rencontrer la gouvernante et votre ami.

— Nous ne pouvons manquer mon ami sous aucun prétexte, ni

la gouvernante non plus, bien entendu. Je vais le dire au major, répondit Allan.

Le major Milroy s'apprêtait à cet instant à monter à la tour de bois du cottage pour jouir de la vue. L'obligeant Pedgift offrit de l'y accompagner et de lui donner toutes les explications locales que le coupeur de roseaux eût mis moitié plus longtemps à lui fournir.

Allan resta devant la porte du cottage, plus calme et plus pensif que d'habitude. Son entrevue avec le jeune Pedgift lui avait rappelé, pour la première fois depuis le matin, l'absence de son ami. Il fut surpris d'avoir pu si longtemps oublier Midwinter, d'ordinaire si présent dans ses pensées. Il se sentit la conscience troublée comme par un reproche, tandis que son esprit se reportait sur le fidèle ami resté chez lui, penché sur les livres du régisseur et occupé à travailler pour lui.

« Cher vieux camarade, pensa-t-il, je serai si content de le voir au Mere. Les plaisirs de la journée ne seraient pas complets s'il ne nous rejoignait point ! »

— Me tromperai-je, monsieur Armadale, en affirmant que vous pensez à quelqu'un ?

Allan se tourna et vit la fille du major auprès de lui. Miss Milroy, se rappelant leur conversation derrière la voiture, avait remarqué l'attitude songeuse de son admirateur et avait résolu de lui fournir une autre occasion de se déclarer pendant que son père et le jeune Pedgift les laissaient seuls.

— Vous devinez tout, dit Allan en souriant. Je pensais à quelqu'un, en effet.

Miss Milroy lui lança un regard, un doux regard d'encouragement : une seule personne pouvait occuper les pensées de Mr. Armadale, après ce qui s'était passé entre eux le matin ! Et ce n'était que charité de sa part si elle lui permettait de reprendre la conversation interrompue.

— Moi aussi, reprit-elle, je songeais à quelqu'un, suscitant l'aveu à venir autant qu'elle le redoutait. Si je vous donnais la première lettre du nom de mon quelqu'un, me diriez-vous la première lettre du vôtre ?

— Je vous dirai tout ce que vous voudrez ! s'écria Allan avec enthousiasme.

La jeune fille recula cependant avec coquetterie devant le sujet qu'elle désirait aborder.

— Dites-moi d'abord votre première lettre, murmura-t-elle en détournant ses yeux des siens.

Allan se mit à rire.

— « M », dit-il.

Elle tressaillit légèrement. N'était-il pas étrange qu'il songeât à elle sous son nom de famille ? Mais peu importait après tout, puisqu'il pensait à elle.

— Quelle est votre lettre ? demanda Allan.

Elle rougit et sourit.

— « A », puisque vous le voulez ! murmura-t-elle avec un petit air d'hésitation.

Elle lui jeta un autre regard à la dérobée, et voulut complaisamment prolonger la délicieuse attente de l'aveu qui allait venir.

— Combien y a-t-il de syllabes dans votre nom ? demanda-t-elle en dessinant des broderies sur le sol avec le bout de son ombrelle.

Il n'est pas un homme ayant quelque expérience des femmes qui eut été assez inconsidéré pour lui dire la vérité. Allan cependant ne connaissait rien à la nature féminine et, avant l'habitude de dire la vérité à tort et à travers en toute occasion, il répondit comme s'il se fut agi d'un interrogatoire en justice.

— C'est un nom en trois syllabes, dit-il.

Les yeux de Miss Milroy, jusqu'alors baissés, lui envoyèrent deux éclairs.

— Trois ! répéta-t-elle dans le plus grand étonnement.

Allan était décidément trop impulsif pour saisir toute la valeur de l'avertissement.

— Je ne suis pas fort sur la scansion, dit-il en riant, mais cependant je ne crois pas me tromper en comptant trois syllabes dans le nom de Midwinter. Je songeais à mon ami. Mais, peu importe, dites-moi qui est « A » ; dites-moi à qui vous pensiez ?

— À la première lettre de l'alphabet, monsieur Armadale, et je vous prie de le croire, à rien de plus !

Et sur cette réponse, la fille du major ouvrit son ombrelle et se dirigea vers le bateau.

Allan resta pétrifié. Si Miss Milroy lui avait tiré les oreilles (et on ne peut nier qu'elle en eût été fortement tentée), il n'eût pas été plus abasourdi.

« Que diable ai-je fait ? se demanda-t-il avec désespoir en se rendant au rivage avec le major et le jeune Pedgift ; je voudrais bien savoir ce qu'elle va me dire tout à l'heure ? »

Elle ne lui dit absolument rien. Elle ne lui jeta pas même un regard lorsqu'il monta dans la chaloupe. Elle était assise, le teint et les yeux beaucoup plus animés que d'habitude, et prenait le plus vif intérêt à la convalescence du vicaire, à Mrs. Pentecost, à Pedgift junior (à qui elle offrit avec un grand empressement une place à côté d'elle), au paysage, au cottage du coupeur de roseaux, à tout, sauf à Allan.

« Je ne lui pardonnerai jamais, se disait-elle, d'avoir pensé à ce garçon mal élevé quand moi je m'occupais de lui. Heureusement que je l'ai découvert à temps ! Grâce au Ciel, Mr. Pedgift est dans le bateau ».

Dans cette disposition d'esprit, Miss Neelie s'appliqua à séduire Pedgift et à dédaigner Allan.

— Oh ! monsieur Pedgift ! Combien c'est ingénieux et bon à vous d'avoir songé à nous montrer ce délicieux cottage. J'aimerais par-dessus toutes choses vivre là. Qu'aurait été notre pique-nique sans vous, monsieur Pedgift ? Vous ne pouvez vous imaginer quel plaisir j'y ai pris depuis que nous sommes montés en bateau. Froid, monsieur Armadale ? Comment peut-on dire qu'il fait froid ? C'est la plus chaude soirée que nous ayons eue de tout l'été. Et la musique, monsieur Pedgift, combien c'est galant à vous d'avoir apporté votre accordéon. Je me demande si je pourrais vous accompagner au piano. J'aimerais tant à essayer. Oh, oui ! monsieur Armadale ! sans doute, vous chantez très bien quand vous savez les paroles ; mais, pour dire la vérité, j'ai toujours détesté et je détesterai toujours les mélodies de Moore !

Miss Milroy maniait ainsi avec une impitoyable dextérité la plus affilée des armes offensives de la femme : la langue ; et elle s'en fut servie encore quelque temps, si Allan eût seulement montré la jalousie nécessaire ou si Pedgift avait fourni le moindre encouragement. Mais la fortune adverse avait décrété qu'elle choisirait pour ses victimes deux hommes parfaitement inattaquables en ces circonstances.

Allan était trop ignorant de toutes les susceptibilités féminines pour rien comprendre, si ce n'est que la charmante Neelie était fâchée contre lui sans qu'il eût mérité en rien son déplaisir. L'habile Pedgift, ainsi qu'il convient à la jeunesse pleine d'esprit de notre époque, se soumettait à la fantaisie féminine, les yeux immuablement fixés tout le temps sur ses intérêts particuliers. Plus d'un jeune homme de la génération passée, qui n'était pas si folle, a tout sacrifié à l'amour. Pas un jeune homme sur dix mille, en ce siècle, excepté les fous, n'y a sacrifié un demi-penny. Les filles d'Ève héritent des charmes de leurs mères, et commettent les mêmes fautes. Mais les fils d'Adam, de nos jours, sont hommes à refuser la fameuse pomme avec un salut et un « non merci ; cela pourrait me faire tomber dans un piège ». Quand Allan, surpris et désappointé, se mit à l'abri des attaques de Miss Milroy, à l'autre extrémité du bateau, Pedgift junior se leva et le suivit.

« Vous êtes une très charmante demoiselle, se dit l'adroit et sensé jeune homme, mais un client est un client, et je suis fâché de vous apprendre, mademoiselle, que vous ne réussirez pas ».

Il chercha à ranimer la gaieté d'Allan en l'intéressant à un nouveau sujet. Il devait y avoir pendant l'automne une régate sur l'eau, et l'opinion de son client, marin émérite, pouvait être utile au comité.

— Je pense que ce sera quelque chose de nouveau pour vous, monsieur, qu'une joute à la voile sur eau douce ? insinua-t-il de sa voix la plus aimable.

Allan, aussitôt pris, répliqua :

— Tout à fait ; donnez-moi donc des détails là-dessus, je vous prie.

Quant au reste de la société, à l'autre bout de la chaloupe, elle était en passe de confirmer les funestes présages de Mrs. Pentecost quant au caractère éphémère des plaisirs de la journée.

La pauvre Neelie, après le sentiment bien naturel d'irritation que lui avait fait éprouver la maladresse d'Allan, restait maintenant silencieuse, enfermée dans son ressentiment, auquel s'ajoutait la conscience de son humiliation et de sa défaite.

Le major était retombé dans sa torpeur habituelle, son esprit tournant machinalement autour des roues de sa pendule. Le vicaire dérobait toujours son indigestion à l'assistance dans les recoins les plus cachés de la cabine ; et la mère montait la garde, assise à la porte, une seconde potion à la main.

Les femmes de l'âge et du caractère de Mrs. Pentecost se complaisent dans leur mauvaise humeur.

« Voici, disait la vieille femme, en balançant la tête avec un air de satisfaction aigre, ce que l'on appelle une partie de campagne, n'est-ce pas ? Ah ! quelle folie d'avoir quitté notre confortable intérieur ! »

Pendant ce temps, le bateau glissait doucement à travers les méandres du labyrinthe limpide qui s'étendait entre les deux Broads. La vue n'était maintenant limitée que par d'interminables rangées de roseaux. Pas un son ne s'entendait à proximité ou dans le lointain ; le regard n'apercevait pas un coin de terre labourée ou habitée.

— C'est un peu triste, monsieur Armadale, fit le philosophe Pedgift, mais nous voici à la sortie ; regardez, monsieur, c'est Hurle Mere !

L'embarcation entra soudain dans le large cercle d'un étang. Autour de la moitié la plus proche de ce cercle, les sempiternels roseaux garnissaient encore le bord de l'eau ; autour de l'autre moitié, la terre reparaissait. Ici s'élevaient des dunes désolées ; là se déroulaient des ondulations verdoyantes. À un endroit, le terrain était occupé par une plantation, et à un autre par les bâtiments d'une vieille maison construite en briques rouges ; un chemin de traverse longeait le mur du jardin pour se terminer à l'étang. Le soleil se couchait dans un ciel pâle, et l'eau, à la place où la réflexion du soleil ne la colorait pas, prenait déjà une teinte noire et froide. La solitude qui avait semblé si douce, le silence si enchanteur sur l'autre Broad, dans la plénitude d'un soleil radieux, étaient tristes et lugubres ici, au déclin calme et mélancolique du jour.

Le bateau fut dirigé à travers les eaux du Mere vers une crique au rivage herbeux. Quelques canots plats y étaient échoués, et les coupeurs de roseaux auxquels ils appartenaient sortirent, tout effarés à la vue d'étrangers, de derrière un angle du vieux mur de jardin. Il n'y avait nulle part d'autre signe de vie. Les gardes n'avaient point vu de tilbury ; aucun être vivant, homme ou femme, n'avait approché des rives de Hurle Mere de toute la journée.

Le jeune Pedgift regarda à sa montre et s'adressa à Miss Milroy :

— Vous trouverez ou ne trouverez pas la gouvernante à votre retour à Thorpe-Ambrose, mais à l'heure qu'il est maintenant, vous ne la verrez pas ici. Vous savez mieux qu'un autre, monsieur Armadale, ajouta-t-il en se tournant vers Allan, si l'on peut compter sur la promesse de votre ami ?

— Je suis sûr que l'on peut compter sur lui, répondit le jeune squire en regardant autour de lui, sans cacher son désappointement devant l'absence de Midwinter.

— Très bien, continua Pedgift junior. Si nous allumons le feu pour la fabrication de notre thé, ici, en plaine, votre ami sera guidé vers nous par la fumée. C'est une ruse indienne pour avertir un homme perdu dans la prairie, Miss Milroy, et ce pays me paraît presque aussi sauvage, n'est-il pas vrai ?

Il est des tentations, principalement parmi les moins graves, auxquelles il n'est pas dans les forces de la nature féminine de pouvoir résister. Le désir d'user de son pouvoir, comme la seule jeune dame de la société, et de contrecarrer l'arrangement d'Allan relatif à la rencontre avec son ami était trop fort pour la fille du major. Elle se tourna vers le souriant Pedgift, avec un regard qui eût dû l'accabler. Mais qui a jamais intimidé un avoué ?

— C'est l'endroit le plus solitaire, le plus triste, le plus horrible que j'aie vu de ma vie ! dit Miss Neelie. Si vous persistez à vouloir servir le thé ici, monsieur Pedgift, n'en faites pas pour moi. Non ! je resterai dans le bateau et, bien que je meure absolument de soif, je ne toucherai à rien jusqu'à ce que je sois retournée à l'autre Broad !

Le major ouvrit les lèvres pour blâmer sa fille mais, à la joie infinie de Neelie, Mrs. Pentecost se leva avant qu'il eût pu dire un mot et, après avoir exploré du regard tout le pays sans rien apercevoir qui ressemblât à un véhicule, demanda avec indignation s'il fallait refaire tout le chemin déjà parcouru pour retrouver les voitures où on les avait laissées. Elle apprit que c'était ainsi, en effet, que les choses étaient prévues, car la topographie de la région eût obligé les voitures à repasser par Thorpe-Ambrose pour rejoindre Hurle Mere. Alors, parlant dans l'intérêt de son fils, elle déclara aussitôt que rien au monde ne pourrait la décider à rester sur l'eau à la nuit.

— Appelez-moi un bateau ! cria la vieille dame dans une grande agitation ; partout où il y a de l'eau, il y a du brouillard, et où il y a du brouillard, mon fils Samuel est sûr d'attraper un rhume. Ne me parlez pas de votre clair de lune et de votre thé. Hé ! vous, deux hommes, ici ! fit Mrs. Pentecost, hélant les coupeurs de roseaux silencieux sur le rivage. Six pence pour vous, si vous voulez me prendre moi et mon fils dans votre bateau !

Avant que le jeune Pedgift pût intervenir, Allan lui-même résolut la difficulté avec une patience et une bonne humeur exemplaires :

— Je ne puis supporter, madame Pentecost, que vous vous en retourniez dans un autre bateau que celui dans lequel vous êtes venue. Puisque vous et Miss Milroy n'aimez pas cet endroit, personne que moi n'a besoin d'aborder. Mais il faut que j'aille à terre. Mon ami Midwinter ne m'a encore jamais manqué de parole, et je ne puis consentir à quitter Hurle Mere tant qu'il y aura chance de le voir venir. Vous n'avez nul besoin de vous gêner à cause de moi. Vous avez le major et Mr. Pedgift pour prendre soin de vous, et vous pouvez atteindre les voitures avant la nuit si vous partez immédiatement. J'attendrai ici – je donne encore une demi-heure à mon ami – et ensuite je vous suivrai dans l'un des bateaux des coupeurs de roseaux.

— C'est la chose la plus raisonnable que vous ayez dite aujourd'hui, monsieur Armadale, remarqua Mrs. Pentecost, en s'asseyant avec une grande hâte. Dites-leur de se presser ! ajouta-t-elle en agitant le poing vers les bateliers, dites-leur de se presser !

Allan donna les ordres nécessaires et sauta ensuite sur le rivage. Le prudent Pedgift, s'attachant de près à son client, essaya de le suivre.

— Nous ne pouvons vous abandonner ainsi, protesta-t-il à voix basse avec véhémence. Laissez le major avoir soin des dames et permettez-moi de vous accompagner au Mere.

— Non ! non ! dit Allan. Ils semblent tous de mauvaise humeur. Si vous voulez me rendre service, restez avec eux, comme un bon garçon, et veillez à ce que tout se passe pour le mieux.

Il fit un signe de la main, et les bateliers poussèrent l'embarcation loin du rivage. Tous lui rendirent son salut, à l'exception de la fille du major, qui se tenait assise à l'écart, le visage caché sous son ombrelle. Les yeux de Neelie étaient pleins de larmes. Ses derniers sentiments d'hostilité contre Allan s'évanouirent, et son cœur s'élança vers lui, gonflé de repentir, dès le moment où il eut quitté le bateau.

« Comme il est bon pour nous tous ! pensa-t-elle, et quelle méchante créature je suis ! »

Avec une générosité impulsive, elle se leva, prise d'un désir immense de se faire pardonner. Sans se soucier des apparences, elle se leva pour le regarder, les yeux attendris et les joues rosies, rester seul à terre.

— Ne tardez pas trop, monsieur Armadale ! lança-t-elle, indifférente à ce que le reste de la compagnie pouvait penser de cette recommandation.

Le bateau était déjà loin et, malgré toute la résolution de Neelie, ces paroles furent prononcées d'une petite voix faible qui n'atteignit pas les oreilles d'Allan. Le seul son qu'il entendit, tandis que le canot gagnait l'extrémité opposée du Mere et disparaissait doucement parmi les roseaux, fut celui de l'accordéon. L'infatigable Pedgift tenait sa promesse, évidemment à la demande de Mrs. Pentecost, et exécutait une mélodie sacrée.

Resté seul, Allan alluma un cigare et se mit à parcourir le rivage.

« Elle aurait pu me dire un mot en partant ! pensait-il. J'ai tout fait pour le mieux, et voilà comme elle me traite ! »

Il s'arrêta et regarda d'un œil distrait le soleil couchant et les eaux sombres du Mere.

Quelque chose dans l'atmosphère mystérieuse qui planait sur le paysage entraîna ses pensées loin de Miss Milroy et les ramena vers son ami absent. Il frissonna et regarda autour de lui.

Les coupeurs de roseaux étaient retournés derrière l'angle du mur. Pas une créature vivante n'était visible, pas un son ne s'élevait du rivage désolé. La confiance d'Allan se troubla. Midwinter était en retard d'une heure. Il avait été prévu qu'il se rendrait à l'étang (avec un garçon de ferme pour lui servir de guide) par des sentiers et des chemins de traverse qui abrégeaient la distance. Le jeune homme connaissait bien le pays, et Midwinter n'avait jamais manqué à ses rendez-vous. Quelque chose de fâcheux était-il arrivé à Thorpe-Ambrose ? Un accident était-il survenu en chemin ?

Allan résolut de ne pas rester plus longtemps dans l'incertitude et l'inaction, et d'aller à la rencontre de son ami. Il tourna aussitôt l'angle du mur et demanda à l'un des coupeurs de roseaux de lui indiquer la route de Thorpe-Ambrose. L'homme lui indiqua une percée dans les arbres qui bordaient la plantation. Après avoir jeté autour de lui un dernier regard, sans plus de succès, Allan se dirigea de ce côté.

Le chemin courait droit à travers la plantation, puis, brusquement, faisait un coude, masquant aux regards l'eau et l'étendue de terre dégagée. Allan continua de suivre le sentier herbeux qui s'allongeait devant lui, sans toujours rien voir ni rien entendre. Il arriva ainsi à un endroit où le chemin faisait un nouveau coude. Ayant pris le virage, il aperçut confusément une forme humaine, assise seule au pied d'un arbre. Deux pas de plus suffirent pour la lui faire reconnaître.

— Midwinter ! s'écria-t-il au comble de l'étonnement. Mais ce n'est pas l'endroit où je vous avais donné rendez-vous. Que faisiez-vous là ?

Midwinter se leva sans répondre. Le crépuscule tombant au milieu des arbres faisait paraître son visage encore plus sombre et rendait son silence étrange.

Allan continua ses questions :

— Êtes-vous venu seul ici ? Je croyais que le valet de ferme devait vous accompagner.

Cette fois Midwinter répondit :

— Je l'ai renvoyé en arrivant ici. Ce garçon m'a dit, en partant, que j'étais près de l'endroit du rendez-vous et que je ne pouvais plus me tromper.

— Pourquoi vous êtes-vous arrête ici ? reprit Allan. Pourquoi n'êtes-vous pas venu nous rejoindre ?

— Ne me blâmez pas, répondit son ami, je n'en ai pas eu le courage.

— Vous n'en avez pas eu le courage ? répéta Allan.

Il se tut un moment.

— Oh ! je sais ! reprit-il en posant gaiement sa main sur l'épaule de Midwinter. Vous craignez encore de vous retrouver en face des

Milroy. Quelle folie, quand je vous ai dit moi-même que votre paix était faite avec le cottage !

— Je ne pensais pas à vos amis du cottage, Allan ; la vérité est que je ne suis pas dans mon assiette aujourd'hui. Je suis malade et je me sens nerveux ; un rien m'effraye.

Il s'arrêta et se troubla sous le regard anxieux et scrutateur d'Allan.

— S'il faut vous l'avouer, s'écria-t-il brusquement, l'horreur de cette nuit à bord du vaisseau naufragé me hante. J'éprouve une compression étrange au cerveau, j'ai des étouffements au cœur. Je crois que quelque chose doit nous arriver si nous ne nous séparons pas avant la fin du jour. Je ne puis manquer à la parole que je vous ai donnée, mais, pour l'amour de Dieu, rendez-la-moi et laissez-moi partir.

Pour qui connaissait Midwinter, lui résister en ce moment était complètement inutile. Allan se prêta à ses lubies et lui prit le bras.

— Sortons de cet endroit sombre et étouffant, lui dit-il, et nous causerons de cela. L'eau et le ciel sont à un pas de nous. Je déteste les bois, le soir, cela me donne toujours de noirs pressentiments. Vous avez travaillé avec trop d'acharnement sur les livres du régisseur. Venez, et respirons librement au grand air.

Midwinter s'arrêta, réfléchit un instant et sembla se soumettre.

— Vous avez raison, dit-il, et j'ai tort comme toujours. Je perds mon temps et je vous afflige sans utilité. Quelle folie de vous demander de me laisser partir. Supposons que vous m'ayez dit oui ?

— Eh bien ? demanda Allan.

— Eh bien ! répéta Midwinter, quelque chose fût arrivé dès mes premiers pas pour m'arrêter : c'est tout. Venez !

Ils marchèrent tous deux en silence vers le Mere.

Comme ils atteignaient le dernier coude du sentier, le cigare d'Allan s'éteignit. Tandis qu'il s'arrêtait pour le rallumer, Midwinter continua de s'avancer et fut le premier à arriver sur le terrain découvert.

Allan venait d'allumer une allumette, quand, à sa surprise, son ami revint vers lui. Il faisait assez clair dans cette partie de la plantation pour voir les choses plus distinctement. À la vue de Midwinter, l'allumette lui tomba des mains.

— Grand Dieu ! s'écria-t-il en reculant ; vous avez le même regard qu'à bord de l'épave !

Midwinter lui imposa silence de la main. Il parla, les yeux égarés, rivés sur le visage d'Allan, ses lèvres blanches tout contre son oreille :

— Vous vous souvenez de mon regard. Vous rappelez-vous ce que je vous ai dit, quand vous et le docteur parliez du rêve ?

— J'ai oublié le rêve, répondit Allan.

Midwinter lui prit la main et l'entraîna en avant.

— Vous souvenez-vous maintenant ? demanda-t-il en désignant le Mere.

Le soleil se couchait à l'ouest dans un ciel sans nuage. Les eaux s'étendaient colorées de rouge par la lumière mourante. La campagne se déroulait au loin, déjà assombrie et lugubre ; et, sur le bord du lac où tout jusqu'alors n'avait été que solitude, se tenait maintenant, debout, contemplant le soleil, une femme.

Les deux Armadale regardèrent en silence la forme solitaire et le sombre paysage.

Midwinter fut le premier à parler.

— Vos yeux ont vu, dit-il ; à présent, écoutez vos paroles.

Il ouvrit le récit du rêve, et le déplia sous les regards d'Allan. Son doigt indiqua les lignes racontant la première vision et, d'une voix de plus en plus étouffée, il lut :

3) Après un moment d'absence, j'eus le sentiment d'être laissé seul dans l'obscurité.

4) J'attendis.

5) Les ténèbres s'ouvrirent, et un large et solitaire étang, entouré de prairies, m'apparut clairement. Au-dessus, je vis le ciel pur, rougi par la lumière du soleil couchant.

6) Près du bord de l'eau, se détachait l'ombre d'une femme.

Il se tut. Sa main laissa retomber le manuscrit. De son autre main, il désigna le rivage et la femme qui s'y tenait, leur tournant le dos dans le soleil couchant :

— Là, dit-il, est la femme vivante, à la place de l'ombre ; là est le premier avertissement envoyé à vous et à moi par le rêve. Que l'avenir nous retrouve encore ensemble, et la seconde apparition qui suivra celle-ci sera la mienne.

Allan resta muet devant la terrible conviction avec laquelle il parlait.

Tandis qu'ils demeuraient tous deux silencieux, la silhouette bougea et fit quelques pas sur le rivage. S'avançant vers l'eau, Allan embrassa du regard l'étendue dégagée qui s'ouvrait devant lui. Le premier objet qui frappa ses yeux fut le tilbury de Thorpe-Ambrose. Il se tourna vers Midwinter avec un rire de soulagement :

— Quelles folies venez-vous de dire, et quelles folies ai-je écoutées ? s'écria-t-il, c'est la gouvernante, enfin !

Midwinter ne répondit pas. Allan lui prit le bras et essaya de l'entraîner, mais l'ancien sous-maître se débarrassa violemment de son étreinte et saisit son ami par les deux mains pour l'empêcher d'aller vers l'étang, comme il avait voulu autrefois l'empêcher d'entrer dans la cabine. Comme autrefois, ses efforts furent vains.

— L'un de nous doit lui parler, dit Allan, et si vous ne voulez pas, j'irai.

Il avait fait seulement quelques pas vers le Mere quand il entendit ou crut entendre une voix lui jeter faiblement, et une fois seulement, le mot « adieu ! ».

Il s'arrêta, troublé, et regarda autour de lui.

— Était-ce vous, Midwinter ? demanda-t-il.

Il ne reçut pas de réponse. Après un moment d'hésitation, il fit demi-tour vers la plantation. Son ami était parti. Il regarda du côté de l'étang, ne sachant quel parti prendre. L'ombre s'avançait maintenant vers les arbres. Évidemment Allan avait été vu ou entendu. Il était impossible de laisser une femme seule dans un endroit aussi désert. Allan alla à sa rencontre.

Arrivé assez près d'elle pour voir son visage, il s'arrêta dans un étonnement indicible. La soudaine révélation de sa beauté, lorsqu'elle le regarda en souriant d'un air interrogateur, arrêta le sang dans ses veines et les paroles sur ses lèvres. Il se mit à douter que ce fût la gouvernante.

S'étant repris, il s'avança encore de quelques pas et déclina son nom.

— Puis-je vous demander, ajouta-t-il, si j'ai le plaisir… ?

La dame l'interrompit gracieusement et sans embarras :

— Je suis la gouvernante du major Milroy, Miss Gwilt.

X. Le visage de la bonne

Tout était tranquille à Thorpe-Ambrose. Le hall était désert, les appartements avaient été laissés dans l'obscurité. Les domestiques, qui attendaient l'heure du souper dans le jardin derrière la maison, regardèrent le ciel pur et la lune qui commençait à se montrer, et déclarèrent d'un commun accord que, selon toute probabilité, les maîtres ne seraient de retour qu'assez tard dans la soirée. L'opinion générale, dirigée par la haute autorité de la cuisinière, fut que tout le monde pouvait souper sans crainte d'être dérangé par la sonnette. Les domestiques se mirent donc à table ; mais au moment même où ils s'asseyaient la sonnette retentit.

Le valet de pied, surpris, descendit ouvrir la porte et, à son grand étonnement, tomba sur Midwinter qui attendait seul sur le seuil. Il lui trouva l'air très souffrant. Midwinter demanda une lampe et, après avoir déclaré n'avoir besoin de rien, il se retira. Le valet alla rejoindre ses camarades et raconta qu'il devait certainement être arrivé quelque chose à l'ami du maître.

Entré dans sa chambre, Midwinter ferma la porte et remplit avec précipitation un sac des objets nécessaires à un voyage. Cela fait, il prit dans un tiroir fermé à clef quelques petits présents d'Allan : un porte-cigares, une bourse et une garniture de boutons en or. Puis il boucla le sac et mit la main sur la poignée de la porte. Alors, pour la première fois, il s'arrêta : la hâte irréfléchie et fiévreuse dont toutes ses actions avaient été marquées tomba soudain ; l'expression désespérée de son visage s'adoucit ; la main sur la clef, il attendit.

Jusqu'à ce moment, il n'avait eu conscience que d'un seul motif qui le poussait à agir, d'un seul projet qu'il voulait exécuter : « Pour le bien d'Allan ! » s'était-il dit devant le fatal paysage, quand il avait vu son ami aller à la rencontre de la femme inconnue ; « Pour le bien d'Allan ! » avait-il répété lorsque, en traversant la campagne s'étendant au-delà du bois, il avait aperçu dans le crépuscule gris les longues lignes de digues et, dans le lointain, les lumières de la station, qui semblaient lui faire signe de se hâter vers les rails.

C'était seulement à présent, alors qu'il s'apprêtait à franchir le seuil de sa chambre, alors que pour la première fois dans sa précipitation il marquait une pause, que le noble côté de sa nature protesta contre la superstitieuse désespérance qui l'entraînait loin de tout ce qui lui était cher.

La conviction qu'il avait de la terrible nécessité de quitter Allan n'avait pas faibli un instant depuis que le premier tableau lui était apparu, dans sa réalité, sur les bords du Mere. Mais à présent, pour la première fois, son cœur se révoltait irrésistiblement contre lui-même.

« Va ! si tu le dois et si tu le veux ! Mais souviens-toi du temps où il s'assit à ton chevet. Tu étais malade, abandonné, et il t'ouvrit son cœur. Écris, si tu crains de parler ; écris et demande-lui de te pardonner avant de le quitter pour toujours ! »

La porte entrouverte se referma doucement. Midwinter s'assit devant son bureau et prit la plume. Il essaya à plusieurs reprises de tracer les mots d'adieu ; il essaya jusqu'à ce que le parquet fût jonché de feuillets déchirés. Mais, quelque effort qu'il fît pour s'en détourner, le passé se dressait incessamment devant lui et tourmentait sa conscience. La chambre spacieuse dans laquelle il se tenait se transformait malgré lui en un étroit grenier d'auberge, celui-là même où le sous-maître malade avait été installé dans un village du Somerset. La main bienveillante qui s'était autrefois appuyée sur son épaule venait l'effleurer de nouveau ; la voix amie qui l'avait consolé lui parlait encore avec les mêmes accents affectueux. Il mit ses coudes sur la table et cacha sa tête entre ses mains, dans une attitude de muet désespoir. L'adieu que sa bouche ne pouvait prononcer, la plume se refusait à le tracer. Sa superstition implacable lui ordonnait de partir quand il en était temps encore ; son amitié, non moins impérieuse, lui enjoignait de rester jusqu'à ce qu'il eût pu écrire la lettre par laquelle il voulait implorer le pardon et la pitié d'Allan.

Il se leva avec une détermination soudaine et sonna.

— Lorsque Mr. Armadale rentrera, dit-il au domestique, priez-le de ma part de m'excuser si je ne descends point ; j'ai besoin de dormir un peu.

Il ferma sa porte à clef, éteignit la lumière et resta assis seul dans l'obscurité.

« La nuit nous sépare forcément, dit-il, et le temps me donnera peut-être le courage d'écrire. Je partirai dès l'aube ; je pourrai partir pendant que… »

Il n'acheva pas sa pensée, et la cruelle agonie du combat amena sur ses lèvres le premier cri de douleur qui lui eût encore échappé.

Il attendit dans l'obscurité. Tandis que le temps glissait, ses sens restaient machinalement éveillés mais son esprit commençait à sombrer sous le poids qu'il portait depuis plusieurs heures. Un vide douloureux l'envahit. Il n'essaya point de rallumer la lumière et d'écrire ; il ne fit pas un mouvement ; il n'alla pas à la fenêtre, lorsque le premier bruit de roues troubla le silence de la nuit. Il entendit les voitures s'arrêter à la porte ; il entendit les chevaux mâcher leurs freins ; il entendit les voix d'Allan et du jeune Pedgift sur le perron ; et il resta immobile dans les ténèbres, sans qu'aucun intérêt fût éveillé en lui par les sons extérieurs qui parvenaient à ses oreilles.

Les voix continuèrent de se faire entendre après que les voitures eurent été rentrées. Les deux jeunes gens s'entretenaient évidemment sur les marches avant de prendre congé l'un de l'autre. Chacune de leurs paroles arrivait jusqu'à Midwinter par la fenêtre entrouverte. Leur seul sujet de conversation était la gouvernante. Les louanges d'Allan ne tarissaient point. De sa vie, il n'avait passé une heure aussi délicieuse que celle qui s'était écoulée avec Miss Gwilt, pendant son passage de Hurle Mere à l'autre Broad. D'accord avec son client sur les séductions de la charmante étrangère, le jeune Pedgift semblait néanmoins considérer la question sous un angle différent. Les perfections de Miss Gwilt n'avaient point assez absorbé son attention pour l'empêcher de remarquer l'impression produite par elle sur Miss Milroy et sur son père.

— Il y a quelque chose qui ne tourne pas rond dans la famille du major Milroy, monsieur, disait le jeune Pedgift. Avez-vous remarqué les regards du père et de la fille, quand Miss Gwilt s'est excusée d'être arrivée si tard au Mere ? Vous ne vous souvenez pas ? Vous rappelez-vous les paroles qu'elle a dites ?

— Il était question de Mrs. Milroy, n'est-ce pas ? répondit Allan.

La voix de Pedgift baissa d'un ton.

— Miss Gwilt était arrivée au cottage dans l'après-midi, monsieur, à l'heure que je vous avais dite, et elle nous eût rejoints au moment que j'avais indiqué, sans Mrs. Milroy. Cette dame l'a fait prier de monter chez elle, où elle l'a retenue au moins une demi-heure. Ce fut l'excuse que donna Miss Gwilt, monsieur Armadale, pour avoir manqué l'heure du rendez-vous au Mere.

— Bien, mais où voulez-vous en venir ?

— Vous semblez oublier, monsieur, tout ce qui a été dit dans le voisinage sur Mrs. Milroy, depuis que le major est venu s'établir parmi nous. Nous savons tous, par le médecin, qu'elle est trop souffrante pour recevoir des étrangers. N'est-il pas un peu singulier qu'elle se soit tout à coup trouvée assez bien pour voir Miss Gwilt (en l'absence de son mari) dès son entrée dans la maison ?

— Pas le moins du monde ! Je trouve très naturel qu'elle ait été désireuse de faire connaissance avec la gouvernante de sa fille.

— Sans doute, monsieur Armadale ; mais le major et Miss Neelie ne semblent point juger cela de la même façon. Je les regardais tous les deux quand la gouvernante a dit que Mrs. Milroy l'avait envoyé chercher. Si jamais j'ai vu fille effrayée, c'est Miss Milroy à ce moment-là, et j'ajouterai (entre nous bien entendu, et s'il m'est permis d'accuser de peur un brave officier) que le major m'a donné exactement la même impression. Croyez-moi, monsieur, quelque chose va de travers dans ce joli cottage qui vous appartient, et Miss Gwilt sait déjà à quoi s'en tenir.

Il y eut une minute de silence. Lorsque Midwinter entendit de nouveau les voix, elles s'éloignaient. Allan reconduisait probablement le jeune Pedgift.

Peu de temps après, Allan se fit entendre de nouveau sur le perron : il s'informait de son ami. Le domestique lui transmit le message de Midwinter. Après cette courte interruption, le silence ne fut plus troublé jusqu'au moment où l'on ferma la maison. Les pas des gens dans les corridors, les battements des portes, l'aboiement d'un chien dérangé dans son sommeil, tous ces bruits avertirent Midwinter qu'il se faisait tard. Il se leva machinalement pour allumer une bougie, mais sa tête était lourde, sa main tremblait ; il reposa la boîte d'allumettes et revint s'asseoir. La conversation entre

Allan et le jeune Pedgift avait cessé d'occuper son attention dès l'instant où il ne l'avait plus entendue et, aussitôt que les bruits de la maison eurent cessé, le sentiment du temps précieux qu'il laissait perdre l'abandonna encore. Toute énergie morale et physique était éteinte en lui. Il attendit, dans une résignation stupide, les peines que devait amener le lendemain.

Un assez long moment se passa, avant que le silence fut une nouvelle fois troublé par des voix venant du dehors, celles d'un homme et d'une femme. Les premières paroles qu'ils échangèrent indiquaient clairement qu'il s'agissait d'un rendez-vous clandestin : c'était un des domestiques de Thorpe-Ambrose et une des servantes du cottage.

Ici encore, après les premiers mots de retrouvailles, la nouvelle gouvernante devint le principal sujet de la conversation.

La servante du major débordait de pressentiments (inspirés seulement par les dehors avenants de Miss Gwilt) dont elle inondait tyranniquement son interlocuteur, malgré les efforts de celui-ci pour changer de conversation ; tôt ou tard, qu'il s'en souvînt, il y aurait un terrible bouleversement au cottage. Son maître, elle l'avouait en confidence, menait une triste vie avec sa maîtresse. Le major était le meilleur des hommes ; il n'y avait pas dans son cœur une pensée qui ne fût pour sa fille ou son éternelle pendule. Mais qu'une femme un peu jolie vînt à s'approcher de la maison, et Mrs. Milroy était jalouse d'elle, férocement jalouse, comme une femme possédée, sur son misérable lit de souffrance. Si Miss Gwilt (qui était certainement jolie, malgré ses affreux cheveux) ne transformait pas le feu en flammes avant que plusieurs jours se fussent écoulés, sa maîtresse ne serait plus la maîtresse qu'elle connaissait. Quoi qu'il arrivât, cette fois, la faute en serait à la mère du major. La vieille dame et Mrs. Milroy avaient eu une terrible querelle, deux ans auparavant, et la première était partie dans un accès de fureur en disant à son fils, devant tous les domestiques, que s'il y avait eu en lui une étincelle d'énergie il ne se fût jamais soumis comme il le faisait à la tyrannie de sa femme. Il eût été injuste peut-être d'accuser la mère du major d'avoir choisi une jolie gouvernante tout exprès pour braver la femme du major, mais on pouvait assurer sans crainte que la vieille lady était la dernière personne au monde capable de céder devant la jalousie de Mrs. Milroy, en refusant d'engager pour sa petite-fille une gouvernante convenable parce que cette gouvernante était affligée d'une jolie figure. Comment cela devait-il se terminer ? Personne ne le savait, mais il était sûr que cela finirait mal. Les choses paraissaient déjà aussi lourdes de menaces que possible. Miss Neelie avait pleuré à son retour du pique-nique (mauvais signe) ; la maîtresse n'avait cherché noise à personne (autre mauvais signe) ; le maître lui avait souhaité le bonsoir à travers la porte (troisième mauvais signe), et la gouvernante s'était enfermée dans sa chambre (le plus mauvais signe de tous, car cela semblait annoncer qu'elle se méfiait des domestiques).

Ainsi continua de s'épancher le torrent des commérages de la femme, qui résonnèrent aux oreilles de Midwinter à travers la fenêtre jusqu'au moment où ils furent interrompus par la sonnerie de l'horloge. Les voix se turent avec les derniers tintements de la cloche, et le silence ne fut plus troublé.

Il se passa encore du temps, et Midwinter fit un nouvel effort pour se vaincre. Cette fois, il alluma sa lumière sans hésitation et prit la plume.

Il écrivit tout d'abord avec une facilité inattendue qui, après l'avoir surpris, finit, en se prolongeant, par lui inspirer contre lui-même un vague soupçon. Il quitta son bureau, bassina d'eau fraîche son front et son visage, et revint s'asseoir pour lire ce qu'il venait d'écrire. C'étaient des phrases inachevées, des mots employés les uns pour les autres ; chaque ligne attestait la fatigue de l'esprit et l'impitoyable volonté qui l'avait forcé à agir. Midwinter déchira la feuille de papier comme il avait déchiré les autres et, terrassé enfin, il appuya sa tête fatiguée sur l'oreiller. Il tomba endormi avant d'avoir pu éteindre sa lumière.

Il fut réveillé par un coup frappé à sa porte. Le grand jour illuminait sa chambre ; la bougie avait brûlé jusqu'à la bobèche, et le domestique attendait au-dehors, avec une lettre pour lui, arrivée par le courrier du matin :

— Je me suis risqué à vous déranger, monsieur, dit le valet, parce que j'ai vu « urgent » sur l'enveloppe : j'ai pensé que la lettre pouvait être de quelque importance.

Midwinter le remercia, et regarda la lettre : elle était importante en effet ; l'écriture était de Mr. Brock.

Il attendit un instant pour rassembler ses facultés ; ses feuilles de papier déchirées, éparses sur le parquet, le rappelèrent immédiatement à la réalité. Il referma la porte à clef, dans la crainte qu'Allan ne se fût peut-être levé plus tôt que d'habitude et ne vînt le trouver. Puis, trouvant un intérêt singulièrement médiocre à tout ce que le révérend pouvait avoir à lui dire, il ouvrit la lettre de Mr. Brock et lut :

Mardi.

Mon cher Midwinter, il vaut quelquefois mieux dire les mauvaises nouvelles sans préambule et en peu de mots. C'est ce que je veux faire : mes précautions ont toutes été vaines, la femme m'a échappé !

Le malheur – car ce n'est rien de moins – s'est produit hier (lundi) entre onze heures et midi. L'affaire qui, à l'origine, m'avait amené à Londres m'obligeait à me rendre au Collège des docteurs en droit. J'ai donc laissé mon brave Robert surveiller la maison d'en face jusqu'à mon retour. Environ une heure et demie après mon départ, il a remarqué un cab vide devant la porte de la maison. Les caisses et les valises sont apparues d'abord ; elles ont été suivies de la femme elle-même, habillée comme la fois où je l'avais rencontrée. S'étant assuré d'un cab, Robert l'a suivie jusqu'au terminus du North Western. Il l'a vue se présenter devant le bureau des billets, il l'a suivie jusqu'au quai, et là, dans la foule et dans le désordre causé par le départ d'un long train mixte, il a perdu sa trace. Je dois lui rendre cette justice qu'il a pris immédiatement le parti le plus intelligent. Au lieu de perdre son temps à la chercher sur le quai, il s'est mis à surveiller la longue file de voitures, et il déclare positivement ne l'avoir vue dans aucune. Il admet cependant que ses recherches, qui ont duré environ dix minutes, entre le moment où il l'a perdue de vue et le départ du train, ont dû être, vu la confusion du moment, imparfaites. Mais, dans mon opinion, cela importe peu. Je ne crois pas plus au départ de cette femme par ce train-là que si j'avais cherché moi-même dans les voitures, et vous serez, j'en suis sûr, d'accord avec moi.

Vous savez maintenant comment le désastre est arrivé. Ne perdons plus de temps en paroles inutiles. Le mal est fait, et vous et moi devons trouver le remède.

Mes démarches, depuis ce moment, vous seront racontées en quelques mots. L'hésitation que j'avais pu éprouver jusqu'alors à remettre cette délicate affaire entre les mains d'étrangers a cessé dès que j'ai eu reçu la communication de Robert. Je me rendis immédiatement dans la City pour confier, le plus confidentiellement du monde, l'affaire à nos hommes de loi. La conférence a duré longtemps, et lorsque j'ai quitté leur cabinet, l'heure du courrier était passée. Autrement, je vous aurais écrit hier lundi. Les conclusions de mon conseil ne sont pas encourageantes. Il m'avertit franchement des sérieuses difficultés que l'on aura à retrouver les traces de la femme. Mais il a promis de faire de son mieux, et nous avons arrêté le plan à suivre, excepté en un point sur lequel nous différons entièrement d'avis. Je dois vous en instruire, car aussi longtemps que je serai retenu loin de Thorpe-Ambrose, vous êtes la seule personne sur laquelle je puisse compter.

L'opinion des hommes de loi est que la femme a su, dès le commencement, que je l'épiais, qu'il n'y a, par conséquent, aucune probabilité qu'elle soit assez hardie pour apparaître en personne à Thorpe-Ambrose et que, si elle a projeté la moindre intrigue, elle s'en remettra d'abord à un intermédiaire ; dans ces conditions, la seule conduite sage à tenir, pour les amis et les tuteurs d'Allan, est d'attendre la suite des événements.

Mon opinion est diamétralement opposée à celle-ci. Après ce qui est arrivé à la gare, je ne puis nier que la femme ait découvert que je la surveillais. Mais elle n'a aucune raison de supposer qu'elle n'a point réussi à me tromper, et je la crois fermement assez audacieuse pour nous prendre par surprise et pour réussir d'une manière ou d'une autre à gagner la confiance d'Allan, avant que nous ayons pu l'en empêcher. Vous, et vous seulement (tandis que je suis retenu à Londres), déciderez si j'ai tort ou raison, et vous le pouvez de cette manière : informez-vous immédiatement si une femme inconnue n'est pas arrivée depuis lundi à Thorpe-Ambrose ou dans les environs. Si cette personne a été aperçue en effet, profitez de la première occasion pour la voir, et demandez-vous si son visage répond ou ne répond pas au signalement que j'en vais donner. Vous pouvez vous fier complètement à l'exactitude de mes observations. J'ai vu souvent la femme non voilée, et la dernière fois à travers une excellente lunette :

1) Ses cheveux sont-ils d'un brun, clair et, du moins en apparence, peu épais ? 2) Son front est-il haut, étroit et fuyant ? 3) Ses sourcils ne sont-ils que légèrement marqués ? A-t-elle les yeux petits et plutôt sombres que clairs-gris ou bruns, je ne l'ai pas vue d'assez près pour affirmer la nuance ? 4) A-t-elle un nez aquilin ? 5) Ses lèvres sont-elles minces, et la supérieure un peu avancée ? 6) Sa carnation paraît-elle avoir été belle à l'origine, et est-elle maintenant d'une pâleur uniforme et maladive ? 7) Pour finir, a-t-elle un menton fuyant et sur le côté gauche une marque quelconque – un grain de beauté ou une cicatrice, je ne puis dire exactement ?

Je ne vous parle pas de l'expression du visage, car elle peut changer selon les circonstances dans lesquelles vous la verrez. Jugez, d'après les traits qui ne peuvent varier, s'il y a dans le voisinage une étrangère répondant à mes questions, et alors vous aurez trouvé la femme ! Dans ce cas, rendez-vous immédiatement chez l'homme de loi le plus proche, et servez-vous de mon nom et de mon crédit pour ordonner toutes les démarches nécessaires ; ne reculez devant aucune des dépenses que pourra entraîner une surveillance active nuit et jour. Cela fait, il ne vous restera plus qu'à employer les moyens les plus courts pour communiquer avec moi ; que mon affaire soit finie ou non, je pars pour le Norfolk par le premier train.

Votre ami toujours,

DECIMUS BROCK.

Midwinter, endurci dans son fatalisme, lut la missive du révérend depuis la première ligne jusqu'à la dernière, sans le moindre signe d'émotion ni de surprise. La seule partie de la lettre qui sembla le frapper fut la dernière. Il relut le dernier paragraphe, et réfléchit un moment.

« Je dois beaucoup à la bonté de Mr. Brock, pensa-t-il, et je ne le reverrai jamais. Il me charge d'une chose inutile ; mais je ferai ce qu'il me demande. Un seul regard jeté sur cette femme sera suffisant, un seul regard avec cette lettre en main, et une ligne à la poste pour lui dire que cette femme est ici ! »

De nouveau, il resta indécis devant la porte ; de nouveau la cruelle nécessité d'écrire ses adieux à Allan s'imposa à lui et l'arrêta.

Il jeta un regard dubitatif sur la lettre du révérend : « J'écrirai les deux ensemble, se dit-il, l'une aidera l'autre ». Il rougit en disant ces derniers mots. Il sentait que pour la première fois, il retardait volontairement l'heure du sacrifice ; il avait conscience qu'il se servait de la lettre de Mr. Brock comme d'un prétexte pour gagner du temps.

Il entendait la respiration d'Allan dans la chambre voisine. C'était le seul bruit qui lui arrivât à travers la porte entrouverte. Il sortit dans le corridor désert et descendit. La crainte que sa résolution ne vînt à faillir était aussi présente à son esprit en ce moment qu'elle l'avait été toute la nuit. Il poussa un long soupir de satisfaction en se trouvant hors de la maison, soulagé d'avoir échappé au bonjour amical de la seule créature humaine qu'il aimât !

Il entra dans la pépinière, la lettre de Mr. Brock à la main, et prit le plus court chemin pour arriver au cottage du major. Il n'avait pas le plus léger souvenir de la conversation entendue pendant la nuit. La seule raison qu'il avait de vouloir voir l'étrangère était celle que le révérend lui avait donnée, et le seul souvenir qui le guidait vers l'endroit où il devait la trouver était celui de l'exclamation qu'avait poussée Allan en identifiant la silhouette de l'étang avec la gouvernante.

Arrivé à la porte du cottage, il s'arrêta. Il réfléchit qu'il manquerait son but s'il relisait les questions du docteur en présence de la femme. Ses soupçons seraient probablement éveillés par le seul fait qu'il demandât à la voir (il avait en effet décidé d'agir de la sorte, qu'il trouvât ou non un prétexte), et s'il sortait la lettre devant elle, cela ne ferait que confirmer ses doutes. Elle risquait alors de ruiner sa démarche en quittant immédiatement la pièce. Résolu donc à graver d'abord la description dans sa mémoire avant de la rencontrer, il sortit la lettre et, s'éloignant sur le côté du cottage, il relut les sept questions auxquelles il était persuadé que le visage de la femme allait répondre.

Dans la quiétude matinale du parc, un léger bruit détourna Midwinter de sa lecture. Il leva les yeux et se trouva sur le bord d'un large fossé herbeux, avec le parc d'un côté, et de l'autre une haute haie de lauriers. Cette haie servait évidemment de clôture au jardin du cottage, et le fossé avait été pratiqué dans l'intention de protéger le jardin contre l'envahissement du bétail mis en pâturage dans le parc. Midwinter tendit l'oreille en direction du bruit qui l'avait troublé dans sa lecture et reconnut un frôlement de robes.

À quelques pas plus loin, le fossé était traversé par un pont, fermé par une clôture en osier, qui reliait le jardin au parc. Il passa la clôture, franchit le pont, et, ouvrant une porte qui se trouvait à l'autre extrémité, il se trouva dans un kiosque tout couvert de plantes grimpantes, et d'où l'on dominait le jardin d'un bout à l'autre.

Il le parcourut du regard et aperçut les silhouettes de deux femmes se dirigeant lentement vers le cottage. La plus petite n'occupa pas son attention un instant. Ses yeux étaient attachés sur l'autre, dont la longue robe légère ondulait dans l'allée ; sa démarche avait une grâce suprême. Là, telle qu'elle lui était apparue déjà, de dos, il reconnut la femme de l'étang !

Elles pouvaient faire un autre tour de jardin ; peut-être allaient-elles revenir vers le kiosque. Dans cet espoir, Midwinter attendit. La crainte de commettre une indiscrétion ne lui était pas venue un seul instant. Toutes les délicatesses de sa nature avaient été annihilées par le cruel déchirement de la nuit. Sa résolution acharnée d'obtenir la preuve qu'il était venu chercher était la seule pensée restée vivante en lui. Il agissait à présent comme l'eût fait le plus imperturbable des hommes. Avant que la gouvernante et son élève eussent atteint le bout de l'allée, il avait repris assez d'empire sur lui-même pour ouvrir la lettre de Mr. Brock et fortifier sa mémoire par un dernier regard jeté sur le paragraphe décrivant le visage de la femme.

Il était encore absorbé par sa lecture, quand il entendit de nouveau le frôlement des robes qui se rapprochait de lui. Debout dans l'ombre du kiosque, il attendit, tandis que diminuait la distance entre eux. Aidé de la claire lumière du matin, son portrait profondément gravé dans la mémoire, il la regardait s'avancer, et voici les réponses que lui donna son visage.

Les cheveux, dans la description du révérend, étaient d'un brun clair et peu épais. Ceux-ci, superbes, luxuriants dans leur abondance, avaient cette couleur remarquable à laquelle les préjugés des nations du Nord ne pardonnent jamais complètement : ils étaient roux ! Le front, dans la description du révérend, était haut, étroit et fuyant ; les sourcils étaient très légèrement marqués ; les yeux petits, d'une couleur indécise entre le gris et le brun. La femme qu'il voyait avait un front bas, droit et large vers les tempes ; ses sourcils tout à la fois fortement et délicatement dessinés étaient d'une nuance plus foncée que les cheveux. Les yeux grands, brillants, bien fendus, avaient cette teinte d'un bleu pur, sans mélange de gris ou de vert, si souvent présentée à notre admiration dans les tableaux et les livres, et que l'on rencontre si rarement dans la réalité. Le nez, dans la description du révérend, était aquilin. Elle avait le nez droit et délicatement modelé. Les lèvres, dans la description du révérend, étaient minces ; celles-ci étaient pleines, riches et sensuelles. Au lieu de la pâleur maladive annoncée, elle avait la charmante carnation qui accompagne ordinairement sa nuance de cheveux, éclatante, chaude, où les teintes roses se fondent délicatement dans le blanc, par de douces gradations, du front au cou. Son menton rond, à fossettes, était exempt de la plus légère tache, et dans une harmonie parfaite avec la ligne du front. Plus près, plus près encore, et toujours plus belle, elle s'avançait dans la lumière rayonnante du matin, donnant un démenti éclatant au portrait tracé par le révérend.

La gouvernante et l'élève se trouvaient tout près du kiosque avant d'avoir remarqué Midwinter. La gouvernante l'aperçut la première.

— Un ami, Miss Milroy ? demanda-t-elle tranquillement.

Neelie le reconnut immédiatement. Prévenue contre Midwinter par sa conduite lors de sa visite au cottage, elle le détestait maintenant comme la cause de sa brouille avec Allan pendant le pique-nique. Elle rougit, et recula de quelques pas avec une expression de surprise hostile :

— C'est un ami de Mr. Armadale, répliqua-t-elle sèchement. Je ne sais ce qu'il désire, ni pourquoi il est ici.

— Un ami de Mr. Armadale !

Le visage de la gouvernante s'éclaira d'un intérêt soudain, tandis qu'elle répétait ces mots. Elle répondit au regard fixe de Midwinter par un regard aussi perçant.

— Pour ma part, continua Neelie, blessée du peu d'attention que lui accordait Midwinter, je trouve étrange que l'on entre dans le jardin de mon père comme dans un jardin public !

La gouvernante se tourna vers elle et intervint doucement.

— Ma chère Miss Milroy, il est nécessaire d'établir une distinction : ce gentleman est un ami de Mr. Armadale. Vous ne pourriez vous servir d'expressions plus fortes s'il s'agissait d'un étranger.

— J'exprimais mon opinion, repartit Neelie, irritée du ton ironique et complaisant de la gouvernante, c'est une question de goût, Miss Gwilt, et les goûts diffèrent.

Elle se détourna brusquement et se dirigea seule vers le cottage.

— Elle est très jeune, dit Miss Gwilt, en appelant d'un sourire à l'indulgence de Midwinter, et comme vous le voyez par vous-même, monsieur, c'est une enfant gâtée.

Elle se tut, montra un instant seulement sa surprise de l'étrange silence de Midwinter et de la singulière persistance qu'il mettait à la regarder, puis se décida avec une grâce charmante et empressée à l'aider à sortir de la position délicate dans laquelle il se trouvait.

— Puisque vous avez prolongé votre promenade jusqu'ici, dit-elle, peut-être voudrez-vous bien, à votre retour, vous charger d'un message pour votre ami ? Mr. Armadale a été assez bon pour m'inviter à visiter les jardins de Thorpe-Ambrose, ce matin. Voulez-vous lui dire que le major me permet d'accepter son invitation (en compagnie de Miss Milroy) entre dix et onze heures ?

Un moment ses yeux restèrent arrêtés avec un nouvel intérêt sur le visage de Midwinter. Elle attendit, mais toujours en vain, un mot de réponse, sourit comme si ce silence extraordinaire l'amusait plutôt qu'il ne la fâchait, et suivit son élève vers le cottage.

Ce fut seulement quand elle eut complètement disparu que Midwinter recouvra ses esprits et essaya de considérer clairement quelle était sa situation. La révélation de sa beauté n'était pour rien dans la muette stupeur qui l'avait retenu comme enchanté jusqu'à ce moment. La seule impression nette qu'elle avait produite sur son esprit se bornait à la découverte de l'étrange contradiction qu'offrait ce visage dans chacun de ses traits avec le signalement envoyé par Mr. Brock. À part cela, tout était vague et obscur dans son esprit, il ne lui restait que le souvenir confus d'une femme grande, élégante, et de paroles bienveillantes dites avec grâce et modestie.

Il fit quelques pas dans le jardin, sans but, s'arrêta, regarda de part et d'autre avec le regard inquiet d'un homme perdu, reconnut le kiosque comme si des années s'étaient écoulées depuis qu'il ne l'avait vu, et sortit enfin dans le parc, où il erra au hasard. Son esprit était ébranlé, ses perceptions étaient confuses. Quelque chose le forçait machinalement au mouvement – il avait besoin de marcher – et il marchait sans savoir où, ni pourquoi.

Un homme d'une constitution moins nerveuse que la sienne eût été tout aussi accablé que lui par la soudaine révolution qui venait de s'opérer dans son esprit, sous le coup des derniers événements.

Au moment où il avait ouvert la porte du kiosque rien ne troublait ses facultés. À tort ou à raison, pour tout ce qui touchait à sa position envers son ami, il en était arrivé à une conclusion absolue, résultant d'un enchaînement de pensées parfaitement claires. Toute sa résolution de se séparer d'Allan s'ancrait dans la certitude qu'il avait d'avoir vu s'accomplir à Hurle Mere la première vision du rêve, et cette croyance prenait sa source dans la conviction que la femme, seul témoin vivant de la tragédie de Madère, devait être inévitablement celle qu'il avait vue à la place de l'ombre sur le bord de l'étang. Fort de cette conviction, il avait lui-même comparé l'objet de ses soupçons et de ceux du révérend avec le signalement fourni par ce dernier, et ses yeux l'avaient obligé à admettre que la femme du Mere et celle que Mr. Brock avait rencontrée à Londres n'étaient nullement une seule et même personne mais bien deux. La lettre du révérend était la preuve que l'ombre du lac ne s'était point incarnée dans la fatalité mais dans une étrangère !

Cette découverte ne souleva guère en lui les doutes qu'elle eût pu susciter chez un homme moins superstitieux. Sachant désormais que la silhouette apparue dans le rêve sur les bords du lac était celle d'une étrangère, il ne lui vint point à l'esprit de se demander si une étrangère pouvait être l'instrument de la fatalité ! Non, pas une seule fois cette idée ne lui traversa l'esprit. La seule femme qu'il redoutait était celle qui s'était mêlée à l'existence des deux Armadale dans la première génération et qui avait eu une si grande influence sur la fortune des deux Armadale de la seconde génération, la personne contre laquelle son père l'avait prévenu à son lit de mort et la première cause des calamités de la famille qui avaient ouvert à Allan le chemin des propriétés de Thorpe-Ambrose, la femme, en un mot, qu'il eût reconnue instinctivement, n'eût-ce été la lettre de Mr. Brock, pour être celle qu'il venait de voir.

Midwinter, considérant ce qui venait de se produire à la lumière de cette méprise dans laquelle le révérend l'avait innocemment égaré, en arriva aussitôt à une nouvelle conclusion. Il se comporta comme il s'était comporté autrefois lors de son entrevue avec Mr. Brock dans l'île de Man.

De même qu'il lui avait suffi pour réfuter l'idée de fatalité de se dire qu'il n'avait jamais rencontré dans ses voyages le navire marchand, de même il s'appuyait aujourd'hui sur l'apparition d'une étrangère à la place de l'ombre de la vision pour se convaincre que l'origine du rêve n'était en aucun cas surnaturelle. Une fois ce point admis, il ne vit plus aucune raison de ne pas se laisser guider entièrement par son amour pour Allan et son esprit se mit à galoper dans une nouvelle direction. Si le rêve n'était point un avertissement de l'autre monde, il s'ensuivait inévitablement que le hasard, et non la destinée, avait amené les événements arrivés jusqu'à la nuit sur le vaisseau naufragé et depuis qu'Allan et lui s'étaient séparés de Mr. Brock, événements inoffensifs en eux-mêmes, auxquels seule sa superstition avait donné une autre signification. Il fallut moins d'un instant à son imagination nomade pour le reporter à ce matin à Castletown, quand il avait révélé au révérend le secret de son nom et lui avait déclaré, la lettre de son père en main, qu'il espérait désormais en l'avenir.

À présent, il sentait de nouveau solidement attaché dans son cœur le lien fraternel qui les unissait, Allan et lui, et il pouvait s'écrier avec la sincérité d'autrefois : « Si la pensée de le quitter brise mon cœur, cette pensée est mauvaise ! ». Au moment où cette noble conviction s'emparait de lui, apaisant le tumulte, chassant la confusion de son esprit, la maison de Thorpe-Ambrose et Allan sur le perron, attendant son retour, lui apparurent à travers les arbres. Il ressentit un inexprimable soulagement et, emporté tout à coup bien loin des soucis, des craintes, des doutes qui l'avaient oppressé si longtemps, il entrevit le radieux avenir qui brillait dans les rêves de sa jeunesse. Ses yeux se remplirent de larmes et il pressa avec effusion la lettre du révérend sur ses lèvres en regardant Allan à travers l'éclaircie des arbres : « Sans ce papier, se dit-il, le crime de mon père nous eût séparés à jamais ! »

Tel fut le résultat du stratagème qui fit prendre à Mr. Brock le visage de la bonne pour celui de Miss Gwilt. Ainsi, la croyance superstitieuse de Midwinter fut ébranlée dans la seule occasion où elle touchait à la vérité, et l'habile mère Oldershaw triompha de difficultés et de dangers qu'elle-même n'avait jamais soupçonnés.

XI. Miss Gwilt dans les sables mouvants

I. Du révérend Decimus Brock à Ozias Midwinter

Jeudi.

Mon cher Midwinter,

Aucun mot ne pourrait vous peindre le soulagement que votre lettre m'a apporté ce matin, et le bonheur que j'ai éprouvé à être convaincu d'erreur.

Les précautions que vous avez prises pour le cas où la femme viendrait à justifier mes appréhensions et à s'aventurer malgré tout à Thorpe-Ambrose me semblent fort sages. Vous êtes certain ainsi d'entendre parler d'elle par l'un ou l'autre des clercs de l'attorney chargés de s'informer de l'arrivée d'une étrangère dans la ville.

Je suis heureux de voir que je puis entièrement m'en remettre à vous dans cette affaire, car je suis obligé de laisser les intérêts d'Allan entre vos mains plus longtemps que je ne le supposais. Ma visite à Thorpe-Ambrose se trouve, à mon grand regret, retardée de deux mois. Le seul de mes confrères de Londres capable de me remplacer ne peut aller s'établir dans le Somerset avant cette époque. Je n'ai d'autre choix que de terminer mes affaires ici et d'être de retour à ma cure pour samedi prochain. S'il arrivait quelque chose, vous me le feriez savoir immédiatement, bien entendu, et je partirais sans délai pour Thorpe-Ambrose. Si, au contraire, tout va mieux que mes appréhensions obstinées ne me le font supposer, Allan (à qui je viens d'écrire) ne peut compter me voir avant deux mois.

Jusqu'à ce moment toutes nos recherches pour retrouver la trace perdue au chemin de fer ont été vaines. Je ne fermerai cependant ma lettre qu'au dernier moment, quelques nouvelles avant le départ du courrier pouvant m'arriver encore.

Votre toujours dévoué,

DECIMUS BROCK.

P.S. — Je viens de recevoir un avis de mes hommes de loi. Ils ont appris le nom sous lequel la femme a passé à Londres. Si cette découverte, peu importante d'ailleurs, je le crains, vous suggère de nouvelles démarches, je vous en prie, agissez sans retard. Ce nom est Miss Gwilt.

II. De Mrs. Gwilt à Miss Oldershaw

Cottage Thorpe Ambrose,
samedi, 28 juin.

Si vous voulez promettre de ne pas vous effrayer, maman Oldershaw, je commencerai par vous copier quelques lignes d'une certaine lettre. Vous avez une excellente mémoire, et vous ne devez pas avoir oublié que j'ai reçu lundi dernier, après qu'elle m'eut engagée comme gouvernante, un billet de la mère du major. Il était daté et signé, et en voici la première page :

« 23 juin 1851.

» Chère Madame,

» Pardonnez-moi, je vous prie, de vous ennuyer, avant votre départ pour Thorpe-Ambrose, de quelques explications sur les habitudes observées dans la maison de mon fils. Lorsque j'ai eu le plaisir de vous voir à deux heures aujourd'hui, à Kingsdown Crescent, j'avais un autre rendez-vous dans une partie éloignée de Londres, pour trois heures, et, dans la précipitation du moment, deux ou trois petites observations m'ont échappé, que je crois utile de vous communiquer ».

Le reste de la lettre n'a pas la plus légère importance, mais les lignes que je viens de vous citer sont dignes de l'attention que vous leur avez prêtée. Elles m'ont empêchée, ma chère, d'être reconnue avant d'avoir passé une semaine dans la maison du major !

Cela est arrivé pas plus tard qu'hier soir, et a commencé et fini de cette manière :

Il y a ici un gentleman (dont je ne dirai rien de plus pour l'heure) qui est l'ami intime du jeune Armadale et porte le nom étrange de Midwinter. Il s'est arrangé de manière à me rencontrer hier seule dans le parc. Dès qu'il a ouvert les lèvres, je me suis aperçue que mon nom avait été découvert à Londres (sans aucun doute par ce clergyman du Somerset), et que Mr. Midwinter avait été chargé (évidemment par la même personne) d'identifier la Miss Gwilt disparue de Brompton avec la Miss Gwilt qui venait d'apparaître à Thorpe-Ambrose. Vous aviez prévu ce danger, autant qu'il m'en souvient, mais vous ne pensiez pas qu'il me menacerait si tôt.

Je vous épargne les détails de notre conversation pour en arriver au dénouement.

Mr. Midwinter m'a soumis la chose avec beaucoup de délicatesse. Il m'a déclaré, à ma grande surprise, qu'il était convaincu que je n'étais pas la Miss Gwilt recherchée par son ami ; il n'agissait comme il le faisait que par égard pour une personne respectable, fort inquiète en ce moment. Voulais-je bien l'aider à calmer complètement cette inquiétude en ayant la bonté de répondre à une simple question, question qu'il n'avait aucun droit de faire et pour laquelle il réclamait toute mon indulgence ? La « Miss Gwilt perdue » avait disparu lundi dernier, vers deux heures, dans la foule amassée sur le quai du chemin de fer du North Western, Easton square. Voulais-je bien l'autoriser à dire que, ce même jour et à l'heure indiquée, Miss Gwilt, gouvernante de Miss Milroy, n'avait pas mis le pied en cet endroit ?

Je n'ai pas besoin de vous dire que je n'ai pas manqué une si belle occasion de détourner tout soupçon. Je l'ai pris immédiatement sur un ton très haut, et lui ai tendu la lettre de la vieille dame. Il a refusé poliment de la lire. J'ai insisté : « Je ne veux point être confondue, dis-je, avec une femme de mauvaise réputation, qui, par hasard ou par fraude, porte le même nom que moi. J'insiste ; je demande que vous lisiez la première partie de cette lettre, pour ma satisfaction personnelle, si ce n'est pour la vôtre ». Il a été obligé de céder ; et, de la main même de la vieille lady, il a eu la preuve que, lundi dernier à deux heures, elle et moi nous étions ensemble dans Kingsdown Crescent. Je vous laisse imaginer ses excuses, et la parfaite douceur avec laquelle je les ai reçues.

J'aurais pu certes, si je n'avais pas conservé la lettre, vous le renvoyer, à vous et à la mère du major, et obtenir le même résultat. Mais, de cette façon, il n'y a eu ni embarras ni retard. J'ai prouvé que je n'étais pas moi, et l'un des nombreux dangers qui me menaçaient à Thorpe-Ambrose est maintenant conjuré. La figure de votre bonne n'est peut-être point belle, mais on ne peut nier qu'elle ne nous eut rendu un excellent service.

Assez pour le passé. Parlons de l'avenir. Vous allez savoir comment je m'entends avec les gens qui m'entourent, et vous pourrez juger par vous-même quelles sont les chances que je puis avoir comme future maîtresse de Thorpe-Ambrose.

Je commencerai par le jeune Armadale, car c'est une manière de commencer par de bonnes nouvelles. J'ai déjà produit sur lui toute l'impression désirable, et Dieu sait qu'il n'y a pas là de quoi me vanter ! Toute femme d'une beauté médiocre qui eût voulu en prendre la peine eût pu lui tourner la tête. C'est un jeune écervelé, gâté et bruyant. Un de ces hommes gais, roses, blonds, d'humeur facile que je déteste particulièrement. J'ai passé une heure entière seule avec lui dans le bateau, le premier jour de mon arrivée, et j'ai fait bon usage de mon temps, je puis vous l'assurer, depuis ce moment-là jusqu'à ce jour-ci. La seule difficulté que j'aie rencontrée a été celle de lui cacher mes sentiments pour lui, mon antipathie se changeant en véritable haine, lorsqu'il me rappelle trop vivement sa mère. Je ne connais pas un homme que je puisse avec plus de joie rendre malheureux, si j'en ai l'occasion. Et il m'en fournira l'occasion, je le pense, si aucun accident n'arrive plus tôt que nous ne l'avons calculé. Je reviens, à l'instant, d'une réunion à la grande maison, pour le dîner du payement des fermages, et les attentions du squire pour moi, la modestie et la réserve avec lesquelles je les ai reçues, alimentent déjà les bavardages de tout le monde.

Mon élève, Miss Milroy, vient après. Elle aussi est rose et étourdie, et mieux que cela : gauche, petite, épaisse, couverte de taches de rousseur, d'un mauvais caractère, et fort mal attifée. Rien à craindre d'elle, bien qu'elle me déteste déjà cordialement, ce qui est une grande consolation, car cela m'en débarrasse souvent, sauf aux heures de leçons et de promenade. Il est parfaitement facile de voir qu'elle avait entrepris la conquête du jeune Armadale (ce que nous n'avions pas prévu), et qu'elle a été assez stupide pour le laisser filer entre ses doigts. Quand je vous aurai dit qu'elle est obligée, pour sauvegarder les apparences, d'assister avec son père et moi aux petites réunions de Thorpe-Ambrose et de voir combien le jeune squire m'admire, vous saurez au juste le rang que je tiens dans ses affections. Elle pousserait ma patience à bout, si je ne sentais que mon calme la rend plus malheureuse encore. Ce qui m'en fera sortir peut-être, ce ne sera point nos leçons de français, de grammaire et d'histoire, mais la musique. Aucun mot ne peut peindre ce que je pense de son pauvre piano. La moitié des jeunes filles d'Angleterre devraient avoir leurs doigts coupés dans l'intérêt de la société et, si j'étais libre, ceux de Miss Milroy seraient les premiers exécutés.

Quant au major, je ne saurais aspirer à une plus haute place dans son estime que celle que j'y ai déjà gagnée. Je suis toujours prête à faire son déjeuner, soin que sa fille a le tort de négliger. Je trouve toujours, quand il en a besoin, les objets qu'il a égarés, et sa fille en est incapable. Je ne bâille jamais quand il cause, et cela arrive souvent à sa fille. Je l'aime, le pauvre vieux gentleman inoffensif ; aussi ne dirai-je pas un mot de plus sur lui.

Tout cela compose une belle perspective pour l'avenir, direz-vous ? Mais, ma bonne mère Oldershaw, il n'y a point de perspective qui n'ait son mauvais côté. La mienne en a deux. Le nom de l'un est Mrs. Milroy ; l'autre s'appelle Midwinter.

Voyons d'abord Mrs. Milroy. Je n'étais pas arrivée depuis cinq minutes qu'elle m'envoya dire de monter chez elle. Le message me surprit un peu, puisque j'avais appris de la vieille dame à Londres que sa bru était trop malade pour voir personne. Je n'avais, bien entendu, d'autre choix que de me rendre dans la chambre de la dame. Je la trouvai alitée, souffrant d'une maladie incurable de la moelle épinière ; une créature véritablement horrible à voir, mais possédant toutes ses facultés mentales. Je ne crois pas me tromper beaucoup en assurant que cette femme est une fourbe plus odieuse que vous n'en avez rencontré de votre vie. Sa politesse excessive et sa façon de tenir son visage dans l'ombre des rideaux tout en s'arrangeant pour laisser le mien exposé au grand jour me mirent immédiatement sur mes gardes. Nous restâmes plus d'une demi-heure ensemble sans que je me sois laissée choir dans les nombreuses petites trappes qu'elle me présentait adroitement. Le seul mystère dans sa conduite que je ne parvins à pénétrer sur le moment fut l'incessante demande qu'elle me faisait de lui apporter des objets placés en différents endroits de la chambre, et dont elle n'avait aucun besoin.

Depuis, les événements m'ont éclairée. Mes premiers soupçons furent éveillés par des commérages de domestiques ; j'ai été affermie dans mon opinion par la conduite de la garde-malade de Mrs. Milroy. Dans les rares occasions où je me suis trouvée seule avec le major, la garde-malade a toujours eu besoin de demander quelque chose à son maître et invariablement, oublié de frapper à la porte avant d'entrer. Comprenez-vous, maintenant, pourquoi Mrs. Milroy m'a envoyé chercher dès mon arrivée, et quel était son but en me faisant aller et venir dans sa chambre tantôt sous un prétexte, tantôt sous un autre ?

Il n'est point d'angle susceptible d'avantager mon visage et ma taille sous lequel les yeux de cette femme ne m'aient étudiée. Je ne m'étonne plus du regard que le père et la fille se jetèrent lorsqu'ils me virent, ni de l'expression d'espérance malicieuse avec laquelle les domestiques m'examinent quand je les sonne pour leur demander quelque chose. Il est inutile de déguiser la vérité, mère Oldershaw, entre vous et moi : en entrant dans cette chambre de malade, je me suis jetée en aveugle entre les griffes d'une femme jalouse. Si Mrs. Milroy peut me faire renvoyer de la maison, Mrs. Milroy le fera matin et soir, elle n'a autre chose à penser dans le lit qui lui sert de prison.

Le comportement prudent que j'adopte dans cette position délicate est admirablement favorisé par l'indifférence du cher vieux major. La jalousie de sa femme est une folie aussi monstrueuse que celles que l'on rencontre dans les maisons d'aliénés. Le pauvre homme n'a pas une pensée au-delà de ses expériences de mécanique, et je ne crois pas qu'il sache même si je suis belle ou non. Ayant cette bonne chance, je puis espérer voir cesser l'espionnage de la garde-malade et la méfiance de la dame, pour quelque temps du moins. Mais j'avoue que je respirerai plus librement le jour où le jeune Armadale ouvrira la bouche pour une proposition qui obligera le major à chercher une autre gouvernante que moi…

Le nom d'Armadale me fait souvenir de l'ami du jeune squire. Le danger est encore plus menaçant de ce côté et, ce qu'il y a de pis, je ne me sens pas aussi bien armée contre Mr. Midwinter que contre Mrs. Milroy.

Tout ce qui a rapport à cet homme est plus ou moins mystérieux. Comment se trouve-t-il dans les confidences du clergyman du Somerset ? Comment pouvait-il être si fermement persuadé, quand il me rencontra dans le parc, que je n'étais pas la Miss Gwilt recherchée par son ami ? Je ne trouve pas l'ombre d'une réponse à ces diverses questions. Je ne puis même pas découvrir qui il est, ni comment le jeune Armadale et lui sont devenus amis. Je le déteste ; non, ce n'est pas cela ; je voudrais seulement savoir ce qu'il est. Il est très jeune, petit et mince, impatient et sombre, avec de grands yeux brillants qui disent clairement : « Nous appartenons à un homme qui a une cervelle et une tête à lui ; un homme qui n'a pas toujours langui dans une maison de campagne auprès d'un jeune fou ». Oui, j'en suis positivement sûre, Mr. Midwinter, tout jeune qu'il est, a vécu bien des choses et a souffert dans sa vie, et je ne sais ce que je donnerais pour connaître son passé. Ne vous étonnez pas de la place qu'il tient dans ma lettre. Il a assez d'influence sur le jeune Armadale pour être un obstacle sérieux sur ma route, à moins que je ne puisse m'assurer une bonne position dans son estime dès à présent.

Qui m'en empêche ? me direz-vous. Je crains malheureusement, mère Oldershaw, d'avoir déjà conquis cette position d'une manière à laquelle je ne prétendais point : il est à craindre, et c'est fâcheux à dire, qu'il soit amoureux de moi.

Ne secouez pas la tête, ne dites pas : « Voilà bien sa vanité habituelle ! ». Après les effroyables dangers que j'ai traversés, il ne me reste plus de vanité, et l'homme qui m'admire est un homme qui me fait toujours trembler. Il fut un temps… Peuh ! Qu'allais-je faire ? Du sentiment, je le confesse ! du sentiment, avec vous ! Riez à votre aise, ma chère, quant à moi, je ne pleure ni ne ris jamais ; je taille ma plume et continue mon… comment appelle-t-on cela ? mon rapport ?

La seule chose qu'il faille se demander, c'est si je me trompe sur la nature de l'impression que j'ai produite sur lui. Voyons un peu… Je me suis trouvée quatre fois avec lui : la première, dans le jardin du major, où nous nous trouvâmes face à face de manière inattendue. Il resta les yeux fixés sur moi, à me regarder comme un homme pétrifié, sans dire mot – effet produit par mes affreux cheveux roux, peut-être ? Soit, que mes cheveux soient considérés comme les vrais coupables. La seconde fois fut lors d'une visite des terres de Thorpe-Ambrose, en compagnie de Mr. Armadale d'une part, et de mon élève (boudeuse) d'autre part. Mr. Midwinter vint nous rejoindre, bien qu'il eût à s'occuper de ses devoirs de régisseur, devoirs qu'on ne lui a jamais vu négliger par ailleurs. Était-ce paresse de sa part, ou bien quelque inclination pour Miss Milroy ? Je ne saurais le dire ; que Miss Milroy en soit donc la cause, si vous le voulez. Je sais seulement qu'il ne fit absolument que me regarder. Notre troisième rencontre fut celle du parc, que je vous ai déjà racontée. Je n'ai jamais vu un homme aussi agité en soumettant une question délicate à une femme. Mais ce pouvait être uniquement de la timidité. S'il se retourna sans cesse, quand il m'eut quittée, c'était sans doute pour contempler le paysage qu'il laissait derrière lui. Accordé encore. La quatrième fois, ce fut ce soir même, à la petite réception. Je fus priée de me mettre au piano et, comme le piano est excellent, je jouai de mon mieux. Toute la compagnie, rangée autour de moi, m'accabla de compliments (ma charmante élève me présenta les siens avec la mine d'un chat qui va griffer). Mr. Midwinter fut le seul à ne pas s'approcher. Il attendit jusqu'au départ et m'arrêta à un moment où je me trouvais seule dans le hall. Il eut juste le temps de me présenter la main et de me dire deux mots. Vous dirai-je comment il la prit et le son de sa voix quand il me parla ? Cela me paraît inutile. Vous m'avez toujours dit que feu Mr. Oldershaw avait été amoureux de vous. Rappelez-vous la première fois qu'il prit votre main et qu'il murmura un mot ou deux à votre oreille. À quoi avez-vous attribué sa conduite en cette occasion ? À la musique, je n'en doute pas, s'il vous était arrivé d'en faire dans la soirée.

Non, vous pouvez en croire ma parole : le mal est fait ! Cet homme n'est point un écervelé qui change de fantaisie comme on change d'habit ; le feu qui éclaire ses grands yeux noirs ne sera pas un feu facile à éteindre pour la femme qui l'aura allumé.

Je ne veux pas vous décourager. Je ne dis pas que les chances sont contre nous. Mais avec Mrs. Milroy me menaçant d'un côté, et Midwinter de l'autre, le danger le plus à redouter est la perte de temps. Le jeune Armadale a déjà fait allusion, aussi délicatement qu'il est possible à un tel lourdaud, à un entretien particulier. Les yeux de Miss Milroy sont perçants, ceux de la garde-malade encore plus clairvoyants, et je perdrai ma place si l'une ou l'autre découvre quelque chose. Peu importe ! Je courrai ma chance et lui accorderai le rendez-vous. Que je le tienne une fois seul à seul, que je mette en défaut les yeux curieux des femmes, et si son ami ne se place pas entre nous, je réponds du résultat.

Pour l'heure, n'ai-je plus rien à vous dire ? N'y a-t-il pas d'autres gens sur notre chemin à Thorpe-Ambrose ? Pas une autre créature ! pas une seule des familles habitant le voisinage ne visite le jeune squire, fort heureusement mal vu dans tout le pays. Ni grandes dames ni jolies femmes ne viennent à la maison, et personne ne pourra faire diversion à ses attentions pour la gouvernante ; personne ne lui en fera reproche. Les seuls convives qu'il ait pu réunir ce soir étaient l'avoué et sa famille (une femme, un fils et deux filles), et une vieille veuve sourde et son fils, tous gens sans conséquence et les très humbles serviteurs du stupide jeune squire.

Parlant d'humbles serviteurs, il est une autre personne établie ici, employée dans les bureaux du régisseur ; c'est un vieillard tombant en ruine, à l'air misérable, nommé Bashwood. Il m'est complètement inconnu, et, de son côté, il ne me connaît pas davantage, car il a demandé à la bonne du cottage qui j'étais. Je n'ai aucune gloire particulière à en tirer, mais je dois quand même avouer que j'ai produit une impression extraordinaire sur cette chétive et vieille créature, la première fois qu'il me vit. Il devint de toutes les couleurs et resta debout devant moi à trembler et à me regarder, comme si j'avais un visage des plus terribles. J'ai été d'abord très intriguée, car de toutes les manières dont les hommes m'ont regardée, aucune ne ressemble à celle-là. Avez-vous vu au jardin zoologique de Londres le boa constricteur ? On met un lapin vivant dans la cage, et il y a un moment où ils se regardent tous les deux. Je déclare que Mr. Bashwood m'a rappelé le lapin.

Mais pourquoi vous parler de lui ? En vérité, je n'en sais rien. Peut-être ai-je écrit trop longtemps et ma tête est-elle fatiguée. Peut-être l'admiration de Mr. Bashwood m'a-t-elle frappée par sa nouveauté. Absurde ! Je m'excite et vous inquiète inutilement. Oh, quelle longue et pénible lettre je viens d'écrire ! Les étoiles qui me regardent à travers la fenêtre brillent étrangement, la nuit est d'un calme effrayant ! Envoyez-moi encore quelques-unes de ces gouttes contre l'insomnie, et écrivez-moi une de vos aimables, méchantes et amusantes lettres. Vous aurez de mes nouvelles dès que je saurai un peu mieux comment les choses doivent finir. Bonsoir, et gardez-moi un coin dans votre vieux cœur de pierre.

L.G.

III. De Mrs. Oldershaw à Miss Gwilt

Diana Street, Pimlico,
lundi.

Ma chère Lydia,

Je ne suis pas dans une situation d'esprit à vous écrire une lettre gaie ; vos nouvelles sont très décourageantes, et votre insouciance m'inquiète. Songez à l'argent que j'ai déjà avancé et aux intérêts que nous avons en jeu ! Soyez tout ce que vous voudrez, mais ne soyez pas insouciante, pour l'amour du Ciel !

Que dois-je faire ? Je me demande en femme pratique comment je puis vous aider. Je ne peux vous donner de conseil n'étant pas sur les lieux et ne pouvant prévoir comment les choses vont évoluer de ce côté. Je vous serai utile, en revanche, en vous découvrant un nouvel obstacle qui vous menace, et que je puis écarter, je pense.

Vous dites avec une grande vérité qu'il n'est point de perspective sans mauvais côté, et qu'il y en a deux à la vôtre. Ma chère, il y en aurait trois, si je n'étais là pour y mettre ordre ; et le nom du troisième serait Brock. Est-il possible que vous puissiez parler comme vous l'avez fait du clergyman du Somerset et ne pas voir que l'influence que vous pouvez prendre sur l'esprit du jeune Armadale lui sera tôt ou tard révélée par l'ami du jeune squire ? Maintenant que j'y pense, je vous vois doublement à la merci du clergyman. Le plus léger soupçon pourrait l'amener du jour au lendemain à Thorpe-Ambrose, et vous êtes sous le coup de son intervention, dès qu'il apprendra que le squire s'engage avec une gouvernante du voisinage. Si je ne puis faire plus, je détournerai du moins cette nouvelle traverse de votre chemin. Oh, Lydia ! avec quel empressement je m'y emploierai, après la façon dont le vieux misérable m'a insultée quand je lui ai raconté cette pitoyable histoire dans la rue ! Je déclare que j'étouffe de plaisir à la pensée de jouer un tour à ce Mr. Brock.

Et comment m'y prendrai-je ? Mais comme nous l'avons déjà fait. Il a perdu « Miss Gwilt » (ma bonne, en d'autres termes), n'est-il pas vrai ? Très bien. Il la retrouvera encore, n'importe où il est maintenant, tout à coup installée près de lui. Aussi longtemps qu'elle restera dans un endroit, il y restera aussi ; et comme nous savons qu'il n'est pas à Thorpe-Ambrose, vous y êtes donc à l'abri. Les soupçons du vieux gentleman nous ont donné un grand embarras jusqu'à présent. Faisons-les tourner maintenant à notre avantage. Attachons-le par ses soupçons aux cordons du tablier de ma bonne. Très intéressant. Véritable châtiment moral, n'est-il pas vrai ?

La seule chose que j'aie à vous demander est facile. Tâchez d'apprendre de Mr. Midwinter où se trouve en ce moment le révérend, et faites-le-moi savoir par retour du courrier. S'il est à Londres, j'aiderai moi-même ma bonne à le mystifier. S'il est ailleurs, je l'enverrai à sa recherche, accompagnée par une personne sur laquelle je puis absolument compter.

Vous aurez la potion calmante demain. Dans l'attente, je répète ce que je disais en commençant : pas d'insouciance ! N'encouragez point vos sentiments poétiques en regardant les étoiles, et ne parlez pas du calme effrayant des nuits. Il y a des gens à l'Observatoire payés pour regarder dans les astres, laissez-leur ce soin. Quant aux nuits, faites-en l'usage que la Providence vous a destinée à en faire, en vous donnant des paupières : dormez.

Votre affectionnée,

MARIA OLDERSHAW.

IV. Du révérend Decimus Brock à Ozias Midwinter

Presbytère de Boscombe, West Somerset,
mercredi, 3 juillet.

Mon cher Midwinter.

Une ligne, avant le départ du courrier, pour vous dégager de toute responsabilité à Thorpe-Ambrose et faire mes excuses à la dame gouvernante de la famille Milroy.

La Miss Gwilt – ou, devrais-je dire plutôt, la femme qui se donne ce nom – s'est montrée, à ma plus grande stupéfaction, ouvertement ici, dans ma paroisse. Elle demeure à l'auberge, en compagnie d'un homme qui passe pour son frère. Je ne puis imaginer ce que cet audacieux procédé signifie, à moins qu'il ne marque un nouveau progrès dans la conspiration contre Allan.

Mon opinion personnelle est qu'ils ont reconnu l'impossibilité d'arriver à Allan sans nous rencontrer vous ou moi sur leur chemin ; et ils font de vertu nécessité, en essayant hardiment d'ouvrir les communications par mon entremise. L'homme paraît capable de tout. La femme et lui ont eu l'audace de me saluer lorsque je les ai rencontrés dans le village, il y a une heure. Ils ont déjà livré leur petite enquête sur la mère d'Allan, ici, où sa vie exemplaire a été à l'abri de tout soupçon ! S'ils veulent seulement essayer d'arracher de l'argent en échange du silence de la femme au sujet de la conduite de la pauvre Mrs. Armadale à Madère lors de son mariage, ils me trouveront bien préparé. J'ai écrit par ce courrier à mes hommes de loi de m'envoyer un homme compétent pour me conseiller, et il demeurera au presbytère, sous le titre qu'il jugera le plus prudent de prendre en cette circonstance.

Je vous écrirai ce qui sera arrivé d'ici à un jour ou deux.
Votre toujours affectionné,

DECIMUS BROCK.

XII. Le ciel se couvre

Neuf jours s'étaient écoulés et le dixième touchait presque à sa fin, depuis la promenade matinale de Miss Gwilt et de son élève dans le jardin du cottage.

La soirée était sombre ; le ciel annonçait de la pluie. Les appartements de la grande maison étaient tous vides et obscurs. Allan était sorti ; il passait la soirée avec les Milroy, et Midwinter attendait son retour, non dans l'endroit où il l'attendait ordinairement – au milieu des livres de la bibliothèque – mais dans la petite chambre située sur le derrière de la maison, que la mère d'Allan avait habitée dans les derniers temps de son séjour à Thorpe-Ambrose.

Aucun objet n'avait été retiré de cette chambre depuis que Midwinter l'avait vue pour la première fois, mais on y avait apporté quantité d'autres choses. Les livres de Mrs. Armadale, l'ameublement, les vieilles nattes sur le parquet, le vieux papier des murs, tout avait été laissé intact. La statuette de Niobé était toujours sur son socle, et la porte-fenêtre ouvrait encore sur le jardin. Mais maintenant, aux reliques laissées par la mère s'ajoutaient les objets appartenant au fils. Le mur, nu jusqu'alors, était décoré de dessins à l'aquarelle, un portrait de Mrs. Armadale accroché entre une vue de la vieille maison du Somerset et une peinture du yacht. Parmi les livres qui portaient, à l'encre blanchie par le temps, l'inscription tracée par Mrs. Armadale : « Donné par mon père », étaient d'autres livres où était écrit à l'encre plus fraîche : « À mon fils ». Une foule d'objets, accrochés au mur, rangés sur la cheminée ou épars sur la table, quelques-uns rappelant l'enfance d'Allan, d'autres servant à ses plaisirs et à ses occupations actuelles, annonçaient que la chambre qu'il occupait habituellement à Thorpe-Ambrose était celle où Midwinter s'était rappelé la seconde vision de son rêve. Là, si étrangement calme au milieu de cette pièce qui avait été si récemment l'objet de ses terreurs superstitieuses, Ozias attendait patiemment le retour d'Allan et chose plus étrange encore, il contemplait le changement opéré dans l'ameublement, changement dont il était le premier responsable, puisque c'était sa propre bouche qui avait trahi la découverte qu'il avait faite, ce premier matin dans la nouvelle demeure, puisque c'était lui qui avait poussé le fils à s'installer dans la chambre autrefois occupée par la mère.

Sous quelle impulsion avait-il parlé ? Sous celle des nouveaux intérêts et des nouvelles espérances qui l'animaient.

La révolution survenue dans ses convictions après le mémorable événement qui l'avait mis face à face avec Miss Gwilt n'était pas d'une nature telle qu'il souhaitât la cacher à Allan. Il avait parlé ouvertement, selon son habitude. S'il avait pu avouer son mérite à avoir surmonté ses craintes superstitieuses, ce n'était qu'après avoir dépeint celles-ci sous leur jour le plus sinistre. Ce fut seulement après avoir confessé dans quels sentiments il avait quitté Allan au Mere qu'il put lui révéler dans quel nouvel état d'esprit il regardait maintenant le rêve. Désormais il s'exprimait sur cet accomplissement de la première vision comme eût pu le faire le docteur de l'île de Man lui-même. Il avait demandé, comme l'eût demandé le docteur, ce qu'avait donc d'étonnant l'apparition d'une femme devant un étang au coucher du soleil, quand ils se trouvaient au milieu d'un réseau d'étangs, quand ils étaient entourés de chemins qui y aboutissaient, de villages habités, et lorsque des visiteurs se rendaient chaque jour en cet endroit pour le visiter ?

Ainsi donc, une fois encore, pour revendiquer les résolutions fermes qu'il avait prises quant au futur, il avait voulu auparavant confesser les erreurs qu'il avait faites dans le passé. L'oubli des intérêts de son ami, son ingratitude envers celui qui lui avait offert la place de régisseur, sa trahison de la confiance que Mr. Brock avait mise en lui ; toutes ces fautes qu'il avait commises en voulant quitter Allan furent avouées. Sa conduite contradictoire tandis qu'il croyait que le rêve annonçait la fatalité et qu'il lui fallait à tout prix y échapper par un effort de volonté, tandis qu'il apprenait pour l'avenir son métier de régisseur tout en se disant que l'avenir ne devait point le trouver dans la demeure d'Allan fut exposée sans détour. Chaque erreur, chaque incohérence amena cette unique et simple question : « M'accorderez-vous votre confiance à l'avenir ? Me pardonnerez-vous et oublierez-vous le passé ? »

Un homme capable d'ouvrir ainsi son cœur, sans la moindre réserve, sans le moindre sentiment de fierté personnelle, n'était point homme à pouvoir dissimuler le plus petit acte répréhensible envers un ami. Et un secret qu'il avait caché à Allan pesait lourd sur la conscience de Midwinter ; c'était le secret de la découverte de la chambre de sa mère.

Un doute cependant avait fermé ses lèvres : la conduite de Mrs. Armadale à Madère était-elle restée ignorée en Angleterre ? Une enquête prudente dans les environs, les informations qu'il obtint des rares personnes susceptibles de se souvenir de cette époque lui donnèrent la certitude que le secret familial n'avait point été pénétré. Une fois sûr que les recherches que pourrait faire le fils ne le conduiraient à aucune découverte pouvant altérer son respect pour la mémoire de sa mère, Midwinter n'avait plus hésité un seul instant. Il avait emmené Allan dans la chambre, lui avait montré les livres sur les rayons, et les inscriptions qu'ils contenaient. Il lui avait dit : « Mon seul motif jusqu'à présent, en ne vous parlant pas de ceci, venait de ma crainte de vous attirer dans une chambre que je regardais avec épouvante comme la seconde des scènes indiquées dans le rêve. Pardonnez-moi encore ceci et vous m'aurez tout pardonné ».

L'amour d'Allan pour la mémoire de sa mère étant ce qu'il était, cet aveu avait eu un résultat prévisible. Il avait aimé cette petite pièce dès qu'il l'avait vue pour son contraste avec la grandeur imposante des autres appartements de Thorpe-Ambrose, et lorsqu'il apprit quels souvenirs s'y rattachaient, sa résolution fut immédiatement prise de l'habiter. Le jour même, en présence de Midwinter et avec son aide, tous ses effets personnels furent transportés dans l'ancienne chambre de sa mère.

Telles étaient les circonstances dans lesquelles s'était opéré ce déménagement. Et c'est ainsi que la victoire remportée par Midwinter sur son fatalisme – en permettant qu'Allan devînt l'occupant de cette pièce dans laquelle autrement il ne fût presque jamais entré – contribua à l'accomplissement de la seconde vision du rêve.

Les heures s'écoulaient tranquillement pour Midwinter qui attendait le retour de son ami. Ni préoccupations pénibles ni doutes cruels ne le troublaient désormais. Le jour du payement des rentes, naguère tant redouté de lui, était venu et s'était enfui sans amener aucun désastre. Une entente plus cordiale s'était établie entre Allan et ses fermiers ; Mr. Bashwood avait justifié la confiance qu'on lui avait accordée. Les Pedgift père et fils s'étaient montrés dignes de la bonne opinion de leurs clients. De quelque côté que Midwinter tournât ses regards, l'avenir apparaissait clair, sans un nuage.

Il arrangea la lampe sur la table, à côté de lui, s'approcha de la fenêtre, et regarda dans la nuit. La pendule venait de sonner onze heures et demie, et quelques gouttes de pluie commençaient à tomber. Il avait la main sur le timbre pour appeler un domestique et l'envoyer au cottage avec un parapluie, quand il reconnut le pas familier de son ami, sur l'allée devant la maison.

— Comme vous rentrez tard ! dit Midwinter à Allan, tandis que celui-ci entrait par la porte-fenêtre. Y avait-il du monde au cottage ?

— Non ! nous n'étions qu'entre nous. Le temps a passé vite, en tout cas.

Il fit cette réponse d'une voix plus sourde qu'à l'ordinaire et soupira en prenant une chaise.

— Vous semblez troublé, continua Midwinter ; que vous arrive-t-il ?

Allan hésita.

— Je puis aussi bien vous le dire, répondit-il après un moment ; ce n'est pas une chose honteuse. Je m'étonne seulement que vous ne l'ayez pas encore deviné ! Il s'agit d'une femme comme toujours... je suis amoureux !

Midwinter se mit à rire :

— Miss Milroy a-t-elle été plus charmante ce soir qu'à l'ordinaire ? demanda-t-il gaiement.

— Miss Milroy ! répéta Allan. À quoi pensez-vous ? Il n'est pas question de Miss Milroy !

— De qui donc alors ?

— De qui ? Quelle question ! De qui peut-il s'agir, si ce n'est de Miss Gwilt !

Il y eut un silence. Allan était assis nonchalamment, les mains dans les poches, regardant par la fenêtre ouverte la pluie tomber. S'il s'était tourné vers son ami au moment où il prononçait le nom de Miss Gwilt, peut-être eût-il été frappé du changement survenu sur le visage de Midwinter.

— J'imagine que vous ne m'approuvez pas, dit-il, après avoir attendu un instant.

Il n'y eut pas de réponse.

— Il est trop tard pour faire des remontrances, continua Allan. Ce que je viens de vous dire est très sérieux.

— Il y a quinze jours, vous étiez amoureux de Miss Milroy, rétorqua l'autre d'une voix calme et mesurée.

— Pffit ! un enfantillage, rien de plus. C'est bien différent, cette fois, je suis profondément épris de Miss Gwilt.

Il regardait son ami en parlant. Midwinter baissa vivement la tête et feignit d'être absorbé par son livre.

— Je vois que vous me désapprouvez, reprit Allan. Est-ce parce que ce n'est qu'une gouvernante ? Ce ne peut être là votre raison, bien sûr. Si vous étiez à ma place, sa position serait-elle une objection pour vous ?

— Non, dit Midwinter. Je ne puis dire honnêtement que ce serait un empêchement pour moi.

Il fit cette réponse avec effort, et recula sa chaise hors de la lumière de la lampe.

— Une gouvernante est une dame qui n'est pas riche, continua Allan, et une duchesse est une dame qui n'est pas pauvre. Voilà toute la différence que je reconnaisse entre elles. Miss Gwilt est plus âgée que moi, je ne nie pas cela. Quel âge lui donnez-vous, Midwinter ? Moi, je lui suppose vingt-sept ou vingt-huit ans. Que diriez-vous ?

— Rien. Je suis d'accord avec vous.

— Trouvez-vous qu'elle soit trop vieille pour moi ? Si vous aimiez une femme, une différence d'âge de sept ou huit ans vous paraîtrait-elle trop grande ?

— Je ne puis dire que cela m'éloignerait d'elle, si je…

— Si vous l'aimiez ?

Cette fois encore il n'y eut pas de réponse.

— Eh bien ! continua Allan, si sa position de gouvernante, si les quelques années qu'elle a de plus que moi n'ont aucune importance à vos yeux, quelle est donc votre objection contre Miss Gwilt ?

— Je n'en ai point fait.

— Je ne dis pas ; mais vous semblez m'écouter avec contrariété.

Il y eut une nouvelle pause. Midwinter fut le premier à rompre le silence.

— Êtes-vous sûr de vous, Allan ? demanda-t-il en gardant la tête penchée sur son livre. Êtes-vous réellement attaché à cette dame ? Avez-vous pensé sérieusement à lui demander sa main ?

— J'y pense sérieusement à cet instant précis, répondit Allan. Je ne puis être heureux, je ne puis vivre sans elle. Sur mon âme, j'adore jusqu'à la terre où se posent ses pieds !

— Depuis combien de temps… ?

La voix de Midwinter faiblit et il s'arrêta.

— Depuis combien de temps, reprit-il, adorez-vous la terre où se posent ses pieds ?

— Depuis plus longtemps que vous ne le pensez. Je sais que je puis vous confier tous mes secrets…

— Ne me les confiez pas !

— Quelle plaisanterie ! Je veux que vous sachiez tout. Il y a une petite difficulté dont je ne vous ai pas encore parlé. C'est une chose très délicate, et je désire vous consulter à ce sujet. Entre nous, j'ai eu plusieurs entrevues particulières avec Miss Gwilt…

Midwinter se leva brusquement et ouvrit la porte.

— Nous reparlerons de cela demain, dit-il, bonsoir !

Allan se retourna au comble de l'étonnement. La porte s'était refermée, il était seul dans sa chambre.

— Il ne m'a pas même serré la main ! soupira-t-il d'une voix attristée.

Au moment où ces mots lui échappaient, la porte se rouvrit et Midwinter reparut sur le seuil.

— Nous ne nous sommes pas donnés la main, dit-il brusquement, Dieu vous bénisse, Allan ! Nous causerons demain. Bonsoir !

Allan resta debout devant la fenêtre, à regarder la pluie tomber. Il se sentait mal à l'aise, sans savoir pourquoi.

« Les manières de Midwinter deviennent de plus en plus étranges, pensa-t-il. Pourquoi vouloir attendre à demain, quand j'avais besoin de lui parler ce soir ? »

Il prit son bougeoir avec un mouvement d'impatience, le reposa aussitôt sur la table et revint se placer devant la fenêtre ouverte pour regarder dans la direction du cottage.

« Je voudrais bien savoir si elle pense à moi », murmura-t-il doucement.

Elle pensait à lui. Elle venait d'ouvrir son écritoire pour écrire à Mrs. Oldershaw, et sa plume traçait les mots suivants : « Soyez tranquille, je le tiens ! »

XIII. Exit

Il plut toute la nuit ; lorsque vint le matin, il pleuvait encore.

Contrairement à ses habitudes, Midwinter attendait dans la salle à manger quand Allan y entra. Il paraissait accablé, mais son sourire était plus doux et ses manières plus calmes qu'à l'ordinaire. À la surprise d'Allan, il reprit de lui-même la conversation de la nuit précédente dès que le domestique eut fermé la porte.

— Je crains que vous ne m'ayez trouvé très brusque et très impatient hier soir, dit-il ; j'essayerai de me le faire pardonner ce matin. Me voilà prêt à écouter tout ce qu'il vous plaira de me dire au sujet de Miss Gwilt.

— Je n'ai point l'intention de vous fatiguer, reprit Allan. Vous avez l'air d'avoir passé une mauvaise nuit !

— Je ne dors pas bien depuis quelque temps, répliqua Midwinter avec douceur. Je suis souffrant, mais je crois avoir trouvé le moyen de guérir sans recourir aux médecins. Plus tard, dans la matinée, j'aurai quelque chose à vous dire à ce propos. Revenons tout d'abord à notre conversation de la nuit dernière. Vous parliez d'une difficulté…

Il hésita et finit la phrase d'une voix si basse qu'Allan l'entendit à peine.

— Peut-être vaudrait-il mieux, continua-t-il, au lieu de vous adresser à moi, consulter Mr. Brock ?

— J'aime mieux en parler avec vous. Mais dites-moi d'abord, reprit Allan, avais-je tort ou raison hier soir, en pensant que vous désapprouviez mon amour pour Miss Gwilt ?

Les doigts nerveux de Midwinter commencèrent à émietter le pain dans son assiette, et ses yeux se détournèrent d'Allan pour la première fois.

— Si vous avez une objection à faire, insista Allan, je vous serai obligé de m'en faire part.

Midwinter releva la tête, ses joues devinrent d'une pâleur lugubre et ses yeux noirs regardèrent en plein le visage de son ami :

— Vous l'aimez, dit-il. Vous aime-t-elle ?

— Vous ne m'accuserez point de fatuité ? répondit Allan. Je vous ai dit hier que j'avais eu des entrevues particulières avec elle...

Les yeux de Midwinter se baissèrent de nouveau sur son assiette.

— Je comprends, reprit-il vivement, je n'ai pas d'objection à faire.

— Mais vous ne me félicitez pas ? demanda Allan un peu mal à l'aise. Une si jolie femme ! et si pleine de talents !

Midwinter lui tendit la main :

— Je vous dois plus que de simples compliments ; je dois vous aider en tout ce qui peut contribuer à votre bonheur.

Il prit la main d'Allan et la serra fortement :

— Puis-je vous être utile ? demanda-t-il, en devenant de plus en plus pâle.

— Mon cher garçon ! s'écria Allan. Qu'avez-vous ? Votre main est glacée !

Midwinter sourit faiblement.

— Je suis toujours dans les extrêmes, fit-il. Ma main brûlait comme du feu la première fois que vous l'avez prise à l'auberge où vous m'avez rencontré malade. Mais occupons-nous de cette difficulté dont vous parliez ; vous êtes jeune, riche, libre... et elle vous aime. Quel empêchement peut-il exister ?

Allan hésita.

— Je ne sais comment vous l'expliquer, répondit-il. Ainsi que vous venez de le dire, je l'aime et elle m'aime, et cependant il y a une sorte de gêne entre nous. On parle beaucoup de soi quand on est amoureux, au moins c'est ce que je fais. Je lui ai tout dit sur moi, sur ma mère, ce qui m'a conduit ici et tout le reste. Eh bien, quoique cela ne me frappe pas quand nous sommes ensemble, il me vient à l'esprit, une fois seul, qu'elle ne me confie rien d'elle. En un mot, je n'en sais pas plus sur son compte que vous-même.

— Voulez-vous dire que vous ne savez rien de la famille de Miss Gwilt et de ses amis ?

— C'est cela même.

— Ne l'avez-vous jamais questionnée là-dessus ?

— J'ai fait quelque chose d'approchant, l'autre jour, répondit Allan, et j'ai peur de m'être mal exprimé, comme d'habitude. Elle a paru, je ne sais comment dire, non pas précisément mécontente, mais… Oh ! de quelle importance sont les mots ! Je donnerais tout au monde, Midwinter, pour trouver comme vous l'expression juste quand je parle.

— Miss Gwilt vous a-t-elle répondu ?

— C'est justement où j'allais en venir. Elle m'a dit : « J'aurai une triste histoire à vous raconter un de ces jours, monsieur Armadale, sur moi et sur ma famille ; mais vous paraissez si heureux, et ce que j'ai à vous apprendre est si pénible que je n'ai pas le courage de vous en parler maintenant ». Ah ! elle peut s'exprimer avec des larmes dans les yeux, elle, mon cher camarade, et dans la voix aussi ! Bien entendu, j'ai changé de sujet immédiatement. Et maintenant, la difficulté est de savoir comment y revenir, délicatement, sans la faire pleurer encore. Il faut que nous y retournions. Pas pour moi ; je serais parfaitement heureux de l'épouser d'abord, et d'apprendre les malheurs de sa famille après, pauvre chère créature ! Mais je connais Mr. Brock. Si je ne puis le satisfaire sur la famille de Miss Gwilt quand je lui écrirai pour lui raconter ceci (ce que je dois faire, bien entendu), il sera sourd à tout le reste. Je suis mon maître, certainement, et je puis agir comme je l'entends. Mais le cher vieux Brock a été un ami si dévoué pour ma pauvre mère, et si bon, si paternel pour moi. Vous comprenez ce que je veux dire, n'est-ce pas ?

— Certainement, Allan. Mr. Brock a été votre second père. Tout désaccord entre vous, dans une question aussi sérieuse que celle-ci, serait la plus triste chose qui pût arriver. Vous devez lui prouver que Miss Gwilt est (ce que vous apprendrez certainement) digne en tous points, digne d'être…

La voix lui manqua, malgré ses efforts, pour continuer, et il n'acheva point sa phrase.

— Juste mon sentiment sur cette affaire ! s'écria Allan. Maintenant nous arrivons au point pour lequel je voulais votre avis. Si vous étiez à ma place, Midwinter, vous pourriez lui parler dans les termes convenables ; vous sauriez amener sa confidence tout doucement, sans la lui demander. Je ne puis faire cela, je suis maladroit. J'ai horriblement peur, si je n'ai point quelque soupçon de la vérité pour me guider au départ, de dire quelque chose qui la blesse. Les malheurs familiaux sont des sujets si douloureux, si délicats, surtout avec une femme d'une nature aussi sensible, d'un cœur aussi tendre que Miss Gwilt ! Il doit y avoir eu quelque mort terrible dans sa famille, quelque parent déshonoré, peut-être. La pauvre créature aura été obligée de se faire institutrice à la suite d'une catastrophe. En y réfléchissant, il me semble que le major pourrait me sortir d'embarras. Il est très possible que Mr. Milroy ait eu des renseignements sur la famille de Miss Gwilt avant de la prendre chez lui, ne pensez-vous pas ?

— Cela est possible, Allan, assurément.

— Vous êtes encore de mon opinion. Bien ! Mon avis est donc de parler au major. Si je pouvais d'abord obtenir de lui ce qu'il me faut savoir, je pourrais bien mieux ensuite parler à Miss Gwilt. Vous me conseillez de m'adresser au major, n'est-ce pas ?

Il y eut un silence avant que Midwinter répliquât. Quand il répondit, ce fut avec une certaine hésitation :

— Je ne sais vraiment que vous conseiller, Allan ; c'est une affaire très délicate.

— Je crois que vous essayeriez le major, si vous étiez à ma place, reprit Allan, revenant à sa manière personnelle de voir la question.

— Peut-être, lâcha Midwinter avec une répugnance de plus en plus marquée. Mais, si je parlais au major, je ferais très attention, à votre place, à ne pas me mettre dans une fausse position. Je ne voudrais pas que l'on pût me soupçonner de vouloir pénétrer dans les secrets d'une femme à son insu.

Allan rougit.

— Bonté du ciel ! Midwinter, s'écria-t-il, qui pourrait me suspecter de cela ?

— Personne, Allan, du moins parmi ceux qui vous connaissent.

— Le major me connaît. Le major est le dernier homme au monde qui puisse douter de moi. Tout ce que je lui demande est de m'aider (s'il peut) à parler à Miss Gwilt, sans froisser les sentiments de cette dame. N'est-ce pas une chose toute simple, entre deux gentlemen ?

Au lieu de répondre, Midwinter, l'air toujours contrarié, fit à son tour une question :

— Votre intention est-elle d'expliquer au major Milroy vos intentions à l'égard de Miss Gwilt ?

Allan hésita et parut un peu confus.

— J'ai pensé à cela, répliqua-t-il, et mon projet est d'obtenir mes informations d'abord, et de lui confier après, si je le juge convenable, quelles sont mes intentions.

Ces procédés prudents étaient en contradiction trop évidente avec le caractère d'Allan pour ne pas surprendre Midwinter ; aussi montra-t-il clairement sa surprise.

— Vous oubliez cette cour stupide que j'ai faite à Miss Milroy, reprit Allan, de plus en plus embarrassé. Le major a pu s'en apercevoir et penser que je voulais… bref, ce que je ne voulais pas. Ne serait-ce pas un peu risqué que de lui parler en face d'un mariage avec sa gouvernante, quand il s'attendait peut-être à ce qu'il fût question de sa fille ?

Aucune réponse ne lui fut faite. Midwinter ouvrit la bouche pour parler, mais pas un mot n'en sortit. Allan, mal à l'aise de ce silence, doublement embarrassé de certains souvenirs que cette conversation sur la fille du major venait de rappeler, se leva et mit fin à la consultation un peu brusquement :

— Venez ! venez ! dit-il. Ne restez pas assis là, avec cette figure de circonstance ; ne faites pas d'une mouche un éléphant. Vous avez une si vieille, si vieille tête, Midwinter, sur ces jeunes épaules. Finissons-en ; voulez-vous dire, en un mot, qu'il n'est pas approprié de parler au major ?

— Je ne peux prendre, Allan, la responsabilité de cette opinion. Pour être plus franc, je n'ai pas assez confiance dans la sagesse des avis que je pourrais vous donner… dans notre position présente l'un envers l'autre. Ce dont je suis sûr, c'est que je ne puis avoir tort en vous suppliant, de faire deux choses.

— Lesquelles ?

— Si vous vous adressez au major Milroy, souvenez-vous de l'avis que je vous ai donné ! Je vous en prie, réfléchissez avant de parler !

— Je réfléchirai, ne craignez rien. Et ensuite ?

— Avant de faire aucun pas décisif dans cette affaire, écrivez à Mr. Brock et consultez-le. Voulez-vous me le promettre ?

— De tout mon cœur. N'avez-vous plus rien à me demander ?

— Rien. J'ai dit ce que j'avais à dire.

Allan se dirigea vers la porte.

— Allons dans ma chambre, dit-il ; je vous offrirai un cigare. Les domestiques vont venir ici, et je désire vous parler encore de Miss Gwilt.

— Ne m'attendez pas, dit Midwinter. Je vous rejoins dans quelques minutes.

Il resta assis jusqu'à ce qu'Allan eût fermé la porte. Il se leva alors, et prit, dans un coin de la pièce, un sac caché derrière un rideau, et tout préparé pour un voyage. Il s'arrêta pensif devant la fenêtre, le sac à la main, puis une étrange expression de lassitude passa sur son visage, et toute jeunesse en disparut soudain.

Ce que la clairvoyance d'une femme avait découvert depuis plusieurs jours, la perception plus lente de l'homme ne l'avait compris que la nuit précédente. L'angoisse qui l'avait torturé en écoutant l'aveu d'Allan avait enfin éclairé Midwinter. Il avait bien senti qu'il regardait Miss Gwilt avec un nouvel intérêt depuis leur entrevue dans le jardin du major Milroy. Il s'était avoué le plaisir croissant qu'il prenait dans sa société, et son admiration pour sa beauté. Mais jamais encore il n'avait considéré la passion qu'elle avait éveillée en lui pour ce qu'elle était réellement. Se l'avouant enfin, sentant cet amour le posséder entièrement, il eut le courage qu'aucun homme ayant eu une vie plus heureuse n'eut montré, il eut le courage de se rappeler l'aveu d'Allan, et de regarder résolument l'avenir à travers les souvenirs du passé et la gratitude à laquelle il se sentait obligé envers son ami.

La nuit, durant ses longues heures d'insomnie, il avait résolu de sacrifier son intérêt à l'intérêt le plus cher de son bienfaiteur : c'était une dette de reconnaissance qu'il acquitterait ainsi. Il s'était imposé le devoir de vaincre son amour, et le seul moyen d'arriver à en triompher, c'était… de partir. Aucun regret de cette résolution ne l'arrêta quand vint le matin ; aucun regret ne l'arrêtait à présent. La seule considération qui le fit hésiter était l'utilité de sa présence à Thorpe-Ambrose. Bien que la dernière lettre de Mr. Brock l'eût dégagé de toute obligation de surveiller l'arrivée dans le Norfolk d'une femme dont le révérend lui-même annonçait qu'elle se trouvait dans le Somerset, bien que ses fonctions de régisseur pussent être remises aux mains consciencieuses et expertes de Mr. Bashwood, en dépit de toutes ces assurances, son esprit n'était point tranquille à la pensée d'abandonner Allan, dans un moment où il traversait un moment critique.

Il prit le sac sur son épaule, et se posa ces questions pour la dernière fois : « Te sens-tu la force de la voir tous les jours comme tu devras la voir ? Te sens-tu le courage de l'entendre lui parler, à toute heure, comme tu devras l'entendre, si tu restes dans cette maison ? ». Sa réponse ne fut pas plus douteuse que la première fois. Son cœur l'avertit de nouveau, dans l'intérêt même de l'amitié qu'il voulait garder sacrée, de partir tant qu'il en était temps encore, de partir avant que la femme qui possédait son amour fut plus forte que son dévouement et que sa reconnaissance, et l'emportât sur son ami.

Il regarda machinalement autour de la pièce avant de sortir. Chaque réminiscence de la conversation qu'il venait d'avoir avec Allan apportait la même conclusion, et sa conscience lui faisait une obligation de s'éloigner.

Avait-il honnêtement mentionné toutes les objections que lui ou tout autre eût pu trouver à l'attachement d'Allan ? Avait-il, ainsi que la connaissance du caractère facile de son ami lui commandait de le faire, averti Allan de se méfier de ses impulsions précipitées et de recourir à l'épreuve du temps et de l'absence pour s'assurer que le bonheur de toute sa vie dépendait bien réellement de Miss Gwilt. Non, non, l'impossibilité qu'il avait de savoir si, en parlant de ces choses, il agissait avec un entier désintéressement avait tenu ses lèvres fermées et les lui fermerait encore à l'avenir, jusqu'à ce qu'il ne fût plus temps de parler. Était-il bien l'homme qui devait conseiller Allan, lui qui eût tout donné pour être à sa place ? Il n'y avait qu'une seule manière d'agir pour un honnête homme et pour un cœur reconnaissant en pareille circonstance : une fois loin d'elle, une fois dans l'impossibilité d'entendre parler d'elle, seul avec le souvenir de ce qu'il devait à son ami, il pouvait espérer se vaincre. Il avait bien su retenir ses larmes dans son enfance sous le bâton de son maître le bohémien ; il avait bien lutté avec les douleurs de sa jeunesse solitaire dans la boutique d'un libraire.

« Je dois partir, dit-il en s'éloignant de la fenêtre, avant qu'elle revienne dans cette maison. Je dois partir avant qu'une autre heure ait passé sur ma tête ».

Sur cette résolution, il quitta la pièce ; en la quittant, il franchissait un pas irrévocable du présent vers le futur.

La pluie tombait toujours. Le ciel s'était encore assombri quand Midwinter, en tenue de voyage, entra chez son ami.

— Bonté du Ciel, s'écria Allan, en montrant le sac, que veut dire cela ?

— Rien d'extraordinaire, répondit Midwinter. Cela veut seulement dire : adieu.

— Adieu ? répéta Allan en se levant brusquement.

Midwinter le fit se rasseoir et approcha pour lui-même un siège de son fauteuil.

— Lorsque vous me fîtes ce matin la remarque que j'avais l'air malade, dit-il, je vous ai répondu que j'avais songé à un moyen de recouvrer la santé et que j'aurais à vous en parler plus tard dans la journée. Le moment est venu. Je ne suis plus tout à fait moi-même, comme l'on dit, ces derniers temps. Vous l'avez vous-même remarqué, Allan, plus d'une fois ; avec votre bonté habituelle, vous avez excusé bien des choses dans ma conduite, qui, autrement, eussent été impardonnables, même aux yeux d'un ami.

— Mon cher camarade, interrompit Allan, vous ne voulez pas dire que vous partez à pied par un temps pareil ?

— Peu importe la pluie, reprit Midwinter, la pluie et moi sommes de vieux amis. Vous savez quelque chose, Allan, de la vie que j'ai menée avant de vous rencontrer. Dès mon enfance, j'ai été habitué aux privations, au froid, au chaud. Nuit et jour, quelquefois pendant des mois entiers, je n'ai pas eu un toit pour abriter ma tête. Durant des années et des années, la vie d'un animal sauvage a été la mienne, tandis que vous viviez heureux chez votre mère. J'ai encore en moi de la bête fauve et du vagabond. Cela vous est-il pénible de m'entendre parler de moi de la sorte ? Je ne veux point vous affliger. Je veux dire seulement que le confort et le luxe de notre vie, ici, ne conviennent sans doute pas à un homme auquel ils ont été étrangers si longtemps. Je ne désire rien pour me remettre, qu'un peu d'air et d'exercice. Moins de bons déjeuners, moins de bons dîners, mon cher ami, que ceux dont on jouit chez vous. Laissez-moi retourner à quelques-unes des privations inconnues dans cette maison opulente. Laissez-moi braver le mauvais temps, comme j'en avais l'habitude dans mon enfance. Laissez-moi me sentir fatigué, sans une voiture toute prête pour me ramener, et affamé quand la nuit tombe, avec des milles entre mon souper et moi. Donnez-moi une semaine ou deux de congé, Allan, j'irai au nord, à pied, du côté des marais du Yorkshire. Et je vous promets de revenir à Thorpe-Ambrose et d'être d'une plus agréable compagnie pour vous et vos amis. Je serai de retour avant que vous ayez eu le temps de me désirer. Mr. Bashwood prendra soin des affaires de l'intendance. C'est seulement pour une quinzaine, et c'est pour mon bien ! Permettez-moi de m'en aller.

— Je n'aime pas cela, dit Allan. Je n'aime pas ce départ si prompt. Il y a là quelque chose d'étrange et de triste. Pourquoi ne pas monter à cheval, si vous avez besoin d'exercice. Tous les chevaux de l'écurie sont à votre disposition. En tout cas, vous ne pouvez réellement vous en aller aujourd'hui. Regardez le temps !

Midwinter se tourna vers la fenêtre et secoua tristement la tête.

— Je ne craignais pas la pluie, dit-il, quand je n'étais qu'un enfant, gagnant ma vie à danser avec les chiens ; pourquoi en serait-il autrement aujourd'hui ? L'humidité n'est pas la même chose pour moi que pour vous. Quand j'étais pêcheur dans les Hébrides, je n'avais pas un fil sec sur moi, bien souvent pendant des semaines entières.

— Mais vous n'êtes plus dans les Hébrides, maintenant, reprit Allan, et j'attends nos amis du cottage demain soir. Vous ne pouvez partir avant après-demain. Miss Gwilt doit nous faire de la musique, et vous savez que vous aimez le talent de Miss Gwilt.

Midwinter se détourna pour boucler les courroies de son sac.

— Vous me donnerez une autre occasion de l'entendre à mon retour, dit-il, la tête toujours baissée et ses mains toujours occupées.

— Vous avez un défaut, mon cher camarade, et il grandit chaque jour, reprit Allan ; quand vous vous êtes mis quelque chose dans la tête, vous êtes l'homme le plus obstiné que je connaisse. Il est inutile de vouloir vous persuader d'écouter la raison. Puisque vous voulez partir, ajouta-t-il, en se levant tout à coup, tandis que Midwinter prenait son chapeau et son bâton en silence, j'ai presque envie d'aller avec vous, et d'essayer, moi aussi, une vie plus rude.

— Partir avec moi ! répéta Midwinter avec une nuance d'amertume, et quitter Miss Gwilt !

Allan se rassit et reconnut la force de l'objection par un silence significatif. Sans ajouter un mot de plus, Midwinter lui tendit la main pour prendre congé. Tous les deux étaient fortement émus et désireux de se cacher réciproquement leur émotion. Allan prit le seul moyen que la fermeté de son ami lui laissât. Il essaya d'égayer le moment des adieux par une plaisanterie.

— Savez-vous bien, dit-il, que je commence à douter que vous soyez complètement guéri de votre croyance au rêve. Vous me fuyez, après tout !

Midwinter le regarda sans trop savoir s'il plaisantait ou parlait sérieusement.

— Que voulez-vous dire ? demanda-t-il.

— Quand vous m'avez amené ici l'autre jour, répondit Allan, pour m'avouer tout ce que vous aviez pensé, que m'avez-vous dit sur cette chambre et sur la seconde vision du rêve ? Par Jupiter ! s'écria-t-il en se levant tout à coup ; maintenant que j'y regarde de plus près, voici la seconde vision. Je vois la pluie battant contre les fenêtres, et dehors, la pelouse et le jardin ; je me tiens ici, comme j'étais dans le rêve, et là, vous voici à la place où se tenait l'ombre. La scène est complète, au-dedans et au-dehors, et je l'ai découverte, cette fois !

Les craintes superstitieuses de Midwinter furent sur le point de renaître. Il changea de couleur et, presque avec colère, s'insurgea contre la conclusion d'Allan.

— Non ! dit-il, en montrant le marbre sur la console, la scène n'est pas complète ; vous avez oublié quelque chose, comme toujours. Le rêve a tort cette fois, Dieu merci ! absolument tort ! Dans la vision, vous voyiez la statuette en morceaux sur le parquet et vous étiez penché dessus, l'esprit troublé et irrité. Or la statuette est là, saine et sauve ! Et il n'y a pas de colère en vous, n'est-il pas vrai ?

Il saisit la main d'Allan avec véhémence en disant ces mots. Au même moment, conscient qu'il se comportait comme s'il croyait encore au rêve, il sentit le rouge lui monter au visage et il se détourna gêné, en silence.

— Que vous disais-je ? s'écria Allan en riant d'un rire forcé. Cette nuit passée sur le vaisseau naufragé vous pèse et vous préoccupe autant que jamais.

— Rien ne me pèse, repartit Midwinter dans un accès soudain d'impatience, rien que le sac que j'ai sur le dos et le temps que je perds inutilement. Je vais sortir et voir si le temps s'éclaircit.

— Vous reviendrez ? demanda Allan.

Midwinter ouvrit la porte-fenêtre et sortit dans le jardin.

— Oui, dit-il, en répondant cette fois avec sa douceur habituelle. Je reviendrai dans une quinzaine. Au revoir, Allan, et bonne chance dans vos amours.

Il referma la porte derrière lui. Avant qu'Allan eût eu le temps de la rouvrir pour le suivre, il était déjà à l'autre bout du jardin.

Allan se leva et fit un pas en dehors, puis il rentra et reprit son siège. Il connaissait assez Midwinter pour savoir à quel point il était inutile d'essayer de le rappeler. Il était parti, et avant deux semaines entières il ne fallait point espérer le revoir.

Une heure passa. La pluie tombait toujours ; le ciel menaçait encore. Un sentiment de solitude et d'abandon, sentiment que sa vie passée le rendait incapable de comprendre et de supporter, s'empara d'Allan. Sa maison solitaire lui devint odieuse. Il sonna le domestique pour demander son chapeau et son parapluie, résolu à chercher refuge dans le cottage du major.

« J'aurais dû l'accompagner un peu, pensa-t-il, l'esprit toujours occupé de Midwinter, tout en mettant son chapeau. J'aurais aimé à voir le pauvre garçon en bon chemin pour son voyage ».

Il prit son parapluie. S'il avait regardé le visage du domestique qui le lui remit, il lui eut probablement adressé quelques questions et eut appris de lui des choses qui l'eussent intéressé dans la situation d'esprit où il se trouvait. Mais il partit sans jeter un regard au valet et sans se douter que ses domestiques en savaient plus long que lui sur la fin du séjour de Midwinter à Thorpe-Ambrose : il n'y avait pas dix minutes, l'épicier et le boucher s'étaient présentés pour recevoir le payement de leurs notes, et tous deux avaient vu comment Midwinter avait débuté dans son voyage.

L'épicier l'avait rencontré le premier, non loin de la maison, et l'avait vu s'arrêter au milieu de la pluie battante, pour parler à un petit vagabond en guenilles, la peste du voisinage. L'impudence habituelle de l'enfant s'était fait jour plus librement que jamais, à la vue du sac du gentleman. Et qu'avait fait le gentleman de son côté ? Il s'était arrêté d'un air affligé, et avait posé doucement ses deux mains sur les épaules du petit drôle. L'épicier avait vu cela de ses propres yeux, et de ses propres oreilles il avait entendu le gentleman dire : « Pauvre gosse ! Je sais comment le vent mord, comment la pluie mouille à travers une jaquette en guenilles, mieux que bien des gens qui ont un bon habit sur le dos ». En disant ces mots, il avait mis la main dans sa poche, et récompensé l'impudence du gamin en lui donnant un shilling. « Il a là quelque chose qui n'est pas sain, avait dit l'épicier en se frappant le front ; voilà mon opinion sur l'ami de Mr. Armadale ».

Le boucher, lui, l'avait rencontré un peu plus tard, à l'autre extrémité de la ville. Il s'était arrêté au milieu de la pluie tombant à verse, et cette fois pour contempler rien d'autrement remarquable qu'un chien à moitié affamé, tremblant sur le seuil d'une porte :

— Je le regardais, dit le boucher, et que pensez-vous qu'il ait fait ? Il a traversé la rue, est venu à ma boutique et m'a acheté un morceau de viande digne de la bouche d'un chrétien. Très bien. Il nous a souhaité le bonjour, a traversé de nouveau la rue et, sur la parole d'un homme ! il s'est mis à genoux devant la porte, a pris son couteau, a coupé la viande et l'a donnée au chien. Un morceau, je vous le répète encore, excellent pour un chrétien. Je ne suis pas un méchant homme, madame, continua le boucher en s'adressant à la cuisinière, mais de la viande est de la viande, et ce sera bien fait, pour l'ami de votre maître, s'il lui arrive d'en manquer un jour.

Avec ses souvenirs de l'ancien temps pour seuls compagnons, Midwinter avait ainsi quitté la ville et poursuivi son chemin solitaire, disparaissant bientôt dans le brouillard et la pluie. Le boucher et l'épicier furent les derniers qui le rencontrèrent ; ils jugèrent cette âme d'élite, comme toutes les âmes d'élite sont jugées par un épicier ou un boucher.

LIVRE TROISIÈME

I. Mrs. Milroy

Deux jours après le départ de Midwinter de Thorpe-Ambrose, Mrs. Milroy, avant achevé sa toilette du matin et renvoyé sa garde-malade, tira le cordon de sa sonnette cinq minutes après le départ de cette dernière. Celle-ci s'étant présentée à son appel, elle lui demanda avec impatience si le facteur était arrivé.

— Le facteur ? répéta la garde-malade. N'avez-vous pas votre montre ? Ne savez-vous pas qu'il est une bonne demi-heure trop tôt pour demander vos lettres ?

Elle parlait avec l'insolente confiance d'une employée depuis longtemps accoutumée à compter sur la faiblesse de sa maîtresse et sur le besoin que celle-ci avait d'elle. Mrs. Milroy, de son côté, paraissait habituée aux manières de cette femme et donna ses ordres sans faire de réflexion.

— Quand le facteur viendra, dit-elle, recevez-le vous-même. J'attends une lettre qui aurait dû m'arriver il y a deux jours. Je ne comprends rien à ce retard. Je commence à me méfier des domestiques.

La garde-malade sourit d'un air de mépris.

— Qui soupçonnerez-vous encore ? dit-elle. Là ! ne vous énervez pas. J'ouvrirai la porte moi-même ce matin et nous verrons si je ne vous rapporte pas une lettre.

En disant ces mots du ton et de l'air d'une femme qui apaise un enfant rebelle, la garde, sans attendre d'être renvoyée, quitta la chambre.

Mrs. Milroy se tourna lentement et péniblement sur son lit quand elle se retrouva seule, et la lumière de la fenêtre éclaira son visage.

C'était celui d'une femme qui avait dû être belle et qui était encore assez jeune. De longues souffrances physiques, une exaspération perpétuelle l'avaient rongée, selon l'expression populaire, jusqu'à ne lui laisser que la peau sur les os. Les débris de sa beauté étaient horribles à voir, à cause de ses efforts désespérés pour en dissimuler l'altération à ses propres yeux, à ceux de son mari et de son enfant, aux yeux mêmes du médecin qui la soignait, et dont l'affaire était de pénétrer la vérité. Sa tête, que les cheveux avaient laissée chauve en grande partie, eût été moins laide à voir que la perruque ridiculement enfantine avec laquelle elle en cachait la nudité. Les marbrures livides du teint, les rides de la peau eussent été moins pénibles à regarder que le rouge plaqué sur ses joues et le blanc qui s'épaississait sur son front. Ses fines dentelles, les garnitures voyantes de sa robe de chambre, les rubans de son bonnet, les bagues qui jouaient sur ses doigts osseux, tout cela avait pour but de distraire l'œil des changements opérés en elle et les faisait, au contraire, ressortir plus terribles qu'ils ne l'étaient en réalité. Sur le lit qu'elle n'avait pas quitté depuis des années, sinon soutenue par sa garde-malade, reposait un livre de mode orné d'illustrations où des femmes exhibaient leur élégance avec la désinvolture outrancière habituelle à ces sortes de gravures. Un miroir à main se trouvait placé à côté de ce livre afin qu'elle pût le prendre aisément, ce qu'elle fit dès que l'infirmière eut quitté sa chambre. Elle regarda son visage avec un intérêt et une attention dont elle eût été honteuse à l'âge de dix-huit ans.

« Toujours plus vieille ! soupira-t-elle ; toujours plus maigre ! Le major sera bientôt libre ; mais auparavant je verrai jeter cette rousse à la porte de la maison ! »

Elle laissa tomber le miroir sur la courtepointe pour brandir le poing de la main qui l'avait tenu. Ses yeux se fixèrent soudain sur un petit portrait de son mari, dessiné au crayon, pendu sur le mur en face d'elle, et son regard brilla comme celui d'un oiseau de proie :

« Votre vieillesse vous fait apprécier les cheveux roux, à ce qu'il paraît ? dit-elle en apostrophant le cadre. Des cheveux roux, un teint scrofuleux, une taille rembourrée, une démarche de fille d'Opéra et les doigts minces d'un pickpocket. Miss Gwilt ! Miss, avec ces yeux et cette démarche ! »

Elle enfonça brusquement sa tête dans l'oreiller et lança un éclat de rire haineux. « Miss ! » répéta-t-elle avec l'emphase la plus méprisante, la plus cruelle, celle qui vient du mépris d'une femme pour une autre femme.

Nous vivons à une époque où aucune créature humaine n'est inexcusable. Mrs. Milroy avait-elle une excuse ? L'histoire de sa vie nous l'apprendra.

Elle avait épousé, extrêmement jeune, le major déjà assez âgé pour être son père. C'était un homme qui avait à cette époque la réputation, assez méritée, d'avoir fait usage des avantages que lui procuraient sa situation dans le monde et ses atouts personnels pour faire son chemin dans la société des femmes. Médiocrement éduquée et d'un rang inférieur à celui de son mari, Mrs. Milroy avait commencé par accepter les hommages du major parce qu'ils flattaient sa vanité, puis elle avait fini par subir la fascination qu'il avait souvent exercée, dans sa jeunesse, sur des femmes d'une intelligence infiniment supérieure à la sienne. Lui-même s'était laissé toucher à son tour par son affection, par l'attrait de sa beauté, de son innocence et de sa jeunesse. Leur union fut des plus heureuses jusqu'à l'époque où leur petite fille, leur unique enfant, eut atteint l'âge de huit ans. À cette époque, une double infortune s'abattit sur le ménage : l'épouse vit sa santé décliner tandis que le mari éprouvait de gros revers de fortune ; à partir de ce moment, le bonheur familial fut à jamais compromis.

Ayant atteint l'âge où les hommes en général sont plus disposés à céder à la pression des calamités qu'à leur résister, le major avait recueilli les débris de sa fortune, avait placé le tout et s'était retiré à la campagne. Dès lors, il se livra tout entier à des travaux de mécanique. Une femme moins jeune que ne l'était Mrs. Milroy, élevée autrement ou plus résignée, eût apprécié la conduite du major et trouvé un motif de consolation dans ce qu'elle avait de noble et de courageux. Mrs. Milroy ne se consola de rien. Ni sa nature ni son éducation ne l'aidèrent à accepter le sort cruel qui la frappait à la fleur de son âge, et dans tout l'éclat de sa beauté.

La souffrance développe le mal que chacun porte en soi autant qu'elle développe le bien. Ce qu'il y avait de bon chez Mrs. Milroy céda peu à peu à l'influence néfaste de la maladie. De mois en mois, tandis qu'elle devenait plus faible physiquement, elle devint, moralement, de plus en plus mauvaise. Tout ce qui en elle était mesquin, cruel et faux se développa cependant que la bonté, la générosité et la sincérité l'abandonnaient. La crainte de voir son mari retomber dans les errements de sa vie de célibataire, crainte qu'elle lui avait avouée dans des jours meilleurs après avoir reconnu combien elle était peu fondée, reparut, lorsque la maladie l'eut séparée de lui et prit bientôt la forme de cette basse méfiance conjugale qui se cache adroitement pour amasser avec soin les parcelles inflammables, atome par atome, et les réunir en un monceau, qu'allume et avive le délire lent et furieux de la jalousie.

On eût donné en vain à Mrs. Milroy les preuves de la conduite irréprochable et tranquille de son mari ; l'appel que l'on eût fait au respect qu'elle se devait à elle-même et à son enfant, devenue une jeune fille, n'eût pas atteint la passion dévorante née de sa souffrance sans espoir et grandissant avec elle. Comme tous les autres, son mal avait son flux et son reflux, ses époques de spasmodiques explosions et ses intervalles de repos trompeur ; mais, actif ou passif, il ne la quittait jamais. Elle avait calomnié d'innocents serviteurs et insulté des étrangers irréprochables ; elle avait fait jaillir les premières larmes de honte et de tristesse des yeux de sa fille, et creusé les rides profondes qui sillonnaient le visage de son mari. Cette monomanie, après avoir été le fléau secret du petit intérieur pendant des années, allait maintenant porter ses ravages hors de la famille et influer à Thorpe-Ambrose sur les événements à venir, dans lesquels les intérêts d'Allan et de son ami étaient gravement en jeu.

Un regard sur les affaires domestiques du cottage avant l'arrivée de la nouvelle gouvernante est nécessaire pour faire apprécier les graves conséquences résultant de l'entrée en scène de Miss Gwilt.

Lors du mariage de la gouvernante qui avait été à son service pendant des années (une femme d'un âge et d'une allure suffisamment respectables pour avoir neutralisé la jalousie de Mrs. Milroy), le major avait songé, plus sérieusement que sa femme ne l'avait supposé, à envoyer sa fille en pension. Il avait conscience qu'il se passait dans sa maison des scènes auxquelles une jeune personne ne devait point assister, mais ne pouvait s'empêcher cependant d'éprouver une invincible répugnance à se séparer de son enfant. Une fois ce dilemme intérieur résolu par la décision de demander une nouvelle gouvernante, la tendance naturelle du major à éviter les ennuis plutôt qu'à les affronter se fit jour comme à l'ordinaire. Il avait fermé les yeux sur ses chagrins domestiques, aussi tranquillement que toujours, et était retourné, ainsi que cela lui était arrivé en maintes occasions semblables, à la société consolante de sa vieille amie la pendule.

Il en avait été bien autrement de la femme du major. La possibilité que la nouvelle gouvernante pût être plus jeune et plus attrayante que la précédente fut la première pensée qui se présenta à son esprit. Elle n'avait rien dit. Elle avait attendu, nourrissant en secret son incorrigible méfiance. Elle avait encouragé son mari et sa fille à l'abandonner le jour du pique-nique, dans le seul but de se ménager un tête-à-tête avec l'arrivante. Celle-ci s'était montrée, et le feu couvé sous la cendre avait éclaté au premier regard échangé avec la belle étrangère.

L'entrevue finie, les soupçons de Mrs. Milroy se portèrent immédiatement et définitivement sur la mère de son mari.

Elle savait parfaitement que personne d'autre qu'elle à Londres ne pouvait avoir été chargé de prendre les renseignements nécessaires. Elle savait que Miss Gwilt s'était présentée comme une étrangère, répondant à l'annonce du journal. Malgré cela, elle avait obstinément fermé les yeux et repoussé le témoignage des faits les plus concluants. Se reportant aux scènes nombreuses dont les dernières avaient déterminé une séparation définitive entre elle et la vieille lady, elle en conclut que l'engagement de Miss Gwilt était dû au désir vindicatif de sa belle-mère d'introduire la désunion dans son ménage. Il eût été impossible de lui faire adopter la conclusion – tirée par les domestiques eux-mêmes, témoins jour après jour de la vie de leurs maîtres – que la vieille dame, voulant assurer à son fils les services d'une gouvernante bien recommandée, n'avait pas jugé devoir se préoccuper de sa beauté, pour complaire aux folles imaginations de sa belle-fille. Et Miss Gwilt avait à peine fermé la porte de la chambre de la malade que ces mots sifflaient entre les dents de Mrs. Milroy : « Avant qu'une semaine soit écoulée, ma belle, vous serez partie ! »

À dater de ce moment, la nuit, durant ses insomnies, et pendant les longues heures du jour, l'unique pensée de cette femme jalouse fut de se débarrasser de la nouvelle venue.

Elle s'assura la complicité de la garde-malade attachée à son service comme en d'autres occasions elle avait pu acheter un dévouement témoigné à contrecœur : en lui faisant cadeau de l'une de ses toilettes.

La garde-robe, désormais inutile à la maîtresse, fut peu à peu livrée à la cupidité de la garde-malade, à l'insatiable passion d'une femme laide pour les parures. Alléchée par ce qu'elle avait déjà obtenu de cette manière, l'espionne s'appliqua avec un vif empressement à sa tâche secrète.

Les jours s'écoulèrent ; la garde-malade continua de remplir sa mission mais rien n'en résulta. Maîtresse et employée avaient affaire à une femme plus forte qu'elles. Des intrusions systématiques auprès du major, quand la gouvernante se trouvait à ses côtés, ne permirent pas de découvrir le moindre fait répréhensible ni dans les regards, ni dans les paroles, ni dans les actions de l'un ou de l'autre. Des heures d'espionnage à la porte de la gouvernante révélèrent qu'elle veillait tard et, chose étrange, qu'elle gémissait et grinçait des dents pendant la nuit, mais rien de plus. Des investigations quotidiennes montrèrent qu'elle ne confiait jamais ses lettres aux domestiques mais les postait elle-même et que, en certains moments où ses leçons lui laissaient des loisirs, elle disparaissait soudainement du jardin pour revenir du parc quelque temps plus tard. Une fois, une fois seulement, la garde-malade avait pu la suivre, mais pour être immédiatement découverte, et pour s'entendre demander avec la politesse la plus exaspérante si elle désirait accompagner Miss Gwilt dans sa promenade. D'autres petites circonstances de ce genre, suffisamment inquiétantes pour un esprit jaloux, se trouvèrent encore, mais il ne s'en présenta aucune sur laquelle on pût fonder une accusation sérieuse. Les jours s'écoulèrent, et Miss Gwilt persista à se montrer irréprochable dans sa conduite personnelle comme dans ses relations avec l'élève et avec le père.

Ayant manqué son but de ce côté, Mrs. Milroy chercha ensuite un point vulnérable dans les renseignements fournis sur la gouvernante. Mrs. Milroy obtint du major le rapport minutieux qui lui avait été adressé par sa mère. Toutes les questions obligées en pareille circonstance avaient été faites. La seule brèche par laquelle il fût possible de commencer l'attaque, après plusieurs examens minutieux, se trouvait dans le dernier paragraphe de la lettre de la vieille lady :

J'ai été si frappée de la grâce et de la distinction de Miss Gwilt que j'ai saisi le moment où elle s'absentait du salon pour demander comment elle se trouvait réduite à cette position de gouvernante. « À la suite de circonstances extraordinaires, me fut-il répondu, de malheurs de famille, face auxquels elle s'est conduite avec grande noblesse. C'est une personne très sensible, et qui n'aime point à parler de cela avec des étrangers, répugnance bien naturelle, que j'ai toujours respectée comme une obligation imposée par la délicatesse ». Ayant entendu cela, j'ai éprouvé, pour ma part, le même sentiment. La délicatesse me faisait une loi de ne pas pénétrer plus avant dans les chagrins intimes de la pauvre créature. Mon seul devoir était ainsi que je l'ai fait, de m'assurer de la capacité et de l'honorabilité de la gouvernante que j'engageais pour ma petite-fille.

Après avoir lu et relu ces lignes, Mrs. Milroy, dans son désir de trouver matière à suspicion, finit par trouver enfin ce qu'elle cherchait. Elle résolut de fouiller le mystère des malheurs de Miss Gwilt jusqu'au fond, afin d'en extraire, s'il était possible, quelque circonstance favorable à son projet. Deux voies se présentaient pour arriver à son but : elle pouvait questionner la gouvernante elle-même ou commencer par s'adresser à la personne qui lui servait de répondant. L'expérience faite lors de leur première entrevue de la facilité de Miss Gwilt à répondre aux questions embarrassantes décida Mrs. Milroy à choisir ce second moyen.

« Je demanderai d'abord les détails à la personne qui a répondu d'elle ; ensuite, je questionnerai cette créature, et nous verrons si les deux histoires concordent ».

La lettre de Mrs. Milroy était courte et allait droit au fait. Elle commençait par dire que le mauvais état de sa santé l'obligeait à confier entièrement sa fille à une gouvernante. Pour cette raison, elle était plus désireuse qu'une autre mère de connaître, dans tous ses détails, la vie de la personne chargée de la remplacer auprès de son enfant. Elle était donc excusable, malgré les excellents renseignements qu'elle avait reçus sur Miss Gwilt, de poser quelques questions que l'on pouvait peut-être juger inutiles. Après ce préambule, Mrs. Milroy en arrivait au point important et demandait à être informée des circonstances à la suite desquelles Miss Gwilt s'était faite gouvernante.

La lettre, écrite en ces termes, fut expédiée le jour même. Le courrier du lendemain n'apporta aucune réponse. Une journée s'écoula encore sans résultat. Le matin du troisième jour, l'impatience de Mrs. Milroy avait atteint ses dernières limites. Elle avait sonné la garde-malade de la façon que nous avons dite, et lui avait ordonné d'attendre le courrier du matin, puis de se faire remettre les lettres en mains propres. Les choses en étaient là, et c'est dans ce contexte familial que débuta à Thorpe-Ambrose une nouvelle série d'événements.

Mrs. Milroy venait de regarder sa montre et de mettre la main sur le cordon de la sonnette, lorsque la porte de sa chambre s'ouvrit et livra passage à la garde-malade.

— Le facteur est-il venu ? demanda Mrs. Milroy.

La garde déposa une lettre sur le lit sans répondre et attendit avec une curiosité non déguisée l'effet qu'elle produirait sur sa maîtresse.

Mrs. Milroy déchira l'enveloppe dès qu'elle fut entre ses mains. Elle en extirpa un imprimé (qu'elle jeta immédiatement) et une lettre… de sa propre écriture ! Elle saisit l'imprimé. C'était la circulaire habituelle de l'administration des postes, l'informant que sa lettre avait été portée à l'adresse indiquée, mais que la personne à laquelle elle devait être remise n'avait pu être trouvée.

— Quelque chose de fâcheux ? demanda la garde-malade, en remarquant l'expression de contrariété peinte sur le visage de sa maîtresse.

Elle ne reçut aucune réponse. L'écritoire de Mrs. Milroy était sur la table, à son chevet. Elle en sortit la lettre que la mère du major avait écrite à son fils, et chercha le feuillet contenant le nom et l'adresse de la femme qui recommandait Miss Gwilt : « Mrs. Mandeville, 18, Kingsdown Crescent, Bayswater, lut-elle à voix haute ». De nouveau elle se reporta à l'adresse qu'elle avait elle-même inscrite sur la lettre qu'on lui retournait. Il n'y avait pas d'erreur ; l'adresse était bien la même.

— Quelque chose de fâcheux ? répéta la garde en se rapprochant du lit.

— Dieu merci, oui ! s'écria tout à coup Mrs. Milroy avec un cri de joie.

Elle tendit la circulaire de l'administration des postes à la garde-malade, et frappa de ses mains osseuses les couvertures du lit dans une extase de triomphe anticipé.

— Miss Gwilt n'est qu'une fourbe ! continua-t-elle. Avant peu, Rachel, et dussé-je en mourir, je veux être portée devant la fenêtre, pour voir les gens de police l'emmener.

— Dire cela derrière son dos et le lui prouver en face sont deux choses différentes, remarqua la garde-malade.

En parlant, elle avait mis la main dans la poche de son tablier et, jetant un regard significatif à sa maîtresse, elle en sortit une seconde lettre.

— Pour moi ? demanda Mrs. Milroy.

— Non, fit la garde, pour Miss Gwilt.

Les deux femmes se regardèrent et se comprirent sans échanger un autre mot.

— Où est-elle ? demanda Mrs. Milroy.

La garde montra le parc.

— Sortie encore, avant déjeuner, et seule.

Mrs. Milroy fit signe à la garde de se pencher vers elle :

— Pouvez-vous l'ouvrir ? murmura-t-elle.

Rachel hocha la tête.

— Pouvez-vous la refermer de façon à ce que personne ne s'en aperçoive ?

— Me donnerez-vous l'écharpe qui accompagne votre robe gris perle ? demanda Rachel.

— Prenez-la ! dit Mrs. Milroy avec impatience.

La garde-malade ouvrit la garde-robe en silence, prit l'écharpe et sortit de la chambre. En moins de cinq minutes elle était de retour, tenant à la main la lettre de Miss Gwilt ouverte.

— Merci pour l'écharpe, madame, dit Rachel en posant la lettre sur la courtepointe.

Mrs. Milroy regarda l'enveloppe. Elle avait été fermée avec de la gomme, et la gomme avait cédé sous l'effet de la vapeur. La main de Mrs. Milroy trembla violemment en dépliant la lettre, et le blanc plaqué sur son front se morcela en écailles.

Rachel s'approcha de la fenêtre pour surveiller le parc.

— Ne vous agitez pas, dit-elle, je ne la vois pas encore.

Mrs. Milroy tenait le précieux morceau de papier, toujours plié, entre ses doigts. Elle eût pris la vie de Miss Gwilt mais elle hésitait à lire la lettre qu'elle s'était appropriée.

— Avez-vous des scrupules ? demanda la garde avec un rire moqueur. Considérez cela comme un devoir que vous remplissez envers votre fille.

— Misérable ! fit Mrs. Milroy tout en ouvrant la lettre.

Celle-ci avait évidemment été écrite en grande hâte ; elle n'était pas datée, et n'était signée que d'initiales :

Diana Street.

Ma chère Lydia,

Le cab attend à la porte, et je n'ai que le temps de vous dire que je suis obligée de quitter Londres pour mes affaires. Je serai absente trois ou quatre jours, une semaine au plus. Les lettres me seront renvoyées, si vous écrivez. J'ai reçu la vôtre hier, et je trouve comme vous qu'il est très important de le tenir éloigné de votre histoire et de celle de votre famille aussi longtemps que vous pourrez. Mieux vous le connaîtrez et mieux vous pourrez fabriquer le genre de conte qui lui conviendra. Une fois dit, vous devez vous y tenir exactement. Craignez un récit trop compliqué, et ne vous pressez pas surtout. Je vous écrirai encore à ce sujet pour vous communiquer mes idées personnelles. En outre, faites en sorte de ne pas le rencontrer trop souvent dans le parc. À vous,

M.O.

— Eh bien ? demanda la garde en revenant vers le lit, avez-vous fini ?

— À le rencontrer dans le parc ? répéta Mrs. Milroy, les yeux toujours fixés sur la lettre. Un homme ! Rachel, où est le major ?

— Dans sa chambre.

— Je ne le crois pas.

— Comme vous voudrez. En attendant, je désire avoir la lettre et l'enveloppe.

— Pourrez-vous la refermer de façon à ce qu'elle ne s'aperçoive de rien ?

— Ce que j'ouvre, je le ferme. Est-ce tout ?

— C'est tout.

Mrs. Milroy fut laissée seule de nouveau, libre de réfléchir à son plan d'attaque à la lumière de ce qu'elle venait d'apprendre sur Miss Gwilt. La lettre ouverte révélait pleinement qu'une aventurière s'était introduite dans la maison, mais ce renseignement ayant été obtenu par un moyen qui ne pouvait s'avouer, il était impossible de s'en servir pour avertir le major et pour perdre Miss Gwilt. La seule arme utilisable entre les mains de Mrs. Milroy était celle que lui fournissait sa propre lettre – réexpédiée –, et la seule question était de savoir comment en faire le meilleur et le plus prompt usage.

Plus elle retournait la question dans son esprit, plus la joie qu'elle avait ressentie en recevant la circulaire de la poste lui semblait prématurée. Qu'une dame censée fournir des références eût quitté sa résidence sans laisser aucune trace derrière elle, et sans même indiquer une adresse où ses lettres pussent lui être envoyées, constituait une circonstance assez singulière en elle-même pour être rapportée au major. Mais Mrs. Milroy, malgré le peu d'estime qu'elle accordait à son mari sous certains rapports, connaissait assez son caractère pour être sûre que si elle l'en avertissait il voudrait demander à la gouvernante une explication. Alors la rusée Miss Gwilt produirait immédiatement, sans aucun doute, une histoire plausible, que la partialité du major accueillerait facilement, et la gouvernante, avertie, en profiterait pour retourner les choses en sa faveur, à l'aide de la poste, de manière à faire confirmer son histoire par sa complice de Londres. Garder le silence et faire (à l'insu de Miss Gwilt) toutes les investigations nécessaires pour arriver à la découverte d'une preuve incontestable était certainement la seule marche à suivre avec un homme comme le major et une femme comme Miss Gwilt.

Alitée comme elle l'était, à qui Mrs. Milroy pouvait-elle confier la tâche difficile et dangereuse d'une telle enquête ? La garde-malade elle-même, en supposant que l'on pût se fier à elle, ne pouvait être expédiée du jour au lendemain et envoyée au loin sans éveiller les soupçons. Y avait-il quelque autre personne à qui l'on pût confier cette mission difficile, à Thorpe-Ambrose ou à Londres ? Mrs. Milroy se retourna sur son lit, cherchant dans tous les coins de son esprit les moyens à employer, et cherchant en vain.

« Oh ! si je pouvais seulement trouver un homme de confiance ! pensa-t-elle avec désespoir : si je pouvais trouver quelqu'un pour m'aider ! »

Cette pensée traversait son esprit, quand elle entendit la voix de sa fille de l'autre côté de la porte.

— Puis-je entrer ? demanda Neelie.

— Que voulez-vous ? répondit Mrs. Milroy avec impatience.

— Je vous apporte votre déjeuner, maman.

— Mon déjeuner ? répéta Mrs. Milroy avec surprise. Pourquoi Rachel ne l'apporte-t-elle pas comme d'habitude ?

Elle réfléchit un moment et cria d'un ton rude :

— Entrez !

II. L'homme est trouvé

Neelie entra dans la chambre, portant le plateau avec le thé, la rôtie et le beurre qui composaient invariablement le déjeuner de la malade.

— Que veut dire ceci ? demanda Mrs. Milroy, du ton et de l'air qu'elle eut pris si un domestique se fut introduit à tort dans sa chambre.

Neelie déposa le plateau sur la table à côté du lit.

— Cela m'a fait plaisir de vous apporter pour une fois votre déjeuner, maman, répliqua-t-elle, et j'ai demandé à Rachel de me céder sa place.

— Venez, dit Mrs. Milroy, et souhaitez-moi le bonjour.

Neelie obéit. Elle se penchait pour embrasser sa mère, quand celle-ci la prit par le bras et la tourna rudement vers la lumière. Il y avait des signes évidents de détresse et de souffrance sur le visage de sa fille. Un frisson mortel fit aussitôt trembler Mrs. Milroy. Elle pensa que l'ouverture de la lettre avait été découverte par Miss Gwilt, et que c'était la raison pour laquelle la garde-malade restait hors de vue.

— Laissez-moi, maman, dit Neelie, en reculant pour se soustraire à l'étreinte de sa mère, vous me faites mal.

— Dites-moi pourquoi vous m'avez apporté mon déjeuner ce matin, reprit Mrs. Milroy.

— Je vous l'ai dit, maman.

— Non, vous ne me l'avez pas dit ! Vous avez cherché une excuse, voilà tout. Je le vois sur votre figure. Approchez et répondez à ma question.

La résolution de Neelie céda devant sa mère. Elle baissa la tête.

— J'ai été contrariée, dit-elle avec effort, et je ne voulais pas rester dans la salle à manger. J'avais besoin de monter ici et de vous parler.

— Contrariée ? Qu'est-ce qui vous a contrariée ? Qu'est-il arrivé ? Miss Gwilt est-elle pour quelque chose dans vos ennuis ?

Neelie se tourna vers sa mère d'un air curieux et alarmé :

— Maman ! dit-elle, vous lisez dans mes pensées. Vous m'effrayez. Oui, c'est Miss Gwilt qui a causé ma contrariété.

Avant que Mrs. Milroy pût dire un mot de plus, la porte s'ouvrit et la garde-malade entra.

— Avez-vous tout ce qu'il vous faut ? demanda-t-elle aussi froidement que d'habitude. Mademoiselle a insisté pour vous porter votre déjeuner. Elle n'a rien cassé ?

— Éloignez-vous un peu, Neelie, je veux parler à Rachel, dit Mrs. Milroy.

Dès que sa fille lui eut obéi, Mrs. Milroy fit signe à la garde-malade de s'approcher.

— Tout va bien ? lui demanda-t-elle à voix basse. Croyez-vous qu'elle nous soupçonne ?

La garde-malade sourit dédaigneusement.

— Je vous ai dit que ce serait fait, répondit-elle, et cela a été fait. Elle n'a pas l'ombre d'un soupçon. J'attendais dans la pièce. Je l'ai vue prendre la lettre et l'ouvrir.

Mrs. Milroy laissa échapper un soupir de soulagement.

— Merci, dit-elle assez haut pour que sa fille pût l'entendre. Je ne désire rien de plus.

La garde-malade se retira, et Neelie revint près du lit. Mrs. Milroy la prit par la main et la regarda avec plus d'attention et de bonté que d'habitude. Sa fille l'intéressait ce matin, car sa fille avait quelque chose à dire au sujet de Miss Gwilt.

— J'ai toujours pensé que vous seriez jolie, enfant, dit-elle, reprenant prudemment la conversation par le chemin le plus détourné. Mais vous ne semblez pas devoir tenir toutes les promesses que vous donniez. Vous paraissez malade de corps et d'esprit. Qu'y a-t-il ?

Si quelque sympathie eût existé entre la mère et la fille, Neelie eût sans doute avoué la vérité. Elle eût peut-être dit avec sincérité :

« J'avais de l'affection pour Mr. Armadale, et il en avait aussi pour moi. Nous avons eu une petite brouille, une seule, et par ma faute. Je voulais reconnaître mes torts. J'ai toujours désiré les reconnaître. Miss Gwilt s'est mise entre nous et m'en a empêchée. Elle nous a rendus étrangers l'un à l'autre. Elle l'a changé et l'a éloigné de moi. Il ne me regarde plus comme il le faisait ; il ne me parle plus comme autrefois. Il n'est jamais seul avec moi, maintenant ; je ne puis lui parler comme je le voudrais, et je ne puis lui écrire, car cela semblerait vouloir l'attirer. C'est tout à fait fini entre moi et Mr. Armadale. Et c'est la faute de cette femme. Nous sommes en conflit, Miss Gwilt et moi, toute la journée. Quelles que soient mes paroles et mes actions, elle s'arrange toujours pour me mettre dans mon tort et pour me faire agir comme elle l'entend. Tout me plaisait à Thorpe-Ambrose, j'étais toujours heureuse avant son arrivée. Maintenant tout me déplaît et me rend malheureuse ! »

Si Neelie avait été habituée à demander conseil à sa mère, si elle avait eu confiance en sa tendresse, elle eût parlé ainsi. Mais les larmes montèrent à ses yeux, et elle baissa la tête sans rien dire.

— Allons ! dit Mrs. Milroy, commençant à perdre patience. Vous avez quelque chose à me dire sur Miss Gwilt. De quoi s'agit-il ?

Neelie réprima ses larmes et fit un effort pour répondre :

— Elle m'ennuie au-delà de toute expression, maman ; je ne puis la supporter. Elle m'exaspère !

Elle se tut et frappa du pied avec impatience :

— Je lui jetterai quelque chose à la tête si elle continue ainsi. Cela serait arrivé ce matin, si je n'avais quitté la pièce. Oh ! parlez-en à papa ! Trouvez quelque prétexte pour la renvoyer ! J'irai en pension, je ferai tout ce qu'on voudra, pourvu qu'on me débarrasse de Miss Gwilt !

Être débarrassée de Miss Gwilt ! À ces paroles, à cet écho du plus ardent désir de son cœur sorti des lèvres de sa fille, Mrs. Milroy se souleva lentement sur son lit. Que voulait dire ceci ? L'appui dont elle avait besoin allait-il lui arriver du côté où elle s'y attendait le moins ?

— Et pourquoi désirez-vous tant le départ de Miss Gwilt ? En quoi avez-vous à vous plaindre d'elle ?

— En rien ! dit Neelie. Voilà le pire. Miss Gwilt sait s'arranger de manière à ce que je ne puisse jamais rien lui reprocher. Elle est parfaitement détestable. Elle me rend folle. J'avoue que c'est mal de ma part, mais cela m'est égal, je la déteste !

Les yeux de Mrs. Milroy interrogèrent le visage de sa fille comme cela ne leur était jamais arrivé encore. Il y avait là quelque mystère évidemment, quelque chose qu'il devait être important de découvrir. Elle s'insinua doucement dans l'esprit de Neelie, en paraissant compatir de plus en plus à son chagrin.

— Versez-moi une tasse de thé, dit-elle, et ne vous agitez pas ainsi, ma chère. Pourquoi me parlez-vous de cela, à moi ? Pourquoi ne l'avoir pas dit à votre père ?

— J'ai essayé d'en parler à papa, dit Neelie. Mais cela est inutile. Il est trop bon pour comprendre combien elle est méchante. Elle sait se montrer parfaite avec lui. Je ne puis lui faire comprendre pourquoi je déteste Miss Gwilt. Je ne puis vous le faire comprendre à vous non plus ; mais je le comprends bien, moi !

Elle essaya de servir le thé, et renversa la tasse.

— Je vais redescendre ! s'écria-t-elle en fondant en larmes. Je ne suis bonne à rien. Je ne sais même plus verser une tasse de thé !

Mrs. Milroy lui saisit la main et l'arrêta. L'allusion de Neelie aux relations de son père avec Miss Gwilt avait ranimé sa jalousie. La réserve qu'elle s'était imposée jusque-là s'évanouit en un instant.

— Attendez ! fit-elle d'une voix impérieuse. Vous avez eu raison de venir me trouver. Continuez à me raconter vos griefs contre Miss Gwilt. Cela me fait plaisir de vous entendre. Je la déteste aussi.

— Vous, maman ? s'écria Neelie, en regardant sa mère avec étonnement.

Mrs. Milroy hésita. Mais la jalousie ne respecte rien, rien sur la terre et sous le ciel. Le feu sourd qui brûlait jour et nuit dans la poitrine de la malheureuse femme projeta une lumière sombre dans ses yeux, tandis que ces mots tombaient de ses lèvres :

— Si vous aviez eu du bon sens, vous n'auriez jamais été vous plaindre à votre père, dit-elle. Votre père a ses raisons pour n'entendre rien de ce que vous pouvez dire ou de ce que l'on peut dire contre Miss Gwilt.

Bien des jeunes personnes de l'âge de Neelie n'eussent pas compris ces paroles. Malheureusement, la fille connaissait assez sa mère pour savoir ce qu'elles voulaient dire :

— Maman ! s'écria-t-elle, en quittant le chevet du lit avec indignation. Maman ! Ce que vous dites m'est trop pénible. Papa est le meilleur, le plus cher, le plus parfait des hommes. Oh ! je ne veux pas entendre cela, je ne le veux pas !

— Impudente petite folle ! s'écria Mrs. Milroy avec violence. Croyez-vous que j'aie besoin que vous me rappeliez ce que je dois à votre père ? Apprendrai-je à parler de lui, à l'aimer et à l'honorer d'une précoce petite coquette comme vous ? J'ai été bien déçue, je vous assure, quand vous êtes née. Je désirais un garçon, petite sotte. Si jamais vous trouvez un homme assez fou pour vous épouser, je souhaite pour lui que vous l'aimiez, je ne dis pas avec la moitié, le quart, mais avec le cent millième de l'amour dont j'ai aimé votre père ! Ah ! vous pouvez pleurer, il est trop tard ; vous pouvez venir en rampant demander pardon à votre mère, après l'avoir outragée comme vous venez de le faire, espèce de souillon, créature mal venue ! J'étais plus belle que vous ne le serez jamais quand j'ai épousé votre père ! J'eusse bravé le feu et l'eau pour le servir ! S'il m'avait demandé de me couper les bras, je l'eusse fait ; oui, j'eusse tout fait pour lui plaire !

Elle tourna brusquement son visage contre le mur, oubliant sa fille, oubliant son mari pour ne se souvenir que de sa beauté perdue.

— Mes bras, dit-elle à voix basse en se parlant, quels bras j'avais quand j'étais jeune !

Elle releva les manches de sa robe de chambre furtivement, avec un frisson.

— Oh ! regardez-les maintenant, regardez-les ! s'écria-t-elle.

Neelie tomba à genoux au chevet du lit et se cacha le visage, désespérée de ne trouver de soutien et de consolation nulle part. Elle était venue se réfugier auprès de sa mère, et c'est ainsi que cela finissait !

— Oh, maman ! supplia-t-elle. Vous savez que je ne voulais pas vous offenser. Je n'ai pas pu me retenir quand vous avez parlé ainsi de mon père. Oh ! je vous en prie, je vous en supplie, pardonnez-moi !

Mrs. Milroy se retourna de nouveau sur son oreiller, et regarda sa fille avec une expression égarée.

— Vous pardonner ? reprit-elle, tandis que son esprit, encore dans le passé, revenait lentement vers le présent.

— Je vous demande pardon, maman, et je vous demande pardon à genoux ! Je suis si malheureuse. J'ai tant besoin d'un peu de bonté. Ne voulez-vous point me pardonner ?

— Attendez un peu, reprit Mrs. Milroy. Ah ! je vois… Vous pardonner ? Oui, je vous pardonnerai à une condition.

Elle releva la tête de Neelie et la regarda d'un œil inquisiteur :

— Dites-moi pourquoi vous détestez Miss Gwilt ! Vous avez une raison particulière pour la détester, et vous ne l'avez pas encore confessée.

La tête de Neelie se pencha de nouveau. La rougeur qu'elle dissimulait en cachant sa figure se montra sur son cou. Sa mère s'en aperçut et attendit.

— Dites-moi, reprit-elle plus doucement au bout d'un instant, pourquoi vous la détestez.

La réponse vint avec effort, arrachée mot à mot.

— Parce qu'elle essaye…

— Essaye quoi ?

— De rendre quelqu'un qui est beaucoup trop…

— Beaucoup trop quoi ?

— Beaucoup trop jeune pour elle…

— De le rendre amoureux d'elle et de s'en faire épouser ? Est-ce cela ?

— Oui, maman.

Littéralement captivée, Mrs. Milroy se pencha hors de son lit et passa une main caressante dans les cheveux de sa fille.

— Qui est-ce, Neelie ? demanda-t-elle à voix basse.

— Vous ne le répéterez jamais, maman ?

— Jamais ! Qui est-ce ?

— Mr. Armadale.

Mrs. Milroy retomba sur son oreiller dans un silence mortel. La révélation du premier amour de sa fille, dont elle venait d'entendre l'aveu et qui eût éveillé toute l'attention d'une autre mère, la laissait insensible. Sa jalousie, déformant toute chose à son gré, ne songeait qu'à déformer ce qu'elle venait d'entendre :

« Un leurre, pensa-t-elle, qui a pu tromper ma fille, mais auquel, moi, je ne me laisserai pas prendre ».

— Miss Gwilt semble-t-elle devoir réussir ? demanda-t-elle. Mr. Armadale lui témoigne-t-il quelque intérêt ?

Neelie regarda sa mère pour la première fois. Le plus difficile de la confession était dit. Elle avait exprimé son grief contre Miss Gwilt et prononcé le nom de l'autre coupable.

— Il lui montre le plus vif empressement, répondit-elle, c'est incompréhensible… Ah ! je n'ai plus le courage de parler de cela.

— Comment savez-vous les secrets de Mr. Armadale ? demanda Mrs. Milroy. Vous a-t-il fait part, à vous particulièrement, de l'intérêt que lui inspire Miss Gwilt ?

— À moi ! s'écria Neelie avec indignation, c'est bien assez mal qu'il l'ait dit à papa.

À la réapparition du major dans le récit, Mrs. Milroy ne se tint plus. Elle se souleva de nouveau sur son lit :

— Prenez une chaise, mon enfant, asseyez-vous, et dites-moi tout ce que vous savez… chaque mot… n'omettez pas un mot.

— Je ne puis vous dire, maman, que ce que je sais par mon père.

— Depuis quand ?

— Depuis samedi. Je suis allée lui apporter son déjeuner dans l'atelier, et il m'a dit : « Je viens d'avoir la visite de Mr. Armadale, et je veux vous donner un conseil, pendant que j'y pense ». Je n'ai rien répondu, maman, j'ai simplement attendu. Papa a continué et m'a appris que Mr. Armadale venait de lui parler de Miss Gwilt, et lui avait fait, à son sujet, des questions que dans sa position il n'avait pas le droit de faire. Papa a ajouté qu'il avait été obligé d'avertir amicalement Mr. Armadale d'être un peu plus discret et un peu plus réfléchi une autre fois. Cela ne m'intéressait guère, maman. Que peut me faire ce que dit ou pense Mr. Armadale ? En quoi cela peut-il m'intéresser ?

— Ne parlez pas de vous, interrompit Mrs. Milroy durement ; continuez de me raconter ce qu'a dit votre père. Que faisait-il quand il parlait de Miss Gwilt ? Quel air avait-il ?

— Il était comme d'habitude, maman ; il se promenait de long en large dans l'atelier. J'ai pris son bras et me suis promenée avec lui.

— Je ne m'occupe pas de ce que vous faisiez, reprit Mrs. Milroy, de plus en plus irritée. Votre père vous a-t-il dit quelles étaient ces questions faites par Mr. Armadale ?

— Oui, maman. Mr. Armadale lui avait confié d'abord qu'il portait un très grand intérêt à Miss Gwilt et qu'il désirait savoir si papa pouvait lui donner des détails sur les malheurs de sa famille.

— Quoi ! fit Mrs. Milroy.

Le mot s'échappa de ses lèvres dans un cri, et l'émail blanc plaqué sur son front s'écailla dans tous les sens.

— Mr. Armadale a demandé cela ? reprit-elle en s'avançant de plus en plus hors de son lit.

Neelie sursauta et essaya de recoucher sa mère sur l'oreiller.

— Maman, s'écria-t-elle, qu'avez-vous ? Êtes-vous malade ? Vous m'effrayez !

— Je n'ai rien, rien ! dit Mrs. Milroy, trop violemment agitée pour trouver autre chose à dire. Je souffre seulement un peu des nerfs ce matin. Ne faites pas attention. Je vais me tourner de l'autre côté. J'écoute, même si je ne vous regarde pas.

Elle se retourna et serra les poings convulsivement sous ses couvertures.

« Je la tiens enfin ! murmura-t-elle, je la tiens ! »

— Je crains d'avoir trop parlé, dit Neelie ; je crains d'être restée trop longtemps et de vous avoir fatiguée. Dois-je descendre, maman, pour remonter plus tard dans la journée ?

— Continuez, répéta machinalement Mrs. Milroy. Qu'a dit votre père ensuite ? Rien de plus sur Mr. Armadale ?

— Rien de plus, excepté ce qu'il lui a répondu, répondit Neelie ; mot pour mot, il lui a dit : « N'ayant point été autorisé par la personne elle-même à m'immiscer dans ses affaires, tout ce que je sais et désire savoir sur elle, monsieur Armadale, et vous m'excuserez si j'ajoute tout ce que d'autres ont besoin de savoir, c'est que j'ai eu sur Miss Gwilt, avant qu'elle entrât dans ma maison, les meilleurs renseignements ». C'était sévère, n'est-ce pas, maman ? Je ne l'ai pas plaint une minute, il le méritait bien. Après cela, papa m'a donné son conseil. Il m'a recommandé de mettre un terme à la curiosité de Mr. Armadale, s'il s'adressait à moi. Comme s'il était probable qu'il vînt me questionner ! Et comme si j'allais l'écouter ! C'est fou, maman. Mais n'allez pas croire, j'espère, que je vous ai dit cela parce que je veux empêcher Mr. Armadale d'épouser Miss Gwilt. Qu'il se marie avec elle si cela lui plaît ! Peu m'importe ! poursuivit Neelie d'une voix qui tremblait légèrement et avec une figure dont l'expression chagrine contrastait avec sa déclaration d'indifférence. Tout ce que je désire, c'est être délivrée du tourment d'avoir Miss Gwilt pour gouvernante. J'aime encore mieux aller en pension. Mes idées sont tout à fait changées à cet égard ; seulement, je ne me sens pas le courage de le dire à papa. Je ne sais pas ce qui m'arrive, mais je n'ai plus d'énergie pour rien, et quand papa me prend sur ses genoux le soir, et me dit : « Causons un peu, Neelie », j'ai envie de pleurer. Voudriez-vous vous charger de lui dire, chère maman, que j'ai changé d'avis, et que je voudrais aller en pension, à présent ?

Les larmes lui montèrent aux yeux et l'empêchèrent de remarquer que sa mère ne se retournait pas une seule fois sur son oreiller pour la regarder.

— Oui, oui, fit Mrs. Milroy avec distraction ; vous êtes une bonne fille, vous irez en pension.

La cruelle brièveté de cette réponse et le ton dont elle fut faite apprirent clairement à Neelie que l'attention de sa mère s'était égarée loin d'elle, et qu'il était inutile de prolonger l'entretien. Elle se tourna brusquement d'un autre côté, sans articuler une plainte. Ce n'était pas chose nouvelle pour elle que de se heurter ainsi à la glaciale indifférence de sa mère. Elle regarda ses yeux dans la glace, et se baigna le visage avec de l'eau froide.

« Miss Gwilt ne verra point que j'ai pleuré » pensa-t-elle en se rapprochant du lit pour prendre congé de sa mère.

— Je vous ai fatiguée, maman, dit-elle doucement, laissez-moi partir maintenant ; je reviendrai plus tard, quand vous aurez pris du repos.

— Oui, répondit Mrs. Milroy toujours machinalement, un peu plus tard, quand j'aurai pris du repos.

Neelie quitta la chambre. Dès qu'elle eut fermé la porte, Mrs. Milroy sonna la garde. Malgré ce qu'elle venait d'entendre, et contre toute probabilité, elle s'en tenait aussi fermement que jamais à ses conclusions jalouses.

« Mr. Armadale peut s'y laisser prendre et ma fille aussi, pensa-t-elle, mais je connais le major, et elle ne peut me tromper, moi ! »

La garde entra.

— Soulevez-moi, dit Mrs. Milroy, et donnez-moi mon écritoire. Je veux écrire.

— Vous paraissez agitée, répondit la garde-malade. Vous ne pourrez pas.

— Donnez-moi mon écritoire, insista Mrs. Milroy.

— Il ne vous faut rien d'autre ? demanda Rachel, répétant son invariable formule en plaçant l'écritoire sur le lit.

— Revenez dans une demi-heure. Je désire que vous portiez une lettre à la grande maison.

L'expression narquoise de la garde disparut un instant :

— Grands dieux ! s'écria-t-elle avec une franche surprise. Et quoi encore ? Vous ne voulez pas dire que vous écrivez à...

— J'écris à Mr. Armadale, répondit Mrs. Milroy ; vous lui porterez la lettre et vous attendrez la réponse. Et rappelez-vous ceci : nous seules devons avoir connaissance de cela dans la maison.

— Pourquoi écrivez-vous à Mr. Armadale ? demanda Rachel ? Et pourquoi personne d'autre que nous ne doit-il le savoir ?

— Attendez, reprit Mrs. Milroy, et vous verrez.

La curiosité de la garde ne pouvait souffrir le moindre délai.

— Je vous aiderai les yeux ouverts, dit-elle, mais je ne ferai rien les yeux fermés.

— Ah ! si j'avais seulement l'usage de mes membres ! soupira Mrs. Milroy. Coquine, si je pouvais me passer de vous !

— Vous avez l'usage de votre tête, riposta la garde-malade, et à l'heure qu'il est, il me semble que vous me connaissez assez pour ne pas avoir de réserves à mon endroit.

C'était brutal, mais c'était vrai, doublement vrai après l'ouverture de la lettre. Mrs. Milroy céda.

— Que voulez-vous savoir ? dit-elle. Demandez-le, et ensuite laissez-moi.

— Je désire savoir pourquoi vous écrivez à Mr. Armadale ?

— C'est au sujet de Miss Gwilt.

— Qu'est-ce que Mr. Armadale a à voir avec vous et surtout avec Miss Gwilt ?

Mrs. Milroy tendit la lettre qui lui avait été retournée par l'administration des postes.

— Approchez-vous, dit-elle. Miss Gwilt pourrait écouter à la porte. Il faut parler bas.

La garde se pencha sur le lit, les yeux fixés sur la porte.

— Vous savez que le facteur a été à Kingsdown Crescent ? dit Mrs. Milroy ; et vous savez qu'il n'a trouvé personne et que l'on n'a pas pu lui indiquer la nouvelle adresse de Mrs. Mandeville.

— Bon, murmura Rachel. Et ensuite ?

— Eh bien, quand Mr. Armadale aura reçu la lettre que je lui écris, il suivra le même chemin que le facteur, et nous verrons ce qui arrivera quand il frappera à la porte de Mrs. Mandeville.

— Comment l'enverrez-vous frapper à cette porte ?

— En lui disant de se présenter au répondant de Miss Gwilt.

— Est-il amoureux de Miss Gwilt ?

— Oui.

— Ah ! fit la garde-malade, je vois.

III. À deux doigts de la découverte

Le matin où eut lieu l'entrevue entre Mrs. Milroy et sa fille au cottage fut une matinée d'intense réflexion pour le squire de Thorpe-Ambrose.

Même le naturel heureux et facile d'Allan s'était laissé troubler par les événements des trois derniers jours. Le brusque départ de Midwinter l'avait contrarié et peiné, et l'accueil fait par le major Milroy à ses investigations sur Miss Gwilt pesait désagréablement sur son esprit.

Depuis sa visite au cottage, il s'était senti impatient et mal à l'aise pour la première fois de sa vie avec les gens qui l'approchaient : impatient avec Pedgift junior, qui était venu la veille au soir annoncer son départ pour Londres le lendemain, et offrir ses services à son client ; mal à l'aise avec Miss Gwilt à leur rendez-vous secret dans le parc ce même matin, et irrité contre lui-même, en cet instant où il était assis dans la solitude de sa chambre, fumant maussadement.

« Je ne puis supporter plus longtemps ce genre de vie, pensa-t-il. Si personne ne veut m'aider à poser la question délicate à Miss Gwilt, il faut que je cherche quelque manière de la poser moi-même ».

Il eut beau chercher, la réponse n'arriva point. Comme il essayait de stimuler son imagination paresseuse en marchant de long en large dans sa chambre, il fut distrait de ses pensées par l'apparition de son valet de chambre :

— Eh bien ? Qu'est-ce ? demanda-t-il avec impatience.

— Une lettre, monsieur, et la personne attend la réponse.

Allan regarda l'adresse. C'était une écriture inconnue. Il ouvrit la lettre ; un petit billet s'en échappa, et tomba par terre. Il était adressé à « Mrs. Mandeville, 18, Kingsdown Crescent, Bayswater. Aux soins de Mr. Armadale ». De plus en plus surpris, Allan chercha une explication dans la signature de la lettre : « Anne Milroy ».

« Anne Milroy ? répéta-t-il. Ce doit être la femme du major. Que peut-elle me vouloir ? »

Et, pour découvrir ce qu'il désirait savoir, Allan fit ce par quoi il eût dû commencer : il s'assit pour lire la lettre.

Le Cottage, lundi.

(Confidentielle).

Cher Monsieur,

Le nom qui termine ces lignes vous rappellera, j'en ai peur, une réception peu gracieuse faite par moi à une démarche toute de bienveillant voisinage de votre part. Je puis seulement dire, pour m'excuser, que je suis d'une très mauvaise santé, et que si j'ai eu le tort, dans un moment de souffrance, de vous renvoyer votre présent de fruits, je l'ai toujours regretté depuis. Attribuez cette lettre, je vous prie, à mon désir de me le faire pardonner et d'être utile à notre bon ami et propriétaire, s'il est possible.

J'ai appris la visite que vous avez faite hier à mon mari. D'après tout ce que j'ai entendu dire de vous, je suis persuadée que votre désir d'en savoir davantage sur cette charmante personne ne peut provenir que des plus honorables motifs. Dès lors, en ma qualité de femme, bien que malade et alitée, je suis portée à vous venir en aide. Si vous êtes désireux de connaître l'histoire de la famille de Miss Gwilt, sans en appeler à la jeune dame elle-même, il vous est loisible de l'apprendre par vous-même, et je vais vous dire comment.

Il se trouve qu'il y a quelques jours, j'ai écrit à la personne recommandant Miss Gwilt, pour une raison similaire. J'avais depuis longtemps observé que ma gouvernante répugnait singulièrement à parler de sa famille et de ses amis et, sans attribuer son silence à aucune cause défavorable pour elle, j'ai cru de mon devoir envers ma fille de prendre quelques informations. La réponse que j'ai reçue est assez satisfaisante. Mon correspondant m'informe que l'histoire de Miss Gwilt est des plus tristes et que sa conduite personnelle a toujours été digne de louanges. Ses chagrins (chagrins de famille, comme je l'ai su) sont tous expliqués dans une collection de lettres maintenant en possession de cette personne qui répond d'elle. Cette dame consent volontiers à me communiquer ces lettres mais, n'en ayant pas copie et étant personnellement responsable de ce dépôt, elle craint de les confier à la poste et me prie d'attendre qu'elle ou moi ayons trouvé quelque personne de confiance pour faire passer le paquet de ses mains entre les miennes.

Dans cette situation, il m'est venu à la pensée qu'ayant intérêt à cette affaire, vous voudriez bien peut-être vous charger de ces papiers. Si je me suis trompée, et si vous n'êtes pas disposé, après ce que je vous ai dit, à vous donner la peine et le dérangement d'un voyage à Londres, vous n'avez qu'à brûler ma lettre et mon billet, et à laisser ma proposition non avenue. Si, au contraire, vous vous décidez à devenir mon intermédiaire, je vous fournis avec plaisir l'introduction nécessaire pour Mrs. Mandeville. Vous n'aurez plus, après l'avoir présentée, qu'à recevoir les lettres et à me donner une prompte communication du résultat de votre démarche.

Pour conclure, j'ajouterai seulement que je ne vois aucune raison (si vous y êtes disposé) qui puisse vous empêcher de vous charger de cette affaire. La manière dont Miss Gwilt a reçu mes allusions au sujet de sa famille fait qu'il m'est fort pénible (et que cela vous serait pratiquement impossible) de tenter d'obtenir ces renseignements de sa propre bouche. J'ai d'excellentes raisons d'en appeler à son répondant, et vous n'avez de même aucun blâme à encourir en consentant à devenir mon intermédiaire pour transmettre sûrement une communication cachetée d'une dame à une autre dame. Si je trouve dans ces lettres des secrets de famille qui ne puissent être honorablement confiés à un tiers, je serai bien entendu obligée de vous faire attendre jusqu'à ce que j'en aie référé à Miss Gwilt. Si ce que je trouve n'est qu'à son avantage, comme je suis disposée à le croire, et ne peut que l'élever plus haut dans votre estime, je lui rends un service incontestable en vous mettant dans la confidence. Telle est du moins ma manière de voir. Mais je vous en prie, que je ne vous influence en aucune façon.

En tout cas, j'ai une condition à poser, et il est indispensable que vous l'acceptiez. Les plus innocentes actions sont sujettes, dans ce triste monde, aux interprétations les plus malveillantes ; je dois donc vous demander de regarder notre correspondance comme strictement personnelle. Cette confidence (à moins que des circonstances ne viennent, dans mon opinion, en justifier la révélation à d'autres), cette confidence, dis-je, doit rester entre vous et moi.

Croyez-moi, cher monsieur,

Votre dévouée,

ANNE MILROY.

C'était sous cette forme insidieuse que l'ingéniosité peu scrupuleuse de la femme du major avait tendu ses filets. Sans un moment d'hésitation, Allan obéit comme toujours à sa première impulsion, et tomba tout droit dans le piège, écrivant sa réponse tout en poursuivant simultanément le cours de ses réflexions.

« Par Jupiter ! voilà qui est bien bon de la part de Mrs. Milroy ! (Ma chère Madame,) Juste ce qu'il me fallait au moment où j'en ai le plus besoin ! (Je ne sais comment vous exprimer ma gratitude de vos bontés, sinon en vous déclarant que j'irai à Londres prendre les lettres avec le plus grand plaisir.) Elle aura une corbeille de fruits régulièrement tous les jours, pendant toute la saison. (Je pars immédiatement, chère madame, et serai de retour demain.) Ah ! il n'y a rien de tel que les femmes pour aider les amoureux ! C'est juste ce que ma pauvre mère eût fait à la place de Mrs. Milroy. (Sur mon honneur de gentleman, je prendrai le plus grand soin des lettres et tiendrai la chose strictement secrète, suivant votre recommandation.) J'aurais donné cinq cents livres à celui qui m'aurait mis dans le bon chemin pour parler à Miss Gwilt, et voilà que cette femme bénie le fait pour rien. (Croyez-moi, chère madame, votre reconnaissant et dévoué, Allan Armadale.) »

Après avoir remis cette réponse au messager de Mrs. Milroy, Allan fit une pause et se trouva assez perplexe. Il avait rendez-vous avec Miss Gwilt dans le parc le lendemain matin. Il était indispensable de lui faire savoir qu'il lui serait impossible de s'y rendre. Elle lui avait défendu d'écrire, et il n'avait aucun espoir ce jour-là de la voir seule. Devant cette difficulté, il résolut de lui faire transmettre l'avis nécessaire par l'intermédiaire d'un message au major, annonçant son départ pour Londres en raison d'une affaire urgente et proposant de se charger d'une commission pour les habitants du cottage. Ayant ainsi réglé le seul problème que lui posait son voyage, Allan consulta l'horaire des trains et trouva, à son grand désappointement, qu'il lui restait une bonne heure à tuer avant de prendre le chemin de la station. Il eût préféré, dans sa disposition d'esprit, partir pour Londres sans délai.

Lorsque le moment arriva enfin, Allan, en passant devant le bureau de l'intendance, frappa à la porte, et lança sans l'ouvrir à Mr. Bashwood :

— Je vais à Londres, je serai de retour demain.

Il n'obtint aucune réponse ; un domestique qui se trouvait là informa son maître que Mr. Bashwood, n'ayant point d'affaires ce jour-là, avait fermé le bureau et était parti depuis quelques heures déjà.

En arrivant à la station, la première personne que rencontra Allan fut Pedgift junior, lequel se rendait à Londres pour l'affaire mentionnée la veille au soir à la grande maison. Les explications nécessaires échangées, il fut décidé que les deux hommes voyageraient dans le même compartiment. Allan était bien aise d'avoir un compagnon, et Pedgift, enchanté comme d'habitude de pouvoir se rendre utile à un client, se précipita le premier pour prendre les billets et veiller aux bagages. Déambulant sur le quai en attendant le retour de son compagnon, Allan se trouva soudain nez à nez avec une personne qui n'était ni plus ni moins que Mr. Bashwood lui-même, debout dans un coin, à côté du chef de train à qui il remettait une lettre (manifestement accompagnée d'une pièce d'argent).

— Oh ! oh ! cria Allan avec sa spontanéité habituelle. Quelque chose d'important, n'est-ce pas, monsieur Bashwood ?

Si Mr. Bashwood avait été surpris en train de commettre un assassinat, il eût à peine montré plus d'alarme qu'il n'en témoigna à Allan lorsque celui-ci le découvrit. Ôtant précipitamment son vieux chapeau râpé, il salua jusqu'à terre avec un tremblement nerveux de la tête aux pieds.

— Non, monsieur, non, répondit-il ; seulement une petite lettre, une petite lettre, dit le régisseur par intérim, se réfugiant derrière son antienne et reculant en saluant jusqu'à disparaître de la vue de son employeur.

Allan fit demi-tour avec désinvolture.

« Je voudrais m'habituer à ce compagnon, pensa-t-il, mais je ne puis ; il est si servile ! Que diable y avait-il là pour le troubler ? S'imagine-t-il que je veux mettre mon nez dans ses secrets ? »

Le secret de Mr. Bashwood, en cette occasion, concernait Allan plus qu'il ne le supposait. La lettre qu'il venait de remettre au chef de train n'était rien de moins qu'un mot d'avertissement adressé à Mrs. Oldershaw, et écrit par Miss Gwilt. La gouvernante du major écrivait :

Si vous pouvez hâter vos affaires, faites-le et rentrez à Londres immédiatement. Les choses vont mal ici, et Miss Milroy est à l'origine de tous ces ennuis. Ce matin elle a insisté pour porter son déjeuner à sa mère, soin dont la garde-malade est toujours chargée à l'ordinaire. Elles ont eu un long entretien ensemble et une demi-heure plus tard, j'ai vu la garde se glisser dehors avec une lettre et prendre le chemin de la grande maison. L'envoi de la lettre a été suivi du départ immédiat du jeune Armadale pour Londres, malgré le rendez-vous qu'il avait avec moi demain matin.

Ceci me paraît sérieux. La fille est évidemment assez hardie pour engager la lutte et vouloir conquérir la position de Mrs. Armadale de

Thorpe-Ambrose, et elle aura trouvé le moyen d'entraîner sa mère à la soutenir. Ne supposez pas que je sois le moins du monde troublée ni découragée ; et n'agissez que lorsque vous aurez eu de mes nouvelles. Seulement, retournez à Londres, car je puis avoir un besoin sérieux de votre assistance dans les jours qui viennent.

J'envoie cette lettre à la ville pour économiser un courrier, et je la fais remettre au chef de train. Comme vous insistez pour connaître chacune de mes démarches à Thorpe-Ambrose, je puis aussi bien vous dire que mon messager (car je ne puis aller à la station, moi-même) est cette singulière vieille créature dont je vous ai parlé dans ma première lettre. Depuis ce temps cet homme est toujours à errer par ici pour m'apercevoir. Je ne sais si je l'effraye ou si je le fascine, peut-être est-ce l'un et l'autre. Tout ce que vous avez besoin, de savoir, c'est que je puis lui confier mes petites commissions et, plus tard peut-être, quelque chose de plus important.

L.G.

Cependant le train avait quitté la gare de Thorpe-Ambrose, et le squire et son compagnon de voyage étaient en route pour Londres.

Certains eussent voulu profiter de l'occasion pour chercher à savoir ce qui appelait Allan à Londres. L'instinct infaillible du jeune Pedgift, habitué à fréquenter le monde, pénétra le secret d'Allan sans la moindre difficulté.

« Encore la vieille histoire, pensa cette vieille et prudente tête en se balançant sur ses robustes et jeunes épaules : il y a une femme au fond de l'affaire, comme toujours ».

Parfaitement satisfait de cette conclusion, Mr. Pedgift junior entreprit, dans la perspective de ses intérêts professionnels, de se rendre aussi agréable que possible à son client.

Il s'appropria toute la partie pratique du voyage ainsi qu'il l'avait déjà fait lors du pique-nique aux Broads. À leur arrivée à la gare, Allan, prêt à descendre dans le premier hôtel recommandé, fut tout droit conduit par son inestimable avoué dans un établissement où la famille Pedgift avait coutume de descendre depuis trois générations.

— Vous n'avez rien contre les fruits et légumes, monsieur ? demanda le facétieux Pedgift, comme le cab s'arrêtait devant un hôtel face au marché de Covent Garden. Très bien ; pour le reste vous pouvez vous fier en toute sécurité à mon grand-père, à mon père et à moi. Je ne sais lequel des trois est le plus aimé dans cette maison-ci. Comment allez-vous William ? (C'est le maître d'hôtel, monsieur Armadale). Le rhumatisme de votre femme va-t-il mieux ? Et le petit ? se conduit-il bien à l'école ? Votre patron est sorti, dites-vous ? Peu importe, vous êtes là. William, voici Mr. Armadale de Thorpe-Ambrose. J'ai prié Mr. Armadale de vouloir bien essayer votre maison. Avez-vous gardé la chambre pour laquelle je vous ai écrit ? Très bien. Je la laisserai à Mr. Armadale. (La chambre favorite de mon grand-père, monsieur, la chambre 5 au deuxième étage). Je vous en prie, prenez-la, je puis dormir n'importe où. Voulez-vous avoir le matelas sur le lit de plume ? Vous entendez, William ? Dites à Matilda de mettre le matelas sur le lit de plume. Comment se porte Matilda ? A-t-elle mal aux dents comme d'habitude ? La première fille de chambre, monsieur Armadale, une femme absolument extraordinaire ; elle ne veut pas se séparer d'une dent creuse qui la fait souffrir depuis dix ans. Mon grand-père lui dit : « Faites-la arracher », mon père lui dit : « Faites-la arracher », je lui dis : « Faites-la arracher », et Matilda nous fait à tous la sourde oreille. Oui, William, oui ; si Mr. Armadale y consent, cette salle nous conviendra. Pour le dîner, monsieur ? Préférez-vous terminer votre affaire d'abord, et revenir pour dîner ? Pouvons-nous dire, dans ce cas, sept heures et demie ? William, sept heures et demie. Ne vous préoccupez point de commander la moindre chose, monsieur Armadale. Le garçon n'a qu'à présenter mes compliments au cuisinier, et le meilleur dîner de Londres nous sera servi à l'heure dite, tout naturellement. Dites Mr. Pedgift junior, je vous prie, William, sinon, monsieur, nous pourrions avoir le menu de mon grand-père ou celui de mon père, un peu trop démodés et trop lourds pour vous et pour moi, je le crains. Parlons du vin, William. À dîner, mon champagne et le sherry que mon père flétrit de l'épithète de vilain. Après dîner, le bordeaux, cachet bleu, le vin que mon innocent grand-père disait ne pas valoir dix pence la bouteille. Ah, ah ! pauvre bonhomme ! Vous enverrez ensuite les journaux du soir et le programme des spectacles comme à l'ordinaire, et… et… c'est tout pour le présent, je pense, William. Un précieux serviteur, monsieur Armadale.

Tout le personnel est excellent dans cette maison. Peut-être ne sommes-nous pas dans l'endroit le plus à la mode, monsieur, mais, par lord Harry ! nous y sommes diantrement bien ! Un cab ? Vous voudriez un cab ? Ne bougez pas ! J'ai sonné deux fois. Cela veut dire : Un cab est réclamé dans le plus bref délai. Puis-je vous demander, monsieur Armadale, de quel côté vous conduisent vos affaires ? Vers Bayswater ? Voudriez-vous me jeter devant le parc ? C'est une habitude à moi, quand je suis à Londres, de prendre un peu l'air de l'aristocratie. Votre serviteur, monsieur, a un penchant pour les jolies femmes et les beaux chevaux ; et quand il se trouve devant Hyde Park, il est tout à fait dans son élément.

Ainsi parla l'accompli Pedgift, et ce fut de cette façon qu'il se recommanda à la bonne opinion de son client.

Lorsque l'heure du dîner eut réuni de nouveau les deux compagnons de voyage dans la salle à manger de l'hôtel, même un observateur moins exercé que le jeune Pedgift eût aussitôt remarqué le changement survenu dans les manières d'Allan. Il paraissait contrarié, déconcerté, et restait assis, tambourinant sur la table, sans prononcer un seul mot.

— Vous paraissez ennuyé, vous serait-il arrivé quelque contrariété, monsieur, depuis notre séparation devant le parc ? Pardonnez-moi cette question, je ne me la permets que pour le cas où je pourrais vous être utile.

— Il s'est produit quelque chose à quoi je ne m'attendais pas, répondit Allan, et je ne sais trop que faire… Je désirerais avoir votre avis, ajouta-t-il après un moment d'hésitation, si seulement vous voulez m'excuser de ne pas entrer dans les détails de l'affaire en question.

— Certainement ! s'écria le jeune Pedgift. Esquissez-en seulement les contours, monsieur. La plus légère indication suffira. Je ne suis pas né d'hier. (Ah ces femmes ! pensa le jeune philosophe entre parenthèses).

— Eh bien ! reprit Allan, vous vous souvenez de ce que j'ai dit en entrant dans cet hôtel, que j'avais à aller à Bayswater (Pedgift se reporta mentalement au premier point : affaire dans les faubourgs, Bayswater) pour y chercher une personne, c'est-à-dire… non… comme je le disais, une personne que je devais voir. (Pedgift enregistra le point suivant : l'affaire concernait une personne ; elle ou il ? Elle, sans aucun doute !). Je me suis donc rendu à l'endroit indiqué et, quand je l'ai demandée… quand je dis elle, il s'agit de la personne, n'est-ce pas… Oh ! tant pis ! s'écria Allan. Je vais devenir fou et vous aussi, si je m'engage dans ce chemin détourné pour vous dire mon histoire. La voici en deux mots : je me suis rendu au numéro 18, Kingsdown Crescent, pour voir une dame du nom de Mandeville, et quand je l'ai eu demandée, le domestique m'a répondu que Mrs. Mandeville était partie sans avoir dit où elle allait, et sans même laisser d'adresse où ses lettres pussent lui être renvoyées. Là ! c'est tout cette fois. Qu'en pensez-vous maintenant ?

— Dites-moi d'abord, demanda l'avisé Pedgift, quelles questions vous avez faites en apprenant que la dame avait disparu ?

— Quelles questions ? répéta Allan. Je suis resté absolument muet de surprise. Je n'ai rien dit. Quelles questions eussé-je pu faire ?

Pedgift junior s'éclaircit le gosier et croisa ses jambes dans une attitude parfaitement professionnelle.

— Je n'ai aucun désir, monsieur Armadale, commença-t-il, de connaître la nature de vos rapports avec Mrs. Mandeville…

— Non ! l'interrompit Allan brusquement, j'espère que vous voudrez bien ne pas me questionner là-dessus. Mon affaire avec Mrs. Mandeville doit rester un secret.

— Mais, continua Pedgift en posant l'index d'une de ses mains sur la paume de l'autre, il me sera peut-être permis de demander, sans entrer dans les détails, si votre affaire avec Mrs. Mandeville est de nature à vous intéresser jusqu'à suivre ses traces de Kingsdown Crescent à sa présente résidence.

— Certainement, dit Allan ; j'ai des raisons particulières pour désirer très fort de voir cette dame.

— En ce cas, monsieur, il fallait commencer par poser deux questions : d'abord à quelle date Mrs. Mandeville avait quitté la maison, et comment elle l'avait quittée. Une fois renseigné sur ce point, vous eussiez dû vous informer des circonstances dans lesquelles elle était partie – si c'était à la suite d'une discussion, d'une difficulté d'argent. Ensuite, il eût été bon de demander si elle s'en était allée seule ou avec quelqu'un, et si la maison lui appartenait ou si elle la louait seulement, et, dans ce dernier cas…

— Arrêtez ! arrêtez ! vous m'étourdissez ! cria Allan. Je ne comprends goutte à vos développements ; je ne suis pas habitué à ces sortes de choses.

— Oui, mais, moi, j'y ai été habitué depuis mon enfance, monsieur, remarqua Pedgift, et si je puis vous être de quelque utilité, dites-le.

— Vous êtes bien bon, répliqua Allan. Si vous pouviez seulement m'aider à retrouver Mrs. Mandeville, et si vous consentiez ensuite à laisser la chose entièrement entre mes mains…

— J'y consens, monsieur, avec le plus grand plaisir, dit Pedgift junior (et je parie cinq contre un, ajouta-t-il mentalement, que, lorsque le moment viendra, vous me l'abandonnerez complètement). Nous irons à Bayswater ensemble, monsieur Armadale, demain matin. Avec tout cela voici le potage ! Le cas appelé devant la cour est : « Plaisir contre affaire ». Je ne sais ce que vous en pensez, monsieur, mais je réponds sans un moment d'hésitation : Arrêt pour le demandeur. Cueillons nos boutons de roses tandis que nous le pouvons. Excusez ma gaieté, monsieur Armadale. Bien qu'enterré à la campagne, j'étais fait pour la vie de Londres ; l'air de la métropole me grise.

Sur cet aveu, l'irrésistible Pedgift avança une chaise pour son patron et transmit joyeusement ses ordres à son vice-roi le maître d'hôtel :

— Du punch glacé, William, après la soupe. Je réponds du punch, monsieur Armadale. Il est fait d'après la recette de mon grand-oncle. Il tenait une taverne, et fit la fortune de la famille. Il m'est égal de vous avouer que les Pedgift ont eu un cabaretier parmi leurs ancêtres ; je n'ai point de fausse honte. « Le mérite fait l'homme », comme dit Pope. Je cultive la poésie aussi bien que la musique, monsieur, à mes heures de loisir. En fait, je suis en des termes plus ou moins familiers avec les neuf muses. Oh, oh ! voici le punch ! À la mémoire de mon grand-oncle, le cabaretier, monsieur Armadale ; buvons en solennel silence !

Allan essaya en vain de faire chorus à la bonne humeur de son compagnon. Sa visite à Kingsdown Crescent se présenta sans cesse à sa mémoire pendant le dîner, et dans les lieux d'amusement public où lui et son avoué se rendirent plus tard dans la soirée. Aussi, lorsque Pedgift junior éteignit sa lumière pour la nuit, il secoua sa sage tête et invoqua de nouveau « les femmes » d'un ton courroucé.

Le lendemain matin à dix heures, l'infatigable Pedgift était sur le terrain. Au grand soulagement d'Allan, il proposa de commencer lui-même les investigations à Kingsdown Crescent, tandis que son patron attendrait près de là, dans le cab qui les avait amenés. Au bout d'un peu plus de cinq minutes, il reparut en possession de tous les détails possibles. Son premier soin fut de prier Allan de sortir du cab et de payer le cocher. Ensuite, il lui offrit poliment le bras et lui fit tourner le coin de la rue, traverser un square, et de là passer dans une artère secondaire, fort animée à cause de la présence d'une station de cabriolets. Là il s'arrêta, et demanda d'un ton railleur si Mr. Armadale voyait son chemin maintenant, ou s'il était nécessaire d'éprouver sa patience en lui fournissant une explication.

— Si je vois mon chemin ? répéta Allan très étonné, je ne vois rien qu'une station de cabriolets.

Pedgift junior sourit d'un air compatissant et entama son explication ; l'endroit à Kingsdown Crescent était une maison meublée. Il avait insisté pour voir la logeuse, personne avenante qui avait dû être une très jolie fille cinquante ans plus tôt, et tout à fait dans le goût de Pedgift s'il avait seulement vécu au commencement du siècle ; mais peut-être Mr. Armadale préférait-il entendre parler de Mrs. Mandeville ? Malheureusement il n'avait rien à lui en apprendre. Il n'y avait point eu de querelle, aucune dette n'avait été laissée en arrière. La locataire était partie, et sans qu'aucune circonstance pût expliquer sa disparition. Soit il était dans les habitudes de Mrs. Mandeville de s'évanouir de la sorte, soit il y avait anguille sous roche. Pedgift avait pris note du jour et de l'heure de son départ, et de la manière dont elle avait quitté la maison ; cela pouvait aider à retrouver ses traces. Elle était montée dans un cab que le domestique avait été lui chercher à la plus proche station. Cette station était maintenant devant eux ; et le donneur d'eau[1] était la première personne à qui il fallait s'adresser. Aller à cet homme pour les informations, c'était (si Mr. Armadale voulait excuser la plaisanterie) aller à la source même. En causant de l'af-

1 Homme fournissant à boire aux chevaux, et chargé de veiller à ce que les cochers chargent les clients chacun à leur tour.

faire avec cette légèreté et en disant à Allan qu'il serait de retour dans un moment, Pedgift junior traversa la rue, et fit signe au gardien de la place d'entrer avec lui dans la taverne voisine.

Tous deux reparurent au bout d'un instant ; l'homme présenta tour à tour à Pedgift six cochers dont les véhicules stationnaient sur la place. Une longue conférence fut tenue par le jeune légiste avec chaque homme ; elle s'acheva par l'arrivée du sixième cab près de l'endroit où attendait Allan.

— Montez, monsieur, dit Pedgift, en ouvrant la portière. J'ai l'homme. Il se rappelle la dame et, bien qu'il ait oublié le nom de la rue, il croit pouvoir retrouver l'endroit où il l'a conduite. Je suis charmé de vous apprendre, monsieur Armadale, que nous sommes en bonne voie pour le moment. J'ai demandé au donneur d'eau de me présenter les cochers inscrits à la station, et j'ai découvert enfin celui qui a transporté Mrs. Mandeville. Mon informateur répond de lui ; c'est une véritable anomalie - un cocher honnête qui conduit son propre cheval et n'a jamais eu aucun problème. Ce sont ces sortes de gens, monsieur, qui soutiennent notre confiance en l'humaine nature. J'ai examiné notre ami, et je suis d'accord avec le donneur d'eau. Je crois que nous pouvons nous en rapporter à lui.

Les investigations exigèrent un peu de patience au début. Ce ne fut que lorsque le cab eut quitté Bayswater pour Pimlico que le cocher commença à chercher son chemin et à regarder autour de lui. Après avoir recommencé sa route une ou deux fois, le véhicule entra dans une tranquille rue de traverse, se terminant par un mur où l'on ne voyait qu'une porte ; il s'arrêta devant la dernière maison sur la gauche.

— C'est ici, gentlemen, dit l'homme en ouvrant la portière.

Allan et son homme de loi descendirent tous deux de voiture, et examinèrent la maison avec le même sentiment de méfiance instinctive. Les bâtiments ont leur physionomie, surtout ceux des grandes villes, et l'aspect de celui-ci était singulièrement louche. Les fenêtres de la façade étaient toutes fermées et leurs jalousies baissées. Cette maison ne paraissait pas plus large que les autres, mais elle s'enfonçait traîtreusement de manière à gagner en profondeur. Le rez-de-chaussée prétendait être dévolu à une boutique ; l'espace compris entre la fenêtre et les rideaux rouges qui masquaient entièrement la vue de l'intérieur n'offrait strictement rien aux regards des passants. D'un côté se trouvait la porte de la boutique, toujours parée de ses rideaux rouges derrière la glace et portant sur la partie boisée une plaque de cuivre où se voyait inscrit le nom de « Oldershaw » ; de l'autre était l'entrée particulière munie d'une sonnette et d'une seconde plaque de cuivre indiquant que cette partie-ci était habitée par un médecin. On y lisait : « Docteur Downward ». Si jamais briques et mortier ont parlé, ils disaient ouvertement : « Ici nous avons renfermé nos secrets et nous voulons les garder ».

— Cela ne peut être l'endroit, dit Allan, il doit y avoir une erreur.

— Vous le savez mieux que personne, monsieur, reprit Pedgift avec sa gravité ironique, vous connaissez les habitudes de Mrs. Mandeville.

— Non ! s'écria Allan. Cela vous surprendra peut-être, mais Mrs. Mandeville m'est tout à fait inconnue.

— Je ne suis pas étonné le moins du monde de cette déclaration, monsieur, la propriétaire de Kingsdown Crescent m'ayant appris que Mrs. Mandeville est une vieille femme. Mais si nous continuions notre enquête ? reprit l'impénétrable Pedgift, en examinant les rideaux rouges de vitrine avec cette puissante intuition que la petite-fille de Mrs. Mandeville pouvait fort bien se trouver derrière.

Ils essayèrent d'abord d'ouvrir la porte de la boutique. Elle était fermée. Ils sonnèrent. Une jeune femme, maigre et jaune, tenant à la main un roman français tout déchiré, vint leur ouvrir.

— Bonjour, mademoiselle, dit Pedgift. Mrs. Mandeville est-elle chez elle ?

La jeune femme au teint jaune les regarda en reculant avec surprise.

— Aucune personne de ce nom n'habite ici, répondit-elle sèchement, avec un accent étranger.

— Peut-être est-ce à côté ? suggéra Pedgift.

— Peut-être, dit la jeune femme en leur refermant la porte au nez.

— Cette jeune personne paraît avoir un assez mauvais caractère, dit Pedgift junior. Je félicite Mrs. Mandeville de ne pas être en relation avec elle.

Il se dirigea vers la porte du docteur et agita la sonnette.

Cette fois la porte fut ouverte par un homme en livrée fanée. Lui aussi parut surpris quand le nom de Mrs. Mandeville fut mentionné ; lui non plus ne connaissait personne de ce nom dans la maison.

— Très singulier ! dit Pedgift en regardant Allan.

— Qu'est-ce qui est singulier ? demanda d'une voix douce un gentleman vêtu de noir, à la démarche discrète, qui venait d'apparaître soudain sur le seuil du parloir.

Pedgift junior expliqua poliment le motif de sa visite, et demanda s'il avait le plaisir de parler au Dr Downward.

Le docteur salua. Si l'expression peut être pardonnée, c'était un de ces médecins au physique exemplaire dont l'aspect inspire aux patients – aux patientes surtout – une confiance absolue. Il avait la tête chauve de rigueur, les lunettes, l'indispensable pantalon noir, l'air affable : tout y était. Sa voix était apaisante, ses manières étaient circonspectes, réfléchies, son sourire était rassurant. Dans quelle branche particulière de sa profession exerçait le Dr Downward ? Sa plaque de cuivre ne le disait point, mais il avait complètement manqué sa vocation s'il n'était point un médecin pour dames.

— Êtes-vous bien sûr de ne point faire erreur sur le nom ? demanda le docteur avec une certaine dose d'anxiété dans ses manières. J'ai vu des inconvénients très sérieux résulter quelquefois d'erreurs sur les noms. Non ? Dans ce cas, gentlemen, je ne puis que vous répéter ce que mon domestique vous a déjà dit. Ne vous excusez point, je vous en prie. Bonjour, messieurs.

Le docteur se retira aussi doucement qu'il était apparu ; l'homme à la livrée usée ouvrit silencieusement la porte, et Allan et son compagnon se retrouvèrent de nouveau dans la rue.

— Monsieur Armadale, dit Pedgift, je ne sais ce que vous pensez, mais je suis perplexe.

— C'est étrange, j'allais justement vous demander ce que nous pouvions faire maintenant, répondit Allan.

— Je n'aime pas l'air de l'endroit, l'aspect de la demoiselle de boutique, ni le regard du médecin, continua le jeune légiste, et cependant, je ne pense pas qu'ils nous mystifient. Je ne saurais affirmer qu'ils connaissent le nom de Mrs. Mandeville.

Les impressions de Pedgift junior le trompaient rarement, et elles ne le trompaient pas davantage ce jour-là. La prudence qui avait fait quitter Bayswater à Mrs. Oldershaw lui avait encore conseillé de ne confier à aucune personne de Pimlico le secret du nom adopté par le répondant de Miss Gwilt. Pourtant elle avait été prise entièrement en défaut par ce qui venait d'arriver. En un mot, Mrs. Oldershaw avait tout prévu, sauf la possibilité d'une nouvelle enquête sur Miss Gwilt.

— Il faut décider quelque chose, dit Allan, il ne nous sert à rien de rester là.

Personne n'avait jamais vu Pedgift junior à bout d'expédients, et Allan, pas plus que les autres, ne devait le trouver en défaut.

— Je suis complètement de votre avis, monsieur, dit Pedgift. Il faut prendre un parti ; nous allons faire passer un second examen au cocher de la dame.

Le conducteur du cab resta sur ses positions. Accusé de s'être trompé d'endroit, il montra la boutique vide.

— Je ne sais ce que vous avez pu voir, gentlemen, mais voilà la première boutique qu'il m'arrive de trouver sans étalage dans la vitrine. C'est ce qui me l'a fait remarquer et pourquoi j'ai pu la reconnaître.

Accusé de s'être trompé sur la personne, le jour ou la maison où il l'avait prise, le cocher assura imperturbablement n'avoir commis aucune de ces erreurs. Le domestique qui avait été le chercher était bien connu à la station ; il se souvenait du jour comme du plus mauvais jour de travail de l'année ; et la dame, chose remarquable, avait eu son argent prêt juste au moment de descendre (ce qui n'arrive pas une fois sur cent avec les vieilles dames) ; de plus, elle avait payé la course sans en disputer le prix (ce que pas une dame âgée ne fait non plus une fois sur cent).

— Prenez mon numéro, gentlemen, conclut le cocher, et payez-moi mon temps ; quant à ce que je vous ai dit, j'en ferai serment partout et quand vous voudrez.

Pedgift inscrivit sur son portefeuille le numéro de l'homme. Ayant ajouté à ce renseignement le nom de la rue et les noms marqués sur les plaques, il ouvrit tranquillement la portière de la voiture.

— Nous sommes tout à fait dans les ténèbres jusqu'à présent. Si nous reprenions le chemin de l'hôtel ?

Il parlait plus sérieusement et paraissait plus réfléchi que d'habitude. Le simple fait que « Mrs. Mandeville » eût changé de logement sans dire à personne où elle allait et sans laisser d'adresse où l'on put lui renvoyer ses lettres, circonstance que la jalousie invétérée de Mrs. Milroy avait interprétée comme matière incontestable à soupçons, n'avait fait qu'une très faible impression sur le jugement plus impartial du juriste ; il arrive souvent que l'on quitte sa demeure secrètement pour des raisons parfaitement honorables. Mais l'aspect de cet endroit où le cocher persistait à déclarer avoir conduit Mrs. Mandeville fit apparaître le caractère et les procédés de cette mystérieuse dame sous un jour nouveau aux yeux de Pedgift junior. L'intérêt qu'il éprouvait pour cette affaire s'en accrut tout à coup, et il commença à éprouver une intense curiosité pour la nature réelle de l'histoire qui préoccupait Allan.

— Notre prochaine démarche, monsieur Armadale, n'est pas précisément facile à déterminer, dit-il sur le chemin de l'hôtel. Ne pourriez-vous me donner quelque autre renseignement ?

Allan hésita, et Pedgift junior vit qu'il s'était un peu trop avancé.

« Je ne dois pas insister, pensa-t-il, il faut lui laisser du temps, et attendre que la confidence vienne spontanément ».

— À défaut de plus amples détails, monsieur, reprit-il, que dites-vous de mon projet de prendre quelques informations sur cette singulière boutique, et sur ces deux noms inscrits à la porte ? Mes affaires à Londres sont d'une nature toute professionnelle et, en vous quittant, je vais justement dans le quartier où je puis obtenir les renseignements nécessaires.

— Je ne vois aucun inconvénient à cela, répliqua Allan.

Lui aussi était plus préoccupé que d'habitude ; sa curiosité commençait à être vivement excitée. Un vague rapprochement commençait à se faire dans son esprit entre le mystère qui semblait entourer l'histoire de la famille de Miss Gwilt et la difficulté qu'il y avait à rencontrer la personne qui recommandait cette jeune dame.

— Je vais descendre et vous laisser aller à vos affaires, dit-il ; j'ai besoin de réfléchir un peu sur tout ceci ; une promenade et un cigare m'y aideront.

— Mes affaires seront terminées, monsieur, entre une heure et deux heures, reprit Pedgift. Retrouvons-nous à deux heures à l'hôtel, qu'en dites-vous ?

Allan répondit par un signe de tête affirmatif, et le cab s'éloigna.

IV. Allan aux abois

Deux heures arrivèrent, et Pedgift junior fut ponctuel au rendez-vous. Sa vivacité du matin s'était évanouie. Il salua Allan avec sa politesse ordinaire, mais sans sourire, et lorsque le garçon vint demander ses ordres, il fut congédié par des paroles qui n'étaient jamais tombées des lèvres de Pedgift dans cet hôtel : « Rien, pour le moment ».

— Vous paraissez contrarié, dit Allan. N'avez-vous pu avoir nos informations ? N'avez-vous rien appris sur la maison de Pimlico ?

— Trois personnes différentes m'ont renseigné, et toutes les trois m'ont dit les mêmes choses.

Allan rapprocha vivement sa chaise de celle de son compagnon de voyage. Ses réflexions, depuis qu'il avait été laissé seul, n'avaient pas été de nature à le tranquilliser. L'étrange rapport, si facile à établir, si difficile à suivre, entre le mystère enveloppant la famille de Miss Gwilt et la disparition soudaine de son répondant pesait d'une façon pénible sur son esprit. Le rapprochement avait pris depuis un instant des proportions de plus en plus sérieuses. Il était troublé par des doutes qu'il ne pouvait ni comprendre ni exprimer. Il désirait et redoutait tout à la fois de satisfaire sa curiosité.

— Je crains d'avoir à vous ennuyer d'une question ou deux, monsieur, avant d'en venir au point important, dit Pedgift junior. Je ne veux point forcer votre confiance, je désire seulement voir mon chemin dans une affaire qui me paraît très compliquée. Pouvez-vous me dire si d'autres personnes que vous-même sont intéressées dans vos investigations ?

— Oui, je ne vois aucun inconvénient à vous l'avouer.

— Vos recherches ont-elles encore pour but une autre personne que Mrs. Mandeville ? demanda Pedgift, ouvrant son chemin un peu plus profondément encore.

— Oui, répondit Allan à contrecœur.

— S'agit-il d'une jeune femme ?

Allan sursauta :

— Comment avez-vous pu trouver cela ! s'écria-t-il.

Puis, se reprenant quand il n'en était plus temps, il ajouta :

— Ne me faites plus de questions. Je suis trop maladroit pour me défendre contre un habile garçon comme vous, et je me suis engagé sur l'honneur à garder pour moi les détails de cette affaire.

Pedgift junior en avait probablement appris assez. À son tour, il rapprocha sa chaise de celle d'Allan. Il était manifestement inquiet et légèrement embarrassé, mais son comportement professionnel eut tôt fait de reprendre le dessus.

— J'en ai fini avec mes questions, monsieur, dit-il, et j'ai maintenant quelque chose à vous dire à mon tour. En l'absence de mon père, peut-être voudrez-vous bien me considérer comme votre conseil ? Si vous voulez suivre mon avis, n'avancez plus d'un seul pas.

— Que voulez-vous dire ? l'interrompit Allan.

— Qu'il est fort possible, monsieur Armadale, que le cocher se soit trompé, malgré toutes ses affirmations du contraire. Je vous recommande fortement de considérer comme admis qu'il s'est trompé et d'abandonner vos recherches.

Le conseil était donné dans de bonnes intentions, mais il venait trop tard. Allan fit ce que quatre-vingt-dix-neuf hommes sur cent eussent fait : il refusa de se rendre à l'avis du légiste.

— Très bien, monsieur, reprit Pedgift junior. Puisque vous le voulez, vous serez instruit.

Il se pencha à l'oreille d'Allan, et lui dit à voix basse ce qu'il avait appris le matin sur la maison de Pimlico et sur ses habitants.

— Ne m'en veuillez pas, monsieur Armadale, ajoutait-il, quand les paroles irrévocables eurent été prononcées, je vous avais prié de ne pas insister.

Allan supporta le choc comme l'on supporte les chocs brutaux, en silence. Son impulsion première eût été de s'abriter sur-le-champ derrière l'idée, qui venait de lui être soufflée, que le cocher s'était trompé, mais une circonstance fatale l'en empêchait. La réticence de Miss Gwilt à évoquer son histoire lui revint en mémoire, confirmant indirectement, mais de la manière la plus horrible, ce qu'il venait d'apprendre sur la personne chargée de fournir ses références et sur la maison de Pimlico. Une conclusion, une seule, celle que tout homme eut tirée de ce qu'il avait entendu, s'imposa à son esprit : une femme perdue, déshonorée, et à bout de ressources, avait été chercher refuge auprès de misérables habiles à cacher les secrets criminels ; elle s'était introduite dans le monde sous un faux nom et avait obtenu un emploi respectable au moyen de fausses références. Et sa position l'obligeait désormais à garder un secret perpétuel sur son passé. C'est ainsi que la belle gouvernante de Thorpe-Ambrose se révélait maintenant aux yeux d'Allan !

S'agissait-il de cela ? S'était-elle introduite dans un milieu honorable, avait-elle obtenu un emploi de confiance, au moyen d'un faux témoignage et d'un nom d'emprunt ? Oui. Sa position lui imposait-elle sur sa vie passée un secret et une dissimulation perpétuels ? Oui. Avait-elle été, ainsi qu'Allan l'avait supposé, la pitoyable victime d'un inconnu ? Non, elle n'était ni victime ni pitoyable.

La conclusion qu'Allan avait inexorablement tirée des faits exposés devant lui était à mille lieues de la vérité. La vérité sur les relations de Miss Gwilt avec la maison de Pimlico et les gens qui l'habitaient, maison décrite avec raison comme remplie de méchants secrets, et gens représentés à juste titre comme en danger perpétuel de tomber entre les mains de la justice, était une histoire que les événements à venir mettront à jour, infiniment moins révoltante et cependant infiniment plus terrible qu'Allan ou son compagnon ne l'avaient supposé.

— Monsieur Armadale, répéta Pedgift, j'ai essayé de vous préserver. Je ne voulais pas vous faire de mal.

Allan releva la tête et fit un effort pour se vaincre.

— Vous m'avez fait du mal, en effet, dit-il, vous m'avez brisé. Mais ce n'est pas votre faute. Je dois reconnaître que vous m'avez rendu service, et ce qu'il y a à faire, je le ferai, quand j'aurai retrouvé mes esprits. Il y a une chose, ajouta Allan après un moment de pénible réflexion, dont nous devons convenir maintenant : l'avis que vous me donniez tout à l'heure était bon ; je le reçois avec reconnaissance. Nous ne reviendrons plus jamais sur ce sujet, s'il vous plaît, et je vous prie très instamment de ne jamais en parler à personne. Voulez-vous me le promettre ?

Pedgift y consentit avec une sincérité évidente. Il avait perdu son assurance de professionnel ; le chagrin qu'exprimait le visage d'Allan semblait l'intimider. Après un moment d'hésitation inhabituel chez lui, il crut devoir quitter la chambre.

Laissé à lui-même, Allan sonna, demanda de quoi écrire, et sortit de son portefeuille la fatale lettre d'introduction pour « Mrs. Mandeville » que lui avait envoyée la femme du major.

Un homme habitué à réfléchir aux conséquences de ses actes eût été bien embarrassé à la place d'Allan pour prendre une décision. Accoutumé à se laisser diriger par ses premières impressions, Allan agit de même cette fois en suivant son intuition. Bien que son attachement pour Miss Gwilt n'eut pas jeté en lui des racines aussi profondes qu'il l'avait sincèrement cru, la gouvernante avait conquis une place exceptionnelle dans son admiration, et le chagrin qu'il éprouvait à cet instant en songeant à elle n'était pas un chagrin ordinaire.

Son désir dominant, à ce moment critique, était un désir miséricordieux de protéger la malheureuse contre un déshonneur complet. Elle avait perdu son estime, sans perdre ses droits à l'indulgence et à la compassion. Il l'épargnerait, il la défendrait :

« Je ne puis aller à Thorpe-Ambrose, se disait-il, je ne me sens pas le courage de la revoir, mais je garderai son misérable secret ! »

Cette résolution au cœur, Allan se disposa à écrire à Mrs. Milroy. Avec plus de clairvoyance et de bon sens, il eut jugé la lettre délicate à rédiger ; mais il n'en calcula pas les conséquences, et ne vit point la difficulté.

Désireux de sortir immédiatement de la position dans laquelle il se trouvait vis-à-vis de la femme du major, il écrivit sans autre réflexion, de toute la vitesse dont sa plume put courir sur le papier.

Dunn's Hotel, Covent Garden,
mardi.

Chère Madame,

Je vous prie de vouloir bien m'excuser si je ne retourne pas aujourd'hui à Thorpe-Ambrose, comme je vous l'avais promis. Des circonstances imprévues me forcent à m'arrêter à Londres. Je suis fâché d'avoir à vous dire que je n'ai pas réussi à rencontrer Mrs. Mandeville.

Je n'ai donc pu m'acquitter de votre commission, et je me permets de vous renvoyer, avec mes humbles excuses, la lettre d'introduction que je tenais de votre obligeance. J'ose terminer ma lettre en vous remerciant d'une bonté dont je ne veux pas abuser davantage. Votre dévoué serviteur,

ALLAN ARMADALE.

Ce fut dans ces termes naïfs qu'Allan, ignorant par ailleurs du caractère de la femme à laquelle il avait affaire, plaça entre les mains de Mrs. Milroy l'arme qu'elle désirait.

La lettre achevée et cachetée, son esprit fut libre de penser à lui-même et au futur. Il resta assis devant son pupitre, traçant, d'une main distraite, des lignes sur le buvard, et les larmes lui vinrent aux yeux pour la première fois, larmes où la femme qui l'avait déçu n'était pour rien. Son cœur était avec sa mère morte.

« Si elle avait été vivante, pensa-t-il, j'eusse pu me confier à elle, et elle m'eût consolé ».

Il était inutile de s'arrêter à de tels regrets. Il essuya ses larmes et tourna ses pensées vers les vivants et les choses du présent, avec cette résignation que nous connaissons tous.

Il écrivit une ligne à Mr. Bashwood, informant le régisseur par intérim que son absence de Thorpe-Ambrose se prolongerait probablement quelque temps, et que ses ordres lui parviendraient par l'entremise de Mr. Pedgift aîné. Cela fait, et les lettres envoyées à la poste, ses pensées se reportèrent encore sur lui-même. L'avenir, l'inconnu, se dressa devant lui, et son cœur effrayé se réfugia de nouveau dans le passé.

Cette fois, ses souvenirs lui rappelèrent la passion absorbante de sa jeunesse, son amour pour la mer. Il songea à son yacht, couché paresseusement dans le petit port de pêcheurs où s'était écoulée son enfance, et un désir immense s'empara de lui, celui d'entendre le roulement des vagues, de voir les voiles s'enfler, de sentir le navire que ses mains avaient bâti bondir de nouveau sous lui. Il se leva avec son impétuosité habituelle et demanda l'indicateur des chemins de fer, dans l'idée de partir pour le Somerset par le premier train. Mais la crainte des questions que Mr. Brock pourrait lui faire et la pensée du changement que son vieil ami trouverait en lui le firent se rasseoir.

« J'écrirai, pensa-t-il, je demanderai que le yacht soit gréé et réparé, et j'attendrai pour aller dans le Somerset que Midwinter puisse y venir avec moi ».

Il soupira à la pensée de son ami absent. Jamais il n'avait senti le vide laissé dans sa vie par le départ de Midwinter aussi péniblement qu'en ce moment, au milieu de la plus triste des solitudes, la solitude d'un étranger à Londres, abandonné à lui-même dans un hôtel.

Pedgift junior reparut bientôt en s'excusant d'être indiscret peut-être. Allan se sentait trop seul pour ne pas accueillir son compagnon avec reconnaissance.

— Je ne retourne pas à Thorpe-Ambrose, dit-il. Je veux rester un peu à Londres. J'espère que vous ne me quittez point.

Il faut rendre à Pedgift cette justice qu'il était touché de l'abandon dans lequel le propriétaire du riche domaine de Thorpe-Ambrose semblait se trouver. Il n'avait jamais, dans ses relations avec Allan, oublié aussi complètement ses intérêts qu'à cet instant.

— Vous avez parfaitement raison, monsieur, de vouloir rester ici. Londres est juste l'endroit qu'il faut pour vous distraire, dit Pedgift gaiement. Les affaires sont toutes d'une nature plus ou moins élastique, monsieur Armadale ; je ferai traîner les miennes et je vous tiendrai compagnie avec le plus grand plaisir. Nous sommes tous les deux du bon côté de la trentaine, monsieur, amusons-nous. Que dites-vous de dîner de bonne heure, d'aller ensuite au théâtre, et de faire un tour demain matin, après déjeuner, à la grande exposition de Hyde Park[1] ? Si nous vivons comme des coqs de combat, si nous cherchons avec persévérance les amusements publics, nous arriverons en peu de temps au *mens sana in corpore sano* des Anciens. Ne vous effrayez pas de la citation, monsieur, je me mêle un peu de latin à mes heures de loisir, et je cultive les auteurs païens. William, le dîner pour cinq heures ; et, comme cela est particulièrement important aujourd'hui, je verrai le cuisinier moi-même.

La soirée se passa, le lendemain aussi. Le jeudi matin arriva, et amena une lettre pour Allan. L'adresse était de l'écriture de Mrs. Milroy et, dès le début, Allan vit que quelque chose n'allait

1 Il s'agit de l'Exposition universelle de 1851, au Crystal Palace.

pas.

Le Cottage, Thorpe-Ambrose,
mercredi.

(Confidentielle).

Cher Monsieur,

Je viens de recevoir votre mystérieuse lettre. Elle m'a plus que surprise, elle m'a réellement alarmée. Après vous avoir fait les avances les plus amicales, je me trouve subitement privée de votre confiance, de la façon la plus inexplicable, et je dois ajouter la moins courtoise.

Il est complètement impossible que je laisse cette affaire dans la situation où vous la placez. La seule conclusion que je puisse tirer de votre lettre est que ma confiance a été trompée et que vous en savez beaucoup plus que vous ne voulez le dire. Parlant dans l'intérêt de ma fille, je demande que vous vouliez bien m'informer des circonstances qui vous empêchent de voir Mrs. Mandeville et qui vous ont conduit à me refuser l'aide que vous m'aviez promise sans condition, dans votre lettre de lundi dernier.

Dans mon état de santé, je ne puis m'engager dans une correspondance interminable. Je dois prévoir toutes les objections que vous pourriez faire et expliquer tout ce que j'ai à dire dans cette lettre. Dans le cas (que je ne suis guère prête à envisager) où vous refuseriez d'accéder à la requête que je viens de vous adresser, je vous avoue que je croirais de mon devoir envers ma fille d'éclaircir cette désagréable affaire. Si je ne reçois pas de vous, par le retour de la poste, une explication satisfaisante, je me verrai contrainte d'expliquer à mon mari que la situation justifie de notre part une enquête immédiate sur l'honorabilité de la personne qui répond de Miss Gwilt. Si le major me demande mes raisons, je l'adresserai directement à vous.

Votre obéissante servante,

ANNE MILROY.

Ce fut en ces termes que la femme du major, jetant le masque, laissa sa victime mesurer à loisir la trappe dans laquelle elle l'avait fait tomber. La croyance d'Allan en la bonne foi de Mrs. Milroy avait été si parfaite que cette dernière lettre le stupéfia littéralement. Il entrevit vaguement qu'il avait été joué d'une façon quelconque, et que l'intérêt qu'il avait inspiré comme voisin à cette dame n'était point tel qu'il l'avait cru d'abord. La menace d'en appeler au major, sur laquelle Mrs. Milroy avait compté pour produire son effet, était la seule partie de la lettre à laquelle Allan se reportait avec satisfaction ; elle le soulageait au lieu de l'effrayer.

« S'il doit y avoir une querelle, pensa-t-il, ce sera au moins avec un homme ».

Ferme dans sa résolution de mettre à l'abri la malheureuse femme dont il croyait à tort avoir percé le secret, Allan s'assit pour écrire ses excuses à la maîtresse du cottage. Après avoir avancé trois déclarations polies, en bon ordre, il se retira du champ de bataille : il était extrêmement triste d'avoir offensé Mrs. Milroy. Il était innocent de toute intention blessante pour Mrs. Milroy. Et il restait l'obéissant serviteur de Mrs. Milroy.

Jamais la concision épistolaire d'Allan ne lui avait rendu plus grand service qu'en cette occasion. Avec un peu plus d'habileté dans le maniement de la plume, il eût fourni à son ennemie un moyen bien plus fort de le tenir que celui qu'elle possédait déjà.

Une nouvelle journée s'écoula. Le courrier du surlendemain matin apporta la menace de Mrs. Milroy, sous la forme d'une lettre de son mari. Le major écrivait moins cérémonieusement que sa femme, mais ses questions n'en étaient pas moins précises.

Le Cottage, Thorpe-Ambrose,
vendredi, 11 juillet 1851.

(Confidentielle).

Cher Monsieur,

Lorsque j'eus le plaisir de recevoir votre visite, il y a quelques jours, vous me fîtes une question relativement à ma gouvernante, Miss Gwilt, que je jugeai alors un peu singulière, et qui amena, vous devez vous en souvenir, un froid momentané entre nous.

Ce matin, Miss Gwilt s'est trouvée une nouvelle fois le sujet d'une conversation qui a suscité chez moi la plus incroyable incrédulité. En d'autres termes, Mrs. Milroy m'a appris que Miss Gwilt était soupçonnée de nous avoir trompés par de fausses références. Ayant exprimé la surprise qu'une aussi extraordinaire nouvelle me causait et demandé qu'elle fut immédiatement suivie d'explications subs-

tantielles, je fus encore plus étonné d'apprendre que je ne devais en appeler, pour cela, à personne d'autre qu'à Mr. Armadale. J'ai vainement cherché à obtenir d'autres détails ; Mrs. Milroy a persisté à me renvoyer à vous-même.

Dans cet état de choses, je suis obligé, pour être juste envers tout le monde, de vous poser certaines questions que j'essayerai de rendre aussi explicites que possible, et auxquelles je suis persuadé, d'après ce que je sais de vous, que vous voudrez bien répondre avec franchise de votre côté.

Je désire d'abord demander si vous admettez ou si vous repoussez l'assertion de Mrs. Milroy selon laquelle vous seriez au fait de certains détails concernant Miss Gwilt ou son répondant ? détails dont je me trouve moi-même totalement ignorant. En second lieu, si vous reconnaissez l'exactitude du rapport de Mrs. Milroy, je vous prie de me faire savoir comment ces détails ont été portés à votre connaissance. Troisièmement, enfin, je vous prierai de me dire quels sont ces détails.

Si je dois me justifier de m'être permis toutes ces questions, je vous rappellerai que ce que j'ai de plus précieux, à savoir le soin de ma fille, est confié à Miss Gwilt, et que, d'après l'affirmation de Mrs. Milroy, vous seriez en position de me dire si cette confiance est oui ou non bien placée.

J'ajouterai seulement que, comme rien jusqu'à présent ne me donne le droit de soupçonner en aucune façon ma gouvernante ou la personne qui répond d'elle, j'attendrai, avant d'en appeler à Miss Gwilt, d'avoir reçu votre réponse, que j'espère par le retour du courrier.

Croyez-moi, cher monsieur, votre dévoué,

DAVID MILROY.

Cette lettre catégorique dissipa subitement la confusion qui avait jusqu'alors régné dans l'esprit d'Allan ; il vit le piège dans lequel il avait été pris. Mrs. Milroy l'avait clairement placé devant l'alternative suivante : soit il se mettait dans son tort en refusant de répondre aux questions de son mari, soit il se déchargeait lâchement de sa responsabilité sur une femme, en alléguant en face du major que son épouse l'avait trompé.

Face à cette difficulté, Allan agit comme à l'ordinaire, sans hésitation. Sa parole donnée à Mrs. Milroy de garder le secret sur leur correspondance l'engageait malheureusement toujours, bien qu'elle-même en eût abusé. Sa résolution était aussi arrêtée que jamais de ne se laisser induire par aucune considération à trahir Miss Gwilt.

« Je me suis conduit comme un étourdi, pensa-t-il, mais je ne veux pas manquer à ma parole, et je ne veux pas fournir des armes contre cette malheureuse femme, qui serait renvoyée et de nouveau abandonnée dans le monde ».

Il écrivit donc au major avec aussi peu d'artifice et autant de brièveté qu'il avait écrit à sa femme : il déclarait sa répugnance à causer un désappointement à un ami et voisin, mais, en cette occasion, il n'avait pas le choix. Les questions que lui adressait le major étaient telles qu'il ne pouvait consentir à y répondre. Il n'avait pas une grande habitude d'écrire, et il espérait que le major voudrait l'excuser de n'en pas dire davantage.

Le courrier du lundi apporta la réponse du major et mit un terme à la correspondance.

Le Cottage, Thorpe-Ambrose,
dimanche.

Monsieur,

Votre refus de répondre à mes questions, sans même l'appuyer sur une excuse qui puisse le motiver, ne peut être interprété que d'une seule façon. Il implique, outre un aveu tacite de l'exactitude du rapport de Mrs. Milroy, une opinion défavorable de la moralité de ma gouvernante.

Je regarde comme un devoir de justice envers une dame qui vit sous la protection de mon toit et qui ne m'a donné aucune raison de la soupçonner de montrer notre correspondance à Miss Gwilt. Je lui répéterai également, en présence de Mrs. Milroy, la conversation que j'ai eue avec cette dernière à son sujet.

Encore un mot touchant nos relations futures, et j'en aurai fini. De mon temps, nous avions un code d'honneur sur lequel nous réglions toutes nos actions. Suivant ce code, si un homme se permettait de se mêler des affaires d'une dame sans être ou son mari, ou son père, ou son frère, il encourait l'obligation de justifier sa conduite aux yeux des intéressés ; s'il éludait ce devoir, il abdiquait le titre de gentleman. Il est parfaitement possible que cette antique manière de voir ne soit plus de mode, mais il est trop tard, à mon âge, pour que je puisse adopter d'autres idées. Je me fais un scrupule particulier, voyant que nous vivons dans un pays et dans un temps où la seule cour d'honneur est une cour de police, de m'exprimer avec la plus grande modération de langage, dans cette dernière occasion que j'aurai de communiquer avec vous. Permettez-moi donc de remarquer simplement que nos idées sur la conduite d'un gentleman diffèrent du tout au tout, et permettez-moi, pour cette raison, de vous prier de vouloir bien vous regarder, à l'avenir, comme étranger à ma famille et à ma maison. Votre obéissant serviteur,

DAVID MILROY.

Le lundi où son client reçut la lettre du major fut le lundi le plus noir que Pedgift eût encore marqué sur son calendrier. Quand la première colère d'Allan, pour le ton de mépris avec lequel son ami et voisin portait une telle sentence contre lui fut apaisée, il tomba dans une prostration dont son compagnon de voyage ne put le tirer malgré tous ses efforts. Se reportant tout naturellement, à présent que son bannissement avait été prononcé, à ses premières relations avec le cottage, Allan fut conduit à songer à Neelie, et il y pensa avec plus de regrets et de remords que cela ne lui était encore arrivé.

« Si c'était elle, et non son père, qui m'eût fermé la porte de leur maison, je n'eusse pas eu un mot à dire, je le méritais ».

Telle fut la réflexion amère qui suivit son retour vers le passé.

Le jour suivant apporta une lettre, lettre bienvenue cette fois, de Mr. Brock. Allan avait écrit dans le Somerset, au sujet du gréement de son yacht. Son épître avait trouvé le révérend occupé, ainsi qu'il le croyait innocemment, à protéger son ancien élève contre la femme qu'il avait épiée à Londres et dont il pensait qu'elle l'avait suivi jusqu'à son presbytère. Agissant d'après les instructions qui lui étaient envoyées, la servante de Mrs. Oldershaw avait achevé de mystifier Mr. Brock. Elle avait calmé toute nouvelle anxiété du révérend, en lui donnant, toujours sous l'identité de Miss Gwilt, une promesse écrite de ne jamais entrer en relation avec Mr. Armadale, soit personnellement, soit par écrit. Fermement convaincu qu'il avait enfin gagné la partie, le pauvre Mr. Brock répondit au billet d'Allan dans les dispositions les plus gaies, exprimant une surprise assez naturelle de lui voir quitter Thorpe-Ambrose, mais promettant que le yacht serait réparé et lui offrant l'hospitalité au presbytère dans les termes les plus engageants.

Cette lettre fit merveille sur le moral d'Allan. Elle lui donna un nouveau sujet d'intérêt, entièrement détaché de ses souvenirs du Norfolk. Il commença de compter les jours qui devaient s'écouler encore avant le retour de son ami absent. On était mardi. Si Midwinter revenait, comme il s'y était engagé, au bout d'une quinzaine, le samedi suivant le trouverait à Thorpe-Ambrose. Un mot envoyé à sa rencontre l'amènerait à Londres la même nuit ; et si tout allait bien, avant qu'une autre semaine fût écoulée, ils seraient à flot, ensemble sur le yacht.

Le lendemain se passa, à la grande satisfaction d'Allan, sans apporter d'autres lettres. La gaieté de Pedgift reparut avec le bon moral de son client. Vers l'heure du dîner, il revint au *mens sana in corpore sano* des Anciens, et donna ses ordres au maître d'hôtel plus royalement que jamais.

Le mercredi amena le fatal facteur avec des nouvelles du Norfolk. Un correspondant qui ne s'était pas encore montré sur scène faisait son apparition ; les plans d'Allan pour son voyage dans le Somerset en tombèrent à l'eau.

Pedgift junior se trouva le premier arrivé ce matin-là dans la salle à manger. Lorsque Allan entra, il arborait sa gravité professionnelle, et présenta une lettre à son client, avec un salut exécuté dans un silence solennel.

— Pour moi ? demanda Allan, redoutant instinctivement ce nouveau correspondant.

— Pour vous, monsieur, de mon père, répliqua Pedgift, insérée dans une autre lettre à mon adresse. Peut-être me permettrez-vous de suggérer, pour vous préparer à quelque chose de désagréable, que nous aurions particulièrement besoin aujourd'hui d'un bon dîner, et (s'il n'y a pas de musique allemande ce soir) je pense que nous ferions aussi bien de finir mélodieusement la soirée à l'Opéra.

— Quelque chose ne va pas à Thorpe-Ambrose ? demanda Allan.

— Oui, monsieur Armadale, quelque chose ne va pas à Thorpe-Ambrose.

Allan s'assit avec résignation et ouvrit la lettre :

High Street, Thorpe-Ambrose,
11 juillet 1851.

(Personnelle et confidentielle).
Cher Monsieur,

High Street, Thorpe-Ambrose,

Il est de mon devoir de ne pas vous laisser ignorer plus longtemps les propos de cette ville et du voisinage, propos, je regrette de l'avouer, où vous êtes fort maltraité.

La première nouvelle fâcheuse est parvenue à mes oreilles lundi dernier. On disait dans toute la ville que le major Milroy avait rompu avec sa gouvernante, et que Mr. Armadale n'était pas étranger à cette brouille. Je n'ai fait aucune attention à cette rumeur, pensant que c'était là pur bavardage, un de ces bruits que la méchanceté répand continuellement parmi nous, comme si cela était nécessaire à la respiration, au bien-être des habitants de cette respectable ville.

Mardi, cependant, l'affaire s'est montrée sous un nouveau jour. L'histoire circulait, appuyée par les plus hautes autorités. Mercredi, la noblesse des environs prenait l'affaire en main, et approuvait universellement l'opinion adoptée par la ville. Aujourd'hui, la rumeur publique est à son comble, et je me trouve dans la nécessité de vous mettre au courant de ce qui est arrivé.

Pour commencer, il est avéré qu'une correspondance s'est établie, la semaine dernière, entre vous et le major Milroy, et que vous avez jeté de très sérieux soupçons sur l'honorabilité de Miss Gwilt, sans préciser votre accusation et sans produire aucune preuve, malgré l'invitation que vous en avez reçue. Là-dessus, le major a jugé de son devoir (tout en protestant d'une ferme croyance en sa parfaite honnêteté) d'informer sa gouvernante de ce qui arrivait, afin qu'elle n'offrît plus à l'avenir aucun prétexte pour mettre en doute sa moralité. Très généreux de la part du major. Mais vous allez voir immédiatement que Miss Gwilt est encore plus magnanime. Après avoir exprimé ses remerciements, de la manière la plus convenable, elle a demandé la permission de quitter la maison du major Milroy.

Plusieurs histoires ont cours sur les motifs de cette décision de la gouvernante.

La version autorisée (sanctionnée par la gentry locale) est que Miss Gwilt aurait dit ne pouvoir condescendre, par égard pour elle-même et pour la très respectable personne qui lui fournit ses références, à défendre sa réputation contre des imputations vagues, lancées par un étranger. En même temps, il lui était impossible d'adopter cette ligne de conduite à moins de posséder une liberté d'action incompatible avec sa position de gouvernante. Pour cette raison, elle a jugé qu'elle devait quitter la maison du major. Cependant, ne souhaitant pas que son départ fût mal interprété, elle a décidé de rester dans le voisinage. Quoi qu'il lui en coûte, elle restera à Thorpe-Ambrose aussi longtemps qu'il le faudra pour répondre aux imputations plus précises qui viendraient à être formulées contre son honorabilité et pour les réfuter publiquement dès l'instant où elles prendront une forme concrète.

Telle est la position que cette dame fort intelligente a adoptée, et qui a produit un excellent effet sur les esprits ; il est évidemment de son intérêt, pour une raison que l'on ignore, de quitter sa place sans abandonner le pays. Lundi dernier, elle s'est installée dans un modeste logement près de la ville ; et le même jour, elle a écrit probablement à son répondant, car hier est arrivée une lettre de cette dame pour le major Milroy, pleine d'une vertueuse indignation, et demandant une enquête immédiate et minutieuse sur toute l'affaire. Cette lettre a été rendue publique et a infiniment renforcé la position de Miss Gwilt. Elle est véritablement considérée désormais comme une héroïne. Le Thorpe-Ambrose Mercury a fait paraître un premier article dans lequel elle est comparée à Jeanne d'Arc. Il est très probable qu'il sera question d'elle dans le sermon de dimanche. Nous comptons cinq vieilles filles esprits forts dans le voisinage : toutes les cinq ont été lui faire visite. On a voulu lui donner un certificat, mais cette proposition n'a pas eu de suite, parce que Miss Gwilt elle-même n'en a pas voulu. À présent, c'est un mouvement collectif qui est en train de se développer pour lui trouver des leçons de musique.

J'ai eu moi-même, dernièrement, l'honneur de recevoir une visite de cette dame, en sa qualité de martyre. Elle m'a dit, de la plus douce manière, qu'elle ne blâmait pas Mr. Armadale, qu'elle le considérait comme un instrument innocent entre les mains d'une autre per-

sonne. Je me tins soigneusement sur mes gardes avec elle, car je ne crois pas entièrement en Miss Gwilt, et j'ai mes défiances d'homme de loi sur les motifs qui sont au fond de sa conduite.

J'ai écrit jusqu'ici, mon cher monsieur, avec peu d'hésitation et d'embarras, mais il y a malheureusement à côté de son aspect ridicule, un aspect sérieux à cette affaire, et je dois bien, malgré moi, y venir avant de fermer ma lettre.

Il n'est, me semble-t-il, absolument pas permis que vous puissiez tolérer que l'on parle de vous comme on en parle, sans intervenir personnellement. Vous vous êtes malheureusement fait plusieurs ennemis ici, et le premier de tous est Mr. Darch, mon collègue. Il a montré partout une lettre que vous lui avez écrite en des termes assez durs pour lui refuser la location du cottage, et cela a contribué à exaspérer l'opinion contre vous. On dit de toutes parts que vous vous êtes immiscé dans les affaires de famille de Miss Gwilt, avec les motifs les moins honorables, que vous avez essayé de la priver de la protection du toit du major Milroy, et qu'après avoir été invité à appuyer par des preuves vos allégations sur une femme sans défense vous avez gardé un silence qui vous condamne dans l'estime des honnêtes gens.

J'espère qu'il est complètement inutile pour moi d'ajouter que je n'attache pas la plus légère foi à ces infamies. Mais elles sont trop répandues et trop généralement acceptées pour être traitées avec mépris. Je vous conseille fortement de revenir ici, afin de prendre les mesures nécessaires pour défendre votre réputation, avec moi, votre conseil légal.

Je me suis formé, depuis mon entrevue avec Miss Gwilt, une opinion bien arrêtée sur cette dame, mais je ne crois pas nécessaire de la confier au papier. Qu'il me suffise de dire ici que j'aurai un moyen à vous proposer pour faire taire les langues médisantes de vos voisins, moyen sur le succès duquel je mets en jeu ma réputation professionnelle, si vous voulez seulement me soutenir de votre présence et de votre approbation.

Peut-être comprendrez-vous mieux la nécessité de votre retour, si je vous communique une autre allégation qui est dans toutes les bouches : votre absence est, je rougis de le dire, attribuée aux plus lâches motifs. On dit que vous restez à Londres parce que vous avez peur de montrer votre visage à Thorpe-Ambrose. Croyez-moi, mon cher monsieur, Votre obéissant serviteur,

Allan était à l'âge où il pouvait ressentir tout ce qu'il y avait de blessant pour lui dans le dernier paragraphe de la lettre de l'avoué. Il bondit sur ses pieds dans un paroxysme d'indignation, qui révéla son caractère sous un tout nouvel aspect à Pedgift junior.

— Où est l'indicateur des chemins de fer ? cria Allan. Je vais à Thorpe-Ambrose ! S'il n'y a pas de départ immédiat, je demanderai un train spécial. Je dois et je veux m'en retourner tout de suite. Peu m'importe la dépense !

— Si nous envoyions un télégramme à mon père, monsieur ? suggéra le judicieux Pedgift. C'est le plus prompt moyen d'exprimer vos sentiments.

— En effet, dit Allan. Merci pour cette bonne idée. Un télégramme ! Dites à votre père de donner un démenti en mon nom à chaque homme de Thorpe-Ambrose. Mettez cela en lettres capitales, Pedgift, je vous en prie, en lettres capitales !

Pedgift sourit et secoua la tête. S'il savait quelque chose de la nature humaine, c'est la forme qu'elle prend dans les petites villes de province.

— Cela n'aura pas le moindre effet sur eux, monsieur Armadale, remarqua-t-il tranquillement. Ils ne feront que mentir de plus belle. Si vous voulez bouleverser toute la ville, une ligne suffira. Avec cinq shillings de travail humain et de fluide électrique, monsieur (je m'occupe un peu de science après les heures de bureau), nous lancerons une bombe dans Thorpe-Ambrose.

Tout en parlant, il traça sur un morceau de papier :

A. Pedgift junior à A. Pedgift senior.

Dites partout que Mr. Armadale arrive par le premier train.

— Mettez-en plus long, dit Allan en regardant par-dessus son épaule, il faut appuyer davantage.

— Laissez ce soin à mon père, monsieur, répondit le judicieux Pedgift. Mon père est sur les lieux, et sa maîtrise du langage est quelque chose d'extraordinaire.

Il sonna et envoya le télégramme.

Maintenant que quelque chose avait été fait, Allan retrouvait progressivement son calme. Il relut la lettre de Mr. Pedgift père, puis la tendit à Mr. Pedgift fils.

— Pouvez-vous deviner le plan de votre père pour me remettre bien avec le voisinage ? demanda-t-il.

Pedgift secoua sa tête avisée.

— Son projet paraît dépendre, monsieur, de son opinion sur Miss Gwilt.

— Je me demande ce qu'il pense d'elle.

— Je ne serais pas surpris, monsieur Armadale, reprit Pedgift junior, si son opinion nous ébranlait un peu quand vous l'entendrez. Mon père, dans sa carrière, a acquis une grande expérience de la face cachée du sexe faible, mais vu sous le mauvais côté. Et il a appris sa profession à l'Old Bailey.

Allan arrêta là ses questions. Il semblait soudain réticent à poursuivre le sujet qu'il avait lui-même abordé le premier.

— Faisons quelque chose pour tuer le temps, dit-il, faisons nos bagages et payons la note.

Les valises remplies et la note acquittée, l'heure du départ arriva, et le train s'ébranla enfin pour le Norfolk.

Tandis que les voyageurs étaient en route, un télégramme un peu plus long que celui qu'avait envoyé Allan se propageait comme un éclair le long des fils de fer, mais en sens inverse, de Thorpe-Ambrose à Londres. Le message était chiffré ; traduit, voici ce qu'il signifiait :

De Lydia Gwilt à Maria Oldershaw.

Bonnes nouvelles ! Il revient. Je veux avoir une entrevue avec lui. Tout se présente bien, maintenant que j'ai quitté le cottage. Je n'ai plus ces yeux de femmes pour m'espionner, et je puis aller et venir comme il me plaît. Mr. Midwinter est heureusement hors du chemin. Je ne désespère pas encore de devenir Mrs. Armadale. Quoi qu'il arrive, soyez assurée que je me tiendrai éloignée de Londres tant que je ne serai pas sûre de ne pas traîner quelque espion après moi à votre demeure. Je ne suis pas pressée de partir de Thorpe-Ambrose. Je désire d'abord être quitte avec Miss Milroy.

Peu de temps après que ce message était reçu à Londres, Allan rentrait dans sa maison. C'était le soir. Pedgift junior venait de le laisser et Pedgift senior devait se présenter une demi-heure plus tard pour causer affaires.

V. Le remède de Pedgift

Après une consultation préliminaire avec son fils, Pedgift père se rendit seul à son rendez-vous à la grande maison.

En tenant compte de la différence d'âge, le fils était si exactement le reflet du père que connaître l'un, c'était les connaître tous les deux.

Ajoutez à la silhouette de Pedgift junior un peu plus de hauteur et de corpulence, un peu plus de hardiesse et d'ampleur dans les façons, plus d'assurance et d'aplomb dans le caractère, et vous aurez un aperçu général de l'aspect et du tempérament de Pedgift senior.

La voiture qui transportait l'avoué à Thorpe-Ambrose était son propre cabriolet, tiré par sa fameuse jument. Il avait l'habitude de conduire lui-même, et l'une des légères particularités qui le distinguaient quelque peu de son fils était qu'il affectionnait particulièrement le costume de chasse. Ses pantalons de drap foncé étaient collants sur les jambes ; ses bottes, qu'il plût ou que le temps fût sec, avaient des semelles épaisses ; sa cravate d'été de prédilection était en mousseline claire, et attachée par le plus symétrique des nœuds. Il aimait le tabac, comme son fils, mais il le prenait sous une forme différente. Tandis que le jeune homme fumait, le père prisait copieusement ; ses intimes avaient fait cette remarque qu'il tenait toujours sa prise en arrêt entre sa tabatière et son nez, quand il allait conclure une belle affaire ou prononcer une bonne décision.

L'art de la diplomatie est pour beaucoup dans le succès des légistes de second ordre, et les procédés diplomatiques adoptés par Mr. Pedgift n'avaient jamais varié : dans toutes les occasions où il jugeait nécessaire d'user de persuasion envers un de ses semblables, il gardait invariablement son argument le plus fort en réserve, sa plus hardie proposition pour la dernière, et se les rappelait toujours à la porte (après avoir préalablement pris congé), comme si c'était une réflexion purement accidentelle et subite.

Des amis plaisantins, accoutumés par l'expérience à cette manière de procéder, avaient baptisé cette ruse « Post-scriptum Pedgift ». Peu nombreux étaient ceux qui, à Thorpe-Ambrose, ignoraient ce que signifiait la fausse sortie de l'avoué quand, s'arrêtant tout à coup devant la porte ouverte, il retournait doucement à son fauteuil, sa prise de tabac suspendue entre sa tabatière et son nez, et déclarait : « Il vient de me venir une idée », pour régler de but en blanc le problème qu'il avait paru abandonner en désespoir de cause une minute auparavant.

Tel était l'homme que la nouvelle marche des événements à Thorpe-Ambrose avait jeté capricieusement au premier plan. C'était le seul ami qu'Allan eut près de lui dans son isolement, et auquel il pût demander conseil à l'heure du besoin.

— Bonsoir, monsieur Armadale. Mille remerciements pour votre prompte attention à ma très désagréable lettre, dit Pedgift senior, entamant joyeusement la conversation dès qu'il se trouva en face de son client. Vous avez compris, j'espère, monsieur, que je n'avais pas d'autre choix que d'écrire comme je l'ai fait ?

— J'ai très peu d'amis, monsieur Pedgift, répliqua Allan simplement, et je vous compte parmi eux.

— Très obligé, monsieur Armadale. J'ai toujours essayé de mériter votre bonne opinion, et je m'efforcerai, autant que je le pourrai, de la mériter constamment. Vous vous êtes trouvé bien, j'espère, monsieur, à l'hôtel de Londres ? Nous l'appelons « Notre hôtel ». Il y a dans la cave quelques bouteilles de vieux vin que je vous aurais recommandées si j'avais eu l'honneur d'être avec vous. Mon fils, malheureusement, n'est point connaisseur.

Allan était trop préoccupé de sa mauvaise posture vis-à-vis du voisinage pour pouvoir parler d'autre chose. La méthode polie et détournée de son avoué pour arriver au pénible sujet qu'ils avaient à discuter ensemble l'irrita plutôt qu'elle ne le mit à l'aise. Il en vint immédiatement au fait avec sa manière franche et brusque.

— L'hôtel était excellent, monsieur Pedgift, et votre fils a été très bon pour moi. Mais nous ne sommes plus à Londres maintenant, et je désire savoir de vous comment je dois répondre aux mensonges qui ont été dits sur moi dans ce pays. Nommez-moi seulement un homme ! cria-t-il en élevant la voix, le visage en feu ; nommez-moi seulement un de ceux qui disent que j'ai peur de montrer mon visage ici, et je le cravacherai publiquement avant qu'un autre jour ait passé sur sa tête !

Pedgift senior recourut à une prise de tabac et la tint avec calme en suspension entre sa tabatière et son nez.

— Vous pouvez corriger un homme, monsieur, mais vous ne pouvez cravacher toute une population, dit l'avoué de son ton épigrammatique et poli. Nous nous battrons, s'il vous plaît, sans avoir recours à des armes de cocher.

— Mais par quoi commencerons-nous ? demanda Allan avec impatience. Comment puis-je réfuter les infâmes calomnies répandues contre moi ?

— Il y a deux chemins pour sortir de la mauvaise situation dans laquelle vous vous trouvez actuellement, monsieur : un long et un court. Le court, qui est toujours préférable, m'est apparu depuis que j'ai appris par mon fils vos démarches londoniennes. J'ai compris qu'après avoir reçu ma lettre vous lui aviez permis de me mettre dans votre confidence ; j'ai tiré de très sérieuses conclusions de ce qu'il m'a dit, et je me permettrai de vous les communiquer tout à l'heure. En attendant, je serais bien aise de savoir dans quelles circonstances vous êtes allé à Londres procéder à ces malheureuses investigations sur Miss Gwilt ? Est-ce de votre propre mouvement que vous avez voulu rendre visite à Mrs. Mandeville ou agissiez-vous sous l'influence d'une autre personne ?

Allan hésita :

— Je ne puis honnêtement vous dire que c'était de mon propre mouvement, répondit-il sans en dire davantage.

— C'est ce que je pensais, remarqua Pedgift senior d'un air péremptoire. Eh bien, le plus court chemin pour sortir des difficultés présentes, monsieur Armadale, est de passer par cette autre personne sous l'influence de laquelle vous avez agi. Cette autre personne doit être désignée à l'attention publique et prendre la place qui lui appartient. Son nom, s'il vous plaît, monsieur, pour commencer ; nous viendrons ensuite aux circonstances.

— Je suis fâché d'avoir à vous dire, monsieur Pedgift, que nous serons forcés de prendre le chemin le plus long, si vous le voulez bien, reprit Allan tranquillement. La route la plus courte est celle que je ne puis suivre en cette occasion.

Les hommes qui s'élèvent haut dans la carrière de Mr. Pedgift sont ceux qui ne tiennent point le « non » pour une réponse. Mr. Pedgift était de ceux-là, et il ne se tenait jamais pour battu après un refus. Mais toute obstination, même professionnelle, a ses limites ; et l'avoué, malgré l'assurance que lui donnaient sa longue expérience et ses copieuses prises de tabac, vit son opiniâtreté échouer ici dès le début de l'entrevue. Il était impossible qu'Allan put respecter la confiance que Mrs. Milroy avait affecté si traîtreusement de placer en lui, mais il avait le respect d'un honnête homme pour la parole donnée, et toute l'obstination de Pedgift senior ne put le faire dévier de l'épaisseur d'un cheveu de la position qu'il avait prise. « Non » est le mot le plus puissant de la langue anglaise, dans la bouche d'un homme qui a le courage de le répéter assez souvent, et Allan eut en cette occasion le courage de le répéter autant de fois qu'il le fallait.

— Très bien, monsieur, dit l'avoué, acceptant sa défaite sans mauvaise humeur. Vous étiez libre et vous avez choisi. Nous irons par le chemin le plus long. Il part (permettez-moi de vous en informer) de mon étude, et conduit (ainsi que je le soupçonne fortement) à travers un sentier très fangeux jusqu'à Miss Gwilt.

Allan regarda l'homme de loi avec un muet étonnement.

— Si vous ne voulez point désigner la personne qui se trouve à la source des investigations auxquelles vous vous êtes malheureusement prêté, continua Pedgift aîné, la seule alternative qui vous reste dans la position présente est de justifier les investigations elles-mêmes.

— Et comment ? demanda Allan.

— En prouvant à tout, le monde, monsieur Armadale, ce que je crois fermement être la vérité, que l'objet honoré de la protection publique est une aventurière de la dernière classe, une femme indigne et dangereuse. En termes clairs, monsieur, nous devons dépenser assez de temps et assez d'argent pour découvrir toute la vérité sur Miss Gwilt.

Un coup, discrètement frappé à la porte, arrêta la réponse d'Allan, et un domestique entra.

— Je vous avais dit que je ne voulais point être dérangé ! s'écria Allan irrité. Bonté du Ciel ! n'en aurai-je jamais fini avec eux !

Encore une lettre !

— Oui, monsieur, dit l'homme en présentant la missive. Et, ajouta-t-il (ces mots sonnant comme un mauvais présage dans les oreilles d'Allan), la personne attend la réponse.

Allan regarda l'enveloppe, croyant y reconnaître l'écriture de la femme du major. Cette intuition se révéla inexacte ; son correspondant était bien une femme, mais ce n'était pas Mrs. Milroy.

De qui cela peut-il être ? dit-il en interrogeant machinalement Pedgift du regard.

L'avoué frappa doucement sur sa tabatière et répondit sans la moindre hésitation :

— De Miss Gwilt.

Allan ouvrit la lettre. Ses premières paroles furent un écho de celles de Pedgift :

— C'est de Miss Gwilt.

Allan regarda de nouveau son avoué avec, dans le regard, une indicible surprise.

— J'ai connu bien des femmes, monsieur, dans mon temps, dit Pedgift senior, avec une modestie rare et honorable chez un homme de son âge, pas aussi belles que Miss Gwilt, je l'admets, mais tout aussi scélérates, j'ose le dire. Lisez votre lettre, monsieur, lisez votre lettre.

Allan lut :

Miss Gwilt présente ses compliments à Mr. Armadale, et demande s'il lui serait possible de lui accorder une entrevue ce soir ou demain matin. Miss Gwilt n'offre aucune excuse pour la présente requête. Elle croit que Mr. Armadale considérera une explication comme un acte de justice envers une femme isolée, qu'il a concouru innocemment à compromettre, et qui désire très ardemment se réhabiliter dans son estime.

Allan tendit la lettre à l'avoué dans une perplexité silencieuse et pénible.

Le visage de Mr. Pedgift n'exprimait rien de plus, quand il la rendit à son client, qu'un sentiment de profonde admiration !

— Quel avocat elle eût fait ! s'écria-t-il avec chaleur.

— Je ne puis traiter ceci aussi légèrement que vous, monsieur

Pedgift, dit Allan. C'est tout à fait pénible et embarrassant pour moi ; j'ai eu tant d'attachement pour elle.

Mr. Pedgift aîné redevint sérieux.

— Voulez-vous dire, monsieur, que votre projet est de voir Miss Gwilt ? demanda-t-il avec une expression de frayeur réelle.

— Je ne puis m'y refuser, répliqua Allan, en regardant de nouveau l'enveloppe. Je lui ai fait du tort, sans le vouloir, Dieu m'en est témoin ! Je ne puis la traiter durement après cela !

— Monsieur Armadale, commença l'avoué, vous m'avez fait l'honneur de me dire, il y a quelques instants, que vous me considériez comme un ami. Puis-je m'appuyer sur ces paroles pour me permettre de vous poser une question ou deux, avant que vous ne consentiez à votre ruine ?

— Toutes les questions que vous voudrez, dit Allan, en relisant de nouveau la lettre, la seule que lui eût écrite Miss Gwilt.

— Il y a déjà eu une trappe ouverte devant vous, monsieur, et vous y êtes tombé. Désirez-vous tomber dans un second piège ?

— Vous savez aussi bien que moi la réponse à cette question, monsieur Pedgift.

— J'essayerai encore de vous raisonner, monsieur Armadale ; nous autres hommes de loi, nous ne nous laissons pas si aisément décourager. Pensez-vous que l'histoire que vous fera Miss Gwilt puisse vous inspirer une grande confiance après ce que vous avez appris à Londres ?

— Elle expliquera peut-être ce qui est arrivé à Londres, suggéra Allan, en contemplant toujours la lettre, et en songeant à la main qui l'avait écrite.

— Elle l'expliquera, mon cher monsieur, n'en doutez point ! Je lui rends cette justice ; je crois qu'elle pourrait forger une histoire sans qu'il s'y trouvât une brèche du commencement à la fin.

Cette dernière réponse détourna Allan de la lettre. Le bon sens implacable de l'avoué ne lui laissait aucune merci.

— Si vous voyez encore cette femme, monsieur, continua Pedgift, vous commettrez l'acte de folie le plus inexplicable que j'aie connu de ma vie. Elle ne peut avoir qu'un but en venant ici, c'est d'abuser de votre faiblesse pour elle. Personne ne pourrait dire quel faux pas elle vous fera faire si vous lui en fournissez une seule fois l'occasion. Vous admettez vous-même qu'elle a un grand empire sur vous – vos attentions pour elle ont été l'objet des bavardages de tous –, et si vous ne lui avez pas proposé formellement d'être Mrs. Armadale, vous en avez été bien près. Sachant tout cela, vous voulez la voir et la laisser agir sur vous avec sa redoutable beauté et son habileté infernale ! Elle va se présenter devant vous comme votre intéressante victime ! Et vous serez sa dupe, vous, l'un des meilleurs partis d'Angleterre ! vous, dont toutes les filles à marier du comté rêvent de s'attirer les faveurs ! Je n'ai jamais ouï chose pareille ! jamais de toute mon existence ! Si vous voulez positivement vous mettre dans un danger terrible, monsieur Armadale, dit en terminant Pedgift aîné, armé de son éternelle prise de tabac, il doit y avoir à la ville, la semaine prochaine, une exposition de bêtes féroces. Laissez entrer les tigresses, monsieur, mais refusez votre porte à Miss Gwilt !

Pour la troisième fois, Allan considéra son avoué ; pour la troisième fois, celui-ci le regarda avec la même résolution.

— Vous me paraissez avoir une très mauvaise opinion de Miss Gwilt, dit Allan.

— La plus mauvaise possible, monsieur Armadale, repartit Pedgift froidement. Nous reviendrons là-dessus quand nous aurons renvoyé le messager de la dame. Voulez-vous suivre mon avis ? Voulez-vous refuser de la voir ?

— Je me rangerais volontiers à votre avis – cette entrevue serait pénible pour nous deux –, dit Allan, mais je ne sais comment la lui refuser.

— Dieu me garde, monsieur Armadale, il n'est rien de plus facile : ne vous compromettez pas en écrivant ; renvoyez le messager, et dites qu'il n'y a pas de réponse.

Allan refusa positivement :

— Ce serait la traiter sans égards. Je ne puis ni ne veux agir de la sorte.

Une fois encore l'obstination de Pedgift se trouva acculée dans ses derniers retranchements, et une fois encore l'homme prudent consentit gracieusement à un compromis. En retour de la promesse de son client qu'il ne reverrait point Miss Gwilt, il lui permit d'écrire, mais sous la dictée de son avoué. La lettre qui en résulta était tout à fait dans la manière épistolaire d'Allan :

Mr. Armadale présente ses compliments et ses regrets à Miss Gwilt ; mais il ne pourra avoir le plaisir de la voir à Thorpe-Ambrose.

Allan avait insisté pour ajouter une phrase, expliquant que s'il se refusait à la requête de Miss Gwilt, c'était seulement parce que l'entrevue ne pouvait être que pénible pour tous les deux. Mais l'homme de loi rejeta la proposition explicative.

— Quand vous dites non à une femme, monsieur, dites-le toujours en un seul mot. Si vous lui donnez des raisons, elle croit invariablement que vous voulez lui dire oui.

Ayant extrait ce petit joyau de sagesse de la riche mine de son expérience, Mr. Pedgift envoya la réponse au messager de Miss Gwilt en recommandant au domestique de veiller à ce que la personne, quelle qu'elle fût, ne restât point dans la maison.

— Maintenant, monsieur, dit l'avoué, nous reviendrons, s'il vous plaît, à mon opinion sur Miss Gwilt. Elle ne concorde pas avec la vôtre, je le crains. Vous croyez qu'elle a droit à votre pitié, c'est bien naturel à votre âge. Pour moi, je la crois digne des quatre murs d'une prison, opinion tout aussi naturelle à l'âge que j'ai. Mais vous allez savoir sur quoi se fonde mon avis. Pensez-vous que Miss Gwilt persistera à vous rendre visite, monsieur Armadale, après la lettre que vous venez de lui envoyer ?

— C'est tout à fait impossible ! s'écria Allan. Miss Gwilt est une dame ; après la réponse que je lui ai faite, elle ne se représentera jamais chez moi.

— Nous y voilà ! s'écria l'avoué. Je dis qu'elle va faire la nique à votre lettre (une des raisons pour lesquelles je m'opposais à une réponse écrite). Je dis que, selon toute probabilité, elle attend en ce moment le retour de votre messager sur vos terres ou près de vos terres. Je dis qu'elle tâchera de s'introduire ici-avant que vingt-quatre heures de plus aient passé sur votre tête.

« Oui, monsieur ! cria Mr. Pedgift en regardant sa montre. Il n'est que sept heures. Elle est assez hardie et assez habile pour vous saisir au moment où vous ne vous y attendrez pas, ce soir même. Permettez-moi de sonner le domestique. Permettez-moi de vous prier de donner immédiatement à vos gens la consigne de dire que vous n'êtes pas chez vous. Vous n'avez pas à hésiter, monsieur Armadale ! Si vous avez raison dans ce que vous pensez de Miss Gwilt, c'est une simple formalité ; si j'ai raison, c'est une sage précaution. Faites la preuve de votre opinion, monsieur, ou je justifierai la mienne ! »

Allan était suffisamment exalté quand Mr. Pedgift sonna pour donner ses ordres. Mais lorsque le domestique entra, ses souvenirs l'emportèrent sur sa résolution et il sentit les mots lui rester dans la gorge.

— Donnez l'ordre vous-même, dit-il, en se dirigeant brusquement vers la fenêtre.

« Vous êtes un bon garçon ! pensa le vieil avoué en le regardant s'éloigner, devinant immédiatement ses raisons ; et les griffes de ce diable féminin ne vous étreindront pas, si je puis l'empêcher ».

Le domestique attendait.

— Si Miss Gwilt se présente ici, ce soir ou à n'importe quel moment, dit Mr. Pedgift, Mr. Armadale n'est pas chez lui. Attendez ! Si elle demande quand Mr. Armadale sera de retour, vous ne savez pas. Attendez encore ! Si elle demande à entrer et à s'asseoir, vous avez reçu ordre formel de ne laisser entrer personne, à moins d'un rendez-vous expressément assigné par Mr. Armadale. Venez ! cria Pedgift en se frottant les mains lorsque le domestique eut quitté la pièce ; je l'ai mise dehors en tout cas. Les ordres sont tous donnés, monsieur Armadale, nous pouvons continuer notre conversation.

Allan quitta la fenêtre.

— La conversation n'est pas des plus agréables, soit dit sans vous offenser, monsieur Pedgift ; je voudrais la voir terminée.

— C'est à quoi nous allons nous efforcer le plus vite possible, dit Pedgift senior, persistant comme seuls les hommes de loi et les femmes peuvent le faire, en s'insinuant peu à peu dans la question et se rapprochant toujours davantage de son but. Revenons, je vous prie, à la suggestion pratique que je vous offrais quand le valet est entré avec la note de Miss Gwilt. C'est, je le répète, le seul chemin qui vous soit laissé, monsieur Armadale, dans votre difficile position. Vous devez poursuivre vos investigations sur cette femme jusqu'à la fin, dans l'espoir (pour moi, c'est une certitude) que le résultat vous rendra justice dans l'estime de tous vos voisins.

— Je voudrais pour tout au monde ne pas avoir commencé ces démarches, monsieur Pedgift ; rien ne me persuadera de faire un pas de plus.

— Pourquoi ? dit l'homme de loi.

— Vous me le demandez ! s'écria Allan avec ferveur ; après ce que votre fils vous a dit que nous avions découvert à Londres ! Même si j'avais moins de motifs… pour plaindre Miss Gwilt… même s'il s'agissait de n'importe quelle autre femme, pensez-vous que je voudrais pénétrer plus avant dans les secrets d'une pauvre créature trompée ? Pensez-vous que je voudrais en plus exposer ces secrets à la vue de tous ? Je me croirais aussi indigne que l'homme qui l'a abandonnée si je faisais une chose semblable. Sur mon âme, je m'étonne que vous puissiez me faire pareille proposition !

— Donnez-moi votre main, monsieur Armadale ! s'écria Pedgift chaleureusement. Je vous honore pour votre colère contre moi. On pourra dire ce que l'on voudra, monsieur, vous êtes un gentleman, et dans la meilleure acception du mot. Maintenant, continua l'avoué, en laissant retomber la main d'Allan et en abandonnant aussitôt le sentiment pour retourner aux affaires, entendez ce que j'ai à vous dire pour ma défense. Supposez que la réelle condition de Miss Gwilt ne soit pas ce que vous êtes généreusement déterminé à penser…

— Nous n'avons aucune raison de le supposer, répondit Allan avec fermeté.

— C'est votre manière de voir, monsieur, persista Pedgift. La mienne est fondée sur ce qui est publiquement connu des procédés de Miss Gwilt ici, et ce que j'ai vu de Miss Gwilt elle-même prouve qu'elle est aussi loin que je le suis d'être la sentimentale victime que vous voulez voir en elle. Doucement, monsieur Armadale, rappelez-vous que j'ai soumis mon opinion à l'épreuve des faits, et attendez pour la condamner que les événements aient justifié la vôtre. Laissez-moi aller jusqu'au bout, monsieur Armadale, faites la part de l'avoué, et laissez-moi dire mon avis. Mon fils et vous, vous êtes des jeunes gens ; et je ne nie pas que les circonstances, en apparence, semblent donner raison à l'interprétation que, comme des jeunes gens, vous leur avez donnée. Je suis un vieil homme, et je sais qu'il ne faut pas toujours prendre les choses pour ce qu'elles paraissent être au premier regard. De plus, je possède le grand avantage, dans le cas présent, d'avoir acquis plusieurs années d'expérience au milieu des femmes les plus perverses qui aient marché sur cette terre.

Allan ouvrit les lèvres pour protester mais se retint, désespérant de produire le plus léger effet. Pedgift senior s'inclina avec politesse devant cette retenue, dont il prit immédiatement avantage pour continuer.

— Toute la conduite de Miss Gwilt depuis votre malheureuse correspondance avec le major me prouve que c'est une femme habituée depuis longtemps à la tromperie. Dès le moment où elle est menacée d'être découverte (et elle encourt ce risque, n'en doutez pas, après ce que vous avez appris à Londres), elle tire le meilleur parti possible de votre honorable silence, et quitte son emploi chez le major, en se posant ainsi en martyre. Une fois hors de la maison, que fait-elle encore ? Elle s'installe hardiment dans le voisinage pour montrer à tout le monde qu'elle n'a point peur de subir une autre attaque contre sa réputation. La voici donc, toujours dans la place, prête à vous entortiller et à devenir Mrs. Armadale en dépit des circonstances, si vous (et moi) lui en laissons la faculté. Pour finir, si vous (et moi) sommes assez sages pour nous méfier d'elle, elle est également prudente et, de son côté, ne nous donne pas la chance de la suivre à Londres et de la découvrir au milieu de ses complices. Est-ce là la conduite d'une malheureuse femme qui s'est perdue dans un moment de faiblesse, et qui a été entraînée malgré elle à tromper ?

— Vous exposez la question habilement, dit Allan, en répondant avec une certaine répugnance ; je ne puis le nier.

— Votre bon sens, monsieur Armadale, commence à vous faire voir que je la pose sous son vrai jour, rectifia Pedgift senior. Je ne me hasarderai pas encore à dire quelles peuvent être les relations de cette femme avec les gens de Pimlico ; tout ce que j'affirme, c'est que ce ne sont point les relations que vous supposez. Ayant été aussi loin, j'ai seulement à exprimer mon opinion personnelle sur Miss Gwilt. Je ne vous heurterai pas si je puis m'en dispenser. Je vais essayer encore de l'exposer habilement. Elle s'est présentée à mon étude (comme je vous l'ai dit dans ma lettre), sans aucun doute pour se rendre votre avoué favorable, si cela était possible. Elle est venue pour me dire, avec l'indulgence la plus chrétienne, qu'elle ne vous blâmait point.

— Ne croyez-vous jamais en personne, monsieur Pedgift ? l'interrompit Allan.

— Quelquefois, monsieur Armadale, repartit Pedgift aîné avec le même calme. Je crois aussi souvent qu'il est possible à un avoué de croire. Je continue, monsieur. À l'époque où je m'occupais d'affaires criminelles, il a fait partie de mes attributions de prendre des notes, pour la défense de femmes accusées, de la bouche des coupables elles-mêmes. J'ai appris avec le temps à observer, surtout parmi celles qui étaient particulièrement perverses et incontestablement coupables, un point sur lequel elles se ressemblaient toutes : grandes et petites, vieilles et jeunes, belles et laides, elles possédaient toutes un don de dissimulation que rien ne pouvait ébranler. À la surface, elles étaient aussi différentes que possible : les unes jouaient l'indignation, d'autres se noyaient dans leurs larmes ; celles-ci étaient remplies de pieuse confiance et celles-là avaient résolu de se suicider avant que la nuit fut venue. Mais vous n'aviez qu'à poser le doigt sur le point faible de leur histoire, et la colère, les larmes, la piété ou le désespoir cessaient immédiatement ; alors se révélait la véritable femme, en pleine possession de toutes ses ressources, chacune munie de son petit mensonge bien construit, s'adaptant exactement aux circonstances. Miss Gwilt a versé des larmes, monsieur, des larmes qui lui seyaient à merveille et ne rougissaient point son nez, et j'ai mis brusquement mon doigt sur le point faible de son récit. Aussitôt le mouchoir qui cachait ses beaux yeux bleus s'est écarté, et j'ai vu la vraie femme avec le joli petit mensonge attendu. Je me suis senti rajeuni de vingt ans, monsieur Armadale, et j'ai cru me revoir dans la prison de Newgate, avec mon carnet dans la main, prenant mes instructions pour la défense !

— Il ne vous reste plus qu'une chose à dire, monsieur Pedgift, cria Allan avec colère : c'est que Miss Gwilt a été en prison !

Pedgift senior prit avec calme sa tabatière et sortit la réponse qu'il tenait toute prête :

— Elle peut avoir grandement mérité la prison, monsieur Armadale ; mais dans les temps où nous vivons, il y a une excellente raison pour qu'elle n'ait jamais connu aucun endroit de cette sorte. Une prison, alors que notre opinion publique est si sensible[1] pour une femme aussi charmante que Miss Gwilt ! Mon cher monsieur, si elle avait essayé d'assassiner vous ou moi, et si un juge et un jury inhumains avaient décidé de l'envoyer en prison, le premier soin de la société moderne eût été de l'empêcher d'y aller ; et, si cela n'avait pu se faire, on se fût empressé de l'en laisser sortir aussitôt que possible. Lisez votre journal, monsieur Armadale, et vous trouverez que nous vivons dans une époque bénie pour les moutons noirs de notre société, pourvu qu'ils soient assez noirs. J'affirme, monsieur, que nous avons ici affaire à l'un des plus noirs d'entre eux, et j'insiste en vous disant que vous avez eu le rare bonheur, dans cette malheureuse enquête, de mettre la main sur une femme qui se trouve être un sujet digne, sous tous les rapports, de l'intérêt public. Pensez ce que vous voudrez de mon opinion, mais, je vous en prie, ne prenez aucune décision sur Miss Gwilt avant que nos deux opinions aient été soumises à l'épreuve que je vous ai proposée. Une meilleure occasion ne peut se présenter. J'admets avec vous qu'aucune lady digne de ce nom ne tenterait d'être reçue ici après une lettre semblable à celle que vous venez d'envoyer. Mais je nie que Miss Gwilt soit digne de ce titre, et je suis certain qu'elle essayera de s'introduire chez vous, malgré vous.

— Et moi je vous dis que non ! s'écria Allan avec conviction.

Pedgift senior s'étendit sur son fauteuil et sourit. Il y eut un instant de silence, qui fut interrompu par la sonnette de la porte d'entrée. Tous deux regardèrent dans la direction du hall.

— Non ! cria Allan avec plus de violence que jamais.

— Si ! dit Pedgift senior avec la plus grande politesse.

Ils attendirent. La porte de la maison s'ouvrit, mais la pièce dans laquelle ils se trouvaient était trop loin pour que le son des voix pût parvenir nettement à leurs oreilles. Après un long moment d'attente, on entendit la porte se refermer.

Allan se leva impétueusement et sonna. Mr. Pedgift senior resta assis dans un calme majestueux et aspira longuement la plus forte prise de tabac qu'il eût encore puisée dans sa tabatière.

— Quelqu'un pour moi ? demanda Allan.

1 Allusion voilée à l'affaire Madeleine Smith, accusée, en 1857, d'avoir empoisonné son amant à l'arsenic, et en faveur de laquelle se développa un large mouvement de soutien collectif. Elle fut acquittée pour « absence de preuve ».

L'homme regarda Pedgift senior avec une expression de respect inénarrable, et répondit :

— Miss Gwilt.

— Je ne veux pas faire sonner bien haut ma victoire sur vous, monsieur, déclara Mr. Pedgift après le départ du domestique, mais que pensez-vous de Miss Gwilt à présent ?

Allan secoua la tête dans un découragement profond.

— Le temps est de quelque importance, monsieur Armadale. Après ce qui vient d'arriver, vous refusez-vous toujours à adopter la voie que j'ai eu l'honneur de vous proposer ?

— Monsieur Pedgift, dit Allan, je ne puis être la cause de sa disgrâce dans le pays. Je préférerais plutôt rester déshonoré moi-même, comme je le suis.

— Laissez-moi poser les choses autrement, monsieur. Pardonnez-moi d'insister. Vous avez été très bon pour moi et pour ma famille, et je me fais un devoir personnel autant que professionnel de vous tirer de ce mauvais pas. Si vous ne pouvez prendre sur vous de montrer sous son véritable jour le caractère de cette femme, voulez-vous user des précautions les plus ordinaires pour l'empêcher de faire d'autre mal ? Voulez-vous consentir à ce qu'elle soit épiée secrètement, aussi longtemps qu'elle restera dans le pays ?

Pour la seconde fois, Allan secoua négativement la tête.

— Votre décision est-elle irrévocable, monsieur ?

— Oui, monsieur Pedgift, mais je ne vous en suis pas moins obligé pour votre avis.

Pedgift senior se leva avec une douce résignation, et prit son chapeau :

— Bonsoir, monsieur, dit-il.

Et il se dirigea tristement vers la porte.

Allan se leva de son côté, supposant naïvement que l'entrevue était close. Les personnes mieux au fait des habitudes diplomatiques de son avoué lui eussent recommandé de garder son siège. Le moment était arrivé pour le « Post-scriptum Pedgift » ; son signe annonciateur, la tabatière, se trouvait dans l'une des mains de l'avoué, tandis que de l'autre le vieil homme s'apprêtait à ouvrir la porte.

— Bonsoir, dit Allan.

Pedgift senior tourna le bouton, s'arrêta, réfléchit, referma la porte, revint mystérieusement en tenant sa prise entre la boîte et son nez, répéta son invariable formule : « À propos, il me vient à l'esprit… » et, tranquillement, reprit possession de son fauteuil vide.

Allan, étonné, se rassit à son tour. Avoué et client se regardèrent de nouveau et l'interminable entretien fut repris.

VI. Le « post-scriptum Pedgift »

— J'ai dit qu'une chose me venait à l'esprit, monsieur, reprit Pedgift senior.

— En effet, répondit Allan.

— Voulez-vous la connaître ?

— S'il vous plaît, monsieur.

— De tout mon cœur, monsieur, la voici ! J'attache une importance considérable – si rien d'autre ne peut être fait – à ce que Miss Gwilt soit surveillée secrètement pendant tout son séjour à Thorpe-Ambrose. Il m'est venu à l'esprit au moment de partir, monsieur Armadale, que ce que vous n'aviez pas voulu faire pour votre sécurité personnelle, vous y consentiriez peut-être pour celle d'une autre personne ?

— Quelle autre personne ?

— Une jeune dame, votre proche voisine, monsieur. Vous confierai-je son nom ? Miss Milroy.

Allan tressaillit et changea de couleur.

— Miss Milroy ! répéta-t-il. Peut-elle être mêlée à cette misérable affaire ? J'espère que non, monsieur Pedgift. J'espère sincèrement que non.

— J'ai rendu une visite dans votre intérêt, au cottage, ce matin, monsieur, continua Pedgift. Vous allez savoir ce qui s'y est passé, et vous jugerez par vous-même. Le major avait exprimé son opinion sur vous assez librement, et je pensai devoir lui donner un conseil. Vous savez ce qui arrive avec ces vieillards paisibles qui ont le cerveau un peu fêlé. Une fois qu'ils s'emportent, il n'y a plus moyen de les raisonner et de calmer leur violence. Eh bien, monsieur, ce matin je me suis rendu au cottage ; le major et Miss Neelie étaient tous deux dans le parloir. Miss Neelie, pâle, fatiguée, anxieuse, n'était point aussi jolie que de coutume. Ce pauvre songe-creux de major s'est levé tout droit – je ne donnerais pas ça, monsieur, du jugement d'un homme qui passe la moitié de sa vie à faire une pendule ! –, ce songe-creux de major, disais-je, s'est levé tout droit et a essayé de me regarder du haut de sa grandeur. Ah, ah ! prétendre me faire baisser les yeux à mon âge ! Je me suis conduit en chrétien. J'ai incliné tranquillement la tête devant le vieux Quelle-Heure-Est-Il. « Une belle matinée, major, ai-je dit. — Avez-vous quelque affaire avec moi ? a-t-il répliqué. — Seulement un mot à vous dire, major ». Miss Neelie, en fille discrète, s'est alors levée pour nous laisser seuls. Et qu'a fait son brave homme de père ? Il l'a retenue en disant : « Il est inutile de vous en aller, ma chère, je n'ai rien à démêler avec Mr. Pedgift, ajouta-t-il, en essayant encore de m'intimider. Vous êtes l'avoué de Mr. Armadale ? Si vous venez me parler à son sujet, je vous renverrai à mon homme de loi (c'est Mr. Darch, et Mr. Darch a eu suffisamment affaire à moi, je vous assure). — Ma visite, major, a certainement rapport à Mr. Armadale, répondis-je ; elle ne regarde jusqu'à présent en aucune façon votre avoué. Je désire vous prier de suspendre votre opinion sur mon client, ou tout au moins de veiller sur la façon dont vous l'exprimez en public, car je vous avertis que notre tour va venir, et que cette affaire de Miss Gwilt n'est point terminée ». Je m'attendais, en le tançant si vertement, à le voir s'emporter, et il a amplement rempli mes espoirs. Il a été violent et même injurieux, le pauvre bonhomme, réellement violent avec moi ! Je me suis encore comporté avec la même mansuétude ; je me suis incliné et lui ai souhaité le bonjour. Quand je me suis retourné pour saluer aussi Miss Neelie, elle avait disparu… Vous semblez agité, monsieur Armadale, remarqua Pedgift senior, tandis qu'Allan, sentant l'aiguillon du souvenir, se levait brusquement de sa chaise et commençait à se promener de long en large dans la pièce. Je ne veux point abuser de votre patience plus longtemps, monsieur ; j'arrive au fait.

— Je vous prie de m'excuser, monsieur Pedgift, dit Allan en se rasseyant et en s'efforçant de regarder l'avoué avec calme, à travers l'image de Neelie que celui-ci venait d'évoquer.

— Eh bien, monsieur, j'ai quitté le cottage, reprit Pedgift senior ;

juste comme je tournais le coin du jardin pour entrer dans le parc, qui ai-je trouvé en face de moi ? Miss Neelie elle-même, guettant évidemment ma sortie : « Je désire vous parler un moment, monsieur Pedgift ! a-t-elle dit. Est-ce que Mr. Armadale me croit pour quelque chose dans tout cela ? ». Elle était extrêmement agitée, les yeux remplis de larmes, de ces larmes que l'expérience acquise dans ma carrière ne m'a pas accoutumé à contempler. Abandonnant ma réserve, je lui ai offert mon bras et l'ai conduite doucement au milieu des arbres (une jolie situation pour moi, si quelques mauvaises langues de la ville avaient passé par là…). « Ma chère Miss Milroy, dis-je, pourquoi Mr. Armadale vous croirait-il mêlée à ses ennuis ? »

— Vous auriez dû lui affirmer immédiatement que je ne pensais rien de la sorte ! cria Allan avec indignation. Pourquoi lui avez-vous laissé, un moment, un instant de doute là-dessus ?

— Parce que je suis un avoué, monsieur Armadale, répondit sèchement Pedgift. Même quand je me lance dans le sentiment, en me promenant sous des arbres ombreux, avec une jolie fille au bras, je ne puis oublier ma profession. N'ayez pas l'air si tourmenté, je vous en prie, monsieur ; j'ai remis les choses en bon ordre, quand il le fallait. Avant de quitter Miss Milroy, je lui ai dit, dans les termes les plus explicites, que jamais semblable idée n'était entrée dans votre tête.

— A-t-elle paru tranquillisée ? demanda Allan.

— Elle a pu se passer de l'aide de mon bras, reprit le vieux Pedgift, plus sèchement que jamais, et elle m'a fait promettre un secret absolu sur le sujet de notre entrevue. Elle s'est montrée particulièrement désireuse que vous fussiez tenu dans l'ignorance de notre conversation. Si vous êtes anxieux, à votre tour, de savoir pourquoi je trahis son secret, je vous répondrai que sa confidence n'avait pas d'autre sujet que la dame qui vient de vous favoriser de sa visite, Miss Gwilt.

Allan, qui s'était de nouveau mis à se promener dans la pièce de long en large, revint s'asseoir.

— Est-ce sérieux ? demanda-t-il.

— On ne peut plus sérieux, monsieur ; je manque à ma parole envers Miss Neelie, mais dans son intérêt. Revenons à la question prudente que je lui ai posée. Elle a paru assez embarrassée pour me répondre, car sa réplique entraînait le récit de sa dernière entrevue avec la gouvernante. En voici la substance. Elles étaient seules, quand Miss Gwilt prit congé de son élève, et les paroles de la gouvernante, rapportées par Miss Neelie, furent celles-ci : « Votre mère a refusé de recevoir mes adieux, vous y refusez-vous aussi ? ». La réponse de Miss Neelie fut remarquablement sensée de la part d'une aussi jeune personne : « Nous n'avons pas été bonnes amies, dit-elle, et je crois que nous sommes l'une et l'autre contentes de nous quitter. Mais je n'ai point l'intention d'éviter vos adieux ». En disant cela, elle lui tendit la main. Miss Gwilt resta debout sans la prendre, et la regarda fixement en lui adressant ces mots : « Vous n'êtes pas encore Mrs. Armadale ». Doucement, monsieur ! Gardez votre sang-froid. Il n'est pas étonnant qu'une femme ayant des vues intéressées sur vous, ait attribué de semblables projets à une jeune dame habitant dans votre voisinage. Laissez-moi continuer. Miss Neelie, d'après son propre aveu, et c'était bien naturel, fut indignée de cette apostrophe. Elle avoue avoir répondu : « Impudente créature, comment osez-vous me parler de la sorte, à moi ! ». La repartie de Miss Gwilt ne peut être passée sous silence ; la colère, chez elle, paraît être de l'espèce froide et venimeuse : « Personne ne m'a encore insultée, Miss Milroy, dit-elle, sans avoir eu tôt ou tard à s'en repentir amèrement. Ces paroles vous coûteront cher ». Elle resta quelque temps à regarder son élève dans un silence menaçant, puis partit.

« Miss Neelie paraît avoir ressenti l'accusation qui lui était adressée à votre sujet plus vivement que la menace. Elle avait appris déjà, comme tout le monde dans la maison, que quelques démarches faites par vous à Londres avaient été la cause du départ volontaire de Miss Gwilt. Et elle en a conclu que sa gouvernante l'accusait d'avoir provoqué vos démarches, dans un intérêt personnel, pour l'abaisser elle, la gouvernante, dans votre estime… Doucement, monsieur, doucement ! Je n'ai pas encore fini. Dès que Miss Neelie eut retrouvé du calme, elle monta chez Mrs. Milroy. Les étranges paroles de la gouvernante l'avaient tellement surprise qu'elle allait, demander à sa mère un éclaircissement et un avis. Elle n'obtint ni l'un ni l'autre. Mrs. Milroy déclara être trop malade pour entrer dans une pareille affaire, et elle est restée trop souffrante jusqu'à ce jour pour en entendre un mot. Miss Neelie en appela ensuite à son père. Le major l'arrêta sévèrement au moment où votre nom passait ses lèvres. Il déclara ne vouloir jamais l'entendre prononcer par aucun membre de sa famille. Elle a donc été laissée dans l'incertitude jusqu'à ce jour, ne sachant si elle avait été calomniée par Miss Gwilt, et quels mensonges vous pouviez avoir été conduit à croire sur elle. À mon âge, et dans ma profession, je ne fais pas montre d'une grande sensibilité, mais je pense, monsieur Armadale, que Miss Neelie a droit à notre sympathie ».

— Je ferai tout pour la mettre à l'abri ! cria Allan impétueusement. Vous ne savez pas, monsieur Pedgift, quelle raison j'ai…

Il s'arrêta, l'air confus, puis répéta avec ferveur ses premières paroles :

— Je ferai tout, tout pour empêcher qu'il lui arrive le moindre mal !

— Est-ce bien votre intention, monsieur Armadale ! Pardonnez-moi cette question, mais vous pouvez lui venir en aide très certainement, si vous le voulez.

— Comment ? demanda Allan, dites-moi seulement comment.

— En me donnant l'autorisation de la protéger contre Miss Gwilt.

Ayant ainsi tiré à bout portant sur son client, le sage avoué attendit un peu, pour laisser le coup produire son effet, avant d'aller plus loin. Le visage d'Allan se rembrunit, et il s'agita sur sa chaise, mal à l'aise.

— Votre fils, dit-il, est un rude adversaire, monsieur Pedgift, mais il est encore plus difficile de vous échapper.

— Merci, monsieur, du double compliment, répliqua Pedgift, car c'en est un, et des plus flatteurs dans notre profession. Mais si vous voulez réellement être de quelque secours à Miss Neelie, continua-t-il plus sérieusement, je vous ai montré la voie. Vous ne pouvez rien pour calmer son anxiété, qui ne soit fait déjà. Dès que je l'ai eu assurée que rien dans sa conduite n'avait été mal interprété par vous, elle s'est éloignée satisfaite. La menace lancée par sa gouvernante ne paraît pas avoir fait la moindre impression sur son esprit. Mais je vous affirme, monsieur Armadale, qu'elle m'a laissé inquiet, moi ! Vous connaissez mon opinion sur Miss Gwilt ; et vous savez comment Miss Gwilt a, ce soir même, justifié cette opinion à vos yeux. Puis-je demander, après tout ce qui s'est passé, si vous la croyez femme à se contenter de simples menaces ?

La question était des plus embarrassantes. Forcé dans ses derniers retranchements par l'irrésistible logique des faits, Allan commença à se montrer ébranlé.

— N'y a-t-il pas d'autre moyen pour protéger Miss Milroy que celui que vous m'avez indiqué ? demanda-t-il avec répugnance.

— Pensez-vous que le major voudra vous entendre, monsieur, si vous allez lui parler ? repartit Pedgift d'un ton ironique. Je crois qu'il ne consentirait même pas à m'écouter, moi. Préférez-vous, plutôt, alarmer Miss Neelie, en lui disant ouvertement que nous la croyons tous les deux exposée à un danger ? Ou songez-vous encore à faire savoir par mon entremise à Miss Gwilt qu'elle a fait à son élève une cruelle injustice ? Les femmes sont si promptes à écouter la raison et elles sont si généralement disposées à avoir la meilleure opinion les unes des autres, surtout lorsqu'elles croient avoir affaire à une rivale… et il s'agit en l'occurrence d'un beau mariage manqué. Ne vous préoccupez pas de moi, monsieur Armadale, je ne suis qu'un avoué, je demeurerai imperméable sous un autre déluge de larmes de Miss Gwilt.

— Par le Ciel, monsieur Pedgift ! Dites-moi clairement ce que vous désirez que je fasse ! cria Allan à bout de patience.

— En un mot, monsieur Armadale, je désire être instruit des actions de Miss Gwilt, tant qu'elle restera dans le voisinage. Je réponds de trouver une personne qui se chargera de l'épier avec douceur et discrètement ! Et je consens à faire cesser cette surveillance préventive si, dans l'espace d'une semaine, nous n'avons pas trouvé de bonnes raisons pour la justifier. J'avance cette très raisonnable proposition, que je crois sincèrement servir les intérêts de Miss Milroy, et j'attends pour réponse un oui ou un non.

— Ne puis-je prendre le temps de réfléchir ? demanda Allan par une dernière velléité de résistance.

— Certainement, monsieur Armadale. Mais n'oubliez pas ceci, pendant que vous réfléchissez : Miss Neelie a l'habitude de se promener seule dans votre parc, n'ayant aucun soupçon du danger qu'il peut y avoir pour elle, et Miss Gwilt est parfaitement capable de profiter de cette circonstance pour mettre ses menaces à exécution.

— Faites comme vous voudrez ! s'écria Allan en désespoir de cause. Et pour l'amour de Dieu, ne me tourmentez pas plus longtemps !

Le préjugé populaire peut le nier, mais la profession de légiste est une profession chrétienne, sous un rapport au moins. De toutes les nombreuses phrases stéréotypées que les lèvres d'un avoué tiennent en réserve pour chaque occasion, nulle ne livre mieux son sens véritable que : « Une réponse douce détourne la fureur »[1]. Pedgift se leva avec l'élasticité de la jeunesse dans les jambes, et la sage modération de l'âge sur la langue :

— Mille remerciements, monsieur, dit-il, pour l'attention que vous m'avez accordée. Je vous félicite de votre décision, et je vous souhaite le bonsoir.

Cette fois la significative tabatière n'était pas dans sa main lorsqu'il ouvrit la porte, et il disparut sans reparaître avec un second post-scriptum.

La tête d'Allan retomba sur sa poitrine, quand il se retrouva seul.

« Si nous étions seulement à la fin de la semaine ! pensa-t-il ; si au moins Midwinter était de retour ! »

Pendant que ce souhait s'échappait des lèvres de son client, l'avoué montait gaiement dans son cabriolet :

— En route, ma vieille ! cria-t-il en caressant la jument du bout de son fouet. Je ne fais jamais attendre une dame, surtout quand elle ressemble à celle à qui j'ai affaire en ce moment !

VII. Le martyre de miss Gwilt

Les abords de la petite ville de Thorpe-Ambrose, surtout du côté de la « grande maison », ont acquis une espèce de célébrité par leur beauté. On les cite comme étant les plus jolis de l'est du Norfolk. Les villas sont généralement construites dans un goût excellent, et les jardins élégamment dessinés. Les arbres ont acquis tout leur développement ; les riants pâturages se déroulent au-delà des maisons, dans une bigarrure capricieuse et pittoresque. Le soir, c'est le but de promenade de l'aristocratie et de la société à la page de la ville ; et lorsqu'un étranger, visitant le pays, laisse son cocher libre de diriger ses excursions, celui-ci ne manque jamais de prendre le

1 Proverbes, 15, 1.

chemin des pâturages.

Du côté opposé, c'est-à-dire le plus éloigné de la grande maison, les faubourgs, en 1851, présentaient un tout autre aspect, et les personnes jalouses de la réputation de la ville n'en parlaient qu'avec une sorte de honte.

La nature y était triste, le paysage pauvre. Le progrès social s'y exhibait sous la forme de constructions nouvelles misérablement bancales. Les rues allaient en se resserrant à mesure qu'elles s'éloignaient du centre de la ville. Les maisons, de plus en plus petites et modestes, dégénéraient en chaumières, et celles-ci allaient mourir en cahutes délabrées sur la plaine nue et stérile. Les architectes semblaient avoir universellement abandonné leurs bâtisses, une fois le premier échafaudage élevé. Des affiches, placées par les propriétaires fonciers, avertissaient mélancoliquement qu'ici étaient des terrains à louer pour construire ; et les terres, désespérant de trouver un acheteur qui voulût d'elles, se hérissaient de maigres épis clairsemés. Tous les papiers de rebut de la ville semblaient avoir été roulés là par une affinité sympathique, et tous les enfants maladifs et chagrins y venaient crier, accompagnés de leurs nourrices malpropres et disgracieuses. S'il arrivait que l'on eût à envoyer un cheval à l'écorcheur, on était sûr de le trouver attendant son sort dans un champ de ce côté de la ville. Rien ne croissait dans ces arides régions que les déchets. Aucune créature ne venait s'y réjouir, si ce n'est les créatures de la nuit, les rats parmi les décombres et les chats partout sur les toits.

Le soleil s'était couché, et le crépuscule d'un soir d'été descendait lentement. Les enfants malingres criaient dans leurs berceaux ; le cheval invalide sommeillait dans le champ solitaire où il était emprisonné ; les chats attendaient furtivement dans les coins la tombée de la nuit, un seul être humain apparaissait dans ce lieu désolé – Mr. Bashwood, un seul bruit, bien faible, troublait le solennel silence de la nuit, celui des pas de Mr. Bashwood.

Il s'avançait avec précaution, côtoyant les monceaux de briques élevés par intervalles sur le bord du chemin, évitant avec soin la ferraille et les tuiles cassées, éparpillées ici et là sur la route. Mr. Bashwood se dirigeait vers l'une des rues inachevées du faubourg. Sa toilette avait été évidemment l'objet d'une attention toute particulière. Ses fausses dents montraient leur éclatante blancheur, sa perruque était soigneusement peignée, ses vêtements de deuil, entièrement renouvelés, avaient ce brillant visqueux du drap à bon marché. Il marchait avec un enjouement nerveux et regardait autour de lui en souriant vaguement. Quand il eut atteint le premier des cottages inachevés, ses yeux larmoyants se fixèrent pour la première fois sur la rue qui s'étendait devant lui. Il tressaillit, sa respiration devint précipitée, et il s'appuya, tremblant et rougissant, contre le mur le plus proche.

Une dame, assez loin encore, descendait la rue. « Elle vient ! » murmura-t-il avec un étrange mélange de joie et de crainte, tandis que son visage hagard passait tour à tour du rouge au pâle. « Je voudrais être la terre que foulent ses pieds ! Je voudrais être le gant de sa main ! ». Il laissa échapper ces paroles extravagantes dans une sorte d'extase, avec une violence concentrée qui fit trembler de la tête aux pieds tout son faible corps.

La dame s'avançait d'un pas égal et cadencé ; elle se rapprochait de plus en plus, et révéla bientôt aux yeux de Mr. Bashwood ce que son instinct lui avait déjà fait reconnaître, le visage de Miss Gwilt.

Elle était mise très simplement. Une économie scrupuleuse avait présidé à toute sa toilette. Elle portait un chapeau de paille, orné parcimonieusement du ruban blanc le moins coûteux. Une pauvreté modeste et de bon goût s'affirmait dans la fraîcheur irréprochable, dans l'ampleur modérée de sa robe de mousseline imprimée, dans son maigre mantelet de soie noire garni d'un mince effilé de même couleur. Ses terribles cheveux roux resplendissaient en toute liberté ; ils étaient tressés et posés en couronne sur son front ; une boucle capricieuse tombait sur son épaule gauche. Ses gants, d'une nuance sombre, lui allaient comme une seconde peau. D'une main, elle soulevait délicatement sa robe pour la préserver des souillures du chemin ; de l'autre, elle tenait un petit bouquet de fleurs des champs. Elle s'avançait sans bruit, lentement ; sa robe de mousseline ondulait gracieusement ; ses cheveux bouclés se soulevaient à la brise du soir. Elle tenait la tête un peu penchée, les yeux fixés à terre. Sa démarche, son regard et ses moindres mouvements offraient ce subtil mélange de modestie et de sensualité qui est aux yeux des hommes la plus irrésistible des séductions féminines.

— Mr. Bashwood ! s'écria-t-elle d'une voix claire et exprimant la plus grande surprise. Quel hasard de vous rencontrer ici ! Je ne pensais pas qu'excepté les malheureux personne vînt jamais s'aventurer de ce côté de la ville... Chut ! ajouta-t-elle vivement à voix basse, vous ne vous trompiez pas quand vous avez cru entendre que Mr. Armadale allait me faire suivre. Il y a un homme derrière l'une de ces maisons. Causons tout haut de choses indifférentes, et ayons l'air de nous être rencontrés par hasard. Demandez-moi ce que je fais. Très haut, tout de suite ! Vous ne me reverrez jamais, si vous ne cessez immédiatement de trembler. Faites ce que je vous dis !

Elle parlait avec une autorité implacable dans le regard et dans le ton. Avec une tyrannie impitoyable, elle usait de son pouvoir sur la faible créature à laquelle elle s'adressait. Mr. Bashwood lui obéit d'une voix vibrante d'émotion, tandis que des yeux il dévorait sa beauté. Le visage du pauvre être exprimait à la fois le bonheur, la fascination et la terreur.

— J'essaye de gagner un peu d'argent en enseignant la musique, dit-elle de façon à être entendue de l'espion. Si vous pouvez me recommander à quelques élèves, monsieur Bashwood, vous m'obligerez... Avez-vous été au domaine aujourd'hui ? continua-t-elle à voix basse. Mr. Armadale a-t-il été du côté du cottage ? Miss Milroy est-elle sortie du jardin ? Non ? En êtes-vous sûr ? Épiez-les demain, après-demain, et chaque jour. Il est certain qu'ils se rencontreront, et je veux le savoir et en être avertie. Silence ! demandez-moi quel est le prix de mes leçons. Qu'est-ce qui vous effraye ? C'est à moi que l'homme en veut, non pas à vous. Parlez plus haut que tout à l'heure, ou je n'aurai plus aucune confiance en vous et m'adresserai à d'autres.

Une fois encore Mr. Bashwood obéit :

— Ne vous fâchez pas, murmura-t-il après avoir prononcé les paroles demandées. Mon cœur bat si fort ! Vous me tuerez !

— Vous ! pauvre cher vieux ! répondit-elle à voix basse en changeant soudain de manières et avec un accent de tendresse moqueuse. Qu'avez-vous besoin de cœur à votre âge ? Soyez ici demain à la même heure, et rapportez-moi ce que vous aurez vu là-bas... Je ne prends que cinq shillings par leçon, ajouta-t-elle tout haut. Je suis sûre que ce n'est pas cher, monsieur Bashwood ; je donne de si longues leçons, et je fournis les partitions à mes élèves à moitié prix.

De nouveau, elle baissa soudainement la voix et reprit, en lançant à son interlocuteur un regard qui le transforma en pierre :

— Demain, ne quittez pas des yeux Mr. Armadale. Si cette fille parvient à lui parler, et que je n'en sois pas informée aussitôt, je vous épouvanterai à vous en faire mourir. Si j'en suis informée, je vous embrasserai. Chut ! Souhaitez-moi le bonsoir et allez-vous-en du côté de la ville. Laissez-moi m'en retourner par l'autre chemin. Je n'ai pas besoin de vous, je n'ai pas peur de l'homme qui est derrière la maison. Je m'en arrange toute seule. Dites-moi bonsoir et je vous permettrai de me serrer la main. Parlez plus fort et je vous donnerai une de mes fleurs, si vous me promettez de n'en pas devenir amoureux.

À voix haute elle ajouta :

— Bonsoir, monsieur Bashwood, et n'oubliez pas : cinq shillings la leçon d'une heure, et toutes les partitions de mes élèves à moitié prix, ce qui n'est pas rien, qu'en dites-vous ?

Elle glissa une fleur dans la main du malheureux, fronça le sourcil pour lui ordonner l'obéissance, sourit, releva de nouveau sa robe et reprit sa promenade d'un pas insouciant et coquet. On eût dit un chat qui vient de s'amuser à effrayer une souris.

Mr. Bashwood, resté seul, s'appuya d'un air de lassitude contre le mur, et regarda la fleur qu'il tenait à la main. Son existence passée l'avait accoutumé à supporter le chagrin et l'insulte, mais elle ne l'avait point préparé à recevoir la passion maîtresse de l'humanité, qui s'emparait de lui pour la première fois, au déclin sans espoir d'une vie flétrie par les déceptions conjugales et les chagrins de la paternité. « Oh ! si seulement je pouvais redevenir jeune ! murmura le pauvre homme en portant la fleur à ses lèvres fiévreuses, dans un élan de tendresse désespérée. Elle aurait pu m'aimer à vingt ans ! ». Il se redressa brusquement et regarda autour de lui d'un air effaré : « Pourquoi suis-je resté ici, quand elle m'a commandé de partir ? » se dit-il. Et aussitôt il prit le chemin de la ville, dans une telle crainte d'être vu par la gouvernante qu'il n'osa même pas jeter un regard en arrière sur la route qu'elle suivait, et ne vit pas l'espion qui marchait derrière elle, à l'abri des bâtisses et des monceaux de tuiles.

Lentement, gracieusement, et mettant un soin minutieux à garantir la fraîcheur immaculée de sa robe, sans jamais se hâter, sans jeter son regard d'un côté ni de l'autre, Miss Gwilt continua sa promenade. Le chemin du faubourg finissait par se séparer en deux. Le sentier de gauche courait à travers un petit taillis inégal et aboutissait aux pâturages d'une ferme voisine. L'autre, celui de droite, traversait un mamelon de terre inculte et conduisait à la grand-route. Miss Gwilt fit halte pour réfléchir, sans pour autant montrer à l'espion, en regardant derrière elle, qu'elle soupçonnait sa présence. Elle se dirigea vers la colline.

« Je l'attraperai ici », se dit-elle, en examinant d'un œil calme la longue ligne droite et nue de la route.

Arrivée à l'endroit qu'elle s'était désigné, elle mit son plan à exécution avec toute l'adresse et tout le sang-froid requis. Ayant fait une trentaine de pas sur la route, elle laissa tomber son bouquet, se pencha pour le ramasser, se retourna légèrement et vit l'homme s'arrêter aussitôt. Reprenant alors sa course, elle prit une allure plus vive. L'espion tomba dans le piège qu'on lui avait tendu. Voyant la nuit venir, et craignant de perdre la piste dans l'obscurité, il voulut diminuer la distance. Miss Gwilt marcha de plus en plus vite, jusqu'à ce qu'elle entendît les pas de l'individu presque sur les siens.

Alors, elle s'arrêta brusquement, se retourna, et se trouva nez à nez avec l'homme.

— Mes compliments à Mr. Armadale, dit-elle, et rapportez-lui que je sais qu'il me fait suivre.

— Je ne vous suivais pas, mademoiselle, répondit l'homme décontenancé par ce ton ferme et hardi.

Miss Gwilt le toisa dédaigneusement des yeux. Il était petit et fluet. Elle était plus grande et, selon toute apparence, plus forte que lui.

— Ôtez votre chapeau, coquin, quand vous parlez à une dame ! fit-elle.

En une seconde elle avait envoyé le chapeau de l'espion par-dessus un fossé près duquel ils étaient arrêtés. Le couvre-chef atterrit dans une mare.

Cette fois l'homme se méfia. Il comprenait aussi bien que Miss Gwilt l'importance des précieuses minutes qu'il emploierait à aller chercher son chapeau.

— Il vaut mieux pour vous que vous soyez une femme, dit-il, en grommelant, tête nue, dans le crépuscule.

Miss Gwilt regarda la route. La silhouette solitaire d'un homme se détachait sur les ombres de la nuit. Il s'avançait rapidement. Certaines femmes, à l'approche d'un étranger à cette heure et dans cet endroit isolé, eussent éprouvé quelque anxiété. Miss Gwilt avait trop de confiance en son pouvoir pour ne pas compter d'avance sur la protection de l'inconnu, quel qu'il fût, précisément parce qu'il était un homme. Elle se retourna vers l'espion avec un redoublement d'assurance, et pour la seconde fois le toisa de la tête aux pieds.

— Je me demande si je ne serais pas assez forte pour vous envoyer rouler après votre chapeau, dit-elle. Je vais considérer la question en continuant ma promenade.

Elle fit quelques pas à la rencontre de l'ombre qui s'avançait toujours. L'espion la serra de près :

— Essayez donc, reprit-il brutalement. Vous êtes une jolie femme, et je ne m'oppose pas à ce que vous mettiez vos bras autour de mon cou si le cœur vous en dit.

Au moment où il disait ces mots, il aperçut enfin la silhouette qui s'approchait. Il recula un peu et attendit. Miss Gwilt, de son côté, s'avança de quelques pas et attendit aussi.

L'allure souple et dégagée du nouvel arrivant dénotait un marcheur consommé. Il approchait, le sac sur l'épaule, en balançant devant lui son bâton. On pouvait maintenant distinguer sa figure. Il était très brun ; ses cheveux noirs étaient recouverts de la poussière du chemin, ses yeux noirs contemplaient fixement la route qui se déroulait devant lui.

Miss Gwilt s'avança, montrant pour la première fois des signes d'émotion.

— Est-ce bien vous ? fit-elle doucement. Est-il possible que ce soit vous ?

C'était Midwinter, de retour à Thorpe-Ambrose après une quinzaine passée dans les landes du Yorkshire. Il s'arrêta et la regarda. La surprise et l'émotion le suffoquaient. L'image de la gouvernante occupait toutes ses pensées au moment même où elle lui avait parlé.

— Miss Gwilt ! s'écria-t-il en lui tendant mécaniquement la main.

Elle la prit et la serra légèrement.

— J'aurais été heureuse de vous revoir à n'importe quel moment, dit-elle, mais vous ne savez pas combien je suis contente de vous rencontrer présentement. Vous demanderai-je de me débarrasser de cet homme ? Il m'a suivie et espionnée depuis que j'ai quitté la ville.

Midwinter, sans répondre, alla droit vers l'espion. Celui-ci, malgré l'obscurité, vit et comprit ce qui le menaçait, et sauta vivement le fossé. Avant que Midwinter eût pu s'élancer à sa poursuite, la main de Miss Gwilt était sur son épaule.

— Non, dit-elle, vous ne savez pas quel est celui qui l'envoie !

Midwinter leva sur elle des yeux étonnés.

— D'étranges choses se sont passées depuis votre départ, continua-t-elle. J'ai été forcée de quitter la maison du major, et je suis surveillée, suivie, par un espion appointé. Ne me demandez pas quel est celui qui m'a fait perdre ma place, quel est celui qui paye l'espion, pas pour le moment en tout cas. Plus tard, quand j'y verrai plus clair, j'aurai peut-être le courage de vous le dire. Laissez ce misérable s'éloigner. Cela vous ennuierait-il de m'accompagner jusque chez moi ? C'est, votre chemin. Puis-je… puis-je vous demander votre bras ? Ma petite provision de courage est à bout.

Elle prit le bras du jeune homme et s'y appuya en se serrant contre lui. La femme qui avait tyrannisé Mr. Bashwood et qui avait envoyé rouler le chapeau de l'espion dans la mare avait disparu ; la blanche carnation de Miss Gwilt et ses formes délicates abritaient à présent une faible et timide créature, tremblant de tous ses membres. Elle porta son mouchoir à ses yeux :

— On dit que nécessité n'a pas de loi, murmura-t-elle faiblement, je vous traite comme un vieil ami. Dieu sait si j'ai besoin d'en avoir un !

Ils continuèrent à marcher vers la ville. Elle se remit avec une grâce touchante. Elle fit rentrer son mouchoir dans sa poche et persista à ramener la conversation sur le voyage de Midwinter.

— C'est assez mal déjà d'être un fardeau pour vous, dit-elle doucement en pressant son bras. Je ne veux pas vous affliger de surcroît. Dites-moi où vous avez été, ce que vous avez fait, et ce que vous avez vu. Intéressez-moi à votre voyage ; aidez-moi à me distraire.

Ils atteignirent le modeste petit logement dans le misérable petit bourg. Miss Gwilt soupira et ôta son gant avant de tendre la main à Midwinter :

— J'ai pris refuge ici, dit-elle simplement ; c'est propre et tranquille. Je suis trop pauvre pour désirer ou pour espérer mieux. Il faut nous dire adieu, je pense, à moins... (elle hésita, s'assura par un prompt regard qu'ils n'étaient pas observés, et ajouta d'un ton modeste :)... à moins que vous ne vouliez entrer vous reposer un peu ? Je vous suis si reconnaissante, monsieur Midwinter ! Y a-t-il du mal à ce que je vous offre une tasse de thé ?

L'influence magnétique de sa main le faisait encore trembler tandis qu'elle parlait. Le changement de vie et l'absence sur lesquels il avait compté pour se détacher d'elle avaient au contraire resserré son emprise. Cet homme, d'une nature si nerveuse et si passionnée, dont la vie avait été exceptionnellement pure, se trouvait tout à coup, dans le mystère de la nuit, la main dans la main de la première femme qu'il eût aimée. À son âge, et dans sa position, existe-t-il un homme (avec un tempérament d'homme) qui aurait eu le courage de la quitter ? Aucun homme n'aurait eu ce courage. Midwinter entra.

Un jeune garçon à l'air stupide ouvrit la porte, à moitié endormi. Lui aussi, car c'était un homme, s'éclaira à la vue de la gouvernante.

— La bouilloire, John, dit-elle avec bonté, et une seconde tasse. Je vous emprunterai aussi votre lumière pour allumer mes bougies, après quoi je ne vous dérangerai plus ce soir.

John fut réveillé en un instant.

— Il n'y a point de dérangement, mademoiselle, dit-il en déployant, l'activité la plus empressée.

Miss Gwilt prit la lumière et sourit.

— Combien tous ces gens sont bons pour moi ! dit-elle avec candeur, en montant devant Midwinter l'escalier qui conduisait à son petit salon, au premier étage.

Elle alluma les bougies, se tourna vers son hôte et l'arrêta vivement, au premier mouvement qu'il fit pour se débarrasser de son sac.

— Non, fit-elle avec grâce, dans le bon vieux temps, les dames désarmaient leurs chevaliers, je réclame le privilège de désarmer le mien.

Ses doigts habiles s'emparèrent des courroies, et elle avait détaché le sac poudreux avant qu'il eut eu le temps de protester.

Ils s'assirent devant l'unique table de la pièce. Celle-ci était très pauvrement meublée, mais on sentait l'élégante simplicité de celle qui l'habitait : dans l'arrangement des maigres ornements de la cheminée, dans les volumes reliés posés sur le chiffonnier, dans les fleurs et la modeste corbeille à ouvrage placées sur l'appui de la fenêtre.

— Toutes les femmes ne sont pas coquettes, dit-elle en posant son mantelet et son chapeau avec soin sur une chaise. Je n'irai pas dans ma chambre consulter ma glace et réparer le désordre de ma coiffure ; vous m'accepterez comme je suis.

Ses mains allaient d'un objet à l'autre, occupées à la confection du thé, avec naturel et tranquillité. Ses magnifiques cheveux, éclairés par la bougie, lançaient des reflets ardents. Elle tournait et retournait la tête pour chercher ce dont elle avait besoin.

L'exercice avait avivé l'éclat de son teint et rendu plus rapides les différentes expressions de ses yeux, la délicieuse langueur qui les voilait quand elle écoutait ou restait pensive, les doux rayons d'intelligence qui s'en échappaient lorsqu'elle causait.

Ses moindres paroles, ses moindres gestes charmaient doucement le cœur de son convive. D'une modestie parfaite, d'un tact incomparable, elle possédait au suprême degré les délicatesses et les élégances d'une lady. Elle avait toutes les beautés qui charment les yeux, tous les attraits qui saisissent les sens, une subtile séduction dans le silence et une vraie sorcellerie dans le sourire.

— Me tromperai-je, demanda-t-elle tout à coup en interrompant la conversation que jusque-là elle avait maintenue avec soin sur le voyage de Midwinter, si je dis que quelque chose semble vous préoccuper ? quelque chose que ni mon thé ni ma conversation ne peuvent chasser de votre esprit ? Les hommes sont-ils aussi curieux que les femmes ? Est-ce qu'il s'agirait de moi ?

Midwinter, sous le charme de sa présence, eut de la peine à revenir à lui pour répondre :

— Je suis très anxieux de savoir ce qui est arrivé depuis mon départ ; mais je suis encore plus désireux, Miss Gwilt, de ne point vous attrister en abordant un pénible sujet.

Elle le regarda avec reconnaissance.

— C'est pour vous que j'évitais le pénible sujet, reprit-elle, en jouant avec sa cuillère sur sa soucoupe vide. Mais vous l'apprendrez par d'autres si vous ne l'apprenez pas par moi, et il faut que vous sachiez pourquoi vous me trouvez dans cette étrange situation et comment je suis venue ici. Mais, je vous en prie, avant tout, rappelez-vous une chose : je ne blâme pas votre ami Mr. Armadale ; je ne blâme que les personnes dont il est l'instrument.

Midwinter fut saisi :

— Est-il possible qu'Allan soit en aucune façon cause... ?

Il se tut et regarda Miss Gwilt dans un silencieux étonnement. Elle posa doucement sa main sur la sienne.

— Ne m'en veuillez pas de vous dire la vérité, dit-elle. Votre ami est cause de tout ce qui est arrivé, cause innocente, monsieur Midwinter, je le crois fermement. Nous sommes deux victimes, lui et moi. Il est victime de sa position de riche propriétaire à marier, et je suis victime de la détermination de Miss Milroy à se faire épouser par lui.

— Miss Milroy ? répéta Midwinter de plus en plus interloqué. Pourquoi ? Allan lui-même m'avait dit...

Il se tut encore.

— Il vous a dit que j'étais l'objet de ses pensées ? Pauvre garçon ! Il admire tout le monde. Sa tête est presque aussi vide que ceci, reprit-elle en indiquant sa tasse par un sourire.

Mais elle lâcha sa cuillère, soupira et redevint sérieuse.

— Je suis coupable de m'être laissé admirer, continua-t-elle d'un air repentant, sans avoir eu l'excuse de la réciprocité, sans pouvoir lui rendre même l'intérêt passager qu'il a ressenti pour moi. Je ne nie pas ses nombreuses et admirables qualités ; je sais que c'est un excellent parti. Mais un cœur de femme ne peut être violenté, même par l'heureux maître de Thorpe-Ambrose devant qui tout s'incline.

Comme elle exprimait cette grandeur d'âme, elle le regarda droit dans les yeux. Il baissa la tête et ses joues s'empourprèrent. Son cœur avait bondi à cette déclaration d'indifférence pour Allan, et pour la première fois depuis qu'ils se connaissaient, il se sentait des intérêts contraires à ceux de son ami.

— J'ai eu le tort de me laisser admirer par Mr. Armadale et j'ai été punie de ma vanité, reprit Miss Gwilt. S'il y avait eu la moindre confiance entre mon élève et moi, elle l'eut appris : je l'eusse bien volontiers assurée qu'elle pouvait devenir Mrs. Armadale sans avoir à craindre aucune rivalité de ma part. Mais Miss Milroy m'a détestée et s'est méfiée de moi dès le commencement. Elle a été jalouse, sans aucun doute, des attentions de Mr. Armadale pour moi, et elle a cru de son intérêt de chercher à m'ôter son estime ; il est très probable que sa mère lui est venue en aide. Mrs. Milroy avait elle aussi ses motifs particuliers (que j'aurais honte d'expliquer) pour désirer mon départ de chez elle. Quoi qu'il en soit, la conspiration a réussi. J'ai été forcée (grâce au concours de Mr. Armadale) de quitter ma place de gouvernante. Ne vous emportez pas, monsieur Midwinter ! Ne vous arrêtez à aucune opinion malveillante. J'ose dire que Miss Milroy a quelques bonnes qualités, bien que je ne sache pas bien lesquelles, je l'avoue ; et je vous assure de nouveau que je ne blâme pas Mr. Armadale. Je ne blâme que ceux qui le font agir.

— Comment cela ? Comment peut-il servir vos ennemis ? Excusez mon emportement, Miss Gwilt, mais le nom d'Allan m'est aussi cher que le mien.

Les yeux de Miss Gwilt le regardèrent de nouveau en face, et le cœur de Miss Gwilt se laissa innocemment aller à son enthousiasme.

— Comme je vous admire ! s'écria-t-elle. Que j'aime cette attention pour votre ami ! Oh ! si seulement les femmes pouvaient inspirer de semblables amitiés ! Que j'envie le bonheur de votre sexe !

Sa voix trembla et son attention sembla de nouveau absorbée par la petite coupe placée devant elle.

— Je donnerais le peu de beauté que je possède pour trouver un ami comme celui que Mr. Armadale a en vous ! Mais je n'aurai jamais ce bonheur, monsieur Midwinter. Revenons à ce que nous disions. Je ne puis vous montrer comment votre ami se trouve mêlé à mes chagrins qu'en vous donnant d'abord certaines explications sur moi. Je suis, comme bien d'autres gouvernantes, victime des malheurs de ma famille. C'est peut-être une faiblesse, mais j'ai horreur de confier mes affaires à des étrangers, et mon silence sur mes chagrins et sur ma vie passée peut être mal interprété, je le sais, dans ma position. Me nuit-il aussi, monsieur Midwinter, dans votre opinion ?

— Dieu m'en préserve ! s'écria Midwinter avec ferveur. Il n'existe pas un homme, continua-t-il, pensant à sa propre histoire, qui ait de meilleures raisons que moi pour comprendre et respecter votre réserve.

Miss Gwilt saisit sa main dans un élan de reconnaissance.

— Oh ! s'écria-t-elle ; je l'ai deviné dès la première fois que je vous ai vu ! Je savais que, vous aussi, vous aviez souffert, que vous aussi, vous aviez des chagrins que vous gardiez pour vous seul. Étrange, étrange sympathie ! Je crois au mesmérisme, pas vous ? Oh ! qu'ai-je fait, qu'allez-vous penser de moi ! ajouta-t-elle d'un air troublé tandis qu'elle semblait subitement se reprendre.

Lui, cependant, était tout entier sous l'emprise de cette fascination magique. Oubliant tout pour la main tiède et douce qu'il tenait dans la sienne, il se pencha et y déposa un baiser.

— Épargnez-moi, dit-elle faiblement, en sentant la pression brûlante de ses lèvres. Je suis si abandonnée, si complètement à votre merci !

Il se détourna et cacha son visage dans ses mains. Il tremblait, et elle le vit. Elle le regarda pendant qu'il lui cachait son visage. Elle le regarda avec une furtive expression d'intérêt et de surprise.

« Comme il m'aime ! pensa-t-elle. Je me demande s'il fut un temps où j'eusse pu l'aimer ! »

Un silence de quelques minutes se fit entre eux. Il obéissait à sa prière avec une soumission qu'elle n'avait pas espérée, plus prompte même qu'elle ne l'eût voulu. Il n'osait maintenant ni la regarder ni lui parler.

— Continuerai-je mon histoire ? demanda-t-elle. Chacun de nous va-t-il oublier et pardonner ?

L'incorrigible indulgence des femmes pour tout compliment masculin qui sait rester dans les limites de la décence imprimait sur ses lèvres un sourire charmant. Elle baissa les yeux d'un air pensif sur sa robe et en chassa une miette de pain qui s'était égarée sur ses genoux, en laissant échapper un doux soupir.

— Je vous parlais, reprit-elle, de ma répugnance à confier aux étrangers la triste histoire de ma famille. C'est pour cette raison, comme je l'ai découvert depuis, que je me suis trouvée en butte à la malveillance de Miss Milroy et à ses suppositions désobligeantes. On est allé secrètement aux informations chez la dame que j'avais indiquée pour mon répondant, et ce à l'instigation de Miss Milroy, j'en suis certaine. Par quelque moyen détourné que j'ignore, on en a imposé à la simplicité de Mr. Armadale, et cette démarche secrète auprès de la personne censée fournir mes références à Londres, ce fut votre ami qui s'en est chargé, monsieur Midwinter.

Midwinter se leva brusquement et la regarda. La fascination qu'elle exerçait sur lui le paralysait littéralement à présent qu'il venait de tout entendre de sa bouche. Il la regarda et reprit son siège comme un homme égaré, sans prononcer un mot.

— Rappelez-vous combien il est faible, plaida généreusement Miss Gwilt, et excusez-le comme je le fais. Cette insignifiante circonstance qui lui fit ne pas trouver cette dame quand il se présenta pour la voir, semble, je ne sais pourquoi, avoir excité la méfiance de Mr. Armadale. Quoi qu'il en soit, il est resté à Londres. Ce qu'il y a fait, il m'est impossible de le dire. J'étais dans une ignorance complète, je ne savais rien, je ne me méfiais de personne. J'étais aussi heureuse au milieu de mes petites occupations que je pouvais l'être avec une élève dont je n'avais pu gagner l'affection, quand un matin, à mon indescriptible étonnement, le major Milroy me montre une correspondance échangée entre Mr. Armadale et lui. Il me parle en présence de sa femme. Pauvre créature ! Je ne lui en veux pas ; le mal dont elle est affligée excuse tout. Je voudrais pouvoir vous donner une idée des lettres échangées par le major Milroy et par Mr. Armadale, mais ma tête n'est qu'une tête de femme, et j'étais si surprise et si troublée en cet instant ! Tout ce que je puis vous dire, c'est que Mr. Armadale a choisi de garder le silence sur ses démarches à Londres. Les circonstances étant ce qu'elles étaient, ce silence devenait une accusation contre ma moralité. Le major a été parfait. Sa confiance en moi n'a pas été ébranlée un instant. Mais sa confiance pouvait-elle me protéger contre l'antipathie et la mauvaise volonté de sa femme et de sa fille ? Ah ! la dureté des femmes les unes pour les autres ! Quelle humiliation si les hommes connaissaient quelques-unes d'entre nous telles qu'elles sont ! Que pouvais-je faire ? Je ne pouvais me défendre contre de si obscures imputations, ni rester dans ma place après cette tache faite à ma réputation. Mon orgueil (grâce à Dieu, j'ai été élevée comme une lady, et j'ai des susceptibilités qui n'ont pas encore été émoussées), mon orgueil l'a emporté, et j'ai quitté la maison. Que cela ne vous chagrine pas, monsieur Midwinter ! Il y a un beau côté au tableau. Les dames du voisinage m'ont comblée de bontés. J'ai l'espoir de trouver des élèves pour la musique ; la mortification de m'en retourner chez mes amis et de leur être à charge me sera épargnée. La seule plainte que je veuille faire est, il me semble, assez juste. Mr. Armadale est de retour à Thorpe-Ambrose depuis plusieurs jours. Je lui ai demandé par lettre une entrevue, afin de savoir quels terribles soupçons il avait conçus contre moi, car je voulais me réhabiliter dans son estime. Le croiriez-vous ? Il a refusé de me voir. Il a obéi à des influences étrangères, j'en suis certaine. N'est-ce pas cruel ? Mais il a su se montrer plus cruel encore, car il persiste à me soupçonner, et c'est lui qui me fait épier. Oh ! monsieur Midwinter, ne me détestez pas, ne m'en veuillez pas si je vous dis ce qu'il faut que vous sachiez ! L'homme que vous avez trouvé ce soir en train de me terroriser et de me persécuter ne faisait que gagner son argent… il est un espion de Mr. Armadale.

Pour la seconde fois Midwinter se leva brusquement, et cette fois-ci ses pensées surent se frayer un chemin jusqu'à sa bouche.

— Je ne puis le croire ! Je ne veux pas le croire ! s'écria-t-il avec indignation. Si cet homme vous a dit cela, il a menti ! Je vous demande pardon, Miss Gwilt, je vous demande pardon du fond de mon cœur. Je vous en prie, ne pensez pas que je doute de vous. Je dis seulement qu'il y a erreur. Je ne suis pas sûr de comprendre comme je le dois tout ce que vous venez de me dire. Mais cette infâme faiblesse dont vous croyez Allan coupable, je vous jure qu'il en est incapable ! Quelque misérable aura abusé de son nom. Je vous le prouverai, si seulement vous voulez m'en donner le temps. Laissez-moi partir et éclaircir cette affaire immédiatement. Je ne puis rester sans rien faire, je ne puis supporter une pareille pensée, je ne puis même jouir du bonheur de votre présence après ce que j'ai entendu. Oh ! je suis sûr que vous me comprenez ; je vous comprends si bien, moi !

Il se tut et resta confus. Les yeux de Miss Gwilt étaient posés sur lui et la main de Miss Gwilt avait de nouveau trouvé la sienne.

— Vous êtes le plus généreux des hommes, dit-elle doucement. Je croirai ce que vous voudrez. Partez ! murmura-t-elle en laissant brusquement retomber la main de Midwinter et en se détournant de lui. Par pitié pour nous deux, partez !

Le cœur de Midwinter battait violemment. Elle s'affaissa dans un fauteuil et porta son mouchoir à ses yeux. Un moment il hésita ; puis il se leva tout à coup, ramassa son sac et s'élança dehors sans un mot d'adieu, sans un regard en arrière.

Elle quitta sa chaise dès que la porte se fut refermée sur lui. Ses joues pâlirent, la beauté de ses yeux disparut, et son visage se contracta horriblement.

« Le tromper est une action encore plus vile que je ne le pensais », dit-elle.

Après s'être promenée un instant dans la chambre, elle vint s'arrêter avec lassitude devant le foyer.

« Ah toi, étrange créature ! murmura-t-elle en se regardant, avec langueur dans la glace, aurais-tu encore un reste de conscience, et cet homme l'aurait-il réveillée ? »

L'expression de son visage se transforma peu à peu. La couleur revint à ses joues, son regard s'adoucit, ses lèvres s'entrouvrirent légèrement, sa respiration se précipita, et son haleine commença à ternir la glace. Elle s'arracha à sa rêverie en sursautant :

« Que fais-je ? se demanda-t-elle, prise d'une véritable panique ; serais-je assez folle pour penser à lui de cette manière ? »

Un rire moqueur lui échappa. Elle s'assit devant la table, ouvrit son écritoire, et frappa dessus :

« Il est grand temps que je cause avec mère Jézabel ! » s'écria-t-elle.

Et elle écrivit à Mrs. Oldershaw.

Je viens de rencontrer Mr. Midwinter dans d'heureuses circonstances, et j'en ai profité de mon mieux. Il vient de me quitter pour aller trouver son ami Armadale, et une ou deux bonnes choses en résulteront demain. S'ils ne se brouillent pas, les portes de Thorpe-Ambrose se rouvriront pour moi à la prière de Midwinter ; et s'ils se querellent, j'en serai la malheureuse cause, et j'arriverai de même, sous le pur et chrétien prétexte de les réconcilier.

Elle hésita devant un second paragraphe, écrivit les premiers mots, les effaça, et finit par déchirer impétueusement la lettre, après avoir jeté la plume à l'autre extrémité de la pièce. Elle se retourna ensuite vers le siège qu'avait occupé Midwinter, et le considéra en silence. Son pied frappait fiévreusement le parquet ; elle tenait son mouchoir serré entre ses dents comme un bâillon, tandis que son imagination faisait revivre son hôte devant elle :

« Il y a eu quelque chose d'étrange dans votre vie, et je dois, et je veux le savoir », murmura-t-elle en s'adressant à la chaise vide.

La pendule sonna l'heure. Elle soupira, revint devant la glace, détacha nonchalamment son corsage, ôta lentement les boutons de sa chemisette, et les posa un à un sur la tablette de la cheminée. Longtemps elle regarda dans la glace l'image de ses beautés ; puis elle dénoua ses cheveux, qui retombèrent en une seule masse sur ses épaules. « Ah ! pensa-t-elle, s'il me voyait ainsi ! ». Elle retourna vers la table, soupira, éteignit l'une des bougies, et prit l'autre :

« Midwinter ? dit-elle en passant dans sa chambre à coucher. Je ne crois pas à son nom pour commencer ! »

Plus d'une heure s'écoula avant que Midwinter fût de retour à la grande maison.

Deux fois, bien que la route lui fut familière, il s'était égaré. Les événements de la soirée, l'entrevue avec Miss Gwilt, après la solitaire quinzaine qu'il venait de passer à penser à elle, ce changement singulier survenu dans la position de la gouvernante, et l'étonnante assertion qu'Allan était au fond de tous ses ennuis, tout avait conspiré à jeter la confusion dans son esprit. L'épaisseur de la nuit, le ciel sombre, ajoutaient encore à son trouble. Les portes si bien connues de Thorpe-Ambrose lui semblaient étrangères, et quand enfin il les eut atteintes, il se demanda comment il se trouvait là.

La maison était dans l'obscurité. Les portes et les fenêtres avaient été fermées pour la nuit. Midwinter fit le tour, voulant entrer par les communs. En avançant, un bruit de voix frappa ses oreilles, c'étaient les deux valets de chambre qui causaient. Ils parlaient de leur maître.

— Je parie contre vous une demi-couronne qu'il sera forcé de quitter le pays avant qu'une semaine ait passé sur sa tête, disait l'un.

— Convenu ! reprit l'autre. Il ne se laissera pas chasser si facilement que vous le pensez.

— Bah ! il sera écharpé, s'il reste ici. Je vous répète qu'il n'est pas encore content du gâchis qu'il a fait. Je sais de source sûre qu'il fait maintenant épier la gouvernante.

Entendant ces mots, Midwinter s'arrêta, et un premier doute sur le résultat de sa démarche auprès d'Allan le saisit comme un frisson. L'influence exercée par la voix du scandale public est une force qui agit contre toutes les lois ordinaires de la mécanique. Elle acquiert de la force non par la concentration, mais par la distribution. Au premier son, nous pouvons fermer nos oreilles ; mais sa répercussion en échos est irrésistible. Pendant toute la route, l'unique désir de Midwinter avait été de trouver Allan éveillé, afin de lui parler sans retard. Son seul désir maintenant était de gagner du temps pour combattre ses soupçons et apaiser ses craintes. Il redoutait de trouver Allan levé.

Il se présenta devant les valets qui fumaient leurs pipes dans le jardin des communs. Dès que leur étonnement leur eut permis de parler, ils offrirent d'aller avertir leur maître. Allan avait renoncé à attendre son ami pour cette nuit et s'était mis au lit, il y avait, environ une demi-heure.

— Mon maître, monsieur, a donné l'ordre qu'on le réveillât si vous étiez de retour, dit le premier valet de chambre.

— Je vous donne l'ordre, quant à moi, de ne pas le déranger, repartit Midwinter.

Les valets se regardèrent étonnés, pendant qu'il prenait une chandelle et se retirait.

VIII. Elle intervient entre eux

La régularité était chose inconnue dans l'organisation domestique de Thorpe-Ambrose. Allan ne s'astreignait à aucune règle, et ne se montrait ponctuel qu'à l'heure du dîner. Il se couchait indifféremment de bonne heure ou tard, et se levait de même selon sa fantaisie. Il était défendu aux domestiques de le réveiller, et Mrs. Gripper savait se tenir prête à improviser le meilleur déjeuner possible, à partir du moment où le feu de la cuisine était pour la première fois allumé, jusqu'à celui où l'horloge marquait midi.

Vers neuf heures, le lendemain matin de son retour, Midwinter frappa à la porte de la chambre d'Allan : il n'y avait personne. S'étant informé auprès des domestiques, il apprit que son ami s'était levé avant son valet de chambre, et que son eau chaude lui avait été apportée par l'une des femmes de chambre ignorant que Midwinter était de retour. Personne n'avait vu le maître, ni dans les escaliers ni dans le hall ; il n'avait pas sonné comme à son habitude pour demander son déjeuner. Bref, personne ne savait rien de lui, excepté ce qui était parfaitement clair, qu'il avait quitté la maison.

Midwinter sortit sur le perron. Il s'arrêta au bas des marches, réfléchissant à la direction à prendre pour aller à la rencontre de son ami. L'absence inexpliquée d'Allan ajoutait aux inquiétudes qui le tourmentaient déjà. Il était dans un état d'esprit où la moindre broutille contrarie un homme et où des pensées délirantes ont tôt fait de s'emparer de sa raison.

Le ciel était couvert, et le vent soufflait du sud par bouffées. Tout faisait présager la pluie. Pendant que Midwinter hésitait encore, l'un des garçons d'écurie passa devant lui ; l'ayant questionné, il le trouva mieux informé que les autres domestiques. Celui-ci avait vu Allan, il y avait plus d'une heure, devant les écuries, se dirigeant vers le parc avec un bouquet à la main.

Un bouquet à la main ? Cette histoire de bouquet était incompréhensible à Midwinter qui s'était décidé à se diriger vers l'arrière de la maison dans l'espoir de rencontrer son ami.

« Que signifie ce bouquet ? » se demanda-t-il avec une secrète irritation, en poussant violemment du pied une pierre qu'il trouva sur son chemin.

Cela signifiait qu'Allan, comme toujours, avait suivi son premier mouvement. La seule impression agréable qui lui fut restée de son entrevue avec Pedgift senior était le souvenir de la conversation qu'avait eue ce dernier à son sujet avec Neelie dans le parc. Celle-ci avait exprimé avec angoisse sa crainte qu'il ne la jugeât mal, et cela lui donnait aux yeux d'Allan un charme irrésistible, car elle était la seule personne de tout le voisinage qui se souciât encore de son opinion à lui.

Affecté en vérité par son isolement depuis que Midwinter n'était plus là pour lui tenir compagnie dans sa maison vide, affamé, assoiffé dans sa solitude d'un mot sympathique et d'un regard amical, il s'était mis à songer avec un regret croissant au jeune et souriant visage qui lui rappelait si agréablement les premiers jours heureux de son arrivée à Thorpe-Ambrose. Éprouver ce sentiment, c'était, pour un caractère comme celui d'Allan, une raison d'agir immédiatement, quoi qu'il pût en résulter. Il était sorti le matin précédent pour rencontrer Neelie et lui offrir des fleurs en signe de paix, mais sans aucune idée de ce qu'il pourrait lui dire.

L'ayant cherchée inutilement dans ses promenades favorites, il avait renouvelé sa tentative le lendemain matin, avec un second bouquet. Ses recherches cette fois-ci l'avaient mené plus loin et, toujours ignorant du retour de son ami, il se trouvait à présent à quelque distance de la maison, scrutant les allées du parc l'une après l'autre.

Après avoir marché une centaine de pas au-delà des écuries sans découvrir trace d'Allan, Midwinter revint sur ses pas et attendit le retour de son ami, en arpentant le petit coin du jardin situé derrière la maison.

De temps à autre, il jetait un regard distrait dans la chambre autrefois habitée par Mrs. Armadale, et qui était devenue, à cause de lui, celle de son fils, la chambre avec la statuette et la fenêtre française donnant sur le jardin, qui lui avait rappelé d'abord la seconde vision du rêve. L'ombre de l'homme qu'Allan avait vue debout en face de lui devant la porte-fenêtre ; la vue sur la pelouse et le parterre, le crépitement de la pluie contre les vitres, l'ombre étendant le bras, la statuette tombant brisée sur le parquet, tous ces objets et ces événements de la vision, autrefois si vivants à sa mémoire, disparaissaient devant des souvenirs plus récents, et allaient s'effaçant dans l'obscurité du passé. Il allait et venait, seul et inquiet dans cette chambre, sans songer maintenant au bateau emporté à la dérive sous le clair de la lune ni à l'emprisonnement au milieu de la nuit sur le vaisseau naufragé.

Vers dix heures, les accents bien connus de la voix d'Allan se firent entendre du côté des écuries, et bientôt Midwinter l'aperçut. Cette seconde course matinale à la recherche de Neelie avait été suivie, selon toute apparence, d'un second échec. Le jeune homme tenait encore son bouquet à la main et en faisait présent d'un air résigné à l'un des enfants du cocher.

Midwinter fit spontanément quelques pas vers Allan, puis réprima ce premier mouvement. Conscient que sa position envers son ami était changée en ce qui concernait Miss Gwilt, Midwinter, à la vue d'Allan, éprouva une méfiance soudaine pour l'influence que la gouvernante pouvait avoir sur lui, et cette méfiance lui fit presque douter de lui-même.

Il savait qu'il avait repris la route de Thorpe-Ambrose avec la ferme intention d'avouer la passion qui le dominait et d'insister, s'il était nécessaire, pour une seconde et plus longue absence ; c'était le prix à payer pour le sacrifice qu'il était prêt à faire en faveur du bonheur de son ami. Qu'était devenue cette résolution ? La découverte du changement survenu dans la situation de Miss Gwilt, la déclaration spontanée de son indifférence pour Allan l'avaient réduite à néant. Les paroles avec lesquelles il eut abordé son ami, si rien ne fût arrivé, ne venaient plus sur ses lèvres. Il sentit tout cela, et lutta avec sa loyauté instinctive pour effacer l'impression que lui avait laissée son entrevue avec Miss Gwilt.

Après avoir disposé de son bouquet, Allan entra dans le jardin et aperçut aussitôt Midwinter, qu'il accueillit avec une bruyante exclamation de joie et de surprise :

— Suis-je éveillé ? Est-ce un rêve ? s'écria-t-il en pressant les deux mains de son ami. Est-ce bien vous, cher vieux Midwinter ? Sortez-vous de terre, ou tombez-vous du ciel ?

Ce ne fut que lorsque Midwinter eut expliqué en détail son apparition inattendue qu'Allan put se décider à parler de lui-même. Alors il secoua la tête et un air pensif, jetant un regard aux alentours pour s'assurer qu'aucun domestique ne pouvait entendre.

— J'ai appris à être prudent, depuis votre départ, dit-il, mon cher camarade ; vous ne pouvez vous imaginer les choses qui sont arrivées ici, et dans quel terrible embarras je me trouve en ce moment.

— Vous vous trompez, Allan. J'en sais plus que vous ne le supposez.

— Quoi ! Le gâchis avec Miss Gwilt, la brouille avec le major, l'infernal scandale dans le pays, vous ne voulez pas dire… ?

— Si, l'interrompit tranquillement Midwinter ; j'ai entendu parler de tout cela.

— Bonté du Ciel ! Comment ! Vous vous êtes arrêté à Thorpe-Ambrose ? Auriez-vous été au café de l'hôtel ? Avez-vous rencontré Pedgift ? Êtes-vous allé au cabinet de lecture, et avez-vous vu ce qu'ils appellent la liberté de la presse ?

Midwinter attendit avant de répondre et regarda le ciel. Les nuages s'étaient amoncelés au-dessus de leurs têtes sans qu'ils s'en aperçussent, et les premières gouttes de pluie commençaient à tomber.

— Entrons par ici, dit Allan. Nous monterons déjeuner plus vite.

Il entraîna Midwinter par la porte-fenêtre dans sa chambre. Le vent fit s'engouffrer la pluie derrière eux et Midwinter, qui était entré le dernier, se tourna pour fermer la porte-fenêtre. Allan, trop impatient d'avoir la réponse à sa question que la pluie avait laissée en suspens, ne pouvait attendre d'être arrivé dans la salle à manger. Il s'arrêta vivement et reprit :

— Comment est-il possible que vous soyez au courant pour moi et Miss Gwilt ? Qui vous l'a dit ?

— Miss Gwilt elle-même, répondit gravement Midwinter.

Le nom de la gouvernante sur les lèvres de son ami produisit sur Allan une impression considérable.

— J'aurais préféré que vous entendiez mon histoire d'abord, dit-il. Où avez-vous rencontré Miss Gwilt ?

Les deux hommes restèrent silencieux un moment, immobiles devant la fenêtre. Ils semblaient tous les deux avoir oublié leur intention de se rendre à la salle à manger.

— Avant de répondre à vos questions, dit Midwinter sur la défensive, je désire vous demander quelque chose à mon tour, Allan. Est-il vrai que vous soyez cause, en quelque façon, du départ de Miss Gwilt de chez le major ?

Il y eut une nouvelle pause. L'embarras qui avait commencé à paraître dans les manières d'Allan augmenta de manière visible.

— C'est une longue histoire, répondit-il. J'ai été entraîné, Midwinter, j'ai été trompé par une personne qui… je ne puis m'empêcher de le dire… qui m'a obligé à promettre ce que je n'eusse pas dû promettre et à faire ce que je n'eusse pas dû faire. Ce n'est pas manquer à ma parole que de vous le dire à vous. Je suis assuré de votre discrétion, n'est-ce pas ? Vous n'en répéterez jamais un mot, je puis y compter ?

— Arrêtez ! cria Midwinter. Ne me confiez point des secrets qui ne sont pas les vôtres. Si vous avez fait une promesse, ne jouez pas avec elle, même avec un ami intime comme moi.

Il posa une main douce et affectueuse sur l'épaule d'Allan.

— Je ne puis m'empêcher de remarquer que je vous ai un peu troublé, continua-t-il. Je vois qu'il n'est pas aussi facile que je l'espérais et que je le supposais de répondre à ma question. Voulez-vous que nous attendions un peu ? Irons-nous déjeuner d'abord ?

Allan était trop désireux de présenter sa conduite à son ami sous son véritable jour pour se rendre à cette proposition. Il répondit sans bouger de la fenêtre :

— Mon cher camarade, la réponse est parfaitement facile, seulement… (il hésita)… seulement elle exige une chose dont je me tire toujours fort mal… une assez longue explication.

— Voulez-vous dire, demanda Midwinter plus sérieusement mais avec une égale douceur, que vous avez à vous justifier avant de répondre à ma question ?

— C'est cela ! s'écria Allan, d'un air de soulagement. Vous avez mis le doigt sur la difficulté, comme d'habitude.

Le visage de Midwinter s'assombrit pour la première fois.

— J'en suis peiné, dit-il, les yeux baissés, d'une voix altérée.

La pluie commençait à tomber avec force, elle fouettait lourdement contre les vitres de la fenêtre fermée.

— Peiné ! répéta Allan. Mon cher camarade, vous ne savez pas encore les détails. Attendez jusqu'à ce que je vous les aie faits connaître.

— Vous vous tireriez mal de ce récit, répliqua Midwinter ; c'est, vous qui me l'avez dit. Je ne désire pas vous embarrasser davantage.

Allan le regarda avec perplexité.

— Vous êtes mon ami, mon meilleur et mon plus cher ami, continua Midwinter ; je ne puis supporter de vous voir vous justifier devant moi comme si j'étais votre juge ou comme si je doutais de vous.

En disant ces paroles, il leva sur Allan des yeux pleins de franchise et de bonté.

— En outre, ajouta-t-il, je cherche dans ma mémoire et il me semble que je peux anticiper ce que vous allez me dire. Nous avons eu un instant de conversation avant mon départ, sur des questions très délicates, que vous vous proposiez de soumettre au major. Je me souviens de vous avoir averti ; je me souviens d'avoir eu des doutes ; me tromperai-je en avançant que ces questions vous ont en quelque sorte placé dans une mauvaise posture ? S'il est vrai que vous soyez cause de la perte que Miss Gwilt a faite de son emploi chez le major, il est vrai aussi - c'est seulement vous rendre justice - de croire que le mal dont vous êtes responsable a été innocemment commis par vous ?

— Oui, dit Allan, parlant à son tour avec embarras, c'est seulement me rendre justice que de dire cela.

Il se tut, et se mit à tracer distraitement, avec ses doigts, des lignes vagues sur la surface embuée des vitres.

— Vous n'êtes pas comme les autres, Midwinter, reprit-il soudain avec effort ; et j'aurais préféré, malgré tout, vous initier en détail à cette affaire.

— J'écouterai si vous le désirez, répondit Midwinter, mais je suis satisfait, sans en entendre davantage, d'apprendre que vous n'avez point causé volontairement le malheur de Miss Gwilt. Cela établi entre vous et moi, je pense que nous n'avons plus rien à dire là-dessus. Cependant j'ai à vous faire une autre question bien autrement importante, une question qui m'est dictée par ce que j'ai vu de mes propres yeux et entendu de mes propres oreilles hier soir.

Il s'arrêta et hésita malgré lui :

— Monterons-nous d'abord ? demanda-t-il brusquement.

Et il alla vers la porte, espérant ainsi gagner du temps. Ce fut inutile. Une fois encore cette pièce qu'ils étaient tous deux libres de quitter, cette pièce que l'un d'entre eux avait, à deux reprises déjà, tenté de quitter, les retint comme s'ils en étaient prisonniers.

Sans répondre, sans même paraître avoir entendu Midwinter, Allan lui emboîta machinalement le pas et passa de l'autre côté de la porte-fenêtre. Là, il s'arrêta.

— Midwinter ! éclata-t-il, pris d'une soudaine émotion, où se mêlaient l'étonnement et la peur, il me semble qu'il y a quelque chose d'étrange entre nous ! Je ne vous reconnais plus. Que se passe-t-il donc ?

La main sur le bouton de la porte, Midwinter se retourna et le regarda. Il sentait que le moment était venu. La crainte d'être injuste envers son ami s'était trahie par la gêne qui avait marqué ses paroles, ses regards, ses manières, et avait enfin attiré l'attention d'Allan. Il n'avait plus maintenant qu'une seule chose à faire, au nom de l'amitié qui les unissait : c'était de parler sans tarder et franchement.

— Il y a quelque chose d'étrange entre nous, répéta Allan. Pour l'amour de Dieu, expliquez-vous !

Midwinter retira sa main de la poignée et revint se poster près de la fenêtre, en face d'Allan. Il occupait nécessairement la place que son ami venait de quitter. C'était le côté où se trouvait la statuette, dont le socle était ainsi tout près, derrière lui, à main droite. Aucun signe de changement n'apparaissait dans le ciel nuageux. La pluie continuait de frapper lourdement contre les vitres.

— Donnez-moi votre main, Allan.

Allan la tendit, et Midwinter la retint en parlant.

— Il y a, en effet, quelque chose d'étrange entre nous, dit-il, quelque chose dont il faut nous expliquer et qui vous touche de près. Vous m'avez demandé tout à l'heure où j'avais vu Miss Gwilt. Je l'ai rencontrée en revenant ici, sur la grande route, du côté le plus éloigné de la ville. Elle m'a supplié de la protéger contre un homme qui la suivait et qui l'effrayait. J'ai vu le misérable de mes propres yeux et je l'aurais traité comme il le méritait si Miss Gwilt elle-même ne m'avait arrêté. Elle m'a donné pour cela une très singulière raison. Elle m'a dit que je ne savais pas à qui obéissait cet homme.

Les joues déjà colorées d'Allan s'empourprèrent subitement. Il regarda vivement au-dehors, à travers la fenêtre, la pluie tomber. Au même moment, leurs mains se séparèrent. Il y eut un instant de silence. Midwinter fut le premier à reprendre la parole.

— Plus tard dans la soirée, continua-t-il, Miss Gwilt s'est expliquée. Elle m'a appris deux choses : elle m'a déclaré que l'homme que j'avais vu la suivre était un espion appointé. Ma surprise était grande, mais je n'ai pu discuter. Elle m'a dit ensuite, Allan, ce que je crois de tout mon cœur, de toutes mes forces, être un mensonge imposé à sa crédulité... Elle m'a dit que l'espion était envoyé par vous, payé par vous.

Allan se tourna brusquement vers Midwinter et le regarda en face.

— Je dois m'expliquer cette fois-ci, dit-il avec fermeté.

Les joues de Midwinter se couvrirent de la pâleur livide qui lui était particulière dans les graves occasions.

— Encore des explications ! fit-il en reculant de quelques pas, les yeux fixés avec une terreur inquisitrice sur le visage d'Allan.

— Vous ne savez pas ce que je sais, Midwinter. Vous ignorez que j'ai eu de bonnes raisons pour agir comme je l'ai fait... et, de plus, je ne m'en suis pas fié à moi seul... j'ai pris un avis sûr.

— Avez-vous entendu ce que je viens de vous dire ? demanda Midwinter avec incrédulité. Non... vous ne m'avez certainement pas écouté ?

— Je n'ai pas perdu un mot de vos paroles, reprit Allan. Je vous le répète encore : vous ne savez pas ce que je sais de Miss Gwilt ! Elle a menacé Miss Milroy... Miss Milroy est en danger tant que sa gouvernante restera dans les environs.

Midwinter fit de la main un geste dédaigneux pour mettre la fille du major hors de la conversation.

— Je n'ai rien à entendre sur Miss Milroy, dit-il. Il n'est pas question d'elle... Au nom du Ciel ! Allan, dois-je comprendre que l'espion chargé de surveiller Miss Gwilt remplissait cette vile mission sur votre ordre ?

— Une fois pour toutes, mon cher camarade, voulez-vous ou non me laisser m'expliquer ?

— Quoi ! s'écria Midwinter, les yeux enflammés, et son sang créole empourprant son visage. Expliquer l'emploi d'un espion ? Quoi ! Après avoir fait perdre à Miss Gwilt une place qui lui était nécessaire, en vous mêlant de ses affaires privées, vous voulez continuer à vous y immiscer par le plus bas de tous les moyens ? Vous attachez un espion appointé aux pas d'une femme, d'une femme que vous disiez aimer il y a seulement quinze jours ! celle que vous vouliez épouser ! Je ne puis le croire, non, je ne veux pas le croire ! Perdrais-je la tête ? Est-ce à Allan Armadale que je parle ? Est-ce Allan Armadale qui me regarde ? Arrêtez-vous. Vous agissez sous l'influence d'un scrupule mal compris. Quelque misérable en a imposé à votre bonne foi et s'est servi de vous impudemment.

Allan se contint avec une admirable patience, tenant compte de la nature violente de son ami.

— Si vous persistez à refuser de m'entendre, dit-il, il faut que je me contienne jusqu'à ce que vienne mon tour.

— Dites-moi que vous êtes étranger à l'action de cet homme, et je vous écouterai tant que vous voudrez.

— Supposez que j'aie agi sous l'empire d'une nécessité que vous ignorez ?

— Je ne reconnais point de nécessité qui puisse motiver la lâche persécution d'une femme sans défense.

Une expression de colère passa sur le visage d'Allan, mais elle disparut presque aussitôt.

— Vous ne la jugeriez pas tout à fait si abandonnée, si vous connaissiez la vérité, dit-il.

— Est-ce vous qui me la direz ? répliqua l'autre. Vous qui lui avez refusé d'écouter sa défense, vous qui lui avez fermé la porte de votre maison ?

Allan essaya encore de réprimer son impatience, mais cette fois ce fut au prix d'un effort visible.

— Je sais que vous êtes prompt à vous emporter, dit-il, mais en ce moment, votre violence me surprend tout à fait. Je ne puis la comprendre, à moins… à moins que vous n'aimiez vous-même Miss Gwilt, conclut-il après avoir hésité un instant.

Ces dernières paroles furent de l'huile jetée sur le feu. Elles firent brutalement surgir la vérité, dépouillée de tous ses masques et de tous ses déguisements.

— De quel droit parlez-vous ainsi ? demanda Midwinter en élevant la voix, les yeux pleins de menace.

Allan reprit avec calme :

— Quand je croyais être amoureux d'elle, je ne vous l'ai pas caché. En vérité, c'est être un peu dur pour moi, il me semble, même si vous l'aimez, que de croire tout ce qu'elle vous affirme sans me permettre un mot de défense. Est-ce donc ainsi que vous voulez décider entre nous ?

— Oui, oui ! cria l'autre, rendu furieux par cette seconde allusion d'Allan à Miss Gwilt. Quand je dois choisir entre le maître d'un espion et la victime de cet espion, je prends parti pour la victime.

— Ménagez-moi, Midwinter, le sang peut me monter à la tête comme à vous.

Il se tut, luttant contre lui-même. La torture de la passion, visible sur le visage de Midwinter, et qui eût irrité une moins simple et moins généreuse nature, toucha soudain Allan et lui inspira une tendre pitié qui, à ce moment, était vraiment sublime. Il s'approcha de son ami, les yeux humides :

— Vous m'avez demandé ma main tout à l'heure, dit-il, et je vous l'ai donnée. Voulez-vous vous souvenir d'autrefois, et me donner la vôtre avant qu'il soit trop tard ?

— Non ! répliqua Midwinter avec rage. Je puis encore rencontrer Miss Gwilt, et je pourrais avoir besoin de ma main libre pour la débarrasser de votre espion.

Il s'était reculé contre le mur à mesure qu'Allan s'avançait. La console supportant la statuette se trouvait maintenant devant lui. Dans sa folle fureur, il fouetta l'air de sa main, rencontra le socle, et la figurine se brisa en morceaux sur le parquet.

La pluie, balayée par le vent, arrivait à travers le parterre et la pelouse et battait les vitres avec violence. Les deux Armadale se tenaient devant la fenêtre comme les deux ombres dans la seconde vision du rêve. Les débris du plâtre étaient entre eux, à leurs pieds. Allan se baissa et entreprit de rassembler les morceaux l'un après l'autre pour les ramasser.

— Laissez-moi, dit-il sans lever les yeux, ou nous aurons à nous repentir tous les deux.

Sans articuler un mot, Midwinter se retira lentement. Il resta un instant la main sur le bouton de la porte, et jeta un dernier regard dans la chambre. L'horreur de la nuit passée sur le vaisseau naufragé se représenta à son esprit et éteignit en un instant le feu de sa colère.

— Le rêve ! murmura-t-il, le rêve encore !

La porte fut ouverte du dehors, et un domestique parut, annonçant le déjeuner.

Midwinter regarda l'homme d'un air hagard :

— Montrez-moi le chemin, dit-il, la chambre est sombre. Tout tourne autour de moi.

Le valet le prît silencieusement par le bras.

Lorsque la porte se fut refermée sur eux, Allan ramassa le dernier fragment de statuette. Alors, il s'assit seul à la table et cacha sa tête entre ses mains. Le calme qu'il avait conservé, malgré son exaspération intérieure, l'abandonna enfin dans la tristesse de sa chambre solitaire, et il fondit en larmes, à l'amère pensée de Midwinter se dressant contre lui comme tous les autres.

Les instants se succédèrent, le temps s'écoula dans sa lenteur. Peu à peu les signes précurseurs d'un nouvel orage commencèrent à se montrer ; des nuées noires couvrirent le ciel. La crépitation de la pluie sembla se ralentir avec le vent. Le jour s'assombrit. Il y eut un assoupissement, un calme momentané, et tout à coup, la pluie se précipita comme une cataracte, et le lugubre grondement du tonnerre se répandit solennellement dans l'air.

IX. Elle apprend la vérité

I. De Mr. Bashwood à Miss Gwilt

Thorpe-Ambrose, le 20 juillet 1851.

Chère Madame,

J'ai reçu hier par un messager particulier votre obligeant billet, par lequel vous m'engagez à communiquer avec vous, au moyen de la poste seulement, tant qu'il y aura des raisons de croire que vos visiteurs peuvent être surveillés. Me permettez-vous d'ajouter que j'aspire avec une respectueuse anxiété au seul bonheur que j'aie jamais goûté, à celui de causer avec vous de vive voix ?

Sur votre désir que je ne laisse pas écouler cette journée de dimanche sans vous rendre compte en détail, de ce qui s'est passé à la grande maison, je dois vous dire que j'ai pris les clefs du bureau de l'intendance, alléguant auprès des domestiques un travail important à terminer. La même raison m'eût servi vis-à-vis de Mr. Armadale, si nous nous fussions rencontrés, mais cela n'est point arrivé.

Malheureusement, je suis arrivé trop tard à Thorpe-Ambrose, contre mon attente, pour voir ou entendre moi-même une sérieuse querelle qui avait eu lieu, paraît-il, quelques instants à peine aupa-

ravant entre Mr. Armadale et Mr. Midwinter.

Les seuls renseignements que je puisse vous donner sur cette histoire me viennent de l'un des domestiques. Cet homme me dit avoir entendu les deux gentlemen parler avec une grande animation dans la chambre de Mr. Armadale. Il est entré peu après, pour annoncer le déjeuner, et a trouvé Mr. Midwinter dans une si terrible agitation qu'il a été obligé de l'aider à sortir de la pièce. Le domestique a essayé de le faire monter à l'étage supérieur pour se reposer et se remettre. Il a refusé, disant qu'il attendrait dans les appartements du bas, et priant qu'on le laissât seul. L'homme était à peine redescendu qu'il a entendu ouvrir et refermer la grande porte. Il y a couru, et a pu voir que Mr. Midwinter était parti. La pluie tombait alors à verse ; le tonnerre et les éclairs ne tardèrent pas à s'y joindre. Terrible temps, certainement, pour s'y exposer. Le valet pense que Mr. Midwinter avait l'esprit troublé, j'espère sincèrement que non. Mr. Midwinter est une des rares personnes qui, dans tout le cours de ma vie, m'aient traité avec bonté.

Ayant appris que Mr. Armadale était resté dans sa chambre, je me suis rendu dans le bureau de l'intendance, lequel est, si vous vous en souvenez, sur le même côté de la maison. J'ai laissé la porte entrebâillée et ouvert la fenêtre, de façon à pouvoir entendre ce qui pourrait arriver. Chère madame, il fut un temps où j'aurais pu penser qu'une telle action dans la maison de mon employeur n'était point convenable. Laissez-moi me hâter de vous assurer que ceci est loin d'être mon opinion à présent. Je me glorifie de toute action qui peut vous être de quelque utilité.

Le temps qu'il faisait semblait peu favorable à cette entrevue entre Mr. Armadale et Miss Milroy, dont vous étiez si sûre qu'elle se produirait. Et cependant, assez singulièrement, c'est en raison même du mauvais temps que je me trouve en position de vous donner les renseignements que vous désiriez. Mr. Armadale et Miss Milroy se sont rencontrés il y a environ une heure. Voici dans quelles circonstances.

Juste au commencement de l'orage, j'ai vu l'un des garçons d'écurie sortir en courant des écuries et frapper à la fenêtre de son maître. Mr. Armadale a ouvert et demandé ce qu'il se passait. Le garçon d'écurie a répondu qu'il apportait un message de la part de la femme du cocher. Elle avait vu de sa chambre (qui donne sur le parc) Miss Milroy toute seule, cherchant un abri sous les arbres. Comme cette partie du parc est à quelque distance du cottage du major, elle avait pensé que son maître voudrait peut-être inviter la jeune demoiselle à entrer dans la maison, surtout sachant que, avec l'orage qui s'annonçait, celle-ci avait choisi un refuge dangereux.

Aussitôt que Mr. Armadale a entendu ce que lui disait le garçon d'écurie, il a demandé des manteaux imperméables, des parapluies et est sorti. Peu après, lui et le garçon d'écurie revenaient avec Miss Milroy entre eux deux, aussi bien protégée que possible de la pluie.

J'ai appris d'une des domestiques, qui avait conduit la jeune personne dans une des chambres à coucher et lui avait fourni des vêtements secs, que Miss Milroy était ensuite entrée au salon où l'attendait le jeune Mr. Armadale. La seule manière de suivre vos instructions et de savoir ce qui se passait entre eux était de faire le tour de la maison, sans craindre la pluie battante, et de m'introduire dans la serre (qui ouvre sur le salon), par la porte du dehors. Je n'ai pas hésité un instant, chère madame ; je me ferais tremper tous les jours avec joie pour vous plaire. En outre, bien que je puisse à première vue passer pour un vieillard, un peu d'humidité n'a aucune importance pour moi ; je vous assure que je ne suis pas si âgé que j'en ai l'air ni d'une constitution aussi chétive qu'on le pourrait croire.

Il m'a été impossible de m'avancer assez pour voir ce qui se passait dans le salon sans courir le risque d'être découvert, mais j'ai pu saisir la plus grande partie de leur conversation, sauf quand ils baissaient la voix. Voici en substance ce que j'ai entendu :

J'ai pu comprendre que Miss Milroy s'était laissé persuader, malgré elle, d'entrer dans la maison de Mr. Armadale. C'est ce qu'elle disait du moins, donnant deux bonnes raisons. La première était que son père avait défendu toute relation entre le cottage et la grande maison. Mr. Armadale a réfuté cette objection en affirmant que le major avait donné cet ordre à partir d'une mauvaise interprétation de la vérité, et il l'a suppliée de ne le point traiter aussi cruellement que l'avait fait son père. Je pense qu'à ce moment il est entré dans quelque explication, mais comme il avait baissé la voix, je n'ai pu entendre ce dont il s'agissait. De ce que j'en ai saisi, il s'exprimait avec confusion et sans aucune rigueur grammaticale. Cela n'a pas paru l'empêcher cependant, de réussir à convaincre Miss Milroy que son père s'était fourvoyé. Du moins est-ce ce qu'il me semble, car lorsque j'ai entendu de nouveau la conversation, la jeune dame expliquait la seconde rai-

son, qui la faisait répugner à entrer dans la maison : elle prétendait que Mr. Armadale s'était très mal conduit envers elle et qu'il méritait grandement qu'elle ne lui reparlât jamais.

Cette fois, le jeune squire n'a point entrepris de se défendre. Il a reconnu avec elle qu'il était coupable ; il a avoué avoir mérité le traitement dont il était menacé. Dans le même temps il l'a suppliée de se rappeler que la punition lui avait déjà été infligée. Il était perdu dans l'opinion de ses voisins, et son plus cher ami, le seul intime ami qu'il eut au monde, s'était le matin même tourné contre lui. De loin ou de près, il n'avait pas à espérer d'une seule créature vivante un mot de consolation ni d'amitié. Il était abandonné et malheureux ; son cœur soupirait après un peu de bonté, et c'était sa seule excuse pour demander à Miss Milroy d'oublier et de pardonner le passé.

Je dois, je le crains, vous laisser juger par vous-même de l'effet qu'ont pu produire ses paroles sur la jeune demoiselle, car, malgré tous mes efforts, je n'ai pu réussir à saisir sa réponse. Je suis presque certain de l'avoir entendue pleurer. Mr. Armadale la suppliait de se calmer. Ils ont chuchoté ensuite assez longtemps, ce qui m'a terriblement contrarié. Puis j'ai été effrayé par l'arrivée de Mr. Armadale dans la serre, pour y cueillir quelques fleurs. Par bonheur, il ne s'est point approché de l'endroit où j'étais caché. Il est rentré dans le salon, où il y a eu un autre entretien (les chuchotements me font soupçonner que les deux interlocuteurs n'étaient guère loin l'un de l'autre) dont je n'ai pu saisir un seul mot. Je vous en prie, pardonnez-moi le peu d'étendue de mon rapport. Je puis seulement ajouter qu'une fois l'orage calmé, Miss Milroy est repartie avec des fleurs à la main, et escortée de Mr. Armadale. Mon humble opinion est qu'il avait, dans la sympathie de la jeune demoiselle, un puissant auxiliaire pour plaider sa cause.

C'est là tout ce que j'ai à vous dire, à l'exception d'une autre chose que je rougis de mentionner. Mais votre parole est ma loi, et vous m'avez ordonné de ne vous rien cacher.

La conversation s'est portée une fois sur vous-même, chère madame. Je crois avoir entendu le mot « créature » prononcé par Miss Milroy, et je suis certain que Mr. Armadale, tout en avouant vous avoir admirée, a ajouté que depuis les circonstances lui avaient fait reconnaître « sa folie ». Je répète, sa propre expression : cela m'a fait à la lettre trembler d'indignation. S'il m'est permis de parler ainsi, l'homme qui aime Miss Gwilt vit dans le paradis. Le respect seul aurait dû suffire à fermer les lèvres de Mr. Armadale. Il est mon employeur, je le sais, mais depuis qu'il a qualifié de folie l'admiration qu'on peut avoir pour vous, bien que je sois son régisseur par intérim, je le méprise profondément.

J'espère avoir été assez heureux pour obtenir voire approbation, et je reste, chère madame, avec le sincère désir de continuer à mériter votre confiance.

Votre reconnaissant et dévoué serviteur,

FELIX BASHWOOD.

II. De Mrs. Oldershaw à Miss Gwilt

Diana Street, lundi 21 juillet.

Ma chère Lydia,

Je vous importunerai de quelques lignes. Elles me sont dictées par le sens de ce que je me dois à moi-même, dans la position où nous sommes l'une envers l'autre.

Je ne suis pas du tout satisfaite du ton de vos deux dernières lettres ; je suis encore moins contente de ce que vous m'ayez laissée sans nouvelles ce matin, et cela après avoir promis, vu le douteux état de nos affaires, de m'écrire chaque jour. Je ne sais comment, expliquer votre conduite. Je puis seulement conclure que les choses à Thorpe-Ambrose, ayant été mal dirigées, vont tout de travers.

Mon intention, pour le moment, n'est point de vous faire des reproches. À quoi bon perdre du temps, des paroles et du papier ? Je désire simplement vous rappeler certaines considérations que vous semblez disposée à oublier. Les formulerai-je en termes clairs ? Oui, car, malgré tous mes défauts, je suis la franchise personnifiée.

En premier lieu, il est de mon intérêt autant que du vôtre que vous deveniez Mrs. Armadale de Thorpe-Ambrose. Deuxièmement, je vous ai fourni (sans parler de bons avis) tout l'argent nécessaire à vos projets. Troisièmement, j'ai vos billets à courte échéance, pour chaque penny ainsi avancé. Quatrièmement et dernièrement, bien que je sois indulgente quand il s'agit de la faute d'une amie, dans le rôle de femme d'affaires, ma chère, je ne suis pas de celles dont on puisse impunément se jouer. C'est tout, Lydia, au moins pour le présent.

Ne croyez pas, je vous prie, que je vous écrive en colère ; je ne suis que triste et découragée. Ma situation d'esprit ressemble à celle de David ; si j'avais les ailes de la colombe, je m'envolerais et je trouverais le repos éternel[1]*. Votre affectionnée,*

MARIA OLDERSHAW.

III De Mr. Bashwood à Miss Gwilt

Thorpe-Ambrose, le 21 juillet.

Chère Madame,

Vous recevrez probablement cette lettre peu d'heures après celle que j'ai mise hier soir à la poste. Je vous enverrai la présente avant midi.

J'ai à vous donner quelques autres nouvelles sur ce qui se passe ici. J'ai l'inexprimable bonheur de vous annoncer que la désagréable intrusion de Mr. Armadale dans votre vie privée touche à sa fin. La surveillance exercée sur vos actions doit cesser aujourd'hui. Je vous écris, chère madame, les larmes aux yeux, larmes de joie causées par des sentiments que j'ai osé exprimer dans ma précédente lettre (voyez le premier paragraphe, vers la fin). Pardonnez-moi cette allusion personnelle. Je puis vous parler – je ne sais pourquoi – bien plus facilement avec ma plume que de vive voix.

Laissez-moi me calmer et continuer ma narration. Je venais d'arriver au bureau de l'intendance, ce matin, quand Mr. Pedgift aîné m'a suivi dans la grande maison pour voir Mr. Armadale, avec qui il avait rendez-vous. Inutile de vous dire que j'ai suspendu immédiatement tout travail, sentant qu'il pouvait être question de vos intérêts dans cette entrevue des deux gentlemen. Il m'est très agréable d'ajouter que cette fois les circonstances m'ont favorisé. J'ai pu me tenir sous la fenêtre ouverte et entendre toute la conversation.

Mr. Armadale s'est exprimé immédiatement dans les termes les plus explicites. Il a ordonné que la personne chargée de vous épier soit immédiatement déchargée de ce soin. Comme on lui demandait la raison de ce changement soudain, il n'a point caché qu'il était le résultat produit sur son esprit par ce qui s'était passé entre Mr. Midwinter et lui, la veille. Les paroles de Mr. Midwinter, bien que cruellement in-

1 Psaumes. 55, 6.

justes, l'avaient cependant convaincu qu'aucune nécessité ne pouvait excuser un procédé aussi bas que l'emploi d'un espion, et c'était pour cela qu'il était à présent déterminé à modifier sa façon d'agir.

N'eussent été les ordres fermes que j'ai reçus de vous de ne rien vous cacher où votre nom soit mêlé, j'aurais honte de vous rapporter ce que Mr. Pedgift a répliqué. Il a été bon pour moi, je le sais. Mais fût-il mon propre frère, je ne pourrais jamais lui pardonner la manière dont il a parlé de vous, et l'obstination avec laquelle il a essayé d'ébranler la résolution de Mr. Armadale.

Il a commencé par attaquer Mr. Midwinter. Il a déclaré que l'opinion de Mr. Midwinter était la pire qui fût, car il était parfaitement clair, chère madame, que vous l'aviez entortillé autour de votre petit doigt. N'ayant produit aucun effet par cette grossière suggestion (à laquelle personne vous connaissant ne voudrait ajouter foi), Mr. Pedgift a ensuite prononcé le nom de Miss Milroy, demandant à Mr. Armadale s'il avait renoncé à la protéger. Ce que veut dire ceci, je ne saurais l'imaginer. Je ne puis que vous en rendre compte, afin que vous y réfléchissiez. Mr. Armadale a brièvement répondu qu'il avait son plan à lui pour protéger Miss Milroy, et que, de ce côté, les circonstances étaient changées. Cependant, Mr. Pedgift a encore insisté. Cela a été (je rougis de le dire) de mal en pis. Il a tenté de persuader Mr. Armadale d'intenter un procès à l'une ou à l'autre des personnes qui auraient le plus fortement condamné sa conduite dans le pays, à seule fin… Je ne sais réellement comment vous écrire cela… à seule fin de vous faire citer à la barre des témoins. Pis encore : quand Mr. Armadale eut pour la seconde fois dit non, Mr. Pedgift, après avoir été, ainsi que j'ai pu en juger au son de sa voix, sur le point de quitter la chambre, est revenu traîtreusement sur ses pas, et a proposé de faire venir un officier de police de Londres pour vous épier. « Tout le mystère qui enveloppe la véritable personnalité de Miss Gwilt, a-t-il dit, n'est qu'une question d'identité. Ce ne sera pas une grande dépense de faire venir un homme de Londres, et il pourrait être important de savoir si le visage de cette dame est connu ou non au quartier général de la police ». Je vous assure encore et toujours, chère dame, que si je vous répète ces abominables paroles, ce n'est que par devoir envers vous. J'ai frémi, je le répète, j'ai frémi de la tête aux pieds lorsque je les ai entendues.

Pour reprendre, car j'ai encore autre chose à vous dire : Mr. Armadale (à sa louange, bien que je ne l'aime pas) a persisté dans son refus. Il a paru s'irriter de la ténacité de Mr. Pedgift, et a fini par s'exprimer avec assez de brusquerie : « Vous m'avez persuadé, la dernière fois que nous avons causé sur ce sujet, de prendre une détermination dont j'ai été véritablement honteux. Vous ne réussirez pas une seconde fois ». Telles ont été ses paroles. Mr. Pedgift l'a arrêté ; l'homme de loi semblait piqué à son four : « Si telle est votre manière de considérer mes avis, dit-il, moins vous en recevrez à l'avenir, mieux cela vaudra pour nous deux. Votre honorabilité et votre position sont gravement engagées dans cette affaire avec Miss Gwilt. Si vous vous obstinez, au moment le plus critique, à adopter une telle ligne de conduite, je n'en augure rien que de fâcheux pour vous. Après ce que j'ai déjà dit et fait dans ces très sérieuses circonstances, je ne puis consentir à continuer d'y jouer un rôle si vous me liez les mains, et il est de mon honneur de ne pas laisser tomber cette affaire, tant que je serai publiquement connu pour votre avoué ; vous ne me laissez donc d'autre choix, monsieur, que de renoncer à l'honneur d'être votre conseil légal. — Je le regrette, a répondu Mr. Armadale, mais je n'ai que trop souffert déjà au sujet de Miss Gwilt. Je ne puis ni ne veux faire un pas de plus dans cette voie. — Vous pouvez y renoncer, monsieur, dit Pedgift. Je cesserai aussi de m'en occuper, car ce n'est plus maintenant pour moi une question d'intérêt profession ! Mais rappelez-vous mes paroles, monsieur Armadale : vous n'êtes pas au bout de vos ennuis. Des curiosités peuvent s'éveiller, et reprendre cette affaire au point où vous et moi l'avons laissée ; la main d'une autre personne interviendra peut-être pour dévoiler Miss Gwilt ».

Je vous rapporte leur conversation, chère madame, presque mot pour mot. Elle a produit sur moi une impression indescriptible ; elle m'a inspiré, je sais à peine pourquoi, une véritable panique. Je n'y comprends absolument rien, et je m'explique encore moins ce qui est arrivé immédiatement après.

La voix de Mr. Pedgift, lorsqu'il a prononcé ces dernières paroles, résonnait terriblement près de moi. Il doit avoir parlé devant la fenêtre ouverte et, je le crains, il m'aura surpris en train de l'écouter. J'ai eu le temps, avant sa sortie de la maison, de quitter ma cachette de lauriers, mais non de retourner au bureau. J'ai donc jugé préférable de me diriger vers la loge du gardien, comme si je sortais pour quelque motif ayant trait à la surveillance du domaine.

Au bout de quelques minutes, Mr. Pedgift m'avait rattrapé dans son cabriolet. Il m'a dépassé, puis s'est arrêté : « Ainsi, m'a-t-il dit, vous éprouvez quelque curiosité à l'endroit de Miss Gwilt, n'est-il pas vrai ? Satisfaites donc cette curiosité à tout prix, je ne m'y oppose point ». J'étais bien évidemment, très nerveux, mais j'ai pu lui demander ce qu'il entendait par là. Il n'a pas répondu ; il s'est contenté de me toiser du haut de son cabriolet, avec une très singulière expression, et il s'est mis à rire. « J'ai vu de plus étranges choses arriver que celle-là ! » a-t-il murmuré pour lui-même, puis il s'est éloigné.

Je me permets de vous rapporter ce dernier incident, bien, qu'il puisse n'avoir aucune importance à vos yeux, dans l'espoir que votre intelligence supérieure pourra l'expliquer. Quant à moi, mes pauvres facultés sont, je le confesse, absolument incapables de pénétrer la pensée de Mr. Pedgift. Tout ce que je sais, c'est que je ne lui reconnais pas le droit de m'accuser d'une impertinente curiosité à l'égard d'une dame que j'estime et que j'admire ardemment. Je n'ose m'exprimer en termes plus vifs.

J'ai seulement à ajouter que ma position me permet de vous être ici d'un continuel service, si vous le désirez. Mr. Armadale vient à l'instant d'entrer dans le bureau, et m'a dit brièvement que, compte tenu de l'absence prolongée de Mr. Midwinter, je devais continuer à remplir les fonctions de régisseur jusqu'à nouvel ordre.

Croyez-moi, chère madame, votre dévoué et empressé,

FELIX BASHWOOD.

IV D'Allan Armadale au révérend Decimus Brock

Thorpe-Ambrose, mardi.

Mon cher monsieur Brock,

Je suis dans l'ennui et le chagrin. Midwinter s'est querellé avec moi et m'a quitté ; mon avoué est aussi brouillé avec moi, et m'a retiré ses conseils. Excepté la chère petite Miss Milroy, qui m'a pardonné, tous mes voisins m'ont tourné le dos. Il y a ici un excès de « me » et de « moi », mais je ne puis faire autrement. Je suis très malheureux, seul dans ma maison. Je vous en prie, venez me voir ! Vous êtes l'unique ami qui me reste, et j'ai tant besoin de tout vous raconter !

N.B. – Recevez ma parole d'honneur de gentleman que je ne suis pas coupable.

Votre affectionné,

ALLAN ARMADALE.

P.S. — *J'aurais été vous voir car ce pays m'est devenu absolument antipathique, mais j'ai des raisons pour ne pas m'éloigner de Miss Milroy en ce moment.*

V. De Robert Stapleton à Allan Armadale, Esq.

Presbytère de Boscombe, jeudi matin.

Très honoré monsieur,

Je vois, parmi les autres, une lettre de votre écriture, que mon maître est trop souffrant pour ouvrir, comme j'ai le regret de vous l'apprendre. Il est au lit avec une espèce de fièvre lente. Le docteur dit que son mal vient de fatigues et d'inquiétudes que mon maître n'était pas assez fort pour supporter.

Cela me semble probable, car j'étais avec lui lorsqu'il s'est rendu à Londres le mois dernier, et soit par ses affaires, soit par la peine qu'il a prise pour surveiller la personne qui nous a échappé par la suite, il a été constamment, fatigué et anxieux ; et je l'ai été aussi pour les mêmes raisons.

Mon maître parlait de vous il y a un jour ou deux. Il semblait désirer que vous ne fussiez pas averti de sa maladie, à moins qu'elle n'empirât. Mais je pense que je dois vous en prévenir, bien qu'il soit plutôt un peu mieux à présent. Le médecin dit qu'il lui faut beaucoup de tranquillité, et lui défend toute espèce d'émotion. Veuillez donc ne pas prendre mon billet comme une invitation à venir au presbytère. Le docteur m'ordonne de dire que cela est inutile, et ne servirait, qu'à aggraver son mal dans l'état où il est maintenant.

Je vous écrirai très prochainement si vous le souhaitez. Agréez, je vous prie, monsieur, mes respects, et permettez-moi de me dire votre humble serviteur.

ROBERT STAPLETON.

P.S. — *Le yacht a été gréé et repeint. Il attend vos ordres et il est superbe.*

VI. De Mrs. Oldershaw à Miss Gwilt

Diana Street, le 24 juillet.

Miss Gwilt, l'heure de la poste a passé pendant trois matins consécutifs sans m'apporter de réponse, est-ce une insulte préméditée ? Ou bien avez-vous quitté Thorpe-Ambrose ? En tout cas mon indulgence est à bout. La loi vous forcera à me rendre vos comptes, puisque je ne le puis moi-même ; votre premier billet (de trente livres) est échu depuis mardi dernier, 29 courant. Si vous m'aviez témoigné les plus simples égards, je vous l'aurais renouvelé avec le plus grand plaisir. Dans l'état des choses, je le laisserai présenter et, s'il n'est point payé, je donnerai ordre à mon homme d'affaires de prendre les mesures ordinaires.

MARIA OLDERSHAW.

VII. De Mrs. Gwilt à Miss Oldershaw

5, Paradise Place, Thorpe-Ambrose,
le 25 juillet.

Madame Oldershaw,

Le temps de votre homme d'affaires étant sans aucun doute de quelque valeur, j'écris une ligne pour l'aider, quand il lui plaira de prendre les mesures ordinaires. Il me trouvera prête à être arrêtée, à l'appartement du premier étage, à l'adresse ci-dessus. Dans ma situation présente, et avec mes pensées actuelles, le meilleur service que vous puissiez me rendre est de m'enfermer.

L.G.

VIII. De Mrs. Oldershaw à Miss Gwilt

Ma très chère Lydia.

Plus je vis dans ce méchant monde, plus je vois clairement que les femmes n'ont pas de plus grands ennemis que leurs propres têtes. Quel regrettable style avons-nous laissé prendre à notre correspon-

dance ! Quel déplorable manque de retenue, ma chère, de votre côté et du mien !

Laissez-moi, puisque je suis la plus vieille, être la première à rougir de mon manque de sang-froid. Votre cruelle négligence, Lydia, m'a poussée à vous écrire comme je l'ai fait. Je suis si sensible aux mauvais procédés, surtout lorsqu'ils me sont infligés par une personne que j'aime et que j'admire. Hélas ! quoique âgée de soixante ans, je suis encore, malheureusement pour moi, très jeune de cœur.

Acceptez mes excuses pour avoir fait usage de ma plume, quand j'aurais dû avoir recours à mon mouchoir de poche. Pardonnez à votre affectionnée Maria d'avoir encore le sang un peu trop chaud.

Mais, ma chère, bien que j'avoue vous avoir menacée, qu'il est cruel à vous de m'avoir prise au mot ! N'est-il pas méchant de votre part de m'avoir crue assez inhumaine (votre dette eût-elle été dix fois plus forte, et malgré tout ce que j'eusse pu dire) pour faire arrêter ma plus chère amie ! Ciel ! Ai-je mérité d'être jugée de la sorte, après les années de tendre intimité qui nous unissent ? Mais je ne me plains pas ; je déplore seulement la fragilité de la nature humaine. Habituons-nous à compter aussi peu que possible l'une sur l'autre ; nous sommes toutes deux femmes, ma chère, et nous ne pouvons rien changer à cela. Je déclare, quand je réfléchis sur l'origine de notre infortuné sexe, quand je me rappelle que nous ne fûmes originellement, créées de rien de mieux que de la côte d'un homme (côte de si peu d'importance à son possesseur qu'il ne parut jamais en avoir senti la perte), que je reste profondément étonnée de nos vertus et que je comprends nos fautes.

Je m'égare un peu dans les pensées sérieuses. Un dernier mot, très chère, pour vous assurer que mon impatience vient simplement de mon désir de vous voir reprendre votre ton amical d'autrefois, et non d'aucune espèce de curiosité sur ce que vous faites à Thorpe-Ambrose.

Je n'ai d'autre curiosité que celle que vous-même approuveriez. Ai-je besoin d'ajouter que je vous demande comme une faveur un renouvellement, aux termes accoutumés ? Je fais allusion au petit billet qui échoit mardi prochain, et j'oserai vous proposer de le remettre à six semaines, à partir d'aujourd'hui.

Je suis, avec une affection vraiment maternelle, votre,

MARIA OLDERSHAW.

IX. De Mrs. Gwilt à Miss Oldershaw

Paradise Place, le 27 juillet.

Je viens de recevoir votre dernière lettre ; l'impudence dont elle témoigne m'a exaspérée. Vous voulez me traiter en enfant, n'est-ce pas ? Vous menacez d'abord, et la menace manquant son effet, vous me cajolez ? À votre aise ! Vous saurez, ma mère et amie, à quelle enfant vous avez affaire.

J'avais une raison, madame Oldershaw, pour garder ce silence qui vous a si sérieusement offensée. J'avais peur… oui réellement peur de vous laisser pénétrer dans le secret de mes pensées. Aucune crainte semblable ne me tourmente désormais. Ma seule anxiété ce matin est de vous remercier convenablement pour le style dont vous m'avez écrit. Après y avoir mûrement réfléchi je pense que le plus mauvais tour que je puisse vous jouer est de vous dire ce que vous brûlez d'apprendre.

Me voici-devant mon écritoire avec l'intention de tout vous dire. Vous saurez ce qui est arrivé à Thorpe-Ambrose, vous verrez mes pensées telles que je les vois moi-même. Si vous ne vous repentez pas amèrement, lorsque vous arriverez à la fin de cette lettre, de ne pas vous en être tenue à votre première résolution, en me mettant sous les verrous quand vous le pouviez, mon nom n'est pas Lydia Gwilt.

Comment finissait ma dernière lettre ? Je ne m'en souviens point, et ne me soucie guère de le savoir. Tirez-vous-en comme vous pourrez. Je ne reviendrai pas sur le passé plus loin que d'une semaine, c'est-à-dire en parlant de dimanche dernier.

Il y eut un orage accompagné de tonnerre dans la matinée. Il commença à s'éclaircir vers midi. Je ne sortis pas de chez moi. J'attendais de voir Midwinter, ou d'entendre parler de lui. (Êtes-vous surprise de me voir supprimer le « monsieur » devant son nom ? Nous sommes devenus si intimes, ma chère, que « monsieur » serait tout à fait hors de saison.) Il m'avait, quittée le soir précédent, dans de très intéressantes circonstances. Je lui avais dit que son ami Armadale me persécutait par l'entremise d'un espion. Il refusa de le croire, et se rendit droit à Thorpe-Ambrose pour éclaircir le fait. Je lui laissai embrasser ma main quand il partit. Il me promit de revenir le lendemain (le dimanche). Je sentais que j'avais établi mon influence sur lui, et je croyais qu'il me tiendrait parole.

Bien. Le tonnerre s'en alla comme je vous l'ai dit. Le temps redevint calme. Les gens sortirent vêtus de leurs plus beaux habits ; les dîners arrivèrent de chez le boulanger. J'étais assise, rêveuse, devant mon misérable petit piano de louage, coquettement habillée, et vraiment charmante ; et cependant aucun Midwinter ne parut. La soirée était déjà avancée, et je commençais à me trouver offensée quand une lettre me fut apportée.

Elle avait été laissée par un étrange messager qui repartit immédiatement. J'examinai la lettre. C'était Midwinter enfin – Midwinter en écriture, si ce n'est en chair et en os. Je me sentis alors plus offensée que jamais, car, comme je vous l'ai dit, je pensais avoir acquis une certaine influence sur lui.

La lettre, quand je la lus, me jeta dans un autre état d'esprit. Elle me surprit, m'intrigua, m'intéressa. Je pensai et repensai encore et encore à lui, tout le reste du jour.

Il commençait par me demander pardon d'avoir douté de ce que je lui avais dit. Les propres lèvres de Mr. Armadale avaient confirmé mes paroles. Ils s'étaient querellés (ainsi que je l'avais supposé), et lui et l'homme qui avait été son plus cher ami sur terre s'étaient séparés pour toujours. Jusque-là je ne fus point surprise. Je m'amusai de son extravagante manière de me dire que lui et son ami s'étaient quittés pour toujours, et je me demandai ce qu'il penserait, quand il me verrait exécuter mon plan et m'introduire dans la grande maison sous le prétexte de les réconcilier.

Mais la seconde partie de la lettre me donna à réfléchir. Je vous la retranscris ici :

« C'est seulement après avoir lutté contre moi (et aucun langage ne pourrait exprimer combien âpre fut ce combat) que je me suis décidé à vous écrire au lieu de vous parler. Une nécessité impitoyable pèse sur ma vie future. Je dois quitter Thorpe-Ambrose, m'éloigner de l'Angleterre sans hésiter, sans m'arrêter pour regarder en arrière. Il y a des raisons, de terribles raisons dont je me suis follement joué, pour que Mr. Armadale et moi nous ne nous rencontrions plus jamais après ce qui s'est passé entre nous. Il faut que je parte pour ne plus jamais vivre sous le même toit, respirer le même air que cet homme. Je dois me cacher de lui sous un nom d'emprunt, et mettre les montagnes et les mers entre nous. J'ai été averti comme aucune créature ne le fut. Je crois, je n'ose vous dire pourquoi, que si la fascination que vous exercez sur moi me fait revenir à vous, que si j'y cède, ma faiblesse aura des conséquences fatales pour celui dont la vie a été si étrangement mêlée à la vôtre et à la mienne, qui a été votre admirateur et mon ami.

» Et cependant, sentant cela, voyant ces choses dans mon esprit aussi clairement que je vois le ciel au-dessus de ma tête, il y a en moi une faiblesse qui recule et se révolte devant le sacrifice de ne vous revoir jamais. Je lutte contre elle, comme l'homme qui se bat avec toute l'énergie du désespoir. J'ai été, il n'y a pas une heure, assez près de la maison que vous habitez, et j'ai eu le courage de m'enfuir. Pourrai-je m'en tenir éloigné encore, maintenant que ma lettre est écrite, maintenant qu'un inutile aveu m'échappe et que j'avoue vous aimer comme je n'ai jamais aimé et comme je n'aimerai jamais ? L'avenir répondra à cette question. Je n'ose écrire plus longuement sur ce sujet… ni même y penser ».

Telles sont ces étranges paroles. La lettre finissait là-dessus.

Je fus prise d'une véritable fièvre de curiosité. Son amour est, bien entendu, chose facile à comprendre. Mais que veut-il dire avec son avertissement ? Pourquoi ne doit-il jamais vivre sous le même toit, respirer le même air que le jeune Armadale ? Quelle sorte de querelle peut obliger un homme à se cacher d'un autre, « sous un nom d'emprunt », et à mettre entre eux deux les montagnes et les mers ? Et par-dessus tout, s'il revient, « s'il cède à ma fascination », comment cela peut-il être fatal à ce détestable rustre qui possède cette fortune et habite ce château ?

Je n'ai jamais rien désiré de ma vie comme de le voir et de lui poser ces questions. Je me sentis prise d'une véritable superstition à leur sujet vers la fin du jour. On me servit pour le dîner un pudding aux cerises. Je cherchai dans les noyaux un augure qui me ferait savoir si je le verrais : il viendra, il ne viendra pas ; oui, non… cela finit par « non ». Je sonnai pour faire desservir. Je jetai alors un audacieux défi à la destinée en disant : « il viendra ! ». Et je restai chez moi à l'attendre.

Vous ne pouvez vous imaginer quel plaisir j'éprouve à vous donner ces détails. Comptez – ma chère amie, ma seconde mère –, comptez tout l'argent que vous m'avez déjà avancé sur la chance de me voir devenir Mrs. Armadale, et alors pensez à l'intérêt profond avec lequel je m'occupe d'un autre homme. Ah, chère madame Oldershaw ! quel plaisir j'éprouve à vous exaspérer !

La journée s'avança. Je sonnai de nouveau pour emprunter l'indicateur des chemins de fer. Quel train pouvait-il prendre un dimanche ? Le respect national pour le jour du Seigneur avait sans doute retenu mon ami. Il n'y avait qu'un seul train, et ce train était déjà parti au moment où il m'écrivait. J'allai consulter ma glace. Elle fut de mon avis, en contredisant la sentence portée par les noyaux de cerises :

« Mets-toi derrière les rideaux de la fenêtre, me dit-elle ; il ne laissera pas s'écouler celle longue et solitaire soirée sans passer devant la maison ».

J'allai m'installer près de la fenêtre et attendis, sa lettre à la main.

Le jour de ce long et triste dimanche commençait à baisser ; la lugubre tranquillité de la rue augmenta encore. Le crépuscule vint, et j'entendis un pas retentir dans le silence. Mon cœur eut un petit tressaillement. Me reste-t-il donc un peu de cœur ? Je me dis : « Midwinter ! » et Midwinter parut.

Quand je l'aperçus, il marchait doucement, s'arrêtait et hésitait tous les deux ou trois pas ; la fenêtre de mon vilain petit salon semblait lui faire signe d'avancer et l'attirer malgré lui. Après avoir attendu jusqu'à ce qu'il eût fait halte un peu à l'écart de la maison, mais toujours en vue de mon irrésistible fenêtre, je mis mon chapeau et me glissai dans le jardin. Le propriétaire et sa famille étaient à souper, personne ne me vit. J'ouvris la petite porte, et je sortis par l'allée dans la rue. À ce moment critique, je me rappelai soudain ce que j'avais oublié : l'espion posté pour me surveiller, et qui était sans aucun doute à attendre quelque part.

Il me fallait gagner du temps pour réfléchir, mais (dans ma disposition d'esprit) il m'était impossible de laisser partir Midwinter sans lui parler. Dans les grandes difficultés, si vous prenez une décision, vous la prenez en général sur-le-champ. Je décidai de lui donner rendez-vous le lendemain soir, et de songer, dans l'intervalle, comment j'arrangerais l'entrevue, de façon à ce qu'elle échappât à mon espion.

Ceci, comme je le sentis à l'instant même, laissait le champ libre à ma curiosité pour me tourmenter pendant vingt-quatre mortelles heures ; mais je n'avais pas le choix. Avoir un entretien confidentiel avec Midwinter quand l'espion pouvait voir ou entendre ? Autant valait renoncer à devenir Mrs. Armadale de Thorpe-Ambrose.

Ayant trouvé une vieille lettre de vous dans ma poche, je m'enfonçai dans l'allée, et j'écrivis sur la page laissée blanche, avec le petit crayon qui pendait, à ma chaîne de montre :

« Je veux et je dois vous parler. C'est impossible ce soir, mais soyez dans la rue demain à la même heure, et quittez-moi après pour toujours si vous le voulez. Quand vous aurez lu ceci, venez jusqu'à moi, et dites en passant sans vous arrêter et sans vous retourner : « Oui, je viendrai ».

Je pliai le papier et l'approchai en vitesse. Il tressaillit et se retourna. Je lui mis le billet dans la main, je la lui serrai et m'éloignai ; avant que j'eusse fait dix pas, je l'entendis derrière moi. Je ne puis dire qu'il ne se retourna point ; je vis ses grands yeux noirs lancer des éclairs dans le crépuscule et m'envelopper de la tête aux pieds en une seconde. À part, cela, il fit ce que je lui avais dit : « Je ne puis vous résister en rien, murmura-t-il. Je viendrai ». Il partit, là-dessus. Je ne pus m'empêcher de penser en ce moment que ce lourdaud d'Armadale eût tout gâté dans la même situation.

J'essayai toute la nuit de trouver une idée pour empêcher notre entrevue du lendemain d'être découverte, mais en vain. J'en fus même à me demander si cette lettre à Midwinter ne m'avait pas, je ne sais pour quelle étrange raison, ôté toutes mes facultés.

Lundi matin, les choses s'aggravèrent d'abord. La nouvelle me vint de mon fidèle allié, Mr. Bashwood, que Miss Milroy et Armadale s'étaient rencontrés et réconciliés. Vous pouvez imaginer dans quel état j'étais ! Une heure ou deux plus tard, je reçus des nouvelles de Mr. Bashwood, bonnes cette fois. Le méchant idiot de Thorpe-Ambrose avait enfin eu assez de bon sens pour être honteux de ses procédés. Il s'était décidé ce jour même à supprimer l'espion, et lui et son avoué s'étaient querellés à cette occasion.

Ainsi l'obstacle que je ne savais comment écarter disparaissait obli-

geamment, de lui-même ! Il n'était plus aucun besoin de me tourmenter au sujet de cette entrevue, et j'avais tout le temps de réfléchir sur la conduite à adopter, maintenant que la bonne entente était rétablie entre Miss Milroy et son précieux amoureux. Le croiriez-vous, la lettre de Midwinter, ou lui-même, me préoccupait à un tel point, quoi que je fisse, que je ne pouvais penser à rien d'autre, et cela quand j'avais toutes les raisons de craindre que Miss Milroy ne fût en bon chemin de changer son nom pour celui d'Armadale, et alors que la lourde dette de mes obligations envers vous n'était pas encore payée. Fut-il jamais perversité pareille ? Je ne puis l'expliquer, et vous ?

Le crépuscule arriva enfin. Je regardai à ma fenêtre. Il arrivait. Je le rejoignis aussitôt. Les gens de la maison étaient, comme la veille, trop absorbés par leur repas pour faire attention à nous.

— Il ne faut pas qu'on nous voie ensemble ici, lui dis-je ; je marcherai la première, et vous me suivrez.

Il ne répondit rien. Ce qui se passait, dans son esprit, je l'ignore. Mais, après être venu au rendez-vous, il semblait réticent comme s'il eût voulu s'en retourner.

— On dirait que vous avez peur de moi ? lui dis-je.

— J'ai peur de vous, de vous et de moi !

Ce n'était ni encourageant ni flatteur. Mais j'étais à ce moment dévorée d'une telle curiosité que, eût-il été encore plus rude, je n'y eusse fait aucune attention. J'avançai de quelques pas vers les nouveaux bâtiments. Là je m'arrêtai et me retournai vers lui :

— Dois-je considérer cet entretien comme une faveur, après la promesse que vous m'avez faite, et après la lettre que vous m'avez écrite ?

Ces paroles le changèrent aussitôt. Il fut à mes côtés en un instant.

— Je vous demande, pardon, Miss Gwilt ; montrez-moi le chemin où il vous plaira d'aller.

Il ralentit un peu le pas, après cette réponse, et je l'entendis se dire à lui-même : « Ce qui doit être sera. Qu'ai-je à y faire ? et elle, qu'y peut-elle ? »

Étaient-ce ses paroles – non, car je n'y comprenais rien –, ce fut sans doute le ton sur lequel elles furent dites qui m'inspira une sorte d'effroi passager. Je fus sur le point, sans l'ombre d'une raison pour cela, de lui souhaiter le bonsoir et de m'en retourner. Cela ne me ressemble guère, direz-vous ? Non, en vérité, et cela ne dura qu'un instant. Votre chère Lydia revint bien vite à elle. Je me dirigeai vers la campagne. Il eût été beaucoup plus de mon goût de le tenir dans la maison et de lui parler à la lumière des bougies. Mais j'avais déjà couru ce risque une fois et, dans ce petit pays infesté de bavards, dans ma situation critique, je craignais de courir une nouvelle fois le risque. Quant au jardin, il n'y fallait pas songer, car le propriétaire y fumait sa pipe après dîner. Il n'y avait pas d'autre solution que de l'emmener hors de la ville.

De temps en temps, je regardais en arrière, tout en continuant ma course. Il était là, toujours à la même distance, sombre, tel un fantôme me suivant dans les ténèbres.

Il faut que je m'arrête un instant. Les cloches de l'église sont en danse, et leurs sons discordants me rendent folle. De nos jours, quand tout le monde a des montres et des pendules, qu'avons-nous besoin de cloches pour nous avertir que le service commence ? Est-il nécessaire de nous appeler au théâtre ? Qu'il est humiliant pour le clergé d'être obligé de nous tirer ainsi à l'église !

On a fini de sonner, et je puis reprendre la plume.

J'étais un peu embarrassée de savoir où le conduire. Il y avait la grande route tout près, mais bien qu'elle me parût solitaire, quelqu'un pouvait y passer au moment où nous nous y attendrions le moins. L'autre chemin courait à travers le taillis. Je le pris.

Sur la lisière du bois se trouve un fossé avec quelques troncs d'arbres en travers et, au-delà, un petit étang calme et blanc qui brillait dans le crépuscule. De l'autre côté s'étendaient de grands pâturages que la nuit enveloppait déjà dans le lointain ; on y distinguait une longue ligne noire, épaisse, ondulante : c'était le bétail regagnant l'étable qui défilait lentement. Il n'y avait pas un être vivant à la ronde : tout était silencieux. Je m'assis sur l'un des troncs d'arbres et me retournai vers lui :

— Venez, dis-je à voix basse, venez vous asseoir près de moi.

Pourquoi m'appesantir sur ces choses ? Je ne sais. Cet endroit m'impressionna vivement, et je ne puis m'empêcher de le décrire. Si je dois mourir de mort violente, je crois que la dernière chose qui m'apparaîtra avant le coup fatal sera le petit étang calme et brillant, les pâturages voilés, et le bétail défilant sous le crépuscule. N'ayez pas peur, digne créature ! Mon imagination me joue parfois d'étranges tours, et il y a un peu du laudanum de la nuit dernière, je crois, dans cette partie de ma lettre.

Il approcha d'un air étrange, silencieux, comme un homme qui dort en marchant. Il me rejoignit et s'assit près de moi. Était-ce la chaleur de la nuit ou bien la fièvre ? Je ne pouvais supporter mon chapeau sur ma tête ni mes gants sur mes mains. Le désir de le regarder et de voir ce que signifiait son singulier silence, et l'impossibilité de satisfaire mon anxiété dans l'obscurité croissante, irritaient mes nerfs au point que j'en eusse crié. Je pris sa main pour essayer de me calmer. Elle brûlait et elle se referma aussitôt sur la mienne. Garder le silence après cela n'était plus possible. La seule chose raisonnable était de lui parler sans tarder.

— Ne pensez pas mal de moi, dis-je, j'ai été obligée de vous amener en ce lieu solitaire ; je perdrais ma réputation si nous étions vus ensemble.

J'attendis un peu. Sa main m'avertit encore de ne pas laisser le silence continuer. Je résolus de le faire parler cette fois.

— Vous m'avez intéressée et effrayée, repris-je. Vous m'avez écrit une étrange lettre. J'ai besoin que vous l'expliquiez.

— Il est trop tard pour me le demander, me répondit-il. Vous avez pris, et moi aussi, un parti sur lequel il n'est plus possible de revenir.

Il fit cette bizarre réponse d'un ton étrange, d'une voix qui m'embarrassa plus encore que son silence.

— Trop tard ! répéta-t-il, trop tard ! Il n'y a plus qu'une seule question à me faire désormais.

— Quelle est-elle ?

Lorsque je prononçai ces mots, un tremblement passa de sa main dans la mienne et m'avertit que j'eusse mieux fait de me taire. Avant que je pusse me défendre et penser, il m'avait prise dans ses bras.

— Demandez-moi si je vous aime, murmura-t-il…

À cet instant, il laissa tomber sa tête sur mon épaule, et quelque inexprimable torture cachée en lui sortit, comme chez nous autres, dans un flot de larmes.

Ma première impulsion fut celle d'une folle. Je fus sur le point de répliquer par nos protestations ordinaires, en évitant toute formule.

Heureusement ou malheureusement, je ne sais, j'ai perdu la vive spontanéité de ma jeunesse, et je refoulai les premiers gestes qu'allaient esquisser mes mains, les premières paroles qui allaient sortir de mes lèvres. Ah ! chère, combien je me sentis vieille, tandis que son cœur éclatait en sanglots sur ma poitrine ! Comme je pensai au temps où il eût pu posséder mon amour ! Tout ce qu'il avait maintenant, c'était… ma taille.

Je me demande si je le plaignis. Peu importe. En tous cas, je ne sais comment ma main se trouva sur sa tête et souleva doucement ses cheveux. Cela me rappela d'horribles souvenirs d'autrefois et me fit frémir. Et cependant je continuai. Que les femmes sont bizarres !

— Je ne veux point vous faire de reproches, lui dis-je doucement. Je ne vous dirai pas que c'est prendre un cruel avantage sur moi dans ma position. Vous êtes terriblement agité. J'attendrai que vous ayez repris du calme.

Après m'être ainsi avancée, je me tus pour chercher la manière de poser les questions que je brûlais de lui adresser. Mais j'étais trop troublée, je suppose, ou peut-être trop impatiente pour réfléchir. Mes premières paroles trahirent ce qui était au-dessus de tout dans ma pensée.

— Je ne puis croire que vous m'aimiez, repris-je. Vous m'avez écrit une lettre bien extraordinaire et qui m'a effrayée. Que signifie ce passage où vous dites que votre retour vers moi aura des conséquences fatales pour Mr. Armadale ? Quel danger peut-il y avoir pour Mr. Armadale… ?

Il ne me permit pas d'achever, il leva brusquement la tête et ses bras se desserrèrent. J'avais apparemment touché un sujet pénible. Ce ne fut pas moi qui m'éloignai de lui, ce fut lui qui me laissa libre. Je lui en voulus. Pourquoi ? Je ne le sais ; mais je me trouvai offensée, et je le remerciai avec une emphase amère de s'être enfin rappelé le respect qu'il me devait.

— Croyez-vous aux rêves ? s'écria-t-il tout à coup, de l'air le plus étrange et sans accorder la moindre attention à ce que je venais de lui dire. Je voudrais savoir, continua-t-il, sans me donner le temps de répondre, si vous, ou une parente à vous, avez jamais été en relation avec le père et la mère d'Allan Armadale ? Avez-vous habité, vous ou quelque personne de votre famille, l'île de Madère ?

Représentez-vous ma surprise si vous le pouvez. Je devins froide, froide partout ! Il était évidemment dans le secret de ce qui était arrivé lorsque j'étais au service de Mrs. Armadale à Madère, selon toute probabilité, avant sa naissance ! C'était déjà étonnant en soi. Et, chose plus étrange encore, il avait certainement quelque raison à lui pour essayer de m'associer à ces événements.

— Non, dis-je aussitôt que je me sentis assez remise pour parler, je ne sais rien, ni de son père ni de sa mère.

— Et rien de l'île de Madère ?

— Rien de l'île de Madère.

Il tourna la tête d'un autre côté, et se parla bas à lui-même.

— Inconcevable ! dit-il. Aussi sûr que j'étais à la place de l'ombre à la fenêtre, elle était à la place de l'ombre sur le bord de l'étang.

En d'autres circonstances, la manière d'être de Midwinter m'eût alarmée. Mais après ses questions sur Madère, il y avait en moi une crainte qui surpassait toutes les autres. Je ne pense pas avoir jamais pris en ma vie une détermination aussi ferme que celle que je pris aussitôt, de savoir comment il se trouvait connaître cette affaire, et qui il était réellement. Il fut évident pour moi que j'avais éveillé en lui, par ma question sur Armadale, un sentiment aussi fort que celui qu'il éprouvait pour moi. Qu'était devenue l'emprise que j'avais sur lui ? Je ne pouvais l'imaginer, mais je pouvais et voulais la lui faire sentir au plus vite encore une fois.

— Ne me traitez pas si cruellement, dis-je. Oh, monsieur Midwinter ! ce lieu est si désert, la nuit si sombre… En vérité, vous m'épouvantez !

— Vous épouvanter !

Et il fut aussitôt près de moi.

— Vous épouvanter !

Il répéta ce mot avec autant d'étonnement que si je l'avais éveillé d'un rêve, et comme si je l'accusais de quelque chose qu'il eût dit dans son sommeil.

J'étais sur le point, voyant combien je l'avais surpris, de le prendre pendant qu'il était hors de ses gardes et de lui demander comment ma question sur Armadale avait produit un tel changement dans ses manières envers moi. Mais après ce qui était arrivé déjà, je craignis de revenir trop tôt sur ce sujet. Une chose ou une autre, ce qu'on ap-

pelle instinct, je pense, m'avertit de laisser Armadale de côté pour le moment, et de lui parler d'abord de lui-même. Comme je vous l'ai dit dans une de mes précédentes lettres, certains indices dans ses façons et dans son air m'ont convaincue que, malgré sa grande jeunesse, il avait fait ou souffert quelque chose en dehors de l'ordinaire durant sa vie passée. Je me suis demandé, avec des soupçons de plus en plus confirmés chaque fois que je l'ai vu, s'il était ce qu'il paraissait être, s'il portait bien son véritable nom. Ayant moi-même un passé à cacher, ayant pris en d'autres temps plus d'un faux nom, je suppose que je n'en suis que plus disposée à soupçonner les autres, quand il me semble voir du mystère en eux. Je résolus de l'étonner comme il m'avait étonnée moi-même par une question inattendue, une question sur son nom.

Tandis que je réfléchissais, il pensait de son côté, comme il le parut bientôt, à ce que je venais de lui dire :

— Je suis désespéré de vous avoir fait peur, murmura-t-il avec ce ton de douceur et d'humilité que nous méprisons si profondément dans un homme, lorsqu'il parle à d'autres femmes, et que nous aimons toutes quand c'est à nous qu'il s'adresse particulièrement.

— Je sais à peine ce que je vous ai dit, continua-t-il ; mon esprit est péniblement troublé. Je vous en prie, pardonnez-moi si vous le pouvez. Je ne suis pas moi-même ce soir.

— Je ne suis pas fâchée contre vous, lui dis-je. Je n'ai rien à pardonner. Nous sommes tous les deux imprudents, et tous les deux malheureux.

J'appuyai ma tête sur son épaule.

— M'aimez-vous réellement ? demandai-je doucement, à voix basse.

Il m'entoura encore de son bras, et je sentis son cœur battre de plus en plus fort.

— Si vous saviez ! murmura-t-il, si vous saviez !

Il n'en put dire davantage. Son visage se pencha sur le mien ; je baissai la tête et j'évitai le baiser qu'il allait me donner.

— Non, dis-je, je ne suis qu'une femme qui a séduit votre imagination, et vous me traitez comme si j'étais votre fiancée.

— Soyez ma femme ! reprit-il avec passion, en essayant de me faire relever la tête.

Je la tins baissée. L'horreur des souvenirs que vous connaissez m'envahit. Je me sentis trembler lorsqu'il me fit cette demande. Je ne vous dirai point que je m'évanouis, mais quelque chose comme une faiblesse me força de fermer les yeux ; et à peine les eus-je fermés que les ténèbres où j'étais semblèrent s'ouvrir, comme si le tonnerre y avait ouvert une brèche ; les fantômes de ces autres hommes se dressèrent dans l'horrible baie et me regardèrent.

— Parlez-moi, murmura-t-il tendrement. Ma bien-aimée, mon ange, parlez-moi !

Sa voix m'aida à me remettre. Il me restait juste assez de sens pour me rappeler que le temps passait, et que je ne l'avais pas encore interrogé sur son nom.

— Supposez que mes sentiments pour vous soient réciproques, dis-je ; supposez que je vous aime tendrement, assez pour vous confier le bonheur de toute ma vie à venir ?

Je me tus un instant pour reprendre haleine. Il faisait une chaleur étouffante, insupportable. L'air semblait être mort depuis la tombée de la nuit.

— M'épouseriez-vous honorablement, continuai-je, si vous m'épousiez sous le nom que vous portez en ce moment ?

Son bras abandonna ma taille, et je le sentis tressaillir violemment. Après quoi, il resta assis près de moi, calme, froid et silencieux, comme si ma question l'avait, frappé de mutisme. Je jetai mon bras autour de son cou, et j'appuyai encore ma tête sur son épaule. Je ne sais quel sort j'avais jeté sur lui ; mon action le rompit immédiatement :

— Qui vous a dit… ? Non, personne ne peut vous avoir dit. Qu'est-ce qui peut vous faire soupçonner… ?

Il se tut de nouveau.

— Personne ne m'a rien dit, repris-je ; mais les femmes ont parfois d'étranges intuitions. Midwinter est-il réellement votre nom ?

— Je ne puis vous tromper, répondit-il après un instant de silence. Midwinter n'est pas mon vrai nom.

Je me serrai un peu plus contre lui.

— Quel est votre nom ? demandai-je.

Il hésita. Je haussai mon visage jusqu'à ce que ma joue toucha la sienne. J'insistai, et, mes lèvres tout contre son oreille, lui murmurai :

— Quoi ! Pas même de confiance en moi ? Se défier de celle qui vous a presque avoué qu'elle vous aime, qui a presque consenti à devenir votre femme ?

Il tourna son visage vers le mien. Pour la seconde fois, il essaya de me donner un baiser, et pour la seconde fois je l'arrêtai.

— Si je vous dis mon nom, reprit-il, il me faudra vous en dire davantage.

Je laissai ma joue toucher la sienne.

— Pourquoi pas ? lui dis-je. Comment puis-je aimer un homme, et plus que cela, l'épouser, s'il veut rester un étranger pour moi ?

Il n'y avait point de réponse à faire à cela, pensais-je. Il en trouva une.

— C'est une terrible histoire, dit-il ! Elle pourrait assombrir toute votre vie, si vous la connaissiez, comme elle a pesé sur toute la mienne.

Je passai mon autre bras autour de son cou et insistai :

— Parlez, parlez, je n'ai pas peur.

— Voulez-vous l'écouter en me promettant un secret inviolable, un secret qui ne devra jamais être révélé, jamais connu que de vous et de moi ?

Je promis, et j'attendis dans une véritable fièvre. Deux fois il essaya de commencer et deux fois son courage l'abandonna.

— Je ne puis ! s'écria-t-il d'un air égaré. Je ne puis le dire.

Ma curiosité ou plus vraisemblablement mes nerfs étaient excités jusqu'aux dernières limites. Il m'avait enflammée au point de m'empêcher de savoir ce que je disais et ce que je faisais. Je l'attirai soudain à moi et j'appuyai mes lèvres sur les siennes.

— Je vous aime ! murmurai-je. Maintenant, parlerez-vous ?

Pendant un temps, il resta muet. Je ne sais si je le fis avec l'intention de le rendre fou ; je ne sais si j'obéis à un involontaire mouvement de fureur ; ce qu'il y a de certain, c'est que j'interprétai mal son silence. Je le repoussai loin de moi avec violence, après l'avoir embrassé.

— Je vous hais ! m'écriai-je. Vous m'avez fait oublier follement le respect de moi-même. Laissez-moi ! Partez immédiatement, et que je ne vous revoie jamais.

Il me prit la main, et m'arrêta. Il parla alors, mais d'une voix dont l'accent était nouveau. Il commanda soudain, comme les hommes savent, le faire.

— Asseyez-vous, dit-il. Vous m'avez rendu mon courage. Vous allez savoir qui je suis.

Je lui obéis et je m'assis. Autour de nous, tout était, obscurité et silence.

Dans le silence et la nuit, il me reprit dans ses bras, et il me dit qui il était.

Vous confierai-je cette histoire ? Vous dirai-je son véritable nom ? Vous montrerai-je, ainsi que je vous en ai menacée, les pensées qui me sont venues après cette entrevue ? Ou bien garderai-je le secret promis ? Et mon propre secret aussi, en terminant cette longue lettre, juste au moment où vous brûlez d'en lire davantage ?

Ce sont de graves questions, madame Oldershaw, plus graves que vous ne le supposez. J'ai eu du temps pour me calmer, et je commence à voir ce qui m'avait échappé quand d'abord j'ai pris la plume pour vous écrire ; j'ai eu la sagesse de réfléchir aux conséquences de ma détermination.

Me suis-je effrayée moi-même, en voulant vous faire peur ? C'est possible. Si étrange que cela puisse vous paraître, oui, c'est réellement possible.

Je suis restée à la fenêtre quelques instants à songer. J'ai bien assez de temps devant moi pour réfléchir avant le départ de la poste. On sort, seulement de l'église.

J'ai résolu de mettre ma lettre de côté, et de jeter un regard sur mon journal. En un mot, je vais savoir si je me décide à tout vous confier ; et mon journal me montrera ce que ma pauvre tête ne peut élucider à elle seule. J'ai écrit l'histoire de mes jours, et quelquefois celle de mes nuits beaucoup plus régulièrement qu'autrefois depuis la semaine dernière, ayant des raisons à moi pour être particulièrement attentive à ce sujet dans les circonstances présentes. Si je finis par exécuter ce que j'ai maintenant dans l'esprit, ce serait folie que de me fier à ma mémoire. Le plus léger oubli du plus petit événement arrivé depuis la nuit de mon entrevue avec Midwinter pourrait être ma ruine complète.

Sa ruine ! direz-vous. De quoi veut-elle parler ?

Attendez un peu, jusqu'à ce que j'aie demandé à mon journal si je puis sans inconvénient vous instruire de tout...

X. Journal de miss Gwilt

Lundi soir 21 juillet, onze heures – Midwinter vient de me quitter. Nous nous sommes séparés, comme j'en témoignais le désir, sur la lisière du taillis, lui reprenant le chemin de son hôtel et moi celui de ma demeure.

J'ai évité un second rendez-vous en promettant de lui écrire demain matin. Cela me donne la nuit pour réfléchir, si je le puis, à mes propres affaires. Je dis si je le puis, car il me semble que le souvenir de son histoire s'est emparé de mon esprit pour ne plus jamais le quitter. La nuit se passera-t-elle, le matin arrivera-t-il sans que je puisse penser à autre chose qu'à cette lettre écrite par son père mourant ? à cette nuit où il veilla sur le navire naufragé et, plus que tout, à cet instant, si plein d'angoisse, où il me dit son nom véritable ?

Je me demande si, en écrivant ces impressions, je parviendrai à les chasser ? Je n'aurai plus à craindre, en tout cas, de les oublier. Et peut-être, après tout, est-ce la crainte d'oublier quelque chose qui laisse cette histoire de Midwinter s'emparer ainsi de ma pensée. En tout cas, l'épreuve vaut la peine qu'on la tente. Dans ma situation, il faut que je rende mon esprit libre, ou jamais je ne sortirai des difficultés que je prévois.

Réfléchissons. Et, pour commencer, qu'est-ce qui me hante le plus ?

Les noms me hantent. Je me surprends à me dire et à me redire : « Tous les deux le même ! le prénom et le nom ! ». Un Allan Armadale blond dont je savais l'existence depuis longtemps, fils de mon ancienne maîtresse ; un Allan Armadale brun, qui ne s'est révélé que depuis quelques heures, et connu seulement des autres sous le nom d'Ozias Midwinter. Et, chose plus étrange encore, ce n'est ni la parenté ni le hasard qui les a faits homonymes. Le père de l'Armadale blond est l'homme qui est né avec le nom de la famille, et qui a perdu l'héritage de la famille. Le père de l'Armadale brun est l'homme qui a pris le nom, à la condition d'avoir l'héritage, et qui l'a eu.

Ainsi, ils sont deux et – je ne puis m'empêcher d'y penser – tous deux célibataires : l'Armadale blond, ayant à offrir à la femme qui pourra s'en emparer huit mille livres de rente pendant sa vie, et douze cents livres par an après sa mort, celui que je dois épouser et que j'épouserai pour ces raisons dorées, celui que je déteste et que j'abhorre comme jamais je n'ai encore haï. Et l'Armadale brun, avec un pauvre petit revenu à peine suffisant pour payer la couturière de sa femme (en la supposant économe), qui vient de me quitter, persuadé que je l'épouserai : celui que... que j'aurais pu aimer autrefois, avant d'être la femme que je suis maintenant.

Et Allan le blond ignore qu'il a un homonyme. Et Allan le brun n'a révélé son secret qu'au clergyman du Somerset et à moi !

Et il y a deux Allan Armadale, deux Allan Armadale, deux Allan Armadale. Là ! Trois est mon nombre fétiche. Qu'ils reviennent me hanter après cela !

Qu'y a-t-il ensuite ? Le crime sur le navire marchand ? Non, le crime est une bonne raison pour que l'Armadale brun, fils du coupable, ne dise point son secret à l'Armadale blond, fils de la victime ; mais cela ne me concerne pas. Je me souviens que quelques soupçons s'étaient élevés à Madère au sujet de cette mort. L'homme à qui l'on avait volé sa femme était-il coupable d'avoir fermé la porte de la cabine, afin de laisser noyer l'homme qui l'avait si indignement trahi ? Oui... La femme ne valait pas une pareille vengeance.

De quoi suis-je sûre, pour ce qui me concerne, moi ?

D'une chose très importante. Je suis sûre que Midwinter – je continuerai à l'appeler par son vilain nom d'emprunt afin d'éviter la confusion –, je suis sûre que Midwinter ignore absolument que moi et la petite fille de douze ans, qui copia les lettres supposées arriver de la Barbade, ne faisons qu'une seule et même personne. Il n'y a pas beaucoup d'enfants de cet âge capables d'imiter l'écriture d'un homme et de se retenir d'en parler comme je l'ai fait. Mais cela importe peu maintenant. Ce qui importe, c'est que la croyance de Midwinter au rêve est sa seule raison pour essayer de me rattacher à la vie d'Allan Armadale, en m'associant à l'histoire de ses parents.

Je lui ai demandé s'il me croyait assez vieille pour les avoir connus.

Et il a répondu non, pauvre garçon, de l'air le plus confus et le plus innocent. Dirait-il encore non s'il me voyait en ce moment ? Irai-je demander à mon miroir si je parais mes trente-cinq ans ? ou bien continuerai-je d'écrire ? Je continuerai.

Une autre pensée me hante encore, presque aussi obstinément que celle des noms.

Je me demande si j'ai raison de compter sur la superstition de Midwinter pour m'aider à le tenir à distance. Après que je me suis laissée aller, dans l'excitation du moment, à en dire plus qu'il n'était besoin, il est certain qu'il va me presser ; il est certain qu'il va en venir, avec l'égoïsme et la détestable impatience des hommes en pareil cas, à la question de notre mariage. Le rêve m'aidera-t-il à l'éloigner ? Après être passé alternativement de la crédulité au doute au sujet de ce rêve, il recommence, il l'avoue lui-même, à y croire. Dirai-je que je partage ses idées à cet égard ? J'aurais pour cela de meilleures raisons que lui, raisons qu'il ignore. Je suis non seulement la personne qui a contribué le plus au mariage de Mrs. Armadale, en l'aidant à tromper son père, mais encore celle qui a essayé de se noyer, celle par qui a commencé la série d'accidents à la suite desquels le jeune Armadale s'est trouvé possesseur de sa fortune ; je suis la femme qui est venue à Thorpe-Ambrose pour l'épouser à cause de cette fortune et, chose plus incroyable encore, la femme qui tenait la place de l'ombre au bord de l'étang. Ce ne sont peut-être que des coïncidences, mais elles sont au moins singulières. Je le déclare : je commence à m'imaginer que je crois à ce rêve, moi aussi !

Supposons que je lui dise : « Je pense comme vous, je répète les propres termes de votre lettre : séparons-nous avant que le mal soit fait, quittez-moi avant que la troisième vision du rêve soit devenue une vérité. Laissez-moi et mettez les montagnes et les mers entre vous et l'homme qui porte votre nom ! »

Supposons, d'un autre côté, que son amour pour moi le rende indifférent à tout le reste. Supposons qu'il répète ces paroles désespérées, que je comprends maintenant : « Ce qui doit être sera. Qu'y puis-je faire ? Qu'y peut-elle elle-même ? ». Supposons, supposons…

Je n'en écrirai pas davantage. Je déteste écrire. Cela ne me soulage pas, cela ne me fait que du mal. Je suis plus éloignée de penser à tout ce qui doit m'occuper que je ne l'étais quand j'ai pris la plume. Il est minuit passé. Demain est venu déjà, et je suis plus faible, plus irrésolue que la plus stupide des femmes. Un lit est le seul endroit qui me convienne.

Un lit ? Si j'étais plus jeune de dix ans et si j'avais épousé Midwinter par amour, je pourrais peut-être, à l'heure qu'il est, me coucher en n'ayant rien sur la conscience qu'une visite sur la pointe des pieds à la chambre des enfants, et un dernier regard à ceux-ci pour m'assurer qu'ils dorment tranquillement dans leurs berceaux. Je me demande si j'aurais aimé mes enfants ? Peut-être que oui, peut-être que non. Il importe peu.

Mardi matin, dix heures – Quel est l'homme qui a inventé le laudanum ? Je le remercie du fond de mon cœur. Si tous les misérables souffrant de corps et d'esprit qu'il a soulagés se réunissaient pour chanter ses louanges, quel concert ce serait ! J'ai eu six délicieuses heures d'oubli. Je me suis réveillée l'esprit calme, j'ai écrit une petite lettre parfaite à Midwinter, j'ai bu ma bonne tasse de thé avec un réel plaisir, j'ai flâné en faisant ma toilette, avec un délicieux sentiment de soulagement ; et tout cela par la magie de la modeste petite bouteille que je vois sur la tablette de ma cheminée. Gouttes magiques ! si j'aime quelque chose au monde, c'est vous.

Ma lettre à Midwinter a été envoyée par la poste, et je lui ai écrit de me répondre de la même manière.

Je n'éprouve aucune inquiétude au sujet de ce qu'il me répondra. Il ne peut me faire qu'une seule réponse. J'ai demandé un peu de temps pour prendre une décision, parce que certaines affaires de famille exigent quelques réflexions dans son intérêt aussi bien que dans le mien. Je me suis engagée à lui dire quelles sont ces affaires quand nous nous rencontrerons (quelle explication lui donnerai-je alors ?). Je l'ai supplié en même temps de garder le secret sur tout ce qui s'est passé entre nous. Quant à sa manière d'agir dans l'intervalle pendant lequel je suis censée réfléchir, je laisse cela à sa volonté, lui rappelant seulement que, tant que notre situation l'un envers l'autre n'est pas connue, toute tentative de sa part pour chercher à me revoir pourrait nuire à ma réputation. J'ai offert de lui écrire s'il le désire, lui promettant de rendre aussi courte que possible notre nécessaire séparation.

Cette lettre – que j'aurais pu écrire hier soir, si son histoire ne m'avait pas autant préoccupée – a un défaut, je le reconnais. Elle l'écarte sans nul doute de mon chemin, pendant que je tends mes filets dans l'espoir d'y saisir le poisson d'or de la grande maison pour la seconde fois, mais elle me vaudra une explication difficile avec Midwinter, si je réussis. Comment me conduire à son égard ? Que dois-je faire ? Je devrais répondre à ces deux questions aussi hardiment que d'habitude, mais quelquefois il semble que mon courage m'abandonne. Je ne trouverai à sortir de cette difficulté que lorsque le moment sera venu où il le faudra. Confierai-je à mon journal que je suis triste pour Midwinter et que je crains de penser au jour où il apprendra que je vais être la maîtresse de Thorpe-Ambrose ?

Mais je n'en suis pas encore la maîtresse, et je ne pourrai faire un pas de plus vers la grande maison tant que je n'aurai pas la réponse à ma lettre et avant d'être sûre que Midwinter ne se trouve plus sur ma route. Patience, patience ! Je vais aller chercher l'oubli devant mon piano. Voici la Sonate au clair de lune ouverte sur le pupitre, telle une tentation. Ai-je suffisamment de nerfs pour la jouer ? Je me le demande. Tout le mystère et la terreur qu'elle renferme ne vont-ils pas plutôt me faire frissonner comme cela fut le cas l'autre jour ?

Cinq heures – J'ai reçu sa réponse. Mon plus léger désir est un ordre pour lui. Il est parti et il m'envoie son adresse à Londres.

« Deux raisons, m'écrit-il, m'aident à me résigner à vous quitter : la première, c'est que vous le souhaitez, et que ce ne sera que pour peu de temps : la seconde, c'est que je pense faire quelques démarches à Londres dans le but d'ajouter à mon revenu par mon travail. Je n'ai jamais songé à l'argent pour moi-même, mais vous ne savez pas combien je commence déjà à apprécier le luxe et les délicatesses que l'argent peut apporter au bien-être de ma femme ».

Pauvre garçon ! Je voudrais ne pas lui avoir écrit comme je l'ai fait ; je regrette presque de l'avoir éloigné de moi.

Si mère Oldershaw voyait cette page de mon journal ! J'ai eu une lettre d'elle ce matin, une lettre pour me rappeler mes engagements et me dire qu'elle soupçonne que les choses vont fort mal. Laissons-la soupçonner. Je ne me fatiguerai pas à lui répondre. Je ne veux pas m'ennuyer de cette vieille misérable, dans l'état où je suis en ce moment.

Il fait une délicieuse après-midi. J'ai besoin d'une promenade. Je ne veux plus penser à Midwinter. Si je mettais mon chapeau, si je tentais maintenant mon attaque à la grande maison ? Tout est en ma faveur. Il n'y a plus d'espion pour me surveiller, plus d'homme de loi pour me faire fermer les portes cette fois. Suis-je assez belle aujourd'hui ? Oui. Assez belle pour rivaliser avec une petite créature, dont le visage est couvert de taches de rousseur, gauche, mal tournée, qui devrait être mise sur un banc à l'école, et attachée par une courroie à une planche d'orthopédie pour redresser ses épaules.

Il s'élève de la chambre des enfants un bégaiement insupportable
En outre, on y sent toujours le pain et le beurre.

Comme Byron a bien décrit les filles dans leur adolescence !

Huit, heures – Je reviens à l'instant de chez Armadale. Je l'ai vu, je lui ai parlé, et le résultat de cette entrevue peut se résumer en deux mots : j'ai échoué. Je n'ai pas plus de chances de devenir Mrs. Armadale de Thorpe-Ambrose que d'être un jour reine d'Angleterre !

L'écrirai-je à Oldershaw ? Retournerai-je à Londres ? Non, pas avant d'avoir pris le temps de réfléchir un peu. Non, pas encore !

Réfléchissons : j'ai échoué complètement, échoué avec les meilleures chances de succès. Je l'ai abordé sur la promenade devant la maison. Il s'est montré extrêmement déconcerté, mais en même temps tout à fait disposé à m'écouter. J'ai commencé d'abord tranquillement, puis j'en suis arrivée aux larmes et à tout ce qui s'ensuit. Je me suis présentée comme une pauvre innocente femme dont il avait causé les malheurs. Je l'ai troublé, intéressé, convaincu. J'ai ensuite exposé le but pur et chrétien de ma démarche ; je lui ai parlé avec tant de sentiment de sa brouille avec son ami, dont j'étais innocemment responsable, que j'ai vu pâlir son odieux visage rose, et qu'il m'a priée enfin de ne pas l'affliger davantage. Mais quels qu'aient pu être les sentiments que j'ai suscités en lui, je n'ai pas réveillé celui d'autrefois. Je l'ai vu dans ses yeux quand il m'a regardée ; je l'ai senti dans ses doigts quand nous nous sommes serré la main. Nous nous sommes séparés en amis, rien de plus.

Est-ce pour cela, Miss Milroy, que j'ai résisté chaque matin à la tentation… quand je savais que vous étiez seule dans le parc ? Je vous ai juste laissé le temps de vous insinuer dans les bonnes grâces d'Armadale, n'est-ce pas ? Je n'ai jamais encore résisté à la tentation sans avoir eu à en souffrir de quelque façon, comme en cette circonstance… Si seulement j'avais suivi ma première pensée le jour où j'ai pris congé de vous, ma belle ! Mais à quoi bon penser à tout cela maintenant ? J'ai l'avenir devant moi, et vous n'êtes pas encore Mrs. Armadale ! Et je puis vous dire une chose : qui que soit celle qu'il doit épouser, ce ne sera jamais vous. Croyez-moi, quoi qu'il arrive, je serai quitte envers vous d'une façon ou d'une autre.

Je n'éprouve pas, à ma grande surprise, une de mes violentes colères. La dernière fois que je me suis trouvée dans cet état de calme parfait, après une sérieuse provocation, il en est résulté… je n'ose pas l'écrire même sur ce journal. Je ne serais pas étonnée si quelque chose de tel se produisait prochainement.

En revenant, je me suis présentée chez Mr. Bashwood, en ville. Il était sorti, et je lui ai laissé un message pour le prier de venir me parler ce soir, chez moi. Je désire le décharger du soin d'espionner Armadale et Miss Milroy. Je ne puis encore bien voir comment je m'y prendrai pour rompre les projets de cette dernière sur Thorpe-Ambrose aussi complètement qu'elle a ruiné les miens. Mais quand le temps viendra, et je le prévois, j'ignore jusqu'où le sentiment du tort qui m'a été fait pourra me pousser, et il serait incommode alors, peut-être même dangereux, d'avoir un cœur de poulet comme ce Bashwood dans la confidence.

Je soupçonne que je suis plus bouleversée par tout ceci que je ne le supposais. L'histoire de Midwinter recommence à me persécuter follement.

Un coup léger, furtif, tremblant, à la porte de la rue ? Je sais qui c'est. Aucune autre main que celle de Bashwood ne peut frapper de cette manière.

Neuf heures – Je viens de me débarrasser de lui. Il m'a surprise en se montrant à moi sous un nouveau jour.

Il paraîtrait (bien que je ne l'aie point découvert) qu'il était à la grande maison pendant mon entretien avec Armadale. Il nous a vus causer sur la promenade et, après cela, il a entendu ce que disaient les domestiques, qui nous avaient vus eux aussi. La sage opinion de l'office est que « c'est conclu » et que le maître va sûrement m'épouser, après tout. « Il aime ses cheveux rouges », telle fut l'élégante expression employée en cuisine. « Sa petite demoiselle ne peut l'emporter sur elle, sous ce rapport, et cela risque de lui coûter gros ». Dieu, que je déteste les manières frustes du bas peuple !

Tandis que le vieux Bashwood me répétait ce propos, il m'a paru encore plus confus et plus nerveux que d'habitude. Mais je n'ai compris la raison de cette agitation que lorsque je lui eus dit qu'il devait me laisser désormais le soin de surveiller Armadale et Miss Milroy. Chaque goutte du sang pâle de la pauvre vieille et faible créature a semblé affluer à son visage ; il a fait un violent effort et a semblé réellement sur le point de tomber, mort de peur de sa propre hardiesse, mais il a fini malgré tout par faire sortir ses paroles, bégayant, bredouillant, et tenant à deux mains, d'un air désespéré, le bord de son hideux chapeau. « Je vous demande pardon, Miss Gwilt ! Vous n'êtes pas réellement dé-dé-dé-cidée à épouser Mr. Armadale, n'est-ce pas ? ». Jaloux – si j'ai jamais vu la jalousie se peindre sur le visage d'un homme, c'est bien sur le sien à ce moment précis, il était bel et bien jaloux d'Armadale, à son âge ! Si j'avais été d'humeur à cela, je lui aurais éclaté de rire au nez. Dans ma disposition d'esprit, cela a plutôt excité ma colère et m'a fait perdre patience. Je lui ai dit qu'il était un vieux fou, et lui ai ordonné de retourner à ses affaires jusqu'à ce que je lui fisse savoir qu'il était de nouveau demandé ici. Il s'est soumis comme d'habitude, mais avec une expression indescriptible dans ses yeux larmoyants lorsqu'il a pris congé de moi, et que je n'avais jamais remarquée auparavant. L'amour a le privilège d'opérer toutes sortes de transformations. Serait-il réellement possible que ce sentiment ait rendu Mr. Bashwood assez homme pour le mettre en colère contre moi ?

Mercredi – Mon expérience des habitudes de Miss Milroy m'a suggéré, la nuit dernière, un soupçon que je veux éclaircir ce matin. Elle avait l'habitude, lorsque j'étais au cottage, de faire une promenade matinale avant le déjeuner. Considérant que je choisissais moi-même souvent ce moment pour mes entrevues secrètes avec Armadale, il m'est venu à l'esprit que, selon toute probabilité, elle risquait de suivre mon exemple en la matière, et que je pourrais fort bien faire une découverte intéressante en posant mes pas dans la direction du jardin du major à la bonne heure. Je me suis privée de mes gouttes pour être sûre de me réveiller, ce qui fait que j'ai passé une nuit déplorable ; j'étais sur pied à six heures et suis partie dans la fraîcheur du matin vers le cottage.

Je n'étais pas depuis cinq minutes dans la partie du parc qui touche au jardin que je l'ai vue en sortir. Elle semblait avoir passé une mauvaise nuit, elle aussi : ses yeux étaient fatigués et rouges, ses lèvres et ses joues paraissaient gonflées comme si elle avait pleuré. Quelque chose la préoccupait évidemment, quelque chose qui lui a fait quitter le jardin pour le parc. Elle a marché (si c'est marcher qu'avancer sur de pareilles jambes) droit vers le kiosque, a ouvert la porte, traversé le pont, et est allée toujours plus vite du côté du terrain bas où les arbres sont le plus épais. J'ai pu la suivre sur tout l'espace découvert sans être aperçue, tant elle semblait préoccupée ; lorsqu'elle a commencé à ralentir le pas sous les arbres, j'étais moi aussi à l'abri des feuillages et ne risquais plus d'être découverte.

Presque aussitôt, un craquement et un bruit de pas lourds se sont fait entendre dans la partie basse du bois : « Je suis ici, a-t-elle dit d'une petite voix faible ». Je me tenais derrière les arbres à quelques pas d'elle, me demandant de quel côté Armadale sortirait du fourré pour la rejoindre. Il est arrivé par le chemin creux, en face de l'arbre derrière lequel je me tenais cachée. Ils se sont assis l'un près de l'autre sur la pente. Je me suis installée derrière l'arbre pour les épier à travers le taillis ; j'ai entendu sans la moindre difficulté jusqu'au plus petit mot de leur entretien.

La conversation a commencé sur la remarque qu'elle semblait triste. Il lui a ensuite demandé si les choses allaient mal au cottage. L'artificieuse petite coquette n'a point perdu de temps pour produire sur lui l'impression indispensable : elle s'est mise à pleurer. Il lui a pris la main bien entendu, et a essayé, à sa manière brutale et stupide, de la consoler. Non, elle ne pouvait pas être consolée. Elle avait devant elle une perspective affreuse ; elle n'avait pu dormir de la nuit rien que d'y penser. Son père l'avait appelée dans sa chambre la veille au soir pour lui parler de son éducation, en lui annonçant qu'elle allait être mise en pension. La maison était trouvée, les conditions étaient arrêtées, et mademoiselle y entrerait, aussitôt son trousseau prêt.

« Au temps où cette détestable Miss Gwilt était à la maison, a dit cette jeune fille modèle, j'aurais été volontiers en pension ; bien plus, je le désirais. Mais c'est tout différent maintenant. Je ne pense plus de la même manière, je me trouve trop vieille pour la pension. J'ai tout à fait le cœur brisé, monsieur Armadale ».

Là, elle s'est arrêtée, comme si elle se retenait d'en dire davantage, et elle lui a jeté un regard qui finissait très clairement la phrase :

« J'ai tout à fait le cœur brisé, monsieur Armadale, maintenant que nous sommes redevenus amis, de m'en aller loin de vous ! »

Une femme faite serait honteuse de l'impudence de ces jeunes filles dont la « modestie » est si obstinément vantée par les ignobles faiseurs de sentiment de notre époque !

Armadale, tout sot qu'il est, a parfaitement compris. Après s'être égaré dans un labyrinthe de paroles qui ne menaient à rien, il l'a prise – par la taille n'est pas vraiment le terme qui convient, car elle n'en a pas, mais par la dernière agrafe de sa robe – et, pour lui offrir un moyen d'échapper à l'humiliation d'être mise en pension à son âge, il l'a demandée en mariage.

Si j'avais pu les tuer tous les deux alors, en levant mon petit doigt, je n'ai pas le moindre doute que je l'eusse fait. Les choses étant ce qu'elles étaient, je me suis contentée d'attendre pour voir ce que Miss Milroy répondrait.

Elle a semblé juger nécessaire, se rappelant, je suppose, qu'elle l'avait rencontré à l'insu de son père, et aussi que j'avais eu la préférence sur elle dans les bonnes grâces de Mr. Armadale, de protester par une explosion d'indignation vertueuse. Elle s'est étonnée de ce qu'il pût penser à une telle chose après sa conduite avec Miss Gwilt, et alors que son père lui avait fermé sa maison ! Voulait-il lui faire sentir à quel point elle était en faute ? Était-il d'un gentleman de mettre en avant une pareille proposition, quand il savait aussi bien qu'elle-même que c'était impossible ? et ainsi de suite. Un homme ayant tant soit peu de cervelle aurait compris ce que tout ce verbiage voulait dire. Armadale l'a pris tellement au sérieux qu'il a voulu se justifier. Il a déclaré avec sa précipitation et son étourderie ordinaires qu'il était sincère, que lui et le major pouvaient redevenir amis et que, si ce dernier persistait à le traiter en étranger, ils feraient comme les jeunes demoiselles et les jeunes gentlemen dans leur situation, qui s'étaient mariés sans le consentement de leurs parents et avaient obtenu leur pardon ensuite. Une déclaration aussi franchement explicite ne laissait à Miss Milroy qu'une alternative : soit il lui fallait confesser qu'elle avait dit non quand elle aurait voulu répondre oui, soit elle devait avoir recours à une seconde scène de colère.

Elle a été assez hypocrite pour prendre ce dernier parti. « Comment osez-vous, monsieur Armadale ? Partez immédiatement. C'est inconvenant, indélicat et irrespectueux d'oser me dire de semblables choses ! » et j'en passe. Cela semblera incroyable mais ce n'en est pas moins vrai ; l'autre a été assez sot pour la prendre au mot. Il lui a demandé pardon et s'en est allé comme un enfant qu'on envoie au coin en pénitence ; c'est bien la chose la plus digne de mépris que j'aie vue sous les traits d'un homme ?

Elle a attendu qu'il se fut éloigné pour reprendre du calme, et je suis restée derrière les arbres afin de voir comment elle y réussirait. Ses yeux ont erré timidement sur le chemin que sa victime avait emprunté. Elle a souri (grimacé serait plus juste avec une bouche comme la sienne), s'est avancée sur la pointe des pieds pour regarder encore si elle l'apercevait, est revenue sur ses pas, puis, tout à coup, a fondu en larmes. On ne me trompe pas aussi facilement qu'Armadale, et j'ai assez compris ce que tout cela voulait dire.

« Demain, ai-je pensé, vous serez encore dans le parc par pur hasard. Après-demain vous l'amènerez à vous faire une seconde demande. Dans trois jours, il s'aventurera de nouveau à parler de mariage clandestin, et vous n'en serez confuse que ce qu'il faut. Et le jour suivant, quand vos effets seront prêts pour la pension et s'il a un plan solide, vous l'écouterez. Oui, oui, le temps est toujours du côté de l'homme, lorsqu'il s'agit d'une femme, si l'homme est seulement assez patient pour permettre au temps de lui venir en aide ».

Je l'ai laissée quitter le taillis et rentrer au cottage, parfaitement ignorante de mon espionnage. Je suis restée sous les arbres à songer. La vérité est que j'étais troublée à un point extrême par tout ce que j'avais vu et entendu. Cela m'a montré l'affaire sous un nouveau jour.

Ce que je n'avais jamais soupçonné jusqu'ici, c'est qu'elle l'aime réellement.

Si lourde que soit ma dette envers elle, il n'y a nulle crainte maintenant que je manque de la payer jusqu'au dernier farthing. Ce n'eût pas été un petit triomphe pour moi que de me placer entre Miss Milroy et son ambition, en devenant l'une des principales ladies du comté, mais il est infiniment plus réjouissant, dès lors qu'il s'agit de son premier amour, de m'interposer entre lui et Miss Milroy. Me rappellerai-je ma propre jeunesse, et l'épargnerai-je ? Non ! Elle m'a ôté la seule chance que j'avais de briser la chaîne qui me lie à un passé trop horrible pour que j'y songe. Non, Miss Milroy. Non, monsieur Armadale, je ne vous épargnerai ni l'un ni l'autre.

Il y a quelques heures que je suis rentrée. J'ai médité, et rien n'en est résulté. Depuis que j'ai reçu cette étrange lettre de Midwinter dimanche dernier, ma promptitude habituelle à résoudre les difficultés m'a abandonnée. Quand je ne pense pas à lui ou à son histoire, mon esprit reste complètement inerte. Moi qui, en d'autres occasions, ai toujours su ce qu'il fallait faire, je ne sais plus comment agir maintenant. Il serait assez facile, certainement, d'avertir le père des démarches de la fille. Mais le major aime profondément son enfant. Armadale est très désireux de se réconcilier avec lui ; Armadale est riche, sa situation prospère, et il est tout prêt à se soumettre aux volontés du vieil homme. Tôt ou tard, ils redeviendront amis, et le mariage se fera. Avertir le major n'aboutirait qu'à les embarrasser pour le présent ; ce n'est pas le moyen de les séparer complètement.

Mais quel moyen employer ? Je ne puis le voir. Je m'en arracherais les cheveux ! Je mettrais le feu à la maison ! S'il y avait une traînée de poudre sous le monde entier, je l'allumerais. Si grande est mon exaspération, telle est ma fureur contre moi de ne rien savoir trouver !

Pauvre cher Midwinter ! Oui, « cher ». Je ne m'en cache pas. Je suis seule et sans ressources. J'ai besoin de quelqu'un qui m'aime ; je voudrais sentir encore sa tête sur ma poitrine ; j'ai bonne envie de courir à Londres et de l'épouser. Suis-je folle ? Oui ; tous les gens misérables comme moi sont fous. Je vais aller à la fenêtre respirer un peu. Me jetterai-je en bas ? Non, cela vous défigure, et l'enquête du coroner vous expose à tant de regards curieux.

L'air m'a remise. Je commence à me souvenir que j'ai le temps de mon côté, en tout cas. Personne, exceptez-moi, ne connaît leurs rendez-vous dans le parc. Si le vieux jaloux de Bashwood, qui est assez fuyant et assez sournois pour tout oser, essaye d'espionner Armadale dans son intérêt particulier, il s'y prendra à l'heure ordinaire, quand il se rend au bureau de l'intendance. Il ne sait rien des habitudes matinales de Miss Milroy, et il ne sera pas sur les lieux avant qu'Armadale soit de retour à la maison. J'ai donc encore une semaine devant moi pour les épier ; je puis choisir mon moment et la manière d'intervenir, dès que je le verrai sur le point de vaincre la résistance de la créature et de lui faire dire oui.

Me voici donc à attendre ici, sans savoir comment les choses finiront avec Midwinter à Londres ; avec ma bourse se vidant de jour en jour, et nulle apparence jusqu'à présent de nouveaux élèves pour la remplir avec la mère Oldershaw qui va vouloir me faire rembourser ses avances dès qu'elle apprendra que j'ai échoué, sans avenir, sans amis, sans espérance d'aucune espèce, femme perdue s'il en fut jamais. Bien ! je le répète encore et encore, peu m'importe ! Ici je resterai, quand il me faudrait vendre les habits que je porte ou me louer dans une taverne pour faire de la musique aux grossiers habitués de la tabagie. Ici je reste, jusqu'à ce que le temps arrive où réapparaîtra le moyen de séparer Armadale et Miss Milroy pour toujours !

Sept heures – Est-ce le signe que le moment approche ? Je ne sais, mais il y a en tout cas des indices de changement dans la position que j'occupe dans le pays.

Deux des plus vieilles et des plus laides des nombreuses dames vieilles et laides qui ont pris mon parti quand j'ai quitté la maison du major Milroy viennent de se présenter chez moi, s'annonçant avec l'insupportable impudence des charitables dames anglaises, comme une délégation de mes « patronnesses ». On dirait que la nouvelle de ma réconciliation avec Armadale s'est étendue de l'office de la grande maison jusqu'à la ville, et qu'elle est à l'origine de cette visite.

C'est l'opinion unanime de mes « patronnesses », autant que celle du major Milroy, qui a été consulté, que j'ai agi avec une inexcusable imprudence en allant chez Mr. Armadale, et en traitant amicalement un homme dont la conduite envers moi a indigné tout le monde. Mon manque absolu de respect pour moi-même dans cette circonstance a suggéré le soupçon que je me sers aussi habilement que possible de mes avantages personnels, et qu'il pourrait bien arriver après tout que je me fisse épouser d'Armadale. Mes « patronnesses » sont, bien entendu, trop charitables pour croire pareille chose. Elles trouvent simplement nécessaire de me sermonner chrétiennement et de m'avertir qu'une seconde imprudence de ce genre forcerait mes meilleurs amis à me retirer l'approbation et la protection dont je suis pour l'instant honorée.

M'ayant haranguée tour à tour en ces termes (évidemment choisis à l'avance), mes deux gorgones se sont redressées sur leurs chaises, et m'ont regardée comme pour dire : « Vous pouvez avoir souvent entendu parler de vertu, mais nous ne croyons pas que vous l'ayez réellement contemplée dans tout son éclat, jusqu'à ce jour où elle vous apparaît personnifiée en nous ».

Face à leurs provocations, j'ai retenu ma colère, et je leur ai répondu de mon ton le plus doux, le plus mielleux et le plus aristocratique. J'ai remarqué que la religion de certaines personnes commence quand elles ouvrent leur livre de prières à onze heures, le dimanche matin, et finit quand elles le ferment, à une heure, le même jour. Rien n'étonne et ne choque les chrétiens de cette sorte, comme de les rappeler à leur religion les jours de la semaine. D'après ce principe, comme dit le personnage de la comédie[1], j'ai parlé :

— Qu'ai-je fait de mal ? ai-je demandé innocemment. Mr. Armadale m'a nui, et j'ai été le trouver pour lui pardonner son offense. Il y a sûrement une erreur, mesdames. Vous ne pouvez réellement être venues ici dans l'idée de me blâmer d'un acte de charité ?

Les deux mégères se sont levées.

— Nous étions préparées à tout, Miss Gwilt, ont-elles déclaré, mais non au blasphème. Nous vous souhaitons le bonsoir.

Ainsi elles ont pris congé, et ainsi « Miss Gwilt » s'est trouvée rayée de la liste du patronage des environs.

Je me demande ce qu'il adviendra de cette petite querelle. Une chose que je prévois déjà : la nouvelle en viendra aux oreilles de Miss Milroy. Elle insistera pour qu'Allan Armadale cherche à se justifier, et Allan finira par montrer son innocence, en faisant une

1 Shakespeare, *Othello*, 1, 3.

autre proposition de mariage. Cela avancera selon toute probabilité leurs affaires, au moins en serait-il ainsi avec moi. Si j'étais à sa place, je me dirais : « Je veux m'assurer de lui pendant que je le peux ». S'il ne pleut pas demain matin, je ferai une autre excursion dans le parc.

Minuit – Puisque je ne puis prendre mon laudanum, ayant cette promenade en perspective, je puis aussi bien abandonner tout espoir de dormir et continuer mon journal ; même avec mes gouttes, je doute que ma tête puisse reposer tranquille sur mon oreiller cette nuit. Depuis que l'irritation provoquée par la visite de mes dames patronnesses s'est apaisée, je me suis sentie troublée par des craintes qui me laissent peu de chances de goûter aucun repos dans les circonstances présentes.

Je ne puis m'imaginer pourquoi, mais les dernières paroles adressées à Armadale par cette brute d'homme de loi me reviennent à l'esprit ! Les voici, telles qu'elles sont rapportées dans la lettre de Mr. Bashwood : « *Des curiosités peuvent s'éveiller, et reprendre cette affaire au point où vous et moi l'avons laissée ; la main d'une autre personne interviendra, peut-être pour dévoiler Miss Gwilt* ».

Que voulait-il dire par là ? Et quelle était encore sa pensée quand, ayant rattrapé Mr. Bashwood dans l'allée, il lui a dit d'assouvir sa curiosité ? Ce détestable Pedgift supposerait-il réellement qu'il y a une chance… ? Absurdité ! Je n'ai qu'à regarder la vieille et faible créature, et il n'oserait même lever son petit doigt sans que je le lui dise. Il essayerait de fouiller dans ma vie passée, vraiment ! Bah ! Des gens ayant dix fois sa cervelle et cent fois son courage ont essayé, et y ont renoncé sans être mieux instruits que lorsqu'ils avaient commencé.

Je ne sais, cependant, si je n'aurais pas dû me contenir avec ce Bashwood lorsqu'il est venu ici hier soir. Et je ferais mieux encore, si je le vois demain matin, de lui rendre mes bonnes grâces, en le chargeant de faire quelque chose pour moi. Supposons que je lui dise d'épier les deux Pedgift et de découvrir s'il n'y a aucune chance pour qu'ils reprennent leurs rapports avec Armadale ? Chose peu probable, mais si je donne cette commission au vieux Bashwood, cela le flattera dans le sentiment de son importance envers moi, et me servira en même temps, très à propos, à l'éloigner de mon chemin.

Jeudi matin, neuf heures – Je reviens à l'instant du parc.

Pour une fois, je me suis trouvée bon prophète. Ils étaient là tous les deux, à la même heure matinale, dans le même abri, au milieu des arbres. Miss Milroy en pleine possession de la nouvelle de ma visite à la grande maison, et réglant son ton en conséquence.

Après avoir dit sur moi une ou deux choses que je me promets de ne pas oublier, Armadale a pris, pour la convaincre de sa constance, la manière que j'avais prévue. Il a réitéré sa proposition de mariage, et elle a eu cette fois un excellent effet. Larmes, baisers et protestations se sont succédé, et mon ancienne élève a enfin ouvert son cœur de la plus innocente manière. La maison paternelle, a-t-elle confessé, était bien triste désormais ; l'humeur de sa mère devenait de plus en plus fâcheuse, de plus en plus irascible chaque jour. La garde-malade, la seule personne qui eût quelque influence sur elle, était partie, renonçant à la servir. Son père, toujours plus absorbé dans la fabrication de sa pendule, paraissait plus résolu que jamais à l'envoyer en pension, par suite des scènes pénibles qui se renouvelaient maintenant presque journellement entre lui et sa femme. J'ai attendu, espérant qu'après ces confidences je les entendrais discuter quelque plan pour l'avenir ; ma patience, non sans avoir subi une assez longue épreuve, a été enfin récompensée.

La première proposition (comme il fallait s'y attendre avec un fou tel que cet Armadale) est venue de la jeune fille. Elle a émis une idée que, je l'avoue, je n'avais pas pressentie. Elle a engagé Armadale à écrire à son père, et, plus habilement encore, a prévenu toute étourderie de sa part en lui dictant sa lettre. Il devait se dire extrêmement peiné de sa brouille avec le major, et lui demander la permission de se présenter au cottage pour se justifier. C'était tout. La lettre ne devait pas être envoyée le jour même, car on attendait les candidates à la place vacante de garde-malade auprès de Mrs. Milroy, et l'obligation de les voir, de les questionner, rendrait son père, qui détestait ces sortes de corvées, d'une humeur peu favorable à la requête d'Armadale. Vendredi était le jour fixé pour l'envoyer et, samedi, en cas de refus du major, ils se rencontreraient de nouveau.

« Je ne voudrais pas tromper mon père ; il a toujours été si bon pour moi. Et il n'y aura nul besoin de le tromper, Allan, si vous redevenez amis ».

Telles ont été les dernières paroles de la petite hypocrite quand je les ai quittés.

Que fera le major ? Samedi matin nous le dira. Je ne veux plus y penser jusque-là. Ils ne sont pas encore mari et femme et, je le répète, quoique ma cervelle soit aussi creuse que possible, ils ne le seront jamais.

En rentrant chez moi, je suis passé chez Bashwood que j'ai surpris devant sa pauvre vieille théière noire, déjeunant de son petit pain de deux sous et de son beurre rance, sur une sale nappe raccommodée. J'ai mal au cœur d'y penser.

J'ai amadoué et rassuré la pauvre vieille créature, jusqu'à lui faire venir les larmes aux yeux. Il a rougi de plaisir, et s'est chargé de surveiller les Pedgift avec le plus grand empressement. Il a décrit Pedgift père comme le plus entêté des hommes ; rien ne pourra le faire céder, à moins qu'Armadale ne cède aussi de son côté. C'est de Pedgift fils que devraient venir les tentatives de réconciliation. Telle est du moins l'opinion de Bashwood. Peu importe ce qui peut arriver de ce côté. La seule chose importante, c'est d'attacher solidement mon vieil admirateur aux rubans de mon tablier. Et c'est fait.

La poste est en retard ce matin. Elle vient seulement d'arriver et m'a apporté des nouvelles de Midwinter.

Quelle charmante lettre ! Elle me ravit comme si j'étais jeune fille. Aucun reproche de ne lui avoir pas encore écrit ; nul empressement indiscret pour hâter notre mariage. Il m'écrit seulement qu'il a obtenu par des hommes de loi la promesse d'être employé à titre de correspondant dans un journal qui est sur le point d'être fondé à Londres.

Cet emploi exigera qu'il quitte l'Angleterre pour le continent, ce qui s'accorderait avec ses projets d'avenir, mais il ne peut considérer la proposition comme sérieuse tant qu'il ne sera pas assuré de mon approbation. Il ne connaît pas d'autre volonté que la mienne, et il me laisse le soin de décider suivant mes désirs, après m'avoir avertie du délai qui a été accordé à sa réponse. Ce serait donc alors (si je consens à aller à l'étranger) le moment de nous marier. Mais il n'y a pas un mot à ce sujet dans sa lettre. Il ne demande rien que quelques signes pour l'aider à supporter le temps de notre séparation.

Voilà la lettre, guère longue mais conçue en termes charmants.

Je pénètre facilement le secret de son désir de partir pour l'étranger. Cette folle idée de mettre les montagnes et les mers entre lui et Armadale occupe encore son esprit. Comme si lui ou moi pouvions échapper à notre destinée – à supposer qu'il y ait une destinée – en mettant quelques centaines, quelques milliers de milles entre Armadale et nous ! Quelle étrange absurdité et quelle singulière inconséquence dans ses idées ! Et cependant, combien j'aime ses incohérences et ses contradictions ! car je ne vois que trop que c'est moi qui en suis la cause. Qu'est-ce qui aveugle cet homme d'esprit au point de l'empêcher de s'apercevoir de la contradiction qu'il y a dans sa conduite ? Quel intérêt éprouvé-je pour lui ? Je suis tentée de fermer les yeux sur le passé, et de me laisser aller à aimer Midwinter. Je me demande si Ève a eu plus d'amour pour Adam après l'avoir persuadé de manger la pomme ? Je l'aurais adoré à sa place.

(Mémorandum : Écrire à Midwinter une charmante petite lettre et lui envoyer un baiser ; comme on lui laisse du temps pour sa réponse, demander à réfléchir aussi, avant de lui dire si je veux ou non quitter l'Angleterre).

Cinq heures – Ennuyeuse visite de ma logeuse, apportant une récolte de bavardages et de nouvelles qu'elle croit devoir m'intéresser.

Elle est en relation, ai-je découvert, avec la dernière garde-malade de Mrs. Milroy, et elle a accompagné son amie à la station, cette après-midi. Elles ont causé, bien entendu, des affaires du cottage, et mon nom a été prononcé. J'ai tout à fait tort, paraît-il, s'il faut s'en rapporter à la garde-malade, en rendant Miss Milroy responsable de la démarche de Mr. Armadale à Londres. Miss Milroy ne savait rien absolument de cela, prétend-elle, et il ne faut accuser que la folle jalousie de sa mère à mon égard. Le malheureux état des choses au cottage est dû aujourd'hui encore aux mêmes causes. Mrs. Milroy est fermement persuadée que mon séjour à Thorpe-Ambrose doit être attribué à quelques moyens secrets que j'aurais de communiquer avec le major, et qu'il lui est impossible de découvrir. Cette conviction l'a rendue si insupportable que son service est tout à fait impossible. Tôt ou tard, malgré sa répugnance, le major sera obligé de la mettre dans une maison de santé.

Voilà en substance le récit de mon ennuyeuse logeuse. Inutile de dire que je n'y ai pas trouvé le moindre intérêt ; en admettant même que les déclarations de la garde-malade soient fondées – et je persiste à en douter – ce ne serait encore d'aucune importance pour moi. Je sais que c'est Miss Milroy et personne d'autre qu'elle qui m'a ôté tout espoir de devenir Mrs. Armadale, et je ne me soucie point d'en apprendre davantage. Si sa mère a été réellement seule à comploter contre moi, sa mère semble en avoir été punie. Alors, adieu à Mrs. Milroy, et que le Ciel me préserve de toute autre nouvelle du cottage que pourra me fournir la langue bien pendue de ma logeuse.

Neuf heures – Bashwood vient de me quitter ; il m'a apporté des nouvelles de la grande maison. Pedgift jeune a fait une tentative de réconciliation aujourd'hui même et a échoué. Je suis la seule cause de cet échec. Armadale se montrait prêt à oublier, à la condition que Pedgift aîné promette d'éviter toute occasion de mésintelligence entre eux en ne revenant jamais sur le sujet de Miss Gwilt. Et cette condition est justement la seule que Mr. Pedgift père, avec ses idées sur moi, ne veut accepter. Ainsi, conseil et client restent aussi séparés que jamais, et l'obstacle Pedgift est écarté de mon chemin.

C'eût été une mauvaise affaire, puisqu'il est question de Pedgift aîné, si l'un de ses avis avait été écouté, je veux dire si l'officier de police de Londres avait été appelé ici pour me surveiller. Je me demande même maintenant si je ne ferais pas mieux de reprendre le voile épais que je porte toujours à Londres et dans toutes les grandes cités. La seule difficulté, c'est que tout cela pourrait exciter les remarques de cette curieuse petite ville.

Il est près de dix heures. J'ai passé à écrire plus de temps que je ne le supposais.

Aucun mot ne peut dépeindre à quel point je me sens languissante et fatiguée. Pourquoi ne pas prendre mon laudanum et aller me mettre au lit ? Il n'y a pas de rendez-vous demain matin entre Armadale et Miss Milroy pour me forcer à me lever de bonne heure. Voudrai-je, pour la centième fois, chercher clairement mon chemin dans l'avenir ? Essayerai-je, malgré ma lassitude, de redevenir la femme aux promptes décisions que j'ai été autrefois, avant que ces cruelles anxiétés vinssent m'accabler ? ou bien ai-je peur de mon lit, quand j'en ai le plus grand besoin ? Je ne sais ; je suis lasse et malheureuse, j'ai l'air vieux et hagard. Si j'y étais tant soit peu encouragée, je pleurerais. Heureusement il n'y a personne. Quelle sorte de nuit fait-il ? Sombre ; le ciel est couvert, la lune ne se montre que par intermittence, le vent souffle. Je l'entends gémir dans l'ouverture des cottages inachevés au bout de la rue. Mes nerfs sont malades, je pense ; j'ai sursauté tout à l'heure, croyant voir une ombre sur le mur. Il m'a fallu quelques instants avant de reprendre assez de calme pour me rendre compte de la position de la lumière, et comprendre que cette ombre n'était autre que la mienne.

Les ombres me font penser à Midwinter ; quand ce ne sont pas les ombres, c'est autre chose. Je vais relire sa lettre, puis, c'est décidé, je me mettrai au lit.

Je vais finir par l'aimer. Si je reste longtemps dans cet état d'incertitude et de tristesse, si irrésolue, si peu semblable à moi-même, oui, je vais finir par l'aimer. Quelle folie ! Comme si je pouvais encore aimer réellement un homme !

Supposons que je prenne une de mes soudaines résolutions et que je l'épouse. Si pauvre qu'il soit, il me donnera toujours un nom et une position, si je deviens sa femme. Voyons comment son nom – son vrai nom – résonnerait, si je consentais vraiment à le prendre pour le mien.

« Mrs. Armadale ! » Bien.

« Mrs. Allan Armadale ! » Mieux encore.

Mes nerfs sont certainement malades. Voici maintenant que ma propre écriture m'effraye ! C'est si étrange, suffisamment pour étonner n'importe qui. Cette similitude des deux noms ne m'avait jamais frappée comme en cet instant. Quel que soit celui des deux que j'épouse, je porterai le même nom. J'aurais été Mrs. Armadale si j'avais épousé Allan le blond ; je puis encore être Mrs. Armadale si j'épouse à Londres Allan le brun. Il y a de quoi devenir folle rien qu'à l'écrire ; sentir que quelque chose doit résulter de tout cela, et que rien n'arrive !

Comment pourrait-il se produire quelque chose ? Si je vais à Londres, si je l'épouse sous son vrai nom (comme il va sans dire), voudra-t-il me le laisser porter ? Avec toutes ses raisons pour cacher son nom véritable, il résistera. Non, il m'aime trop, il me priera de me résigner à celui qu'il a pris. Mrs. Midwinter… horrible ! Et

Ozias, quand j'aurai à l'appeler dans l'intimité... plus qu'horrible !

Supposons que le niais de la grande maison quitte le pays sans être marié, et supposons qu'en son absence quelques-uns de ceux qui le connaissent entendent parler d'une Mrs. Armadale ; ils n'hésiteraient pas à croire qu'il s'agit de sa femme – même s'ils venaient à me voir, si par hasard je me présentais à eux sous ce nom, et s'il n'était pas là pour me contredire. Les domestiques eux-mêmes seraient les premiers à dire : « Nous savions bien, après tout, qu'elle finirait par se faire épouser ». Et mesdames les patronnesses qui sont prêtes à tout croire à mon sujet, maintenant que nous nous sommes querellées, se joindraient au chœur *sotto voce :* « Songez, ma chère, que le rapport qui nous a tant choquées se trouve vrai ! ». Non. Si j'épouse Midwinter, je me trouverai continuellement, ainsi que mon mari, dans une fausse position. À moins que je ne laisse son vrai nom si joli, si distingué, derrière moi, à la porte de l'église.

Mon mari ! Comme si réellement j'allais l'épouser ! Cela n'arrivera pas, et cette impossibilité coupe court à toutes difficultés.

Dix heures et demie – Oh ! mon Dieu, mon Dieu ! comme mes tempes battent, comme mes yeux brûlent ! La lune me regarde à travers les fenêtres. Ces petits nuages dispersés au ciel fuient, poussés par le vent. Tantôt ils découvrent la lune, tantôt ils la cachent. Quelles étranges formes prennent tour à tour ces lueurs jaunes ! Ni paix ni tranquillité pour moi nulle part. La flamme de la bougie vacille, et le ciel même est inquiet cette nuit.

« Au lit ! au lit ! » comme dit lady Macbeth.[1] À ce propos, je me demande ce que lady Macbeth aurait fait dans ma position ? Elle aurait tué quelqu'un, lorsqu'elle se serait vue ainsi embarrassée. Probablement Armadale.

Vendredi matin – Une nuit de repos grâce à mes gouttes. Je me suis assise devant mon déjeuner dans de meilleures dispositions, et j'ai reçu en guise de bonjour matinal une lettre de Mrs. Oldershaw.

Mon silence a produit son effet sur la mère Jézabel. Elle l'attribue à sa véritable cause, et montre enfin ses griffes. Si je ne suis pas en état de payer mon billet de trente livres qui échoit mardi prochain, son homme de loi a l'ordre « de suivre la marche ordinaire... ». Quand j'aurai réglé ma logeuse, il me restera à peine dix livres ! Il

1 Shakespeare, *Macbeth*. V. 1.

n'y a pas l'ombre d'une probabilité que d'ici à mardi j'aie pu gagner de l'argent. Et je n'ai pas un ami dans ce pays à qui je puisse emprunter dix pence. Les difficultés m'accablent ; il ne manquait plus que ce dernier ennui pour les rendre complètes.

Midwinter viendrait à mon secours, certainement, si je pouvais me décider à le lui demander. Mais ce serait m'engager envers lui. Et suis-je vraiment assez abandonnée, assez désespérée pour finir ainsi ? Non, pas encore !

Ma tête est lourde : il faut que j'aille au grand air penser à tout cela.

Deux heures – La superstition de Midwinter m'aurait-elle gagnée ? Je commence à croire que les événements m'entraînent irrésistiblement vers un but que je ne vois pas, mais qui n'est pas loin, j'en ai la conviction.

J'ai été insultée, de propos délibéré, devant témoins, par Miss Milroy.

Après m'être promenée comme d'habitude dans les endroits les moins fréquentés, et après avoir cherché inutilement une issue à mes embarras, je me suis souvenue que j'avais besoin de papier et de plumes. J'ai repris le chemin de la ville et suis entrée dans la boutique du papetier. Il aurait été plus sage peut-être d'envoyer chercher cela, mais j'étais lasse de moi et de mon appartement solitaire, et j'ai fait mes emplettes moi-même, pour cette seule raison que cela me fournissait quelque chose à faire.

Je venais d'entrer chez le marchand et je demandais ce dont j'avais besoin, quand une autre cliente s'est présentée. Nous nous sommes regardées et nous nous sommes reconnues : c'était Miss Milroy.

Une femme et un petit garçon étaient derrière le comptoir, en plus de l'homme qui me servait. La femme s'est adressée poliment à la nouvelle venue : « Que pouvons-nous avoir le plaisir de vous servir, mademoiselle ? ». La fille du major, après m'avoir désignée en me regardant fixement, a répondu : « Rien pour l'instant, je vous remercie. Je reviendrai quand il n'y aura personne ».

Elle est sortie. Les trois personnes de la boutique m'ont regardée en silence. Silencieuse également, j'ai réglé mes achats et suis partie. Je ne sais ce qui se serait passé si j'avais été de mon humeur habituelle. Dans l'état d'anxiété où je me trouve actuellement, la jeune fille, je l'avoue, m'a atteinte.

Cette faiblesse momentanée (ce n'était rien d'autre) a été cause que je me suis trouvée sur le point de lui rendre sa méchanceté. J'étais déjà arrivée jusqu'au bout de la rue, décidée à révéler au major les promenades matinales de sa fille, avant que mon bon sens fût revenu.

Dès que j'ai eu repris mon calme, je suis retournée sur mes pas et me suis dirigée vers ma maison. Non, non, Miss Milroy, ce ne serait vous attirer qu'un ennui passager ; votre père finirait par vous pardonner, Armadale profiterait de cela, et je ne vous aurais pas payé ma dette. Je n'oublie pas que votre cœur appartient à Armadale, et que le major, quoi qu'il en puisse dire, vous a toujours cédé jusqu'à présent. Ma tête peut défaillir mais elle ne m'a cependant pas complètement abandonnée.

En attendant, j'oublie que la lettre de la mère Oldershaw est toujours là, réclamant une réponse. Je ne sais vraiment que faire. Répondrai-je ? J'ai encore quelques heures devant moi avant le départ du courrier.

Supposons que je demande à Armadale de me prêter l'argent ? J'aurais du plaisir à lui arracher quelque chose, et je crois que, dans sa situation présente avec Miss Milroy, il ferait tout pour se débarrasser de moi. Ce serait assez bas de ma part. Bah ! Quand on déteste et méprise un homme autant que je déteste et méprise Armadale, qu'importe de paraître vile à ses yeux !

Et cependant mon orgueil, ou quelque autre sentiment que j'ignore, me fait répugner à cela.

Deux heures et demie, seulement deux heures et demie. Ah ! de quelle longueur désespérante sont ces journées d'été ! Je ne puis penser sans cesse. Il me faut faire quelque chose pour distraire mon esprit. Irai-je à mon piano ? Non, je ne suis pas en humeur. Travailler à mon ouvrage ? Pas davantage. Je penserais encore si je prenais l'aiguille. Un homme à ma place aurait recours à l'ivresse. Je ne suis pas un homme, et ce recours m'est interdit. Je vais regarder mes robes et mettre mes affaires en ordre.

Une heure s'est-elle écoulée ? Plus d'une heure. Cela m'a paru une minute. Je ne puis relire ces feuillets, mais je sais ce que j'y ai tracé. Je sais que je me suis sentie approcher d'un but qui m'était encore caché. À présent, le dénouement m'apparaît. Le nuage s'efface de mon esprit, le bandeau tombe de mes yeux. Je le vois ! je le vois !

Il est venu me trouver. Je ne l'ai point cherché. Sur mon lit de mort, je jurerais en toute tranquillité d'âme que je ne l'ai pas cherché.

Je ne faisais que passer la revue de ma garde-robe. J'étais aussi frivole, aussi paresseuse que n'importe quelle femme. Je regardais mes robes et mes chiffons. Quoi de plus innocent ?

Cette journée d'été était si longue ; je me sentais si fatiguée de moi-même. J'ai d'abord examiné ma plus grande malle, que je laisse souvent ouverte, puis je suis passée à la plus petite, qui est toujours fermée à clef.

D'une chose à une autre, j'en suis venue à trouver le paquet de lettres laissé au fond, les lettres de l'homme pour qui j'ai tant souffert et tout sacrifié ; l'homme qui m'a faite ce que je suis. Cent fois j'ai résolu de brûler ces lettres, sans jamais exécuter ma résolution. Cette fois-ci, tout ce que je me suis dit a été : « Je ne veux pas relire ses lettres ». Et je les ai relues.

Le lâche ! le misérable ! sans foi, sans cœur ! Qu'ai-je à faire de ses lettres maintenant ? Oh ! quel malheur d'être femme ! Être si faible que le souvenir d'un homme puisse être une tentation, quand votre amour pour lui est mort depuis si longtemps ! J'ai lu ses lettres… J'étais si seule et si lasse. J'ai lu ses lettres.

J'en suis arrivée à la dernière – celle qu'il m'écrivit pour m'encourager quand j'hésitais devant le moment terrible, sa lettre qui me ranima quand ma résolution faiblit à la onzième heure. J'ai lu ligne après ligne, jusqu'à ces mots :

… Je n'ai réellement pas de patience pour les absurdités que vous m'avez écrites. Vous dites que je vous force à entreprendre une chose au-dessus du courage d'une femme. Cela est-il vrai ? Je pourrais vous renvoyer à n'importe quelle collection de procès anglais ou étrangers, pour vous montrer votre erreur. Mais comme il pourrait vous être difficile de vous procurer ces procès, je vais simplement vous citer un fait inséré dans le journal d'hier. Les circonstances sont entièrement différentes de celles où nous nous trouvons, mais un tel exemple de résolution chez une femme pourra vous être utile.

Vous trouverez, dans la chronique judiciaire, l'histoire d'une femme accusée de s'être frauduleusement fait passer pour la veuve d'un officier de la marine marchande, que l'on supposait avoir été noyé. Les noms du mari (vivant) de cette femme et celui de l'officier (noms de baptême et de famille très communs) se trouvaient être les mêmes. La fraude devait rapporter de l'argent (argent dont avait grand besoin le mari auquel la femme était dévouée). La femme prit tout sur elle. Son mari était sans ressources et malade, et les huissiers étaient à sa poursuite. Ces circonstances, comme vous pourrez le voir, étaient toutes en sa faveur, et elle en tira si bien parti que les hommes de loi eux-mêmes reconnurent que son projet eût réussi, si le noyé supposé ne s'était trouvé vivant à point nommé pour la confondre. La scène s'est déroulée dans le cabinet des gens de loi, et a continué à l'audience : la femme était belle, et le marin bon et clément. Il eût voulu d'abord, si les gens de loi l'eussent permis, ne pas la poursuivre. Il lui a déclaré, entre autres choses : « Vous ne comptiez pas sur le retour de l'homme noyé, vivant et bien portant, n'est-ce pas, madame ? — Et c'est heureux pour vous, a-t-elle répondu, car, si vous aviez échappé à la mer, vous ne m'auriez pas échappé à moi. — Qu'auriez-vous fait si vous aviez appris que je revenais ? a demandé le marin ». Elle l'a regardé froidement en face : « Je vous aurais tué ».

Eh bien ! pensez-vous qu'une telle femme m'eût écrit que je l'entraînais plus loin que son courage ne pouvait aller ? Elle était belle, comme vous ! Vous feriez désirer à un homme dans ma position de l'avoir maintenant à votre place.

Je n'en ai pas lu davantage. Quand je suis arrivée à ces mots, le jour s'est fait en moi avec la rapidité de l'éclair. En un instant, j'ai vu ce que j'avais à faire. C'est inouï, c'est horrible, cela surpasse tout ce qui a été osé ; mais si je parviens seulement à contrôler mes nerfs face à une terrible nécessité, cela sera ! *Je pourrai me présenter comme la riche veuve d'Allan Armadale de Thorpe-Ambrose, si je puis seulement compter sur la mort d'Armadale dans un temps donné.*

Voilà la terrible tentation à laquelle je sens que je vais céder. Et c'est effrayant à plusieurs points de vue, car elle est née de cette autre, à laquelle j'ai cédé autrefois.

Oui, la lettre m'attendait dans ma malle pour servir un dessein que n'avait point envisagé le lâche qui l'a écrite. Là se trouve le cas, comme il l'appelle, seulement cité pour me railler, n'ayant aucun rapport avec la situation où je me trouvais alors, et qui m'a attendue et guettée à travers toutes les phases de ma vie, jusqu'à ce qu'enfin il se trouve comparable au mien.

N'importe quelle femme se trouverait déjà troublée par cela ; mais ce n'est pas tout. Sans que je m'en sois doutée, mon journal contenait depuis longtemps ce que je cherchais. Mes rêveries tendaient secrètement vers un seul but ; et je ne l'ai jamais vu ni soupçonné, jusqu'au jour où la lecture de cette lettre a jeté une lumière nouvelle sur mes pensées, jusqu'à ce que j'aie vu l'image de ma situation soudainement réfléchie dans l'histoire de cette femme !

Cela sera. Si seulement je puis regarder la nécessité en face. Cela doit être, si je puis compter sur la mort d'Armadale, dans un temps donné.

Tout, hors sa mort, me paraît facile. Les événements auxquels je me suis blessée et heurtée pendant toute la semaine passée n'ont été, les uns après les autres, et bien que j'aie été trop aveugle pour m'en apercevoir, que des circonstances jouant en ma faveur, m'aplanissant le chemin vers l'issue fatale.

En trois pas hardis – trois seulement ! – ce but pourrait être atteint. Laisser Midwinter m'épouser secrètement sous son vrai nom : premier pas ! Faire en sorte qu'Armadale quitte Thorpe-Ambrose sans être marié, pour aller mourir ailleurs, au milieu d'étrangers : second pas !

Pourquoi hésiter ? pourquoi trembler devant le dernier ?

Je dois continuer. Troisième et ultime pas : mon apparition, après l'annonce de la mort d'Armadale, sous les traits de sa veuve, avec mon certificat de mariage prouvant mes droits. C'est clair comme le soleil en plein midi. Grâce à l'exacte similitude des noms et grâce au secret gardé, je puis être la femme de l'Armadale brun, connue pour telle seulement de lui et de moi, et je puis, en me servant de cette position, prendre le rôle de veuve de l'Armadale blond, avec preuve en main (mon certificat de mariage) pour convaincre les mortels les plus incrédules qui soient au monde.

Quand je pense que tout cela était dans mon journal, et que j'avais considéré cette situation sans rien y voir de plus, jusqu'à présent, qu'une obligation (si j'épousais Midwinter) de consentir à paraître dans le monde sous le nom d'emprunt de mon mari !

Qu'est-ce qui me décourage ? La peur des obstacles ? la crainte d'être découverte ?

Quels obstacles ? Comment puis-je être découverte ? Tout le monde dans le voisinage me soupçonne d'intriguer pour devenir maîtresse de Thorpe-Ambrose. Je suis la seule personne qui connaisse le changement qui s'est fait dans les sentiments d'Armadale. Moi seule suis au courant de ses entrevues matinales avec Miss Milroy. S'il m'est nécessaire de les empêcher, une simple ligne anonyme au major suffira. S'il m'est utile d'éloigner Armadale de Thorpe-Ambrose, je saurai me débarrasser de lui en trois jours. Il m'a dit lui-même qu'il irait au bout du monde pour faire la paix avec Midwinter, si celui-ci le voulait. J'ai seulement à dire à Midwinter d'écrire de Londres pour lui offrir de se réconcilier, et Midwinter m'obéira. Et Allan le rejoindra immédiatement. Ainsi, les premières difficultés sont facilement écartées. Je m'arrangerai avec celles qui pourront survenir. Il n'y a dans toute l'aventure – aussi désespéré qu'il puisse paraître de me voir réussir à passer pour la veuve d'un homme en étant la femme d'un autre – qu'une seule chose qui mérite d'être regardée à deux fois, c'est la terrible nécessité de la mort d'Armadale.

Sa mort ! Cela pourrait être une terrible nécessité pour une autre femme ; mais l'est-ce vraiment pour moi ?

Je le déteste à cause de sa mère, je le déteste pour lui-même. Je le hais d'avoir été à Londres à mon insu prendre des renseignements sur moi. Je le hais de m'avoir forcée à quitter ma place avant que j'en eusse décidé ainsi, d'avoir détruit mon espoir de l'épouser, et de me replonger ainsi dans ma misérable vie. Mais, après ce que j'ai déjà fait dans le passé, comment puis-je ? comment puis-je ?

La fille aussi, la fille qui s'est placée entre nous, qui me l'a enlevé, qui m'a ouvertement insultée aujourd'hui même, qu'éprouverait-elle, elle qui l'aime, s'il mourait ? Ce serait bien me venger d'elle, si je l'osais ! Et quand je serai reconnue comme la veuve d'Armadale, quel triomphe pour moi ! Le triomphe ! Et mieux encore, le salut. Un nom qui ne peut être attaqué, une position par laquelle je pourrai cacher mon passé ! Confort, luxe, richesse ! Un revenu assuré de douze cents livres sterling, assuré par un testament qu'un homme de loi aura examiné, assuré indépendamment de tout ce qu'Armadale pourra dire ou faire lui-même. Je n'ai jamais eu douze cents livres sterling. Dans mes jours les plus heureux, je n'ai jamais eu autant réellement à moi. À quoi se monte ma fortune aujourd'hui ? À cinq livres et à la perspective, la semaine prochaine, de la prison pour dettes !

Mais, après ce que j'ai déjà fait dans le passé, comment puis-je ? comment puis-je ?

Il y a des femmes à ma place et avec mes souvenirs qui jugeraient autrement, et diraient : « C'est plus facile la seconde fois que la première ». Pourquoi ne le pourrais-je pas ? Pourquoi ne le pourrais-je pas ?

Ô vous, diable tentateur, aucun ange ne viendra-t-il élever entre aujourd'hui et demain un obstacle opportun qui me forcera à renoncer ?

Je vais devenir folle, folle, si j'écris davantage là-dessus, si je continue d'y penser. Il faut que je sorte. Je vais prendre n'importe qui pour m'accompagner, et nous causerons de n'importe quoi. J'emmènerai la logeuse et ses enfants. Nous sortirons, nous irons voir quelque chose. Il doit bien y avoir une exposition quelconque dans la ville. Je ne suis pas toujours une méchante femme, et la logeuse a réellement été bonne pour moi. Cela me distraira sûrement un peu de la voir s'amuser elle et ses enfants.

Il y a une minute, j'ai fermé mon journal, et je le rouvre sans savoir pourquoi. Je crois que je perds la tête. Il me semble que mon esprit cherche quelque chose que je dois trouver ici.

J'y suis ! Midwinter !

Est-il possible que j'aie pesé les raisons du pour et du contre pendant plus d'une heure, écrivant toujours le nom de Midwinter – et méditant sérieusement sur mon mariage avec lui – sans me souvenir une seule fois que, tout autre empêchement éloigné, lui seul, quand le temps viendrait, serait un insurmontable obstacle en mon chemin. L'effort qu'il m'a fallu faire pour considérer la mort d'Armadale en face a-t-il pu m'absorber à ce point ? Probablement. Je ne puis expliquer autrement un oubli si extraordinaire de ma part.

Dois-je prendre le temps d'y penser comme j'ai pensé à tout le reste ? Dois-je me demander si l'obstacle Midwinter sera après tout, quand le temps viendra, aussi difficile à écarter qu'il le paraît ? Non ! Quel besoin d'y penser tout de suite ? J'ai résolu de vaincre la tentation. J'ai résolu d'offrir un divertissement quelconque à ma logeuse et à ses enfants. J'ai résolu de laisser là mon journal, et il en sera ainsi.

Six heures – Le bavardage de cette femme a été insupportable ; ses enfants m'ont ennuyée. Je les ai quittés, et suis venue ici avant le départ de la poste, afin d'écrire une ligne à la mère Oldershaw.

La crainte de céder à la tentation est devenue de plus en plus forte. Je suis déterminée à me mettre hors d'état d'agir. La mère Oldershaw sera mon salut pour la première fois depuis que je la connais. Si je ne puis payer mon billet, elle menace de me faire arrêter. Eh bien, que l'on m'arrête ! Dans l'état d'esprit où je suis à présent, la meilleure chose qui puisse m'arriver est de quitter Thorpe-Ambrose, que je le veuille ou non. Je vais écrire, je vais lui dire qu'on me trouvera ici, que le plus grand service qu'elle puisse me rendre est de me faire enfermer !

Sept heures – La lettre est à la poste. Je me sens mieux, les enfants sont venus me remercier de les avoir conduits à cette exposition. La fille m'étonne. C'est une enfant très avancée pour son âge, et ses cheveux sont presque de la couleur des miens. Elle m'a dit : « Je serai comme vous, n'est-ce pas, quand je serai grande ? — Je vous en prie, mademoiselle, excusez-la », a dit son idiote de mère, et elle l'a emmenée hors de la chambre en riant. Comme moi ! Je ne prétends pas avoir de l'affection pour l'enfant, mais penser qu'elle pourrait être comme moi !

Samedi matin – J'ai bien fait cette fois de suivre ma première impulsion et d'écrire à Mrs. Oldershaw. Le seul incident nouveau qui soit survenu est en ma faveur !

Le major a répondu à la lettre où Armadale demandait la permission de se présenter au cottage pour se justifier. Miss Milroy a lu la lettre tout bas, quand Allan la lui a remise ce matin dans le parc. Mais ils en ont causé ensuite assez haut pour que j'aie pu les entendre. Le major persiste dans sa détermination. Il dit que son opinion sur Armadale s'est formée non d'après les rapports de gens plus ou moins malveillants mais sur ses propres lettres, et il ne voit aucune raison pour rien changer à la conclusion qu'il en a tirée, lorsqu'il a mis fin à leur correspondance.

Cette petite histoire m'avait échappé, je l'avoue. Et cela aurait pu mal finir pour moi. Si le major avait été moins obstiné dans son opinion, Armadale aurait pu se justifier, la demande en mariage aurait pu être faite, et tous mes projets se trouvaient renversés. Alors que dans l'état où en sont les choses, ils sont obligés de tenir leur engagement secret, et Miss Milroy, qui n'a jamais osé s'aventurer du côté de la grande maison depuis le jour de l'orage, s'y risquera probablement moins que jamais. Je puis les séparer quand il me plaira ; avec une lettre anonyme envoyée au major, je puis les séparer quand il me plaira !

Après avoir discuté la lettre, leur conversation tourna sur le parti à prendre. La sévérité du major a eu les résultats prévisibles. Armadale en est revenu à la proposition d'enlèvement. Cette fois, elle a été écoutée. Tout la porte à le faire : son trousseau est presque terminé, et les vacances de la pension choisie pour elle finissent à la fin de la semaine prochaine. Lorsque je les ai quittés, ils avaient décidé de se revoir et de tout terminer lundi matin.

Les dernières paroles que j'ai entendu prononcer à Armadale ont été celles-ci : « Il y a une difficulté, Neelie, qui ne nous arrêtera pas ; j'ai assez d'argent, plus même qu'il ne nous en faut ». Là-dessus, il l'a embrassée. Le chemin pour arriver à lui m'a paru plus facile quand je l'ai entendu parler d'argent et que je les ai vus s'embrasser.

Quelques heures se sont écoulées, et plus j'y pense plus je redoute le délai nécessaire à Mrs. Oldershaw pour en appeler à la loi et me protéger contre moi-même. Que ne suis-je restée chez moi ce matin ! Mais était-ce possible ? Après l'injure qu'elle m'a faite l'autre jour, il me tardait de la revoir !

Aujourd'hui, dimanche, lundi, mardi… Ils ne peuvent m'arrêter pour le billet avant mercredi. Et mes cinq livres sont réduites à quatre ! Et il a dit qu'il avait beaucoup d'argent. Et elle a rougi et tremblé lorsqu'il l'a embrassée. Il eut été souhaitable pour lui, pour elle, pour moi, que ma dette fût échue hier, et que les huissiers fussent déjà ici…

Supposons que j'aie les moyens de quitter Thorpe-Ambrose par le premier train et d'aller quelque part m'absorber dans quelque nouvel intérêt parmi d'autres gens. Pourrais-je le faire plutôt que de regarder le chemin si facile qui mène à Armadale et qui doit aplanir toutes mes autres difficultés ? Peut-être. Mais d'où me viendrait l'argent ? Je sais bien que j'ai trouvé un moyen il y a un jour ou deux. Oui, cette idée misérable d'en demander à Armadale. Eh bien, je m'y résignerai. Je lui donnerai une occasion de faire un généreux usage de cette bourse si bien remplie, à laquelle il lui est si agréable de faire allusion. Mon cœur s'adoucirait pour n'importe quel homme qui viendrait à mon secours en ce moment. Si Armadale me prête de l'argent, cela me disposera probablement à l'indulgence pour lui. Quand irai-je ? Immédiatement. Je ne veux pas me laisser le temps de songer à l'humiliation d'une semblable démarche, car je pourrais changer d'avis.

Trois heures – Je marque l'heure. Il a signé sa condamnation. Il m'a insultée.

Oui ! J'ai déjà souffert cela de Miss Milroy, et maintenant, c'est lui ! Une injure, une injure préméditée en plein jour !

Je venais de la ville, j'avais fait quelques pas sur le chemin qui conduit à la grande maison, quand je l'ai aperçu qui venait dans ma direction. Il marchait vite et avait évidemment quelque motif de se presser. Dès qu'il m'a aperçue, il s'est arrêté, a ôté son chapeau, a hésité, puis a pris un sentier derrière lui qui le menait, je le sais, exactement dans la direction opposée à celle qu'il suivait avant de me rencontrer. Sa conduite disait clairement : « Miss Milroy pourrait le savoir ; je ne veux pas courir le risque d'être vu auprès de vous ». J'ai connu des hommes sans cœur, quelques-uns m'ont maltraitée, mais aucun être vivant ne s'est encore détourné de moi, comme si j'étais une lépreuse et que l'air même dût être infecté par ma présence.

Je n'en dis pas davantage. Lorsqu'il m'a évitée en changeant de chemin, il a marché à sa mort. J'ai écrit à Midwinter de m'attendre à Londres la semaine prochaine et de tout préparer pour notre mariage.

Quatre heures – J'avais mis mon chapeau pour aller porter moi-même ma lettre à Midwinter à la poste. Et je suis encore ici, l'esprit tourmenté de doutes, avec ma lettre sur la table.

Armadale n'est pour rien dans les perplexités qui me torturent.

C'est Midwinter qui me fait hésiter. Puis-je faire le premier de ces trois pas qui doivent me conduire vers la fin sans prendre les précautions les plus ordinaires, sans réfléchir aux conséquences ? Puis-je épouser Midwinter sans chercher comment j'écarterai mon mari, quand le temps sera venu de faire de la femme de l'Armadale vivant la veuve de l'Armadale mort ?

Comment ne puis-je regarder cela d'un œil calme, comme tout le reste ! Je sens ses baisers sur mes lèvres, et ses larmes sur mon cœur. Je sens ses bras autour de ma taille. Il est loin, à Londres, et cependant il est ici toujours, absorbant ma pensée, malgré moi.

Pourquoi ne puis-je attendre un peu ? et laisser faire le temps ? Le temps ! Nous sommes samedi ! Quel besoin d'y penser, à moins que cela ne me plaise ? Il n'y a pas de courrier pour Londres aujourd'hui. J'attendrai. La lettre ne partirait pas, et en outre, d'ici à demain, je puis avoir des nouvelles de Mrs. Oldershaw. Je ne me croirai libre que lorsque je saurai ce qu'elle a résolu. Il est urgent d'attendre à demain. Je vais ôter mon chapeau, et enfermer ma lettre dans mon écritoire.

Dimanche matin – Impossible d'y résister ; les circonstances s'enchevêtrent les unes aux autres pour ne me laisser qu'une seule issue.

J'ai la réponse de la mère Oldershaw. La misérable rampe devant moi. Je vois aussi clairement que si elle le disait qu'elle craint que je ne réussisse à Thorpe-Ambrose sans son aide. Ayant trouvé les menaces impuissantes, elle essaye maintenant des caresses et des flatteries. Je suis sa Lydia chérie ! Elle s'indigne de ce que je l'aie réellement pu croire capable de faire arrêter son amie la plus chère, et elle me demande en grâce de renouveler le billet.

Je le répète, personne n'y résisterait ! J'ai essayé d'échapper à la tentation et, de jour en jour, tout s'est réuni pour me retenir. Je ne puis lutter davantage. Le courrier de ce soir emportera ma lettre à Midwinter.

Ce soir ! Si j'attends à ce soir, il peut encore arriver quelque chose qui renouvellera mes hésitations. Je suis fatiguée de mes indécisions. Ma lettre à Midwinter me rendra folle, si je la vois me regardant ainsi sur mon écritoire. Il ne faut que dix minutes pour la porter à la poste. J'y vais.

C'est fait. Le premier pas vers la fin est franchi ; mon esprit est plus tranquille. La lettre est à la poste.

Demain, Midwinter la recevra. Avant la fin de la semaine, Armadale devra quitter Thorpe-Ambrose au vu et au su de tous, et il faut que l'on me voie partir avec lui.

Ai-je bien pesé les conséquences de mon mariage avec Midwinter ?

Non. Sais-je comment je pourrai, femme de l'Armadale vivant, me transformer en veuve de l'Armadale mort ?

Non ! Quand le temps viendra, j'affronterai l'obstacle comme je pourrai. Ainsi, je me jette les yeux fermés, quant à Midwinter du moins, dans cet effrayant hasard. Oui, les yeux fermés. Ai-je perdu la raison ? Très probablement. Ou l'aimerais-je trop pour oser regarder la chose en face ? Je le crois.

Je ne veux pas, je ne veux pas, je ne veux absolument pas y penser ! N'ai-je plus l'usage de ma volonté ? Et ne puis-je m'occuper, si je le veux, d'autre chose ?

Voici l'humble lettre de la mère Oldershaw. Voici quelque chose à quoi penser. Je vais y répondre. Je suis en bonne disposition d'esprit pour écrire à la mère Jézabel.

CONCLUSION DE LA LETTRE DE MISS GWILT À MRS. OLDERSHAW

... Je vous ai dit, quand j'ai commencé, que je voulais attendre avant de clore ma lettre, afin de demander à mon journal si je pouvais sans danger vous faire part de ma détermination. Eh bien, je l'ai consulté, et mon journal a répondu : « Ne lui dites rien ». Je termine donc ma lettre en m'excusant de vous laisser dans les ténèbres.

Je serai probablement à Londres avant peu, et je pourrai vous communiquer de vive voix ce que je ne crois pas pouvoir confier au papier. Rappelez-vous. Je ne m'engage à rien. Tout dépend de mon opinion sur vous à ce moment-là. Je ne doute pas de votre discrétion mais, en certaines circonstances, je me méfierais de votre courage.

L.G.

P.S. – Mes remerciements pour la permission de renouveler le billet. Je refuse de profiter de l'offre. L'argent sera prêt le jour où il devra l'être. J'ai maintenant à Londres un ami qui payera si je le lui demande. Vous imaginez-vous quel est cet ami ? Vous aurez à vous étonner d'une ou deux choses, madame Oldershaw, avant que bien des semaines se soient écoulées.

XI. Le cœur et la loi

Le lundi matin, 28 juillet, Miss Gwilt, pour continuer à épier Neelie et Allan, se rendit à son poste d'observation dans le parc, par le chemin détourné qu'elle prenait d'habitude.

Elle fut un peu surprise en trouvant Neelie seule au rendez-vous, et plus sérieusement étonnée encore de voir arriver, dix minutes après, Allan, avec un gros volume sous le bras, et de l'entendre donner pour excuse de son retard « la chasse aux livres » ; il n'en avait trouvé qu'un seul, après toutes ses recherches, susceptible de les récompenser Neelie et lui de l'ennui de le parcourir.

Si Miss Gwilt était restée assez longtemps dans le parc, le samedi précédent, elle eût entendu les dernières paroles des amoureux et eut compris aussi promptement que Neelie elle-même l'explication d'Allan.

Il est une circonstance exceptionnelle dans la vie – je veux parler du mariage – où les jeunes filles sont quelquefois capables (de manière plus ou moins hystérique) de réfléchir aux conséquences de leurs actes. À l'instant des adieux, lors du dernier rendez-vous, l'esprit de Neelie s'était tout à coup élancé vers l'avenir, et elle avait surpris Allan en lui demandant si l'enlèvement projeté par eux était un acte condamnable aux yeux de la loi. Elle avait certainement lu quelque part (dans un roman probablement) le récit d'un enlèvement suivi d'une fin tragique, d'une mariée ramenée chez ses parents avec des attaques de nerfs, d'un mari condamné à languir en prison et à avoir ses beaux cheveux coupés, par décret du Parlement. En supposant qu'elle consentît à la fuite (et elle refusait positivement de rien promettre), elle voulait d'abord savoir s'il n'y avait aucune peine à encourir, soit pour Allan, soit pour le prêtre ou pour le clerc. Allan, étant un homme, devait savoir à quoi s'en tenir à ce sujet, et elle réclamait de lui un éclaircissement avec l'assurance préliminaire, pour l'aider à bien interpréter la loi, qu'elle mourrait mille fois de chagrin plutôt que de l'exposer à aller en prison et à avoir la tête rasée.

— Ce n'est point une plaisanterie, avait dit Neelie avec fermeté pour finir. Je refuse même de penser à notre mariage, jusqu'à ce que j'aie l'esprit tranquille sur tout cela.

— Mais je n'en sais pas là-dessus plus que vous-même, avait répondu Allan. Au diable la loi ! Peu m'importe d'être tondu, courons-en le risque !

— N'avez-vous aucun égard pour moi ? s'était écriée Neelie avec indignation. Je ne veux pas nous exposer à pareilles choses. Il nous faut absolument connaître la loi.

— Je ne demande pas mieux, mais comment faire ?

— Il y a des livres, bien sûr ! On doit trouver tous les renseignements possibles dans votre immense bibliothèque. Si vous m'aimez, vous ne craindrez pas de lire tous les titres d'un millier de volumes pour me tranquilliser.

— J'en lirai dix mille ! avait crié Allan avec ferveur. Mais vous ne me dites pas ce que je devrai chercher.

— Eh bien, des livres de loi ! Quand vous en aurez trouvé un, ouvrez-le à l'article « Mariage ». Lisez le chapitre sans en passer une ligne, et ensuite venez ici pour me l'expliquer. Comment ? Vous vous méfiez de votre intelligence pour une chose aussi simple ?

— Je suis certain qu'elle n'est pas aussi simple que cela. Ne pourrez-vous pas m'aider ?

— Bien sûr que je le pourrai, si vous ne pouvez en venir à bout tout seul ! Le droit doit être une matière difficile, mais elle ne peut être plus pénible que la musique ; je veux être éclairée, et je le serai. Apportez-moi tous les livres que vous trouverez, lundi matin, dans une charrette s'il y en a trop pour que vous les portiez.

Le résultat de cette conversation fut l'apparition d'Allan dans le parc avec un volume des *Commentaires de Blackstone*[1] sous le bras, le lundi matin fatal où l'engagement de mariage écrit par Miss Gwilt fut remis à Midwinter à Londres. Ici encore, comme dans toutes les autres aventures humaines, les éléments discordants du grotesque et du terrible se trouvèrent mêlés par cette inévitable loi des contrastes qui régit tout ici-bas.

Malgré toutes les complications qui se pressaient sur leurs têtes, avec l'ombre de l'assassinat médité s'avançant vers l'un d'eux de la cachette où se tenait Miss Gwilt, les jeunes gens s'assirent, ignorants de l'avenir, le livre entre eux deux, et se mirent à étudier l'article « Mariage » avec la ferme intention de le comprendre, ce qui,

1 Ouvrage de référence en matière de droit civil.

chez de tels étudiants, était en soi plutôt burlesque.

— Ouvrez le livre, dit Neelie, dès qu'ils se trouvèrent commodément installés. Nous allons commencer par ce que l'on appelle la division du travail. Vous lirez, et je prendrai des notes.

Elle tira de sa poche un petit carnet et l'ouvrit à l'endroit du milieu, où se trouvait une page blanche de chaque côté. Elle écrivit avec un crayon, en tête de la page de droite : « Bon », et en tête de la page de gauche : « Mauvais ».

— « Bon » veut dire que la loi est pour nous, dit-elle ; et « Mauvais » signifie qu'elle nous est contraire. Nous aurons « Bon » et « Mauvais » en face l'un de l'autre jusqu'au bas des deux pages et, quand elles seront remplies, nous n'aurons qu'à additionner et à agir en conséquence. On dit que les filles n'ont point de tête pour les affaires ! Qu'en pensez-vous ? Ne me regardez pas. Regardez Blackstone et commencez.

— Voulez-vous d'abord me donner un baiser ? demanda Allan.

— Dans une situation aussi sérieuse, quand nous avons tous les deux à exercer si fortement notre intelligence, je m'étonne que vous puissiez songer à me demander une telle chose !

— Justement, dit Allan. Il me semble que cela m'éclaircirait l'esprit.

— Oh ! Si cela doit vous éclaircir l'esprit, c'est différent. Je désire vous rendre lucide, même à ce prix. Un seul, je vous prie, murmura-t-elle avec coquetterie ; et, s'il vous plaît, prenez garde à Blackstone, ou vous allez perdre la page.

Il y eut une pause dans la conversation. Blackstone et le carnet roulèrent ensemble par terre.

— Si vous recommencez, dit Neelie, en baissant les yeux et en se dégageant des bras d'Allan, je vais m'asseoir en vous tournant le dos pendant toute la matinée. Voulez-vous lire à présent ?

Allan reprit sa place initiale et se plongea dans l'abîme sans fond de la loi anglaise.

— Page 280, commença-t-il : « Droit des époux ». Voici d'abord un passage que je ne comprends pas : « Il doit être observé généralement que la loi considère le mariage comme un contrat ». Qu'est-ce que cela veut dire ? Je pensais qu'un contrat était cette sorte de chose que signe un entrepreneur de bâtiments, quand il promet de mettre les maçons hors de la maison dans un temps donné, ce qui n'empêche pas que, le délai expiré (comme disait ma pauvre mère), les ouvriers sont toujours là.

— N'y a-t-il rien sur l'amour que se doivent les époux ? demanda Neelie. Regardez un peu plus bas.

— Pas un mot. Tout roule sur ce satané « contrat ». Eh bien, qu'il aille au diable ! Continuez. Tâchons de trouver quelque chose qui ait plus de rapport avec notre situation.

— Ah ! voici : « Incapacités. Une union contractée dans des conditions illégales peut être réputée union morganatique ». (Entre parenthèses, Blackstone a un faible pour les mots compliqués, ne trouvez-vous pas ? Je me demande ce qu'il entend par « morganatique ».) « La première incapacité concerne un mariage précédent, le cas où une autre femme ou un mari vivants…

— Arrêtez ! cria Neelie. J'ai besoin de prendre note de cela.

Elle fit gravement son entrée sous l'en-tête : « Bon » ainsi que suit : « Je n'ai pas de mari, et Allan n'a pas de femme. Nous sommes tous les deux complètement libres jusqu'à présent ».

— Tout va bien jusque-là, observa Allan, en regardant par-dessus son épaule.

— Continuez, dit Neelie. Qu'y a-t-il ensuite ?

— « La seconde incapacité concerne l'âge ; l'âge autorisé pour un mariage est de quatorze ans pour les hommes, et douze ans pour les femmes ». Bien ! cria Allan joyeusement, Blackstone aime la jeunesse, après tout.

Neelie était trop affairée pour se livrer à aucune autre remarque que celle qu'elle inscrivait sur son carnet. Elle écrivit sous l'en-tête « Bon » : « Je suis en âge de donner mon consentement, et Allan aussi ».

— Continuez, reprit-elle en regardant par-dessus l'épaule du lecteur. Ne vous souciez pas de la prose de Blackstone sur les maris ayant atteint l'âge de raison et les femmes de douze ans. Monstre ! une femme de douze ans ! Passez directement à la troisième incapacité, s'il y en a une.

— « La troisième incapacité touche au défaut de raison ».

Neelie ajouta immédiatement une troisième note sur la même page : « Allan et moi nous sommes parfaitement raisonnables ».

— Essayez la page suivante.

Allan obéit.

— « La quatrième incapacité concerne une parenté trop rapprochée ».

Une quatrième note fut immédiatement inscrite sur le côté riant du carnet : « Il m'aime et je l'aime, sans que nous soyons parents au degré le plus éloigné ».

— Est-ce tout ? fit Neelie, en appuyant d'un air d'impatience la pointe de son crayon sous son menton.

— Il y en a beaucoup d'autres encore, reprit Allan, toutes en hiéroglyphes. Regardez ici : « Mariages, actes, 4 Geo. IV. c. 76, et 6 & 7 Will. IV. c. 85 (q) ». L'intelligence de Blackstone semble s'égarer ici… Passerons-nous encore, pour voir s'il redevient clair à la page suivante ?

— Attendez un peu, dit Neelie. Que vois-je là au milieu ?

Elle lut quelques minutes en silence par-dessus l'épaule d'Allan, et tout à coup joignit les mains avec désespoir.

— Je savais que j'avais raison ! s'écria-t-elle. Oh, Ciel ! c'est là !

— Où ? demanda Allan. Je ne vois rien qui parle de prison ni de cheveux coupés, à moins que ce ne soit dans ces hiéroglyphes. Est-ce que 4 Geo. IV est une abréviation pour « mettez-le en prison » ? Et c. 85 (q) veut-il dire : « envoyez chercher le barbier » ?

— Je vous en prie, soyez sérieux, fit Neelie. Nous sommes tous les deux sur un volcan. Là ! s'écria-t-elle en indiquant la place avec le doigt. Lisez ! Voici quelque chose qui vous éclairera certainement sur notre situation.

Allan toussa pour s'éclaircir le gosier, et Neelie tint à l'avance la pointe de son crayon au-dessus de la page du carnet sur laquelle on lisait : « Mauvais ».

— « Et comme il est dans l'ordre de notre loi, commença Allan, d'empêcher le mariage entre personnes au-dessous de vingt et un ans n'ayant point le consentement des parents ou tuteurs… » (Neelie écrivit du mauvais côté : « Je n'aurai que dix-sept ans à mon prochain anniversaire, et les circonstances m'empêchent de faire connaître à mon père mon inclination pour Allan ».) « … il est établi qu'en cas de publication de bans d'une personne au-dessous de vingt et un ans, n'étant ni une veuve, ni un veuf, lesquels sont considérés comme émancipés… » (Neelie fit une autre addition à la page malheureuse : « Allan n'est pas veuf, et je ne suis pas veuve, en conséquence nous ne sommes ni l'un ni l'autre émancipés ».) « … si les parents ou tuteurs signifient ouvertement leur opposition à l'époque de la publication des bans… » (« Ce que papa fera certainement ») « … les publications seront considérées comme non avenues ». Je reprendrai haleine ici, si vous le permettez, dit Allan. Blackstone aurait pu dire cela en phrases plus courtes, si ce n'est en moins de mots. Consolez-vous, Neelie ! Il doit y avoir d'autres moyens de se marier que cette procédure habituelle, qui finit par une publication et une nullité. Infernal galimatias ! J'écrirais un meilleur anglais que cela.

— Nous ne sommes pas encore à la fin, dit Neelie. La nullité n'est rien en comparaison de ce qui va venir.

— Quoi qu'il en soit, reprit Allan, nous traiterons cela comme une médecine, nous l'avalerons d'un seul coup, pour en avoir fini au plus tôt.

Il continua de lire :

— « Et aucune licence de mariage sans publication de bans ne sera accordée, à moins de serment prêté par l'une des parties, qu'il ou elle croit qu'il n'existe aucun empêchement de proche parenté, d'alliance précédente ». Bien, je puis prêter serment sans le moindre scrupule de conscience. Quoi encore ? « Et l'une desdites parties devra, pendant les quinze jours précédant immédiatement la licence, avoir établi domicile dans la paroisse ou dans la juridiction de la chapelle où le mariage doit être célébré ». Chapelle ! Je vivrais quinze jours dans un chenil avec le plus grand plaisir. Je dis, Neelie, que tout cela me semble parfait jusqu'à présent. Pourquoi secouez-vous la tête ? Vous voulez que je continue pour voir ? Fort bien, donc, je continue. Voici : « Et si l'une desdites parties, n'étant ni veuf ni veuve, n'a pas atteint l'âge de vingt et un ans, serment doit d'abord être prêté que l'acquiescement de la personne ou des personnes dont le consentement est exigé a été obtenu, ou qu'il n'existe personne ayant autorité pour le donner. Le consentement requis par la loi est celui du père ».

À ces derniers et formidables mots, Allan s'arrêta brusquement :

— « Le consentement du père », répéta-t-il avec tout le sérieux désirable dans le regard et les manières. Je ne pourrais pas exactement jurer cela, n'est-il pas vrai ?

Neelie répondit par un silence expressif. Elle lui tendit son carnet, avec la dernière note complétée sur le côté de la page « Mauvais » par ces termes : « Notre mariage est impossible, à moins qu'Allan ne commette un parjure ».

Les amoureux se regardèrent dans un muet désespoir, devant cet insurmontable obstacle opposé par Blackstone.

— Fermez le livre, dit Neelie avec résignation. Je ne doute pas que nous ne trouvions la police, la prison et les cheveux rasés, autant de punitions pour le parjure, c'est ce que je vous disais ! Si nous tournions la page suivante ? Mais il est inutile de nous donner la peine de la regarder ; nous en avons lu assez pour le moment. C'est fini pour nous. Je dois me résigner à entrer en pension samedi prochain, et vous n'avez qu'à m'oublier le plus tôt possible. Peut-être nous retrouverons-nous dans notre vieillesse ; vous serez peut-être veuf et moi veuve, et alors la loi cruelle nous considérera comme émancipés quand il sera trop tard pour que cela nous soit de la moindre utilité. En ce temps-là, sans aucun doute, je serai vieille et laide ; vous aurez naturellement cessé de m'aimer, et tout cela finira dans la tombe, et le plus tôt sera le mieux. Adieu, ajouta-t-elle en terminant.

Et elle se leva d'un air morne et les larmes aux yeux :

— Rester ici ne sert qu'à prolonger notre chagrin, à moins cependant que vous n'ayez quelque chose à proposer ?

— J'ai quelque chose à proposer ! s'écria Allan. Oui, une idée toute nouvelle. Que penseriez-vous d'avoir recours au forgeron de Gretna Green[1] ?

— Pour rien au monde, répondit Neelie avec indignation, je ne consentirais à être mariée par un forgeron !

— Ne vous fâchez pas, reprit Allan d'une voix suppliante, je proposais cela pour notre bien. Beaucoup de gens dans notre situa-

1 La législation sur le mariage ne s'appliquait pas en Écosse où, jusqu'en 1856, une déclaration mutuelle devant témoin constituait un acte de mariage légal. Gretna Green se trouvait à la frontière, et il était de coutume pour les couples en fuite de s'unir devant le forgeron de l'endroit. Après 1856, il devint nécessaire pour s'unir de la sorte en Écosse que l'un des époux au moins y ait résidé vingt et un jours.

tion se sont adressés au forgeron et s'en sont trouvés aussi bien que d'un clergyman ; par-dessus le marché, je crois savoir que c'est un homme très aimable. Mais peu importe ! Nous mettrons une autre corde à notre arc.

— Je n'en vois pas d'autre.

— Croyez-en ma parole, reprit Allan impétueusement, il doit y avoir des moyens de tourner Blackstone sans parjure, mais il faudrait les connaître. Ce doit être une question de droit, et nous devons consulter quelqu'un du métier. C'est s'exposer, je l'avoue. Mais celui qui ne risque rien n'a rien. Que dites-vous du jeune Pedgift ? C'est un très brave garçon. Je suis sûr que nous pourrions lui faire confiance pour ne pas trahir notre secret.

— Non ! Sous aucun prétexte ! s'écria Neelie. Libre à vous de confier votre secret à ce vilain garçon, moi, je refuse de lui dire le mien. Je le déteste. Non, continua-t-elle péremptoirement, tandis que les couleurs de ses joues prenaient une teinte plus vive et qu'elle frappait du pied : je vous défends positivement de mettre personne de Thorpe-Ambrose dans votre confidence. Tout le pays saurait aussitôt qu'il s'agit de moi. Mon attachement est peut-être regrettable et papa peut bien le condamner, mais je refuse de voir mon amour profané par les commérages de toute la ville.

— Doucement, doucement ! fit Allan. Je ne dirai pas un mot de cela à Thorpe-Ambrose, non vraiment !

Il se tut, et réfléchit un instant.

— Il y a un autre moyen ! s'écria-t-il, le visage soudain éclairé. Nous avons toute la semaine devant nous. Je vais aller à Londres.

Il y eut un frémissement derrière le feuillage où s'abritait Miss Gwilt, mais ni l'un ni l'autre n'y fit attention. Une fois encore, l'une des difficultés de l'entreprise de Miss Gwilt (amener Allan à Londres) se trouvait écartée par la propre volonté du jeune homme.

— À Londres ? répéta Neelie en levant les yeux avec étonnement.

— Oui, à Londres ! C'est assez loin, je suppose, de Thorpe-Ambrose ? Attendez une minute, et n'oubliez pas qu'il s'agit d'une affaire de droit. Je connais des hommes de loi, à Londres, qui se sont occupés de mes affaires quand j'ai hérité de cette propriété. Ce sont précisément les gens à consulter. S'ils me refusent leur assistance, il y a leur premier clerc, qui est un des meilleurs garçons que j'aie rencontrés de ma vie. Je l'avais invité à faire un tour avec moi sur mon yacht et, bien qu'il n'ait pas pu venir, il m'a dit qu'il ne m'en était pas moins reconnaissant ; c'est l'homme qu'il me faut. Blackstone ne pèsera pas un grain dans sa main. Ne dites pas que c'est absurde, que c'est encore une de mes idées folles. Je ne soufflerai pas une lettre de votre nom. Je vous dépeindrai seulement comme une jeune dame à laquelle je suis tout dévoué, et si mon ami le clerc me demande où vous habitez, je lui répondrai dans le nord de l'Écosse, l'ouest de l'Irlande, les îles Anglo-Normandes, ou n'importe quelle région que vous préférerez. Mon ami ne connaît point Thorpe-Ambrose ni personne du pays (ce qui est un bon point pour lui), et en cinq minutes il me mettra au courant de ce qu'il faut faire (ce qui vaut encore mieux). Si vous le connaissiez ! Il est un de ces hommes extraordinaires, comme il en naît un ou deux par siècle ; l'espèce d'homme qui vous empêcherait de commettre une erreur, quand bien même vous le voudriez. Tout ce que j'ai besoin de lui dire, c'est : « Mon cher camarade, je désire être marié en secret, sans être obligé de me parjurer ». Et il me répondra : « Vous avez telle et telle chose à faire, et telle et telle autre à éviter ». Je n'aurai à m'occuper de rien au monde que de suivre ses conseils, et vous de rien autre chose que de ce qu'une mariée doit faire quand l'époux est prêt et l'attend.

Il passa son bras autour de la taille de Neelie, et ses lèvres signèrent la morale de la dernière phrase avec cette éloquence passionnée, si irrésistible pour persuader une femme contre sa volonté.

Toutes les objections méditées par Neelie se réduisirent, malgré elle, à une seule et faible petite question :

— Supposons que je vous permette de partir, Allan ? murmura-t-elle en jouant fiévreusement avec le bouton de sa guimpe, serez-vous absent longtemps ?

— Je partirai aujourd'hui par le train de onze heures, et je serai de retour demain, si mon ami le clerc peut arranger l'affaire tout de suite. Sinon, mercredi au plus tard.

— Vous m'écrirez tous les jours ? dit Neelie d'une voix caressante en se rapprochant de lui. Épargnez-moi les tourments de l'incertitude, en me donnant des nouvelles tous les jours.

Allan s'engagea à écrire deux lettres par jour, si elle le souhaitait, car l'art de la correspondance, qui était si pénible aux autres hommes, était pour lui un plaisir !

— Et rappelez-vous que, malgré tout ce que ces gens pourront vous dire à Londres, reprit Neelie, j'insiste pour que vous reveniez ici. Je refuse positivement de m'enfuir, à moins que vous ne promettiez de venir me chercher.

Allan lui donna de nouveau sa parole d'honneur, sur le mode le plus déclamatoire. Mais Neelie n'était pas encore satisfaite. Elle en revint aux postulats, et demanda si Allan était bien sûr de l'aimer. Allan prit le Ciel à témoin de la sincérité de ses sentiments, et reçut immédiatement une autre question pour sa peine : pouvait-il solennellement déclarer qu'il ne regretterait jamais de l'avoir enlevée ? Allan prit derechef, et plus solennellement encore, le Ciel à témoin de sa constance. Tout cela en pure perte. L'appétit féminin, insatiable de tendres protestations, en réclamait encore :

— Je sais ce qui va arriver un de ces jours, dit Neelie. Vous verrez quelque jeune fille plus jolie que moi, et vous regretterez de ne pas l'avoir épousée à ma place.

Allan ouvrait les lèvres pour protester encore, lorsque l'horloge de la grande maison se fit entendre au loin. Neelie tressaillit et se leva brusquement. C'était l'heure du déjeuner au cottage ; le moment de se séparer était venu. En cet instant, son cœur alla vers son père, et sa tête se pencha sur le sein d'Allan, lorsqu'elle voulut lui dire adieu.

— Papa a toujours été si bon pour moi, Allan ! murmura-t-elle ; je suis si coupable, si ingrate de le quitter, d'aller loin de lui me marier en secret ! Oh ! réfléchissez, réfléchissez, avant de partir : n'y a-t-il aucun moyen de le rendre à de meilleurs et plus justes sentiments envers vous ?

La question était inutile : le souvenir de la réponse défavorable et résolue du major lui revint à l'esprit aussitôt. Avec l'impétuosité d'une enfant, elle repoussa Allan loin d'elle avant qu'il pût parler, et lui fit impatiemment signe de s'éloigner.

Les émotions contraires dont elle s'était rendue maîtresse jusque-là triomphèrent dès qu'Allan eut disparu dans les profondeurs du vallon.

Lorsqu'elle reprit le chemin du cottage, ses larmes coulèrent enfin librement et rendirent sa promenade solitaire plus triste qu'elle ne l'avait jamais été.

Pendant ce temps, le feuillage s'écartait derrière elle, et Miss Gwilt sortit doucement dans la clairière. Elle s'y tint un instant, grande, belle, triomphante et résolue. Ses charmantes couleurs s'animaient plus vivement, tandis qu'elle regardait Neelie s'éloigner rapidement.

— Pleurez, petite folle ! dit-elle de sa voix claire et assurée, avec un froid et dédaigneux sourire. Pleurez comme cela ne vous est encore jamais arrivé. Vous avez vu pour la dernière fois celui que vous aimez…

XII. Scandale à la station

Une heure plus tard, la logeuse de Miss Gwilt était dans le plus grand étonnement, et les langues bruyantes des enfants s'en donnaient à cœur joie sans que la révolte put être contenue ; des circonstances imprévues obligeaient la locataire du premier étage à donner congé de son appartement et à partir sans délai pour Londres le jour même, par le train de onze heures.

— Qu'il y ait, je vous prie, un cab à la porte à dix heures et demie précises, avait dit Miss Gwilt à sa logeuse, qui l'avait suivie dans l'escalier. Et pardonnez-moi, ma bonne, si je vous demande de me laisser seule jusqu'à l'arrivée de la voiture, et si je vous prie de veiller à ce que je ne sois pas dérangée.

Une fois dans sa chambre, elle s'enferma à clef et ouvrit son écritoire :

« Maintenant, se dit-elle, occupons-nous de ma lettre au major. Comment la rédigerai-je ? »

Un court instant de réflexion suffit manifestement à lui apporter la réponse. Cherchant dans sa collection de plumes, elle choisit soigneusement la pire qu'elle pût trouver et commença sa lettre en inscrivant la date sur une feuille de papier salie, d'une écriture grossière. Marquant une pause de temps à autre, tantôt pour se concentrer, tantôt pour faire sur le papier une tache d'encre volontaire, elle rédigea sa missive dans les termes suivants :

Honorable Monsieur,

Ma conscience m'ordonne de vous faire connaître une chose dont vous devez, je crois, être averti. Vous ignorez les relations qui existent entre Miss Neelie et le jeune Mr. Armadale. Vous ferez donc sagement de vous assurer, le plus tôt possible, que votre fille emprunte le chemin que vous désirez, quand elle part chaque matin avant le déjeuner, pour sa promenade quotidienne.

On se mépriserait d'intervenir de la sorte s'il s'agissait d'un attachement sincère de part et d'autre ; mais on a tout lieu de penser que les intentions du jeune homme ne sont pas honorables, c'est-à-dire qu'il ne ressent pour votre fille qu'un caprice passager. Une autre personne, qu'il est inutile de vous nommer, possède ses véritables affections. Pardonnez-moi je vous prie, de ne point signer. Je ne suis qu'une humble personne, et cela pourrait m'attirer des ennuis. C'est tout ce qu'on avait à vous dire pour le présent, très cher monsieur.

QUELQU'UN QUI VOUS VEUT DU BIEN.

« Là ! s'écria Miss Gwilt en pliant sa lettre. Un romancier émérite n'eut pas mieux saisi le ton d'un valet dénonçant un scandale ».

Elle écrivit l'adresse du major Milroy, regarda avec admiration, pour la première fois, les caractères grossiers que sa main délicate venait de tracer et se leva pour porter elle-même la lettre à la poste avant de s'occuper de la sérieuse affaire des bagages.

« C'est étrange, pensa-t-elle, quand elle fut revenue à ses préparatifs de voyage, me voici sur le point de me jeter dans les plus grands dangers et je ne me suis jamais sentie plus joyeuse ! »

Les malles étaient prêtes quand la voiture arriva. Miss Gwilt avait revêtu son costume de voyage, qui lui seyait admirablement comme tout ce qu'elle portait. Le voile épais qu'elle avait l'habitude de mettre à Londres apparaissait sur son chapeau de campagne pour la première fois.

— On rencontre des hommes si grossiers dans ces chemins de fer, dit-elle à la logeuse, et bien que je sois mise très modestement, mes cheveux sont si remarquables !

Elle était un peu plus pâle que d'habitude, mais elle n'avait jamais été plus douce, plus gracieuse et plus aimable qu'au moment de son départ. Les bonnes gens de la maison étaient tout émus en prenant congé d'elle. Elle insista pour serrer la main de sa logeuse, lui parla de sa voix la plus pénétrante, l'ensorcela d'un sourire :

— Venez, lui dit-elle, vous avez été si bonne, vous avez été tellement comme une mère pour moi que je ne veux pas partir sans vous embrasser.

Elle embrassa aussi les enfants en les réunissant dans une seule étreinte avec un mélange de gaieté et de tendresse ravissant à voir. Elle leur donna un shilling pour s'acheter des gâteaux.

— Si j'étais seulement assez riche pour leur offrir un souverain, dit-elle à voix basse à la mère, combien je serais heureuse !

Le jeune garçon, laid et gauche, qui faisait les commissions, attendait à la porte de la voiture. Il était affreux avec sa bouche béante et son nez retroussé, mais l'impérieux besoin féminin d'être charmante le fit accepter malgré cela comme cible d'une dernière démonstration.

— Mon pauvre John, dit Miss Gwilt avec bonté en montant dans le cab, je suis si pauvre que je ne puis vous donner que cette pièce de six pence avec mes meilleurs souhaits ; suivez mon avis, John, grandissez, devenez un brave homme et ayez une jolie amie. Merci mille fois de votre aide !

Elle lui donna une tape amicale sur la joue du bout de ses doigts gantés, sourit, fit un dernier signe de tête et donna l'ordre au cocher de partir.

« À Armadale maintenant », se dit-elle, tandis que la voiture s'éloignait.

La crainte où était Allan de manquer le train l'avait amené à la station bien avant l'heure du départ. Après avoir pris son billet et mis sa malle sous la garde du chef, il se promenait de long en large sur le quai en pensant à Neelie, quand il entendit le frôlement d'une robe de femme et, en se retournant, se trouva face à face avec Miss Gwilt.

Il était impossible de lui échapper cette fois. Le mur de la station était à main droite et les rails à gauche ; il avait le tunnel derrière lui et Miss Gwilt en avant, demandant de sa voix la plus douce si Mr. Armadale allait à Londres.

Allan devint cramoisi de contrariété et de surprise. Il était là, attendant évidemment le train, sa malle non loin de lui, déjà étiquetée pour Londres. Quelle réponse autre que la vérité pouvait-il faire ? Fallait-il qu'il laissât le train partir sans lui et qu'il perdît des heures précieuses, d'une telle importance pour Neelie et pour lui ? Impossible ! Allan se résigna à confirmer de vive voix l'étiquette dénonciatrice en se souhaitant de tout cœur à l'autre bout du monde.

— Quelle bonne fortune pour nous, répliqua Miss Gwilt, je vais à Londres aussi. Pourrai-je vous demander, monsieur Armadale, comme vous paraissez absolument seul, de me servir de protecteur pendant le voyage ?

Allan regarda le petit groupe que formaient les voyageurs et leurs amis. C'étaient tous des habitants de Thorpe-Ambrose. Il était probablement connu, ainsi que Miss Gwilt, de chacune des personnes qui se trouvaient là. Ne sachant que faire et hésitant plus maladroitement que jamais, il montra son porte-cigares :

— J'en serais charmé, dit-il avec un embarras qui devenait insultant dans ces circonstances, mais… mais… je suis ce qu'on appelle un fumeur fanatique.

— J'aime beaucoup le cigare, reprit Miss Gwilt avec vivacité et une imperturbable bonne humeur. C'est un de ces privilèges masculins que j'ai toujours enviés. Je crains, monsieur Armadale, que vous ne me trouviez indiscrète. Cela en a tout l'air certainement. La vérité est que je désire très vivement vous dire un mot en particulier au sujet de Mr. Midwinter.

Le train arriva au même moment. Même en mettant Midwinter hors de question, la politesse la plus élémentaire ne laissait d'autre choix à Allan que de se soumettre. Après avoir fait perdre à Miss Gwilt sa position chez le major Milroy, après l'avoir ouvertement évitée quelques jours auparavant sur la grand-route, refuser de monter dans le même compartiment qu'elle eut été un acte de grossièreté absolument impossible pour lui. « Qu'elle soit damnée ! » se dit-il intérieurement, et il aida sa compagne à monter dans un compartiment vide, mis à sa disposition devant tous les gens de la station par le zélé conducteur.

— Vous ne serez pas dérangé, monsieur, leur dit cet homme, d'un ton confidentiel et avec un sourire, en mettant la main à son chapeau.

Allan l'eût rossé avec le plus grand plaisir.

— Arrêtez ! dit-il par la fenêtre, je ne tiens pas à être dans un compartiment particulier…

C'était inutile ; le conducteur n'était plus à portée de l'entendre. La machine siffla et le train partit.

La petite compagnie qui avait accompagné les voyageurs au train resta sur le quai et fit cercle autour du chef de gare.

Ce dernier, Mr. Mack, jouissait d'une grande popularité dans le pays. Il possédait deux qualités sociales qui impressionnent invariablement l'esprit anglais : c'était un ancien soldat et un homme sobre en paroles. Le conclave réuni sur le quai insista pour avoir son opinion avant de former la sienne. Un feu roulant de remarques fit, bien entendu, explosion de tous côtés mais la conclusion de chacun fut une question lancée à bout portant aux oreilles du chef de gare :

— Elle l'a eu enfin, n'est-ce pas ? Elle reviendra Mrs. Armadale. N'eut-il pas mieux fait de s'en tenir à Miss Milroy ? Miss Milroy lui est très attachée. Elle lui a rendu visite à la grande maison, à ce qu'il paraît…

— Pensez-vous ! C'est une honte de perdre ainsi une jeune fille de réputation.

— Elle avait été surprise par l'orage, il lui a offert de se mettre à l'abri chez lui et elle n'est jamais retournée du côté de la grande maison. Miss Gwilt y est allée, elle, sans avoir le prétexte de l'orage ; rien ne l'y forçait et elle part avec lui pour Londres dans un compartiment particulier.

— Eh ! monsieur Mack. C'est un garçon naïf, cet Armadale ! Avec tout son argent, prendre une femme de huit ou neuf ans plus âgée que lui ! Elle a trente ans bien sonnés, vous voulez dire ! Qu'en pensez-vous, monsieur Mack ?

— Plus vieille ou plus jeune, elle gouvernera Thorpe-Ambrose à la baguette ; et je dis, pour l'amour de la maison et l'amour du commerce, profitons-en le mieux possible ; et monsieur Mack, en homme du monde, voit cela sous le même jour que moi, je suppose ?

— Messieurs, dit le chef de gare, avec le brusque accent militaire et l'air impénétrable du vieux soldat, c'est une femme diablement belle, et à l'âge de Mr. Armadale, mon opinion est que si cela avait été sa fantaisie, je n'aurais pas refusé de l'épouser, moi !

Après avoir exprimé ainsi son opinion, le chef de gare inclina à droite, et se retrancha inexpugnablement dans la place forte de son bureau.

Les citoyens de Thorpe-Ambrose regardèrent la porte close et secouèrent gravement la tête. Mr. Mack les avait désappointés. Une sentence qui proclame nettement la fragilité de la nature humaine n'est jamais totalement acceptée. C'était, en effet, comme s'il avait dit que chacun d'eux eût épousé Miss Gwilt à l'âge de Mr. Armadale. Telle fut l'impression générale éprouvée par l'assemblée, quand ceux qui en faisaient partie quittèrent la station.

La dernière personne à partir fut un vieux gentleman, qui avait l'habitude de regarder prudemment autour de lui. S'étant arrêté au portillon, ce sagace observateur, après avoir balayé du regard le quai dans un sens puis dans l'autre, découvrit, debout derrière un angle du mur, un vieillard en noir, qui avait échappé aux regards de tous.

« Bonté du ciel, se dit le vieux gentleman en s'avançant pas à pas d'un air curieux, ce ne peut être Mr. Bashwood ? »

C'était pourtant Mr. Bashwood. Mr. Bashwood, que son incurable curiosité avait conduit jusqu'à la station afin de pénétrer le mystère du soudain départ d'Allan pour Londres. Mr. Bashwood, qui avait vu et entendu ce que tout le monde avait vu et entendu, et qui paraissait en avoir été impressionné d'une manière peu ordinaire. Il se tenait raide contre le mur, comme un homme pétrifié, une main posée sur sa tête nue et l'autre tenant son chapeau. Il était là, regardant d'un œil fixe dans les noires profondeurs du tunnel qui s'ouvrait à la sortie de la station, comme si le train de Londres venait à peine d'y disparaître.

— Souffrez-vous de la tête ? lui demanda le vieux gentleman. Suivez mon avis, rentrez chez vous immédiatement et reposez-vous.

Mr. Bashwood écouta de l'air d'un homme à demi éveillé, et répondit avec sa politesse ordinaire :

— Oui, monsieur, je rentrerai et je me coucherai.

— Vous ferez bien, dit le vieux gentleman en cherchant la sortie.

Et prenez une pilule, monsieur Bashwood, prenez une pilule.

Cinq minutes plus tard, le gardien chargé de fermer la station trouva Mr. Bashwood, toujours tête nue, debout contre le mur, et regardant toujours le gouffre noir du tunnel, comme s'il venait d'avaler le train.

— Venez, monsieur, dit le gardien ; il faut que je ferme. Avez-vous du chagrin ? Souffrez-vous ? Essayez donc un verre de gin.

— Oui, répondit Mr. Bashwood, répondant au gardien absolument comme il avait répondu au vieux gentleman, j'essayerai un verre de gin.

Le gardien le prit par le bras et le conduisit dehors.

— Vous le prendrez là, dit-il en lui indiquant confidentiellement du doigt une taverne, et vous l'aurez le meilleur possible.

— Je le prendrai là, répondit Mr. Bashwood comme un écho, et je l'aurai le meilleur possible.

Sa volonté semblait paralysée ; ses actions dépendaient uniquement de ce que les autres lui disaient de faire. Il marcha pendant quelques pas dans la direction de la taverne, hésita, trébucha, et s'appuya à l'un des piliers de la station.

Le gardien le suivit et le reprit par le bras.

— Comment ! Mais vous avez déjà bu ! s'écria-t-il avec un redoublement d'intérêt pour le cas de Mr. Bashwood. Qu'est-ce que c'était ? De la bière ?

Mr. Bashwood répéta à voix basse ces dernières paroles.

C'était l'heure de dîner pour le gardien, mais la sympathie qu'inspire un homme ivre au petit peuple anglais est sans bornes. Le gardien abandonna son dîner pour guider Mr. Bashwood vers la taverne :

— Un verre de gin vous remettra sur vos jambes, murmura ce bon Samaritain.

Si Mr. Bashwood avait été réellement malade, les effets du remède du gardien eussent été vraiment prodigieux. Le stimulant opéra instantanément. La nature nerveuse du régisseur par intérim, abattue par le choc qu'elle venait de subir, se réveilla comme un cheval fatigué sous l'éperon.

Mr. Bashwood retrouva même assez de mémoire pour remercier

le gardien de son aide, et pour lui proposer de boire quelque chose à son tour. La digne créature accepta immédiatement un verre de son remède favori, à titre préventif, et rentra ensuite chez elle, en homme physiquement réchauffé par le gin, et moralement satisfait par la conscience d'une bonne action accomplie.

Toujours étrangement absorbé, mais ayant conscience maintenant de ce qu'il faisait, Mr. Bashwood quitta la taverne. Il s'en alla devant lui, semblable, dans ses pauvres vêtements noirs, à une tache nocturne sur la route blanche, illuminée par le soleil. Arrivé au point où il devait choisir entre le chemin conduisant à la ville et celui de la grande maison, il s'arrêta, comme incapable de prendre une résolution.

« Je me vengerai d'elle ! murmurait-il, absorbé dans sa fureur jalouse contre la femme qui l'avait bafoué. Je me vengerai d'elle ! reprit-il plus haut, et j'y dépenserai jusqu'au dernier demi-penny que j'ai économisé ».

Des femmes de mœurs douteuses passèrent, se rendant à la ville, et l'entendirent.

— Vieille brute ! lui crièrent-elles. Qu'importe ce qu'elle vous a fait, elle vous a traité comme vous le méritiez !

La dureté de ces voix le rappela à lui-même, bien qu'il ne comprît peut-être pas les paroles, et il se mit à l'abri de nouvelles interruptions et de nouvelles insultes, en s'engageant sur le chemin plus solitaire qui conduisait à la grande maison.

À quelque distance, sur le bord du chemin, il s'assit. Il ôta son chapeau et souleva un peu sur son vieux front sa perruque de jeune homme, essayant désespérément de repousser la conviction implacable qui pesait sur son cerveau comme du plomb, à savoir que Miss Gwilt s'était moquée de lui depuis le commencement de leurs relations. Ce fut inutile, aucun effort ne put le délivrer de cette seule et dominante impression, et de l'idée qu'elle évoquait incessamment en lui : la vengeance !

Il se releva, remit son chapeau, et marcha rapidement devant lui, puis se retourna sans savoir pourquoi ; et lentement il revint sur ses pas.

« Si seulement mes vêtements avaient été plus soignés, dit le pauvre misérable avec désespoir ; si j'avais été un peu plus hardi avec elle, elle aurait peut-être oublié mon âge ».

La colère lui revint. Il ferma ses mains tremblantes et les agita en l'air avec violence :

« Je me vengerai d'elle ! je me vengerai d'elle, dussé-je y dépenser jusqu'à mon dernier penny ».

C'était une terrible preuve de tout l'empire exercé sur lui par cette femme, que le ressentiment de l'injure qu'elle lui avait faite ne se fût pas traduit encore par une pensée de vengeance contre son rival. Dans sa rage et dans son amour, il ne pouvait penser qu'à Miss Gwilt ; elle seule l'absorbait corps et âme.

Au bout d'un moment, un bruit de roues derrière lui le fit se retourner. C'était Mr. Pedgift aîné dans son cabriolet, qui s'avançait vers lui comme ce jour où il l'avait surpris écoutant sous les fenêtres de la grande maison sa conversation avec Allan. Le souvenir de l'opinion alors exprimée par Mr. Pedgift sur la gouvernante lui revint avec celui de la remarque ironique qu'avait faite l'homme de loi au sujet de sa curiosité, laquelle curiosité il l'avait pressé d'assouvir.

« Je peux prendre ma revanche sur elle, pensa-t-il, si Mr. Pedgift veut m'y aider… »

— Arrêtez, monsieur, cria-t-il d'une voix désespérée, lorsque le cabriolet passa devant lui. S'il vous plaît, monsieur, j'ai à vous parler.

Pedgift senior ralentit légèrement la marche de son trotteur.

— Venez à mon cabinet dans une demi-heure, dit-il, je suis pressé pour l'instant.

Et sans attendre de réponse, sans remarquer le salut de Mr. Bashwood, il rendit les guides à la jument et fut hors de vue en un instant.

Mr. Bashwood s'assit de nouveau à l'ombre sur le bord du chemin. Il paraissait incapable de ressentir aucune autre injure que celle infligée par Miss Gwilt.

« Une demi-heure, dit-il avec résignation, cela me donne le temps de me remettre, j'en ai besoin. C'est très bon de la part de Mr. Pedgift, bien qu'il n'en ait peut-être pas eu l'intention ».

Il ôta encore son chapeau comme pour se soulager de son oppression. Il le mit sur ses genoux et resta ainsi perdu dans ses pensées. Son visage se pencha et ses doigts fiévreux battirent machinalement la charge sur le fond de son couvre-chef. Si Mr. Pedgift aîné, le voyant tel qu'il était à présent, avait pu plonger son regard dans le futur, la main nerveuse du régisseur par intérim, aussi faible était-elle, eût peut-être été assez puissante pour arrêter l'avoué sur le bord du chemin. C'était la main chétive, tremblante d'un vieillard misérable, fatigué et méprisé, mais elle était aussi, malgré tout cela, et pour reprendre les termes de la prédiction qu'avait lancée Mr. Pedgift à Allan en le quittant, la main qui était vouée à « dévoiler Miss Gwilt ».

XIII. Le cœur d'un vieillard

Ponctuellement, une demi-heure plus tard, Mr. Bashwood était annoncé à l'étude de Mr. Pedgift, comme ayant un rendez-vous particulier.

Lorsqu'il fut averti de sa visite, l'homme de loi leva les yeux de dessus ses papiers avec un air d'ennui ; il avait totalement oublié la rencontre sur la route.

— Voyez ce qu'il veut, dit Pedgift senior à Pedgift junior, qui travaillait dans la même pièce, et si ce n'est rien d'important, remettez-le à un autre moment.

Pedgift junior disparut et revint presque aussitôt.

— Eh bien ? demanda le père.

— Eh bien, il est encore plus tremblant et plus inintelligible que d'habitude. Je ne puis rien obtenir de lui, excepté qu'il persiste à vouloir vous voir. Mon opinion personnelle, continua Pedgift junior avec sa gravité ironique, c'est qu'il va avoir une attaque et qu'il désire se montrer reconnaissant de votre bonté pour lui en vous en rendant le témoin.

Pedgift senior battait en général les autres – y compris son fils – avec leurs propres armes :

— Soyez assez bon, Augustus, répondit-il, pour vous souvenir que mon bureau n'est pas une cour de justice. Ici, une mauvaise plaisanterie n'est pas invariablement suivie d'éclats de rire. Laissez entrer Mr. Bashwood.

Mr. Bashwood fut introduit et Pedgift junior se retira.

— Ne le saignez pas, monsieur, murmura l'incorrigible plaisant, en passant derrière la chaise de son père. Bouteille d'eau chaude sous la plante des pieds et cataplasme de moutarde au creux de l'estomac, voilà le traitement moderne.

— Asseyez-vous, Bashwood, dit Pedgift senior, quand ils furent seuls, et n'oubliez pas que le temps c'est de l'argent. Expliquez-moi ce que vous me voulez le plus vite possible et en peu de mots.

Ces recommandations préliminaires, exprimées avec brusquerie mais non sans bienveillance, augmentèrent la pénible agitation de Mr. Bashwood plutôt qu'elles ne la diminuèrent. Il bégaya plus désespérément et trembla plus encore que d'habitude en faisant un petit discours de remerciements pour s'excuser auprès de son patron de le déranger :

— Tout le monde sait, monsieur Pedgift, que votre temps est on ne peut plus précieux ! Oh, mon Dieu ! oui, précieux, très précieux !... Pardonnez-moi, monsieur, si je viens vous déranger. Votre bonté ou plutôt vos affaires, non, votre bonté m'a donné une demi-heure à attendre... Et j'en ai profité pour songer à ce que j'avais à dire, afin de vous l'expliquer en peu de mots.

S'étant avancé ainsi, il se tut et jeta autour de lui un regard malheureux et embarrassé. Il avait tout préparé dans sa tête, et maintenant, au moment de s'expliquer, il ne trouvait plus rien. Et Mr. Pedgift était là, muet, attendant, et son visage avait cette expression que tous ceux qui ont consulté un éminent docteur ou un avocat de renom connaissent, l'expression de la conscience de la haute valeur du temps accordé au client.

— Savez-vous les nouvelles, monsieur, bégaya Mr. Bashwood, laissant échapper d'un seul coup l'idée principale, simplement parce que c'était la seule qui fût prête à sortir.

— Me concernent-elles ? demanda Pedgift senior, impitoyablement bref, allant impitoyablement droit au fait.

— Cela concerne une dame, monsieur, un jeune homme, devrais-je dire, auquel vous vous intéressez. Oh, monsieur Pedgift, monsieur, imaginez-vous ! Mr. Armadale et Miss Gwilt sont partis ensemble aujourd'hui pour Londres, seuls, monsieur, seuls dans un compartiment réservé ! Croyez-vous qu'il veuille l'épouser ?

Pensez-vous réellement comme eux tous qu'il en fera sa femme ?...

Il posa cette question avec une énergie soudaine ; sa réserve, sa timidité cédaient devant l'intérêt puissant d'entendre la réponse de l'homme de loi. Pour la première fois de sa vie, il parla d'une voix haute et ferme.

— D'après mon expérience de Mr. Armadale, rétorqua Mr. Pedgift, dont les yeux et les manières s'endurcirent immédiatement, je le crois assez fou pour épouser douze fois Miss Gwilt, s'il plaît à Miss Gwilt de le lui demander. Vos nouvelles ne me surprennent pas le moins du monde, Bashwood. J'en suis fâché pour lui. Je puis dire cela maintenant, bien qu'il ait dédaigné mes avis. Et j'en suis plus triste encore, continua-t-il, en s'adoucissant au souvenir de son entrevue avec Neelie sous les arbres du parc, encore plus triste pour une personne qu'il est inutile de nommer. Mais qu'ai-je à faire dans tout ceci ? Et qu'avez-vous ? reprit-il, remarquant pour la première fois l'abattement et le désespoir que ses paroles amenaient sur le visage de Mr. Bashwood. Êtes-vous malade ? Y a-t-il quelque chose derrière le rideau que vous ayez peur de révéler ? Je ne comprends pas. Êtes-vous venu ici, à mon étude, aux heures ouvrables, avec nulle autre chose à me dire, si ce n'est que le jeune Armadale a été assez fou pour gâcher son avenir ? Et alors ? J'avais prévu tout cela et, plus encore, je le lui ai dit lors de ma dernière conversation avec lui à la grande maison.

Ces derniers mots réveillèrent Mr. Bashwood. L'allusion de l'homme de loi à la grande maison lui rappela immédiatement le projet qu'il avait en vue.

— C'est cela, monsieur ! Voilà pourquoi je voulais vous parler ; c'est ce que j'avais préparé pour vous dire, monsieur Pedgift ; la dernière fois où vous êtes allé à la grande maison, vous m'avez rencontré dans l'allée.

— Oui, oui, remarqua Mr. Pedgift ; allez, Bashwood. Nous finirons par arriver, je suppose, à savoir ce que vous voulez.

— Vous m'avez arrêté et vous m'avez parlé, continua Bashwood, vous m'avez dit que vous me soupçonniez de ressentir quelque curiosité pour Miss Gwilt, et vous avez ajouté (je me rappelle les termes exacts, monsieur), vous m'avez dit de satisfaire ma curiosité par tous les moyens, et que vous ne vous y opposeriez point.

Pedgift senior parut, pour la première fois, curieux d'en entendre davantage.

— Je me souviens de quelque chose de semblable, répliqua-t-il ; et je me souviens aussi d'avoir pensé qu'il était singulier que vous fussiez justement sous les fenêtres ouvertes de Mr. Armadale pendant que je causais avec lui. Cela pouvait être un simple hasard, sans doute, mais cela ressemblait à de la curiosité. Je ne puis que juger sur les apparences, conclut Pedgift, ponctuant son sarcasme par une pincée de tabac ; et les apparences, Bashwood, étaient décidément contre vous.

— Je ne le nie pas, monsieur ; je mentionnais seulement cette circonstance parce que je désirais confesser que j'étais curieux, en effet, et que je le suis encore des affaires de Miss Gwilt.

— Pourquoi ? demanda Pedgift senior, percevant quelque chose sur le visage, dans les manières de Mr. Bashwood, sans pouvoir deviner ce que ce pouvait être.

Il y eut un moment de silence. Mr. Bashwood, usant de la ressource des gens timides, répéta ce qu'il venait de dire :

— Je suis curieux, monsieur, des affaires de Miss Gwilt, dit-il avec un étrange mélange d'embarras et de hardiesse.

Il y eut un nouveau silence. Malgré son habileté et sa connaissance du monde, l'homme de loi était plus étonné que jamais. Le cas de Mr. Bashwood constituait l'une des énigmes humaines qu'il était le moins en état de deviner. Bien que l'on ait des milliers d'exemples de la tyrannie de la passion et de l'égarement des sens qu'elle produit quand elle entre dans le cœur d'un vieillard, l'idée de l'amour associée à celle des cheveux blancs et des infirmités de l'âge semble néanmoins extravagante et illogique à tout le monde.

Si l'entretien qui avait lieu maintenant dans le bureau de Mr. Pedgift s'était déroulé autour d'une bonne table, là où le vin égaye les esprits, Mr. Pedgift eût peut-être soupçonné la vérité, mais à l'heure des affaires et dans son étude, l'homme de loi avait l'habitude de ne considérer les actions des gens que d'un point de vue strictement professionnel ; et il était, pour cette raison, absolument incapable de concevoir une chose aussi improbable, aussi absurde, aussi étonnante que celle-ci : Mr. Bashwood amoureux !

Certains hommes, dans la position de Mr. Pedgift, auraient tenté d'obtenir des éclaircissements, en répétant obstinément la question laissée sans réponse. Pedgift senior se contenta de faire progresser la conversation :

— Bien, dit-il. Nous disions que vous avez de la curiosité au sujet de Miss Gwilt. Quoi encore ?

Les paumes des mains de Mr. Bashwood commencèrent à devenir humides sous l'influence de l'agitation, comme autrefois, lorsqu'il avait raconté à Midwinter l'histoire de ses chagrins domestiques. Il roula son mouchoir en boule et épongea lentement l'une après l'autre ses mains tremblantes :

— Puis-je savoir si j'ai raison, monsieur, reprit-il, de croire que vous avez une opinion défavorable de Miss Gwilt ? Vous êtes absolument convaincu, je pense…

— Mon cher, l'interrompit Mr. Pedgift, quel doute pouvez-vous avoir là-dessus ? Vous étiez sous la fenêtre ouverte de Mr. Armadale pendant que je causais avec lui, et vos oreilles, je présume, n'étaient point fermées.

Mr. Bashwood ne releva pas l'interruption. La petite pointe de sarcasme de son interlocuteur se perdit dans la blessure plus grande dont il souffrait.

— Vous êtes absolument convaincu, je pense, monsieur, reprit-il, qu'il s'est produit des événements dans le passé de cette dame qui lui seraient extrêmement défavorables s'ils venaient à être découverts ?

— La fenêtre était ouverte, Bashwood, et vos oreilles, je présume, n'étaient pas absolument fermées.

Toujours invulnérable au sarcasme, Mr. Bashwood persista plus obstinément que jamais.

— À moins de me tromper gravement, dit-il, je pense que votre longue expérience de ces sortes de choses vous a suggéré que Miss Gwilt pourrait bien être connue de la police ?

Pedgift senior perdit patience.

— Vous êtes ici depuis dix minutes, dit-il, pouvez-vous, oui ou non, m'expliquer en un mot ce que vous désirez ?

En un mot, avec la passion qui l'avait transformé et en avait fait un homme, d'après l'expression même de Miss Gwilt, Mr. Bashwood répondit à la sommation et, le feu aux joues, il affronta l'homme de loi comme le mouton fatigué de la poursuite affronte le chien, sur son propre terrain.

— Je veux dire, monsieur, répondit-il, que votre opinion en cette matière est aussi mon opinion. Je crois qu'il y a quelque chose de louche dans le passé de Miss Gwilt, qu'elle tient caché à tout le monde, et je veux être l'homme qui le découvrira.

Pedgift senior vit le moment de glisser la question qu'il avait différée :

— Pourquoi ?

Mr. Bashwood hésita. Pouvait-il avouer avoir été assez fou pour l'aimer et assez vil pour l'épier ? Pouvait-il dire : « Elle m'a trompé dès le commencement, et elle m'a abandonné maintenant que son but est atteint. Après m'avoir volé mon bonheur, elle m'a volé mon honneur, mon dernier espoir en cette vie. Elle s'est éloignée de moi pour toujours, et ne me laisse rien qu'une espérance de vieillard, ardente, implacable : la vengeance, vengeance que je puis me procurer en dévoilant ses faiblesses, vengeance que je veux acheter (car que valent pour moi l'argent et la vie ?) en dépensant jusqu'au dernier penny de mon épargne, jusqu'à la dernière goutte de mon sang ! ». Pouvait-il dire cela à l'homme qui attendait sa réponse ? Non, il ne pouvait que refouler ses sentiments et rester silencieux.

Le visage de l'homme de loi recommença de se durcir.

— L'un de nous doit parler, dit-il, et comme évidemment vous ne voulez pas, ce sera moi. Je ne puis expliquer votre désir extraordinaire de vous initier aux secrets de Miss Gwilt que d'une ou deux manières. Je l'attribuerai ou à un motif excessivement mesquin et bas (il n'y a pas d'offense là, Bashwood, j'expose seulement l'affaire), ou à un motif extrêmement généreux. D'après mon expérience de votre honnête caractère et de votre estimable conduite, c'est seulement vous rendre justice que de vous absoudre immédiatement du premier motif. Je crois que vous êtes aussi incapable que je le suis moi-même – je ne puis dire davantage – d'utiliser pour un but mercenaire les découvertes défavorables que vous pourriez faire sur le passé de Miss Gwilt. Continuerai-je ou bien préférez-vous, après réflexion, m'ouvrir franchement votre cœur, de votre plein gré ?

— Je préférerais vous laisser continuer, monsieur, dit Bashwood.

— Comme il vous plaira, reprit Pedgift senior. Vous ayant absous de vues mercenaires, j'en arrive aux vues généreuses. Il est possible que vous soyez un de ces hommes rares capables de gratitude. Il est certain que Mr. Armadale a été remarquablement bon pour vous. Après vous avoir employé, sous les ordres de Mr. Midwinter, comme régisseur de la grande maison, il a eu assez de confiance en votre honnêteté et en votre capacité, depuis le départ de son ami, pour laisser toute l'administration entre vos mains. Il n'est pas dans mon expérience de l'humaine nature de croire à la reconnaissance, mais il est cependant possible que vous soyez assez sensible à cette confiance et assez dévoué aux intérêts de votre patron pour ne pas le voir marcher droit à sa ruine sans tenter au moins quelques efforts pour le sauver. En deux mots, je me résume : est-ce votre opinion que l'on empêcherait Mr. Armadale d'épouser Miss Gwilt, si l'on pouvait seulement l'informer assez à temps du caractère de cette dame ? Et souhaitez-vous être l'homme qui lui ouvrira les yeux sur la vérité ? Si c'est là votre désir…

Il s'arrêta, muet d'étonnement. Entraîné par une impulsion irrésistible, Mr. Bashwood avait quitté son siège. Debout, son vieux visage ridé illuminé par un rayonnement intérieur qui lui faisait paraître vingt ans de moins que son âge, il tendait des bras suppliants à l'homme de loi.

— Répétez-le ! Dites-le-moi ! s'écria-t-il, retrouvant la voix avant que Pedgift fut revenu de sa surprise. La question au sujet de Mr. Armadale, monsieur ! seulement une fois ! une fois seulement, monsieur Pedgift, s'il vous plaît.

Mr. Pedgift suivit d'un œil scrutateur les marques de violente émotion peintes sur le visage de Mr. Bashwood ; après lui avoir fait signe de se rasseoir, il répéta la question pour la seconde fois.

— Penserais-je, dit Mr. Bashwood, en répétant le sens et non les paroles de l'homme de loi, que l'on pourrait séparer Mr. Armadale de Miss Gwilt, si on la lui montrait telle qu'elle est réellement ? Oui, monsieur ! Et suis-je l'homme qui désire la dévoiler ? Oui, monsieur ! oui, monsieur ! ! oui, monsieur ! ! !

— Il est étrange, remarqua Mr. Pedgift de plus en plus méfiant, que ma question vous agite à ce point, simplement parce qu'elle a frappé juste.

Les paroles de Mr. Pedgift avaient porté d'une façon qu'il ne soupçonnait point. Elles avaient soulagé immédiatement Bashwood, en lui montrant sa vengeance, au moyen de la découverte des secrets de Miss Gwilt, chose à laquelle il n'avait jamais songé jusqu'alors. Le mariage, qu'il avait aveuglément regardé comme inévitable, pouvait être empêché, non dans l'intérêt d'Allan, mais dans le sien, et la femme qu'il croyait perdue était peut-être retrouvée. La tête lui tourna à cette pensée. La fermeté de sa résolution l'intimida presque, par la terrible incongruité qu'elle représentait dans toutes les habitudes de son esprit et de sa vie.

Voyant sa dernière remarque laissée sans réponse, Pedgift senior se mit à réfléchir un peu avant de reprendre la parole. « Une chose est claire, pensa-t-il ; son véritable mobile dans cette affaire est un mobile qu'il a peur d'avouer. Ma question lui a montré évidemment une chance pour me tromper, et il a sauté dessus sans hésiter. Cela me suffit. Si j'étais encore le conseiller de Mr. Armadale, l'affaire vaudrait la peine d'être éclaircie. Dans l'état des choses, je n'ai aucun intérêt à pourchasser Mr. Bashwood jusqu'à ce que je l'aie forcé dans son terrier. Je n'ai rien à faire là-dedans, et je le laisserai libre de suivre à sa fantaisie les chemins détournés ». Arrivé à cette conclusion, Pedgift se leva lestement pour terminer l'entrevue :

— Ne vous troublez pas, monsieur Bashwood, commença-t-il, notre conversation est terminée en ce qui me concerne. Je n'ai que quelques mots à ajouter, et c'est une habitude à moi, vous le savez, de tirer mes conclusions debout. Quoique dans l'obscurité sur bien des choses, il y en a une au moins que je sais. J'ai enfin compris ce que vous attendiez de moi ! Vous désirez que je vous aide de mes conseils.

— Si vous voulez, si vous voulez avoir cette bonté, murmura Mr. Bashwood, si vous voulez seulement me faire la faveur de me donner votre opinion et vos conseils…

— Attendez un peu, Bashwood. Nous séparerons ces deux choses, si vous le voulez bien. Un homme de loi peut donner son opinion comme n'importe quel homme ; mais quand un homme de loi donne un conseil, par lord Harry, monsieur, cela est une question professionnelle ! Je vous laisserai bien volontiers connaître mon opinion dans cette affaire, je ne l'ai cachée à personne. Je crois qu'il y a eu des événements dans la vie de Miss Gwilt qui, s'ils étaient connus, empêcheraient Mr. Armadale de l'épouser, si amoureux d'elle qu'il puisse être et en supposant, bien entendu, qu'il veuille l'épouser, car, bien que toutes les apparences soient en faveur du mariage, ce n'est qu'une supposition, après tout. Quant à la manière de faire à temps la lumière sur les taches de la vie de cette femme, elle peut être mariée par dispense de bans dans une quinzaine si elle veut, et c'est d'ailleurs un côté de la question dans lequel je refuse positivement d'entrer, car il impliquerait ma qualité d'homme de loi et me ferait vous donner ce que je refuse positivement : un conseil professionnel.

— Oh ! monsieur, ne dites pas cela ! supplia Mr. Bashwood. Ne me refusez pas la grande faveur, l'inestimable grâce d'un avis. J'ai une si pauvre tête, monsieur Pedgift ; je suis si vieux et si lent, monsieur, et je suis si facilement abattu, si embarrassé quand je me trouve jeté hors de mon chemin ordinaire. Il est tout à fait naturel que vous ayez un peu d'impatience avec moi, qui vous prends votre temps. Je sais que le temps c'est de l'argent pour un homme habile comme vous. Voulez-vous m'excuser, voulez-vous m'excuser si j'ose dire que j'ai fait quelques économies ? Et étant absolument seul, n'ayant personne qui compte sur moi, je crois que je puis dépenser cette épargne comme je l'entendrai.

Aveugle à toute autre considération que celle de se rendre favorable Mr. Pedgift, il sortit son vieux portefeuille sale et usé, et essaya de ses doigts tremblants de l'ouvrir sur le bureau.

— Remettez votre portefeuille dans votre poche, immédiatement, dit Pedgift senior, des hommes plus riches que vous ont essayé de cet argument avec moi et ont trouvé qu'il existe cette chose extraordinaire (hors du théâtre) : un légiste qui ne peut être corrompu. Je ne veux me mêler en rien de cette affaire dans les présentes circonstances. Si vous souhaitez savoir pourquoi, je vous dirai que Miss Gwilt a cessé de m'intéresser professionnellement le jour où j'ai cessé d'être le conseiller de Mr. Armadale. Je puis, en outre, avoir d'autres raisons que je ne juge pas nécessaire de mentionner. La raison déjà donnée est assez explicite. Prenez le chemin que vous voudrez, et votre propre responsabilité sur vos propres épaules. Vous pouvez vous aventurer dans le voisinage des griffes de Miss Gwilt, et en sortir sans être égratigné. Le temps le montrera. Sur ce, je vous souhaite le bonjour, et j'avoue, à ma honte, que je n'avais jamais soupçonné jusqu'à présent quel héros vous étiez.

Cette fois, Mr. Bashwood sentit le sarcasme. Sans prononcer un autre mot de remontrance ou de prière, sans même dire « bonjour » à son tour, il marcha vers la porte, l'ouvrit doucement et quitta la pièce.

Le dernier regard qu'il lança, et le mutisme soudain qui s'était emparé de lui, ne fut pas perdu pour Pedgift senior. « Bashwood finira mal », se dit l'avoué en ouvrant ses papiers, et en reprenant un travail interrompu.

Le changement survenu dans le visage et les manières de Mr. Bashwood était si frappant, si extraordinaire, qu'il fut remarqué même de Pedgift junior et des clercs, lorsqu'il passa dans leur bureau. Habitués à faire une cible du vieillard, ils tournèrent bruyamment en ridicule l'altération marquée survenue en lui. Sourd aux railleries impitoyables par lesquelles il était assailli de tous côtés, il s'arrêta en face du jeune Pedgift et, le regardant attentivement dans les yeux, dit de l'air préoccupé d'un homme qui pense tout haut :

— Je me demande si vous, vous m'aideriez ?

— Ouvrez un compte immédiatement, dit Pedgift junior au clerc, au nom de Mr. Bashwood. Placez une chaise pour Mr. Bashwood avec un tabouret, une main de papier satiné extra-fort et douze douzaines de plumes taillées pour prendre des notes sur l'affaire de Mr. Bashwood ; et allez dire immédiatement à mon père que je vais le quitter pour former un cabinet à mon compte, grâce au patronage de Mr. Bashwood. Prenez un siège, monsieur, prenez un siège, et communiquez-moi vos sentiments librement.

Toujours insensible à la raillerie dont il était l'objet, Mr. Bashwood attendit jusqu'à ce que Pedgift junior eut fini, puis il s'éloigna tranquillement.

« J'aurais dû y penser, se dit-il avec la même préoccupation, c'est le fils de son père, après tout ; il s'amuserait encore de moi sur mon lit de mort ».

Il s'arrêta un moment à la porte, brossa machinalement son chapeau du revers de sa main et sortit dans la rue.

L'éclat du soleil l'éblouissait, les véhicules et les piétons l'ahurissaient. Il prit une rue détournée et se mit la main sur les yeux.

« Il vaut mieux que je rentre, pensa-t-il, que je m'enferme chez moi, et que je réfléchisse à toutes ces choses ».

Il habitait une petite maison, dans le quartier pauvre de la ville. Il ouvrit lui-même avec sa clef et monta doucement chez lui. L'unique petite pièce qu'il occupait était pleine des souvenirs muets de Miss Gwilt. Sur la cheminée, il vit les fleurs qu'elle lui avait données à des époques différentes, depuis longtemps fanées et toutes conservées sous un globe posé sur un piédestal de porcelaine de Chine.

Au mur pendait un mauvais portrait de femme, colorié, qu'il avait fait encadrer élégamment et mettre sous verre, parce qu'il lui avait trouvé une ressemblance avec elle. Dans sa vieille écritoire d'acajou étaient les quelques lettres, brèves et péremptoires, qu'elle lui avait écrites au temps où il avait lâchement épié et écouté à Thorpe-Ambrose pour lui plaire. Et lorsque, ayant détourné les yeux de ces souvenirs, il s'assit, fatigué, sur le divan qui lui servait de lit, il trouva sur l'un des coussins la cravate de satin bleu qu'il avait achetée parce qu'elle lui avait dit aimer les couleurs gaies, et qu'il n'avait pas encore eu le courage de porter. Habituellement lent et réservé dans ses manières et son langage, il saisit violemment la cravate comme s'il s'était agi d'une chose qui pût éprouver quoi que ce soit, et la rejeta de l'autre côté de la chambre avec une imprécation.

Un long moment se passa et, bien que ferme dans sa résolution de rompre le mariage de Miss Gwilt, il était aussi loin que jamais de savoir par quels moyens arriver à son but. Plus il y pensait et plus sombre lui apparaissait son chemin dans l'avenir.

Il se leva aussi harassé qu'il s'était assis, et alla à son armoire. « J'ai la fièvre, j'ai soif, se dit-il ; une tasse de thé me fera du bien ».

Il ouvrit la boîte à thé et mesura la maigre dose de thé avec moins de soin qu'à l'ordinaire : « Mes mains mêmes refusent de me servir aujourd'hui », pensa-t-il en ramassant parcimonieusement les feuilles de thé renversées et en les remettant dans la théière.

Par ce beau temps d'été, le seul feu qui brûlât dans la maison était celui de la cuisine. Bashwood descendit chercher de l'eau bouillante.

Il ne trouva dans la cuisine que sa logeuse. C'était une de ces nombreuses matrones anglaises dont la route en ce monde est semée d'épines, et qui prennent un sombre plaisir, toutes les fois que l'occasion leur en est offerte, à découvrir les blessures secrètes des gens. Son vice dominant, son seul défaut, était la curiosité, et elle possédait parmi ses nombreuses vertus celle de respecter hautement Mr. Bashwood, comme un homme dont le terme était régulièrement payé et dont les manières étaient toujours tranquilles et polies, d'un bout à l'autre de l'année.

— Que désirez-vous, monsieur ? lui demanda-t-elle. De l'eau chaude ? Avez-vous jamais vu l'eau bouillir quand vous le désiriez, monsieur Bashwood ? Avez-vous vu plus maussade feu que celui-là ? Je vais y remettre une bûche ou deux, si vous voulez bien attendre. Mon Dieu, mon Dieu, vous excuserez la remarque, n'est-ce pas, si je dis, monsieur, que vous semblez bien malheureux aujourd'hui !

Mr. Bashwood posa sa théière sur la table de la cuisine.

— J'ai des peines, madame, dit-il tranquillement ; et je trouve mes chagrins plus difficiles à supporter que d'habitude.

— Ah ! vous pouvez bien dire comme moi, gémit la logeuse ; je suis prête pour l'entrepreneur des pompes funèbres, monsieur Bashwood, quand mon temps viendra. Vous êtes trop seul, monsieur. Quand on a des ennuis, c'est une consolation de pouvoir les partager avec une autre personne. Si votre bonne femme était encore vivante, monsieur, quel adoucissement vous auriez trouvé en elle, n'est-ce pas, monsieur ?

Une contraction douloureuse passa sur le visage de Mr. Bashwood. La logeuse lui avait rappelé, sans le savoir, les douleurs de sa vie conjugale. Il avait été obligé depuis longtemps d'imposer silence à la curiosité de cette femme sur ses affaires de famille, en lui disant qu'il était veuf, que sa vie n'avait pas été drôle ; mais il n'était pas entré plus avant dans la confidence. La triste histoire, racontée à Midwinter, de sa femme ivrogne achevant sa vie dans une maison d'aliénés était restée inconnue à sa logeuse, car cette femme bavarde l'eût confiée à son tour à tout le monde dans la maison.

— C'est toujours ce que je dis à mon mari, monsieur, quand il est découragé, continua la propriétaire en surveillant la bouilloire : que ferais-tu maintenant sans moi, Sam ? Et quand sa mauvaise humeur n'a pas le dessus (cela va bouillir tout à l'heure, monsieur

Bashwood), il répond : « Elizabeth, je ne ferais rien ». Si la mauvaise humeur l'emporte, il dit : « J'essayerais le cabaret, maman, et j'y vais de ce pas ». Ah ! j'ai eu mes peines moi aussi ! Un homme ayant de grands garçons et de grandes filles, et s'enivrant au cabaret ! Je ne me rappelle plus, monsieur Bashwood, vous ai-je demandé si vous aviez eu des enfants ? Mais, maintenant que j'y pense, il me semble me rappeler que vous m'avez dit que oui, vous en aviez eu des filles, monsieur ? N'étaient-ce pas des filles ? Ah ! Dieu, Dieu, bien sûr toutes mortes !

— Je n'ai eu qu'une fille, madame, répondit patiemment Mr. Bashwood, juste une ; elle est morte avant d'avoir eu un an révolu.

— Juste une ! répéta la logeuse compatissante. Cela est aussi près de bouillir qu'il est possible, monsieur, passez-moi la théière. Juste une ! Ah ! c'est plus dur, n'est-ce pas, quand c'est un enfant unique ? Vous avez dit que c'était votre seule enfant, il me semble, n'est-ce pas, monsieur ?

Mr. Bashwood regarda pendant un moment son interlocutrice d'un air vague et sans essayer de lui répondre. Après l'avoir ramené sans s'en douter au souvenir de la femme avilie, elle lui rappelait maintenant celui du fils qui l'avait ruiné et trompé. Pour la première fois depuis qu'il avait dit son histoire à Midwinter, son esprit se reporta vers les tristesses et les amères déceptions du passé. Il songea au temps où il s'était porté responsable pour son fils et où l'improbité de ce fils l'avait forcé à vendre tout ce qu'il possédait afin de payer ses méfaits.

— J'ai un fils, madame, dit-il, sentant que l'hôtesse le regardait avec une surprise muette et mélancolique, j'ai fait de mon mieux pour le soutenir dans le monde, et il s'est conduit très mal avec moi.

— Et il se conduit toujours mal ? reprit-elle avec l'apparence du plus grand intérêt. Et il vous a brisé le cœur, n'est-il pas vrai ? Oh ! il en sera puni tôt ou tard ! Ne craignez rien : « Honorez votre père et votre mère » n'a pas été gravé sur les tables de pierre de Moïse pour rien, monsieur Bashwood. Où peut-il être et que fait-il maintenant ?

La question était presque la même que celle que lui avait adressée Midwinter lors de leur première entrevue à la grande maison, et il y répondit à peu près dans les mêmes termes.

— Mon fils est à Londres, madame, du moins je le suppose. Il occupait, la dernière fois que j'ai entendu parler de lui, une position peu estimable à l'agence d'investigations privées...

Il se tut à ces mots. Ses joues se colorèrent, ses yeux s'animèrent ; il repoussa la tasse qui venait de lui être servie et se leva brusquement. La logeuse recula d'un pas. Il y avait sur le visage de son locataire une expression qu'elle ne comprenait pas.

— J'espère que je ne vous ai pas offensé ? dit la femme en se ressaisissant et en se montrant par trop prompte à se vexer elle-même à la première occasion.

— Loin de là, madame, loin de là, répondit-il d'une voix saccadée. Je viens seulement de me rappeler quelque chose tout à coup... quelque chose de très important. Il faut que je remonte. C'est une lettre... une lettre. Je reviendrai prendre mon thé, madame, je vous demande pardon. Je vous suis très obligé, vous avez été très bonne. Je vous dirai au revoir, si vous le permettez pour le moment.

À la grande surprise de l'hôtesse, il se dirigea vers la porte après lui avoir cordialement serré la main, abandonnant ainsi thé et théière à leur sort.

Rentré chez lui, il s'enferma. Pendant quelques minutes, il s'appuya à la tablette de la cheminée en attendant que son émotion fût calmée. Dès qu'il fut remis, il s'assit devant son écritoire :

« Voilà pour vous, messieurs Pedgift et fils, dit-il en faisant claquer ses doigts d'un air de défi : moi aussi, j'ai un fils ! »

Un coup discret, confidentiel, respectueux fut frappé à la porte. La logeuse, inquiète, désirait savoir si Mr. Bashwood était malade ; elle demandait, elle voulait être assurée pour la seconde fois si elle n'avait pas offensé Mr. Bashwood.

— Non, non, cria-t-il à travers la porte, je suis très bien, j'écris, madame, j'écris, veuillez m'excuser.

« C'est une excellente femme, pensa-t-il, quand sa logeuse se fut retirée. Je lui ferai un petit présent. Je n'y aurais jamais pensé sans elle. Oh ! si mon fils est encore employé à ce bureau ! Si je peux seulement lui écrire une lettre qui l'attendrisse ! »

Il prit la plume, s'assit et réfléchit longuement avant de toucher au papier. Après bien des pauses où il songea encore et encore, il traça ces lignes, avec une application toute particulière pour rendre son écriture lisible :

Mon cher James,

Vous serez surpris, je le crains, de voir mon écriture. Ne supposez pas que je vienne vous demander de l'argent ou vous reprocher de m'avoir obligé à quitter ma maison pour prix de votre sauvegarde. Je désire plus que tout oublier le passé.

Vous pouvez (si vous êtes toujours employé à l'agence d'investigations privées) me rendre un grand service.

Je suis dans une grande inquiétude au sujet d'une personne à laquelle je m'intéresse. Il s'agit d'une dame. Que cet aveu, je vous prie, ne m'attire point vos moqueries. Si vous saviez ce que je souffre, je pense que vous seriez plus disposé à me plaindre qu'à vous rire de moi.

Je voudrais entrer dans des détails, mais je connais la vivacité de votre caractère et je crains d'éprouver votre patience. Peut-être dois-je ajouter que plusieurs raisons me font croire que les antécédents de cette dame sont peu honorables. J'éprouve à les connaître un intérêt tel qu'aucun mot ne pourrait l'expliquer. Il me faut ces renseignements avant la fin de cette quinzaine.

Bien que je n'entende rien à la façon de procéder en usage dans une agence comme la vôtre, je puis aisément supposer que sans l'adresse de la dame il est impossible d'arriver à quelque chose. Malheureusement, j'ignore cette adresse. Je sais seulement qu'elle est partie aujourd'hui pour Londres, accompagnée d'un gentleman chez lequel je suis employé, et qui, je le crois, m'écrira probablement de lui envoyer de l'argent avant que plusieurs jours soient écoulés.

Cette circonstance est-elle de nature à nous aider ? Je dis « nous » parce que je compte déjà, mon cher fils, sur votre bonne intervention et sur vos avis. Que ce ne soit pas une question d'argent qui nous sépare ; j'ai fait quelques économies et elles sont à votre disposition. Je vous en prie, je vous en prie, répondez-moi par le retour du courrier. Si vous mettez fin le plus tôt possible à la terrible incertitude dont je souffre, vous aurez racheté tous les chagrins que vous m'avez causés autrefois, et j'aurai contracté envers vous une dette de reconnaissance que je n'oublierai point.

Votre père affectionné,

FELIX BASHWOOD.

Après avoir attendu un peu pour sécher ses yeux, Mr. Bashwood mit la date et adressa la lettre à son fils, « Agence d'investigations privées, Shadyside Place, Londres ». Cela fait, il sortit immédiatement pour porter lui-même la lettre à la poste. On était alors lundi et, si la réponse venait par le retour du courrier, il l'aurait le mercredi matin.

Dans l'intervalle, le mardi, Mr. Bashwood passa la journée au bureau de l'intendance de la grande maison. Il avait un double motif pour s'absorber aussi profondément que possible dans les nombreux détails de l'administration de la propriété. D'abord cette occupation l'aidait à combattre la dévorante impatience avec laquelle il attendait l'arrivée du lendemain. En second lieu, plus il se montrerait maintenant appliqué aux affaires qui lui étaient confiées, plus tôt il serait libre d'aller rejoindre son fils à Londres sans qu'on pût l'accuser de négliger les intérêts confiés à ses soins.

Dans l'après-midi du mardi, de vagues rumeurs sur des choses fâcheuses arrivées au cottage parvinrent (par les domestiques du major) aux domestiques de la grande maison, et ainsi jusqu'à Mr. Bashwood. Le major et Miss Neelie avaient eu un long et mystérieux entretien, et le visage de mademoiselle, après la conférence, prouvait clairement qu'elle avait pleuré. Cela était arrivé dans l'après-midi du lundi et, le jour suivant (ce mardi), le major avait étonné tout le monde en annonçant que la santé de sa fille exigeait l'air de la mer, et qu'il se proposait de l'accompagner lui-même par le premier train à Lowestoft. Ils étaient partis ensemble, graves, silencieux tous les deux, mais très bons amis en apparence malgré cela. Dans la grande maison, l'opinion donnait pour cause de cette révolution domestique le départ d'Allan et de Miss Gwilt. L'opinion au cottage rejetait cette conclusion et son jugement s'appuyait sur un terrain plus solide : Miss Neelie avait passé toute l'après-midi du lundi et le mardi matin enfermée dans sa chambre sans voir personne jusqu'au moment de partir pour la gare avec son père. Le major, de son côté, n'était pas sorti et n'avait parlé à personne. Et Mrs. Milroy, à la première tentative de sa nouvelle garde-malade pour l'informer du scandale dont s'occupait toute la ville, lui avait fermé la bouche en entrant dans une de ses terribles colères, dès que le nom de Miss Gwilt avait été prononcé. Quelque chose avait dû arriver certainement pour amener le départ soudain de Mr. Milroy et de sa fille, mais ce quelque chose n'était pas la fuite scandaleuse de Mr. Armadale en plein jour avec Miss Gwilt.

L'après-midi et la soirée se passèrent sans qu'aucun autre événement arrivât. Rien ne survint (car rien ne pouvait survenir) pour dissiper l'erreur sur laquelle Miss Gwilt avait compté – l'erreur que tout le monde partageait maintenant avec Mr. Bashwood – et qui laissait croire qu'elle était partie secrètement à Londres avec Allan pour l'épouser.

Le mercredi matin, le postier, qui s'engageait dans la rue où habitait Mr. Bashwood, tomba sur Mr. Bashwood en personne, si impatient de savoir si on lui apportait une lettre qu'il était sorti sans chapeau. Il y avait en effet une lettre pour lui, la lettre qu'il attendait de son fripon de fils.

Voici en quels termes Bashwood fils, cause de la ruine de son père, répondait à sa prière :

Shadyside Place, mardi 29 juillet.

Mon cher papa,

Nous avons quelque peu l'habitude de déchiffrer les mystères à l'agence, mais celui de votre lettre m'échappe. Voulez-vous spéculer sur les légèretés secrètes de quelque charmante femme ? Ou, malgré votre expérience matrimoniale, vous disposez-vous à me donner une belle-mère, à votre âge ? Quoi qu'il en soit, sur ma vie, votre lettre m'intéresse.

Je ne me moque point, remarquez-le, bien que la tentation ne soit pas médiocre ; au contraire, je vous ai déjà donné un quart d'heure de mon temps, et il est précieux. Le lieu d'où vous datez votre lettre ne m'est point inconnu. Je me suis reporté au registre, et j'ai trouvé que j'avais été envoyé à Thorpe-Ambrose pour prendre des renseignements, il n'y a pas longtemps, par une vieille dame, laquelle avait été trop rusée pour nous laisser son vrai nom et son adresse. Évidemment, nous avons mené l'enquête et avons fini par savoir qui elle était réellement. Son nom est Mrs. Oldershaw, et si vous avez l'intention de me la donner pour belle-mère, je vous recommande fortement de réfléchir encore avant d'en faire Mrs. Bashwood.

Si ce n'est pas Mrs. Oldershaw, alors tout ce que je puis pour vous, c'est vous indiquer comment vous trouverez l'adresse de la dame inconnue. Venez à Londres vous-même, dès que vous aurez reçu la lettre du gentleman qui est parti avec elle (j'espère pour vous que ce n'est point un bel homme), et arrivez ici. J'enverrai quelqu'un qui vous aidera à surveiller son hôtel ou sa maison ; et s'il communique avec la dame, ou la dame avec lui, vous pouvez regarder l'adresse comme trouvée dès cet instant. Laissez-moi seulement établir l'identité de la dame et savoir qui elle est, et vous verrez tous ses charmants petits secrets aussi ouvertement que vous voyez maintenant le papier sur lequel votre fils vous écrit.

Un mot encore sur les conditions. Je suis aussi désireux que vous de nous remettre bons amis ; mais bien que, je le confesse, vous ayez été dupé par moi une fois, je n'ai pas le moyen de l'être par vous. Il doit être convenu que vous serez responsable de toutes les dépenses que nécessiteront les investigations en question. Nous aurons peut-être besoin d'employer des femmes, si votre dame est trop éveillée ou trop jolie pour avoir affaire à un homme. Il y aura des courses de voiture, et des réjouissances à payer, si sa fantaisie la tourne de ce côté, ou bien des shillings à donner à l'église, si elle est sérieuse et entraîne nos agents aux offices et aux prêches. Quant à mon aide et à mes conseils, vous les aurez pour rien. Je ne peux pas me permettre plus.

Souvenez-vous de cela et vous aurez ce que vous voulez. Le passé est le passé ; oublions-le.

Votre fils affectionné,

JAMES BASHWOOD.

Tout à la joie de voir qu'enfin il avait obtenu de l'aide, le père porta à ses lèvres l'atroce lettre du fils.

« Mon bon petit, murmura-t-il avec tendresse, mon cher, bon petit ».

Il replia la missive et se perdit dans de nouvelles pensées. La première question à laquelle il fallait faire face était celle du temps. Mr. Pedgift lui avait dit que Miss Gwilt pouvait être mariée sous une quinzaine ; et deux jours s'étaient déjà écoulés. Il frappa impatiemment sur la table à côté de lui, se demandant si le besoin d'argent forcerait bientôt Allan à lui écrire de Londres.

« Demain ? se demanda-t-il ou après-demain ? »

Le lendemain se passa sans amener rien de nouveau, mais le jour suivant la lettre arriva ! C'était une lettre d'affaires, ainsi qu'il l'avait prévu, demandant de l'argent ; le post-scriptum contenait l'adresse avec ces mots : « *Comptez que je demeure ici jusqu'à plus ample informé* ».

Il poussa un soupir de soulagement et, immédiatement, s'occupa de faire sa valise, bien qu'il eût deux heures devant lui avant le départ du train pour Londres. La dernière chose qu'il y mit fut sa cravate de satin bleu.

« Elle aime les couleurs gaies, se dit-il, et j'aurai peut-être encore l'occasion de la mettre pour elle ».

XIV. Suite du journal de miss Gwilt

All Saints' Terrace. New Road[1], Londres.

25 juillet, lundi soir – Je puis à peine tenir ma plume, tellement je suis fatiguée. Mais dans ma situation d'esprit, je n'ose me fier à ma mémoire. Avant de me mettre au lit, j'écrirai, comme j'en ai l'habitude, les événements de la journée.

Pour le moment, la fortune me favorise (elle y a mis le temps !) et ma bonne chance semble devoir continuer. J'ai réussi à forcer le jeune Armadale – le sot ! il n'a pas fallu moins que le forcer – à quitter Thorpe-Ambrose pour Londres, seul dans la même voiture que moi, devant tous les gens de la station. Il y avait là au complet le comité de faiseurs de scandale, et tous nous dévisageaient et tiraient leurs conclusions particulières. Ou je ne connais pas Thorpe-Ambrose, ou toutes les langues de la ville sont occupées en ce moment de Mr. Armadale et de Miss Gwilt.

Il m'a donné quelque peine pendant la première demi-heure qui suivit notre départ. Le chef de train (charmant homme ! je lui en ai une grande reconnaissance) nous avait mis seuls dans l'espoir d'une demi-couronne de récompense à la fin du voyage. Armadale se méfiait de moi et le montrait ouvertement. Peu à peu j'ai apprivoisé ma bête sauvage, d'abord en ayant soin de ne témoigner

1 Actuelle Marylebone Road.

aucune curiosité sur son voyage à la ville, et ensuite en entamant le sujet intéressant de son ami Midwinter, insistant sur l'opportunité qui s'offrait d'une réconciliation entre eux. J'ai joué sur cette corde jusqu'à lui délier la langue, et alors je l'ai obligé à m'amuser, comme c'est le devoir de tout gentleman ayant l'honneur d'accompagner une lady durant un long trajet en train.

Le peu de tête qu'il a était remplie, bien entendu, de ses propres affaires et de celle de Miss Milroy. Aucune parole ne saurait exprimer la maladresse dont il fit preuve en voulant parler de lui, sans me mettre dans sa confidence et sans prononcer le nom de Miss Milroy.

Il allait à Londres, m'apprit-il gravement, appelé par une affaire du plus haut intérêt. C'était un secret pour le moment, mais il espérait me le dire bientôt ; cela lui avait fait considérer sous un aspect tout différent les calomnies répandues sur lui à Thorpe-Ambrose ; il était trop heureux pour se soucier de ce que les mauvaises langues pouvaient dire de lui à présent, et il leur fermerait bientôt la bouche en se montrant sous un nouveau jour qui les surprendrait tous. Il a pataugé ainsi avec la ferme persuasion qu'il me laissait complètement dans l'ignorance.

Il m'a été difficile de ne pas rire quand je pensais à ma lettre anonyme en route pour le major ; mais je suis parvenue à me contraindre, non sans peine, je l'avoue. Comme le temps s'écoulait, j'ai commencé à ressentir une assez vive fébrilité ; la situation était, je pense, un peu trop éprouvante pour moi. Là, j'étais seule avec lui, causant familièrement et de l'air le plus innocent, et ayant dans mon esprit de l'ôter de mon chemin quand le moment en viendrait, absolument comme je ferais disparaître avec la brosse une tache sur ma robe. Cette réflexion a fait bouillonner mon sang et je suis devenue pourpre. Je me suis surprise une ou deux fois à rire plus haut que je ne l'aurais dû et, longtemps avant notre arrivée à Londres, j'ai jugé utile de me cacher le visage en baissant mon voile.

À l'arrivée, je n'ai point eu de peine à le faire monter dans le même cab que moi pour nous rendre à l'hôtel où Midwinter m'attendait. Il était tout anxieux de se réconcilier avec son cher ami, principalement, je n'en doute pas, parce qu'il désire que ce cher ami prête la main à l'enlèvement. La réelle difficulté, bien entendu, résidait en Midwinter seul. Mon brusque départ ne m'avait point laissé le temps de lui écrire pour combattre sa conviction superstitieuse que lui et son ami devaient plutôt rester séparés. J'ai trouvé sage de laisser Armadale dans le cab à la porte et d'entrer à l'hôtel seule afin de lui aplanir la route.

Heureusement Midwinter n'était pas sorti. Sa joie de me voir quelques jours plus tôt qu'il ne l'avait espéré avait quelque chose de contagieux, je suppose. Bah ! je puis avouer la vérité à mon journal. Il y a eu un moment où j'oubliai tout, pour ne songer, comme lui, qu'à nous deux. Il m'a semblé que j'étais encore jeune fille… jusqu'au moment où je me suis souvenue du lourdaud qui attendait en bas ; et alors j'ai repris immédiatement mes trente-cinq ans.

Son visage a changé, quand je lui ai dit qui était là et ce que je désirais de lui ; il a paru non en colère, mais malheureux. Il a obéi cependant presque aussitôt, je ne dirai pas à mes raisons, je ne lui en ai pas donné, mais à mes prières. Sa vieille affection pour son ami a bien contribué un peu, sans doute, à le persuader contre sa volonté, mais mon opinion personnelle est qu'il s'est décidé uniquement sous l'influence de sa tendresse pour moi.

Il est descendu et j'ai attendu dans le salon jusqu'à ce qu'il fût revenu. Ainsi je n'ai rien su de ce qui s'est passé entre eux lors de leur première entrevue. Mais quelle différence entre les deux hommes, lorsque tous deux m'ont rejointe ! Le détestable Armadale, si bruyant, si rouge, si grossier, et mon cher Midwinter si pâle et si calme, avec tant de douceur dans la voix et de tendresse dans les yeux quand il les tournait vers moi ! Armadale ne semblait pas s'apercevoir de ma présence. Lui me mettait sans cesse dans la conversation, cherchait constamment dans mes regards ce que je pensais, tandis que je restais silencieuse assise dans mon coin à les examiner. Il a voulu me reconduire à mon logement et m'épargner tous les ennuis des bagages et des comptes avec le cocher. Lorsque je l'ai remercié en refusant, Armadale a paru très clairement soulagé à la perspective de me voir tourner le dos et d'avoir son ami tout à lui seul. Je l'ai laissé, ses lourdes épaules à moitié couchées sur la table, griffonnant une lettre (sans aucun doute adressée à Miss Milroy) et criant au garçon qu'il voulait un lit dans l'hôtel. J'avais calculé comme une chose certaine son installation près de son ami, une fois la réconciliation opérée. Il m'a été agréable de trouver mes prévisions réalisées et de savoir que c'était maintenant comme si je l'avais sous les yeux.

Après avoir promis à Midwinter de lui faire savoir où il pourrait me voir le lendemain, je suis remontée dans le cab afin de trouver un logement.

J'ai réussi non sans quelque difficulté à trouver un salon et une chambre à coucher convenables dans cette maison dont les habitants me sont tout à fait inconnus. Après avoir payé le loyer d'une semaine à l'avance (car j'ai préféré naturellement ne pas donner de référence), je reste avec trois shillings et dix-huit pence dans ma bourse. Il est impossible de demander de l'argent à Midwinter, après qu'il a déjà payé le billet de Mrs. Oldershaw. Il me faudra emprunter quelque chose demain sur ma montre et sur ma chaîne chez le prêteur sur gages pour me maintenir pendant une quinzaine ; c'est plus de temps qu'il ne m'en faut. Dans ce délai, avant même peut-être, Midwinter m'aura épousée.

29 juillet, deux heures – De bonne heure, ce matin, j'ai envoyé un billet à Midwinter pour lui dire qu'il me trouverait ici à trois heures cette après-midi. Cela fait, j'ai consacré la matinée à deux courses. L'une – il est presque inutile de la mentionner – consistait à tirer quelque argent de ma chaîne et de ma montre. J'ai reçu plus que je n'espérais et même (en supposant que je veuille m'acheter une ou deux modestes robes d'été) plus que je ne dépenserai probablement jusqu'au jour du mariage.

La seconde avait un motif beaucoup plus sérieux. Elle m'a conduite dans le cabinet d'un homme de loi.

Je pensais bien hier soir (j'étais trop fatiguée pour le noter dans mon journal) que je ne pourrais revoir Midwinter ce matin, dans la position où nous sommes désormais l'un envers l'autre, sans au moins paraître le mettre dans la confidence de mon passé. Sauf un point qui doit rester dans l'ombre, il n'y a pas la moindre difficulté à m'en tirer par une histoire de mon invention, n'importe laquelle, puisque je n'ai encore rien dit à personne. Midwinter est parti pour Londres avant que nous ayons abordé le sujet. Quant aux Milroy, leur ayant présenté les références ordinaires, j'ai pu heureusement les détourner de toute question se rapportant à mes affaires particulières. Enfin, lors de ma réconciliation avec Armadale sur la promenade devant sa maison, il fut assez fou et assez généreux pour ne pas me laisser défendre mon passé. Lorsque je lui eus exprimé mes regrets de m'être égarée jusqu'à menacer Miss Milroy, et lorsque j'eus accepté son assurance que ma pupille ne m'avait jamais ni fait ni voulu faire aucune injure, il fut trop magnanime pour vouloir entendre un mot de mes affaires privées. Ainsi je ne suis gênée par aucun récit antérieur, et je puis raconter n'importe quelle histoire il me plaira avec la seule restriction à laquelle j'ai fait allusion déjà : quoi que mon imagination puisse inventer, je dois conserver le masque sous lequel je suis apparue à Thorpe-Ambrose, car avec la notoriété attachée à mon autre nom, je n'ai d'autre choix que de me marier avec Midwinter sous mon nom de jeune fille, « Miss Gwilt ».

Telle a été la considération qui m'a conduite à l'étude de cet homme de loi. Il me fallait me renseigner, avant de revoir Midwinter dans la journée, sur toutes les conséquences que peuvent avoir le mariage d'une veuve, lorsque celle-ci cache son nom de veuve.

À défaut d'aucune autre personne à qui je puisse me confier, je suis allée hardiment chez celui qui avait eu à défendre mes intérêts en ce terrible moment de ma vie dont j'ai plus que jamais des raisons de vouloir repousser le souvenir. Il s'est montré étonné et, comme j'ai pu en juger facilement, nullement charmé de me voir. Avant même que j'eusse ouvert la bouche, il m'a dit qu'il espérait que je ne venais pas encore (ce dernier mot particulièrement accentué) le consulter pour mon compte personnel. J'ai immédiatement compris l'insinuation, et j'ai mis la question que je venais poser sur le dos de ce commode personnage qu'est toujours « une amie absente ». L'homme de loi n'a pas été dupe, mais il a été assez fin pour le paraître. Il a déclaré qu'il répondrait à la question pour faire acte de courtoisie envers une dame représentée par moi, mais il y mettait comme condition que cette consultation où je servais d'intermédiaire n'irait pas plus loin.

J'ai accepté ses conditions, car j'éprouve un certain respect en vérité pour l'habileté avec laquelle il a su me tenir à distance sans contrevenir aux lois de la politesse. En deux minutes, j'ai entendu ce qu'il avait à me dire ; je l'ai casé dans mon esprit et je suis partie.

Aussi courte qu'elle ait été, la consultation m'a appris tout ce que je voulais savoir. Je ne risque rien en épousant Midwinter sous mon nom de jeune fille au lieu de mon nom de veuve. Le mariage est bon en ce sens qu'il ne peut être cassé que si mon mari découvre la tromperie et en appelle à la justice pour l'annuler de mon vivant. C'est, en ses propres termes, la réponse de l'homme de loi. Cela me délivre de toute appréhension pour l'avenir, de ce côté, du moins.

Deux heures et demie ! Midwinter sera ici dans une demi-heure. Il faut m'en aller demander à la glace de quoi j'ai l'air. Je vais faire appel à mon imagination et fabriquer mon petit roman familial. Suis-je nerveuse à ce sujet ? Quelque chose s'agite à la place où était mon cœur autrefois. À trente-cinq ans, et après une vie comme celle que j'ai menée !

Six heures – Il vient de partir. Le jour de notre mariage est arrêté.

J'ai essayé de me reposer et de me calmer. Je ne puis. Je suis revenue à ces pages. J'ai beaucoup à écrire depuis la visite de Midwinter, et des choses qui me touchent de près.

Commençons par le plus pénible et finissons-en le plus tôt possible avec cela. Commençons par le pitoyable chapelet de mensonges que je lui ai défilés sur les malheurs de ma famille.

Quel peut être le secret de l'influence de cet homme sur moi ! Comment se fait-il qu'il me change au point que je me reconnaisse à peine moi-même ? Je n'étais pas ainsi hier, dans la voiture du chemin de fer, en compagnie d'Armadale. Certes, il était effrayant de causer avec cet homme vivant, pendant toute cette longue journée, ayant sans cesse en tête cette pensée que je méditais d'être sa veuve, et pourtant je n'étais seulement qu'excitée et fiévreuse. Je n'ai jamais, à aucun instant, hésité en m'adressant à Armadale. Mais le premier mensonge que j'ai fait à Midwinter m'a donné la chair de poule quand j'ai vu qu'il y croyait ! Et une fois – je suis horrifiée rien qu'à y penser –, une fois, alors qu'il me disait : « S'il m'était possible de vous aimer davantage, je vous chérirais plus tendrement encore, maintenant », il s'en est fallu d'un fil que je devinsse traître à moi-même : « Mensonges ! Ce ne sont que des mensonges ! Je suis un diable sous une forme humaine ! Épousez la plus misérable des créatures qui courent les rues, et vous épouserez encore une femme meilleure que moi ! ». Oui ! avoir vu ses yeux se mouiller, sa voix trembler tandis que je le trompais, cela a suffi pour me mettre en cet état. Pourtant, j'ai rencontré par centaines des hommes plus beaux et plus intelligents. Qu'est-ce qui peut agir ainsi sur moi ? Est-ce l'amour ? Je pensais avoir aimé pour ne plus jamais aimer.

Est-ce qu'une femme n'a pas aimé quand la dureté d'un homme l'a poussée à se noyer ? Un homme m'a poussée à ce désespoir autrefois. N'était-ce point l'amour qui m'a fait souffrir alors ? Ai-je vécu jusqu'à trente-cinq ans pour ne connaître l'amour véritable que maintenant ? Maintenant qu'il est trop tard ! Ridicule ! Et puis, à quoi bon poser la question ? Que puis-je en savoir ? Que peut jamais en savoir une femme ? Plus nous y pensons, plus nous nous trompons. Je voudrais être un animal. Ma beauté m'aurait peut-être servi à me donner un bon maître.

Voici toute une page de mon journal remplie, et rien d'écrit encore qui puisse m'être de quelque utilité. Il me faut cependant transcrire ici ma misérable et menteuse histoire, tandis qu'elle est encore fraîche dans ma mémoire. Il le faut, je puis être obligée plus tard de la répéter.

Il n'y a rien de nouveau dans ce que je lui ai dit. Je me suis servie du vulgaire lieu commun qui circule partout dans les cabinets de lecture. Un père mort, une fortune perdue, des frères vagabonds que je craignais de voir, une mère alitée vivant de mon travail… Non ! je ne puis la transcrire ici. Je me déteste, je me méprise quand je me souviens qu'il l'a crue parce que je la disais, qu'il a été malheureux parce que c'était mon histoire. J'aime mieux courir la chance de me contredire. Je m'exposerai à la découverte et à la ruine… à tout, plutôt que de continuer cette misérable tromperie !

Mes mensonges ont fini par arriver à leur terme. Alors, il s'est mis à me parler de lui et de ses projets. Ah ! quel soulagement cela a été d'en venir à cela ! quel soulagement c'est encore maintenant d'y revenir sur le papier !

Il a accepté l'offre au sujet de laquelle il m'avait écrit à Thorpe-Ambrose, et il est maintenant engagé comme correspondant étranger par un journal. Sa première destination est Naples. J'aurais préféré que ce fut quelque autre endroit, car j'ai certaines vieilles connaissances à Naples que je ne suis pas du tout désireuse de rencontrer. Il a été convenu qu'il quitterait l'Angleterre au plus tard le 11 du mois prochain. Et alors, moi qui partirai avec lui, je serai sa femme !

Il n'y a pas la plus petite difficulté pour notre mariage. Jusqu'à présent, tout cela paraît si facile que je commence à craindre quelque accident.

La proposition de tenir la chose strictement secrète – proposition que j'eusse été fort embarrassée de faire moi-même – est venue de Midwinter. Comme il m'épouse sous son vrai nom – le nom qu'il a tenu caché à toute créature vivante, sauf à Mr. Brock et à moi –, il est nécessaire que pas une âme le connaissant n'assiste à la cérémonie, son ami Armadale moins que tout autre.

Il est à Londres depuis huit jours déjà. Quand une autre semaine aura passé, il propose que nous obtenions la licence et que nous nous mariions dans l'église appartenant à la paroisse dans laquelle l'hôtel est situé. Ce sont les seules formalités nécessaires. Je n'ai qu'à prononcer le « oui », m'a-t-il dit, et à n'avoir aucune crainte pour l'avenir. J'ai consenti, si pleine d'une telle angoisse au sujet de l'avenir que j'ai eu peur qu'il ne s'en aperçut. Quels instants ce furent que ceux qui ont suivi, quand il m'a murmuré de délicieuses paroles, mon visage enfoui contre sa poitrine !

J'ai été la première à me reprendre ; je l'ai ramené tout doucement à me parler d'Armadale, ayant des motifs de vouloir apprendre ce qu'ils se sont dit hier, après mon départ.

La manière dont Midwinter a répondu m'a montré qu'il entendait respecter une confidence que lui avait faite son ami. Longtemps avant qu'il eût fini, j'avais découvert ce qu'il en était. Armadale l'a consulté (absolument comme je m'y attendais) sur son projet de fuite avec Miss Milroy. Bien qu'il se soit prononcé contre l'enlèvement d'une jeune fille, il semble que Midwinter ait éprouvé quelques scrupules à adopter un langage ferme, au moment où il se souvenait que lui-même (si différentes que soient les circonstances) s'apprêtait à contracter un mariage secret. J'ai pu comprendre, quoi qu'il en soit, que ses conseils n'avaient produit que peu d'effet, et qu'Armadale avait déjà mis en avant son absurde intention de consulter le premier clerc de l'étude de ses hommes de loi londoniens.

Midwinter m'a posé ensuite la question que j'avais pressentie devoir venir tôt ou tard. Il m'a demandé si je m'opposais à laisser connaître, sous le sceau du plus strict secret, notre engagement à son ami.

— Je puis répondre, a-t-il dit, de la discrétion d'Allan ; et je me charge, quand le temps viendra, d'employer mon influence sur lui pour empêcher sa présence au mariage, afin qu'il ne découvre point (ce qu'il doit toujours ignorer) que mon nom est le même que le sien. Cela me soutiendra pour lui parler plus énergiquement contre le projet qui l'a amené à Londres, si je puis lui témoigner la même franchise en ce qui concerne mes affaires que celle qu'il a mise à me parler des siennes.

Je n'avais pas d'autre choix que d'accorder la permission demandée, ce que j'ai fait. Il est de la plus haute importance pour moi de savoir quelle conduite le major Milroy a adoptée envers sa fille et Armadale, après avoir reçu ma lettre anonyme ; et, à moins de susciter les confidences d'Armadale d'une manière ou d'une autre, je suis presque certaine d'être tenue dans l'obscurité. Laissons-lui connaître que je dois être la femme de Midwinter, et ce qu'il dira à son ami de ses amours, il me le dira aussi.

Lorsqu'il a été convenu entre nous qu'Armadale serait mis dans la confidence, nous avons recommencé à parler de nous-mêmes. Comme le temps s'enfuyait ! Quel doux enchantement c'était d'oublier tout auprès de lui ! Combien il m'aime ! Ah ! pauvre garçon, comme il m'aime !

J'ai promis de le rencontrer demain matin dans Regent's Park. Moins il sera vu ici, mieux cela vaudra. Les gens de cette maison me sont certes étrangers, mais il est sage de conserver les apparences, comme si j'étais encore à Thorpe-Ambrose, et de ne pas leur laisser soupçonner que Midwinter est fiancé avec moi. Si des recherches sont faites quand j'aurai traversé la grande épreuve, le témoignage de ma logeuse à Londres pourra m'être fort utile.

Misérable vieux Bashwood ! Parler de Thorpe-Ambrose me fait songer à lui. Que dira-t-il quand la rumeur de la ville lui apprendra qu'Armadale m'a emmenée à Londres, dans une voiture réservée pour nous seuls ? N'est-ce pas réellement trop absurde de la part d'un homme de l'âge de Bashwood et de sa tournure, de s'imaginer être amoureux !

30 juillet – Voici enfin des nouvelles ! Armadale en a reçu de Miss Milroy. Ma lettre anonyme a produit son effet. La jeune fille a déjà été emmenée de Thorpe-Ambrose, et le projet de fuite est jeté à tous les vents. Ceci est le résumé de ce que m'a dit Midwinter, lorsque je l'ai rencontré dans le parc. J'ai feint un étonnement excessif et affecté une curiosité toute féminine pour les moindres détails de l'histoire.

— Non pas que j'espère voir ma curiosité satisfaite, ai-je ajouté, car Mr. Armadale et moi, nous ne sommes guère plus que de simples connaissances.

— Vous êtes beaucoup plus que cela aux yeux d'Allan, a répondu Midwinter. Ayant votre permission de tout lui confier, je lui ai dit combien vous me touchiez de près, et combien vous m'étiez chère.

Sur ces paroles, j'ai jugé prudent, avant de faire aucune question sur Miss Milroy, de veiller d'abord à mes intérêts et de découvrir l'effet que l'annonce de mon prochain mariage avait pu produire sur Armadale. Il est possible qu'il ait encore des soupçons à mon égard et qu'il n'ait rien oublié des démarches qu'il fit à Londres, à l'instigation de Mrs. Milroy.

— Mr. Armadale a-t-il paru surpris, ai-je demandé, quand vous lui avez parlé de notre engagement et du secret que nous voulions garder ?

— Il s'est montré excessivement surpris, a repris Midwinter, d'apprendre que nous allions nous marier. Tout ce qu'il m'a répondu, quand je lui ai parlé du mystère qui devait en être fait à tout le monde, c'est qu'il supposait que des raisons de famille, de votre côté, exigeaient un pareil secret.

— Qu'avez-vous répondu à cette remarque ?

— Que les raisons de famille venaient de moi, a répondu Midwinter. Et j'ai cru devoir ajouter – considérant qu'Allan s'était laissé influencer par l'absurde méfiance que l'on avait de vous à Thorpe-Ambrose – que vous m'aviez confié la triste histoire de votre famille, et que vous aviez amplement expliqué votre habituelle réticence à parler de vos affaires personnelles.

J'ai respiré librement, il avait dit juste ce qu'il fallait.

— Merci, ai-je répondu, pour m'avoir rendu ma place dans l'estime de votre ami. A-t-il témoigné le désir de me voir ? ai-je repris comme transition pour revenir à la fuite de Miss Milroy.

— Il le désire vivement. Il est dans un grand chagrin, le pauvre garçon, chagrin que j'ai essayé d'adoucir, mais qui, je crois, céderait plus promptement à la sympathie d'une femme qu'à la mienne.

— Où est-il, en ce moment ? ai-je demandé.

Il était à l'hôtel, et immédiatement j'ai proposé que nous nous y rendions. C'est un endroit très fréquenté et, avec mon voile baissé, je crains moins d'être remarquée que dans la maison retirée où je loge. En outre, il est vital pour moi d'apprendre ce qu'Armadale va faire, après le renversement de ses projets ; car ainsi, je serai en état d'influencer ses plans et de l'envoyer hors d'Angleterre, si je le puis. Nous avons pris un cab ; mon désir était si vif de compatir avec cet amoureux au cœur brisé que nous avons pris un cab !

Rien de si ridicule que la conduite d'Armadale quand il a appris à la fois que Miss Milroy avait été emmenée loin de lui et que j'allais épouser Midwinter ; je n'ai jamais rien vu de pareil dans toute mon existence. Dire qu'il était comme un enfant reviendrait à calomnier tous les enfants qui ne sont pas nés idiots. Il m'a félicité sur mon prochain mariage, et a maudit le misérable inconnu qui avait écrit la lettre anonyme, loin de se douter qu'il s'adressait là à une seule et même personne. Puis il a bien voulu admettre que le major Milroy avait des droits en tant que père, tout en l'accusant, l'instant d'après, de n'éprouver de sentiment que pour ses mécaniques et sa pendule. À un moment, il s'est levé, les larmes aux yeux, et a déclaré que sa chère Neelie était un ange sur la terre. À un autre, il s'est assis d'un air mécontent et a prétendu qu'une fille de son caractère pouvait s'enfuir sur l'heure et le rejoindre à Londres. Après cette absurde démonstration de ses sentiments, je suis parvenue à le calmer ; c'est alors que quelques mots de tendre intérêt m'ont valu ce que j'étais expressément venue chercher : la lettre de Miss Milroy.

Elle était outrageusement longue, vague et confuse. En un mot, c'était une lettre de sotte. J'ai eu à patauger à travers bon nombre de tendresses vulgaires et de lamentations, et à perdre mon temps et ma patience sur ces stupides pages illustrées de baisers, dont la place était cernée à l'encre sur le papier. Cependant j'ai enfin réussi à en extraire ce que je voulais, à savoir la chose suivante.

Le major, à réception de ma lettre anonyme, avait immédiatement envoyé chercher sa fille pour la lui montrer. « Vous savez quelle vie pénible je mène avec votre mère, ne la faites pas encore plus dure, Neelie, en me trompant ». Ce fut tout ce que le pauvre gentleman avait dit. J'ai toujours aimé le major et, bien qu'il craignît de le montrer, je sais que je lui plaisais aussi. Cet appel à la tendresse de sa fille (si ce qu'elle en raconte est vrai) avait atteint Neelie au cœur. Elle avait fondu en larmes et avait tout avoué.

Après lui avoir laissé le temps de se remettre (il eût été plus salutaire qu'il lui donnât une bonne tape sur l'oreille), il semble que le major lui ait adressé certaines questions et qu'il se soit convaincu (comme j'en suis convaincue moi-même) que le cœur, ou l'imagination de sa fille, ou n'importe comment elle l'appelle, était réellement et entièrement rempli par Armadale. Cette découverte l'a attristé autant qu'elle l'a surpris. Il paraît avoir hésité, puis avoir persisté dans son opinion défavorable sur l'amoureux de Miss Neelie.

Mais les larmes et les supplications de sa fille (ceci est bien digne de la faiblesse du cher vieux gentleman) ont fini par l'ébranler. Bien qu'il ait fermement refusé de prendre aucun engagement touchant au mariage, il consent à pardonner les rendez-vous clandestins dans le parc et à s'assurer si Armadale est digne de devenir son gendre.

Voici quelles sont ses conditions : pendant les six mois à venir, toute communication soit personnelle, soit par lettre, doit cesser entre Armadale et Miss Milroy. Ce temps sera employé par le jeune gentleman comme il le jugera convenable, et par la jeune demoiselle à compléter son éducation dans une pension. Après quoi, si tous les deux sont dans les mêmes sentiments et si la conduite d'Armadale, dans l'intervalle, a été telle que le major en soit venu à concevoir une meilleure opinion de lui, il lui sera permis de se présenter comme le prétendant de Miss Milroy, et six mois plus tard, si tout va bien, le mariage aura lieu.

Je déclare que j'embrasserais le cher vieux major si j'étais seulement à portée de l'atteindre. Si j'avais été derrière son épaule et invitée à dicter les conditions moi-même, je n'aurais pas mieux fait. Six mois de séparation totale entre Armadale et Miss Milroy ! Dans la moitié de ce temps – toute communication interrompue entre eux –, il me sera arrivé quelque chose de bien fâcheux vraiment, si je ne me trouve pas habillée de vêtements de deuil et publiquement reconnue pour la veuve d'Armadale.

Mais j'oublie la lettre de la jeune fille. Elle donne les raisons de son père pour faire ces conditions et cite ses propres paroles. Le major paraît avoir parlé avec tant de raison et de sensibilité qu'il n'a laissé à sa fille d'autre choix que celui de se soumettre. Autant que je puis m'en souvenir, voici les termes dans lesquels il s'est exprimé :

« Ne pensez pas que j'en agisse cruellement avec vous, ma chère ; je vous demande simplement de me laisser juger le caractère de

Mr. Armadale. Il est non seulement raisonnable mais absolument nécessaire que vous cessiez toute communication avec lui pendant quelque temps, et je vais vous démontrer pourquoi. En premier lieu, si vous allez en pension, la règle de la maison s'opposera à ce que vous le voyiez ou à ce que vous correspondiez avec lui ; ce serait d'un fâcheux exemple pour les autres jeunes filles, et si vous devez devenir maîtresse de Thorpe-Ambrose, la pension est encore nécessaire pour compléter votre éducation ; vous ne pouvez occuper le rang de lady sans en avoir les talents et l'instruction. En second lieu, je désire savoir si l'affection de Mr. Armadale persistera lorsqu'elle ne sera plus encouragée ni par votre vue ni par vos lettres. Si j'ai tort de le juger léger et inconstant, et si votre opinion de lui est la bonne, ce n'est point soumettre le jeune homme à une épreuve impossible. Le véritable amour survit à de plus longues épreuves qu'à une séparation de six mois. Quand ce délai sera passé et bien passé, quand je l'aurai eu sous mes yeux pendant quelque temps encore, quand j'aurai appris à penser de lui tout le bien que vous en pensez vous-même, alors, après ce délai, ma chère, vous serez mariée et sans que vous ayez encore atteint vos dix-huit ans. Réfléchissez à cela, Neelie, et montrez que vous avez de la confiance et de l'affection pour moi, en acceptant ma proposition. Je n'aurai moi-même aucune communication avec Mr. Armadale. Je vous laisse le soin de lui écrire et de lui dire ce qui a été décidé. Il pourra vous répondre une fois, mais une fois seulement, pour vous informer de sa décision. Après cela, pour votre réputation, rien de plus ne doit être dit ou fait, et l'affaire doit rester strictement secrète, jusqu'à ce que les six mois soient écoulés ».

Ainsi s'est exprimé le major. Sa conduite envers sa petite niaise de fille a produit une plus forte impression sur moi que tout le reste de la lettre. Cela m'a fait penser à ce qu'ils appellent « une contradiction morale ». On nous dit perpétuellement qu'il n'y a aucun accord possible entre le vice et la vertu. Ne peut-il y en avoir ? Voici le major Milroy, faisant exactement ce qu'un excellent père, à la fois bon et prudent, affectionné et ferme, ferait en pareille circonstance ; par cette conduite, il a aplani mon chemin aussi complètement que s'il avait été le complice désigné de cette abominable créature, Miss Gwilt. Tel est mon raisonnement ! Cela me met tant en joie que je ne puis rien faire aujourd'hui. Il y a des mois que je n'ai eu l'air aussi jeune et aussi jolie !

J'en reviens une dernière fois à la lettre ; elle est si terriblement ennuyeuse et plate que je ne puis m'empêcher de la commenter pour me soulager un peu.

Après avoir solennellement annoncé qu'elle est résolue à se sacrifier pour son père bien-aimé (cette assurance avec laquelle elle se pose en martyre, après ce qui est arrivé, dépasse tout ce que j'ai jamais pu lire !), Miss Neelie raconte que le major a proposé de l'emmener au bord de la mer pour changer d'air pendant les quelques jours qui restent à s'écouler avant son entrée en pension. Armadale doit envoyer sa réponse, et la lui adresser, au nom de son père, à Lowestoft. Cette dernière indication donnée, la lettre se termine sur un dernier flot de tendres protestations tracées tout de travers dans un coin de la page.

(N.B. – Le but du major en l'emmenant à la mer est assez évident. Il continue en secret à se méfier d'Armadale, et il a sagement résolu d'empêcher toute autre rencontre clandestine dans le parc, jusqu'à ce que sa fille soit en sûreté à la pension).

En ayant fini avec la lettre, j'ai obtenu la permission d'en relire certains passages, jusqu'à deux ou trois fois, que j'avais particulièrement admirés. Nous nous sommes ensuite amicalement consultés tous les trois sur ce qu'Armadale devait faire.

Il a d'abord été assez fou pour protester et refuser de se soumettre aux propositions du major. Il a déclaré, avec son odieux visage rouge respirant la santé de manière indécente, qu'il ne survivrait pas à six mois sans voir sa Neelie bien-aimée. Midwinter (comme on le peut imaginer) a eu l'air un peu honteux de son ami et a joint ses représentations aux miennes pour l'amener à entendre raison. Nous lui avons montré, ce qui eût été évident pour tout autre que pour un sot, qu'il n'avait d'autre choix honorable, et décent, que de suivre l'exemple de soumission donné par la jeune lady. « Attendez, et vous l'aurez pour femme, lui ai-je dit. — Attendez, et vous forcerez le major à modifier l'injuste opinion qu'il a de vous », a ajouté Midwinter. Avec deux personnes intelligentes, faisant entrer à coups redoublés le bon sens dans sa tête, il est inutile de dire que la tête a cédé et qu'il s'est soumis.

L'ayant décidé à accepter les conditions du major (j'ai eu soin de l'avertir, avant qu'il écrivît à Miss Milroy, que mon engagement avec Midwinter devait être tenu absolument secret pour elle comme pour tout autre), la question qui restait à traiter était celle de ses projets. J'avais préparé les arguments nécessaires pour l'arrêter s'il avait proposé de retourner à Thorpe-Ambrose. Mais il n'a parlé de rien de tel ; au contraire, il a déclaré, de son propre mouvement, que rien ne pourrait l'y décider. Il n'a plus maintenant de Miss Milroy à rencontrer dans le parc et plus de Midwinter pour lui tenir compagnie dans sa maison solitaire.

« J'aimerais mieux casser des pierres sur les routes, a-t-il dit, que de retourner à Thorpe-Ambrose ».

La première proposition est venue de Midwinter. Le vieux rusé de prêtre, qui nous a donné à Mrs. Oldershaw et à moi tant d'ennuis, a été malade, semble-t-il, mais il va mieux depuis quelque temps.

« Pourquoi ne pas aller dans le Somerset, a dit Midwinter, auprès de votre ami et du mien, Mr. Brock ? »

Armadale a saisi la proposition au vol. Il a dans un premier temps manifesté l'ardent désir de revoir ce « cher vieux Brock », puis il s'est réjoui à l'idée de retrouver son yacht. Après avoir séjourné quelques jours de plus à Londres avec Midwinter, il se rendrait volontiers dans le Somerset. Mais ensuite ?

Saisissant ma chance comme elle se présentait, je suis intervenue à mon tour.

— Vous avez un yacht, monsieur Armadale ? ai-je dit, et vous savez que Midwinter se rend en Italie ? Lorsque vous serez fatigué du Somerset, pourquoi ne vous embarqueriez-vous pas pour rejoindre votre ami et sa femme à Naples ?

J'ai fait cette allusion à « sa femme » avec la plus charmante modestie. Armadale était enchanté. J'avais trouvé le meilleur moyen de tromper la longueur du temps. Il s'est levé et m'a serré la main avec gratitude.

Ah ! comme je déteste les gens qui ne peuvent exprimer leurs sentiments sans s'en prendre aux mains des autres !

Midwinter s'est montré aussi charmé qu'Armadale de ma proposition, mais il a soulevé quelques difficultés dans son accomplissement. Il jugeait le yacht trop petit pour une croisière en Méditerranée, et était d'avis de fréter un plus grand bateau. Son ami était d'un tout autre avis. Je les ai laissés discuter cette question. C'était assez pour moi, déjà, de m'être assurée qu'Armadale ne retournerait pas à Thorpe-Ambrose, et de l'avoir décidé, en second lieu, à voyager à l'étranger. Il peut faire comme il veut maintenant. Je préférerais pourtant le petit yacht, car il y a des chances que le petit yacht me rende l'inestimable service de ne jamais arriver à Naples...

Cinq heures – L'euphorie d'avoir réussi à mettre Armadale sous ma surveillance me plongeait dans un tel état d'excitation que, lorsque je suis rentrée chez moi, j'ai dû ressortir pour m'occuper à quelque chose. Comme il me fallait penser à autre chose, j'ai résolu de me rendre à Pimlico, chez la mère Oldershaw.

En chemin, j'ai décidé de commencer par me quereller avec elle. L'un de mes billets ayant déjà été soldé, et Midwinter voulant bien payer les deux autres qui sont à échoir, je suis pour le moment vis-à-vis de la vieille misérable aussi indépendante que je puis le désirer. Je finis toujours par obtenir d'elle ce que je veux quand nous en arrivons à nous livrer bataille. Elle devient étonnamment civile et accommodante, dès que je lui fais sentir que ma volonté est plus forte que la sienne. Dans ma situation présente, elle pourrait m'être utile de plus d'une manière, si je peux m'assurer son aide sans lui confier des secrets que je suis plus que jamais déterminée à garder pour moi-même.

Tel était mon plan en me rendant à Pimlico : exaspérer les nerfs de Mrs. Oldershaw d'abord, puis l'entortiller autour de mon petit doigt, ce qui me promettait, pensais-je, une occupation intéressante pour le reste de la journée.

Lorsque je suis arrivée à Pimlico, une surprise m'attendait. La maison était fermée, non seulement du côté de Mrs. Oldershaw, mais aussi de celui du Dr Downward. Un cadenas était mis à la porte, et un homme rôdait autour de la boutique ; ce pouvait être un simple flâneur, mais il m'a paru ressembler fort à un policier déguisé.

Sachant les risques que faisait courir au docteur sa manière particulière de pratiquer, j'ai pensé aussitôt que quelque chose de sérieux était arrivé, et que même l'adroite Mrs. Oldershaw était cette fois compromise. Sans m'arrêter et sans prendre aucun renseignement, j'ai hélé le premier cab qui passait et me suis fait conduire au bureau de poste où j'avais demandé que mes lettres fussent envoyées après mon départ de Thorpe-Ambrose.

Je me suis fait remettre une lettre adressée à « Miss Gwilt ». Elle était de la mère Oldershaw, et elle m'apprenait que le docteur (comme je l'avais supposé) se trouvait dans de sérieuses difficultés, qu'elle-même était malheureusement mêlée à l'affaire, et que tous deux se cachaient pour le présent. La lettre finissait sur quelques phrases amères au sujet de ma conduite à Thorpe-Ambrose et sur un avertissement : j'entendrais encore reparler de Mrs. Oldershaw.

Cela m'a soulagée de la voir m'écrire sur ce ton, car elle eût été polie et humble si elle avait soupçonné mes projets. J'ai brûlé la lettre dès que l'on m'a eu apporté les bougies. Ici finissent, pour le moment, les rapports entre Mrs. Jézabel et moi-même. Je dois me tirer seule de ma vilaine œuvre désormais, et peut-être vaudra-t-il mieux pour ma sûreté que je ne me fie à d'autres mains que les miennes.

31 juillet – Encore de nouvelles informations intéressantes pour moi. J'ai eu un entretien avec Midwinter au parc ce matin (j'ai prétexté que s'il venait trop souvent à mon logement ma réputation pourrait en souffrir), et j'ai les dernières nouvelles d'Armadale.

Après qu'il a eu écrit à Miss Milroy, Midwinter lui a parlé de divers arrangements nécessaires à prendre pendant son absence de la grande maison. Il a été décidé que les gages des domestiques seraient réduits, et que Mr. Bashwood conserverait l'administration du domaine. (D'une certaine manière, je n'aime pas la manière dont Mr. Bashwood reparaît ici, lié à mes propres intérêts, mais il n'y a pas moyen de l'éviter).

La question suivante, celle de l'argent, a été réglée immédiatement par Armadale lui-même, tout l'argent disponible (une somme considérable) doit être placé par Mr. Bashwood, à la banque Coutts's, au nom d'Armadale. Cela, a-t-il dit, lui évitera la fatigue d'entretenir une correspondance avec son régisseur, et lui permettra d'avoir tout l'argent qu'il désirera sans retard, lors de son départ pour l'étranger. Cet arrangement était certainement le moyen le plus simple et le plus sûr, et a reçu sur-le-champ l'approbation de Midwinter ; la conversation d'affaires en serait restée là, si l'éternel Mr. Bashwood n'était encore revenu sur le tapis, et ne l'avait prolongée en lui donnant une direction entièrement nouvelle.

À la réflexion, il est venu à la pensée de Midwinter que toute la responsabilité de Thorpe-Ambrose ne devait pas rester à la charge de Mr. Bashwood. Sans douter de son honorabilité, il lui semblait qu'il serait sage de nommer quelqu'un pour le surveiller et lui donner des conseils en cas de besoin. Armadale n'a fait aucune objection à cela ; il a seulement demandé quelle serait cette personne.

La réponse n'était pas aisée à régler. L'un ou l'autre des deux avoués de Thorpe-Ambrose aurait pu être employé, mais Armadale s'était brouillé avec l'un et l'autre. Se réconcilier avec un ennemi aussi amer que Mr. Darch, il n'y fallait pas songer ; quant à réinstaller Mr. Pedgift dans sa première position, cela impliquait, de la part d'Armadale, une approbation tacite de l'abominable conduite de cet homme de loi vis-à-vis de moi, ce qui eut été peu en accord avec la considération et le respect qu'il doit témoigner à une lady destinée à devenir bientôt la femme de son meilleur ami.

Après une légère discussion, Midwinter a lancé une nouvelle proposition qui a paru trancher la difficulté. Il a conseillé à Armadale d'écrire à un respectable avoué de Norwich pour lui exposer sa situation dans les grandes lignes et le prier de seconder Mr. Bashwood, au cas où cela serait nécessaire. Norwich se trouvant peu éloigné de Thorpe-Ambrose par le train, Armadale n'a point vu d'objection à cet arrangement et a promis de s'adresser à l'homme de loi de Norwich.

De crainte qu'il ne fît quelque bévue en écrivant sans son assistance, Midwinter lui avait tracé un brouillon de lettre, et Armadale était maintenant occupé à le recopier, et aussi à écrire à Mr. Bashwood de placer immédiatement l'argent à la banque Coutts's.

Ces détails sont si arides et si peu intéressants en eux-mêmes que j'ai d'abord hésité à les porter sur mon journal, mais un peu de réflexion m'a convaincue qu'ils étaient trop importants pour être passés sous silence. Considérés de mon point de vue, ils signifient ceci : qu'Armadale, par sa propre volonté, interrompt toute communication avec Thorpe-Ambrose, y compris par lettres. Il est presque comme mort déjà pour tous ceux qu'il laisse derrière lui. Et les causes qui ont amené de semblables résultats ont certainement droit à la meilleure place sur les pages que je remplis.

1er août – Rien à noter, si ce n'est que j'ai passé une heureuse et tranquille journée avec Midwinter. Il a loué une voiture, et nous

nous sommes fait conduire à Richmond, où nous avons dîné. Après la journée d'aujourd'hui, il m'est impossible de me le dissimuler plus longtemps : advienne que pourra, je l'aime.

Je suis retombée dans la tristesse depuis qu'il m'a quittée. Cette conviction s'est emparée de mon esprit que la tournure facile et prospère que prennent mes affaires est trop satisfaisante pour durer. Quelque chose de plus que l'air étouffant de Londres m'oppresse cette nuit.

2 août, trois heures – Mes pressentiments m'ont trompée quelquefois, mais j'ai bien peur que ceux de la nuit dernière ne soient prophétiques.

Je suis allée, après le déjeuner, chez une couturière du voisinage, pour commander quelques robes d'été ; de là, je me suis rendue chez Midwinter afin de convenir avec lui d'une autre promenade à la campagne. J'ai effectué ces courses en voiture, puis, dégoûtée par la mauvaise odeur du cab (quelqu'un y avait fumé, je suppose), j'en suis descendue afin de marcher le reste du chemin. Je ne marchais pas depuis deux minutes, que j'ai découvert que j'étais suivie par un étrange individu.

Ceci ne signifie peut-être rien, si ce n'est qu'un flâneur a été frappé de ma tournure. Mon visage ne peut avoir fait aucune impression sur lui, car il était caché comme d'habitude par mon voile. M'a-t-il suivie (en voiture, bien entendu), de chez la couturière ou de l'hôtel ? Je ne puis le dire. Je ne suis pas davantage certaine qu'il ait gardé ma trace jusqu'à ma porte. Je sais seulement que je l'ai perdu de vue. Il n'y a rien d'autre à faire qu'attendre jusqu'à ce que les événements m'aient éclairée. S'il y a quoi que ce soit de grave dans ce qui est arrivé, je le découvrirai bientôt.

Cinq heures – Ceci est sérieux. Il y a dix minutes, j'étais dans ma chambre à coucher, qui communique avec le salon. J'en sortais, lorsque j'ai entendu une voix étrangère sur le palier au-dehors, une voix de femme. Un instant après la porte de mon salon s'est brusquement ouverte, et j'ai entendu la voix dire : « Sont-ce là les appartements que vous avez à louer ? ». Et, bien que la logeuse eût répondu : « Non ! c'est plus haut, madame ! », la femme s'est dirigée tout droit vers ma chambre à coucher, comme si elle n'avait pas entendu. Je n'ai eu que tout juste le temps de lui fermer la porte au visage avant qu'elle m'eût vue. Les explications et les excuses d'usage se sont ensuivies entre la logeuse et l'étrangère restées au milieu de mon salon, puis je me suis retrouvée seule.

Je n'ai pas le temps d'en écrire davantage. Il est évident que quelqu'un a intérêt à savoir qui je suis, et que, sans ma promptitude, cette femme serait arrivée à son but et m'aurait surprise. Elle et l'homme qui m'a suivie dans la rue sont, je le suppose, d'intelligence. Et il y a probablement quelqu'un à l'arrière-plan dont ils servent les intérêts. La mère Oldershaw m'attaquerait-elle dans les ténèbres, ou quelqu'un que je ne connais pas ? Peu importe. Ma situation est trop critique pour que je joue avec elle. Je veux quitter cette maison ce soir, et ne laisser derrière moi aucune trace qui puisse me faire suivre ailleurs.

Cary Street ; Tottenham Court Road.

3 août – J'ai quitté mon logement hier soir, après avoir écrit à Midwinter une lettre où l'histoire de ma mère malade figurait comme une excuse suffisante pour expliquer ma disparition, et j'ai trouvé refuge ici. Cela m'a coûté quelque argent, mais mon but est atteint ! Personne n'a pu me suivre de All Saints' Terrace à ma nouvelle adresse.

Après avoir remis à ma logeuse l'indemnité que je lui devais pour la quitter sans lui avoir donné congé, je me suis arrangée avec son fils pour qu'il mette mes malles dans un cab et les porte au bureau des bagages de la gare la plus proche ; il a été convenu encore qu'il m'enverrait le billet qu'il recevrait en retour, dans une lettre, poste restante. Tandis qu'il partait de son côté je suis allée du mien, emportant quelques effets dans mon sac pour passer la nuit. Je me suis fait conduire droit chez la couturière. La boutique, je l'avais remarqué la veille, avait une porte de sortie sur une cour de derrière. Je suis entrée, laissant la voiture m'attendre devant la maison :

« Un homme me suit ai-je dit à la couturière, et je voudrais m'en débarrasser. Voici le prix de la course pour ma voiture ; attendez dix minutes avant de la remettre au cocher, et faites-moi passer tout de suite par la porte de derrière ».

Une seconde après je traversais la cour, et de là je suis passée dans la rue adjacente. Enfin, j'ai hélé un omnibus qui passait, et je me suis trouvée libre de nouveau.

Ayant ainsi effacé tout ce qui pouvait servir d'indice sur moi et mon ancienne demeure, il me faut prendre une seconde précaution (au cas où Armadale et Midwinter seraient surveillés), et cesser mes communications pendant quelques jours avec l'hôtel. J'ai écrit à Midwinter, en prenant encore pour excuse ma prétendue mère, pour lui dire que je suis retenue par mes devoirs de garde-malade et que nous ne pouvons nous parler que par lettres, pour le présent du moins. Dans l'incertitude où je suis de l'identité de mes ennemis, je ne puis faire plus présentement pour me protéger.

4 août – Les deux amis m'ont répondu tous les deux de l'hôtel. Midwinter exprime ses regrets de notre séparation dans les termes les plus tendres. Armadale me supplie de lui venir en aide pour sortir d'une situation on ne peut plus pénible. Une lettre du major Milroy lui a été expédiée de la grande maison, et il me l'envoie en me priant d'en prendre connaissance.

Le major paraît être retourné à Thorpe-Ambrose vers la fin de la semaine dernière, après être revenu du bord de mer et avoir placé sa fille saine et sauve dans une pension, depuis longtemps choisie pour elle, dans le voisinage d'Ely. En rentrant chez lui, il semble qu'il ait eu vent pour la première fois des bruits qui courent sur Armadale et sur moi, et il a immédiatement écrit à Armadale pour l'en avertir.

La lettre est sèche et courte ; le major Milroy repousse les bruits répandus comme indignes de foi, parce qu'il lui est impossible de croire à l'acte de « froide trahison » qu'ils impliqueraient s'ils sont vrais. Il avertit simplement Armadale que, s'il n'est pas plus prudent à l'avenir dans ses actions, il doit renoncer à toute prétention à la main de Miss Milroy.

« Je n'attends et ne désire aucune réponse (ainsi se termine la lettre) car je ne me contenterai plus de simples protestations. Par votre conduite, et par votre conduite seule, je vous jugerai avec le temps. Laissez-moi ajouter aussi que je vous interdis positivement de regarder cette lettre comme une excuse pour violer les conditions posées entre nous, en écrivant à ma fille. Vous n'avez pas besoin de vous justifier auprès d'elle ; je l'ai heureusement éloignée de Thorpe-Ambrose avant qu'elle ait pu apprendre ces déplorables bruits, et je veillerai soigneusement à ce qu'ils ne puissent lui parvenir où elle est, afin qu'elle n'en soit pas affligée ni découragée ».

La demande qu'Armadale m'adresse (puisque je suis la cause innocente des accusations qu'il subit) est que j'écrive au major pour l'absoudre de tout manquement à ses devoirs en cette circonstance, et affirmer qu'il ne pouvait pas, sans froisser la plus stricte politesse, faire autrement que de m'accompagner à Londres.

Je lui pardonne l'insolence de sa requête en considération des nouvelles qu'il m'envoie. Il est certainement utile pour moi que le bruit du scandale arrivé à Thorpe-Ambrose ne puisse parvenir à Miss Milroy. Avec son caractère (si elle l'apprenait), elle serait capable de tenter quelque chose de désespéré pour récupérer son amoureux, et elle risquerait de me compromettre sérieusement. Quant à ma conduite envers Armadale, elle est assez facile. Je le tranquilliserai en lui promettant d'écrire au major Milroy, et je prendrai la liberté, dans mon propre intérêt, de ne pas tenir ma parole.

Rien d'inquiétant n'est arrivé aujourd'hui. Qui que soient mes ennemis, ils m'ont perdue de vue, et d'ici à ce que je quitte l'Angleterre, ils ne pourront me retrouver. J'ai été à la poste, où j'ai trouvé le billet de consigne enfermé dans la lettre envoyée de All Saints' Terrace. Je laisserai néanmoins mon bagage au bureau jusqu'à ce que je voie mon chemin plus clairement.

5 août – Encore deux lettres de l'hôtel. L'une de Midwinter, pour me rappeler de la plus charmante manière que demain il aura habité la paroisse le temps nécessaire, et sera en mesure ainsi d'obtenir la licence de mariage ; il se propose de la demander, comme cela se fait, au Collège des docteurs en droit. Maintenant, si je dois jamais le prononcer, il est temps de dire ce « non ». Je ne le ferai pas : voilà la vérité.

Le sort en est jeté !

La lettre d'Armadale est un adieu. Il me remercie de ma bonté pour avoir bien voulu écrire au major, et me donne rendez-vous à Naples. Il a appris par son ami que des raisons particulières doivent nous priver du plaisir d'assister à notre mariage. Rien ne le retient donc, à Londres. Il a terminé toutes ses affaires, et prendra ce soir le train du Somerset ; après être resté quelque temps avec Mr. Brock, il s'embarquera à Bristol, et fera voile pour la Méditerranée dans son propre yacht (malgré les objections de Midwinter).

La lettre est accompagnée d'une boîte à bijoux renfermant une bague – présent de noces d'Armadale. C'est un rubis, mais assez petit, et monté avec un goût médiocre. Miss Milroy aurait reçu une bague d'une valeur dix fois plus grande, s'il s'était agi de lui faire un cadeau de mariage. Il n'y a pas, à mon avis, de créature plus détestable qu'un jeune homme avare. Je me demande si son mauvais petit yacht le noiera.

Je suis si agitée, si nerveuse, que je sais à peine ce que j'écris, non pas que je recule devant les événements qui s'approchent, mais il me semble que je suis entraînée vers eux plus vite que je ne le voudrais. Si rien de nouveau n'arrive, Midwinter m'aura épousée avant la fin de la semaine ; et alors… !

6 août – Si quelque chose pouvait encore me surprendre à présent, ce seraient les nouvelles que je reçois aujourd'hui.

À son retour à l'hôtel ce matin, après avoir reçu la licence de mariage, Midwinter a trouvé un télégramme qui l'attendait. C'était un message urgent d'Armadale, annonçant que Mr. Brock avait eu une rechute et que, d'après l'avis des médecins, tout espoir était perdu. Sur la demande expresse du mourant, qui appelait Midwinter à son chevet, Armadale le suppliait de ne pas perdre une minute, et de partir par le premier train.

La lettre, écrite à la hâte, m'apprenait encore que, lorsque je la recevrais, Midwinter serait en route pour l'ouest. Il promettait d'écrire plus longuement par le courrier du soir, après avoir vu Mr. Brock. Cette nouvelle a pour moi un intérêt que Midwinter ne soupçonne pas. Il n'y a qu'une seule personne avec moi qui connaisse le secret de sa naissance et de son nom, et c'est le vieillard qui est maintenant couché sur son lit de mort. Que se diront-ils au dernier moment ? Le hasard les reportera-t-il au temps où j'étais au service de Mrs. Armadale à Madère ? Parleront-ils de moi ?

7 août – La lettre promise vient d'arriver. Aucune parole d'adieu n'a été échangée entre eux. Tout était fini quand Midwinter est arrivé. Armadale l'a reçu aux portes du presbytère, en lui annonçant que Mr. Brock était mort.

J'ai essayé de lutter contre l'impression produite par cette nouvelle, mais, arrivant après toutes les étranges complications qui se sont amassées autour de moi depuis des semaines, il y a quelque chose dans ce dernier événement qui ébranle mes nerfs. Un seul risque d'être découverte pesait sur moi quand je me suis mise à mon journal hier.

Lorsque je le reprends aujourd'hui, ce risque est écarté par la mort de Mr. Brock.

Les funérailles doivent avoir lieu samedi matin. Midwinter y assistera ainsi qu'Armadale ; mais il se propose de rentrer à Londres en attendant, et il m'annonce qu'il viendra ici ce soir, en se rendant à son hôtel. Cela dût-il offrir quelque danger, il me faut absolument le voir au point où en sont les choses. Il n'y a aucun inconvénient à ce qu'il vienne, du moment qu'il arrive de la gare, et non de l'hôtel.

Cinq heures – Je ne me trompais pas en pensant que mes nerfs étaient malades ; des niaiseries qui ne m'eussent pas arrêtée naguère un seul instant pèsent lourdement sur mon esprit aujourd'hui.

Il y a deux heures, ne sachant comment passer la journée, je me suis souvenue de la couturière qui me fait ma robe d'été. J'avais compté l'essayer hier, mais cela m'était sorti de la tête, dans la préoccupation causée par l'attente des nouvelles de Mr. Brock ; aussi je m'y suis rendue cette après-midi, impatiente d'échapper à moi-même. Je suis revenue plus mal à l'aise et plus découragée qu'en partant, craignant d'avoir à me repentir un jour de n'avoir pas laissé ma robe inachevée entre les mains de la couturière.

Rien ne m'est arrivé cette fois dans la rue. Mes soupçons n'ont été éveillés que dans le salon d'essayage ; la pensée m'est venue là que la tentative pour me découvrir que j'avais déjouée à All Saints' Terrace n'était pas encore abandonnée et avait été confiée à quelque dame de magasin, si ce n'est à la patronne elle-même.

Ai-je quelque raison pour justifier cette impression ? Réfléchissons un peu.

J'ai certainement remarqué des choses qui sont en dehors des habitudes ordinaires en pareille circonstance. La première, c'est qu'il y avait le double d'employées qu'il n'en était besoin dans le salon de la couturière. Cela m'a paru suspect, et cependant, j'aurais pu l'expliquer de plusieurs façons. N'est-on pas à la morte-saison ? Et ne sais-je pas, par expérience, que j'appartiens à cette espèce de femmes dont les autres sont toujours malicieusement curieuses ? J'ai aussi pensé, en second lieu, que l'une des assistantes persistait singulièrement à vouloir me maintenir le visage tourné dans une certaine direction, vers la porte vitrée, ornée de rideaux, menant à l'atelier.

Mais, après tout, elle m'en a donné la raison quand je la lui ai demandée. Elle a dit que la lumière tombait mieux sur moi de ce côté, et j'ai aperçu en effet une fenêtre, ce qui prouvait ses dires. Cependant, ces incidents m'ont impressionnée à un tel point que j'ai fait exprès de trouver un défaut à la robe, afin d'avoir un prétexte pour l'essayer de nouveau, avant de donner mon adresse et de me la faire envoyer. Pure imagination… sans doute. Cependant, je suivrai mon instinct, comme on dit : je laisserai la robe, et ne retournerai pas chez cette femme.

Minuit – Midwinter est venu me voir comme il l'avait promis. Une heure s'est écoulée depuis que nous nous sommes dit bonsoir, et me voici encore assise, la plume à la main, pensant à lui. Je ne trouve aucun mot pour décrire ce qui s'est passé entre nous. Je ne puis que noter sur ces pages le résultat de notre entretien : ma résolution est ébranlée. Pour la première fois depuis que je vois ma route pour arriver à Thorpe-Ambrose, je pense que l'homme que j'ai condamné en pensée a une chance de m'échapper.

Est-ce mon amour pour Midwinter qui m'a changée ? Ou est-ce son amour pour moi qui a pris possession, non seulement de tout ce que je désire lui donner, mais encore de tout ce que je voulais lui dérober. On dirait que je me suis perdue – perdue en lui… pendant cette soirée. Il était dans une grande agitation à cause de ce qui est arrivé dans le Somerset ; son chagrin et son découragement m'ont gagnée. Bien qu'il ne me l'ait point avoué, je sais que la mort de Mr. Brock lui paraît d'un mauvais présage pour notre mariage. Elle me produit la même impression. Sa superstition a pris un tel empire sur moi que, lorsque nous sommes devenus plus calmes et qu'il a parlé de l'avenir, en me disant qu'il lui fallait ou rompre son engagement avec ses nouveaux patrons ou partir, comme c'est convenu, lundi prochain, j'ai tremblé à la pensée de voir notre mariage suivre de si près les funérailles de Mr. Brock. Je lui ai dit, entraînée par ce sentiment :

« Allez, et commencez seul votre nouvelle vie ! Allez, et laissez-moi ici attendre des temps plus heureux ! »

Il m'a pris dans ses bras. Il a soupiré et m'a embrassée avec une angélique tendresse. Il m'a dit… oh ! si doucement et si tristement ! « Il n'y a pas maintenant d'existence possible pour moi, loin de vous ». Tandis que ces mots s'échappaient de ses lèvres, cette pensée s'est élevée en moi comme un écho : « Pourquoi ne pas passer tous les jours qui me sont donnés dans un amour comme celui-là ? ». Je ne puis l'expliquer, je ne puis m'y faire, mais cela a été l'idée qui m'est venue alors et m'obsède encore. Je regarde ma main pendant que j'écris ces lignes, et cependant je me demande si c'est là réellement la main de Lydia Gwilt.

Armadale…

Non ! je ne veux jamais écrire ce nom… Je ne veux plus m'occuper d'Armadale.

Si ! Que j'en parle une fois encore… que je pense à lui pour la dernière fois… Cela me tranquillise de savoir qu'il s'éloigne, et que la mer nous aura séparés avant mon mariage. Son vieux chez-lui n'est plus à lui, maintenant que la perte de sa mère a été suivie de celle de son plus ancien ami. Il est décidé à s'embarquer et à courir les mers étrangères, dès que les funérailles seront terminées.

Nous nous rencontrerons ou non à Naples. Serai-je la même femme si cela se produit ? Je me le demande ! je me le demande !

8 août – Une ligne de Midwinter. Il est reparti pour le Somerset afin d'assister à l'enterrement, et il reviendra ici après avoir dit adieu à Armadale, demain soir.

Les derniers arrangements, les procédures préliminaires à notre mariage, sont terminés. Je serai sa femme lundi prochain. L'heure fixée est dix heures et demie au plus tard, ce qui nous permettra de nous rendre de l'église au chemin de fer, et de partir le jour même pour Naples.

Aujourd'hui… samedi… dimanche ! Je ne suis pas effrayée du temps : le temps passera. Je n'ai pas peur de moi-même, si je puis seulement chasser toutes les pensées, sauf une, de mon esprit. Je l'aime ! Jour et nuit, jusqu'à ce que lundi arrive, je ne penserai qu'à cela : je l'aime !

Quatre heures – D'autres pensées me poursuivent malgré moi. Mes soupçons d'hier n'étaient pas de simples chimères. La couturière a été achetée. Mon imprudence, en retournant chez elle, a été cause que j'ai été suivie ici. Je suis absolument certaine de ne lui avoir jamais donné mon adresse, et cependant ma robe neuve m'est arrivée à deux heures aujourd'hui !

Un homme l'a apportée avec la note et un message poli disant que, comme je n'étais pas allée l'essayer au jour convenu, on avait terminé la robe sans attendre ma venue. Il m'a attrapée dans le couloir, et je n'ai eu d'autre choix que de payer la note et de le renvoyer. Toute autre manière de s'en tirer eût été pure folie. Le messager (pas l'homme qui m'a suivie dans la rue, mais un autre espion envoyé pour me surveiller, sans aucun doute) aurait déclaré qu'il ne savait rien, si j'avais voulu le faire parler. La couturière m'aurait répondu en face, si j'avais été chez elle, que je lui avais donné mon adresse. La seule chose utile à faire maintenant est de mettre toute mon intelligence en œuvre pour retrouver ma sécurité et me tirer du mauvais pas dans lequel mon imprudence m'a mise, si je le puis.

Sept heures – J'ai repris le dessus. Je crois que je suis déjà en bon chemin de me tirer d'embarras. Je viens de faire une longue tournée en cab. D'abord, j'ai été chercher les bagages que j'avais laissés au bureau du Great Western. Ensuite, je me suis fait conduire à celui du South Eastern pour y laisser ces mêmes malles, inscrites au nom de Midwinter. Elles devront m'attendre là jusqu'au train maritime de lundi. Après cela, je me suis rendue à la Poste centrale, pour poster une lettre à Midwinter, qu'il recevra au presbytère demain matin. Enfin je suis rentrée chez moi, d'où je ne bougerai plus jusqu'à lundi.

Ma lettre à Midwinter l'aura sans aucun doute amené à seconder (bien innocemment) les précautions que j'ai prises pour ma sûreté personnelle. Le peu de temps que nous aurons lundi l'obligera à payer sa note à l'hôtel et à enlever ses bagages avant la cérémonie. Tout ce que je lui demande de faire en plus, c'est de les porter lui-même au South Eastern (de manière à rendre inutiles toutes questions que l'on pourrait adresser aux domestiques de l'hôtel) et, cela fait, de me retrouver à la porte de l'église, au lieu de venir me chercher ici. Le reste ne regarde que moi. Lorsque dimanche soir ou lundi matin viendra, ce serait singulier vraiment – libérée comme je le suis de tout embarras – que je ne puisse donner le change pour la seconde fois aux gens qui m'espionnent.

Il semble assez inutile d'avoir écrit à Midwinter aujourd'hui quand il revient demain soir. Mais il m'était impossible de lui adresser la demande que j'avais à lui faire, sans me servir encore de l'excuse de la fausse histoire de ma famille et, étant obligée d'y avoir recours, j'ai préféré lui écrire, parce que j'ai trop souffert la dernière fois d'avoir à le tromper en face.

9 août, deux heures – Je me suis levée de bonne heure aujourd'hui, plus abattue que de coutume. Le réveil de la vie, chaque matin, a toujours été pour moi, depuis bien des années, une sensation pénible et désespérée. J'ai rêvé toute la nuit, non de Midwinter et de ma vie quand je serai sa femme, ainsi que je l'avais espéré, mais de la misérable conspiration ourdie contre moi, qui m'a chassée de place en place comme un animal traqué. Rien qui ressemble à une nouvelle révélation ne m'a éclairée pendant mon sommeil. Je n'ai rien trouvé de mieux en rêvant que ce que j'avais imaginé en marchant, à savoir que c'est la mère Oldershaw qui est l'ennemie en train de m'attaquer dans l'ombre.

Ma nuit d'insomnie a eu cependant un résultat satisfaisant. Elle m'a valu les bonnes grâces de la servante de la maison, et je me suis ainsi assuré son aide, si j'en ai besoin, quand le temps sera venu.

Cette fille a remarqué ce matin que je paraissais pâle et inquiète ; je lui ai confié que j'étais fiancée secrètement et que j'avais des ennemis qui essayaient de me séparer de mon amoureux. Cela m'a immédiatement valu sa sympathie, et un présent de dix shillings en récompense de ses bons services a fait le reste. Pendant les moments de liberté que lui laissait sa tâche, elle m'a tenu compagnie toute la matinée. J'ai découvert entre autres choses que son galant était soldat dans les gardes, et qu'elle espérait le voir demain. Si pauvre que je sois, il me reste assez d'argent pour tourner la tête d'un soldat de l'armée anglaise, et si la personne chargée de me guetter demain est un homme, je pense qu'il pourra trouver son attention désagréablement distraite de Miss Gwilt au cours de la soirée.

Quand Midwinter est venu ici la dernière fois, de la gare, il est arrivé vers huit heures et demie. Comment passer les pénibles heures qui me séparent de lui jusqu'à ce soir ? Je ferai la nuit dans ma chambre, et je boirai l'oubli béni à mon flacon de gouttes.

Onze heures – Nous nous sommes séparés pour la dernière fois, avant le jour qui nous fera mari et femme.

Il m'a quittée en me laissant un intéressant sujet de méditation pendant son absence. J'avais remarqué un changement en lui dès qu'il était entré dans la chambre. Quand il m'a parlé des funérailles de Mr. Brock et de sa séparation d'avec Armadale à bord du yacht, malgré son émotion, il s'est exprimé avec une fermeté tranquille et toute nouvelle. Il en a été de même quand la conversation a tourné ensuite autour de nos espérances et de nos projets. Il a paru franchement désappointé quand il a appris que mes embarras de famille empêcheraient notre rencontre de demain, et franchement contrarié à la perspective de me laisser me rendre seule à l'église lundi. Mais il y avait sous tout cela une sorte de confiance, de calme dans ses manières, qui a produit une si forte impression sur moi que je n'ai pu m'empêcher de lui en faire la remarque.

— Vous savez quelles singulières lubies s'emparent quelquefois de mon esprit, lui ai-je dit ; vous dirai-je la pensée qui m'occupe en ce moment ? Je ne puis m'empêcher de croire que quelque chose est arrivé depuis la dernière fois que nous nous sommes vus, et que vous ne me l'avez pas encore confié.

— Quelque chose est arrivé en effet, répondit-il, et c'est quelque chose que vous devez savoir.

Sur ces mots, il a sorti son portefeuille et en a tiré deux papiers, l'un qu'il y a remis après l'avoir regardé, l'autre qu'il a placé sur la table devant moi.

— Avant que je vous explique ce dont il s'agit et comment ce papier se trouve en ma possession, a-t-il dit, je dois vous avouer quelque chose que je vous avais caché, je dois vous faire l'aveu de ma faiblesse.

Il m'a appris alors que sa réconciliation avec Armadale avait été assombrie pendant toute la durée de leur séjour à Londres par ses craintes superstitieuses. Il avait obéi au devoir qui l'appelait au chevet du mourant, fermement résolu à confier ses terreurs à Mr. Brock ; il avait été doublement fortifié dans ses craintes, en trouvant que la mort l'avait précédé dans la maison et les avait séparés pour toujours en ce monde. Plus grave encore, c'est avec un véritable sentiment de soulagement à l'idée d'être séparé d'Armadale qu'il était retourné aux funérailles, et il avait résolu secrètement que la rencontre qui devait les réunir tous les trois à Naples n'aurait jamais lieu. Habité par ses pensées, il était monté seul dans la chambre qu'on lui avait préparée au presbytère, et avait ouvert une lettre qui l'attendait sur la table. La lettre avait été découverte le jour même sous le lit de mort de Mr. Brock, d'où elle avait probablement glissé ; elle portait l'écriture du révérend et était adressée à Midwinter.

Après m'avoir expliqué cela dans des termes proches de ceux que j'emploie, il m'a tendu le papier qu'il avait posé sur la table :

— Lisez ceci, et je n'aurai plus besoin de vous dire que mon esprit est calme désormais et que j'ai serré la main d'Allan, en lui disant adieu, avec un cœur plus digne de son affection.

J'ai lu la lettre. Je n'avais point d'idées superstitieuses à vaincre dans mon esprit, et je n'étais influencée par aucune reconnaissance envers Armadale qui pût émouvoir mon cœur ; cependant l'effet que la lettre avait produit sur Midwinter a été, je le crois fermement, plus que surpassé par celui qu'elle a produit sur moi.

Il eût été inutile de lui demander de me la laisser pour la relire (comme je le désirais) quand je serais seule. Il est résolu à la tenir serrée à côté de l'autre papier que je lui ai vu dans son portefeuille, et qui contient le récit du rêve d'Armadale. Tout ce que j'ai pu obtenir a été la permission de la copier. Il me l'a accordée sans difficulté. J'ai recopié la lettre en sa présence, et je la transcris sur mon journal, pour marquer un jour qui est maintenant l'un des plus mémorables de ma vie.

Presbytère de Boscombe, le 2 août.

Mon cher Midwinter,

Pour la première fois depuis le commencement de ma maladie, je me suis senti assez fort, hier, pour lire ma correspondance. Il y avait une lettre d'Allan qui m'attendait sur ma table depuis plus de dix jours. Il m'écrit, dans un grand émoi, qu'il y a eu une discussion entre vous deux, et que vous l'avez quitté. Si vous vous rappelez encore ce qui s'est passé entre nous, lorsque vous m'ouvrîtes votre cœur à l'île de Man, vous comprendrez sans peine ce que j'ai pu penser de ces malheureuses nouvelles pendant la nuit qui vient de s'écouler, et vous ne serez pas surpris d'apprendre que je me suis levé ce matin avec le désir de vous écrire. Bien que je sois loin de désespérer de moi, je n'ose pas, à mon âge, compter trop sur les chances de rétablissement. Je veux profiter du temps qui m'appartient encore, et l'employer pour votre bien, et celui d'Allan.

Je n'ai besoin d'aucune explication sur ce qui s'est passé entre vous et votre ami. Si mon estime pour votre caractère n'est point fondée sur une complète aberration, le seul motif qui ait pu vous éloigner d'Allan est l'influence de ce mauvais esprit superstitieux que j'ai, une fois déjà, arraché de votre cœur, et dont je triompherai encore, s'il plaît à Dieu, si la force ne me manque pas, si je puis dans cette lettre faire dire à ma plume tout ce que je sens.

Il n'est pas dans mes vues de combattre cette croyance, dont je vous sais pénétré, que les créatures humaines peuvent être soumises à des interventions surnaturelles dans leur pèlerinage à travers le monde. Parlant en homme raisonnable, j'avoue que je ne puis prouver que vous ayez tort. Parlant, en croyant, je suis forcé d'aller plus loin, et d'admettre que vous possédez une autorité plus haute qu'aucune autorité humaine pour appuyer votre conviction. Mon seul but est de vous amener à vous débarrasser du fatalisme paralysant des païens et des sauvages, et de vous faire considérer les mystères qui vous inquiètent et les présages de malheur qui vous hantent d'un point de vue chrétien. Si je puis y réussir, je chasserai de votre esprit les sombres doutes qui l'assiègent en ce moment, et je vous réunirai à votre ami, pour que vous ne vous en sépariez plus jamais.

Je n'ai aucun moyen de vous voir et de vous questionner. Je ne puis qu'envoyer cette lettre à Allan pour qu'il vous la fasse parvenir, s'il a votre adresse ou s'il peut la découvrir. Placé dans cette position vis-à-vis de vous, je suis forcé de supposer tout ce qui peut être allégué en votre faveur. Je veux considérer comme certain que quelque chose est arrivé à vous ou à Allan, qui vous a non seulement confirmé dans la certitude fataliste avec laquelle votre père est mort, mais qui a encore ajouté une nouvelle et terrible signification à l'avertissement qu'il vous a donné dans sa lettre testamentaire.

C'est sur ce terrain que je veux vous combattre, en faisant appel à tout ce qu'il y a de noblesse en vous, et à votre bon sens.

En admettant votre certitude que les événements arrivés (quels qu'ils soient) ne peuvent s'expliquer par les lois humaines ordinaires, et en adoptant le point de vue le plus favorable à vos idées, qui êtes-vous ? Un faible instrument dans les mains de la fatalité. Vous êtes condamné, malgré toute résistance, à apporter le malheur et la ruine à un homme auquel l'amitié et la reconnaissance vous ont uni par des liens presque fraternels. Votre plus ferme volonté, vos aspirations les plus pures ne peuvent rien contre l'influence héréditaire qui vous condamne au mal par suite d'un crime commis par votre père avant votre naissance. À quoi aboutit cette croyance ? Aux ténèbres dans lesquelles vous vous êtes perdu, aux contradictions dans lesquelles vous vous débattez, au désespoir obstiné par lequel un homme profane son âme et s'abaisse au niveau des brutes.

Levez vos regards plus haut, pauvre frère souffrant ! Levez les yeux, mon ami bien-aimé. Pour combattre les doutes qui vous assaillent, placez-vous sur le terrain béni, sur le terrain chrétien, avec l'espérance pour appui ; alors votre cœur retournera à Allan, et votre esprit sera en paix. Advienne que pourra, Dieu est toute bonté, toute miséricorde et toute sagesse. Naturel ou surnaturel, tout arrive par lui. Le mystère du mal qui inquiète nos faibles esprits, la tristesse et la souffrance qui nous torturent dans cette courte vie laissent inébranlable cette grande vérité que la destinée de l'homme est entre les mains de son Créateur, et que le fils de Dieu est mort pour nous en rendre dignes. Rien de ce qui est fait avec une parfaite soumission à la sagesse divine n'est mauvais. Il n'est point de mal qui ne puisse, par sa volonté, se changer en bien. Soyez fidèle à ce que le Christ vous dit être le vrai. Encouragez en vous, quelles que soient les circonstances, tout ce qui est patience, indulgence et charité envers votre prochain. Et avec humilité, avec foi, laissez le reste au Dieu qui nous a faits, et au Sauveur qui vous a aimé plus que sa propre vie.

Ceci est la foi dans laquelle j'ai vécu, par l'aide et par la grâce divine, depuis mon enfance jusqu'à aujourd'hui. Je vous demande instamment et avec ferveur de faire vôtre cette croyance. Elle est la source de tout le bien que j'aie pu faire, de tout le bonheur que j'aie jamais connu. Elle éclaire mes ténèbres ; elle soutient, mon espérance ; elle me console et me tranquillise, sur ce lit où je suis couché, entre la vie et la mort. Laissez-la vous aider, vous fortifier et vous éclairer. Elle vous soutiendra dans vos plus grandes afflictions, comme elle m'a secouru dans les miennes. Elle vous montrera dans les événements qui vous ont réunis, vous et Armadale, une autre fin que celle qu'a prévue votre coupable père. D'étranges choses, je ne le nie pas, vous sont arrivées déjà. De plus étranges encore peuvent vous surprendre avant longtemps, quand je ne serai plus là pour les voir. Souvenez-vous, si ce temps arrive, que je suis mort en croyant fermement que votre influence sur Allan ne pouvait avoir d'autre conséquence pour lui que son bien. Le grand sacrifice de l'expiation, je le dis avec respect, a des rejaillissements humains, même en ce monde. Si un danger menace jamais Allan, vous dont le père a pris la vie de son père, vous et nul autre, êtes l'homme que la Providence de Dieu a désigné pour le sauver.

Venez à moi si je vis. Retournez près de l'ami qui vous aime, que je meure ou que je vive.

Votre affectionné jusqu'au dernier moment.

DECIMUS BROCK.

« Vous, et nul autre, êtes l'homme que la Providence de Dieu a désigné pour le sauver ».

Tels sont les mots qui m'ont ébranlée jusqu'au fond de l'âme. Tels sont les mots qui me donnent l'impression que le mort est sorti de sa tombe et a mis la main à l'endroit de mon cœur où repose mon terrible secret, caché à toute créature vivante qui ne soit moi. Une partie de la lettre est déjà devenue vraie. Le danger qu'elle prophétise menace Armadale en ce moment, et c'est par moi qu'il le menace !

Si les circonstances favorables qui m'ont poussée aussi loin me conduisent jusqu'à la fin, et si la dernière conviction de ce vieillard est prophétique, Armadale m'échappera, quoi que je fasse. Et Midwinter sera la victime sacrifiée pour sauver la vie de son ami.

C'est affreux ! c'est impossible ! Cela ne sera jamais. Rien qu'à cette pensée ma main tremble et le cœur me manque. Je bénis la faiblesse qui m'envahit, l'effroi qui me fait chanceler. Je bénis ces mots de la lettre qui ont ranimé les pensées d'attendrissement qui me sont venues depuis deux jours. Il est dur, maintenant que les événements doucement et sûrement me rapprochent sans cesse de la fin, il est dur de vaincre la tentation, de m'arrêter devant le but près d'être atteint. Non, s'il y a seulement une chance qu'il arrive du mal à Midwinter, la crainte de cette chance suffit à me décider ; elle me fortifiera et m'aidera à triompher de la tentation pour l'amour de lui. Je ne l'ai jamais encore aimé, jamais, jamais, comme je l'aime en ce moment !

Dimanche 10 août – La veille de mon mariage ! Je ferme ce journal pour ne plus jamais le reprendre, pour ne plus le rouvrir.

J'ai remporté la grande victoire. J'ai foulé ma perversité aux pieds.

Je suis innocente, je suis heureuse. Mon amour, mon ange, quand demain me donnera à vous, je n'aurai pas une pensée dans mon cœur qui ne soit votre.

XV. Le mariage

Il était neuf heures du matin. L'endroit était une chambre particulière de l'un des vieux hôtels qui subsistent sur la rive sud de la Tamise. La date était le lundi 11 août. Et l'acteur était Mr. Bashwood, qui était arrivé à Londres sur l'invitation de son fils et avait établi ses quartiers dans cet hôtel depuis la veille.

Il n'avait jamais paru si misérablement vieux et malheureux qu'en ce moment. La fièvre causée par les périodes alternées d'espérance et de désespoir l'avait desséché, flétri, dévasté. Les angles de sa silhouette s'étaient comme aiguisés. Les contours de son visage s'étaient resserrés. Ses habits avouaient le changement survenu en lui avec une mélancolique et burlesque emphase. Jamais, même dans sa jeunesse, il ne s'était habillé comme aujourd'hui. Dans la résolution désespérée de ne perdre aucune chance de faire impression sur Miss Gwilt, il avait renoncé à ses sombres vêtements. Il avait trouvé le courage de mettre sa cravate de satin bleu. Il portait un habit de cheval gris clair, qu'il avait commandé dans le goût de celui qu'il avait vu à Allan. Son gilet était blanc, et son pantalon, de la plus gaie couleur d'été, avait été coupé avec toute l'ampleur possible ; sa perruque, poudrée, parfumée, brossée, avançait sur les tempes, de manière à cacher ses rides. Il était risible ; il était pitoyable. Ses ennemis, si une créature aussi misérable pouvait en avoir, eussent eu pitié de lui, en le voyant dans cet accoutrement. Ses amis, lui en fût-il resté, eussent été moins affligés de le voir dans son cercueil que de le rencontrer affublé de la sorte.

Incessamment agité, il se promenait de long en large dans la chambre ; tantôt il regardait sa montre, tantôt la fenêtre, tantôt la table où s'étalait un déjeuner bien servi, toujours du même œil inquiet et malheureux. Le garçon, qui entra avec une cafetière d'eau chaude, fut interpellé pour la cinquantième fois dans les seuls termes que la misérable créature semblait connaître ce matin-là :

« Mon fils déjeune ici. Mon fils est très difficile. Je désire ce qu'il y a de mieux, froid et chaud, thé et café et tout ce qui s'ensuit, garçon, tout ! ». Pour la cinquantième fois il répétait ces anxieuses paroles et l'impénétrable garçon venait de renouveler sa réponse apaisante : « Tout sera bien, monsieur, vous pouvez vous fier à moi », quand un bruit de pas nonchalants se fit entendre dans l'escalier ; la porte s'ouvrit, et le fils si longtemps attendu entra avec indolence, un petit sac de cuir à la main.

— Compliments, vieux gentleman ! dit Bashwood jeune en examinant la toilette de son père avec un sarcastique sourire d'encouragement. Vous voilà fin prêt à épouser Miss Gwilt !

Le père prit la main de son fils, et essaya de faire chorus en riant aussi :

— Toujours, aussi gai, Jemmy ? dit-il en l'appelant du nom familier qu'il lui donnait dans des temps plus heureux. Vous avez toujours eu beaucoup de gaieté dans le caractère, même tout enfant, mon cher. Approchez et asseyez-vous. Je vous ai commandé un bon déjeuner. Tout ce qu'il y a de mieux ! En vérité ! quel soulagement de vous voir ! Oh, mon cher, mon cher, quel soulagement !

Il s'interrompit et s'assit à table. Son visage devint pourpre de l'effort qu'il faisait pour surmonter son impatience.

— Dites-moi tout ce que vous savez sur elle ! s'écria-t-il en renonçant à se contraindre avec un soudain abandon. Je mourrai, Jemmy, si j'attends plus longtemps. Dites-moi tout, sans rien oublier !

— Chaque chose en son temps, répondit Bashwood jeune, parfaitement insensible à l'impatience de son père. Nous déjeunerons d'abord ; ensuite viendra le tour de la dame. Allons-y doucement, s'il vous plaît, vieux gentleman !

Il déposa son sac de cuir sur une chaise, et s'assit en face de son père, froid, souriant, en chantonnant un refrain.

Un observateur ordinaire, faisant appel aux règles élémentaires de l'analyse, n'eût pu déchiffrer le caractère véritable de Bashwood fils sur son visage. Sa figure juvénile, ses cheveux blonds, ses joues rondes et imberbes, ses manières aisées, son sourire toujours prêt, ses yeux qui recevaient en face l'examen de n'importe qui, tout se combinait pour laisser de lui une impression favorable sur le commun des mortels. Pas un observateur sur dix, peut-être, n'eût pénétré les dehors doucereux et trompeurs de cet homme, et ne l'eût pris pour ce qu'il était réellement, pour la vile créature, instrument de la société plus vile encore qui l'avait façonnée à son usage. Là, il était assis, espion confidentiel des temps modernes, agent de l'agence d'investigations privées, dont le succès s'accroît chaque jour. Là il était assis, espion créé par le progrès de notre civilisation nationale, toujours prêt, sur un soupçon (si le plus simple soupçon le payait), à regarder sous nos lits et à travers le trou de nos serrures, un homme qui n'eût plus été de la moindre utilité à ses employeurs, si la présence de son père avait pu susciter en lui le moindre sentiment de compassion, et qui eût été traître à sa situation si, en n'importe quelle circonstance, il avait été personnellement accessible à un sentiment de pitié ou de honte.

— Allons doucement, vieux gentleman, répéta-t-il en soulevant les couvercles de dessus les plats. Doucement !

— Ne soyez pas fâché contre moi, Jemmy, reprit, le père. Essayez d'imaginer, si vous le pouvez, combien je dois être anxieux. J'ai reçu votre lettre hier matin. J'ai dû faire le voyage de Thorpe-Ambrose, passer une longue et triste nuit, sans rien savoir par votre lettre, si ce n'est que vous avez découvert qui elle est vraiment. L'incertitude est une chose pénible à supporter à mon âge, Jemmy, qu'est-ce qui vous a empêché, mon cher, de venir me voir ici quand je suis arrivé hier soir ?

— Un petit dîner à Richmond, fit Bashwood jeune. Donnez-moi un peu plus de thé.

Mr. Bashwood essaya d'obéir à la requête, mais la main avec laquelle il souleva la théière tremblait si fiévreusement que le thé ne rencontra pas la tasse et se répandit sur la nappe.

— J'en suis très fâché, je ne puis m'empêcher de trembler quand je suis inquiet, dit le vieillard pendant que son fils lui ôtait la théière des mains. Je craignais que vous ne fussiez fâché contre moi, Jemmy, pour ce qui est arrivé la dernière fois que je suis venu en ville. J'étais obstiné et déraisonnable de ne pas vouloir retourner à Thorpe-Ambrose. Je suis plus docile maintenant. Vous aviez raison de tout vouloir prendre sur vous, dès que je vous ai eu montré la dame voilée, lorsque nous la vîmes sortir de l'hôtel ; vous fûtes parfaitement sage de me renvoyer le même jour à mes affaires à la grande maison.

Il guetta l'effet de ces concessions sur son fils, et aventura timidement une autre prière :

— Si vous ne voulez encore rien me dire, reprit-il faiblement, voulez-vous me raconter comment vous avez pu la trouver ? Je vous en prie, je vous en prie, Jemmy !

Bashwood jeune leva les yeux de dessus son assiette :

— Je veux bien vous raconter cela. La chasse de Miss Gwilt a coûté plus de temps et plus d'argent que je ne le supposais : et plus tôt nous aurons fait nos comptes, plus tôt vous obtiendrez ce que vous souhaitez savoir.

Sans un mot de protestation, le père posa son portefeuille crasseux et sa bourse sur la table devant son fils. Bashwood jeune regarda dans la bourse, nota avec un dédaigneux haussement de sourcils qu'elle contenait seulement un souverain et quelques pièces d'argent, et la rendit intacte. Le portefeuille ayant été ouvert ensuite se trouva contenir quatre billets de cinq livres. Bashwood jeune fit passer trois billets dans sa propre poche, après quoi il remit le portefeuille à son père avec un salut de gratitude moqueuse et de respect ironique.

— Un million de remerciements, dit-il. Je récompenserai quelques employés du bureau, et le reste sera pour moi. Une des choses les plus absurdes que j'aie faites dans le cours de ma vie, c'est de vous avoir écrit, quand vous m'avez consulté la première fois, que vous auriez mes services gratis. Comme vous le voyez, je me hâte de réparer mon erreur. Je vous aurais assez volontiers sacrifié une heure ou deux du temps qui m'appartenait, mais cette affaire m'a pris des jours entiers. Je vous ai dit que je ne pouvais perdre de l'argent avec vous. Je vous l'ai dit clairement.

— Oui, oui, Jemmy. Je ne me plains pas, mon cher, je ne me plains pas, peu importe l'argent ; racontez-moi comment vous l'avez découverte.

— En outre, poursuivit Bashwood jeune, continuant impitoyablement sa justification, vous avez profité de mon expérience, et je l'ai estimée bon marché. Il vous en aurait coûté le double si un autre avait pris l'affaire en main. Un autre homme aurait eu besoin de faire espionner Mr. Armadale aussi bien que Miss Gwilt.

Je vous ai épargné cette double dépense. Vous étiez certain que Mr. Armadale voulait l'épouser ? Très bien. En ce cas, pendant que nous avions l'œil sur elle, nous avions, pour plusieurs raisons, l'œil sur lui. Sachez où est la dame, et vous êtes sûr que le gentleman n'est pas loin.

— Très vrai, Jemmy. Mais comment se fait-il que Miss Gwilt vous ait donné tant de peine ?

— C'est une femme diablement habile, dit Bashwood jeune. Voici comment les choses se sont passées. Elle nous a échappé dans la boutique d'une couturière. Nous nous sommes arrangés avec la couturière, et nous avons spéculé sur le fait qu'elle reviendrait essayer la robe qu'elle avait commandée. Les femmes les plus habiles perdent l'avantage de leur esprit dans neuf cas sur dix, quand il y a une nouvelle robe en jeu. Miss Gwilt elle-même fut assez maladroite pour revenir. C'était tout ce que nous désirions. Une des femmes de notre agence lui a fait essayer sa robe et l'a tournée de manière à ce qu'elle put être aperçue par l'un de nos agents placé derrière la porte. Il a immédiatement soupçonné à qui il avait affaire, car c'est une célébrité dans son genre. Bien entendu nous n'en sommes pas restés là. Nous l'avons suivie jusqu'à sa nouvelle adresse et nous avons contacté un homme de Scotland Yard, qui la connaissait, pour qu'il confirmât les soupçons de notre agent. L'homme de Scotland Yard s'est improvisé garçon de course pour la circonstance et lui a livré la robe. Il a rencontré Miss Gwilt dans le couloir et l'a immédiatement reconnue. Vous êtes en veine, je vous assure. Miss Gwilt est un personnage. Si nous avions eu affaire à une femme moins célèbre, il nous aurait fallu des semaines de démarches, et vous auriez peut-être eu à payer des centaines de livres. Un jour a suffi pour Miss Gwilt et un autre jour a mis toute l'histoire de sa vie, le blanc comme le noir, entre mes mains, et je la tiens là, vieux gentleman, dans mon sac de cuir.

Bashwood père alla droit au sac, les yeux brillants de désir et la main étendue. Bashwood fils prit une petite clef qui pendait au gousset de son gilet et la rentra dans sa poche.

— Je n'ai pas encore déjeuné, dit-il. Doucement, mon cher monsieur, doucement.

— Je ne puis attendre ! cria le vieillard, luttant vainement pour rester calme. Il est neuf heures passées ! Il y a quinze jours aujourd'hui qu'elle est partie pour Londres avec Armadale ! Ils pouvaient être mariés au bout d'une quinzaine ! Elle peut l'épouser ce matin ! Je ne puis attendre ! Je ne puis attendre !

— Vous ne savez pas ce dont vous êtes capable sans avoir essayé. Essayez, et vous trouverez que vous pouvez attendre. Qu'est devenue votre curiosité ? Continua-t-il, pourquoi ne me demandez-vous pas ce que je veux dire en appelant Miss Gwilt un personnage ? Ne vous étonnez-vous pas que j'en sois arrivé à connaître toute son histoire ? Si vous voulez vous rasseoir, je vous expliquerai tout cela, sinon je m'absorberai dans la dégustation de mon déjeuner.

Mr. Bashwood soupira profondément et reprit sa chaise.

— Je voudrais vous voir plus sérieux, Jemmy, vous cultivez un peu trop la plaisanterie.

— La plaisanterie ? Je vous assure que la chose serait jugée suffisamment sérieuse par bien des gens. Miss Gwilt a été mise en jugement, menacée d'une condamnation à mort, et les papiers renfermés dans ce sac sont les notes de l'avocat de la défense. Vous appelez cela une plaisanterie ?

Le père bondit sur ses pieds, et regarda son fils droit dans les yeux, à travers la table, avec un sourire délirant et terrible à voir.

— Elle a failli être condamnée à mort ! s'écria-t-il d'une voix tremblante de satisfaction. Elle a failli être condamnée à mort ! répéta-t-il en s'abandonnant à un rire prolongé où éclatait une joie profonde, et en faisant claquer ses doigts les uns contre les autres avec exaltation. Ah ! ah ! ah ! voilà quelque chose qui pourrait effrayer Mr. Armadale.

Tout ignoble qu'il était, le fils fut troublé par la violence de passion contenue que trahissaient les paroles et l'expression de son père.

— Ne vous exaltez pas ainsi, dit-il en renonçant soudain au ton moqueur avec lequel il s'était exprimé jusqu'alors.

Mr. Bashwood se rassit, et passa son mouchoir sur son front à plusieurs reprises.

— Non, fit-il en secouant la tête et en souriant à son fils. Non, non, pas d'exaltation, comme vous dites. Je puis attendre maintenant, je puis attendre, Jemmy, je puis attendre.

Il attendit avec une patience absolue. Quelquefois il hochait la tête et souriait en se répétant à lui-même : « Il y a là quelque chose qui pourrait effrayer Mr. Armadale ! ». Mais il ne fit aucune tentative ni en paroles, ni en actions, ni par ses regards, pour presser son fils.

Bashwood jeune finit son déjeuner lentement. Pour rester dans son rôle, il alluma un cigare d'un air de parfaite aisance, regarda son père et, le voyant aussi patient, aussi calme qu'auparavant, il ouvrit enfin le sac noir et étala les papiers sur la table.

— Comment voulez-vous l'histoire ? demanda-t-il. Courte ou longue ? J'ai là toute sa vie. L'avocat qui la défendit au tribunal avait été prié de frapper fort sur la compassion du jury. Il se jeta tête baissée sur les misères de son passé et émut tous les membres du jury de la plus habile manière. Prendrai-je la même route ? Désirez-vous tout savoir sur elle, à partir du temps où elle était en robe courte et en pantalon plissé ? Ou préférez-vous la voir apparaître tout de suite dans son costume de prisonnière ?

— Je désire tout savoir, dit le père avec gravité, le pire et le meilleur ; le pire particulièrement. Ne ménagez pas mes sentiments, Jemmy. Quoi que vous ayez à dire, ne me ménagez pas ! Ne puis-je parcourir les papiers moi-même ?

— Non. Ce serait de l'hébreu pour vous. Remerciez votre étoile qui vous a donné un fils assez habile pour extraire la quintessence de ces papiers, et vous la servir avec le vrai parfum. Il n'y a pas dix hommes en Angleterre qui pourraient vous dire l'histoire de cette femme comme je vous la dirai. C'est un don, vieux gentleman, qui est dévolu à très peu de personnes, et il se loge là.

Il se frappa le front avec coquetterie, et tourna la première page du manuscrit qui était devant lui, d'un air de triomphe non déguisé à l'idée de montrer sa supériorité ; c'était la première expression sincère qui lui échappait.

— L'histoire de Miss Gwilt commence sur la place du marché de Thorpe-Ambrose. Un jour – il y a quelque chose comme un quart de siècle – un charlatan ambulant, vendant parfumerie et pharmacie, arriva dans la ville avec sa voiture, et exhiba, comme preuve vivante de l'excellence de ses onguents et de ses huiles pour les cheveux, une très jolie petite fille, pourvue d'une superbe carnation et de cheveux splendides. Il se nommait Oldershaw. Il avait une femme qui l'aidait dans la parfumerie, et qui reprit l'affaire après sa mort. Sa position dans le monde s'est élevée depuis. Quant à la jolie petite fille, vous le savez aussi bien que moi qui elle est. Tandis que le charlatan haranguait la foule et lui montrait les cheveux de l'enfant, une jeune lady traversa la place en voiture, fit arrêter pour voir ce qui se passait, et s'enticha aussitôt de la petite fille. Cette jeune dame était la fille de Mr. Blanchard de Thorpe-Ambrose. Rentrée chez elle, elle intéressa son père à l'innocente petite victime du charlatan. Et le soir même, les Oldershaw furent mandés au château et questionnés. Ils se déclarèrent oncle et tante de l'enfant – un mensonge, bien entendu –, et se montrèrent tout disposés à lui laisser suivre l'école du village, tant qu'ils resteraient à Thorpe-Ambrose, lorsque la proposition leur en fut faite. Le nouvel arrangement prit effet dès le lendemain. Et, le surlendemain, les Oldershaw avaient disparu, laissant leur petite fille sur les bras du squire ! Elle n'avait probablement pas répondu aux attentes qu'ils avaient mises en elle comme produit publicitaire, et voilà comment ils assuraient son avenir. Fin du premier acte. C'est assez clair jusqu'à présent, n'est-ce pas ?

— Assez clair, Jemmy, pour des gens intelligents, mais je suis vieux et mon esprit est obtus. Il y a une chose que je ne comprends pas. À qui était cette enfant ?

— Question très sensée, à laquelle malheureusement je dois vous dire que personne ne peut répondre, pas même Miss Gwilt. Tout ce dont elle put se souvenir quand on la questionna à ce sujet fut qu'elle était battue et affamée, quelque part dans la campagne, par une femme qui tenait des enfants en nourrice. La femme possédait une carte affirmant que son nom était Lydia Gwilt et avait reçu une somme tous les ans pour les soins qu'elle lui donnait. Un homme de loi faisait passer l'argent, et cela dura jusqu'à ce qu'elle eut atteint l'âge de huit ans. À cette époque, la rente fut arrêtée ; l'homme de loi ne put donner aucune explication ; personne ne vint s'informer de l'enfant, personne n'écrivit. Les Oldershaw la virent et pensèrent qu'elle pourrait leur servir à démontrer l'excellence de leurs drogues. La femme la leur céda pour peu de chose, et eux-mêmes s'en débarrassèrent pour rien au profit des Blanchard. Voilà l'histoire de sa naissance, de sa parenté et de son éducation. Elle peut être la fille d'un duc ou d'un marchand de chiffons. Imaginez ce que vous voudrez. Que rien ne vous arrête. Quand vous aurez donné libre cours à vos suppositions, prévenez-moi, et je tournerai les pages pour continuer.

— Continuez, s'il vous plaît, Jemmy, continuez, s'il vous plaît.

— Le second regard jeté sur Miss Gwilt nous amène à un secret de famille, poursuivit Bashwood jeune en passant au feuillet suivant. L'enfant abandonnée semble enfin avoir trouvé le bonheur. Elle a plu à une aimable jeune lady ayant un père riche, et elle est choyée et caressée au manoir, en qualité de dernière lubie de Miss Blanchard. Peu de temps après, Mr. Blanchard et sa fille partent pour l'étranger et emmènent l'enfant comme femme de chambre. Quand ils reviennent, la jeune lady s'est mariée et est devenue veuve, et la jolie soubrette, au lieu de rentrer avec eux à Thorpe-Ambrose, est soudain envoyée seule, en France, dans une pension. Ce sont là tous les détails que put obtenir l'homme de loi quand il instruisit son procès. Elle refusa de dire ce qui s'était passé à l'étranger ; elle refusa même, après tant d'années, de révéler le nom de femme mariée de sa maîtresse. Il est parfaitement clair qu'elle avait pénétré quelque secret de famille et que les Blanchard payèrent son éducation sur le continent pour l'éloigner d'eux. Il est non moins évident qu'elle n'eut jamais gardé ce secret, si elle n'avait pas entrevu la possibilité d'en tirer tôt ou tard un bénéfice quelconque. Une habile femme, comme je vous l'ai dit déjà, une femme diaboliquement habile qui n'a pas été pour rien aux prises avec les difficultés de la vie à l'étranger et dans sa patrie.

— Oui, oui, Jemmy. Très vrai. Combien de temps est-elle restée en France, s'il vous plaît ?

Bashwood jeune se reporta à ses papiers.

— Elle y resta jusqu'à l'âge de dix-sept ans. À cette époque, il arriva quelque chose dans la pension que je trouve qualifié dans les papiers de « fâcheux ». La vérité est que le maître de musique attaché à l'établissement tomba amoureux de Miss Gwilt. C'était un homme marié, entre deux âges, père de famille. Voyant son amour sans espoir, il prit un pistolet et, s'imaginant à tort qu'il avait une cervelle dans la tête, essaya de l'en faire sortir. Les médecins lui sauvèrent la vie, mais non la raison. Il finit par où il eût mieux fait de commencer, dans une maison d'aliénés. La beauté de Miss Gwilt ayant été la cause du scandale, bien qu'il fût reconnu qu'elle était innocente, il devenait impossible qu'elle restât dans la pension. On en avertit ses amis, qui la firent passer dans une autre institution, à Bruxelles, cette fois. Pourquoi soupirez-vous ? Qu'y a-t-il qui vous chagrine ?

— Je ne puis m'empêcher de ressentir un peu de sympathie pour le pauvre maître de musique, Jemmy. Continuez.

— S'il faut en croire Miss Gwilt, elle aurait éprouvé les mêmes sentiments. Elle devint sérieuse et fut « convertie » (comme ils disent) par une lady qui se chargea d'elle avant son séjour à Bruxelles. Le prêtre qui dirigeait l'institution belge semble avoir été un homme de jugement, qui aurait déclaré que la jeune fille était dans un état d'exaltation dangereux. Avant de pouvoir la calmer, il tomba malade, et eut pour successeur un autre prêtre, un fanatique. Vous comprendrez l'espèce d'intérêt qu'il portait à la pensionnaire, et de quelle manière il pesa sur ses sentiments, quand je vous dirai qu'elle annonça sa résolution, après deux années passées dans la pension, de finir ses jours dans un couvent ! Vous pouvez vous étonner. Miss Gwilt en nonne est un de ces phénomènes féminins que les yeux ne contemplent pas souvent.

— Entra-t-elle au couvent ? demanda Mr. Bashwood ; l'y laissa-t-on entrer si seule et si jeune, sans personne pour la conseiller ?

— Les Blanchard furent consultés pour la forme. Comme vous pouvez l'imaginer, ils ne firent aucune objection à ce qu'elle s'enfermât dans un couvent. La plus agréable lettre qu'ils reçurent d'elle, j'en réponds, fut celle où elle disait solennellement adieu au monde. Les supérieurs du couvent eurent, comme à l'ordinaire, bien soin de ne pas se compromettre. La règle s'opposait à ce qu'elle prît le voile sans avoir vécu dans le monde pendant une armée au moins, voire deux si, à l'expiration de la première, elle avait les moindres doutes sur sa vocation. Elle tenta l'épreuve en conséquence… et eut des doutes. Elle essaya une seconde année et eut la sagesse d'abandonner ses idées de réclusion. Sa position était assez critique quand elle se retrouva libre. Au couvent, on cessa de s'intéresser à elle ; la maîtresse de la pension où elle avait été refusa de l'employer, sous prétexte qu'elle était trop jolie pour une sous-maîtresse. Le prêtre l'accusa d'être possédée par le diable. Il ne lui restait donc d'autre ressource que d'écrire aux Blanchard et de leur demander de lui permettre de s'établir professeur de musique à son compte.

Elle écrivit en conséquence à son ancienne maîtresse, mais celle-ci avait évidemment douté de la sincérité de sa vocation religieuse, et avait profité de la lettre d'adieu, écrite trois ans auparavant, pour mettre fin à tous rapports entre elle et son ex-femme de chambre. La lettre de Miss Gwilt lui fut renvoyée par la poste. Elle prit des informations et apprit que Mr. Blanchard était mort, et que sa fille avait abandonné le manoir pour quelque retraite inconnue. Sa première démarche alors fut d'écrire à l'héritier de la propriété. La réponse fut faite par les conseils de celui-ci, qui avaient reçu pour instruction d'en appeler à la loi aux premières tentatives qu'elle ferait en vue d'extorquer de l'argent à n'importe quel membre de la famille de Thorpe-Ambrose. La seule chance qui lui restait était de découvrir l'adresse de son ancienne maîtresse. Le banquier de la famille, à qui elle écrivit, répondit qu'il lui était interdit de donner l'adresse de la dame à qui que ce fût, sans y avoir d'abord été autorisé par la dame elle-même. Cette dernière lettre résolut la question. Miss Gwilt ne pouvait rien tenter de plus. Avec de l'argent, elle aurait pu se rendre en Angleterre et forcer les Blanchard à réfléchir à deux fois avant de le prendre de trop haut avec elle. Mais ils étaient trop loin. Sans argent et sans amis, vous vous demandez comment elle vécut alors. Elle joua du piano dans un casino de bas étage à Bruxelles.

» Tous les hommes la courtisèrent, bien entendu, de toutes les façons, mais ils la trouvèrent aussi dure que le diamant. L'un de ces gentlemen repoussés était russe, et il lui fit faire la connaissance d'une compatriote à lui, dont le nom est impossible à prononcer pour des lèvres anglaises. Nous lui donnerons seulement son titre, et nous l'appellerons la baronne. Les deux femmes se convinrent dès la première entrevue, et une nouvelle perspective s'ouvrit dans la vie de Miss Gwilt. Tout était charmant, gracieux à la surface ; tout était sombre et honteux à l'intérieur.

— De quelle façon, Jemmy ? Veuillez attendre un peu et me dire comment.

— De cette manière : la baronne aimait à voyager, et elle était entourée d'un petit groupe d'amis qui partageaient ses goûts. Ils allaient de ville en ville sur le continent et, comme ils étaient gens sympathiques, ne manquaient jamais de nouer partout de nouvelles connaissances. Celles-ci étaient invitées aux réceptions de la baronne, et les tables de jeu ne manquaient jamais à l'ameublement. Devinez-vous, maintenant ? Ou dois-je vous dire, dans le plus strict secret, que les cartes n'étaient pas considérées comme une récréation défendue en ces occasions, et que la chance, à la fin de la soirée, se trouvait toujours avoir été favorable à la baronne et à ses amis, tous escrocs ? Et cela ne fait pas un doute dans mon esprit, quel que soit votre avis, que la grâce et la beauté de Miss Gwilt n'aient fait d'elle un membre précieux de l'association, à laquelle elle servait d'appât. Elle prétend qu'elle ignorait absolument ce qui se passait, qu'elle ne savait pas jouer, qu'elle n'avait pas un seul ami respectable pour la protéger dans le monde, et qu'elle aimait honnêtement et sincèrement la baronne, pour la raison bien simple que la baronne avait été une amie affectionnée pour elle depuis le premier jour jusqu'au dernier. Croyez ou ne croyez pas cela, comme il vous plaira. Pendant cinq ans, elle voyagea sur le continent avec ces compagnons de cartes, dans la haute société, et elle serait peut-être encore parmi eux aujourd'hui, si la baronne n'avait pas rencontré forte partie à Naples, en la personne d'un riche voyageur anglais, nommé Waldron. Ah, ah ! ce nom vous frappe ! Vous avez lu, comme tout le monde, le procès de la fameuse Mrs. Waldron ? Vous savez maintenant, sans qu'il soit besoin que je vous le dise, qui est Miss Gwilt.

Il se tut et regarda son père avec une attention inquiète. Loin d'être écrasé par la découverte qu'il venait de faire, Mr. Bashwood, après le premier mouvement de surprise, supporta les regards de son fils avec une tranquillité qui avait quelque chose d'extraordinaire dans cette circonstance. Ses yeux brillaient d'un nouvel éclat, et une nouvelle animation se montrait sur ses joues. Si cela pouvait être concevable, il semblait encouragé et non abattu par ce qu'il venait d'entendre.

— Continuez, Jemmy, dit-il tranquillement ; je suis une des rares personnes qui n'ont pas lu le procès ; j'en ai seulement entendu parler.

Toujours perplexe, Bashwood jeune garda son calme en apparence et continua :

— Vous avez toujours été et serez toujours en retard sur votre époque. Quand nous en viendrons au procès, je pourrai vous en dire là-dessus aussi long que vous le désirerez. Pour l'instant, il nous faut retourner à la baronne et à Mr. Waldron. Pendant un certain nombre de nuits, l'Anglais laissa les joueurs de cartes faire tout ce qu'ils voulurent ; en d'autres termes, il paya le privilège de se rendre agréable à Miss Gwilt. Quand il jugea avoir produit sur elle l'impression nécessaire, il dénonça impitoyablement toute l'association. La police intervint. La baronne alla en prison, et Miss Gwilt se trouva devant cette alternative : accepter la protection de Mr. Waldron ou être de nouveau abandonnée dans le monde.

» Elle fut étonnamment vertueuse ou habile, comme il vous plaira. À la surprise de Mr. Waldron, elle lui déclara qu'elle ne craignait pas d'envisager la perspective d'être laissée seule dans le monde, et qu'il devait lui adresser ses hommages honorablement ou bien la quitter pour jamais. Cela finit comme toujours, quand l'homme est amoureux et la femme résolue à ne pas céder. Malgré la désapprobation de sa famille et de ses amis, Mr. Waldron fit de nécessité vertu, et l'épousa.

— Quel âge avait-il ? demanda Bashwood avec intérêt.

Bashwood jeune éclata de rire.

— Assez âgé, papa, pour être votre fils, et assez riche pour faire crever votre portefeuille avec des billets de banque. Ne baissez pas la tête ; ce ne fut pas un mariage heureux, bien qu'il eût été si jeune et si riche. Ils vécurent à l'étranger, et tout alla assez bien d'abord. Mr. Waldron fit son testament, bien entendu, dès qu'il fut marié et, dans le doux contexte de la lune de miel, avantagea généreusement sa femme. Mais on se fatigue d'une femme comme de tout avec le temps, et un matin Mr. Waldron se réveilla en se demandant s'il n'avait pas agi en fou. C'était un homme d'un mauvais caractère. Mécontent de lui-même, il ne tarda pas à le faire sentir à sa femme. Il commença par la quereller, et finit par la soupçonner. Il devint férocement jaloux de tout homme qui entrait dans la maison. N'ayant point d'enfants et n'étant retenus par rien, ils voyagèrent de ville en ville, suivant, que sa jalousie le poussait à changer, jusqu'à s'établir enfin en Angleterre, après quatre années de mariage. Il possédait une vieille habitation au milieu des bruyères du Yorkshire, et ce fut là qu'il s'enferma avec sa femme, vivant loin de toute créature, à l'exception de ses domestiques et de ses chiens. Une telle conduite ne pouvait avoir qu'un seul résultat sur une femme jeune et exaltée. Était-ce son destin, était-ce le hasard ?

Mais toutes les fois qu'une femme est désespérée, il se trouve toujours un homme pour en profiter. L'homme, en cette circonstance, était un parfait inconnu, dont on ne savait rien. C'était un certain capitaine Manuel, natif de Cuba et, d'après ses dires, ancien officier de la marine espagnole. Il avait rencontré la belle Mrs. Waldron au cours de son voyage de retour vers l'Angleterre, était parvenu à lui parler malgré la jalousie de son mari et l'avait suivie sur les lieux de son emprisonnement, dans la maison de Mr. Waldron, au milieu des landes. Le capitaine est dépeint comme un garçon habile et déterminé, un pirate hardi, ayant dans sa vie le grain de mystère que les femmes aiment tant à rencontrer.

— Elle n'est pas de la même espèce que les autres ! remarqua Mr. Bashwood, interrompant son fils. Est-ce qu'elle… ?

La voix lui manqua à cet instant, et il n'acheva pas sa question.

— Est-ce qu'elle aima le capitaine, voulez-vous demander ? continua Bashwood jeune avec un sourire. À en croire son propre aveu, elle l'adora. En même temps (assura-t-elle), sa conduite resta parfaitement innocente. Comme son mari la surveillait de très près, cette affirmation, si incroyable qu'elle paraisse, est probablement vraie. Pendant six semaines à peu près, ils se contentèrent de s'écrire secrètement, le capitaine de Cuba étant parvenu à gagner une des domestiques de la maison. Comment ce bel amour eut-il fini ? Nous n'avons pas à nous en occuper. Mr. Waldron, lui-même, provoqua une crise. Surprit-il la correspondance clandestine ? On ne sait. Ce qu'il y a de certain, c'est qu'un jour il revint d'une promenade à cheval dans une humeur plus farouche encore que de coutume. Sa femme alors lui servit un échantillon de cet esprit de résistance qu'il n'avait jamais pu vaincre, et il termina la scène en lui cinglant le visage avec sa cravache. Conduite peu digne d'un gentilhomme, je suis forcé de l'avouer, ce coup de cravache eut des résultats étonnants. À partir de ce moment, la dame fut tout sucre et tout miel. Pendant la quinzaine suivante, elle obéit, sans un mot de révolte. Certains hommes se seraient méfiés de cette soudaine transformation, et auraient soupçonné un danger couvant sous ce calme insolite. Mr. Waldron vit-il les choses de ce point de vue ? Je l'ignore. Quoi qu'il en soit, il tomba malade avant que la marque laissée par sa cravache sur le visage de sa femme se fut effacée, et au bout de deux jours il était mort. Que dites-vous de cela ?

— Je dis qu'il eut ce qu'il méritait, répondit Mr. Bashwood, en frottant ses mains sur la table tandis que son fils marquait une pause et le regardait.

— Le médecin appelé auprès du mourant ne fut pas de votre avis, remarqua Bashwood jeune sèchement. Il appela deux autres docteurs, et tous trois refusèrent de signer le certificat de décès. Les investigations ordinaires, exigées par la loi, s'ensuivirent. Les témoignages des médecins furent unanimes, et Mrs. Waldron, accusée d'avoir empoisonné son mari, fut mise en jugement. Un avocat, célèbre dans la défense des affaires criminelles, fut appelé de Londres pour plaider la cause de la prisonnière, et les débats suivirent leur cours ordinaire. Qu'est-ce qu'il y a ? Que désirez-vous maintenant ?

Mr. Bashwood s'était levé brusquement et essayait, à travers la table, de prendre les papiers des mains de son fils.

— Je voudrais les parcourir ; je voudrais voir ce qu'ils disent du capitaine de Cuba. Il était à l'origine de tout cela, Jemmy ; j'en jurerais, il était à l'origine de tout !

— Personne de ceux qui eurent connaissance de l'affaire n'en douta, répondit le fils ; mais personne ne put le prouver. Restez assis, papa, et calmez-vous. Il n'y a rien ici sur le capitaine Manuel, que les soupçons personnels de l'avocat. Du commencement à la fin, l'accusée persista à protéger le capitaine. Aux débuts de l'affaire, elle fit à son avocat deux déclarations qu'il soupçonna être fausses toutes les deux. En premier lieu, elle se dit innocente du crime. Il ne fut évidemment pas surpris, ses clients ayant en règle générale l'habitude de nier leur culpabilité. En second lieu, en même temps qu'elle avouait sa correspondance clandestine avec le capitaine, elle déclara que les lettres avaient uniquement trait à un projet de fuite, auquel la barbare conduite de son mari l'avait amenée à consentir. L'avocat, naturellement, demanda avoir les lettres : « Il a brûlé toutes mes lettres, et j'en ai fait autant des siennes ». Ce fut la seule réponse qu'il obtint. Il était parfaitement possible que le capitaine Manuel eût brûlé les lettres en apprenant que le coroner devait faire une enquête dans la maison. Mais l'avocat savait, aussi bien que moi, que lorsqu'une femme aime un homme, quatre-vingt-dix fois sur cent elle garde ses lettres, qu'il y ait danger ou non. L'homme de loi prit des informations sur le capitaine et apprit que celui-ci avait autant de dettes qu'un étranger peut en avoir. Alors il questionna sa cliente au sujet de ses espérances sur la fortune de son mari. Elle répondit avec une grande indignation qu'un testament avait été trouvé dans les papiers de son mari, fait secrètement quelques jours seulement avant sa mort, et qui ne lui laissait de son immense fortune que cinq mille livres. Y avait-il un testament plus ancien ? Oui, il y en avait un, un testament qu'il lui avait confié à elle-même dans les commencements de leur mariage. « Laissant sa veuve bien pourvue ? demanda l'avocat. — Laissant sa veuve dix fois mieux pourvue que le second ». Avait-elle jamais parlé de ce premier testament, maintenant révoqué, au capitaine Manuel ? Elle vit le piège tendu devant elle, et répondit : « Non, jamais ! » sans une hésitation. Cette réplique confirma les soupçons de l'avocat. Il essaya de l'effrayer en lui déclarant qu'elle pourrait payer de sa vie son manque de franchise envers lui. Avec l'obstination ordinaire des femmes, elle resta inébranlable dans ses dénégations.

» Le capitaine, de son côté, se conduisit de la manière la plus exemplaire. Il avoua le projet de fuite. Il déclara avoir brûlé toutes les lettres de la dame à mesure qu'il les recevait, dans le but de ménager sa réputation. Il resta dans le pays et offrit de son plein gré de comparaître devant les magistrats. On ne découvrit rien qui constituât contre lui une charge légale et autorisât sa comparution devant le tribunal autrement que comme témoin. Je ne crois pas, quant à moi, qu'on puisse douter un seul instant que Manuel ait eu connaissance du testament qui laissait à sa maîtresse cinquante mille livres, et qu'il ne fût prêt et disposé, en vertu de cette circonstance, à l'épouser après la mort de Mr. Waldron. Si quelqu'un conseilla à la dame d'essayer de se délivrer de son mari, le capitaine dut être celui-là. Et à moins qu'elle n'eût réussi, gardée et surveillée comme elle l'était, à se procurer le poison elle-même, le poison dut lui être envoyé dans une des lettres du capitaine.

— Je ne crois pas qu'elle ait donné le poison ! s'écria Mr. Bashwood ; je crois que c'est le capitaine lui-même qui a empoisonné le mari.

Bashwood jeune, sans relever l'interruption, replia le mémoire de la défense, dont il avait tiré tout ce qu'il voulait, le remit dans le sac, et produisit à sa place une brochure imprimée.

— Voici un des comptes rendus publiés sur le procès, dit-il ; vous pourrez le lire si vous le voulez. Nous n'avons pas de temps à perdre ici. Je vous ai dit déjà combien son défenseur fut habile en présentant l'accusation de meurtre comme la dernière de toutes les calamités qui s'étaient abattues sur la tête d'une innocente femme. Les deux points légaux sur lesquels il s'appuya pour sa défense furent : premièrement, qu'il n'y avait aucune preuve qu'elle eût possédé du poison, deuxièmement, que les médecins légistes, bien qu'unanimes pour affirmer que le mari était mort empoisonné, différaient dans leurs conclusions sur la nature du poison qui l'avait tué. C'étaient deux bons arguments, et bien présentés tous les deux ; mais l'évidence, de l'autre côté, renversait tout devant elle.

» La prisonnière, cela était prouvé, n'avait pas eu moins de trois bonnes raisons pour tuer son mari. Il l'avait traitée avec une barbarie presque sans exemple ; il l'avait laissée par son testament (qu'elle ignorait avoir été révoqué) maîtresse de sa fortune après sa mort, et elle projetait, de son propre aveu, de fuir avec un autre homme. Ayant exposé ces motifs, l'accusation produisit ensuite cet argument incontestable que la seule personne de la maison qui eut pu administrer le poison était l'accusée. Que pouvaient faire le juge et le jury devant de telles preuves ? Le verdict prononça la culpabilité, bien entendu, et le juge déclara qu'il acquiesçait à la sentence. Toute la partie féminine de l'auditoire était en larmes et les hommes ne se montraient pas beaucoup plus sereins. Le juge sanglotait, la barre était émue. Elle fut condamnée au milieu d'une scène telle qu'on n'en avait jamais vu dans une cour de justice anglaise. Et elle est vivante et heureuse maintenant, libre de faire tout le mal qu'il lui plaira et d'empoisonner tel homme, telle femme ou tel enfant, qui gênerait son chemin. Une très intéressante personne ! Restez en bons termes avec elle, mon cher monsieur, quoi que vous fassiez.

— Comment a-t-elle été graciée ? demanda Bashwood hors d'haleine. On me l'a dit dans le temps, mais je l'ai oublié. Est-ce par le ministre de l'Intérieur ? Si cela est, je respecte le ministre. Je dirai que le ministre est digne de sa place.

— Exact, vieux gentleman, reprit Bashwood jeune. Le ministre fut le serviteur très humble et très obéissant d'une presse libre et éclairée, et il méritait sa place. Est-il possible que vous ignoriez comment elle réussit à échapper à la potence ? Si c'est le cas, je dois vous l'apprendre. Le soir du jugement, deux ou trois jeunes écrivaillons se rendirent à deux ou trois bureaux de presse et écrivirent deux ou trois articles pathétiques au sujet des débats du procès. Le lendemain matin, le public prit feu comme de l'amadou, et l'accusée fut de nouveau jugée devant une cour de justice d'amateurs, dans les colonnes des journaux. Tous les gens qui n'avaient aucune connaissance personnelle du sujet saisirent la plume et coururent aux journaux ; des médecins qui n'avaient pas assisté le malade, qui n'avaient pas été présents à l'autopsie du corps, déclarèrent par douzaines qu'il était mort naturellement. Des avocats sans cause, n'ayant pas entendu les débats, attaquèrent le jury et jugèrent le juge qui siégeait déjà sur les bancs avant que beaucoup d'entre eux fussent nés. L'opinion, dans sa majorité, suivit l'impulsion du barreau, des docteurs et des jeunes écrivains. La loi, lorsque tous payaient pour être protégés par elle, avait tout à coup fait son devoir avec trop de sérieux. Shocking ! shocking ! Le peuple anglais se leva pour protester comme un seul homme contre le travail de sa propre machine, et le ministre de l'Intérieur fit une démarche auprès du juge. Le juge tint bon. Il avait dit, lors du procès, que le verdict était juste, et il s'y tenait. « Mais supposez, reprit le ministre, que l'accusation se soit appuyée sur d'autres motifs pour prouver la culpabilité, qu'auriez-vous fait et qu'aurait fait le jury ? ». Le juge ne sut que répondre. Et lorsque le ministre obtint de lui que le conflit qui s'était élevé entre les médecins appelés pour certifier le décès fut porté devant un prince de la science, et lorsque celui-ci eut pris le parti de la clémence et eut déclaré qu'il ne pouvait établir les preuves de culpabilité sur aucune observation pratique, le ministre fut parfaitement satisfait. La sentence de mort alla à la corbeille à papiers, le verdict de la loi succomba sous le poids de l'opinion collective, et le verdict des journaux emporta la partie. Mais le plus curieux reste à dire. Vous savez ce qui arrive quand le peuple trouve l'objet chéri de ses affections soudaines relâché entre ses mains ? L'impression unanime qui prévalut alors fut qu'elle n'était pas si innocente, après tout, pour être ainsi libérée sur-le-champ. Punissez-la un peu – tel était le sentiment populaire –, punissez-la un peu, monsieur le Ministre, pour que la morale soit sauve. Un petit traitement bien doux de médecine légale, si vous nous aimez, et alors nous nous sentirons parfaitement à l'aise sur la question jusqu'à la fin de nos jours.

— Ne plaisantez pas avec cela, Jemmy. Non, non, non, Jemmy ! Fut-elle jugée une seconde fois ? Ils ne pouvaient pas, ils n'osèrent pas ! Personne ne peut être jugé deux fois pour le même crime !

— Peuh, peuh. Elle pouvait être jugée de nouveau pour un autre crime, repartit Bashwood jeune, et jugée elle fut, fort heureusement pour l'apaisement de l'esprit public. Elle avait voulu se dépêcher de réparer le préjudice que lui avait causé son mari d'un coup de plume en réduisant son legs de cinquante à cinq mille livres. La veille du jour où l'enquête commença, un tiroir de la table de toilette de Mr. Waldron, fermant à clef et renfermant quelques bijoux de prix, avait été forcé et vidé. Et lorsque la prisonnière fut arrêtée, on trouva les pierres précieuses arrachées de leurs montures et cousues dans son corset. La dame avait considéré cela comme une juste compensation qu'elle se devait à elle-même. La loi en jugea autrement. Elle y vit un vol commis au préjudice des exécuteurs testamentaires du défunt. Ce délit mineur, que l'on avait laissé de côté quand la charge de meurtre avait été portée contre la prisonnière, était ce qu'il fallait pour sauver les apparences aux yeux du public. Elle fut citée pour le vol, après avoir été graciée pour le meurtre. Et, qui plus est, si sa beauté et ses malheurs n'avaient pas fait si forte impression sur son avocat, elle n'eût pas seulement eu à subir un second jugement : les cinq mille livres auxquelles elle avait droit par le second testament lui eussent été enlevées.

— Je respecte son défenseur ! J'admire son avocat ! s'écria Mr. Bashwood. Je voudrais pouvoir prendre sa main et le lui dire.

— Il ne vous en remercierait pas, si vous faisiez cela, remarqua Bashwood jeune ; il vit dans la confortable illusion que personne d'autre que lui ne sait comment il a sauvé l'héritage de Mrs. Waldron.

— Je vous demande pardon, Jemmy, reprit son père, mais ne l'appelez pas Mrs. Waldron ; donnez-lui, je vous prie, son nom de jeune fille, celui qu'elle portait quand elle était jeune et innocente, une enfant encore à l'école. Voulez-vous, pour moi, consentir à ne l'appeler que Miss Gwilt ?

— Non pas ! Le nom m'est indifférent à moi. Tant pis pour votre sensiblerie. Continuons l'examen des faits. Voici ce que l'avocat fit avant le second procès. Il lui dit qu'elle serait encore déclarée coupable plus que probablement. « Et cette fois, dit-il, le public laissera la loi suivre son cours. Avez-vous un vieil ami quelque part dans le monde, en qui vous puissiez avoir toute confiance ? ». Elle n'avait point un seul ami. « Très bien. Dans ce cas, dit l'avocat, il faut vous fier à moi. Signez ce papier et vous m'aurez concédé, par une vente fictive, tous vos biens. Quand le temps sera venu, je réglerai l'affaire avec les exécuteurs testamentaires de votre mari, après quoi je vous rendrai l'argent, en ayant soin (si vous vous remariez) qu'il vous soit bien assuré. La couronne, dans ces sortes de transactions, renonce fréquemment à son droit d'en disputer la validité. Et si elle n'est pas plus dure avec vous qu'avec les autres, quand vous sortirez de prison, vous aurez vos cinq mille livres pour recommencer une nouvelle vie ». C'était aimable de la part de l'homme de loi, n'est-ce pas, quand elle passait en jugement pour avoir essayé de voler les héritiers, de la mettre à même de voler la Couronne ? Ah, ah ! quel drôle de monde que le nôtre !

Le père ne releva pas cette dernière sortie ironique.

— En prison ! murmura-t-il. Ô Dieu ! après tant de souffrances, en prison encore !

— Oui, dit Bashwood jeune en se levant et en étendant les bras, voilà comment cela finit. Le verdict fut : « Coupable », et la sentence : « Deux ans d'emprisonnement ». Elle fit son temps et sortit, autant que je puis me le rappeler, il y a environ trois ans. Si vous désirez savoir ce qu'elle fit lorsqu'elle eut recouvré sa liberté, je pourrai peut-être vous en toucher un mot une autre fois, quand vous aurez un billet de banque supplémentaire ou deux dans votre portefeuille. Pour le présent, vous savez tout ce que vous avez besoin de savoir. Il n'y a pas l'ombre d'un doute que cette fascinante lady a sur elle la double tache d'avoir été trouvée coupable d'assassinat et d'avoir été en prison pour vol. Vous en avez pour votre argent, tandis que toute mon habileté à exposer un cas clairement a été dépensée pour rien. Si vous avez quelque reconnaissance, vous devez faire quelque chose de beau un de ces jours pour votre fils. Sans moi, vieux gentleman, je vais vous dire ce que vous auriez fait : si vous l'aviez pu, vous auriez épousé Miss Gwilt.

Mr. Bashwood se leva brusquement et regarda son fils en face.

— Si je pouvais faire ce que je désire, je l'épouserais maintenant.

Bashwood jeune recula de quelques pas.

— Après tout ce que je vous ai dit ? demanda-t-il, avec un inexprimable étonnement.

— Après tout ce que vous m'avez dit.

— Avec la perspective d'être empoisonné à la première occasion où vous l'offenserez ?

— Avec la perspective d'être empoisonné dans les vingt-quatre heures.

L'espion de l'agence d'investigations privées retomba sur sa chaise, écrasé par les paroles et le regard de son père.

— Fou ! se dit-il. Fou à lier, nom d'une pipe !

Mr. Bashwood regarda sa montre et, en hâte, prit son chapeau.

— J'aimerais tout savoir, dit-il, jusqu'au dernier mot de ce que vous avez à me dire sur elle. Mais le temps, le terrible temps marche et s'avance toujours. D'après ce que je sais, peut-être sont-ils en train de se marier en ce moment même.

— Qu'allez-vous faire ? demanda Bashwood jeune en se mettant entre la porte et son père.

— Je vais à l'hôtel, dit le vieillard en essayant de passer quand même. Je vais voir Mr. Armadale.

— Pour quoi faire ?

— Pour lui répéter tout ce que vous venez de me dire.

Il se tut après avoir fait cette réponse. Le terrible sourire de triomphe qui était déjà une fois passé sur son visage y reparut de nouveau.

— Mr. Armadale est jeune, Mr. Armadale a toute sa vie devant lui, murmura-t-il, tandis que ses doigts tremblants étreignaient le bras de son fils. Ce qui ne m'effraye pas, moi, l'effrayera peut-être, lui !

— Attendez une minute, dit Bashwood jeune. Êtes-vous toujours sûr que Mr. Armadale est bien l'homme ?

— Quel homme ?

— L'homme qui va l'épouser.

— Oui, oui, oui ! Laissez-moi partir, Jemmy, laissez-moi partir.

L'espion s'appuya le dos contre la porte et réfléchit. Mr. Armadale était riche. Mr. Armadale (s'il n'était pas complètement fou, lui aussi), pouvait fort bien monnayer à sa juste valeur l'avis qui le sauverait de la disgrâce d'épouser Miss Gwilt.

« Cela peut être une centaine de livres pour ma poche, si je traite l'affaire moi-même, tandis que je n'aurai pas un demi-penny si je la laisse à mon père ».

Il prit son chapeau et son sac de cuir.

— Pourrez-vous jamais loger tout cela dans votre vieille tête creuse, papa ? dit-il avec son impudence ordinaire. Non ! pas vous ! J'irai avec vous, et je vous aiderai ; que pensez-vous de cela ?

Le père jeta les bras autour du cou de son fils, dans un élan de reconnaissance :

— Je ne puis m'en empêcher, Jemmy ; vous êtes si bon pour moi. Prenez l'autre billet, mon cher ; je m'arrangerai sans lui, prenez l'autre billet.

Le fils ouvrit la porte et tourna magnanimement le dos au billet que lui tendait son père.

— Assez, vieux gentleman, je ne suis pas aussi mercenaire que cela ! dit-il en affectant d'être humilié. Serrez votre portefeuille, et qu'il n'en soit plus question. (« Si je prenais le dernier argent de mon respectable père, pensa-t-il en descendant l'escalier, qui m'assure qu'il ne demanderait pas à partager, en voyant la couleur de l'argent de Mr. Armadale ? »). Suivez-moi, papa ! Nous prendrons un cab et nous rejoindrons l'heureux fiancé avant qu'il parte pour l'église.

Ils hélèrent un cab dans la rue et donnèrent l'adresse de l'hôtel où avaient logé Midwinter et Allan durant leur séjour à Londres. Dès que la portière de la voiture se fut refermée, Mr. Bashwood revint sur le sujet de Miss Gwilt.

— Dites-moi le reste, fit-il en prenant la main de son fils et en la caressant tendrement. Parlez-moi d'elle pendant le chemin, aidez-moi à tuer le temps, Jemmy.

Bashwood jeune était tout réjoui à la pensée de tirer de l'argent à Mr. Armadale. Il joua avec l'anxiété de son père jusqu'au dernier moment.

— Voyons si vous vous souvenez de ce que je vous ai dit déjà, commença-t-il. Il y a un personnage dans l'histoire dont nous ne connaissons pas le sort… Allons ! Pouvez-vous me dire qui ?

Il avait compté que son père serait incapable de répondre à la question. Mais la mémoire de Mr. Bashwood pour tout ce qui avait rapport à Miss Gwilt était aussi claire et aussi prompte que celle de son fils.

— Le misérable étranger qui la tenta et s'abrita ensuite derrière elle, répondit-il sans un moment d'hésitation. Ne me parlez plus de lui, Jemmy ! Ne me parlez plus de lui !

— Il le faut ! reprit le fils. Vous voulez savoir ce qu'est devenue Miss Gwilt après sa sortie de prison, n'est-ce pas ? Très bien ; je suis en position de vous le dire ; elle devint Mrs. Manuel. Il est inutile de me regarder ainsi, vieux gentleman, je sais cela de source certaine. Vers la fin de l'année dernière, une dame étrangère se présenta chez nous, et nous donna la preuve qu'elle était légalement mariée au capitaine Manuel, au commencement de sa carrière, lorsqu'il avait visité l'Angleterre pour la première fois. Elle avait découvert depuis peu qu'il était revenu dans ce pays, et elle avait des raisons de croire qu'il avait épousé une autre femme en Écosse. Nos gens eurent l'ordre de prendre les informations nécessaires. Une comparaison des dates montra que le mariage en Écosse – si tant est que l'on pût parler de mariage et non de mascarade – avait eu lieu juste à l'époque où Miss Gwilt était redevenue libre. Et les investigations, ayant été poussées un peu plus loin, prouvèrent que la seconde « Mrs. Manuel » n'était autre que l'héroïne du fameux procès criminel, que nous ne connaissions pas alors, mais que nous savons maintenant être votre fascinante amie, Miss Gwilt.

La tête de Mr. Bashwood retomba sur sa poitrine. Il croisa ses mains tremblantes et attendit en silence pour connaître la suite.

— Réjouissez-vous, reprit son fils. Elle n'était pas plus la femme du capitaine que vous n'êtes… et, qui plus est, le capitaine lui-même n'est plus sur votre chemin à présent. Par une brumeuse nuit de décembre, il nous échappa et partit pour le continent, personne ne sait où. Il avait mangé les cinq mille livres de la seconde Mrs. Manuel, pendant les deux ou trois années qui s'étaient écoulées depuis sa sortie de prison. Comment parvint-il à se procurer l'argent nécessaire à son voyage ? La seconde Mrs. Manuel le lui fournit, paraît-il. Elle avait rempli ses poches vides et elle attendait avec confiance, dans un misérable logement de Londres, d'avoir de ses nouvelles pour le rejoindre dès qu'il serait en sûreté à l'étranger. Où s'était-elle procuré de l'argent ? me demanderez-vous assez naturellement. Personne ne put le dire à l'époque. Mon opinion est que son ancienne maîtresse vivait encore, et qu'elle exploita le secret de la famille Blanchard à son profit. C'est une simple supposition, bien entendu, mais il est un fait qui me laisse penser que cette supposition est absolument fondée. Elle avait une vieille amie, juste la femme qu'il lui fallait pour l'aider à découvrir l'adresse de sa maîtresse. Pouvez-vous deviner le nom de la vieille lady ? Non ? Mrs. Oldershaw, bien sûr !

Mr. Bashwood releva brusquement, la tête.

— Pourquoi aurait-elle eu recours, dit-il, à la femme qui l'avait abandonnée dans son enfance ?

— Je ne sais, reprit son fils, mais ce dut être dans l'intérêt de sa magnifique chevelure. Les ciseaux de la prison, je n'ai pas besoin de vous le dire, avaient fait tête rase, à la lettre, des charmantes boucles de Miss Gwilt ; et Mrs. Oldershaw, je dois le reconnaître, est la femme d'Angleterre la plus connue pour restaurer les visages dévastés de ces dames. Mettez deux et deux ensemble, et peut-être conviendrez-vous avec moi que cela fait quatre.

— Oui, oui, deux et deux font quatre ; répéta son père avec impatience. Mais je désire savoir autre chose. Entendit-elle encore parler de lui ? Lui écrivit-il de le rejoindre, lorsqu'il eut gagné l'étranger ?

— Le capitaine ? Mais où avez-vous donc la tête ? N'avait-il pas dépensé jusqu'au dernier farthing de son argent ? et n'était-il pas sur le continent à l'abri de ses recherches ? Elle attendit, pour avoir de ses nouvelles, car elle persistait à croire en lui. Mais je vous parie tout ce que vous voudrez qu'elle ne revît jamais son écriture. Nous fîmes de notre mieux à l'agence pour lui ouvrir les yeux. Nous lui dîmes franchement qu'il avait une autre femme vivante et qu'elle n'avait pas l'ombre d'un droit sur lui. Elle ne voulut pas nous croire, bien qu'on lui donnât toutes les preuves de cette affirmation. Obstinée, elle fut diaboliquement obstinée. Je sais qu'elle attendit pendant des mois avant de renoncer à l'espoir de le revoir.

Mr. Bashwood jeta un œil par la portière de la voiture.

— Où put-elle chercher refuge alors ? dit-il en se parlant à lui-même. Qu'a-t-elle pu faire depuis ?

— À en juger par mon expérience des femmes, remarqua

Bashwood jeune, qui l'avait entendu, je répondrai qu'elle essaya probablement de se noyer. Mais ceci n'est encore qu'une simple supposition ; tout n'est plus que suppositions, à partir de ce moment, dans son histoire. Vous mettez le doigt sur la fin de mes certitudes, papa, en m'interrogeant sur ce qu'a pu faire Miss Gwilt au cours du printemps et de l'été de cette année. Elle a pu être ou ne pas être assez désespérée pour vouloir se suicider, et peut-être est-ce elle qui se trouve derrière tous les renseignements que je pris pour Mrs. Oldershaw. Vous la verrez ce matin, et je souhaite que votre influence sur elle soit assez grande pour la convaincre de raconter elle-même la fin de son histoire.

Mr. Bashwood, toujours occupé à regarder par la fenêtre du cab, posa brusquement la main sur le bras de son fils.

— Chut ! s'écria-t-il dans une violente agitation. Nous sommes arrivés enfin. Oh, Jemmy ! comme mon cœur bat ! Voici l'hôtel.

— Vous m'ennuyez avec votre cœur, dit Bashwood jeune. Attendez ici pendant que je vais aller aux informations.

— Je veux y aller avec vous, cria le père. Je ne puis attendre, je vous répète que je ne puis attendre.

Ils entrèrent ensemble et demandèrent Mr. Armadale.

La réponse qui leur fut faite après un certain délai, et non sans quelque hésitation, leur apprit que Mr. Armadale était parti depuis six jours déjà. Un second garçon ajouta que l'ami de Mr. Armadale, Mr. Midwinter, avait, lui, quitté l'hôtel le matin même. Où Mr. Armadale était-il allé ? Quelque part dans le pays. Où Mr. Midwinter était-il allé ? Personne ne le savait.

Mr. Bashwood regarda son fils avec un désespoir muet.

— Bêtises et sornettes ! s'écria Bashwood jeune en poussant rudement son père dans le cab. Il est à nous quand même. Nous le trouverons chez Miss Gwilt.

Le vieillard prit la main de son fils et l'embrassa.

— Merci, mon cher, dit-il avec reconnaissance ; merci de vouloir me rassurer.

Le cab fut ensuite dirigé vers le second logement que Miss Gwilt avait occupé dans le voisinage de Tottenham Court Road.

— Arrêtez ici ! dit l'espion en descendant de la voiture et en refermant la porte sur son père, resté dans le cab. Je veux m'occuper seul de cette partie de l'affaire.

Il frappa à la porte de la maison.

— J'apporte un billet pour Miss Gwilt, dit-il, en entrant dans le couloir dès qu'on lui eut ouvert.

— Elle est partie, répondit la bonne. Elle est partie hier soir.

Bashwood jeune ne perdit pas de temps en paroles inutiles avec la bonne. Il insista pour voir la maîtresse des lieux. Celle-ci ne fit que confirmer le départ de Miss Gwilt. Où était-elle allée ? La femme ne pouvait le dire. Comment était-elle partie ? À pied. À quelle heure ? Entre neuf et dix. Qu'avait-elle fait de ses bagages ? Elle n'en avait pas. Un gentleman n'était-il pas venu lui rendre visite la veille ? Pas une âme ne s'était présentée pour voir Miss Gwilt.

Le visage du père, pâle et livide, était à la fenêtre de la voiture quand le fils descendit les marches de la maison.

— N'est-elle pas là, Jemmy ? demandait-il faiblement. N'est-elle pas là ?

— Retenez votre langue ! cria l'espion, sa brutalité naturelle reprenant le dessus. Je ne suis pas encore au bout de mes recherches.

Il traversa la rue et entra dans un café situé juste en face de la maison qu'il venait de quitter.

Il s'approcha de la table le plus proche de la fenêtre, où étaient assis deux hommes qui causaient ensemble l'air inquiet.

— Quel est celui de vous qui était de garde entre neuf et dix heures, hier soir ? demanda Bashwood jeune en s'approchant d'eux brusquement, et en posant sa question d'une voix basse et impérieuse.

— Moi, monsieur, répondit l'un des hommes à contrecœur.

— Avez-vous perdu de vue la maison ? Oui ! je vois que oui.

— Seulement pendant une minute, monsieur. Une infernale canaille de soldat est entrée ici…

— Cela suffit, dit Bashwood jeune. Je sais ce qu'a fait le soldat et qui l'a envoyé. Elle nous a encore échappé. Vous êtes le plus grand âne que je connaisse. Je vous donne votre congé.

Sur ces mots, suivis d'un juron, il sortit du café et retourna au cab.

— Elle est partie ! cria le père. Ah ! Jemmy, Jemmy ! je le vois à votre visage.

Il s'affaissa dans le coin de la voiture avec un faible gémissement.

— Ils sont mariés, dit-il douloureusement en se parlant à lui-même.

Ses bras retombèrent sans force sur ses genoux, son chapeau roula à terre sans qu'il s'en aperçut.

— Arrêtez-les ! cria-t-il soudain en se levant et en saisissant son fils avec fureur par le collet de son habit.

— Retournez à l'hôtel, dit Bashwood jeune au cocher. Cessez votre bruit ! ajouta-t-il en se tournant vers son père. J'ai besoin de réfléchir.

Son vernis de douceur était parti maintenant. Sa colère était excitée. Son orgueil – même un homme comme lui avait son orgueil ! – était profondément blessé. Deux fois il avait mis toute son intelligence à combattre une femme, et deux fois il avait été joué.

Il se présenta de nouveau à l'hôtel et essaya de gagner les domestiques. Le résultat de ces tentatives le convainquit seulement que les domestiques n'avaient aucun renseignement à lui donner. Après un instant de réflexion, il demanda où était l'église de la paroisse.

« La chose vaut la peine qu'on la tente », pensa-t-il en donnant l'adresse au cocher.

— Plus vite, cria-t-il après avoir regardé sa montre, puis son père. Les minutes sont précieuses ce matin, et le vieux va s'évanouir.

C'était vrai. Encore capable d'entendre et de comprendre, Mr. Bashwood avait maintenant perdu la parole. Il se retenait des deux mains au bras de son fils, dont l'épaule s'éloignait de lui.

L'église était séparée de la rue par une vaste place entourée d'une grille. Se débarrassant de l'étreinte de son père, Bashwood jeune se dirigea droit vers la sacristie. Un clerc qui rangeait des livres et un second clerc occupé à pendre un surplis étaient les seules personnes qui fussent dans la pièce lorsqu'il entra et demanda à parcourir le registre des mariages du jour.

Le clerc ouvrit gravement le livre et se tint à côté du pupitre sur lequel il reposait.

Le registre marquait trois mariages célébrés ce jour-là, et les deux premières signatures, en haut de la page, étaient celles d'Allan Armadale et de Lydia Gwilt !

L'espion, tout ignorant qu'il était des faits et des terribles conséquences que ce qui s'était passé le matin pouvait avoir dans l'avenir, l'espion tressaillit quand ses yeux tombèrent sur ces deux noms. Ainsi c'était fait ! Qu'il se produisît désormais quoi que ce soit, c'était fait. Là, en blanc et en noir, se trouvait la preuve évidente du mariage, qui était tout à la fois une vérité et un mensonge. Là, par cette fatale similitude de noms, sous la signature même de Midwinter, était la preuve qu'Allan, et non son ami, était le mari de Miss Gwilt !

Bashwood jeune ferma le registre et le rendit au clerc. Il descendit les marches de la sacristie, mains dans les poches, l'air mécontent... En tant que professionnel, il se sentait abaissé dans sa propre estime.

Il rencontra le bedeau sous le portique de l'église. Il réfléchit un instant, se demandant s'il fallait risquer la dépense d'un shilling à questionner l'homme, et se décida en faveur de l'affirmative. Si l'on pouvait suivre leurs traces et les atteindre, il y aurait encore chance de voir la couleur de l'argent de Mr. Armadale.

— Combien y a-t-il de temps, dit-il, que le premier couple marié a quitté l'église ?

— Environ une heure, dit le bedeau.

— Comment sont-ils partis ?

Le bedeau attendit, pour rendre sa réponse, d'avoir bien en poche sa rémunération.

— Vous ne retrouverez pas leurs traces à partir d'ici, monsieur, dit-il, ils sont partis à pied.

— Et c'est tout ce que vous pouvez me dire sur eux ?

— C'est tout, monsieur, ce que je peux vous dire sur eux.

Resté seul, le limier de l'agence d'investigations privées s'arrêta un moment avant de retourner auprès de son père. Il fut tiré de son hésitation par la soudaine apparition, dans la cour de l'église, du cocher.

— Je crains que le vieux gentleman ne soit malade, fit-il.

Bashwood jeune fronça le sourcil avec colère et se dirigea vers la voiture. Lorsqu'il ouvrit la portière et regarda à l'intérieur, son père se pencha vers lui, livide, remuant les lèvres sans qu'il en sortît aucun son.

— Elle nous a eu, dit l'espion. Ils se sont mariés ici ce matin.

Le corps du vieillard oscilla un moment, puis ses yeux se fermèrent et sa tête alla heurter le siège avant du cab.

— À l'hôpital ! cria le fils. Il a une attaque. Voilà ce que c'est que de m'être dérangé pour obliger mon père ! murmura-t-il, en relevant lentement la tête de Mr. Bashwood et en dénouant sa cravate. Une belle matinée, vraiment, une belle matinée !

L'hôpital était proche, et le médecin à son poste.

— En reviendra-t-il ? demanda Bashwood jeune avec grossièreté.

— Qui êtes-vous ? demanda le médecin avec une certaine aigreur.

— Je suis son fils.

— Je ne l'aurais pas cru, repartit le docteur, en prenant des mains de l'assistant les cordiaux que celui-ci lui présentait.

Et il se détourna du fils, pour s'occuper du père, d'un air de soulagement qu'il ne prit pas la peine de cacher.

— Oui, ajouta-t-il, après une minute ou deux, votre père en réchappera cette fois.

— Quand pourra-t-on l'emmener d'ici ?

— Il pourra sortir de l'hôpital dans une heure ou deux.

L'espion posa une carte sur la table :

— Je viendrai le prendre ou je l'enverrai chercher. Je suppose que je puis m'en aller maintenant, si je laisse mon nom et mon adresse ?

En disant ces mots, il prit son chapeau et sortit.

— Quelle brute ! dit l'assistant.

— Non, fit tranquillement le médecin, c'est un homme.

Entre neuf et dix heures, ce soir-là, Mr. Bashwood s'éveilla dans son lit, à l'hôtel où il était descendu. Il avait dormi pendant plusieurs heures, depuis qu'il avait été ramené de l'hôpital, et son esprit et son corps reprenaient lentement leurs forces.

Une lumière brûlait sur la table de nuit, et une lettre y était posée. Il reconnut l'écriture de son fils, et lut :

Mon cher papa,

Vous ayant reconduit, sain et sauf de l'hôpital à votre hôtel, je crois avoir rempli grandement mes devoirs envers vous, et j'espère pouvoir me considérer comme libre de retourner à mes affaires. Mes occupations m'empêcheront de vous voir ce soir, et je ne prévois pas d'aller dans votre voisinage demain matin. L'avis que je vous donne est de retourner à Thorpe-Ambrose, et de reprendre votre emploi de régisseur. Quel que soit l'endroit, où Mr. Armadale puisse être, il aura certainement à vous écrire tôt ou tard.

Je me lave les mains de toute votre affaire à partir de ce moment quant à ce qui me concerne. Mais si vous tenez à aller jusqu'au bout, mon opinion professionnelle est que, bien que vous ne puissiez plus empêcher son mariage, vous pouvez le séparer de sa femme.

Soignez-vous, je vous prie. Votre fils affectionné,

JAMES BASHWOOD.

La lettre tomba des faibles mains du vieillard :

« J'aurais souhaité que Jemmy vînt me voir ce soir, dit-il ; mais c'est toujours très bon à lui de m'avoir donné ses conseils, malgré tout ».

Il se retourna avec lassitude sur son oreiller et relut la lettre une seconde fois.

« Allons, se dit-il, je n'ai rien d'autre à faire que de retourner à Thorpe-Ambrose. Je suis trop pauvre et trop vieux pour les poursuivre moi-même ».

Il ferma les yeux ; des larmes descendirent lentement sur ses joues ridées.

« J'ai été une triste corvée pour mon pauvre Jemmy, j'en ai peur ! »

Au bout d'une minute, vaincu par la faiblesse, il s'endormit de nouveau.

L'horloge de l'église voisine sonna dix heures. À cette heure même, le train maritime qui emportait Midwinter et sa femme se rapprochait de plus en plus de Paris. À cette même heure, l'homme de quart à bord du yacht d'Allan signalait le phare de Land's End, et faisait route vers le cap Finistère.

LIVRE QUATRIÈME

I. Miss Gwilt reprend son journal

Naples, le 10 octobre – Il y a deux mois aujourd'hui que j'ai fermé mon journal, en déclarant que je ne le rouvrirais plus.

Pourquoi ai-je manqué à ma résolution ? Pourquoi ai-je repris ce secret confident de mes heures de lassitude et de désespoir ? Parce que je suis plus abandonnée que jamais, plus seule que je ne l'ai jamais été, bien que mon mari soit occupé à écrire dans la pièce voisine. Ma souffrance est une souffrance de femme, et elle a besoin de parler, ici plutôt que nulle autre part, à mon second moi-même, sur ces pages : je n'ai personne d'autre pour m'entendre.

Combien je fus heureuse dans les premiers jours qui suivirent notre mariage, et combien je le rendis heureux ! Deux mois seulement se sont écoulés, et ce temps est déjà loin. J'essaye de trouver ce qui a pu être fait ou dit de mal de mon côté ou du sien, et je ne puis me souvenir de rien. Je ne puis même démêler exactement le jour où le premier nuage s'éleva entre nous.

Je me résignerais si je l'aimais moins tendrement. Je pourrais vaincre le chagrin que me cause son éloignement, s'il se manifestait avec la brutalité ordinaire aux hommes.

Mais cela n'est pas arrivé, cela n'arrivera jamais. Il n'est pas dans sa nature de faire souffrir les autres. Pas un mot, pas un regard dur ne lui ont échappé. C'est seulement la nuit, quand je l'entends soupirer dans son sommeil, ou quelquefois rêver le matin, que je comprends combien s'est altéré l'amour qu'il a eu pour moi. Il le cache, ou du moins il essaye de le cacher pendant la journée, par bonté pour moi. Il est toujours aussi doux, mais son cœur n'est pas sur ses lèvres quand il m'embrasse désormais. Sa main ne dit rien quand elle touche la mienne. Jour après jour, les heures qu'il consacre à ces détestables écritures deviennent de plus en plus longues. Chaque jour il est plus silencieux pendant les moments qu'il me consacre.

Et avec cela, rien dont je puisse me plaindre. Rien d'assez marqué pour me donner le droit de m'en expliquer avec lui. Sa résignation croît par degrés si imperceptibles que ma pénétration est en défaut pour en sonder les progrès et la profondeur. Cinquante fois par jour j'éprouve le désir de me jeter à son cou et de lui dire : « Pour l'amour de Dieu, faites-moi n'importe quoi plutôt que de me traiter de cette façon ! ». Et cinquante fois par jour ces mots sont refoulés dans mon cœur par la cruelle circonspection de sa conduite, qui ne me donne pas le droit de les prononcer.

Je croyais avoir ressenti la plus grande peine que je pusse éprouver quand mon premier mari me frappa au visage avec sa cravache. Je pensais connaître toutes les nuances du désespoir, le jour où je sus que l'autre lâche, le plus lâche des deux, m'avait abandonnée. Vivez et vous apprendrez. Je sais une douleur plus cuisante que celle du fouet de Waldron ; il est un désespoir plus amer que celui que me fit connaître Manuel lorsqu'il disparut.

Suis-je trop vieille pour lui ? Non, pas encore ! Ai-je perdu ma beauté ? Pas un homme ne me rencontre dans la rue sans que ses yeux me disent que je suis aussi belle que jamais.

Non, non ! le secret est plus profond que cela ! J'y ai pensé encore et encore, jusqu'à ce qu'une horrible pensée s'emparât de moi. Il a été bon et noble dans le passé, et j'ai été méchante et coupable. Qui peut dire quel gouffre cette terrible différence a creusé entre nous à notre insu ? C'est de la folie ; mais lorsque je repose éveillée à côté de lui dans les ténèbres, je me demande si quelque révélation involontaire de la vérité ne m'a pas échappé dans l'étroite intimité qui nous irait maintenant ! Quelque chose de l'horreur de ma vie passée est peut-être resté invisiblement attaché après moi ? En subit-il l'influence sans le savoir ? Ah, Dieu ! un amour aussi grand que celui qu'il m'inspire ne peut-il purifier ? Le repentir n'effacera-t-il pas de mon cœur les plaies laissées par ma méchanceté passée ?

Qui peut le dire ? Il y a quelque chose de néfaste dans notre union ; je ne puis m'empêcher de le répéter. Une influence funeste nous sépare davantage de jour en jour. Bien ! Je suppose que je finirai par m'endurcir et par m'y résigner.

Une voiture découverte vient de passer devant ma fenêtre, emportant une élégante lady. Son mari était assis à côté d'elle, et leurs enfants en face d'eux. Au moment où je l'ai aperçue, elle riait et causait gaiement : une femme heureuse. Ah, madame ! si, lorsque vous étiez plus jeune, vous aviez été abandonnée à vous-même dans le monde, comme je le fus…

11 octobre – Il y a deux mois aujourd'hui que nous avons été mariés. Il ne m'a rien dit à ce sujet, lorsqu'il s'est éveillé. Mais j'ai pensé que ce pourrait être l'occasion, au petit déjeuner, de le ramener à moi.

Je ne crois pas avoir jamais pris tant de soin à ma toilette ; je ne crois pas avoir jamais été plus séduisante que ce matin, lorsque je suis descendue. Il avait déjeuné seul, et je trouvai un petit billet sur la table avec des excuses. Le courrier pour Londres partait le même jour, et il avait à terminer sa correspondance. À sa place, j'aurais laissé partir cinquante courriers plutôt que de ne pas déjeuner avec lui. Je suis entrée dans sa chambre. Là, je l'ai trouvé, perdu corps et âme dans son abominable écriture ! « Ne pouvez-vous me donner un peu de temps ce matin ? » lui ai-je demandé. Il s'est levé en sursaut : « Certainement, si vous le souhaitez ». Il ne m'a même pas regardé en prononçant ces paroles. Jusqu'au son de sa voix m'a dit que tout son intérêt était concentré sur sa plume qu'il venait de poser devant lui. « Je vois que vous êtes occupé, ai-je répondu, je ne désire plus rien ». Avant que j'aie eu refermé la porte, il était retourné à son pupitre. J'ai souvent entendu dire que les femmes d'écrivains avaient été pour la plupart malheureuses. Et maintenant, je sais pourquoi.

Je suppose, comme je le disais hier, que je m'y ferai. (À propos, quelles stupidités j'ai écrites hier ! Combien je serais honteuse si quelque autre que moi pouvait les lire !). J'espère que le mauvais journal pour lequel il écrit n'aura aucun succès, et qu'il sera supplanté par quelque autre feuille dès qu'il aura été imprimé.

Que faire de moi ce matin ? Je ne puis sortir, il pleut. Si je me mets au piano, je dérangerai ce laborieux journaliste qui griffonne dans la pièce à côte. Oh, Dieu ! j'étais bien solitaire dans mon logement de Thorpe-Ambrose, mais combien je le suis davantage ici ! Je déteste toute la tribu des écrivains. Je pense que je relirai ces pages et me reporterai à ce temps de ma vie où je faisais des projets, où je complotais, où je trouvais un nouvel intérêt à chaque nouvelle heure du jour.

Il aurait pu me regarder, bien qu'il fût si occupé à écrire. Il aurait pu dire : « Quelle jolie toilette vous avez ce matin ! ». Il aurait pu se rappeler… N'importe ! Il ne s'est occupé que de sa besogne.

Midi – J'ai lu et j'ai réfléchi ; grâce à mon journal, j'ai passé une heure.

Quel temps, quelle vie c'était à Thorpe-Ambrose ! Je me demande comment je n'ai pas perdu la tête. Mon cœur bat, mon visage s'empourpre, rien qu'à relire les pages de cette époque !

La pluie tombe toujours et le journaliste continue à griffonner. Je ne voudrais pas retomber dans mes pensées d'autrefois, et pourtant puis-je faire autre chose ?

Supposons – je dis bien supposons – que je sois dans les mêmes intentions que lors de mon voyage à Londres avec Armadale, quand je voyais ma route pour arriver à sa vie aussi clairement que je voyais l'homme lui-même…

Je vais aller à la fenêtre, je compterai les passants, cela me distraira. J'ai vu un enterrement, avec les pénitents en capuchon noir et les torches de cire vacillant sous la pluie, le maigre tintement de la petite cloche et les prêtres psalmodiant leur chant monotone. Un agréable spectacle à contempler depuis une fenêtre ! Mieux vaut retourner à mon journal.

Supposons – c'est une simple supposition – que je ne sois pas changée, quelle serait maintenant ma manière de voir au sujet du grand risque que j'avais résolu de courir ? J'ai épousé Midwinter sous le nom qui lui appartient réellement. Et, par cet acte, j'ai osé le premier de ces trois pas qui devaient me conduire, au prix de la vie d'Armadale, à sa fortune et au titre de sa veuve. Peu importe que mes intentions aient été pures le jour du mariage, car elles étaient pures, j'ai bien franchi le premier pas. Eh bien, le premier pas franchi, supposons, ce que je ne veux point, que je risque le second… Les circonstances me favoriseraient-elles ? m'encourageraient-elles à avancer, ou m'avertiraient-elles de reculer ?

J'ai bien envie de compter mes chances de réussite et de les écrire. Je déchirerai la page après, si la perspective me paraît trop encourageante.

Nous habitons ici (par souci d'économie), assez loin du quartier anglais à la mode, dans un faubourg de la cité, du côté de Portici. Nous n'avons aucune connaissance parmi nos compatriotes. Notre pauvreté et la timidité de Midwinter s'y opposent ; quant aux femmes, ma personne n'attire pas leur sympathie. Les hommes auxquels mon mari a affaire pour sa correspondance du journal lui donnent rendez-vous au café et ne viennent jamais ici. Je ne l'ai jamais encouragé à m'amener du monde car, bien que des années se soient écoulées depuis mon premier séjour à Naples, je ne suis pas sûre que quelques-unes des nombreuses personnes que j'y ai connues autrefois n'habitent pas encore cette ville.

La morale de cela (comme disent les contes), c'est que pas un seul témoin ne pourrait déclarer être entré dans cette maison et nous avoir vus, Midwinter et moi, vivant en mari et femme. Voilà pour ce qui me concerne.

À Armadale maintenant. Un accident imprévu l'aurait-il obligé d'écrire à Thorpe-Ambrose ? A-t-il manqué aux conditions imposées par le major, et s'est-il posé en fiancé de Miss Milroy depuis que je l'ai vu ?

Rien de la sorte n'est arrivé. Aucun accident imprévu n'a modifié sa position – sa position si tentante envers moi. Je sais tout ce qui lui est arrivé depuis qu'il a quitté l'Angleterre, grâce aux lettres qu'il a écrites à Midwinter, et que Midwinter m'a montrées.

Il a fait naufrage pour commencer. Son mauvais petit yacht a essayé de le noyer, après tout, et n'a pas réussi ! Cela est arrivé, comme Midwinter l'en avait mis en garde, lors d'une tempête. Ils sont allés se briser sur la côte du Portugal. Le yacht a été mis en pièces, mais l'équipage, les papiers, tout a été sauvé. Les hommes ont été renvoyés à Bristol avec des recommandations de leur maître qui leur ont déjà valu de l'emploi à bord d'un navire frété pour l'étranger. Et le maître lui-même est en route pour nous rejoindre, après s'être arrêté à Lisbonne et à Gibraltar et avoir essayé inutilement dans ces deux endroits de se procurer un autre bateau. Il fera une troisième tentative à Naples, où l'on parle d'un yacht anglais à vendre ou à louer. Il n'a pas eu besoin d'écrire chez lui depuis le naufrage ; il a retiré de chez Coutts's la grosse somme déposée là en billets. Il ne se sent aucunement disposé à retourner en Angleterre, car Mr. Brock étant mort, Miss Milroy en pension et Midwinter ici, il n'y connaît pas une créature humaine qui s'intéresse à lui. Nous voir et ensuite voir le nouveau yacht, tels sont les deux seuls projets qu'il ait pour l'heure. Midwinter l'attend depuis une semaine, et il peut fort bien faire son apparition dans la pièce tandis que je suis en train d'écrire.

Ces circonstances sont bien tentantes, alors que j'ai encore en mémoire les torts que sa mère et lui ont eus envers moi, alors que je sais que Miss Milroy attend en confiance le moment de s'installer maîtresse de Thorpe-Ambrose, alors que mon rêve de vivre heureuse, innocente et aimée de Midwinter est à jamais évanoui et que je ne trouve rien à sa place pour me garantir contre moi-même. Je voudrais que la pluie cesse. Je voudrais pouvoir sortir.

Peut-être arrivera-t-il quelque chose qui empêchera Armadale de venir à Naples. Lorsqu'il a écrit pour la dernière fois, il attendait à Gibraltar un steamer anglais faisant le trajet en Méditerranée pour se rendre ici. Il s'est peut-être ennuyé d'attendre le steamer, ou peut-être a-t-il entendu parler d'un autre yacht ? Un petit oiseau me murmure à l'oreille que ce serait probablement la chose la plus sage qu'il ferait de sa vie, s'il renonçait, à son projet de nous rejoindre à Naples.

Déchirerai-je la page sur laquelle je viens d'écrire ? Non. Mon journal est si bien relié que ce serait une véritable barbarie que de rien arracher de ce cahier. Je vais essayer de m'occuper autrement. À quoi ? Je vais mettre en ordre mon nécessaire de toilette et passer en revue les quelques objets que mes malheurs m'ont laissés.

J'ai ouvert le nécessaire. Le premier objet que j'y ai vu, c'est le mesquin présent de noces d'Armadale, le mauvais petit anneau en rubis. Cela m'a irrité pour commencer. Puis je suis tombée sur ma bouteille de gouttes. Je me suis surprise à calculer combien il en faudrait pour envoyer une créature vivante dans l'autre monde. Pourquoi ai-je tout à coup fermé la boîte dans un accès de frayeur ? Je ne sais, mais j'ai refermé cette boîte. Et me voici revenue à mon journal avec rien, absolument rien à écrire. Oh ! longue et pénible journée ! Rien ne viendra-t-il me distraire un peu ?

12 octobre – La lettre si importante de Midwinter pour le journal a été envoyée hier soir. J'étais assez folle pour supposer qu'il m'honorerait aujourd'hui de son attention. Pas du tout. Il a passé une nuit d'insomnie, après toutes ses écritures ; il s'est levé avec un gros mal de tête et dans un état de grand abattement. Quand il est ainsi, son remède favori est de reprendre les habitudes vagabondes de sa jeunesse, et il va errer seul, personne ne sait où. Il est entré dans ma chambre pour la forme, ce matin. Sachant que je n'ai pas d'habit d'amazone, il m'a offert de louer une espèce de mauvais poney pour moi, au cas où je désirerais l'accompagner. Je préfère rester à la maison. Je veux avoir un beau cheval et un joli costume, ou ne pas me montrer du tout. Il est parti sans avoir essayé de me faire changer d'avis. Il n'aurait pas réussi certainement, mais il aurait dû le tenter, malgré tout.

Je puis ouvrir le piano en son absence, c'est une consolation ; et je me sens d'humeur à jouer, c'est une seconde consolation. Voici une sonate de Beethoven (dont j'ai oublié le numéro), qui me fait toujours songer aux tortures des âmes en peine. À moi, mes doigts ! Emportez-moi au milieu des âmes perdues, ce matin !

13 octobre – Nos fenêtres donnent sur la mer. À midi, aujourd'hui, nous avons aperçu un steamer portant le drapeau anglais. Midwinter s'est rendu au port, pensant que c'était peut-être le bateau de Gibraltar, avec Armadale à son bord.

Deux heures – C'était bien le bateau de Gibraltar. Armadale a encore allongé la liste de ses fautes. Il a tenu sa promesse de nous rejoindre à Naples.

Comment cela finira-t-il maintenant ?

Qui sait ?

16 octobre – Deux jours manquent à mon journal ! Je ne sais comment l'expliquer, si ce n'est qu'Armadale m'irrite au-delà de toute mesure. Sa vue seule suffit pour me rappeler Thorpe-Ambrose. Je m'imagine que j'ai dû être effrayée de ce que j'aurais eu à écrire sur lui, durant ces deux derniers jours, si je m'étais laissée aller au dangereux plaisir d'ouvrir ce cahier.

Ce matin rien ne m'effraye, et je reprends la plume en conséquence.

N'est-il point de limite, je me le demande, à la stupidité de certains hommes ? Je croyais avoir pénétré jusqu'où pouvait aller celle d'Armadale, quand j'étais sa voisine dans le Norfolk ; mais la dernière expérience que j'en ai faite à Naples me montre que je m'abusais. Il est perpétuellement à aller et venir de notre maison à Santa Lucia (où il loge), et il n'a absolument que deux sujets de conversation : le yacht à mettre à la voile et Miss Milroy. Oui ! c'est moi qu'il a choisie pour confidente de sa touchante affection ! « C'est si bon de parler d'elle avec une femme ! ». Voilà la seule excuse qu'il ait cru devoir me faire en réclamant ma sympathie… ma sympathie pour sa « Neelie chérie » ! Et cela, cinquante fois par jour ! Il est évidemment persuadé (y songe-t-il seulement ?) que j'ai perdu le souvenir de tout ce qui s'est passé autrefois entre nous, à Thorpe-Ambrose. Un si complet oubli de la délicatesse et du tact le plus ordinaire, chez une créature qui, selon toute apparence, est recouverte d'une peau humaine et non d'un cuir, et qui, à moins que mes oreilles ne me trompent, parle et ne brait pas, est réellement incroyable quand on y réfléchit ; mais c'est pourtant ainsi !

Il m'a demandé, il a osé me demander hier soir combien la femme d'un homme riche pouvait dépenser pour sa toilette.

« Calculez largement, a ajouté l'idiot avec un sourire insupportable. Neelie sera une des femmes les mieux mises d'Angleterre, quand nous serons mariés ».

Et il me dit ces choses à moi, qui l'ai vu à mes pieds et à qui il a échappé par la faute de Miss Milroy ; à moi, qui porte une robe d'alpaga, et dont le mari est obligé de travailler pour vivre !

Je ferais mieux de n'y plus songer. Je devrais essayer de penser à autre chose et d'écrire sur un autre sujet.

Le yacht ! Comme diversion à Miss Milroy, je déclare que le yacht est un sujet des plus intéressants ! (Les Anglais rangent les navires dans le genre féminin[1] et je pense que si les femmes prenaient intérêt à de telles choses, elles les mettraient au masculin.) C'est un superbe modèle, et ses bordages sont en acajou. Mais, avec tous ses mérites, il a le défaut d'être un peu vieux, et l'équipage ainsi que le maître d'équipage ont été payés et renvoyés en Angleterre. Autre mauvaise note contre lui. Cela étant, si l'on pouvait trouver d'autres marins et un autre capitaine ici, une si belle embarcation (malgré tous ses défauts) ne serait pas à dédaigner. Il pourrait la louer pour un petit voyage et voir comment elle se conduit. Cela lui permettrait de savoir par où elle pèche, et quelles réparations son grand âge exige. Et alors il sera temps de conclure oui ou non pour l'achat. Telle est la conversation d'Armadale quand il ne parle pas de sa « bien-aimée Neelie », et Midwinter, qui ne peut voler une minute à son journal pour la donner à sa femme, trouve des heures quand il s'agit de son ami et de mon irrésistible rivale, la créature d'acajou.

Je n'en écrirai pas davantage aujourd'hui. S'il était possible à une

1 En anglais, les termes servant à désigner un navire sont du féminin.

personne aussi distinguée que moi d'avoir des frémissements de tigresse jusqu'au bout des ongles, je croirais que je suis cette personne en ce moment. Mais chez une femme d'une retenue et d'une grâce aussi parfaites que les miennes, la chose est, bien entendu, hors de question. Une lady n'a pas de passions.

17 octobre – Une lettre pour Midwinter, ce matin, de la part des esclavagistes – je veux parler des propriétaires du journal de Londres – qui l'ont renvoyé au travail, plus occupé que jamais. Une visite d'Armadale au lunch et à l'heure du dîner. Conversation pendant le lunch sur le yacht ; conversation au dîner sur Miss Milroy. J'ai été honorée, grâce à cette jeune lady, d'une invitation à aller demain avec Armadale jusqu'au Toledo[1] pour l'aider à acheter quelques présents destinés à l'objet de son amour. J'ai refusé l'invitation et me suis excusée, tout simplement. Quant à l'étonnement que je ressens de ma patience, aucune expression ne pourrait en donner l'idée.

18 octobre – Armadale est venu déjeuner ce matin sous le prétexte de saisir Midwinter avant qu'il ne s'attelle à sa besogne.

Même conversation qu'hier. Armadale a traité avec l'agent pour la location du yacht. L'agent, vu son ignorance absolue de la langue anglaise, l'a charitablement aidé à se pourvoir d'un interprète, mais n'a pu lui procurer un équipage. L'interprète est poli et de bonne volonté, mais il n'entend rien à la mer. L'intervention de Midwinter est indispensable, et Midwinter a consenti à travailler avec plus d'acharnement que jamais, afin d'avoir le temps de s'occuper des affaires de son ami. Quand l'équipage aura été constitué, les mérites et les défauts du navire seront éprouvés au cours d'une croisière en Sicile, avec Midwinter à bord pour donner son opinion. Enfin (au cas où je craindrais la solitude), la cabine des dames est obligeamment mise à la disposition de l'épouse de Midwinter. Tout cela a été réglé au déjeuner, et l'entretien s'est terminé par un des agréables compliments d'Armadale, qui m'était adressé :

« J'emmènerai Neelie avec moi dans mes croisières, quand nous serons mariés, et vous avez si bon goût que je me fie à vous pour m'indiquer d'ici là comment il faut orner la cabine d'une dame ».

S'il y a des femmes qui mettent de tels hommes au monde, les autres femmes doivent-elles leur permettre de vivre ? C'est une

1 Actuelle Via Roma.

question d'opinion. La mienne est que non.

Ce qui me fait enrager, c'est de voir que Midwinter trouve dans la compagnie d'Armadale et de son nouveau yacht un refuge contre moi. Il est toujours plus gai quand son ami est ici. Il m'oublie pour Armadale presque aussi complètement que pour son travail. Et je supporte cela ! Quelle épouse modèle, quelle excellente chrétienne je fais !

19 octobre – Rien de nouveau. Aujourd'hui a été tel qu'hier.

20 octobre – Une nouvelle : Midwinter souffre de sa névralgie et travaille malgré cela pour être à même de prendre des vacances avec son ami.

21 octobre – Midwinter est de plus en plus terrible. Coléreux, farouche, inabordable, après deux mauvaises nuits et deux jours de travail sans relâche, passés à son pupitre. En d'autres circonstances, il se serait reposé. Mais rien ne l'arrête désormais. Il travaille plus que jamais par affection pour Armadale ! Combien ma patience devra-t-elle encore durer ?

22 octobre – J'ai eu la preuve cette nuit que Midwinter fait travailler sa tête plus qu'il ne peut le supporter. Lorsqu'il s'est endormi enfin, cela a été d'un sommeil troublé, entrecoupé de plaintes et de gémissements. D'après quelques mots que j'ai entendus, il me semble qu'il rêvait du temps où il était vagabond, parcourant la campagne avec les chiens du bohémien. À un autre moment, il se retrouvait avec Armadale sur le navire naufragé. Vers le matin, il s'est apaisé. Je me suis endormie et, m'étant réveillée après un très court repos, je me suis trouvée seule. Jetant un regard autour de moi, j'ai aperçu une lumière qui brillait dans le cabinet de Midwinter. Je me suis levée doucement et l'ai rejoint.

Il était assis dans un grand vilain fauteuil passé de mode que j'ai fait transporter là pour m'en débarrasser quand nous sommes arrivés. Sa tête était rejetée en arrière, et une de ses mains pendait négligemment sur le bras du siège ; l'autre était sur son genou. Je me suis approchée, et j'ai constaté que la fatigue l'avait vaincu pendant qu'il lisait ou écrivait, car, sur la table devant lui, j'ai trouvé des livres, de l'encre et du papier.

Qu'avait-il voulu faire secrètement à cette heure indue ? J'ai regardé de plus près les papiers sur la table ; ils étaient soigneusement pliés (comme il a l'habitude de les conserver), à l'exception d'un seul, posé sur les autres largement ouvert : c'était la lettre de Mr. Brock.

J'ai encore regardé près de lui, après avoir fait cette découverte, et j'ai aperçu un autre papier, sous la main qui reposait sur son genou. Il n'y avait pas moyen de l'en ôter, sans courir le risque de le réveiller. Cependant une partie du manuscrit n'était pas couverte par sa main. J'ai essayé de voir ce qu'il était venu lire en secret, outre la lettre de Mr. Brock, et j'ai reconnu le récit du rêve d'Armadale.

Cette seconde découverte m'a renvoyée dans mon lit avec un sujet sérieux à méditer.

Quand nous avons traversé la France pour nous rendre ici, la timidité de Midwinter a été vaincue une seule fois par un homme fort agréable, un médecin irlandais que nous avons rencontré dans le train et qui fut de la plus plaisante et amicale compagnie pendant toute la durée du voyage. Ayant appris que Midwinter s'occupait de littérature, notre compagnon de voyage lui a conseillé de ne pas passer trop de temps devant son bureau.

« Je vois à votre visage, disait le docteur, que si vous êtes jamais tenté de surmener votre cervelle, vous vous en apercevrez plus vite qu'un autre. Lorsque vous sentirez vos nerfs surexcités, ne négligez pas mon avertissement : quittez aussitôt la plume ».

Depuis ma découverte de la nuit dernière, dans le cabinet de toilette, je ne serais pas étonnée que la prédiction du docteur dût bientôt s'accomplir. Si l'un des tours que les nerfs de Midwinter doivent lui jouer est de l'assaillir de terreurs superstitieuses, il y aura un changement dans notre existence avant longtemps. Je serais curieuse de savoir si Midwinter est toujours convaincu que nos deux destinées doivent être fatales à Armadale. S'il en est ainsi, je sais ce qui arrivera. Il ne fera pas une démarche pour aider son ami à trouver un équipage, et il refusera certainement de s'embarquer avec Armadale et de me laisser partir avec lui pour leur petit voyage en Sicile.

23 octobre – La lettre de Mr. Brock n'a pas encore, en apparence du moins, perdu toute son influence. Midwinter travaille toujours aujourd'hui, et il est aussi anxieux que jamais d'arriver le plus tôt possible aux vacances projetées avec son ami.

Deux heures – Armadale est venu ici comme d'habitude, impatient de savoir quand Midwinter pourra se mettre à son service. Aucune réponse définitive à lui donner, la chose dépendant du plus ou moins de temps que Midwinter mettra à accomplir sa tâche. Là-dessus, Armadale s'est assis désappointé, a bâillé et a mis ses grandes mains gauches dans ses poches. J'ai pris un livre. Le sot n'a pas compris que je désirais être seule. Il a recommencé à divaguer sur l'insupportable sujet de Miss Milroy et de toutes les belles choses qu'elle aurait quand ils seraient mariés : le cheval qu'il lui donnerait, sa voiture, son petit boudoir, et ceci, et cela. Tout ce que j'ai failli avoir, Miss Milroy l'aura maintenant... si seulement tel est mon bon plaisir.

Six heures – Encore l'éternel Armadale ! Il y a une demi-heure, Midwinter a quitté ses écritures, las et souffrant. J'avais toute la journée désiré entendre un peu de musique, et je savais qu'on donnait Norma au théâtre. Il m'est venu à l'idée qu'une heure ou deux d'opéra pourraient faire du bien à Midwinter tout comme à moi. Je lui ai dit :

— Pourquoi ne prendrions-nous pas une loge au San Carlo ce soir ?

Il a répondu d'un air ennuyé et distrait qu'il n'était pas assez riche pour se permettre cette dépense. Armadale était présent et faisant sonner sa bourse bien remplie avec sa stupide ostentation, il a enchaîné :

— Moi, je suis assez riche, mon vieux, et cela revient au même.

Sur ces mots, il a pris son chapeau et s'est précipité dehors pour aller louer la loge. Je l'ai regardé à travers la fenêtre tandis qu'il descendait la rue.

« Votre veuve, ai-je pensé, avec ses douze cents livres par an, pourra avoir une loge au San Carlo, quand elle le voudra, sans la devoir à la générosité de personne ».

La misérable tête creuse s'en allait en sifflant gaiement, jetant son argent à chaque mendiant qui courait après elle.

Minuit – Je suis de nouveau seule enfin. Aurai-je assez de force pour écrire l'histoire de cette terrible soirée, juste comme elle s'est passée ? J'en ai assez, en tout cas, pour tourner une nouvelle page, et pour essayer.

II. Suite du journal de Miss Gwilt

Nous sommes allés au San Carlo. La stupidité d'Armadale se montre jusque dans une action aussi simple que le choix d'une loge. Il a confondu un opéra avec une comédie, et nous a placés tout près de la scène, comme si le principal but du spectacle eut été de voir les figures des chanteurs aussi bien que possible. Heureusement pour nos oreilles, les gracieuses mélodies de Bellini sont, pour la plupart, tendrement et délicatement accompagnées ; sans cela l'orchestre nous eût assourdis.

Je me suis assise dans la loge, d'abord aussi peu en vue que possible, car il se pouvait que quelques-uns de mes amis d'autrefois à Naples fussent au théâtre. Mais la douce musique m'a entraînée peu à peu hors de ma cachette. J'étais si charmée et si intéressée, que je me suis accoudée sur le bord de la loge, sans m'en apercevoir, pour regarder la scène.

J'ai compris mon imprudence en faisant une découverte qui, à la lettre, m'a glacé le sang dans les veines. L'un des chanteurs dans le chœur des druides me regardait, tout en chantant avec les autres. Sa tête était déguisée par de longs cheveux blattes, et la partie inférieure de son visage complètement cachée par la grande barbe blanche indispensable à son personnage ; mais les yeux avec lesquels il me regardait étaient ceux de l'homme que je devais le plus craindre de rencontrer : les yeux de Manuel !

Sans mon flacon de sels, je crois que je me serais évanouie. Je me suis aussitôt renfoncée dans l'ombre de la loge. Armadale lui-même s'est aperçu du changement survenu en moi ; lui et Midwinter m'ont demandé si j'étais malade. J'ai répondu que la chaleur m'incommodait, mais que j'espérais me remettre bientôt. Je me suis efforcée de recouvrer mon courage ; j'y ai réussi assez bien pour regarder de nouveau vers la scène (en ayant soin de ne pas me montrer) quand le chœur des druides a réapparu. L'homme était encore là, mais, à mon grand soulagement, il n'a plus regardé du côté de notre loge. Cette indifférence qui arrivait à point nommé m'a persuadée que j'avais été trompée par une ressemblance extraordinaire, et rien de plus. Je m'en tiens encore à cette conclusion, après avoir eu le temps de réfléchir.

Mais mon esprit serait plus complètement tranquille, si j'avais pu voir le visage de l'homme sans le déguisement qui le cachait en partie.

Lorsque le rideau est tombé sur le premier acte, il nous a fallu subir un absurde ballet, selon la coutume italienne, avant la reprise de l'opéra. Bien que je fusse parvenue à surmonter ma première émotion, j'avais été trop fortement secouée pour me sentir à mon aise au théâtre. Je redoutais les accidents les plus étranges, et lorsque Midwinter et Armadale m'ont demandé comment je me trouvais, je leur ai répondu que j'étais trop souffrante pour attendre la fin du spectacle.

À la porte du théâtre, Armadale se préparait à nous souhaiter le bonsoir, mais Midwinter – redoutant évidemment le tête-à-tête avec moi – lui a demandé de revenir souper à la maison, si je n'y voyais pas d'inconvénient. J'ai fait l'invitation nécessaire, et nous sommes rentrés tous les trois ensemble.

Dix minutes de tranquillité dans ma chambre, et quelques gouttes d'eau de Cologne, m'ont complètement remise. J'ai rejoint ces messieurs dans la salle à manger. Ils ont reçu mes excuses de les avoir privés d'entendre la fin de l'opéra en m'assurant gracieusement qu'ils n'avaient aucun regret. Midwinter a déclaré qu'il était trop fatigué pour avoir envie de rien d'autre que de ces deux incomparables bonheurs que le théâtre ne procure pas et qui sont le grand air et le calme. Armadale a affirmé – avec cette exaspérante façon qu'ont les Anglais de s'enorgueillir de leur propre stupidité dès lors qu'il s'agit d'art – qu'il n'avait rien compris à la pièce. La principale déception, a-t-il été assez bon pour ajouter, était donc pour moi, car je connaissais d'évidence la musique étrangère et savais l'apprécier. Toutes les dames en général l'aimaient, sa chère petite Neelie…

Je n'étais pas d'humeur à me laisser persécuter par sa « chère Neelie » après ce qui était arrivé au théâtre. Cela pouvait tenir à l'irritation de mes nerfs ou à l'eau de Cologne qui me montait à la tête, mais le nom seul de cette fille m'exaspérait. J'ai essayé de diriger l'attention d'Armadale sur le souper. Il m'était très obligé, mais il n'avait plus d'appétit. Je lui ai offert alors du vin, le vin du pays, qui est tout ce que notre pauvreté nous permet de placer sur la table. Il m'a de nouveau remerciée, mais le vin étranger était aussi à son goût que la musique étrangère ; il en prendrait cependant un peu, parce que c'était moi qui le lui offrais, et il boirait à ma santé suivant la vieille mode, à l'heureux temps où nous serions tous réunis à Thorpe-Ambrose et où la grande maison aurait une maîtresse pour me souhaiter la bienvenue.

Était-il fou pour insister de cette manière ? Son visage témoignait que non. Il avait simplement l'impression qu'il m'était parfaitement agréable.

J'ai regardé Midwinter. Il eût essayé de changer le tour de la conversation s'il m'avait regardée à son tour, mais il était assis l'air maussade et préoccupé, les yeux baissés, absorbé dans une profonde réflexion.

Je me suis levée et suis allée à la fenêtre. Toujours sans comprendre l'ennui qu'il m'inspirait, Armadale m'a suivie. Si j'avais été assez forte pour le précipiter dans la mer, je l'eusse certainement fait sur-le-champ. Ne l'étant pas, j'ai regardé fixement devant moi, et lui ai fait comprendre le plus nettement possible de me laisser tranquille.

— Une admirable nuit pour se promener, ai-je dit, si vous êtes tenté de rentrer à pied à l'hôtel.

Je doute qu'il m'ait entendu. En tout, cas, cela n'a produit aucun effet. Il est resté là, à contempler sentimentalement le clair de lune, puis a lâché un soupir. J'ai eu le pressentiment de ce qui arriverait, si je ne lui fermais la bouche en parlant la première.

— Malgré toute votre partialité pour l'Angleterre, ai-je lancé, vous avouerez que nous n'avons pas de semblables clairs de lune chez nous.

Il m'a regardée l'air absent, et a poussé un autre soupir.

— Je me demande s'il fait une aussi belle nuit en Angleterre qu'ici ; je me demande si ma chère petite amie, là-bas, regarde ce clair de lune en songeant à moi ?

Je ne pouvais le supporter plus longtemps. J'ai éclaté enfin :

— Bonté du Ciel, monsieur Armadale ! N'y a-t-il qu'un sujet intéressant dans le monde étroit où vous vivez ? Je suis fatiguée à en mourir de Miss Milroy ! Je vous en prie, parlez d'autre chose !

Son large et stupide visage s'est coloré jusqu'à la pointe de ses hideux cheveux blonds.

— Je vous demande pardon, a-t-il bégayé avec une surprise où perçait le mécontentement, je ne supposais pas…

Il s'est arrêté, confus, et son regard est allé de moi à Midwinter. J'ai compris que ce regard signifiait : « Je ne supposais pas qu'elle pût être jalouse de Miss Milroy après vous avoir épousé ».

C'est sans doute ce qu'il eût dit à Midwinter, si je les avais laissés seuls ensemble !

Malgré sa préoccupation, Midwinter nous avait entendus. Avant que j'aie pu dire une autre parole, avant que Armadale ait pu ajouter un mot, il a repris la phrase laissée inachevée par son ami d'une voix que je n'avais jamais entendue, accompagnée d'un regard que je n'avais jamais vu.

— Vous ne supposiez pas, Allan, dit-il, que la colère d'une dame put être si facilement excitée.

Les premières paroles d'ironie amère qu'il m'adressait, le premier regard de mépris qu'il me jetait !… Et Armadale en était la cause !

Ma colère s'est évanouie soudain. Elle a été remplacée par une pensée qui m'a subitement calmée et m'a entraînée hors de la pièce.

Je me suis assise seule chez moi. J'ai fait pendant quelques instants des réflexions que je préfère ne pas traduire, même sur ces pages. Je me suis levée et ai ouvert… peu importe quoi. Je me suis dirigée vers le lit, du côté du chevet de Midwinter, et ai pris… qu'importe ce que j'ai pris ? La dernière chose que j'ai faite avant de quitter la chambre a été de regarder ma montre. Il était dix heures et demie, heure à laquelle Armadale avait l'habitude de s'en aller. J'ai rejoint sur-le-champ les deux amis.

Je me suis approchée, d'un air enjoué, d'Armadale et lui ai dit…

Non ! réflexion faite, je ne veux pas écrire ce que je lui ai dit et ce que j'ai fait après. Je suis lasse d'Armadale ! Il revient toujours sous ma plume. Je passerai sous silence ce qui arriva entre dix heures et demie et onze heures et demie, et je reprendrai mon récit à partir du moment où Armadale nous a quittés.

Puis-je dire ce qui s'est passé entre Midwinter et moi, lorsque notre hôte a été parti ? Pourquoi ne pas le laisser dans l'ombre aussi ? Pourquoi me fatiguer à l'écrire ? Je ne sais. Pourquoi ai-je un journal ? Pourquoi l'habile voleur dont j'ai lu l'histoire l'autre jour, dans les journaux anglais, a-t-il gardé chez lui la seule chose qui pouvait le convaincre de vol : la liste des objets qu'il avait dérobés ? Pourquoi ne sommes-nous pas parfaitement raisonnables en tout, ce que nous faisons ? Pourquoi ne suis-je pas toujours sur mes gardes ? Pourquoi suis-je en contradiction avec moi-même comme un méchant personnage de roman ? Pourquoi ? pourquoi ? pourquoi ?

Que m'importe ! J'écrirai ce qui s'est passé entre Midwinter et moi, ce soir, parce que je le dois. Voilà une raison à laquelle personne ne pourra faire d'objection, pas même moi.

Il était onze heures et demie. Armadale était parti. J'avais mis ma robe de chambre et venais de m'asseoir devant ma coiffeuse, quand j'ai été surprise par un coup frappé à la porte. Midwinter est entré.

Il était horriblement pâle. Il me regardait avec des yeux effrayants de désespoir et ne m'a pas répondu lorsque je lui ai exprimé ma surprise de le voir entrer chez moi beaucoup plus tôt que d'habitude. Il n'a pas même voulu me dire, lorsque je le lui ai demandé, s'il était malade. Il m'a montré, d'un air de commandement, la chaise que je venais de quitter, et m'a fait signe de m'y rasseoir ; puis il a ajouté ces paroles :

— J'ai quelque chose de sérieux à vous dire.

J'ai songé à ce que j'avais fait, ou plutôt à ce que j'avais tenté de faire dans cet intervalle, entre dix heures et demie et onze heures et demie, que j'ai passé sous silence dans mon journal, et la plus mortelle angoisse que j'aie ressentie de ma vie s'est emparée de moi. Je me suis assise (ainsi que cela m'avait été commandé) sans adresser un mot à Midwinter et sans même le regarder.

Il a fait un tour dans la chambre, puis est venu se replacer devant moi.

— Si Allan revient ici demain, dit-il, et si vous le voyez…

La voix lui a manqué, et il n'a pu continuer. Il était en proie à une violente émotion, qu'il essayait de maîtriser. Mais il est des moments où il a une volonté de fer. Il a fait un autre tour dans la chambre, puis est revenu s'arrêter devant moi, avec un air plus ferme :

— Quand Allan reviendra ici demain, a-t-il repris, laissez-le entrer dans ma chambre, s'il le désire. Je lui dirai que je trouve impossible d'avoir fini le travail que j'ai commencé aussi tôt que je l'avais espéré, et qu'il lui faut s'arranger de façon à se procurer l'équipage du yacht sans mon aide. S'il en appelle à vous, sous le coup de la déception, ne lui donnez aucune espérance qui l'engage à attendre que j'aie fini ma tâche. Au contraire, persuadez-le de chercher de l'aide ailleurs et d'équiper son yacht le plus tôt possible. Plus vous lui trouverez d'occupations qui l'éloignent de cette maison et moins vous l'encouragerez à y rester quand il viendra, plus vous me serez agréable. N'oubliez pas, je vous en prie, cette recommandation. Lorsque le bateau sera prêt à prendre la mer, et lorsque Allan nous invitera à nous embarquer avec lui, mon désir est que vous refusiez catégoriquement. Il tâchera de vous faire changer de résolution, car je refuserai de mon côté de vous laisser seule dans cette maison et dans ce pays étranger. Peu importe ce qu'il dira. Ne vous laissez ébranler sous aucun prétexte. Dites non, bien fermement et bien nettement. Vous ne devez pas, j'insiste là-dessus, mettre le pied sur le nouveau yacht !

Il a achevé ainsi, sans que sa voix se soit altérée, sans donner signe d'hésitation ou de regret. Le sentiment de surprise que m'ont causé les étranges paroles qui m'étaient adressées s'est perdu dans la sensation de soulagement qu'elles ont produite sur mon esprit. La crainte des autres paroles que j'avais redoutées m'a quittée comme elle était venue. Je pouvais le regarder, je pouvais lui parler encore.

— Comptez, lui ai-je répondu, que je ferai exactement ce que vous me demandez. Dois-je vous obéir aveuglément ? ou puis-je connaître vos raisons pour le désir que vous venez de me témoigner ?

Son visage s'est rembruni et il s'est assis en face de moi, devant ma coiffeuse, en poussant un long et pénible soupir.

— Vous saurez mes raisons, si vous le désirez.

Il a attendu un peu et a paru réfléchir.

— Vous avez le droit de les connaître, a-t-il continué, car elles vous concernent.

Il s'est tu de nouveau, et a repris après un instant :

— Je ne puis expliquer la singulière requête que je viens de vous adresser que d'une façon : rappelez-vous ce qui s'est passé dans la pièce voisine avant le départ d'Allan, ce soir.

Il me regardait avec une expression inquiétante. D'abord, j'ai cru qu'il avait pitié de moi, puis il m'a semblé que je lui faisais horreur. J'ai recommencé à avoir peur ; j'ai attendu en silence ce qu'il allait dire.

— Je sais que j'ai trop travaillé depuis quelque temps, a-t-il repris, et que mes nerfs sont très ébranlés. Il est possible, dans l'état où je suis maintenant, que j'aie mal interprété ou mal vu ce qui s'est réellement passé. Je vous serais obligé si vous vouliez m'aider à me rappeler ce qui est arrivé, et si mon imagination exagère quelque chose, ou si ma mémoire me trompe, je vous supplie de m'arrêter et de me le dire.

J'ai eu assez d'empire sur moi pour demander quelles étaient les circonstances auxquelles il faisait allusion, et comment je m'y trouvais personnellement mêlée.

— Voici en quoi, a-t-il répondu. Ce dont je veux parler se rapporte à la manière dont vous vous êtes exprimée, en causant avec Allan au sujet de Miss Milroy, en des termes que je considère comme tout à fait déplacés. Je crains de vous avoir parlé à mon tour d'une façon tout aussi inconvenante, et je vous demande pardon de ce que j'ai pu vous dire dans l'irritation du moment. Vous êtes sortie de la pièce, en revenant après une courte absence, vous avez fait des excuses parfaites à Allan, qui les a reçues avec sa bonté et sa douceur ordinaires. Pendant que ceci se passait, vous étiez tous les deux debout devant la table de la salle à manger. Allan a repris la conversation que vous aviez entamée sur le vin napolitain. Il a dit qu'il voulait apprendre à l'apprécier et a demandé la permission d'en prendre un autre verre. Ai-je raison jusqu'à présent ?

Les mots sont presque morts sur mes lèvres, mais j'ai fait un effort et lui ai répondu qu'il ne se trompait en rien.

— Vous avez pris la carafe des mains d'Allan, a-t-il continué, et vous lui avez dit gaiement : « Vous savez que vous n'aimez réellement pas le vin, monsieur Armadale, laissez-moi vous arranger quelque chose qui soit davantage à votre goût. J'ai une recette à moi pour la limonade. Voulez-vous me faire le plaisir de l'essayer ? ». C'est exactement en ces termes que vous le lui avez proposé, et il a accepté. N'a-t-il pas également demandé la permission de regarder et d'apprendre à préparer la boisson en question ? Ne lui avez-vous pas répondu qu'il vous troublerait, et que vous lui donneriez la recette par écrit s'il le voulait ?

Cette fois les paroles m'ont manqué tout à fait. Je n'ai pu que répondre par un signe affirmatif de la tête. Midwinter a continué :

— Allan a ri et s'est dirigé vers la fenêtre pour regarder la rade ; je me suis approché de lui. Au bout de quelques minutes, il a fait observer en plaisantant que le seul bruit des liquides que vous remuiez lui donnait soif. J'ai quitté la fenêtre, suis allé vers vous, et vous ai dit que la limonade prenait bien du temps à faire. Au moment où je m'éloignais, vous m'avez saisi par le bras et donné le verre plein à ras bord. Simultanément, Allan s'est retourné et je lui ai tendu le verre. Y a-t-il quelque erreur dans tout ce que je viens de vous dire ?

Les battements précipités de mon cœur me suffoquaient. Je n'ai pu que remuer la tête en signe de dénégation. Midwinter a repris :

— J'ai vu Allan porter la limonade à ses lèvres – l'avez-vous vu ? J'ai remarqué sa pâleur subite – l'avez-vous remarquée ? J'ai vu le verre lui tomber des mains et rouler sur le plancher. Il a chancelé et je l'ai reçu dans mes bras. Ces choses sont-elles vraies ? Pour l'amour de Dieu ! cherchez dans votre mémoire, et dites-moi si tout cela est vrai !

Mes battements de cœur se sont arrêtés un instant puis quelque chose d'irrésistible, de fou, s'est emparé de moi. J'ai bondi sur mes pieds, les joues en feu, désespérée, ne sachant point ce que j'allais dire :

— Vos questions sont une insulte ! Vos regards sont une insulte ! Croyez-vous donc que j'aie essayé de l'empoisonner ?

Ces mots se sont échappés de mes lèvres malgré moi. C'étaient les derniers mots qu'une femme dans ma situation aurait dû prononcer.

Et cependant, je les ai dits !

Il s'est levé dans la plus grande alarme, et m'a fait respirer un flacon de sels.

— Chut ! chut ! a-t-il fait. Vous aussi, vous êtes surexcitée… Vous aussi, vous êtes troublée par tout ce qui est arrivé ce soir. Vous parlez sans raison… Vous n'avez plus conscience de vos paroles ! Grand Dieu ! Comment pouvez-vous m'avoir si mal compris ! Remettez-vous, je vous en prie, remettez-vous.

Il eût aussi bien pu demander à une bête sauvage de se calmer.

Après avoir été assez folle pour parler ainsi, je l'ai encore été assez pour revenir sur la limonade, en dépit de ses supplications pour m'engager à rester silencieuse.

— Je vous ai dit ce que j'ai mis dans le verre au moment où Mr. Armadale s'est évanoui, ai-je continué, insistant pour me défendre, alors qu'on ne m'attaquait plus. Je vous ai dit que j'ai pris le flacon de brandy que vous gardez auprès de votre lit, et que j'en ai mêlé un peu à la limonade. Comment pouvais-je connaître son antipathie nerveuse pour le goût et l'odeur de cet alcool ? N'a-t-il pas dit lui-même, lorsqu'il a repris ses sens : « Ce n'est pas votre faute, j'aurais dû vous avertir de ne pas y mettre de brandy » ? Ne vous a-t-il pas rappelé, après le temps où vous étiez dans l'île de Man ensemble, et où le docteur commit lui-même une erreur semblable à celle qui m'est arrivée ce soir ?

J'ai fait un grand étalage de mon innocence, et avec quelque raison, d'ailleurs. Je me vante de n'être pas une hypocrite. J'étais innocente, quant au brandy du moins. Ignorant le dégoût d'Armadale, je l'avais mis dans la limonade pour déguiser le goût de… n'importe ! Une des choses dont je m'enorgueillis, c'est de ne jamais m'écarter de mon sujet. Ce que Midwinter a dit ensuite, c'est ce que je me dois d'écrire maintenant.

Midwinter m'a regardée pendant un moment, comme s'il pensait que j'avais perdu la raison ; puis il a fait le tour de la table, et s'est de nouveau placé devant moi :

— Si rien ne peut vous convaincre que vous interprétez mal mes paroles et que je n'ai pas eu la plus légère idée de vous blâmer, lisez ceci.

Il a pris un papier dans l'une des poches de son habit, et me l'a mis sous les yeux. C'était le récit du rêve d'Armadale.

En un instant, tout le poids qui pesait sur mon esprit en a été ôté. Je me suis sentie de nouveau maîtresse de moi. Je le comprenais enfin.

— Savez-vous ce que c'est ? Vous rappelez-vous ce que je vous ai raconté à Thorpe-Ambrose, à propos de ce rêve ? Je vous ai dit alors que deux des visions s'étaient déjà réalisées. Je vous dis maintenant que la troisième vision s'est accomplie cette nuit dans cette maison.

Il a tourné les pages du manuscrit, et m'a montré du doigt les lignes qu'il voulait me faire lire.

Et j'ai lu, en ces termes ou à peu près, le récit du rêve, comme Midwinter l'avait recueilli des lèvres mêmes d'Armadale :

« *Les ténèbres s'ouvrirent pour la troisième fois et me montrèrent les ombres de la femme et de l'homme ensemble. L'ombre de l'homme était la plus proche ; l'ombre de la femme restait derrière. De l'endroit où elle était vint un bruit comme celui d'un liquide versé doucement. Je la vis toucher l'ombre de l'homme d'une main, et de l'autre lui donner un verre. Il le prit et me le présenta. Au moment où j'y portai mes lèvres, une langueur mortelle s'empara de moi de la tête aux pieds. Quand je repris mes sens, l'ombre s'était évanouie et la troisième vision avait disparu* ».

Je suis restée un instant complètement abasourdie, aussi impressionnée que Midwinter lui-même par cette coïncidence extraordinaire.

Il a avancé une main sur le manuscrit et a lourdement appuyé l'autre sur mon bras.

— Maintenant, comprenez-vous mes raisons pour venir ici ? Maintenant, comprenez-vous pourquoi je ne veux pas aider Allan, et pourquoi je ne veux pas m'embarquer avec lui ? Pourquoi je veille et je cherche le moyen d'éloigner mon meilleur ami de ma maison, et pourquoi je vous prie de m'aider à en trouver le moyen ?

— Avez-vous oublié la lettre de Mr. Brock ? ai-je demandé.

Il a frappé le manuscrit de sa main fiévreuse :

— Si Mr. Brock avait vécu pour voir ce que nous avons vu cette nuit, il aurait éprouvé ce que j'ai éprouvé, il aurait dit ce que j'ai dit !

Il a baissé mystérieusement la voix, et ses grands yeux noirs ont étincelé tandis qu'il me faisait cette réponse.

— Trois fois les ombres de la vision ont averti Allan dans son sommeil, a-t-il continué, et trois fois ces ombres se sont incarnées en vous et en moi. Vous, et pas une autre, êtes la femme de l'étang. C'est moi, et pas un autre, qui me suis tenu à la place de l'homme devant la fenêtre. Et les deux ombres réunies dans la dernière vision ne sont autres que vous et moi. C'est pour cela que s'est levé le misérable jour où, vous et moi, nous nous sommes rencontrés. C'est pour cela que j'ai subi votre emprise et me suis trouvé attiré vers vous, quand mon bon ange m'avertissait de fuir votre vue. Il y a une malédiction sur nos vies ! une fatalité sur nos pas ! Il faut qu'une séparation complète, immédiate, éloigne de nous Allan à jamais. Faites qu'il s'en aille loin des lieux que nous habitons et de l'air que nous respirons. Forcez-le à avoir recours à des étrangers ; le pire et le plus méchant parmi eux lui sera moins fatal que nous ! Laissez son yacht mettre à la voile sans nous, quand bien même il vous le demanderait à genoux, et qu'il sache seulement combien je l'aimais dans cet autre monde, où le méchant cesse de pécher, où l'âme fatiguée trouve le repos !

Il n'était plus maître de son chagrin. Sa voix s'est éteinte dans un sanglot. Il a ramassé sur la coiffeuse le récit du rêve, et m'a quittée aussi brusquement qu'il était entré.

Lorsque j'ai entendu la porte se refermer derrière lui, mon esprit s'est reporté sur ce qu'il avait dit de moi à propos du « misérable jour » où nous nous étions rencontrés, et du « bon ange » qui l'avait averti de « fuir ma vue ». J'ai oublié tout le reste. Peu importe ce que j'ai éprouvé. Je ne l'avouerais pas même si j'avais un ami à qui me confier. Qui se soucie de la douleur d'une femme comme moi ? Qui donc y croirait ? D'ailleurs, il a parlé sous l'influence de la folle superstition qui s'est de nouveau emparée de lui. Lui a des excuses, mais moi je n'en ai pas. Si je ne puis m'empêcher de l'aimer quand même, je dois en subir les conséquences et savoir souffrir. Je mérite de souffrir ; je ne mérite ni l'amour ni la pitié de personne. Grand Dieu, quelle folle je suis ! et combien tout cela paraîtrait improbable, si c'était écrit dans un livre !

Une heure vient de sonner. J'entends Midwinter se promener dans sa chambre.

Je pense, je suppose. Bien ! je puis l'imiter. Qu'ai-je à faire maintenant ? Attendre et voir venir les événements. Les événements tournent singulièrement, quelquefois, et ceux que j'entrevois peuvent justifier le fatalisme de celui qui est dans la chambre, à côté, et qui maudit le jour où nous nous sommes rencontrés pour la première fois ! Il vivra peut-être pour le maudire avec de meilleures raisons que celles qu'il a maintenant. Si je suis la femme désignée dans le rêve, je trouverai une autre tentation sur mon chemin, avant qu'il soit longtemps, et il n'y aura pas de brandy dans la limonade que je ferai une seconde fois pour Armadale.

24 octobre – Douze heures à peine se sont écoulées depuis que j'ai écrit hier dans mon journal, et la tentation est venue, et j'y ai cédé ! Cette fois il n'y avait pas d'alternative. Il fallait ou obéir, ou s'exposer à la ruine. Pour parler plus clairement, ce n'était pas une ressemblance accidentelle qui m'a surprise au théâtre l'autre soir. Le choriste de l'Opéra n'était autre que Manuel lui-même !

Il n'y avait pas dix minutes que Midwinter s'était retiré dans son cabinet de travail, quand la servante de la maison est entrée dans le salon et m'a remis un petit billet plié en triangle. Un regard sur l'adresse m'a suffi ; il m'avait reconnue dans la loge, et il avait profité du ballet, entre les deux actes, pour me suivre jusqu'à la maison. J'ai saisi tout cela dans la minute qu'il m'a fallu pour ouvrir sa lettre. Il me disait, en deux lignes, qu'il m'attendait dans une rue menant au port, et que, si je tardais plus de dix minutes à m'y rendre, il interpréterait mon absence comme une invitation à se rendre chez moi.

Ce qui s'est passé hier m'a endurcie, je suppose. En tout cas, après avoir lu cette lettre, je me suis sentie plus forte que durant tous les mois précédents. J'ai mis mon chapeau, suis descendue et ai quitté la maison comme si rien n'était arrivé.

Il m'attendait à l'entrée de la rue. Dès que nous nous sommes trouvés face à face, tout mon misérable passé s'est dressé devant moi. J'ai pensé à ma confiance trahie par cet homme, à la cruelle moquerie du faux mariage, alors qu'il savait sa femme vivante ; j'ai songé au temps où son abandon m'avait désespérée au point de me faire attenter à ma vie. En me rappelant cela, et en comparant dans mon esprit Midwinter avec le lâche misérable en qui j'avais cru, j'ai su pour la première fois ce qu'une femme éprouve quand elle a perdu toute estime d'elle-même. S'il m'avait personnellement insultée à ce moment, je crois que je ne me serais pas révoltée.

Mais il ne pensait pas à cela. Il m'avait à sa merci, et il a adopté pour me le faire sentir une attitude de respect et de remords affectée. Je lui ai laissé dire ce qu'il a voulu, sans l'interrompre, sans le regarder une seconde fois, évitant même que ma robe le touchât lorsque nous nous sommes dirigés ensemble vers la partie la plus solitaire de la grève. J'avais remarqué le misérable état de ses habits et l'expression de convoitise de ses yeux, au premier regard que je lui avais jeté. Et je savais que cela finirait, comme cela a fini en effet, par une demande d'argent.

Oui ! Lui qui autrefois avait pris jusqu'à mon dernier sou, lui qui m'avait arraché le dernier argent que j'avais pu extorquer à mon ancienne maîtresse, il s'est tourné vers moi, au bord de la mer, et m'a demandé si ma conscience ne souffrait pas de lui voir porter un pareil habit sur le dos et de le savoir réduit à chanter dans les chœurs de l'Opéra pour gagner sa vie.

Le dégoût plus encore que l'indignation m'a donné la force de lui répondre.

— Vous avez besoin d'argent ? Supposez que je sois trop pauvre pour vous en donner ?

— En ce cas, je serai forcé de vous rappeler que vous êtes un trésor par vous-même, et je serai dans la pénible nécessité d'aller réclamer mes droits sur vous auprès de l'un de ces deux gentlemen que j'ai vus avec vous à l'Opéra, celui, bien entendu, qui est maintenant honoré de votre préférence, et qui vit provisoirement à l'apogée de vos sourires.

Je ne lui ai pas répondu, pour la bonne raison que je n'avais rien à lui répondre. Lui contester le droit de me réclamer à quiconque eût été une dépense de paroles inutiles. Il savait aussi bien que moi qu'il n'avait pas l'ombre d'un droit ; mais le simple fait qu'il essayait, comme il le savait aussi, conduirait inéluctablement à exposer mon passé.

Toujours silencieuse, j'ai regardé au loin sur la mer. Je ne sais pourquoi, si ce n'est qu'instinctivement j'aurais regardé n'importe où plutôt que de le voir, lui.

Un petit bateau approchait du rivage. L'homme qui le gouvernait était caché par la voile du mât ; mais l'embarcation était si proche que je crus reconnaître son pavillon. Je tirai ma montre. Oui ! c'était Armadale, arrivant de Santa Lucia, à son heure ordinaire, pour nous rendre sa visite habituelle.

Avant que j'aie eu remis ma montre dans ma ceinture, les moyens de me tirer de la position embarrassante dans laquelle je me trouvais me sont apparus aussi clairement que je les vois à présent.

Je me suis dirigée vers la partie la plus élevée de la grève, où quelques bateaux de pêcheurs étaient amarrés, de façon à nous cacher à la vue. Voyant que j'avais une idée derrière la tête, Manuel m'a suivie sans prononcer un mot. Dès que nous avons été en sûreté, abrités par les bateaux, je me suis fait violence pour lui parler.

— Que diriez-vous, lui ai-je demandé, si j'étais riche au lieu d'être pauvre ? Que diriez-vous, si je pouvais vous donner cent livres ?

Il a montré toute sa surprise. J'ai clairement vu qu'il n'avait pas espéré la moitié de ce que je lui offrais. Il est inutile d'ajouter que sa langue a menti, tandis que son visage disait la vérité et qu'il me répondait :

— Ce n'est pas assez.

— Supposez, ai-je continué sans relever ce qu'il venait de dire, que je puisse vous donner le moyen de vous procurer le double de cette somme, et même le triple... et même cinq fois plus, êtes-vous assez hardi pour étendre la main et les prendre ?

Une expression de convoitise a brillé de nouveau dans ses yeux. Il a baissé la voix tant il était intrigué par ce que j'allais lui révéler :

— De qui s'agit-il ? Et quels sont les risques ?

Je lui ai répondu sans hésitation, dans les termes les plus clairs. Je lui ai jeté Armadale comme j'aurais jeté un morceau de viande à une bête sauvage qui m'aurait poursuivie :

— C'est un riche Anglais. Il vient de louer le yacht appelé Dorothea, dans ce port, et il cherche un maître voilier et un équipage. Vous avez été officier dans la marine espagnole, vous parlez anglais et italien, vous connaissez parfaitement Naples et tout ce qui s'y rapporte. Le jeune et riche Anglais ne parle pas l'italien, et son interprète est ignorant des choses de la mer. Il ne sait à qui s'adresser dans cette ville étrangère ; il n'a pas plus de connaissance du monde que l'enfant qui s'amuse près de nous à faire des trous dans le sable, et il porte tout son argent sur lui, en billets de banque. Voilà pour la personne. Quant aux risques, estimez-les vous-même.

Ses yeux s'animaient de plus en plus à chacune de mes paroles. Il s'était certainement décidé à courir le risque avant que j'eusse fini de parler.

— Quand pourrai-je voir l'Anglais ?

J'ai contourné les bateaux de pêche vers la mer et ai aperçu Armadale en train de débarquer.

— Vous pouvez le voir tout de suite, ai-je dit en le lui montrant du doigt.

Après avoir jeté un long regard sur Armadale, qui gravissait lentement la pente de la plage, Manuel s'est de nouveau retiré sous l'abri du bateau. Il a attendu un moment, préoccupé, puis il m'a fait une autre question, à voix basse cette fois :

— Quand le vaisseau sera équipé et que l'Anglais mettra à la voile pour Naples, combien de personnes s'embarqueront avec lui ?

— Il n'a que deux amis ici, moi et le gentleman que vous avez vu avec nous à l'Opéra. Il nous invitera tous les deux à nous embarquer avec lui ; nous refuserons l'un et l'autre.

— M'en répondez-vous ?

— Positivement.

Il a fait quelques pas en s'éloignant de manière à me cacher son visage. Tout ce que j'ai pu voir, c'est qu'il a ôté son chapeau et passé son mouchoir sur son front. Tout ce que j'ai entendu, c'est qu'il se parlait à lui-même, avec animation, dans sa langue natale.

Un changement s'était opéré en lui lorsqu'il est revenu vers moi. Sa figure était devenue d'un jaune livide, et ses yeux me regardaient avec une hideuse méfiance :

— Une dernière question, a-t-il fait, en s'approchant et en appuyant avec une emphase marquée sur chaque mot : Quel intérêt avez-vous à cela ?

Je me suis éloignée. La question venait de me faire souvenir que j'avais en effet un intérêt dans l'affaire, bien éloigné de celui qui m'avait poussée à vouloir empêcher Manuel et Midwinter de se rencontrer. Jusque-là, j'avais seulement songé que le fatalisme de Midwinter, en lui faisant abandonner Armadale au premier étranger qui se présenterait, m'avait aplani le chemin. Jusque-là, mon seul but avait été de me sauver, en sacrifiant Armadale, du scandale qui me menaçait. Je ne mens pas en écrivant ceci. Je n'affecte pas d'avoir éprouvé un moment de remords pour le danger auquel j'exposais Armadale. Je le déteste trop pour me soucier des pièges dans lesquels je puis le faire tomber. Mais je n'avais aucunement vu, avant cette dernière question, qu'en servant ses intérêts, Manuel pourrait fort bien, si son audace égalait sa convoitise, servir aussi les miens. Le seul et incessant désir d'éviter la révélation qui pouvait me perdre auprès de Midwinter m'avait, je suppose, occupé l'esprit à l'exclusion de toute autre pensée.

Voyant, que je ne lui répondais pas, Manuel a répète sa question sous une autre forme :

— Vous me jetez votre Anglais comme un morceau de sucre pour apaiser Cerbère. Auriez-vous été si prompte à me l'abandonner, si vous n'aviez eu pour cela un motif particulier ? Je répète ma question : vous avez un intérêt dans l'affaire ; quel est-il ?

— J'en ai deux, ai-je répondu : celui de vous forcer à respecter ma position ici, et celui de me débarrasser de votre vue immédiatement et pour jamais !

J'avais parlé avec une hardiesse qu'il ne me connaissait pas. La pensée que je faisais du lâche un instrument entre mes mains et que je le forçais à servir aveuglement mes desseins, tandis qu'il travaillait aux siens, m'avait exaltée, et j'étais redevenue moi-même. Il a ri :

— Les dames ont le privilège, parfois, de pouvoir se servir avec nous d'expressions très fortes. Vous vous débarrasserez ou vous ne vous débarrasserez pas de ma vue immédiatement et à jamais. L'avenir en décidera. Vous m'avez dit tout ce que j'avais besoin de savoir sur l'Anglais et son yacht, et vous n'avez posé aucune condition avant d'ouvrir les lèvres. Apprenez-moi, je vous en prie, comment vous me forcerez, ainsi que vous le dites, à respecter votre position ici ?

— Vous allez le savoir, ai-je répliqué. Vous entendrez d'abord mes conditions. J'exige que vous me quittiez dans cinq minutes, j'exige que vous n'approchiez jamais de la maison que j'habite, et je vous défends d'essayer de communiquer, de quelque manière que ce soit, avec moi ou avec l'autre gentleman que vous avez vu au théâtre.

— Et supposons que je vous dise non, m'a-t-il interrompue, que ferez-vous alors ?

— En ce cas, je dirai deux mots en particulier à l'Anglais, et vous retournerez dans les chœurs de l'Opéra.

— Vous êtes une femme hardie de croire que j'ai déjà mes intentions arrêtées sur l'homme et que je suis certain de réussir. Comment savez-vous… ?

— Je vous connais, et cela suffit.

Il y a eu un moment de silence. Il m'a regardée, et son regard n'a pas fait baisser le mien. Nous nous comprenions.

Il a été le premier à reprendre la parole ; son sourire de traître a disparu de son visage et il a baissé la voix avec méfiance :

— J'accepte vos conditions. Tant que vos lèvres resteront fermées, les miennes le seront aussi, sauf si je découvre que vous m'avez trahi ; alors le marché serait nul, et vous me reverriez. Je me présenterai à l'Anglais demain avec les renseignements nécessaires pour m'attirer sa confiance. Quel est son nom ?

Je le lui ai dit.

— Donnez-moi son adresse.

Je la lui ai donnée. Avant que je me sois éloignée des bateaux, je l'ai entendu une dernière fois derrière moi :

— Un dernier mot. Il arrive parfois des accidents sur mer. Portez-vous assez d'intérêt à l'Anglais, s'il lui arrivait quelque accident, pour désirer savoir ce qu'il est devenu ?

Je me suis arrêtée pour réfléchir un instant. Il était clair que je n'étais pas parvenue à le convaincre que je n'avais aucun intérêt personnel en laissant l'argent (et sans doute la vie) d'Armadale à sa merci. Et il était tout aussi clair qu'il essayait adroitement d'intervenir dans mes affaires (quelles qu'elles pussent être), en cherchant un prétexte pour communiquer avec moi dans le futur. Il n'y avait pas à hésiter sur ce que je devais lui répondre. Si l'accident auquel il faisait allusion arrivait à Armadale, je n'avais nul besoin de l'intervention de Manuel pour l'apprendre. Une simple recherche dans les colonnes des journaux anglais, et je saurais ce qui s'était passé, avec cet avantage inestimable que les journaux me diraient la vérité.

— L'Anglais ne m'intéresse absolument pas, ai-je répondu, et je n'ai aucun désir de savoir ce qu'il peut devenir.

Il m'a regardée avec une attention profonde.

— J'ignore à quel jeu vous jouez, a-t-il repris avec lenteur, et en appuyant d'une façon significative sur chaque mot, mais j'ose prophétiser que, quel qu'il soit, vous gagnerez. Si nous nous rencontrons encore, rappelez-vous ce que je vous ai dit là.

Il a ôté son chapeau et m'a saluée gravement :

— Passez votre chemin, madame, et laissez-moi suivre le mien.

Ayant dit ces mots, il m'a délivrée de sa présence. J'ai attendu une minute, seule, pour me remettre, puis je suis rentrée chez moi.

Le premier objet qu'ont rencontré mes yeux en entrant dans le salon a été… Armadale lui-même !

Il attendait dans l'espoir de me voir, pour me demander d'user de mon influence sur son ami. J'ai feint, comme il fallait, la surprise, l'ai prié de s'expliquer, et j'ai pu constater ainsi que Midwinter avait parlé comme il l'avait annoncé. Il lui avait été impossible, avait-il dit, de finir son travail aussi tôt qu'il l'espérait, et il avait conseillé à Armadale de former un équipage pour le yacht sans attendre aucune aide de sa part.

Tout ce qu'il me restait à faire, après cela, c'était de tenir la promesse donnée. La déconvenue d'Armadale, quand il a appris ma résolution de ne point intervenir, s'est exprimée de la manière la plus désagréable pour moi.

Il a refusé de croire ce dont je ne cessais de l'assurer, à savoir que je n'avais aucune influence en la matière pour faire évoluer la situation en sa faveur.

— Si j'étais marié avec Neelie, a-t-il dit, elle pourrait faire de moi tout ce qu'elle voudrait, et je suis persuadé que lorsque vous le voulez, vous savez bien obtenir ce qu'il vous plaît de Midwinter.

Si le sot avait essayé d'étouffer en mon cœur tout remord et toute pitié, il n'eût pas mieux servi ses desseins qu'en parlant ainsi ! Je lui ai lancé un regard qui lui a imposé le silence. Il est sorti en marmottant, et en grognant à voix basse :

« C'est très facile à dire d'équiper le yacht. Je ne sais pas un mot de leur galimatias ici, et l'interprète pense qu'un pêcheur et un marin, c'est la même chose. Que je sois pendu si je sais que faire de ce bateau, maintenant que je l'ai acheté ! »

Il le saura probablement demain matin. Et s'il nous rend visite, comme à son habitude, je le saurai aussi !

25 octobre, dix heures du soir – Manuel le tient !

Il vient juste de nous quitter, après être resté ici plus d'une heure à causer tout le temps de son merveilleux bonheur d'avoir trouvé l'aide qu'il voulait, au moment où il en avait le plus besoin.

À midi, aujourd'hui, il était sur le môle, paraît-il, avec son interprète, essayant vainement de se faire comprendre de la population vagabonde du port. Juste comme il désespérait d'arriver à quelque chose, un étranger (Manuel, je suppose, l'avait suivi jusqu'au môle, depuis son hôtel) était intervenu complaisamment pour le tirer d'embarras : « Je sais votre langue et la leur, monsieur, avait-il dit. Je connais très bien Naples et la mer a été mon métier. Puis-je vous être utile ? ». Cette proposition avait eu le résultat, escompté. Armadale, aussi irréfléchi et impulsif qu'à l'ordinaire, s'était déchargé de toutes les difficultés sur les épaules de l'aimable étranger. Son nouvel ami, cependant, avait insisté de la manière la plus honorable pour le forcer à procéder selon les formalités d'usage. Il avait demandé la permission de montrer à Mr. Armadale ses certificats de moralité et de capacité. Deux heures après, il était à l'hôtel avec tous ses papiers et « la plus triste histoire » de souffrances et de privations endurées par un « réfugié politique » qu'Armadale eût jamais entendue. L'entrevue avait été décisive. Manuel avait quitté l'hôtel, chargé de trouver un équipage pour le yacht et d'assumer les fonctions de maître d'équipage pendant la traversée.

J'ai examiné Midwinter anxieusement pendant qu'Armadale nous donnait ces détails et que lui-même examinait les certificats du nouveau maître d'équipage que son ami lui avait apportés.

Un moment, il m'a semblé que le souci qu'il se faisait pour son ami lui avait fait oublier ses craintes superstitieuses. Il a parcouru les papiers de l'étranger – après m'avoir dit que plus tôt Armadale serait aux mains d'inconnus, mieux cela vaudrait – avec l'attention la plus scrupuleuse et la plus méfiante. Il est inutile de dire qu'ils étaient aussi en règle que possible. Midwinter les a rendus à Armadale en lui disant : « Je ne vois rien à redire aux certificats, Allan ; je suis content que vous ayez trouvé enfin l'aide dont vous avez besoin ». C'est tout ce qu'il a dit. Dès qu'Armadale a eu tourné le dos, je ne l'ai plus revu. Il s'est enfermé pour la nuit dans sa chambre.

Il ne me reste plus maintenant – pour ce qui me regarde – qu'une seule inquiétude. Quand le yacht sera prêt à mettre à la mer, et quand je refuserai d'occuper la cabine des dames, Midwinter s'en tiendra-t-il à sa résolution, et refusera-t-il de s'embarquer sans moi ?

26 octobre – Un avertissement déjà du prochain départ : une lettre d'Armadale à Midwinter, que celui-ci vient de me faire apporter. La voici :

Cher Mid,

Je suis trop occupé pour pouvoir venir aujourd'hui. Dépêchez-vous de finir votre travail, pour l'amour du Ciel ! Le nouveau maître d'équipage est un homme qui vaut son pesant d'or. Il a déjà engagé un Anglais qu'il connaît pour servir de contremaître, et il est positivement certain de réunir un équipage convenable d'ici à trois ou quatre jours. J'aspire violemment à une bouffée d'air marin, et vous aussi, je pense, ou vous n'êtes pas un marin. Le gréement est prêt ; les provisions arrivent à bord et nous allons enverguer les voiles demain ou après-demain. Je n'ai jamais été en meilleure disposition de ma vie ; rappelez-moi au souvenir de votre femme, et dites-lui que je lui serai très obligé si elle veut venir immédiatement et ordonner tout ce qu'il faut pour une cabine de dame.

Votre affectionné,

A.A.

Midwinter avait ajouté quelques lignes de sa main à ce billet : « *Écrivez (ce sera plus convenable), et priez-le d'accepter vos excuses de ne pouvoir entreprendre le voyage proposé* ».

J'ai écrit sans perdre un instant. Manuel saura par Armadale que j'ai tenu ma promesse de ne pas m'embarquer sur le yacht, et je me sentirai plus tranquille.

27 octobre – Une lettre d'Armadale, en réponse à la mienne, pleine de regrets cérémonieux sur la perte de ma compagnie. Il espère poliment que Midwinter me persuadera de changer de résolution. Attendons un peu, jusqu'à ce qu'il apprenne que Midwinter refuse lui aussi de s'embarquer avec lui !

30 octobre – Rien de nouveau à noter jusqu'à aujourd'hui. Mais aujourd'hui s'est enfin révélé un jour décisif dans nos existences.

Ce matin, Armadale m'a annoncé avec la gaieté la plus bruyante que le yacht était prêt à mettre à la voile et m'a demandé quand Midwinter serait prêt à s'embarquer. Je lui ai répondu d'aller s'en informer lui-même. Il m'a quittée en disant qu'il ne considérait pas mon refus de les accompagner comme mon dernier mot et qu'il espérait que je me raviserais. Je lui ai fait en retour de nouvelles excuses pour persister ainsi dans ma résolution, puis je me suis assise près de la fenêtre pour attendre le résultat de l'entrevue qui allait avoir lieu dans la pièce voisine.

Tout mon avenir dépendait de ce qui allait se passer entre Midwinter et son ami ! Le seul danger à craindre était que la résolution de Midwinter, ou plutôt son fatalisme, ne vînt à faiblir au dernier moment. S'il consentait à accompagner Armadale, l'exaspération de Manuel contre moi ne reculerait devant rien. Il se rappellerait que je lui avais garanti l'embarquement d'Armadale seul, et il était capable de révéler toute ma vie passée à Midwinter avant le départ du bateau. Tout en maudissant la lenteur de chaque minute qui s'écoulait, j'écoutais… mais rien n'arrivait à mes oreilles qu'un murmure de voix. L'attente me devenait insupportable. En vain j'ai essayé de fixer mon attention sur ce qui se passait dans la rue. Je suis restée le regard perdu dans le vide, sans rien voir.

Soudain – je ne saurais dire au bout de combien de temps – le bruit de voix a cessé, la porte s'est ouverte, et Armadale a paru seul sur le seuil.

— Je vous dis au revoir, m'a-t-il lancé avec rudesse ; et j'espère que, quand je serai marié, ma femme ne causera jamais à Midwinter une déception semblable à celle que sa femme m'a infligée.

Il m'a jeté un regard furieux, m'a fait un brusque salut et a quitté la pièce.

Alors, j'ai enfin vu les gens dans la rue. J'ai vu la mer calme et les mâts des vaisseaux dans le port où attendait le yacht. De nouveau, je pensais, je respirais librement ! Les paroles qui me sauvaient de Manuel, les paroles qui étaient peut-être la sentence de mort d'Armadale avaient été prononcées. Le yacht devait voguer sans Midwinter et sans moi !

Mon premier sentiment de délivrance a presque touché à la folie ; mais ce fut l'affaire d'une seconde. Mon cœur a bientôt chaviré dans ma poitrine quand j'ai songé à Midwinter, seul dans la pièce voisine.

Je me suis rendue dans le corridor ; tout était silencieux. J'ai doucement frappé à la porte sans obtenir de réponse. J'ai ouvert et j'ai jeté un regard dans la pièce. Il était assis devant la table, la tête entre ses mains. Je l'ai contemplé en silence ; des larmes brillaient dans ses yeux.

— Laissez-moi, m'a-t-il dit sans bouger. Je veux triompher seul de ce chagrin.

Je suis retournée dans le salon. Qui peut comprendre les femmes ? Nous ne nous connaissons pas nous-mêmes ! Cette manière de me renvoyer loin de lui m'a atteinte en plein cœur. Je ne crois pas que la plus innocente et la plus douce créature du monde ait pu ressentir une semblable attitude plus cruellement que moi. Et cela, après ce que j'avais fait ! après ce que j'avais éprouvé avant d'entrer dans sa chambre. Qui pourrait expliquer cela ? Personne, et moi moins que tout autre.

Une demi-heure plus tard, sa porte s'est ouverte, et je l'ai entendu descendre précipitamment l'escalier. J'ai couru sans prendre le temps de réfléchir et lui ai demandé si je pouvais aller avec lui. Il ne s'est pas arrêté et ne m'a pas même répondu. Je suis retournée à la fenêtre pour le voir passer et se diriger rapidement du côté opposé à la ville et à la mer.

Je comprends maintenant qu'il a pu ne pas m'entendre. Mais sur le moment, je l'ai trouvé d'une brutalité et d'une méchanceté inexcusables. Dans un accès de fureur contre lui, j'ai mis mon chapeau et j'ai envoyé chercher une voiture, ordonnant au cocher de me conduire où il voudrait. Il m'a menée où vont d'ordinaire les étrangers : au Musée. Je me suis promenée de salle en salle, le visage en feu. Tout le monde me regardait. Je suis rentrée chez moi, je ne sais comment. M'étant débarrassée de mon châle et de mon chapeau, je me suis de nouveau assise à la fenêtre. La vue de la mer m'a apaisée. J'ai oublié Midwinter, et me suis mise à penser à Armadale et à son yacht. Il n'y avait pas une bouffée d'air, pas un nuage au ciel : les eaux de la baie étaient aussi unies qu'un miroir.

Le soleil a baissé, le crépuscule est venu et s'est épaissi. J'ai demandé mon thé et me suis approchée de la table, perdue dans mes pensées. Lorsque j'ai quitté mon siège pour retourner à la fenêtre, la lune s'était levée et la mer était toujours calme.

Mes yeux erraient toujours dehors, quand j'ai aperçu Midwinter dans la rue, sous ma fenêtre. J'ai eu assez d'empire sur moi-même pour me rappeler ses habitudes, et imaginer qu'il avait essayé de chasser ses préoccupations par une de ses promenades solitaires. Quand je l'ai entendu entrer dans sa chambre, j'ai été assez prudente cette fois pour ne pas aller le déranger. J'ai attendu.

Au bout d'un court moment, j'ai entendu sa fenêtre s'ouvrir, et je l'ai vu, de ma fenêtre, qui sortait sur le balcon. Après avoir contemplé la mer, il a agité l'un de ses bras. J'étais trop décontenancée alors pour me rappeler qu'il avait été marin et comprendre ce que cela voulait dire. J'ai attendu, en me demandant ce qui allait arriver.

Il est rentré, puis, après un instant, est encore ressorti sur le balcon pour de nouveau agiter la main. Cette fois, il est resté appuyé sur la rambarde en regardant fixement dans le lointain, entièrement absorbé par la mer.

Un long, très long moment, il est resté pensif, sans bouger. Puis, tout à coup, je l'ai vu tressaillir, tomber à genoux, ses mains jointes appuyées au balcon :

« Que Dieu tout-puissant vous bénisse et vous garde. Allan ! s'est-il écrié avec ferveur. Adieu pour toujours ! »

J'ai regardé la mer. Une brise douce et régulière soufflait, et la surface crépitante de l'eau brillait sous la claire lumière de la lune. J'ai regardé encore et, lentement, lentement est passé, entre moi et le sillon tracé par l'astre des nuits, un long vaisseau noir, aux grandes voiles semblables à des fantômes glissant sans bruit sur les eaux, comme un serpent.

Le vent s'était levé avec la nuit, et le yacht d'Armadale avait mis à la voile pour sa croisière d'essai.

III. Miss Gwilt met un terme à son journal

Londres, 19 novembre – Je suis seule de nouveau dans la grande cité ; seule pour la première fois depuis notre mariage. Il y a près d'une semaine que je suis partie, laissant Midwinter seul à Turin.

Les jours ont été si plein d'événements depuis le commencement du mois, et j'ai été si fatiguée de corps et d'esprit que mon journal a été fort négligé. Quelques notes écrites dans une telle hâte et dans une telle confusion que j'ai peine moi-même à les comprendre, voilà tout ce qui me reste comme témoignage de ce qui s'est passé depuis la nuit où le yacht d'Armadale a quitté Naples. Essayons de mettre mes souvenirs en ordre, sans plus perdre de temps, et de reconstituer la manière dont se sont enchaînés les événements depuis le début du mois.

Le 3 novembre (j'étais encore à Naples), Midwinter reçut une lettre d'Armadale, écrite à la hâte et datée de Messine. Le temps, disait-il, avait été délicieux, et le yacht avait fait prompte route, en un temps record. L'équipage se composait de gens assez rudes, qui cependant se conduisaient admirablement. Des débuts si heureux avaient engagé Armadale à prolonger sa croisière et, à la suggestion du maître d'équipage, il avait décidé de visiter quelques-uns des ports de l'Adriatique, que le capitaine lui avait signalés comme dignes d'intérêt.

Un post-scriptum suivait, expliquant qu'Armadale avait écrit dans l'urgence pour ne pas rater le steamer de Naples, et qu'il avait rouvert la lettre, avant de la faire partir, pour ajouter quelque chose qu'il avait oublié. Le jour précédant le départ du yacht il avait été chez le banquier pour prendre quelques centaines de guinées, et il pensait avoir oublié là-bas son porte-cigares. C'était un vieil ami et il priait Midwinter de s'occuper de le retrouver, et de le lui garder jusqu'à leur prochaine rencontre.

Tel était en substance le contenu de la lettre.

Je la méditai longtemps, après l'avoir lue, lorsque Midwinter m'eut quittée. Mon idée alors fut que Manuel n'avait pas persuadé pour rien Armadale de naviguer dans une mer comme l'Adriatique, beaucoup moins fréquentée par les navires que la Méditerranée. Les termes dans lesquels il était parlé de la perte du porte-cigares me frappèrent également, comme un signe de ce qui allait arriver. J'en conclus que les billets de banque d'Armadale n'avaient pas été transformés en or sans que l'influence de Manuel y fût pour quelque chose. Souvent, durant mes insomnies, ces réflexions me revinrent à l'esprit, me montrant obstinément toujours le même chemin, le chemin qui me ramènerait en Angleterre.

Comment me rendre là-bas, comment m'y rendre surtout sans être accompagnée de Midwinter, était une question que mon esprit cette nuit-là était trop agité pour résoudre. J'essayai encore et encore de surmonter cette difficulté, mais finis par m'endormir épuisée au petit matin, sans y être parvenue.

Quelques heures plus tard, dès que je fus habillée, Midwinter entra avec des nouvelles de ses patrons de Londres que la poste venait de lui apporter. Les propriétaires du journal avaient reçu du rédacteur en chef un si favorable rapport de sa correspondance à Naples qu'ils avaient résolu de l'avancer, en lui donnant un poste plus important et mieux rétribué à Turin. Les instructions se trouvaient dans la lettre, et il était prié de quitter Naples pour sa nouvelle résidence sans perdre une minute.

Ayant entendu cela, je m'empressai de le rassurer, avant qu'il eût pu me poser la question, sur mon désir de partir. Turin avait l'avantage à mes yeux d'être sur la route de l'Angleterre. Je lui promis immédiatement que je serais prête à voyager aussitôt qu'il le désirerait.

Il me remercia de favoriser ainsi ses projets avec plus de douceur et de bonté qu'il n'en avait témoigné depuis longtemps. Les bonnes nouvelles reçues la veille d'Armadale semblaient l'avoir un peu tiré du sombre abattement dans lequel il était plongé depuis le départ du yacht. À présent, la perspective d'avancer dans sa profession et, plus que cela, de quitter l'endroit fatal où la quatrième vision du rêve s'était réalisée, l'avait, comme il l'avouait lui-même, soulagé d'un grand poids. Il me demanda, avant de sortir pour les arrangements nécessaires à notre voyage, si j'attendais des nouvelles de « ma famille » en Angleterre, et s'il devait donner des instructions afin de faire suivre mes lettres avec les siennes, poste restante, à Turin. Je le remerciai et acceptai l'offre. Sa proposition venait de me suggérer que quelque « affaire de famille » pourrait bien, fort à propos, me servir une nouvelle fois de prétexte pour regagner impromptu l'Angleterre.

Le 9 de ce mois, nous étions installés à Turin.

Le 13, Midwinter, étant alors très occupé, me demanda si je voulais lui épargner une perte de temps, en allant chercher à la poste les lettres qui pouvaient nous avoir suivis de Naples. J'attendais depuis quelque temps l'occasion qu'il m'offrait là, et je me déterminai à la saisir sans hésitation. Il n'y avait rien poste restante pour nous. Mais lorsqu'il m'en fit la question, à mon retour, je lui dis que j'avais reçu des nouvelles alarmantes de chez moi. Ma « mère » était dangereusement malade, et l'on me priait de ne pas perdre une minute pour me rendre en Angleterre, si je voulais la voir une dernière fois.

Cela me semble incroyable maintenant que je suis loin de lui, mais il n'en est pas moins vrai que je ne pouvais pas, même alors, lui faire un mensonge prémédité sans un sentiment de répugnance et de honte incompatible avec mon caractère. Et ce qui est plus étrange encore – je devrais peut-être dire plus absurde –, c'est que, s'il avait persisté à vouloir m'accompagner en Angleterre au lieu de me laisser voyager seule, je crois fermement que j'aurais cédé à la tentation, et me serais endormie, bercée par le vieux rêve d'autrefois, de vivre toute ma vie heureuse et innocente dans l'amour de mon mari.

M'abusé-je en cela ? Quelle importance ! Qu'importe ce qui eut pu arriver. La seule chose qui vaille est ce qui est effectivement arrivé.

Midwinter finit par se laisser convaincre que j'étais assez grande pour prendre soin de moi-même pendant le voyage, et qu'il devait aux propriétaires du journal qui avaient mis leurs intérêts entre ses mains de ne pas s'éloigner de Turin, juste au moment où il venait de s'y établir.

Il n'éprouva pas autant de chagrin lorsque je le quittai que lors du départ de son ami. Je m'en aperçus et appréciai à sa juste valeur l'anxiété qu'il me témoigna de recevoir bientôt de mes nouvelles. J'ai complètement triomphé de ma faiblesse pour lui, enfin ! Un homme qui m'eût réellement aimée n'eût pas fait passer les intérêts d'un journal avant ceux de sa femme. Je lui en veux de s'être laissé convaincre. Je crois qu'il aime quelque femme à Turin. Soit, si cela lui plaît ! Je serai la femme de Mr. Armadale de Thorpe-Ambrose avant longtemps. Et que me fera alors son amour ou sa haine ?

Les événements du voyage ne sont pas dignes d'être mentionnés, et mon arrivée à Londres est déjà inscrite sur la nouvelle page de mon journal.

Quant à aujourd'hui, la seule chose de quelque importance que j'aie faite depuis que je suis arrivée, a été de prier le patron de l'hôtel où je suis descendue de me procurer les numéros du Times parus depuis quelques jours. Il a poliment offert de m'accompagner demain matin à un endroit de la City où l'on collectionne tous les journaux. Jusqu'à demain donc, il me faut surmonter mon impatience d'avoir des nouvelles d'Armadale. Va puisqu'il en est ainsi, bonne nuit donc à ce charmant portrait de moi-même qui apparaît dans ces pages !

20 novembre – Pas encore de nouvelles, ni dans la rubrique nécrologique ni dans les autres colonnes. J'ai lu avec soin les journaux à partir du jour où Armadale a daté sa lettre de Messine, jusqu'au 20 de ce mois, c'est-à-dire aujourd'hui, et je suis certaine, quoi qu'il puisse être arrivé, que rien n'est encore parvenu en Angleterre. Patience ! le journal sera maintenant chaque jour sur ma table, à l'heure du petit déjeuner, et je puis m'attendre chaque jour à y trouver ce que je désire le plus.

21 novembre – Toujours aucune nouvelle. J'ai écrit à Midwinter aujourd'hui pour sauvegarder les apparences.

Quand la lettre a été finie, j'ai eu un brutal accès de tristesse, je ne sais pourquoi. J'ai éprouvé un tel besoin de voir du monde qu'en désespoir de cause je me suis rendue à Pimlico, pensant que la mère Oldershaw pourrait bien avoir repris ses anciens quartiers.

Des changements sont survenus depuis mon dernier séjour à Londres. Le côté de la maison habité par le Dr Downward est toujours inoccupé. Mais la boutique a été rénovée pour l'établissement d'une couturière-modiste. Les gens, quand j'y suis entrée pour me renseigner, m'étaient tous inconnus. Ils n'ont montré cependant aucune hésitation à me donner l'adresse de la mère Oldershaw, lorsque je la leur ai demandée, d'où je conclus que la petite difficulté qui l'avait forcée à se cacher au mois d'août dernier est terminée, pour ce qui la concerne. Quant au docteur, les gens de la maison ignorent (ou prétendent ignorer) ce qu'il est devenu.

Je ne sais si c'est la vue de Pimlico qui m'a contrariée, ou si c'est ma propre perversité, mais maintenant que j'ai l'adresse de la mère Oldershaw, il me semble qu'elle est la dernière personne au monde que j'ai envie de voir. J'ai pris un cab et, après avoir demandé à l'homme de me conduire chez elle, j'ai changé d'avis et lui ai indiqué mon hôtel. Je ne sais vraiment ce qui se passe en moi ; sans doute l'impatience d'avoir des nouvelles d'Armadale. Quand l'avenir se montrera-t-il un peu moins sombre ? Je me le demande. Demain, nous serons samedi. Le journal de demain lèvera-t-il le voile ?

22 novembre – Le journal de samedi m'a appris ce que je désirais savoir ! Les mots sont vains pour exprimer le prodigieux étonnement dont je suis saisie. Je ne puis y croire, maintenant que c'est arrivé ! Les vents et les vagues eux-mêmes sont devenus mes complices ! Le yacht a sombré, et tous les passagers du bord ont péri !

Voici le compte rendu copié dans le journal :

Désastre en mer. – Le Royal Yacht Squadron et les assureurs ont reçu la nouvelle, qui ne paraît malheureusement que trop certaine, de la perte totale du yacht Dorothea. Tout le monde a péri à bord. Les choses se seraient passées de la façon suivante. Le 5 de ce mois, au point du jour, le brick italien Speranza, allant de Venise à Marsala, rencontra quelques objets flottants à la hauteur du cap Spartivento (à l'extrême sud de l'Italie). La veille avait été marquée par le plus terrible de ces orages dont on connaît bien la violence dans ces mers-là. La Speranza elle-même ayant été en danger pendant l'ouragan, le capitaine et l'équipage en conclurent qu'ils étaient sur les traces d'un naufrage ; un bateau fut lancé dans le but d'examiner ces épaves, une cage à poules, quelques espars brisés, des fragments de planches furent les premiers indices du désastre ; plusieurs articles d'ameublement de cabine furent ensuite recueillis, et enfin, preuve plus réelle que tout le reste, une bouée de sauvetage à laquelle était attachée une bouteille bouchée. Ces derniers objets furent apportés à bord de la Speranza. La bouée portait le nom du bâtiment : « Dorothea, R.Y.S. » (les initiales désignant le Royal Yacht Squadron). La bouteille fut débouchée ; elle contenait une feuille de papier sur laquelle les lignes suivantes avaient été écrites à la hâte : « Du cap Spartivento, à deux jours de Messine, le 5 novembre, 4 heures (heure à laquelle le registre du brick italien prouvait que l'orage avait été le plus fort). Nos deux canots et le gouvernail ont été enlevés par la mer. Nous faisons eau à l'arrière. Dieu ait pitié de nous ! Nous sombrons. Signé John Mitchenden, contremaître ». En atteignant Marsala, le capitaine du brick fit son rapport au consul anglais, et laissa les objets découverts aux soins de ce gentleman. Les informations prises à Messine apprirent que le vaisseau venait de Naples. À ce dernier port, il fut reconnu que la Dorothea avait été louée par l'agent du propriétaire à un gentleman anglais, Mr. Armadale de Thorpe-Ambrose, Norfolk. On n'a pu savoir si Mr. Armadale avait quelque ami à bord. Mais il paraît, à n'en pas douter malheureusement, que le gentleman lui-même s'est embarqué sur le yacht à Naples et qu'il y était encore à

Messine.

Tel est le récit du naufrage tel que le rapporte le journal. La tête me tourne ; mon trouble est si grand que je pense à cinquante choses en voulant réfléchir à une seule. Il faut que j'attende ; un jour de plus ou de moins est sans conséquence maintenant. Il faut que j'attende jusqu'à ce que j'aie contemplé froidement ma destinée en face.

23 novembre, huit heures du matin – Je me suis levée il y a une heure avec mon plan bien arrêté.

Il est de la plus grande importance pour moi de savoir ce qui se passe à Thorpe-Ambrose, et ce serait le comble de l'imprudence, tant que je suis dans les ténèbres, ici, de m'aventurer là-bas en personne. La seule solution qui se présente, c'est d'écrire à quelqu'un qui soit dans la place pour qu'il me donne des nouvelles, et la seule personne à qui je puisse écrire, c'est… Bashwood.

Je viens de finir la lettre. Elle est spécifiée « privée et confidentielle » et est signée « Lydia Armadale ». Je n'y mets rien qui puisse me compromettre dans le cas où le vieux fou, mortellement offensé par la manière dont je l'ai traité, voudrait montrer ma lettre à d'autres. Mais je ne crois pas qu'il fasse cela. Un homme de son âge pardonne facilement à une femme. Je lui ai demandé comme une faveur personnelle de tenir notre correspondance strictement secrète. J'ai eu l'air de dire que ma vie de femme avec mon mari décédé n'avait pas été des plus heureuses, et que je sentais combien j'avais été imprudente en épousant un jeune homme. Dans le post-scriptum, je vais encore plus loin, et j'avance hardiment ces mots consolateurs : « Je pourrai expliquer, cher monsieur Bashwood, ce qui aura pu vous sembler faux et trompeur dans ma conduite envers vous, quand vous m'aurez donné une occasion de le faire personnellement ». S'il était du bon côté de ses soixante ans, je douterais du résultat. Mais, cela n'étant pas le cas, je crois qu'il me donnera l'occasion de me justifier personnellement.

Dix heures – J'ai regardé le double de mon certificat de mariage, que j'ai pris soin de me procurer le jour de la cérémonie, et j'ai découvert, à mon grand désappointement, un obstacle que je n'avais jamais remarqué et qui m'empêche d'apparaître comme la veuve d'Armadale.

La désignation de Midwinter (sous son vrai nom) inscrite sur le certificat répond par chaque détail à ce qu'aurait pu être celle de l'Armadale de Thorpe-Ambrose si je l'avais réellement épousé. « Nom et prénom : Allan Armadale. Âge : vingt et un ans (au lieu de vingt-deux, ce qui pourrait aisément passer pour une erreur). Situation de famille : célibataire. Rang ou profession : gentleman. Résidence au moment du mariage : Frant's Motel, Darley Street. Nom du père : Allan Armadale. Rang ou profession du père : gentleman ».

Chaque détail (sauf la différence d'âge) convient à l'un et à l'autre. Mais supposons, quand je produirai mon extrait du certificat, qu'un malencontreux avoué insiste pour regarder sur le registre original. L'écriture de Midwinter est aussi différente que possible de celle de son ami mort. La main avec laquelle il a écrit « Allan Armadale » sur le registre n'a aucune chance de passer pour celle avec laquelle Allan Armadale de Thorpe-Ambrose était habitué à signer son nom.

Puis-je m'avancer hardiment dans cette affaire avec cette trappe ouverte sous mes pieds ? Comment le saurai-je ? Où trouverai-je une personne expérimentée pour me renseigner ? Il me faut refermer mon journal et réfléchir à cela.

Sept heures – Mes projets ont encore changé depuis ce matin. J'ai reçu un avertissement qui m'apprendra à être prudente à l'avenir et que je ne négligerai pas ; et j'ai réussi (je le crois) à me procurer les conseils et l'aide dont j'avais besoin.

Après avoir cherché vainement une personne à qui je pusse me confier dans la difficulté qui m'embarrassait, j'ai fait de nécessité vertu, et suis partie surprendre Mrs. Oldershaw par une visite de sa chère Lydia ! Il est presque inutile d'ajouter que j'avais résolu de la sonder avec soin, sans laisser échapper de mon côté aucun secret d'importance.

Une désagréable et solennelle vieille bonne m'a fait entrer dans la maison. Quand j'ai demandé sa maîtresse, elle m'a rappelé avec l'emphase la plus amère que j'avais commis l'inconvenance de me présenter un dimanche. Mrs. Oldershaw était chez elle uniquement parce qu'elle s'était trouvée trop indisposée pour aller à l'église. La bonne pensait qu'elle ne me recevrait très probablement pas. Je pensais, au contraire, que très probablement elle voudrait bien m'accorder une entrevue, dans son propre intérêt, si je me faisais annoncer sous le nom de « Miss Gwilt ». Et la suite m'a donné raison. Au bout de quelques minutes, j'ai été introduite au salon.

Là, se tenait assise mère Jézabel, de l'air d'une femme postée sur le chemin du ciel, habillée d'une robe couleur ardoise, avec des mitaines grises aux mains, un bonnet sévère sur la tête et un volume de sermons sur les genoux. Elle a tourné dévotement des yeux blancs vers moi, et les premiers mots qu'elle a prononcés ont été :

— Oh, Lydia, Lydia ! pourquoi n'êtes-vous pas à l'église ?

Si j'avais été moins préoccupée, la brutale transformation de Mrs. Oldershaw m'eût sans doute amusée. Mais je n'étais pas en humeur de rire et (tous mes billets ayant été payés) je n'étais pas obligée de modérer ma liberté de langage :

— Sornettes ! me suis-je écriée. Mettez votre figure du dimanche dans votre poche ; j'ai reçu des nouvelles pour vous, depuis que je vous ai écrit pour la dernière fois de Thorpe-Ambrose.

Dès que j'ai eu prononcé le nom de Thorpe-Ambrose, le blanc des yeux de l'hypocrite a reparu, et elle a formellement refusé d'écouter un seul mot de ce que j'avais à lui dire au sujet de mes agissements dans le Norfolk. J'ai insisté, mais sans nul succès. La mère Oldershaw s'est contentée de secouer la tête, a soupiré et m'a appris que ses rapports avec les pompes et les vanités de ce monde étaient rompus à jamais.

— J'ai commencé une nouvelle existence, Lydia, a dit l'impudente vieille ; rien ne me persuadera maintenant de me mêler de votre méchante entreprise et de vous aider à spéculer sur la folie d'un jeune homme riche.

Après avoir entendu ces paroles, je l'eusse quittée immédiatement, sans une considération qui m'a fait rester un moment de plus.

Il était aisé de voir cette fois que les circonstances – quelles qu'elles pussent être – qui avaient obligé la mère Oldershaw à se tenir cachée lors de mon dernier séjour à Londres, avaient été suffisamment sérieuses pour la forcer à abandonner ses anciennes affaires. Et il n'était pas moins clair qu'elle y avait trouvé son compte. Tout le monde, en Angleterre, a intérêt, d'une manière ou d'une autre, à recouvrir l'extérieur de sa personne d'un certain vernis d'hypocrisie. Cette question m'importait peu pour l'heure, et j'aurais gardé ces réflexions pour moi si mes intérêts n'avaient pas été engagés à mettre la sincérité de la conversion de Mrs. Oldershaw à l'épreuve, dans la mesure où cela pouvait affecter la nature de nos anciennes relations.

Au temps où elle voulait tirer parti de moi, je me souvenais d'avoir signé un certain engagement qui lui donnait droit à un magnifique intérêt pécuniaire, si je devenais Mrs. Armadale de Thorpe-Ambrose. L'espoir de tirer le meilleur profit de ce méchant morceau de papier était trop tentant pour que je pusse y résister. J'ai demandé à mon amie la permission de lui dire un mot avant de quitter la maison.

— Puisque vous n'avez plus aucun intérêt dans ma méchante spéculation de Thorpe-Ambrose, lui ai-je déclaré, peut-être voudrez-vous me rendre l'écrit que j'ai signé, quand vous n'étiez pas tout à fait la personne exemplaire que vous êtes maintenant.

La vieille hypocrite a immédiatement fermé les yeux et a sursauté.

— Cela veut-il dire oui ou non ? ai-je demandé.

— Sur le terrain moral et religieux, Lydia, cela veut dire non.

— Sur le terrain immoral et mondain, ai-je répliqué, je vous remercie de m'avoir montré votre griffe.

Il ne pouvait réellement y avoir aucun doute maintenant sur le but qu'elle se proposait. Elle ne voulait courir aucun danger ni me prêter aucun argent. Elle voulait me laisser perdre ou gagner seule. Si je perdais, elle ne serait pas compromise ; si je gagnais, elle montrerait le papier que j'avais signé, et en profiterait sans remords. Dans ma situation, c'était perte de temps et de paroles que de prolonger l'entrevue par des récriminations. J'ai logé sans rien dire cet avis dans un coin de ma mémoire, afin qu'il pût me servir plus tard, et je me suis levée pour partir.

Au moment où je quittais ma chaise, un double coup a été frappé à la porte de la rue. Mrs. Oldershaw l'a évidemment reconnu. Elle s'est levée, en proie à une violente agitation, et a sonné :

— Je suis trop souffrante pour voir personne, a-t-elle dit à la bonne quand celle-ci est entrée. Attendez un instant, s'il vous plaît, a-t-elle ajouté en se tournant brusquement vers moi, quand la femme nous a eu laissées pour aller ouvrir la porte.

C'était mesquinerie de ma part, je le sais, mais le plaisir de braver la mère Jézabel, même sur un rien, m'a semblé irrésistible.

— Je ne puis attendre, ai-je répliqué ; vous venez de me rappeler que je devrais être à l'église.

Avant qu'elle eût pu répondre, j'avais quitté le salon.

Je mettais le pied sur la première marche de l'escalier, lorsque la porte de la rue s'est ouverte et qu'une voix d'homme a demandé si Mrs. Oldershaw était chez elle.

J'ai immédiatement reconnu la voix : c'était celle du Dr Downward !

Le docteur a répété le message transmis par la bonne, d'une voix qui disait bien combien il était irrité de se voir refusé à la porte.

— Votre maîtresse n'est pas assez bien portante pour recevoir des visites ? Donnez-lui cette carte, a-t-il repris, et dites-lui que j'espère la trouver en assez bonne santé la prochaine fois pour me recevoir.

Si son ton rogue ne m'avait pas mise au fait de ses dispositions peu amicales envers la mère Oldershaw, je l'aurais certainement laissé partir sans renouer connaissance avec lui. Mais, dans l'état des choses, je me sentais entraînée vers quiconque pouvait avoir une rancune contre la mère Jézabel. C'était plus que de la mesquinerie, cette fois, je suppose. Quoi qu'il en soit, j'ai rapidement descendu les escaliers et, suivant le docteur, je l'ai rattrapé dans la rue.

J'avais reconnu sa voix, et j'ai reconnu son dos, tandis que je marchais derrière lui. Mais quand je l'ai appelé par son nom, quand il s'est retourné en sursautant à mon appel, j'ai été aussi étonnée que lui. Le visage du docteur s'était transformé… j'avais devant moi un inconnu. Sa calvitie était cachée par une perruque grise habilement faite. Il avait laissé croître ses favoris et les avait teints de façon à les mettre en harmonie avec sa fausse chevelure. De hideuses lunettes vertes barraient son nez à la place du double lorgnon qu'il tenait ordinairement à la main et un immense foulard noir, surmonté d'un imposant col de chemise, apparaissait comme l'indigne successeur de la blanche cravate cléricale des anciens jours. Rien ne rappelait l'homme que j'avais connu autrefois, si ce n'est la rondeur confortable de son visage et la courtoisie, la douceur de ses manières et de sa voix.

— Charmé de vous revoir, a dit le docteur, en regardant autour de lui d'un air un peu inquiet et en sortant précipitamment un carnet de sa poche. Mais, ma chère Miss Gwilt, permettez-moi de rectifier une légère erreur de votre part ; le Dr Downward de Pimlico est mort et enterré, et vous m'obligerez infiniment en ne me le rappelant jamais, sous quelque prétexte que ce soit.

J'ai pris la carte qu'il m'offrait, et j'ai découvert que je parlais à présent au « Docteur Le Doux, du sanatorium de Fairweather Vale, Hampstead » !

— Vous me paraissez avoir changé bien des choses dans votre existence depuis que je vous ai vu. Votre nom, votre adresse, votre aspect…

— Et mes occupations, m'a interrompue le docteur. J'ai acheté à un autre docteur, une personne sans énergie et sans ressources, un nom, un diplôme, et je tiens une maison de santé pour maladies nerveuses. Nous sommes déjà ouverts pour quelques amis privilégiés, venez donc nous voir. Allez-vous de mon côté ? Je vous en prie, prenez mon bras, et racontez-moi à quelle heureuse chance je dois le plaisir de votre rencontre.

Je lui ai raconté par le menu ma visite, et j'ai ajouté (dans l'intention de m'amuser de ses relations avec son ancienne alliée de Pimlico) que j'avais été grandement surprise de voir la porte de la mère Oldershaw fermée à un si vieil ami. Si prudent qu'il fût, à l'air dont le docteur a reçu ma remarque j'ai compris que mes suppositions de brouille étaient bien fondées ; son sourire s'est évanoui, et il a remonté avec colère ses lunettes sur son nez.

— Pardonnez-moi si je vous laisse tirer vos propres conclusions, m'a-t-il interrompue. Mrs. Oldershaw est, je regrette de le dire, un sujet de conversation qui m'est peu agréable. Une discussion d'affaires ayant rapport à notre ancienne association ne peut avoir d'intérêt pour une jeune et brillante femme comme vous. Donnez-moi de vos nouvelles. Avez-vous quitté votre position à Thorpe-Ambrose ? Habitez-vous toujours Londres ? Puis-je par ma profession, ou autrement, faire quelque chose pour votre service ?

Cette dernière question était plus opportune qu'il ne le supposait. Avant d'y répondre, j'ai jugé prudent de nous séparer et de prendre le temps de réfléchir un peu.

— Vous m'avez obligeamment proposé, docteur, de vous rendre visite à votre tranquille maison de Hampstead. Il se peut que j'aie quelque chose à vous dire qu'il ne m'est point possible de vous expliquer dans cette rue bruyante. Quand vous trouve-t-on au sanatorium ? Y serez-vous aujourd'hui dans la journée ?

Le docteur m'a assuré qu'il y rentrait justement et a ajouté que c'était à moi de lui indiquer mon heure.

— Cette après-midi, ai-je répondu.

Et, prétextant un rendez-vous, j'ai hélé le premier omnibus qui passait.

— N'oubliez pas l'adresse, a dit le docteur en m'aidant à monter.

— J'ai votre carte.

Sur ce, nous nous sommes quittés.

Je suis rentrée à l'hôtel, me suis enfermée dans ma chambre et me suis mise à réfléchir avec inquiétude.

Le sérieux obstacle de la signature sur le registre des mariages me semblait toujours infranchissable. Il fallait renoncer à tout espoir d'aide de la part de Mrs. Oldershaw. Je ne pouvais désormais la considérer que comme une ennemie cachée dans l'ombre – l'ennemie, sans aucun doute, qui m'avait épiée et suivie lors de mon dernier séjour à Londres. À quel autre conseiller pouvais-je m'adresser pour me guider dans ma malheureuse ignorance des lois et des affaires ?

Pouvais-je aller chez l'homme de loi que j'avais consulté lors de mon mariage avec Midwinter ? Impossible ! Sans compter la façon dont il m'avait reçue la dernière fois, ce que j'avais à lui demander (quoi que je pusse faire pour déguiser les faits) ressemblait trop à une complicité de fraude pour qu'aucun homme de loi, tenant à sa considération, voulut s'en charger. Était-il une autre personne compétente qui put me renseigner ? Une seule, une seulement, le docteur, qui était mort à Pimlico et avait ressuscité à Hampstead.

Je savais qu'il était dénué de tout scrupule, que son expérience des affaires était aussi complète que je pouvais le désirer et que je ne pouvais trouver à Londres un homme plus habile et plus prudent. Outre cela, j'avais ce matin même fait deux importantes découvertes. D'abord qu'il était en mauvais termes avec Mrs. Oldershaw, ce qui me protégeait contre le danger de voir les deux anciens amis se liguer contre moi, si je me confiais au docteur ; ensuite, que les circonstances semblaient l'obliger à cacher soigneusement son identité, ce qui me donnait sur lui un pouvoir égal à celui que ma confiance lui donnerait sur moi. De toute façon, c'était le seul homme à qui je pouvais avoir recours. Et cependant j'hésitais… j'ai hésité pendant une longue heure encore… sans savoir pourquoi.

Il était deux heures lorsque enfin je me suis décidée à me rendre chez le docteur. Après toute une autre heure employée à chercher avec soin où je devais m'arrêter dans mes confidences, j'ai pris un cab et me suis rendue vers trois heures à Hampstead.

J'ai éprouvé quelque difficulté à trouver le sanatorium.

Fairweather Vale est un nouveau faubourg situé au-dessous de Hampstead, du côté sud. Le soleil était caché, et l'endroit avait un aspect sombre et triste. Nous sommes arrivés par une nouvelle route, bordée de deux rangées d'arbres, et qui pouvait avoir été l'allée principale d'une ancienne résidence. Au bout de cette route, nous sommes arrivés sur un large terrain découvert, parsemé de villas à moitié finies, et recouvert d'une hideuse litière de planches, de brouettes et de matériaux à bâtir de toutes sortes, éparpillés dans toutes les directions.

Dans un coin s'élevait une grande et sombre maison, revêtue d'un plâtre de couleur brune, et entourée d'un jardin nu et inachevé, dans lequel on n'apercevait ni un arbrisseau ni une fleur. C'était à faire peur. Sur la porte de fer menant à l'intérieur, on voyait une plaque de cuivre neuve, portant le mot « Sanatorium ». La sonnette, lorsque le cocher l'a agitée, a résonné dans la maison vide comme un glas funèbre, et le vieillard pâle et flétri, vêtu de noir, qui a ouvert la porte semblait s'être échappé de sa tombe pour faire son service. Son apparition s'est accompagnée d'un effluve de plâtre humide, de peinture fraîche ; une bouffée de l'air brumeux de novembre est entrée avec moi. Je ne l'ai pas remarqué sur l'instant, mais je me souviens que j'ai frissonné en franchissant le seuil.

Je me suis fait annoncer par le domestique sous le nom de « Mrs. Armadale » et suis entrée dans l'antichambre. Le feu lui-même était étouffé dans le foyer par l'humidité. Les seuls livres qui fussent sur la table étaient les ouvrages du docteur, recouverts de modestes couvertures brunes ; les murs avaient pour seuls ornements le diplôme (magnifiquement encadré sous glace) que le docteur avait acheté avec le nom étranger.

Au bout d'un moment, le directeur du sanatorium est entré ; il est venu vers moi et a levé les mains en signe de joyeuse surprise :

— Je n'avais aucune idée de qui pouvait être Mrs. Armadale, ma chère dame. Vous aussi vous avez changé de nom ? Que c'est sournois à vous de ne me l'avoir pas dit ce matin ! Venez dans mon cabinet particulier. Je ne puis recevoir une vieille et chère amie comme vous dans l'antichambre des malades.

Le cabinet du docteur était situé sur le derrière de la maison, et avait vue sur des champs et des arbres condamnés mais non encore exécutés par les maçons. D'horribles objets en cuivre, en cuir et en verre, tortillés et tournés comme si c'étaient des choses animées se tordant dans une agonie de souffrance, pendaient à l'un des murs de la pièce. Une grande bibliothèque à portes vitrées garnissait tout le mur opposé, et exhibait sur ses rayons de longues rangées de bocaux de verre où des créatures informes, d'un blanc livide, flottaient dans un liquide jaune. Au-dessus de la cheminée était accrochée une collection de photographies d'hommes et de femmes enfermées dans deux larges cadres placés l'un à côté de l'autre et séparés par un petit espace. Le cadre de gauche montrait le résultat des souffrances nerveuses sur le visage ; le tableau de droite révélait de même les ravages de la folie ; l'espace intermédiaire était occupé par un élégant écriteau portant pour inscription cette épigraphe : « Mieux vaut, prévenir que guérir ».

— Voici mon installation, avec mon appareil galvanique, mes spécimens de conservations, et tout le reste, dit le docteur en me faisant asseoir sur une chaise devant le feu. Vous n'êtes point dans une maison d'aliénés, ma chère. Laissez les autres traiter la folie, si cela leur convient, moi, je l'empêche ! Pas encore de malades dans la maison ; mais nous vivons dans un âge où les dérangements nerveux (qui ont une parenté avec la folie) augmentent considérablement. Les malades arriveront en temps voulu. Je puis attendre, comme Harvey a attendu, comme Jenner a attendu. Et maintenant, mettez les pieds sur le garde-feu et racontez-moi vos propres affaires. Vous êtes mariée, bien entendu ? Et quel joli nom ! Recevez mes meilleurs et mes plus sincères compliments. Vous avez les deux plus grandes bénédictions qui puissent échoir en lot à une femme : vous possédez les deux M majuscules, comme je les appelle : Maison et Mari.

J'ai interrompu le flot des congratulations cordiales du docteur :

— Je suis mariée, mais les circonstances ou je me trouve ne sont pas du tout ordinaires, ai-je dit avec sérieux. Ma position présente ne comporte aucune des bénédictions que l'on pourrait supposer. Je suis déjà aux prises avec de sérieuses difficultés et, avant qu'il soit longtemps, il se pourrait que je coure un danger réel.

Le docteur a rapproché sa chaise de la mienne et a immédiatement repris son ton professionnel.

— Si vous voulez me consulter, a-t-il dit doucement, vous savez que j'ai gardé quelques dangereux secrets dans mon temps, et que je possède aussi deux qualités essentielles comme conseiller : je ne me scandalise pas facilement, et l'on peut avoir en moi une confiance absolue.

J'hésitais même maintenant, à la onzième heure, assise seule avec lui dans son bureau. C'était une chose si étrange pour moi, que de me confier à un autre qu'à moi-même. Et cependant comment pouvais-je éviter cela quand il s'agissait de difficultés juridiques ?

— Comme il vous plaira, vous savez, a ajouté le docteur. Je ne sollicite jamais les confidences, je les reçois simplement.

Il n'y avait plus à reculer, je n'étais pas venue là pour me raviser, et j'ai parlé :

— L'affaire sur laquelle je désire vous consulter n'est pas, comme vous semblez le supposer, du ressort de votre profession, mais je crois que vous pouvez m'aider si j'en appelle à votre expérience comme homme du monde. Je vous avertis, pour commencer, que je vous aurai certainement surpris et alarmé avant d'avoir fini.

Après ce préambule, j'ai commencé mon histoire, lui racontant ce que j'avais résolu de lui raconter, et rien de plus.

Je lui ai confié, dès le début, mon intention de me faire passer pour la veuve d'Armadale, et je lui ai parlé sans réserve (sachant qu'il pouvait consulter le testament) du magnifique revenu qui m'échoirait en cas de succès. J'ai jugé utile de lui cacher quelques détails, ou du moins d'altérer un peu la vérité. Je lui ai montré le journal qui rendait compte de la perte du yacht, mais je n'ai rien dit des événements de Naples. Je l'ai informé de l'exacte ressemblance des noms, le laissant libre d'imaginer que c'était l'effet du hasard. Je lui ai fait part, comme d'un point essentiel de l'affaire, du secret que mon mari avait gardé sur son véritable nom aux yeux de tous sinon aux miens. Et (pour prévenir toute communication entre eux) j'ai soigneusement caché au docteur le nom sous lequel Midwinter avait vécu jusqu'alors. J'ai appris au docteur que j'avais laissé mon mari derrière moi sur le continent mais, lorsqu'il m'a posé la question, je l'ai laissé libre de conclure – malgré toute ma volonté, je n'ai pu le lui affirmer positivement – que Midwinter était au courant de la fraude méditée et qu'il restait, au loin, exprès pour ne pas me compromettre par sa présence. Cette difficulté surmontée ou, comme je le sens maintenant, cette bassesse commise, je suis revenue à la vérité. L'un après l'autre, j'ai raconté chaque détail associé à mon mariage secret et aux mouvements d'Armadale et de Midwinter, détails qui rendaient absolument impossible la découverte de ma fausse identité.

— Voilà, ai-je fait en terminant, pour le but à atteindre. Ce qui me reste à vous dire a trait à une difficulté grave qui m'arrête dès le début.

Le docteur, qui avait écouté jusque-là sans m'interrompre, a demandé ici la permission de dire quelques mots à son tour avant de me laisser continuer.

Ces quelques mots se trouvèrent être des questions habiles, insinuantes, méfiantes, auxquelles j'ai cependant réussi à répondre avec plus ou moins de réserve, car elles avaient pour but de faire la lumière sur les circonstances dans lesquelles je m'étais mariée et les chances que pouvait avoir mon véritable mari, s'il lui convenait de réclamer ses droits sur moi un jour ou l'autre.

En premier lieu, ma réponse a appris au docteur que j'avais ménagé mes affaires à Thorpe-Ambrose de manière à y laisser l'impression générale qu'Armadale voulait m'épouser ; elle l'a informé, en second lieu, que la jeunesse de mon mari avait été telle qu'elle ne pouvait le poser honorablement aux yeux du monde et, en troisième lieu, que nous nous étions mariés sans aucun témoin, à une grande paroisse où deux autres couples avaient été unis le matin même, pour ne rien dire des douzaines d'autres couples qui s'y étaient mariés depuis lors (et avec lesquels nous avions été confondus dans l'esprit des officiants de l'église).

Lorsque j'ai eu mis le docteur au courant de ces faits, et lorsqu'il a su encore que Midwinter et moi nous étions partis pour l'étranger immédiatement après avoir quitté l'église et que les hommes employés à bord du yacht sur lequel Armadale avait fait le voyage du Somerset (avant mon mariage) naviguaient maintenant sur d'autres vaisseaux à l'autre bout du monde, sa confiance en mes projets s'est lue clairement sur son visage.

— Autant que j'en puis juger, m'a-t-il dit, les droits de votre mari sur vous (lorsque vous aurez pris l'identité de madame feue Armadale) ne seront appuyés par rien que sa propre assertion. Excusez la méfiance que je parais montrer à l'égard de ce gentleman, mais une mésintelligence pourrait éclater entre vous et lui dans l'avenir, et il est hautement désirable d'examiner d'abord ce qu'il pourrait ou ne pourrait pas faire dans ces circonstances. Et maintenant que nous en avons fini avec l'obstacle placé sur le chemin de votre succès, parlons de la difficulté que vous-même avez reconnue.

J'étais assez désireuse d'y arriver. Le ton avec lequel il parlait de Midwinter, bien que ce fût par ma faute, me blessait horriblement et a réveillé un instant en moi la vieille sentimentalité que je croyais disparue à jamais. J'ai saisi avec empressement l'occasion de changer de sujet et j'ai expliqué la différence d'écriture qui existait entre la signature figurant sur le registre des mariages et celle qu'employait habituellement l'Armadale de Thorpe-Ambrose. Mon air anxieux a paru amuser beaucoup le docteur :

— C'est tout ? a-t-il demandé à ma grande surprise et à mon grand soulagement, quand j'ai eu fini. Ma chère lady, je vous en prie, tranquillisez-vous. Si les hommes de loi de feu Mr. Armadale désirent une preuve de votre mariage, ils n'iront pas la chercher sur le registre, je puis vous l'assurer.

— Quoi ? me suis-je écriée profondément étonnée, voulez-vous dire que la mention faite sur le registre n'est pas une preuve de mon mariage ?

— C'est la preuve que vous avez été unie à quelqu'un, mais non une preuve que ce quelqu'un ait été Mr. Armadale de Thorpe-Ambrose. Jack Nokes ou Tom Styles (excusez la vulgarité de ces deux noms pris au hasard) pourraient avoir obtenu la licence, et vous avoir épousée sous le nom d'Armadale, et le registre (comment pourrait-il en être autrement ?) doit, dans ce cas, avoir innocemment contribué à la supercherie. Je vois que je vous surprends, chère madame ; quand vous m'avez exposé cette intéressante affaire, vous m'avez surpris aussi, je l'avoue maintenant, en attribuant tant d'importance à la curieuse similitude des deux noms. Vous auriez pu vous lancer dans la très romanesque entreprise où je vous vois engagée sans qu'il eût été nécessaire pour vous d'épouser celui qui est aujourd'hui votre mari. Tout autre homme consentant à prendre le nom d'Armadale aurait aussi bien servi vos projets.

J'ai senti ma colère monter à ces paroles.

— Tout autre homme n'aurait pas aussi bien servi mes projets, ai-je répondu immédiatement. Sans la similitude des noms, je n'aurais jamais songé à cette entreprise.

Le docteur a reconnu qu'il avait parlé trop vite :

— Cette manière de voir m'avait échappé. Quoi qu'il en soit, revenons à notre affaire. Dans le cours de ce que je puis appeler une carrière médicale aventureuse, j'ai été plus d'une fois mis en contact avec les hommes de loi, et j'ai eu plus d'une fois l'occasion d'observer leurs procédés dans les cas de ce que nous appellerons « jurisprudence domestique ». Je suis parfaitement sûr que je suis dans le vrai en vous affirmant que la preuve exigée par les hommes de loi de Mr. Armadale ne sera autre que la production d'un témoin présent au mariage, qui puisse répondre de l'identité du fiancé et de la fiancée.

— Mais je vous ai déjà expliqué que nous n'avons pas eu de témoin.

— Précisément ; dans le cas qui nous occupe, ce dont vous avez besoin maintenant avant de pouvoir avancer un pas dans cette affaire, c'est, si vous voulez me pardonner cette expression, un témoin « prêt pour l'emploi », un témoin doté de ressources morales et personnelles, qui veuille bien prendre cette responsabilité et faire la déclaration nécessaire devant un magistrat. Connaissez-vous quelqu'un qui voudrait se charger de ce rôle ? m'a demandé le docteur en se rejetant dans sa chaise, et en me regardant de l'air le plus innocent.

— Je ne connais que vous.

Le docteur a ri doucement.

— Voilà bien les femmes ! a-t-il remarqué avec sa bonne humeur exaspérante. Dès qu'elles voient leur but, elles s'y précipitent tête baissée par le plus court chemin. Ah, le sexe ! le sexe !

— Il s'agit bien de cela ! me suis-je écriée avec impatience. Je désire une réponse sérieuse : oui ou non ?

Le docteur s'est levé et a agité la main avec gravité et dignité tout autour de la pièce :

— Vous voyez ce vaste établissement ; vous pouvez probablement estimer jusqu'à un certain point l'immense part que j'ai dans sa prospérité et dans son succès. Votre bon sens naturel doit nécessairement vous dire que le directeur de ce sanatorium doit être un homme d'une moralité inattaquable…

— Quelle perte de paroles, quand un seul mot suffit ! Vous voulez dire non ?

Le directeur du sanatorium a soudain repris son ton confidentiel et amical :

— Ma chère dame, ce n'est ni oui ni non ; pour le moment, accordez-moi jusqu'à demain dans l'après-midi. Je m'engage à vous donner alors une réponse définitive. Ou je me retirerai de cette affaire, ou j'y entrerai corps et âme. Y consentez-vous ? Très bien. Nous pouvons donc laisser ce sujet jusqu'à demain. Où pourrai-je vous rendre la réponse ?

Il n'y avait pas d'inconvénient à lui donner l'adresse de mon hôtel. J'y étais descendue sous le nom d'Armadale, et j'avais prié Midwinter de m'envoyer ses lettres à un bureau de poste du voisinage. Nous avons fixé l'heure à laquelle le docteur viendrait et, ceci arrangé, je me suis levée pour partir, résistant à toutes ses offres de rafraîchissements et de visites de la maison. Son insistance à vouloir préserver les bienséances quand nous nous étions parfaitement compris me révoltait.

Je suis partie dès que je l'ai pu, et me suis mise à mon journal à peine de retour dans ma chambre.

Nous verrons comment cela finira demain. Mon appréciation personnelle est que mon ami dira oui.

24 novembre – Le docteur a dit oui, comme je l'avais espéré, mais à des conditions que je n'avais pas un instant supposées. Les conditions au prix desquelles j'ai obtenu ses services ne sont rien de moins que le payement, lorsque je me serai fait connaître comme la veuve d'Armadale, de la moitié de la première année de mon revenu, en d'autres termes six cents livres sterling.

J'ai protesté énergiquement contre cette extorsion, mais sans succès. Le docteur m'a répondu avec la plus gracieuse franchise qu'il ne fallait rien de moins que les embarras actuels de sa position pour le décider à entrer dans cette affaire. Il confessait honnêtement avoir épuisé ses propres ressources et les ressources de plusieurs autres personnes pour acheter et achever le sanatorium. Dans de telles circonstances, six cents livres sterling en perspective étaient quelque chose. Pour cette somme, il courrait le risque sérieux de me conseiller et de m'aider. Pas un farthing de moins ne le tenterait, et il me laissait libre de choisir.

Cela a fini de la seule façon dont cela pouvait finir. Je n'avais pas d'autre choix que d'accepter ces conditions et de laisser le docteur conclure l'affaire immédiatement, aux termes qu'il entendait. L'arrangement terminé, je dois lui rendre cette justice qu'il n'a montré aucune envie de laisser le gazon croître sous ses pieds. Il a demandé immédiatement de l'encre, du papier et des plumes, et a proposé de commencer la campagne de Thorpe-Ambrose par une lettre que la poste emporterait le soir même.

Nous sommes convenus de la rédaction. Je l'ai écrite et il l'a copiée. Je n'entrais dans aucun détail. Je commençais par affirmer que j'étais la veuve de feu Mr. Armadale, que nous avions été mariés secrètement et que j'étais retournée en Angleterre lorsqu'il s'était embarqué sur le yacht, à Naples. J'ajoutais que j'envoyais la copie de mon certificat de mariage, comme une formalité que je présumais devoir être accomplie tout d'abord. La lettre était adressée « *Aux représentants de feu Mr. Allan Armadale, esq., Thorpe-Ambrose, Norfolk* ». Le docteur s'en est chargé lui-même et l'a mise à la poste.

Je ne suis pas si impatiente que je l'aurais cru d'apprendre le résultat de mes démarches, maintenant que le premier pas est franchi. La pensée de Midwinter me hante comme un fantôme. Je lui ai écrit de nouveau pour sauvegarder les apparences. Ce sera, je crois, ma dernière lettre. Mon courage chancelle, mon esprit est abattu quand mes pensées me ramènent à Turin. Je ne suis pas plus capable d'envisager une explication avec Midwinter maintenant qu'autrefois. Le jour où j'aurai à lui rendre des comptes, qui me semblait auparavant éloigné et improbable, est un jour qui aujourd'hui peut arriver plus tôt que prévu. Et me voilà ici, en train de m'en remettre aveuglément au chapitre des hasards !

25 novembre – À deux heures aujourd'hui, le docteur a été exact au rendez-vous. Il a été chez ses hommes de loi (bien entendu sans les mettre dans notre confidence) simplement pour apprendre d'eux la manière de prouver mon mariage. Le résultat confirme ce qu'il m'avait dit déjà : le point autour duquel tourne toute l'affaire, si mes droits sont disputés, est la question d'identité ; et il peut être nécessaire, pour le témoin, de faire sa déclaration devant les magistrats avant la fin de la semaine.

Dans cette situation, le docteur juge utile que nous soyons à portée l'un de l'autre ; il propose de me chercher un logement tranquille dans son voisinage. Je suis parfaitement disposée à aller n'importe où, car, parmi les étranges pensées qui se sont emparées de mon esprit, je pense que je serai complètement perdue pour Midwinter si je m'éloigne de l'endroit où ses lettres me sont adressées. Je me suis réveillée en songeant à lui la nuit dernière. Ce matin, j'ai finalement décidé que je ne lui écrirais plus.

Le docteur m'a quittée au bout d'une demi-heure, après m'avoir demandé si je voulais l'accompagner à Hampstead pour chercher un logement. Je lui ai répondu qu'une affaire particulière me retenait à Londres. Il m'a demandé quelle était cette affaire.

« Vous le verrez demain, lui ai-je dit, demain ou après-demain ».

J'ai été prise d'un brusque tremblement nerveux en me retrouvant seule de nouveau. Mon affaire à Londres, outre qu'elle était sérieuse pour une femme, m'a ramenée malgré moi au souvenir de Midwinter. La perspective d'entrer dans mon nouveau logement m'avait rappelé la nécessite de m'habiller selon mon nouveau rôle. Le temps était venu maintenant de revêtir mes habits de veuve.

Mon premier soin, après avoir mis mon chapeau, a été de songer à me procurer de l'argent. J'ai obtenu de quoi remplir convenablement mon rôle de veuve, grâce au produit de la vente du présent de noces d'Armadale, sa bague de rubis ! Ce bijou se trouve avoir plus de valeur que je ne l'avais supposé, et je n'aurai pas besoin d'argent de quelque temps.

En quittant le bijoutier, je me suis rendue dans le grand magasin de deuil de Regent Street. Ils se sont engagés à me fournir en vingt-quatre heures (puisque je ne pouvais leur laisser plus de temps) tout le costume de la tête aux pieds. J'ai eu un nouvel accès de fièvre en sortant de la boutique et, pour compléter les émotions de la journée, j'ai trouvé une surprise à mon retour à l'hôtel. Un vieux monsieur m'attendait. J'ai ouvert la porte de mon parloir... pour voir le vieux Bashwood !

Il avait reçu ma lettre le matin même et était parti pour Londres par le premier train, afin d'y répondre en personne. J'attendais beaucoup de lui, mais pas tant que cela. Cela m'a flatté. Je déclare que sur le moment cela m'a flatté !

Je passe sur la joie, les reproches, les gémissements et les larmes de la vieille créature, et sur les plaintes au sujet des mois de solitude et d'abandon passés à Thorpe-Ambrose. Il s'est montré vraiment éloquent, mais je n'ai que faire de son éloquence ici. Il est inutile de dire que je me suis mise en règle avec lui et que je me suis assurée de ses sentiments pour moi avant de lui demander les nouvelles. Quelle consolation la vanité d'une femme peut lui donner parfois ! Dans mon désir d'être charmante, j'ai presque oublié mes responsabilités et le danger que je courais ! Pendant une minute ou deux, j'ai goûté toute la joie du triomphe. Car c'était un triomphe, même avec un vieillard ! Au bout d'un quart d'heure, je le tenais humble, souriant, écoutant mes moindres paroles dans une extase d'admiration, et répondant à toutes mes questions comme un bon petit enfant.

Voici le compte rendu des affaires de Thorpe-Ambrose, ainsi que je le lui ai arraché morceau par morceau :

Pour commencer, la nouvelle de la mort d'Armadale est parvenue à Miss Milroy. Cet événement l'a si complètement abattue, que son père a été obligé de la retirer de sa pension. Elle est de retour au cottage, et le docteur ne la quitte pas. Ai-je quelque pitié pour elle ? Oui ! Je la plains absolument comme elle me plaignait autrefois !

Ensuite, l'état des affaires à Thorpe-Ambrose, que je craignais de ne pas comprendre, se trouve parfaitement intelligible, et loin d'être décourageant. C'est seulement hier que les hommes de loi se sont entendus. Mr. Darch, le conseil de la famille Blanchard et l'ennemi acharné d'Armadale, représente les intérêts de Miss Blanchard qui (en l'absence de descendant mâle direct) est la plus proche héritière du domaine, et qui est, paraît-il, à Londres pour affaires, depuis quelque temps. Mr. Smart, de Norwich (choisi à l'origine pour superviser Mr. Bashwood dans son service de régisseur), représente feu Armadale. Les deux hommes de loi ont arrêté la chose suivante : Mr. Darch, agissant pour Miss Blanchard, a réclamé en son nom la succession et le droit de recevoir les rentes à l'échéance de décembre. Mr. Smart, de son côté, a admis les droits de la famille. Il ne voit pas, dans l'état des choses, qu'il y ait lieu de contester la mort d'Armadale, et il consentira à ne faire aucune résistance à la réclamation si Mr. Darch consent, de son côté, à assumer la responsabilité de l'entrée en possession immédiate de Miss Blanchard. C'est ce que Mr. Darch a déjà fait, et le domaine est, pour ainsi dire, adjugé à Miss Blanchard.

Ainsi ce sera Mr. Darch (pense Bashwood) qui aura à décider sur mes réclamations pour le rang et l'argent dus à Mrs. Armadale. Le revenu étant tiré du domaine, ce sera à Miss Blanchard ou du moins à son conseil de le payer. Demain prouvera si cette conclusion est la bonne, car demain ma lettre aura été remise à la grande maison.

Voilà ce que le vieux Bashwood avait à m'apprendre. Ayant repris toute mon influence sur lui, il m'a fallu ensuite considérer en premier lieu de quelle utilité il pouvait m'être à l'avenir. Il était entièrement à ma disposition, car sa place de régisseur avait déjà été prise par l'homme d'affaires de Miss Blanchard, et il me suppliait de le laisser servir mes intérêts à Londres. Il n'y avait pas le moindre danger à le lui permettre, car je l'avais, bien entendu, laissé dans la conviction que j'étais réellement la veuve de l'Armadale de Thorpe-Ambrose. Mais avec les ressources du docteur à ma disposition, je n'avais besoin d'aide d'aucune sorte à Londres, et il m'est venu à l'esprit que je pourrais employer Bashwood plus utilement, en le renvoyant dans le Norfolk pour surveiller les événements et me tenir au courant.

Il a paru tristement désappointé (ayant eu évidemment l'intention de me faire sa cour), quand je lui ai fait part de cette décision. Mais quelques mots gracieux et une légère allusion aux espérances qu'il pourrait garder pour l'avenir, s'il m'obéissait aveuglément dans le présent, l'ont bien vite réconcilié avec mes désirs.

Quand est venue l'heure de prendre son train, il m'a demandé « mes instructions ». Je n'ai pu les lui donner, car je n'avais aucune idée encore de ce que les hommes de loi pourraient faire.

— Mais supposez qu'il arrive quelque chose, a-t-il insisté, et que je ne sache pas comment agir si loin de vous ?

— Ne faites rien, gardez le silence, et écrivez ou arrivez à Londres immédiatement pour me consulter.

Après avoir reçu cet avis, et être convenu avec moi que nous correspondrions ensemble régulièrement, il a eu l'autorisation de me baiser la main, et il est parti immédiatement.

À présent que je suis de nouveau seule et capable de réfléchir avec calme sur l'entrevue que je viens d'avoir avec mon vieil admirateur, je me prends à trouver un certain changement dans les manières de Bashwood qui m'a rendue perplexe sur le moment et qui me laisse toujours perplexe.

Même dans ses premiers moments d'émotion à ma vue, ses yeux se sont fixés sur mon visage, pendant que je causais avec lui, avec plus d'assurance qu'autrefois. En outre, il a laissé échapper ensuite un mot ou deux en me parlant de sa vie solitaire à Thorpe-Ambrose, qui semblaient impliquer qu'il avait été soutenu dans sa solitude par un sentiment de confiance au sujet de ses futures relations avec moi, quand nous nous rencontrerions de nouveau. Si j'avais eu affaire à un homme plus jeune et plus hardi, je l'aurais presque soupçonné d'avoir découvert quelque chose de mon passé, qui le mît à même de contrôler mes actions, si j'essayais encore de le tromper ou de l'abandonner. Mais une telle idée à propos du vieux Bashwood est simplement absurde. Peut-être suis-je énervée par l'anxiété que me cause ma situation, peut-être me fais-je des imaginations absurdes ? Quoi qu'il en soit, j'ai de plus sérieux sujets de réflexion pour le moment. La poste de demain m'apprendra ce que les représentants d'Armadale pensent des droits de sa veuve.

26 novembre – La réponse est arrivée ce matin, sous la forme d'une lettre de Mr. Darch, ainsi que Bashwood l'avait supposé. Le vieux bourru d'homme de loi me répond en trois lignes. Avant de faire aucune démarche et d'exprimer une opinion quelconque, il désire s'assurer de l'authenticité du certificat et de la réelle identité du marié, et il se permet de suggérer qu'il serait désirable, avant d'aller plus loin, que je le mette en relation avec mes conseillers légaux.

Deux heures – Le docteur est venu un peu avant midi me dire qu'il avait trouvé un logement pour moi, à vingt minutes de marche du sanatorium. En retour, je lui ai montré la lettre de Mr. Darch. Il l'a prise, l'a portée immédiatement à ses hommes de loi, et est revenu avec les informations nécessaires pour me guider. J'avais répondu à Mr. Darch en lui envoyant l'adresse de mes conseils – qui n'étaient autres que ceux du docteur, bien entendu –, sans faire de commentaires sur le désir qu'il avait manifesté qu'on lui fournît des preuves supplémentaires du mariage. C'est tout ce qui peut être fait aujourd'hui. Demain amènera des événements d'un plus grand intérêt, car demain, le docteur doit faire sa déclaration devant les magistrats ; et demain, je me rendrai à mon nouveau logement dans mes habits de veuve.

27 novembre, Villas de Fairweather Vale – La déclaration a été faite avec toutes les formalités nécessaires. Et j'ai pris possession, dans mes vêtements de deuil, de mes nouveaux quartiers.

Je devrais être grandement excitée par le commencement de ce nouvel acte du drame et par le rôle dangereux que j'y joue. C'est étrange à dire, mais je suis inquiète et lasse. La pensée de Midwinter m'a suivie jusqu'à mon nouveau domicile et pèse lourdement sur moi. Je ne crains pas qu'aucun accident survienne durant l'intervalle qui doit s'écouler avant que je me présente comme veuve Armadale. Mais quand ce temps viendra, et que Midwinter me trouvera installée dans la position que j'aurai usurpée, alors, je me le demande, qu'arrivera-t-il ? La réponse m'est venue ce matin lorsque, pour la première fois, j'ai revêtu ma robe de deuil. Je ne sais, mais alors comme à présent, j'ai le pressentiment qu'il me tuera. S'il n'était pas trop tard pour reculer… Quelle absurdité ! Je ferme mon journal.

28 novembre – Nos hommes de loi ont eu des nouvelles de Mr. Darch, et lui ont envoyé la déclaration par retour du courrier.

Lorsque le docteur m'a apporté cette information, je lui ai demandé si ses conseillers savaient mon adresse et, sur sa réponse négative, je l'ai prié de continuer à la leur tenir cachée. Le docteur a souri : « Avez-vous peur que Mr. Darch ne vienne vous attaquer personnellement ? ». J'ai acquiescé à sa supposition, jugeant que c'était la meilleure manière de l'engager à se rendre à ma requête. « Oui, lui ai-je dit, j'ai peur de Mr. Darch ».

Je suis moins abattue depuis la visite du docteur ; j'éprouve une sensation de sécurité à l'idée qu'aucun étranger n'est en possession de mon adresse. Je suis assez calme aujourd'hui pour remarquer que mes vêtements de deuil me vont bien et pour songer à me rendre agréable aux gens de la maison.

La pensée de Midwinter m'a encore un peu tourmentée hier, mais je crains moins qu'il se porte à quelque violence contre moi quand il découvrira ce que j'ai fait. Et il y a encore moins à supposer qu'il veuille réclamer ses droits sur une femme qui l'aura trompé à un tel point. La seule épreuve sérieuse que j'aurai à subir, au jour de la confrontation, sera de parvenir à jouer mon rôle de fausse veuve en sa présence. J'en aurai fini avec sa haine et son mépris, après cela. Le jour où je l'aurai renié en face, je l'aurai vu pour la dernière fois.

Aurai-je la force de le faire ? Pourrai-je le regarder et lui parler comme s'il n'avait jamais été qu'un ami pour moi ? Comment puis-je le savoir tant que le moment ne sera pas venu ? Faut-il que je sois folle de parler de lui, d'écrire son nom ! N'est-ce pas la manière de le rappeler sans cesse à ma pensée ? Je prends une nouvelle résolution : à partir de ce moment, son nom ne paraîtra plus sur ces pages.

Lundi 1er décembre – Dernier mois de la vieille et fatigante année 1851 ! Si j'osais regarder en arrière, quelle misérable année j'aurais à ajouter à toutes celles qui se sont écoulées jusqu'à aujourd'hui ! Mais j'ai pris la résolution de regarder en avant seulement, et je veux m'y tenir.

Je n'ai rien de nouveau à dire de ces deux derniers jours, sinon que le 29 je me suis souvenue de Bashwood et lui ai écrit pour lui envoyer ma nouvelle adresse. Ce matin, les hommes de loi ont encore eu des nouvelles de Mr. Darch. Il accuse réception de la déclaration, mais il refuse de faire connaître la décision à laquelle il s'est arrêté, jusqu'à ce qu'il ait communiqué avec les curateurs du testament de feu Mr. Blanchard et reçu les dernières instructions de sa cliente Miss Blanchard. Les conseillers du docteur affirment que cette lettre est juste un moyen pour gagner du temps – dans quel but, ils n'en savent rien. Le docteur lui-même dit facétieusement que c'est le but ordinaire des avocats. Mon opinion à moi est que Mr. Darch soupçonne quelque imposture ; c'est pourquoi il veut temporiser…

Dix heures du soir – J'en étais là de mon journal (vers quatre heures de l'après-midi) quand j'ai eu la surprise d'entendre un cab s'arrêter à la porte. Je suis allée à la fenêtre, juste à temps pour voir le vieux Bashwood en descendre avec une vivacité dont je ne l'aurais jamais cru capable. J'étais si loin de supposer l'incroyable nouvelle qu'il allait m'asséner quelques instants plus tard que je me suis postée devant ma glace pour imaginer ce que le vieux gentleman penserait de moi dans ma parure de veuve.

Dès qu'il est entré dans la chambre, j'ai vu que quelque désastre sérieux était arrivé ; ses yeux avaient une expression égarée, sa perruque était toute de travers.

— J'ai fait comme vous m'avez commandé, m'a-t-il dit hors d'haleine, j'ai gardé le silence, et je suis venu droit à vous !

Avant que j'aie pu répondre, il m'a pris la main avec une hardiesse que je ne lui connaissais pas.

— Oh ! comment puis-je vous l'apprendre ! s'est-il écrié ; je suis hors de moi quand j'y pense.

— Quand vous pourrez parler, lui ai-je dit en le faisant asseoir, faites-le sans crainte. Je vois à votre visage que vous m'apportez de Thorpe-Ambrose des nouvelles auxquelles je ne m'attendais pas.

Il a mis la main dans la poche de son habit et en a tiré une lettre. Il a regardé la lettre, puis m'a regardé.

— Des nou-nou-nouvelles auxquelles vous ne vous attendiez pas, a-t-il bégayé, mais pas de Thorpe-Ambrose !

— Pas de Thorpe-Ambrose !

— Non. De la mer !

Le premier pressentiment de la vérité m'a assaillie à ces mots. Je ne pouvais plus parler ; je n'ai pu qu'étendre la main vers lui pour recevoir la lettre.

Il a encore hésité à me la donner.

— Je n'ose pas, je n'ose pas, s'est-il murmuré à lui-même. La secousse pourrait la tuer.

Je lui ai arraché la lettre. Un regard à l'écriture m'a suffi. Mes mains sont retombées sur mes genoux, crispées sur la lettre. J'étais pétrifiée, sans mouvement, sans voix, sans entendre un mot de ce que Mr. Bashwood me disait, cependant que la terrible vérité se dressait lentement devant moi. L'homme dont je m'étais prétendue la veuve était vivant pour dévoiler mon imposture ! En vain, j'avais mélangé la boisson qu'il devait boire à Naples ; en vain je l'avais remis aux mains de Manuel… Deux fois, j'avais tendu le piège mortel, et deux fois Armadale m'avait échappé !

Je suis revenue au sentiment des choses extérieures, et j'ai aperçu Bashwood à genoux, en pleurs.

— Vous avez l'air en colère, a-t-il murmuré avec désespoir. Êtes-vous en colère contre moi ? Oh ! si vous saviez seulement quelles espérances j'avais quand nous nous sommes rencontrés, et comme cette lettre les a cruellement réduites à néant !

J'ai repoussé la misérable créature, mais très doucement.

— Chut ! lui ai-je dit. Ne m'affligez pas maintenant ; j'ai besoin de calme ; je désire lire cette lettre.

Il s'en est allé avec soumission à l'autre bout de la chambre. Dès que mes yeux n'ont plus été sur lui, je l'ai entendu lâcher d'un ton haineux : « Si la mer avait partagé mes idées, la mer l'aurait noyé ! »

Un par un, j'ai lentement déplié les feuillets de la lettre, éprouvant dans le même temps une totale incapacité à fixer mon esprit sur les lignes que je brûlais de lire. Mais pourquoi m'arrêter plus longtemps sur des sensations que je ne puis décrire ? J'arriverai mieux à mon but en transcrivant la lettre elle-même sur mon journal.

Fiume, Illyrie, 21 novembre 1851.

Monsieur Bashwood,

La ville d'où je date ma lettre vous surprendra, et vous serez encore plus étonné quand vous saurez comment il se fait que je vous écris de l'un des ports de l'Adriatique.

J'ai été victime d'une tentative de vol et d'assassinat. Le vol a réussi, et c'est seulement par la grâce de Dieu que l'assassinat a échoué.

J'ai loué un yacht, il y a plus d'un mois, à Naples, et me suis embarqué seul (j'en suis content maintenant) pour Messine. De Messine, j'ai voulu faire un tour dans l'Adriatique. Après deux jours, nous avons été pris dans une tempête. Les tempêtes arrivent aussi soudainement qu'elles s'en vont dans ces régions. Le navire s'est comporté bravement ; j'affirme que les larmes me viennent aux yeux quand je me le représente maintenant au fond de la mer ! Vers le soir, la bourrasque a commencé à s'apaiser, et vers minuit, à part la houle, la mer était aussi tranquille qu'on pouvait le désirer. Je suis descendu dans ma cabine un peu fatigué (j'avais mis la main à l'ouvrage pendant l'ou-

ragan). Deux heures plus tard environ, j'étais réveillé par le bruit de quelque chose qui tombait dans ma cabine par une fente du ventilateur dans la partie supérieure de la porte. J'ai sauté à bas de mon hamac et j'ai trouvé une clef enveloppée dans un morceau de papier ; le papier était couvert d'une écriture malaisée à déchiffrer.

Jusqu'à ce moment, il ne m'était pas venu à l'esprit le moindre soupçon que je pusse me trouver, dans mon isolement, à la merci d'une bande d'assassins. J'étais content de mon maître d'équipage, et encore plus de son second, qui était anglais. Les marins étant tous étrangers, j'avais fort peu de chose à leur dire. Ils faisaient leur travail, et rien de désagréable n'était arrivé. Si quelqu'un m'avait dit, avant le moment d'aller au lit, que le maître, l'équipage et le second (qui ne valait pas mieux qu'eux au début) avaient tous conspiré contre ma bourse et ma vie, je leur eusse ri au nez. Notez cela, et imaginez-vous (car je ne pourrais pas vous le dire) ce que j'ai dû penser quand j'ai ouvert le papier qui entourait la clef et quand j'y ai lu ce qui suit :

« Monsieur, restez dans votre lit jusqu'à ce que vous entendiez un bateau s'éloigner à tribord ou vous êtes un homme mort. Votre argent est volé ; dans cinq minutes, le yacht sera coulé et la grille de la cabine clouée sur vous. Les morts ne parlent pas, et le but du maître d'équipage est de laisser croire à la perte du navire, et de ceux qui le montaient. Cela a été son projet dès le début, et le nôtre aussi.

» Je ne puis me résoudre à ne pas vous donner une chance de salut. Elle est bien faible, mais je ne puis faire mieux. Si je ne paraissais pas être de l'avis de tous, je serais assassiné moi-même. La clef de la porte de votre cabine est enveloppée dans ce papier. Ne vous alarmez pas quand vous entendrez le marteau au-dessus de votre tête ; c'est moi qui m'en servirai, et je n'emploierai que des clous très courts, à la place des grands clous que j'aurai l'air d'enfoncer. Attendez jusqu'à ce que vous ayez entendu la chaloupe avec l'équipage ; alors, soulevez la grille de l'escalier avec votre dos.

» Le navire flottera environ un quart d'heure après que les clous auront été enfoncés. Glissez-vous dans la mer, à bâbord, et tenez le yacht entre la terre et nous. Vous trouverez une grande quantité de planches détachées exprès, et flottant autour de vous ; vous pourrez en saisir une et vous y accrocher. La nuit est belle, la mer est tranquille, et il y a chance pour qu'un navire vous recueille encore vivant. Je ne puis faire davantage.

» Votre dévoué,

J.M.

Comme j'arrivais à ces derniers mots, j'ai entendu le bruit du marteau, sur la grille au-dessus de ma tête. Je ne crois pas être plus poltron qu'un autre, mais il y a eu un moment où la sueur a perlé sur mon front. J'ai repris mon calme avant la fin du clouage, et me suis trouvé à penser à quelqu'un qui m'est cher en Angleterre. Je me suis dit alors : « Je vais essayer de sauver ma vie pour l'amour d'elle, bien que toutes les chances soient contre moi ».

J'ai mis une des lettres de cette personne dans une des poches d'un petit nécessaire de toilette, avec l'avertissement du second, pour le cas où je me sauverais, et où je le reverrais un jour. J'ai accroché mon nécessaire, ainsi qu'une flasque de whisky, à une corde autour de mon cou et, après m'être habillé dans la confusion du moment, je me suis ravisé et me suis débarrassé de mes vêtements pour nager plus librement.

Comme j'avais achevé ces préparatifs, le marteau a cessé de se faire entendre et a fait place à un tel silence que je pouvais distinguer le bouillonnement de l'eau dans les trous qu'on avait ouverts dans le navire pour le couler. Ce que j'ai entendu ensuite, c'est la chaloupe et les misérables qui s'y étaient embarqués s'éloigner à tribord. J'ai attendu pour agir d'avoir perçu le bruit des rames. Alors j'ai soulevé la grille avec mon dos. Le second avait tenu sa promesse ; je l'ai ouverte facilement et me suis glissé sur le pont à l'abri du bordage, puis j'ai sauté dans la mer à bâbord. Différentes épaves flottaient autour de moi. J'ai pris la première venue, une cage à poules, et j'ai ainsi nagé pendant environ deux cents yards, tenant le yacht entre moi et la chaloupe. Lorsque j'ai eu parcouru cette distance, j'ai été pris d'un accès de tremblements qui m'a fait présager une crampe ; je me suis alors arrêté pour boire une gorgée de whisky. Lorsque j'ai eu refermé ma flasque, j'ai regardé en arrière et j'ai vu le yacht en train de sombrer. Une minute encore, et il ne se trouvait plus rien entre moi et la chaloupe que les pièces de bois et les objets qui avaient été jetés à la mer pour faire croire à un naufrage. La lune brillait, et s'ils avaient eu une lorgnette sur la chaloupe, je crois qu'ils auraient aperçu ma tête, bien que je tinsse soigneusement la cage à poules dressée entre eux et moi.

Pendant ce temps, ils étaient occupés à ramer. Bientôt j'ai entendu s'élever des voix bruyantes qui semblaient se disputer. Après un instant, qui m'a paru un siècle, j'ai compris la cause de la dispute. La proue de la chaloupe a soudainement été tournée de mon côté. Quelques scélérats, plus roués que les autres (le maître d'équipage, j'en suis sûr) avaient évidemment persuadé à leurs camarades de ramer vers l'endroit où le yacht avait enfoncé, afin de s'assurer que j'étais perdu avec lui.

Ils avaient fait plus de la moitié de la distance qui nous séparait, et je me croyais perdu, lorsque j'ai entendu l'un d'eux pousser un cri ; la chaloupe a brusquement cessé d'avancer. Une minute ou deux se sont encore écoulées, puis ils se sont remis à ramer en s'éloignant de moi comme des hommes qui fuient pour sauver leurs vies.

J'ai regardé du côté de la terre sans rien apercevoir. Vers le large, j'ai découvert ce que l'équipage en fuite avait vu avant moi : une voile sur l'horizon, devenant d'instant en instant plus grande et plus distincte. En un quart d'heure le navire était à portée de m'entendre et l'équipage m'avait recueilli à bord.

Ils étaient tous étrangers et m'ont assourdi de leur jargon. J'ai essayé les signes mais, avant d'avoir pu me faire comprendre d'eux, j'ai été saisi d'une seconde faiblesse, et l'on m'a porté en bas. Le navire a continué sa course, sans doute, mais je n'étais pas en état de rien comprendre à ce qui se passait. Le jour n'était pas encore levé que je me débattais dans la fièvre ; et à partir de ce moment, je ne puis rien me rappeler clairement jusqu'au jour où je me suis réveillé ici et où je me suis trouvé recevant les soins d'un marchand hongrois, le consignataire (comme ils l'appellent) du vaisseau qui m'avait recueilli. Il parle anglais aussi bien, et même mieux que moi, et il m'a traité avec une bonté qu'aucune parole ne pourrait exprimer. Dans sa jeunesse, il était venu en Angleterre pour y apprendre les affaires, et il dit qu'il a conservé de notre pays des souvenirs qui le rendent pour toujours un ami des Anglais. Il m'a donné des vêtements, et il me prêtera l'argent dont j'ai besoin pour partir dès que le docteur me le permettra. En supposant que je n'éprouve pas de rechute, je serai bientôt tout à fait remis. Si je puis prendre la malle à Trieste et supporté la fatigue, je serai de retour à Thorpe-Ambrose dans huit ou dix jours au plus, après que vous aurez reçu ma lettre, que vous trouverez, comme je la trouve moi-même, fort longue. Mais je n'ai pu m'empêcher d'écrire en détail ce qui m'est arrivé. Il semble que j'aie perdu mon ancienne habileté pour dire les choses en peu de mots. Toutefois, je touche à la fin maintenant, car il ne me reste rien à vous apprendre, excepté la raison pour laquelle j'écris ce qui m'est arrivé, au lieu d'attendre d'être de retour chez moi pour le raconter de vive voix.

Je crois que ma tête est encore troublée par la maladie. Ce matin, il m'est venu à l'esprit qu'un navire pouvait avoir passé près de l'endroit où le yacht a sombré et avoir ramassé les meubles et tout ce que l'on a jeté à la mer pour faire croire au naufrage. Dans ce cas, il se pourrait que le faux bruit de ma mort ait été répandu en Angleterre. Si cela est arrivé (j'espère que c'est une crainte non fondée), rendez-vous immédiatement au cottage du major Milroy. Montrez-lui cette lettre. Je l'ai écrite autant pour lui que pour vous, et alors, donnez-lui le billet, ci-inclus, et demandez-lui s'il ne pense pas que les circonstances m'excusent de lui demander de le faire parvenir à Miss Milroy. Je ne puis vous expliquer pourquoi je n'écris pas directement au major ou à Miss Milroy, au lieu de vous adresser cette lettre. Je puis seulement dire que certaines considérations auxquelles l'honneur me fait un devoir d'obéir me forcent à prendre cette manière détournée pour faire savoir au cottage ce qui m'est arrivé !

Je ne vous demande pas de me répondre, car je serai en route avant que votre lettre ait pu parvenir ici. Ne perdez pas une minute. Rendez-vous sur-le-champ chez le major Milroy. Allez-y, réflexion faite, quand bien même la perte du yacht ne serait pas connue en Angleterre.

Votre dévoué,

ALLAN ARMADALE.

Arrivée au terme de la lettre, j'ai levé les yeux et ai remarqué, pour la première fois, que Bashwood avait quitté sa chaise, et s'était mis en face de moi. Il étudiait attentivement mon visage, avec l'expression interrogatrice d'une personne voulant lire dans mes pensées. Ses yeux se sont baissés quand ils ont rencontré les miens comme ceux d'une personne prise en faute, et il est allé reprendre son siège.

Croyant, comme il en était persuadé, que j'étais mariée à Armadale, essayait-il de découvrir si le sauvetage de mon mari était pour moi une bonne ou une mauvaise nouvelle ? Ce n'était pas le moment de me lancer dans des explications avec lui. La première chose à faire était de voir immédiatement le docteur. J'ai appelé Bashwood auprès de moi, et lui ai tendu la main :

— Vous m'avez rendu un service qui nous fait plus amis que jamais. Je vous en dirai davantage là-dessus, et sur d'autres choses qui sont de quelque intérêt pour nous deux, plus tard dans la journée. Je vous prie pour l'heure de me prêter la lettre de Mr. Armadale (que je promets de vous rapporter) et d'attendre jusqu'à mon retour. Voulez-vous faire cela pour moi, monsieur Bashwood ?

Il ferait tout ce que je lui commanderais, a-t-il répondu. Je suis allée dans ma chambre à coucher prendre mon chapeau et mon châle.

— Laissez-moi m'assurer des faits avant de vous quitter, lui ai-je dit quand j'ai été prête à sortir. Vous n'avez montré cette lettre à personne d'autre que moi ?

— Pas une âme vivante ne l'a vue que nous deux.

— Qu'avez-vous fait du billet qu'elle renfermait pour Miss Milroy ?

Il l'a sorti de sa poche. Je l'ai parcouru rapidement. Il n'y avait dedans rien qui eut la moindre importance, et je l'ai jeté au feu immédiatement. Cela fait, j'ai laissé Bashwood dans le salon, et me suis rendue au sanatorium, la lettre d'Armadale à la main.

Le docteur était sorti, et le domestique ne pouvait dire quand il rentrerait. Je suis allée dans son cabinet, et lui ai écrit un mot pour le préparer. Je l'ai mis sous enveloppe avec la lettre d'Armadale, et j'ai confié le tout au domestique, en lui disant que je reviendrais dans une heure.

Il était inutile de rentrer chez moi pour parler avec Bashwood avant d'avoir consulté le docteur et de savoir comment agir. Je me suis donc promenée dans le voisinage, arpentant les rues et les squares du nouveau faubourg, dans une sorte de torpeur qui m'empêchait non seulement d'exercer ma pensée, mais encore de ressentir la fatigue extérieure. Je me suis souvenue d'avoir éprouvé la même chose il y a des années, quand les gens de la prison étaient venus me prendre dans mon cachot pour m'amener devant les juges. Toute cette scène effrayante m'est revenue en mémoire de la façon la plus étrange, comme s'il s'agissait d'un spectacle dont je ne faisais point partie. À une ou deux reprises, je me suis surprise à me demander, avec un étonnement pénible, pourquoi on ne m'avait pas pendue !

Quand je suis retournée au sanatorium, on m'a appris que le docteur était rentré depuis une demi-heure et qu'il m'attendait impatiemment dans son bureau. Je l'ai trouvé devant le feu, la tête baissée et les mains appuyées sur ses genoux. Sur la table, près de la lettre d'Armadale, j'ai vu dans un petit cercle de lumière projetée par la lampe un guide de chemin de fer ouvert. Méditait-il de s'enfuir ? Il était impossible de lire sur son visage les pensées qui l'occupaient et l'effet que la nouvelle qu'Armadale était encore en vie avait produite sur lui.

— Mettez-vous près du feu, a-t-il dit, il fait un temps très dur et très froid aujourd'hui.

J'ai pris un siège en silence. De son côté, silencieusement aussi, le docteur s'est assis en frottant ses genoux devant le feu.

— N'avez-vous rien à me dire ? a-t-il demandé.

Il s'est levé et a ôté l'abat-jour de la lampe de façon à ce que la lumière tombât en plein sur mon visage.

— Vous avez l'air mal portant. Qu'y a-t-il ?

— J'ai la tête lourde, et mes yeux sont brûlants et fatigués ; c'est le temps, je suppose.

Il était étrange de constater comment nous nous éloignions de plus en plus du sujet que nous étions venus discuter ensemble.

— Je pense qu'une tasse de thé vous ferait du bien, a suggéré le docteur.

J'ai accepté sa proposition, et il a demandé du thé. Pendant qu'on le préparait, il s'est promené de long en large dans la chambre, et je me suis assise devant le feu. Nous n'avons pas échangé un mot.

Le thé m'a fait du bien. Le docteur, l'ayant remarqué, s'est assis en face de moi et a enfin parlé franchement :

— Si j'avais dix mille livres sterling à ma disposition, je les donnerais toutes, jusqu'à la dernière, pour ne pas m'être mêlé de votre spéculation désespérée sur la mort d'Armadale.

Il m'a jeté ces paroles avec une soudaineté et une violence qui différaient singulièrement de ses manières ordinaires. Était-il réellement effrayé ou essayait-il de me faire peur ? J'ai résolu de le forcer à s'expliquer immédiatement, du moins quant à ce qui me concernait.

— Attendez un moment, docteur, ai-je dit. Me considérez-vous comme responsable de ce qui est arrivé ?

— Certainement pas, a-t-il répliqué avec brusquerie, ni vous, ni personne, ne pouvait prévoir cela. En disant que je donnerais dix mille livres pour être hors de cette affaire, je ne blâme personne que moi. Et si j'ajoute que je ne permettrai pas à Mr. Armadale de ressusciter pour me ruiner, sans avoir essayé de me battre pour l'en empêcher ; ce sera, chère madame, une des plus grandes vérités que j'aie jamais dites de ma vie. Ne supposez pas que je veuille séparer mes intérêts des vôtres dans le danger commun qui nous menace. J'indique simplement la différence qui existe dans les risques que nous courons l'un et l'autre. Vous n'avez pas épuisé toutes vos ressources pour établir un sanatorium, et vous n'avez pas fait devant un magistrat une fausse déclaration qui vous met sous le coup de la loi.

Je l'ai de nouveau interrompu. Son égoïsme m'avait fait plus de bien que son thé ; il avait excité ma colère.

— Supposons que vous laissiez tranquilles les dangers que vous encourez et les miens, pour me dire où vous voulez en venir, me suis-je écriée. Je vois un indicateur des chemins de fer sur votre table. Voulez-vous dire que vous vous battrez en fuyant ?

— Fuir ? a répété le docteur ; vous semblez oublier que tout ce que je possède, jusqu'au dernier farthing, a été investi dans mon établissement.

— Vous restez ici, alors ?

— Sans aucun doute.

— Et qu'avez-vous l'intention de faire quand Mr. Armadale arrivera en Angleterre ?

Une mouche solitaire, la dernière de son espèce que l'hiver eut épargnée bourdonnait faiblement autour du visage du docteur. Il l'a attrapée avant de me répondre, et me l'a tendue, à travers la table, dans sa main fermée :

— Si cette mouche était Armadale, et si vous l'aviez pris, comme je l'ai prise, que feriez-vous ?

Ses yeux, jusqu'alors fixés sur mon visage, se baissèrent d'une façon significative sur ma robe de veuve. Mes regards suivirent les siens.

— Je le tuerais, ai-je répondu.

Le docteur s'est levé brusquement (tenant toujours la mouche dans sa main) et m'a regardée un peu trop théâtralement avec une expression de profonde horreur.

— Vous le tueriez ! a-t-il répété dans un accès de vertueuse épouvante. De la violence, un assassinat dans mon sanatorium ! J'en ai le souffle coupé !

J'ai rencontré son œil tandis qu'il s'exprimait avec cette indignation affectée et m'examinait avec une curiosité un peu en désaccord avec la véhémence de son langage et la chaleur de son accent. Il a ri d'un rire forcé quand nos regards se sont rencontrés, et il a immédiatement repris son ton confidentiel et ses manières douces et patelines :

— Je vous demande un million de pardons, j'aurais dû ne pas prendre les paroles d'une dame trop à la lettre. Permettez-moi cependant de vous rappeler que les circonstances sont trop sérieuses pour que nous nous permettions une exagération ou une plaisanterie. Vous allez savoir, sans plus de préambule, ce que je propose.

Il s'est tu un instant et a repris la comparaison avec la mouche emprisonnée dans sa main :

— Je suppose que voici Mr. Armadale : je peux lui rendre la liberté ou le retenir, comme il me plaira, et il le sait. Je lui dis, a continué le docteur, s'adressant facétieusement à la mouche : « Donnez-moi les assurances convenables, monsieur Armadale, qu'aucune poursuite, d'aucune sorte, ne sera faite contre la dame ou contre moi-même, et je vous laisserai vous envoler ; refusez, et quelque danger que je puisse courir, je vous garde ». Pouvez-vous douter, chère lady, de ce que sera la réponse de Mr. Armadale tôt ou tard ? Pouvez-vous douter, a repris le docteur, joignant le geste à la parole et laissant la mouche s'envoler, que cela ne doive finir de cette manière, à la satisfaction de toutes les parties engagées dans l'affaire ?

— Je ne puis affirmer pour l'heure que je doute ou que je ne doute pas, ai-je répondu. Laissez-moi être bien sûre d'abord que je vous comprends. Vous proposez, si je ne me trompe, de fermer les portes de cette maison sur Mr. Armadale, et de ne le laisser en sortir que lorsqu'il aura consenti aux conditions qu'il est de votre intérêt de lui imposer. Puis-je vous demander, dans ce cas, comment vous pensez le faire tomber dans le piège que vous voulez lui tendre ?

— Je propose, dit le docteur, sa main sur l'indicateur des chemins de fer, de m'assurer d'abord de l'heure d'arrivée à Londres, chaque soir de ce mois, des trains maritimes de Douvres et de Folkestone ; et je propose ensuite d'envoyer une personne que Mr. Armadale connaisse, et en laquelle vous puissiez avoir confiance, pour attendre l'arrivée des trains à la gare, et rencontrer notre homme au moment où il mettra le pied hors de la voiture de chemin de fer.

— Avez-vous songé, ai-je demandé, à qui l'on pourrait confier cette mission ?

— J'ai songé, a répliqué le docteur en prenant la lettre d'Armadale, à la personne à qui cette lettre est adressée.

La réponse m'a abasourdie. Était-il possible que lui et Bashwood se connussent ? J'ai immédiatement posé la question.

— Jusqu'à aujourd'hui, répondit le docteur, je n'avais jamais entendu le nom de ce gentleman. J'ai seulement raisonné selon le système des déductions, que nous devons à l'immortel Bacon. Comment cette lettre si importante se trouve-t-elle en votre possession ? Ce serait vous insulter que de supposer que vous l'avez volée. Conséquemment, elle vous est venue par le consentement de la personne à qui elle est adressée ; conséquemment, cette personne a votre confiance ; conséquemment, c'est à elle qu'il faut avoir recours. Vous voyez la marche ? Très bien. Permettez-moi une question ou deux au sujet de Mr. Bashwood avant de continuer.

Les questions du docteur sont allées aussi droit au fait que d'habitude. Mes réponses lui ont appris que Mr. Bashwood avait auprès d'Armadale la position de régisseur, qu'il avait reçu cette lettre à Thorpe-Ambrose le matin même et me l'avait apportée immédiatement par le premier train, qu'il ne l'avait montrée ni au major Milroy ni à personne, qu'il n'en avait pas même parlé ; qu'en retour de la lettre, je n'avais pas eu besoin de lui confier mon secret ; qu'il me croyait la veuve d'Armadale ; qu'en supprimant la lettre, il avait obéi à ma consigne de n'agir en quoi que ce soit, et de ne rien laisser passer de nouveau à Thorpe-Ambrose sans m'en prévenir. Et enfin, comme raison de cette obéissance passive en cette affaire aussi bien que dans les autres, j'ai dit au docteur que Mr. Bashwood était aveuglément dévoué à mes intérêts.

À ce point de l'interrogatoire, les yeux du docteur ont commencé à me regarder avec défiance à travers ses lunettes.

— Quel est donc le secret du dévouement de Mr. Bashwood ?

J'ai hésité un moment, par pitié pour Bashwood plus que par honte pour moi :

— Si vous tenez à le savoir, Mr. Bashwood est amoureux de moi.

— Ah, ah ! s'est écrié le docteur avec un air de soulagement. Je commence à comprendre maintenant. Est-ce un jeune homme ?

— C'est un vieillard.

Le docteur s'est renversé sur sa chaise et s'est frotté les mains.

— De mieux en mieux. C'est exactement l'homme qu'il nous faut. Quel est l'homme le plus propre à attendre le retour de Mr. Armadale à Londres, si ce n'est son régisseur ? Et quelle est la personne la plus capable d'influencer Mr. Bashwood pour le faire agir selon nos désirs, si ce n'est le charmant objet de son admiration ?

Il n'y avait pas de doute que Mr. Bashwood fut l'homme qu'il nous fallait. Mon influence devait infailliblement le persuader.

La difficulté n'était pas là. Elle se trouvait dans la question, laissée sans réponse, que j'avais déjà posée au docteur une minute auparavant. Je la lui ai posée de nouveau :

— Supposons que le régisseur de Mr. Armadale rencontre son maître à la gare, puis-je savoir comment il pourra décider Mr. Armadale à venir ici ?

— Ne pensez pas que je manque de galanterie, a repris le docteur de sa voix la plus douce, si je vous demande à mon tour comment les neuf dixièmes des hommes sont entraînés à faire leurs folies ? Ils sont entraînés par votre sexe charmant. Le côté faible de tous les hommes, c'est le côté féminin. Nous n'avons qu'à découvrir celui de Mr. Armadale, pour en jouer gentiment et le conduire comme nous voudrons par un fil de soie. J'ai remarqué, a continué le docteur en ouvrant la lettre d'Armadale, une allusion à certaine jeune lady, qui me paraît pleine de promesses. Où est le billet adressé à Miss Milroy dont il parle ?

Au lieu de lui répondre, je me suis levée en proie à une violente agitation. Dès qu'il a eu prononcé le nom de Miss Milroy, tout ce que j'avais entendu dire par Bashwood de sa maladie m'est revenu en mémoire. J'ai vu le moyen d'amener Armadale au sanatorium aussi clairement que je voyais le docteur de l'autre côté de la table, s'étonnant du changement extraordinaire survenu en moi. Quelle volupté que de faire servir Miss Milroy à mes intérêts !

— Peu importe le billet, ai-je dit. Il a été brûlé de crainte des accidents. Je puis vous en apprendre plus long que le billet. Miss Milroy tranche la difficulté ! Elle lui est fiancée en secret. Elle a reçu la fausse nouvelle de sa mort et elle a été sérieusement malade à Thorpe-Ambrose depuis ce temps. Quand Bashwood le rencontrera à la gare, la première question qu'il lui fera certainement…

— Je comprends ! s'est écrié le docteur, anticipant sur ce que j'allais dire. Mr. Bashwood n'a rien à faire qu'à dire la vérité en brodant légèrement. Quand il aura dit à son maître que le faux rapport de sa mort est parvenu à la jeune fille, il n'aura qu'à ajouter que cette nouvelle a affecté sa raison, et qu'elle est sous la surveillance des médecins. Parfait ! parfait ! Nous l'aurons au sanatorium aussi vite que les meilleurs chevaux de cab pourront nous l'amener. Et remarquez ! Aucun danger, aucune nécessité de se confier à d'autres gens. Ceci n'est point une maison d'aliénés ; c'est un établissement libre. Il n'est pas besoin ici de certificats de médecins. Ma chère dame, je vous félicite. Je me félicite aussi. Permettez-moi de vous offrir l'indicateur des chemins de fer avec mes meilleurs compliments pour Mr. Bashwood. J'aurai même la délicate attention pour lui de plier la page au bon endroit.

Me rappelant que Bashwood m'attendait depuis longtemps, j'ai immédiatement pris le livre, et j'ai souhaité une bonne nuit au docteur sans plus de cérémonie. Comme il ouvrait poliment la porte devant moi, il est revenu, sans qu'il y eût la moindre nécessité de le faire, sans qu'un mot de moi l'y engageât, sur l'accès de vertueuse alarme qui lui avait échappé au commencement de notre entrevue.

— J'espère que vous voudrez bien oublier mon extraordinaire

manque de tact et d'intelligence, en un mot, le moment où j'ai attrapé la mouche. Je rougis positivement de ma stupidité d'avoir pris au sérieux la plaisanterie d'une dame ! a-t-il repris en me regardant droit dans les yeux. De la violence au XIXe siècle ? A-t-on jamais rien vu de si ridicule ? Enveloppez-vous bien dans votre manteau, il fait si froid ! Vous accompagnerai-je ? ou vous ferai-je escorter par mon domestique ? Ah ! vous êtes toujours indépendante, toujours sûre de vous ! Puis-je me présenter demain matin, et savoir ce que vous aurez décidé avec Mr. Bashwood ?

J'ai répondu par l'affirmative et me suis enfin échappée. Un quart d'heure plus tard, j'étais de retour à mon logement, et la bonne m'apprenait que le « vieux gentleman » m'attendait toujours.

Je n'ai pas le courage ou la patience – je ne sais si c'est l'un ou l'autre – de transcrire longuement ce qui s'est passé entre moi et Bashwood. Il a été si facile de tirer comme je l'entendais les ficelles du pauvre vieux pantin que cela en a été humiliant. Je n'ai eu à affronter aucune des difficultés que m'eut values un homme plus jeune ou moins épris de moi. J'ai reporté à un temps ultérieur les explications touchant à l'allusion à Miss Milroy, allusion qui n'avait pas manqué d'étonner Bashwood à la lecture de la lettre d'Armadale. Je n'ai pas même pris la peine de chercher une raison plausible pour expliquer l'ordre que je lui donnais d'aller attendre Armadale à la gare et de l'attirer par un stratagème dans le sanatorium du docteur. Tout ce que j'ai trouvé nécessaire, ce fut de revenir sur ce que je lui avais déjà écrit et sur ce que je lui avais dit ensuite, lors de sa venue à l'hôtel pour répondre personnellement à ma lettre.

« Vous savez déjà, lui ai-je dit, que mon mariage n'a pas été heureux. Tirez de là les conclusions que vous voudrez, et ne me forcez pas à vous apprendre si la nouvelle du salut de Mr. Armadale a été bonne ou mauvaise pour sa femme ».

Cela a été suffisant pour faire rayonner sa vieille figure ridée et pour ranimer ses vieilles espérances. Je n'ai eu alors qu'à ajouter :

« Si vous voulez faire ce que je vous demande sans chercher à comprendre ce que ma requête a d'incompréhensible et de mystérieux, et si vous voulez croire à ma parole que vous ne courez aucun danger, si vous attendez patiemment mes explications jusqu'au temps où je jugerai convenable de vous les donner, vous aurez plus de droit à mon estime et à ma gratitude qu'aucun homme en ce monde ».

Je n'ai eu besoin que de dire ces mots, en le regardant et en lui serrant la main à la dérobée, et il était à mes pieds, décidé à m'obéir aveuglément. S'il avait pu voir ce que je pensais de moi !... Mais peu importe, il n'a rien vu.

Des heures se sont écoulées depuis que je l'ai renvoyé (m'ayant juré le secret en emportant mes instructions et l'horaire des trains). Il a dû s'installer à l'hôtel près de la gare, où il restera jusqu'à ce qu'Armadale apparaisse. L'excitation que je ressentais dans la première partie de la soirée s'est évanouie, et l'ennui et la tristesse se sont de nouveau emparés de moi. Mon énergie m'abandonnerait-elle, je me le demande, au moment où j'en ai le plus besoin ? ou est-ce le pressentiment de quelque désastre que je ne comprends pas encore qui me gagne lentement ?

Je serais d'humeur à rester assise plus longtemps, occupée de pensées qui s'exprimeraient en paroles quand l'envie leur en prendrait, si mon journal me le permettait. Mais ma plume, si paresseuse, a pourtant été assez active pour arriver à la fin du volume. J'ai rempli jusqu'au dernier petit espace blanc laissé sur la dernière page ; et, que je le veuille ou non, ce soir il me faut fermer ce cahier, pour de bon cette fois.

Adieu, cher et vieux compagnon de bien des jours d'affliction ! N'ayant rien d'autre dont m'éprendre, je crains bien d'avoir eu pour vous une inclination déraisonnable.

Quelle folle je suis !

LIVRE CINQUIÈME

I. À la gare

Dans la soirée du 2 décembre, Mr. Bashwood prit pour la première fois son poste d'observation à la gare du chemin de fer du South Eastern. C'était six jours avant la date qu'Allan avait fixée lui-même pour son retour. Mais le docteur, s'appuyant sur son expérience de médecin, avait considéré comme probable que « Mr. Armadale pourrait être assez pervers, à son âge, pour se rétablir plus tôt que son médecin ne l'avait prévu ». Par mesure de prudence donc,

Mr. Bashwood avait eu l'ordre de commencer à épier l'arrivée du train d'outre-Manche le lendemain du jour où il avait reçu la lettre de son maître.

Du 2 au 7 décembre, le régisseur attendit ponctuellement sur le quai l'arrivée des trains et, soir après soir, put s'assurer que les voyageurs qui en descendaient lui étaient tous inconnus.

Du 2 au 7 décembre, Miss Gwilt (nous lui rendrons le nom sous lequel nous l'avons le plus connue dans ces pages) reçut chaque jour un rapport, quelquefois par écrit, quelquefois de vive voix. Le docteur, auquel les rapports étaient communiqués, en prit connaissance à son tour avec une confiance absolue dans les mesures adoptées, et ce jusqu'au matin du 8.

À cette date, l'irritation causée par une incertitude trop prolongée avait produit un changement fâcheux dans l'humeur instable de Miss Gwilt. Ce changement, assez marqué pour que chacun s'en aperçût autour d'elle, se réfléchissait sur le docteur, dont la placidité semblait fortement mise à l'épreuve. Par une coïncidence extraordinaire, le matin où Miss Gwilt perdit patience sembla être aussi celui où le docteur commença à perdre confiance pour la première fois.

— Pas de nouvelles ! dit-il en s'asseyant et en poussant un profond soupir. Bien, bien !

— Vous paraissez singulièrement découragé ce matin, reprit-elle. Que craignez-vous ?

— L'accusation de peur, madame, répondit le docteur solennellement, n'est pas de celles qu'on jette brutalement à la face d'un homme, même quand il appartient à une carrière aussi pacifique que la mienne. Je n'ai pas peur. Je suis, comme vous avez mieux dit d'abord, étrangement découragé. Je suis par ma nature, comme vous le savez, naturellement enclin à la confiance, et j'ai seulement vu aujourd'hui ce que j'aurais dû voir, n'eût-ce été mon optimisme naturel, il y a déjà une semaine.

Miss Gwilt rejeta son ouvrage avec impatience.

— Si les mots coûtaient de l'argent, dit-elle, le luxe de paroles serait celui qui vous mettrait le plus en frais.

— Ce que j'aurais pu voir et ce que j'aurais dû voir, reprit le docteur sans accorder la plus petite attention à cette remarque, il y a une semaine… Pour parler franchement, je ne suis plus si certain que Mr. Armadale consente sans résistance aux conditions qu'il est de mon intérêt (et du vôtre, bien qu'à un moindre degré) de lui imposer. Remarquez, je ne mets pas en question sa séquestration dans le sanatorium. Je doute seulement qu'une fois que nous le tiendrons il soit aussi facile à conduire que je l'avais espéré d'abord. Ainsi, remarqua le docteur, levant les yeux pour la première fois et les fixant interrogativement sur Miss Gwilt, admettez qu'il soit hardi, obstiné, ce qu'il vous plaira ; qu'il ne cède pas, qu'il persiste pendant des semaines, des mois, comme on a vu des hommes dans des situations semblables résister avant lui. Qu'arrivera-t-il ? Le risque qu'il y a à le tenir séquestré – à le « faire disparaître », si je puis m'exprimer ainsi – augmente à intérêts composés, et devient… énorme. Ma maison est prête aujourd'hui à recevoir des patients. Des malades peuvent se présenter dans la semaine. Des malades peuvent communiquer avec Mr. Armadale, et Mr. Armadale avec eux. Un billet peut être emporté hors de la maison, et être remis aux commissaires des fous[1]. Et même, dans le cas d'un établissement non patenté comme le mien, ces gentlemen, que dis-je ! ces despotes protégés par la charte dans un pays libre, n'ont qu'à en appeler devant le lord chancelier pour avoir le droit d'entrer dans mon sanatorium et de fouiller la maison de fond en comble quand il leur plaira. Je ne veux ni vous décourager ni vous alarmer. Je ne prétends pas dire que les moyens que nous prenons pour pourvoir à notre sûreté ne sont pas les meilleurs que nous ayons à notre disposition. Tout ce que je vous demande, c'est de vous représenter les commissaires dans la maison, et d'en imaginer alors les conséquences. Les conséquences ! répéta le docteur en se levant d'un air sombre, et en prenant son chapeau comme s'il avait l'intention de partir.

— Avez-vous encore autre chose à dire ? demanda Miss Gwilt.

— N'avez-vous aucune remarque à faire de votre côté ? répliqua le docteur.

Il restait debout, son chapeau à la main. Pendant une minute, tous deux se regardèrent fixement en silence.

Miss Gwilt parla la première :

1 Personnes légalement nommées pour représenter et défendre les intérêts des malades mentaux ou prétendus tels.

— Je crois que je vous comprends, dit-elle en retrouvant soudain son sang-froid.

— Je vous demande pardon, dit le docteur en portant la main à son oreille, que disiez-vous ?

— Rien.

— Rien ?

— S'il vous arrivait, d'attraper une autre mouche ce matin, reprit Miss Gwilt, en appuyant avec une emphase ironique et amère sur chaque mot, je serais capable de vous scandaliser par une autre « petite plaisanterie ».

Le docteur étendit les deux mains devant lui comme pour se défendre poliment de l'imputation, et parut avoir retrouvé sa bonne humeur :

— C'est sévère, murmura-t-il doucement, de ne m'avoir pas pardonné une malheureuse étourderie qui m'a échappé !

— Qu'avez-vous encore à dire ? J'attends.

Miss Gwilt tourna sa chaise du côté de la fenêtre d'un air de mépris, et reprit son ouvrage.

Le docteur vint derrière elle et appuya sa main sur le dossier de la chaise :

— J'ai d'abord une question à vous adresser, puis une précaution à suggérer. Si vous voulez m'honorer de votre attention, je commencerai par la question.

— J'écoute.

— Vous savez que Mr. Armadale est vivant, et vous savez qu'il revient en Angleterre. Pourquoi continuez-vous de porter votre robe de veuve ?

Elle lui répondit sans un instant d'hésitation, sans lever les yeux de son ouvrage.

— Parce que je suis, comme vous, d'une nature confiante. Je veux compter sur le chapitre des accidents jusqu'à la fin. Mr. Armadale peut encore mourir sur le chemin qui le ramène en Angleterre.

— Et supposons qu'il revienne vivant : que dites-vous alors ?

— Alors, il nous reste une autre chance.

— Et laquelle, s'il vous plaît ?

— Il peut mourir dans votre sanatorium.

— Madame ! fit le docteur de la voix de basse dont il se servait dans ses élans d'indignation vertueuse. Attendez ! Vous avez parlé du chapitre des accidents… reprit-il sur le ton plus doux qui lui était habituel. Oui, oui ! bien sûr ! Je vous comprends, cette fois. Même l'art de guérir est à la merci des accidents, même un sanatorium comme le mien peut être visité par la mort. C'est cela, c'est cela, fit le docteur en se rendant à la question avec la plus grande impassibilité. Il y a le chapitre des accidents, je l'admets, si vous préférez vous en remettre à lui. Rappelez-vous ! Je dis bien : si vous préférez vous en remettre à lui.

Il y eut un autre moment de silence, silence si profond que l'on n'entendait dans la chambre que le froissement rapide de l'ouvrage de Miss Gwilt sous ses doigts.

— Continuez, dit-elle, vous n'avez pas encore fini.

— Très vrai, reprit le docteur. Ayant posé la question, j'ai besoin maintenant de vous expliquer les mesures à prendre. Vous verrez, chère madame, que je ne suis pas disposé, de mon côté, à compter sur les accidents. La réflexion m'a convaincu que nous ne sommes pas convenablement installés (géographiquement parlant, j'entends) en cas d'urgence. Les cabs sont encore rares dans ce quartier, bien qu'il commence à se peupler ; je suis à vingt minutes de marche de votre maison, et vous êtes à vingt minutes de marche de chez moi. Je ne sais rien du caractère de Mr. Armadale ; vous le connaissez parfaitement. Il pourrait être nécessaire, absolument nécessaire, d'en appeler à la connaissance supérieure que vous avez de lui, d'un moment à l'autre. Et comment arriver à cela, à moins que nous ne soyons à portée l'un de l'autre, sous le même toit. Dans nos intérêts communs, je vous prie, chère madame, de devenir pour quelque temps l'hôte de mon sanatorium.

L'aiguille de Miss Gwilt s'arrêta soudain.

— Je vous comprends, fit-elle aussi tranquillement que précédemment.

— Je vous demande pardon ? lâcha le docteur, pris soudain d'une seconde attaque de surdité, en portant sa main à son oreille.

Elle se mit à rire, d'un rire terrible qui impressionna le docteur ; il ôta la main du dossier de sa chaise.

— L'hôte de votre sanatorium ? répéta-t-elle. Vous êtes soucieux des apparences en général. Croyez-vous qu'elles seront sauves si vous me recevez dans votre établissement ?

— Certainement ! s'écria le docteur avec enthousiasme. Je suis surpris que vous me fassiez une pareille question. Avez-vous jamais vu un homme dans une position aussi en vue que la mienne faire fi des apparences ? Si vous daignez accepter mon invitation, vous entrerez dans ma maison de la manière la plus irréprochable : en qualité de malade.

— Quand voulez-vous ma réponse ?

— Pouvez-vous vous décider aujourd'hui ?

— Non.

— Demain ?

— Oui. Avez-vous quelque chose à ajouter ?

— Rien.

— Laissez-moi, alors. Je ne me soucie guère des bienséances, moi. Je désire être seule et je le dis. Bonjour.

— Oh, le sexe, le sexe ! fit le docteur, qui avait repris son excellente humeur, tout d'impulsion, et si insouciant de ce qu'il dit et de la manière dont il le dit. « Ô femme, dans nos heures de tranquillité, fantasque, capricieuse, difficile à satisfaire ! »[1]. Là ! là ! là ! Au revoir !

Miss Gwilt se leva, s'approcha de la fenêtre et le regarda s'éloigner d'un air de mépris, tandis qu'il refermait la porte de la maison.

« Armadale lui-même m'y a poussée la première fois, se dit-elle. Manuel, la seconde ; vous, lâche misérable, vous laisserai-je m'y pousser pour la troisième et dernière fois ? »

Elle quitta la fenêtre et contempla, pensive, ses vêtements de veuve dans la glace.

Les heures du jour passèrent – et elle ne décida rien. La nuit arriva – et elle hésitait encore. L'aurore se montra – et la terrible question était encore sans réponse.

Le courrier du matin lui apporta une lettre. C'était le rapport habituel de Mr. Bashwood. Il avait guetté l'arrivée d'Armadale, toujours en vain.

1 Walter Scott, *Marmion*, 30.

« Il me faut encore du temps, s'écria-t-elle avec fièvre et détermination. Aucun homme vivant ne me fera aller plus vite que je ne voudrai ».

À l'heure du petit déjeuner ce matin-là (le matin du 9), le docteur fut surpris dans son bureau par une visite de Miss Gwilt.

— Je désire un jour supplémentaire avant de donner ma réponse, dit-elle dès que le domestique eut refermé la porte.

Le docteur la regarda et lut sur son visage qu'il y aurait danger à la pousser à bout.

— Le temps passe, observa-t-il de son ton le plus persuasif. D'après tout ce que nous savons, Mr. Armadale pourrait être ici cette nuit.

— Je désire un jour supplémentaire, répéta-t-elle plus haut et avec véhémence.

— Accordé ! fit le docteur en regardant avec inquiétude du côté de la porte. Mais ne parlez pas si haut… les domestiques pourraient vous entendre. Rappelez-vous, ajouta-t-il, que je compte sur votre honneur pour ne pas me demander un second délai.

— Vous feriez mieux de compter sur mon désespoir.

Elle quitta la pièce sur ces mots.

Le docteur entama la coquille de son œuf et rit doucement.

« Parfaitement vrai, ma chère ! pensa-t-il. Je sais où le désespoir vous a entraînée autrefois, et je pense que je puis me fier à lui pour vous mener par le même chemin, aujourd'hui ».

À huit heures moins le quart, ce soir-là, Mr. Bashwood se plaça à son poste d'observation habituel, sur le quai de la gare de London Bridge.

Il était de la meilleure humeur du monde, souriant, joyeux, content. Cette transformation avait-elle été opérée par la conviction que ce qu'il savait du passé de Miss Gwilt lui donnait sur elle à l'avenir une influence certaine ? Cette pensée avait, il est vrai, soutenu son courage pendant sa vie solitaire à Thorpe-Ambrose ; il y avait puisé la confiance et la hardiesse toutes nouvelles remarquées par Miss Gwilt ; mais elle s'était effacée comme une force motrice annihilée devant le choc électrique de son toucher et de son regard. Sa vanité, la vanité qui n'est chez les hommes de cet âge qu'un désespoir déguisé, le transportait de nouveau jusqu'au septième ciel d'un bonheur illusoire. Il croyait en elle, comme il croyait à la jolie petite canne (bonne pour amuser un dandy de vingt ans) qu'il faisait tourner dans sa main. Il fredonnait, pauvre vieille créature ! lui qui n'avait pas chanté depuis son enfance. Il fredonnait en se promenant quelques vieux refrains qu'il essayait de se rappeler.

Le train arriva exactement à huit heures ce soir-là. Le sifflet de la machine retentit et, cinq minutes après, les voyageurs se déversaient sur le quai.

Suivant les instructions qui lui avaient été données, Mr. Bashwood s'approcha comme il put à travers la foule de la ligne des voitures. Ne découvrant là aucun visage de connaissance, il rejoignit les voyageurs restés dans la salle d'attente.

Il venait d'achever le tour de la salle sans avoir trouvé personne que des étrangers, lorsqu'il entendit une voix derrière lui s'écrier : « Monsieur Bashwood ! Est-ce possible ? »

Il se retourna, tout frémissant d'impatience, et se trouva face à face avec le dernier homme sous le ciel qu'il s'attendait à voir.

Il était devant MIDWINTER.

II. Dans la maison

Midwinter, remarquant la confusion de Mr. Bashwood (après avoir apprécié d'un coup d'œil le changement survenu dans son apparence), parla le premier :

— Je vois que je vous ai surpris. Vous cherchiez quelqu'un, sans doute ? Avez-vous reçu des nouvelles d'Allan ? Est-il déjà en route pour rentrer chez lui ?

Cette question, bien qu'elle fût venue à toute personne dans la situation de Midwinter, ajouta à l'embarras de Mr. Bashwood. Ne sachant comment se tirer de là, il se réfugia dans les simples dénégations.

— Je ne sais rien sur Mr. Armadale, monsieur ; mon Dieu, non ! je ne sais rien sur Mr. Armadale, répondit-il avec un empressement inutile. Bienvenue en Angleterre, monsieur, ajouta-t-il ensuite, dans sa hâte de changer de sujet. Je ne savais pas que vous étiez à l'étranger. Il y a si longtemps que nous n'avons eu le plaisir… que je n'ai eu le plaisir… Vous êtes-vous plu, monsieur, à l'étranger ? Des mœurs si différentes des nôtres… Oui, oui… si différentes ! Comptez-vous séjourner longtemps en Angleterre, maintenant que vous êtes de retour ?

— Je ne sais, répondit Midwinter. J'ai été obligé de changer mes plans et de venir en Angleterre d'une façon tout imprévue.

Il hésita un peu, sa voix s'altéra, et il ajouta plus bas :

— Une inquiétude sérieuse m'a fait revenir ici. Je ne puis dire quels sont mes projets tant que cette inquiétude ne sera point éclaircie.

La lumière d'un réverbère tomba sur son visage pendant qu'il parlait, et Mr. Bashwood remarqua pour la première fois qu'il semblait triste et était très changé.

— Je suis fâché, monsieur, je suis certainement très fâché. Si je pouvais vous être de quelque secours… ? suggéra Mr. Bashwood, moitié sous l'influence de sa politesse craintive, moitié mû par le souvenir de ce que Midwinter avait fait pour lui, dans le passé, à Thorpe-Ambrose.

Midwinter le remercia et se détourna tristement.

— Je crains que non, monsieur Bashwood. Mais je vous suis obligé de votre offre.

Il se tut et réfléchit un instant.

« Supposons qu'elle ne soit pas malade ? Supposons qu'un malheur soit arrivé ? dit-il en se parlant à lui-même, et se tournant de nouveau vers le régisseur. Si elle a quitté sa mère, on pourrait peut-être retrouver sa trace en s'informant à Thorpe-Ambrose ».

La curiosité de Mr. Bashwood fut instantanément excitée. Tout ce qui touchait au sexe faible l'intéressait maintenant pour l'amour de Miss Gwilt.

— Une dame, monsieur ? demanda-t-il. Est-ce une dame que vous cherchez ?

— Je cherche ma femme, répondit Midwinter simplement.

— Vous êtes marié, monsieur ! Marié, depuis que j'ai eu le plaisir de vous voir ? Puis-je prendre la liberté de vous demander… ?

Midwinter baissa les yeux avec embarras.

— Vous l'avez connue autrefois. J'ai épousé Miss Gwilt.

Le régisseur fit un bond en arrière, comme s'il avait reculé devant un pistolet braqué sur lui ; son regard devint égaré, et le tremblement nerveux auquel il était sujet le prit de la tête aux pieds.

— Qu'y a-t-il ? demanda Midwinter.

Pas de réponse.

— Qu'y a-t-il d'extraordinaire, reprit-il avec un peu d'impatience, à ce que Miss Gwilt soit ma femme ?

— Votre femme ? répéta Mr. Bashwood, Mrs. Armadale… !

Il se contint par un effort désespéré, et ne dit plus rien.

La stupeur, l'étonnement peints sur le visage du régisseur se reflétèrent immédiatement sur celui de Midwinter. Le nom sous lequel il s'était marié secrètement venait d'être prononcé par le dernier homme au monde qu'il eût choisi pour confident. Il prit Mr. Bashwood par le bras et le conduisit dans un endroit plus solitaire de la gare.

— Vous venez de me parler de ma femme et de Mrs. Armadale en même temps, reprit-il, que voulez-vous dire ?

Il n'y eut pas de réponse. Absolument incapable de comprendre une si étrange complication, Bashwood essaya d'échapper à la question qui le pressait, mais en vain.

Midwinter répéta implacablement sa demande :

— Je vous demande encore ce que vous voulez dire ?

— Rien, monsieur ! Je vous donne ma parole d'honneur que je ne voulais rien dire.

Il sentit la main qui tenait son bras l'étreindre plus fortement ; il vit, même dans l'obscurité du renfoncement où ils se tenaient, que la colère de Midwinter grandissait, et qu'il ne fallait pas s'en jouer. Ce danger lui souffla la seule ressource de l'homme timide quand il se trouve confronté à une urgence : le mensonge.

— Je voulais seulement dire, monsieur, reprit-il avec un effort désespéré pour parler avec aisance, que Mr. Armadale serait surpris…

— Vous avez dit Mrs. Armadale !

— Non, monsieur, sur mon honneur ! mon honneur le plus sacré ! Vous vous êtes trompé : j'ai dit Mr. Armadale. Comment aurais-je pu dire autre chose ? Je vous en prie, laissez-moi partir, monsieur. Je suis pressé, je vous assure que je suis extrêmement pressé.

Midwinter maintint un instant encore sa pression, puis il décida soudain de ce qu'il devait faire.

Son retour en Angleterre était motivé par l'inquiétude qu'il éprouvait au sujet de sa femme. Après lui avoir régulièrement écrit tous les trois jours, elle avait tout à coup interrompu leur correspondance. Une semaine s'était écoulée sans qu'il reçût de ses nouvelles. Pour la première fois, entendant le régisseur associer le nom de Mrs. Armadale à l'idée de sa femme, il fut saisi du terrible soupçon que ce silence pouvait avoir une autre cause que la maladie. Certaines irrégularités qui lui avaient paru singulières dans ses lettres lui revinrent à l'esprit et firent naître de nouveaux doutes. Il avait cru jusqu'alors aux raisons qu'elle lui avait données pour lui faire adresser ses lettres au bureau de poste. Maintenant ces raisons lui paraissaient mauvaises. Il avait jusqu'ici résolu de s'informer, en arrivant à Londres, à la seule adresse qu'elle eut laissée et qui pouvait lui fournir quelque indice pour la retrouver, l'adresse où « sa mère » était censée vivre. À présent, dans un but qu'il eut craint de définir lui-même, mais qui lui importait assez pour faire céder toute autre considération, il résolut avant tout d'éclaircir comment Mr. Bashwood se trouvait posséder un secret que lui seul et sa femme connaissaient. Un appel direct au régisseur, dans les circonstances présentes, était évidemment inutile. Il abandonna le bras de Mr. Bashwood et parut accepter ses explications.

— Je vous demande pardon, dit-il. Je ne doute pas que vous ayez raison. Attribuez, je vous prie, ma rudesse à un accès d'anxiété et de fatigue. Je vous souhaite le bonsoir.

La gare, à ce moment, était presque déserte ; les voyageurs arrivés par le train s'étaient rassemblés dans la salle des bagages pour reconnaître les leurs. Ce n'était pas chose facile que de prendre congé de Bashwood sans le perdre de vue. Mais l'enfance de Midwinter passée avec les bohémiens l'avait habitué aux stratagèmes. Il alla vers la ligne des voitures vides, ouvrit la portière de l'une d'elles, comme s'il cherchait quelque chose qu'il eut oublié, et aperçut Mr. Bashwood qui se dirigeait vers la rangée de cabs de l'autre côté du quai.

En un instant, Midwinter franchit la voie, et passa à travers la longue rangée des véhicules, de façon à les longer du côté le plus éloigné du quai. Il entra dans le second cab par la portière de gauche, après que Mr. Bashwood fut entré dans le sien par la portière de droite.

— Je double le prix de la course, quel qu'il soit, dit-il au cocher, si vous ne perdez pas de vue le cab devant vous, et si vous le suivez n'importe où.

Une minute de plus, et les deux voitures s'éloignaient de la gare.

L'employé assis dans la baraque près de la porte prit note de la destination des cabs. Midwinter entendit l'homme qui le conduisait crier : « Hampstead ! » en passant devant l'employé.

— Pourquoi avez-vous dit Hampstead ? demanda-t-il quand ils eurent quitté la gare.

— Parce que l'homme devant moi a dit Hampstead, monsieur, répondit le cocher.

À intervalles réguliers, tandis qu'ils roulaient vers les faubourgs du nord-ouest, Midwinter demanda si le cab était toujours en vue, et l'homme répondit à chaque fois : « Droit devant nous ».

Il était entre neuf et dix heures lorsque le cocher arrêta enfin ses chevaux. Midwinter sortit de la voiture, et vit le cab arrêté devant la porte d'une maison. Dès qu'il fut assuré que le cocher était celui de Mr. Bashwood, il paya le sien et le renvoya.

Il se promena de long en large devant la porte. Le vague soupçon qui s'était élevé dans son esprit à la gare s'était progressivement précisé d'une manière qui lui faisait horreur. Sans l'ombre d'une raison pour cela, il se surprenait à douter de la fidélité de sa femme et à accuser Mr. Bashwood de lui servir d'entremetteur. Épouvanté de cette pensée qui s'était emparée de lui, il résolut de prendre le numéro de la maison et le nom de la rue, puis de se rendre immédiatement à l'adresse que sa femme lui avait donnée comme étant celle de sa mère. Il avait tiré son carnet de notes et allait tourner le coin de la rue, quand il remarqua que l'homme qui avait conduit Mr. Bashwood le regardait avec un étonnement mêlé de curiosité. L'idée de questionner le cocher lui vint alors immédiatement à l'esprit. Il prit une demi-couronne et la mit dans la main de l'homme.

— Le gentleman que vous avez pris à la gare est-il entré dans la maison ? demanda-t-il.

— Oui, monsieur.

— L'avez-vous entendu demander quelqu'un quand on lui a ouvert ?

— Il a demandé une dame, monsieur, madame… (L'homme hésita). Ce n'est pas un nom commun, monsieur, je le reconnaîtrais, si je l'entendais encore.

— Est-ce Midwinter ?

— Non, monsieur.

— Armadale ?

— C'est cela, monsieur, Mrs. Armadale.

— Êtes-vous sûr que c'était madame, et non monsieur ?

— J'en suis sûr autant que peut l'être un homme qui n'a pas prêté à tout cela une attention particulière.

Le doute contenu dans cette réponse décida Midwinter à s'assurer du fait immédiatement. Comme il mettait la main sur la sonnette, son agitation devint si violente qu'il ne put la maîtriser.

Il ressentit l'étrange sensation de quelque chose sautant de son cœur à sa cervelle, et il resta étourdi un moment. Il se retint au mur de la maison et, tournant résolument son visage à l'air, attendit d'être plus calme. Alors il sonna.

— Est-ce que… ? (Il avait essayé de demander « Mrs. Armadale » quand la servante ouvrit la porte, mais, malgré toute sa résolution, il ne put contraindre ces mots à passer ses lèvres). Est-ce que votre maîtresse est chez elle ?

— Oui, monsieur.

La jeune fille le fit entrer dans un parloir et le présenta à une vieille femme aux manières obligeantes et accortes.

— Il y a erreur, dit Midwinter. Je voudrais voir…

Une fois encore il essaya de prononcer le nom, et une fois encore il mourut sur ses lèvres.

— Mrs. Armadale ? suggéra la vieille dame avec un sourire.

— Oui, madame.

— Faites monter le gentleman, Jenny.

La jeune fille l'introduisit dans l'appartement du premier.

— Monsieur veut-il dire son nom ?

— C'est inutile.

Mr. Bashwood venait à peine de terminer son rapport sur ce qui était arrivé à la gare ; l'impérieuse maîtresse de Mr. Bashwood était encore assise sans voix, sous le choc de la terrible nouvelle, lorsque la porte de la pièce s'ouvrit. Sans un mot d'avis pour l'annoncer, Midwinter parut, sur le seuil. Il fit un pas dans la pièce et ferma machinalement la porte derrière lui. Il avança vers sa femme, dans un silence de mort, en la regardant avec une fixité terrible, avec un regard inquisiteur qui l'enveloppait de la tête aux pieds.

Elle se leva à son tour dans le même silence ; elle se tint debout dans le foyer et affronta son mari dans ses habits de deuil.

Il fit un autre pas vers elle, s'arrêta encore et, de son doigt maigre, désigna sa robe.

— Qu'est-ce que cela signifie ? demanda-t-il sans rien perdre de son terrible calme, la main toujours tendue vers elle.

Au son de sa voix, Miss Gwilt tressaillit : le soulèvement de son sein, qui avait seul trahi l'agonie intérieure qui la torturait, s'arrêta soudain. Elle resta silencieuse, impénétrable, sans haleine, comme si la question l'avait frappée à mort, comme si la main étendue vers elle l'avait pétrifiée.

Il s'avança encore et réitéra sa question d'une voix plus basse et plus calme.

Le silence, un moment encore d'inaction, l'eût sans doute sauvée, mais l'énergie fatale de son caractère triompha au moment de cette crise que rencontrait son destin. Pâle et calme, l'œil hagard, elle tint tête à la situation avec un terrible courage, et prononça les paroles irrévocables qui le reniaient en face.

— Monsieur Midwinter, dit-elle d'une voix dure et claire, je ne crois pas que nos relations vous autorisent à me parler ainsi.

Telles furent ses paroles. Elle ne leva pas un instant les yeux quand elle les prononça. Quand elle eut fini, la dernière teinte de couleur disparut de ses joues.

Il y eut une pause. Sans cesser de la regarder, il essaya de fixer dans son esprit le langage qu'elle venait de lui tenir. « Elle m'a appelé "monsieur Midwinter", se dit-il lentement. Elle parle de "nos relations" ». Il attendit un peu et regarda autour de la pièce. Ses yeux errants rencontrèrent ceux de Mr. Bashwood pour la première fois. Il vit le régisseur, debout près du foyer, qui le regardait en tremblant.

— Je vous ai rendu service autrefois, lui dit-il, et vous me dîtes alors que vous n'étiez pas ingrat. Êtes-vous assez reconnaissant pour me répondre, si je vous demande quelque chose ?

Il attendit encore. Mr. Bashwood, toujours tremblant, continua de le regarder silencieusement.

— Je vois que vous me regardez, fit Midwinter. Y a-t-il quelque changement en moi que j'ignore ? Vois-je des choses que vous ne voyez pas ? Entendrais-je des paroles que vous n'entendez pas ? Ai-je l'air et les manières d'un homme qui a perdu la raison ?

Il attendit toujours, et le silence seul lui répondit. Ses yeux commencèrent à lancer des éclairs, et le sang sauvage qu'il avait hérité de sa mère monta lentement à ses joues pâles.

— Cette femme, demanda-t-il, est-elle celle que vous avez autrefois connue sous le nom de Miss Gwilt ?

Une fois encore sa femme fit appel à son fatal courage ; une fois encore elle prononça les paroles fatales :

— Vous me forcez à répéter que vous abusez de nos relations, et que vous oubliez ce qui m'est dû.

Il se tourna vers elle dans un élan sauvage qui arracha un cri d'alarme à Mr. Bashwood.

— Êtes-vous ou n'êtes-vous pas ma femme ? demanda-t-il à travers ses dents serrées.

Elle leva les yeux sur lui pour la première fois, et son esprit éperdu lui envoya un regard de défi.

— Je ne suis pas votre femme.

Il vacilla, les mains étendues pour se retenir à quelque chose, comme un homme jeté soudain dans les ténèbres. Il s'appuya pesamment au mur de la pièce et regarda celle qui avait dormi sur son sein et qui venait de le renier en face.

Mr. Bashwood, frappé de terreur, s'élança vers Miss Gwilt.

— Fuyez par ici, murmura-t-il en essayant de l'attirer vers la porte qui conduisait dans la chambre voisine ; pour l'amour de Dieu, soyez prompte, il vous tuera !

Elle repoussa le vieillard. Elle le regarda, et son pâle visage s'illumina soudain. Elle lui répondit avec des lèvres qui grimacèrent un effrayant sourire :

— Laissez-le me tuer.

Lorsque ces paroles lui eurent échappé, Midwinter s'élança du mur en poussant un cri qui retentit dans toute la maison. La fureur d'un homme en démence flamboyait dans ses yeux vitreux et contractait ses mains menaçantes. Il se rapprocha d'elle jusqu'à n'en être plus séparé que par la longueur d'un bras et, tout à coup, s'immobilisa. Alors la sombre coloration de ses joues disparut, ses paupières s'abaissèrent, ses mains étendues retombèrent le long de son corps, et il s'affaissa comme s'affaissent les morts ; il se laissa aller comme un mort dans les bras de la femme qui l'avait renié.

Elle s'agenouilla sur le parquet et appuya sa tête sur ses genoux. Elle prit le bras du régisseur, qui accourait pour l'aider, et lui serra la main comme dans un élan :

— Allez chercher un médecin, fit-elle, et éloignez les gens de la maison jusqu'à ce qu'il arrive.

Il y avait dans ses yeux et dans sa voix une expression qui eût fait obéir en silence n'importe qui.

Mr. Bashwood se soumit et sortit de la pièce.

Dès qu'elle fut seule, la malheureuse le souleva de dessus ses genoux et entoura son corps de ses deux bras ; elle appuya son visage contre celui de son mari et le pressa sur son cœur avec une explosion de tendresse et de remords que les mots ne peuvent rendre. En silence, elle le tint contre sa poitrine, et couvrit son front, ses joues, ses lèvres de baisers. Pas un son ne lui échappa, excepté lorsqu'elle entendit le bruit de pas précipités dans les escaliers. Alors elle étouffa un gémissement en le regardant une dernière fois, et elle replaça la tête de Midwinter sur ses genoux.

La logeuse et Mr. Bashwood furent les premières personnes qu'elle vit quand la porte s'ouvrit. Le médecin les suivait. L'horreur et la beauté de son visage, lorsqu'elle tourna la tête vers lui, absorbèrent d'abord l'attention du docteur à l'exclusion de toute autre chose. Elle fut obligée de lui faire signe, de lui montrer l'homme inanimé avant qu'il eût songé à détourner d'elle son regard.

— Est-il mort ? demanda-t-elle.

Le docteur emporta Midwinter sur le sofa et ordonna qu'on ouvrît les fenêtres.

— C'est un évanouissement, dit-il, rien de plus.

À cette réponse, la force lui manqua pour la première fois. Elle poussa un profond soupir de soulagement et s'appuya au manteau de la cheminée. Mr. Bashwood fut la seule personne présente qui remarqua ce qu'elle éprouvait. Il la conduisit à l'autre extrémité de la pièce où se trouvait un fauteuil, laissant la logeuse tendre les médicaments au médecin à mesure qu'il en avait besoin.

— Votre intention est-elle d'attendre jusqu'à ce qu'il revienne à lui ? demanda le régisseur en regardant du côté du sofa, tandis qu'il tremblait de tous ses membres.

Cette question lui rendit la conscience de sa position et des obligations qui en résultaient. Elle regarda le sofa, en poussant un soupir, réfléchit un instant et répondit à la question de Mr. Bashwood par une autre question :

— Le cab qui vous a amené de la gare est-il encore à la porte ?

— Oui.

— Faites-vous immédiatement conduire aux portes du sanatorium, et attendez là que je vous rejoigne.

Mr. Bashwood hésita. Elle leva les yeux sur lui, et son regard lui fit immédiatement quitter la pièce.

— Le gentleman revient à lui, madame, dit la logeuse, comme le régisseur refermait la porte ; il respire !

Elle inclina la tête en silence, se leva, réfléchit encore, regarda une seconde fois le sofa, puis se retira dans sa chambre. Au bout d'un court instant, le médecin s'écarta du sofa et fit signe à la logeuse de le remplacer. Il n'y avait plus rien à faire maintenant, que de laisser les esprits du malade se ranimer lentement.

— Où est-elle ?

Ce furent les premières paroles qu'il adressa au médecin et à la logeuse, qui le regardaient anxieusement.

La logeuse alla frapper à la porte de la chambre à coucher, mais ne reçut pas de réponse. Elle entra et trouva la chambre vide. Sur la coiffeuse se trouvait une feuille de papier avec les honoraires du médecin. Le papier contenait trois lignes, écrites évidemment dans une grande agitation ou dans une grande hâte :

Il m'est impossible de rester ici cette nuit, après ce qui est arrivé. Je reviendrai demain pour prendre mon bagage et vous payer ce que je vous dois.

— Où est-elle ? demanda de nouveau Midwinter lorsque la logeuse revint seule dans le salon.

— Partie, monsieur.

— Je ne le crois pas !

Les joues de la vieille dame se colorèrent :

— Si vous connaissez son écriture, monsieur, dit-elle en lui tendant le billet, peut-être y croirez-vous ?

Il regarda le papier.

— Je vous demande pardon, madame, fit-il en le lui rendant ; je vous demande pardon de tout mon cœur.

Il y avait dans sa physionomie, lorsqu'il dit ces paroles, quelque chose qui fit plus qu'apaiser l'irritation de la vieille dame. Elle fut prise d'une soudaine pitié pour celui qui l'avait offensée.

— Je crains, monsieur, qu'il n'y ait quelque terrible chagrin au fond de tout cela, dit-elle simplement. Désirez-vous que je me charge de quelque message pour cette dame quand elle reviendra ?

Midwinter se leva et s'appuya au rebord du sofa :

— J'apporterai moi-même mon message demain. Il faut que je la voie avant qu'elle quitte votre maison.

Le médecin accompagna son malade jusque dans la rue.

— Puis-je vous escorter jusque chez vous ? demanda-t-il avec bonté. Vous feriez mieux de ne pas aller à pied. Il ne faut pas vous fatiguer. Vous pourriez attraper un rhume par cette froide nuit.

Midwinter lui prit la main et le remercia :

— Je suis habitué aux longues marches et aux nuits froides, monsieur, et je ne suis pas facilement fatigué, même quand j'ai l'air aussi abattu qu'en ce moment. Si vous voulez m'indiquer le plus court chemin pour sortir de ces rues, je pense que la tranquillité de la campagne et le calme de la nuit me feront du bien. J'ai quelque chose de sérieux à faire demain, et je ne puis ni me reposer ni dormir, tant que je n'aurai pas pris une résolution.

Le médecin comprit qu'il n'avait pas affaire à un homme ordinaire. Il donna les indications demandées sans autre remarque, et quitta son malade devant sa propre porte.

Livré à lui-même, Midwinter s’arrêta et regarda le ciel en silence. La nuit s’était éclaircie et les étoiles brillaient, les étoiles qu’il avait appris à connaître avec son maître le bohémien. Pour la première fois, son esprit se reporta avec regret aux jours de son enfance.

« Ah ! pensa-t-il, je n’ai jamais su avant aujourd’hui combien était heureuse la vie d’autrefois ! »

Il se dirigea vers la campagne. Son visage s’assombrit pendant qu’il quittait les rues et s’avançait dans la solitude et l’obscurité.

« Elle a renié son mari cette nuit. Elle connaîtra son maître demain ».

III. Le flacon pourpre

Le cab attendait à la porte du sanatorium lorsque Miss Gwilt y arriva. Mr. Bashwood en sortit et s’avança à sa rencontre. Elle lui prit le bras et l’entraîna à quelques pas pour que le cocher ne put les entendre.

— Pensez ce que vous voudrez de moi, dit-elle en tenant son voile épais serré contre sa figure, mais ne me parlez pas ce soir. Retournez à votre hôtel comme si rien n’était arrivé. Guettez l’arrivée du train demain comme d’habitude, et venez ensuite me voir au sanatorium. Allez, sans l’aire de réflexion, et je croirai qu’il y a quelqu’un au monde qui m’aime réellement. Restez et questionnez-moi, et immédiatement je vous dis adieu pour jamais.

Elle lui montra le cab. Une minute plus tard, la voiture emportait Bashwood à son hôtel.

Elle se dirigea lentement vers la porte de la maison. Un tremblement la prit au moment où elle posait la main sur la sonnette. Elle rit amèrement :

« Je tremble encore, murmura-t-elle. Qui aurait pu croire qu’il me restait tant de sentiments ? »

Pour la première fois de sa vie le visage du docteur exprima la vérité, lorsque la porte de son cabinet s’ouvrit, entre dix et onze heures du soir, pour donner passage à Miss Gwilt.

— Bonté divine ! s’écria-t-il, tandis que ses regards exprimaient le plus extrême étonnement. Qu'est-ce que cela signifie ?

— Cela veut dire, répondit-elle, que je me suis décidée ce soir au lieu de me décider demain. Vous qui connaissez si bien les femmes, vous devez savoir qu'elles agissent toujours par impulsion. Je suis ici pour cette raison. Recevez-moi ou renvoyez-moi, comme vous voudrez.

— Que je vous reçoive ou que je vous renvoie ! Ma chère dame, quelle singulière manière de parler ! Votre chambre va être prête. Où est votre bagage ? Voulez-vous me permettre de l'envoyer chercher ? Non. Vous pouvez vous en passer pour ce soir ? Quel admirable courage ! Vous l'enverrez prendre vous-même demain ? Quel extraordinaire besoin d'indépendance ! Débarrassez-vous de votre chapeau. Que puis-je vous offrir ?

— Offrez-moi le plus fort soporifique que vous ayez composé de votre vie, et laissez-moi seule jusqu'à ce qu'il soit prêt. Je risque d'être une malade plus vraie que nature ! ajouta-t-elle avec colère, lorsque le docteur voulut hasarder une observation, et je deviendrai la plus folle de toute votre maison, si vous m'irritez ce soir !

Le directeur du sanatorium se montra immédiatement le plus professionnel des hommes.

— Asseyez-vous dans ce coin obscur, dit-il. Personne ne vous dérangera. Dans une demi-heure votre chambre sera prête, et votre potion sur la table.

« La bataille a été plus difficile pour elle que je ne me l'imaginais, pensa-t-il en quittant la chambre et en entrant dans son laboratoire situé de l'autre côté du vestibule. Grand Dieu ! Que peut-elle encore faire d'une conscience, après la vie qu'elle a menée jusqu'ici ! »

Le laboratoire était agencé selon le dernier cri du progrès médical. L'un des quatre murs seulement se trouvait sans rayon, et l'espace vide y était rempli par une armoire antique de bois sculpté, complètement en désaccord, comme objet d'art, avec l'aspect utilitaire que présentait le reste de l'ameublement. De chaque côté de l'armoire, deux porte-voix, insérés dans le mur, communiquaient avec les parties supérieures de la maison ; sous le premier était inscrit « Chimiste », sous l'autre « Infirmière principale ». Le docteur parla dans le second tube, et une vieille femme se présenta. Elle reçut l'ordre de préparer une chambre à coucher pour Mrs. Armadale, salua et se retira.

Resté seul dans le laboratoire, le docteur ouvrit le compartiment du centre de l'armoire et fit apparaître une collection de bouteilles contenant les différents poisons dont on se sert en médecine. Après avoir pris le laudanum dont il avait besoin pour la potion et l'avoir placé sur la table, il revint à l'armoire, regarda à l'intérieur, secoua la tête d'un air dubitatif et se dirigea vers les rayons découverts de l'autre côté de la pièce. Là, après un moment de réflexion, il prit dans l'une des rangées de fioles qui les garnissaient une bouteille remplie d'un liquide jaune. Plaçant la bouteille sur la table, il retourna encore à l'armoire et ouvrit un compartiment de côté, contenant quelques échantillons de verres de Bohême. Après les avoir examinés de l'œil, il choisit un beau flacon pourpre, haut et droit de forme, fermé par un bouchon de verre. Il le remplit du liquide jaune, ne laissant au fond de la bouteille qu'une petite quantité du breuvage, et remit la bouteille à sa place, après y avoir versé, jusqu'à ce qu'elle fût pleine, l'eau de la fontaine du laboratoire, mêlée à plusieurs liquides qui lui rendirent l'aspect qu'elle avait lorsqu'il l'avait ôtée du rayon. Ayant achevé ces mystérieux préparatifs, le docteur rit doucement, et alla vers les porte-voix, pour appeler le chimiste.

Celui-ci fit son entrée, drapé de la taille jusqu'aux pieds dans le tablier blanc de rigueur.

Le docteur écrivit solennellement une prescription pour une potion, et la tendit à son aide.

— Très urgent, Benjamin, dit-il d'une voix douce et mélancolique ; une malade, Mrs. Armadale, chambre n° 1, deuxième étage. Ah ! Dieu. Dieu, gémit le docteur, un cas grave, Benjamin, grave.

Il ouvrit le registre de l'établissement et y consigna le cas en gros caractères avec un extrait de la prescription.

— Avez-vous fini avec le laudanum ? Remettez-le dans l'armoire et donnez-moi la clef. La potion est-elle prête ? Mettez-y l'inscription : « À prendre pour la nuit », et donnez-la à l'infirmière.

Tandis que ces instructions s'échappaient des lèvres du docteur, ses mains étaient occupées à ouvrir un tiroir sous le pupitre qui supportait le registre. Il en sortit quelques cartes d'admission richement imprimées : « Visite du sanatorium entre deux et quatre heures ». Il y inscrivit la date du lendemain : « 10 décembre ». Quand une douzaine de cartes eurent été enveloppées dans une douzaine de lettres d'invitation, il consulta une liste des familles habitant le voisinage et mit les adresses sur les enveloppes. Frappant sur un timbre cette fois, au lieu de se servir du porte-voix, il appela un domestique et lui donna les lettres, avec l'ordre de les porter lui-même le lendemain matin.

« Je pense que cela ira, fit-il, en faisant le tour du laboratoire ; je pense que cela réussira ».

Pendant qu'il était ainsi absorbé, l'infirmière entra pour annoncer que la chambre demandée était prête. Là-dessus, le docteur retourna dans son cabinet, afin d'en informer Miss Gwilt.

Elle n'avait pas bougé depuis qu'il l'avait quittée. Elle se leva lorsqu'il lui parla et, sans répondre, sans lever son voile, elle s'évanouit de la pièce comme une ombre.

Après un court intervalle, l'infirmière revint voir son patron, avec un mot à lui dire en particulier.

— La dame m'a ordonné de la réveiller demain matin à sept heures, monsieur ; elle désire aller chercher son bagage elle-même, et elle veut avoir un cab à la porte, dès qu'elle sera habillée. Que dois-je faire ?

— Faites ce qu'elle vous a demandé. On peut être certain qu'elle reviendra au sanatorium.

On déjeunait à huit heures et demie au sanatorium. À cette heure-là, Miss Gwilt avait déjà été à son logement régler son compte et chercher ses bagages. Le docteur fut fort étonné de la promptitude de sa patiente.

— Pourquoi dépenser tant d'énergie ? lui demandait-il quand ils se retrouvèrent à la table du petit déjeuner. Pourquoi tant de hâte, ma chère, quand vous avez devant vous toute la matinée ?

— Simple besoin de mouvement, répondit-elle d'une voix brève. Plus je vieillis, plus je deviens impatiente.

Le docteur, qui avait remarqué que son visage était d'une extrême pâleur et singulièrement altéré, observa que, lorsqu'elle lui parlait, sa physionomie, naturellement mobile à un degré extraordinaire, restait rigide. Il n'y avait pas sur ses lèvres l'animation habituelle, pas plus que cette expression menaçante qui transparaissait d'ordinaire dans ses yeux. Il ne l'avait jamais vue si impénétrablement froide.

« Elle s'est enfin décidée, pensa-t-il, et je puis parler comme je n'aurais pas osé le faire hier soir ».

Il fit précéder ses remarques d'un regard expressif sur sa robe de deuil.

— Maintenant que vous avez votre bagage, reprit-il gravement, permettez-moi de vous conseiller d'ôter ce chapeau et de porter une autre robe.

— Pourquoi ?

— Vous rappelez-vous ce que vous m'ayez dit, il y a un jour ou deux ? Vous disiez qu'il y avait une chance pour que Mr. Armadale mourut dans mon sanatorium ?

— Je le répéterai encore, si cela vous fait plaisir.

— Une chance improbable ! continua le docteur, résolument sourd à toute interruption, presque impossible à imaginer ! Mais tant que cette chance peut exister, il ne faut pas la perdre de vue. Supposons qu'il meure, qu'il meure d'une façon soudaine, inattendue, et que cela attire une enquête du coroner dans la maison, quel doit être notre plan ? Celui de conserver les rôles que nous avons pris : vous, celui de sa veuve, moi, celui de témoin du mariage… c'est dans ces rôles, que nous devons nous tenir prêts à subir une enquête. Dans l'hypothèse, hautement improbable, où il viendrait à mourir juste quand nous le désirons, mon avis, je pourrais presque dire ma résolution, est d'admettre que nous connaissions son sauvetage en mer, et de reconnaître que nous avions chargé Mr. Bashwood de l'attirer dans cette maison, à l'aide d'un faux rapport sur Miss Milroy.

» Quand les inévitables questions arriveront, je propose d'affirmer qu'il avait donné des signes d'aliénation mentale… peu de temps après votre mariage, que sa manie consistait à nier que vous fussiez sa femme et à déclarer qu'il était fiancé à Miss Milroy ; que vous avez éprouvé pour cette raison une telle frayeur de lui, quand vous avez appris son retour, que vous avez été obligée de recourir à mes soins ; qu'à votre requête, et pour calmer votre agitation, je l'ai vu et emmené dans mon établissement, en flattant sa manie, moyen parfaitement légitime en pareil cas ; que dernièrement, j'ai bien constaté que son cerveau était affecté d'un de ces désordres mystérieux, incurables, fatals, sur lesquels la science est encore dans les ténèbres. Ce plan serait incontestablement pour moi et pour vous le meilleur, et une robe comme celle-là est juste celle que, dans les présentes circonstances, il ne faut pas que vous portiez.

— Dois-je l'ôter immédiatement ? demanda-t-elle en se levant de table, sans faire aucune remarque sur ce qui venait de lui être exposé.

— Pourvu que ce soit avant deux heures aujourd'hui, c'est tout ce qu'il faut, répondit le docteur.

Elle le regarda avec une curiosité indolente :

— Pourquoi avant deux heures ?

— Parce que aujourd'hui est mon jour pour recevoir les visiteurs, de deux à quatre heures.

— Qu'ai-je à voir avec vos visiteurs ?

— Simplement ceci : je crois utile que des témoins respectables et désintéressés vous voient dans mon établissement et qu'ils vous prennent pour une dame venue me consulter.

— Est-ce le seul motif que vous ayez d'agir ainsi ?

— Chère, chère madame ! s'écria le docteur, ai-je aucun secret pour vous ? Sûrement, vous devriez mieux me connaître !

— Oui, fit-elle avec lassitude et mépris. Faites-moi avertir quand vous aurez besoin de moi.

Elle le quitta et monta à sa chambre.

Deux heures sonnèrent ; un quart d'heure après, les visiteurs arrivaient. Aussi laconiques qu'aient été les cartons, aussi peu engageant que fût l'aspect extérieur du sanatorium, les invitations du docteur avaient été généralement acceptées par les femmes des familles auxquelles elles s'adressaient. En Angleterre, une si grande monotonie règne dans la vie de la plupart des classes moyennes que tout ce qui s'offre aux femmes comme un refuge innocent contre la tyrannie de ce principe établi, selon lequel le bonheur humain commence et finit entre les murs du foyer, est accepté avec empressement.

Tandis que les impérieux besoins d'un pays voué au commerce limitaient les représentants du sexe mâle chez le docteur à un faible vieillard et à un jeune garçon hébété, les femmes, pauvres âmes, au nombre de seize, vieilles et jeunes, mariées et célibataires, avaient saisi l'occasion de paraître en public, pour ces deux motifs sur lesquels elles s'étaient rencontrées avec une touchante harmonie : d'abord pour s'examiner mutuellement, ensuite pour visiter le sanatorium. Elles arrivèrent soigneusement habillées, et franchirent les tristes portes de fer du docteur avec un air de supériorité affectée – pitoyable à voir mais tout à fait édifiant – à l'endroit de toutes les distractions indignes de Ladies.

Le propriétaire du sanatorium reçut ses visiteurs dans le vestibule, Miss Gwilt à son bras. Les yeux avides de chaque femme de la compagnie passèrent sur le docteur comme s'il n'avait jamais existé et se fixèrent sur l'étrange dame qu'ils dévorèrent de la tête aux pieds.

— Ma première pensionnaire, dit le docteur en présentant Miss Gwilt. Cette dame est arrivée tard hier soir, et elle profite de cette occasion (la seule que mes occupations du matin m'aient permis de lui offrir) pour visiter le sanatorium. Permettez, madame, dit-il en s'éloignant de Miss Gwilt, et en offrant son bras à la femme la plus âgée de la société. Nerfs ébranlés, chagrins domestiques... murmura-t-il confidentiellement, un triste cas ! une personne douce et charmante !

Il soupira et conduisit la vieille femme à travers le vestibule. La troupe des visiteurs les suivit, Miss Gwilt les accompagnant en silence. Elle marchait seule et se tenait en arrière des autres.

— Les alentours, mesdames et messieurs, dit le docteur en se tournant vers ses auditeurs au pied de l'escalier, sont, comme vous l'avez vu, loin d'être terminés : je n'accorde cependant qu'une faible importance à cela, compte tenu de la proximité de Hampstead Heath et considérant que l'exercice en voiture ou à cheval fait partie de mon système de soin. Je dois aussi vous demander votre indulgence pour le rez-de-chaussée où nous sommes maintenant. L'antichambre et l'étude de ce côté, et de l'autre le laboratoire, sur lequel je vais attirer votre attention, sont complètement terminés. Mais le grand salon est encore entre les mains des décorateurs. Dans cette pièce, quand les murs seront secs (ce qui ne tardera pas), mes pensionnaires se réuniront pour goûter les plaisirs de la société. Rien ne sera épargné de ce qui peut adoucir, distraire et calmer dans ces petites réunions. Tous les soirs, par exemple, il y aura de la musique pour ceux qui l'apprécient.

Il y eut un léger mouvement parmi les visiteurs. Une mère de famille interrompit le docteur. Elle voulait savoir si de la musique « tous les soirs » voulait dire le dimanche aussi, et dans ce cas quelle sorte de musique serait exécutée.

— De la musique sacrée, bien entendu, madame, dit le docteur. Haendel, le dimanche, et Haydn quelquefois, quand il n'est pas trop gai. Mais, comme je le disais, la musique n'est pas la seule distraction que j'offrirai à mes pensionnaires. Ceux qui préfèrent les livres pourront faire des lectures amusantes.

Il y eut un autre mouvement parmi les visiteurs. Une autre mère de famille voulut savoir si « lectures amusantes » signifiait « romans » ?

— Uniquement ceux que j'aurai choisis et lus moi-même d'abord, dit le docteur. Rien de triste, madame. Il y a assez de tristesse dans la vie ! Et pour cette raison, nous n'en voulons pas dans les livres. Le romancier anglais qui entrera dans ma maison (aucune littérature étrangère n'y sera admise) devra comprendre son art comme le lecteur anglais, dont l'esprit est sain, le comprend de notre temps. Il devra savoir que notre goût moderne, plus pur, que notre moralité, plus délicate, ne lui permettent désormais que deux choses quand il nous écrit un livre : tout ce que nous voulons de lui, c'est qu'il nous fasse rire de temps en temps et qu'il nous laisse toujours une impression agréable.

Il y eut un troisième mouvement parmi les visiteurs, résultant manifestement cette fois de l'approbation générale. Le docteur, craignant sagement de détruire l'impression favorable, laissa tomber la conversation, et monta au dernier étage. La compagnie le suivit. Comme auparavant, Miss Gwilt marchait silencieusement la dernière de tous. Chaque dame, l'une après l'autre, la regarda avec l'intention de lui adresser la parole ; mais quelque chose d'étrange les intimida toutes, et les paroles bien intentionnées ne furent pas prononcées. L'impression générale fut que le directeur du sanatorium avait délicatement caché la vérité, et que sa première pensionnaire était folle.

Le docteur montra le chemin, non sans accorder quelques instants de repos à la vieille femme qui s'appuyait tout essoufflée sur son bras. Arrivé sur le palier, il réunit ses visiteurs dans le corridor, indiqua de la main les nombreuses portes ouvrant de chaque côté, et invita la compagnie à visiter les pièces qu'elle voudrait.

— Du n° 1 au n° 4, mesdames et messieurs, fit le docteur, ce sont les chambres du personnel soignant. Du n° 5 au n° 8, nous avons les chambres destinées aux patients les moins fortunés, que je reçois à des conditions qui me remboursent seulement mes dépenses, rien de plus. Dans ce cas, pour être admis, il suffit d'avoir une piété reconnue et la recommandation de deux ecclésiastiques. J'insiste sur ces deux conditions, les seules que je consente. Observez, je vous prie, que toutes les chambres sont aérées et que tous les lits sont en fer, et ayez encore la bonté de remarquer, quand nous redescendrons, qu'une porte empêche toute communication, si cela se trouve nécessaire, entre le deuxième étage et l'étage supérieur… Les chambres du deuxième, où nous voici maintenant, à l'exception de ma propre chambre, sont entièrement consacrées au logement des dames, l'expérience m'ayant convaincu que la grande délicatesse de la constitution féminine exige pour les chambres à coucher une position élevée afin d'y avoir un air plus pur. Ici les dames sont placées immédiatement sous mes soins, tandis que mon aide-médecin, que j'attends d'ici à une semaine, aura la surveillance des hommes à l'étage du dessous. Observez, quand nous serons à ce premier étage, une seconde porte empêchant, toute communication entre le premier et le second, excepté entre ma chambre et celle de mon aide… Et maintenant que nous voici arrivés dans la partie de la maison consacrée aux hommes, et que vous avez pu observer par vous-mêmes la manière dont fonctionne l'établissement, permettez-moi de vous montrer un échantillon de mon système de soin. Pour cela, je vous introduirai dans une pièce arrangée selon mes consignes pour le traitement des cas les plus compliqués de maladies nerveuses et d'aliénations mentales qui réclament mes soins.

Il ouvrit, à l'extrémité du corridor, la porte d'une pièce sur laquelle on lisait le n° 4.

— Entrez et regardez, mesdames et messieurs, et si vous voyez quelque chose qui vaille la peine d'être noté, veuillez me le dire.

La pièce n'était pas très grande ; elle était éclairée par une large fenêtre. Confortablement meublée en chambre à coucher, elle ne se distinguait de ces sortes de pièces que d'une seule manière : elle n'avait point de foyer. Les visiteurs en ayant fait l'observation, il leur fut répondu qu'elle était chauffée pendant l'hiver au moyen d'eau chaude. On les invita alors à explorer le corridor, pour y découvrir avec l'aide d'un professionnel ce qu'ils n'avaient pas vu spontanément.

— Un mot, messieurs et mesdames, dit le docteur, un mot d'abord sur les dérangements nerveux. Quel est le procédé employé quand vous êtes sous le coup d'une anxiété mentale, et que vous en appelez à votre docteur ? Il vous voit, vous entend, et vous donne deux prescriptions. L'une est écrite sur le papier, et exécutée chez le pharmacien ; l'autre est seulement administrée par la parole au moment favorable, et consiste dans une recommandation générale de vous tenir l'esprit calme. Cet excellent avis donné, votre médecin vous laisse à vous seul le soin de vous épargner tout ennui, jusqu'à ce qu'il revienne. C'est ici que mon système vient à votre secours. Quand je vois la nécessité de tenir votre esprit dans le calme, je prends le taureau par les cornes, et j'y veille pour vous. Je vous place dans un environnement dont les dix mille détails qui doivent et qui peuvent irriter les gens nerveux chez eux sont expressément bannis. J'empêche tout rapprochement entre la fatigue et vous. Trouvez une porte se refermant avec bruit dans cette maison, si vous le pouvez ! Attrapez un domestique qui entrechoque la vaisselle en débarrassant les plateaux ! Découvrez des chiens qui aboient, des coqs qui chantent, des ouvriers qui martèlent ou des enfants qui crient, et je m'engage à fermer mon sanatorium demain ! Croyez-vous que tous ces inconvénients ne soient rien pour les gens nerveux ? Demandez-le-leur. Peuvent-ils échapper à ces bruits chez eux ? Demandez-le-leur. Une irritation de dix minutes causée par l'aboiement d'un chien ou le cri d'un enfant, détruit le bienfait d'un mois de traitement médical. Pas un médecin compétent en Angleterre ne s'aventurera à dire le contraire. C'est là-dessus qu'est fondé mon système. J'affirme que le traitement médical, dans ces sortes d'affections, est entièrement subordonné au traitement moral. Ce traitement moral vous le trouvez ici. Soigneusement suivi pendant le jour, il accompagne le malade jusque dans sa chambre la nuit ; il le calme, vient à son secours, et le guérit sans qu'il le sache. Vous allez voir comment.

Le docteur se tut pour reprendre haleine et, pour la première fois depuis que les visiteurs étaient entrés dans la chambre, il regarda Miss Gwilt. Pour la première fois, elle aussi, elle s'avança au milieu de l'auditoire et le regarda à son tour. Après un moment d'embarras causé par un court accès de toux, le docteur continua :

— Imaginez-vous, mesdames et messieurs, que mon malade vient d'entrer ici. Son esprit est bourrelé de divagations nerveuses, de caprices, que ses amis, avec les meilleures intentions, n'ont fait qu'exciter chez lui. Ils ont peur de lui, par exemple, et l'ont forcé, la nuit, à faire coucher quelqu'un dans sa chambre ; par crainte des accidents, ils lui ont défendu de fermer sa porte au verrou. Il vient à moi la première nuit et dit : « Faites attention, je ne veux avoir personne dans ma chambre. — Bien sûr que non ! — J'insiste pour fermer ma porte à clef. — Naturellement ». Il entre et s'enferme. Le voilà calmé, disposé à la confiance, à dormir tranquillement. C'est très bien, direz-vous ; mais supposez qu'il arrive quelque chose, supposez qu'il ait un accès dans la nuit. Qu'arrivera-t-il alors ? Vous allez voir… Voyons ! mon petit ami, s'écria soudain le docteur en s'adressant au jeune garçon hébété, nous allons jouer. Vous serez le pauvre malade, et moi le bon docteur. Allez dans cette chambre et verrouillez la porte… Voilà un brave garçon. Avez-vous poussé le verrou ? Bien. Croyez-vous que je ne puisse venir à vous si je le veux ? J'attends que vous soyez endormi, je presse ce petit bouton blanc, dissimulé ici dans les peintures murales, et j'entre dans la chambre comme il me plaît. La même chose avec la fenêtre. Mon capricieux malade ne veut pas l'ouvrir la nuit, quand il le doit. Je fais semblant d'entrer dans ses idées : « Fermez-la donc, monsieur, si vous le souhaitez ». Dès qu'il est endormi, je lève la manivelle cachée ici, dans le coin du mur ; la fenêtre de la chambre s'ouvre à l'intérieur et sans bruit, comme vous voyez. Il persiste à vouloir ouvrir la fenêtre quand il ne le faut pas ? Laissons-le agir à sa guise, laissons-le donc ! Je lève une seconde manivelle quand il est bien endormi dans son lit, et la fenêtre se referme sans bruit en un moment. Rien qui puisse l'irriter, mesdames et messieurs ! Mais je n'en ai pas encore fini. Une maladie épidémique peut, malgré toutes mes précautions, pénétrer dans le sanatorium et rendre la purification des chambres nécessaires. Ou alors le cas du malade peut être compliqué par une autre affection que la maladie nerveuse, par exemple de l'asthme ou des difficultés respiratoires. Dans l'un des cas, la fumigation est nécessaire ; dans l'autre, une addition d'oxygène dans l'air soulagera le patient. Le malade atteint par l'épidémie dit : « Je ne veux pas être incommodé par la fumée ! ». L'asthmatique soupire, avec terreur, à la pensée d'une émanation chimique dans la chambre. Je fumige l'un sans bruit ; je donne à l'autre l'oxygène qui lui manque, au moyen d'un simple appareil fixé en dehors, dans ce coin-ci. Il est protégé par un revêtement de bois, il est fermé à clef et communique au moyen d'un tube avec l'intérieur de la chambre. Regardez !

Après avoir jeté un regard préliminaire à Miss Gwilt, le docteur ouvrit la serrure de la boîte de bois, et ne découvrit rien de plus remarquable qu'une large cruche de pierre munie d'un tuyau de verre terminé par une espèce de fourneau de pipe communiquant avec le mur, et inséré dans le liège qui en fermait l'ouverture. Après avoir jeté un autre regard à Miss Gwilt, le docteur referma le couvercle et demanda de la manière la plus obséquieuse si son système était intelligible à présent.

— Je pourrais vous faire connaître beaucoup d'autres inventions analogues, dit-il en descendant les escaliers, mais ce serait vous répéter toujours la même chose. Un malade nerveux qui a sa liberté est un malade qui n'est jamais fatigué, et un malade nerveux qui n'est jamais fatigué est guéri. Et voilà, tout tient dans une coquille de noix ! Venez voir le laboratoire, mesdames, le laboratoire, et la cuisine ensuite.

Une fois encore, Miss Gwilt resta en arrière des visiteurs et attendit seule, regardant fixement la chambre que le docteur venait d'ouvrir et l'appareil dont on venait de s'occuper. Elle l'avait compris, sans qu'un mot eût été échangé entre eux. Elle savait, aussi bien que s'il l'eût avoué, qu'il mettait habilement la tentation nécessaire sur son chemin, devant des témoins qui pouvaient parler des choses innocentes qu'ils avaient vues. L'appareil, originellement construit pour servir les desseins médicaux du docteur, devait évidemment servir à un autre usage, auquel le docteur lui-même n'avait jamais songé sans doute jusqu'à ce jour. Et il se pouvait qu'avant la fin du jour elle eût une démonstration de cet autre usage, au moment opportun et en présence du bon témoin.

« Armadale mourra cette fois, se dit-elle en descendant l'escalier.

Le docteur le tuera par ma main ».

Les visiteurs étaient dans le laboratoire quand elle les rejoignit. Toutes les dames admiraient la beauté de l'armoire antique et, conséquence prévisible, toutes désiraient voir ce qui se trouvait à l'intérieur. Le docteur, ayant d'abord regardé Miss Gwilt, secoua la tête d'un air de bonne humeur :

— Il n'y a rien à l'intérieur qui puisse vous intéresser, rien que des rangées de laides petites bouteilles renfermant les poisons dont on se sert en médecine et que je tiens sous clef. Venez à la cuisine, mesdames, et honorez-moi de vos conseils sur mes arrangements domestiques.

Il jeta encore un œil vers Miss Gwilt, comme la compagnie traversait le vestibule, avec une expression qui disait clairement : « Attendez ici ».

Un quart d'heure après, le docteur avait exposé ses vues sur la cuisine, sur la diète, et les visiteurs, comblés de prospectus, prenaient congé de lui à la porte.

« Une récréation tout à fait intellectuelle ! » se dirent-ils les uns aux autres, comme la procession défilait par la porte de sortie. « Et quel homme remarquable ! »

Le docteur revint au laboratoire en fredonnant machinalement, et sans regarder le coin du hall où Miss Gwilt se tenait. Après un instant d'hésitation, elle le suivit. Le préparateur était dans la pièce quand elle y entra, ayant été appelé par son patron quelques instants auparavant.

— Docteur, dit-elle froidement et mécaniquement, comme si elle répétait une leçon, je suis aussi curieuse que les autres dames au sujet de cette armoire ; maintenant qu'elles sont toutes parties, voulez-vous m'en montrer l'intérieur ?

Le docteur rit de sa façon la plus aimable :

— La vieille histoire ! La chambre close de Barbe-Bleue et la curiosité féminine. (Ne sortez pas, Benjamin, ne sortez pas). Ma chère dame, quel intérêt pouvez-vous avoir à regarder une bouteille de médecine, simplement parce qu'elle se trouve contenir du poison ?

Elle répéta sa leçon pour la seconde fois.

— L'intérêt de les contempler et de songer aux terribles choses que cela pourrait faire en tombant entre les mains de certaines personnes.

Le docteur regarda son assistant avec un sourire compatissant.

— Il est curieux, Benjamin, dit-il, de voir de quelle manière romanesque les esprits ignorants de notre science considèrent nos drogues. Ma chère dame, continua-t-il en se tournant de nouveau vers Miss Gwilt, si c'est là l'intérêt qui vous pousse à regarder les poisons, vous n'avez qu'à examiner autour de vous les rayons de cette pièce. Il y a toutes sortes de liquides et de substances médicales dans ces bouteilles, très innocents en eux-mêmes, mais qui, combinés avec d'autres substances et d'autres liquides, deviennent des poisons aussi terribles, aussi mortels que n'importe lequel enfermé dans mon armoire.

Elle le regarda un moment et traversa la pièce :

— Montrez-m'en un.

Toujours souriant et aussi aimable que jamais, le docteur fit ce que sa malade désirait. Il montra la bouteille de laquelle il avait ôté secrètement le liquide jaune, la veille, et qu'il avait remplie ensuite d'une composition dont la couleur imitait parfaitement la première.

— Voyez-vous cette bouteille ? Cette bouteille ronde, rebondie, à l'air avenant ? Peu importe le nom de ce qu'elle renferme. Désignons cette bouteille par le nom que nous voudrons. Appelons-la, je suppose, « Notre Robuste Amie ». Très bien. Notre Robuste Amie, en elle-même, est une médecine très utile et ne pouvant faire aucun mal. Elle est librement distribuée chaque jour à des milliers de malades dans le monde civilisé. Elle n'a jamais comparu dramatiquement devant aucune cour de justice ; elle n'a excité aucun intérêt palpitant dans les romans ; elle n'a joué aucun terrible rôle sur scène. La voilà, créature innocente et inoffensive, qui ne donne à personne la corvée de l'enfermer. Mais mettez-la en contact d'autre chose, faites-lui faire connaissance avec une certaine substance minérale très commune[1], cassée en morceaux. Prenez six gouttes de Notre Robuste Amie, et versez les gouttes une à une sur les morceaux dont je vous ai parlé, à cinq minutes d'intervalle. Des quantités de petites bulles s'élèveront chaque fois. Rassemblez le gaz qui

1 Collins reste délibérément vague, mais il s'agit probablement d'une allusion à la production de dioxyde de carbone, obtenu par dissolution de pierre à chaux, gaz considéré à l'époque comme un narcotique puissant et dangereux.

est dans ces bulles, faites-le passer dans une chambre fermée, et que Samson lui-même soit dans cette chambre, Notre Robuste Amie l'aura tué dans la demi-heure, lentement, sans qu'il voie rien, sans qu'il sente rien, sans qu'il éprouve rien que du sommeil. Elle l'aura tué sans que la faculté de médecine y voie rien, si on l'examine après sa mort, si ce n'est qu'il est mort d'apoplexie ou d'une congestion des poumons. Que pensez-vous de cela, ma chère dame, en matière de mystère et de romanesque ? Notre innocente et robuste amie est-elle aussi intéressante maintenant que si elle jouissait de la terrible réputation populaire de l'arsenic et de la strychnine, que je tiens renfermés dans cette armoire ? Ne croyez pas que j'invente ou que j'exagère, que je fabrique une histoire pour vous attraper, comme disent les enfants. Demandez à Benjamin que voici, fit le docteur, en interpellant son aide, les yeux toujours fixés sur Miss Gwilt. Demandez à Benjamin, répéta-t-il, en appuyant avec emphase sur ces paroles : Six gouttes de cette bouteille, à intervalles de cinq minutes chacune, dans les conditions que j'ai expliquées, ne doivent-elles pas produire les résultats que j'ai décrits ?

L'aide qui admirait modestement Miss Gwilt à distance rougit.

— Le docteur a parfaitement raison, madame, dit-il en s'adressant à Miss Gwilt et en saluant courtoisement. La production du gaz, prolongée pendant une demi-heure, doit être graduelle. Et, ajouta le préparateur en consultant son patron silencieusement pour qu'il le laissât exhiber à son tour un échantillon de ses connaissances chimiques, le volume de gaz serait suffisant à la fin de ce temps, si je ne me trompe, monsieur, pour être fatal en moins de cinq minutes à toute personne entrant dans la chambre.

— Sans aucun doute, Benjamin, reprit le docteur. Mais je pense que nous avons assez de chimie pour le moment, ajouta-t-il en se tournant vers Miss Gwilt. Malgré tout mon désir, ma chère dame, de satisfaire tous vos désirs, je m'aventurerai à proposer d'aborder un sujet de conversation plus gai. Supposons que nous quittions le laboratoire avant qu'il n'ait suggéré quelque autre curiosité à cet esprit si actif que vous semblez posséder. Non ? Vous voulez une démonstration ? Vous voulez savoir comment les petites bulles sont faites ? Bien ! bien ! il n'y a pas de mal à cela. Nous laisserons Mrs. Armadale voir les bulles, continua le docteur du ton d'un père qui veut calmer un enfant gâté. Essayez si vous pouvez trouver quelques-uns de ces fragments dont nous avons besoin, Benjamin. Je dirais que les ouvriers ont laissé quelque chose de la sorte aux environs de la maison et des terrains.

Le chimiste sortit de la pièce.

Aussitôt qu'il eut tourné le dos, le docteur commença à ouvrir et à fermer les tiroirs de tous les côtés du laboratoire, de l'air d'un homme qui cherche quelque chose et ne sait où le trouver.

— Bon ! s'écria-t-il, en s'arrêtant soudain devant le tiroir dans lequel il avait pris les cartes d'invitation la veille. Qu'est-ce que cela ? Une clef ? Aussi vrai que je suis vivant, le double de la clef de mon appareil fumigatoire. Dieu ! Dieu ! comme je deviens négligent, dit le docteur en se tournant brusquement vers Miss Gwilt. Je n'avais pas la moindre idée que j'avais cette seconde clef. Je n'y aurais jamais pensé ! Jamais, je vous assure, si quelqu'un l'avait ôtée de ce tiroir.

Il se précipita à l'autre bout du laboratoire, sans fermer le tiroir, et sans rendre le double de sa clef.

En silence, Miss Gwilt écouta jusqu'à ce qu'il eût fini. En silence, elle se glissa jusqu'au tiroir, prit la clef, et la glissa dans la poche de sa robe.

Le chimiste revint avec les morceaux demandés, rassemblés dans une tasse.

— Merci, Benjamin, fit le docteur. Ayez la bonté de les couvrir d'eau, tandis que j'attrape la bouteille.

Ainsi qu'il arrive des accidents dans les familles les plus unies, ainsi la maladresse peut venir des mains les plus adroites ; en voulant prendre la bouteille sur le rayon, le docteur la laissa échapper et elle tomba brisée en morceaux sur le parquet.

— Oh, mes doigts ! s'écria le docteur. Qu'est-ce qui vous prend de me jouer un si méchant tour ? Bien, bien, c'est fait. Avez-vous encore de cela, Benjamin ?

— Pas une goutte, monsieur.

— Pas une goutte ! répéta le docteur. Ma chère madame ! quelles excuses j'ai à vous faire. Rappelez-moi d'en commander d'autres pour demain matin, Benjamin, et ne vous donnez pas la peine de remédier à ce dégât. Je vais appeler le domestique pour essuyer et ramasser tout cela. Notre Robuste Amie est assez inoffensive maintenant, ma chère dame, étendue comme elle l'est, sur le parquet, en attendant le torchon ! Je suis fâché, désolé de vous avoir désappointée.

En proférant ces paroles lénifiantes, le docteur offrit son bras à Miss Gwilt, et la conduisit hors de la chambre.

— En avez-vous fini avec moi, maintenant ? lui demanda-t-elle quand ils furent dans le vestibule.

— Dieu ! Dieu ! quelle manière de s'exprimer ! s'écria le docteur. Dîner à six heures, ajouta-t-il avec une emphase polie, tandis qu'elle s'éloignait en gardant un silence dédaigneux.

Une pendule, d'un modèle silencieux, incapable d'offenser des nerfs irritables, était fixée dans le mur, au-dessus du palier du premier étage. Au moment où les aiguilles marquaient six heures moins le quart, le silence des solitaires régions supérieures fut doucement troublé par le bruissement de la robe de Miss Gwilt. Elle s'avança le long du corridor, s'arrêta devant l'appareil enfermé en dehors de la chambre n° 4, écouta un moment et l'ouvrit avec le double de la clef.

Le couvercle ouvert projeta une ombre sur l'intérieur de la boîte. Tout ce qu'elle vit d'abord fut ce qu'elle avait vu déjà : la cruche et le tuyau de verre terminé par le tube inséré dans le liège. Elle leva le tuyau et, regardant autour d'elle, remarqua sur l'appui de la fenêtre une baguette terminée par un bout de cire pour allumer le gaz. Elle prit la baguette, l'introduisit dans l'ouverture du tuyau, et remua de haut en bas dans la cruche. La faible éclaboussure causée par un liquide et le grattage de substances plus dures furent les deux bruits qu'elle entendit. Elle retira la baguette et en toucha l'extrémité humide avec le bout de sa langue. Cette précaution était inutile : le liquide était de l'eau.

En remettant le tuyau à sa place, elle remarqua quelque chose qui brillait faiblement à côté de la cruche. Elle enfonça la main et ramena un flacon pourpre. À travers la sombre transparence du verre, le liquide qu'il contenait semblait noir ; attachés à intervalles réguliers d'un côté du flacon, se trouvaient six fins morceaux de papier qui en divisaient le contenu en six parties égales.

Elle ne doutait plus maintenant que l'appareil n'eût été secrètement préparé pour elle, l'appareil dont elle seule (avec le docteur) possédait la clef.

Elle remit le flacon en place et referma le couvercle du revêtement de bois. Elle resta un moment à le regarder, la clef à la main. Soudain les couleurs lui revinrent, et son animation naturelle reparut pour la première fois de la journée sur son visage. Elle se retourna et monta en grande hâte l'escalier qui menait à sa chambre, au deuxième étage. Elle arracha avec violence son manteau de sa garde-robe, et sortit son chapeau de sa boîte :

« Je ne suis pas en prison ! s'écria-t-elle impétueusement. J'ai l'usage de mes membres ! Je puis partir, aller n'importe où, sortir de cette maison ! »

Son manteau sur les épaules, son chapeau sur la tête, elle traversa la chambre pour gagner la porte. Un moment de plus, et elle eut été dehors. Mais soudain, sa mémoire se reporta sur son mari qu'elle avait renié en face. Elle s'arrêta immédiatement et ôta son manteau et son chapeau qu'elle jeta sur le lit :

« Non ! fit-elle, le gouffre est creusé entre nous ; le plus difficile est fait ! »

On frappa à la porte. La voix du docteur fit remarquer poliment du dehors qu'il était six heures.

Elle ouvrit et l'arrêta tandis qu'il s'apprêtait à redescendre :

— À quelle heure est attendu le train de ce soir ?

— À dix heures, répondit le docteur d'une voix que tout le monde eût pu entendre.

— Quelle chambre aura Mr. Armadale, lorsqu'il arrivera ?

— Laquelle désirez-vous qu'il ait ?

— La chambre n° 4.

Le docteur garda les apparences jusqu'à la fin :

— Comme vous voudrez, pourvu seulement que la n° 4 soit libre.

La soirée se passa et la nuit vint.

Quelques minutes avant dix heures, Mr. Bashwood était encore à son poste, et une fois de plus aux aguets pour l'arrivée du train.

L'inspecteur de service, qui le connaissait de vue et s'était personnellement assuré que l'attente régulière de Mr. Bashwood n'avait pour but ni les bourses ni les bagages des voyageurs, remarqua deux nouvelles choses chez Mr. Bashwood ce soir-là. En premier lieu, il paraissait triste et soucieux, et n'avait pas son air de gaieté habituelle. En second lieu, il était, selon toute apparence, guetté à son tour par un homme de taille moyenne, brun et maigre, qui avait laissé son bagage (marqué du nom de Midwinter) au bureau des douanes la veille au soir, et qui était revenu pour le faire examiner, il y avait environ une demi-heure.

Pour quelle raison Midwinter attendait-il à la gare, et pourquoi guettait-il, lui aussi, le train d'outre-Manche ?

Après avoir erré jusqu'à Hendon, durant sa promenade nocturne de la veille, il s'était réfugié dans l'auberge du village, où il avait fini par s'endormir de fatigue, vers les premières heures du matin.

Quand il se présenta de nouveau au logement de sa femme, l'hôtesse put seulement lui apprendre que sa locataire avait réglé tous ses comptes et était partie – pour quelle destination ? ni elle ni sa servante ne le savait – deux heures environ auparavant.

Ayant passé encore quelque temps à chercher, Midwinter se convainquit que la piste était perdue. Il quitta la maison et poursuivit son chemin machinalement vers les quartiers les plus animés du centre de la ville. À la lumière de ce qu'il savait maintenant sur la personnalité de sa femme, il jugeait inutile de se rendre à l'adresse indiquée par elle comme étant celle de sa mère. Il alla par les rues, résolu à la retrouver et réfléchissant aux moyens à employer, jusqu'à ce qu'il fût de nouveau accablé par la fatigue. S'étant arrêté pour reprendre ses forces au premier hôtel qu'il rencontra, une dispute entre un garçon et un étranger qui réclamait sa malle perdue lui rappela son bagage laissé à la gare. Son esprit revint immédiatement aux circonstances dans lesquelles Mr. Bashwood et lui s'étaient rencontrés. Un moment après, il avait résolu d'essayer de retrouver le régisseur, qui pouvait être encore à guetter la personne dont il attendait évidemment l'arrivée le soir précédent.

Ignorant le bruit de la mort d'Allan, n'ayant pas appris lors de la terrible entrevue avec sa femme dans quelle intention elle avait revêtu ses vêtements de deuil, les soupçons de Midwinter s'étaient naturellement portés sur sa fidélité. Il ne pouvait expliquer que d'une seule façon qu'elle l'eut ainsi désavoué en changeant son nom pour celui sous lequel il l'avait secrètement épousée. Sa conduite le poussait à conclure qu'elle était engagée dans quelque infâme intrigue et qu'elle s'était bassement établie dans la position où elle savait qu'il lui serait le plus répugnant et le plus odieux de réclamer ses droits sur elle. Fort de cette conviction, il surveillait maintenant Mr. Bashwood, intimement persuadé que la cachette de sa femme était connue de ce vil serviteur de ses vices, et soupçonnant, à mesure que le temps s'écoulait, que l'inconnu qui l'avait offensé et le voyageur dont Mr. Bashwood attendait l'arrivée n'étaient qu'une seule et même personne.

Le train arriva tard cette nuit-là, et les voitures étaient encore plus encombrées qu'à l'ordinaire. Midwinter se trouva dans le plus épais de la foule et, tandis qu'il faisait ses efforts pour en sortir, il perdit Mr. Bashwood de vue pour la première fois.

Quelques minutes s'étaient écoulées lorsqu'il parvint à découvrir le régisseur, qui parlait avec animation à un homme dont il ne voyait que le dos. Abandonnant toute crainte de se faire voir, Midwinter s'avança brusquement vers eux. Mr. Bashwood vit son visage menaçant et recula. L'homme auquel celui-ci parlait se retourna pour voir ce qu'il regardait, et révéla à Midwinter, dans la pleine clarté d'un réverbère de la gare, le visage d'Allan !

Un moment, tous deux restèrent sans voix, à se regarder. Allan fut le premier à se remettre :

— Dieu soit loué ! s'écria-t-il. Je ne vous demande pas comment vous vous trouvez ici ; il me suffit de vous y voir. De tristes nouvelles me sont déjà parvenues, Midwinter. Aucun autre que vous ne peut me consoler et m'aider à supporter cette douleur.

Sa voix faiblit en disant ces dernières paroles, et il n'ajouta rien de plus.

Midwinter maîtrisa sa douleur personnelle pour la première fois depuis qu'elle s'était abattue sur lui et, prenant affectueusement le bras d'Allan, lui demanda ce qui était arrivé.

Son ami lui apprit d'abord comment on l'avait cru mort en mer, puis comment, d'après ce qu'avait raconté Mr. Bashwood, cette nouvelle avait atteint Miss Milroy ; la jeune fille avait été terriblement choquée, et le major avait été obligé de placer sa fille dans un établissement des faubourgs de Londres, où elle recevait les soins d'un médecin.

Avant de parler à son tour, Midwinter regarda avec défiance derrière lui. Mr. Bashwood les avait suivis, et observait ce qu'ils allaient faire ensuite.

— Cet homme attendait-il votre arrivée ici pour vous donner ces renseignements sur Miss Milroy ? demanda Midwinter en regardant tour à tour Allan et le régisseur.

— Oui, répondit Allan. Il a eu la bonté de m'attendre ici chaque soir pour m'apprendre ces tristes nouvelles.

Midwinter se tut un instant. Concilier la conclusion qu'il avait tirée de la conduite de sa femme avec la découverte qu'Allan était l'homme attendu par Mr. Bashwood était une tentative désespérée. La seule chance qu'il eût maintenant de découvrir une solution plus vraie à ce mystère était de presser le régisseur sur son seul point vulnérable ; il avait positivement nié la veille savoir quoi que ce fut sur les mouvements d'Allan et avoir un intérêt quelconque à son retour en Angleterre.

Ayant surpris Mr. Bashwood en flagrant délit de mensonge envers lui, Midwinter le soupçonna immédiatement d'en avoir fait un autre à Allan. Il saisit donc immédiatement, l'occasion d'éclaircir ses dires sur Miss Milroy.

— Comment êtes-vous au courant de ces tristes nouvelles ? demanda-t-il en se tournant brusquement vers le régisseur.

— Par le major, bien sûr, répondit Allan avant que son régisseur eût eu le temps de répondre.

— Qui est le docteur qui prend soin de Miss Milroy ? continua Midwinter en s'adressant toujours à Mr. Bashwood :

Pour la seconde fois, le régisseur ne répondit pas. Pour la seconde fois, ce fut Allan qui répondit à sa place :

— Il a un nom étranger. Il tient un sanatorium près de Hampstead. Comment m'avez-vous dit que s'appelait l'endroit, monsieur Bashwood ?

— Fairweather Vale, monsieur, dit le régisseur, forcé de parler.

L'adresse du sanatorium rappela immédiatement à Midwinter qu'il avait trouvé sa femme dans les villas de Fairweather Vale, la veille au soir. Pour la première fois, une faible lumière lui apparut dans les ténèbres. L'instinct qui vient avec la nécessité, avant que la raison plus lente ait formulé son jugement, l'amena d'un bond à la conclusion que Mr. Bashwood, qui agissait évidemment sous l'influence de sa femme le jour précédent, pouvait agir encore maintenant sous cette influence. Il persista à vouloir éclaircir jusqu'au fond les affirmations du régisseur, ayant plus fermement que jamais la conviction que sa femme n'y était pas étrangère.

— Le major est-il dans le Norfolk ? demanda-t-il, ou est-il près de sa fille à Londres ?

— Dans le Norfolk, fit Mr. Bashwood, répondant au regard interrogateur d'Allan plutôt qu'à la question posée par Midwinter.

Puis, regardant ce dernier en face pour la première fois, il ajouta soudain :

— Je me refuse à un interrogatoire, monsieur. Je sais ce que j'ai dit à Mr. Armadale, et rien de plus.

Les paroles et la voix dont elles furent prononcées étaient en désaccord avec la manière de s'exprimer et le ton habituel de Mr. Bashwood. Il y avait une méfiance furtive, une expression haineuse jamais vues dans ses yeux lorsqu'ils se levèrent sur Midwinter. Avant que celui-ci eût pu répondre à la singulière sortie du régisseur, Allan intervint :

— Ne me jugez pas trop impatient, dit-il, mais il se fait tard. Il y a loin d'ici Hampstead, et j'ai peur que le sanatorium ne soit fermé.

Midwinter fit un bond.

— Vous n'allez pas au sanatorium ce soir ? s'écria-t-il.

Allan prit la main de son ami et la serra avec force :

— Si vous l'aimiez autant que moi, vous ne pourriez prendre ni repos ni sommeil avant d'avoir appris du docteur ce qu'il y a à espérer et à craindre. Pauvre petite âme ! Qui sait si elle pourra seulement me reconnaître vivant et bien portant…

Les larmes lui vinrent aux yeux et il détourna la tête en silence.

Midwinter regarda le régisseur.

— Éloignez-vous, lui dit-il. Je désire parler à Mr. Armadale.

Quelque chose dans ses regards avertit Mr. Bashwood qu'il ne fallait pas le braver. Il s'éloigna, sans les perdre de vue. Midwinter posa affectueusement une main sur l'épaule de son ami :

— Allan, j'ai des raisons…

Il s'arrêta. Pouvait-il les donner avant de les bien connaître lui-même ? Impossible !

— J'ai des raisons, reprit-il, pour vous conseiller de ne pas croire trop promptement ce que Mr. Bashwood peut dire. Ne lui répétez pas ceci, mais profitez du conseil.

Allan regarda son ami avec étonnement :

— Est-ce vous que j'entends ! s'écria-t-il. Vous qui avez toujours aimé Mr. Bashwood, qui avez eu confiance en lui lorsqu'il s'est présenté à la maison ?

— Peut-être avais-je tort, Allan, et peut-être étiez-vous dans le vrai. Voulez-vous seulement attendre jusqu'à ce que nous ayons envoyé un télégramme au major Milroy, et jusqu'à ce que nous ayons reçu sa réponse ? Voulez-vous seulement attendre une nuit ?

— Je deviendrai fou si j'attends. Vous m'avez rendu encore plus anxieux que je ne l'étais, répondit Allan. Si je ne dois pas me fier à Bashwood, raison de plus pour aller au sanatorium, et apprendre là du docteur si elle y est ou si elle n'y est pas.

Midwinter vit que toutes ses remontrances seraient inutiles. Dans l'intérêt d'Allan, une seule ressource lui restait.

— Voulez-vous me laisser vous accompagner ? lui demanda-t-il.

Le visage d'Allan s'éclaircit pour la première fois :

— Vous, cher bon camarade ! C'est justement ce que j'allais vous demander.

Midwinter fit signe au régisseur de s'approcher.

— Mr. Armadale se rend immédiatement au sanatorium, dit-il, et je désire l'accompagner. Allez chercher un cab, et venez avec nous.

Il attendit pour voir si Mr. Bashwood obéirait. Ayant reçu l'ordre express, quand Allan arriverait, de ne pas le perdre de vue, et se devant dans son propre intérêt d'expliquer la présence de Midwinter à Miss Gwilt, le régisseur n'avait d'autre choix que de céder. Les clefs des malles d'Allan furent données au domestique étranger qu'il avait amené avec lui, avec l'ordre d'attendre son maître à l'hôtel. Une minute après, le cab s'éloignait de la gare, Midwinter et Allan à l'intérieur, Mr. Bashwood sur le siège du cocher.

Entre onze heures et minuit, cette nuit-là, Miss Gwilt, debout et seule devant la fenêtre qui éclairait le corridor du sanatorium au deuxième étage, entendit le roulement d'une voiture venant de son côté. Bientôt le bruit se rapprocha, et elle vit le cab s'arrêter à la porte de la maison. Le ciel, sombre et chargé de nuages jusque-là, s'éclaircissait maintenant, et la lune brillait en plein. Elle ouvrit la fenêtre pour voir et pour entendre.

Elle vit Allan descendre du cab et se retourner pour parler à quelqu'un à l'intérieur. La voix qui répondit lui apprit que le compagnon d'Armadale n'était autre que son mari.

La même force paralysante qui s'était emparée d'elle lors de son entrevue avec Midwinter le jour précédent la pétrifia de nouveau. Elle resta devant la fenêtre, livide et immobile, les yeux hagards, le visage vieilli, comme la veille quand elle l'avait affronté dans ses vêtements de deuil.

Mr. Bashwood, s'étant précipité au deuxième étage pour lui faire son rapport, comprit, dès que ses regards se furent arrêtés sur elle, que le rapport était inutile.

— Ce n'est pas ma faute, se borna-t-il à dire lorsqu'elle tourna lentement la tête vers lui, ils se sont rencontrés, et il n'y a pas eu moyen de les séparer.

Elle poussa un profond soupir, et lui fit signe d'approcher d'elle.

— Attendez un peu, lui dit-elle, je sais tout cela.

Elle s'éloigna en disant ces mots, et marcha lentement jusqu'au bout du corridor ; puis elle revint vers lui, tout aussi lentement, le sourcil froncé, la tête penchée.

— Avez-vous à me parler ? lui demanda-t-elle.

Elle avait posé sa question l'esprit ailleurs et les yeux perdus dans le vague.

Il saisit son courage comme il ne l'avait encore jamais fait en sa présence.

— Ne me poussez pas au désespoir ! cria-t-il avec une soudaine brusquerie. Ne me regardez pas de cette façon, maintenant que j'ai tout découvert.

— Qu'avez-vous découvert ? demanda-t-elle, tandis que la surprise se peignait sur son visage pour s'effacer aussitôt, avant qu'il eût eu le temps de continuer.

— Mr. Armadale n'est pas l'homme qui vous a prise à moi, répondit-il. C'est Mr. Midwinter. Je l'ai lu sur votre visage hier. Et je le lis aujourd'hui encore. Pourquoi avez-vous signé « Armadale » en m'écrivant ? Pourquoi persistez-vous à vous faire appeler

Mrs. Armadale ?

Il prononça ces terribles paroles, entrecoupées de longs silences, faisant un effort désespéré pour résister à son emprise.

Elle le regarda avec des yeux adoucis :

— Je voudrais avoir eu pitié de vous quand nous nous sommes rencontrés pour la première fois, comme j'ai pitié de vous maintenant.

Il lutta désespérément pour continuer, pour lui dire ce qu'il avait résolu de lui dire pendant le trajet de la gare au sanatorium. C'étaient des paroles faisant allusion à ce qu'il savait de son passé, et destinées à l'avertir avant qu'elle commît les crimes qu'elle méditait, à l'avertir de réfléchir à deux fois avant de le trahir et de l'abandonner encore. Il s'était juré de parler, il avait choisi les mots, préparé et rangé les phrases en ordre dans son cerveau ; il ne lui manquait plus que d'avoir le courage de les prononcer. Maintenant même, après tout ce qu'il avait dit et tout ce qu'il avait osé, l'effort était au-dessus de ses forces. Dans sa gratitude pour le peu de pitié qu'elle lui octroyait, il s'oubliait à la regarder, laissant couler ces larmes de femme qui tombent des yeux des vieillards.

Elle lui prit la main avec une compréhension marquée, mais sans aucun signe d'émotion.

— Vous avez déjà attendu à ma requête, dit-elle. Attendez jusqu'à demain, et vous saurez tout. Si vous ne croyez rien de ce que je vous ai dit jusqu'à présent, vous pouvez croire ce que je vous affirme maintenant. *Ce sera fini cette nuit !*

Comme elle achevait ces mots, les pas du docteur se firent entendre dans l'escalier.

Mr. Bashwood s'éloigna.

« Ce sera fini cette nuit ! » se répéta-t-il à lui-même dans une émotion inexprimable en atteignant l'extrémité du corridor.

— Que je ne vous dérange pas, monsieur, lui dit gaiement le docteur lorsqu'ils se rencontrèrent. Je n'ai rien à apprendre à Mrs. Armadale que vous ou tout autre ne puissiez entendre.

Mr. Bashwood s'éloigna sans répondre, se répétant à lui-même : « Ce sera fini cette nuit ! »

Le docteur rejoignit Miss Gwilt.

— Vous avez appris, sans aucun doute, commença-t-il de son ton le plus doux, que Mr. Armadale est arrivé. Permettez-moi d'ajouter, ma chère dame, qu'il n'y a pas la moindre raison pour que vous soyez dans cette agitation. Nous nous sommes rendus à tous ses désirs, et il est aussi calme, aussi raisonnable que ses amis peuvent le désirer. Je lui ai dit qu'il était impossible de lui permettre une entrevue avec la jeune demoiselle ce soir, mais qu'il la verrait (après les précautions convenables) de bonne heure demain matin. Comme il n'y a pas d'hôtel dans notre voisinage, et comme l'heure favorable à l'entrevue pouvait arriver d'un instant à l'autre, je me devais, dans ces circonstances toutes particulières, de lui offrir l'hospitalité au sanatorium. Il l'a acceptée avec la plus grande reconnaissance et m'a remercié de la façon la plus noble et la plus touchante des soins que j'avais pris pour le rassurer. Parfait, jusqu'à présent ! Mais il y a eu un petit accroc heureusement raccommodé à l'heure qu'il est, dont je crois devoir vous faire part avant que nous allions tous nous reposer.

Ayant ainsi préparé le terrain (de façon à être entendu de Mr. Bashwood) pour le rapport qu'il avait l'intention de faire, dans le cas où Allan mourrait au sanatorium, le docteur allait continuer, lorsque son attention fut attirée par un bruit dans les étages inférieurs, semblable à celui d'une porte qu'on essaye d'ouvrir.

Il descendit immédiatement l'escalier, et ouvrit la porte de communication entre le premier étage et le deuxième, qu'il avait refermée derrière lui avant de monter. Mais la personne qui avait essayé de l'ouvrir avant lui – si réellement il y avait eu quelqu'un – avait été plus prompte. Il regarda dans le corridor, et par-dessus l'escalier dans le vestibule, n'ayant rien pu découvrir, il revint vers Miss Gwilt, après s'être assuré de nouveau que la porte de communication était bien fermée derrière lui.

— Pardonnez-moi, reprit-il, je croyais avoir entendu quelque chose en bas. Quant à ce qui concerne le petit accroc que je vous ai signalé, permettez-moi de vous apprendre que Mr. Armadale a amené ici avec lui un ami qui porte le nom étrange de Midwinter. Connaissez-vous ce gentleman ? demanda le docteur, le regard empreint d'une inquiétude soupçonneuse, qui démentait étrangement l'indifférence affectée de sa voix.

— Je sais que c'est un vieil ami de Mr. Armadale, dit-elle. Est-ce qu'il… ?

La voix lui manqua, et ses yeux se baissèrent devant ceux du docteur. Elle surmonta cet accès de faiblesse et acheva sa question :

— Est-ce qu'il reste aussi ici cette nuit ?

— Mr. Midwinter est une personne aux manières rudes et d'un caractère fort méfiant, répondit le docteur en la regardant fixement. Il a été assez inconvenant pour vouloir absolument rester ici, dès que Mr. Armadale a eu accepté l'invitation.

Il se tut pour observer l'effet de ses paroles. Les soupçons du docteur ne pouvaient être que fort vagues, puisqu'elle lui avait soigneusement caché, lors de leur première entrevue, le nom pris par son mari. Il avait remarqué l'émotion de sa voix, son changement de couleur. Il la soupçonnait de dissimulation au sujet de Midwinter, rien de plus.

— Avez-vous accédé à son désir ? demanda-t-elle. À votre place, je lui aurais montré la porte.

L'impénétrable placidité de son ton avertit le docteur qu'il ne fallait pas la pousser davantage. Il reprit le rôle de conseiller médical de Mrs. Armadale, au sujet de la santé mentale de Mr. Armadale.

— Si je n'avais eu que mes propres sentiments à consulter, je ne nous cache pas que j'aurais voulu, comme vous le dites, montrer la porte à Mr. Midwinter. Mais ayant consulté le visage de Mr. Armadale, j'ai vu qu'il était fort soucieux de ne pas être séparé de son ami. Dans ces circonstances, je n'avais pas d'autre choix que de le satisfaire. Pour ne pas risquer de le contrarier, et – ajouta le docteur, dérivant un moment vers la vérité – sans parler de mon appréhension naturelle qu'un caractère aussi violent ne fît du scandale et du désordre dans la maison, je ne devais pas songer à résister un instant. Mr. Midwinter passera donc la nuit ici, et occupera – je devrais dire a insisté pour occuper – la chambre voisine de celle de son ami. Conseillez-moi, chère madame, dans cette difficulté, ajouta-t-il en parlant à haute voix et avec emphase : quelles chambres du premier leur donnerons-nous ?

— Mettez Mr. Armadale au n° 4.

— Et son ami à côté, au n° 3, dit le docteur. Bien ! bien ! bien ! ce sont sans doute les chambres les plus confortables. Je vais donner les ordres immédiatement. Ne vous pressez pas de partir, monsieur Bashwood ! cria-t-il gaiement en atteignant le haut de l'escalier. J'ai laissé la clef de mon aide sur l'appui de la fenêtre, là-bas, et Mrs. Armadale pourra vous faire sortir par la porte de l'escalier quand il lui plaira. Ne veillez pas trop tard, madame Armadale. Vous avez un système nerveux qui exige beaucoup de sommeil : « Doux sommeil ! Baume bienfaisant de la nature fatiguée ! »[1] Grand vers ! Dieu vous bénisse… Bonne nuit !

Mr. Bashwood revint de l'autre extrémité du corridor jusqu'auprès de Miss Gwilt, se demandant toujours avec le même étonnement ce qui allait se passer pendant la nuit.

— Dois-je partir ? demanda-t-il.

— Non. Vous restez. Je vous ai dit que vous sauriez tout si vous restiez jusqu'au matin. Attendez ici.

Il hésita et regarda autour de lui.

— Le docteur ?… murmura-t-il en tremblant. Je pensais avoir entendu dire au docteur…

— Le docteur n'a à se mêler en rien de ce que je ferai dans la maison cette nuit. Je vous dis de rester. Il y a des chambres libres sur le palier au-dessus, prenez-en une.

Mr. Bashwood sentit son tremblement le reprendre.

— Puis-je demander ?… commença-t-il.

— Ne demandez rien. J'ai besoin de vous.

— Voulez-vous avoir la bonté de me dire… ?

— Je ne vous dirai rien tant que le matin ne sera pas venu.

La curiosité lui fit surmonter sa timidité. Il insista :

— Est-ce quelque chose de terrible ? de trop terrible pour que vous me le disiez ?

Elle frappa du pied dans un soudain accès d'impatience.

— Partez ! dit-elle en lui jetant la clef de la porte de l'escalier. Allez ! vous avez raison de vous méfier de moi, vous avez raison de ne pas vouloir me suivre plus loin dans les ténèbres ! Partez avant que la maison soit entièrement fermée. Je puis me passer de vous.

Elle se dirigea vers l'escalier, la clef dans une main, une bougie dans l'autre.

Mr. Bashwood la suivit en silence. Personne, sachant ce qu'il sa-

1 Edward Young. *The Complaint : Night Thoughts*. I. 1.

vait de sa vie passée, n'eut douté qu'elle ne fût au bord de commettre un crime. Dans la première terreur de sa découverte, il échappa à son empire, il pensa et agit comme un homme qui a encore une volonté à lui.

Elle mit la clef dans la serrure, et se tourna vers lui avant de l'ouvrir, la lumière de la bougie éclairant son visage :

— Oubliez-moi et pardonnez-moi, lui dit-elle. Nous ne nous reverrons plus.

Elle ouvrit la porte et le fit passer devant elle, puis elle lui tendit la main.

Il avait résisté à son regard, à ses paroles ; mais la magique fascination de son toucher triompha de lui, au dernier moment.

— Je ne puis vous quitter, lui dit-il, en retenant désespérément la main qu'elle lui avait offerte. Que dois-je faire ?

— Venez et voyez, lui répondit-elle sans lui permettre un moment de réflexion.

Elle referma sa main dans la sienne et le conduisit à travers le corridor du premier étage, jusqu'à la chambre n° 4.

— Notez cette chambre, murmura-t-elle.

Après avoir jeté un regard dans l'escalier pour s'assurer qu'ils étaient seuls, elle revint sur ses pas avec lui jusqu'à l'extrémité opposée du corridor. Là, en face de la fenêtre qui éclairait le palier, se trouvait une petite chambre, avec une grille étroite dans la partie supérieure de la porte ; c'était la chambre de l'assistant du docteur. La grille permettait de voir toutes les chambres donnant sur le corridor, et permettait ainsi au surveillant de guetter tout comportement anormal des patients confiés à sa garde, sans qu'il fût aperçu d'eux. Miss Gwilt ouvrit la porte et entra dans la pièce vide :

— Attendez ici pendant que je retourne en haut, et enfermez-vous à clef, si vous voulez. Vous serez dans l'obscurité, mais le gaz brûlera dans le corridor. Tenez-vous à la grille, assurez-vous que Mr. Armadale se rend dans la chambre que je vous ai indiquée, et qu'il n'en sort pas. Si vous perdez la chambre de vue un seul moment, vous vous en repentirez jusqu'à la fin de votre vie. Si vous faites comme je vous le dis, vous me verrez demain et vous pourrez réclamer votre récompense. Votre réponse, vite... Est-ce oui ou non ?

Il ne put lui répondre par des mots. Il porta sa main à ses lèvres et l'embrassa avec ferveur.

Elle le laissa dans la chambre. De son poste, à la grille, il la vit se glisser le long du corridor jusqu'à la porte de l'escalier. Elle la franchit et la referma derrière elle. Puis ce fut le silence.

Le premier bruit qu'il entendit fut celui des voix des domestiques. Deux d'entre elles vinrent mettre des draps aux lits des chambres n° 3 et n° 4. Elles étaient en joie, causant et riant, à travers les portes ouvertes. Les clients du maître arrivaient enfin, se disaient-elles, pour de bon cette fois, et la maison allait bientôt devenir amusante, si cela continuait.

Les lits furent bientôt prêts, et les femmes retournèrent vers la cuisine, près de laquelle étaient situées toutes les chambres des domestiques.

Le second bruit fut celui de la voix du docteur. Il apparut à l'extrémité du corridor, montrant à Midwinter et à Allan le chemin de leurs chambres. Ils entrèrent tous ensemble dans la chambre n° 4. Au bout de quelques minutes, le docteur en sortit le premier. Il attendit jusqu'à ce que Midwinter l'eut rejoint, et lui indiqua alors, avec un salut cérémonieux, la chambre n° 3. Midwinter y entra sans rien dire et s'enferma. Resté seul, le docteur alla jusqu'à la porte de l'escalier, fit jouer la serrure, puis attendit dans le corridor, en sifflotant doucement.

Des voix qui parlaient bas, avec précaution, se firent entendre dans le vestibule. Le chimiste et l'infirmière principale parurent, se rendant à leurs logements situés dans le haut de la maison. L'homme salua silencieusement en passant devant le docteur. La femme salua de même et suivit l'homme. Le docteur répondit à leurs saluts par un signe de la main et seul de nouveau, il réfléchit un instant, tout en continuant à siffloter. Puis il se dirigea vers la porte de la chambre n° 4 et ouvrit la boîte de l'appareil fumigatoire placé dans le coin du mur. Quand il eut soulevé le couvercle et regardé à l'intérieur, son sifflotement cessa. Il en tira une longue bouteille rouge, l'examina à la lumière du gaz, la remit en place, et referma la boîte. Cela fait, il s'avança sur la pointe des pieds jusqu'à la porte ouverte de l'escalier et, après être passé de l'autre côté, la referma comme d'habitude.

Mr. Bashwood l'avait vu devant l'appareil. Mr. Bashwood avait remarqué sa manière de se retirer subrepticement. Une angoisse inexprimable étreignit son cœur. Une terreur lente, froide, mortelle, passa dans ses mains et les guida dans l'obscurité jusqu'à la clef qu'on lui avait laissée. Il la tourna dans la serrure, vaguement méfiant de ce qui pourrait arriver ensuite, et attendit.

De longues minutes s'écoulèrent et rien n'arriva. Le silence était horrible ; la solitude du corridor semblait pleine de pièges invisibles. Il se mit à compter pour occuper son esprit, pour l'éloigner de la crainte qui grandissait en lui. Les nombres s'ajoutèrent lentement les uns aux autres jusqu'à cent, et cependant rien ne se produisit. Il avait entamé la seconde centaine, il était arrivé jusqu'à vingt, quand, sans qu'aucun bruit eut indiqué qu'il fût sorti de sa chambre, Midwinter parut dans le corridor.

Il resta un instant à écouter, alla vers l'escalier, et regarda par-dessus la rampe dans le vestibule. Alors, pour la seconde fois de la nuit, il essaya d'ouvrir la porte de l'escalier, et pour la seconde fois, la trouva fermée. Après un moment de réflexion, il ouvrit les portes des chambres situées à droite, regarda dans chacune, l'une après l'autre, vit qu'elles étaient vides, jusqu'à la dernière, qui était celle où se trouvait le régisseur. Ici encore la serrure résista. Il écouta et regarda la grille. Aucun bruit ne se faisait entendre ; il n'y avait pas de lumière à l'intérieur. « Forcerai-je la porte ? se dit-il. Non, ce serait donner au docteur une raison pour m'expulser de la maison ». Il s'éloigna et regarda dans les deux chambres vides du côté où Allan et lui étaient logés, puis alla vers la fenêtre près de l'escalier. Ici, la case de l'appareil fumigatoire attira son attention. Après avoir essayé vainement de l'ouvrir, il sembla redoubler de suspicion. Il chercha tout le long du corridor et remarqua que rien de semblable ne paraissait à l'extérieur des autres chambres à coucher. Il regarda de nouveau l'appareil et laissa échapper un geste qui indiquait pleinement qu'après avoir essayé de deviner ce dont il s'agissait il se sentait obligé d'y renoncer.

Ayant ainsi échoué dans toutes ses investigations, il revint à la chambre d'Allan et resta devant la porte plongé dans ses réflexions. Si Mr. Bashwood, occupé à le guetter furtivement à travers la grille, avait pu voir en ce moment son esprit aussi bien que son corps, le cœur de Mr. Bashwood eût battu plus vite encore qu'il ne battait maintenant, dans l'attente de l'événement que la décision de Midwinter pouvait amener.

À quoi son esprit était-il occupé, tard de la nuit, dans cette étrange maison ?

Il cherchait à relier ensemble diverses impressions pour les faire converger vers une unique vision. Convaincu dès le commencement qu'un danger menaçait Allan dans le sanatorium, sa méfiance, vaguement fixée jusque-là sur la maison, sur sa femme (qu'il croyait fermement être sous le même toit que lui), sur le docteur, qui était évidemment dans la confidence de sa femme comme l'était Mr. Bashwood, sa méfiance se concentrait maintenant sur la chambre d'Allan. Renonçant à faire plus d'efforts pour relier la conspiration qu'il soupçonnait en train de se tramer contre Allan et l'outrage dont lui-même avait été la victime le jour précédent – efforts qui l'eussent cependant conduit, s'il avait persisté, à découvrir la nature de l'escroquerie ourdie par sa femme –, son esprit, troublé et obscurci par des pensées parasites, se reporta instinctivement aux faits qui s'étaient produits depuis son arrivée dans la maison. Tout ce qu'il avait pu remarquer lui désignait la chambre occupée par son ami comme le siège du danger, et il attribuait à un but secret le soin qu'on avait pris de faire coucher Allan au sanatorium. Arrivé à cette conclusion, il se décida aussitôt à déjouer la conspiration en prenant la place de son ami. Devant le péril imminent, la noble nature de cet homme s'affranchissait spontanément des faiblesses qui l'avaient tenu si longtemps sous le joug, en des jours meilleurs. Il n'y avait plus l'ombre d'une vieille superstition, maintenant, pas le moindre soupçon fataliste pesant sur lui-même, qui eût pu faire vaciller la résolution qu'il venait de prendre. Le seul et dernier doute qui le troublât était de savoir comment il pourrait persuader à Allan de changer de place avec lui sans entrer dans des explications susceptibles de lui faire deviner la vérité.

Pendant la minute qui s'écoula, tandis qu'il attendait les yeux fixés sur la porte, il trouva le prétexte qu'il cherchait. Mr. Bashwood le vit se redresser et s'approcher de la porte. Mr. Bashwood l'entendit frapper doucement, et murmurer :

— Allan, êtes-vous couché ?

— Non, répondit une voix à l'intérieur, entrez.

Il parut sur le point de se rendre à l'invitation lorsque tout à coup il se reprit, comme s'il avait oublié quelque chose.

— Attendez une minute, fit-il à travers la porte.

Il alla droit à la chambre occupée par le régisseur.

— Si quelqu'un nous guette de là-dedans, déclara-t-il tout haut, qu'il nous épie à travers ceci !

Il sortit son mouchoir et l'étendit sur le grillage, de façon à en boucher l'ouverture. Ayant ainsi forcé l'espion à l'intérieur (s'il y en avait un), ou à se trahir en ôtant le mouchoir ou à perdre toute vue du corridor, Midwinter entra dans la chambre d'Allan.

— Vous savez quels pauvres nerfs sont les miens, dit-il, et quel mauvais dormeur je suis. Je ne puis reposer cette nuit. La fenêtre de ma chambre craque toutes les fois que le vent souffle. Je voudrais qu'elle fût aussi bien fermée que la vôtre !

— Mon cher camarade ! s'écria Allan. Changeons de chambre. Absurdités ! Pourquoi me faire des excuses, à moi ? Ne sais-je pas combien vos nerfs sont sensibles ? Maintenant que le docteur m'a rassuré sur ma pauvre petite Neelie, je commence à sentir les fatigues du voyage, et je vous réponds de dormir n'importe où jusqu'à demain.

Il prit sa valise.

— Mais il nous faut nous dépêcher, ajouta-t-il, en montrant sa bougie. Ils ne m'ont pas laissé beaucoup de lumière pour me mettre au lit.

— Ne faites pas de bruit, Allan, dit Midwinter en ouvrant la porte et en le faisant sortir ; il ne faut pas troubler la maison à cette heure de la nuit.

— Oui, oui, répondit Allan à voix basse. Bonsoir, j'espère que vous vous endormirez aussi promptement que moi.

Midwinter le regarda entrer dans la chambre n° 3, et remarqua que la bougie qu'il y avait laissée était aussi courte que celle d'Allan.

— Bonsoir, fit-il, et il sortit de nouveau dans le corridor.

Il alla droit à la grille, regarda et écouta. Le mouchoir restait exactement comme il l'avait mis, et pas un bruit ne se faisait entendre à l'intérieur. Il retourna lentement le long du corridor, et songea pour la première fois à la précaution qu'il venait de prendre. N'y avait-il aucun autre moyen que celui qu'il avait pris ? Aucun. Se mettre ouvertement sur la défensive, tandis que la nature du danger et le côté d'où il devait venir lui étaient complètement inconnus, était inutile, voire dangereux, dans la mesure où cela pouvait mettre les gens de la maison sur leurs gardes. Sans un fait qui put justifier aux yeux des autres la méfiance qu'il ressentait, se sentant totalement incapable d'ébranler la foi d'Allan dans le docteur, la seule précaution que Midwinter put employer dans l'intérêt de son ami, c'était ce changement de chambre ; la seule politique à laquelle il pût se rallier, c'était d'attendre les événements :

« Il y a une chose au moins sur laquelle je puis compter, se dit-il, après avoir sondé du regard la profondeur du corridor, c'est de me tenir éveillé ».

Après un regard à la pendule, sur le mur opposé, il pénétra dans la chambre n° 4. Le bruit de la porte qui se refermait, le grincement de la clef dans la serrure s'entendirent, puis le silence retomba de nouveau sur la maison.

Peu à peu l'horreur du régisseur pour le calme et l'obscurité devint plus forte que sa crainte de toucher au mouchoir. Il en souleva un coin avec précaution à travers les barreaux du grillage, attendit, regarda et eut le courage enfin de le retirer tout entier. Après l'avoir dissimulé dans sa poche, il songea aux conséquences s'il était trouvé sur lui et le jeta par terre dans un coin. Il trembla lorsqu'il s'en fut débarrassé, regarda sa montre et se remit au grillage, à son poste, pour attendre Miss Gwilt.

Il était une heure moins le quart. La lune se trouvait en face du sanatorium. De temps à autre son reflet rayonnait sur la fenêtre du corridor, quand les nuages qui couraient au ciel la laissaient passer. Le vent s'était levé et chantait sa plainte monotone, en soufflant par intervalles sur les terrains incultes et solitaires qui s'étendaient devant la maison.

La grande aiguille de sa montre fit un demi-tour de cadran. Comme elle atteignait le quart de une heure, Miss Gwilt surgit, silencieuse, dans le corridor.

— Sortez, murmura-t-elle à travers le trou de la serrure, et suivez-moi.

Elle retourna à l'escalier par lequel elle venait de descendre, poussa doucement la porte derrière Mr. Bashwood et passa devant lui. Elle s'arrêta sur le palier du deuxième étage. Là, elle lui posa la question qu'elle n'avait pas osé lui adresser en bas :

— Mr. Armadale est-il entré dans la chambre n° 4 ?

Il inclina la tête sans répondre.

— Répondez-moi par des paroles. Mr. Armadale a-t-il quitté sa chambre depuis ?

— Non.

— N'avez-vous jamais perdu de vue la chambre n° 4 depuis que je vous ai quitté ?

— Jamais.

Quelque chose d'étrange dans ses manières, quelque chose qu'elle ne connaissait pas dans sa voix lorsqu'il fit cette dernière réponse, attira son attention. Elle prit sa bougie et en dirigea la lumière sur lui. Ses yeux étaient hagards, ses dents claquaient. Tout le dénonçait comme un homme pétrifié, mais rien n'avertit Miss Gwilt que cette terreur était causée par la conscience qu'il avait de la tromper en face pour la première fois de sa vie. Si elle l'avait menacé moins ouvertement en le mettant aux aguets, si elle avait parlé avec plus de réserve de l'entrevue qui devait le récompenser le lendemain matin, il eût pu avouer la vérité. Mais, à présent, ses craintes les plus fortes et ses espérances les plus chères étaient toutes engagées dans le mensonge qu'il venait de faire, mensonge qu'il répéta lorsqu'elle réitéra sa question.

Elle le regarda, trahie par le dernier homme au monde qu'elle eût soupçonné de lui mentir, l'homme qu'elle-même avait trompé.

— Vous paraissez très agité, dit-elle tranquillement ; la nuit a été trop pénible pour vous. Allez en haut, et reposez-vous. Vous trouverez l'une des portes des chambres entrouverte. C'est celle que vous devez occuper. Bonsoir.

Elle mit la bougie qu'elle avait allumée pour lui sur la table et lui donna la main. Il la retint désespérément comme elle allait s'éloigner. L'horreur de penser à ce qui allait arriver quand elle serait laissée à elle-même lui ouvrit les lèvres et lui fit prononcer des paroles qu'il eût craint de dire en tout autre moment.

— Oh ! lui murmura-t-il. N'allez pas, n'allez pas en bas ce soir.

Elle retira sa main et lui fit signe de prendre la lumière :

— Vous me verrez demain ; pas un mot de plus pour le présent !

Sa volonté plus forte triomphait de lui jusqu'au dernier moment. Il prit la lumière et attendit, la suivant des yeux tandis qu'elle descendait l'escalier. Le froid de cette nuit de décembre semblait avoir pénétré jusqu'à elle, malgré la chaleur de la maison. Elle croisa un long châle noir sur sa poitrine. La natte qu'elle portait en couronne sur sa tête paraissait avoir été trop lourde pour elle ; elle l'avait défaite, et ses cheveux flottaient sur ses épaules.

Le vieillard regarda ses cheveux roux tomber en nappes sur son châle noir, sa main effilée et souple, qui glissait sur la rampe, à mesure qu'elle descendait, et la grâce séductrice de chacun de ses mouvements :

« La nuit sera vite passée, songea-t-il comme elle disparaissait de sa vue ; je rêverai d'elle jusqu'à ce que le matin vienne ».

Elle referma à clef la porte de l'escalier derrière elle, écouta et s'assura que rien ne bougeait ; alors elle alla lentement vers la fenêtre du corridor. S'appuyant sur le rebord, elle regarda la nuit. Les nuages recouvraient la lune ; on ne pouvait rien voir dans l'obscurité que les lumières du gaz espacées dans le faubourg. Elle s'éloigna et jeta un coup d'œil sur la pendule. Il était une heure vingt.

Pour la dernière fois, la pensée qui l'avait saisie plus tôt dans la soirée, comme elle découvrait que son mari se trouvait dans la maison, s'empara de son esprit. Pour la dernière fois, une voix intérieure lui murmura : « Réfléchis s'il n'y a pas d'autre moyen ».

Elle resta absorbée dans cette réflexion jusqu'à ce que l'aiguille des minutes fût arrivée à la demie.

« Non ! fit-elle, songeant toujours à son mari. La seule chance qu'il me reste est d'aller jusqu'au bout, jusqu'à la fin ! Il renoncera à sa vengeance ; il ne prononcera pas les paroles qu'il a l'intention de dire, quand il verra que cet acte peut faire un scandale public et que ces paroles peuvent m'envoyer à l'échafaud ! »

Ses joues se colorèrent et elle sourit avec une terrible ironie, en regardant pour la première fois la porte de la chambre.

« Je serai votre veuve, dit-elle, dans une demi-heure ! »

Elle ouvrit la case de l'appareil, et prit le flacon pourpre dans sa main. Après avoir regardé l'heure à la pendule, elle fit couler dans le tuyau de verre la première des six gouttes qui étaient mesurées pour elle par le papier.

Quand elle eut reposé le flacon, elle écouta à l'embouchure du tuyau. Pas un son ne parvint à ses oreilles ; le mortel agent faisait son œuvre dans un silence de mort. Lorsqu'elle se redressa, la lune brillait à la fenêtre, et les plaintes du vent s'étaient apaisées.

Oh ! le temps ! le temps ! S'il pouvait seulement avoir commencé et fini avec la première goutte !

Elle descendit dans le vestibule et s'y promena de long en large ; elle écouta à la porte ouverte qui conduisait aux escaliers de la cuisine. Elle remonta, redescendit. Le premier intervalle de cinq minutes fut sans fin. Le temps semblait s'être arrêté. C'était à devenir fou.

Le temps s'écoula. Comme elle prenait le flacon pour la seconde fois et versait la seconde dose, les nuages passèrent sur la lune et le ciel s'obscurcit soudain.

L'agitation qui avait attiré Miss Gwilt en bas la quitta aussi soudainement qu'elle était venue. Elle attendit pendant le second intervalle, s'appuya à la fenêtre et regarda au-dehors sans penser à rien. Les aboiements d'un chien effrayé lui furent apportés par le vent d'une partie éloignée du faubourg. Elle se surprit à les écouter avec une attention stupide, jusqu'à ce qu'ils s'éteignissent dans le silence, et à attendre, plus stupidement encore, qu'ils reprissent indéfiniment. Ses bras pesaient comme du plomb sur la fenêtre. Son front restait appuyé contre les vitres sans qu'elle en sentît le froid. Ce ne fut que lorsque la lune se débarrassa des nuages qu'elle fut rappelée brusquement à la réalité. Elle regarda la pendule : sept minutes s'étaient écoulées depuis la seconde dose.

Au moment où elle saisissait le flacon et remplissait le tuyau pour la troisième fois, le sentiment de sa situation lui revint tout entier. La chaleur de la fièvre passa de nouveau dans son sang et monta violemment à ses joues. Elle se mit à arpenter le corridor d'un pas vif, amorti, léger, les bras pliés sous son châle. Ses yeux se levaient souvent sur la pendule.

Trois des cinq minutes s'écoulèrent. Elle sortit de nouveau dans le vestibule et en fit le tour plusieurs fois, comme un animal sauvage dans une cage. Au troisième, elle sentit quelque chose effleurer doucement sa robe. Le chat de la maison était venu là de la cuisine ouverte, un gros chat, gras, affectueux, qui miaulait avec bonne humeur et la suivait en cherchant à se faire caresser. Elle prit l'animal dans ses bras et flatta doucement sa tête mince qu'elle mit sous son menton :

« Armadale déteste les chats, murmura-t-elle à l'oreille de l'animal ; venez avec moi voir la mort d'Armadale ».

Une minute après, terrifiée devant son horrible lubie, elle laissa tomber le chat avec un frisson et le fit se sauver, en le menaçant de la main. Elle resta ensuite tranquille un moment, puis, dans une hâte soudaine, remonta l'escalier. La pensée de son mari lui était impérieusement revenue ; son mari la menaçait d'un danger qui n'était jamais entré dans son esprit. Qu'arriverait-il s'il n'était pas endormi ? s'il sortait tout à coup, et la trouvait avec le flacon pourpre dans la main ?

Elle se glissa jusqu'à la chambre n° 3 et écouta. La respiration lente et régulière d'un homme endormi fut tout ce qu'elle entendit. Après avoir attendu un moment pour se calmer, elle fit un pas vers la chambre n° 4 puis recula. Il était inutile d'écouter à cette porte ; le docteur lui avait dit que le sommeil venait d'abord, aussi sûrement que la mort qu'il précédait, dans l'air empoisonné. Elle regarda la pendule ; l'heure était venue de la quatrième goutte.

Sa main commença de trembler violemment lorsqu'elle remplit le tuyau pour la quatrième fois. La crainte de son mari lui revint. Si quelque bruit allait le réveiller avant la sixième goutte ? S'il s'éveillait brusquement, comme elle lui avait souvent vu le faire, sans aucune raison ?

Elle balaya du regard le corridor. La chambre dans laquelle Mr. Bashwood s'était caché s'offrit à elle comme un lieu de refuge.

« Je pourrais entrer là, pensa-t-elle. A-t-il laissé la clef ? »

Elle ouvrit la porte pour regarder et vit le mouchoir jeté sur le parquet. Elle en examina les coins. Dans le second, elle trouva le nom de son mari !

Sa première impulsion fut de se hâter vers la porte de l'escalier, afin d'avoir une explication avec le régisseur. Un moment après, elle se souvint du flacon pourpre et du danger qu'il y avait à quitter le corridor. Elle revint vers la chambre n° 3. Son mari, le mouchoir en faisait foi, était sorti de sa chambre, et Bashwood ne le lui avait pas dit. Était-il dans sa chambre maintenant ? Dans la violence de son agitation, lorsque cette question se présenta à son esprit, elle oublia ce qu'elle avait elle-même vérifié une minute auparavant. Elle écouta encore à la porte et entendit la respiration lente de l'homme endormi. La première fois, le témoignage de ses oreilles avait suffi à la tranquilliser, mais cette fois elle résolut de recourir à ses yeux.

« Toutes les portes ouvrent sans bruit dans cette maison, se dit-elle, et il n'y a pas de danger que je l'éveille ».

Doucement elle ouvrit la porte, qui n'était point fermée du dedans, et regarda par l'entrebâillement. Par le rai de lumière qu'elle jeta dans la chambre, elle aperçut la tête du dormeur sur son oreiller. Cette tête était-elle aussi sombre sur l'oreiller que celle de son mari ? La respiration était-elle aussi légère que la sienne quand il dormait ?

Elle ouvrit la porte plus grande, et la lumière y entra tout à fait.

Là reposait l'homme à la vie duquel elle venait pour la troisième fois d'attenter, paisiblement endormi dans la chambre qui avait été donnée à son mari, et dans une atmosphère qui ne pouvait faire de mal à personne !

L'inévitable conclusion de ce qu'elle venait de voir s'imposa à elle en une fraction de seconde. Avec un geste frénétique de la main, elle recula dans le corridor. La porte de la chambre d'Allan se referma mais sans le réveiller. Elle se retourna en l'entendant se fermer. Un moment, elle resta à la contempler, pétrifiée. Aussitôt cependant, elle se reprit, et son instinct la poussa, avant qu'elle eût compris ce qu'elle faisait, vers la chambre n° 4.

La porte était fermée à clef.

De ses deux mains, elle se mit à caresser le mur, avec des gestes sauvages et désordonnés, en quête du bouton que le docteur avait actionné devant les visiteurs. À deux reprises elle le manqua ; la troisième fois ses yeux l'aidèrent, et elle le pressa. La serrure joua de l'intérieur et la porte s'entrouvrit.

Sans un instant d'hésitation, elle entra dans la chambre. Bien que la porte fût ouverte, bien qu'il se fût écoulé très peu de temps depuis qu'elle avait versé la quatrième goutte et qu'à peine un peu plus de la moitié du volume de gaz nécessaire eût été produit, l'air empoisonné la saisit comme si une main l'eût attrapée à la gorge.

Elle le trouva sur le sol, au pied du lit, sa tête et l'un de ses bras dirigés vers la porte, comme s'il s'était levé sous le premier effet de l'engourdissement et s'était effondré en tentant de quitter la pièce. Avec cette concentration désespérée de force dont les femmes sont capables dans l'urgence, elle le souleva et le traîna dans le corridor. Son cerveau chavirait tandis qu'elle l'étendait à terre et retournait en rampant vers la chambre pour empêcher l'air vicié de les poursuivre dans le corridor. Après avoir fermé la porte, elle marqua une pause, sans oser jeter sur lui un seul regard, le temps de reprendre assez de force pour se relever et aller ouvrir la fenêtre. Quand celle-ci fut ouverte, laissant entrer le vif air de la nuit, elle revint vers lui, souleva sa tête et le regarda pour la première fois avec attention.

Était-ce la mort qui étendait sur son front et sur ses joues sa pâleur livide ? Était-ce elle qui plombait ainsi ses lèvres et ses paupières ?

Elle dénoua sa cravate et déboutonna son gilet. La main sur son cœur, sa poitrine supportant sa tête qu'elle avait tournée vers la fenêtre, elle attendit. Du temps se passa, assez bref pour s'inscrire aux minutes de la pendule, assez long cependant pour que lui revînt en mémoire toute l'époque où ils vivaient mari et femme, assez long pour faire mûrir la seule résolution que pouvait lui inspirer ce retour en arrière. Comme ses yeux étaient toujours fixés sur lui, un étrange calme envahit ses traits. On eût dit une femme aussi prête à le voir se réveiller que résignée à accepter la certitude de sa mort.

Pas un cri ni une larme ne lui échappa quand elle sentit la première palpitation dans sa poitrine et saisit le premier souffle qui s'échappait de ses lèvres. Elle se pencha silencieusement sur lui et lui embrassa le front. Quand elle se redressa, l'expression de désespoir résigné avait abandonné son visage. Il y avait quelque chose de doucement irradiant dans ses yeux, qui l'illuminait tout entière de l'intérieur ; jamais elle n'avait été plus femme et plus belle.

Elle le recoucha doucement et, ôtant son châle, lui en fit un oreiller qu'elle plaça sous sa tête.

« Cela a sans doute été dur, mon amour, pensa-t-elle en sentant les pulsations de son cœur se faire plus fortes. Vous me rendez les choses faciles à présent ».

Elle se leva. En se détournant de lui, elle aperçut le flacon pourpre, à l'endroit où elle l'avait laissé après avoir versé la quatrième goutte.

« Ah ! songea-t-elle avec calme. J'avais oublié mon vieil ami... j'avais oublié qu'il me reste des gouttes à verser ».

D'une main ferme, d'un visage impavide, elle remplit le tuyau pour la cinquième fois. « Cinq minutes encore », se dit-elle, après avoir reposé le flacon et regardé la pendule.

Elle tomba dans une rêverie qui augmenta la douce gravité de son visage :

« Lui écrirai-je un mot d'adieu ? se dit-elle, lui dirai-je la vérité avant de le quitter à jamais ? »

Un petit crayon d'or pendait avec d'autres ornements à la chaîne de sa montre. Elle s'agenouilla près de son mari et mit la main dans l'une des poches de son habit.

Elle y trouva son portefeuille. Quelques papiers s'en échappèrent lorsqu'elle retira le caoutchouc. L'un d'eux était la lettre écrite par Mr. Brock à son lit de mort. Elle tourna les deux feuillets, sur lesquels le révérend avait écrit les mots qui étaient devenus vérité, et trouva à la dernière page un espace blanc. Sur cette page elle écrivit, à genoux auprès de son mari, son ultime adieu :

Si coupable que vous me puissiez croire, je le suis encore davantage. Vous avez sauvé Armadale en changeant de chambre avec lui, et vous l'avez sauvé de moi. Vous pouvez imaginer à présent de quelle veuve j'aurais réclamé les droits, si vous n'aviez pas sauvé sa vie. Et vous saurez quelle misérable vous avez épousée, quand vous vous êtes marié à la femme qui vous écrit ces lignes. Cependant, j'ai eu quelques moments meilleurs, et alors je vous aimais tendrement. Oubliez-moi, mon bien-aimé, dans l'amour d'une meilleure femme. J'aurais pu peut-être devenir cette femme moi-même, si je n'avais pas mené une si misérable existence avant de vous connaître. Peu importe maintenant. La seule expiation que je puisse offrir pour tout le mal dont je suis coupable envers vous est de mettre fin à ma vie. Il ne m'est point pénible de mourir, maintenant que je sais que vous vivrez. Ma méchanceté a un mérite : elle ne m'a pas réussi. Je n'ai jamais été une femme heureuse.

Elle replia le papier, et le mit dans la main de Midwinter, afin qu'il attirât son attention quand il reviendrait à lui. Comme elle fermait doucement ses doigts sur la lettre, la dernière minute du dernier intervalle fut marquée par la pendule.

Elle se pencha sur lui et lui donna un dernier baiser :

« Vivez, mon ange, vivez ! murmura-t-elle tendrement, tandis que ses lèvres touchaient les siennes. Toute votre vie est devant vous, une vie heureuse et noble, si vous êtes délivré de moi ! »

Elle sépara les cheveux qui retombaient sur son front avec un dernier élan de tendresse.

« Il n'y a pas de mérite à vous avoir aimé, dit-elle, vous êtes un de ces hommes que toutes les femmes aiment ».

Elle soupira et l'abandonna. Ce fut sa dernière faiblesse. Elle inclina la tête devant la pendule, connue si c'eût été une personne vivante qui lui parlait, et versa dans le tuyau la sixième et dernière goutte.

La lune pâle brillait faiblement à travers la fenêtre. La main sur la porte de la chambre, elle se retourna et la regarda s'effacer lentement dans le ciel nébuleux.

« Ô Dieu ! pardonnez-moi, dit-elle. Ô Christ ! vous savez ce que j'ai souffert ! »

Un moment encore elle resta sur le seuil, pour jeter son dernier regard au monde… et ce regard fut pour lui.

« Au revoir ! » fit-elle doucement.

La porte de la chambre s'ouvrit et se referma sur elle. Il y eut un moment de silence.

Puis un bruit lourd, comme celui d'une chute.

Puis de nouveau le silence.

Les aiguilles de la pendule, poursuivant leur inéluctable course, marquèrent, l'une après l'autre les minutes à mesure qu'elles s'écoulaient. Dix s'étaient écoulées depuis que la porte de la chambre n° 4 s'était ouverte et refermée. Midwinter s'agita sur son oreiller. Ayant essayé de se lever, il sentit la lettre dans sa main.

Au même moment, une clef fut tournée dans la serrure de la porte de l'escalier, et le docteur, jetant un regard plein d'espoir vers la chambre fatale, aperçut le flacon pourpre sur la fenêtre et l'homme étendu dans le corridor qui essayait de se lever.

ÉPILOGUE

I. Nouvelles du Norfolk
De Mr. Pedgift Senior (Thorpe-Ambrose) à Mr. Pedgift Junior (Paris)

High Street, le 20 décembre.

Mon cher Augustus,

Votre lettre, m'est parvenue hier. Vous semblez profiter de votre jeunesse (comme vous dites) avec fureur. Bien ! Jouissez de vos vacances. J'ai fait comme vous à votre âge, et, chose étrange à dire, je ne l'ai pas encore oublié !

Vous me demandez une bonne provision de nouvelles, et spécialement au sujet de cette mystérieuse affaire du sanatorium.

La curiosité, mon cher garçon, est une qualité, dans notre profession surtout, qui nous mène quelquefois à de grands résultats. Je ne sais cependant si elle vous profitera beaucoup en cette occasion. Tout ce que j'ai appris du mystère du sanatorium, je le tiens de Mr. Armadale ; et il est absolument dans les ténèbres sur plusieurs points d'importance. Je vous ai déjà raconté comment ils furent entraînés dans la maison, et comment ils y passèrent la nuit. À ceci je puis ajouter que Mr. Midwinter perdit certainement la conscience des choses, et que le docteur, qui semble avoir été mêlé à l'affaire, le prit de haut, et insista pour agir comme il l'entendait dans son sanatorium. Il n'y a pas le moindre doute que la misérable femme fut trouvée morte, qu'une enquête du coroner eut lieu, qu'il, fut prouvé qu'elle était entrée dans la maison comme malade, et que les investigations médicales déclarèrent qu'elle était morte d'apoplexie. Mon idée est que Mr. Midwinter avait ses raisons pour ne point révéler ce qu'il savait. J'ai aussi les miennes pour soupçonner que Mr. Armadale, par égard pour lui, suivit la même ligne de conduite, et que le verdict de l'enquête, sans blâmer personne, fut rendu comme d'autres verdicts du même genre, après un examen très superficiel de l'affaire.

La clef de tout le mystère est, je le crois fermement, dans la tentative de cette misérable femme de se faire passer pour la veuve de

Mr. Armadale lorsque la nouvelle de sa mort fut répandue par les journaux. Mais comment lui vint cette idée, et comment, par ses incroyables tromperies, a-t-elle pu persuader Mr. Midwinter de l'épouser (comme le certificat le prouve) sous le nom d'Armadale, c'est plus que Mr. Armadale n'en sait lui-même. Ce point ne fut pas abordé lors de l'enquête, pour cette simple raison que l'enquête n'avait trait qu'à la mort de cette femme. Mr. Armadale, à la prière de Mr. Midwinter, vit Miss Blanchard, et l'engagea à faire taire le vieux Mr. Darch au sujet de la réclamation du revenu de la veuve. Comme la réclamation n'a jamais été admise, notre confrère a fait comme il lui a été commandé. Le rapport du docteur, selon lequel sa malade était la veuve d'un gentleman nommé Armadale, fut conséquemment laissé de côté. Elle est enterrée dans le grand cimetière[1]*, près de l'endroit où elle est morte. Personne d'autre que Mr Midwinter et Mr. Armadale, qui a insisté pour accompagner son ami, n'a suivi le convoi, et rien n'a été écrit sur la tombe que l'initiale de son nom de baptême et la date de sa mort. Ainsi, après tout le mal qu'elle a fait, elle repose enfin, et les deux hommes qu'elle a offensés lui ont pardonné.*

Y a-t-il encore quelque chose à ajouter sur cette histoire ? En me reportant à votre lettre, je m'aperçois que vous soulevez une question qui vaut sans doute que l'on y réfléchisse un instant.

Vous me demandez s'il y a lieu de supposer que le docteur soit sorti de l'affaire les mains aussi nettes qu'elles le paraissent ? Mon cher Augustus, je crois que le docteur est au fond de tout cela, bien plus encore que nous ne l'imaginons, et qu'il a profité du silence que se sont imposé Mr. Midwinter et Mr. Armadale, comme les gredins profitent toujours des malheurs et des obligations des honnêtes gens. C'est un fait reconnu qu'il a participé au faux rapport sur Miss Milroy qui a attiré les deux gentlemen dans sa maison. Et cette circonstance (après ma vieille expérience de Old Bailey) me suffit. Quant à des preuves contre lui, il n'y en a pas. Pour ce qui est du Châtiment, j'ose seulement espérer qu'à long terme, il saura se montrer le plus opiniâtre des deux. Mais cela ne me semble guère pour l'heure à l'ordre du jour. Les amis et admirateurs du docteur sont, m'a-t-on assuré, sur le point de lui présenter une adresse lui exprimant « leur sympathie dans les tristes circonstances qui ont jeté un nuage sur l'ouverture du sanatorium, et leur confiance entière dans son intégrité et dans son

1 Le cimetière de Highgate.

habileté en tant que médecin ». Nous vivons, mon cher Augustus, à une époque hautement propice à toute coquinerie assez adroite pour sauver les apparences ; et, dans ce siècle éclairé, je regarde le docteur comme un des hommes qui sont destinés à s'élever très haut.

Pour prendre un plus agréable sujet, je vous dirai que Miss Neelie est aussi bien rétablie que possible et, dans mon humble opinion, plus jolie que jamais. Elle est à Londres, confiée aux soins d'une parente, et Mr. Armadale se rassure au sujet de la réalité de son existence (au cas où il l'oublierait) en la visitant régulièrement chaque jour. Ils seront mariés au printemps, à moins que la mort de Mrs. Milroy ne retarde la cérémonie. Les médecins assurent que la pauvre dame s'en va tous les jours ; c'est une question de temps, voilà tout. Elle est grandement changée, douce, tranquille, affectionnée envers son mari et sa fille. Mais cet heureux changement est, de l'avis des docteurs, un signe précurseur de la fin. Il est très difficile de faire entendre cela au pauvre major, il voit seulement que le caractère de sa femme est redevenu ce qu'il était aux premiers jours de leur union ; il passe maintenant des heures à son chevet ; il lui parle de sa chère et merveilleuse pendule.

Mr. Midwinter, dont vous attendez probablement que je vous dise quelque chose, va mieux de jour en jour. Après avoir donné d'abord de sérieuses inquiétudes aux médecins, il se rétablit avec la promptitude ordinaire aux hommes de son tempérament. Je l'ai vu la semaine dernière, lorsque je suis allé à Londres. Son visage portait les traces d'anxiétés et de chagrins très pénibles à voir chez un homme si jeune. Mais il parle de lui et de son avenir avec un courage et une confiance que bien des hommes, s'il a souffert autant que je le suppose, pourraient envier. Si je connais bien l'humanité, j'affirme que celui-ci n'est, point le premier venu, et que nous entendrons parler de lui.

Vous vous demanderez peut-être comment je me suis trouvé à Londres ? J'ai pris le samedi un billet d'aller et retour jusqu'à lundi, afin de pouvoir régler cette affaire en litige avec notre agent. Nous avons eu une discussion assez grave mais, heureusement, un argument m'est venu à l'esprit au moment où j'allais partir ; j'ai repris ma chaise, et j'ai enfin conclu l'affaire d'une façon très satisfaisante. Bien entendu, je suis descendu à notre hôtel de Covent Garden. William, le garçon, a demandé de vos nouvelles avec l'affection d'un père, et

Matilda, la fille de chambre, m'a raconté que vous l'aviez presque convaincue, la dernière fois, de faire arracher sa dent creuse de la mâchoire inférieure. J'avais invité le second fils de l'agent (le jeune garçon que vous avez surnommé Mustapha lorsqu'il fit tout ce gâchis au sujet des titres turcs) à dîner avec moi dimanche. Il est arrivé dans la soirée un petit incident qui vaut la peine d'être raconté, vu qu'il a quelque rapport avec une certaine vieille lady qui n'était pas chez elle, quand vous et Mr. Armadale lui rendîtes visite à Pimlico, par le passé.

Mustapha est comme tous les jeunes gens de nos jours, il aime à sortir après dîner : « Allons nous distraire quelque part, monsieur Pedgift, m'a-t-il dit. — Y pensez-vous ! Un dimanche ? ai-je répondu. — Oui, monsieur, a repris Mustapha. Le théâtre ferme le dimanche, je vous l'accorde, mais pas la chaire. Venez, et vous verrez un nouvel auteur ». Comme il ne voulait plus prendre de vin, j'ai consenti à l'accompagner.

Nous nous sommes dirigés vers une rue du West End, et nous l'avons trouvée encombrée de voitures. Si ce n'avait pas été un dimanche soir, j'aurais cru que nous allions à l'Opéra : « Que vous disais-je ? » a fait Mustapha en m'entraînant vers une porte ouverte, surmontée d'une étoile éclairée au gaz et d'une affiche annonçant la représentation. J'ai eu tout juste le temps de noter que j'allais assister à l'un de ces « Discours du dimanche soir, sur les pompes et les vanités de ce monde, par un pécheur qui les a pratiquées », quand Mustapha m'a poussé du coude et dit tout bas : « Une demi-couronne est l'offrande qui se pratique d'ordinaire ». Je me suis trouvé entre deux gentlemen tenant chacun un plateau à la main, tous les deux fort bien remplis déjà.

Mustapha s'est occupé de l'un des plateaux, moi de l'autre. Nous avons franchi deux portes et nous sommes trouvés dans une pièce pleine de monde. Là, sur une estrade élevée, à l'autre extrémité de l'auditoire, j'ai aperçu, non un homme, comme je l'avais cru, mais une femme, et cette femme n'était autre que… la mère Oldershaw !

Vous n'avez, de votre vie, rien entendu de plus éloquent. Aussi longtemps que je l'ai écoutée, je ne l'ai pas vue une seule fois hésiter ou chercher un mot. Quant au sujet du sermon, je dirai qu'il s'agissait d'un récit, tiré par la mère Oldershaw de son expérience, lorsqu'elle s'occupait des femmes perdues, récit illustré d'ailleurs à profusion de phrases pieuses et contrites. Vous me demanderez quelle sorte d'auditoire se trouvait là. Des femmes pour l'essentiel, Augustus, toutes ces vieilles haridelles du monde de la mode, que la mère Oldershaw a peinturlurées dans son temps, assises aux premières places, avec leurs joues mastiquées, et dans une attitude de componction dévote fort curieuse à voir. J'ai laissé Mustapha entendre la fin. Et j'ai pensé, en m'en allant, à ce que dit Shakespeare quelque part : « Dieu ! quels fous nous sommes, nous autres mortels ! »[1].

Ai-je encore autre chose à vous dire, avant de vous quitter ? Une seulement, autant que je m'en souviens.

Ce misérable Bashwood a confirmé les craintes que je vous avais témoignées quand il fut amené ici de Londres. Il a perdu le peu de raison qui lui restait. Il est parfaitement heureux, et il se conduirait très bien, si nous pouvions seulement l'empêcher de sortir. Il s'en va dans ses habits neufs, souriant, aimable, inviter tout le monde à son prochain mariage avec la plus belle femme d'Angleterre. Cela finit toujours bien entendu par les gamins qui le poursuivent, et il vient pleurer auprès de moi, couvert de boue. Dès que ses habits sont nettoyés, il retombe dans sa manie favorite ; il erre autour des portes de l'église, se prétendant fiancé, et attendant Miss Gwilt. Il nous faudra mettre la pauvre créature quelque part, où l'on prendra soin d'elle pendant le peu de temps qui lui reste à vivre.

Qui aurait, jamais pensé qu'un homme de son âge pût tomber amoureux ? Et qui aurait jamais cru que la beauté de cette femme irait frapper notre vieux clerc ?

Au revoir, mon cher garçon. Si vous trouvez une tabatière particulièrement belle à Paris, souvenez-vous bien que, si votre père n'aime point ce que l'on appelle les témoignages d'amitié, il ne voit pas d'objection, à recevoir un présent de son fils.

Votre affectionné,

A. PEDGIFT SENIOR.

P.S. – Je crois que le compte rendu dont vous m'avez parlé, d'une querelle entre des marins étrangers dans une des îles Lipari, et de la mort de leur capitaine, peut bien avoir eu lieu entre les scélérats qui ont volé Mr. Armadale et coulé son yacht. Ces gens-là, heureu-

1 *Le Songe d'une nuit d'été*, III. 1.

sement, ne peuvent pas toujours conserver les apparences. Il arrive parfois que les coquins et le Châtiment se rencontrent.

II. Midwinter

Le printemps s'était avancé. On touchait à la fin d'avril. C'était la veille du mariage d'Allan. Midwinter et lui restèrent ensemble à causer bien avant dans la nuit. Minuit avait sonné depuis longtemps, et le jour du mariage était déjà vieux de quelques heures.

La conversation avait roulé en grande partie sur les projets du marié. Au moment de se retirer, Allan insista pour que Midwinter parlât de lui :

— Nous avons eu assez et plus qu'assez de mon avenir, parlons du vôtre maintenant, Midwinter. Vous m'avez promis que si vous continuiez à vous occuper de littérature, cela ne nous séparerait pas, et que si vous faisiez un voyage sur mer, vous vous souviendriez, en revenant, que ma maison est la vôtre. Mais voici ma dernière veillée de garçon avec vous, et je vous avoue que je voudrais bien savoir…

Sa voix faiblit, et ses yeux se mouillèrent un peu. Il n'acheva pas sa phrase.

Midwinter lui prit la main et vint à son secours, comme il lui avait souvent apporté son aide, par le passé, pour s'exprimer :

— Vous voudriez savoir, Allan, si je n'apporterai pas un cœur brisé à votre mariage ? Si vous voulez me laisser revenir un instant sur le passé, je crois que je pourrai vous satisfaire.

Ils reprirent leurs chaises. Allan vit que Midwinter était ému.

— Pourquoi vous faire mal ? demanda-t-il avec bonté. Pourquoi parler du passé ?

— Pour deux raisons, Allan. J'aurais dû vous remercier depuis longtemps du silence que vous avez gardé, par amitié pour moi, sur une chose qui a dû vous sembler très étrange. Vous savez quel est le nom qui a paru sur le registre de mon mariage, et cependant vous avez évité de m'en parler, de crainte de m'affliger. Avant que vous entriez dans votre nouvelle vie, ayons entre nous une première et dernière explication là-dessus. Je vous demande, comme une grâce, d'accepter l'assurance (si étrange que cela puisse vous paraître) que je ne suis pas à blâmer dans cette affaire, et je vous supplie de croire que les raisons qui m'obligent à la laisser inexpliquée sont des raisons que Mr. Brock vivant approuvait lui-même.

Par ces paroles, il sauva le secret des deux noms et laissa la mémoire de la mère d'Allan respectée dans le cœur de son fils.

— Un mot de plus, ajouta-t-il, et celui-là nous transportera du passé à l'avenir. Il a été dit, et sagement dit, que du mal peut sortir le bien.

— De cette nuit d'horreur et de chagrin est venu pour moi l'apaisement au sujet d'un doute qui a rendu autrefois ma vie misérable. Aucun nuage élevé par ma superstition ne s'interposera plus entre nous désormais. Je ne puis vous dire honnêtement que je sois plus porté maintenant que dans l'île de Man à considérer notre rêve d'un point de vue que l'on pourrait qualifier de rationnel. Bien que je sache combien nous sommes tous témoins d'extraordinaires coïncidences, cependant je ne puis expliquer l'accomplissement des visions par des coïncidences. Tout ce que je puis dire sincèrement, et qui vous satisfera, je pense, c'est que j'ai appris à regarder le dessein caché de ce rêve avec un nouvel esprit. J'ai cru autrefois qu'il vous avait été envoyé pour appeler votre défiance sur l'homme abandonné que votre cœur a accueilli comme un frère. Je sais maintenant qu'il vous avertissait, au contraire, de vous rapprocher de votre ami. Serez-vous content d'apprendre que, moi aussi, je commence plein d'espérance une nouvelle vie, et que désormais notre amitié ne sera plus jamais troublée ?

Ils se donnèrent une poignée de main en silence. Allan fut le premier à se reprendre. Il dit les quelques mots qui pouvaient rassurer son ami :

— Je sais tout ce que je souhaitais de savoir sur le passé, et je sais ce que je souhaitais savoir sur l'avenir. Tout le monde assure, Midwinter, que vous avez une belle carrière devant vous. Qui sait quelles grandes choses peuvent arriver avant que vous et moi nous devenions beaucoup plus vieux ?

— Qu'avons-nous besoin de le savoir ? dit Midwinter avec calme. Dieu est miséricorde, sagesse. Ce sont les paroles que m'écrivit un jour votre cher et vieil ami. C'est dans cette croyance que mon souvenir ira vers les jours écoulés, et mon espérance vers ceux que l'avenir nous réserve.

Il se leva et alla s'appuyer à la fenêtre. Pendant qu'ils causaient, les ténèbres s'étaient dissipées. Lorsqu'il regarda au-dehors, le premier rayon du jour nouveau le salua et s'arrêta doucement sur son visage.

POSTFACE

Mes lecteurs auront constaté que je les ai délibérément laissés, à l'endroit du rêve qui occupe ces pages, dans la position où ils se fussent trouvés face à un véritable rêve, dans la réalité : libres de l'interpréter comme ils l'entendent, qu'ils choisissent ou non de se rallier à une théorie du surnaturel, selon que leur tempérament les y porte. Les personnes enclines à opter pour une interprétation rationnelle pourront, dans ce cas, être intéressées par une coïncidence se rapportant à notre histoire, coïncidence qui s'est effectivement produite et qui, pour autant que l'on s'occupe d'« extravagantes improbabilités », est un défi à tout ce qu'un romancier peut imaginer.

En novembre 1865, c'est-à-dire alors que les treize premières livraisons mensuelles d'Armadale avaient été publiées – je pourrais ajouter plus d'un an et demi après que la totalité de l'histoire, telle qu'elle est présentée ici, eut déjà été esquissée sur mes cahiers –, un navire vint mouiller au Huskisson Dock, à Liverpool, confié aux soins d'un homme que son statut de gardien autorisait à dormir à bord. Il arriva quelques jours plus tard que l'homme fut trouvé mort dans le rouf. Le lendemain, un deuxième homme, qui l'avait remplacé, fut transporté mourant au Northern Hospital. Un jour encore, et un troisième gardien fut nommé, et trouvé mort dans le rouf qui avait déjà été fatal à ses deux prédécesseurs. Le nom du bateau était l'Armadale. Et les résultats de l'enquête prouvèrent que les trois hommes étaient morts d'asphyxie pendant leur sommeil, pour avoir respiré un air empoisonné !

Je dois tous ces détails à l'amabilité de correspondants à Liverpool, qui m'envoyèrent leurs rapports sur les faits. L'affaire fut rapportée par de nombreux journaux, et je puis citer à titre d'exemple le

Times, du 30 novembre 1865, et le Daily News, du 28 novembre de la même année, dans lequel elle figure avec plus de détails encore.

Avant de prendre congé d'Armadale, je puis peut-être signaler, pour le bénéfice de certains lecteurs qui pourraient s'en montrer curieux, que les Norfolk Broads sont décrits ici à partir d'observations personnelles. En cela, comme en bien d'autres cas, je n'ai guère ménagé mes efforts pour m'assurer personnellement des faits. Toutes les fois que le récit se mêle de droit, de médecine ou de chimie, il a été soumis à l'approbation d'hommes compétents. La gentillesse d'un ami m'a fourni les plans de l'appareil du docteur, et j'ai pu assister à l'expérimentation chimique dont il est question dans ces pages avant de m'essayer à la décrire dans les scènes qui terminent ce livre.

ISBN : 978-3-96787-745-8

Lightning Source UK Ltd.
Milton Keynes UK
UKHW010627210122
397515UK00001B/190